Inhalt

Schattenfeuer
Seite 7

Tür ins Dunkel
Seite 417

Schattenfeuer

Dieses Buch ist
Dick und Ann Laymon
gewidmet.
Sie sind einfach unglaublich nett.
Mein besonderer Gruß gilt
Kelly.

**Ein Fall von Not,
ein plötzlicher Tod –
und die Geschichte beginnt.**

Das Buch gezählten Leids

TEIL I

Dunkelheit

Wenn man die Dunkelheit kennt, liebt man das
Licht und den Morgen – und denkt an die kommende Nacht, mit großen Sorgen

Das Buch gezählten Leids

1. Kapitel

Schock

Helles Schimmern erfüllte die Luft, fast so greifbar wie Regen. Es strich über die Fenster, bildete bunte Lachen auf dem Blech geparkter Wagen, verlieh den Blättern der Bäume und dem Chrom des regen Verkehrs einen feuchten Glanz. Miniaturabbilder der kalifornischen Sonne glitzerten auf allen spiegelnden Flächen, und das Geschäftsviertel von Santa Ana war in das klare Licht eines Morgens im späten Juni getaucht.

Als Rachael Leben das Bürogebäude verließ und auf den Bürgersteig trat, fühlte sich der Sonnenschein wie warmes Wasser auf ihren Armen an. Für einige Sekunden schloß sie die Augen und neigte den Kopf in den Nacken.

»Du lächelst so, als seiest du überglücklich, als hätte dir nichts Besseres geschehen können«, sagte Eric mürrisch, als er Rachael nach draußen folgte und beobachtete, wie sie die Sommerwärme genoß.

»Bitte«, erwiderte sie, ohne ihn anzusehen. »Laß uns jetzt nicht streiten.«

»Du hast mich dort drin zum Narren gemacht.«

»Das ist doch Unsinn.«

»Was, zum Teufel, willst du überhaupt beweisen?«

Darauf gab sie keine Antwort. Rachael war entschlossen, sich von ihm nicht die Stimmung verderben zu lassen. Der Tag war viel zu schön. Sie drehte sich um und ging los.

Eric trat vor sie und versperrte ihr den Weg. Für gewöhnlich blickten seine blaugrauen Augen kühl, doch jetzt loderte es geradezu in ihnen.

»Sei doch nicht kindisch«, sagte Rachael.

»Du gibst dich nicht damit zufrieden, mich einfach zu verlassen. Nein, du mußt der ganzen Welt zeigen, daß du weder mich brauchst noch das, was ich dir geben könnte.«

»Nein, Eric. Es ist mir gleich, was die Welt von dir hält – so oder so.«

»Du willst mich erniedrigen.«

»Das ist nicht wahr, Eric.«
»Doch«, beharrte er. »Und ob. Du hast mich gedemütigt, und jetzt triumphierst du.«
Plötzlich sah ihn Rachael aus einer anderen Perspektive: Erics Selbstmitleid stand in einem auffallenden Kontrast zu ihrem bisherigen Bild von ihm. Sie hatte ihn immer für einen starken Mann gehalten, sowohl in körperlicher und emotionaler als auch in intellektueller Hinsicht. Darüber hinaus war er rechthaberisch, unnahbar und manchmal regelrecht kalt. Er konnte grausam sein. Aber während ihrer siebenjährigen Ehe hatte er nie schwach oder mitleiderregend gewirkt.
»Du sprichst von Demütigung?« fragte Rachael überrascht.
»Eric, ich habe dir einen enormen Gefallen getan. Jeder andere Mann würde eine Flasche Champagner kaufen, um zu feiern.«
Sie kamen gerade aus dem Büro der Rechtsanwälte, die Eric vertraten, und die Problemlosigkeit der Scheidungsvorbereitungen hatte bis auf Rachael alle überrascht. Sie erstaunte sie, indem sie ohne einen eigenen Anwalt kam und auf die meisten der Rechte verzichtete, die ihr die kalifornischen Gesetze zugestanden. Als man ihr ein erstes Angebot machte, das ihr zu großzügig erschien, nannte sie einige Zahlen, die sie für angemessener hielt.
»Champagner? Du wirst allen Leuten sagen, daß du dich mit zwölfeinhalb Millionen Dollar weniger begnügst, als dir eigentlich zustehen, um die Scheidung möglichst rasch durchzubringen und mich loszuwerden – und darüber soll ich auch noch froh sein? Lieber Himmel!«
»Eric...«
»Du konntest es gar nicht *abwarten*, mich loszuwerden. Hättest deinen rechten Arm dafür gegeben. Und jetzt erwartest du auch noch, daß ich meine eigene Demütigung feiere.«
»Es ist eins meiner Prinzipien, nicht mehr zu nehmen, als...«
»Du sprichst von Prinzipien? Meine Güte!«
»Eric, du weißt doch, daß ich niemals...«
»Alle Leute werden mit dem Finger auf mich zeigen und sagen: Der Kerl muß wirklich unerträglich gewesen sein, wenn seine Frau bereit ist, auf zwölfeinhalb Millionen Dollar zu verzichten, um sich von ihm zu trennen!«
»Ich habe nicht die Absicht, irgend jemandem von unserer Übereinkunft zu erzählen«, erwiderte Rachael.
»*Natürlich* nicht.« Eric lachte zynisch.

»Wenn du glaubst, daß ich irgendwelche Gerüchte über dich in die Welt setze, kennst du mich noch weniger, als ich bisher dachte.«

Der zwölf Jahre ältere Eric war fünfunddreißig und vier Millionen Dollar schwer gewesen, als Rachael ihn geheiratet hatte. Jetzt, sieben Jahre später, belief sich sein Vermögen auf mehr als dreißig Millionen, und nach dem kalifornischen Recht konnte sie bei der Scheidung Anspruch auf die Hälfte dessen erheben, was er während ihrer Ehe dazuverdient hatte: dreizehn Millionen. Statt dessen begnügte sie sich mit ihrem Mercedes 560 SL und fünfhunderttausend Dollar, lehnte Unterhaltszahlungen ab. Das Geld versetzte sie in die Lage, sich Zeit bei der Entscheidung zu lassen, was sie mit dem Rest ihres Lebens anfangen sollte.

Rachael spürte die neugierigen Blicke einiger Passanten auf sich ruhen und fügte leiser hinzu: »Ich habe dich nicht wegen deines Geldes geheiratet.«

»Was du nicht sagst«, erwiderte Eric bitter. Derzeit war sein ausdrucksvolles Gesicht alles andere als attraktiv. Der Zorn verwandelte seine Züge in eine Fratze.

Rachael sprach ganz ruhig. Es kam ihr nicht darauf an, ihn zurechtzuweisen oder auf irgendeine Weise zu verletzen. Sie wollte sich nicht rächen, empfand nur vages Bedauern. »Ich *will* deine Millionen überhaupt nicht, Eric. Du hast sie verdient, nicht ich. Es war dein Genie, deine eiserne Entschlossenheit, deine lange und anstrengende Arbeit im Büro und in den Laboratorien. Du hast es ganz allein geschafft, Eric, und nur du verdienst es, in den Genuß dessen zu kommen, was du besitzt. Du bist ein wichtiger Mann, Eric, vielleicht sogar eine Berühmtheit in deinem Fach, und ich bin nur ich: Rachael. Ich will mir nicht anmaßen, den Anschein zu erwecken, als hätte ich irgend etwas mit deinen Triumphen zu tun.«

Bei diesen Komplimenten vertieften sich die Falten der Wut in Erics Miene. Er war es gewöhnt, bei allen Beziehungen die herrschende Rolle zu spielen, sowohl in beruflicher als auch in privater Hinsicht. Aufgrund seiner absolut dominanten Stellung verlangte er, daß sich andere Leute bedingungslos seinen Wünschen fügten. Und wer nicht dazu bereit war, wer Widerstand leistete, den räumte Eric aus dem Weg. Freunde, Angestellte und Geschäftspartner verhielten sich immer so, wie es Eric Leben von ihnen erwartete – oder sie wurden zu namenlosen Statisten. Entweder ordneten sie sich ihm unter, oder er vernichtete sie. Eine andere Wahl blieb ihnen nicht. Eric liebte es, Macht zu haben und sie zu gebrauchen. Wenn er sich bei einem häuslichen Streit durchsetzte, empfand er die gleiche Genugtuung wie beim Abschluß von Verträgen, die ihm weitere Millionen einbrachten.

Sieben Jahre lang hatte Rachael Erics persönlichen Absolutismus ertragen, doch sie war nicht bereit, ihr ganzes Leben auf diese Weise zu verbringen.

Eine Ironie des Schicksals: Mit ihrer Sanftmut und ihrer Vernunft war es Rachael gelungen, ihrem Mann die Macht zu nehmen, auf der sein Leben basierte. Vermutlich hatte er sich auf eine längere Auseinandersetzung gefreut, bei der es um die Aufteilung des Vermögens ging, doch Rachael gab sich mit nur fünfhunderttausend Dollar zufrieden. Sie vermied einen Streit um Unterhaltszahlungen, indem sie jede Unterstützung ablehnte – und das versetzte Eric einen weiteren Schlag. Bestimmt hatte er damit gerechnet, den entscheidenden Kampf im Gerichtssaal zu führen und vor den Augen der Öffentlichkeit einen endgültigen Sieg über seine Frau zu erringen, sie dazu zu zwingen, sich mit weniger abzufinden, als ihr eigentlich zustand. Doch Rachael ließ keinen Zweifel daran, daß ihr sein Reichtum nichts bedeutete – und eliminierte auf diese Weise die einzige Macht, die Eric noch über sie hatte. Damit war sie ihm gleichrangig geworden, wenn nicht sogar überlegen.

»Nun«, sagte sie, »ich sehe die Sache folgendermaßen: Ich habe sieben Jahre verloren, und dafür möchte ich angemessen entschädigt werden. Ich bin jetzt neunundzwanzig, fast dreißig, und eigentlich fängt mein Leben gerade erst an. Ich beginne eben später als andere Leute. Mit der gerade getroffenen Übereinkunft habe ich einen ausgezeichneten Start. Und wenn ich auf die Nase falle, wenn ich irgendeines Tages bedaure, nicht all die Millionen akzeptiert zu haben – tja, das wäre *mein* Pech, nicht deins. Wir haben das doch schon alles besprochen, Eric. Laß uns endlich einen Schlußstrich ziehen.«

Rachael wich zur Seite und wollte an ihm vorbeigehen, doch er hielt sie am Arm fest.

»Bitte, laß mich los«, sagte sie.

Eric starrte sie wütend an. »Wie habe ich mich nur so in dir täuschen können. Ich hielt dich für ein nettes Mädchen, ein wenig scheu zwar, aber ehrlich und aufrichtig. In Wirklichkeit aber bist du eine durchtriebene und heimtückische Schlange!«

»Du willst mich unbedingt beleidigen, nicht wahr?« Rachael seufzte. »Doch du würdigst dich damit nur selbst herab. Laß mich jetzt gehen.«

Erics Hand schloß sich noch fester um ihren Arm. »Es ist alles nur Taktik, nicht wahr? Um deine Verhandlungsposition zu verbessern. Stimmt's? Wenn die Dokumente aufgesetzt sind, wenn wir uns am nächsten Freitag im Büro einfinden, um sie zu unterzeichnen... Dann änderst du plötzlich deine Meinung und verlangst mehr. Habe ich recht?«

»Nein. Von solchen Spielchen halte ich nichts.«

Eric lächelte dünn und humorlos. »Ich wette, genau das ist deine Absicht. Wenn wir uns zu einer solchen Regelung bereitfinden, wenn wir uns mit einer so lächerlich geringen Zahlung an dich einverstanden erklären und die Papiere vorbereiten, lehnst du es ab, sie zu unterschreiben – und vor Gericht gibst du sie als Beweis dafür aus, daß wir dich reinlegen wollten. Bestimmt erklärst du, es sei *unser* Angebot gewesen und wir hätten Druck auf dich ausgeübt, um dich zu einer entsprechenden Übereinkunft zu bewegen. Würde mich in eine ziemlich üble Lage bringen. Ja, dann sähe man in mir wirklich einen hartherzigen Mistkerl. Na? Habe ich richtig getippt?«

»Ich sagte es schon: Solche Dinge liegen mir nicht. Ich meine es ernst.«

Eric bohrte seine Finger in ihren Oberarm. »Die Wahrheit, Rachael.«

»Hör auf.«

»Das ist deine Strategie, nicht wahr?«

»Du tust mir weh.«

»Und da wir gerade dabei sind: Warum erzählst du mir nicht von Ben Shadway?«

Rachael zwinkerte überrascht. Sie hatte nicht geahnt, daß Eric von Benny wußte.

Sein Gesichtsausdruck schien sich im warmen Sonnenschein zu verhärten, und die Zornesfurchen bildeten dunkle Schattenmuster. »Wie lange hat er dich gebumst, bevor du die Entscheidung trafst, mich zu verlassen?«

»Du bist abscheulich«, erwiderte Rachael – und bereute diese scharfen Worte sofort, als sie sah, mit welcher Zufriedenheit er darauf reagierte, endlich eine Bresche in ihre Fassade der Gelassenheit gerissen zu haben.

»Wie lange?« wiederholte Eric und drückte noch fester zu.
»Ich habe Benny erst sechs Monate nach unserer Trennung kennengelernt«, antwortete Rachael und bemühte sich, möglichst ruhig zu sprechen.
»Wie lange hast du mich mit ihm betrogen, Rachael?«
»Wenn du über Benny Bescheid weißt, so hast du mich überwachen lassen. Und dazu hattest du kein Recht.«
»Es wäre dir lieber gewesen, deine schmutzigen kleinen Geheimnisse für dich zu behalten, nicht wahr?«
»Wenn derjenige, der mich beobachtete, auf deiner Lohnliste steht, so solltest du eigentlich wissen, daß ich seit etwa fünf Monaten mit Benny zusammen bin. Laß mich jetzt endlich los. Du tust mir noch immer weh.«
Ein junger, bärtiger Passant blieb stehen, zögerte und trat auf sie zu. »Brauchen Sie Hilfe?« wandte er sich an Rachael.
Zorn blitzte in Erics Augen, als er den Fremden ansah. »Verschwinden Sie, Mister!« knurrte er. »Dies ist meine Frau, und unser Streit geht Sie nichts an.«
Rachael versuchte vergeblich, sich aus Erics Griff zu befreien.
»Es ist also Ihre Frau«, sagte der Bärtige. »Aber das gibt Ihnen nicht das Recht, sie so zu behandeln.«
Eric ließ Rachael los und ballte die Fäuste.
Rachael sah ihren Beistand an und versuchte, eine unmittelbare Konfrontation zwischen den beiden Männern zu verhindern. »Es ist alles in Ordnung, danke. Machen Sie sich keine Sorgen um mich. Nur eine Meinungsverschiedenheit, weiter nichts.«
Der junge Mann zuckte mit den Schultern, ging weiter und blickte noch einmal zurück.
Der Zwischenfall machte Eric klar, daß er mehr Aufmerksamkeit erregte, als einem Mann in seiner Stellung lieb sein konnte. Doch seine Wut war noch immer nicht verraucht. Rote Flecken hatten sich auf seinen Wangen gebildet, und die Lippen formten zwei blutleere Striche.
»Ich hoffe das Beste für dich, Eric«, sagte Rachael. »Du hast viele Millionen Dollar deines Vermögens und einen nicht unerheblichen Betrag an Anwaltsgebühren gespart. Zwar mußt du darauf verzichten, mich vor Gericht in den Schmutz zu ziehen, aber der Sieg gehört trotzdem dir. Genieß ihn.«
»Du verdammte Hure!« zischte Eric mit einem Haß, der Rachael geradezu schockierte. »An dem Tag, als du mich verlassen hast,

war ich versucht, dich zu Boden zu schleudern und dein blödes Gesicht einzutreten. Ich wünschte, ich hätte mich damals nicht zurückgehalten. Aber ich dachte, du würdest zu mir zurückgekrochen kommen, und deshalb habe ich mich beherrscht. Wie sehr ich das jetzt bedaure!« Er hob die Hand wie zum Schlag. Doch als sich Rachael aus einem Reflex heraus duckte, holte Eric tief Luft und ließ den Arm wieder sinken. Mit einem Ruck drehte er sich um und eilte fort.

Rachael sah ihm nach und begriff, daß sein Bedürfnis, andere Leute zu beherrschen, fast schon pathologisch war. Indem sie ihm die Macht nahm, die er bisher über sie ausgeübt hatte, indem sie sowohl ihn selbst als auch sein Geld zurückwies, machte sie sich ihm nicht nur ebenbürtig: In gewisser Weise fühlte er sich dadurch *entmannt*. Eine andere Erklärung gab es nicht für seine Reaktion, für den Umstand, daß er beinah gewalttätig geworden wäre.

Während der vergangenen Monate hatte sich in Rachael die Abneigung ihrem Mann gegenüber verstärkt, eine Antipathie, zu der auch eine dumpfe Furcht gehörte. Aber erst jetzt begriff sie das Ausmaß und die Intensität der Wut, die tief in ihm brodelte. Erst jetzt kam ihr zu Bewußtsein, wie gefährlich Eric war.

Das Licht war noch immer so hell, daß Rachael zwinkerte, und nach wie vor spürte sie die Wärme des Sonnenscheins. Trotzdem aber schauderte sie – und fühlte tiefe Erleichterung darüber, daß sie Eric verlassen und die Scheidung eingereicht hatte, daß sie mit den blauen Flecken an ihrem Oberarm davonkam.

Sie beobachtete, wie er sich vom Bürgersteig abwandte und die Straße betrat. Und jähes Entsetzen stieg in ihr empor.

Eric näherte sich seinem schwarzen Mercedes, der an der gegenüberliegenden Straßenseite parkte. Vielleicht machte ihn sein Zorn tatsächlich blind. Möglicherweise war es auch nur der grelle Glanz der Sonne, der sich überall widerspiegelte, ein Schimmern und Gleißen, das ihn blendete. Was auch immer der Grund sein mochte: Er überquerte die Straße, ohne auf den Verkehr zu achten – und von rechts kam ein Wagen der städtischen Müllabfuhr, etwa sechzig Stundenkilometer schnell.

Rachael rief eine Warnung – zu spät.

Der Fahrer trat die Bremse bis zum Anschlag durch. Reifen quietschten, und nur einen Sekundenbruchteil später erklang das dumpfe Pochen des Aufpralls.

Eric flog einige Meter weit durch die Luft, fiel auf den harten

Asphalt der anderen Fahrbahn, rollte mehrmals um die eigene Achse und blieb mit dem Gesicht nach unten liegen.

Ein gelber Subaru hupte, rutschte mit blockierten Rädern auf den reglosen Mann zu. Nur einen halben Meter vor Eric kam der Wagen zum Stehen. Ein Chevrolet dicht hinter dem Subaru fuhr auf und schob die japanische Limousine bis auf einige wenige Zentimeter an die Gestalt heran, die auf der Straße lag und sich noch immer nicht rührte.

Rachael war die erste, die Eric erreichte. Das Herz pochte ihr bis zum Hals empor, und sie rief seinen Namen, als sie neben ihm niederkniete und nach dem Nacken des Reglosen tastete, um seinen Puls zu fühlen. Sie spürte warmes Blut, und ihre Finger glitten über feuchte Haut, als sie nach der Halsschlagader suchte.

Dann sah sie, daß der heftige Aufprall Erics Schädel verformt hatte. Die ganze rechte Seite über dem zerfetzten Ohr war eingedrückt, bis hin zur Schläfe. Von ihrer gegenwärtigen Position aus konnte Rachael nur ein Auge sehen: weit aufgerissen, der Blick gebrochen. Viele kleine Knochensplitter mußten in sein Gehirn eingedrungen sein und einen sofortigen Tod verursacht haben.

Abrupt stand Rachael auf und würgte einige Male. Benommen taumelte sie ein paar Schritte und lehnte sich an den Subaru.

»Ich konnte nichts machen«, sagte der Fahrer des Müllwagens dumpf.

»Ich weiß«, antwortete Rachael.

»Überhaupt nichts. Er lief mir direkt vor die Kühlerhaube. Sah weder nach rechts noch nach links. Ich habe gebremst, aber...«

Rachael versuchte, möglichst gleichmäßig zu atmen. Um sie herum erklangen die Stimmen anderer Fahrer, die ihre Wagen einfach auf der Straße stehenließen und ausstiegen. Irgend jemand fragte sie, ob sie wohlauf sei, und sie nickte nur. Andere Leute erkundigten sich, ob sie einen Arzt brauche, und daraufhin schüttelte sie stumm den Kopf.

Ganz zu Anfang ihrer Beziehung hatte sie Eric geliebt – vor einer halben Ewigkeit. Im Verlauf der Jahre war es ihr sogar schwergefallen, ihn zu *mögen*. Deutlich erinnerte sie sich an seinen Haß kurz vor dem Unfall, und irgendeine Stimme in Rachael flüsterte, eigentlich solle sein Tod sie nicht sonderlich treffen. Trotzdem war sie bis zur Grundfeste ihres Ichs erschüttert.

In der Ferne heulten Sirenen.

Allmählich fand Rachael in die Wirklichkeit zurück und schlug die Augen auf. Das helle Sonnenlicht wirkte plötzlich nicht mehr klar und rein. Die Dunkelheit des Todes verfinsterte den Tag, hinterließ einen gelblichen Glanz, den Rachael nicht mit Honig assoziierte, sondern mit stinkendem Schwefel.

Das Schrillen der Sirenen verklang. Rote und blaue Blinklichter blitzten. Ein Einsatzfahrzeug der Polizei kam heran, gefolgt von einem Krankenwagen.

»Rachael?«

Sie drehte sich um und sah Herbert Tuleman, Erics persönlichen Anwalt, dem sie gerade erst einen Besuch abgestattet hatten. Rachael mochte Herb, und er erwiderte ihre Sympathie. Er war ein großväterlicher Mann mit buschigen, grauen Augenbrauen.

»Einer meiner Mitarbeiter, der gerade ins Büro zurückkehrte, sah den Unfall«, sagte Herbert. »Er gab mir sofort Bescheid. Mein Gott...«

»Ja«, erwiderte Rachael tonlos.

»Mein Gott, Rachael.«

»Ja.«

»Es ist... verrückt.«

»Ja.«

»Aber...«

»Ja«, sagte sie nur.

Und sie wußte, was Herbert dachte. Während der vergangenen Stunde hatte sie ihm erklärt, sie beanspruche keinen großen Teil von Erics Vermögen, begnüge sich mit einer Summe, die man vergleichsweise für ein Almosen halten konnte. Jetzt aber... Eric hatte keine Kinder aus erster Ehe, und das bedeutete, daß sie nicht nur die gesamten dreißig Millionen Dollar erbte, sondern auch seinen Anteil des Unternehmens.

2. Kapitel

Gespenstisch

Das Knistern und Knacken aus den Lautsprechern der Polizeifunkgeräte erfüllte die heiße und trockene Luft, und Rachael nahm den Geruch des in der sommerlichen Hitze weich gewordenen Asphalts wahr.

Die Ärzte aus dem Krankenwagen konnten Eric Leben nur noch ins städtische Leichenschauhaus bringen, wo sein Körper in einer Kühlbox liegen würde, bis der Gerichtsmediziner Zeit zu einer Untersuchung fand. Da Eric durch einen Unfall ums Leben gekommen war, mußte eine Autopsie durchgeführt werden.

»In vierundzwanzig Stunden wird der Leichnam freigegeben«, wandte sich einer der Polizisten an Rachael.

Sie hatte im Fond des Streifenwagens gesessen, während die Beamten ein Berichtsformular ausfüllten. Jetzt stand sie wieder im Sonnenschein.

Sie fühlte sich nicht mehr elend. Nur noch benommen.

Einige in weiße Kittel gekleidete Männer hoben die Bahre mit dem Toten an. Rote Flecken hatten sich auf dem Tuch gebildet.

Herbert Tuleman versuchte, Rachael zu trösten, und schlug ihr mehrmals vor, mit ihm ins Büro zurückzukehren. »Sie haben einen Schock erlitten und brauchen Zeit und Ruhe, um wieder zu sich zu finden«, sagte er freundlich und legte ihr die Hand auf die Schulter.

»Ich bin in Ordnung, Herb. Glauben Sie mir.«

»Ein Brandy könnte nicht schaden. Ich habe eine Flasche in meiner Bürobar.«

»Nein, danke. Ich schätze, ich muß mich um die Formalitäten der Beerdigung kümmern.«

Die beiden Ärzte aus dem Krankenwagen schlossen die Heckklappe und stiegen ruhig ein. Keine Sirenen, keine Blinklichter. Für Eric kam jede Hilfe zu spät.

»Wenn Sie keinen Brandy möchten...«, sagte Herb. »Wie wär's mit einem Kaffee? Und überhaupt: Kommen Sie einfach mit mir und ruhen Sie sich ein wenig aus. Sie sollten sich jetzt nicht sofort ans Steuer setzen.«

Rachael berührte kurz seine ledrige Wange. Herbert Tuleman segelte am Wochenende, und nicht etwa das Alter hatte seine Haut rauh werden lassen, sondern die vielen Stunden auf dem Meer.

»Machen Sie sich keine Sorgen um mich, Herb. Mir fehlt nichts. Lieber Himmel, es beschämt mich fast, wie gut ich damit fertig werde... Ich spüre überhaupt keinen Kummer.«

Herb hielt ihre Hand. »Ich weiß, wie Sie jetzt empfinden. Eric war mein Klient, Rachael, und daher ist mir klar, daß er... sehr schwierig war.«

»Ja.«

»Er gab Ihnen keinen Anlaß, ihn zu betrauern.«

»Trotzdem erscheint es mir seltsam, so... wenig zu fühlen. Fast gar nichts.«
»Nun, Eric war nicht nur schwierig, Rachael. Er stellte sich auch als Narr heraus, denn er begriff nicht, was für einen Schatz er in Ihnen hatte, und unternahm nicht den geringsten Versuch, Sie zurückzugewinnen.«
»Das ist sehr lieb von Ihnen.«
Der Krankenwagen mit der Leiche fuhr los und ließ die Unfallstelle hinter sich zurück. Rachael glaubte, eine eigentümliche Kühle wahrzunehmen, so als wehe plötzlich ein eisiger Wind heran.
Herb führte sie durch den dichten Kordon der Schaulustigen, vorbei am Bürogebäude zum roten Mercedes. »Ich könnte Erics Wagen von jemandem nach Hause fahren und in der Garage abstellen lassen«, bot sich Herb an.
»Das wäre sehr nett«, erwiderte Rachael.
Als sie am Steuer saß und sich angeschnallt hatte, beugte sich Herb zum Seitenfenster herab. »Wir sollten bald über die Vermögenswerte sprechen.«
»In ein paar Tagen.«
»Und auch das Unternehmen.«
»Ich glaube, für einige Tage läuft alles seinen gewohnten Gang, nicht wahr?«
»Natürlich. Heute ist Montag. Was halten Sie davon, wenn Sie Freitagmorgen zu mir kommen? Dann haben Sie vier Tage Zeit, um sich... an Ihre neue Situation zu gewöhnen.«
»Einverstanden.«
»Zehn Uhr?«
»In Ordnung.«
»Und es geht Ihnen wirklich gut?«
»Ja«, sagte Rachael. Auf dem Heimweg kam es zu keinem Zwischenfall, obwohl sie wie im Traum fuhr.
Sie wohnte in einem malerischen Bungalow in Placentia, einem Haus mit drei Schlafzimmern, einer breiten Veranda, einem aus alten Ziegeln bestehenden Kamin und vielen anderen Dingen, die eine Atmosphäre der Gemütlichkeit entstehen ließen. Die Nachbarschaft bestand aus freundlichen Leuten der Mittelschicht. Rachael war vor einem Jahr eingezogen, kurz nach der Trennung von Eric, sah darin ein Symbol der Unabhängigkeit.
Sie zog die blutbefleckte Bluse aus, wusch sich Gesicht und

Hände, kämmte sich das Haar und trug neues Make-up auf. Nach und nach beruhigte sie sich. Ihre Hände hörten auf zu zittern, und sie schauderte nicht mehr – obgleich tief in ihrem Innern eine sonderbare Kühle verblieb.

Nachdem sie sich umgezogen hatte – sie wählte ein pechschwarzes Kostüm mit weißer Bluse, eine Aufmachung, die sich nicht besonders gut für einen warmen Sommertag eignete –, rief sie Attison Brothers an, ein bekanntes Bestattungsunternehmen. Sie vergewisserte sich, daß man sie dort sofort empfangen konnte, verließ ihr Haus und machte sich auf den Weg.

Es waren nicht die ersten Beerdigungsformalitäten, um die sie sich kümmerte, aber es überraschte sie festzustellen, daß sie diesmal eine Art makabre Belustigung empfand. Paul Attison gab sich betont ernst und meinte, er »fühle mit ihr« – was vermutlich sogar den Tatsachen entsprach, denn Rachael spürte nichts weiter als eine seltsame Art von tauber Gelassenheit. Zwar hatte Rachael einen besonderen Sinn für schwarzen Humor, aber sie konnte nicht lachen, als sie zweieinhalb Stunden später die Niederlassung des Bestattungsunternehmens verließ und wieder in ihren roten Mercedes stieg. Ihre emotionale Apathie gründete sich nicht etwa auf Kummer oder Trauer, auch nicht auf einen Schock. Während sie nach Hause zurückkehrte, versuchte sie, die Ursache für ihre sonderbar gedrückte Stimmung zu ergründen.

Später dann, am Nachmittag, nachdem sie Erics Freunde und Geschäftspartner angerufen und ihnen die Nachricht von seinem Tod übermittelt hatte, konnte sie sich nichts mehr vormachen. Sie begriff plötzlich, daß sie Angst hatte. Sie gab sich alle Mühe, nicht an das zu denken, was nun bald geschehen mußte, aber tief in ihrem Herzen war kein Platz für Zweifel. Sie wußte Bescheid, war völlig sicher.

Rachael schritt durchs Haus und vergewisserte sich, daß alle Türen und Fenster verschlossen waren. Dann ließ sie die Rolläden herab.

Um halb sechs schaltete Rachael den automatischen Anrufbeantworter ein. Es hatten sich bereits mehrere Journalisten bei ihr gemeldet, um mit der Witwe des berühmten Eric Leben zu sprechen, und derzeit sah sie sich außerstande, die Fragen der Reporter zu beantworten.

Es war ein wenig zu kühl im Haus, und deshalb stellte sie die Klimaanlage neu ein. Abgesehen vom leisen Flüstern hinter den Belüftungsgittern und dem gelegentlichen Klingeln des Telefons, bevor der Anrufbeantworter reagierte, herrschte in den Zimmern die gleiche bedrückende Stille wie im düsteren Büro Paul Attisons.

An diesem besonderen Tag konnte Rachael keine völlige Stille ertragen – sie verstärkte das Unbehagen in ihr. Deshalb schaltete sie die Stereoanlage ein und wählte einen Sender, der leichte Musik brachte. Einige Sekunden lang blieb sie mit geschlossenen Augen vor den großen Lautsprechern stehen und lauschte. Dann drehte sie den Regler so weit auf, daß die Musik im ganzen Haus zu hören war.

In der Küche holte sie eine Tafel Schokolade aus dem Schrank, brach einen Riegel ab, öffnete eine kleine Flasche Champagner und brachte sie zusammen mit einem Glas ins Bad.

Im Radio sang Sinatra gerade ›Days of Wine and Roses‹.

Rachael ließ heißes Wasser ins lange Becken, fügte einige Spritzer eines Badeöls hinzu, das nach Jasmin duftete, und entkleidete sich. Gerade als sie in die Wanne steigen wollte, beschleunigte sich jäh der Pulsschlag der Furcht, der bisher leise und dumpf in ihr gepocht hatte. Sie versuchte, sich zu beruhigen, indem sie die Augen schloß und tief durchatmete. Ohne Erfolg.

Nackt ging sie ins Schlafzimmer und holte die Pistole Kaliber 32 aus der obersten Schublade des Nachtschränkchens. Sie prüfte das Magazin, um sicherzustellen, daß die Waffe geladen war. Dann legte sie beide Sicherungsbügel um, kehrte mit der 32er ins Bad zurück und legte sie griffbereit neben die Flasche Champagner und den Schokoladenriegel.

Andy Williams sang ›Moon River‹.

Rachael verzog erschrocken das Gesicht, als sie die Fußspitze ins heiße Wasser tauchte. Vorsichtig nahm sie Platz und ließ sich tiefer sinken, so daß der Schaum bis zu ihren Brüsten empor reichte. Schon nach kurzer Zeit gewöhnte sie sich an die hohe Temperatur. Die Hitze tat ihr gut, drang bis in ihre Knochen vor und verdrängte die Kälte, die ihr seit dem Tod Erics ein ständiger Begleiter gewesen war.

Sie biß ein kleines Stück vom Riegel ab, kaute nicht, wartete darauf, daß die Schokolade auf der Zunge schmolz.

Sie versuchte, nicht nachzudenken, nicht zu grübeln, gab sich alle Mühe, ihre Gedanken einfach treiben zu lassen, sich ganz der wohligen Wärme hinzugeben.

Rachael lehnte sich in der Wanne zurück, streckte die Beine, genoß den Geschmack der Schokolade und den aromatischen Jasminduft.

Nach einigen Minuten schlug sie die Augen auf und schenkte sich ein Glas Champagner ein. Das Prickeln an ihrem Gaumen stand in einem angenehmen Kontrast zum Geschmack der Schokolade und zu Sinatras Stimme, die das nostalgische und melancholische Lied ›It was a Very Good Year‹ anstimmte.

Für Rachael stellte dieses entspannende Ritual einen wichtigen Bestandteil der Tagesroutine dar, vielleicht sogar den wichtigsten. Manchmal knabberte sie nicht an einem Schokoladenriegel, sondern an einem harten Stück Käse – und trank dazu Wein anstatt Champagner. Gelegentlich genehmigte sie sich eine eiskalte Flasche Bier und eine kleine Tüte mit gesalzenen Erdnüssen. Doch ganz gleich, was sie auch wählte: Sie nahm alles ganz langsam zu sich, in kleinen Happen und Schlucken, um alle Geschmacks- und Duftnuancen auszukosten.

Rachael war eine Person mit ›Gegenwartsfokus‹.

Benny Shadway, der Mann, den Eric für Rachaels Liebhaber gehalten hatte, vertrat die Ansicht, es gebe vier unterschiedliche Typen: Leute mit Vergangenheits-, Gegenwarts-, Zukunfts- und Omnifokus. Diejenigen, die hauptsächlich an die Zukunft dachten, brachten kaum Interesse für das Gegenwärtige oder Vergangene auf. Es handelte sich oft um Personen, die sich Sorgen machten und deshalb nach vorn blickten, um festzustellen, welche Krisen oder unlösbaren Probleme das Schicksal für sie bereithalten mochte – oder auch um ruhelose Träumer, die aus irgendeinem Grund glaubten, die Zukunft bringe ihnen die Chance, auf die sie ihr ganzes Leben lang gewartet hatten. Andere wiederum waren Arbeitssüchtige, ehrgeizige Männer und Frauen, die meinten, Zukunft und Erfolg seien Synonyme.

Rachael war sicher, Eric diesem Typ zuordnen zu können. Er hatte immer gegrübelt und ständig die Bereitschaft gezeigt, neue Herausforderungen sofort anzunehmen – ein Mann, für den die Vergangenheit keine interessanten Aspekte aufwies, der ungeduldig das Schneckentempo beobachtete, mit dem sich so oft die Ereignisse der Gegenwart entwickelten.

Jemand mit Gegenwartsfocus hingegen konzentrierte den größten Teil seiner Energien und Leidenschaften auf die Freuden und den Kummer des Anblicks. Manche Leute dieses Typs waren nichts weiter als Faulpelze, zu träge, um sich auf das Morgen vorzubereiten oder auch nur einen Gedanken daran zu verschwenden. Aus diesem Grund kamen Pechsträhnen überraschend, denn derartigen Personen fiel es schwer, sich vorzustellen, daß angenehme Phasen irgendwann auch einmal zu Ende gehen konnten. Und wenn sie in Schwierigkeiten gerieten, verzweifelten sie oft, weil sie sich außerstande sahen, einen Ausweg aus verfahrenen Situationen zu finden, die Lösung ihrer Probleme zu planen. Andererseits gehörte zu dieser Klasse auch der fleißige Arbeiter, der sich voll und ganz der jeweils aktuellen Aufgabe widmete und somit besondere Tüchtigkeit offenbarte. Ein guter Tischler zum Beispiel mußte einen Gegenwartsfokus aufweisen, um nicht voller Ungeduld den Zusammenbau der einzelnen Teile herbeizusehen. Statt dessen mußte er seine Aufmerksamkeit einzig und allein auf die Formung der hölzernen Komponenten bestimmter Möbelstücke richten.

Menschen mit Gegenwartsfokus, so meinte Benny, fiel es für gewöhnlich leichter, auf der Hand liegende Problemlösungen zu finden, weil sie sich nicht darum kümmerten, was *war* und was *sein wird*. Darüber hinaus waren es Personen mit einem besonders ausgeprägten Sinn für die Realitäten des Lebens, und bestimmt hatten sie weitaus mehr Spaß als die meisten Leute mit Vergangenheits- oder Zukunftsorientierungen.

»Du bist die beste Frau mit Gegenwartsfokus, die ich bisher kennengelernt habe«, hatte ihr Benny einmal gesagt. »Du bereitest dich auf die Zukunft vor, verlierst dabei aber nicht den Blick für das *Jetzt*. Und du weist die erstaunliche Fähigkeit auf, Vergangenes ruhen zu lassen.«

Eigentlich lag Benny damit gar nicht so falsch. Nach der Trennung von Eric hatte Rachael fünf Wirtschafts- und Verwaltungskurse belegt, weil sie beabsichtigte, ein kleines Geschäft zu eröffnen. Vielleicht eine Boutique – einen Laden, in dem man nicht nur gut einkaufen, sondern auch Spaß haben konnte, der zu einer Art Begegnungs- und Erfahrungsstätte werden sollte. In diesem Zusammenhang kam ihr das Studium der Theaterwissenschaften zugute, das sie kurz vor der ersten Begegnung mit Eric abgeschlossen hatte. Zwar war sie nicht am Schauspielern interessiert, wohl aber an Kostümen und Design, was sie eigentlich in die Lage versetzen sollte, ein ansprechendes Dekor zu schaffen und die richtigen Waren einzukaufen.

Rachael lag in der dampfenden Wanne, seufzte und atmete den Jasminduft tief ein.

Sie summte leise, als Johnny Mathis ›I'll Be Seeing You‹ sang.

Sie knabberte erneut an der Schokolade und trank einen Schluck Champagner.

Sie versuchte weiterhin, sich zu entspannen, einfach nur zu *sein*, sich in der besten kalifornischen Tradition treiben zu lassen.

Eine Zeitlang gab sie vor, vollkommen in sich zu ruhen, und sie begriff erst, daß sie sich selbst etwas vormachte, als es an der Tür klingelte. Das Läuten übertönte die Musik, und Rachael richtete sich ruckartig und mit klopfendem Herzen auf, griff so jäh nach der Pistole, daß sie dabei das Champagnerglas umstieß.

Rasch stieg sie aus der Wanne, zog ihren blauen Bademantel an und hielt die Pistole fest in der rechten Hand, den Lauf nach unten gerichtet. Die Vorstellung, die Tür zu öffnen, erfüllte sie mit Entsetzen. Gleichzeitig aber fühlte sie sich auf seltsame Weise davon angezogen, so als ginge von dem Läuten eine hypnotische Wirkung aus.

Rachael blieb an der Stereoanlage stehen und schaltete sie aus. Unheimliche Stille schloß sich an.

Dicht vor dem Eingang verharrte sie wieder, streckte ganz langsam die Hand aus und berührte den Knauf. Die Tür wies weder ein Fenster noch einen Spion auf. Rachael starrte stumm auf das dunkle Eichenholz und begann zu zittern.

Sie wußte nicht, warum sie mit solchem Schrecken auf die Ankunft eines Besuchers reagierte.

Nun, das entsprach nicht ganz der Wahrheit. Tief in sich begriff sie, warum sie sich so sehr fürchtete. Doch es widerstrebte ihr, sich den Grund für ihre Angst einzugestehen.

Es klingelte erneut.

3. Kapitel

Gerade verschwunden

Als Ben Shadway auf dem Rückweg von seinem Büro in Tustin die Nachrichten im Radio hörte, erfuhr er von dem plötzlichen Tod Dr. Eric Lebens. Er wußte nicht so recht, was er davon halten sollte.

Einerseits fühlte er sich schockiert, doch andererseits empfand er kein Bedauern. Leben mochte brillant gewesen sein, und an seinem Genie konnte kein Zweifel bestehen. Aber Ben wußte auch um Erics Arroganz, um seine Überheblichkeit. Und vielleicht hatte er sogar eine Gefahr dargestellt.

Eigentlich war Ben erleichtert. Er hatte befürchtet, daß Eric seiner Frau irgend etwas antun könnte, wenn ihm schließlich klar würde, daß sie nicht die geringste Absicht hatte, zu ihm zurückzukehren. Jener Mann haßte nichts mehr, als auf der Verliererseite zu stehen. In seinem Innnern lauerte ein finsterer Zorn, der für gewöhnlich in der Arbeit ein Ventil fand. Doch wenn er sich durch Rachaels Ablehnung gedemütigt gefühlt hätte, wäre Eric durchaus fähig gewesen, ihr gegenüber gewalttätig zu werden.

Ben verfügte über ein Autotelefon in seinem Wagen – einem sorgfältig restaurierten Thunderbird aus dem Jahre 1956 –, und versuchte sofort, sich mit Rachael in Verbindung zu setzen. Sie hatte den Anrufbeantworter eingeschaltet und meldete sich nicht, als er seinen Namen nannte.

Vor der Ampel an der Kreuzung siebzehnte Straße und Newport Avenue hielt er kurz an und bog dann nach links ab, anstatt nach Orange Park Acres weiterzufahren. Vielleicht war Rachael derzeit nicht zu Hause, aber sie würde sicher bald heimkehren, und dann konnte sie gewiß Zuspruch gebrauchen. Er machte sich auf den Weg zu ihrem Haus in Placentia.

Helles Sonnenlicht fiel durch die Windschutzscheibe des Thunderbird und bildete komplexe Fleckenmuster, als Ben an einigen Bäumen mit überhängenden Zweigen vorbeikam. Nach einer Weile schaltete er das Radio aus und legte eine Glenn Miller-Kassette ein. Die Melodien von ›String of Pearls‹ erklangen, und plötzlich fiel es Ben Shadway schwer sich vorzustellen, daß an einem so schönen Tag jemand sterben konnte.

Nach seinem eigenen System der Persönlichkeitseinschätzung war Benjamin Lee Shadway ein Mann mit starkem Vergangenheitsfokus. Er zog alte Filme den neueren vor. De Niro, Streep, Gere, Field, Travolta und Penn faszinierten ihn nicht annähernd so wie Bogart, Bacall, Gable, Lombard, Tracy, Hepburn, Cary Grant, William Powell und Myrna Loy. Seine Lieblingsbücher stammten aus den zwanziger, dreißiger und vierziger Jahren: Hard-boiled-Krimis von Chandler, Hammett und James M. Cain, auch die frühen Nero-

Wolfe-Romane. Was Musik anging, bevorzugte er Swing: Tommy und Jimmy Dorsey, Harry James, Duke Ellington, Glenn Miller, den unvergleichlichen Benny Goodman. Zur Entspannung baute er funktionsfähige Lokomotivmodelle, und er sammelte Dinge, die mit der Eisenbahn in Zusammenhang standen – für eine vergangenheitsorientierte Person gab es kein nostalgischeres Hobby.

Natürlich lebte Ben Shadway nicht nur im Gestern. Als Vierundzwanzigjähriger hatte er eine Maklerlizenz bekommen, und sieben Jahre später machte er sich selbständig. Jetzt, mit siebenunddreißig, besaß er sechs Büros, in denen dreißig Angestellte für ihn tätig waren.

Abgesehen von seiner Arbeit gab es noch eine andere Sache, die Ben von Eisenbahnen, alten Filmen, Swing-Musik und seinem allgemeinen Vergangenheitsfokus ablenken konnte: Rachael Leben. Die tizianrote, grünäugige, langbeinige und überaus reizende Rachael Leben.

Irgendwie war sie wie das Mädchen von nebenan – und gleichzeitig eine der eleganten Schönheiten aus einem Film der dreißiger Jahre, eine Mischung aus Grace Kelly und Carole Lombard. Ben erinnerte sich an ihre erste Begegnung. Rachael hatte sich an seine Agentur gewandt, um ein Haus zu finden, doch ihre Beziehung beschränkte sich nicht nur auf seine Rolle als Makler. Seit inzwischen fünf Monaten trafen sie sich regelmäßig. Zuerst war Ben so von ihr fasziniert gewesen wie jeder Mann von einer besonders attraktiven Frau. Er fragte sich, wie ihre Lippen schmeckten, wie sich ihr Körper an seinem anfühlen mochte, wie es war, mit den Fingerkuppen über ihre Brüste und Schenkel zu streichen. Kurz darauf aber fand er Rachaels scharfen Verstand und ihr großzügiges Wesen mindestens ebenso reizvoll.

Ben liebte Rachael, und eigentlich zweifelte er nicht daran, daß sie seine Gefühle erwiderte. Trotzdem hatten sie noch keine Nacht unter der gleichen Bettdecke verbracht. Zwar war Rachael eine gegenwartsorientierte Frau und wies die beneidenswerte Fähigkeit auf, alles Angenehme eines gegebenen Zeitpunkts voll auszukosten, doch das bedeutete nicht, daß sie die Bereitschaft mitbrachte, häufig den Partner zu wechseln. Sie sprach nicht offen von ihren Empfindungen, aber vermutlich wollte sie, daß sich ihr Verhältnis in kleinen Schritten entwickelte, langsam und stetig. Eine ruhige Romanze gab ihr Zeit genug, sich über ihre eigenen Gefühle klarzuwerden und sie zu genießen, das stabiler werdende Band zwischen ihnen auf schwache Stellen zu untersuchen.

Ben Shadway hatte nichts dagegen, daß sich Rachael soviel Zeit nahm. Er spürte Tag für Tag, wie ihr Bedürfnis nach einander zunahm, und er freute sich bereits auf ihre erste Nacht, auf die zu erwartende Intensität ihrer körperlichen Liebe. Das sexuelle Verlangen kumulierte allmählich, und wenn sich diese angestauten Energien entluden, mußte das letztendlich zu einer ganz besonderen und einzigartigen Erfahrung führen.

Außerdem war Ben aufgrund seiner Vorliebe für vergangene Werte in dieser Hinsicht ausgesprochen altmodisch. Er hielt nichts davon, mit einer Frau, die ihm gefiel, sofort ins Bett zu hüpfen und flüchtige Befriedigung zu suchen. Statt dessen zog er es vor zu warten, bis sich eine geeignete Gelegenheit ergab, bis in dem Gewebe der emotionalen Verbindung zwischen Rachael und ihm nur noch ein letzter Faktor fehlte: der Liebesakt.

Ben parkte seinen Thunderbird auf der Zufahrt vor Rachaels Haus, direkt neben ihrem roten Mercedes, den sie nicht in der Garage abgestellt hatte.

Dichte Bougainvillea wuchs an der einen Wand des Bungalows, mit Hunderten von roten Blüten, und einige Ranken reichten bis zum Dach empor. Mit Hilfe des Gitters formten die Pflanzen eine lebende, grüne und scharlachrote Markise über der Veranda.

Ben stand im kühlen Schatten unter dem Blätterdach, klingelte mehrmals und überlegte mit wachsender Besorgnis, warum Rachael nicht die Tür öffnete.

Im Innern des Hauses ertönte Musik – und verklang abrupt.

Als Rachael schließlich aufmachte, hatte sie die Sicherheitskette vorgelegt und blickte argwöhnisch und auch ein wenig furchtsam durch den Spalt zwischen Tür und Rahmen. Sie lächelte erleichtert, als sie ihn sah. »Oh, Benny. Ich bin ja so froh, daß du es bist.«

Sie löste die Kette und ließ ihn eintreten. Rachael war barfuß und trug einen blauen Bademantel. Und in der rechten Hand hielt sie eine Pistole.

»Was willst du denn damit anfangen?« fragte Ben verwirrt.

»Ich wußte nicht, daß du es warst«, erwiderte sie, betätigte die beiden Sicherungsbügel und legte die Waffe auf den kleinen

Tisch im Flur. Dann sah sie, wie Ben die Stirn runzelte, und sie begriff, daß ihre Erklärung nicht ausreichte. »Ach, ich weiß nicht. Ich schätze, ich bin nur ein wenig... durcheinander.«

»Ich habe im Radio von Eric gehört. Vor einigen Minuten.«

Rachael schmiegte sich an ihn. Ihr Haar war feucht, und die Haut duftete nach Jasmin. Offenbar hatte sie gerade ein Bad genommen. Ben hielt sie fest und spürte ihr Zittern. »In der Meldung hieß es, du seiest am Unglücksort gewesen.«

»Ja.« Rachael holte tief Luft. »Es war schrecklich, Benny.« Sie schlang die Arme um ihn. »Ich werde nie das Geräusch des Aufpralls vergessen. Oder wie Eric durch die Luft geschleudert wurde und über das Straßenpflaster rollte.« Sie schauderte.

»Ganz ruhig«, sagte Ben und preßte seine Wange an ihr feuchtes Haar. »Du brauchst jetzt nicht darüber zu sprechen.«

»Doch, ich muß«, entgegnete Rachael. »Die ganze Sache ist wie ein Alptraum, und ich werde ihn nur los, wenn ich darüber reden kann.«

Ben hauchte ihr einen Kuß auf die Lippen und stellte fest, daß sie nach Schokolade schmeckten.

»In Ordnung«, sagte er. »Setzen wir uns. Und dann erzählst du mir, was geschehen ist.«

»Verriegle die Tür.«

»Mach dir keine Sorgen.« Ben führte Rachael durch den Flur.

Die junge Frau blieb ruckartig stehen. »Schließ die Tür ab«, beharrte sie.

Verwirrt kam er ihrer Aufforderung nach.

Und er beobachtete erstaunt, wie Rachael die Pistole vom Tisch nahm.

Irgend etwas stimmte nicht. Ben ahnte, daß es um mehr ging als um Erics Tod...

Im Wohnzimmer war es dunkel, denn Rachael hatte die Rolläden heruntergelassen. Seltsam. Für gewöhnlich liebte sie die Sonne, genoß ihren hellen und warmen Schein ebenso wie eine Katze, die sich auf der Fensterbank zusammenrollte, um ein Nickerchen zu machen.

»Nein, bitte nicht«, sagte Rachael, als Ben Anstalten machte, die Fenster zu öffnen.

Sie schaltete die Stehlampe neben dem pfirsichfarbenen Sofa ein. Der Raum war recht modern eingerichtet, und braune und blaue Tönungen überwogen.

Rachael legte die Pistole auf die Ablage neben dem Sofa. Griffbereit.

Ben holte den Champagner und die Schokolade aus dem Bad, und anschließend besorgte er sich ein Glas aus der Küche.

Als er neben Rachael Platz nahm, sagte sie: »Ich glaube, es ist nicht richtig. Der Champagner und die Schokolade, meine ich. Es sieht fast so aus, als feiere ich seinen Tod.«

»Das wäre gar nicht so falsch. Immerhin war Eric ein ziemlicher Mistkerl.«

Rachael schüttelte den Kopf. »Nein. Wenn es um Tod geht, gibt es nichts zu feiern, Benny. Nie. Ganz gleich, wie die Umstände sind.«

Doch unbewußt strich sie mit den Fingerspitzen über die blasse, bleistiftdicke und etwa sieben Zentimeter lange Narbe, die sich in Höhe ihres rechten Unterkiefers zeigte. Vor einem Jahr, während eines Wutanfalls, hatte Eric sein Glas Scotch nach ihr geworfen. Es zersplitterte an der Wand, doch ein größeres Bruchstück prallte ab und traf Rachael an der Wange. Nur dem Geschick eines Facharztes war es zu verdanken, daß keine deutlicher sichtbare Narbe zurückblieb. Nun, an jenem Tag hatte Rachael ihren Mann endgültig verlassen. Jetzt konnte Eric ihr nichts mehr anhaben, und vielleicht reagierte sie zumindest auf einer unterbewußten Ebene mit Erleichterung auf seinen Tod.

Mit knappen Worten berichtete die junge Frau vom Gespräch in der Anwaltskanzlei, schilderte dann auch den Streit auf dem Bürgersteig. Detailliert beschrieb sie den Unfall und den gräßlichen Zustand der Leiche. Es war fast, als müsse sie alle Einzelheiten nennen, um sich von dem Schrecken zu befreien. Sie erwähnte auch ihren Abstecher zum Bestattungsunternehmen, und während sie sprach, ließ das Zittern ihrer Hände allmählich nach.

Ben saß ganz dicht neben ihr, sah sie an und legte ihr die eine Hand auf die Schulter. Dann und wann massierte er ihren Nacken und strich über Rachaels kupferbraunes Haar.

»Dreißig Millionen Dollar«, sagte er, als sie schließlich schwieg. Er lächelte schief und schüttelte den Kopf. Eine Ironie des Schicksals, dachte er. Rachael wollte sich mit wenig begnügen, und nun bekam sie alles.

»Eigentlich möchte ich das Geld gar nicht«, erwiderte sie. »Ich habe bereits daran gedacht, es irgendeiner Stiftung zu überlassen. Zumindest den größten Teil.«

»Es gehört dir – du kannst damit machen, was du willst. Doch ich gebe dir einen guten Rat: Laß dich jetzt zu keinen Entscheidungen hinreißen, die du später vielleicht bedauerst.«

Rachael starrte in ihr Champagnerglas. »Er geriete natürlich ganz außer sich, wenn ich es verschenkte«, sagte sie leise.

»Wer?«

»Eric.«

Es verwunderte Ben, daß sich Rachael Gedanken darüber machte, was Eric von ihrem Beschluß gehalten hätte. Offenbar stand sie noch immer unter der Wirkung des Schocks. »Du solltest dir genug Zeit nehmen, um dich an deine neue Lage zu gewöhnen.«

Sie seufzte und nickte. »Wie spät ist es?«

Ben sah auf seine Uhr. »Zehn vor sieben.«

»Heute nachmittag habe ich einige Leute angerufen und ihnen von dem Unfall und der bevorstehenden Beerdigung erzählt. Aber bestimmt gibt es noch dreißig oder vierzig andere, die ich ebenfalls benachrichtigen sollte. Eric hatte keine nahen Verwandten, nur einige Vettern und Kusinen. Und eine Tante, die er verabscheute. Die Liste seiner Freunde ist ebenfalls nicht sonderlich lang. Er war kein Mann, dem viel an Freundschaften lag. Dafür sind seine Geschäftspartner um so zahlreicher.«

»Ich könnte dir mit dem Autotelefon in meinem Wagen helfen«, bot Ben an. »Zusammen werden wir schneller fertig.«

Rachael lächelte dünn. »Würde sicher einen prächtigen Eindruck machen: Der Geliebte der Ehefrau, der ihr dabei hilft, die Bestattung des Ehemanns vorzubereiten...«

»Die anderen Leute brauchen nicht zu wissen, wer ich bin. Ich sage einfach, ich sei ein Freund der Familie.«

»Und das wäre auch nicht gelogen«, erwiderte Rachael. »Immerhin besteht die Familie jetzt nur noch aus mir. Du bist mein bester Freund, Benny.«

»Mehr als nur ein Freund.«

»O ja.«

»Viel mehr, hoffe ich.«

»Ich ebenfalls«, sagte sie.

Rachael gab ihm einen zärtlichen Kuß.

Nacheinander riefen sie die vielen Geschäftspartner Erics an, und um halb neun stellte Rachael plötzlich fest, daß sie Hunger hatte.

»An einem solchen Tag, und nach allem, was ich heute erlebte... Mein Appetit scheint darauf hinzudeuten, daß ich ziemlich abgebrüht bin.«
»Ganz und gar nicht«, widersprach Ben. »Das Leben geht weiter.«
Rachael überlegte kurz. »Ich fürchte, ich kann dir kein großartiges Abendessen anbieten. Ich habe nur die Zutaten für einen Salat im Haus. Und vielleicht könnten wir uns einige Rigatoni kochen und ein Glas Ragù-Soße aufmachen.«
»Ein königliches Mahl.«
Rachael nahm die Pistole mit und legte sie neben den Mikrowellenherd.
Auch in der Küche waren die Rolläden geschlossen. Ben trat an eins der rückwärtigen Fenster heran und streckte die Hand aus, um die Lamellen der Blende aufzuklappen.
»Bitte nicht«, sagte Rachael rasch. »Ich möchte... ungestört bleiben.«
»Vom Hinterhof aus kann uns niemand sehen. Die Mauern dort sind recht hoch.«
»Bitte.«
Ben zuckte mit den Schultern und ließ die Blende geschlossen.
»Wovor hast du Angst, Rachael?«
»Angst? Da täuschst du dich.«
»Und die Pistole?«
»Ich sagte es doch schon: Ich wußte nicht, wer an der Tür war, und nach allem, was heute geschehen ist...«
»Jetzt weißt du, daß ich geklingelt habe.«
»Ja.«
»Und du brauchst keine Waffe, um mich in Schach zu halten. Ich begnüge mich mit der Aussicht auf den einen oder anderen Kuß von dir.«
Rachael lächelte. »Ich schätze, ich sollte sie ins Schlafzimmer zurückbringen. Macht sie dich nervös?«
»Nein. Aber ich...«
»Ich lege sie ins Nachtschränkchen, sobald das Essen fertig ist«, sagte Rachael. Doch ihr Tonfall machte deutlich, daß ihre Worte eigentlich gar kein Versprechen darstellten, sondern nur Hinhaltetaktik.
Verwirrt und besorgt entschloß sich Ben zu diplomatischem Verhalten und ließ das Thema fallen.

Rachael setzte einen großen Topf mit Wasser auf, und in einem kleineren erhitzte sie die Soße für die Nudeln. Gemeinsam bereiteten sie den Salat zu.

Bei ihrer Unterhaltung ging es in erster Linie um die italienische Küche. Aber das Gespräch war nicht so locker und natürlich wie sonst; vielleicht versuchten sie zu angestrengt, alle Gedanken an die schrecklichen Ereignisse dieses Tages zu verdrängen.

Rachael hielt ihren Blick starr auf das Gemüse gerichtet, konzentrierte sich ganz auf ihre gegenwärtige Aufgabe, um alles andere zu vergessen. Ihre Schönheit lenkte Ben ab, und er schenkte der jungen Frau mindestens ebensoviel Aufmerksamkeit wie dem Schneiden der Tomaten und Zwiebeln. Sie war fast dreißig, sah aber kaum älter aus als zwanzig – und hatte die Eleganz und Anmut einer *grande dame*. Ben bewunderte sie. Ihr Anblick erregte ihn nicht nur. Rachael schien irgendeine Art von sonderbarer Magie auszustrahlen, die er nicht ganz verstand, und mit dieser Aura entspannte sie ihn. Sie ließ das Gefühl in ihm entstehen, als sei mit der Welt alles in Ordnung, erfüllte Ben mit der Hoffnung, ihn erwarte ein glückliches Leben.

Ganz plötzlich legte er das Messer beiseite, faßte Rachael an den Schultern, drehte sie zu sich um und küßte sie. Jetzt schmeckten ihre Lippen nicht mehr nach Schokolade, sondern nach Champagner. Noch immer ging ein schwacher Jasminduft von ihr aus. Langsam strich Ben mit den Händen über ihren Rücken, bis hinab zum Gesäß, und durch den weichen und dünnen Stoff des Bademantels fühlte er ihren herrlich festen und runden Körper. Sie trug keine Unterwäsche. Bens warme Hände wurden heiß – und dann noch heißer –, als sich Rachaels Körperwärme mit der seinen vereinte.

Fast verzweifelt hielt sie sich an ihm fest, so als sei sie eine Schiffbrüchige in einem sturmgepeitschten Meer, als böte ihr nur Ben Halt. Ihre Hände zitterten, und die Finger bohrten sich ihm tief in die Haut. Nach einigen Sekunden entspannte sie sich, und ihre Hände wanderten über Bens Rücken, berührten seine Schultern, die Oberarme, drückten sanft zu. Ihr Mund öffnete sich weiter, und der nächste Kuß war besonders leidenschaftlich. Rachaels Atemrhythmus beschleunigte sich.

Ben spürte ihre vollen Brüste, und wie eigenständige Wesen machten sich seine Finger auf die Suche, begannen damit, den Leib der jungen Frau eingehender zu erkunden.

Das Telefon klingelte.
Ben erinnerte sich sofort daran, daß sie nach den letzten Anrufen vergessen hatten, wieder den Anrufbeantworter einzuschalten.
»Verdammt«, sagte Rachael und wich von ihm zurück.
»Ich gehe ran.«
»Wahrscheinlich irgendein neugieriger Reporter.«
Ben nahm den Hörer des Wandtelefons neben dem Kühlschrank ab, doch es meldete sich nicht etwa ein Journalist, sondern ein gewisser Everett Kordell, Gerichtsmediziner von Santa Ana. Er telefonierte vom städtischen Leichenschauhaus. Es habe sich ein ernstes Problem ergeben, meinte er, und aus diesem Grund bat er darum, mit Mrs. Leben sprechen zu können.
»Ich bin ein Freund der Familie«, sagte Ben, »und derzeit nehme ich alle Anrufe entgegen.«
»Aber ich muß mit ihr persönlich sprechen«, beharrte Kordell. »Dringend.«
»Sie verstehen sicher, daß Mrs. Leben einen sehr schwierigen Tag hinter sich hat. Wenn ich Ihnen weiterhelfen kann...«
»Sie sollte sofort hierher kommen«, sagte Kordell in einem klagenden Tonfall.
»Zu Ihnen? Ins Leichenschauhaus meinen Sie? Jetzt sofort?«
»Ja. Auf der Stelle.«
»Warum?«
Kordell zögerte. Dann: »Es ist eine sehr peinliche Angelegenheit, und ich versichere Ihnen, früher oder später werden wir die Sache klären. Wahrscheinlich schon recht bald. Nun... äh, Eric Lebens Leiche wird vermißt.«
Ben glaubte, den Gerichtsmediziner nicht richtig verstanden zu haben. »Vermißt?«
»Ja«, bestätigte Kordell nervös. »Vielleicht wurde sie mit einer anderen Leiche verwechselt und im falschen Fach untergebracht.«
»*Vielleicht?*«
»Oder man hat sie... gestohlen.«
Ben hörte noch eine Zeitlang zu, legte dann auf und sah Rachael an.
Sie hatte die Arme um sich geschlungen, so als sei ihr kalt. »Das Leichenschauhaus?«
Ben nickte. »Offenbar haben die verdammten Bürokraten Erics Leichnam verloren.«

Rachael erbleichte, und in ihren Augen flackerte Angst und Panik. Seltsamerweise aber schien sie nicht überrascht zu sein.

Ben gewann plötzlich den Eindruck, daß die junge Frau schon seit einer ganzen Weile auf diesen Anruf gewartet hatte.

4. Kapitel

Unten, wo die Toten liegen

Als Rachael das Büro des Gerichtsmediziners sah, kam sie sofort zu dem Schluß, daß sich Everett Kordell durch ein obsessiv-zwanghaftes Wesen auszeichnete. Auf dem Schreibtisch lagen weder Bücher noch irgendwelche Dokumente oder Akten. Stifte, Kugelschreiber, Brieföffner, die in silberne Rahmen eingefaßten Bilder seiner Familie – alles war sorgfältig angeordnet, in exakter Symmetrie. In den Regalen hinter dem Schreibtisch standen zwei- oder dreihundert Bücher, und ihre makellosen Reihen wirkten fast wie das Bild eines übergroßen Prospekts. An der anderen Wand waren das Diplom des Mediziners und zwei Anatomiekarten befestigt. Vielleicht, so überlegte Rachael, überprüfte Kordell jeden Morgen mit Lot und Lineal, ob sie auch wirklich gerade hingen.

Kordells ausgeprägter Ordnungssinn kam auch in seinem Erscheinungsbild zum Ausdruck. Er war etwa fünfzig Jahre alt, hochgewachsen und auffallend hager, und er hatte ein schmales, asketisches Gesicht mit klaren, runden Augen. In seinem ergrauenden, kurzgeschnittenen Haar stand keine einzige Strähne ab, und das weiße Hemd erweckte den Eindruck, als sei es gerade erst gebügelt worden. Die Falten in der dunkelbraunen Hose waren so deutlich ausgeprägt, daß sie im Neonlicht wie zwei völlig geradlinige Striche glänzten.

Als Rachael und Benny in zwei Sesseln mit waldgrünem Lederbezug Platz genommen hatten, setzte sich Kordell hinter seinen Schreibtisch.

»Die ganze Sache ist mir höchst unangenehm, Mrs. Leben. Ich bedaure es sehr, Sie noch weiter belasten zu müssen, und ich möchte diese Gelegenheit nutzen, um mich noch einmal bei Ihnen zu entschuldigen und Ihnen mein Beileid auszusprechen. Geht es Ihnen nicht gut? Soll ich Ihnen ein Glas Wasser bringen?«

»Mit mir ist alles in Ordnung«, erwiderte Rachael, obgleich sie sich noch nie zuvor so elend gefühlt hatte.
Benny beugte sich vor und drückte kurz ihre Hand. Der liebe und verständnisvolle Benny. Rachael war froh, daß er sie begleitet hatte. In physischer Hinsicht konnte man ihn nicht gerade als eindrucksvoll bezeichnen. Ben maß gut eins siebzig und wog etwa fünfundsiebzig Kilo. Er schien ein Mann zu sein, der in der Menge verschwinden konnte und bei Partys nicht weiter auffiel. Aber wenn er mit seiner sanften Stimme sprach oder sich mit der für ihn typischen Geschmeidigkeit bewegte, wenn er einen nur ansah, bemerkte man sofort seine Intelligenz und Feinfühligkeit. Mit seiner ruhigen Gelassenheit konnte er ebensolche Aufmerksamkeit erregen wie das Brüllen eines Löwen. Bennys Anwesenheit machte für Rachael alles leichter.
»Was ist überhaupt geschehen?« wandte sich die junge Frau an den Gerichtsmediziner.
Doch sie fürchtete, daß sie die Antwort auf diese Frage bereits kannte.
»Ich möchte ganz offen zu Ihnen sein, Mrs. Leben«, sagte Kordell. »Es hat keinen Sinn, jetzt nach Ausflüchten zu suchen.« Er seufzte, schüttelte den Kopf und richtete seinen Blick auf Benny. »Sie sind nicht zufällig der Anwalt Mrs. Lebens?«
»Nein, nur ein alter Freund.«
»Bestimmt?«
»Ich habe sie begleitet, um ihr moralische Unterstützung zu gewähren.«
»Nun, ich hoffe, wir können auf Rechtsanwälte verzichten«, meinte Kordell.
»Ich beabsichtige nicht, Klage zu erheben«, versicherte ihm Rachael.
Der Gerichtsmediziner nickte betrübt, nicht sonderlich überzeugt. »Für gewöhnlich halte ich mich um diese Zeit nicht in meinem Büro auf«, sagte er. Es war halb zehn abends, am Montag. »Wenn sich unerwartete Arbeit ergibt und noch eine späte Autopsie durchgeführt werden muß, so überlasse ich sie einem meiner Assistenten. Eine Ausnahme wird nur dann gemacht, wenn es sich bei dem Verstorbenen um einen Prominenten handelt – oder aber das Opfer eines besonders außergewöhnlichen Mordfalls. Nun, wenn die Medien oder Politiker interessiert sind, ziehe ich es vor, die Untersuchung selbst vorzunehmen, auch wenn sie Stunden

dauern sollte. Ihr Mann, Mrs. Leben, gehörte zweifellos zur erstgenannten Kategorie.«

Er schien auf eine Antwort zu warten, und deshalb nickte Rachael. Seit sie vom Verschwinden des Leichnams gehört hatte, rumorte dumpfe Furcht in ihr, und sie spürte jetzt, wie sie sich erneut in Panik zu verwandeln drohte.

»Die sterblichen Überreste Ihre Gatten wurden heute mittag um 12.14 Uhr hierher ins Leichenschauhaus gebracht«, fuhr Kordell fort. »Da wir bereits hinter dem normalen Zeitplan zurücklagen und ich am Nachmittag noch einen Termin wahrnehmen mußte, beauftragte ich meine Assistenten, die Autopsien in der Reihenfolge der Eintragungen durchzuführen. Ich nahm mir vor, Ihren Mann um sechs Uhr dreißig heute abend zu untersuchen. Als ich hierher zurückkehrte und mit den Vorbereitungen begann, wies ich einen meiner Mitarbeiter an, Dr. Lebens Leiche zu holen. Doch sie konnte nirgends gefunden werden.«

»Vielleicht hat man sie im falschen Kühlfach untergebracht«, vermutete Benny.

»So etwas ist während meiner Amtszeit nur sehr selten passiert«, sagte Kordell in einem Anflug von Stolz. »Und bei jenen wenigen Gelegenheiten gelang es uns immer innerhalb von fünf Minuten, den verschwundenen Leichnam zu entdecken.«

»Im Gegensatz zu heute abend«, stellte Benny fest.

»Wir haben fast eine Stunde lang gesucht«, sagte Kordell kummervoll. »Überall. Die Sache ist mir ein Rätsel. Gibt überhaupt keinen Sinn. Eine Leiche kann sich schließlich nicht einfach in Luft auflösen.«

Rachael merkte, daß sie die Handtasche auf ihrem Schoß so fest umklammerte, daß ihre Knöchel weiß hervortraten.

»Dr. Kordell«, hörte sie Bennys Stimme wie aus weiter Ferne, »wäre es denkbar, daß Dr. Lebens Leichnam durch ein Versehen in eine private Leichenhalle transportiert wurde?«

»Man informierte uns vor einigen Stunden, daß die Attison Brothers mit der Beerdigung beauftragt seien, und deshalb setzten wir uns mit ihnen in Verbindung, als unsere Suche erfolglos blieb. Wir vermuteten, sie hätten den Leichnam ohne Genehmigung abholen lassen, vor der nach dem Gesetz notwendigen Autopsie. Aber das Bestattungsunternehmen teilte uns mit, man habe auf unsere Freigabe gewartet. Mit anderen Worten: Die Attison Brothers wissen ebenfalls nicht, was aus Dr. Lebens Körper geworden ist.«

»Meine Frage zielte in eine andere Richtung«, sagte Benny. »Wäre es möglich, daß Dr. Lebens Leiche mit einer anderen verwechselt wurde, die zur Abholung bereitlag?«

»Das haben wir ebenfalls überprüft. Nach 12.14 Uhr, dem Einlieferungszeitpunkt Dr. Lebens, gelangten vier Leichen zur Auslieferung. Wir schickten Angestellte zu den Bestattungsunternehmen, um die entsprechenden Identitäten zu überprüfen und festzustellen, ob eine Verwechslung mit den sterblichen Überresten Dr. Lebens vorlag. Das war nicht der Fall.«

»Was kann dann mit seiner Leiche geschehen sein?« fragte Benny verwundert.

Rachael schloß die Augen und lauschte dem makabren Gespräch. Nach einer Weile schien es ihr, als kämen die Stimmen aus den Tiefen ihres eigenen Ichs, als lösten sie sich von den Bildern des Alptraums, die nach wie vor an ihren inneren Pupillen vorbeizogen.

Kordell räusperte sich verlegen. »So verrückt das auch klingen mag: Wir müssen davon ausgehen, daß der Leichnam gestohlen wurde.«

»Was ist mit der Polizei?« erkundigte sich Benny.

»Wir haben sie sofort verständigt, als wir zu dem Schluß gelangten, daß Diebstahl die einzige Erklärung ist«, erwiderte der Gerichtsmediziner. »Die Beamten sind unten, in der Leichenhalle, und natürlich würden sie gern mit Ihnen sprechen, Mrs. Leben.«

»Sind Ihre Sicherheitsmaßnahmen so unzureichend, daß einfach jemand von der Straße hereinschlendern und eine Leiche fortbringen kann?« fragte Benny scharf.

»Natürlich nicht«, sagte Kordell. »So etwas ist noch nie geschehen. Nun, eine fest entschlossene Person wäre vielleicht in der Lage, eine Lücke in unserem Sicherheitsnetz zu finden. Doch das erforderte minuziöse Vorbereitungen und eine Menge Zeit. Und der Dieb könnte keineswegs sicher sein, Erfolg zu haben.«

»Aber diese Möglichkeit läßt sich nicht ganz ausschließen«, brummte Benny.

Rachael hatte noch immer die Augen geschlossen und versuchte, die Entsetzensbilder aus sich zu verdrängen, ihre Farben mit der Gräue des Vergessens verblassen zu lassen.

»Ich möchte Ihnen vorschlagen, mich in die Leichenhalle zu begleiten«, sagte Everett Kordell. »Dann sehen Sie selbst, wie ernst wir es mit der Sicherheit nehmen und wie schwierig es wäre, eine

Leiche zu stehlen. Mrs. Leben? Fühlen Sie sich stark genug, um mit mir zu kommen?«

Rachael schlug die Augen auf und begegnete den besorgten Blicken Bennys und Kordells. Sie nickte.

»Sind Sie ganz sicher?« fragte der Gerichtsmediziner. Er stand auf und trat hinter seinem Schreibtisch hervor. »Ich bestehe keineswegs darauf. Ich würde mich nur sehr über die Gelegenheit freuen, Ihnen zu zeigen, mit welchem Verantwortungsbewußtsein wir hier unsere Pflichten wahrnehmen.«

»Ich bin okay«, sagte Rachael.

Kordell lächelte und hielt die Tür zu.

Als sich die junge Frau erhob, um dem Gerichtsmediziner zu folgen, schwindelte ihr plötzlich, und sie schwankte.

Benny hielt sie fest. »Du solltest besser hierbleiben.«

»Nein«, widersprach Rachael. »Ich möchte es mit eigenen Augen sehen. Das ist mir sehr wichtig.«

Benny bedachte sie mit einem sonderbaren Blick, und sie senkte den Kopf. Er wußte, daß irgend etwas nicht stimmte, daß es nicht nur Erics Tod war, der sie so sehr bedrückte.

Schweigend verließen sie das Büro und gingen nach unten, dorthin, wo die Toten lagen.

Der breite, und mit hellgrauen Fliesen ausgelegte Korridor endete an einer schweren Stahltür. Ein Aufseher, gekleidet in eine weiße Uniform, saß rechts daneben an einem Nischenschreibtisch. Als er Kordell, Rachael und Benny sah, stand er auf und holte ein Schlüsselbund aus der Jackentasche.

»Dies ist der einzig interne Zugang zur Leichenhalle«, sagte der Gerichtsmediziner. »Die Tür bleibt ständig geschlossen. Alles in Ordnung, Walt?«

Der Aufseher nickte. »Möchten Sie rein, Dr. Kordell?«

»Ja.«

Als Walt den Schlüssel ins Schloß schob, sah Rachael einen kleinen Funken statischer Elektrizität.

»Hier hält sich ständig ein Wächter auf«, erklärte Kordell. »Entweder Walt oder einer seiner Kollegen, vierundzwanzig Stunden am Tag, sieben Tage in der Woche. Ohne seinen Schlüssel kann niemand die Leichenhalle betreten. Außerdem wird eine Liste über alle Besucher geführt.«

Walt öffnete die breite Tür, und Kordell passierte sie zusammen mit seinen beiden Begleitern. Die kühle Luft roch nach Desinfektionsmitteln und Tod. Hinter ihnen schloß sich die Stahltür mit einem leisen Klacken, das im ganzen Leib Rachaels widerzuhallen schien.

Zwei offenstehende Doppeltüren führten rechts und links in große Räume. Am Ende des Korridors sah die junge Frau ein weiteres Stahlportal, das dem ähnelte, durch das sie gerade eingetreten waren.

»Jetzt möchte ich Ihnen den einzigen externen Zugang zeigen, vor dem die Wagen der Bestattungsunternehmen halten«, sagte Kordell und führte sie durch den Gang.

Rachael folgte ihm zögernd. Allein der Umstand, daß sie sich nun an dem Ort aufhielt, wo bis vor kurzer Zeit Erics Leiche gelegen hatte, ließ sie schaudern.

»Einen Augenblick«, sagte Benny. Er wandte sich der Tür hinter ihnen zu und betätigte die Klinke. Kurz darauf sah er Walt, der gerade wieder hinter seinem Schreibtisch Platz nahm. Shadway ließ das Portal wieder zufallen und sah den Gerichtsmediziner an. »Zwar ist die Tür von außen verschlossen, aber nicht von innen.«

»Ja, das stimmt«, bestätigte Kordell. »Es würde zuviel Mühe machen, den Aufseher auch jedesmal dann zu rufen, wenn jemand die Leichenhalle verlassen will. Darüber hinaus soll das Risiko vermieden werden, daß jemand während eines Notfalls – zum Beispiel bei einem Feuer oder einem Erdbeben – eingeschlossen wird.«

Ihre Schritte hallten gespenstisch laut von den gekachelten Wänden wider, als sie den Weg durch den Korridor fortsetzten und sich dem äußeren Zugang näherten. In der linken Kammer sah Rachael mehrere Leute, die weiße Kittel trugen und sich leise unterhielten. Ihr Blick fiel auch auf drei Leichen, reglose Körper unter Leinenlaken, in stählernen Ablaufmulden.

Am Ende des Ganges stieß Everett Kordell die breite Metalltür auf, trat nach draußen und winkte.

Rachael und Benny folgten ihm. Zwar hatten sie jetzt das Gebäude verlassen, befanden sich aber noch immer nicht ganz draußen. Vor ihnen erstreckte sich das unterste Geschoß einer Tiefgarage, die an das Leichenschauhaus grenzte – dieselbe Garage, in der Rachael zuvor ihren roten Mercedes geparkt hatte.

Und während die junge Frau ihren Blick über die abgestellten Wagen schweifen ließ, gewann sie den Eindruck, daß sich zwischen ihnen irgend etwas verbarg und sie beobachtete.

Benny sah, wie Rachael schauderte, und er legte den Arm um ihre Schultern.

Everett Kordell schloß die schwere Tür und versuchte dann, sie aufzuziehen. Die Klinke ließ sich nicht niederdrücken. »Sie verriegelt sich automatisch. Kranken- oder Leichenwagen fahren von der Straße aus über die Rampe und halten hier. Man kann den Korridor nur erreichen, indem man diesen Knopf drückt.« Der Gerichtsmediziner betätigte eine weiße Taste und beugte sich zum Gitter einer Gegensprechanlage vor. »Walt? Hier ist Dr. Kordell. Wir stehen vor der Außentür. Würden Sie bitte öffnen?«

»Sofort, Sir«, erklang die Stimme des Aufsehers aus dem kleinen Lautsprecher.

Kurz darauf summte es, und Kordell schwang die Tür auf.

»Ich nehme an, der Wächter gewährt nicht allen Leuten Zugang, die sich auf diese Weise bei ihm melden«, sagte Benny.

»Natürlich nicht«, entgegnete Kordell und blieb in der offenen Tür stehen. »Wenn er die Stimmen erkennt, drückt er einfach den Entriegelungsknopf. Aber wenn er nicht weiß, wer vor dem externen Portal steht, oder wenn er aus irgendeinem Grund Verdacht schöpft, verläßt er seinen Schreibtisch, geht durch den Korridor und überprüft den Betreffenden.«

Inzwischen hatte Rachael das Interesse an all den Details verloren, konzentrierte ihre Aufmerksamkeit auf die düstere Tiefgarage, die Hunderte von Versteckmöglichkeiten bot.

»Der Aufseher rechnet bestimmt nicht mit einem Überfall«, sagte Benny nachdenklich. »Ein Unbekannter könnte ihn also überwältigen, und anschließend hielte ihn niemand davon ab, die Leichenhalle zu betreten.«

»Theoretisch wäre das möglich«, gestand Kordell ein und runzelte die Stirn. »Aber dazu ist es noch nie gekommen.«

»Die Wächter, die derzeit im Dienst sind, haben Ihnen versichert, daß sich heute nur autorisierte Personen in der Leichenhalle aufhielten?«

»Ja.«

»Und Sie vertrauen ihnen?«

»Unbedingt. All diejenigen, die hier arbeiten, bringen den uns überantworteten Leichen großen Respekt entgegen. Wir wissen, daß es unsere heilige Pflicht ist, die sterblichen Überreste der Verblichenen zu schützen.«

»Vielleicht hat jemand das Schloß geknackt«, vermutete Benny.

»Das ist praktisch ausgeschlossen.«
»Oder jemand schlich sich in die Leichenhalle, während die Außentür für autorisierte Besucher geöffnet wurde, versteckte sich irgendwie, wartete, bis die Luft rein war, und machte sich dann mit der Leiche Dr. Lebens auf und davon.«
»Eine andere Erklärung scheint es nicht zu geben. Aber es ist so unwahrscheinlich, daß...«
»Könnten wir bitte zurückkehren?« warf Rachael ein.
»Selbstverständlich«, sagte Kordell sofort. Er machte ihr Platz.
Rachael betrat den Korridor der Leichenhalle, und trotz des Fichtennadeldufts der Desinfektionsmittel nahm sie in der kühlen Luft erneut einen fauligen Geruch wahr.

5. Kapitel

Unbeantwortete Fragen

Im Lagerraum mit den Kühlfächern war es noch kälter als im Korridor der Leichenhalle. Grelles Neonlicht spiegelte sich auf den Fliesen und stählernen Ablaufmulden wider, auch auf den metallenen Griffen und Angeln der Klappen in den Wänden.
Rachael versuchte, nicht auf die in weiße Tücher gehüllten Körper zu starren und wagte es nicht, sich vorzustellen, was in einem der Fächer liegen mochte.
Kordell stellte ihr Ronald Tescanet vor, einen dicken Mann, der eine Madrasjacke trug und die Interessen der Stadt vertrat. Er war extra gekommen, um bei Rachaels Gespräch mit der Polizei zugegen zu sein und mit ihr das seltsame Verschwinden der Leiche Dr. Lebens zu erörtern. Während die Beamten Rachael einige Fragen stellten, wanderte er im Zimmer auf und ab und strich sich immer wieder das dunkle Haar glatt. An seinen fleischigen Händen glitzerten jeweils zwei goldene Ringe mit Diamanten.
Zwei andere und in Zivil gekleidete Männer zeigten der jungen Frau ihre Polizei-Ausweise, und zum Glück hielten sie es nicht für notwendig, Rachael ebenso wortgewaltig ihr Beileid auszusprechen wie zuvor Tescanet.
Der jüngere von ihnen hatte buschige Augenbrauen, war kräftig gebaut und stellte sich als Detektiv Hagerstrom vor. Er schien ein

schweigsamer Typ zu sein und überließ das Reden seinem Partner. Im Gegensatz zu Tescanet stand er völlig reglos und beobachtete alles aus kleinen braunen Augen, die Rachael zuerst den Eindruck von Dummheit vermittelten. Nach einer Weile aber kam sie zu dem Schluß, daß Hagerstrom einen überaus scharfen Verstand besaß, seine Intelligenz jedoch geschickt verbarg. Sie fragte sich, ob Hagerstrom mit seinem fast magischen und für Polizisten charakteristischen sechsten Sinn erkennen konnte, daß sie nicht die ganze Wahrheit sagte, daß sie mehr wußte, als sie zugab.

Der ältere Polizist namens Julio Verdad war ein kleiner Mann, dessen Hautfarbe an die Tönung von Zimt erinnerte. In seinen schwarzen Augen schimmerte ein Hauch von Purpur, wie von reifen Pflaumen. Offenbar legte er Wert auf gute Kleidung: Er trug einen tadellos sitzenden blauen Sommeranzug, ein weißes Hemd, das aus Seide bestehen mochte und an dessen Ärmeln goldene und perlmuttfarbene Manschettenknöpfe glänzten. An seiner burgunderroten Krawatte zeigte sich keine Nadel, sondern eine goldene Kette.

Verdad sprach in kurzen Sätzen, aber seine Stimme klang sanft und freundlich. Das abrupte Gebaren stand in einem seltsamen Kontrast zu seinem Tonfall. »Sie konnten sich eben ein Bild von den hiesigen Sicherheitsvorkehrungen machen, Mrs. Leben.«

»Ja.«
»Sind Sie zufrieden.«
»Ich denke schon.«
Verdad wandte sich an Benny. »Sie sind...?«
»Ben Shadway. Ein alter Freund von Mrs. Leben.«
»Ein alter Schulfreund?«
»Nein.«
»Ein Geschäftspartner?«
»Nein. Schlicht und einfach ein Freund.«
In den pflaumenfarbenen Augen blitzte es kurz auf. »Ich verstehe.« Und an Rachael gerichtet: »Ich würde Ihnen gern einige Fragen stellen.«
»Und worum geht es dabei?«
Darauf gab Verdad keine Antwort. »Wollen Sie nicht Platz nehmen, Mrs. Leben?«
»Oh, natürlich, ein Stuhl«, entfuhr es Everett Kordell. Zusammen mit dem dicken Tescanet eilte er an den Schreibtisch in der Ecke heran und zog den Sessel dahinter hervor.

Als Rachael sah, daß niemand sonst Anstalten machte, sich zu setzen, blieb sie ebenfalls stehen. »Nein, danke. Bestimmt dauert unsere Unterhaltung nicht sehr lange. Ich möchte diesen Ort so schnell wie möglich wieder verlassen.« Sie richtete den Blick auf Verdad. »Ihre Fragen...«
»Ein ungewöhnliches Verbrechen«, sagte Verdad.
»Leichenraub.« Sie gab vor, angesichts der jüngsten Ereignisse sowohl verblüfft als auch bestürzt zu sein. Das erste Empfinden erforderte eine genaue Kontrolle ihres Mienenspiels, doch das zweite war mehr oder weniger echt.
»Wer käme dafür in Frage?«
»Ich habe nicht die geringste Ahnung.«
»Kennen Sie jemanden, dem etwas daran liegen könnte, Dr. Lebens Leiche zu stehlen?« fragte Verdad.
Rachael schüttelte den Kopf.
»Hatte er Feinde?«
»Mein Mann war nicht nur ein Genie in seinem Fach, sondern auch ein erfolgreicher Geschäftsmann. Genies neigen dazu, die berufliche Eifersucht ihrer Kollegen zu erwecken. Und bestimmt beneidete man ihn auch um sein Vermögen. Einige Leute glaubten, Eric habe sie... um ihre Chancen gebracht, als er die Karriereleiter erklomm.«
»Und stimmt das?«
»Ja, in manchen Fällen schon. Eric war sehr ehrgeizig. Aber ich bezweifle, daß irgendein Feind von ihm Genugtuung darin finden könnte, seine Leiche verschwinden zu lassen.«
»Er war nicht nur ehrgeizig«, meinte Verdad.
»Bitte?«
»Er war rücksichtslos.«
»Warum sagen Sie das?«
»Ich habe über ihn gelesen«, erklärte Verdad. »Rücksichtslos und unbarmherzig.«
»Nun, vielleicht. Und schwierig. Das läßt sich nicht leugnen.«
»Rücksichtslosigkeit schafft erbitterte Feinde.«
»So erbitterte, meinen Sie, daß ein Leichenraub Sinn ergäbe?«
»Möglicherweise. Ich brauche die Namen der Personen, die Grund gehabt haben könnten, Ihren Mann zu hassen.«
»Diese Informationen bekommen Sie sicher von den Leuten, mit denen er bei Geneplan zusammenarbeitete«, sagte Rachael.
»Das ist sein Unternehmen. Aber Sie sind seine Frau.«

»Von den Geschäften meines Mannes weiß ich nur wenig. Er wollte nicht, daß ich davon erfuhr. Er hatte eigene Vorstellungen in bezug auf den mir... zustehenden Platz. Außerdem lebten wir seit einem Jahr getrennt.«

Verdad wirkte überrascht, aber aus irgendeinem Grund war Rachael sicher, daß er bereits Background-Arbeit geleistet hatte und über ihre Beziehung Bescheid wußte.

»Scheidung?«

»Ja.«

»Verbitterung?«

»Von Erics Seite her, ja.«

»Dann dürfte das die Erklärung sein.«

»Was für eine Erklärung?« fragte Rachael.

»Dafür, daß Sie seinen Tod nicht sehr bedauern.«

Sie hatte bereits vermutet, daß Verdad doppelt so gefährlich war wie der stille und aufmerksame Hagerstrom. Jetzt sah Rachael ihre Annahme bestätigt.

»Dr. Leben behandelte sie ziemlich schlecht«, warf Benny zu ihrer Verteidigung ein.

»Ich verstehe«, sagte Verdad.

»Sie hat keinen Grund, um ihren Mann zu trauern«, fügte Benny hinzu.

»Ich verstehe.«

Benny kniff die Augen zusammen. »Meine Güte, Sie verhalten sich so, als hätten Sie es mit einem Mordfall zu tun.«

»Tatsächlich?« fragte Verdad.

»Sie behandeln Mrs. Leben wie eine Verdächtige.«

»Glauben Sie?«

»Dr. Leben kam bei einem Verkehrsunfall um«, sagte Benny. »Und wenn irgend jemand dafür verantwortlich ist, so er selbst.«

»So hat es den Anschein.«

»Es gibt mindestens ein Dutzend Augenzeugen.«

»Sind Sie Mrs. Lebens Anwalt?« erkundigte sich Verdad ruhig.

»Nein, ich sagte Ihnen doch schon...«

»O ja, ein alter Freund«, unterbrach ihn Verdad und deutete ein dünnes Lächeln an.

»Wenn Sie Rechtsanwalt wären, Mr. Shadway«, warf Ronald Tescanet ein und trat so hastig vor, daß sein Doppelkinn zitterte, »verstünden Sie sicher, warum der Polizei gar keine andere Wahl bleibt, als solche Fragen zu stellen. Sie muß natürlich die Möglichkeit berücksichtigen, daß Dr. Lebens Leiche gestohlen wurde, um eine Autopsie zu verhindern. Mit anderen Worten: um etwas zu *verbergen.*«

»Wie melodramatisch«, sagte Benny spöttisch.

»Aber durchaus denkbar«, erwiderte Tescanet. »Und das würde bedeuten, daß hinter seinem Tod vielleicht mehr steckt als nur ein Verkehrsunfall.«

»Genau«, sagte Verdad.

»Unsinn«, brummte Benny.

»Lieutenant Verdad«, sagte Rachael, »ich glaube, die logischste Erklärung ist folgende: Trotz der Versicherungen Dr. Kordells muß die Leiche irgendwie vertauscht worden sein.« Der dürre Gerichtsmediziner protestierte ebenso heftig wie der dicke Ronald Tescanet. Rachael sprach einfach weiter. »Oder vielleicht haben wir es mit einem Scherz von Collegestudenten zu tun. In diesem Zusammenhang sind schon schlimmere Dinge passiert.«

Benny starrte ins Leere. »Ist es vielleicht möglich, daß Eric Leben überhaupt nicht tot war? Könnte sein Zustand falsch beurteilt worden sein? Vielleicht fiel er in eine Art Koma, erwachte später in der Leichenhalle und verließ sie in Trance...«

»Nein, nein, nein!« sagte Tescanet. Er wurde blaß und begann trotz der Kühle zu schwitzen.

»Völlig ausgeschlossen.« Kordell schüttelte den Kopf. »Ich habe ihn selbst gesehen. Schwere Kopfverletzungen. Nicht die geringsten Lebenszeichen.«

Doch die so absurd klingende Hypothese schien Verdad zu interessieren. »Wurde Dr. Leben unmittelbar nach dem Unfall untersucht?«

»Von den Ärzten des Rettungswagens«, sagte Kordell.

»Qualifizierte und sehr fähige Leute«, fügte Tescanet hinzu und wischte sich mit einem Taschentuch den Schweiß von der Stirn. »Sie würden niemals – ich wiederhole: *niemals* – einen Menschen für tot erklären, wenn sie nicht absolut sicher wären.«

»Erstens: Das Herz schlug nicht mehr«, sagte Kordell. »Das EKG-Gerät im Rettungswagen zeigte eine völlig flache Linie. Zweitens: keine Atmung. Drittens: stetig fallende Körpertemperatur.«

»Tot«, fügte Tescanet hinzu. »Daran kann gar kein Zweifel bestehen.«

Lieutenant Verdad bedachte die beiden Männer mit einem ebenso durchdringenden Blick wie zuvor Rachael. Wahrscheinlich glaubte er nicht, daß Tescanet und Kordell irgend etwas vertuschen wollten, aber aufgrund seines Berufs war er daran gewöhnt, jeden zu verdächtigen.

Kordell räusperte sich kurz und fuhr fort:»Viertens: Im Gehirn fand keine feststellbare elektrische Aktivität statt. Wir haben hier ein EEG-Gerät und setzen es oft bei Unfallopfern ein, als letzten Test gewissermaßen. Diese Sicherheitsmaßnahme ordnete ich unmittelbar nach meinem Amtsantritt an. Kurz nach der Einlieferung wurde Dr. Leben mit dem Apparat verbunden, doch die Anzeige blieb negativ. Nun, jeder Arzt geht davon aus, es mit einer Leiche zu tun zu haben, wenn er Herzstillstand und Hirntod diagnostiziert. Dr. Lebens Pupillen reagierten nicht auf Lichtreize. Und es ließ sich keine Atmung registrieren. Mit allem gebührenden Respekt, Mrs. Leben: Ihr Mann war so tot, wie man nur sein kann. Dafür stehe ich mit meiner Reputation ein.«

Rachael wußte, daß Eric tot gewesen war. Deutlich erinnerte sie sich an seine weit aufgerissenen Augen mit dem gebrochenen Blick, an das Blut, das unter ihm auf dem Asphalt eine große Lache bildete. Sie entsann sich auch an die gräßlich eingedrückte Stelle an seinem Schädel, an die gesplitterten Knochen. Trotzdem war sie erleichtert, daß Benny unwissentlich die Dinge durcheinandergebracht und die beiden Polizisten auf eine falsche Fährte gelockt hatte.

»Ich mache mir nichts vor«, erwiderte sie leise. »Ich habe ihn unmittelbar nach dem Unfall gesehen, und daher bin ich ganz sicher, daß bei der Diganose kein Fehler gemacht wurde.«

Kordell und Tescanet seufzten zufrieden.

»Dann können wir diese Hypothese wohl fallenlassen«, sagte Verdad und zuckte mit den Schultern. Er führte Rachael an den drei zugedeckten Leichen vorbei und blieb an einer leeren Ablaufmulde stehen, in der ein zerknülltes Tuch lag. Auf dem kleinen Bündel sah die junge Frau einen dünnen Plastikanhänger.

»Mehr ist uns nicht geblieben«, sagte er. »Wir haben nur den Karren, auf dem der Leichnam ruhte, und das ID-Schild, das an Dr. Lebens Fuß befestigt war.« Der Detektiv stand neben ihr und musterte sie mit ausdruckslosem Gesicht. »Ich frage Sie: Warum sollte sich ein Leichenräuber die Zeit nehmen, den Namensanhänger vom Zeh des Toten zu entfernen?«

»Keine Ahnung«, erwiderte Rachael.

»Der Dieb hat bestimmt befürchtet, entdeckt zu werden. Er hatte es eilig. Und die Entfernung des Schildes kostete ihn wertvolle Sekunden.«

»Eine verrückte Sache«, sagte Rachael leise.

»Ja, in der Tat«, bestätigte Verdad.

Die junge Frau starrte auf das blutbefleckte Tuch und stellte sich vor, wie es den kalten und nackten Leichnam ihres Mannes eingehüllt hatte. Sie begann erneut zu zittern.

»Genug damit.« Benny legte ihr den Arm um die Schultern. »Komm, ich bringe dich raus.«

Everett Kordell und Ronald Tescanet begleiteten Rachael und Benny zum Lift in der Tiefgarage und betonten immer wieder, weder das Leichenschauhaus noch die Stadtverwaltung treffe die geringste Schuld im Hinblick auf das Verschwinden der Leiche. Zwar versicherte ihnen Rachael, es läge ihr nichts an einer Auseinandersetzung vor Gericht, doch die beiden so unterschiedlichen Männer blieben skeptisch. Es gab so viele Dinge, über die die junge Frau nachdenken mußte, daß sie nicht die Kraft aufbringen konnte, ihren Zweifel auszuräumen. Sie wollte einfach nur fort und die wichtigeren Aufgaben in Angriff nehmen, die auf sie warteten.

Als sich die Lifttür schloß und Benny und sie von dem hageren Pathologen und dem dicken Repräsentanten der Stadt trennte, sagte Shadway: »Ich glaube, ich an deiner Stelle würde sie verklagen.«

»Besprechungen mit Rechtsanwälten, Vernehmungen, Termine vor Gericht, das Entwickeln von entsprechenden Strategien...« Rachael schüttelte den Kopf. »Eine unangenehme und sehr zeitaufwendige Angelegenheit – für beide Seiten.« Sie öffnete ihre Handtasche, als sich der Aufzug in Bewegung setzte.

»Verdad ist ein ziemlich kaltschnäuziger Mistkerl, was?« meinte Benny.

»Ich schätze, er macht bloß seine Arbeit.« Rachael holte ihre 32er hervor.

Auf der Anzeigefläche leuchtete die 2 auf. Der rote Mercedes parkte eine Etage weiter oben.

»Geh von der Tür fort, Benny«, sagte Rachael.

»Was?« Verblüfft starrte er auf ihre Pistole. »He, zum Teufel auch – woher hast du die Knarre?«

»Hab' sie von zu Hause mitgebracht.«

»Warum?«

»Bitte tritt zurück, Benny, rasch«, drängte Rachael und zielte auf die Tür.
Shadway zwinkerte verwirrt und kam der Aufforderung nach.
»Was soll das? Du willst doch nicht etwa jemanden umlegen...«
Rachaels Herz klopfte laut und heftig, und das wummernde Pochen in ihrer Brust schien Bennys Stimme zu übertönen.
Sie erreichten den dritten Stock.
Es machte leise *Ping!*, und die Zahl 3 leuchtete auf. Der Lift hielt mit einem sanften Ruck an.
»Antworte mir, Rachael! Was ist mit dir?«
Die junge Frau schwieg. Sie hatte sich die Waffe kurz nach der Trennung von Eric besorgt, um sich sicherer zu fühlen. Als sich die Tür vor ihr öffnete, versuchte sie, sich an den Rat des Verkäufers zu erinnern: den Abzug nicht mit einem Ruck durchziehen, sondern ganz langsam betätigen, um das Ziel nicht zu verfehlen.
Doch es wartete niemand auf sie, zumindest nicht vor dem Aufzug. Rachaels Blick fiel auf einen grauen Betonboden, auf nackte Wände und Säulen, die ebenso aussahen wie die in der untersten Etage. Und auch hier herrschte eine gespenstisch anmutende Stille.
Benny folgte ihr aus dem Lift. »Wovor hast du Angst, Rachael?« fragte er.
»Später. Ich möchte so schnell wie möglich fort von hier.«
»Aber...«
»Später.«
Ihre Schritte hallten dumpf in der Halle wider, und Rachael hatte plötzlich das Gefühl, als ginge sie nicht etwa durch eine gewöhnliche Tiefgarage in Santa Ana, sondern durch die Kammern eines uralten Tempels, beobachtet von einer völlig fremdartigen Wesenheit.
Es war bereits recht spät, und außer ihrem roten 560 SL standen nur noch zwei andere Wagen in dieser Etage, abseits des Mercedes, den Rachael etwa dreißig Meter vom Aufzug entfernt geparkt hatte. Wachsam machte sie eine Runde um das glänzende Auto. Niemand versteckte sich dahinter, und durch die Fenster sah sie nichts weiter als leere Sitze. Sie öffnete die Tür und stieg rasch ein. Kaum hatte Benny neben ihr Platz genommen, betätigte sie die Zentralverriegelung, ließ den Motor an, legte ruckartig den ersten Gang ein und gab Gas.

Während sie den Wagen über die Rampe lenkte, sicherte sie die Waffe und schob sie in die Handtasche zurück.

Als der Mercedes auf die Straße rollte, sagte Benny: »Okay, und jetzt erzähl mir bitte, was eigentlich los ist.«

Rachael zögerte und bedauerte es, ihn bereits so tief in die Sache verwickelt zu haben. Sie hatte kein Recht, ihn in Gefahr zu bringen.

»Rachael?«

Die Ampel an der Kreuzung Main Street und vierte Straße zeigte auf Rot, und Rachael hielt an. Der warme Sommerwind blies einige Papierfetzen übers Pflaster und ließ sie hin und her wirbeln, bevor er sie fortwehte.

»Rachael?« wiederholte Benny.

Ein in schäbige Lumpen gekleideter und heruntergekommen wirkender Mann stand nur wenige Meter entfernt am Straßenrand. Er war schmutzig, unrasiert und betrunken. In der linken Hand hielt er eine Weinflasche, nur zum Teil in einer braunen Tüte verborgen. Die rechte Hand umklammerte eine alte Taschenuhr. Die Glasabdeckung fehlte, und der Minutenzeiger war abgebrochen. Trotzdem schien der Mann eine Kostbarkeit darin zu sehen. Er bückte sich und starrte aus fiebrig glänzenden und blutunterlaufenen Augen in den Mercedes.

Benny ignorierte ihn und wandte sich erneut an die junge Frau. »Verschließ dich nicht vor mir, Rachael. Was ist los? Sag's mir. Vielleicht kann ich dir helfen.«

»Ich möchte dich nicht hineinziehen.«

»Ich stecke bereits mit drin.«

»Nein. Du weißt überhaupt nichts, und ich halte es für besser, es bleibt dabei.«

»Du hast mir versprochen...«

Die Ampel sprang um, und Rachael trat so jäh aufs Gas, daß Benny an die Rückenlehne des Beifahrersitzes gepreßt wurde.

»Hör mal, Benny«, sagte sie, »ich fahre dich zu mir nach Hause zurück, so daß du deinen Wagen holen kannst.«

»Von wegen.«

»Ich komme auch allein zurecht.«

»*Womit?* Was wird hier eigentlich gespielt?«

»Setz mich nicht unter Druck, Benny. Bitte nicht. Ich muß über vieles nachdenken und einige Dinge erledigen...«

»Klingt ganz so, als hättest du für heute abend noch etwas vor.«

»Es betrifft dich nicht«, sagte Rachael.

»Wohin willst du?«
»Ich möchte etwas... überprüfen.«
Benny sah sie besorgt an. »Hast du etwa vor, jemanden zu erschießen?«
»Natürlich nicht.«
»Warum dann die Pistole?«
Rachael gab keine Antwort.
»Hast du einen Waffenschein?« fragte Benny.
Die junge Frau schüttelte den Kopf. »Nein, nur eine beschränkte Erlaubnis.«
Der Mann an ihrer Seite nickte. »Mit anderen Worten: Du müßtest die Pistole zu Hause lassen.«
Rachael schwieg.

Benny blickte nach hinten, um festzustellen, ob ihnen ein anderes Fahrzeug folgte, und dann beugte er sich rasch zur Seite und riß das Steuer nach rechts.

Reifen quietschten, und Rachael trat so fest auf die Bremse, daß die Räder blockierten und der Mercedes sieben oder acht Meter weit rutschte. Als sie Benny zurief, er solle das Steuer loslassen, zog er die Hände zurück. Das Lenkrad drehte sich mit einem Ruck, aber Rachael hielt es fest, brachte den Wagen wieder unter Kontrolle und lenkte ihn an den Straßenrand. »Bist du übergeschnappt?« fragte sie Benny entgeistert.

»Nein, nur sauer.« Er holte tief Luft. »Ich möchte dir helfen.«
»Das ist unmöglich.«
»Stell mich auf die Probe. *Was* möchtest du überprüfen?«
Rachael seufzte. »Erics Haus.«
»In Villa Park? Warum?«
»Das kann ich dir nicht sagen.«
»Und anschließend?«
»Geneplan. Sein Büro.«
»Warum?«
»Das kann ich dir ebenfalls nicht sagen.«
»Warum nicht?«
»Es ist gefährlich, Benny. Es könnte drunter und drüber gehen.«
»Bin ich etwa aus Porzellan, verdammt? Oder aus Glas? Was hältst du eigentlich von mir, Rachael? Glaubst du etwa, ich zerbräche einfach, wenn mich jemand mit dem Zeigefinger berührt?«

Sie sah ihn an. Der bernsteinfarbene Glanz der Straßenlampen fiel nur durch ihre Hälfte der Windschutzscheibe und ließ Benny im

Dunkeln. Doch sie konnte deutlich das Blitzen in seinen Augen erkennen. »Du bist wütend«, stellte sie überrascht fest.
»Rachael, gibt es etwas zwischen uns? Ich glaube schon. Etwas Besonderes, meine ich.«
»Ja.«
»Meinst du wirklich?«
»Ja, das weißt du doch.«
»Dann gebe ich mich nicht einfach mit einem ›Das kann ich dir nicht sagen‹ zufrieden. Du brauchst Hilfe, und ich bin entschlossen, dir zu helfen.«
Rachael musterte ihn und fühlte sich sehr zu ihm hingezogen. Sie wünschte sich, ihn einzuweihen, sich ihm anzuvertrauen, aber gleichzeitig wußte sie, daß sie ihn damit einer großen Gefahr ausgesetzt hätte.
»Ich meine: Dir ist doch klar, daß ich ein ziemlich altmodischer Bursche bin«, fuhr Benny fort. »Es bleibt mir gar nichts anderes übrig, als der Frau beizustehen, an der mir etwas liegt. Verstehst du?«
Rachael schloß die Augen, lehnte sich zurück, unfähig, eine Entscheidung zu treffen. Nach wie vor hielt sie das Steuer fest, denn wenn sie die Hände vom Lenkrad gelöst hätte, wäre Benny sicher auf ihr Zittern aufmerksam geworden.
»Vor was fürchtest du dich, Rachael?« fragte er leise.
Sie blieb stumm.
»Du weißt, was mit der Leiche geschehen ist, nicht wahr?« hakte er nach.
»Vielleicht.«
»Du weißt, wer sie gestohlen hat.«
»Möglicherweise.«
»Und du hast Angst vor dem Dieb. Wie heißt er, Rachael? Um Himmels willen, wer könnte sich zu etwas hinreißen lassen? Und aus welchem Grund?«
Sie schlug die Augen wieder auf, legte den Gang ein und fuhr los. »Na gut, du kannst mich begleiten.«
»Zu Erics Haus? In sein Büro? Was glaubst du, dort zu finden?«
»Irgend etwas«, erwiderte Rachael ausweichend. »Hab noch ein wenig Geduld mit mir.«
Benny schwieg eine Zeitlang.
Dann: »In Ordnung. Nicht mehr als jeweils ein Schritt. Das genügt mir. Vorerst.«

Rachael fuhr nach Norden über die Main Street, bog kurze Zeit später in die Katella Avenue und lenkte ihren Mercedes durch das exklusive Viertel Villa Park. Das Gelände wurde hügeliger, und in den oberen Bereichen von Villa Park waren die luxuriösen Häuser – teilweise hatten sie einen Wert von mehr als einer Million Dollar – hinter hohen Hecken und Büschen verborgen. Erics Anwesen wirkte dunkler als die anderen, ein kalter Ort selbst an einem warmen Juniabend. Die vielen Fenster sahen aus, als bestänten sie aus sonderbarem Obsidian, der kein Licht durchließ, weder in der einen noch in der anderen Richtung.

6. Kapitel

Der Kofferraum

Die lange Zufahrt führte in einem weiten Bogen an der großen Villa Eric Lebens vorbei, die im modernen spanischen Stil gehalten war, und endete an der Garage weiter hinten. Rachael stellte ihren Wagen vor dem Haus ab.

Benny stieg aus und folgte Rachael zu einer dunklen Veranda, wo Fettpflanzen mit gelben Blüten und weiße Azaleen in geradezu riesigen, grauen Tontöpfen wuchsen. Das Anwesen beeindruckte Benny. Er schätzte den eigentlichen Wohnraum auf mindestens drei- oder gar vierhundert Quadratmeter, und umgeben war das Haus von einem sorgfältig gestalteten und gepflegten Garten. Wenn man nach Westen blickte, sah man den größten Teil von Orange County, eine breite Decke aus Licht, die sich fünfzehn Meilen weit bis zum pechschwarzen Ozean erstreckte. Am Tag und bei klarem Wetter reichte der Blick vermutlich bis nach Catalina. Trotz der eher einfachen Architektur war Erics Heim in eine Aura des Reichtums gehüllt. Selbst die Grillen, die im Gras zirpten, schienen anders zu klingen als die in der bescheideneren Nachbarschaft, melodischer, weniger schrill – so als seien sich die winzigen Geschöpfe der Exklusivität ihrer Umgebung bewußt.

Ben wußte natürlich, daß Eric ein sehr reicher Mann gewesen war, doch erst jetzt wurde ihm richtig klar, was es bedeutete, dreißig Millionen Dollar zu besitzen. Lebens Vermögen schien sich plötzlich in ein schweres Gewicht zu verwandeln, das sich auf

Shadways Schultern senkte. Und er fragte sich, ob Rachael ebenso empfand.
Bevor sie den Mercedes verließ, holte sie ihre Pistole hervor und entsicherte sie. Sie forderte Ben auf, wachsam und vorsichtig zu sein, verweigerte ihm jedoch die Auskunft darüber, mit was für einer Art von Gefahr sie rechnete. Ihre Furcht wurde immer offensichtlicher, und doch lehnte sie es ab, ihre Besorgnis mit Ben zu teilen und sich auf diese Weise Erleichterung zu verschaffen. Eifersüchtig hütete sie ihr Geheimnis, wie schon seit Stunden.
Rachael schob den Schlüssel ins Türschloß, und als ein leises Kratzen erklang, dachte Ben unwillkürlich an zwei Messer, deren scharfe Klingen übereinanderschabten.
Er bemerkte den Kasten einer Alarmanlage neben der Tür, doch offenbar war sie nicht eingeschaltet, denn keine der kleinen Anzeigelampen leuchtete.
Die junge Frau zögerte kurz, bevor sie die Tür aufzog und im Foyer das Licht einschaltete. Als sie das Haus betrat, hielt sie die Pistole schußbereit in der Hand. Ben folgte ihr.
Nichts rührte sich in der Villa. Stille herrschte.
»Ich glaube, wir sind allein«, sagte Rachael.
»Hast du etwas anderes erwartet?« fragte Ben.
Sie gab keine Antwort.
Aber obgleich sich außer ihnen anscheinend niemand im Haus befand, ließ Rachael die Waffe nicht sinken.
Langsam schritten sie von Zimmer zu Zimmer, und Rachael schaltete überall die Lampen ein. Im hellen Schein wirkte das Innere der Villa noch eindrucksvoller. Die Räume waren groß und hoch, wiesen weiße Wände und breite Fenster auf. Mexikanische Fliesen bedeckten den Boden. An einigen Stellen sah Ben wuchtige Kamine aus Stein oder Keramik, und hier und dort fiel sein Blick auf massive Eichenschränke mit kunstvollen Verzierungen. Das Wohnzimmer und die daran angrenzende Bibliothek hätten zweihundert Personen mehr als genug Platz geboten.
Ein großer Teil der Einrichtung war ebenso modern und funktionell wie die allgemeine Architektur, die aufgrund seiner Vergangenheitsorientierung ein gewisses Unbehagen in Ben weckte. Das Sofa und die Polstersessel zeichneten sich durch völlig glatte Konturen aus. Die kleinen und größeren Beistelltische mit den entweder weißen oder schwarzen Glasflächen waren ebenfalls schlicht.
In einem auffallenden Gegensatz zu dem zurückhaltenden

Dekor standen einige elektrische Kunstwerke und Antiquitäten, ebenso wertvoll wie einzigartig. Der einfache Hintergrund diente ihnen gewissermaßen als Bühne: Die meisten wurden indirekt beleuchtet, und in einigen Fällen fiel das Licht an der Decke befestigter Minispots auf sie. Über einem Kamin sah Ben ein Fliesenbild von William de Morgan, das, wie Rachael behauptete, einst Zar Nikolaus I. gehört hatte. Hier ein Jackson Pollock-Gemälde, dort eine aus Marmor bestehende römische Büste, die aus dem ersten Jahrhundert vor Christus stammte. Altes vermischte sich mit Neuem, in einer ebenso verwirrenden wie interessanten Anordnung.

Zwar wußte Ben, daß Rachael mit einem sehr reichen Mann verheiratet gewesen und am Morgen dieses Tages zu einer vermögenden Witwe geworden war, aber bisher hatte er noch nicht drüber nachgedacht, was das für ihre Beziehung bedeutete. Ihr neuer Status kam einem Ellenbogenhieb gleich, der ihn in der Seite traf und zusammenzucken ließ. *Reich.* Rachael besaß mehr Geld, als sie jemals ausgeben konnte.

Ben fühlte das Bedürfnis, irgendwo Platz zu nehmen und gründlich darüber nachzudenken, welche Konsequenzen sich aus Rachaels Reichtum für sie beide ergeben mochten. Er nahm sich vor, ganz offen mit ihr darüber zu sprechen. Andererseits: Dies war weder der geeignete Ort noch der richtige Zeitpunkt für eine solche Diskussion, und deshalb beschloß er, sie auf später zu verschieben. Was ihm einige Probleme bescherte: Von einer Summe, die sich auf viele Millionen Dollar belief, ging eine magnetische Anziehung aus, die nicht ohne Wirkung auf die Überlegungen blieb, ungeachtet aller anderen dringenden Angelegenheiten, die Aufmerksamkeit erforderten.

»Du hast hier sechs Jahre lang gelebt?« fragte Ben ungläubig, als sie durch die kühlen, sterilen und alles andere als gemütlichen Zimmer schritten.

»Ja«, bestätigte Rachael. Während sie ihre Besichtigungstour fortsetzten, entspannte sie sich nach und nach. Offenbar drohte in dem Haus keine Gefahr irgendeiner Art. »Sechs lange Jahre.«

Sie sahen sich weitere weiße Zimmer und Räume an, und Ben hielt die Villa immer weniger für ein Heim, verglich sie mit einem Eispalast, in dem alle Gefühle früher oder später erstarren mußten.

»Es ist... unheimlich«, sagte er schließlich.

»Eric hatte nie Interesse an einem gemütlichen Zuhause. Eigentlich wurde ihm seine Umgebung nur selten voll bewußt. Er lebte in der Zukunft, nicht in der Gegenwart. Das Haus sollte ihm nur als Monument für seinen Erfolg dienen – und ich glaube, diesen Zweck erfüllt es auch.«

»Ich hatte erwartet, irgendwo eine Spur von dir zu finden, eine persönliche Note, die du hier hinterlassen hast. Aber man könnte meinen, du hieltest dich jetzt zum erstenmal in dieser Villa auf.«

»Eric erlaubte es mir nicht, die Einrichtung oder das Dekor zu verändern«, sagte Rachael.

»Und damit hast du dich abgefunden?«

»Mir blieb keine andere Wahl.«

»Ich kann mir nicht vorstellen, daß du an einem so frostigen Ort glücklich gewesen bist.«

»Oh, ganz so schlimm war es nicht. Es *gibt* viele wundervolle Dinge in diesem Haus. Und jedes einzelne verdient es, sich eingehend damit zu befassen.«

Rachaels Fähigkeit, selbst unter schwierigen Umständen positive Aspekte nicht aus den Augen zu verlieren, erstaunte Ben immer wieder. Sie gab sich alle Mühe, unangenehmen Faktoren keine Beachtung zu schenken und sich statt dessen ganz auf das zu konzentrieren, was ihr Freude bereitete. Ihre gegenwartsorientierte Persönlichkeit stellte einen überaus wirksamen Schutz vor den Launen des Schicksals dar.

Am Ende des Erdgeschosses, in einem Zimmer, von dem aus man auf den Swimming-pool sehen konnte, entdeckte Ben das größte Schmuckobjekt im Haus: einen langen, mit gewölbten Beinen ausgestatteten Billardtisch aus dem späten neunzehnten Jahrhundert. In dem dunklen, massiven Teakholz zeigten sich komplexe Verzierungen und Dutzende von glitzernden Halbedelsteinen.

»Eric hat nie Billard gespielt«, sagte Rachael. »Ihm kam es nur darauf an, daß dieser Tisch mehr als dreißigtausend Dollar kostete. Ein weiteres Statussymbol.«

»Je mehr ich von dem Haus sehe, desto besser verstehe ich ihn«, erwiderte Ben. »Und um so rätselhafter wird es mir, warum du ihn geheiratet hast.«

»Ich war jung und wußte nicht so recht, was ich mit meinem Leben anfangen sollte. Vielleicht suchte ich nach einer Vaterfigur, die ich nie hatte. Eric gab sich ruhig und völlig selbstsicher. Ich sah einen Mann in ihm, der über Macht verfügte, der mir Halt geben konnte. Damals glaubte ich, allein das genüge mir, um glücklich zu sein.«

Rachaels Worte ließen den Schluß zu, daß sie eine schwierige Kindheit und Jugend hinter sich hatte, und Ben sah seinen früheren Verdacht bestätigt. Nur selten erzählte sie von ihren Eltern oder der Schulzeit. Offenbar waren ihre diesbezüglichen Erfahrungen so negativ gewesen, daß Rachael alles Vergangene verabscheute und der Zukunft mißtraute – eine einleuchtende Erklärung für ihren ausgeprägten Gegenwartsfokus, der in diesem Zusammenhang die Bedeutung eines psychisch-emotionalen Sicherheitsmechanismus gewann.

Ben wollte gerade Anstalten machen, dieses Thema anzusprechen, als sich die Stimmung jäh änderte. Kurz bevor sie das Haus betraten, hatte er das Gefühl einer drohenden Gefahr gehabt – ein Empfinden, das während ihrer Wanderung durch die weißen Zimmer allmählich nachließ, als sie feststellten, daß sich außer ihnen niemand in der Villa aufhielt. Jetzt aber verdichtete sich die Aura der Bedrohung schlagartig. Aus weit aufgerissenen Augen starrte Rachael auf drei deutlich sichtbare Fingerabdrücke an der Armlehne des Sofas: drei kirschrote Flecken auf dem schneeweißen Polster. Blut?

Rachael ging in die Hocke, betrachtete die Abdrücke aus der Nähe und schauderte. Ihre Stimme war kaum mehr als ein Hauch, als sie sagte: »Verdammt, er ist hier gewesen. Das hatte ich befürchtet. O Gott! Irgend etwas geschah hier...« Sie berührte einen der Flecken, zog die Hand sofort wieder zurück und erbebte am ganzen Leib. »Feucht. Mein Gott, sie sind noch *feucht.*«

»*Wer* war hier?« fragte Ben. »Und was ist geschehen?«

Rachael blickte auf ihre Fingerspitze, und ihr Gesicht wurde zu einer Fratze des Entsetzens. Langsam hob sie den Kopf und sah Ben an, der neben ihr stand. Einige Sekunden lang glaubte Shadway, sie sei erschrocken genug, um ihm endlich alles zu sagen und ihn um Hilfe zu bitten. Doch Rachael atmete nur tief durch und beherrschte sich.

»Komm«, forderte sie ihn auf. »Sehen wir uns den Rest des Hauses an. Und sei um Himmels willen vorsichtig.«

Er folgte ihr und stellte fest, daß Rachael die Pistole nun wieder schußbereit in der Hand hielt.

In der großen Küche, die fast ebenso gut ausgestattet war wie die eines Restaurants, entdeckten sie Glassplitter auf dem Boden. In der Tür, die auf den Innenhof führte, fehlte eine Scheibe.

»Ein Alarmsystem nützt nichts, wenn es ausgeschaltet bleibt«, stellte Ben fest. »Ich frage mich, warum Eric fortging, ohne seine Villa zu schützen...«

Rachael antwortete nicht.

»Ein Mann wie er verzichtet doch sicher nicht auf Hausangestellte, oder?«

»Nein«, sagte Rachael. »Ein nettes Pärchen wohnt in einem Apartment über der Garage.«

»Wo sind die Leute jetzt? Hätten sie nicht das Klirren der Scheibe hören müssen?«

»Am Montag und Dienstag haben sie frei«, erklärte Rachael. »Sie fahren oft nach Santa Barbara zur Familie ihrer Tochter.«

»Ein Einbruch«, sagte Ben und deutete auf die Glassplitter. »Sollten wir jetzt nicht die Polizei verständigen?«

»Laß uns oben nachsehen«, entgegnete die junge Frau. Furcht vibrierte in ihrer Stimme. Und noch schlimmer als das: Sie wirkte plötzlich so ernst und grimmig und düster, daß man den Eindruck gewinnen konnte, sie würde nie wieder lachen.

Die Vorstellung einer Rachael, die nicht mehr lachte, empfand Ben als unerträglich.

Vorsichtig stiegen sie die Treppe hoch, schritten wachsam durch den Flur im ersten Stock und sahen sich in den Zimmern um. Zuerst schien alles in Ordnung zu sein, und sie konnten nichts finden, was auf die Anwesenheit eines Einbrechers hingedeutet hätte. Dann betraten sie das größte Schlafzimmer, in dem absolutes Chaos herrschte. Der Inhalt des Wandschranks – Unterwäsche, Hosen, Hemden, Pullover, Schuhe, Krawatten und viele andere Dinge – bildeten eine wirre Masse. Einige Decken, Laken und Kissen lagen auf dem Boden. Irgend jemand hatte die Matratze von den teilweise gesprungenen Federn gezerrt. Nur noch Splitter erinnerten an zwei schwarze Keramikplatten. Überaus kostbare Gemälde waren von den Wänden gerissen und zerstört worden.

Ben spürte, wie es ihm kalt über den Rücken lief.

Auf den ersten Blick betrachtet, hatte er angenommen, der unbekannte Eindringling hätte eine systematische Suche nach Wertgegenständen durchgeführt, doch als er sich das Durcheinander genauer ansah, schüttelte er den Kopf. Alles deutete auf eine Orgie der Wut oder des Hasses hin. Sonderbar. Und gefährlich.

Mit einer Tollkühnheit, die sich ganz offensichtlich auf Furcht gründete, sprang Rachael ins nahe Bad. Von einem Einbrecher keine Spur. Die junge Frau seufzte und kehrte blaß ins Schlafzimmer zurück.

»Erst die zerbrochene Scheibe in der Küche und hier Vandalismus«, sagte Ben. »Soll ich die Polizei anrufen, oder willst du das selbst übernehmen?«

Rachael achtete gar nicht auf seine Frage und zog die Türen des großen Wandschranks auf. Nach einigen Sekunden drehte sie sich um. »Der Safe ist offen und leer.«

»Also nicht nur Einbruch, sondern auch Raub. Jetzt *müssen* wir die Polizei verständigen, Rachael.«

»Nein«, sagte sie.

»Warum nicht?« Ben sah sie groß an.

»Wenn ich die Polizei einschalte, werde ich bestimmt umgebracht.«

Shadway zwinkerte. »Umgebracht? Von wem? Den Polizisten? Lieber Himmel, drück dich doch endlich klarer aus!«

»Nein, nicht von den Polizisten.«

»Von wem dann? Und warum?«

Nervös kaute Rachael auf dem Daumennagel der linken Hand. »Ich hätte dich auf keinen Fall hierher mitnehmen dürfen«, sagte sie schließlich.

»Daran läßt sich jetzt nichts mehr ändern. Rachael, hältst du jetzt nicht den Zeitpunkt für gekommen, mir reinen Wein einzuschenken?«

Sie ignorierte seine Bitte. »Die Garage. Laß uns nachsehen, ob einer der Wagen fehlt.« Unmittelbar im Anschluß an diese Worte sauste sie aus dem Zimmer. Es blieb Ben keine andere Wahl, als ihr zu folgen.

Ein weißer Rolls-Royce. Ein Jaguar, ebenso grün wie Rachaels Augen. Dann zwei leere Boxen. Und auf der letzten Abstellfläche ein verstaubter, zehn Jahre alter Ford mit abgebrochener Antenne.

»Eigentlich müßte auch ein schwarzer Mercedes 560 SEL hier sein«, sagte Rachael. Ihre Stimme hallte hohl von den Wänden der Garage wider. »Eric ist damit in die Stadt gefahren, zur Anwaltskanzlei. Nach dem Unfall, nach Erics Tod, bot mir der Rechtsanwalt Herb Tuleman an, den Wagen zurückfahren und in der Garage abstellen zu lassen. Auf Herb ist Verlaß. Ich bin sicher, der Wagen wurde zurückgebracht. Und jetzt ist er verschwunden.«

»Autodiebstahl«, brummte Ben. »Wie lang muß die Liste der Verbrechen werden, bevor du dich entschließt, die Polizei anzurufen?«
Sie trat an den alten Ford heran und betrachtete ihn im fast grellen Licht einer Neonröhre. »Und dieses Ding gehört überhaupt nicht hierher. Ich sehe den Wagen jetzt zum erstenmal.«
»Wahrscheinlich ist der Einbrecher damit gekommen«, vermutete Ben. »Er hat ihn einfach gegen den Mercedes eingetauscht.«
Rachael hob die Pistole, streckte zögernd die andere Hand aus und öffnete die Fahrertür. Sie quietschte leise, als sie sich öffnete. Die junge Frau bückte sich und warf einen raschen Blick in das Fahrzeug. »Nichts.«
»Was hast du denn erwartet?«
Rachael sah auch in den Fond. Ebenfalls leer.
»Meine Güte, hör endlich mit der Geheimniskrämerei auf und sag mir, was los ist!« entfuhr es Ben.
Rachael öffnete erneut die Tür auf der Fahrerseite, stellte fest, daß die Zündschlüssel steckten, und zog sie ab.
»Verdammt, Rachael.«
In Ihrem Gesicht kamen nicht nur Furcht und Besorgnis zum Ausdruck, sondern auch noch etwas, das Ben als grimmige Entschlossenheit interpretierte. Ihre ruhige Sanftmut war nur noch eine Erinnerung, und erschrockener Kummer regte sich in Shadway, als er daran dachte, daß diese sonderbare Art von Düsternis fortan eine ständige Begleiterin Rachaels sein mochte.
Er trat ebenfalls an den alten Ford heran. »Wonach suchst du?«
Rachael hantierte mit den Schlüsseln. »Der Einbrecher hätte diesen Wagen bestimmt nicht zurückgelassen, wenn man damit seine Identität feststellen könnte. Vielleicht hat er ihn gestohlen.«
Ben nickte. »Aber die Zulassungskarte dürfte wohl kaum im Kofferraum liegen, sondern eher im Handschuhfach.«
Rachael schob einen Schlüssel ins Schloß. »Ich suche nicht nach dem Zulassungsschein.«
»Wonach dann?«
Sie drehte den Schlüssel um. »Ich weiß nicht genau...«
Es klickte, und der Kofferraumdeckel kam einige Zentimeter in die Höhe.
Sie öffnete ihn ganz.
Und sah Blut.
Rachael ächzte leise.
Ben gesellte sich an ihre Seite und kniff beim Anblick des Blutes

die Augen zusammen. Ein hochhackiger Frauenschuh lag in der einen Ecke des kleinen Faches, und in der anderen spiegelte sich das Licht der Neonröhre auf den Resten einer zerbrochenen Brille.
»O Gott«, stöhnte Rachael. »Er hat nicht nur den Wagen gestohlen, sondern auch die Frau umgebracht, die ihn fuhr. Anschließend brachte er ihren Leichnam im Kofferraum unter und ließ ihn später irgendwo verschwinden. Es hat begonnen. Und wo wird es enden? Wer kann ihn jetzt noch aufhalten?«

Ben war zutiefst erschüttert, bemerkte aber trotzdem, daß Rachael ›er‹ gesagt hatte. Sie sprach von jemandem, den sie kannte, nicht von irgendeinem Einbrecher. Und ihre Augen starrten grauenerfüllt ins Leere.

7. Kapitel

Schmutzige Spielchen

Zwei schneeflockenartige Motten schwirrten an der Deckenlampe vorbei und stießen immer wieder an die grell leuchtende Röhre. Ihre stark vergrößerten Schatten tanzten unstet über die Wände, den alten Ford, den Rücken der Hand, die sich Rachael vors Gesicht hielt.

Aus dem geöffneten Kofferraum stieg der metallische Geruch von Blut. Ben trat einen Schritt zurück, um sich nicht zu übergeben.

»Woher wußtest du das?« fragte er.
»Was meinst du?« erwiderte Rachael. Sie hatte die Augen noch immer geschlossen, hielt den Kopf nach wie vor gesenkt. Das lange, kupferrote Haar bedeckte einen Teil ihrer maskenhaft starren Züge.
»Du wußtest, was du im Kofferraum finden würdest. Woher?«
»Nein, ich hatte keine Ahnung. Ich befürchtete nur, *irgend etwas* zu finden. Etwas anderes. Nicht dies.«
»Und womit *hast* du gerechnet?«
»Vielleicht mit etwas Schlimmerem.«
»Zum Beispiel?«
»Frag nicht danach.«
»Bitte antworte mir.«

Die weichen Körper der Motten schlugen mit einem leisen *Pockpock* ans Glas der Neonröhre.
Rachael schlug die Augen auf, schüttelte den Kopf und wandte sich von dem verstaubten Ford ab. »Laß uns gehen.«
Ben hielt sie am Arm fest. »Es bleibt uns jetzt gar nichts anderes übrig, als die Polizei zu verständigen. Und du wirst erklären müssen, was du von den jüngsten Ereignissen weißt. Es hat also keinen Sinn, wenn du weiterhin versuchst, mir etwas vorzumachen.«
»Keine Polizei«, sagte die junge Frau und mied Bens Blick.
»Rachael, es geht jetzt nicht mehr nur um einen Einbruch, sondern um einen *Mord!*«
»Keine Polizei«, beharrte sie.
»Aber es wurde jemand getötet!«
»Es gibt keine Leiche.«
»Lieber Himmel, und was ist mit dem Blut?«
Sie hob den Kopf und sah ihn an. »Benny, bitte. Bitte streite dich nicht mit mir. Dafür haben wir jetzt keine Zeit. Wenn die Leiche der armen Frau im Kofferraum läge, wäre alles anders. Dann könnten wir die Polizei anrufen – weil ein Leichnam einen konkreten Anhaltspunkt darstellt und die Behörden dazu veranlassen würde, weitaus schneller zu arbeiten. Doch ohne den Körper bekämen wir es nur mit einer endlosen Fragerei zu tun. Vermutlich wären die Beamten nicht bereit, meinen Antworten zu glauben. Mit anderen Worten: Sie verschwendeten nur ihre Zeit. Aber es kommt jetzt gerade darauf an, keine Zeit zu verlieren, denn bestimmt muß ich bald mit dem Besuch gewisser Leute rechnen... sehr *gefährlicher* Leute.«
»Wen meinst du?«
»Vielleicht suchen sie sogar schon nach mir. Wahrscheinlich wissen sie noch nichts davon, daß Erics Leiche spurlos verschwunden ist, doch wenn sie davon erfahren, werden sie sofort hierher kommen. Wir müssen fort.«
»Wer?« fragte Ben verzweifelt. »Von wem sprichst du? Worauf haben sie es abgesehen? Was wollen sie? Um Himmels willen, Rachael, erklär mir doch endlich, was hier gespielt wird!«
Sie schüttelte den Kopf. »Das entspricht nicht unserer Vereinbarung. Du durftest mich begleiten, aber ich bin nicht verpflichtet, dir zu antworten.«
»Ich habe dir nicht versprochen, dir keine Fragen zu stellen.«
»Verdammt, Benny: Für mich geht es um Leben und Tod.«

Sie meinte es ernst, wirklich ernst. Rachael fürchtete um ihr Leben, und angesichts dieser Erkenntnis fügte sich Benny. Dennoch sagte er fast beschwörend: »Die Polizei könnte dich schützen.«

»Nicht vor den Leuten, die möglicherweise hinter mir her sind.«

»Das klingt so, als würdest du von Dämonen verfolgt.«

»Könnte durchaus sein.«

Sie umarmte ihn kurz und hauchte ihm einen Kuß auf die Lippen.

Sie fühlte sich gut in seinen Armen. Die Vorstellung eines Lebens ohne sie erfüllte Ben mit Schrecken.

»Du bist super, Benny«, sagte Rachael. »Ich finde es einfach toll, daß du mir helfen möchtest. Aber kehr jetzt nach Hause zurück. Misch dich nicht ein. Überlaß alles mir.«

Sie wich von ihm zurück und hielt auf die Tür zu, die ins Haus führte.

Eine Motte floß von der Neonröhre fort und schwirrte vor Bens Gesicht hin und her, so als seien seine Gefühle für Rachael zumindest vorübergehend heller und strahlender als das Glühen der Lampe. Unwillig schlug er nach dem Insekt.

Mit einem Ruck schloß er den Kofferraum des alten Ford und versuchte, nicht mehr an das Blut darin zu denken, den süßlichen Gestank zu vergessen.

Er folgte Rachael.

Am Ende der Garage, nahe der Tür, durch die man in die Villa gelangen konnte, blieb Rachael stehen und beobachtete etwas auf dem Boden. Als Ben zu ihr aufschloß, sah er in einer Ecke einige Kleidungsstücke, die ihm bisher nicht aufgefallen waren. Sein Blick fiel auf weiße Vinylschuhe mit weichen Gummisohlen und dicken Schnürbändern, eine bauschige, hellgrüne Leinenhose und ein weites, kurzärmliges Hemd in der gleichen Farbe.

Verblüfft hob er den Kopf, und als er Rachael ansah, stellte er fest, daß ihr Gesicht nicht länger wächsern war, sondern aschfahl.

Erneut starrte Ben auf die Kleidung. Sie erinnerte ihn an die Aufmachung, in der Chirurgen Operationen durchführten, doch sie wurde auch von Ärzten und Krankenpflegern getragen. Und von den Pathologen und ihren Assistenten im Leichenschauhaus.

Rachael holte zischend Luft, schüttelte sich und betrat das Haus.

Ben zögerte, den Blick nach wie vor auf das knittrige Bündel in der Ecke gerichtet. Die hellgrüne Tönung widerte ihn an, und von dem komplexen Faltenmuster schien eine fast hypnotische Wirkung auszugehen. Seine Gedanken rasten, und das Herz pochte heftig, als er versuchte, die Bedeutung dieser Entdeckung zu erfassen.

Schließlich gelang es ihm, sich aus dem seltsamen Bann zu befreien, und er kehrte ebenfalls ins Haus zurück. Als er bei Rachael anlangte, merkte er, daß Schweiß auf seiner Stirn perlte.

Viel zu schnell fuhr Rachael zur Geneplan-Niederlassung in Newport Beach. Sie erwies sich als erfahrene und geübte Fahrerin, aber Ben war trotzdem froh, sich angeschnallt zu haben. Nach einer Weile fragte er: »Möchtest du deshalb darauf verzichten, die Polizei einzuschalten, weil du in irgendwelchen Schwierigkeiten bist? Ist das der Grund?«

»Glaubst du, ich hätte Angst davor, die Cops würden mich irgendwie festnageln?«

»Besteht eine solche Möglichkeit?«

»Nein«, sagte Rachael in einem aufrichtigen Tonfall.

»Selbst wenn du dich mit den falschen Leuten eingelassen haben solltest: Es ist nie zu spät, sich von ihnen zu trennen.«

»Nein, nichts dergleichen.«

»Gut. Freut mich, das zu hören.«

Der matte Schein der Instrumentenbeleuchtung reichte gerade aus, um ihr Gesicht zu erhellen, genügte jedoch nicht, um die Anspannung in ihren Zügen zu offenbaren. Sie sah jetzt genauso aus, wie sie sich Ben immer dann vorstellte, wenn sie nicht zusammen waren: atemberaubend.

»Ich habe mir nichts zuschulden kommen lassen, Benny.«

»Da bin ich völlig sicher.«

»Deine Worte eben deuteten an...«

»Ich mußte dir eine solche Frage stellen.«

»Sehe ich deiner Meinung nach wie eine Kriminelle aus?«

»Nein, wie ein Engel.«

»Es besteht keine Gefahr, daß ich im Gefängnis lande. Schlimmstenfalls ende ich als Opfer.«

»Und ich bin fest entschlossen, das zu verhindern.«

»Du bist wirklich lieb«, sagte Rachael. Sie drehte kurz den Kopf, sah Ben an und rang sich ein Lächeln ab.

Es blieb auf ihre Lippen beschränkt und erstreckte sich nicht auf den Rest ihres Gesichts. In ihren Augen glänzte noch immer dumpfe Furcht. Und ganz gleich, für wie lieb sie ihn auch halten mochte: Sie war nach wie vor nicht bereit, ihr Geheimnis mit ihm zu teilen.

Sie erreichten Geneplan eine halbe Stunde vor Mitternacht.
Es handelte sich um ein vierstöckiges Gebäude aus Glas und Beton, das sich im teuren Geschäftsviertel an der Jamboree Road in Newport Beach erhob. Die sechs unterschiedlich langen Kanten entsprachen einem besonders eleganten Baustil, und die modernistisch anmutende Tordurchfahrt war in Marmor eingefaßt. Für gewöhnlich hielt Ben nichts von Bauwerken dieser Art, doch er mußte widerstrebend eingestehen, daß sich die Geneplan-Zentrale durch eine gewisse architektonische Kühnheit auszeichnete. Breite und lange Anpflanzungen mit blühenden Geranien unterteilten den großen Parkplatz. Daran schlossen sich ausgedehnte Grünflächen mit geschmackvoll angeordneten Palmen an. Selbst zu dieser späten Stunde wurden sowohl die Bäume als auch das Gebäude von Scheinwerfern angestrahlt, was dem Ort ein dramatisches Flair von Wichtigkeit und Bedeutung verlieh.
Rachael lenkte ihren roten Mercedes in Richtung der rückwärtigen Front, wo eine kurze Rampe bis an eine bronzefarbene Tür heranreichte. Offenbar gestattete sie Lieferwagen den Zugang ins Kellergeschoß, wo sie be- und entladen werden konnten. Sie fuhr bis ganz nach unten und hielt vor dem Tor an. Rechts und links ragten graue Wände in die Höhe. »Für den Fall, daß jemand auf den Gedanken kommt, mich hier bei Geneplan zu suchen und nach meinem Wagen Ausschau zu halten...«
Ben stieg aus und spürte, daß die Nacht in Newport Beach, nicht so weit vom Meer entfernt, wesentlich kühler und angenehmer war als in Santa Ana oder Villa Park.
Neben dem größeren Zugang sah er eine kleinere Tür, die ebenfalls Zutritt zum Kellergeschoß gewährte. Sie wies zwei Schlösser auf.
Während der Ehe mit Eric hatte Rachael manchmal kleinere Aufträge für ihren Mann erledigt, und aus diesem Grund besaß sie Schlüssel. Damit öffnete sie das stählerne Portal, trat vor und schaltete das Licht ein. An der Wand hing ein Alarmkasten, und die junge Frau betätigte einige Tasten. Zwei rote Lampen erloschen, und eine grüne Anzeige wies auf die Desaktivierung des Kontrollsystems hin.

Ben folgte ihr zum Ende der Kammer, die aus Sicherheitsgründen vom Rest des Kellergeschosses abgeschirmt war. Neben der nächsten Tür hing ein anderer Alarmkasten, und Ben beobachtete, wie Rachael erneut einen Code eingab.

»Der erste basiert auf Erics Geburtstag«, sagte sie, »und der hier auf meinem. Aber es gibt noch weitere Überwachungssysteme.«

Sie gingen im Schein der Taschenlampe weiter, die Rachael aus dem Haus in Villa Park mitgenommen hatte. Sie wollte kein Licht einschalten, das von draußen gesehen werden konnte.

»Aber du hast doch das Recht, hier zu sein«, sagte Ben. »Ich meine: Du bist seine Witwe und hast praktisch alles geerbt.«

»Ja, doch wenn die falschen Leute in der Nähe sind und das Licht bemerken, vermuten sie bestimmt, daß ich mich hier umsehe. Und dann kommen sie herein, um mich zu suchen.«

Ben wünschte sich nichts sehnlicher, Rachael entschiede sich endlich dazu, ihm zu erklären, was es mit den ›falschen Leuten‹ auf sich hatte. Aber er hütete sich davor, eine entsprechende Frage zu stellen. Die junge Frau schritt rasch aus, eifrig darauf bedacht, das zu finden, was den Grund für ihren Abstecher nach Geneplan darstellte. Ben begriff, daß ihr seine Fragen hier ebenso unwillkommen waren wie in der Villa.

Während er sie durch den Rest des Kellergeschosses und dann in den ersten Stock begleitete, wurde er immer wieder auf das außergewöhnliche Sicherheitssystem aufmerksam. Um den Kellerbereich mit Hilfe des Lifts zu verlassen, mußte ein dritter Schutzkreis ausgeschaltet werden. Als sie den Aufzug in der ersten Etage verließen, gelangten sie in eine Empfangshalle, bei deren Einrichtung man ebenfalls Probleme der Sicherheit berücksichtigt hatte. Im Licht der Taschenlampe, die Rachael hin und her schwenkte, sah Ben einen dicken, beigefarbenen Teppich, einen beeindruckend wirkenden Schreibtisch aus braunem Marmor und Bronze, hinter dem tagsüber die Empfangsdame saß, kleine Teetische aus Glas und Messing und drei große Gemälde, die von Martin Green stammen mochten. Doch selbst in völliger Finsternis wären ihm die blutroten Kontrolleuchten der Alarmanlage aufgefallen. Man konnte die Lobby durch zwei glänzende Messingtüren verlassen – die im Innern vermutlich mit Stahl verstärkt waren, so daß sie nicht einfach aufgebrochen werden konnten –, und neben ihnen glühten scharlachfarbene Anzeigen.

»Dies ist gar nichts im Vergleich mit den Sicherheitsmaßnahmen im zweiten und dritten Stock«, ließ sich Rachael vernehmen.
»Was befindet sich dort oben?«
»Sowohl die Computer als auch die wissenschaftlichen Datenbanken. Jeder Zentimeter wird von Infrarot-, Schall- und optischen Detektoren überwacht.«
»Müssen wir hoch?«
»Nein, zum Glück nicht. Und wir brauchen auch nicht nach Riverside County zu fahren, Gott sei Dank.«
»Riverside?«
»Dort wurden die eigentlichen Forschungslaboratorien eingerichtet. Die ganze Anlage ist unterirdisch, nicht nur wegen der biologischen Isolation, sondern auch als Schutz vor Industriespionage.«

Ben wußte, daß Geneplan zu den führenden Unternehmen einer sich schnell entwickelnden und besonders profitablen Industrie gehörte. Die Konkurrenz schlief nicht, und alle waren bestrebt, neue Produkte als erste auf den Markt zu bringen. Dieser niemals endende Wettlauf um Marktanteile machte es notwendig, Handelsgeheimnisse und Produktionsverfahren mit einer Sorgfalt zu schützen, die bereits an Paranoia grenzte. Dennoch fühlte sich Ben verwirrt angesichts der Belagerungsmentalität, die in der Struktur der elektronischen Kontrollsysteme Geneplans zum Ausdruck kam.

Dr. Eric Leben war ein Spezialist für rekombinante DNS gewesen, einer der besten Experten der neuen Gentechnik, die immer mehr an Bedeutung gewann. Geneplan hatte während der späten siebziger Jahre mit der Arbeit begonnen und galt heute als eine der wichtigsten Firmen im vielversprechenden Biogeschäft.

Eric Leben und Geneplan besaßen wertvolle Patente in Hinsicht auf eine Vielzahl von Mikroorganismen, die mit Hilfe genetischer Verschmelzung geschaffen worden waren. Unter anderem ging es dabei um eine Mikrobe, die einen sehr wirksamen Hepatitis-Impfstoff produzierte, der gegenwärtig von der FDA, der staatlichen Überwachungsorganisation für Arznei- und Lebensmittel, geprüft wurde und vielleicht schon im nächsten Jahr vermarktet werden konnte; eine weitere vom Menschen geschaffene ›Bakterienfabrik‹, die einen Super-Impfstoff gegen alle Arten von Herpes herstellte; eine neue Kornart, die selbst unter Salzwassereinfluß wuchs und gedieh (und somit auch in trockenen Zonen angebaut werden konnte, vorausgesetzt, der Ozean war nahe genug, um Meerwasser heranzupumpen); eine neue Gruppe von Orangen und Zitronen, die keine Fruchtfliegen mehr anlockten, was zur Einsparung einer großen Menge von Pestiziden führte. Jedes einzelne dieser Patente mochte viele hundert Millionen Dollar wert sein, und unter diesem Gesichtspunkt hielt Ben die Paranoia Geneplans durchaus für angebracht: Das Unternehmen war vorsichtig genug, ein kleines Vermögen für den Schutz der Forschungsdaten auszugeben, die als Grundlage für die Entwicklung jener lebenden Goldminen dienten.

Rachael trat auf eine der Türen zu, gab einen neuen Code ein, um die Alarmanlage auszuschalten, nahm die Schlüssel zur Hand und entriegelte das Schloß.

Als Ben die Tür hinter sich zudrückte, stellte er fest, daß sie enorm schwer war. Sie ließ sich nur bewegen, weil man sie perfekt ausbalanciert hatte. Vermutlich hing sie an Angeln mit speziellen Kugellagern, dachte er.

Rachael führte ihn durch einige dunkle und stille Korridore, und nach einer Weile erreichten sie Erics private Zimmerflucht. Dort näherte sich die junge Frau erneut einem Schaltkasten und betätigte mehrere Tasten. Anschließend eilte sie leise über einen rosa- und beigefarbenen Teppich und verharrte vor dem breiten Schreibtisch ihres verstorbenen Mannes. Er war ebenso ultramodern wie der in der Empfangshalle, mußte aber noch weitaus teurer gewesen sein: Er bestand aus kostbarem Marmor und poliertem Malachit.

Der Lichtkegel der Taschenlampe tanzte unstet durch den Raum und gewährte Ben nur flüchtige Blicke auf einzelne Aspekte des Dekors. Das Zimmer schien noch wesentlich moderner zu sein als die Einrichtung in der Villa, geradezu futuristisch.

Rachael legte Pistole und Handtasche auf den Schreibtisch und trat an die eine Wand heran, wo sich Ben zu ihr gesellte. Dort richtete sie die Taschenlampe auf ein Gemälde, das rund einen Quadratmeter groß sein mochte: Shadway erblickte gelbe und düstere Grautöne, hier und dort einige dünne, kastanienbraune Linien. Wie Blutspritzer...

»Noch ein Rothko?« fragte er.

»Ja. Und die Funktion dieses Bildes beschränkt sich nicht nur darauf, ein Kunstwerk zu sein.«

Rachael schob die Finger unter den matt schimmernden Rahmen und tastete an der unteren Kante entlang. Irgend etwas klickte, und das große Gemälde schwang von der Wand fort. Dahinter kam ein Safe mit runder Klappe zum Vorschein. Ben starrte auf das Metall, den Kombinationsknauf, den glänzenden Griff.

»Banal«, brummte er.

»Keineswegs. Es handelt sich nicht um einen gewöhnlichen Wandsafe. Die Stahleinfassung ist zehn Zentimeter dick, und Klappe und Gehäuse weisen sogar eine Stärke von fast dreizehn Zentimetern auf. Der Safe ist nicht nur in die Wand eingelassen, sondern mit den Stahlträgern des Gebäudes verschweißt. Um ihn zu öffnen, sind zwei Kombinationen erforderlich.« Sie lächelte dünn. »Man könnte ihn nur mit Hilfe einer Kanone und panzerbrechenden Geschossen aufbrechen – und damit würde man hier vermutlich alles in Schutt und Asche legen.«

»Was bewahrt Eric denn darin auf?« fragte Ben verwundert. »Den Sinn des Lebens?«

»Wahrscheinlich ein wenig Bargeld, wie auch im Safe der Villa«, erwiderte Rachael und reichte Ben die Taschenlampe. Sie drehte den Kombinationsknauf. »Und wichtige Papiere.«

Ben beleuchtete die Klappe. »Darauf hast du es also abgesehen? Auf das Geld?«

»Nein. Einen Aktenordner. Oder vielleicht ein Ringbuch mit Notizen.«

»Was für Notizen?«

»Die grundlegenden Daten eines wichtigen Forschungsprojekts. Mehr oder weniger eine Übersicht, die in groben Zügen alle bisherigen Entwicklungen darstellt und zu der auch Kopien der regelmäßigen Berichte von Morgen Lewis gehören. Lewis ist der Projektleiter. Und wenn wir Glück haben, befindet sich hier drin außerdem Erics persönliches Arbeitstagebuch, in dem er alle seine Überlegungen in bezug auf die praktischen und philosophischen Bedeutungen des Entwicklungsprogramms festhielt.«

Es überraschte Ben, daß Rachael seine Frage beantwortete. War sie endlich bereit, ihn zumindest in einen Teil ihres Geheimnisses einzuweihen?

»Was für ein Entwicklungsprogramm?« hakte er nach. »Um was geht es dabei?«

Die junge Frau blieb stumm und wischte sich ihre schweißfeuchten Finger an der Bluse ab, bevor sie das Rad zur ersten Zahl der zweiten Kombination zurückdrehte.

»Was hat es damit auf sich?« drängte Ben.

»Ich muß mich konzentrieren, Benny«, sagte Rachael. »Wenn ich eine falsche Nummer wähle, bleibt mir nichts anderes übrig, als noch einmal ganz von vorn anzufangen.«
Nur der Hinweis auf die Akte – mehr nicht. Shadway war nicht bereit, sich damit zufriedenzugeben. »Es gibt doch bestimmt Hunderte von Unterlagen, die viele verschiedene Projekte betreffen. Wenn Eric es für nötig hielt, diesen einen Ordner hier aufzubewahren, so steht er sicher im Zusammenhang mit der wichtigsten Sache, an der Geneplan derzeit arbeitet.«
Rachael konzentrierte sich ganz auf den Safe.
»Eine wirklich bedeutende Angelegenheit«, sagte Ben.
Die junge Frau blieb still.
»Oder es handelt sich um einen Forschungsauftrag der Regierung, des Militärs vielleicht.«
Rachael gab die letzte Ziffer ein, zog am Griff und öffnete die Klappe. »Verdammt!«
Das Fach war leer.
»Sie sind vor uns hier gewesen«, sagte sie.
»Wer?« fragte Ben.
»Offenbar ahnten sie, daß ich Bescheid weiß.«
»Wer ahnte etwas?«
»Andernfalls hätten sie es nicht so eilig gehabt, die Akte zu holen«, fügte Rachael hinzu.
»Wer?« wiederholte Ben.
»Überraschung«, ertönte hinter ihnen eine Stimme.
Rachael schnappte erschrocken nach Luft, und Ben wirbelte um die eigene Achse, richtete den Lichtkegel der Taschenlampe auf einen hochgewachsenen, kahlköpfigen Mann, der einen lohfarbenen Anzug und ein Hemd mit grünen und weißen Streifen trug. Auf seinem Schädel zeigte sich nicht einmal die Andeutung eines Haars. Das Gesicht war kantig, der Mund breit, die Nase lang – slawisch anmutende Züge, graue Augen, wie schmutziges Eis. Der Unbekannte stand auf der anderen Seite des Schreibtisches, wie ein Spiegelbild des Filmproduzenten Otto Preminger. Ganz offensichtlich intelligent. Und möglicherweise gefährlich. Er hatte Rachaels Pistole an sich genommen.
Aber was noch schlimmer war: In der einen Hand hielt der Kahlköpfige eine Smith & Wesson Combat Magnum, Modell 19. Ben kannte diesen Revolver – und hatte einen Heidenrespekt davor. Es handelte um eine der gefährlichsten Handfeuerwaffen überhaupt:

Vielleicht ließ sich mit den großkalibrigen Geschossen sogar ein Elefant erlegen.

In den grauen Augen des Mannes blitzte es seltsam.

»Licht an«, sagte er und hob die Stimme dabei ein wenig. Offenbar reagierte ein akustischer Sensor, denn unmittelbar darauf schalteten sich automatisch die Lampen im Zimmer ein.

»Stecken Sie die Waffe ein, Vincent«, sagte Rachael.

»Ich fürchte, diesen Wunsch kann ich Ihnen nicht erfüllen«, erwiderte der Kahlköpfige.

»Gewaltanwendung ist nicht notwendig«, beharrte Rachael.

Vincent lächelte dünn, was seinem Gesicht einen boshaften Ausdruck verlieh. »Ach, wirklich nicht? Dann ist Ihre Pistole wohl nur ein Schmuckstück, wie?« Er zeigte ihr die 32er, die er vom Schreibtisch genommen hatte.

Ben wußte, daß der Rückschlag einer S&W Combat Magnum zweimal so stark war wie der einer 45er; aus diesem Grund verfügte sie über einen besonders großen und stabilen Griff. Zwar stellte sie eine Präzisionswaffe dar, doch das nützte nichts, wenn sie von einem ungeübten Schützen eingesetzt wurde. Angenommen, der Kahlköpfige hatte keine Erfahrung im Umgang mit der Magnum: In einem solchen Fall konnte Ben mit ziemlicher Sicherheit davon ausgehen, daß sich die ersten Kugeln in die Wand bohren würden, hoch über ihnen. Und das gab ihm vielleicht Zeit genug, den Mann zu erreichen und ihn außer Gefecht zu setzen.

»Eigentlich glaubten wir, Eric sei nicht so dumm, Ihnen von Wildcard zu erzählen«, sagte Vincent. »Aber offenbar täuschten wir uns in dem armen Narren, denn sonst wären Sie nicht hier, um im Safe nachzusehen. Ganz gleich, wie schlecht er Sie auch behandelte, Rachael: Er hatte trotzdem eine Schwäche für Sie.«

»Er war zu stolz«, erwiderte die junge Frau. »Er liebte es, mit seinen Leistungen zu prahlen.«

»Die meisten Angehörigen des Mitarbeiterstabs von Geneplan haben keine Ahnung vom Wildcard-Projekt«, fuhr Vincent fort. »Glauben Sie mir, Rachael: Sie mögen ihn gehaßt haben, aber Eric hielt Sie für etwas Besonderes: Nur Ihnen vertraute er sich an.«

»Ich haßte ihn nicht«, sagte Rachael. »Ich bemitleidete ihn. Jetzt noch mehr als jemals zuvor. Vincent, wußten Sie, daß Eric die wichtigste Regel brach?«

Vincent schüttelte den Kopf. »Ich erfuhr erst... heute abend davon. Ich verstehe nicht, wieso er sich zu so etwas hinreißen lassen konnte.«

Ben beobachtete den Kahlköpfigen wachsam und kam widerstrebend zu dem Schluß, daß er alles andere als ein unerfahrener Schütze war. Er hielt die Waffe nicht locker in der Hand, sondern hatte die Finger fest um den Griff geschlossen. Sein rechter Arm war lang und gerade ausgestreckt, und die Mündung der Magnum deutete auf eine Stelle zwischen Rachael und Ben. Vincent brauchte den Revolver nur einige Zentimeter weit nach rechts oder links zu bewegen, um einen von ihnen zu erschießen.

»Vergessen Sie die verdammte Knarre«, wandte sich Rachael an den Mann vor ihnen. »Wir brauchen keine Waffen, Vincent. Wir sitzen alle im selben Boot.«

»Nein«, widersprach der Kahlköpfige. »Wir sehen die Sache aus einer anderen Perspektive. Sie gehören nicht zu uns, hätten überhaupt nichts erfahren dürfen. Wir trauen Ihnen nicht, Rachael. Und was Ihren Freund angeht...«

Vincent sah Ben an, und der Blick seiner grauen Augen war kalt und durchdringend. Ben schauderte unwillkürlich.

Offenbar begriff Vincent nicht, daß Ben keineswegs so harmlos war, wie es den Anschein haben mochte, denn er musterte ihn nur einige Sekunden lang und richtete seine Aufmerksamkeit dann wieder auf Rachael. »Er hat mit der ganzen Sache überhaupt nichts zu tun. Und wenn wir schon ablehnen, Sie daran zu beteiligen, so rücken wir bestimmt nicht zur Seite, um *ihm* Platz zu machen.«

Für Ben klang diese Bemerkung ebenso unheilvoll wie ein Todesurteil, und er hielt den Zeitpunkt für gekommen, rasch zu handeln. »Licht *aus!*« rief er, in der Hoffnung, daß der akustische Sensor auch auf seine Stimme reagierte. Von einem Augenblick zum anderen wurde es dunkel im Zimmer. Ben holte aus und warf die Taschenlampe, aber Vincent duckte sich bereits und legte auf ihn an. Rachael schrie. Shadway hoffte, daß sie geistesgegenwärtig genug war, sich zu Boden fallen zu lassen. Das Licht der Taschenlampe flackerte über die Wände und die Decke des Zimmers, und Ben hoffte, daß der tanzende Schein Vincent wenigstens kurz ablenkte. Nur eine Sekunde, vielleicht auch etwas weniger, dachte er, als er vorsprang, in Richtung des breiten Schreibtischs aus Marmor und Malachit, als er spürte, wie er über die glatte Fläche rutschte, direkt auf den Kahlköpfigen zu. Er wußte, daß es jetzt kein Zurück mehr gab, daß die Ereignisse unaufhaltsam ihren Lauf nahmen. Er nahm alles wahr wie einen Film, der mit zweifacher Geschwindigkeit lief, und gleichzeitig registrierte er das Geschehen mit einem mentalen Zeitlupe-Mechanismus, der subjektiv alles verlangsamte, jede Sekunde zu einer Minute zu dehnen schien. Ein altes Programm übernahm die Kontrolle über Körper und Geist, weckte den Kämpfer in ihm. Viele Dinge passierten zur gleichen Zeit. Rachael schrie noch immer, während Ben über den Schreibtisch rutschte. Der Schein der Taschenlampe wirkte wie ein zitterndes Irrlicht, und die Mündung der Magnum flammte grell auf. Ben spürte ein Geschoß, das dicht über ihn hinwegraste, dabei fast sein Haar berührte, hörte das laute Knallen des Schusses, das dumpfe Zischen und Fauchen der Kugel, fühlte durch sein Hemd die Kühle des Malachits. Das Licht fiel kurz auf Vincent, als er abdrückte, und Ben erreichte ihn und grub ihm die Faust in die Magengrube. Der Kahlköpfige ächzte, und die Taschenlampe prallte ab und fiel zu Boden; ihr Schein erhellte eine fast zwei Meter große, abstrakte Bronzeskulptur. Shadway erreichte das Ende des Schreibtischs, packte seinen Gegner und zerrte ihn auf den Teppich, während die Magnum erneut donnerte und sich die Kugel des zweiten Schusses in die Decke bohrte. In der Dunkelheit rollte sich Ben auf Vincent, war sich dabei der Lage ihrer Körper so bewußt, daß es ihm gelang, ein Knie anzuziehen und es in den Schritt des Kahlköpfigen zu rammen. Vincent brüllte, lauter noch als Rachael, und Ben schlug erneut zu, kannte kein Erbarmen, wagte es nicht, Gnade walten zu lassen. Seine Hand schloß sich um die Kehle des Gegners, erstickte seinen Schrei. Er schmetterte ihm die Faust an die rechte Schläfe, holte immer wieder aus, und als sich die Magnum zum drittenmal entlud, mit einem geradezu ohrenbetäubenden Krachen, schlug Ben noch fester und entschlossener zu – bis Vincent schließlich erschlaffte, bis ihm die Waffe aus der Hand fiel. Shadway zögerte kurz, holte keuchend Luft und sagte: »Licht an!«

Sofort wurde es hell.

Vincent rührte sich nicht mehr, und in seinem verletzten Hals rasselte der Atem.

Es stank nach Schießpulver und heißem Metall.

Ben rollte sich von dem Bewußtlosen herunter und griff nach der Combat Magnum. Tiefe Erleichterung erfüllte ihn, als sich seine Hand um den Griff der Waffe schloß.

Rachael wagte sich langsam hinter dem Schreibtisch hervor und nahm ihre 32er an sich, die Vincent ebenfalls fallen gelassen hatte. Sie starrte Ben zugleich erstaunt und ungläubig an.

Shadway wandte sich wieder Vincent zu und untersuchte ihn. Er hob erst das eine Lid, dann das andere, stellte fest, ob die Pupillen geweitet waren – deutliche Anzeichen für eine Hirnverletzung. Anschließend betrachtete er die rechte Schläfe des Kahlköpfigen, auf die er mehrmals eingeschlagen hatte. Er betastete seine Kehle, vergewisserte sich, daß er nach wie vor einigermaßen regelmäßig atmen konnte, prüfte den Puls.

Nach einer Weile seufzte er. »Er wird nicht sterben, dem Himmel sei dank. Manchmal kann man nur schwer beurteilen, wieviel Kraft genügt, was zuviel wäre. Vincent schwebt nicht in Lebensgefahr. Bestimmt schläft er noch einige Zeit, und wenn er erwacht, muß er behandelt werden. Aber er dürfte eigentlich in der Lage sein, sich selbst an einen Arzt zu wenden.«

Rachael musterte ihn sprachlos.

Ben zog das Kissen von einem nahen Sessel und legte es unter Vincents Kopf – um zu vermeiden, daß der Kahlköpfige an seiner eigenen Zunge erstickte.

Dann durchsuchte er ihn rasch, konnte die Wildcard-Akte jedoch nicht finden. »Vielleicht ist er mit anderen Leuten hierher gekommen. Sie öffneten den Safe, nahmen den Inhalt an sich und machten sich auf und davon. Nur Vincent blieb zurück – um auf uns zu warten.«

Rachael legte ihm die Hand auf die Schulter, und als er zu ihr aufsah, sagte sie: »Meine Güte, Benny, du bist doch nur ein Immobilienmakler!«

»Ja«, bestätigte er und gab vor, nicht zu verstehen, was die junge Frau meinte. »Und zwar ein verdammt guter.«

»Aber... die Art und Weise, in der du mit Vincent fertig geworden bist... so ungeheuer schnell... mit einem derartigen Geschick...«

Ben empfand so etwas wie grimmige Zufriedenheit, als Rachael begriff, daß sie nicht die einzige war, die Geheimnisse hatte.

Er nahm sich ein Beispiel an ihrem bisherigen Verhalten und ließ sie ebenfalls schmoren. »Komm«, brummte er. »Wir sollten uns jetzt aus dem Staub machen, bevor noch jemand hier auftaucht. Ich bin zwar ganz gut, was diese schmutzigen Spielchen angeht, aber sie gefallen mir nicht besonders.«

8. Kapitel

Müll

Ratten liefen quiekend davon, als ein zerlumpter, und betrunkener Vagabund durch die schmale Gasse wankte, einige Kisten aufeinanderstapelte und an einem Müllbehälter emporkletterte, in dem er irgendwelche Schätze zu finden hoffte. Als er die Leiche der Frau sah, erschrak er so, daß er den Halt verlor und fiel.

Der Vagabund hieß Percy. An seinen Nachnamen konnte er sich nicht erinnern. »Ich weiß überhaupt nicht, ob ich jemals einen hatte«, sagte er, als ihn Verdad und Hagerstrom kurze Zeit später in der Gasse befragten.

»Glaubst du, dieser Stinker hat die Frau umgebracht?« wandte sich Hagerstrom an seinen Kollegen – so als könne der Betrunkene sie nur dann hören, wenn er direkt angesprochen wurde.

Verdad musterte Percy, verzog voller Abscheu das Gesicht und antwortete im gleichen Tonfall. »Das halte ich für unwahrscheinlich.«

»Mhm. Und selbst wenn er irgend etwas Wichtiges gesehen hat: Bestimmt weiß er nicht, was es bedeutet. Vermutlich würde er sich ohnehin nicht daran erinnern.«

Lieutenant Verdad schwieg.

Als ein Immigrant, der in einem weitaus weniger reichen und demokratischen Land geboren war als dem Staat, dem er sich jetzt verpflichtet fühlte, hatte er nicht das geringste Verständnis für Aussteiger wie Percy. Verwundert fragte er sich, wie jemand, der von Geburt an die amerikanische Staatsbürgerschaft besaß, so tief sinken und ein Leben in der Gosse *wählen* konnte. Julio wußte, daß er den Leuten gegenüber, die aus freiem Willen am Rande der Gesellschaft lebten, toleranter sein sollte. Vielleicht war Percy durch einen tragischen Schicksalsschlag zu dem Häufchen Elend geworden, als das er sich den beiden Polizisten darbot. Julio hatte an einigen umfangreichen Schulungskursen seines Departments teilgenommen und kannte sich daher in der Psychologie und Soziologie einer philosophischen Betrachtungsweise aus, die Außenseiter als Opfer darstellte.

Doch es wäre ihm wesentlich leichter gefallen, die fremdartigen Gedankengänge eines Marsianers nachzuvollziehen, als sich ein

Bild von den Motiven solcher Vagabunden zu machen. Er seufzte resigniert, zupfte an den Ärmeln seines weißen Seidenhemds und rückte die perlmuttenen Manschetten zurecht, erst die rechte, dann die linke.

»Meine Güte«, brummte Hagerstrom, »manchmal erscheint es mir wie ein Naturgesetz, daß in dieser Stadt alle möglichen Augenzeugen eines Mords betrunken sind und ihr letztes Bad vor mindestens drei Wochen genommen haben.«

»Wenn unser Job leicht wäre«, entgegnete Verdad, »hingen wir nicht so sehr daran, oder?«

»Ich schon. Himmel, der Kerl stinkt so, daß einem übel werden könnte.«

Zwar erinnerte sich Percy nicht mehr an seinen Nachnamen, aber trotz seiner Vorliebe für Alkoholisches hatte er noch genug Verstand, um zu wissen, daß man die Polizei anrufen mußte, wenn man eine Leiche fand. Und obgleich er nicht viel Respekt für das Gesetz aufbrachte, war er sofort aufgebrochen, um die Behörden zu verständigen.

Verdad und Hagerstrom waren zusammen mit den Spezialisten von der Spurensicherung, der Scientific Investigation Division, vor rund einer Stunde eingetroffen und kamen zu dem Schluß, daß sie mit einem Verhör Percys nur ihre Zeit verschwendeten. Während die SID-Leute Kabel auslegten und Scheinwerfer einschalteten, beobachtete Julio eine weitere Ratte, die angesichts des regen Betriebs in der Gasse die Flucht ergriff. Die Assistenten des amtlichen Leichenbeschauers fotografierten die tote Frau von allen Seiten und holten die Leiche dann aus dem Müllbehälter. Verdad achtete gar nicht darauf und sah der Ratte nach.

Er haßte die Biester, mußte sich beherrschen, um nicht die Waffe zu ziehen und auf das Tier zu schießen. Allein der Anblick einer Ratte genügte, um das Bild zu erschüttern, das er während der vergangenen neunzehn Jahre als amerikanischer Bürger und Polizist von sich selbst geschaffen hatte. Wenn er eine Ratte sah, vergaß er schlagartig all das, was in den vergangenen fast zwei Jahrzehnten zu einem Teil seines Wesens geworden war. Dann wurde er wieder zu dem Julio Verdad aus den Slums von Tijuana, fühlte sich zurückversetzt in einen Schuppen, der aus wurmstichigem Holz, Teerpappe und rostigen Blechteilen bestand. Wenn es beim Mietrecht nur auf die Anzahl der Bewohner ankam, so hätten die Ratten Anspruch auf den Schuppen erheben können, denn sie waren weitaus zahlreicher als die siebenköpfige Verdad-Familie.

Während Julio dem Tier nachsah, das aus dem Licht der Scheinwerfer durch den Rinnstein der Gasse floh, glaubte er zu spüren, wie sich seine gute und teure Kleidung in eine Jeans aus dritter Hand verwandelte, ein zerrissenes Hemd, in abgenutzte Sandalen. Er schauderte und war plötzlich wieder fünf Jahre alt, stand an einem heißen Tag im August im stickigen Schatten der Baracke in Tijuana, starrte voller Entsetzen auf die beiden Ratten, die in aller Seelenruhe am Hals seines vier Monate alten Bruders Ernesto knabberten. Alle anderen Mitglieder der Familie befanden sich draußen und saßen am Rande der staubigen Straße. Die Kinder spielten leise und tranken Wasser, und die Erwachsenen erfrischten sich mit dem Bier, das sie für wenig Geld von den beiden jungen *Ladrones* gekauft hatten, die in der vergangenen Nacht ins Lager der Brauerei eingebrochen waren. Der kleine Julio versuchte zu schreien, um Hilfe zu rufen, doch kein Laut kam über seine Lippen. Die schwüle Augustluft schien zu einem dicken Knebel zu werden, der es ihm unmöglich machte, irgendein Wort zu formulieren. Die Ratten spürten seine Anwesenheit, wandten sich ihm frech zu, quiekten leise – und als er sich mutig in Bewegung setzte und nach ihnen trat, wichen sie nur widerstrebend zurück. Eine von ihnen stellte seine Tapferkeit auf die Probe, indem sie ihm in die linke Hand biß. Da konnte der kleine Julio endlich schreien. Wütend verfolgte er die Ratten, schrie noch immer, als seine Mutter eintraf, zusammen mit seiner ältesten Schwester Evalina. Doch für das Baby kam jede Hilfe zu spät.

Reese Hagerstrom – er kannte Julio lange genug, um zu wissen, wie sehr er Ratten verabscheute – legte ihm die breite Hand auf die Schulter. »Ich glaube, wir sollten Percy fünf Dollar geben und ihn auffordern, sich aus dem Staub zu machen«, sagte er, um seinen Partner abzulenken. »Er hat mit dieser Sache nichts zu tun, und ich bezweifle, ob er uns irgendeinen Hinweis geben könnte. Außerdem kann ich seinen Gestank nicht mehr ertragen.«

»In Ordnung«, erwiderte Julio. »Ich bin mit zwei fünfzig dabei.«

Während Reese dem Betrunkenen einige Scheine in die Hand drückte, beobachtete Verdad, wie man die Tote aus dem großen Müllbehälter holte. Er versuchte, einen gewissen Abstand zum Opfer zu wahren, sich einzureden, sie bestände gar nicht aus Fleisch und Blut, sei überhaupt kein Mensch gewesen, mit Gefühlen, mit Hoffnungen und Wünschen. Aber es gelang ihm nicht so recht. Die Frau wirkte *echt*, und der Geruch des Blutes ließ sich nicht einfach verleugnen. Sie wurde auf ein Tuch gelegt, das man extra zu diesem Zweck auf dem Boden ausgebreitet hatte.

Im Licht der Scheinwerfer machten die Fotografen einige weitere Aufnahmen, und Julio trat ein wenig näher heran. Die Tote war jung, Anfang Zwanzig, schwarzhaarig, mit braunen Augen. Der Täter und die gefräßigen Ratten hatten sie übel zugerichtet, aber trotzdem glaubte Verdad, daß sie zumindest attraktiv gewesen war, wenn nicht sogar ausgesprochen hübsch.

Sie trug nur einen Schuh. Wahrscheinlich befand sich der andere noch im Müllbehälter.

Auf Julios Anweisung hin zogen zwei Männer Gummistiefel an, stülpten sich Atemmasken vors Gesicht und begannen mit einer gründlichen Suche im Abfall. Sie fanden die Handtasche der Toten, und Raubmord konnte ausgeschlossen werden, denn die Börse enthielt dreiundvierzig Dollar. Nach den Angaben des Führerscheins war das Opfer Ernestina Hernandez aus Santa Ana, vierundzwanzig Jahre alt.

Ernestina.

Julio schauderte einmal mehr. Die Ähnlichkeit des Namens mit dem seines vor vielen Jahren verstorbenen Bruders Ernesto ließ ihn frösteln.

Ich finde den Mistkerl, versprach er stumm. Du hattest dein ganzes Leben noch vor dir, und wenn es in dieser Welt so etwas wie Gerechtigkeit gibt, kommt dein Mörder nicht ungestraft davon. Ich schwöre dir, daß ich ihn zur Strecke bringen werde!

Zwei Minuten später fanden die beiden Männer einen blutverschmierten Kittel. Auf der Brusttasche war ein Schild mit folgender Aufschrift befestigt: SANTA ANA LEICHENSCHAUHAUS.

»Lieber Himmel!« entfuhr es Reese Hagerstrom. »Glaubst du, jemand aus dem Leichenschauhaus hat ihr die Kehle durchgeschnitten?«

Julio Verdad runzelte nachdenklich die Stirn.

Jemand von der Spurensicherung faltete den Kittel vorsichtig zusammen und achtete darauf, daß sich keine Haare oder Fasern lösten, die daran kleben mochten. Er schob das Kleidungsstück in einen Plastikbeutel, den er sorgfältig verschloß.

Nach weiteren zehn Minuten fanden die beiden Männer im Müllbehälter ein scharfes Skalpell, an dessen Klinge sich einige Blutflekken zeigten. Es handelte sich um ein teures und sehr gutes Instrument, das denen ähnelte, die in Operationssälen Verwendung fanden. Oder das die Pathologen bei einer Autopsie benutzten.

Auch das Skalpell kam in einen Kunststoffbeutel und wurde neben die zugedeckte Leiche gelegt.

Sie setzten die Suche bis Mitternacht fort, doch der zweite Schuh des Opfers blieb verschwunden.

9. Kapitel

Plötzlicher Tod

Fast mit Vollgas fuhr Rachael durch die warme Juninacht, und sie hatte mehr als genug Zeit, um gründlich nachzudenken. Die Lichter der südkalifornischen Städte blieben immer weiter hinter dem roten Mercedes zurück und verblaßten schließlich. Weiter vorn erstreckte sich die Wüste, ein dunkles und leeres Land, in dem man hier und dort nur einige zerklüftete Felsformationen oder vereinzelte Josuabäume sehen konnte.

Ben hatte auf dem Beifahrersitz Platz genommen und schwieg die meiste Zeit über, starrte gedankenversunken auf das dunkle Band des Highways vor ihnen. Dann und wann wechselten sie einige knappe Worte, sprachen über Themen, die angesichts der besonderen Umstände geradezu trivial anmuteten. Eine Zeitlang unterhielten sie sich über chinesische Spezialitäten, blieben dann einen Moment still und diskutierten schließlich alte Clint Eastwood-Filme.

Rachael wußte natürlich, was in Ben vor sich ging: Er rächte sich jetzt dafür, daß sie sich bisher geweigert hatte, ihr Geheimnis mit ihm zu teilen. Ihm war klar, wie sehr sie über sein Verhalten in Erics Büro staunte, die Mühelosigkeit, mit der er Vincent Baresco außer Gefecht gesetzt hatte, und bestimmt brannte er darauf, ihr zu erzählen, woher seine entsprechenden Fähigkeiten stammten. Sein Schweigen teilte ihr mit, daß er nur dann etwas preisgeben wollte, wenn auch Rachael ihm einige Informationen anvertraute.

Doch dazu war sie noch nicht bereit. Sie befürchtete, daß sie ihn bereits zu sehr in die ganze Sache hineingezogen hatte, und sie wollte unbedingt vermeiden, ihn noch tiefer darein zu verwickeln –

es sei denn, sein Überleben hinge davon ab, daß er genau wüßte, was auf dem Spiel stand.

Als sie von der Interstate 10 auf den State Highway 111 bog, nur noch rund sechzehn Kilometer von Palm Springs entfernt, überlegte sie, ob sie Ben irgendwie daran hätte hindern können, sie in die Wüste zu begleiten. Wahrscheinlich nicht. Nach dem Aufenthalt in der Geneplan-Niederlassung von Newport Beach stellte sich Ben als besonders hartnäckig und stur heraus, und zu versuchen, seine Meinung zu ändern, wäre vollkommen aussichtslos gewesen.

Rachael bedauerte die gespannte Atmosphäre zwischen ihnen. Sie kannten sich jetzt seit fünf Monaten, und es geschah zum erstenmal, daß sich zwischen ihnen eine Barriere des Unbehagens bildete.

Sie hatten Newport Beach um Mitternacht verlassen, und fünfundsiebzig Minuten später erreichten sie Palm Springs. Rachael lenkte den Wagen über den Palm Canyon Drive im Zentrum der Stadt. Etwa hundertfünfzig Kilometer in einer Stunde und fünfzehn Minuten, dachte die junge Frau. Daraus ergab sich eine Durchschnittsgeschwindigkeit von hundertzwanzig Stundenkilometern. Nicht übel. Trotzdem erschien es ihr noch immer, als kröchen sie im Schneckentempo dahin, als verlören sie den Anschluß an die Ereignisse, die sich weitaus schneller entwickelten.

Im Sommer hielten sich in Palm Springs nicht ganz so viele Touristen auf wie während der übrigen Jahreszeiten, und um viertel nach eins nachts herrschte auf der Hauptstraße praktisch kein Verkehr. Rechts und links ragten die Palmen so starr in die Höhe, daß sie wie Skulpturen wirkten, matt erhellt vom Schein der Straßenlampen. Die Bürgersteige leer und verlassen. Die Schaufenster der Geschäfte und Läden – nur dunkle Flächen. Die Ampeln leuchteten nach wie vor, obgleich Rachaels Mercedes der einzige Wagen war, der die Kreuzungen passierte.

Sie hatte fast den Eindruck, durch eine Welt zu fahren, die gerade von einer Katastrophe heimgesucht worden war, eine Stadt, in der niemand mehr lebte. Wenn sie das Radio einschaltete... Vielleicht hörte sie dann gar keine Musik, nur das kalte Zischen von Statik.

Seit der Nachricht vom Verschwinden der Leiche Erics wußte Rachael, daß sich etwas Schreckliches manifestiert hatte, und Stunde um Stunde verstärkte sich das in ihr brodelnde Entsetzen. Jetzt erschien ihr sogar eine leere Straße als ein Zeichen nahen Unheils. Eine Überreaktion, fuhr es ihr durch den Sinn. Ganz gleich, was die nächsten Tage bringen – es wird wohl kaum das Ende der Welt sein.

Andererseits, so fügte sie in Gedanken hinzu, könnte es durchaus *mein* Ende bedeuten, das Ende *meiner* Welt!

Sie fuhr durch die Geschäftsviertel, anschließend die Wohnbereiche, vorbei an bescheidenen Häusern und Luxusvillen, und nach einer Weile hielt sie vor einem niedrigen, breiten Stuckhaus an, dem Inbegriff der Wüstenarchitektur. Doch die Anpflanzungen im Garten schienen einer völlig anderen Klimazone zu entsprechen: Benzoebäume und -sträucher, Springkraut, Begonien, Beete mit Ringel- und Samtblumen. Ihre bunten Blüten schimmerten im indirekten Schein versteckter Spotlampen. Von ihnen stammte das einzige Licht: Die Fenster an der vorderen Front des Hauses waren dunkel.

Rachael hatte Benny erklärt, dies sei eine weitere Villa, die Eric gehörte – ihm jedoch verschwiegen, aus welchem Grund sie hierher kamen. Seufzend beugte sie sich vor, und als sie die Scheinwerfer ausschaltete, meinte Ben: »Ein hübsches Wochenendhäuschen.«

Sie schüttelte den Kopf. »Nein. Ein goldener Käfig für Erics Mätresse.«

Er sah sie verblüfft an. »Woher weißt du das?«

»Vor gut einem Jahr, kurz bevor ich mich von meinem Mann trennte, rief sie mich in Villa Park an. Eine gewisse Cindy Wasloff. Eric hatte ihr verboten, sich bei ihm zu melden. Sie sollte nur in einem wirklichen Notfall telefonieren und sich als die Sekretärin eines Geschäftsfreundes vorstellen. Aber Cindy war sauer, weil er sie in der vergangenen Nacht geschlagen hatte, und sie wollte ihn nicht wiedersehen. Um es ihm heimzuzahlen, erzählte sie mir alles.«

»Warst du überrascht?«

»Eigentlich nicht. Ich hatte bereits entschieden, Eric zu verlassen. Nun, ich hörte Cindy aufmerksam zu und notierte mir die Adresse des Hauses. Der Ehebruch kam mir recht gelegen, und ich nahm mir vor, Eric damit unter Druck zu setzen, falls er sich weigern sollte, in die Scheidung einzuwilligen. Glücklicherweise konnte ich darauf verzichten. Es hätte mir überhaupt nicht gefallen, vor Gericht, in aller Öffentlichkeit Erics schmutzige Wäsche zu waschen ... Meine Aussage hätte bestimmt eine Menge Staub aufgewirbelt, denn das Mädchen war erst sechzehn.«

»Wer? Die Geliebte?«

»Ja. Sechzehn. Fast noch ein Kind. Von zu Hause ausgerissen.« Rachael zögerte kurz. »Und offenbar war Cindy nicht die erste.
»Hatte Eric eine Vorliebe für Teenager?«
»Er fürchtete sich davor, alt zu werden«, sagte Rachael. »Er war erst einundvierzig, als ich ihn verließ, noch immer ein junger Mann, doch seine Geburtstage gaben ihm keine Gelegenheit zum Feiern, sondern zum Trauern. Er schien zu glauben, er brauche nur zu zwinkern, um sich als seniler und gebrechlicher Greis in irgendeinem Altersheim wiederzufinden. Eric hatte eine irrationale Angst davor, alt zu werden und zu sterben, und das kam in vielen Dingen zum Ausdruck. Zum Beispiel wurde im Verlauf der Zeit das *Neue* immer wichtiger für ihn. Jedes Jahr mußte ein neuer Wagen her, so als sei ein zwölf Monate alter Mercedes bereits reif für den Schrotthaufen. Ständig wechselte er seine Garderobe – die alten Sachen raus, neue rein...«
»Moderne Kunst«, warf Ben ein. »Moderne Architektur. Ultramoderne Möbel.«
»Ja. Und die letzten elektronischen Kinkerlitzchen. Ich glaube, die Verhältnisse mit kleinen Mädchen sind ein weiterer Beweis für seine Besessenheit, um jeden Preis jung zu bleiben, dem Tod eins auszuwischen. Wenn er mit ihnen zusammen war, fühlte er sich vielleicht in seine Jugend zurückversetzt. Nun, als ich von Cindy Wasloff und diesem Haus in Palm Springs erfuhr, begriff ich, daß mich Eric auch deswegen geheiratet hatte, weil ich zwölf Jahre jünger war als er. Und als ich älter wurde, als ich mich mehr und mehr meinem dreißigsten Geburtstag näherte, wußte er immer weniger mit mir anzufangen. Deshalb wandte er sich jungem Fleisch zu, Mädchen wie Cindy.«
Rachael öffnete die Tür und stieg aus. Benny folgte ihrem Beispiel und trat an ihre Seite. »Und was suchen wir hier?« fragte er.
»Wohl kaum seine letzte Geliebte. Du wärst nicht wie ein Formel-1-Pilot hierher gerast, nur um dir Erics letzte Gespielin anzusehen.«
Rachael wollte – oder konnte – nicht antworten, holte stumm ihren 32er aus der Handtasche und ging auf das Haus zu.
Die Nacht war warm und trocken, und an dem klaren Himmel über der Wüste glänzten Myriaden Sterne. Kein Wind bewegte die Luft, und abgesehen vom Zirpen der Grillen herrschte völlige Stille.
Die Büsche und Sträucher sahen aus wie bedrohliche Schatten. Nervös ließ Rachael ihren Blick über die dichten Hecken und

Anpflanzungen schweifen. Zu viele Versteckmöglichkeiten. Sie erzitterte kurz.

Die Eingangstür stand einen Spaltbreit offen – kein gutes Zeichen. Rachael klingelte, wartete einige Sekunden, klingelte erneut. Keine Reaktion.

»Ich nehme an, das Haus gehört jetzt dir«, sagte Ben. »Du hast es geerbt, zusammen mit allen anderen Dingen. Und deshalb darfst du eintreten, ohne um Erlaubnis zu fragen.«

Rachael starrte auf den dunklen Spalt zwischen Tür und Rahmen und argwöhnte eine Falle, die zuschnappen mochte, wenn sie entschied, nach dem Köder zu suchen.

Sie wich einen Schritt zurück, hob das rechte Bein und trat fest zu. Mit einem lauten Krachen prallte die Tür an den Rand der Einfassung und schwang dann wieder zurück.

»Du erwartest also nicht, mit offenen Armen empfangen zu werden«, stellte Ben fest.

Von der kleinen Lampe über dem Eingang ging ein blasser, milchiger Schein aus, der nur die ersten Meter des Flurs erhellte. Rachael konnte erkennen, daß dort niemand auf sie lauerte, doch der größte Teil des Korridors lag im Dunkeln.

Ben wußte noch immer nicht genau, worum es eigentlich ging, und daher sah er sich außerstande, das tatsächliche Ausmaß der Gefahr richtig einzuschätzen. Da er schlimmstenfalls mit einem weiteren bewaffneten Vincent Baresco rechnete, war er kühner als Rachael, trat an ihr vorbei ins Haus und schaltete das Licht ein.

Die junge Frau folgte ihm. »Verdammt, Benny, du solltest vorsichtig sein.«

»Ob du's glaubst oder nicht, Rachael: Ich kann es mit einer Sechzehnjährigen aufnehmen.«

»Meine Besorgnis gilt nicht der Geliebten Erics«, erwiderte sie scharf.

»Wem dann?«

Auf den Zehenspitzen schlich Rachael los, die Pistole schußbereit in der Hand, betätigte alle Lichtschalter, die sie unterwegs entdeckte.

Das hypermoderne Dekor wirkte hier besonders futuristisch und vermittelte den Eindruck unpersönlicher Sterilität. Ein polierter Terrazzoboden, der Glanz so kalt wie Eis. Nirgends ein Teppich. Metallblenden anstelle von Fensterläden. Unbequem aussehende Sessel, Sofas, die riesigen Pilzen ähnelten. Alles weiß, schwarz und maulwurfgrau. Nur die wenigen Schmuckstücke brachten Farbe in die eintönige Umgebung: ein trübes Gelb.

In der Küche schien ein Tollwütiger am Werk gewesen zu sein. Der weißlackierte Frühstückstisch und zwei Stühle lagen auf der Seite. Die beiden anderen Stühle waren an allen erreichbaren Dingen zertrümmert worden. Der Kühlschrank wies mehrere Beulen und dicke Kratzer auf, und Dutzende von scharfkantigen Splittern erinnerten an die dicke Scheibe in der Herdklappe. Im Holz der Wandschränke zeigten sich breite Risse. Irgend jemand hatte Teller, Tassen und Gläser an die Wände geschleudert, und ihre Reste bildeten eine dicke Schicht auf dem Boden. Hier und dort formten die Lebensmittel aus dem Kühlschrank bizarre Haufen: saure Gurken, Milchtüten, Nudelsalat, Senf, Käse, Schinken. Im Gestell neben der Spüle fehlten die Messer. Mit enormer Kraft waren sie in die Bruchsteinwand getrieben worden, einige bis zum Heft.

»Glaubst du, sie haben hier nach etwas gesucht?« fragte Benny.

»Vielleicht.« Rachael akzeptierte das ›sie‹.

»Nein.« Er schüttelte den Kopf. »Das halte ich für unwahrscheinlich. Hier sieht es ebenso aus wie im Schlafzimmer der Villa. Gespenstisch. Unheimlich. Jemand hat seiner Wut Luft gemacht, in einem Tobsuchtsanfall alles zerstört.«

Rachael konnte den Blick nicht von den Messern abwenden, und sie spürte, wie sich in ihrer Magengrube etwas zusammenkrampfte. Furcht schnürte ihr die Luft ab.

Die Waffe in ihrer Hand fühlte sich anders an als noch vor wenigen Sekunden. Zu leicht, zu klein. Fast wie ein Spielzeug. Konnte sie damit überhaupt etwas ausrichten? Gegen einen *solchen* Feind?

Weitaus vorsichtiger setzten sie den Weg durch das stille Haus fort. Der psychopathische Zorn, der sich in der Küche entladen hatte, beeindruckte auch Benny. Er forderte Rachael nicht mehr mit seinem Mut heraus, hielt sich dicht an ihrer Seite, wesentlich wachsamer als zuvor.

Im großen Schlafzimmer herrschte ebenfalls Unordnung, wenn es auch nicht annähernd so ein Chaos war wie in der Küche. Neben dem breiten Doppelbett, das aus schwarzlackiertem Holz und einem glänzenden Stahlrahmen bestand, rutschten Federn aus einem zerrissenen Kissen. Die Laken lagen zerknittert auf dem Boden, und der rasende Unbekannte hatte eine der schwarzen Keramiklampen vom Nachtschränkchen gestoßen. Sie war auseinandergebrochen, der Schirm zerdrückt. Die Bilder an den Wänden hingen schief.

Benny ging in die Hocke, um sich eins der Laken genauer anzusehen. Kleine rote Flecken und ein dicker scharlachfarbener Streifen zeichneten sich mit krasser Deutlichkeit auf dem knittrigen Weiß ab.
»Blut«, sagte er.
Rachael spürte, wie ihr der kalte Schweiß ausbrach.
»Nicht viel«, fügte Ben hinzu, richtete sich wieder auf und ließ seinen Blick über die Decken schweifen. »Aber zweifellos Blut.«
Rachael sah den roten Abdruck einer Hand, dicht neben der Tür des Schlafzimmers. Er war recht groß, stammte vermutlich von einem Mann – so als habe sich ein Metzger, erschöpft von seinem gräßlichen Werk, einige Sekunden lang an die Wand gelehnt.
Im Bad brannte Licht. Durch die offene Tür konnte Rachael praktisch alles sehen, entweder direkt oder in den großen Spiegeln: graue Fliesen, Messingarmaturen, die große Wanne, im Boden eingelassen, die Toilette, den Rand des Waschbeckens. Der Raum schien verlassen zu sein, aber als Rachael sich der Schwelle näherte, hörte sie, wie jemand erschrocken nach Luft schnappte. Ihr Pulsschlag beschleunigte sich so jäh, daß ihr das Pochen in der Brust wie ein lautes Trommeln erschien.
Ben blieb dicht hinter ihr stehen: »Stimmt etwas nicht?«
Rachael deutete stumm auf die Duschkabine. Das Glas war so dick und trüb, daß sich unmöglich feststellen ließ, was sich in der kleinen Kammer befand. Nicht einmal ein vager Umriß ließ sich erkennen.
Ben beugte sich vor und lauschte.
Rachael wich an die Wand zurück, den Lauf ihrer 32er auf die Tür der Duschkabine gerichtet.
»Kommen Sie da raus«, sagte Benny scharf und ließ das milchige Glas nicht aus den Augen.
Keine Antwort. Nur das leise, ängstliche Schnaufen.
»Sie sollen rauskommen«, wiederholte Ben.
Plötzlich vernahmen sie ein leises und entsetztes Wimmern, fast so wie das leise Weinen eines Kindes. Rachael setzte sich langsam in Bewegung und näherte sich der Duschkabine.
Ben schob sich an ihr vorbei, streckte die Hand nach dem Messinggriff aus und öffnete die Tür mit einem Ruck. »O mein Gott!«
Rachael sah ein nacktes Mädchen, das in der kleinen Kammer auf dem Boden hockte, den Rücken in die eine Ecke gepreßt. Ein kaum fünfzehn oder sechzehn Jahre altes Kind, im wahrsten Sinne des

Wortes die *letzte* Eroberung Erics. Es bebte am ganzen Leib, hatte die Augen weit aufgerissen. Und die Wangen waren bleich, fast so weiß wie Kalk.

Die junge Frau – wenn man sie schon als solche bezeichnen konnte – mochte normalerweise recht hübsch sein, doch jetzt war sie nur noch ein Schatten ihrer selbst. Unter dem rechten Auge zeigte sich ein großer, blauschwarzer Fleck, der immer noch weiter anschwoll. Gelbrote Striemen reichten über die ganze Wange, bis hin zum Unterkiefer. Die Oberlippe war aufgeplatzt, und Blut quoll aus der Wunde, tropfte auf die Kacheln. Auch die Verfärbungen auf den Armen und am linken Oberschenkel deuteten auf eine brutale Behandlung hin.

Ben wandte sich verlegen ab.

Rachael ließ die Pistole sinken und trat auf die Kabine zu. »Wer hat dir das angetan?« fragte sie. »Wer?« Sie kannte die Antwort bereits, fürchtete, sie aus dem Mund des Mädchens zu hören.

Doch es antwortete nicht. Die blutigen Lippen zitterten, als es vergeblich versuchte, verständliche Worte zu formulieren. Es wimmerte erneut, stöhnte. Tränen lösten sich aus den Augen und rollten über die blassen Wangen. Offenbar litt es noch immer an den Nachwirkungen des Schocks und hatte Mühe, in die Wirklichkeit zurückzufinden. Es schien sich der Anwesenheit Rachaels und Bens gar nicht voll bewußt zu werden, war nach wie vor in einem ganz persönlichen Alptraum gefangen. Zwar begegnete es Rachaels Blick, schien sie jedoch gar nicht richtig wahrzunehmen.

Bens Begleiterin bückte sich und streckte die Hand aus. »Es ist alles vorbei«, sagte sie. »Mach dir keine Sorgen mehr. Niemand wird dich verletzen. Du kannst jetzt herauskommen. Wir lassen nicht zu, daß dir jemand etwas antut.«

Das Mädchen starrte an Rachael vorbei und schauderte so heftig, als wehe ein eisiger Wind, dessen kalte Böen nur in seinem Innern zischten und fauchten.

Rachael reichte Ben ihre Pistole, ging neben der Nackten in die Hocke, sprach beruhigend auf sie ein und berührte sie vorsichtig an den Armen und im Gesicht, strich ihr behutsam das zerzauste blonde Haar glatt. Zuerst zuckte sie immer wieder zusammen, aber Rachaels einfühlsame Fingerspitzen schienen nach und nach den Schreckenskokon zu zerreißen, der die Unbekannte gefangen hielt. Schließlich zwinkerte sie, sah Rachael überrascht an, ließ sich von ihr in die Höhe helfen und aus der Duschkabine führen.

»Wir müssen sie ins Krankenhaus bringen«, sagte Rachael und preßte kurz die Lippen zusammen, als sie die Verletzungen des Mädchens im hellen Licht besser erkennen konnte. An der rechten Hand waren zwei Fingernägel dicht über dem Ansatz abgebrochen und bluteten. Ein Finger schien gebrochen zu sein.

Sie kehrten ins Schlafzimmer zurück, und Rachael nahm mit der Nackten auf der Bettkante Platz, während Ben in den Fächern des Schranks nach passender Kleidung suchte.

Rachael horchte nach verdächtigen Geräuschen im Haus.

Es blieb alles still.

Dennoch lauschte sie weiter.

Außer Strumpfhosen, einer ausgewaschenen Jeans, einer blaukarierten Hose und einem Paar Turnschuhe fand Ben auch noch einige illegale Drogen. Die unterste Schublade des Nachtschränkchens enthielt fünfzig oder sechzig handgerollte Joints, einen kleinen Plastikbeutel mit bunten Tabletten und eine Tüte mit weißem Pulver. »Wahrscheinlich Kokain«, sagte er.

Eric hatte keine Drogen eingenommen, sie verabscheut. Seiner Ansicht nach waren sie nur etwas für die Schwachen, für die Verlierer, die sich im Leben nicht behaupten konnten. Doch diese Einstellung hatte ihn ganz offensichtlich nicht daran gehindert, seine Mätressen mit entsprechendem Nachschub zu versorgen, um sicherzustellen, daß sie willig blieben und sich seinen Wünschen fügten. Rachael verachtete ihn mehr als jemals zuvor.

Als sie das junge Mädchen anzog, entdeckte Ben eine Handtasche, öffnete sie und holte den Ausweis hervor. »Sie heißt Sarah Kiel«, sagte er. »Und sie ist erst vor zwei Monaten sechzehn geworden. Offenbar kommt sie aus dem Westen, von Coffeyville, Kansas.«

Noch eine Durchgebrannte, dachte Rachael. Vielleicht deshalb ausgerissen, weil sie das Familienleben zu Hause nicht mehr ertrug. Oder möglicherweise eine Aufsässige, die nichts von Disziplin hielt und sich der Illusion hingab, glücklich zu werden, wenn sie keine Regeln mehr zu beachten brauchte.

Warum mußte sie ausgerechnet an Eric geraten? dachte Rachael voller Mitleid.

»Hilf mir bitte, sie zum Wagen zu bringen«, wandte sie sich an Ben, nachdem sie das Mädchen angezogen hatte.

Sie mußten Sarah festhalten, denn sie wankte, und mehrmals knickten ihre Knie ein.

Die Nacht duftete nach Jasmin, und eine leichte Brise wehte, bewegte die Büsche und Sträucher, verwandelte sie in unstete Schemen, die raschelten und sich langsam hin und her neigten. Rachael sah sich nervös um.

Sie setzten Sarah in den Wagen und schnallten sie an. Das junge Mädchen lehnte sich zurück, ließ wortlos den Kopf hängen. Der 560 SL bot nicht besonders viel Platz für eine dritte Person, und aufgrund der Statur Bens beschloß Rachael, ihm das Steuer zu überlassen und im engen Fond Platz zu nehmen.

Als der Mercedes von der Zufahrt rollte, näherte sich ein anderer Wagen. Für Sekunden spiegelte sich das Scheinwerferlicht auf dem roten Lack wider. Ben bog auf die Straße – und das andere Fahrzeug beschleunigte jäh, raste direkt auf sie zu.

Rachaels Herz hämmerte, und atemlos brachte sie hervor: »Mein Gott, *sie* sind es!«

Der Wagen kam mit hoher Geschwindigkeit heran, und Ben verlor keine Zeit, reagierte sofort. Er riß das Steuer herum und fuhr in die andere Richtung. Preßte das Gaspedal bis zum Anschlag nieder. Die Reifen quietschten. Der Mercedes schien einen Satz nach vorn zu machen, sauste an den niedrigen, dunklen Häusern vorbei. Vorne endete die Straße an einer Kreuzung, die sie vor die Wahl stellte, sich nach rechts oder links zu wenden. Es blieb Ben nichts anderes übrig, als den Fuß vom Gas zu nehmen. Rachael senkte den Kopf, blickte durch das Rückfenster und sah den anderen Wagen: Ein großer Cadillac, vielleicht Modell Seville, folgte ihnen und näherte sich rasch.

Ben drehte einfach das Lenkrad, und der Mercedes rutschte über den Asphalt, neigte sich so abrupt zur Seite, daß Rachael fast den Halt verloren hätten. Sie hielt sich an der Rückenlehne des Sitzes vor ihr fest, auf dem Sarah Kiel saß, und sie dachte: *Wenn wir uns überschlagen, sind wir erledigt...*

Der 560 SL kippte nicht, raste weiter, durch ein weites Wohnviertel. Ben beschleunigte jetzt wieder. Rachael beobachtete den Cadillac hinter ihnen, der auf der Kreuzung ins Schleudern kam und an eine geparkte Corvette stieß. Funken stoben. Der Caddy prallte von dem Chevrolet ab und schwang einige Male hin und her, doch dann gelang es dem Fahrer, ihn wieder unter Kontrolle zu bringen.

Ben bog erneut ab, jagte den Mercedes durch eine scharfe Kurve, die Hände fest ums Lenkrad geschlossen. Das Quietschen der Reifen klang wie ein unheimliches Schrillen und Heulen. Der Motor brüllte, als Benny Vollgas gab, und der Wagen schien sich in eine Rakete zu verwandeln, röhrte durch die Nacht. Rachael hatte das Gefühl, nach hinten gepreßt zu werden und kaum mehr atmen zu können, rechnete jeden Moment damit, daß sie einfach abhoben und in einen Orbit steuerten. Von einem Augenblick zum anderen trat Ben auf die Bremse und drehte das Steuer schlagartig nach links – für die Verfolger mußte es den Anschein haben, als sei der Mercedes geradezu in die Querstraße *gesprungen*.

Am Lenkrad bewies er ein ebensolches Geschick wie zuvor beim Kampf gegen Vincent Baresco. *Zum Teufel auch, wer bist du überhaupt?* wollte Rachael ihn fragen. *Ein gewöhnlicher Immobilienmakler ist weder ein Experte im Nahkampf noch ein Rennfahrer!* Aber sie wagte es nicht, einen Laut von sich zu geben, aus Furcht, Ben abzulenken. Wenn sie ihn bei dieser Geschwindigkeit in seiner Konzentration störte, mußte das zu einer Katastrophe führen, zu einem verheerenden Unfall – und damit vielleicht zu ihrem Tod.

Ben wußte natürlich, daß der 560 SL wesentlich schneller war als der Cadillac, doch auf den Straßen in der Stadt, angesichts der vielen Kreuzungen, konnte er diesen Vorteil nicht voll ausnutzen. Als sie sich dem Zentrum näherten, wurden die Ampeln immer zahlreicher, und obgleich zu dieser frühen Stunde nur sehr wenig Verkehr herrschte, bestand die Gefahr eines Zusammenstoßes mit einem anderen Auto. Glücklicherweise war die Straßenlage des Mercedes weitaus besser als die des Cadillacs. Die harte Federung ermöglichte wesentlich höhere Kurvengeschwindigkeiten, und deshalb brauchte Ben nicht so oft zu bremsen wie der Verfolger. Jedesmal dann, wenn er abbog, gewann er einen Vorsprung, den der Caddy bei der nächsten geraden Strecke nicht ganz aufzuholen vermochte. In einem waghalsigen Zickzack näherte er sich dem Palm Canyon Drive, und als er nur noch einen Block von der breiten Hauptstraße entfernt war, die ganz Palm Springs durchzog, hatte sich der Abstand zum Cadillac auf mehrere hundert Meter erhöht. Ben war sicher, daß es ihm schließlich gelingen würde, die Mistkerle ganz abzuhängen, wer auch immer sie sein mochten...

Und nur einen Sekundenbruchteil später sah er den Streifenwagen.

Er parkte vor einigen abgestellten Fahrzeugen, an der Ecke Palm Canyon, und offenbar hatte der Cop den heranrasenden Mercedes im Rückspiegel gesehen. Er schaltete das Blinklicht ein.

»Halleluja!« sagte Ben.
»Nein!« erwiderte Rachael erschrocken und beugte sich vor. »Du darfst dich nicht an die Polizei wenden! Dann wäre uns der Tod sicher.«
Trotzdem machte Ben Anstalten, auf die Bremse zu treten, als sie sich dem Streifenwagen näherten. Rachael hatte ihm bisher verschwiegen, warum sie die Polizei *nicht* um Hilfe bitten durften. Außerdem hielt Shadway nichts davon, das Gesetz in die eigenen Hände zu nehmen, und er zweifelte nicht daran, daß sich die Verfolger aus dem Staub machten, wenn eine Konfrontation mit den Cops drohte.
»Nein!« rief Rachael erneut. »Um Himmels willen, Benny, vertrau mir. Ich flehe dich an! Wir sind so gut wie tot, wenn du anhältst! Dann legen uns die Kerle um – das ist so sicher wie das Amen in der Kirche!«
Der Vorwurf, nicht genügend Vertrauen zu ihr zu haben, schmerzte, war wie ein Schlag unter die Gürtellinie. Ben vertraute ihr sogar blindlings – weil er sie liebte, weil sie ihm alles bedeutete. Doch er *verstand* sie nicht, fragte sich immer immer wieder, was die jüngsten Ereignisse zu bedeuten hatten, fühlte sich zur Seite gedrängt, verletzt. Und die bittere Enttäuschung in Rachaels Stimme verstärkte dieses Empfinden. Shadway traf eine rasche Entscheidung, nahm den Fuß von der Bremse und gab wieder Gas, sauste so schnell an dem Streifenwagen vorbei, daß der Schein des Blinklichts nur einmal durch den Mercedes strich – und dann weit hinter ihnen zurückblieb. Aus den Augenwinkeln hatte Ben zwei verblüffte Beamte gesehen. Vielleicht warteten sie noch auf den Caddy, um anschließend beide Wagen zu verfolgen, was ihm nur recht war. Mit den Bullen im Rücken, so überlegte er, würden es die Typen im Cadillac wohl kaum wagen, sie umzupusten.
Doch zu seiner großen Überraschung verloren die Polizisten keine Zeit: Mit heulender Sirene setzte sich der Streifenwagen in Bewegung und hängte sich an den Mercedes. Möglicherweise waren die beiden Cops angesichts der Geschwindigkeit des 560 SL so verwirrt, daß sie dem Cadillac gar keine Beachtung schenkten. Vielleicht begriffen sie nicht einmal, daß die große Limousine mit fast der gleichen Geschwindigkeit durch die nächtliche Stadt raste.
Ben bog nach rechts auf den Palm Canyon Drive – mit der Tollkühnheit eines Stuntman, der einen speziell vorbereiteten Wagen fuhr, ausgestattet mit Überrollbügeln, besonderen Stabilisatoren

und anderen technischen Finessen, um die Gefahr, der er sich aussetzte, auf ein Minimum zu reduzieren. Der einzige Unterschied bestand darin, daß der Mercedes nicht über solche Dinge verfügte. Ben stellte fest, daß er sich verschätzt hatte, daß er ins Schleudern geriet und auf dem besten Wege war, Rachael, Sarah und sich selbst umzubringen... Der 560 SL neigte sich gefährlich weit nach links, und die Räder auf der rechten Seite verloren den Bodenkontakt. Shadway roch verbranntes Gummi, starrte entsetzt auf die Hauswände, die mit einem abrupten Satz heranzukommen schienen, spürte erneut, wie sich die Zeit dehnte, wie Sekunden zu Minuten wurden, während das Quietschen unnatürlich laut in seinen Ohren widerhallte. Und dann, nach einer halben Ewigkeit, fiel der Mercedes mit einem dumpfen Krachen zurück, und es grenzte an ein Wunder, daß alle Reifen heil blieben, keiner von ihnen platzte.

Ben sah den alten Mann im gelben Hemd und den Cocker-Spaniel, kurz bevor die Stoßdämpfer den schwankenden und zitternden Mercedes ausbalancierten. Das seltsame Pärchen überquerte gerade die Straße, als Ben um die Ecke schleuderte, wie ein Besessener, dem es unbedingt darauf ankam, seinen Wagen zu Schrott zu fahren. Mit achtzig oder neunzig hielt er direkt auf sie zu, und beide blieben verblüfft stehen, der Mann ebenso wie der Hund, starrten aus weit aufgerissen Augen auf das Geschoß aus Stahlblech und Kunststoff. Ein Greis, mindestens neunzig, und der Hund wirkte ebenfalls altersschwach – es ergab überhaupt keinen Sinn, daß sie um zwei Uhr nachts durch die Stadt schlenderten. Sie hätten zu Hause im Bett liegen und von Hydranten und gut sitzenden Gebissen träumen sollen...

»Benny!« rief Rachael.

»Ich weiß, ich weiß!«

Es gab nicht die geringste Hoffnung, den Wagen rechtzeitig zum Stehen zu bringen. Aus diesem Grund trat Ben nicht nur auf die Bremse, sondern drehte auch das Steuer. Die Fliehkraft riß den Mercedes herum. Er drehte sich um hundertachtzig Grad, und das abgeriebene Gummi ließ lange und breite Streifen auf dem Asphalt zurück, bevor die Räder auf der gegenüberliegenden Straßenseite hart an die Bordsteinkante stießen. Shadway zögerte nicht, gab sofort wieder Gas und setzte die Fahrt nach Norden fort, bemerkte, daß sich der alte Mann und sein Hund hastig auf den Bürgersteig zurückgezogen hatten – und die Sirene des Streifenwagens nur zehn Meter hinter ihm heulte.

Im Rückspiegel sah er den Caddy, der nun ebenfalls um die Ecke kam und sie nach wie vor verfolgte, und der dem Einsatzfahrzeug der Polizei überhaupt keine Beachtung zu schenken schien.

»Die Kerle müssen völlig verrückt sein«, stieß Ben hervor.

»Schlimmer«, sagte Rachael. »Viel schlimmer.«

Sarah Kiel gab einige ächzende Laute von sich, aber offenbar weckte die akute Gefahr keine Furcht in ihr. Statt dessen hatte es den Anschein, als stimuliere die wilde Verfolgungsjagd ihre Erinnerungen an die andere Art von Gewalt, die sie im Haus erlebt hatte.

Ben beschleunigte, als er den roten Mercedes auf dem Palm Canyon Drive nach Norden lenkte, blickte erneut in den Rückspiegel und sah, daß der Cadillac versuchte, den Polizeiwagen zu überholen. Man hätte meinen können, einige übermütige Jugendliche machten die Straße mit einem improvisierten Rennen unsicher. Absurd. Lächerlich. Aber gleich darauf war Ben überhaupt nicht mehr zum Lachen zumute. Plötzlich begriff er, was die Männer im Cadillac wirklich beabsichtigten: Mündungsfeuer blitzte auf, und das laute *Ratatatata* einer automatischen Waffe knallte. Aus einer Maschinenpistole eröffneten sie das Feuer auf den Streifenwagen, so als befänden sie sich nicht in Palm Springs, sondern im Chicago der zwanziger und dreißiger Jahre.

»Sie schießen auf die Cops!« entfuhr es Shadway ungläubig.

Das schwarz und weiß lackierte Fahrzeug brach zur Seite aus, schleuderte über die Bordsteinkante, drehte sich auf dem Bürgersteig und zertrümmerte die Schaufensterscheibe einer eleganten Boutique. Und noch immer beugte sich ein Mann im Fond des Cadillac aus dem Fenster und feuerte weiterhin auf den Streifenwagen.

»Oh, oh«, machte Sarah, und sie wand sich so hin und her, als wolle sie imaginären Hieben ausweichen. Vermutlich begriff sie gar nicht, in welcher Gefahr sie schwebten, erlebte noch einmal den Schrecken im Haus.

Ben versuchte, das Gaspedal durch den Boden zu pressen, und der Mercedes reagierte wie eine Katze, der man gerade auf den Schwanz getreten hatte. Mit fast hundertachtzig rasten sie über den Palm Canyon Drive, der einige Kilometer weit völlig gerade verlief – was Shadway in die Lage versetzte, den Abstand zum Cadillac zu vergrößern, bevor er hart auf die Bremse trat und abbog. Abwechselnd wandte er sich nach rechts und links, näherte sich dem Stadtrand, kehrte dann in Richtung Zentrum zurück, vorbei an hohen Bäumen, die eine Art dunklen Tunnel zu formen schienen, dann durch Wohnviertel mit niedrigem und spärlichem Buschwerk, das nicht über die Wüste hinwegtäuschen konnte, in der man die Stadt erbaut hatte. Mit jeder Straßenecke, die er hinter sich brachte, wuchs die Entfernung zu den Killern im Caddy.

»Sie haben zwei Polizisten umgebracht, nur weil sie ihnen im Weg waren«, stellte Ben entgeistert fest.

»Sie haben es auf uns abgesehen, wollen uns um keinen Preis entwischen lassen«, erwiderte Rachael dumpf. »Begreifst du jetzt endlich, Benny? Sie meinen es ernst, verdammt ernst!«

Der Cadillac befand sich jetzt zwei Blocks hinter ihnen, und Ben glaubte, daß es ihm nach fünf oder sechs weiteren Kurven gelang, die Verfolger endgültig abzuschütteln. Wenn sie den Mercedes aus den Augen verloren...

»Ja«, brummte Shadway und vernahm dabei in seiner Stimme ein seltsames Vibrieren, das ihm nicht gefiel. »Aber es muß ihnen auch klargewesen sein, daß sie eigentlich gar keine Chance hatten, uns zu stellen. Ihr schwerfälliger Caddy kann es nicht mit dieser tollen Kiste aufnehmen. Das haben sie von Anfang an gewußt. Bestimmt. Ihre Chancen standen eins zu hundert, vielleicht sogar noch schlechter. Und trotzdem erschossen sie die beiden Polizisten!«

Er nahm kurz Gas weg, bog erneut ab und trat das Pedal wieder bis zum Anschlag durch.

»O mein Gott, o mein Gott«, stöhnte Sarah, krümmte sich auf dem Beifahrersitz so weit zusammen, wie es die Gurte erlaubten, und preßte die Arme auf die Brust. Sie nahm die gleiche Haltung ein wie in der Duschkabine.

»Wahrscheinlich glaubten sie, die Beamten hätten die Nummern unserer Kennzeichen notiert, um später die Fahrzeughalter zu identifizieren.«

In der Ferne leuchteten die Scheinwerfer des Cadillac auf; der Abstand hatte sich noch weiter vergrößert. Ben zwang den Mercedes nach links, starrte konzentriert auf die Straße und ignorierte die dunklen Konturen der älteren Häuser, an denen sie vorbeisausten.

»Wenn ich dich vorhin richtig verstanden habe«, sagte Ben, »glaubst du, die Typen im Caddy hätten dich noch schneller am Wickel, wenn du dich an die Polizei wendest.«

»Ja.«

»Und warum wollen sie nicht, daß wir von den Bullen geschnappt werden?«

»Wenn ich mich im Gewahrsam der Polizei befände«, erklärte Rachael, »könnte ich ziemlich leicht festgenagelt werden. Ich hätte praktisch überhaupt keine Chance. Aber in einem solchen Fall würde es mehr Aufsehen erregen, mich umzubringen. Die Leute im Cadillac... und ihre Freunde... Sie ziehen es vor, mich unauffällig aus dem Verkehr zu ziehen. Auch wenn das mehr Zeit und Mühe erfordert.«

Bevor im Rückspiegel einmal mehr das Scheinwerferlicht der Limousine aufschimmerte, riß Ben den Wagen nach rechts. Es konnte nur noch einige Minuten dauern, bis die Verfolger ihre Spur verlören. »Was, zum Teufel, wollen die Mistkerle von dir?«

»Zwei Dinge. Erstens: ein... Geheimnis, von dem sie annehmen, ich wüßte darüber Bescheid.«

»Was jedoch nicht stimmt?«

»Nein.«

»Und zweitens?«

»Ein anderes Geheimnis, in das ich eingeweiht *bin*. Sie kennen es ebenfalls und wollen verhindern, daß ich es verrate.«

»Worin besteht es?«

»Wenn ich dir darauf Antwort gäbe, hätten sie es auch auf dich abgesehen.«

»Ich stecke bereits bis zum Hals in der Sache«, hielt ihr Ben entgegen. »Deine Gegner würden bestimmt nicht zögern, auch mir das Lebenslicht auszublasen. Nur um ganz sicher zu gehen. Also heraus mit der Sprache.«

»Jetzt nicht. Du mußt dich darauf konzentrieren, den Caddy abzuhängen.«

»Mach dir darüber keine Sorgen. Benutze unsere Verfolger bitte nicht als Vorwand, keinen Ton mehr von dir zu geben. Wir haben die Sache bereits überstanden. Noch eine Abzweigung, und die Kerle können uns mal.«

Genau in diesem Augenblick platzte der rechte Vorderreifen.

10. Kapitel

Nägel

Es war eine lange Nacht für Julio und Reese.

Um 00.32 Uhr wurde die Durchsuchung des Müllbehälters abgeschlossen, doch Ernestina Hernandez' blauer Schuh blieb spurlos verschwunden.

Nach dem Abtransport der Toten ins städtische Leichenschauhaus beschlossen die meisten Beamten, nach Hause zurückzukehren und noch einige Stunden lang an der Matratze zu horchen, um für den nächsten Arbeitstag fit zu sein. Nicht so Lieutenant Julio Verdad. Er wußte, daß die Spuren bei einem Mord innerhalb von vierundzwanzig Stunden nach der Entdeckung des Leichnams besonders frisch waren. Darüber hinaus konnte er unmittelbar nach der Zuweisung eines neuen Falles ohnehin keine Ruhe finden; trotz seiner Erfahrungen war er kein abgebrühter Polizist, kein klinisch-neutraler Beobachter, der die Schrecken eines Gewaltverbrechens mit einem Schulterzucken akzeptierte.

Diesmal fühlte er sich dem Opfer mehr verpflichtet als jemals zuvor. Aus Gründen, die seinen Kollegen banal erscheinen mochten, für ihn jedoch die Qualitäten eherner Prinzipien gewannen, hielt er es für seine wichtigste Aufgabe, den Mörder zur Strecke zu bringen. Es ging nicht nur um einen Routinejob, sondern eine Frage der Ehre.

Sein Partner Reese Hagerstrom leistete ihm trotz der späten Stunde Gesellschaft. Für Julio – für niemanden sonst – war er bereit, rund um die Uhr zu arbeiten, auf Schlaf, Freizeit und regelmäßige Mahlzeiten zu verzichten, jedes Opfer zu bringen, das man von ihm verlangte.

Um 00.41 Uhr benachrichtigten sie Ernestinas Eltern vom Tod ihrer Tochter. Die Familie wohnte einen Block östlich der Main Street, in einem bescheidenen Haus, vor dem zwei Magnolien wuchsen. Julio und Reese klingelten Ernestinas Angehörige aus den Betten und stießen zunächst auf ungläubige Skepsis. Darauf folgte der Schock.

Zwar hatten Juan und Maria Hernandez sechs Kinder, aber Ernestinas Tod traf sie ebenso hart wie Eltern, deren Liebe nur einem galt. Marias Knie gaben nach, und sie nahm auf dem rosafarbenen

Sofa im Wohnzimmer Platz. Ihre beiden jüngsten Söhne – beides Teenager – setzten sich neben sie und wischten sich Tränen aus den geröteten Augen. Sie waren viel zu erschüttert, um die Macho-Fassade aufrechtzuerhalten, hinter der sich lateinamerikanische Jungen in ihrem Alter so gern versteckten. Maria hielt ein Foto Ernestinas in den Händen, weinte und erzählte mit schwankender Stimme von den guten Zeiten, die sie mit ihrer Tochter verlebt hatte. Eine andere Tochter, die neunzehnjährige Laurita, saß allein im Eßzimmer, umklammerte einen Rosenkranz und starrte ins Leere. Juan Hernandez schritt unruhig auf und ab, ballte immer wieder die Fäuste und zwinkerte mehrmals, um die Tränen zurückzuhalten. Als Patriarch erachtete er es als seine Aufgabe, seiner Familie ein Beispiel zu geben, ein Haltepol der Kraft und Unerschütterlichkeit zu bleiben. Doch Ernestinas Tod war zuviel für ihn: Zweimal zog er sich in die Küche zurück und schluchzte leise hinter der geschlossenen Tür.

Julio konnte den Kummer der Hernandez nicht lindern, erfüllte sie jedoch mit Hoffnung auf Gerechtigkeit und machte keinen Hehl aus seiner festen Entschlossenheit, den Täter zu finden.

Von Mr. Hernandez erfuhren Verdad und Hagerstrom, daß Ernestina an diesem Abend zusammen mit ihrer besten Freundin ausgegangen war, einer gewissen Becky Klienstad, die ebenfalls als Kellnerin in einem nahen mexikanischen Restaurant arbeitete. Sie hatten Ernestinas Wagen benutzt: einen hellblauen, zehn Jahre alten Ford Fairlane.

»Ernestina wurde ermordet«, stellte Mr. Hernandez fest. »Und Becky? Vielleicht ist auch ihr etwas zugestoßen, etwas Schreckliches.«

Von der Küche aus riefen Julio die Klienstads an. Becky – eigentlich Rebecca – war noch nicht nach Hause zurückgekehrt. Bisher hatten sich ihre Eltern keine Sorgen gemacht: weil ihre Tochter eine erwachsene Frau sei und einige der Tanzlokale, die sie mit ihrer Freundin besuchte, bis um zwei Uhr nachts geöffnet blieben. Entsetzt nahmen sie die Nachricht vom Tod Ernestinas zur Kenntnis.

1.20 Uhr.

Julio saß am Steuer des zivilen Wagens, der vor dem Haus der Hernandez parkte, und aus trüben Augen blickte er in die nach Magnolien duftende Nacht.

Durch die offenen Fenster hörte er das Rascheln der Blätter im lauen Wind. Es klang irgendwie melancholisch.

Reese benutzte das kleine Computerterminal im Wagen, um eine Fahndung nach Ernestinas hellblauem Ford einzuleiten. Juan Hernandez hatte ihnen die Kennzeichennummer genannt.

»Stell bitte fest, ob irgendwelche Nachrichten für uns eingetroffen sind«, sagte Julio.

Reese gab den Code ein, der ihm Zugriff auf die Datenbanken im Polizeipräsidium gewährte, betätigte einige Tasten und öffnete den elektronischen Postkasten. Auf dem Bildschirm reihten sich grüne Buchstaben zu Worten und Sätzen aneinander: ein Bericht von dem Beamten, der auf Julios Anweisung hin das Leichenschauhaus aufgesucht hatte, um festzustellen, ob das Skalpell und der blutbefleckte Kittel aus dem Müllbehälter mit einem bestimmten Angestellten in Zusammenhang gebracht werden konnten. Zwar wurde bestätigt, daß sowohl ein Skalpell als auch ein Kittel fehlten – außerdem auch noch eine Chirurgenkappe sowie ein Paar antistatische Laborschuhe –, doch für den Diebstahl dieser Dinge ließ sich niemand direkt verantwortlich machen.

Julio wandte den Blick vom Monitor ab und sah aus dem Fenster. »Dieser Mord hat irgend etwas mit dem Verschwinden von Eric Lebens Leiche zu tun.«

»Könnte reiner Zufall sein«, wandte Reese ein.

»Glaubst du an Zufälle?«

Reese seufzte. »Nein.«

Eine Motte flog gegen die Windschutzscheibe.

»Vielleicht hat der Leichendieb auch Ernestina umgebracht«, sagte Julio.

»Aber warum?«

»Genau das müssen wir herausfinden.«

Julio legte den Gang ein und fuhr los.

Fort vom Haus der Hernandez, fort von der Motte und den raschelnden Blättern. Er bog nach Norden ab und ließ das Geschäftsviertel von Santa Ana hinter sich zurück.

Doch obwohl er dem Verlauf der gut beleuchteten Main Street folgte, konnte er nicht der Dunkelheit entkommen, nicht einmal zeitweise. Die Finsternis war *in* ihm.

1.38 Uhr.

Es herrschte kein Verkehr, und deshalb dauerte es nicht lange, bis sie das in einem modernen spanischen Stil erbaute Haus Eric Lebens erreichten. Völlige Stille: Ihre Schritte hallten laut auf dem mit Platten ausgelegten Weg, und als Julio klingelte, schien das Läuten aus einem tiefen Schacht zu erklingen.

Villa Park gehörte zu einem anderen Bezirk, und das bedeutete, daß Verdad und Hagerstrom hier nicht die geringsten Amtsbefugnisse hatten. Eigentlich stellte Orange County einen einzigen urbanen Komplex dar, eine große Stadt, unterteilt in verschiedene Gemeinden. Viele Verbrechen beschränkten sich nicht nur auf einen Distrikt, und um zu vermeiden, daß ein Straftäter bürokratische Schlupflöcher nutzte, um seine Spuren zu verwischen, hatten es sich die Polizeipräsidien zur Angewohnheit gemacht, sich gegenseitig zu verständigen. Von den Einsatzbeamten erwartete man, daß sie sich mit den lokalen Behörden in Verbindung setzten, eine Genehmigung einholen oder die zuständigen Stellen unterrichteten, damit sie die Ermittlungen fortsetzen konnten.

Doch Julio und Reese hielten sich nicht an dieses Protokoll, um keine Zeit zu verlieren. Sie führten ihre Untersuchungen dort durch, wo es notwendig war, sprachen mit den Leuten, von denen sie sich Hinweise erhofften – und informierten die zuständigen Behörden nur dann, wenn sie etwas Wichtiges entdeckten – oder wenn die Situation brenzlig wurde.

Nur wenige ihrer Kollegen verhielten sich auf diese Weise. Nichtbeachtung der Vorschriften konnte zu strengen Verweisen führen, im Wiederholungsfall sogar zur Suspendierung vom Dienst. Einige entsprechende Einträge in den Personalakten – und selbst die besten Polizisten brauchten nicht mehr mit einer Beförderung zu rechnen. Möglicherweise stand sogar die Pension auf dem Spiel.

Julio und Reese verschwendeten kaum Gedanken an diese Risiken. Natürlich wollten sie befördert werden, und sie waren auch nicht bereit, ohne weiteres auf ihre Pension zu verzichten. Andererseits aber kam es ihnen nicht so sehr auf beruflichen Erfolg und finanzielle Sicherheit an. In erster Linie ging es ihnen darum, Fälle zu lösen und Mörder hinter Gitter zu bringen.

Als niemand auf das Läuten reagierte, drückte Julio die Klinke. Die Tür war verschlossen. Verdad unternahm keinen Versuch, das Schloß zu knacken. Ohne einen regulären Durchsuchungsbefehl durften sie sich nicht gewaltsam Zutritt verschaffen – es sei denn, das Leben unschuldiger Menschen stand auf dem Spiel.

Weiter hinten fanden Julio und Reese das, was sie suchten: eine gesplitterte Scheibe in der Verandatür, die vom Innenhof zur Küche führte. Sie wären pflichtvergessen gewesen, nicht das Schlimmste anzunehmen, mußten davon ausgehen, daß ein bewaffneter Dieb ins Haus eingebrochen war.

Die beiden Beamten zogen ihre Revolver und traten ein. Glasscherben knirschten unter ihren Sohlen.

Sie sahen sich die einzelnen Zimmer an und fanden genug Anhaltspunkte, um ihre Anwesenheit zu rechtfertigen. Die blutigen Fingerabdrücke an der Armlehne des Sofas im Salon. Das Chaos im großen Schlafzimmer. Und in der Garage – Ernestina Hernandez' verstaubter Ford.

Reese sah sich den Wagen genauer an und entdeckte Blutflecken auf dem Rücksitz und den Fußmatten. »Einige sind noch feucht«, teilte er Julio mit.

Verdad öffnete den leicht verriegelten Kofferraum, sah noch mehr Blut, eine zerbrochene Brille – und einen blauen Schuh. Er gehörte Ernestina, und als Julio ihn betrachtete, krampfte sich in seiner Magengrube etwas zusammen.

Verdad erinnerte sich an die Fotografien, die er im Zimmer der jungen Hernandez gesehen hatte, Bilder, die nicht nur sie selbst zeigten, sondern auch ihre Freundin und Kollegin Becky Klienstadt – mit Brille. Offenbar waren beide Frauen umgebracht und dann in den Kofferraum gelegt worden. Später warf der Täter Ernestina in einen Müllbehälter. Und Beckys Leiche?

»Ruf das hiesige Präsidium an«, sagte Julio. »Es wird Zeit, das Protokoll zu respektieren.«

1.52 Uhr.

Als Reese Hagerstrom vom Wagen zurückkehrte, blieb er kurz stehen und öffnete das Tor, um die Garage zu lüften. Der süßliche Gestank des Blutes war wie eine Patina, die alle Gegenstände bedeckte. Die breite Tür rollte zurück, und nur einen Sekundenbruchteil später bemerkte Reese ein Bündel in der Ecke: Es bestand aus einem hellgrünen Kittel und einem Paar antistatischer Schuhe.

»He, Julio, sieh dir das an.«

Verdad trat an seine Seite.

»Ich frage mich, was das zu bedeuten hat«, brummte Reese.

Julia gab keine Antwort.

»Der Abend begann mit einer vermißten Leiche«, sagte Hagerstrom. »Jetzt fehlen zwei – die von Eric Leben und Becky Klienstad. Darüber hinaus haben wir eine dritte gefunden. Wenn irgend jemand Leichen sammelt, warum hat er dann nicht auch die von Ernestina Hernandez behalten?«

Während Julio über die seltsamen Verbindungen zwischen dem Diebstahl von Dr. Lebens Leichnam und der Ermordung Ernestinas nachgrübelte, zog er sich aus einem Reflex heraus die Krawatte zurecht und zupfte an den Manschetten. Im Gegensatz zu einigen anderen Detectives konnte Verdad nicht einmal im heißen Sommer auf Krawatten und langärmelige Hemden verzichten. Seiner Ansicht nach nahmen Polizisten eine heilige Pflicht wahr, ebenso wie Priester. Sie dienten Gott, indem sie für Gerechtigkeit eintraten, dem Gesetz Genüge verschafften, und in Julios Augen wäre weniger förmliche Kleidung ebenso unerhört gewesen wie ein Pfarrer, der in Jeans und T-Shirt zu seiner Gemeinde predigte.

»Sind die hiesigen Jungs bereits unterwegs?« wandte sich Julio an Reese.

»Ja. Und sobald wir ihnen die Situation erklärt haben, sollten wir nach Placentia fahren.«

Verdad zwinkerte. »Nach Placentia? Warum?«

»Es traf gerade eine weitere Nachricht ein, als ich im Wagen saß. Eine wichtige Mitteilung vom Präsidium. Die Polizei von Placentia hat Becky Klienstad gefunden.«

»Wo? Lebend?«

»Tot. In Rachael Lebens Haus.«

Verdad runzelte einige Sekunden lang verwirrt die Stirn. »Zum Teufel auch, was geht hier eigentlich vor sich?«

1.58 Uhr.

Um nach Placentia zu gelangen, fuhren Julio und Reese durch einen Teil von Orange und Anaheim und überquerten den Santa Ana River, der um diese Jahreszeit fast völlig ausgetrocknet war. Sie kamen an hohen Bohrtürmen und Pumpanlagen vorbei, die an überdimensionale, stählerne Gottesanbeterinnen erinnerten und deren Ausleger sich in einem beständigen Rhythmus hoben und senkten.

Für gewöhnlich war Placentia eine der ruhigsten Gemeinden des County, weder arm noch reich, ein Ort zufriedener Gelassenheit, ohne große Probleme. Als einzigen Vorteil gegenüber den anderen Städten konnte man die großen und hübschen Dattelpalmen anführen, die einige der Straßen säumten. Sie wuchsen auch in der Nähe des Hauses, in dem Rachael Leben wohnte. Im flackernden Schein der roten Blitzlichter auf den Streifenwagen schienen die langen und überhängenden Wedel von innen her zu glühen.

Am Vordereingang trafen Julio und Reese auf einen hochgewachsenen uniformierten Beamten der Polizei von Placentia, einen Officer namens Orin Mulveck. Er war blaß, und sein unsteter Blick deutete darauf hin, daß er gerade etwas Schreckliches gesehen hatte. »Eine Nachbarin rief uns an und meinte, sie habe einen Mann beobachtet, der das Haus in aller Eile verließ. Das hielt sie für verdächtig. Als wir hier eintrafen, um nach dem Rechten zu sehen, stand die Tür weit offen. Und das Licht brannte.«

»Mrs. Leben war nicht hier?«

»Nein.«

»Gibt es irgendeinen Hinweis auf ihren gegenwärtigen Aufenthaltsort?«

»Nein.« Mulveck nahm die Mütze ab und strich sich mit einer fahrigen Geste durchs Haar. »Jesus«, sagte er, mehr zu sich selbst. Dann: »Nein, Mrs. Leben ist fort. Aber in ihrem Schlafzimmer fanden wir die Leiche einer anderen Frau.«

Julio schob sich an ihm vorbei und betrat das Haus. »Rebecca Klienstad.«

»Ja.«

Mulveck führte Julio und Reese durch ein gemütlich und geschmackvoll eingerichtetes Wohnzimmer, in dem pflaumenfarbene, weiße und dunkelblaue Töne dominierten.

»Wie haben Sie die Tote identifiziert?« fragte Verdad.

»Sie trug eines jener Medaillons, die medizinische Daten enthalten«, erwiderte Mulveck. »Hatte mehrere Allergien, unter anderem auch gegen Penicillin. Sie kennen die Dinger sicher. Darin befinden sich Name, Adresse und eine Zusammenfassung der Krankengeschichte. Darum wußten wir sofort, um wen es sich handelte. Anschließend gaben wir die Daten in unseren Computer, um eine Überprüfung der Klienstad vorzunehmen. Auf diese Weise erfuhren wir davon, daß Sie in Santa Ana nach ihr suchten, in Zusammenhang mit dem Mordfall Hernandez.«

»Wurde die junge Frau hier umgebracht?« fragte Julio, als sie einem untersetzten Mann von der Spurensicherung auswichen, der damit beschäftigt war, auf den Möbeln nach Fingerabdrücken zu suchen.

»Nein«, erwiderte Mulveck. »Nicht genug Blut.« Erneut fuhr er sich mit der einen Hand durchs Haar. »Der Täter tötete sie woanders – und brachte sie dann hierher.«

»Warum?«

»Das werden Sie gleich sehen.« Er schluckte sichtlich und fügte hinzu: »Verdammt! Der Mörder muß wahnsinnig sein, vollkommen übergeschnappt!«

Julio runzelte verwundert die Stirn und folgte dem Uniformierten durch den Flur ins Schlafzimmer. Bei dem Anblick, der ihn dort erwartete, schnappte er unwillkürlich nach Luft und hielt einige Sekunden lang entsetzt den Atem an.

Hinter ihm keuchte Hagerstrom: »Ach du lieber Himmel!«

Beide Nachttischlampen waren eingeschaltet. An der Peripherie des Zimmers behauptete die Dunkelheit ihre Stellung, doch Rebecca Klienstads Leiche befand sich im hellsten Bereich. Ihr Mund stand offen, und in den blicklos starrenden Augen schien noch immer Grauen zu schimmern. Der Täter hatte sie ausgezogen und an die Wand genagelt, direkt über dem breiten Bett. Nägel durch beide Hände. Weitere Nägel unmittelbar unterhalb der Ellenbogen. In beiden Füßen. Und ein besonders dicker und langer durch den Hals. Es war nicht genau die klassische Position einer Kreuzigung, denn die Beine waren gespreizt, doch es kam der üblichen Vorstellung recht nahe.

Ein Polizeifotograf machte aus verschiedenen Blickwinkeln Aufnahmen von der Leiche. Wenn das Blitzlicht aufflammte, schien sich die Frau an der Wand auf gespenstische Art und Weise zu bewegen.

Julio hatte noch niemals zuvor etwas so Schreckliches gesehen, und doch gewann er sofort den Eindruck, daß der Täter nicht in einem Tobsuchtsanfall gehandelt hatte, sondern aus kühler Berechnung. Ganz offensichtlich war die Frau bereits tot gewesen, als sie gekreuzigt wurde, denn aus den Nagellöchern drang kein Blut. An der Kehle zeigte sich ein breiter Riß – offenbar die tödliche Wunde. Der Mörder hatte erhebliche Zeit darauf verwendet, sich Nägel und einen Hammer zu besorgen (der jetzt in einer Ecke des Zimmers lag), um sein makabres Werk zu vollenden. Der dicke Stift am Hals verhinderte, daß der Kopf des Leichnams nach vorn sank: Die Tote schien auf die Schlafzimmertür zu starren (eine entsetzliche Überraschung für Rachael Leben), und Klebeband hielt die Augen offen.

»Ich verstehe«, sagte Julio leise.
»Ja«, brummte Reese erschüttert.
Mulveck zwinkerte überrascht. Schweißperlen glänzten auf seiner bleichen Stirn, vielleicht nicht nur wegen der Sommerhitze. »Sie scherzen wohl, Sie behaupten, diesen... diesen Wahnsinn zu verstehen? Gibt es denn einen *Grund* dafür?«
Julio räusperte sich. »Ernestina und diese junge Frau wurden in erster Linie deshalb umgebracht, weil der Täter ihren Wagen brauchte. Doch als er feststellte, wie die Klienstad aussah, brachte er ihre Leiche hierher – als eine Art Botschaft.«
Mulveck strich sich einmal mehr nervös übers Haar. »Aber wenn der Psychopath plante, Mrs. Leben umzubringen, wenn er es vor allen Dingen auf sie abgesehen hatte... Warum wartete er dann nicht auf sie? Warum ließ er diese... Nachricht für sie zurück?«
»Offenbar hatte der Mörder Grund zu der Annahme, daß sich Mrs. Leben nicht zu Hause aufhielt«, sagte Julio. »Vielleicht rief er sogar an.«
Er erinnerte sich an Rachael Lebens Unruhe bei ihrem Gespräch im Leichenschauhaus. Julio Verdad fühlte sich nun in seiner Annahme bestärkt, daß sie etwas verbarg, daß sie sich fürchtete. Vermutlich hatte sie bereits gewußt, daß ihr Gefahr drohte.
Aber vor was fürchtete sie sich, und warum wandte sie sich in diesem Zusammenhang nicht einfach an die Polizei? Was verbarg sie?
»Dem Mörder war klar, daß er keine Möglichkeit hatte, sich Rachael Leben sofort zu schnappen«, fuhr Julio fort. »Deshalb wollte er ihr mitteilen, daß sie später mit ihm rechnen konnte. Es kam ihm – oder ihnen – darauf an, ihr Angst einzujagen, sie in Panik zu bringen. Und als er sich die von ihm ermordete Klienstad genauer ansah, traf er eine Entscheidung.«
»Bitte?« Mulveck starrte ihn groß an. »Was meinen Sie damit?«
»Rebecca Klienstad hatte eine ausgesprochen gute Figur, mit großen Brüsten«, sagte Julio und deutete auf die gekreuzigte Frau. »Ebenso wie Rachael Leben. Von ihrer Statur her ähneln sie sich sehr.«
»Darüber hinaus hat Mrs. Leben fast die gleiche Haarfarbe«, warf Reese ein. »Kupferbraun.«
»Tizianrot«, fügte Julio hinzu. »Und obgleich Rebecca nicht ganz so attraktiv war wie Mrs. Leben, gibt es zwischen ihren Gesichtszügen und denen Rachaels gewisse Parallelen.«

Der Fotograf ließ die Kamera sinken und legte einen neuen Film ein.

Mulveck schüttelte den Kopf. »Wenn ich Sie richtig verstehe... Angenommen, Mrs. Leben wäre nach Hause zurückgekehrt, hätte das Schlafzimmer betreten und die Tote gesehen, die ihr ähnelt... Der Mörder wollte ihr zu verstehen geben, daß seine Absicht eigentlich darin bestand, *sie* an die Wand zu nageln.«

»Ja«, bestätigte Julio. »Ich glaube, das beschreibt seine Motive ziemlich genau.« Auch Reese nickte.

»Herr im Himmel«, entfuhr es Mulveck. »Der Täter muß Mrs. Leben mehr hassen als alles andere in der Welt. Wer auch immer er sein mag: Womit hat Mrs. Leben einen derartigen Haß in ihm geweckt? Was für Feinde hat sie?«

»Ausgesprochen gefährliche«, stellte Julio fest. »Mehr weiß ich noch nicht.«

Er zögerte kurz. »Und wenn wir Rachael nicht rasch finden, geht es ihr wahrscheinlich ebenfalls an den Kragen, im wahrsten Sinne des Wortes.« Er deutete auf den breiten Riß in der Kehle des Leichnams an der Wand.

Das Blitzlicht des Fotografen flackerte.

Und Rebecca Klienstad schien zusammenzuzucken.

11. Kapitel

Gespenstergeschichte

Als der rechte Vorderreifen platzte, nahm Ben Shadway kaum Gas weg. Seine Hände schlossen sich fester um das zitternde Lenkrad, und er brachte noch einen halben Block hinter sich. Der Mercedes schwankte immer wieder, brach jedoch nicht zur Seite aus, rollte gehorsam weiter.

Hinter ihnen flammten keine Scheinwerfer auf. Der sie verfolgende Cadillac hatte noch nicht die zwei Blocks entfernte Abzweigung erreicht. Doch es war nur eine Frage der Zeit...

Ben sah immer wieder nach rechts und links, und Rachael fragte sich, nach was für einer Art von Schlupfloch er Ausschau hielt.

Dann fand Shadway das, was er suchte: ein einstöckiges Stuckhaus, vor dem im hohen, ungemähten Gras ein großes FOR SALE-

Schild stand. Mehr als zwei Meter hohe Betonwände schirmten es von den anderen Gebäuden in der Nachbarschaft ab, und auf dem Anwesen wuchsen viele Bäume, Büsche und Sträucher, die dringend beschnitten werden mußten.

»Volltreffer«, sagte Ben.

Er lenkte den Wagen auf die Zufahrt, fuhr über eine Ecke des Rasens und hielt hinter dem Haus an, unter einem Vordach aus Rotholz. Rasch drehte er den Zündschlüssel um und schaltete auch die Scheinwerfer aus.

Dunkelheit wogte heran.

Die heißen Metallteile des Mercedes knackten leise, als sie sich abkühlten.

Das Haus war unbewohnt, und deshalb rührte sich nichts. Niemand kam, um nach dem Rechten zu sehen. Und sowohl die hohen Mauern am Rande des Grundstücks als auch die natürliche Barriere aus Bäumen und Sträuchern verhinderten, daß die Nachbarn Verdacht schöpften.

»Gib mir deine Pistole«, sagte Ben.

Rachael beugte sich vor und reichte sie ihm.

Sarah Kiel beobachtete sie, zitterte noch immer, fürchtete sich nach wie vor. Aber ihre Gedanken verloren sich jetzt nicht mehr in einer Entsetzenstrance. Die wilde Verfolgungsjagd schien sie aus dem Alptraum geweckt, aus dem Gespinst der Erinnerungen an die erlittene Gewalt befreit zu haben.

Ben öffnete die Tür und stieg aus.

»Wohin gehst du?« fragte Rachael besorgt.

»Ich möchte mich vergewissern, daß unsere Verfolger vorbeifahren und nicht wieder zurückkehren. Anschließend besorge ich uns einen anderen Wagen.«

»Wir könnten einfach den Reifen wechseln...«

»Nein. Der rote Mercedes ist zu auffällig. Wir brauchen ein ganz gewöhnliches Fahrzeug.«

»Was hast du vor? Willst du einen Autoverleih anrufen und dir einen Wagen schicken lassen?« In Rachaels Stimme ließ sich ein Hauch von Ironie vernehmen.

»Nein«, sagte Ben. »Ich klaue einen. Bleib hier ruhig sitzen. Ich komme so schnell wie möglich zurück.«

Ben drückte die Tür leise zu, eilte in die Richtung, aus der sie gekommen waren, und verschwand in der Finsternis.

Geduckt hastete Shadway an der Seite des Hauses entlang, und in der Ferne hörte er das dumpfe Schrillen von Sirenen. Auf dem Palm Canyon Drive waren vermutlich noch immer einige Krankenwagen und Einsatzfahrzeuge der Polizei unterwegs, zwei oder drei Kilometer entfernt, näherten sich der Boutique mit der zertrümmerten Schaufensterscheibe, dem Auto mit den beiden erschossenen Beamten.

Ben erreichte die Vorderfront des Gebäudes und sah den Cadillac, der langsam über die nahe Straße fuhr. Sofort ging er hinter einem dichten Strauch an der Ecke in Deckung und spähte durch die Zweige des Oleanderbusches, der in voller Blüte stand. Der Caddy rollte wie in Zeitlupe heran, und Shadway erkannte drei Männer in der schweren Limousine. Nur einen von ihnen konnte er deutlich sehen, den Typ auf dem Beifahrersitz: hoher Haaransatz, Oberlippenbart, grobknochiges Gesicht, dünnlippiger Mund.

Natürlich suchten sie nach dem roten Mercedes, und allem Anschein nach waren sie nicht auf den Kopf gefallen: Sie berücksichtigten die Möglichkeit, daß Ben Rachaels Wagen in irgendeinen dunklen Seitenweg gesteuert hatte, um ihnen zu entwischen. Shadway hoffte inständig, daß auf dem Rasen zwischen der Zufahrt und der einen Seite des Hauses keine unübersehbaren Reifenspuren zurückgeblieben waren. Es handelte sich um sehr festes und widerstandsfähiges Hundszahngras, und man hatte den Rasen nicht regelmäßig bewässert, so daß er viele braune Stellen aufwies – eine natürliche Tarnung, die möglicherweise über die Reifenabdrücke hinwegtäuschte. Doch wenn es die Männer im Cadillac verstanden, selbst besonders vage Spuren zu deuten, so ließ sich eine unmittelbare Auseinandersetzung mit ihnen kaum vermeiden.

Ben hockte hinter dem Oleanderbusch und trug noch immer seinen Anzug. In der langen Hose, der Weste, dem weißen Hemd und der Jacke kam er sich geradezu lächerlich vor, und er widerstand der Versuchung, sich die schiefe Krawatte zurechtzurücken. Er fragte sich, ob er wirklich in der Lage sein mochte, es mit den drei Gegnern aufzunehmen. Er arbeitete schon zu lange als Immobilienmakler, hatte nicht mehr die Kondition wie früher. Er war jetzt siebenunddreißig, und sein letzter wirklicher Kampf lag rund sechzehn Jahre zurück. Bei der Konfrontation mit Vincent Baresco hatte er einen großen Eindruck auf Rachael gemacht, und das traf auch auf sein Geschick am Steuer zu. Andererseits aber wußte Shadway, daß seine Reflexe inzwischen zu wünschen übrigließen. Und die Männer im Caddy, die namenlosen Feinde, meinten es ernst.

Ben spürte, wie Angst in ihm zu vibrieren begann.

Die beiden Polizisten im Streifenwagen – kaltblütig erschossen, einfach aus dem Weg geräumt. Jesus!

Welches Geheimnis teilten sie mit Rachael? Was konnte so ungeheuer wichtig sein, daß sie jeden umbrachten, sogar Polizisten, um zu verhindern, daß irgend jemand davon erfuhr?

Wenn ich die nächste Stunde überlebe, dachte Ben grimmig, hole ich die Wahrheit aus Rachael heraus. Ich lasse mich nicht länger von ihr hinhalten.

Der Motor des großen Cadillac schnurrte und rasselte, und im Schrittempo rollte der Wagen am Grundstück vorbei. Ben hatte das Gefühl, daß ihm der Typ mit dem Schnurrbart einige Sekunden lang direkt in die Augen sah. Er schien durch die Lücke zwischen den Zweigen zu starren, die Shadway ein wenig auseinanderhielt. Er war versucht, den kleinen Spalt wieder zu schließen, fürchtete jedoch, daß die Männer im Wagen die Bewegung bemerkten. Deshalb beschränkte er sich darauf, den Blick des Bärtigen zu erwidern, rechnete jeden Moment damit, daß der Caddy anhielt, die Türen aufsprangen und eine Maschinenpistole ratterte. Er stellte sich den Kugelhagel vor: Hunderte von Geschossen, die den Busch zerfetzten, hinter dem er sich versteckte, Dutzende von Projektilen, die sich ihm in den Leib bohrten und ihn auf der Stelle töteten. Doch der Wagen fuhr weiter. Ben beobachtete, wie das Glühen der Rücklichter verblaßte, ließ erleichtert den angehaltenen Atem entweichen.

Er richtete sich auf, trat hinter dem Strauch hervor und blieb im Schatten eines hohen Jakarandabaums stehen, dicht am Straßenrand, blickte dem Caddy nach, bis er drei Blocks entfernt war und hinter einer Hügelkuppe verschwand.

Noch immer heulten Sirenen, etwas leiser als vorher. Und aus dem wütenden Schrillen schien ein klagendes Wimmern geworden zu sein.

Shadway hielt die 32er fest in der Hand, eilte über den Bürgersteig und machte sich auf die Suche nach einem Wagen, den er stehlen konnte.

Rachael hatte den engen Notsitz im Fond verlassen und hinterm Steuer Platz genommen. Sie genoß es, die Beine auszustrecken, und außerdem konnte sie von dieser Position aus besser mit Sarah Kiel sprechen. Sie schaltete die kleine Leselampe über der Windschutzscheibe ein und vertraute darauf, daß sich der matte Schein in den dicht an dicht wachsenden Büschen und Sträuchern verlor. Er erhellte einen Teil des Armaturenbretts, die Konsole, Rachaels Gesicht und die immer noch bleichen Züge des jungen Mädchens.

Sarah war endlich aus ihrer Schreckensstarre erwacht und in der Lage, auf Fragen zu antworten. Nach wie vor preßte sie beide Arme auf die Brust, und ihr Anblick erfüllte Rachael mit Mitleid. Sie schauderte, als sie sich vorstellte, was Sarah durchgemacht hatte. Ihr gebrochener Finger war auf groteske Weise angeschwollen, und mit der linken Hand tastete sie behutsam über die dunkle Verfärbung unter dem einen Auge, die Flecken auf ihren Wangen, die aufgeplatzte Lippe. Dann und wann stöhnte sie leise. Sie sagte kein Wort, aber als sie Rachael ansah, ging ihr Blick nicht mehr einfach durch die Frau am Steuer hindurch.

»In einigen Minuten bringen wir dich ins Krankenhaus«, versprach Rachael. »In Ordnung?«

Das Mädchen nickte.

»Hast du eine Ahnung, wer ich bin, Sarah?«

Sie schüttelte den Kopf.

»Ich bin Rachael Leben, Erics Frau.«

Furcht schimmerte in Sarahs blauen Augen.

»Nein, mach dir keine Sorgen, Schatz. Ich stehe auf deiner Seite. Im Ernst. Ich wollte mich von ihm scheiden lassen. Ich wußte von seiner Vorliebe für junge Mädchen, doch das spielt in diesem Zusammenhang keine Rolle. Eric war krank, Sarah. Arrogant, überheblich, grausam – und krank. Ich verachtete ihn. Du brauchst mir gegenüber also kein Blatt vor den Mund zu nehmen. Ich möchte dir helfen, verstehst du?«

Sarah nickte.

Rachael sah in die Dunkelheit der Nacht, beobachtete die schwarzen Schatten der Fenster und Türen des Hauses, die finsteren Schemen der Büsche und Sträucher auf der anderen Seite. Abrupt beugte sie sich vor und betätigte die Zentralverriegelung. Es wurde warm im Wagen, und sie wußte, daß es besser gewesen wäre, die Fenster zu öffnen. Doch sie hielt es für sicherer, sie geschlossen zu lassen.

»Erzähl mir, was du erlebt hast«, wandte sich Rachael wieder an das junge Mädchen. »Erzähl mir alles.«

Sarah versuchte zu antworten, doch ihre Stimme bebte, und sie brachte nur ein heiseres Krächzen hervor. Sie begann zu zittern.

»Ganz ruhig«, sagte Rachael. »Hier droht dir keine Gefahr mehr.« Sie hoffte, das entsprach der Wahrheit. »Du bist jetzt in Sicherheit. Wer hat dir all das angetan?«

Im matten Schein der Leselampe wirkten Sarahs Wangen aschfahl. Sie räusperte sich und flüsterte: »Eric. Er hat mich... geschlagen.«

Diese Auskunft überraschte Rachael nicht, und doch entstand eisige Kälte tief in ihrem Innern. Einige Sekunden lang war sie sprachlos. »Wann? Wann hat er dich geschlagen?«

»Er kam... eine halbe Stunde nach Mitternacht.«

»Lieber Himmel – und wir trafen nur eine knappe Stunde später ein. Er muß das Haus kurz vor uns verlassen haben.«

Seit dem Verlassen des Leichenschauhauses hoffte Rachael darauf, Eric einzuholen, ihn zu stellen, und eigentlich hätte sie mit einer gewissen Zufriedenheit auf die Erkenntnis reagieren müssen, ihm so dicht auf den Fersen zu sein. Statt dessen aber begann ihr Herz zu hämmern, so heftig und wild, daß sie glaubte, es müsse ihr die Brust zerreißen.

»Er klingelte, und als ich die Tür öffnete, hieb er sofort auf mich ein... schlug immer wieder zu.« Sarah schluckte. »Er schleuderte mich zu Boden und trat nach meinen Beinen...«

Rachael erinnerte sich an die häßlichen, blaugrünen Flecken an Sarahs Oberschenkeln.

»...griff nach meinem Haar...«

Rachael hielt die linke Hand des jungen Mädchens.

»...zerrte mich ins Schlafzimmer...«

»Und dann?«

»...*riß* er mir den Pyjama vom Leib, Sie wissen schon, und... zog weiter an meinem Haar und hieb mit den Fäusten auf mich ein...«

»Hat er dich zuvor jemals geschlagen?«

»N-nein. Er war ein wenig grob, gab mir die eine oder andere Ohrfeige. Das ist alles. Heute nacht aber... heute nacht war er ganz außer sich... so voller Haß.«

»Hat er irgend etwas gesagt?«

»Nicht viel. Er fluchte, bedachte mich mit ziemlich üblen Schimpfworten. Und seine Sprechweise war... irgendwie eigenartig, undeutlich.«

»Wie sah er aus?« fragte Rachael.
»O Gott...«
»Beschreib ihn mir.«
»Einige Zähne waren schief. Überall Quetschungen. Und Schnitte. Schlimm.«
»Wie schlimm?«
»Er war... *grau.*«
»Was ist mit seinem Kopf, Sarah?«
Die Finger des jungen Mädchens schlossen sich fester um Rachaels Hand. »Sein Gesicht war... aschfahl.«
»Und sein Kopf?«
»Er... er trug eine Wollmütze, als er zu mir kam, hatte sie tief heruntergezogen. Doch als er mich schlug... als ich versuchte, mich zur Wehr zu setzen... verrutschte sie...«
Rachael wartete.
Sarah schwitzte, und ein säuerlicher Geruch erfüllte die Luft im Wagen.
»Sein Kopf war... halb zertrümmert«, sagte Sarah schließlich, und ihr Gesicht wurde erneut zu einer Fratze des Entsetzens.
»Die eine Seite seines Schädels?« hakte Rachael nach. »Bist du ganz sicher?«
»Ja. Tief eingedrückt. Es sah... schrecklich aus.«
»Seine Augen. Was ist mit seinen Augen?«
Mit erstickt klingender Stimme setzte Sarah mehrmals zur Antwort an. Sie senkte den Kopf, schloß für einige Sekunden die Augen und gab sich alle Mühe, nicht die Fassung zu verlieren.
Rachael schauderte und hatte plötzlich wieder das Gefühl, daß sich jemand – irgend *etwas* – dem Mercedes näherte. Nervös blickte sie in die Nacht hinaus und gewann den Eindruck, als beginne die Dunkelheit zu pulsieren, als sei die Finsternis bestrebt, in den Wagen zu kriechen, ins nahe Haus.
Als das verprügelte Mädchen aufsah, sagte Rachael: »Bitte erzähl mir von seinen Augen.«
»Sie waren sonderbar. Wirklich eigenartig. Und ihr Blick... irgendwie umwölkt.«
»Seine Bewegungen. Fiel dir daran etwas auf?«
»Manchmal wirkten sie... abrupt, fast spastisch. Doch die meiste Zeit über war er schnell, schneller als ich.«
Rachael nickte langsam. »Und du meintest eben, er habe undeutlich gesprochen.«

»Ja. Manchmal ergaben seine Worte überhaupt keinen Sinn. Gelegentlich hörte er auf, mich zu schlagen, stand einfach nur da und schwankte hin und her, so als sei er verwirrt, als könne er sich plötzlich nicht mehr daran erinnern, wer er war oder wo er sich befand, als habe er mich vergessen.«

Rachael stellte fest, daß sie ebenso heftig zitterte wie Sarah.

»Seine Berührung«, sagte sie leise. »Seine Haut. Wie fühlte sie sich an?«

Sarah musterte sie kurz. »Sie fragen nur, damit ich Ihre Vermutungen bestätige, nicht wahr? Sie wissen bereits Bescheid.«

»Erzähl's mir trotzdem.«

»Kalt. Seine Haut fühlte sich kalt an.«

»Und feucht?« fragte Rachael.

»Ja. Aber nicht etwa, weil er schwitzte.«

»Schmierig«, hauchte Rachael.

Sarah preßte kurz die Lippen zusammen und nickte nur.

Haut, die sich ein wenig schmierig anfühlt, dachte Rachael und spürte, wie sich Grauen in ihr regte. *Das erste Stadium der Verwesung.* Sie sah sich außerstande, diesen Gedanken laut auszusprechen, versuchte die Übelkeit zu verdrängen, die einen Kloß in ihrem Hals zu bilden schien.

»Ich habe heute abend die Elf-Uhr-Nachrichten gesehen«, sagte Sarah nach einer Weile. »Dadurch erfuhr ich von seinem Tod, gestern morgen, bei einem Verkehrsunfall. Ich überlegte, wie lange ich noch im Haus bleiben könnte, bevor jemand kommt, um mich vor die Tür zu setzen, fragte mich, was ich unternehmen, wohin ich mich wenden sollte. Doch kaum eine Stunde später klingelte Eric an der Tür, und zuerst dachte ich, die Meldung in den Nachrichten sei falsch. Dann aber...« Das junge Mädchen schluchzte leise. »Dann begriff ich, daß sie den Tatsachen entsprach, daß er *wirklich* ums Leben gekommen war.«

»Ja.«

Sarah befeuchtete sich vorsichtig die aufgeplatzte Lippe. »Aber irgendwie...«

»Ja.«

»...irgendwie kehrte er zurück.«

»Ja«, sagte Rachael. »Er kam zurück. Oder versucht es jedenfalls. Er hat es noch nicht ganz geschafft, und vielleicht gelingt ihm das nie.«

»Aber wie...«

»Mach dir nichts draus, Sarah. Die Antwort auf diese Frage würde dich nur unnötig belasten.«
»Und wer...«
»Denk nicht darüber nach! Glaub mir, Sarah: Du kannst es dir nicht leisten, mehr zu erfahren. Hör mir jetzt gut zu, Schatz, und versuch zu verstehen, was ich dir sage: Du darfst niemandem von deinen Erlebnissen berichten. Niemandem! Ist das klar? Wenn du etwas verrätst, droht dir große Gefahr. Es gibt Leute, die dich auf der Stelle umbrächten, nur um zu vermeiden, daß du von Erics Auferstehung erzählst. Es geht bei dieser Sache auch noch um viele andere Dinge, von denen du nichts weißt, und die Leute, die ich eben erwähnte, schrecken vor nichts zurück, um das Geheimnis zu wahren.«

Das junge Mädchen lachte leise. Humorlos und sarkastisch. »Es würde mir ohnehin niemand glauben.«

»Genau«, bestätigte Rachael.

»Alle nähmen an, ich sei übergeschnappt. Die ganze Sache ist doch vollkommen verrückt.«

In Sarahs Stimme vibrierte so etwas wie beginnende Hysterie. Rachael wußte, daß die Ereignisse dieser Nacht das junge Mädchen für immer verändert hatten, vielleicht zum Guten, möglicherweise auch zum Schlechten. Sarah würde nie wieder so sein wie noch vor wenigen Stunden. Und die Alpträume mochten sie für den Rest ihres Lebens begleiten.

»In Ordnung«, sagte Rachael. »Wir bringen dich gleich ins Krankenhaus, und mach dir deswegen keine Sorgen: Ich komme für die Rechnungen auf. Darüber hinaus gebe ich dir einen Scheck über zehntausend Dollar. Ich hoffe nur, daß du das Geld nicht einfach aus dem Fenster wirfst und für irgendwelche Drogen ausgibst. Wenn du möchtest, rufe ich deine Eltern in Kansas an und bitte sie, dich abzuholen.«

»Das... das wäre sehr nett.«

»Gut. Es freut mich, daß du zu ihnen zurück willst. Bestimmt haben sich deine Eltern schon Sorgen um dich gemacht.«

»Wissen Sie... Eric hätte mich umgebracht. Ich bin sicher, daß er töten wollte. Nicht unbedingt mich. Irgend jemanden. Es war wie ein Zwang, wie ein dringendes Bedürfnis. Und ich hielt mich im Haus auf. Das kam ihm sehr gelegen.«

»Wie bist du ihm entkommen?«

»Er... Nun, einige Minuten lang schaltete er einfach ab. Wie ich eben schon sagte: Manchmal schien er verwirrt zu sein. Geradezu konfus. Einmal trübte sich sein Blick noch mehr, ging ins Leere, und dann gab er ein sonderbares Schnaufen und Keuchen von sich. Er wandte sich von mir ab und sah sich um, so als könne er sich gar nicht mehr entsinnen, wo er sich befand... als sei er völlig durcheinander. Und offenbar wurde er auch schwächer, denn er lehnte sich neben der Badezimmertür an die Wand und ließ den Kopf hängen.«

Rachael dachte an den blutigen Handabdruck.

»Als er nicht mehr auf mich einhieb«, fuhr Sarah fort, »als er abgelenkt war, lag ich auf dem Boden des Badezimmers und konnte mich kaum von der Stelle rühren. Ich schaffte es gerade, in die Duschkabine zu kriechen, und ich war sicher, daß er mir folgen und mich erneut verdreschen würde, wenn er wieder zu sich kam. Doch das war nicht der Fall. Vielleicht vergaß er mich einfach. Er fand in die Wirklichkeit zurück, erholte sich von seinem Schwächeanfall – und entweder entsann er sich nicht mehr an mich, oder er hatte keine Ahnung, wo er nach mir suchen sollte. Etwas später hörte ich, wie er durchs Haus stapfte und damit begann, Einrichtungsgegenstände zu zertrümmern.«

»In der Küche sieht es aus wie auf einem Schlachtfeld«, sagte Rachael. Vor ihrem inneren Auge bildeten sich die Konturen der Messer, die Eric in die Wand hineingetrieben hatte.

Tränen lösten sich erst aus dem unverletzten Auge Sarahs, dann aus dem anderen. »Ich begreife nicht, warum...«, setzte sie an.

»Warum was?« fragte Rachael sanft.

»Warum er es ausgerechnet auf *mich* abgesehen hatte.«

»Vermutlich kam er nicht in erster Linie deshalb, um dich umzubringen«, erwiderte Rachael. »Vielleicht befindet sich ein Wandsafe im Haus, und Eric wollte sich nur das Geld darin holen. Nun, wie dem auch sei: Ich glaube, seine Absicht bestand vor allen Dingen darin, einen sicheren Platz zu suchen, einen Ort, an dem er ungestört abwarten könnte, bis der Prozeß... fortschreitet. Als er nach seiner Verwirrungsphase zu sich kam und dich nicht finden konnte, ging er wahrscheinlich davon aus, du seiest geflohen, um Hilfe zu holen, und deshalb ergriff er die Flucht.«

»Möglicherweise machte er sich auf den Weg zu seiner Hütte.«

Rachael sah das junge Mädchen groß an.

»Wissen Sie nichts von seiner Hütte am Lake Arrowhead?« fragte Sarah.

»Nein«, sagte Rachael.
»Nun, eigentlich steht sie nicht direkt am See, sondern befindet sich in den Bergen. Er hat mich einmal dorthin mitgenommen. Er besitzt einige Morgen Wald, und die Hütte...«
Jemand klopfte ans Fenster.
Rachael und Sarah zuckten erschrocken zusammen. Doch es war nur Ben. Er öffnete die Tür auf der Fahrerseite.
»Kommt«, sagte er. »Ich habe uns einen neuen Wagen besorgt. Einen grauen Subaru, der weitaus weniger auffällig ist als diese Kiste hier.«
Rachael zögerte und atmete einige Male tief durch, um sich zu beruhigen. Sie fühlte sich plötzlich in ihre Jugend zurückversetzt, in den flackernden Schein eines nächtlichen Lagerfeuers, an dem sich Kinder Gespenstergeschichten erzählten, um sich gegenseitig Angst einzujagen. Für einen Augenblick verglich sie das Pochen an der Scheibe mit dem leisen *Klack-klack-klack* eines knöchernen Fingers.

12. Kapitel

Sharp

Julio konnte Anson Sharp von Anfang an nicht ausstehen, und im Verlaufe der Zeit verstärkte sich seine Antipathie ihm gegenüber.
Sharp stolzierte geradezu in Rachael Lebens Haus in Placentia, zeigte seinen Defense Security Agency-Ausweis so herum, als erwarte er, daß gewöhnliche Polizisten bei diesem Anblick auf die Knie fielen und einem so hochrangigen Bundesagenten huldigten. Er betrachtete die an die Wand genagelte Leiche Becky Klienstads, schüttelte den Kopf und meinte: »Wirklich schade. War ein hübsches Mädchen, nicht wahr?« Mit einer autoritären Forschheit, die offenbar beleidigend wirken *sollte*, verkündete er, die Ermordung der beiden Frauen sei nun ein Fall der Bundesbehörden und ginge die lokalen Polizeidienststellen nichts mehr an – aus Gründen, die er nicht erklären konnte oder wollte. Sharp stellte Fragen und verlangte Antworten, doch wenn man ihn um Auskunft bat, schwieg er schlicht.
Er war ein großer Mann, größer noch als Reese. Brust, Schultern

und Arme erweckten den Eindruck, als habe man sie aus einem besonders breiten Baumstamm geschnitzt, und der stiernackige Hals hatte fast den gleichen Durchmesser wie der Kopf darauf. Im Gegensatz zu Reese fand Sharp Gefallen daran, andere Leute mit seiner Größe einzuschüchtern. Er trat immer ganz dicht an seine Gesprächspartner heran und starrte mit einem kaum verhohlenen, ironischen Lächeln auf sie herab. Seine Züge wirkten recht attraktiv, und er machte nicht einmal den Versuch, seine Eitelkeit zu verbergen. Das dichte blonde Haar war kurzgeschnitten, und die grünen, glänzenden Augen teilten stumm mit: *Ich bin besser, klüger und gewitzter als ihr, werde es immer sein.*

Sharp forderte Orin Mulveck und die anderen Polizisten von Placentia auf, das Haus sofort zu verlassen und die Ermittlungen einzustellen.»Alle von Ihnen gefundenen Beweisstücke, Fotografien und Berichte werden unverzüglich meinem Team zur Verfügung gestellt. Ein Streifenwagen mit zwei Beamten bleibt hier – falls meine Leute Hilfe brauchen.«

Ganz offensichtlich hielt Orin Mulveck ebensowenig von Sharp wie Julio und Reese. Mulveck und seinen Jungs gefiel es ganz und gar nicht, daß Sharp sie zu seinen Laufburschen machen wollte.

»Ich muß erst bei meinem Vorgesetzten nachfragen, um Ihre Befugnisse zu überprüfen«, sagte Mulveck.

»Wie Sie wünschen«, erwiderte Sharp. »Aber vorher geben Sie Ihren Leuten bitte die Anweisung, das Haus zu verlassen. Außerdem muß ich darauf bestehen, daß niemand von Ihnen über das spricht, was er hier gesehen hat. Ist das klar?«

»Ich setze mich mit meinem Vorgesetzten in Verbindung«, wiederholte Mulveck. Seine Wangen glühten, und in seinen Augen blitzte es zornig, als er sich umdrehte und ging.

Zwei Männer in dunklen Anzügen begleiteten Sharp. Sie waren fast ebenso groß wie er, zeichneten sich jedoch durch ein zurückhaltenderes Auftreten aus, gaben sich cool und selbstgefällig. Sie blieben rechts und links neben der Schlafzimmertür stehen, wie Tempelwächter, beobachteten Julio und Reese mit offensichtlichem Argwohn.

Julio bekam es nun zum erstenmal mit Beamten von der Defense Security Agency zu tun. Sie unterscheiden sich sehr von den FBI-Agenten, mit denen er schon mehrmals zusammengearbeitet hatte, ließen keinen Zweifel daran, daß sie sich für die Elite hielten.

»Ich weiß, wer Sie sind«, wandte sich Sharp an Julio und Reese.

»Ich habe einige Nachforschungen angestellt, und daher ist mir auch klar, in welchem Ruf Sie stehen. Sie gelten als besonders fähige Spürhunde. Sie verbeißen sich in einen Fall und lassen niemals locker. Für gewöhnlich ist das bewundernswert. Doch in diesem besonderen Fall bleibt Ihnen keine andere Wahl, als einen Rückzieher zu machen. Das kann ich gar nicht oft genug wiederholen. Haben Sie verstanden?«

»Diese Sache fällt in unseren Zuständigkeitsbereich«, erwiderte Julio scharf.

Sharp runzelte die Stirn. »Ich sagte es Ihnen doch gerade: Für Sie ist der Fall erledigt. Aus und Ende. Und was Ihr Department angeht: Es *gibt* gar keinen Mord mehr, der eine polizeiliche Ermittlung erforderlich machte. Die elektronischen Akten in Hinsicht auf Hernandez, Klienstad und Leben sind aus dem Speicher Ihres Computers gelöscht. Von jetzt an kümmern *wir* uns um alles. Mein Spurensicherungsteam ist bereits von Los Angeles aus hierher unterwegs. Mit anderen Worten: Wir brauchen Sie nicht, niemanden von Ihnen. *Comprende, amigo?* Sie sind aus dem Rennen, Lieutenant Verdad. Verstehen Sie? Fragen Sie bei Ihren Vorgesetzten nach.«

»Die Sache gefällt mir überhaupt nicht«, brummte Julio.

»Das spielt keine Rolle«, erwiderte Sharp spitz.

Julio fuhr nur zwei Blocks weit, lenkte den Wagen dann an den Straßenrand und hielt an. »Verdammt!« fluchte er gepreßt. »Sharp ist so verdammt aufgeblasen, daß ich ihm am liebsten an die Gurgel fahren würde!«

Schon seit zehn Jahren arbeitete Reese mit Julio zusammen, aber noch nie zuvor hatte er seinen Partner so zornig gesehen. In Verdads Augen funkelte und gleißte es, und in der rechten Wange zuckte ein nervöser Muskel. Er erweckte den Anschein, als könne er von einem Augenblick zum anderen explodieren.

»Er ist ein Arschloch, klar«, erwiderte Reese. »Aber eben ein Arschloch mit Befugnissen und wichtigen Beziehungen.«

»Führt sich auf wie ein verdammter SA-Typ.«

»Ich nehme an, er macht nur seinen Job.«

»Ja, aber es ist *unsere* Arbeit, die er nun für sich beansprucht.«

»Finde dich damit ab«, sagte Reese.

»Nein.«

»Komm...«

Julio schüttelte den Kopf. »Nein. Dies ist ein ganz besonderer Fall. Ich fühle mich der jungen Hernandez verpflichtet. Bitte mich jetzt nicht darum, das zu erklären. Vielleicht hältst du mich für sentimental, aber... Nun, wie dem auch sei: Wenn es ein gewöhnlicher Fall wäre, ein normaler Mord, würde ich einfach nur mit den Schultern zucken. Bestimmt. Doch dazu bin ich unter den gegebenen Umständen nicht bereit.«

Reese seufzte.

Für Julio stellte fast jeder Fall etwas Besonderes dar. Er *engagierte* sich, fand immer wieder einen Vorwand dafür, dort weiterzuarbeiten, wo andere Polizisten keine Chance mehr sahen. Er gab selbst dann nicht auf, wenn die Ermittlungen ins Stocken gerieten, wenn sich keine Hinweise oder neuen Spuren fanden, die eine baldige Identifizierung des Straftäters in Aussicht stellten. Er war entschlossen, nachgerade verbissen. Manchmal sagte er: »Reese, ich fühle mich diesem Opfer verpflichtet, weil es so jung war, weil es keine Möglichkeit hatte, das Leben kennenzulernen. Es ist einfach nicht *fair*. Ich könnte aus der Haut fahren!« Dann wieder meinte er. »Reese, dieser Fall hat deshalb eine ganz besondere und spezielle Bedeutung für mich, weil das Opfer so alt war, so alt und hilflos. Und wenn keine zusätzlichen Anstrengungen unternommen werden, um die älteren Bürger zu schützen, ist diese Gesellschaft krank.« Julio fühlte sich betroffen, wenn das Opfer hübsch war, wies darauf hin, welch eine Tragödie es sei, Schönheit zu vernichten. Doch er konnte auch *aus der Haut fahren,* wenn es sich um einen häßlichen Toten handelte, beklagte dann die Nachteile, mit denen es solche Leute im alltäglichen Leben zu tun bekamen. Diesmal vermutete Reese, daß sich Julios ›besondere Verpflichtung‹ Ernestina gegenüber auf die Ähnlichkeit ihres Namens mit dem seines verstorbenen Bruders gründete. Die sture Entschlossenheit Julio Verdads machte keine starke Stimulierung notwendig. Der geringste Anlaß genügte. Das Problem war folgendes: Julio verfügte über ein so großes Reservoir an Mitgefühl, daß er oftmals Gefahr lief, sich darin zu verlieren.

Julio saß wie erstarrt am Lenkrad und schlug sich immer wieder mit der Faust auf den Oberschenkel. »Ganz offensichtlich gibt es einen Zusammenhang zwischen dem Diebstahl von Eric Lebens Leiche und dem Tod der beiden Frauen. Aber was für einen? Brachte der Leichendieb Ernestina und Becky um? Und warum? Warum nagelte er die Klienstad an die Wand in Mrs. Lebens Schlafzimmer? Das ist doch grotesk!«

»Denk nicht mehr darüber nach«, sagte Reese.

»Und wo ist Mrs. Leben? Was weiß sie von dieser ganzen Angelegenheit? Als ich sie befragte, spürte ich deutlich, daß sie etwas vor mir verbarg.«

»Julio...«

»Außerdem: Warum wird diese Sache zu einem Problem der nationalen Sicherheit? Warum erfordert sie das Eingreifen Anson Sharps und seiner verdammten Defense Security Agency?«

»Laß es gut sein«, brummte Reese – obgleich er wußte, wie sinnlos der Versuch war, Julios Gedanken in eine andere Richtung zu lenken.

Nicht mehr ganz so wütend fuhr Verdad fort: »Vielleicht hat dies alles etwas mit der Arbeit zu tun, die Eric Lebens Unternehmen für die Regierung erledigte. Irgendein Projekt mit militärischer Bedeutung...«

»Du willst nicht aufgeben und weiter herumschnüffeln, oder?« warf Reese ein.

»Ich sagte es ja schon: Ich fühle mich der armen Ernestina verpflichtet.«

»Mach dir keine Sorgen. Bestimmt finden Sharp und seine Leute ihren Mörder.«

»Sharp? Soll ich mich etwa auf *ihn* verlassen? Der Kerl ist doch ein Idiot. Hast du seine Aufmachung gesehen?« An Julios Kleidung gab es natürlich nie etwas auszusetzen. »Die Ärmel seiner Anzugjacke waren rund zwei Zentimeter zu kurz, und offenbar putzt er seine Schuhe nicht häufig genug. Sie sahen aus, als hätte er gerade eine längere Wanderung hinter sich. Wie soll der Blödmann Ernestinas Mörder finden, wenn er nicht einmal in der Lage ist, seine Schuhe in Ordnung zu halten?«

»Ich sehe das aus einer anderen Perspektive, Julio. Ich glaube, man wird uns das Fell über die Ohren ziehen, wenn wir nicht die Finger von diesem Fall lassen.«

»Ich bin nicht bereit, jetzt einfach die Hände in den Schoß zu legen«, erwiderte Verdad fest. »Ich mache weiter. Bis ich weiß, was gespielt wird. Aber du kannst aussteigen, wenn du möchtest.«

»Ich bleibe bei dir.«

»Ich setze dich nicht unter Druck.«

»Trotzdem«, beharrte Reese.

»Es ist nicht nötig, daß du mir einen persönlichen Gefallen erweist.«
»Wenn du am Ball bleibst, trifft das auch auf mich zu. Und damit hat sich's.«

Vor fünf Jahren hatte Julio Verdad außergewöhnlichen Mut bewiesen und das Leben von Esther Susanne Hagerstrom gerettet, Reeses einzigem Kind. In der Welt Reese Hagerstroms gab es einen zentralen Mittelpunkt: seine Tochter. Sie war der Inhalt seines Lebens. Und Julio hatte einen Mann getötet und zwei andere angeschossen, um sie vor dem Tod zu bewahren. Aus diesem Grund wäre Reese eher bereit gewesen, eine Erbschaft von einer Million Dollar abzulehnen, als seinen Partner im Stich zu lassen.

»Ich komme auch allein zurecht«, behauptete Julio. »Im Ernst.«
»Hast du nicht gehört, was ich sagte?«
»Wir müssen mit einem Disziplinarverfahren rechnen.«
»Ich mache mit.«
»Wirklich?«
»Ja.«
»Bist du ganz sicher?«
»Himmel, ja!«

Julio legte den Gang ein und fuhr los, fort von Placentia. »Na schön. Wir sind beide ziemlich erledigt und brauchen ein wenig Ruhe. Ich setze dich zu Hause ab. Schlaf ein paar Stunden. Morgen früh um zehn hole ich dich ab.«

»Und was hast du vor?«
»Vielleicht gelingt es mir, ebenfalls ein Nickerchen zu machen«, antwortete Julio.

Reese und seine Schwester Agnes lebten mit Esther Susanne an der East Adams Avenue in der Stadt Orange, in einem gemütlichen Häuschen, das Reese während seiner Freizeit umgebaut hatte. Julios Apartment gehörte zu einem hübschen Wohnkomplex, der im spanischen Stil gehalten und einen Block von der vierten Straße entfernt war, an der östlichen Peripherie von Santa Ana.

Beide Männer erwarteten leere Betten. Julios Gattin war vor sieben Jahren an Krebs gestorben. Reeses Frau, Esthers Mutter, lebte ebenfalls nicht mehr. Sie hatte vor fünf Jahren den Tod gefunden bei dem Schußwechsel, dem fast auch die damals vierjährige Tochter zum Opfer gefallen wäre.

»Und wenn du nicht schlafen kannst?«
»Gehe ich ins Büro, höre mich ein bißchen um und versuche her-

auszufinden, ob jemand was über Sharp weiß und warum er so wild darauf ist, die Sache selbst in die Hand zu nehmen. Vielleicht stelle ich hier und dort auch einige Fragen in bezug auf Dr. Eric Leben.«

»Und was unternehmen wir, nachdem du mich morgen früh um zehn abgeholt hast?«

»Das weiß ich noch nicht«, sagte Julio. »Aber bestimmt ist mir bis dahin etwas eingefallen.«

13. Kapitel

Enthüllungen

Ben und Rachael brachten Sarah mit dem gestohlenen grauen Subaru zum Krankenhaus. Rachael erklärte sich bereit, die Kosten der Behandlung zu begleichen, hinterließ für das junge Mädchen einen Scheck über zehntausend Dollar und rief die Eltern in Kansas an. Wenig später verließ sie das Hospital zusammen mit Ben, um sich eine Unterkunft zu suchen.

Um 3.35 Uhr am Dienstagmorgen fand das erschöpfte Paar ein großes Motel am Palm Canyon Drive, das auch während der Nacht geöffnet hatte. In ihrem Zimmer hingen orangefarbene und weiße Gardinen, bei deren Anblick Ben unwillkürlich das Gesicht verzog, und Rachael hielt es für angeraten, die Bettwäsche sicherheitshalber auf Wanzen zu untersuchen. Doch an der Dusche und der Klimaanlage gab es nichts auszusetzen.

Ben ließ Rachael für zehn Minuten allein, fuhr den gestohlenen Subaru vom Motel fort, stellte ihn einige Blocks entfernt auf einem Parkplatz eines Supermarktes ab und kehrte zu Fuß zurück.

Während seiner Abwesenheit besorgte Rachael Eis und Sodawasser. Als Ben das Zimmer betrat, sah er auf dem Tisch einige Dosen Diet Coke, Coca-Cola, Bier und Orangensaft.

»Ich dachte, du hast vielleicht Durst«, erklärte Rachael.

Ben begriff plötzlich, daß sie sich mitten in der Wüste befanden und im Verlauf der vergangenen Stunden ziemlich ins Schwitzen gekommen waren. Er griff nach einer Dose mit Orangensaft und leerte sie in zwei Schlucken, trank ein Bier, setzte sich und griff nach einer Diet Coke.

Eine Zeitlang herrschte Stille.

Rachael schien einem enormen Gewicht nachzugeben, das auf ihren Schultern lastete, als sie sich seufzend in einen Sessel sinken ließ und eine Cola wählte. »Nun?«

»Nun was?«

»Willst du mir gar keine Fragen stellen?«

Ben gähnte. Er war so müde, daß ihm baldiger Schlaf verlockender erschien als die Aussicht, über die Hintergründe der jüngsten Ereignisse Aufschluß zu gewinnen. »Was für Fragen?«

»Bist du gar nicht neugierig?«

»Bisher warst du nicht geneigt, mir zu antworten.«

»Nun, das hat sich inzwischen geändert. Es hat jetzt keinen Sinn mehr zu versuchen, dich nicht darein zu verwickeln.«

Rachael macht ein so trauriges und niedergeschlagenes Gesicht, daß Ben innerlich schauderte und sich fragte, ob es ein Fehler gewesen sein mochte, ihr seine Hilfe anzubieten und sich auf etwas enorm Gefährliches einzulassen. Die junge Frau ihm gegenüber sah ihn so an, als sei er bereits tot – als stünden sie *beide* schon mit einem Bein im Grab.

»Wenn du bereit bist, mir alles zu erzählen«, sagte Shadway, »brauche ich gar keine Fragen zu stellen.«

»Du solltest jetzt besonders aufgeschlossen sein, denn was ich dir gleich schildern werde, klingt... seltsam. Vielleicht sogar unglaublich.«

Ben nippte an der Diet Coke. »Meinst du damit Erics Tod – und seine Rückkehr ins Leben.«

Rachael hob überrascht den Kopf und starrte ihn verblüfft an. Sie setzte zu einer Erwiderung an, konnte zunächst jedoch kein Wort hervorbringen.

Schließlich sagte sie: »Aber... aber wie... wann... wieso...«

»Wieso ich Bescheid weiß?« fragte er. »Wann mir alles klarwurde? Wie ich dahinterkam?«

Rachael nickte stumm.

»Zum Teufel auch«, brummte Ben, »wenn jemand die Absicht gehabt hätte, Erics Leiche zu stehlen, wäre er sicher mit seinem eigenen Wagen gekommen. Dazu war es nicht nötig, eine Frau zu ermorden und ihr Auto zu nehmen. Und dann der Kittel und die Schuhe in der Garage der Villa. Außerdem: Seit ich gestern abend an deiner Tür klingelte, bist du geradezu außer dir vor Furcht – und ich glaube kaum, daß man dir leicht Angst einjagen kann.«

»Eric fand bei dem Unfall gestern mittag tatsächlich den Tod«, sagte Rachael leise. »Es geht nicht nur um eine falsche Diagnose.«
Die bleierne Schwere der Müdigkeit ließ ein wenig nach, und Ben erwiderte: »Er arbeitete im Bereich der Gentechnik. Eric war zweifellos ein Genie – und besessen davon, jung zu bleiben. Ich nehme also an, es gelang ihm irgendwie, die Gene auszumerzen, die für das Altern und schließlich den Tod verantwortlich sind. Oder er erweiterte seine DNS um ein künstlich geschaffenes Gen, das rasche Heilung und Gewebestasis bewirken sollte – Unsterblichkeit.«
»Du erstaunst mich immer wieder«, hauchte Rachael.
»Ich bin nicht auf den Kopf gefallen.«
Trotz ihrer Erschöpfung wurde die junge Frau immer nervöser, erhob sich und wanderte unruhig auf und ab.
Ben blieb sitzen und nippte an seiner Diet Coke.
»Als Geneplan den ersten ausgesprochen profitablen Mikroorganismus entwickelte und ein Patent darauf anmeldete«, begann Rachael, und ihre Stimme klang dabei fast unheilvoll, »hätte Eric seinen Unternehmensanteil von dreißig Prozent für hundert Millionen Dollar verkaufen können.«
»Hundert Millionen? Lieber Himmel!«
»Seine beiden Partner und drei Angehörige der Forschungsabteilung, die ebenfalls Anteile besaßen, hatten nichts dagegen. Die Aussicht, ebenfalls über Nacht reich zu werden, blieb nicht ohne einen gewissen Reiz für sie. Alle waren dafür – bis auf Vincent Baresco. Eric lehnte ab.«
»Baresco«, sagte Ben. »Der Kerl, der uns heute abend in Erics Büro mit der Waffe bedrohte, den ich bewußtlos schlug – ist er einer der Partner?«
»Dr. Vincent Baresco. Er gehört zu den Wissenschaftlern, die Eric höchstpersönlich auswählte, zu den wenigen Leuten, die vom Projekt Wildcard wissen. Nur die sechs eben genannten Personen sind darüber informiert. Und ich. Eric liebte es, vor mir zu prahlen. Wie dem auch sei: Baresco stellte sich auf die Seite Erics, sprach sich gegen einen Verkauf der Anteile aus und überzeugte die anderen. Wenn alles privat bliebe, so meinte er, sei es möglich, selbst größere Summen in neue Projekte zu stecken, ohne sich dafür vor einem Aufsichtsrat rechtfertigen zu müssen.«
»Und bei einer dieser Entwicklungsarbeiten ging es um Unsterblichkeit.«

»Nun, sie hofften nicht darauf, eigentliche Unsterblichkeit zu erreichen – aber Langlebigkeit, körperliche Regeneration. Und es war eine *Menge* Geld notwendig. Geld, auf das Aktionäre als Dividendenzahlungen Anspruch erhoben hätten.«
»Regeneration«, sagte Ben nachdenklich.
Rachael blieb am Fenster stehen, zog vorsichtig den Vorhang zurück und blickte auf den dunklen Parkplatz vor dem Motel. »Ich bin alles andere als eine Expertin in rekombinanter DNS«, fuhr sie fort. »Aber... Sie hofften, ein gutartiges Virus zu schaffen, das als Übertragungsmedium für die Erweiterung der Körperzellen mit neuem Genmaterial dienen, neue Einzelglieder in die Chromosomenketten eingeben sollte. Ein Virus, das man in diesem Zusammenhang mit einem lebenden Skalpell der genetischen Chirurgie vergleichen könnte. Aufgrund seiner mikroskopisch kleinen Ausmaße ist es zu Manipulationen in der Lage, vor denen jedes noch so gute Skalpell kapitulieren müßte. Es läßt sich so ›programmieren‹, daß es gewisse Bestandteile einer Chromosomenkette lokalisiert und sich damit vereint, kann das dort vorhandene Gen entweder eliminieren oder ein neues einfügen.«
»Und *wurde* ein solches Virus geschaffen?«
»Ja. Anschließend ging es darum, die Gene zu identifizieren und zu neutralisieren, die für den Alterungsprozeß verantwortlich sind – *und* um die Entwicklung künstlichen Genmaterials, um die Lücke zu füllen. Die neuen Gene sollen den Vorgang des Alterns aufhalten und das individuelle Immunsystem so sehr verstärken, daß wesentlich mehr Interferon und andere Heilsubstanzen produziert werden. Kannst du mir folgen?«
»Ich denke schon.«
»Eric und die anderen glaubten, dem menschlichen Körper dadurch die Fähigkeit zu verleihen, beschädigte Gewebe, Knochen und lebenswichtige Organe zu erneuern.«
Rachael blickte noch immer in die Nacht hinaus, und sie schien erblaßt zu sein. Der Grund dafür war nicht irgend etwas, das sie auf dem Parkplatz sah, sondern die Konsequenzen dessen, was sie Ben schilderte.
Nach einer Weile fuhr sie fort: »Geneplans Patente brachten einen Haufen Geld ein. Eric und seine Freunde gaben Dutzende von Millionen aus, beauftragten einige andere Genetiker, die nicht dem Unternehmen angehörten, mit einzelnen und eher fragmentarischen Forschungsarbeiten und verwandelten ihr Projekt in ein

Puzzlespiel, dessen Komponenten sie weit verstreuten, um über ihre tatsächlichen Absichten hinwegzutäuschen. Man könnte die ganze Sache mit einem privat finanzierten Manhattan Projekt vergleichen – das noch geheimer ist als die Entwicklung der Atombombe.«

»Geheim...«, wiederholte Ben leise. »Weil sie im Falle eines Erfolgs nur sich selbst in den Genuß eines verlängerten Lebens kommen lassen wollten?«

»Zum Teil, ja.« Rachael zog den Vorhang wieder zu und drehte sich um. »Und indem sie das Geheimnis wahren, indem sie Langlebigkeit nur den Leuten schenken, die sie auswählen, erringen sie eine enorme *Macht*. Es wäre ihnen sogar möglich, eine langlebige und elitäre Herrenrasse zu schaffen, die ihre Existenz ihnen verdankt. Und die Drohung, irgendwelchen einflußreichen Leuten die lebensverlängernde Behandlung vorzuenthalten, würde praktisch alle dazu bringen, mit ihnen zu kooperieren. Eric hat oft davon gesprochen, und ich hörte geduldig zu, hielt alles nur für dummes Gerede – obgleich ich wußte, daß er auf seinem Fachgebiet ein Genie war.«

»Die Männer im Cadillac, die uns verfolgten und die Polizisten erschossen...«

»Von Geneplan«, sagte Rachael. Sie setzte ihre nervöse Wanderung fort. »Ich habe den Wagen wiedererkannt. Er gehört Rupert Knowls. Knowls stellte das erste Risikokapital zur Verfügung, mit dem die Arbeit begann. Nach Eric ist er der wichtigste Anteilseigner.«

»Ein reicher Mann... Und doch riskiert er es, alles zu verlieren, auch seine Freiheit, indem er zwei Polizisten umlegt?«

»Ja. Um sein Geheimnis zu wahren. Er hat keine allzu großen Skrupel. Und angesichts *dieser* Gelegenheit warf er allem Anschein nach auch seine letzten Bedenken über Bord.«

»Hm«, machte Ben. »Sie entwickelten also eine neue Technik, die nicht nur das Leben verlängert, sondern auch die Heilung von verletztem Körpergewebe wesentlich beschleunigt. Und dann?«

Rachaels blasses Gesicht schien noch bleicher zu werden. »Dann... begannen sie mit der praktischen Erprobung an Versuchstieren. Dabei wurden hauptsächlich weiße Mäuse verwendet.«

Ben hob den Kopf und stellte die Dose Diet Coke ab. Rachaels

Gebaren wies ihn darauf hin, daß sie nun auf den zentralen Punkt zu sprechen kam.

Die junge Frau zögerte einige Sekunden lang, um sich zu vergewissern, daß die Tür verriegelt war. Dann nahm sie einen Stuhl, kippte ihn auf zwei Beine und schob die Rückenlehne unter den Knauf.

Ben glaubte, daß sie es mit ihrer Vorsicht übertrieb, sich schon fast wie jemand verhielt, der an Paranoia litt. Dennoch erhob er keine Einwände.

Rachael kehrte an den Rand des Bettes zurück. »Sie gaben den Mäusen Injektionen, *veränderten* sie, arbeiteten dabei natürlich mit tierischen Genen und nicht etwa menschlichen. Doch sie nutzten die gleichen Theorien und Techniken, die später angewendet werden sollten, um das Leben von Menschen zu verlängern. Und die Mäuse, eine besonders kurzlebige Art, lebten länger, erst doppelt, dann drei- und schließlich sogar viermal so lang wie ihre unbehandelten Artgenossen. Einige Versuchstiere wurden absichtlich verletzt, und sie erholten sich bemerkenswert schnell, selbst von Wunden, die normalerweise tödlich gewesen wären. Sie überstanden zerquetschte Nieren, von Giftgasen verätzte Lungen. Man zerstach ihnen die Augen, und doch konnten sie bald darauf wieder sehen. Und dann...«

Rachaels Stimme verklang. Sie blickte auf die verbarrikadierte Tür, dann in Richtung Fenster, ließ den Kopf hängen, schloß die Augen.

Ben wartete.

Rachael hielt die Augen nach wie vor geschlossen. »Gemäß dem Standardverfahren töteten Eric und die anderen einige Mäuse, um sie später zu sezieren und genau zu untersuchen. Einige wurden mit Luftinjektionen umgebracht – Embolie. Andere mit tödlichen Formaldehyddosen. An ihrem Exitus konnte nicht der geringste Zweifel bestehen. Doch diejenigen, die man nicht aufschnitt... kehrten ins Leben zurück. Innerhalb weniger Stunden. Sie lagen reglos in den Laborschalen – und plötzlich bewegten sie sich, begannen zu zucken und fiepten. Zuerst waren ihre Augen trüb, aber schon nach kurzer Zeit glänzten sie wie zuvor. Sie wurden *wieder so lebendig wie vorher*, trippelten in ihren Käfigen umher und fraßen. Und damit hatten nicht einmal die besonders Optimistischen gerechnet. Sicher, vor der Tötung wurden die Immunsysteme der betreffenden Tier enorm verstärkt und bekamen dadurch ein weitaus höheres Heilungspotential; außerdem verlängerte man die Lebensspanne der betreffenden Mäuse um ein Vielfaches. Aber...« Rachael brach erneut ab, schlug die Augen auf und sah Ben an. »Aber wenn die Grenze zum Tod einmal überschritten ist – wer hätte geahnt, daß sich eine *Rückkehr ins Leben* bewerkstelligen läßt?«

Bens Hände begannen zu zittern, und plötzlich lief es ihm eiskalt über den Rücken. Ganz langsam begriff er die ungeheure Bedeutung der Dinge, die ihm Rachael gerade anvertraut hatte.

»Ja«, sagte die junge Frau, so als könne sie Bens Gedanken lesen, als wisse sie genau, was jetzt in ihm vor sich ging.

Tief in seinem Innern brodelte eine seltsame Mischung aus Entsetzen, Ehrfurcht und wilder Freude. Entsetzen angesichts der Vorstellung, daß irgendein Lebewesen – ob Maus oder Mensch – in der Lage war, aus dem Jenseits zurückzukehren. Ehrfurcht, weil es dem menschlichen Genie gelungen sein mochte, das schrecklichste Joch der Natur abzustreifen: die Sterblichkeit. Und wilde Freude bei der Vision von einer Menschheit, die niemals wieder den Verlust von geliebten Personen betrauern, die sich nicht mehr vor Krankheit oder Tod fürchten mußte.

»Vielleicht«, sagte Rachael leise, »wird uns eines Tages nicht mehr das Grab drohen. Vielleicht. Aber noch ist es nicht soweit. Das Projekt Wildcard erzielte keinen vollständigen Durchbruch. Die Mäuse, die wieder lebendig wurden, waren... seltsam.«

»Seltsam?«

»Zuerst dachten die Forscher, das sonderbare Verhalten der Mäuse sei das Resultat einer Hirnschädigung – möglicherweise nicht unbedingt eines Zersetzungsprozesses in den Gehirnzellen, sondern einer Beeinträchtigung der allgemein-chemischen Struktur. Sie hofften, diesen unerwünschten Nebeneffekt mit einer weiteren Verstärkung der Selbstheilungskapazität verhindern zu können. Doch das war nicht der Fall. Die Tiere konnten sich nach wie vor in Labyrinthen orientieren und beherrschten auch die Tricks, die man ihnen vor ihrem Tod beigebracht hatte...«

»Mit anderen Worten: Erinnerungen, Wissen und vermutlich auch das, was wir als Persönlichkeit bezeichnen, überdauern die kurze Phase zwischen Tod und Wiedergeburt.«

Rachael nickte. »Was darauf hindeutet, daß im Gehirn selbst nach dem Sterben noch eine gewisse elektrische Aktivität verbleibt, um Erinnerungen zu erhalten – zumindest für kurze Zeit.«

Bens Müdigkeit war wie fortgewischt. »Na schön«, sagte er. »Die Mäuse fanden sich also wieder in Labyrinthen zurecht. Und? Was ist daran seltsam?«

»Manchmal schienen sie verwirrt zu sein. Kurz nach der Revitalisierung geschah das häufiger: Die Tiere stießen immer wieder an die Wände ihrer Käfige oder rannten im Kreis. Nun, diese Phasen anomalen Verhaltens gingen langsam vorüber. Dafür aber entwikkelten die Mäuse eine andere Eigenschaft, die länger andauerte...«

Draußen rollte ein Wagen auf den Parkplatz vor dem Motel und hielt an.

Rachael warf einen alarmierten Blick in Richtung der verbarrikadierten Tür.

Ben richtete sich besorgt auf und spannte unwillkürlich die Muskeln an.

Schritte hallten dumpf durch die stille Nacht. Sie entfernten sich von dem Zimmer, das Rachael und Ben gemietet hatten. In einem anderen Teil des Motels wurde eine Tür geöffnet und dann wieder geschlossen.

Rachael seufzte erleichtert. »Du weißt sicher, daß Mäuse von Natur aus ängstlich sind. Sie stellen sich ihren Feinden nie zum Kampf. Sie überleben, indem sie fliehen, sich irgendwo verstecken. Selbst in ihren eigenen Reihen finden keine Auseinandersetzungen statt, bei denen es um Vorrangstellung oder Revierverteidigung geht. Ja, Mäuse sind sanft und schreckhaft. Doch diese Beschreibung trifft keineswegs auf die Exemplare zu, die starben und dann ins Leben zurückkehrten. Sie rangen miteinander, griffen Mäuse an, die keinen Revitalisierungsprozeß erfahren hatten, versuchten sogar, die Forscher zu beißen, die nach ihnen griffen. Sie hatten Tobsuchtsanfälle, zerkratzten den Boden ihrer Käfige, fügten sich selbst Verletzungen zu, traten nach Gegnern, die nur in ihrer Fantasie existierten. Manchmal dauerten diese eigentümlichen Wutausbrüche weniger als eine Minute, meistens aber so lange, bis die betreffende Maus erschöpft liegen blieb.«

Stille schloß sich an, ein Schweigen, das rasch eine bedrückende Qualität gewann.

Dann sagte Ben: »Und trotz des sonderbaren Verhaltens der Mäuse waren Eric und die anderen Wissenschaftler überaus fasziniert. Lieber Himmel: Sie hofften auf eine Verlängerung der Lebensspanne – und statt dessen besiegten sie den Tod! Aus diesem Grund wollten sie unbedingt von ähnlichen Methoden

Gebrauch machen, um die Genstruktur von Menschen zu verändern.«
»Ja«, bestätigte Rachael.
»Obgleich die weißen Mäuse zu Zornesausbrüchen neigten und sich als besonders aggressiv herausstellten.«
»Ja.«
»Vermutlich dachten sie, bei Menschen ließen sich derartige Probleme entweder lösen oder ergäben sich erst gar nicht.«
»Ja.«
Ben nickte. »Also machte die Arbeit langsame Fortschritte – doch Eric konnte sich nicht gedulden. Er wollte jung bleiben, war von der Jugend *besessen*, hatte vor nichts mehr Angst als vor dem Tod. Deshalb beschloß er, nicht auf eine Verbesserung der Technik zu warten.«
»Ja.«
»Das meintest du in Erics Büro, als du Baresco fragtest, ob er wisse, daß dein Mann die wichtigste Regel gebrochen hat. Für Genforscher und andere Spezialisten der biologischen Wissenschaften besteht jene ›wichtigste Regel‹ darin, keine Versuche an Menschen vorzunehmen, solange Experimente mit Tieren Komplikationen ergeben.«
»Genau«, erwiderte Rachael. »Und Vincent hatte keine Ahnung von Erics Entscheidung. Nur *ich* wußte Bescheid. Für die anderen muß es ein ziemlicher Schock gewesen sein, als sie vom Verschwinden der Leiche Erics erfuhren. Als sie diese Informationen erhielten, kamen sie natürlich sofort zu der einzig möglichen Schlußfolgerung und begriffen, wozu er sich hinreißen ließ.«
»Und jetzt?« fragte Ben. »Wollen sie ihm helfen?«
»Nein. Sie beabsichtigen, ihn zu töten. Ihn endgültig ins Jenseits zu schicken.«
»Warum?«
»Weil er nicht *ganz* zurückkehren wird, nie wieder so werden kann wie zuvor. Das Verfahren war noch nicht *perfekt*.«
»Ergeht es ihm ebenso wie den Versuchstieren?«
»Wahrscheinlich. Er ist gewalttätig und gefährlich.«
Ben erinnerte sich an das Chaos in der Villa, an das Blut im Kofferraum des alten Ford.
»Schon vor seinem Unfalltod war Eric ein sehr rücksichtsloser Mann, mit einer ausgeprägten Tendenz dazu, Gewalt anzuwenden«, stellte Rachael fest. »Im Gegensatz dazu zeichneten sich die

Mäuse zunächst durch ein sanftes Wesen aus. Was mag jetzt aus Eric geworden sein? Denk nur daran, was er mit Sarah Kiel machte...«

Vor seinem inneren Auge sah Shadway nicht nur das junge Mädchen, das einem Häufchen Elend gleich in der Duschkabine hockte, sondern auch die verwüstete Küche im Haus von Palm Springs, die Messer in der Wand.

»Und wenn Eric während seiner Tobsuchtsanfälle irgend jemanden umbringt«, fuhr Rachael fort, »muß der Polizei früher oder später klarwerden, daß er noch lebt – und dann fliegt das Projekt Wildcard auf. Aus diesem Grund wollen ihn seine Partner aus dem Verkehr ziehen und sicherstellen, daß es nicht zu einer neuerlichen Auferstehung kommt. Vielleicht planen sie, seine Leiche zu zerstückeln oder zu verbrennen.«

Herr im Himmel! dachte Ben entsetzt. Was ist dies eigentlich? Eine verdammte Horror-Show?

Laut sagte er: »Und sie wollen dich umbringen, weil du von Wildcard weißt?«

»Ja. Aber sie sind nicht nur deshalb bestrebt, mich zu erledigen. Erics ehemalige Freunde haben auch noch zwei andere Motive. Erstens: Offenbar nehmen sie an, ich wüßte, wo sich Eric versteckt.«

»Stimmt das?«

»Nicht direkt. Ich hatte einige Vermutungen. Und Sarah Kiel gab mir einen weiteren Hinweis.«

»Und zweitens?«

Rachael nickte langsam. »Zweitens: Nach Erics Tod bin ich die Erbin von Geneplan, und Baresco und die anderen fürchten, daß ich nicht bereit bin, neue Gelder für die Finanzierung des Projekts zu bewilligen. Wenn sie mich aus dem Weg räumen, bekommen sie die Chance, das ganze Unternehmen zu kontrollieren und Wildcard geheimzuhalten. Wenn es mir gelungen wäre, den Safe vor ihnen zu erreichen und die Projektberichte an mich zu nehmen, hätte ich einen hieb- und stichfesten Beweis für die Existenz des Projekts besessen, eine Art Lebensversicherung für mich. Ohne die Unterlagen aber bin ich verwundbar.«

Ben stand auf, schritt unruhig auf und ab und dachte konzentriert nach. Irgendwo in der Nacht, weit jenseits der Motelmauern, heulte eine Katze. Das seltsam rhythmische Wimmern klang irgendwie unheimlich.

»Warum verfolgst du Eric?« fragte Ben schließlich. »Warum bist du so verzweifelt bemüht, ihn vor den anderen zu erreichen? Was hast du vor, wenn du ihn findest?«

»Ich will ihn töten«, erwiderte Rachael, ohne zu zögern. Der trübe Glanz in ihren grünen Augen wurde zu einem hellen Schimmern der Entschlossenheit. »Ja, ich werde ihn töten und dafür sorgen, daß er tot bleibt. Wenn mir das nicht gelingt, verkriecht er sich irgendwo, wartet ab, bis er sich erholt hat und sich besser kontrollieren kann. Und anschließend wird er versuchen, *mich* umzubringen. Als er starb, war er wütend auf mich, so zornig, daß er blindlings vor einen Lkw lief. Ich bin sicher, das Feuer dieses Hasses brannte auch in ihm, als er im Leichenschauhaus ins Leben zurückkehrte. Er wird alles daransetzen, mir den Garaus zu machen.«

Ben wußte, daß Rachael recht hatte, und tiefe Besorgnis regte sich in ihm.

Seine Vergangenheitsorientierung schien sich noch weiter zu verstärken, als er sich einfachere Zeiten herbeisehnte. Die moderne Welt wurde immer verrückter und bizarrer. Des Nachts beherrschten Verbrecher die Straßen der Städte. Der ganze Planet Erde konnte innerhalb einer einzigen Stunde vollkommen vernichtet werden, indem man schlicht einige Knöpfe drückte. Und jetzt... *Jetzt* wurden Tote wieder lebendig. Voller Nostalgie stellte sich Ben eine Zeitmaschine vor, die ihn in eine bessere Epoche zurückbringen konnte, in die frühen zwanziger Jahre zum Beispiel – in eine Ära, deren Menschen die Fähigkeit zum Staunen noch nicht verloren und den positiven Aspekten der menschlichen Natur vertraut hatten.

Und doch... Ben erinnerte sich auch an die wilde Freude in ihm, mit der er auf die Ausführungen Rachaels reagierte, auf die Möglichkeit, dem Tod ein Schnippchen zu schlagen. Er mochte mit sentimentalen Empfindungen auf die ›gute alte Zeit‹ zurückblicken, doch im Grunde seines Wesens gehörte Shadway zu all denen, die sich von der Wissenschaft faszinieren ließen, von der Möglichkeit, mit diesem Werkzeug eine bessere Zukunft zu gestalten. Vielleicht war er in der modernen Welt nicht annähernd so fehl am Platze, wie er immer wieder annahm. Vielleicht lehrten ihn die jüngsten Ereignisse etwas über Teile seines Wesens, die er bisher geleugnet hatte.

»Könntest du wirklich auf Eric schießen?« fragte er.

»Ja.«

»Da bin ich mir gar nicht so sicher. Wahrscheinlich würdest du angesichts einer unmittelbaren Konfrontation mit den moralischen Bedeutungen eines Mords einfach erstarren.«
»In diesem Fall handelt es sich nicht um Mord«, widersprach Rachael. »Eric ist bereits tot und daher kein Mensch mehr. Ich sehe einen Zombie in ihm, einen wandelnden Toten. Er hat sich *verändert*. Ebenso wie die Mäuse im Laboratorium.- Er ist jetzt nur noch ein *Etwas*, ein gefährliches *Ding*, und daher hätte ich nicht die geringsten Bedenken, ihm eine Kugel durch den Kopf zu jagen. Wenn den Behörden die Hintergründe bekannt wären, brauchte ich sicher nicht einmal mit einer Anklage zu rechnen.«
»Offenbar hast du gründlich darüber nachgedacht«, sagte Ben. »Aber warum versteckst du dich nicht? Warum tauchst du nicht irgendwo unter, um abzuwarten, bis Baresco und die anderen Eric ins Jenseits zurückgeschickt haben?«
Rachael schüttelte den Kopf. »Ich kann mich nicht voll und ganz auf ihren Erfolg verlassen. Vielleicht versagen sie. Vielleicht finden sie Eric nicht rechtzeitig und geben ihm dadurch die Möglichkeit, mich aufzustöbern. Wir sprechen von *meinem* Leben, und bei Gott: Ich will nicht sterben.«
Ben schwieg einige Sekunden lang. »Du kannst auf mich zählen.«
»Ich weiß, Benny. Ich weiß. Und dafür bin ich dir dankbar.«
Shadway trat an das Bett heran und nahm neben Rachael Platz.
»Wir jagen also einen Toten.«
»Ja.«
»Aber jetzt sollten wir ein wenig schlafen.«
»Ich bin völlig fertig«, sagte Rachael.
»Und morgen?«
»Sarah erzählte mir, daß Eric eine Berghütte hat, in der Nähe des Lake Arrowhead. Scheint ziemlich abgelegen zu sein. Das ideale Versteck, zumindest für die nächsten Tage. Möglicherweise zieht er sich dorthin zurück, um während des Heilungsprozesses ungestört zu sein.«
Ben seufzte. »Nun, vielleicht finden wir ihn dort.«
»Du brauchst mich nicht zu begleiten.«
»Ich komme mit.«
»Du *mußt* nicht.«
»Ich weiß. Aber ich lasse dich nicht im Stich.«
Rachael hauchte ihm einen Kuß auf die Wange.

Ben fühlte sich in einem ganz besonderen Maße zu ihr hingezogen. Wenn sich mehrere Personen der Gefahr des Todes ausgesetzt sahen, so entstand eine spezielle Verbindung zwischen den Betreffenden, ganz gleich, wie nahe sie sich vorher gestanden hatten. Diese Erfahrung machte Ben jetzt nicht zum erstenmal, und er schauderte innerlich, als er an den Krieg in der grünen Hölle des Dschungels zurückdachte.

»Laß uns jetzt unter die Decke kriechen, Benny«, sagte Rachael zärtlich.

»Ja.«

Doch bevor er sich hinlegte und das Licht ausschaltete, nahm Ben die Smith & Wesson Combat Magnum zur Hand, die er vor mehreren Stunden Vincent Baresco abgenommen hatte. Er zog das Magazin heraus und prüfte es. Nur drei Patronen waren übriggeblieben. Nicht viel. Nicht einmal annähernd genug, um Shadway ein Gefühl der Sicherheit zu geben – obgleich auch Rachael über eine Waffe verfügte, ihre 32er. Wie viele Kugeln mochten notwendig sein, um einen Toten zu erschießen? Ben legte die Magnum griffbereit aufs Nachtschränkchen und beschloß, gleich am nächsten Morgen eine Schachtel Munition zu kaufen.

Nein, besser gleich zwei.

14. Kapitel

Wie ein Nachtvogel

Anson Sharp von der Defense Security Agency ließ zwei Männer in Rachael Lebens Haus in Placentia zurück, einen im Anwesen von Villa Park und einige weitere bei Geneplan. Anschließend stieg er in einen Hubschrauber und flog in Begleitung von zwei Beamten über die dunkle Wüste in Richtung des kleinen Liebesnestes, das sich Eric Leben in Palm Springs eingerichtet hatte.

Der Pilot landete den Helikopter auf einem Parkplatz, nur einen Block vom Palm Canyon Drive entfernt, und in der Nähe stand ein ziviler Wagen der Regierung bereit. Sharp duckte sich unter den umherwirbelnden Rotorblättern hinweg, die trockenen Wüstenstaub aufwirbelten, und nahm in der Limousine Platz.

Fünf Minuten später erreichten sie das Haus, in dem Dr. Leben seine kleinen Mädchen untergebracht hatte. Es überraschte Sharp nicht, daß die Eingangstür offenstand. Er klingelte mehrmals, doch niemand reagierte. Daraufhin zog er seinen Dienstrevolver, eine Smith & Wesson Chief's Special, betrat das Gebäude und suchte nach Sarah Kiel, Erics letzter Liebschaft.

Die Defense Security Agency kannte die besonderen Vorlieben Dr. Lebens, weil sie *alles* über Leute wußte, die im Auftrag des Pentagon an höchst geheimen Projekten arbeiteten. Solche Dinge schienen Zivilisten wie Eric Leben nie ganz begreifen zu können: Wenn sie das Geld des Pentagon akzeptierten und damit überaus wichtige Forschungsprojekte finanzierten, gaben sie gleichzeitig ihre Privatsphäre auf. Sharp war über alle Einzelheiten des persönlichen Hintergrunds Erics informiert: seinen Hang für moderne Kunst, modernes Design, moderne Architektur, auch seine Eheprobleme. Er wußte, welche Speisen Leben bevorzugte, welche Musik er gern hörte, was für Unterwäsche er trug. Und aus diesem Grund waren auch Erics Teenager kein Geheimnis: Sie stellten einen möglichen Ansatzpunkt für Erpressung dar und betrafen somit die nationale Sicherheit.

Als Sharp die Küche betrat, das dortige Chaos und die in der Mauer steckenden Messer sah, zweifelte er daran, Sarah Kiel lebend zu finden. Vermutlich war sie in einem anderen Zimmer an die Wand genagelt, vielleicht sogar an die Decke. Oder der Täter hatte sie zerstückelt und die Einzelteile an Drähten aufgehängt, wie ein Mobile. Man konnte nie wissen, was der nächste Fall bereithielt.

Sharp nahm sich vor, auf alles gefaßt zu sein.

Gosser und Peake, die beiden jungen Agenten, die ihn begleiteten, erblaßten beim Anblick des Durcheinanders in der Küche: eine Verwüstung, die nur das Werk eines Wahnsinnigen sein konnte. Sie wußten ebenso wie Sharp, daß sie nach einem wandelnden Toten fahndeten, daß Eric Leben, durch einen Unfall gestorben, im Leichenschauhaus wiederauferstanden und geflohen war, daß er Hernandez und Klienstad umgebracht und seine Flucht mit ihrem Wagen fortgesetzt hatte. Aus diesem Grund hielten Gosser und Peake ihre Dienstwaffen genauso fest und schußbereit in der Hand wie Sharp seinen Revolver.

Die DSA hatte natürlich Ermittlungen in Hinsicht auf die Arbeit Geneplans angestellt. Es ging dabei um Forschungen auf dem Gebiet biologischer Kriegsführung, die Entwicklung neuer und tödlicher Viren. Doch die Kenntnisse Sharps und seiner Kollegen beschränkten sich nicht nur darauf. Ihnen lagen auch Informationen über andere Dinge vor, und einige Angaben betrafen das Projekt Wildcard – obwohl Leben und seine Partner versucht hatten, in dieser Beziehung absolute Geheimhaltung zu wahren. Sie ahnten nichts von den Bundesagenten und Spitzeln unter ihnen. Und ganz offensichtlich begriffen sie nicht, daß die Regierungscomputer aufgrund einer Überwachung der an andere Unternehmen gerichteten Forschungsaufträge in der Lage gewesen waren, Extrapolationen in bezug auf ihre Zielsetzungen anzustellen.

Zivilisten, dachte Anson Sharp ironisch, machten sich nur selten klar, daß sie nicht nur einen Teil ihres Selbst verkauften, wenn sie Staatsgelder annahmen. Uncle Sam beanspruchte ihre ganze Seele.

Für gewöhnlich fand Sharp Gefallen daran, Leuten wie Eric Leben in diesem Zusammenhang zu einem eher unangenehmen Erkenntnisprozeß zu verhelfen. Sie hielten sich für so ungeheuer wichtig, vergaßen dabei aber, daß es noch wichtigere und einflußreichere Personen gab. Kleine Fische wurden von größeren gefressen, und der größte von allen war ein Leviathan namens Washington. Sharp liebte es zu beobachten, wie überhebliche Hitzköpfe zu schwitzen begannen und klein beigaben. Oftmals versuchten die Betreffenden, ihn zu bestechen oder mit ihm zu diskutieren, und manchmal flehten sie ihn auch an. Aber er konnte sie natürlich nicht vom Haken lassen. Er wäre selbst dann nicht dazu bereit gewesen, wenn er eine entsprechende Möglichkeit gehabt hätte: Er mochte es, sie kriechen zu sehen.

Dr. Eric Leben und seine sechs Kumpane waren nicht bei ihren Forschungsarbeiten gestört worden, die Langlebigkeit zum Ziel hatten. Sharp grinste unwillkürlich, als er sich die Naivität der Wissenschaftler ins Gedächtnis zurückrief. Selbstverständlich hätte die Regierung einen Erfolg des Projekts Wildcard sofort zum Anlaß genommen, mit dem üblichen Hinweis auf eine Gefährdung der nationalen Sicherheit zu intervenieren.

Doch Dr. Eric Leben hatte alles vermasselt. Er führte nicht nur eine genetische Manipulation an sich selbst durch, sondern stellte die Behandlung auch noch auf die Probe, indem er vor einen verdammten Müllwagen lief.

Gosser starrte auf das zerbrochene Porzellan und die zertretenen Lebensmittel in der Küche, verzog sein Chorknabengesicht und meinte: »Der Kerl ist ein wahrer Berserker.«

»Sieht aus, als habe sich hier ein Irrer ausgetobt«, fügte Peake hinzu und runzelte die Stirn.

Sharp führte sie auf den Flur, durch den Rest des Hauses ins Schlafzimmer und Bad, wo sie auf deutliche Hinweise weiterer Verwüstungen stießen. Sie fanden auch einige Blutflecken, und einige Sekunden lang betrachtete Sharp den roten Handabdruck an der Wand. Vermutlich stammte er von Leben – eindeutiger Beweis dafür, daß Eric tatsächlich von den Toten auferstanden war.

Nirgends eine Leiche – weder die von Sarah Kiel noch von irgend jemand anders. Sharp war enttäuscht. Die nackte und gekreuzigte Frau im anderen Haus stellte eine willkommene Abwechslung im Vergleich zu den anderen Toten dar, die er so oft zu Gesicht bekam. Mordfälle, bei denen es um Schußwaffen, Messer, Sprengstoff oder Würgedraht ging, gehörten zur üblichen Routine. Im Laufe der Jahre hatte er in diesem Zusammenhang so viele Opfer gesehen, daß ihn ihr Anblick völlig kalt ließ. Ganz anders die Sache mit der an die Wand genagelten jungen Frau. Sharp war neugierig darauf, was dem übergeschnappten und wütenden Eric Leben als nächstes einfiel.

Er überprüfte den verborgenen Safe im Boden des Schlafzimmers und stellte fest, daß man ihn entleert hatte.

Gosser blieb im Haus zurück – falls Eric Leben zurückkehren sollte –, um zusammen mit Peake, den Hinterhof mit Hilfe einer Taschenlampe zu kontrollieren, inmitten der Blumenbeete nach einem frischen Grab zu suchen – obgleich Eric aufgrund seines gegenwärtigen Zustands vermutlich gar nicht geistesgegenwärtig genug war, um die Opfer zu verstecken und seine Spuren zu verwischen.

»Fragen Sie in den Krankenhäusern nach, wenn Sie nichts finden«, wandte sich Sharp an Peake. »Vielleicht wurde Sarah gar nicht umgebracht, trotz des Blutes im Haus. Möglicherweise gelang es ihr zu fliehen und sich an einen Arzt zu wenden.«

»Und wenn sie sich in einem Krankenhaus befindet?«

»Geben Sie mir sofort Bescheid«, erwiderte Sharp. Er mußte unter allen Umständen verhindern, daß Sarah Kiel von Eric Leben berichtete, über seine Rückkehr aus dem Jenseits.

Und wenn das junge Mädchen nicht einmal mit Einschüchterungen und Drohungen zur Vernunft gebracht werden konnte, blieb ihm keine andere Wahl, als es unauffällig aus dem Verkehr zu ziehen.

Außerdem kam es darauf an, auch Rachael Leben und Ben Shadway zum Schweigen zu bringen.

Während sich Peake sofort an die Arbeit machte – und während Gosser nach wie vor im Haus wartete –, stieg Sharp in den zivilen Wagen am Straßenrand und ließ sich vom Fahrer zu dem Parkplatz zurückbringen, auf dem der Hubschrauber stand.

Kurz darauf befand er sich wieder in der Luft, unterwegs zu den Geneplan-Laboratorien von Riverside. Anson Sharp starrte in die Dunkelheit, beobachtete die Konturen der unter ihm hinwegstreichenden Landschaft und kniff die Augen zusammen – wie ein Nachtvogel, der nach Beute Ausschau hält.

15. Kapitel

Liebe

Bens Träume waren düster und voller Schrecken, erfüllt von einer Finsternis, in der immer wieder sonderbare Blitze aufflackerten, deren greller Schein jedoch nichts erhellte, immerzu feurige Lanzen zu einer formlosen Landschaft hinabschickte. Gräßliche Geschöpfe durchstreiften jene dunkle Welt, und Shadway konnte sich des Eindrucks nicht erwehren, daß ihm irgend etwas durch den Kosmos aus Schemen und Schatten folgte, durch ein endloses Universum, in dem Kälte und Einsamkeit herrschten. In gewisser Weise fühlte er sich in die grüne Hölle zurückversetzt, in der er mehr als drei Jahre seiner Jugend verbracht hatte, an einen ebenso vertrauten wie entsetzlichen Ort. Der labyrinthische Dschungel sah genauso aus, wie er ihn in Erinnerung hatte – und unterschied sich doch von den Grauenbildern der Vergangenheit, wurde um Komponenten erweitert, die nur ein Alptraum schaffen konnte.

Kurz nach dem Morgengrauen erwachte Ben, schweißüberströmt, zitternd, und Rachael war bei ihm. Sie schlang die Arme um ihn und versuchte, ihn zu trösten, zu beruhigen. Ihre warmen und zärtlichen Berührungen verdrängten die Kälte aus ihm, das Gefühl der Einsamkeit. Das rhythmische Pochen ihres Herzens erschien ihm wie das pulsierende Licht eines Leuchtturms an einer nebligen Küste: Jedes Aufglimmen verlieh neue Hoffnung.

Vermutlich bot ihm Rachael nur einen freundschaftlich gemeinten Beistand an, aber vielleicht war sie zumindest unbewußt bereit, ihm eine bedeutendere Gabe zu schenken: ihre Liebe. In dem tranceartigen Zustand, der unmittelbar auf den Schlaf folgt, sah sich Ben außerstande, eine klare Trennungslinie zwischen Trost und Liebe zu ziehen. Er wußte nur, daß es geschah, und als er ihren nackten Körper an sich zog, spürte er, daß es *richtig* war, mit einer Gewißheit wie noch nie zuvor in seinem Leben.

Endlich befand er sich in ihr, füllte sie aus. Eine wundervolle und auf absurde Weise völlig neue Erfahrung. Trotzdem brauchten sie nicht erst nach einem angemessenen Rhythmus zu suchen, paßten ihre Bewegungen so problemlos aneinander an wie ein Liebespaar, das sich schon seit einem Jahrzehnt kennt.

Zwar sorgte die leise summende Klimaanlage dafür, daß es im Zimmer kühl blieb, aber Ben glaubte dennoch zu spüren, wie die Wüstenhitze durchs Fenster filterte. Das kalte Zimmer kam einer Blase gleich, die außerhalb der Realität schwebte, einem warmen Refugium, das nur Rachael und ihm Platz bot, alle anderen Menschen ausschloß – eine Zuflucht, die abseits des Zeitstroms verharrte, in der Sekunden und Minuten keine Rolle spielten.

Nur eine Scheibe des hohen Milchglasfensters war nicht hinter dem Vorhang verborgen, und dort formte das Licht der aufgehenden Sonne ein immer intensiver werdendes Glühen. Draußen neigten sich Palmwedel in einer sanften Brise hin und her, und ihre diffusen Schatten krochen über zwei nackte Körper, die sich eng aneinanderschmiegten.

Selbst im unsteten Schein konnte Ben Rachaels Gesicht ganz deutlich erkennen. Ihre Augen waren geschlossen, die Lippen geöffnet. Zuerst atmete sie langsam und tief, dann schneller und flacher. Alle Linien in ihren Zügen brachten besondere Sinnlichkeit zum Ausdruck und vermittelten Ben den Eindruck, einen kostbaren Schatz zu berühren. An diesem Empfinden lag ihm weitaus mehr als an Rachaels erotischer Ausstrahlungskraft, denn dabei handelte es sich nicht so sehr um eine körperliche, sondern eine emotionale Reaktion, ein Ergebnis der letzten Monate, die sie zusammen verbracht hatten, ihrer großen Zuneigung ihm gegenüber. Und weil Rachael so etwas Besonderes für ihn darstellte, blieb ihre Vereinigung nicht nur auf einen rein physischen Akt beschränkt, sondern führte auch zu einer Verschmelzung ihrer Seelen.

Rachael spürte seinen Blick auf sich ruhen, öffnete die Augen und sah ihn an. Dieser zusätzliche Kontakt faszinierte Ben noch mehr.

Das von den Palmschatten getrübte Morgenlicht wurde rasch heller, und auch die Farbtönung veränderte sich, von einem matten Zitronengelb zu warmem Gold. Wie eine Decke legte sich dieser Glanz auf Rachaels Gesicht, auf ihren schlanken Hals, die vollen Brüste. Und während sich der Morgen weiter erhellte, wurden ihre Bewegungen kraftvoller und energischer. Ben begann keuchend nach Luft zu schnappen, und Rachael stöhnte leise, dann lauter. Genau in diesem Augenblick lebte draußen der Wind auf, und die Palmschatten tanzten wie wild hin und her. Ben schob sich tief in Rachael hinein und erzitterte ebenfalls, entleerte sich in die junge Frau. Und als sich die letzten Samen in sie ergossen, verausgabte sich auch die Kraft der jähen Bö, flüsterte der Wind weiter, fort von den Palmwedeln, die langsam wieder zur Ruhe kamen.

Nach einer Weile zog sich Ben aus Rachael zurück, und sie blieben nebeneinander liegen, auf der Seite, so daß sie sich ansehen konnten. Sie waren sich so nahe, daß sich ihr Atem vermischte. Keiner von ihnen sprach ein Wort, und innerhalb weniger Minuten schliefen sie ein.

Ben genoß die innere Ausgeglichenheit, die ihn plötzlich erfüllte, die alle Zweifel aus ihm verdrängte und einem wohligen Empfinden wich.

Rachael sank vor ihm in die warme Umarmung des Schlafs zurück, und einige Sekunden lang beobachtete er einen kleinen Speicheltropfen, der ihr über die Lippe rann. Dann spürte er, wie seine Lider immer schwerer wurden. Bevor sie sich schlossen, sah er die dünne Linie der Narbe an ihrem Unterkiefer – eine Erinnerung an das Glas, das Eric nach ihr geworfen hatte.

Während Ben einschlummerte, empfand er fast so etwas wie Mitleid für Eric Leben.

Der Wissenschaftler hatte nie begriffen, welch enge Verwandtschaft zwischen Liebe und Unsterblichkeit herrscht, daß man die Furcht vor dem Tod nur dann überwinden konnte, wenn man jemanden liebte.

16. Kapitel

Im Zombiereich

Während der Nacht lag Eric einige Stunden lang voll angekleidet auf dem Bett in seiner Berghütte am Lake Arrowhead. Sein Zustand ließ sich nicht mit der Ruhe des Schlafs vergleichen, auch nicht mit der physisch-psychischen Erstarrung eines Komas. Die Körpertemperatur sank ständig, und das Herz schlug nur etwa zwanzigmal pro Minute. Das Blut zirkulierte langsam durch Adern und Venen, und der Mann atmete nur flach und unregelmäßig. Gelegentlich setzten sowohl Atem als auch Puls für zehn oder fünfzehn Minuten aus, und während dieser Phasen beschränkte sich sein Leben im reglosen Körper auf die Zellebene. Selbst in diesem Fall konnte man nicht direkt von ›Leben‹ sprechen. Vielmehr handelte es sich um eine seltsame Zwielichtexistenz, die bisher kein anderer Mensch erfahren hatte. Im Verlauf der ›Ruhepausen‹, die man nicht ganz mit dem Begriff ›Scheintod‹ beschreiben konnte, erneuerten sich die Zellen in einem sehr reduzierten Rhythmus und sammelte der Körper Energie für die nächste Periode wachen Bewußtseins und beschleunigter Heilung.

Eric erholte sich tatsächlich, und zwar verblüffend schnell. Stunde um Stunde schlossen sich die vielen Wunden in seinem Leib. Unter dem häßlichen Blau und Schwarz der Quetschungen zeigte sich bereits das helle Gelb des neu wachsenden Gewebes. Wenn er wach war, spürte er Knochenfragmente, die Druck auf sein Gehirn ausübten – obgleich die klassische Wissenschaft behauptete, das Hirn wiese keine Nerven auf und könne somit nichts empfinden. Auf eine Weise, die ihm selbst rätselhaft blieb, fühlte er, wie sein genetisch veränderter Körper die Schädelverletzungen heilte, ebenso methodisch wie die anderen Wunden. Eric wußte, daß er etwa eine Woche lang viel Ruhe brauchte, doch während dieser Zeitspanne rechnete er mit immer kürzer werdenden Phasen der Stasis. In zwei oder drei Wochen dann würde sein körperlicher Zustand nicht schlimmer sein als der eines Mannes, der das Krankenhaus nach einer großen Operation verließ. In rund einem Monat erwartete ihn das Ende des Rekonvaleszenzprozesses.

Doch die geistige Erholung hielt nicht annähernd mit der körperlichen Schritt. Selbst bei vollem Bewußtsein, wenn sich Herzschlag und Atemrhythmus normalen Werten näherten, war Eric nie ganz bei sich. Nur selten standen ihm die vollen intellektuellen Kapazitäten wie vor seinem Tod zur Verfügung, und bei solchen Gelegenheiten begriff er kummervoll, daß er die meiste Zeit über rein mechanisch handelte, wie ein Roboter, daß sich sein Geist häufig in einem Labyrinth des Hasses verlor.

Seltsame Gedanken gingen ihm durch den Kopf.

Manchmal glaubte er, wieder ein junger Mann zu sein, der gerade vom College kam, und dann wieder wurde ihm bewußt, daß er schon über vierzig war. Gelegentlich wüßte er nicht genau, wo er sich befand. Das geschah insbesondere, wenn er auf der Straße mit einem Wagen unterwegs war, wenn sich seinen Blicken keine klaren Bezugspunkte zum ersten Leben darboten. In solchen Fällen stieg die plötzliche Angst in ihm empor, für immer die Orientierung zu verlieren, und er mußte am Straßenrand halten, bis er der Panik Herr wurde. Er spürte, daß er ein großes Ziel anstrebte, eine wichtige Mission zu Ende bringen wollte, aber er sah sich außerstande, sich ein deutliches Bild von seiner Bestimmung zu machen. Hin und wieder glaubte er, er sei tot und wandele durch die ersten Ebenen einer Hölle, die der Fantasie Dantes entsprungen sein mochte. Dann und wann erinnerte er sich vage daran, Menschen getötet zu haben, konnte sich jedoch nicht einmal an ihre Gesichter erinnern. Ab und zu ertappte er sich bei der Überlegung, wie aufregend und angenehm es wäre, zu morden, irgend jemanden umzubringen, denn im Grunde seines Wesens wußte er, daß man ihn verfolgte, es auf ihn abgesehen hatte. Die verdammten Mistkerle waren erneut hinter ihm her, und es spielte keine Rolle, wie sie hießen. Es kam nur darauf an, daß sie diesmal mit einer noch größeren Entschlossenheit vorgingen. Manchmal dachte er besorgt: *Denk an die Mäuse, die Mäuse, konfusen Mäuse, die immer wieder gegen die Wände ihrer Käfige liefen und sich im Kreis drehten.* Des öfteren sprach er es auch laut aus: »Denk an die Mäuse, die Mäuse.« Aber er hatte keine Ahnung, was diese Worte bedeuteten. Was für Mäuse? Wo? Wann?

Er sah auch seltsame Dinge.

Gelegentlich erblickte er Personen, die gar nicht zugegen sein konnten; seine vor vielen Jahren verstorbene Mutter, einen verhaßten Onkel, der ihn mißbraucht hatte, als er noch ein kleiner Junge gewesen war, einen Rüpel aus der Nachbarschaft, lange Zeit sein

Schrecken in der Schule. Hin und wieder starrte er auf Geschöpfe, die an den Wänden umherkrochen, Schlangen, Spinnen und noch gräßlichere Wesen – so als litte er am Delirium tremens eines chronischen Alkoholikers.

Einige Male war er völlig sicher, einen Pfad aus pechschwarzen Steinplatten zu sehen, der in ein Reich der Finsternis führte. Immer verspürte er den sonderbaren Zwang, dem Verlauf jenes Weges zu folgen, der sich dann jedoch als Illusion herausstellte, als ein Trugbild, geformt von einer morbiden und makabren Fantasie.

Von all den Erscheinungen, die nicht nur die Wahrnehmung heimsuchten, sondern auch sein gestörtes Bewußtsein, empfand Eric die Schattenfeuer als besonders erschreckend. Von einem Augenblick zum anderen flackerten sie auf, knisterten und prasselten auf eine Weise, die er sowohl hören als auch *fühlen* konnte, direkt in seinen Knochen. Wenn er irgendwo unterwegs war, seine Aufmerksamkeit auf die Umgebung konzentrierte, die Welt der Lebenden durchstreifte und sich als einer von ihnen ausgab, wenn es ihm besser ging, als er zu hoffen wagte ... entstand plötzlich ein Feuer im dunklen Winkel eines Zimmers oder im Schatten unter einem Baum. Und dann leckten die Flammen nach ihm, blutrot im Kern, silbrig am Rand. Wenn er genauer hinsah, stellte er fest, daß überhaupt nichts brannte, daß die Flammen durch leere Luft züngelten und weder Holz noch Kohle verzehrten. Dann hatte es den Anschein, als nähre sich das Feuer von den substanzlosen Schatten und Schemen. Und wenn die Flammen erloschen, blieb überhaupt nichts zurück, keine Asche, keine verkohlten Fragmente, keine Rauchflecken.

Zwar hatte sich Eric während seines ersten Lebens nie vor dem Feuer gefürchtet, hielt jedoch an der pyrophobischen Vorstellung fest, daß ihn das Ende in Form von Flammen erwartete. Daher versuchte er sich einzureden, die Illusion der Schattenfeuer entspringe aus den Tiefen seines Unterbewußtseins, vielleicht einer übermäßigen Stimulation der Synapsen in seinem geschädigten Hirn – elektrische Impulse, die sich nicht mehr auf festgelegten Bahnen bewegten, sondern im zumindest teilweise destruktierten Gewebe von Neuronen und Synapsen. Darüber hinaus sagte er sich, die Trugbilder jagten ihm vor allen Dingen deshalb einen Schrecken ein, weil er ein Intellektueller war, ein Mann, der sich Zeit seines Lebens auf das Geistige konzentrierte und daher das *Recht* hatte, sich Sorgen zu machen, wenn er es mit deutlichen Anzeichen für

Bewußtseinsstörungen zu tun bekam. Er zweifelte nicht an einer endgültigen Heilung des Hirngewebes, und dann brauchte er die Schattenfeuer nicht länger zu fürchten. Doch während der weniger klaren Phasen, wenn die Welt finster und gespenstisch wurde, wenn sich ein Kokon der Verwirrung um ihn schloß und sich Panik in ihm regte, blickte er in namenlosem Entsetzen auf die roten und silbrigen Flammen und erstarrte manchmal vor Angst, weil er glaubte, jenseits des tanzenden Flackerns irgend etwas zu erkennen.

Als das erste Schimmern des neuen Tages mit großer Beharrlichkeit die Reste der Dunkelheit von den Hängen der Berge vertrieb, erwachte Eric Leben aus der Stasis, stöhnte erst leise, dann lauter – und kam wieder zu sich. Vorsichtig stemmte er sich in die Höhe und blieb auf der Bettkante sitzen. Sein Gaumen war trocken, und der widerwärtige Geschmack im Mund ähnelte dem von Asche. Dumpfer Schmerz pochte hinter der Stirn. Behutsam tastete er über die eingedrückte Stelle und vergewisserte sich, daß sein Schädel nicht auseinanderzubrechen drohte.

Ein trüber Schein filterte durch die Scheiben zweier Fenster, und außerdem brannte eine kleine Lampe. Das Licht reichte nicht aus, um alle Schatten aus dem Schlafzimmer zu vertreiben, genügte jedoch, um Erics empfindsame Augen zu blenden. Sie tränten und brannten, erinnerten ihn daran, daß sich alle anderen Organe besser an sein zweites Leben anpaßten, das in der Kälte des Leichenschauhauses begonnen hatte. Dieser Umstand ließ sich so interpretieren, als sei die Dunkelheit sein eigentliches Zuhause, als gehöre er nicht in eine Welt, die von Sonnenschein oder Lampen erhellt wurde.

Einige Minuten lang konzentrierte sich Eric darauf, gleichmäßig zu atmen. Dann nahm er ein Stethoskop und prüfte seinen eigenen Herzschlag. Ziemlich schnell. Vielleicht stand ihm nicht so bald eine neue Periode der körperlichen und geistigen Starre bevor.

Außer dem Stethoskop verfügte er auch noch über einige andere Instrumente, mit denen er kontrollierte, welche Fortschritte der Erholungsprozeß machte, und sowohl die Ergebnisse als auch seine ganz persönlichen Beobachtungen hielt er in einem Notizbuch fest. Häufig trübte sich Erics Bewußtsein, aber er vergaß nie, daß er der erste Mensch war, der die Grenze des Todes von der anderen Seite her überschritten hatte, daß er Geschichte machte und seine Aufzeichnungen nach der vollständigen Rekonvaleszenz einen ungeheuren Wert gewannen.

Denk an die Mäuse, die Mäuse...

Verärgert schüttelte er den Kopf, so als sei dieser Gedanke ein lästiges Insekt, das *in* seinem Kopf hin und her schwirrte. *Denk an die Mäuse, die Mäuse:* Er hatte überhaupt keine Ahnung, was diese Worte bedeuteten, aber sie wiederholten sich ständig, verlangten immer beharrlicher nach einer Aufmerksamkeit, die er ihnen nicht schenken wollte. Irgendein Teil seines Ichs befürchtete vage, daß er wußte, was es mit den Mäusen auf sich hatte, daß er entsprechende Überlegungen nur verdrängte, um nicht erneut in Panik zu geraten. Doch wenn er sich auf dieses Thema konzentrierte, wenn er die Botschaft des mentalen Hinweises zu ergründen versuchte, spürte er nur, wie er innerlich zu zittern begann und sich sein Denken verwirrte.

Nach der Selbstanalyse schlug Eric das Notizbuch auf, und sein Blick fiel auf fast leere Seiten. Er machte keine Anstalten, die Resultate der gerade beendeten Untersuchung einzutragen. Einerseits fiel es ihm nach wie vor schwer, sich lange genug zu konzentrieren, um lesbare Zeichen zu Papier zu bringen. Andererseits schürte der Anblick der krakligen Schrift das Feuer der Wut und des Hasses in ihm, an dem er sich selbst zu verbrennen drohte.

Denk an die Mäuse, die Mäuse, die gegen die Wände ihrer Käfige rennen, im Kreis laufen... die Mäuse, die Mäuse...

Eric preßte sich beide Hände an die Schläfen, als könne er sich auf diese Weise von den unerwünschten Gedanken befreien, stand auf und schwankte. Er mußte seine Blase entleeren, und außerdem hatte er Hunger. Zwei gute Zeichen, zwei deutliche Beweise dafür, daß er lebte.

Er setzte sich in Bewegung, hielt auf das Badezimmer zu und blieb abrupt stehen, als in der einen Ecke des Raums etwas zu brennen begann. Ein Schattenfeuer: blutrote Flammenzungen mit silbernen Rändern. Sie prasselten laut, verschlangen die Schemen, aus denen sie herauswuchsen, doch die dunklen Zonen schrumpften nicht zusammen. Eric zwinkerte und verspürte einmal mehr den eigentümlichen Zwang, in die Flammen zu starren, in denen er seltsame Konturen zu erkennen glaubte, gespenstische Gestalten, die sich hin und her wanden, ihm zuwinkten...

Zwar hatte er geradezu panische Angst vor den Schattenfeuern, aber irgendein überaus perverser Aspekt seines Wesens sehnte sich danach, die Hände nach den Flammen auszustrecken, sie zu durchschreiten wie eine Tür, festzustellen, was sich hinter ihnen befand...

Nein!

Als er fühlte, daß sich der Wunsch in ein dringendes Bedürfnis zu verwandeln begann, wandte sich Eric abrupt vom Feuer ab, wankte und versuchte, nicht das Gleichgewicht zu verlieren. Sein destabiles Bewußtsein verwandelte Verwirrung und Furcht zuerst in Wut und dann in Haß. Alles schien darauf hinauszulaufen, auf Haß, so als sei dieses Empfinden das unvermeidliche Destillat aller anderen Gefühle.

Eine aus Metall und Zinn bestehende Bodenlampe mit trübem Glasschirm stand dicht neben Eric. Mit beiden Händen griff er danach, hob sie hoch über den Kopf und schleuderte sie durchs Zimmer. Der Lampenschirm zersprang an der Wand, und die Splitter sahen aus wie winzige Eisbrocken. Der metallene Fuß schlug an den weißlackierten Kleiderschrank, prallte mit einem dumpfen Krachen daran ab und fiel polternd zu Boden.

Die Befriedigung, die Eric daran fand, Dinge zu zerstören, kam in ihrer düsteren Intensität sexuellem Sadismus gleich, war fast so angenehm wie ein Orgasmus. Vor seinem Tod war er jemand gewesen, der zielstrebig baute, ehrgeizig schuf und Reichtümer ansammelte, doch sein zweites Leben machte ihn zu einem Zerstörer.

Die Hütte war ausgesprochen modern eingerichtet und enthielt auch einige dekorative Kunstgegenstände – wie zum Beispiel die Stehlampe, die Eric gerade zertrümmert hatte. Eigentlich eignete sich ein derartiges Dekor nicht sonderlich für ein fünf Zimmer großes Wochenendhaus in den Bergen, doch es entsprach Erics Vorliebe für Neues, in dem er ein Synonym für Jugend sah. In zorniger Raserei trat er die Tür ein, hob einen Lehnstuhl so mühelos an, als wiege er nur wenige Pfund, und zerschmetterte damit den großen Spiegel, der hinter dem Bett an der Wand hing. Das Glas zersprang in Hunderte von kleinen Fragmenten, die zusammen mit dem Stuhl aufs Bett fielen. Eric schnaufte und keuchte, ergriff den Fuß der Bodenlampe, hielt ihn wie eine Keule und schlug damit auf eine Bronzeskulptur neben dem Kleiderschrank ein, hämmerte sie mit wütenden Hieben zur Seite, schmetterte den improvisierten Streitkolben an den Spiegel des Schranks, schwang ihn kraftvoll herum und ließ ihn auf die Wand neben der Badezimmertür knallen, auf ein Bild, das dort hing, zerfetzte es, als es vom Haken rutschte. Er fühlte sich gut, einfach prächtig, *so lebendig*. Er gab sich ganz der Berserker-Raserei hin, genoß den Tobsuchtsanfall, fauchte, zischte und knurrte unartikuliert, und während er schrie und brüllte, konnte er nur ein Wort deutlich formulieren, einen Namen: »Rachael«, brachte er haßerfüllt hervor. »Rachael, Rachael.« Erneut hob er den schweren Lampenfuß, ließ ihn auf den kleinen Beistelltisch neben dem Sessel herabsausen, holte immer wieder aus, bis von dem Tisch nur noch splittrige Trümmer übrig waren. »Rachael.« Eric traf die kleinere Lampe auf dem Nachtschränkchen und stieß sie zu Boden. Die Zornesadern am Hals und an den Schläfen schwollen dick an, und das Blut sang in seinen Adern, als er auch auf das Nachtschränkchen einhieb. Nachdem die Griffe der Schubladen abgebrochen waren, ließ er seine heiße Wut an der Wand aus. »Rachael«, knurrte er, bearbeitete die Bogenlampe so lange, bis sie schrottreif war, warf sie achtlos beiseite, griff nach den Vorhängen, zerrte sie von den Leisten, zerriß ein weiteres Bild. »Rachael, Rachael, Rachael.« Schnaufend taumelte er durchs verwüstete Zimmer, ruderte mit den Armen, drehte sich im Kreis – und blieb abrupt stehen, als ihm der Atem stockte, als es ihm plötzlich immer schwerer fiel, Luft zu holen. Das Pulsieren des Wahnsinns wich aus seinem Leib, und der Zerstörungsdrang verringerte sich rasch. Eric ließ sich auf den Boden sinken, auf die Knie, streckte sich lang aus, drehte sich auf die Seite und keuchte. Und während sich seine Gedanken verwirrten, während sich die grauen Augen, deren Anblick im Spiegel er nicht ertragen konnte, weiter trübten, während die dämonische Energie aus ihm heraussickerte, hatte er noch Kraft genug, jenen besonderen Namen zu murmeln: »Rachael, Rachael, Rachael...«

TEIL II

Finsternis

Es können gedeutet werden die Muster der Nacht, weniger von den Lebenden, als von der Toten Macht.

Das Buch gezählten Leids

17. Kapitel

Leute in Bewegung

Anson Sharp erreichte die unterirdisch angelegten bakteriologischen Laboratorien Geneplans kurz vor Morgengrauen. Das dort auf ihn wartende Begrüßungskomitee bestand aus sechs DSA-Agenten, vier US-Marshals und acht Deputies, die einige Minuten zuvor eingetroffen waren. Unter dem Vorwand, die nationale Sicherheit sei gefährdet, wandten sie sich an Geneplans Nachtwächter, zeigten ihnen ihre Ausweise und den richterlich genehmigten Durchsuchungsbefehl, betraten das Gelände und versahen alle Forschungsakten und Computer mit Siegeln. Im Büro des Forschungsleiters Dr. Vincent Baresco richteten sie ihr provisorisches Hauptquartier ein.

Als der Morgen dämmerte und die Dunkelheit der Nacht sich lichtete, ließ sich Anson Sharp in Barescos großen Ledersessel sinken, trank schwarzen Kaffee und nahm telefonische Berichte von Untergebenen entgegen, die an verschiedenen Orten Südkaliforniens tätig waren. Auf diese Weise stellte er fest, daß alle Mitverschwörer Eric Lebens unter Hausarrest standen. Dr. Morgan Eugene Lewis, Koordinator des Forschungsprojekts Wildcard, hielt sich in seinem Haus in North Tustin auf. Dr. J. Felix Geffels befand sich in Riverside und hatte ebenfalls DSA-Besuch bekommen. Weitere Mitarbeiter Sharps fanden Dr. Vincent Baresco, verantwortlich für den gesamten Wissenschaftsbereich, in der Newport Beach-Niederlassung von Geneplan: Er lag bewußtlos in Eric Lebens Büro, und alles deutete darauf hin, daß dort ein Kampf stattgefunden hatte, bei dem auch Schußwaffen verwendet worden waren.

Sharps Leute brachten Baresco nicht etwa in ein öffentliches Krankenhaus, wo sie nur eingeschränkte Kontrolle auf ihn ausüben konnten, sondern transportierten den kahlköpfigen und stämmigen Forschungsleiter zur US Marine Corps Air Station bei El Toro, wo er von Marineärzten in der Basis untersucht wurde. Einige harte Schläge an die Kehle machten es ihm unmöglich, verständliche Worte zu formulieren, und aus diesem Grund benutzte Baresco Kugelschreiber und Papier, um den DSA-Agenten mitzuteilen, er sei von Ben Shadway angegriffen worden, Rachael Lebens Freund. Er behauptete, Ben dabei überrascht zu haben, wie er Erics Büro durchstöberte. Er verzog verärgert das Gesicht, als Sharps Mitarbeiter nicht glauben wollten, er habe die ganze Wahrheit gesagt, und er war regelrecht schockiert, als er erfuhr, daß die Beamten sowohl von dem Projekt Wildcard als auch Erics Rückkehr von den Toten wußten. Er griff erneut nach dem Kugelschreiber und verlangte schriftlich, in ein ziviles Hospital gebracht zu werden, mit seinem Rechtsanwalt sprechen zu können und zu erfahren, welche Anklage man gegen ihn erhob. Natürlich wurden alle drei Anliegen abgelehnt.

Rupert Knowls und Perry Seitz, die beiden Geldgeber, die es Geneplan vor rund einem Jahrzehnt ermöglicht hatten, mit der Arbeit zu beginnen, konnten auf dem zehn Morgen großen Anwesen Knowls in Havenhurst, Palm Springs, lokalisiert werden. Drei Einsatzagenten der Defense Security Agency trafen mit Haft- und Durchsuchungsbefehlen ein und entdeckten eine modifizierte Uzi-Maschinenpistole – zweifellos die Waffe, mit der einige Stunden zuvor in Palm Springs zwei Polizisten erschossen worden waren.

Knowls und Seitz erhoben keine Einwände gegen die Anweisung, die Villa in Havenhurst nicht zu verlassen. Sie wußten, woher der Wind wehte, rechneten damit, bald ein alles andere als attraktives Angebot zu bekommen, das sie aufforderte, alle Rechte an dem Wildcard-Unternehmen der Regierung zu überlassen, ohne daß man ihnen dafür eine angemessene Gegenleistung in Aussicht stellte. Bestimmt würde man ihnen nahelegen, weder etwas über das Projekt noch Eric Lebens Auferstehung verlauten zu lassen. Darüber hinaus erwarteten sie, dazu gezwungen zu werden, Mordgeständnisse zu unterschreiben, die ihr Schweigen gewährleisten sollten. Zwar gab es nicht die geringste legale Basis für ein solches Angebot – und in diesem Zusammenhang setzte sich die DAS über alle Grundsätze der Demokratie hinweg und brach gleich Dutzende von Gesetzen –, aber Knowls und Seitz blieb trotzdem nichts anderes übrig, als sich mit der neuen Lage abzufinden. Sie standen mit beiden Beinen fest auf dem Boden und wußten, daß man sie unauffällig aus dem Weg räumen würde, wenn sie sich weigerten, zu kooperieren – oder wenn sie versuchten, ihre verfassungsmäßigen Rechte geltend zu machen.

Jene fünf Männer teilten vermutlich das wichtigste Geheimnis in der ganzen menschlichen Geschichte. Sicher, noch war das Unsterblichkeitsverfahren nicht perfekt, aber irgendwann möchte es gelingen, die derzeitigen Probleme zu lösen. Und wer dann Wildcard kontrollierte, beherrschte die Welt. Angesichts der Tatsache, daß ungeheuer viel auf dem Spiel stand, hielt sich die Regierung nicht damit auf, die dünne Trennlinie zwischen moralischem und unmoralischem Verhalten zu beachten.

Nachdem Sharp den Bericht über Seitz und Knowls entgegengenommen hatte, legte er den Telefonhörer auf, erhob sich und wanderte in dem unterirdischen Büro auf und ab. Dann und wann hob und senkte er seine breiten Schultern und rieb sich den Nacken.

Zu Anfang standen acht Namen auf seiner Liste – acht mögliche Lecks, die es zu stopfen galt. Inzwischen stellten fünf Personen keine Gefahr mehr dar. Sharp war recht zufrieden, nicht nur darüber, wie sich die Ereignisse im allgemeinen entwickelten, sondern in besonderem Maße auch mit sich selbst. Einmal mehr sah er seine professionelle Kompetenz bestätigt.

Bei solchen Gelegenheiten wünschte er sich, seinen Triumph jemandem mitteilen zu können, einem ihn bewundernden Assistenten zum Beispiel. Doch er durfte sich keine engeren Beziehungen zu seinen Mitarbeitern leisten. Sharp war stellvertretender Direktor der Defense Security Agency, der zweite Mann in der Hierarchie – fest entschlossen dazu, früher oder später den ersten Platz einzunehmen. Um dieses Ziel zu erreichen, sammelte er schon seit geraumer Weile Material, das den gegenwärtigen Direktor Jarrod McClain belastete – um ihn zu zwingen, den Abschied zu nehmen und sich mit ganzem Herzen für die Ernennung Sharps zu seinem Nachfolger einzusetzen. McClain behandelte Sharp wie einen Sohn, weihte ihn in alle Geheimnisse der DSA ein. Tatsächlich besaß Sharp bereits genügend Unterlagen, um McClains Karriere ein Ende zu setzen. Aber als vorsichtiger Mann wollte er erst dann aktiv werden, wenn nicht mehr das geringste Risiko eines Fehlschlags bestand.

Nachdem Sharp die Steifheit aus Schultern und Nacken vertrieben hatte, kehrte er hinter den Schreibtisch zurück, setzte sich wieder, schloß die Augen und dachte an die drei Personen, die sich noch immer auf freiem Fuß befanden und so schnell wie möglich unschädlich gemacht werden mußten: Eric Leben, Mrs. Leben, Ben Shadway. Im Gegensatz zu den fünf anderen konnte ihnen kein Angebot unterbreitet werden. Wenn es möglich war, Eric ›lebend‹

zu fassen, würde man ihn irgendwo einsperren und wie ein Versuchstier studieren. Rachael und Ben Shadway hingegen mußten sterben, auf eine Art und Weise, die wie ein Unfall wirkte.
Es gab mehrere Gründe für Sharp, ihren Tod zu wünschen. Zum einen legten sie beide großen Wert auf ihre Unabhängigkeit, und sie waren hartnäckig und ehrlich – eine gefährliche Mischung, in diesem Fall geradezu explosiv. Vielleicht ließen sie sich dazu hinreißen, aus purem Idealismus das ganze Wildcard-Projekt publik zu machen, und dann hätte sich für Sharp auf absehbare Zeit keine Chance mehr ergeben, McClains Platz zu beanspruchen. Die anderen – Lewis, Geffels, Baresco, Knowls und Seitz – würden sich aus reinem Selbstinteresse fügen, aber in Hinsicht auf Rachael Leben und Ben Shadeway konnte man nicht darauf zählen, daß sie in erster Linie an sich dachten. Außerdem hatten sie sich weder eines Verbrechens schuldig gemacht noch ihre Seelen an die Regierung verkauft. Mit anderen Worten: Es schwebte kein Damoklesschwert über ihren Häuptern: es gab keine Drohungen, um sie einzuschüchtern und unter Kontrolle zu bringen.
Vor allen Dingen aber verabscheute Sharp die Vorstellung, daß Rachael Leben Shadways Geliebte war, daß Ben etwas an ihr lag. Er freute sich bereits darauf, die junge Frau zuerst zu töten, direkt vor Ben. Und Shadways Tod würde ihm einen besonderen Genuß bereiten, denn er haßte ihn schon seit siebzehn Jahren.
Sharp befand sich allein in dem großen, unterirdischen Büro, schloß die Augen, lächelte und fragte sich, was Shadway unternommen hätte, wenn ihm bekannt gewesen wäre, daß sein alter Feind Anson Sharp Jagd auf ihn machte. Sharp fieberte der unvermeidlichen Konfrontation entgegen, war ganz versessen darauf, das Erstaunen in Shadways Gesicht zu sehen, zu beobachten, wie der verdammte Hurensohn endlich ins Gras biß.

Jerry Peake, der junge DSA-Agent, der von Anson Sharp den Auftrag erhalten hatte, Sarah Kiel zu finden, suchte hinter Eric Lebens Haus in Palm Springs noch immer nach einem frischen Grab. Er benutzte einen starken Scheinwerfer und ging sehr gründlich zu Werke, zertrampelte Blumenbeete, bahnte sich einen Weg durch Sträucher und Büsche, deren Dornen ihm die Hose zerrissen – doch er konnte nichts entdecken.
Er schaltete die Beleuchtung des Pools ein und rechnete fest damit, daß im Wasser die Leiche einer Frau schwamm, doch auch

diese Erwartung erfüllte sich nicht. Daraufhin kam er zu dem Schluß, zu viele Kriminalromane gelesen zu haben. In solchen Werken waren Swimming-pools immer voller Leichen; die Realität hingegen sah völlig anders aus.

Seit dem zwölften Lebensjahr verschlang Jerry Peake Kriminalromane und hatte unbedingt Detektiv werden wollen. Schon als Heranwachsender kam es ihm nicht darauf an, später als einfacher Polizist zu arbeiten. Nein, ihm stand der Sinn danach, für die CIA, das FBI oder die DSA tätig zu werden, als ein Agent im Stile von John Le Carré, William F. Buckley oder Frederick Forsythe. Peake wünschte sich nichts sehnlicher, als schon zu Lebzeiten zu einer Legende zu werden. Erst seit gut vier Jahren gehörte er zur DSA und hatte sich noch keinen besonderen Ruf erworben. Doch das störte ihn nicht weiter. Peake brachte die Bereitschaft mit, sich in Geduld zu fassen. Niemand wurde in gut vier Jahren zu einer Legende. Zuerst mußte man die Dreckarbeit erledigen, zum Beispiel durch Blumenbeete stapfen und sich dabei den besten Anzug ruinieren.

Als Sarah Kiels Leiche verschwunden blieb, machte sich Peake auf den Weg, um die einzelnen Krankenhäuser zu kontrollieren, um festzustellen, ob während der letzten Stunden ein junges Mädchen eingeliefert worden war, auf das Sarahs Beschreibung paßte. Bei den ersten beiden Hospitälern hatte er kein Glück. Schlimmer noch: Obgleich er seinen DSA-Ausweis zeigte, begegneten ihm Krankenschwestern und Ärzte mit Mißtrauen. Sie gaben ihm zwar die gewünschten Auskünfte, schienen jedoch zu argwöhnen, er sei ein Schwindler und Aufschneider mit zweifelhaften Absichten.

Peake wußte, daß er für einen DSA-Agenten zu jung aussah. Auf ihm lastete der Fluch eines viel zu glatten und offenen Gesichts. Und wenn er Fragen stellte, gab er sich nicht ganz so aggressiv, wie es eigentlich der Fall sein sollte. Diesmal aber war er sicher, daß das Problem nicht in jugendlichen Zügen oder seiner eher sanften Art bestand. Statt dessen basierte die Skepsis, mit der er es zu tun bekam, auf seinen schmutzigen Schuhen. Zwar hatte er versucht sie mit einem Tuch zu reinigen, doch sie waren noch immer verschmiert. Und dann die Hose: Beulen und knittrige Falten erinnerten an die vormals nassen Stellen. Nein, sagte sich Peake niedergeschlagen, man konnte nicht damit rechnen, ernst genommen zu werden, wenn man den Eindruck erweckte, gerade aus einem Schweinestall zu kommen.

Doch trotz seiner Aufmachung, die sehr zu wünschen übrigließ, landete Peake eine Stunde nach Morgengrauen einen Volltreffer – beim dritten Krankenhaus, dem Desert General. Sarah Kiel war während der Nacht eingeliefert worden und wurde nach wie vor behandelt.

Die Oberschwester Alma Dunn, eine kräftig gebaute, weißhaarige und etwa fünfundfünfzig Jahre alte Frau, blieb gelassen, als Peake ihr seinen Dienstausweis zeigte, ließ sich nicht beeindrukken. Sie warf einen kurzen Blick ins Zimmer Sarah Kiels und kehrte dann zur Station zurück, wo Peake wartete: »Das arme Mädchen schläft. Es bekam vor einigen Stunden ein Beruhigungsmittel, und bestimmt dauert es noch eine Weile, bis es aufwacht.«

»Bitte wecken Sie Sarah. Es handelt sich um eine sehr dringende Angelegenheit, die die nationale Sicherheit betrifft.«

»Kommt überhaupt nicht in Frage«, erwiderte Schwester Dunn.

»Sie wurde verletzt und braucht Ruhe. Gedulden Sie sich.«

»Meinetwegen. Ich warte in Ihrem Zimmer.«

Schwester Dunn schob das breit Kinn vor, und in ihren sonst so gutmütig blickenden blauen Augen funkelte es kalt. »Von wegen! Wenn Sie unbedingt warten möchten – dort drüben, im Aufenthaltsraum für Besucher.«

Peake wußte, daß es keinen Sinn hatte zu versuchen, Druck auf Alma Dunn auszuüben. Sie ähnelte Jane Marple, der unbeugsamen Amateurdetektivin Agatha Christies. Und wer so aussah wie Miß Marple, ließ sich bestimmt nicht einschüchtern. »Hören Sie«, sagte er. »Wenn Sie sich weiterhin weigern, meinen Forderungen nachzukommen, muß ich mich an Ihren Vorgesetzten wenden.«

»Von mir aus...«, erwiderte Schwester Dunn und warf einen tadelnden Blick auf Peakes schmutzige Schuhe. »Ich hole Dr. Werfell.«

Anson Sharp hielt sich nach wie vor in Vincent Barescos unterirdischem Büro auf, streckte sich auf der Couch aus und schlief eine Stunde. Anschließend duschte er nebenan im kleinen Badezimmer, öffnete seinen Koffer, den er seit Beginn der Operation bei sich führte, und wählte einen neuen Anzug. Sharp hatte die beneidenswerte Fähigkeit, praktisch auf der Stelle einschlafen zu können und sich schon nach einem kurzen Nickerchen frisch und ausgeruht zu fühlen.

Kurze Zeit später nahm er den Telefonhörer ab und sprach mit den Beamten, deren Aufgabe darin bestand, die verschiedenen Geneplan-Partner und Wissenschaftler zu überwachen. Des weiteren nahm er Berichte von anderen Agenten entgegen, die sich in den Geneplan-Büros von Newport Beach, auf Eric Lebens Anwesen in Villa Park und in Rachaels Placentia-Haus umgesehen hatten.

Von den Mitarbeitern, die Baresco in der US Marine Air Station bei El Toro Gesellschaft leisteten, erfuhr Sharp, daß Ben Shadway inzwischen eine Smith & Wesson Combat Magnum besaß. Die Einsatzbeamten in Placentia teilten ihm mit, daß Rachael Leben über eine 32er Halbautomatik verfügte.

Es erfreute Sharp, von den Waffen zu erfahren, die sowohl Ben als auch Rachael bei sich führten – und er beabsichtigte, dies als einen Vorwand für die Ausstellung eines Haftbefehls zu nutzen. Außerdem: Wenn es ihm gelang, sie in die Ecke zu treiben, konnte er sie einfach über den Haufen schießen – und später behaupten, in Notwehr gehandelt zu haben.

Während Jerry Peake in der Station darauf wartete, daß Alma Dunn mit Dr. Werfell zurückkehrte, entfalteten sich im Krankenhaus die routinemäßigen Aktivitäten des Tages. Schwestern eilten durch die Korridore, brachten Patienten die ihnen verschriebenen Medizin, schoben Rollstühle und fahrbare Liegen und begannen in Begleitung einiger Ärzte mit der üblichen Visite.

Nach zehn Minuten kam Alma Dunn zur Station zurück, zusammen mit einem hochgewachsenen Mann, der einen weißen Kittel trug. Er hatte ein scharfgeschnittenes Gesicht, graumeliertes Haar und einen gepflegten Oberlippenbart. Er wirkte irgendwie vertraut, obgleich Peake den Grund dafür nicht genau bestimmen konnte. Alma Dunn stellte ihn als Dr. Hans Werfell vor, den für die Morgenschicht verantwortlichen Chefarzt.

Dr. Werfell betrachtete erst die zerknitterte Hose Peakes, dann die schmutzigen Schuhe und sagte: »Miß Kiels körperlicher Zustand ist keineswegs besorgniserregend, und ich glaube, wir können sie heute oder morgen entlassen. Andererseits aber hat sie ein erhebliches emotionales Trauma erlitten, und deshalb braucht sie möglichst viel Ruhe. Derzeit schläft sie.«

Verdammt, dachte Peake, warum starrt der Kerl dauernd auf meine Schuhe? »Doktor«, erwiderte er, »ich verstehe, daß Sie in erster Linie an die Patientin denken, aber es handelt sich um eine sehr dringende Angelegenheit, die im Zusammenhang mit der nationalen Sicherheit steht.«

Werfell hob wie zögernd den Blick und runzelte skeptisch die Stirn. »Lieber Himmel, was hat ein sechzehn Jahre altes Mädchen mit der nationalen Sicherheit zu tun?«

»Das ist geheim, streng geheim«, antwortete Peake und gab sich alle Mühe, in seinem jugendlichen Gesicht angemessenen Ernst zum Ausdruck zu bringen.

»Es hat ohnehin keinen Sinn, sie zu wecken«, sagte Werfell. »Sie steht noch immer unter der Wirkung des Sedativs und könnte Ihre Fragen vermutlich gar nicht richtig verstehen.«

»Wäre es nicht möglich, ihr irgendein Gegenmittel zu geben?« Dr. Werfell bedachte ihn mit einem abweisenden Blick. »Mr. Peake, dies ist ein Krankenhaus. Unsere Aufgabe besteht darin, Menschen zu helfen. Wir erwiesen Miß Kiel sicher keinen guten Dienst, wenn wir sie voller Drogen pumpten, nur um die Wirkung von Beruhigungsmitteln aufzuheben und einen ungeduldigen Regierungsbeamten zufriedenzustellen.«

Peake fühlte, wie ihm das Blut ins Gesicht schoß. »Ich habe nicht von Ihnen verlangt, ärztliche Prinzipien zu verletzen.«

»Gut.« Das ruhige und gelassene Gebaren Dr. Werfells war der Diskussion keineswegs förderlich. »Dann warten Sie, bis Miß Kiel aufwacht.«

Enttäuscht dachte Peake darüber nach, aus welchem Grund Werfell einen so vertrauten Eindruck erweckte. »Wir glauben, sie könnte uns einen Hinweis auf den Aufenthaltsort einer Person geben, nach der wir fahnden.«

»Nun, ich bin sicher, sie wird alle Ihre Fragen beantworten, wenn sie wach ist.«

»Und wann kommt sie wieder zu sich, Doktor?«

»Oh, ich schätze, in... vier oder fünf Stunden.«

»Was? Wieso dauert das denn so lange?«

»Der Arzt der Nachtschicht gab ihr ein leichtes Sedativ, das ihr jedoch nicht genügte. Als er es ablehnte, ihr ein stärkeres Mittel zu verabreichen, nahm sie eins aus dem eigenen Vorrat.«

»Aus dem eigenen Vorrat?«

»Wir stellten später fest, daß ihre Handtasche Drogen enthielt: einige Benzedrin-Tabletten. Nun, wie dem auch sei: Jetzt schläft sie tief und fest, und das kann sicher nicht schaden. Die restlichen Drogen haben wir natürlich beschlagnahmt.«

Peake seufzte. »Ich warte in ihrem Zimmer.«
»Nein«, widersprach Werfell.
»Dann eben auf dem Flur.«
»Ich fürchte, das ist nicht möglich.«
»Und hier in der Station?«
»Hier wären Sie nur im Weg«, sagte Werfell. »Warten Sie im Aufenthaltsraum für Besucher. Wir geben Ihnen Bescheid, wenn Miß Kiel erwacht.«
»Ich warte hier«, beharrte Peake, kniff die Augen zusammen und versuchte, so stur und entschlossen zu wirken wie die Helden der Romane, die ihn besonders beeindruckt hatten.
»Im Aufenthaltsraum«, sagte Werfell fest. »Und wenn Sie ihn nicht sofort aufsuchen, alarmiere ich die hausinternen Sicherheitsbeamten.«
Peake zögerte und wünschte sich, aggressiver sein zu können. »Na gut. Aber benachrichtigen Sie mich *unverzüglich*, wenn Sarah Kiel erwacht.« Wütend wandte er sich von Werfell ab, marschierte durch den Flur und suchte nach dem Aufenthaltsraum, viel zu verlegen, um zu fragen, wo sich das Zimmer befand. Als er zu Dr. Werfell zurückblickte, stellte er fest, daß der Arzt gerade mit einem anderen, ebenfalls in einen weißen Kittel gekleideten Mann sprach. Und plötzlich fiel ihm der Grund für das vertraute Flair ein. Werfell sah fast genauso aus wie Dashiel Hammett, der berühmte Pinkerton-Detektiv und Kriminalschriftsteller. Kein Wunder, daß er in eine so dichte Aura der Autorität gehüllt war. Dashiell Hammett – lieber Himmel! Bei diesem Gedanken fand es Peake nicht mehr ganz so schlimm, sich ihm gefügt zu haben.

Ben und Rachael schliefen zwei weitere Stunden, erwachten fast gleichzeitig und liebten sich erneut. Diesmal fand die junge Frau noch mehr Gefallen daran als zuvor: weniger Hektik, eine noch intensivere Harmonie, ein eleganter und anmutiger Rhythmus.
Anschließend blieben sie eine Zeitlang eng aneinandergeschmiegt liegen, zufrieden, erfüllt von einer Ruhe, die jedoch bald neuerlicher Nervosität wich. Zuerst konnte Rachael nicht genau bestimmen, was sie störte, doch dann begriff sie, daß es das Bewußtsein einer nach wie vor drohenden Gefahr war.
Sie drehte den Kopf, beobachtete das sanfte Lächeln Bens, betrachtete die weichen Züge seines Gesichts, blickte in seine Augen – und hatte plötzlich Angst, ihn zu verlieren.

Sie versuchte, sich davon zu überzeugen, daß es sich bei dieser jähen Furcht nur um die natürliche Reaktion einer dreißigjährigen Frau handelte, die nach einer gescheiterten Ehe wie durch ein Wunder den richtigen Mann gefunden hatte. Das Ich-verdiene-es-gar-nicht-so-glücklich-zu-sein-Syndrom. Wenn das Leben endlich einmal mit einer angenehmen Überraschung aufwartet, sucht man immer nach einem Haken.

Gleichzeitig aber wußte Rachael, daß die Angst wesentlich tiefer in ihr verwurzelt war. Sie erzitterte, so als striche ihr ein kalter Wind über den Rücken.

Nach einer Weile wandte sich die junge Frau von dem Mann neben ihr ab, schlug die Decke zurück und stand auf, nackt wie sie war.

»Rachael?« fragte Ben.

»Wir sollten wieder los«, erwiderte sie besorgt und hielt auf das Badezimmer zu, schritt durch das goldene Licht, das durchs Fenster fiel, durch die hin und her schwankenden Schatten der Palmwedel.

»Was ist denn los?« brummte er.

»Wir sind hier Zielscheiben. Oder könnten es werden. Wir müssen unbedingt weiter, in der Offensive bleiben. Es kommt darauf an, ihn zu finden, bevor er uns entdeckt. Oder bevor uns jemand anderer lokalisiert.«

Ben stand ebenfalls auf, trat zwischen die Badezimmertür und Rachael, legte ihr die Hände auf die Schultern. »Es wird alles in Ordnung kommen.«

»Sag das nicht.«

»Bestimmt.«

»Fordere das Schicksal nicht heraus.«

»Zusammen sind wir stark«, behauptete Ben. »Stärker als alle anderen.«

»Bitte«, stieß Rachael hervor und berührte seine Lippen mit dem Zeigefinger, um ihn zum Schweigen zu bringen. »Bitte nicht. Ich... Ich könnte es nicht ertragen, dich zu verlieren.«

»Und ich habe nicht die geringste Absicht, dich jemand anderem zu überlassen«, sagte Ben.

Doch als sie ihn ansah, entstand das schreckliche Gefühl in ihr, daß sie ihn bereits verloren hatte, der Schatten des Todes schon seine Züge verdunkelte.

Das Ich-verdiene-es-gar-nicht-so-glücklich-zu-sein-Syndrom.

Oder vielleicht eine echte Vorahnung.
Rachael wußte nicht, welche Erklärung zutraf.

Die Suche nach Dr. Eric Leben blieb ergebnislos.

Anson Sharp empfand die düstere Aussicht eines Fehlschlags wie einen unangenehmen Druck, der auf ihm lastete, immer mehr zunahm und ihn langsam zu zerquetschen drohte. Er konnte die Vorstellung einer Niederlage nicht ertragen. Er war ein Gewinner, hatte immer den letztlichen Sieg errungen, fühlte sich allen anderen Leuten überlegen. Nur dieses Bild von sich selbst akzeptierte er: Er sah sich als den Angehörigen einer überlegenen Rasse, und auf diese Weise rechtfertigte er sein Verhalten, alle Entscheidungen, die er traf. Anson Sharp lehnte es entschieden ab, die moralischen und ethischen Prinzipien gewöhnlicher Menschen als Selbstbeschränkungen hinzunehmen. Doch ständig trafen von seinen Mitarbeitern negative Berichte ein: nirgends auch nur eine Spur von dem wandelnden Toten. Sharp wurde immer zorniger und nervöser. Vielleicht lagen ihnen doch nicht genügend Informationen über Eric Leben vor. Vielleicht war der Genetiker weitsichtiger gewesen, als sie bisher annahmen. Möglicherweise hatte er für einen Fall wie diesen einen geheimen Schlupfwinkel vorbereitet, ein Versteck, in dem er sich eine Zeitlang verbergen konnte, ein Refugium, von dem nicht einmal die DSA etwas ahnte. Wenn diese Annahme stimmte, würde man die vergebliche Suche nach Eric Leben als ein persönliches Versagen Sharps interpretieren.

Dann schließlich erhielt er eine gute Nachricht. Jerry Peake meldete, es sei ihm gelungen, Sarah Kiel, die letzte minderjährige Geliebte Erics, in einem Krankenhaus von Palm Springs zu finden. »Aber die verdammten Ärzte und Krankenschwestern weigern sich, mich zu ihr zu lassen«, klagte Peake.

Manchmal fragte sich Sharp, ob die Vorteile, sich mit schwächeren – und daher weniger gefährlichen – jungen Agenten zu umgeben, von den Nachteilen ihrer Unfähigkeit aufgehoben wurden. Eins stand fest: Niemand von ihnen stellte ein Risiko für ihn dar, wenn er erst einmal den Platz des Direktors einnahm. Andererseits aber durfte er auch nicht damit rechnen, daß sie jene Art von Eigeninitiative entwickelten, die auch ihn in einem günstigen Licht erscheinen ließ.

»Ich bin bei Ihnen, bevor die Wirkung des Sedativs nachläßt«, sagte Sharp.

Die Durchsuchung der Geneplan-Laboratorien konnte auch ohne ihn fortgesetzt werden. Die angestellten Wissenschaftler und Techniker, die vor kurzer Zeit eingetroffen waren, um ihre tägliche Arbeit zu beginnen, hatten nach Hause zurückkehren müssen – mit dem imperativen Hinweis, auf weitere Anweisungen zu warten. Computerspezialisten der DSA befaßten sich inzwischen mit den elektronischen Akten in den Datenbänken von Geneplan, aber ihre Arbeit erforderte Expertenwissen, und deshalb besaß Sharp gar keine Möglichkeit, sie zu überwachen.

Er führte einige Telefongespräche mit verschiedenen Regierungsstellen in Washington und bekam die gewünschten Informationen über das Desert General Hospital und Dr. Hans Werfell – Hinweise, die ihm vielleicht einen Ansatzpunkt gaben. Dann stieg er in den wartenden Hubschrauber und flog über die Wüste nach Palm Springs zurück, erleichtert darüber, daß es endlich weiterging.

Rachael und Ben fuhren mit einem Taxi zum Flughafen von Palm Springs, mieteten sich einen neuen Ford und kehrten rechtzeitig genug in die Stadt zurück, um die ersten Kunden eines Bekleidungsgeschäftes zu sein, das um halb zehn öffnete. Rachael kaufte lohfarbene Jeans, eine hellgelbe Bluse, dicke, weiße Socken und Turnschuhe. Benny wählte eine Bluejeans, ein weißes Hemd und ähnliche Schuhe. In einer öffentlichen Toilette am nördlichen Ende des Palm Canyon Drive zogen sie sich um. Da sie keine Zeit mit dem Frühstück verlieren wollten und fürchteten, erkannt zu werden, machten sie einen kurzen Abstecher zu McDonald's, kauften Hamburger und Kaffee und aßen unterwegs.

Rachael hatte Ben mit ihren finsteren Ahnungen von drohendem Unheil angesteckt, mit der fast hellseherischen Erkenntnis, daß die Zeit knapp wurde. Ben versuchte erst, sie zu beruhigen, doch sein Unbehagen schien von Minute zu Minute zuzunehmen. Sie waren wie zwei Tiere, die unabhängig voneinander einen Sturm witterten, der sich rasch näherte.

Rachael lehnte sich auf dem Beifahrersitz zurück und knabberte ohne große Begeisterung an ihrem Hamburger, während Ben über die State Route 111 fuhr, dann nach Westen abbog, auf die Interstate 10. Wenn sich eine entsprechende Gelegenheit bot, drückte er das Gaspedal bis zum Anschlag durch, doch der Motor des Wagens war nicht annähernd so leistungsfähig wie der des roten Mercedes.

Rachael schätzte, daß sie Erics Hütte am Lake Arrowhead nicht vor dreizehn Uhr erreichen konnten.
Sie hoffte inständig, daß sie nicht zu spät kamen.
Und sie versuchte, alle Gedanken daran zu verdrängen, auf welche Weise Eric sie erwarten mochte. Vorausgesetzt, er hielt sich wirklich in der Hütte auf.

18. Kapitel

Zombieblues

Die Glut der haßerfüllten Raserei erlosch langsam, und Eric Leben kam wieder zu Sinnen – soweit man davon sprechen konnte – und sah sich in dem verwüsteten Schlafzimmer der Hütte um. Ein scharfer und pochender Schmerz zuckte durch seinen Schädel, und in den Muskeln pulsierte eine dumpfe Pein. Die Gelenke fühlten sich angeschwollen und steif an, und die Augen waren wäßrig und brannten, vermittelten ihm ein trübes und körniges Bild der Umgebung.

Eric machte diese Erfahrung nicht zum erstenmal: Nach jedem Wutanfall reduzierten sich die inneren und äußeren Welten auf matte Gräue, in der es keine Farben und kaum Geräusche gab, in der die Konturen von Objekten verschwammen und jede Lichtquelle, ganz gleich, wie hell sie auch strahlte, düster wirkte. Der Zorn schien ihn zu verausgaben, und während der sich daran anschließenden Phasen senkte sich offenbar der physisch-psychische Energiepegel drastisch ab. Eric bewegte sich unsicher und schwerfällig, taumelte und stolperte, konnte kaum einen klaren Gedanken fassen.

Er hoffte, daß die Perioden des Komas und der Gräue nach dem Abschluß des Heilungsprozesses ein Ende fänden. Aber diese Aussicht hob seine Stimmung nicht. Aufgrund der mentalen Trägheit war es problematisch für ihn, sich eine bessere Zukunft vorzustellen. Er empfand seinen eigenen Zustand als gespenstisch, als unangenehm und sogar erschreckend. Er fühlte, daß es ihm an Einfluß auf sein eigenes Schicksal mangelte, sah sich als Gefangenen in seinem Körper, gebunden an halbtotes Fleisch.

Er taumelte ins Bad, nahm sich Zeit für die Dusche, putzte sich die Zähne. Die Hütte enthielt eine vollständige Garderobe, ebenso wie das Haus in Palm Springs, und deshalb brauchte er nie einen Koffer mitzunehmen. Eric entschied sich für eine khakifarbene Hose, ein rotkariertes Hemd, Wollsocken und lederne Stiefel.

Infolge der grauen Benommenheit dauerte die Morgenroutine länger als üblich: Nur mühsam konnte er die Armaturen in der Dusche bedienen, um die richtige Temperatur einzustellen, und die Zahnbürste rutschte ihm immer wieder aus dem Mund. Er verfluchte seine steifen Finger, als er versuchte, das Hemd zuzuknöpfen. Und als er Anstalten machte, die Ärmel hochzukrempeln, widersetzte sich ihm der Stoff so, als zeichne er sich durch ein sonderbares Eigenleben aus.

Außerdem wurde Eric von den Schattenfeuern abgelenkt.

Mehrmals beobachtete er aus den Augenwinkeln, wie plötzlich Flammen aus dunklen Ecken loderten. Nur elektrische Kurzschlüsse in seinem sehr geschädigten Hirn – in einem Hirn, das jedoch heilte. Trugbilder, hervorgerufen von noch fehlerhaften Interaktionen zwischen Synapsen und Neuronen. Weiter nichts. Und dennoch: Wenn sich Eric umdrehte und direkt in die Schattenfeuer sah, verblaßte ihr Glanz nie, brannten sie noch heller.

Obgleich weder Rauch noch Hitze von den Flammen ausging und sie auch gar nichts verbrannten, reagierte Eric mit immer größer werdender Furcht auf sie. Zum einen deswegen, weil er in – oder hinter – ihnen seltsame Gestalten zu erkennen glaubte, bei deren Anblick sich Entsetzen in ihm regte. Zwar versuchte er sich nach wie vor einzureden, es handele sich dabei nur um Produkte einer ausufernden Fantasie, doch das milderte seine Angst nicht. Noch immer hatte er keine Ahnung, was die Schattenfeuer bedeuteten und ob sie eine echte Gefahr für ihn darstellten. Manchmal, wenn er von ihnen geradezu hypnotisiert war, hörte er sich leise wimmern.

Nahrung. Zwar wies sein genetisch veränderter Körper die Fähigkeit zur Selbstregeneration und beschleunigter Heilung auf, aber er wollte richtig ernährt werden – mit Vitaminen, Mineralstoffen, Kohlehydraten und Proteinen. Daraus bezog er seine Energie, um zerfetztes Gewebe neu zu strukturieren. Zum erstenmal seit seinem Erwachen im Leichenschauhaus war Eric regelrecht hungrig.

Er wankte in die Küche und sah im großen Kühlschrank nach. Am Rande seines Gesichtsfeldes bemerkte er eine Bewegung:

Irgend etwas schien aus einer Steckdose herauszukriechen, etwas Langes und Dünnes. Irgendein insektenhaftes und abscheuliches Geschöpf. Aber Eric wußte, daß es sich nur um ein weiteres Trugbild handelte, ein neuerliches Symptom seiner Hirnverletzung. Er beschloß, das illusorische Wesen einfach zu ignorieren, sich davon keinen Schrecken einjagen zu lassen – obwohl er ganz deutlich hörte, wie winzige Hornbeine über den Boden kratzten. Er widerstand der Versuchung, den Kopf zu drehen. *Verschwinde.* Nach wie vor starrte er in den Kühlschrank und biß die Zähne zusammen. *Fort mit dir.* Und als er sich umwandte, sah er nur eine ganz gewöhnliche leere Steckdose.

Dafür saß jetzt sein vor vielen Jahren verstorbener Onkel Barry auf dem Kühlschrank und grinste. Als Kind war Eric oft mit Onkel Barry Hampstead, der ihn mißbraucht hatte, allein gewesen. Er erinnerte sich an seine Drohungen, ihm den Penis abzuschneiden, wenn er jemandem etwas verriet, und damals zweifelte Eric nicht daran, daß es sein Onkel ernst meinte. Barry kletterte herunter, machte einige Schritte, lehnte sich an den Tisch und meinte: »Komm her, mein Süßer. Laß uns ein wenig Spaß haben.« Eric *hörte* die Stimme ebenso deutlich wie vor fünfunddreißig Jahren. Und es fiel ihm immer schwerer zu glauben, daß weder der Mann noch die Stimme echt waren. Er hatte die gleiche Angst vor Barry Hampstead wie damals.

Er schloß die Augen und versuchte, das Trugbild mit der Kraft seines Willens zu vertreiben. Ein oder zwei Minuten lang stand er schwankend vor dem Kühlschrank und wollte die Augen erst dann wieder öffnen, wenn es keinen Zweifel mehr daran geben konnte, daß die Erscheinung verschwunden war. Nach einer Weile aber begann er sich vorzustellen, wie Onkel Barry die gute Gelegenheit nutzte, um sich an ihn heranzuschleichen und ihn zwischen die Beine zu fassen...

Ruckartig kamen seine Lider in die Höhe.

Das Phantom Barry Hampstead existierte nicht mehr.

Erleichtert ließ Eric den angehaltenen Atem entweichen, holte einige vorbereitete Sandwiches aus dem Gefrierfach und erwärmte sie im Backofen, konzentrierte sich ganz auf diese Aufgabe. Mit geduldiger Schwerfälligkeit setzte er eine Kanne Kaffee auf, nahm anschließend am Tisch Platz, beugte sich zitternd vor und aß und trank.

Eine Zeitlang schien sein Appetit unersättlich zu sein, und allein der Vorgang des Essens gab ihm das Gefühl, noch nie so lebendig gewesen zu sein wie jetzt. Er biß ab und kaute, schmeckte und schluckte – und diese Erfahrungen integrierten ihn in die Welt der Lebenden. Für eine gewisse Zeit genoß er fast so etwas wie Frohsinn.

Dann merkte er, daß die Wurst nicht ganz so lecker war wie vor seinem Unfall, daß er keinen rechten Gefallen an ihr finden konnte. Er senkte den Kopf und schnupperte an dem Fleisch, nahm aber nicht das würzige Aroma wahr, an das er sich erinnerte. Eric starrte auf seine kühlen, aschgrauen und feuchten Hände, die das Brötchen mit dem Würstchen hielten, und das dampfende Stück Schweinefleisch wirkte weitaus lebendiger als er.

Plötzlich erschien ihm die Situation geradezu lächerlich: ein Toter, der am Tisch saß und frühstückte, der verzweifelt versuchte, sich als ein Lebender zu geben, so als genügten gute schauspielerische Fähigkeiten, um den Tod zu betrügen, als könne man ins Leben zurückkehren, indem man sich auf genügend profane Aktivitäten konzentrierte. Andererseits: Eric *konnte* gar nicht tot sein, denn weder im Himmel noch in der Hölle gab es Bockwürstchen und Instantkaffee – in diesem Punkt war er ziemlich sicher. Ja, er lebte, weil er den Kühlschrank und den Herd benutzte. Zwar hatten solche Geräte inzwischen eine weite Verbreitung gefunden, doch an den Ufern des Flusses Styx gab es keine Supermärkte. Oder?

Schwarzer Humor, sicher, ziemlich schwarzer sogar – aber Eric lachte trotzdem laut auf. Bis er das Echo seiner Stimme hörte. Sie klang heiser und rauh und kalt. Es war kein echtes Lachen, sondern nur eine armselige Imitation; es hörte sich an, als keuche und schnaufe ein asthmatischer Greis, als litte er an Atemnot. Eric schauderte plötzlich und begann zu schluchzen. Er ließ das Brötchen mit der Wurst fallen, stieß Teller und Tasse zu Boden, sank nach vorn, legte die Arme auf den Tisch und stützte den Kopf darauf ab. Seine Schultern zitterten und bebten, während er weinte, und eine Zeitlang gab sich Eric ganz seinem Selbstmitleid hin.

Die Mäuse, die Mäuse, denk an die Mäuse, stell dir vor, wie sie an die Wände ihrer Käfige stoßen...

Noch immer begriff er nicht, was diese Worte bedeuteten, konnte sich an keine Mäuse erinnern. Gleichzeitig aber gewann er den Eindruck, daß er sich immer mehr dem Verständnis dieser

Warnung näherte. Unmittelbar jenseits seiner bewußten Gedanken warteten unheilvolle Reminiszenzen.

Die emotionale Gräue in ihm verdüsterte sich, und seine Wahrnehmung wurde noch schlechter.

Nach einigen Sekunden begriff er, daß er in die finstere Umarmung eines Komas sank. Es begann eine neuerliche Scheintodphase, während der sich Herzschlag und Atemrhythmus dramatisch verlangsamten, was seinen Körper in die Lage versetzen sollte, weitere Gewebeschäden zu reparieren und wieder neue Kraft zu sammeln. Eric glitt vom Küchenstuhl auf den Boden, zog die Beine an und blieb in der Fötusstellung liegen.

Bei Redlands bog Ben von der Interstate 10 ab und setzte die Fahrt über die State Route 30 fort. Die Entfernung zum Lake Arrowhead betrtug nur noch gut vierzig Kilometer.

Die zweispurige Straße, die durch die San Bernardino Mountains führte, war uneben und wies viele Schlaglöcher auf, und aus diesem Grund kamen sie nur langsam voran.

In der vergangenen Nacht hatte Rachael Ben ihre Geheimnisse enthüllt, ihm alle Einzelheiten über das Projekt Wildcard und Erics Zwänge geschildert – sicher auch in der Erwartung, von Ben einige Erklärungen zu hören. Doch bisher wußte sie nicht, wieso er imstande gewesen war, mit Vincent Baresco fertig zu werden, warum er so gut mit Autos und Waffen umgehen konnte. Trotz ihrer Neugierde sprach Rachael ihn nicht darauf an. Sie spürte, daß sich *seine* Geheimnisse durch eine weitaus persönlichere Natur auszeichneten, daß er über Jahre hinweg Barrieren errichtet hatte, die er nun nicht so einfach beiseite schieben konnte. Sie wußte, daß er sich ihr dann anvertrauen würde, wenn er den Zeitpunkt für gekommen hielt.

Als sie über die Route 330 fuhren und die Entfernung zum Lake Arrowhead auf etwas mehr als dreißig Kilometer zusammenschrumpfte, brach Ben plötzlich das Schweigen. Sie befanden sich inzwischen hoch in den Bergen, und selbst im klimatisierten Innern des Wagens konnte man spüren, wie die Hitze der Wüste hinter ihnen zurückblieb. Vielleicht war es der Umstand, den natürlichen Backofen verlassen zu haben, der Ben gesprächiger machte. Er lenkte den Wagen durch einen dunklen Tunnel aus Pinienschatten und begann:

»Im Alter von achtzehn Jahren trat ich in die Marine ein und meldete mich freiwillig für den Krieg in Vietnam. Ich war kein Pazifist, wie damals viele meiner Altersgenossen, aber ich sprach mich auch nicht direkt für den Krieg aus. Ich hielt es schlicht und einfach für richtig, meiner Heimat zu dienen. Wie sich herausstellte, wies ich gewisse Fähigkeiten auf, die mich für die Elitetruppe des Corps prädestinierten, die Marine Reconnaissance, das Gegenstück zu den Army Rangers oder Navy Seals. Man wurde schon recht bald auf mich aufmerksam und stellte mir eine Sonderausbildung in Aussicht. Nun, ich nahm das Angebot an – und innerhalb kurzer Zeit verwandelte ich mich in einen mit allen Wassern gewaschenen Einzelkämpfer. Ganz gleich, welche Waffe man mir auch in die Hand drückte – ich verstand damit umzugehen. Selbst mit bloßen Händen war ich imstande, Gegner so schnell umzubringen, daß sie gar nicht wußten, wie ihnen geschah. Ich flog nach Vietnam und wurde einer Aufklärungseinheit zugeteilt, was bedeutete, daß ich mit einer Menge Action rechnen konnte. Einige Monate lang ging es mir prächtig; tatsächlich genoß ich es, immer dabeizusein, wenn es richtig losging.«

Ben behielt nach wie vor die Straße im Auge, aber Rachael stellte fest, daß er langsam den Fuß vom Gas nahm, als ihn seine Erinnerungen nach Südostasien zurückversetzten.

Er zwinkerte, als einige Sonnenstrahlen durch das Nadeldach über der Straße filterten und über die Windschutzscheibe glänzten. »Doch wenn man einige Monate lang immer nur durch Blut watet und beobachtet, wie die Kameraden einer nach dem anderen sterben, wenn man selbst mehrmals nur knapp dem Tod entgeht und miterleben muß, wie Zivilisten niedergemetzelt werden, wie kleine Kinder im Napalmchaos verbrennen... Nun, dann entstehen erste Zweifel. Und ich wurde immer nachdenklicher.«

»O mein Gott, Benny, es tut mir leid. Ich wußte nicht, daß du so etwas durchgemacht hast, ein derartiges Entsetzen...«

»Du brauchst mich nicht zu bemitleiden. Ich kam durch und konnte mein ziviles Leben fortsetzen. Aber viele von uns blieben auf der Strecke, verrotteten irgendwo im Dschungel.«

Lieber Himmel, dachte Rachael. Und wenn du nicht zurückgekehrt wärst? Dann hätte ich dich nie kennengelernt, nicht erfahren, was mir entging.

»Wie dem auch sei...«, fuhr Ben fort. »Ich begann zu zweifeln, und für den Rest des Jahres war ich ziemlich durcheinander. Ich kämpfte, um die gewählte Regierung von Südvietnam zu schützen,

doch im Regierungsapparat herrschte eine schamlose Korruption. Ich kämpfte, um die vietnamesische Kultur vor der Vernichtung durch den Kommunismus zu bewahren, aber eben jene Kultur war das Opfer einer erbarmungslosen Amerikanisierung.«
»Wir wollten Frieden und Freiheit für Vietnam«, sagte Rachael. »So hieß es jedenfalls.« Ihr Altersunterschied zu Ben betrug sieben Jahre. Unter anderen Umständen nicht weiter von Bedeutung. In diesem besonderen Fall aber handelte es sich um sieben sehr wichtige Jahre. Der Krieg in Vietnam war nicht *ihr* Krieg gewesen. »Es ist doch nicht falsch oder verwerflich, sich für Frieden und Freiheit einzusetzen.«
»Nein«, bestätigte Ben dumpf. »Aber wir schienen den Frieden dadurch anzustreben, indem wir uns bemühten, alle umzubringen und das ganze verdammte Land zu verheeren. Ich fragte mich: Wurden die Geschicke meines Landes von einem unfähigen Präsidenten bestimmt? Stand ich auf der falschen Seite? Gehörte ich vielleicht zu den Bösen und nicht zu den Guten, wie ich bis dahin angenommen hatte? Oder war ich trotz der Marineausbildung zu jung und zu naiv, um alle Hintergründe zu verstehen?« Shadway schwieg einige Sekunden lang, steuerte den gemieteten Ford erst durch eine scharfe Rechts- und dann eine enge Linkskurve. »Als meine Dienstzeit endete, hatte ich noch immer keine Antworten auf diese Fragen gefunden. Und deshalb verpflichtete ich mich erneut.«
»Du bist in Vietnam geblieben, obwohl du nach Hause zurückkonntest?« fragte Rachael überrascht. »Trotz deiner Bedenken?«
»Ich mußte der Sache auf den Grund gehen«, erwiderte Ben. »Es blieb mir keine andere Wahl. Ich meine: Ich hatte viele Leute getötet, weil ich mich, mein Land, im Recht glaubte, und ich wollte unbedingt herausfinden, ob ich von den richtigen Voraussetzungen ausging. Ich konnte mich nicht aus dem Staub machen, mein früheres Leben fortsetzen und den Krieg und seine Greuel vergessen. Nein. Ich mußte feststellen, ob ich ein anständiger Mann war, vielleicht sogar ein Held – oder ein kaltblütiger Mörder. Aber es gab auch noch einen anderen Grund dafür, daß ich blieb. Versuch bitte, mich zu verstehen, Rachael: Ich war damals sehr jung und idealistisch, hielt Patriotismus für das wichtigste Prinzip überhaupt. Ich liebte mein Land, *glaubte* daran, vertraute ihm blindlings. Das alles konnte ich nicht so einfach von mir abstreifen wie... wie eine Schlange ihre Haut.«

Sie kamen an einem Schild vorbei, das die Entfernung nach Running Springs mit vierundzwanzig und die zum Lake Arrowhead mit neunundzwanzig Kilometern angab.

»Du bliebst also noch ein weiteres Jahr in Vietnam?« fragte Rachael.

Ben seufzte. »Sogar zwei...«

Eric Leben lag in seiner Hütte hoch über dem Lake Arrowhead, und für eine Zeitspanne, die er nicht abschätzen konnte, driftete sein Bewußtsein durch ein sonderbares Zwielichtstadium. Er schlief nicht, aber er war auch nicht wach. Er lebte nicht, doch eine Rückkehr in den Tod blieb aus. Die genetisch veränderten Zellen erhöhten die Produktion von Enzymen, Proteinen und anderen Substanzen, die den Heilungsprozeß förderten. Im dunklen Geist Erics flackerten die Lichter kurzer Träume und vager Entsetzensbilder – abscheuliche Gestalten, die sich im blutroten Schein von Talgkerzen bewegten.

Als er endlich aus seinem tranceartigen Zustand erwachte, jetzt wieder voller Energie, wurde ihm plötzlich klar, daß er sich bewaffnen und vorbereiten mußte. In seinem Verstand verblieb ein Rest von Benommenheitsgräue. Die Erinnerung wies große Lücken auf, und deshalb wußte er nicht genau, wer ihn verfolgte. Doch der Instinkt warnte ihn davor, daß es jemand auf ihn abgesehen hatte.

Meine Verfolger brauchen nur mit Sarah Kiel zu sprechen, um einen Hinweis auf diese Hütte zu bekommen, fuhr es ihm durch den Sinn.

Dieser Gedanke bestürzte ihn, da er sich nicht an eine Sarah Kiel entsinnen konnte. Eric stand in der Küche, hielt sich mit der einen Hand an der Arbeitsplatte fest, schwankte hin und her und versuchte sich das ins Gedächtnis zurückzurufen, was sich hinter dem Namen verbarg.

Sarah Kiel...

Plötzlich fiel es ihm ein, und er verfluchte sich dafür, das verdammte Mädchen hierher gebracht zu haben. Die Hütte war als geheime Zuflucht geplant gewesen. Er hätte niemandem davon erzählen dürfen. Eins seiner Probleme bestand darin, daß er junge Mädchen brauchte, um sich ebenfalls jung zu fühlen, und er versuchte immer, sie zu beeindrucken. Bei Sarah war ihm das auch gelungen. Sie hatte die Hütte bewundert, die fünf Zimmer, ausgestattet mit allen nur denkbaren Annehmlichkeiten, den mehrere

Morgen großen privaten Wald, die herrliche Aussicht auf den weiter unten gelegenen See. Vor seinem inneren Auge sah Eric eine bestimmte Szene, beobachtete, wie sie sich draußen liebten, auf einer Decke, unter den weit ausladenden Zweigen und Ästen einer großen Kiefer, erinnerte sich jetzt auch an das herrlich intensive Gefühl der Jugend. Jetzt aber wußte Sarah von seinem Refugium, und durch sie konnten die anderen davon erfahren, die Verfolger, deren Identität er nicht zu bestimmen vermochte.

Mit einem Ruck stieß sich Eric von der Arbeitsplatte ab und näherte sich der Tür, die von der Küche in die Garage führte. Er bewegte sich weniger steifbeinig als zuvor, kraftvoller und sicherer, und er empfand das helle Licht auch nicht mehr als so grell. Diesmal züngelten keine Flammen aus schattigen Ecken, und er wurde auch nicht von anderen Trugbildern abgelenkt. Offenbar hatte das letzte Koma seine geistige Stabilität verbessert. Aber als Eric die Hand nach dem Türknauf ausstreckte, verharrte er abrupt.

Sarah kann niemandem von dieser Hütte erzählen, dachte er. Sie ist tot. Ich habe sie selbst umgebracht, vor einigen Stunden...

Neues Grauen durchzog den inneren Kosmos Erics, und er hielt sich so an dem Knauf fest, als müsse er sich irgendwo verankern, um zu verhindern, daß ihn die Flutwelle des Entsetzens fortspülte, ihn in einen Ozean aus immerwährender Finsternis zerrte, in ein Meer des Wahnsinns. Plötzlich entsann er sich an seinen Abstecher zum Haus in Palm Springs, daran, das Mädchen, das nackte Mädchen geschlagen zu haben, hart und erbarmungslos. Er beobachtete, wie er mit den Fäusten immer wieder auf Sarah einhieb, sah ihr fleckiges und blutiges Gesicht, in Entsetzen verzerrt. Ein Kaleidoskop des Grauens schimmerte in seinem zerrissenen Bewußtsein. Aber er fragte sich, ob er Sarah wirklich umgebracht hatte. Nein. Nein, er war ziemlich sicher, daß sie noch lebte. Es gefiel ihm, Frauen grob zu behandeln, ja, das gestand er sich selbst gegenüber ein. Er liebte es, ihnen Ohrfeigen zu versetzen und zu erleben, wie sie vor ihm krochen – mehr nicht. Er war jemand, der die Gesetze achtete, ein sozialer und ökonomischer Gewinner, kein irrer Psychopath. Und bei diesem Gedanken formten sich andere Erinnerungskonturen in ihm: ein Eric, der Sarah im Schlafzimmer von Rachaels Haus in Placentia an die Wand nagelte, der die nackte Sarah über dem Bett kreuzigte, als Warnung für Rachael. Und er schauderte und zitterte, begriff, daß es sich nicht um Sarah handelte, sondern eine andere Frau, deren Namen er nicht einmal kannte, eine Fremde, die eine gewisse Ähnlichkeit mit Rachael aufwies. Absurd, lächerlich, einfach unmöglich: Er hatte keine *zwei* getötet, nicht einmal eine. Doch der Blick seiner inneren Pupillen fiel auf einen großen Müllbehälter, eine schmale und dunkle Gasse. *Noch* eine Frau, eine dritte, ein hübsches, lateinamerikanisches Mädchen, die Kehle von einem Skalpell aufgeschlitzt, die Leiche inmitten stinkender Abfälle...

Nein. Mein Gott, was habe ich aus mir selbst gemacht? dachte Eric. Er spürte, wie sich in seiner Magengrube etwas zusammenkrampfte. Ich bin sowohl Forscher als auch Versuchsobjekt. Schöpfer und Schöpfung, und vielleicht ist das ein Fehler, ein schrecklicher Fehler. Bin ich zu meinem eigenen... Frankenstein-Ungeheuer geworden?

Für einige entsetzliche Sekunden klärte sich der Dunst in seinem Bewußtsein, und inmitten der grauenerfüllten Überlegungen schimmerte die Wahrheit so hell wie ein Fanal.

Heftig schüttelte er den Kopf und gab vor, sich von den letzten Nebelschwaden in seinem Geist befreien zu wollen. In Wirklichkeit aber ging es ihm darum, die gräßliche Erkenntnis aus sich zu verdrängen. Aufgrund seiner umfassenden Hirnschädigungen und des bedenklichen körperlichen Zustandes fiel es ihm leicht, die Wahrheit zu ignorieren. Die ruckartigen Bewegungen des Kopfes brachten die Benommenheit zurück, behinderten die mentalen Prozesse, weckten Verwirrung und Desorientierung in ihm.

Die toten Frauen... falsche Erinnerungen, ja, Trugbilder wie die Schattenfeuer. Er war kein kaltblütiger Mörder. Die Reminiszenzen mußten ebenso illusorisch sein wie die Manifestationen seines Onkels Barry und die seltsamen Insekten, die er manchmal sah.

Denk an die Mäuse, die Mäuse, die in wütender Raserei durch ihre Käfige laufen, sich im Kreis drehen und in den eigenen Schwanz beißen...

Welche Mäuse? Was hatten aggressive Mäuse mit ihm zu tun?

Vergiß die verdammten Mäuse.

Wichtig war nur eins: Er konnte niemanden ermordet haben. Nein, völlig unmöglich. Nicht er, Eric Leben. Sein Gedächtnis spielte ihm einen Streich. Fehlerhafte Verbindungen zwischen Synapsen und Neuronen, sagte er sich zum wiederholten Male. Kurzschlüsse in seinem zerfetzten Hirngewebe, das noch immer nicht vollständig restrukturiert war. Bestimmt würden sich solche Halluzinationen bis zum Ende des Heilungsprozesses wiederholen. Bis dahin mußte er sie ignorieren, wenn er nicht riskieren wollte, an seinen Sinnen zu zweifeln. Und angesichts seines destabilen geistigen Gleichgewichts kostete ihn Selbstzweifel nur wertvolle Energie.

Er zitterte und schwitzte, zog die Tür auf, trat in die Garage und schaltete das Licht ein. Sein schwarzer Mercedes 560 SEL stand dort, wo er ihn am vergangenen Abend abgestellt hatte.

Als Erics Blick auf den Wagen fiel, sah er plötzlich das Erinnerungsbild eines anderen Autos, das wesentlich älter und nicht annähernd so luxuriös war, entsann sich des Kofferraums, in dem er eine Leiche unterbrachte...

Nein. Trugbilder. Illusionen. Weiter nichts.

Vorsichtig preßte er eine feuchte Hand an die kühle Wand, stützte sich einige Sekunden lang ab und sammelte Kraft. Als er kurz darauf den Kopf hob, wußte er nicht mehr, aus welchem Grund er sich in der Garage befand.

Allmählich entstand wieder das instinktive Gefühl in ihm, verfolgt zu werden. Er ahnte, daß es jemand auf ihn abgesehen hatte und er sich bewaffnen mußte. Innerhalb seines grauen und farblosen Gedankenkosmos formten sich keine deutlichen Bilder derjenigen, die seinen Spuren folgten, doch das änderte nichts an der Erkenntnis, in Gefahr zu sein. Eric stieß sich von der Wand ab, taumelte am Wagen vorbei und näherte sich der Werkbank.

Er bedauerte es, keine Waffe mitgenommen zu haben. Jetzt mußte er sich mit einer Holzaxt begnügen, die er aus dem Wandgestell löste und an der einige Spinnweben klebten. Für gewöhnlich diente dieses Werkzeug dazu, Feuerholz zu zerkleinern, und die Schneide war sehr scharf.

Zwar glaubte Eric, nicht zu einem kaltblütigen Mord in der Lage zu sein, aber er konnte töten, um sein eigenes Leben zu schützen. Zwischen Selbstverteidigung und Mord gab es einen großen Unterschied. Das Recht zur Notwehr war sogar gesetzlich legitimiert.

Er wog die Axt in der Hand und nickte zufrieden. Anschließend holte er mehrmals mit der improvisierten Waffe aus, um ein Gefühl dafür zu bekommen.

Seine unbekannten Gegner würden kein leichtes Spiel mit ihm haben.

Als sie noch etwa einundzwanzig Kilometer vom Lake Arrowhead entfernt waren, bog Ben von der Straße ab und hielt in einer Parkbucht, die zwei Picknicktische und einen Mülleimer aufwies.

Einige große Kiefern in der Nähe spendeten angenehmen Schatten. In den Bergen herrschte keine solche Hitze wie in der Wüste, und Rachael empfand die kühle Brise, die durch den Wagen flüsterte, als erfrischend, roch den Duft wilder Blumen und Pinien.

Sie fragte nicht, warum Ben anhielt, denn der Grund dafür erschien ihr offensichtlich: Es lag ihm sehr daran, daß sie die Schlußfolgerungen verstand, zu denen er in Vietnam gekommen war, daß sie sich darüber klarwurde, zu welcher Art von Mann ihn der Krieg gemacht hatte.

Ben erzählte ihr von seinem zweiten Jahr in der Dschungelhölle. Es begann mit Verwirrung und Verzweiflung, mit der niederschmetternden Erkenntnis, daß er an keinem *gerechten* Krieg teilnahm – wenn es so etwas überhaupt gab. Mit jedem verstreichenden Monat brachte ihn seine Aufklärungseinheit tiefer in die Kampfzone. Des öfteren überquerten sie die Frontlinie und führten auf gegnerischem Territorium geheime Operationen durch. Dabei ging es nicht nur darum, den Feind zu stellen und ihm empfindliche Schläge zu versetzen. Eine große Rolle spielten darüber hinaus Kontakte zur Zivilbevölkerung. Bei diesen Gelegenheiten lernte Ben die besondere Grausamkeit des Gegners kennen und gelangte schließlich zu der Einsicht, daß der Krieg beide Seiten dazu zwang, zwischen unterschiedlichen moralischen Maßstäben zu wählen. Einerseits war es unmoralisch, mit der Waffe in der Hand zu kämpfen und am allgemeinen Zerstörungswerk teilzunehmen, zu töten und zu vernichten. Andererseits aber war es in moralischer Hinsicht noch verwerflicher, sich abzuwenden und fortzugehen, denn der politische Massenmord, der auf den Fall von Südvietnam und Kambodscha folgen mußte, mochte weitaus mehr Menschen umbringen, als der eigentliche Krieg.

Mit düster klingender Stimme erklärte Shadway: »Unsere Unternehmungen in Vietnam verursachten unvorstellbares Leid, aber nach einer Weile begriff ich, daß der Abzug unserer Truppen die Situation nicht etwa verbessert, sondern wesentlich verschlimmert hätte. Nach uns ein Blutbad. Millionen von Hinrichtungen oder Deportationen in Arbeitslager. Nach uns... die Sintflut, das Chaos.«

Ben sah Rachael bei diesen Worten nicht an, starrte durch die Windschutzscheibe und ließ seinen Blick über die bewaldeten Hänge der San Bernardino Mountains schweifen.

Die junge Frau schwieg und wartete.

Schließlich fuhr Shadway fort: »Es gab keine Helden. Ich war damals erst knapp einundzwanzig Jahre alt, und daher fiel es mir sehr schwer, mich zu dieser Einsicht durchzuringen. Ich machte mir klar, nicht etwa ein Held zu sein, sondern nur das geringere von zwei Übeln. Für gewöhnlich sind einundzwanzig Jahre junge Leute idealistisch und optimistisch, aber ich begriff, daß ein großer Teil des Lebens von solchen Entscheidungen bestimmt wird, davon, zwischen verschiedenen Übeln zu wählen.«

Ben sog sich die durchs offene Fenster hereinwehende Bergluft tief in die Lungen, hielt den Atem einige Sekunden lang an und ließ ihn dann seufzend entweichen.

Rachael schwieg noch immer, wollte den merkwürdigen Bann nicht brechen, bevor er ihr alles gesagt hatte. Die Tatsache, daß er Berufssoldat gewesen war, überraschte sie sehr und zwang sie dazu, ihn aus einer ganz anderen Perspektive zu betrachten.

Bisher hatte sie sich ihn als einen herrlich unkomplizierten Mann vorgestellt, einen gewöhnlichen Makler, und diesen Umstand erachtete sie als eine willkommene Abwechslung im Vergleich mit den Extravaganzen eines Eric Leben. Sie empfand die wesensmäßige Schlichtheit Bens als tröstlich. Sie vermittelte ihr den Eindruck von Ruhe, Zuverlässigkeit und Vertrauen. Sie verglich Ben mit einem träge dahinfließenden Fluß, einem Pol der Gelassenheit. Seine Interessen für Eisenbahnen, alte Bücher und Musik aus den vierziger Jahren schien die Annahme zu bestätigen, daß es in seinem bisherigen Leben zu keinem ernsten Trauma gekommen war. Wenn er sich mit solchen Dingen der Vergangenheit beschäftigte, wirkte er wie ein staunendes Kind, so unschuldig und rein, daß der Gedanke an Kriegserfahrung und das damit zusammenhängende Entsetzen absurd erschien.

»Meine Kameraden starben«, sagte Ben leise. »Nicht alle, aber viel zu viele. Sie kamen bei Gefechten ums Leben, weil Heckenschützen auf sie feuerten oder unter ihnen Minen explodierten. Manche wurden regelrecht zerfetzt, andere verstümmelt. Doch die inneren Wunden waren noch viel schlimmer als die äußerlich sichtbaren. Wir zahlten einen verdammt hohen Preis dafür, für keine ehrenhafte Sache zu kämpfen, nur für das geringere von zwei Übeln, einen *verdammt* hohen Preis. Aber die einzige Alternative – die Rückkehr nach Hause – hätte darin bestanden, die Augen vor der Tatsache zu verschließen, daß es Übel mit verschiedenen Wertigkeiten gibt.«

»Und deshalb hast du dich für ein drittes Jahr verpflichtet«, sagte Rachael.

»Ja. Ich blieb in Vietnam. Und überlebte. Ich war nicht glücklich, nicht stolz, erfüllte nur meine Pflicht. Und dann... dann traf die Regierung die Entscheidung, die Truppen abzuziehen. Ich werde das niemals vergessen, denn meine Kameraden ließen nicht nur die Vietnamesen im Stich, sondern auch *mich*. Ich wußte, worum es bei dem Krieg ging, und ich war bereit, ein Opfer darzubringen. Doch mein Land, an das ich so fest glaubte, zwang meine Kameraden und mich zur Rückkehr, was dem größeren Übel den Sieg ermöglichte – so als hätten wir nicht die geringste Ahnung von den moralischen Problemen unseres Kampfes in Südostasien, als sei alles nur ein *Spiel* gewesen, bei dem wir die Figuren waren. Figuren, die weder denken noch fühlen konnten.«

Noch niemals zuvor hatte Rachael einen solchen Zorn in Bens Stimme gehört – Wut, so hart wie Stahl, so kalt wie Eis.

»Für einen Einundzwanzigjährigen war es ein enormer Schock zu erfahren, daß ihm das Leben keine Chance gab, zu einem wahren Helden zu werden«, fuhr Ben fort. »Daß ihn das Vaterland dazu zwang, sich *falsch* zu verhalten. Nach unserem Abzug brachten der Vietkong und die Roten Khmer in Vietnam und Kambodscha drei bis vier Millionen Menschen um, und mehr als fünfhunderttausend versuchten mit hastig zusammengeflickten Booten übers Meer zu fliehen. In gewisser Weise fühle ich mich für den Tod all jener Männer, Frauen und Kinder verantwortlich. Ihr Schicksal lastet wie eine schwere Bürde auf mir, und manchmal glaube ich, ihr Gewicht nicht mehr aushalten zu können.«

»Du bist zu hart mit dir selbst.«

»Nein, keineswegs.«

»Ein einzelner Mann kann nicht die ganze Welt auf den Schultern tragen«, sagte Rachael.

Ben schüttelte den Kopf. »Vermutlich bin ich aus diesem Grund auf die Vergangenheit orientiert. Ich mußte begreifen, daß die Welten, in denen ich lebe – sowohl die gegenwärtige als auch die zukünftige –, nicht sauber und rein sind, es niemals sein werden, daß sie uns nicht die Wahl lassen zwischen Gut und Böse. Wenigstens aber kann man sich der Illusion hingeben, in der Vergangenheit sei alles besser gewesen.«

Rachael hatte Bens Verantwortungsbewußtsein und seine unerschütterliche Aufrichtigkeit immer bewundert, aber nun stellte sie fest, daß diese charakterlichen Eigenschaften noch weitaus tiefer in ihm verankert waren – vielleicht sogar zu tief. Selbst derartige Tugenden konnten zur Besessenheit werden.

Nach einer Weile drehte Ben den Kopf und begegnete ihrem Blick. In seinen Augen glänzte kummervolle Melancholie, ein Schimmern, das Rachael jetzt zum erstenmal in ihnen beobachtete.

»Gestern nacht und heute morgen«, sagte er. »Nachdem wir uns liebten... Nun, zum erstenmal seit dem Krieg sah ich eine Chance, zwischen Weiß und Schwarz wählen zu können, ohne irgendwelche Grautöne berücksichtigen zu müssen.«

»Was für eine Wahl meinst du?« fragte Rachael.

»Ich kann mich entscheiden, das Leben mit dir zu verbringen – oder aber ohne dich«, erwiderte Ben. »Die erste Möglichkeit ist die richtige Wahl, ohne irgendeine Einschränkung. Und andererseits: Es wäre falsch, mich von dir zu trennen, vollkommen falsch. In diesem Punkt bin ich völlig sicher.«

Schon seit Wochen, vielleicht sogar seit Monaten, wußte Rachael, daß sie Ben liebte. Doch sie hatte versucht, ihre Gefühle zu kontrollieren und nicht an die Konsequenzen einer längeren Beziehung zu denken, um keine Enttäuschung zu erleben. Ihre Kindheit und Jugend waren von Einsamkeit geprägt worden, der schrecklichen Gewißheit, nicht geliebt zu werden, und aufgrund jener gräßlichen Jahre sehnte sie sich nach Zuneigung. Gerade das Bedürfnis, Liebe zu empfangen, hatte sie für Eric Leben zu einem leichten Opfer gemacht und sie veranlaßt, in eine Ehe einzuwilligen, die sich schon nach kurzer Zeit als eine Katastrophe erwies. Erics Besessenheit erschien ihr wie Liebe, doch im Verlauf der nächsten sieben Jahre reifte die Erkenntnis in ihr heran, daß sie sich getäuscht, sich selbst etwas vorgemacht hatte. Aus diesem Grund war sie jetzt vorsichtig, fürchtete sich davor, emotional verletzt zu werden.

»Ich liebe dich, Rachael.«

Mit klopfendem Herzen wollte Rachael daran glauben, daß sie von einem so gutherzigen Mann wie Ben geliebt werden konnte, fürchtete sich aber gleichzeitig davor, seine Worte als unumstößliche Wahrheit zu akzeptieren. Sie versuchte, den Blick von ihm abzuwenden, denn wenn sie länger in seine Augen sah, drohte sie die Kontrolle über sich zu verlieren. Dann mochte der Kokon unnahbarer Kühle platzen, in den sie sich gehüllt hatte. Doch sie konnte den Kopf nicht drehen. Und gleichzeitig spürte sie, wie in ihr eine Mischung aus ängstlichem Elend, vorsichtiger Freude und hell glänzendem Glück zu entstehen begann. »Verstehe ich deine Worte richtig?«

»Für was hältst du sie denn?«

»Für einen Antrag.«

»Dies ist eigentlich weder der richtige Ort noch ein geeigneter Zeitpunkt, oder?«

»Nein, wohl kaum.«

»Trotzdem: Du hast ins Schwarze getroffen. Ich wünschte nur, die Umstände wären ein wenig romantischer.«

»Nun...«

»Champagner, Kerzenlicht, Violinen.«

Rachael lächelte.

»Als Baresco uns mit dem Revolver bedrohte«, sagte Ben nachdenklich, »als wir gestern abend über den Palm Canyon Drive rasten und versuchten, den Cadillac abzuhängen... Ich hatte nicht in erster Linie Angst davor, zu sterben. Nein, ich fürchtete, ums Leben zu kommen, *bevor sich eine Gelegenheit für mich ergab, dir meine Gefühle zu offenbaren.* Darum hole ich das jetzt nach. Ich möchte immer bei dir sein, Rachael. Immer.«

»Und ich möchte mein Leben mit dir zusammen verbringen, Benny«, erwiderte Rachael – erstaunt darüber, wie leicht ihr diese Worte von den Lippen kamen. Er berührte sie an der Wange.

Sie beugte sich vor und hauchte ihm einen Kuß auf die Lippen.

»Ich liebe dich«, sagte Ben.

»Himmel, ich dich auch.«

»Willst du mich heiraten, wenn wir dies alles mit heiler Haut überstehen?«

»Ja«, sagte Rachael und fröstelte plötzlich. »Verdammt, Benny: Das *wenn* in deiner Frage stört mich.«

»Vergiß es.«

Aber das konnte sie nicht. Rachael erinnerte sich an ihre düsteren Vorahnungen im Motelzimmer, an die unheilvolle Präsenz des Todes, die sie zutiefst erschüttert und mit dem Verlangen erfüllt hatte, aufzubrechen und in *Bewegung* zu bleiben – als drohe ihnen ein gräßliches Schicksal, wenn sie längere Zeit an einem Ort verharrten. Dieses finstere Gefühl kehrte nun zurück.

»Laß uns weiterfahren«, sagte sie.

Ben nickte und verstand offenbar, was sie empfand. Vielleicht erging es ihm nicht anders.

Er ließ den Motor an und lenkte den Wagen auf die Straße zurück. Nach der nächsten Kurve sahen sie ein Hinweisschild mit der Aufschrift: LAKE ARROWHEAD – 20 KILOMETER.

Eric betrachtete die Werkzeuge in der Garage und suchte nach einem weiteren Instrument für sein Arsenal. Er entdeckte nichts, was sich für seine Zwecke eignete.

Kurze Zeit später kehrte er ins Haus zurück. In der Küche legte er die Axt auf den Tisch, zog Schubladen auf und fand einige Messer. Er wählte zwei aus: Das eine verfügte über eine lange und breite Klinge, das andere über eine schmalere, die spitz zulief.

Die Axt und die beiden Messer verliehen ihm das Gefühl, einem Nahkampf auf angemessene Weise gewappnet zu sein. Nach wie vor bedauerte er es, keine Schußwaffe zu besitzen, aber jetzt konnte er sich wenigstens verteidigen. Er war seinen Verfolgern nicht mehr schutzlos ausgeliefert, hatte die Möglichkeit, ihnen schwere Wunden zuzufügen, bevor sie ihn überwältigten. Diese Vorstellung bereitete ihm eine solche Genugtuung, daß er sogar lächelte.

Die Mäuse, die Mäuse, die beißenden, verwirrten und tobsüchtigen Mäuse...

Verdammt! Eric schüttelte unwillig den Kopf.

Die Mäuse, Mäuse, Mäuse; sie kratzen mit ihren kleinen Krallen, wütend und aggressiv...

Immer wieder fuhr ihm dieser Gedanke durch den Sinn, erschreckte ihn, jagte ihm Angst ein. Und als Eric versuchte, sich darauf zu konzentrieren, ihn in seinen geistigen Fokus zu bringen, senkte sich erneut Benommenheit auf sein Bewußtsein herab und machte es ihm unmöglich, die Bedeutung der Warnung zu erfassen.

Die Mäuse, Mäuse, Mäuse... Blutunterlaufene Augen, zitternde Muskeln; immer wieder rennen sie gegen die Wände ihrer kleinen Käfige...

Als sich Eric weiterhin bemühte, den vagen Erinnerungsbildern deutliche Konturen zu verleihen, entstand ein dumpfes und schmerzhaftes Pochen in seinem Schädel, dessen Rhythmus sich rasch verstärkte und in allen Winkeln seines Ichs widerhallte.

Daraufhin trachtete er danach, die Mäuse zu vergessen, aber der Schmerz wurde noch intensiver, kam einem Vorschlaghammer gleich, der direkt hinter seinen Augen auf die Fragmente seines Selbst einhieb. Er mußte die Zähne zusammenbeißen, um nicht laut zu schreien, begann zu schwitzen. Und mit dem Schweiß kam der Zorn. Das Feuer der Wut loderte erneut in ihm empor, und die Flammen verbrannten den Schmerz, leckten zunächst nach keinem besonderen Ziel. Doch schon nach wenigen Sekunden wuchsen sie in die Länge, prasselten heißer und entschlossener. »Rachael, Rachael«, knurrte Eric. Seine rechte Hand schloß sich fest um den Griff des Fleischermessers. »Rachael...«

19. Kapitel

Sharp und der Felsen

Als Anson Sharp das Krankenhaus von Palm Springs erreichte, räumte er sofort das Hindernis zur Seite, an dem Jerry Peake gescheitert war. Innerhalb von zehn Minuten verwandelte er Schwester Alma Dunns so unerschütterlich wirkende Hartnäckigkeit in unterwürfige Nervosität, zerschmetterte die ruhige und gelassene Autorität Dr. Werfells, machte sie beide zu unsicheren, respektvollen und kooperativen Bürgern. Zwar fügten sie sich nur widerwillig, aber sie zeigten sich schließlich bereit, den Wünschen der DSA zu genügen. Peake war zutiefst beeindruckt. Sarah Kiel stand noch immer unter der Wirkung der Beruhigungsmittel, doch Werfell erklärte, er wolle von allen notwendigen Mitteln Gebrauch machen, um sie zu wecken.

Wie immer beobachtete Peake seinen Vorgesetzten aufmerksam und versuchte herauszufinden, womit Sharp seine Wirkung erzielte. Zum einen nutzte Sharp seine Größe, um andere Leute einzuschüchtern. Er trat immer ganz dicht an seine Gesprächspartner heran, starrte düster auf sie herab und spannte die Muskeln seiner breiten Schultern. Aber die stumme Drohung, Gewalt anzuwenden, wurde nie in die Tat umgesetzt. Darüber hinaus lächelte Sharp häufig. Natürlich handelte es sich auch dabei um eine Waffe, die er wohlüberlegt einsetzte: Sein Lächeln war ein wenig zu breit und völlig humorlos, sah fast so aus, als fletsche er die Zähne.

Eine weitaus größere Bedeutung kam den Tricks zu, die jeder hochrangige Regierungsagent anwenden konnte. Bevor Sharp die Geneplan-Niederlassung in Riverside verließ, führte er mehrere Telefongespräche mit verschiedenen Regierungsstellen in

Washington, machte auf seine Amtsbefugnis aufmerksam und holte Informationen über das Desert General Hospital und Dr. Hans Werfell ein – Informationen, die ihn in die Lage versetzten, Druck auf den Chefarzt auszuüben.

Im großen und ganzen gab es am Desert General nichts auszusetzen. Es wurde darauf geachtet, daß die im Krankenhaus arbeitenden Ärzte, Schwestern und Techniker den hohen Erfordernissen ihrer Arbeit gerecht wurden. Die letzte Klage gegen das Hospital lag bereits neun Jahre zurück, und damals war es nicht einmal zu einem Prozeß gekommen. Ganz gleich, um welche Krankheiten und Leiden es sich auch handelte: Die Rekonvaleszenzquote lag ein ganzes Stück über dem Landesdurchschnitt. Der einzige Schandfleck, der sich im Verlaufe von zwanzig Jahren an der reinen und sauberen Fassade des Desert General ergeben hatte, stammte vom Fall der entwendeten Pillen. Diese Bezeichnung wählte Peake, als ihn Sharp unmittelbar nach seiner Ankunft unterrichtete, kurz vor der Begegnung mit Dunn und Werfell. Sharp hielt nichts von einer solchen Titulierung, denn er las keine Kriminalromane, und daher mangelte es ihm an dem abenteuerlich-romantischen Empfinden Peakes. Doch das störte den jungen DSA-Agenten nicht weiter. Er erfuhr folgendes: Vor knapp einem Jahr hatte man drei Krankenschwestern dabei ertappt, wie sie die Ankaufs- und Bestandslisten der pharmazeutischen Abteilung manipulierten, und die nachfolgende Ermittlung ergab, daß sie schon seit drei Jahren Medikamente stahlen. Aus purer Boshaftigkeit beschuldigten die Angeklagten sechs ihrer Vorgesetzten, darunter auch Schwester Dunn, doch die Polizei stellte schließlich fest, daß Dunn und die anderen keine Schuld traf. Das Desert General Hospital wurde auf die ›schwarze Liste‹ der Drug Enforcement Agency gesetzt, und Alma Dunn fürchtete noch immer um ihren guten Ruf.

Diesen schwachen Punkt nutzte Sharp aus. In der Station führt er ein diskretes Gespräch mit Alma Dunn, bei dem nur Peake zugegen war. Sharp stellte der Frau eine öffentliche Wiederaufnahme der Untersuchungen in Aussicht, diesmal auf Bundesebene. Dadurch gelang es ihm, sie zur Zusammenarbeit zu bewegen. Alma Dunn brach fast in Tränen aus, was den jungen Peake besonders erstaunte: Er verglich sie noch immer mit Agatha Christies Miß Marple, jener Amateurdetektivin, die sich immer völlig in der Gewalt hatte.

Zunächst hatte es den Anschein, als sei Dr. Werfell ein wesentlich härterer Brocken. Sein persönlicher und fachlicher Hintergrund als Arzt war makellos. Bei seinen Kollegen genoß er großen Respekt, konnte stolz auf mehrere Auszeichnungen hinweisen und arbeitete sechs Stunden in der Woche in einem öffentlichen Institut für Körperbehinderte. Er schien in jeder Beziehung ein Heiliger zu sein – nun, in *fast* jeder. Vor fünf Jahren war er der Steuerhinterziehung bezichtigt worden und hatte den Prozeß verloren. Sein einziges Vergehen bestand darin, nicht gemäß der Vorschriften Buch geführt zu haben, doch allein das genügte für ein Verfahren.

Sharp stellte Werfell in einem leerstehenden Krankenzimmer zur Rede und drohte ihm mit einer neuen und weitaus gründlicheren Steuerprüfung. Werfell schien völlig sicher zu sein, daß seine Unterlagen diesmal völlig in Ordnung waren, doch andererseits wußte er, wieviel Zeit und Mühe ein neuer Prozeß kostete – ein Verfahren, das bestimmt seine Reputation beeinträchtigte, selbst wenn es mit einem Freispruch endete. Mehrmals sah er Peake an und bat stumm um Gnade – er wußte genau, daß er von Sharp kein Erbarmen zu erwarten hatte –, doch der junge DSA-Agent gab sich alle Mühe, die Gleichgültigkeit seines Vorgesetzten nachzuahmen. Als intelligenter Mann begriff Werfell nach einigen Minuten, daß es besser für ihn war, Sharps Wünschen zu entsprechen – selbst wenn er Sarah Kiel gegenüber seine ärztlichen Prinzipien verletzte.

»Machen Sie sich keine Gedanken über berufliche Ethik, Doktor«, sagte Sharp und klopfte dem Arzt kurz auf die Schulter. »Die Sicherheit unseres Staates steht immer an erster Stelle. Niemand käme auf den Gedanken, das in Frage zu stellen und Ihnen vorzuwerfen, die falsche Entscheidung getroffen zu haben.«

Als ihn Sharp berührte, wich Dr. Werfell nicht zurück, verzog jedoch das Gesicht. Und er bedachte Peake mit einem finsteren Blick.

Peake zuckte unwillkürlich zusammen.

Werfell führte sie aus dem leeren Zimmer, durch den Korridor, vorbei an der Schwesternstation – von der aus Alma Dunn ihnen betroffen nachsah – in Richtung des Raums, in dem Sarah Kiel schlief. Unterwegs bemerkte Peake, daß Werfell, den er zuvor mit Dashiell Hammett verglichen hatte, irgendwie geschrumpft zu sein schien und nicht mehr annähernd so imposant wirkte. Sein Gesicht war grau, und er schien innerhalb weniger Minuten um Jahre gealtert zu sein.

Zwar bewunderte Peake Anson Sharps Fähigkeit, die Dinge in die Hand zu nehmen, aber er bezweifelte plötzlich, ob er imstande war, sich seine Methoden zu eigen zu machen. Peake wollte nicht nur ein erfolgreicher Agent werden, sondern auch eine Legende – und um das zu erreichen, mußte man tüchtig und geschickt sein – und auch *fair*. Tatsächlich sah er einen großen Unterschied zwischen Niedertracht und Legende – eine Feststellung, die auf der aufmerksamen Lektüre von mindestens fünftausend Kriminalromanen basierte.

In Sarah Kiels Zimmer herrschte Stille, und man konnte nur den leisen Atem des jungen Mädchens hören. Von der kleinen Lampe auf dem Nachtschränkchen ging ein matter Schein aus. Ein sanftes Glühen am Rande der zugezogenen Vorhänge deutete auf die heiße Wüstensonne hin, die hinter den Gardinen brannte.

Die drei Männer traten ans Bett heran. Dr. Werfell und Sharp blieben auf der einen Seite stehen, Peake auf der anderen.

»Sarah«, sagte Werfell leise. »Sarah?« Als sie nicht antwortete, wiederholte der Arzt ihren Namen und berührte sie behutsam an der Schulter.

Das junge Mädchen stöhnte leise, erwachte jedoch nicht.

Werfell hob ein Lid, betrachtete die Pupille, tastete dann nach dem Puls und sah auf die Uhr. »Ich schätze, sie wird in etwa einer Stunde zu sich kommen.«

»Ich will *jetzt* mit ihr sprechen«, sagte Anson Sharp ungeduldig. »Das hatten wir doch schon besprochen.«

»Ich verabreiche ihr ein Gegenmittel, das die Wirkung des Sedativs aufhebt«, bot sich Werfell an und steuerte auf die geschlossene Tür zu.

»Sie bleiben hier«, sagte Sharp. Er deutete auf den Rufknopf am Rande des Bettes. »Lassen Sie sich das, was Sie brauchen, von einer Schwester holen.«

»Es handelt sich um eine recht fragwürdige Behandlung«, wandte der Arzt ein. »Ich möchte keine Schwester in Gewissenskonflikte bringen.« Er ging hinaus, und hinter ihm fiel die Tür leise ins Schloß.

Sharp sah auf das schlafende Mädchen herab. »Zum Anbeißen«, brummte er.

Peake zwinkerte überrascht.

»Ein echter Leckerbissen«, fügte Sharp hinzu, ohne den Blick von Sarah abzuwenden.

Peake beobachtete die Schlafende und versuchte vergeblich, sie mit den Augen seines Vorgesetzten zu sehen. Das blonde Haar war zerzaust, und einzelne, schweißnasse Strähnen klebten an der Stirn und dem Hals. Die Haut unter dem rechten Auge war dunkel und angeschwollen, und einige dünne Blutkrusten deuteten auf langsam heilende Risse in der Haut hin. Auf der rechten Wange zeigte sich ein langer, purpurner Striemen, der bis zum Unterkiefer reichte, und die Unterlippe war aufgeplatzt. Das Laken bedeckte sie bis zum Kinn, und nur ihr dünner, rechter Arm ragte darunter hervor. Ein gebrochener Finger steckte in einer speziellen Halterung. Blutige Reste erinnerten an die ausgerissenen Nägel, und die Hand selbst sah nicht etwa wie die eines jungen Mädchens aus, sondern ähnelte der langgliedrigen, knöchernen Klaue eines Vogels.

»Sie war fünfzehn, als sie Eric Leben kennenlernte«, sagte Sharp ruhig. »Jetzt ist sie sechzehn.«

Jerry Peake wandte den Blick von der Schlafenden ab und musterte seinen Vorgesetzten, dessen Aufmerksamkeit nach wie vor Sarah Kiel galt. Eine jähe Erkenntnis bildete sich in dem DSA-Agenten, und der damit einhergehende Schock ließ ihn taumeln. Er begriff plötzlich, daß Anson Sharp, stellvertretender Direktor der Defense Security Agency, ein Sadist war.

Perverse Gier funkelte in den grünen Augen des großen Mannes, und sein Gesicht verzerrte sich zu einer wollüstigen Fratze. Ganz offensichtlich hielt er Sarah Kiel nicht etwa aufgrund einer besonderen Attraktivität für einen Leckerbissen, sondern weil sie erst sechzehn und arg mitgenommen war. Sein entzückter Blick glitt über die Blutkrusten und blauen Flecken, die auf ihn eine ebenso erotische Wirkung hatten wie volle Brüste auf einen normalen Mann. Ein Sadist, der es verstand, sich unter Kontrolle zu halten, ein perverser Mistkerl, der seine kranke Libido zu unterdrücken vermochte – und sich dadurch ein Ventil verschaffte, indem er mit aggressivem Ehrgeiz Karriere machte.

In Peake regte sich eine Mischung aus Verblüffung und Entsetzen. Er war nicht etwa in erster Linie deshalb erstaunt, weil er plötzlich Sharps wahres Wesen erkannte. Vielmehr machte es ihn geradezu perplex, überhaupt zu einer solchen Einsicht imstande zu sein. Zwar wünschte er sich nichts sehnlicher, als eine Legende zu werden, aber Jerry Peake wußte auch, daß er trotz seiner siebenundzwanzig Jahre und der Tätigkeit für die DSA ausgesprochen naiv war und dazu neigte, nur die äußere Fassade von Menschen zu sehen, nicht etwa das, was wirklich ihr Denken und Fühlen bestimmte. Manchmal kam er sich vor, als sei er noch immer ein kleiner Junge – oder als sei der kleine Junge in ihm ein zu großer Faktor seines Charakters. Während er Anson Sharp anstarrte, der Sarah Kiel mit seinen Blicken zu verschlingen schien, zitterte plötzlich Aufregung in ihm. Er fragte sich, ob er jetzt endlich begann, erwachsen zu werden.

Sharp betrachtete die verletzte rechte Hand des jungen Mädchens, und in seinen grünen Augen funkelte es. Ein dünnes Lächeln umspielte seine Lippen.

Mit einem plötzlichen Ruck öffnete sich die Tür, und Dr. Werfell kehrte zurück. Sharp zwinkerte und schien Mühe zu haben, in die Wirklichkeit zurückzufinden. Wie in Trance wandte er sich vom Bett ab und sah zu, wie Werfell dem jungen Mädchen eine Injektion gab.

Nach einigen Minuten schlug Sarah Kiel die Augen auf und sah sich verwirrt um. Sie konnte sich nicht daran erinnern, wo sie sich befand, wie sie ins Krankenhaus gekommen war und was der Grund für ihren Zustand sein mochte. Mehrmals fragte sie Werfell, Sharp und Peake danach, wer sie seien, und der Arzt antwortete ihr geduldig, während er ihren Puls fühlte, den Herzschlag überprüfte und in ihre Pupille sah.

Anson Sharp wurde immer unruhiger. »Doktor, haben Sie ihr eine ausreichend starke Dosis verabreicht, um sie wieder ganz zu sich zu bringen?«

»Es dauert noch eine Weile«, erwiderte Werfell kühl.

»Wir haben keine Zeit«, sagte Sharp.

Kurz darauf schwieg Sarah und schauderte, als sie sich an alles entsann. »Eric!« entfuhr es ihr.

Ihr Gesicht wurde noch blasser, als es ohnehin schon war, und sie erbebte am ganzen Leib.

Sharp trat rasch ans Bett heran. »Das wär's, Doktor.«

Werfell runzelte die Stirn. »Wie soll ich das verstehen?«

»Ich meine, sie ist jetzt wach, und wir können sie befragen. Wir brauchen Sie nicht mehr. Klar?«

Dr. Werfell bestand darauf, im Zimmer zu bleiben, um Sarah zu helfen, falls sich durch die Injektion irgendwelche Komplikationen ergaben. Daraufhin wurde Sharps Tonfall noch schärfer, und er machte erneut von seiner Autorität Gebrauch. Werfell gab nach, noch bevor er das Zimmer verließ, ging er aufs Fenster zu, um die Vorhänge beiseite zu ziehen. Sharp forderte ihn auf, sie geschlossen zu lassen. Und als Werfell die Hand nach dem Lichtschalter ausstreckte, schüttelte der stellvertretende DSA-Direktor den Kopf. »Der helle Schein würde das arme Mädchen blenden«, sagte er – wobei ganz deutlich wurde, daß seine Sorge um Sarah nur gespielt war.

Unbehagen entstand in Peake. Er befürchtete, daß Sharp bereit war, bei dem Mädchen besonders hart durchzugreifen, es fast zu Tode zu erschrecken. Selbst wenn ihnen Sarah alles erzählte, was sie wissen wollten: Vermutlich würde Sharp ihr trotzdem Angst einjagen, nur aus Spaß. Wahrscheinlich hielt er eine geistige und emotionale Vergewaltigung für zumindest teilweise befriedigend und für eine in sozialer Hinsicht akzeptable Alternative zu den Dingen, nach denen ihm tatsächlich der Sinn stand: Sicher wäre er am liebsten über sie hergefallen, um sie zu schlagen und dabei einen Orgasmus zu bekommen. Das Zimmer sollte deshalb dunkel bleiben, weil Schatten die Atmosphäre der Bedrohung verstärkte, die der verdammte Mistkerl schaffen wollte.

Als Werfell das Zimmer verließ, wandte sich Sharp dem jungen Mädchen zu und nahm auf der Bettkante Platz. Er griff nach der unverletzten linken Hand Sarahs, drückte sie kurz und bedachte die Sechzehnjährige mit einem aufmunternden Lächeln. Er nannte ihr seinen Namen, erklärte ihr, warum er sich mit ihr unterhalten mußte. Und während er sprach, glitt eine seiner großen Hände über Sarahs Arm hoch und runter, kroch unter den kurzen Ärmel des Nachthemds.

Peake wich in eine Ecke des Zimmers zurück, in die Dunkelheit. Einerseits wußte er, daß es gar nicht seine Aufgabe war, dem Mädchen irgendwelche Fragen zu stellen, und andererseits wollte er vermeiden, daß Sharp sein Gesicht sah. Zwar hatte sich ihm gerade eine der wichtigsten Erkenntnisse seines Lebens offenbart, die ihn innerhalb kurzer Zeit völlig verändern würde, aber noch war er nicht standfest und sicher genug, um seine Abscheu vor Sharp zu verbergen.

»Darüber kann ich nichts sagen«, erwiderte Sarah Kiel gerade. »Mrs. Leben hat mich gebeten, niemandem etwas zu verraten.«

Sharp hielt noch immer ihre linke Hand, hob den rechten Arm und strich mit den Fingerknöcheln sanft über die linke Wange des Mädchens, auf der sich keine Kratzer und Flecken zeigten. Es schien eine zärtliche Geste zu sein, doch Peake wußte, daß dieser Eindruck täuschte.

»Mrs. Leben ist eine Kriminelle, nach der gefahndet wird, Sarah«, sagte Sharp. »Es gibt einen Haftbefehl gegen sie. Ich habe ihn selbst ausstellen lassen. Wir suchen nach ihr, weil sie eine Gefahr für die nationale Sicherheit darstellt. Vielleicht ist sie sogar eine Spionin und hat die Absicht, den Sowjets wichtige Informationen zu liefern. Du möchtest doch bestimmt keine Hochverräterin schützen, hm?«

»Sie war nett zu mir«, entgegnete Sarah mit zittriger Stimme.

Peake beobachtete, wie sie versuchte, der Hand auszuweichen, die ihr Gesicht berührte, gab sich dabei jedoch alle Mühe, abrupte Bewegungen zu vermeiden. Offenbar war sie noch nicht ganz sicher, ob Sharp sie bedrohte.

»Mrs. Leben bezahlte meinen Krankenhausaufenthalt, gab mir etwas Geld und rief meine Eltern an«, fuhr sie fort. »Sie... sie war so freundlich, forderte mich auf, niemandem etwas zu sagen. Und ich fühle mich ihr verpflichtet. Deshalb werde ich mich an das Versprechen halten.«

»Interessant«, brummte Sharp, schob seine Hand unter ihr Kinn und zwang Sarah dazu, zu ihm aufzusehen. »Wirklich interessant, daß auch eine kleine Hure wie du Prinzipien hat.«

Sie starrte ihn schockiert an. »Ich bin keine Hure. Ich habe nie...«

»O doch«, unterbrach Sharp sie und schloß die Hand fester um ihr Kinn, so daß sie den Kopf nicht zur Seite drehen konnte. »Vielleicht bist du zu verdammt stur, um die Wahrheit zu begreifen. Oder die Drogen benebeln deinen Verstand. Wie dem auch sei: Du bist nichts anderes als eine kleine Hure, eine junge Nutte, die gerade erst damit begonnen hat, sich zu verhökern.«

»Was erlauben Sie sich?«

»Schätzchen, dir gegenüber erlaube ich mir alles, was ich will.«

»Sie sind ein Polizist, irgendeine Art von Polizist, und das bedeutet, Sie stehen im *öffentlichen Dienst*. Sie dürfen mich nicht behandeln, als sei ich...«

»Halt die Klappe, du kleines Miststück«, knurrte Sharp. Das Licht von der Nachttischlampe fiel nur auf die eine Seite seines Gesichts, erhellte manche Züge, während es andere im dunkeln ließ. Das matte Glühen verlieh seiner Miene einen deformierten Ausdruck, einen teuflischen Aspekt. Er grinste, was den Effekt noch weiter verstärkte. »Du machst deinen dreckigen kleinen Mund zu und öffnest ihn erst dann wieder, wenn du bereit bist, meine Fragen zu beantworten.«

Das Mädchen schluchzte erschrocken, und Tränen quollen ihm aus den Augen. Peake sah, daß Sharp Sarahs linke Hand zusammenpreßte.

Eine Zeitlang sprach die Sechzehnjährige, um nicht weiter gequält zu werden. Sie erzählte von dem Besuch, den ihr Eric am vergangenen Abend abgestattet hatte, von der großen Delle in seinem Kopf, schilderte, wie grau seine Haut war, wie kalt und schmierig sie sich angefühlt hatte.

Doch als sich Sharp danach erkundigte, wohin sich Eric Leben nach dem Verlassen des Hauses gewendet haben könnte, schwieg sie wieder. »Komm schon«, sagte der Mann neben ihr. »Du hast bestimmt eine Ahnung.« Und erneut schlossen sich seine kräftigen Finger um ihre linke Hand.

Übelkeit stieg in Peake empor. Er verspürte den Wunsch, dem Mädchen irgendwie zu helfen, wußte aber, daß er nichts unternehmen konnte.

Sharp verringerte den Druck ein wenig, und Sarah antwortete hastig: »Bitte... Das ist der wichtigste Punkt. Ich habe Mrs. Leben mein Ehrenwort gegeben, niemandem darüber Auskunft zu geben.«

»Das Ehrenwort einer kleinen Hure«, sagte Sharp abfällig. »Daß ich nicht lache. Hör endlich auf damit, mir und dir selbst etwas vorzumachen. Ich habe keine Lust, noch mehr Zeit mit dir zu vergeuden. Heraus mit der Sprache! Du kannst dir eine Menge Ärger ersparen, indem du mir sagst, was ich wissen will.« Er drückte wieder zu, und die andere Hand tastete zu Sarahs Hals herab, kroch dann weiter zu ihren Brüsten, die er durch den dünnen Stoff des Nachthemds berührte.

Peake stand nach wie vor in der dunklen Zimmerecke, so schokkiert, daß er kaum mehr atmen konnte. Er wünschte sich fort von diesem Ort, ertrug es nicht zu beobachten, wie Sharp das junge Mädchen demütigte. Dennoch sah er sich außerstande, den Blick vom Bett abzuwenden.

Peake hatte gerade erst damit begonnen, die vorherige Erkenntnis zu verarbeiten, und schon erwartete ihn eine zweite und vielleicht noch bedeutendere Überraschung. Bisher war er immer davon überzeugt gewesen, Polizisten – zu denen er auch die DSA-

Agenten zählte – seien die Verkörperung des Guten, tapfere Ritter, die das Banner von Recht und Ordnung trugen. Doch dieses strahlende Bild trübte sich, wenn ein Mann wie Sharp ein sehr angesehenes Mitglied jener ehrenwerten Bruderschaft sein konnte. Natürlich war Peake nicht so dumm anzunehmen, es gebe keine schlechten Polizisten und DSA-Agenten, aber aus irgendeinem Grund hatte er immer vermutet, die schlechten Beamten kämen nicht über das frühe Stadium ihrer Karriere hinaus, besäßen keine Möglichkeit, in der allgemeinen Hierarchie wirklich wichtige Posten einzunehmen. Er glaubte fest daran, nur die Tugend werde belohnt. Darüber hinaus war er sicher, den Gestank der Korruption sofort zu riechen, wenn er einen Cop sah, der sich in die Kategorie der ›Schlechten‹ einordnen ließ. Die Vorstellung, daß ein *Perverser* seine Krankheit verbergen und zum stellvertretenden Direktor der DSA werden konnte, entsetzte ihn geradezu. Vielleicht gelang es den meisten Leuten, sich lange vor ihrem siebenundzwanzigsten Geburtstag von solchen Illusionen zu befreien, doch auf Jerry Peake traf das nicht zu. Erst jetzt, als er beobachtete, wie Anson Sharp das sechzehnjährige Mädchen quälte wie ein Halunke aus der Gosse, wie ein Barbar dem es an den geringsten moralischen Bedenken mangelte, begriff er, daß die Welt nicht in Schwarz und Weiß geteilt war, daß es zwischen diesen beiden Polen einen ausgedehnten Bereich mit vielen unterschiedlichen Grautönen gab.

Sharp preßte weiterhin Sarahs linke Hand zusammen, und das Mädchen gab einen schmerzerfüllten Schrei von sich. Mit der anderen Hand knetete der stellvertretende DSA-Direktor ihre Brüste, drückte sie fest aufs Bett. Er forderte sie auf, still zu sein, sich zu beruhigen, und sie versuchte, ihm zu gehorchen, und hielt die Tränen zurück. Dennoch ließ Sharp ihre linke Hand nicht los. Peake war nahe daran einzugreifen, seine Karriere aufzugeben, die Zukunft bei der DSA über Bord zu werfen. Er ertrug es nicht mehr, stummer Zeuge der Brutalität zu sein, und schließlich brachte er genug Mut auf, um sich in Bewegung zu setzen. Er war erst einen Schritt weit gekommen, als sich plötzlich die Tür öffnete und *Der Felsen* eintrat. So erschien ihm der Fremde von der ersten Sekunde an: wie ein hoch aufragender, unerschütterlicher Felsen.

»Was geht hier vor?« fragte der Felsen mit einer tiefen, ruhigen und fast sanften Stimme. Dennoch ließ sein Tonfall keine Zweifel daran, daß er unverzüglich eine Antwort verlangte.

Der Mann war knapp eins achtzig groß und damit etwas kleiner als Anson, und er mochte etwa hundertsiebzig Pfund wiegen, fünfundzwanzig Kilo weniger als Sharp. Doch als er durch die Tür trat, wirkte er wie ein Riese, wie ein lebendiges Bollwerk – selbst als Sharp sich von Sarah abwandte, aufstand und fragte: »Wer, zum Teufel, sind Sie?«

Der Felsen schaltete die Deckenlampen ein und schritt in die Mitte des Zimmers. Hinter ihm schloß sich die Tür. Peake schätzte den Unbekannten auf etwa vierzig Jahre, aber seine Züge wirkten älter, waren voller Weisheit. Er hatte kurzgeschnittenes, dunkles Haar und eine wettergegerbte Haut, und das Gesicht sah aus, als habe man es aus einem Granitblock gemeißelt. Die blauen Augen ähnelten denen Sarahs und blickten direkt und durchdringend. Als der Felsen den jungen DSA-Agenten ein oder zwei Sekunden lang musterte, verspürte Peake die Versuchung, sich irgendwo zu verkriechen und zu verstecken. Ein massiger und sehr muskulöser Mann. Und obgleich er etwas kleiner war als Sharp, schien er wesentlich stärker zu sein.

»Bitte verlassen Sie das Zimmer und warten Sie im Flur«, sagte der Felsen ruhig.

Verblüfft trat Sharp einige Schritte auf ihn zu und richtete sich vor ihm zu seiner ganzen Größe auf. »Ich habe gefragt, wer Sie sind.«

Die Hände des Felsens paßten irgendwie nicht zu seiner Statur: lange, dicke Finger, breite Knöchel; alle Sehnen und Adern zeichneten sich deutlich ab. Es hatte den Anschein, als seien sie ebenfalls das Werk eines Bildhauers mit einem besonderen Sinn fürs Detail. Peake ahnte, daß die Hände aufgrund harter Arbeit so enorm groß geworden waren. Vielleicht verdiente sich der Mann seinen Lebensunterhalt in einem Steinbruch. Nein, dachte Peake. Die stark gebräunte Haut deutete darauf hin, daß er auf einem Bauernhof arbeitete. Nicht etwa auf einer der modernen Farmen, ausgestattet mit allen Errungenschaften der Technik, sondern einer eigenen, belastet mit vielen Hypotheken. Peake dachte an einen steinigen und staubigen Boden, an schlechtes Wetter und Stürme, die die auf den Felsen wachsenden Früchte bedrohen. Ja, er glaubte einen Mann zu erkennen, der sich im Schweiße seines Angesichts einen Traum erfüllt und viele Schicksalsschläge überstanden hatte.

»Ich bin Sarahs Vater, Felsen Kiel.«

Peake riß erstaunt die Augen auf. Der Mann hieß sogar Felsen...

»Daddy...«, brachte Sarah hervor, mit einer Stimme, in der Furcht und neue Hoffnung vibrierten.

Der Felsen machte Anstalten, sich an Sharp vorbeizuschieben und sich seiner Tochter zu nähern, die sich im Bett aufrichtete und die Arme nach ihm ausstreckte.

Sharp versperrte ihm den Weg und beugte sich zu ihm vor. »Sie können sie sprechen, wenn wir mit dem Verhör fertig sind.«

Der Felsen sah gelassen und unbeeindruckt zum stellvertretenden DSA-Direktor auf, und Peake stellte voller Verwunderung und Aufregung fest, daß sich *dieser* Mann nicht von Sharp einschüchtern ließ. »Verhör? Was gibt Ihnen das Recht, meine Tochter zu verhören?«

Sharp holte seine Brieftasche hervor und zeigte ihm den DSA-Ausweis. »Ich bin Bundesagent und gerade mit sehr wichtigen Ermittlungen beschäftigt, bei denen es um ein Problem der nationalen Sicherheit geht. Ihre Tochter besitzt Informationen, die ich dringend benötige. Leider aber war sie bisher nicht besonders hilfreich.«

»Wenn Sie sich in den Flur zurückziehen, spreche ich mit ihr«, schlug der Felsen vor. »Ich bin sicher, meine Tochter will Ihre Untersuchungen gar nicht bewußt behindern. Sie hat einige Probleme, das schon, und sie geriet vom rechten Weg ab, aber im Grunde ihres Wesens ist sie ein gutes Mädchen. Ich unterhalte mich mit ihr, finde heraus, was Sie wissen wollen, und gebe Ihnen anschließend Bescheid.«

»Nein«, sagte Sharp. »*Sie* begeben sich auf den Flur und warten dort.«

»Bitte machen Sie jetzt den Weg frei«, sagte der Felsen.

»Hören Sie, Mister«, knurrte Sharp, trat noch dichter an den Felsen heran und blickte auf ihn herab. »Wenn Sie unbedingt auf Schwierigkeiten aus sind... Die können Sie bekommen. Mehr als Ihnen lieb ist. Sie widersetzen sich einem Bundesagenten und geben ihm damit Anlaß, mit allen Mitteln gegen Sie vorzugehen.«

Der Felsen hatte Ansons Namen auf dem Dienstausweis gelesen und erwiderte: »Mr. Sharp, letzte Nacht weckte mich ein Anruf von Mrs. Leben, die mir mitteilte, meine Tochter brauche mich. Auf diese Nachricht hab ich schon seit langer Zeit gewartet. Derzeit wächst das Korn auf den Feldern, und es gibt eine Menge zu tun...«

Himmel, dachte Peak, er ist *wirklich* ein Farmer. Ich habe mich nicht geirrt!

»Trotzdem zog ich mich nach dem Anruf sofort an, fuhr mitten in der Nacht hundertfünfzig Kilometer weit nach Kansas City, flog von dort aus nach Los Angeles, dann mit einer anderen Maschine hierher, nahm ein Taxi...«

»Ihr Reisebericht interessiert mich nicht die Bohne«, warf Sharp kühl ein und machte keine Anstalten, zur Seite zu treten.

»Mr. Sharp, ich bin todmüde und kann es gar nicht abwarten, mit meiner Tochter zu sprechen. Sie sieht so aus, als habe sie gerade geweint, und das gefällt mir überhaupt nicht. Nun, ich bin von Natur aus ein eher gutmütiger Mensch, und es liegt mir nichts daran, Stunk zu machen. Trotzdem: Ich weiß nicht, zu welchen Reaktionen ich fähig wäre, wenn Sie mich weiterhin so anmaßend behandeln und daran zu hindern versuchen, mit meiner Tochter zu reden.«

Sharps Gesicht verzog sich zornig. Er wich gerade weit genug zurück, um eine Hand auf die breite Brust des Felsens zu legen.

Peake wußte nicht genau, ob sein Vorgesetzter beabsichtigte, den kräftig gebauten Mann aus dem Zimmer zu führen oder an die Wand zu stoßen. Und seine unausgesprochene Frage blieb unbeantwortet. Der Felsen griff nach Sharps Handgelenk, und es schien ihm nicht die geringste Mühe zu bereiten, Ansons Arm nach unten zu drücken. Offenbar übte er einen wesentlich stärkeren Druck aus als Sharp einige Minuten zuvor auf Sarahs Finger, denn der stellvertretende Direktor wurde plötzlich blaß, und die roten Flecken der Wut auf seinen Wangen verschwanden.

Der Felsen ließ Sharps Hand los. »Ich weiß, daß Sie Bundesagent sind, und ich habe den größten Respekt vor dem Gesetz. Vielleicht gab ich Ihnen gerade einen Grund dafür, mich zu verhaften und mir Handschellen anzulegen. Aber ich bin der Ansicht, damit erwiesen Sie weder sich selbst noch der DSA einen guten Dienst, denn immerhin habe ich vorhin angeboten, meine Tochter zur Zusammenarbeit mit Ihnen zu ermutigen. Was meinen Sie?«

Peake fühlte sich versucht, ihm zu applaudieren. Doch er war wie gelähmt.

Sharp atmete schwer und zitterte, schien verschiedene Möglichkeiten gegeneinander abzuwägen. »Na schön«, sagte er schließlich. »Mir kommt es nur auf die Informationen an. Ich möchte sie so schnell wie möglich, und das Wie ist mir gleich.«

»Vielen Dank, Mr. Sharp. Geben Sie mir eine halbe Stunde Zeit...«

»Fünf Minuten!«

»Nun, Sir«, meinte der Felsen ruhig, »ich muß wenigstens die Gelegenheit haben, meine Tochter zu begrüßen, sie zu umarmen. Sie ist seit anderthalb Jahren fort, und bestimmt vermag sie ihre Geschichte nicht mit einigen wenigen Sätzen zu erzählen. Erst nachdem sie mir berichtet hat, in welchen Schwierigkeiten sie steckt, kann ich damit beginnen, ihr Fragen zu stellen.«

»Eine halbe Stunde ist zu verdammt lang«, sagte Sharp. »Wir fahnden nach einem sehr gefährlichen Mann und...«

»Ich könnte einen Anwalt anrufen und beauftragen, die Rechte meiner Tochter wahrzunehmen, und es würde bestimmt *einige* Stunden dauern, bis er hier einträfe...«

»Eine halbe Stunde«, wandte sich Sharp an den Felsen. »Und keine verdammte Minute länger. Ich warte auf dem Flur.«

Erst vor kurzer Zeit hatte Peake entdeckt, daß der stellvertretende Direktor der DSA ein Sadist war, der Erics Vorliebe für kleine Mädchen teilte. Dabei handelte es sich um eine überaus wichtige Erkenntnis. Jetzt machte er eine weitere Feststellung: Im Grunde seines Wesens war Sharp ein Feigling. Er mochte fähig sein, jemanden in den Rücken zu schießen, sich von hinten an einen Gegner heranzuschleichen und ihm die Kehle durchzuschneiden – ja, solche Dinge entsprachen durchaus seinem Charakter. Aber bei einer unmittelbaren Konfrontation, wenn genug auf dem Spiel stand, neigte er dazu, einen Rückzieher zu machen. Und dieses Wissen, so überlegte Peake, ist noch bedeutsamer.

Als Sharp zur Tür ging, blieb der junge DSA-Agent einige Sekunden lang reglos stehen, den Blick nach wie vor starr auf den Felsen gerichtet.

»Peake!« sagte Sharp und zog die Tür auf.

Jerry gab sich einen Ruck und setzte sich in Bewegung, blickte jedoch mehrmals zu Felsen Kiel zurück. Bei Gott, dieser Mann *war* eine Legende.

20. Kapitel

Krankfeiernde Polizisten

Detektiv Reese Hagerstrom ging um vier Uhr am Dienstagmorgen zu Bett, nach der Rückkehr von Mrs. Lebens Haus in Placentia. Um halb elf erwachte er wie gerädert, denn während des Schlafs hatten ihn immer wieder Alpträume heimgesucht. Blutige Leichen in Müllbehältern. Tote Frauen, an Wände genagelt. Bei den meisten Schreckensvisionen ging es um Janet, Reeses vor Jahren verstorbene Frau. Mehrmals beobachtete er, wie sie sich an der Tür des blauen Chevy festhielt, und er hörte ihren Schrei: »Sie haben Esther! Sie haben Esther!« Und voller Entsetzen sah er, wie einer der Typen im Wagen den Revolver hob und auf sie schoß, wie ein großkalibriges Projektil das hübsche Gesicht Janets zerfetzte...

Reese stand auf, duschte heiß und wünschte sich, es wäre ihm möglich gewesen, einfach seinen Kopf abzuschrauben und die gräßlichen Alptraumbilder herauszuschütteln.

Seine Schwester Agnes hatte einen Zettel mit einer knappen Nachricht an den Kühlschrank geklebt: Sie war mit Esther zum Zahnarzt gegangen.

Hagerstrom stand an der Spüle, blickte durchs Fenster auf die große Hovenie im Hinterhof, nippte an seinem Kaffee und aß einen Pfannkuchen. Agnes wäre sicher ganz außer sich geraten, wenn sie gesehen hätte, was für ein Frühstück Reese einnahm. Als er an sie dachte, glaubte er ihre vorwurfsvolle Stimme zu vernehmen:

»Schwarzer Kaffee und fettige Pfannkuchen«, sagte sie. »Das eine führt zu Magengeschwüren, und das andere verkleistert deine Arterien mit Cholesterol. Zwei langsame Methoden, Selbstmord zu begehen. Wenn du dich unbedingt umbringen willst... Es gibt mindestens hundert Möglichkeiten, das weitaus schneller und weniger schmerzhaft zu bewerkstelligen.«

Er dankte dem Himmel für Agnes – obgleich sie die Angewohnheit hatte, ihn ständig zu tadeln. Ohne sie wäre es ihm vermutlich nicht gelungen, den Schock von Janets Tod zu überwinden.

Reese genehmigte sich eine zweite Tasse Kaffee und entschied, Agnes ein Dutzend Rosen und eine Pralinenschachtel mitzubringen, wenn er nach Hause zurückkehrte. Es lag ihm nicht, offen über seine Gefühle zu sprechen, und deshalb machte er denen, die ihm am Herz lagen, dann und wann kleine Geschenke. Agnes freute sich über die banalsten Überraschungen, selbst dann, wenn sie von ihrem Bruder kamen. Untersetzte und kräftig gebaute Frauen mit breiten und knochigen Gesichtern bekamen nur selten etwas geschenkt.

Das Leben war nicht nur unfair, sondern häufig sogar grausam. Dieser Gedanke fuhr Reese nicht zum erstenmal durch den Sinn. Bereits vor dem Tod seiner Frau Janet gelangte er zu dieser wichtigen Einsicht: Als Polizist wurde man oft mit dem Abschaum der Menschheit konfrontiert und mußte schon nach kurzer Zeit die Erfahrung machen, daß Gewalt und Unbarmherzigkeit zu den Triebfedern menschlichen Verhaltens gehörten. Und der einzige Schutz davor bestand in der Liebe der Familie und der Freunde.

Reeses bester Freund, Julio Verdad, traf ein, als er sich seinen Becher zum drittenmal füllte. Er holte eine weitere Tasse aus dem Schrank, reichte sie Julio und nahm am Küchentisch Platz.

Verdad erweckte gar keinen übernächtigten Eindruck, und wahrscheinlich war nur Reese imstande, die subtilen Anzeichen der Erschöpfung zu erkennen. Wie gewöhnlich war Julio tadellos gekleidet. Er trug einen dunkelblauen Anzug, ein frisch gebügeltes weißes Hemd und eine mit kastanienbraunen und blauen Streifen gemusterte Krawatte, an der die übliche goldene Kette baumelte. Er wirkte so wach und aufmerksam wie immer, doch unter seinen Augen zeigten sich die ersten Andeutungen dunkler Ringe.

»Die ganze Nacht auf den Beinen gewesen?« fragte Reese.

»Ich habe ein wenig geschlafen.«

»Wie lange? Eine Stunde? Oder zwei? Mehr bestimmt nicht.« Reese seufzte. »Ich mache mir Sorgen um dich. Irgendwann bist du so fertig, daß du einfach umfällst.«

»Dies ist ein besonderer Fall.«

»Für dich stellen alle Fälle etwas Besonderes dar.«

»Ich fühle mich dem Opfer verpflichtet, der jungen Frau namens Ernestina.«

»Sie ist bereits das *tausendste* Opfer, dem du dich verpflichtet fühlst«, stellte Reese fest.

Julio zuckte mit den Schultern und trank einen Schluck Kaffee. »Sharp hat nicht geblufft.«

»In welcher Beziehung?«

»Er hat uns tatsächlich aus dem Rennen geworfen. Die Akten enthalten nur noch die Namen der Opfer: Ernestina Hernandez und Rebecca Klienstad. Und den Vermerk, die Bundesbehörden hätten den Fall übernommen, aus Gründen der ›nationalen Sicherheit‹. Als ich mich heute morgen an Folbeck wandte und ihn um die Erlaubnis bat, zusammen mit dir Sharp und seinen Jungs bei den Ermittlungen zu helfen, reagierte er ziemlich schroff. Er meinte: ›Um Himmels willen, Julio, machen Sie keinen Scheiß. Lassen Sie die Finger davon. Das ist ein verdammter Befehl!‹«

Folbeck war Hagerstroms und Verdads Vorgesetzter, ein frommer Mormone, der es in Hinsicht auf Flüche mit den wortgewaltigsten Leuten im Department aufnehmen konnte, jedoch nur dann Gott, den Himmel und andere heilige Institutionen beschwor, wenn er es wirklich ernst meinte. Dort zog er einen klaren Trennungsstrich. Trotz seiner Vorliebe für deftige Ausdrücke kam es nicht selten vor, daß er seine Mitarbeiter vor Blasphemie warnte. In diesem Zusammenhang hatte er sich einmal an Reese gewandt: »Hagerstrom, bitte sagen Sie in meiner Gegenwart nie wieder ›Gottverdammich‹ oder ›heiliger Himmel‹ oder etwas in der Art. Ich kann den Mist nicht ausstehen und bin nicht länger bereit, mir solchen verdammten Dreck anzuhören.« Wenn Nick Folbeck bei seiner Antwort Ausdrücke wie ›um Himmels willen‹ und ›Scheiß‹ verwendet hatte, so ließ sich daraus nur ein Schluß ziehen: Die Aufforderung an das Department, die Ermittlungen einzustellen, stammte nicht von Anson Sharp, sondern kam von weiter oben.

»Was ist mit dem Diebstahl von Eric Lebens Leiche?« fragte Reese.

»Die gleiche Sache«, sagte Julio. »Fällt nicht mehr in unseren Zuständigkeitsbereich.«

Das Gespräch mit Verdad lenkte Hagerstrom von den Alptraumvisionen ab, die ihm immer wieder das Bild der sterbenden Janet bescherten, und zumindest ein Teil seines gesunden Appetits kehrte zurück. Er stand auf, holte einen zweiten Pfannkuchen und bot auch Julio einen an. Doch Verdad schüttelte den Kopf.

»Und sonst?« fragte Reese.

»Nun, ich bin in der Bibliothek gewesen und habe mich gründlich über Dr. Eric Leben informiert.«

»Ein reicher Mann, ein wissenschaftliches Genie, auch ökonomisch sehr erfolgreich. Grausam und rücksichtslos. Zu dumm, um zu begreifen, was für eine tolle Frau er hatte. Genügt das als Beschreibung?«

»Darüber hinaus war er besessen«, sagte Julio.

»Das sind Eierköpfe meistens.«
»In seinem besonderen Fall ging es um Unsterblichkeit.«
Reese runzelte die Stirn. »Bitte?«
»Nach dem Abschluß seines Studiums arbeitete er als einer der besten Genetiker auf dem Fachgebiet rekombinanter DNS und verfaßte mehrere Artikel, in denen es um die verschiedenen Aspekte einer Verlängerung des menschlichen Lebens ging. Er kann in diesem Zusammenhang auf eine wahre *Flut* an Veröffentlichungen zurückblicken.«
»Konnte«, verbesserte Reese. »Denk an den Unfall.«
»Nun, selbst die trockensten und wissenschaftlichsten Artikel bringen eine gewisse *Leidenschaft* zum Ausdruck, eine Begeisterung, der man sich nicht verschließen kann«, sagte Julio. Er zog ein Blatt Papier aus der Tasche und entfaltete es. »Dies ist ein Auszug aus einem Beitrag, der in einem populär-wissenschaftlichen Magazin erschien, und darin beschränkt sich Eric nicht nur auf rein technische Angaben: ›Letztendlich ist der Mensch vielleicht in der Lage, sich in genetischer Hinsicht eine neue Gestalt zu geben, auf diese Weise den Tod zu überwinden und noch länger zu leben als Methusalem. Möglicherweise vereint er dann die Fähigkeiten von Jesus und Lazarus in sich und bringt *sich* selbst aus dem Jenseits zurück.‹«

Reese zwinkerte. »Komisch, was? Erics sterbliche Überreste wurden aus dem Leichenschauhaus gestohlen, und das könnte man tatsächlich als eine Art ›Rückkehr aus dem Jenseits‹ bezeichnen – obwohl er sich darunter bestimmt etwas anderes vorgestellt hat.«

Julio bedachte ihn mit einem sonderbaren Blick. »Vielleicht wurde die Leiche gar nicht gestohlen.«

Reese spürte, wie es ihm plötzlich kalt über den Rücken lief. »Du meinst doch nicht etwa...«

»Eric war ein Genie und verfügte über nahezu unerschöpfliche Ressourcen. Der beste Experte für rekombinante DNS, und besessen davon, jung zu bleiben und dem Tod ein Schnippchen zu schlagen. Wäre es unter diesen Umständen so absurd, sich vorzustellen, er sei im Leichenschauhaus wieder lebendig geworden und einfach fortgegangen?«

Reese hatte das Gefühl, als schnüre ihm irgend etwas die Kehle zu. »Das ist doch verrückt!« platzte es aus ihm heraus. »All die Verletzungen, die er bei dem Unfall erlitt...«

»Vor einigen Jahren hätte ich so etwas als völlig unmöglich erach-

tet«, sagte Julio. »Aber wir leben heute im Zeitalter der Wunder – zumindest aber in einer Epoche der unbegrenzten Möglichkeiten.«
»Aber... wie?«
»Das gehört zu den Dingen, die wir erst noch herausfinden müssen. Ich habe die Universität angerufen und einen Termin mit Dr. Easton Solberg vereinbart, auf dessen Arbeiten sich Eric in einigen seiner Artikel bezieht. Eric kannte Solberg, schätzte ihn als eine Art Mentor, und eine Zeitlang standen sie sich ziemlich nahe. Solberg hielt viel von Eric und meinte, es überrasche ihn überhaupt nicht, daß er es mit Hilfe der DNS-Forschung zu einem Vermögen brachte. Er fügte jedoch hinzu, Eric Leben wiese eine dunkle Seite auf. Und er ist bereit, mit uns zu sprechen.«
»Was für eine dunkle Seite?«
»Das wollte er am Telefon nicht erklären. Wir sind um eins mit ihm verabredet.«
Als Julio den Stuhl zurückschob und aufstand, fragte Reese: »Wie sollen wir in dieser Angelegenheit weitere Untersuchungen anstellen, ohne Schwierigkeiten mit Nick Folbeck zu bekommen?«
»Ich bin krank gemeldet«, erwiderte Julio. »Und solange das der Fall ist, führe ich keine offiziellen Ermittlungen. Ich handle nur aus persönlicher Neugier.«
»Damit kommst du nicht durch, wenn es hart auf hart geht. Angesichts der derzeitigen Situation gilt persönliche Neugier als schwerer Fehler.«
»Nun, solange ich krankfeiere, besteht keine Gefahr. Niemand wird mir über die Schulter blicken. Ich habe Folbeck sogar gesagt, ich wolle mit der ganzen Sache nichts mehr zu tun haben. Meinte, es sei wahrscheinlich besser, einige Tage zu verschwinden – falls irgendwelche Journalisten beabsichtigten, sich an mich zu wenden und mir einige unangenehme Fragen zu stellen. Nick war einverstanden.«
Auch Reese erhob sich. »Dann melde ich mich ebenfalls krank.«
»Das habe ich bereits für dich erledigt«, sagte Julio.
«Oh, prächtig. Dann können wir los.«
»Doch wenn du das Risiko scheust, dir die Finger zu verbrennen...«
»Ich bin dabei, Julio.«
»Bist du ganz sicher?«
»Klar« sagte Reese und seufzte.
Und er dachte: Du hast meine Esther gerettet, meine kleine Toch-

ter. Du hast die verdammten Mistkerle im Chevy verfolgt und Esther befreit, warst dabei wie ein Besessener. Die Typen müssen geglaubt haben, ein Dämon sei ihnen auf den Fersen. Ja, du hast dein Leben aufs Spiel gesetzt, um Esther zu retten, und das werde ich nie vergessen.

Trotz seiner Schwierigkeit, tiefe Gefühle zum Ausdruck zu bringen, wollte Reese seinem Partner Julio mitteilen, wie dankbar er war. Doch er schwieg, denn er wußte, daß er Verdad damit in Verlegenheit gebracht hätte. Julio kam es auf die Loyalität eines Freundes an. Durch wortreich formulierte Dankbarkeit wäre eine Barriere zwischen ihnen entstanden, die nur beiderseitiges Unbehagen zur Folge haben konnte und Julio in eine Position der Überlegenheit bringen mußte.

Während ihrer täglichen Arbeit nahm Julio ohnehin eine dominante Stellung ein. Er entschied über fast jeden einzelnen Schritt bei den Ermittlungen in bezug auf einen neuen Mordfall. Doch seine Kontrolle war nicht offensichtlich, und gerade das machte den kleinen, aber feinen Unterschied. Andernfalls wäre Reese nicht bereit gewesen, sich Julios Anweisungen einfach so zu fügen. Er ordnete sich ihm deshalb freiwillig unter, weil Verdad in gewisser Weise klüger und einfallsreicher war als er.

»Ich bin dabei«, wiederholte Reese und stellte die Tassen in die Spüle. »Wir sind einfach nur zwei krankfeiernde Polizisten, die sich zusammen erholen. Können wir jetzt endlich los?«

21. Kapitel

Lake Arrowhead

In der Nähe des Sees entdeckte Ben einen Laden, der Sportartikel anbot. Das Gebäude war im Stil eines großen Blockhauses errichtet, und ein rustikal wirkendes Holzschild über der Tür verkündete: KÖDER, ANGELN, HAKEN, BOOTSVERMIETUNG.

Drei Wagen standen auf dem Parkplatz, und das Licht der Nachmittagssonne spiegelte sich glitzernd auf den Chromleisten und Fenstern wider.

»Waffen«, sagte Ben, als er das Geschäft sah. »Vielleicht werden dort auch Waffen verkauft.«

»Wir haben bereits welche«, wandte Rachael ein.

Ben fuhr über den Parkplatz, steuerte den Wagen vom Asphalt herunter und hörte, wie grober Kies unter den Reifen knirschte. Schließlich hielt er im Schatten einer großen Kiefer. Jenseits der Bäume sah er einen Teil des Sees, einige Boote, die im Wasser dümpelten, und in der Ferne ragte das gegenüberliegende Ufer steil in die Höhe.

»Deine Zweiunddreißiger ist doch kaum mehr als ein Spielzeug«, erwiderte Ben und drehte den Zündschlüssel um. Das Brummen des Motors verklang. »Wesentlich besser steht's mit der Magnum, die ich Baresco abnahm. Eine verdammt gute Knarre, fast schon eine Kanone. Aber mit einer Schrotflinte würde ich mich sehr viel sicherer fühlen.«

»Eine Schrotflinte? Klingt so, als wolltest du erneut in den Krieg ziehen.«

»Ich habe gehört, wandelnde Tote seien ziemlich zähe Burschen«, sagte Ben und versuchte vergeblich, seiner Stimme einen scherzhaften Klang zu verleihen. Der Glanz in Rachaels Augen trübte sich, und sie schauderte.

»He«, brummte Ben. »Es kommt schon alles in Ordnung, verlaß dich drauf.«

Sie stiegen aus dem gemieteten Wagen, blieben einige Sekunden lang daneben stehen und atmeten die frische und aromatische Bergluft tief ein. Es war warm und völlig windstill. In den Wipfeln der Bäume um sie herum rührte sich nichts, so als hätten sich ihre Äste und Zweige in Stein verwandelt. Auf der Straße herrschte kein Verkehr, und nirgends zeigte sich eine Menschenseele.

Ben glaubte, in dieser Stille etwas Unheilvolles und Düsteres zu erkennen. Sie erschien ihm wie ein Omen, eine Warnung, das Bergland unverzüglich zu verlassen und zu zivilisierten Orten zurückzukehren, in die Welt des Lärms und der Bewegung, in der man im Notfall andere Personen um Hilfe bitten konnte.

Offenbar regte sich in Rachael ein ähnliches Unbehagen. »Vielleicht ist das alles Unsinn«, sagte sie leise. »Vielleicht sollten wir von hier verschwinden und uns irgendwo verstecken.«

»Und darauf warten, bis sich Eric ganz von seinen Verletzungen erholt hat?«

»Möglicherweise hat der Genesungsprozeß seine Grenzen.«

»Aber wenn das nicht der Fall ist, wird er sich auf den Weg machen und dich suchen.«

Rachael seufzte und nickte.

Sie überquerten den Parkplatz und betraten den Laden, in der Hoffnung, dort ein Gewehr und Munition kaufen zu können.

Etwas Seltsames geschah mit Eric – ein Prozeß, der noch sonderbarer war als seine Rückkehr von den Toten. Es begann mit neuerlichen Kopfschmerzen, einer der vielen Migränen, an denen er seit seiner Auferstehung litt, und zuerst merkte er nicht, daß es einen Unterschied gab. Er kniff einfach die Augen zusammen, um vom hellen Licht nicht mehr so stark geblendet zu werden, und versuchte, das erbarmungslose Hämmern in seinem Schädel zu ignorieren.

Dann schob er einen Sessel an eins der Wohnzimmerfenster heran, nahm darin Platz und begann mit der Wache. Er blickte über den bewaldeten Hang hinweg, beobachtete die staubige Straße, die von den etwas dichter besiedelten Vorbergen in der Nähe des Sees heraufführte. Wenn seine Verfolger kamen, würden sie zumindest teilweise dem Verlauf des Weges folgen, bevor sie sich davon abwandten und durch den Wald schlichen. Erics Plan war ganz einfach: Sobald er sah, an welcher Stelle sie der Straße den Rücken kehrten, wollte er die Hütte durch die Hintertür verlassen, von hinten an die Fremden herankriechen und sie überraschen.

Als er sich in den großen Sessel sinken ließ, hoffte er, daß der heftige Kopfschmerz zumindest ein wenig nachließ. Statt dessen aber wurde er noch intensiver. Es fühlte sich fast so an, als... als bestünde sein Schädel aus weichem Ton, der mit kraftvollen Hieben in eine neue Form gepreßt wurde. Eric biß die Zähne zusammen, dazu entschlossen, diesem neuen Gegner nicht nachzugeben.

Vielleicht verschlimmerte sich das Pochen hinter seiner Stirn deshalb, weil er sich sehr konzentrieren mußte, um die schattige Straße im Auge zu behalten. Wenn der Schmerz unerträglich wurde, blieb ihm keine andere Wahl, als sich eine Zeitlang hinzulegen – obwohl er die Vorstellung verabscheute, seinen Posten zu verlassen. Die Aura einer drohenden Gefahr verdichtete sich immer mehr.

Sowohl die Axt als auch die beiden Messer lagen griffbereit neben dem Sessel. Jedesmal dann, wenn Eric den Kopf zur Seite neigte und die Klingen betrachtete, fühlte er sich nicht nur beruhigt, sondern spürte auch, wie so etwas wie freudige Aufregung in ihm entstand. Sollten die Verfolger nur kommen.

Zwar wußte er noch immer nicht genau, wer es auf ihn abgesehen haben mochte, doch aus irgendeinem Grund zweifelte er nicht daran, daß seine Besorgnis begründet war. Nach einer Weile fielen ihm einige Namen ein: Baresco, Seitz, Geffels, Knowls, Lewis. Ja, natürlich – seine Geneplan-Partner. Ihnen mußte klar sein, was er getan hatte. Bestimmt beabsichtigten sie, ihn so rasch wie möglich aufzustöbern und unschädlich zu machen, um das Geheimnis von Wildcard zu wahren. Doch Erics Furcht bezog sich nicht nur auf sie. Es gab noch andere Personen... schattenhafte Gestalten, die vor seinem inneren Auge keine klaren Konturen gewannen, die über weitaus mehr Macht verfügten als die Männer von Geneplan.

Einige Sekunden lang hatte Eric das Gefühl, als gelinge es ihm endlich, die Barriere des mentalen Dunstes zu durchstoßen und eine geistige Lichtung zu erreichen. Er spürte, wie sich seine Gedanken klärten, wie sich in allen Einzelbereichen seiner intellektuellen und memorialen Kapazität Aktivität zu regen begann. Unwillkürlich hielt er den Atem an und beugte sich erwartungsvoll vor. Er stand unmittelbar davor, alles zu verstehen: die Identität der anderen Verfolger, die Bedeutung der Mäuse und des schrecklichen Bildes der an die Wand genagelten Frau...

Dann schleuderte ihn das gnadenlose Pochen in seinem Schädel in die Zone der Benommenheit zurück. Der helle Schein in seinem gedanklichen Universum trübte sich, als schiebe sich eine gewaltige Dunkelwolke aus interstellarem Staub vor die Galaxis seiner Überlegungen. Eric gab ein enttäuschtes Krächzen von sich.

Aus den Augenwinkeln bemerkte er eine Bewegung im Wald. Eric zwinkerte einige Male, schob sich noch näher an das große Fenster heran und ließ seinen Blick wachsam über den Hang und den Weg gleiten, auf dem die Schatten komplexe Muster bildeten. Weit und breit war niemand zu sehen. Die Bewegung stammte von einer lauen Brise, die über Äste und Zweige hinwegstrich, die die sommerliche Stille beendete und in Büschen und Zweigen raschelte.

Eric wollte sich gerade zurücklehnen, als ein Blitz aus sengendheißer Pein durch sein Bewußtsein zuckte. Der Schmerz ließ ihn einige Sekunden lang erstarren, lähmte ihn geradezu, so daß er weder schreien noch atmen konnte. Schließlich schaffte er es, tief Luft zu holen, und ein heiseres Kreischen entrang sich seiner Kehle.

Er fürchtete, der immer intensiver werdende Schmerz könne auf

eine plötzliche Umkehrung des Heilungsprozesses hinweisen, und zitternd hob er die eine Hand und betastete seinen Kopf. Er berührte das rechte Ohr, das inzwischen wieder ganz angewachsen war. Einige Borken, hier und dort ein wenig Schorf, weiter nichts.
　Warum machte die Genesung so enorme Fortschritte? Er hatte erwartet, daß sie einige Wochen dauerte, nicht nur ein paar Stunden.
　Eric brachte die Hand weiter in die Höhe und fühlte die lange Delle an der rechten Seite seines Schädels. Sie war noch immer dort, aber nicht mehr ganz so tief wie zuvor. Außerdem wirkten die Knochen an der betreffenden Stelle nicht mehr weich und gummiartig, sondern fest und stabil. Verwundert verstärkte er den Druck, den seine Finger auf die Wunde ausübten, vergewisserte sich, daß es keine offenen Risse mehr gab. Überall frisches Gewebe auf einer restrukturierten Knochenbasis. Keine Spur mehr von Splittern. Die schweren Schädelverletzungen waren innerhalb eines knappen Tages verheilt – eine ebenso unmögliche wie absurde Feststellung.
　Verblüfft beugte sich Eric zurück. Er erinnerte sich daran, daß die Veränderung seiner Gene beschleunigte Heilung und eine Verjüngung der Zellen bewirken sollte, entsann sich jedoch nicht, dabei an eine solche Geschwindigkeit gedacht zu haben. Klaffende Wunden, die sich innerhalb von Stunden schlossen? Fleisch, Arterien und Venen, bei deren Neubildung man fast zusehen konnte? Extentives Knochenwachstum in weniger als einem Tag? Lieber Himmel – nicht einmal unkontrolliert wuchernde Krebszellen konnten damit Schritt halten!
　Eine Zeitlang gab er sich der triumphierenden Vorstellung hin, bei seinen Experimenten einen noch wesentlich größeren Erfolg erzielt zu haben, als er zu hoffen gewagt hatte. Dann fiel ihm ein, daß er noch immer nicht klar denken konnte und sein Erinnerungsvermögen nach wie vor zu wünschen übrig ließ – obgleich das verletzte Hirngewebe inzwischen bestimmt ebenso gründlich verheilt war wie die Schädelknochen. Mußte er damit rechnen, selbst nach dem Abschluß der Rekonvaleszenz nicht sein ganzes rationales und emotionales Potential zurückzuerhalten? Dieser Gedanke erschreckte ihn. Und als er den Kopf drehte, sah er wieder seinen vor vielen Jahren verstorbenen Onkel Barry Hampstead, der in der einen Ecke des Zimmers stand, dicht neben einem prasselnden Schattenfeuer.

Zwar war ihm die Rückkehr aus dem Jenseits gelungen, aber vielleicht würde er für immer ein Toter bleiben, zumindest teilweise – trotz der veränderten Genstruktur.

Nein. Eric wehrte sich gegen diese Vorstellung. Sie hätte bedeutet, daß seine ganze Arbeit umsonst gewesen war.

Onkel Barry lächelte und sagte: »Komm und küß mich, Eric. Zeig mir, wie sehr du mich liebst.«

Vielleicht handelte es sich beim Tod um mehr als nur das Ende körperlicher und geistiger Aktivität. Möglicherweise ging beim Sterben eine andere Qualität verloren – ein mentaler Aspekt, der nicht so leicht restimuliert werden konnte wie die Körper- und Hirnfunktionen

Wie ein eigenständiges Wesen setzte sich die noch immer erhobene Hand erneut in Bewegung, tastete an der einen Kopfseite entlang zur Braue, zum Zentrum der Schmerzexplosion, die er vor einigen Minuten erlebt hatte. Er spürte etwas Seltsames. Die Stirn schien nicht mehr glatt zu sein, sondern wies einige kleine Buckel auf.

Eric vernahm ein entsetztes Ächzen – und er brauchte eine Weile, bis er begriff, daß dieser Laut von ihm selbst stammte.

Die Knochenwülste über den Augen waren weitaus breiter, als es eigentlich der Fall sein sollte.

Und an der rechten Schläfe hatte sich ein dicker, fast zweieinhalb Zentimeter hoher Knorpelknochen gebildet.

»Wie? Mein Gott, wie?«

Während Eric die obere Hälfte seines Gesichts betastete, in der Art und Weise eines Blinden, der sich ein Bild vom Aussehen eines Fremden zu machen versuchte, formten sich tief in seinem Innern imaginäre Kristalle aus kaltem Grauen.

In der Mitte der Stirn berührte er einen schmalen, knorrigen Auswuchs, der bis zum Nasenrücken reichte.

Er fühlte dicke und pulsierende Adern an seinem Haaransatz, dort, wo sich bei einem normalen Menschen gar keine Arterien befanden.

Eric wimmerte, und heiße Tränen quollen ihm aus den Augen.

Trotz seiner Benommenheit wurde ihm sofort die schreckliche Wahrheit klar. In rein technischer Hinsicht war sein genetisch veränderter Körper durch den Zusammenprall mit dem Müllwagen getötet worden. Doch auf zellularer Ebene verblieb ein Rest von Aktivität, und die modifizierten Gene, denen nur noch ein Bruchteil der Lebenskraft zur Verfügung stand, schickten Dringlichkeitsimpulse durch das abkühlende Gewebe, um so schnell wie möglich die Produktion der Substanzen zu veranlassen, die für eine Regenerierung und Verjüngung gebraucht wurden. Doch nach der erfolgten Heilung sorgten die Gene nicht für eine Beendigung des enorm beschleunigten Zellteilungsrhythmus. Irgend etwas stimmte nicht. Erics Körper stellte noch immer weiteres Fleisch und neue Knochen her. Zwar war das entsprechende Gewebe sicher völlig gesund, aber der Prozeß ließ sich mit einer Krebswucherung vergleichen.

Der Leib nahm eine neue Gestalt an.

Was für eine?

Erics Herz klopfte wie rasend, und kalter Schweiß brach ihm aus.

Mit einem Ruck stand er auf. Ein Spiegel, dachte er. Ich muß mein Gesicht sehen.

Er fürchtete sich davor, sein Ebenbild zu betrachten. Neuerliches Entsetzen entstand in ihm, als er daran dachte, was für ein Anblick ihn erwarten mochte. Doch gleichzeitig verspürte er den unwiderstehlichen Drang herauszufinden, in welche Art von Ungeheuer er sich verwandelte.

Im Sportartikelgeschäft am See entschied sich Ben für ein halbautomatisches Remington-Gewehr – eine verheerende Waffe, wenn man richtig damit umzugehen verstand. Und das war bei Shadway der Fall. Außerdem kaufte er Munition, sowohl für das Gewehr als auch die Combat Magnum und Rachaels 32er.

Zwar erforderte der Erwerb von Handfeuerwaffen keine besondere Erlaubnis, aber Ben mußte trotzdem ein Formular ausfüllen, trug Name, Adresse und Sozialversicherungsnummern ein und legte seinen Führerschein vor. Während er damit beschäftigt war, entschuldigte sich der Mann hinter dem Tresen – »Nennen Sie mich Sam«, hatte er gesagt, als er ihnen seinen Waffenbestand zeigte – und trat auf einige Angler zu, die sich für neue Ruten interessierten.

Der zweite Verkäufer beriet einen anderen Kunden, stand dicht vor der Südwand des langen Raums und erklärte geduldig die Vorzüge verschiedener Schlafsackausführungen.

Hinter dem Tresen stand ein Radio im Regal, justiert auf einen Sender in Los Angeles. Als Ben und Rachael das Gewehr auswählten, ertönte nur Popmusik aus dem Lautsprecher, dann und wann unterbrochen von einem kurzen Werbespot. Jetzt aber begannen die 12.30 Uhr-Nachrichten, und plötzlich hörte Ben seinen Namen.

»... ist auf Bundesebene die Fahndung nach Ben Shadway und Rachael Leben eingeleitet worden. Mrs. Leben ist die Frau des erfolgreichen Unternehmers Eric Leben, der gestern bei einem Verkehrsunfall den Tod fand. Nach der Auskunft eines Sprechers des Justizministeriums werden Shadway und Mrs. Leben im Zusammenhang mit dem Diebstahl streng geheimer Forschungsunterlagen gesucht, bei denen es um verschiedene vom Verteidigungsministerium finanzierte Entwicklungsprojekte der Geneplan Corporation geht. Darüber hinaus stehen sie in dem Verdacht, gestern abend im Verlauf einer nächtlichen Verfolgungsjagd zwei Polizisten aus Palm Springs erschossen zu haben.«

Rachael starrte Ben groß an. »Das ist doch verrückt!«

Shadway legte ihr die eine Hand auf den Arm, um sie zu beruhigen, blickte sich nervös um und stellte fest, daß die beiden Verkäufer noch immer mit den anderen Leuten sprachen. Er wollte unbedingt vermeiden, daß sie auf die Nachrichten achteten. Der Mann namens Sam hatte sich bereits Bens Führerschein angesehen, bevor er ihm das Formular reichte. Daher wußte er, wie sein Kunde hieß. Und wenn er den Namen im Radio hörte, würde er sicher sofort reagieren.

Für Rachael und Ben hatte es keinen Sinn, ihre Unschuld zu beteuern. Bestimmt wäre Sam trotzdem entschlossen gewesen, die Polizei anzurufen. Vielleicht lag irgendwo ein Revolver hinter dem Tresen bereit, unter der Kasse etwa, und möglicherweise hätte Sam Ben und Rachael damit bis zum Eintreffen der Cops in Schach gehalten.

»Jarrod McClain, Direktor der Defense Security Agency, koordiniert die Ermittlungen und die Fahndung nach Shadway und Mrs. Leben. Vor einer Stunde gab er in Washington eine Pressekonferenz und bezeichnete die Angelegenheit als ein ›ernstes Problem, von dem man mit vollem Recht behaupten kann, es betreffe die nationale Sicherheit...‹«

Sam stand vor dem Gestell mit den Angelruten, lachte über den Scherz eines Kunden – und kehrte in Richtung Kasse zurück. Einer der anderen Männer folgte ihm. Sie unterhielten sich angeregt und schenkten den Radiomeldungen keine bewußte Aufmerksamkeit.

»Zwar wurde bestätigt, daß Shadway und Mrs. Leben der Staatssicherheit schweren Schaden zufügten, aber weder McClain noch der Sprecher des Justizministeriums waren bereit, genauere Angaben über die Forschungsarbeiten zu machen, die Geneplan im Auftrag des Pentagon durchführt.«

Sam und sein Begleiter waren noch etwa sechs Meter entfernt und in ein Gespräch vertieft, bei dem es um Ruten und Köder aus künstlichen Fliegen ging.

Rachael warf einen besorgten Blick in ihre Richtung, und Ben gab ihr einen unauffälligen Stoß, um sie abzulenken. Angesichts ihres furchtsamen Gesichtsausdrucks bestand die Gefahr, daß Sam und der Kunde auf die Nachrichtensendung aufmerksam wurden.

»... *rekombinante DNS als Hauptgeschäft der Geneplan Corporation...*«

Sam trat auf die Kasse zu, und der andere Mann folgte ihm.

»*Alle Polizeipräsidenten in Kalifornien und den Staaten im Südwesten haben Fotografien und Beschreibungen von Benjamin Shadway und Rachael Leben erhalten. Darüber hinaus wies man die zuständigen Stellen darauf hin, daß die gesuchten Personen bewaffnet und daher sehr gefährlich sind.*«

Sam und der Angler erreichten die Kasse, und Ben richtete seine Aufmerksamkeit wieder auf das Formular.

Der Nachrichtensprecher verlas eine andere Meldung.

Ben war überrascht und erleichtert, als er hörte, wie Rachael mit dem Angler zu plaudern begann. Es handelte sich um einen großen und stämmigen, etwa fünfzig Jahre alten Mann, der ein schwarzes T-Shirt trug, das seine muskulösen Arme und die blauroten Tätowierungen darauf gut zur Geltung brachte. Rachael gab vor, sich sehr für solche Tätowierungen zu interessieren, und der Angler reagierte wie die meisten Männer, fühlte sich geschmeichelt. Niemand, der Rachael auf diese Weise erlebte, würde vermuten, daß sie gerade einen Nachrichtensprecher gehört hatte, der sie als flüchtige Mordverdächtige bezeichnete.

Die gleichgültig aus dem Lautsprecher des Radios plärrende Stimme berichtete von einem Bombenanschlag im Nahen Osten. Sam drehte sich um und schaltete das Gerät ab. »Ich hab's satt, immerzu von den verdammten Arabern zu hören«, wandte er sich an Ben.

»Mir geht es ebenso«, erwiderte Shadway und füllte die letzte Rubrik aus.

»Wenn es nach mir ginge...«, brummte Sam. »Ich würde einfach ein paar Atombomben abwerfen und den arabischen Stall gründlich ausmisten.«

»Klar«, pflichtete ihm Ben bei. »Ab in die Steinzeit.«

Sam nickte, legte eine Kassette ins Abspielfach des Radiorecorders und schaltete das Gerät wieder ein. »Das würde für die Beduinen wohl kaum einen großen Unterschied machen. Sie leben ja bereits in der verdammten Steinzeit.«

»Dann zurück mit ihnen in die Epoche der Dinosaurier«, sagte Ben, als die Melodien der Oak Ridge Boys erklangen.

Rachael gab lautstark ihrem Erstaunen Ausdruck, als ihr der alte Angler erzählte, die Tätowierungsnadeln müßten durch alle drei Hautschichten gestochen werden.

»In die Epoche der Dinosaurier«, bestätigte Sam. »Sollen die Terroristen doch mal versuchen, einen Tyrannosaurus zu erschrecken, hm?«

Ben lachte und reichte ihm das vollständig ausgefüllte Formular.

Er hatte bereits mit seiner Kreditkarte bezahlt, und Sam legte die Quittung in den Beutel mit der Munition. »Besuchen Sie uns bald wieder.«

»Das mache ich bestimmt«, sagte Shadway.

Rachael verabschiedete sich von dem tätowierten Angler, und anschließend verließen sie den Laden.

Als sich die Tür hinter ihnen schloß, hörte Ben die leise Stimme des Tätowierten, der zu Sam sagte: »Was für eine Frau!«

Du ahnst nicht einmal, wie recht du damit hast, dachte Shadway und lächelte. Als er den Kopf hob, fiel sein Blick auf einen Streifenwagen der Polizei. Und knapp drei Meter vor ihnen stand ein Vertreter des Sheriffs von Riverside County.

Helles Neonlicht spiegelte sich auf den grünen und weißen Fliesen, hell genug, um alle schrecklichen Einzelheiten zu offenbaren.

Auf dem in Messing eingerahmten Badezimmerspiegel zeigten sich nicht die geringsten Flecken, und das Bild darin war klar, *zu* klar.

Der Anblick seines Spiegelbildes überraschte Eric nicht sonderlich, denn im Wohnzimmer hatte er sein Gesicht abgetastet und dabei zumindest eine vage Vorstellung von den physiognomischen Veränderungen gewonnen. Doch die visuelle Bestätigung seiner Befürchtungen kam trotzdem einem Schock gleich – und war gleichzeitig eine der faszinierendsten Erfahrungen seines Lebens.

Vor rund einem Jahr hatte er sich selbst zum Versuchsobjekt des Wildcard-Experiments gemacht und seine genetische Struktur verändert. Seit jenem Tag litt er nicht mehr an Erkältungen oder Grippe, ebensowenig wie an Magenbeschwerden und Kopfschmerzen. Woche um Woche verstärkte sich seine Überzeugung, daß die genetische Modifizierung zu den gewünschten Ergebnissen führte, ohne irgendwelche Nebenwirkungen.

Nebenwirkungen.

Fast hätte Eric laut aufgelacht. Fast.

Entsetzt starrte er in den Spiegel, als sei er ein Fenster zur Hölle, hob eine zitternde Hand und berührte sich erneut an der Stirn. Zögernd betastete er den schmalen Knorpelhöcker, der von der Nasenwurzel bis zum Haaransatz reichte.

Die verheerenden Wunden, die er gestern durch den Verkehrsunfall davongetragen hatte – sie stellten eine weitaus intensivere Stimulierung des Regenerationspotentials dar als etwa Grippeviren. Die Gene steigerten die Aktivität der Körperzellen um ein Vielfaches, so daß sie Interferon produzierten, ein breites Spektrum infektionsbekämpfender Antikörper, und außerdem lief der innere Motor zur Herstellung von Proteinen und Hormonen auf Hochtouren. Aber aus irgendeinem Grund dauerte die Flut dieser Substanzen an – obgleich der Heilungsprozeß im großen und ganzen abgeschlossen war und entsprechende chemische Reaktionen nicht mehr benötigt wurden. Erics Körper ersetzte nicht mehr nur beschädigtes Gewebe, sondern formte in einem beeindruckend schnellen Rhythmus neue Zellkomplexe ohne sichtbare Funktion.

»Nein«, sagte Eric langsam. »Nein.« Er versuchte zu leugnen, was sich seinen Blicken darbot. Doch es war eine Realität, die er unter seinen Fingerkuppen spüren konnte. Der seltsame Knochenbuckel beschränkte sich nicht nur auf die Stirn, sondern setzte sich über den Kopf fort, bis hin zum Nacken. Als Eric mit den Fingerspitzen darüber hinwegstrich, glaubte er fast zu fühlen, wie er weiterhin wuchs.

Entweder blieb die Veränderung seines Körpers dem Zufall überlassen, oder sie geschah aufgrund eines bestimmten Entwicklungsprogramms, das sich seinem Verständnis entzog. Was auch immer zutreffen mochte: Eric wußte nicht, wann und wo der Prozeß zum Stillstand kam. Vielleicht nie. Vielleicht erfolgte das Wachstum in einem endlosen Kreislauf immer neuer Modifizierungen – eine permanente Metamorphose, die ihn zu einem Ungeheuer machte, ihn in ein Wesen verwandelte, das nichts Menschliches mehr an sich hatte.

Eric betastete den dicken Knochenrücken über seinen Augen. Er erinnerte an den Stirnwulst eines Neandertalers – aber bei Neandertalern gab es keinen Knorpelhöcker, der vom Nasenrücken ausging, sich über den ganzen Kopf erstreckte und erst über dem Nakken endete. Und Eric konnte sich an keine Vorfahren des modernen Homo sapiens erinnern, die dicht unterhalb des Haaransatzes dick angeschwollene und pulsierende Blutgefäße aufwiesen.

Die mentale Trägheit Erics dauerte an. Nach wie vor wallte Benommenheitsdunst durch die finsteren Gewölbe seiner Gedanken, und es fiel ihm noch immer schwer, sich zu erinnern, alle Schubladen seines Gedächtnisses zu öffnen. Dennoch begriff er die volle Tragweite dieser Entdeckung. Er konnte nicht damit rechnen, jemals wieder ein vollwertiges Mitglied der menschlichen Gemeinschaft zu werden. Ganz offensichtlich war er sein eigenes Frankensteinmonster und hatte sich zu einem ewigen Außenseiter gemacht.

Plötzlich erschien ihm seine Zukunft so finster wie die schwärzeste Nacht. Vielleicht gelang es seinen Gegnern irgendwann, ihn zu überwältigen und ihn irgendwo in ein Laboratorium zu stecken, wo er zum Opfer wissenschaftlicher Neugier werden mochte. Er stellte sich vor, wie namenlose Forscher endlose Tests an ihm durchführten, die sie für wichtige und bedeutsame Experimente hielten, für Eric jedoch wie eine Folter wären. Oder er floh in die Wildnis, durchstreifte die Wälder und Berge und ernährte sich von Beeren, Insekten und kleinen Tieren, wodurch die Legende von einem neuen Ungeheuer entstünde – bis er irgendwann durch Zufall einem Jäger begegnete, der ihn erschösse. Ganz gleich, welches Schicksal die Zukunft für ihn bereithielt: In jedem Fall erwartete ihn immerwährend Furcht, eine Angst, die sich nicht etwa auf Leute bezöge, die ihm nachstellten, sondern vielmehr auf den Veränderungsprozeß seines Körpers.

Doch in dem emotionalen Chaos aus Verzweiflung und namenlosem Schrecken gab es auch einen ruhigen Punkt, der Eric Linderung verschaffte – jene Art von profunder Neugier, die ihn zu einem berühmten Wissenschaftler gemacht hatte. Mit nicht unerheblicher Faszination starrte er auf sein Spiegelbild, auf die deutlichen Anzeichen der von ihm selbst bewirkten genetischen Katastrophe – sich der Tatsache bewußt, daß er Zeuge eines einzigartigen Vorgangs wurde. Diese Erkenntnis ließ Aufregung in ihm vibrieren, und sie schien seiner Existenz einen neuen Sinn zu verleihen. In gewisser Weise strebte jeder Forscher danach, wenigstens einen kurzen Blick auf die großen und dunklen Mysterien zu werfen, die sich hinter dem Begriff ›Leben‹ verbargen. Erics Beobachtungen aber beschränkten sich nicht nur auf einen Teilaspekt, sondern auf alle Faktoren der menschlichen Entwicklung: Er konnte dem Wachstum so lange zusehen, wie er den dazu notwendigen Mut aufbrachte.

Der Gedanke an Selbstmord huschte kurz durch seinen mentalen Fokus und verflüchtigte sich dann wieder. Die Möglichkeit, zu neuen und überaus wichtigen Einsichten zu gelangen, war viel wichtiger als das körperliche und geistige Leid, das er fortan ertragen mußte. Eric verglich seine Zukunft mit einer sonderbaren Landschaft, in der die Schatten aus Furcht bestanden, das Licht aus Schmerz. Und doch verspürte er das eigentümliche Bedürfnis, jene neue Welt zu durchwandern, in Richtung eines fernen Horizonts, den er noch nicht zu erkennen vermochte. *Er wollte unbedingt herausfinden, in was er sich verwandelte.*

Außerdem hatte sich seine Todesfurcht trotz der jüngsten Ereignisse nicht verringert. Tatsächlich glaubte er, dem Grab jetzt näher zu sein als jemals zuvor, und dieser Umstand verstärkte seine Nekrophobie. Es spielte keine Rolle, was für ein Leben ihn erwartete: Er mußte dem Verlauf des Weges folgen, der sich vor ihm erstreckte. Sicher, die gegenwärtige Metamorphose erfüllte ihn mit Grauen, aber die einzige Alternative zum Leben – der Tod – entsetzte ihn noch mehr.

Während er in den Spiegel blickte, begann erneut der Kopfschmerz zu pochen.

Er glaubte, ein neues Schimmern in seinen Augen zu erkennen, und beugte sich vor.

Mit seinen Pupillen stimmte irgend etwas nicht. Sie erschienen ihm seltsam, anders als noch vor einigen Minuten, aber er sah sich außerstande, den Unterschied zu bestimmen.

Das Hämmern hinter seiner Stirn wurde immer heftiger. Das Neonlicht blendete Eric, und er kniff die Augen zusammen.

Er richtete die Aufmerksamkeit auf den Rest seines Gesichts, und plötzlich gewann er den Eindruck, daß sich auch an seiner rechten Schläfe etwas veränderte, ebenso wie in Höhe des Wangenbeins und des Jochbogens am und unter seinem rechten Auge.

Einmal mehr flackerte das Feuer der Furcht in ihm, und sein Pulsschlag beschleunigte sich jäh.

Der stechende Schmerz erweiterte sich auch auf große Teile des Gesichts.

Abrupt wandte sich Eric vom Spiegel ab. Es fiel ihm schon schwer genug, die monströsen Auswüchse nach ihrer Formung zu betrachten, aber er konnte kaum die Kraft aufbringen, den Verwandlungsprozeß zu beobachten, *während* er fortschritt.

Eric starrte auf seine großen Hände und rechnete fast damit, dunkles Haar zu sehen, das sich aus den Poren schob. Angesichts dieser Vorstellung lachte er kurz auf, lauschte dem heiseren, rauhen und völlig humorlosen Klang seiner Stimme und begann zu schluchzen.

Kopf und Gesicht wurden zu einem Nährboden, auf dem nichts anderes gedieh als nur intensive Pein. Selbst die Lippen schmerzten. Eric wankte aus dem Bad, stolperte an die Spüle, stieß gegen den Türpfosten und wimmerte leise – eine monotone Symphonie der Angst und des Leids.

Der Vizesheriff von Riverside County trug eine dunkle Sonnenbrille, hinter der seine Augen verborgen blieben, und deshalb fiel es Ben schwer, ihn einzuschätzen. Seine Körperhaltung ließ jedoch auf eine gewisse Gelassenheit schließen. Nichts deutete darauf hin, daß er Shadway und Rachael als gesuchte Verbrecher erkannte.

Ben griff nach dem Arm der jungen Frau und ging weiter.

Während der letzten Stunden hatten alle Polizeipräsidien in Kalifornien und den Staaten des Südwestens Beschreibungen und Fotografien erhalten – doch das bedeutete nicht, daß die Fahndung nach den beiden angeblichen Hochverrätern den ersten Platz auf der Dringlichkeitsliste eines jeden Cops einnahm.

Der Polizist schien sie argwöhnisch zu beobachten.

»Entschuldigen Sie bitte«, sagte der Beamte.

Ben blieb stehen und spürte, wie sich Rachael versteifte. Er rang sich ein Lächeln ab, versuchte, ganz ruhig zu bleiben. »Sir?«

»Der Chevy dort drüben... Gehört er Ihnen?«

Ben zwinkerte. »Äh... nein.«

»Eins der Rücklichter ist gesplittert«, stellte der Beamte fest und nahm die Sonnenbrille ab. In seinen Augen glänzte kein Mißtrauen.

»Wir fahren einen Ford«, entgegnete Ben und deutete in die entsprechende Richtung.

»Wissen Sie, wer mit dem Chevy unterwegs ist?«

Ben schüttelte den Kopf. »Nein. Vermutlich einer der Kunden im Laden.«

»Nun, ich wünsche Ihnen noch einen angenehmen Tag«, sagte der Hilfssheriff. »Genießen Sie den Aufenthalt in unseren prächtigen Bergen.« Er schritt an Ben und Rachael vorbei und betrat das Geschäft.

Shadway gab sich alle Mühe, nicht zum Ford zu *laufen*, und offenbar mußte Rachael ebenfalls einer solchen Versuchung widerstehen. Sie setzten sich wieder in Bewegung und schlenderten fast auffallend langsam über den Parkplatz.

Die gespenstische Stille, die sie bei ihrer Ankunft erwartet hatte, existierte nicht mehr, und der Tag war voller Aktivität. Auf dem See brummte ein Außenbordmotor wie ein großer Hornissenschwarm. Lauer Wind wehte, strich über das blaue Wasser, flüsterte in den Baumwipfeln und bewegte das Gras und die wild wachsenden Blumen. Einige Wagen fuhren über die Staatsstraße, und aus einem der Autos dröhnten Hardrockklänge.

Sie erreichten den gemieteten Ford, der im kühlen Schatten der Kiefern stand.

Rachael nahm auf dem Beifahrersitz Platz, schloß die Tür und verzog bei dem lauten Klacken das Gesicht – als fürchte sie, dieses Geräusch könne den Polizisten alarmieren und erneut auf sie aufmerksam machen. Der Blick ihrer grünen Augen war unstet und besorgt. »Laß uns von hier verschwinden.«

»Nichts lieber als das«, erwiderte Ben und startete den Motor.

»Wir suchen uns irgendeine abgelegene Stelle, wo du das Gewehr auspacken und laden kannst.«

Shadway lenkte den Ford auf die zweispurige Straße, die ganz um den See herumführte, und fuhr nach Norden. Immer wieder sah er in den Rückspiegel. Niemand folgte ihnen. Seine Befürchtungen, die Verfolger seien ihnen unmittelbar auf den Fersen, war irrational und paranoid, aber trotzdem ging sein Blick immer wieder in den Spiegel.

Links von ihnen erstreckte sich der glänzende See, und rechts ragten die Berge in die Höhe. Hier und dort standen Gebäude auf gerodeten Lichtungen. Einige von ihnen wirkten wie Villen im Countrystil, und bei anderen handelte es sich um hübsche Wochenendhäuschen. Manchmal gehörte das Terrain entweder der Regierung oder war zu steil, um als Baugrund zu dienen, und in den entsprechenden Bereichen bildeten dicht an dicht wachsende Büsche und Sträucher ein dorniges Dickicht. Schilder warnten davor, offene Feuer zu entzünden – im Sommer und Herbst herrschte in ganz Südkalifornien akute Waldbrandgefahr. Die Straße wand sich in engen Kurven durch das Bergland, führte abwechselnd durch schattige Pinientunnel und golden glitzernden Sonnenschein.

Nach einigen Minuten sagte Rachael: »Sie können doch wohl nicht im Ernst glauben, wir hätten Staatsgeheimnisse gestohlen.«

»Nein«, bestätigte Ben.

»Ich meine, ich wußte nicht einmal, daß Geneplan für das Verteidigungsministerium arbeitete.«

»Darum geht es überhaupt nicht. Die ganze Sache ist nur ein Vorwand.«

»Und *warum* will man uns unbedingt aus dem Verkehr ziehen?«

»Weil wir wissen, daß Eric... zurückgekehrt ist.«

»Glaubst du, die Regierung weiß ebenfalls darüber Bescheid?« fragte Rachael.

»Du hast mir erzählt, das Projekt Wildcard sei ein gut gehütetes Geheimnis gewesen. Die einzigen Eingeweihten waren Eric, seine Partner von Geneplan – und du.«

»Ja, das stimmt.«

»Aber wenn Geneplan sich andere Forschungsprojekte vom Pentagon finanzieren ließ, so kannst du sicher sein, daß die Regierung umfassende Informationen über die Leiter des Unternehmens und die an den Entwicklungsarbeiten teilhabenden Wissenschaftler einholte. Es ist unmöglich, einerseits höchst lukrative Aufträge mit hohem Sicherheitsstatus zu akzeptieren und andererseits zu hoffen, zumindest Teilbereiche der Privatsphäre zu wahren.«

»Das ergibt einen gewissen Sinn«, gestand Rachael ein. »Vielleicht hat Eric diese Möglichkeit nicht berücksichtigt. Er glaubte immer, er sei allen anderen Leuten überlegen.«

Ein Hinweisschild warnte vor Straßenschäden. Ben trat auf die Bremse, und der Ford rumpelte durch die Schlaglöcher. Die Stoßdämpfer quietschten und knarrten; Blech rasselte.

Als der Asphalt wieder glatt und eben war, sagte Shadway: »Das Pentagon wußte also genug über Wildcard, um die richtigen Schlüsse zu ziehen, als die sterblichen Überreste Erics aus dem Leichenschauhaus verschwanden. Jetzt will es das Geheimnis hüten und vermeiden, daß etwas an die Öffentlichkeit gerät. Wahrscheinlich hält die Regierung das Projekt für eine potentielle Waffe oder eine Quelle enormer Macht.«

»Macht?«

»Wenn das Verfahren perfektioniert wird, bedeutet es Unsterblichkeit für diejenigen, die sich der Behandlung unterziehen. Mit anderen Worten: Der Wildcard kontrolliert, entscheidet darüber, wer ewig lebt und wer sterben muß. Kannst du dir ein besseres Mittel vorstellen, um vollständige politische Macht über die ganze verdammte Welt zu erringen?«

Rachael schwieg eine Zeitlang. »Lieber Himmel!« entfuhr es ihr schließlich. »Ich bin so auf die persönlichen Aspekte konzentriert gewesen, auf Wildcards Bedeutung für *mich*, daß ich die Sache bisher nicht aus dieser Perspektive gesehen habe.«

»Aus diesem Grund wird nach uns gefahndet«, stellte Ben fest.

»Das Pentagon will verhindern, daß wir das Geheimnis ausplaudern, bevor das Wildcard-Verfahren sicher ist. Wenn die Sache vorher platzte, könnten die Entwicklungsarbeiten nicht mehr ungestört fortgesetzt werden.«

»Genau. Du erbst die größten Anteile Geneplans, und deshalb glaubt die Regierung möglicherweise, sie könne dich zur Zusammenarbeit überreden, zum Nutzen des Staates – und zu deinem eigenen Vorteil.«

Rachael schüttelte den Kopf. »Nein, unmöglich. In dieser Hinsicht bin ich zu keinen Kompromissen bereit. Wenn es sich mit Hilfe der Gentechnik tatsächlich bewerkstelligen ließe, die menschliche Lebenserwartung bedeutend zu erhöhen und das individuelle Heilungspotential zu steigern, sollten die Forschungsarbeiten veröffentlicht werden, so daß *alle* in den Genuß einer entsprechenden Behandlung kommen könnten. Es ist unmoralisch, sie auf einige wenige zu beschränken.«

»Ich dachte mir schon, daß du es so siehst«, erwiderte Ben und lenkte den Ford durch eine scharfe Rechtskurve.

»Außerdem könnte mich nichts in der Welt dazu bringen, die Forschungsarbeiten des Wildcard-Projekts in der bisherigen Richtung weiterzuführen. Ich spüre ganz deutlich, daß die Wissenschaftler den falschen Weg wählten.« Ben nickte.

»Zugegeben: Ich weiß nur wenig von Genetik. Aber ich spüre, daß sich Eric und die anderen auf etwas sehr Gefährliches eingelassen haben. Denk an die Mäuse, von denen ich dir erzählte. Und... an das Blut im Kofferraum des Wagens, den wir in der Garage der Villa fanden.«

Ben erinnerte sich daran – einer der Gründe, warum er ein Gewehr gekauft hatte.

»Wenn ich die Leitung von Geneplan übernähme«, sagte Rachael, »könnte ich mich durchaus dazu bereit finden, die Langlebigkeitsforschungen fortzusetzen. Aber ich würde darauf bestehen, das Wildcard-Projekt fallenzulassen und ganz von vorn zu beginnen.«

Ben nickte erneut. »Ich kenne deine Einstellung, und vermutlich ist sie auch der Regierung nicht unbekannt. Daher bezweifle ich, ob das Pentagon nur versuchen möchte, dich zur Kooperation zu bewegen. Die Leute, die die Fahndung nach uns veranlaßt haben... Ich bin sicher, sie wissen alles über dich. Als Erics Ehefrau haben sie bestimmt auch Informationen über dich gesammelt, und deshalb muß ihnen klar sein, daß du dich nicht bestechen läßt, auch nicht mit Drohungen eingeschüchtert werden kannst. Aus diesem Grund haben sie vermutlich ganz etwas anderes vor.«

»Es ist meine katholische Erziehung«, sagte Rachael mit einem Hauch von Ironie. »Ich komme aus einer sehr religiösen Familie.«

Ben hob überrascht die Brauen.

»Meine Eltern schickten mich auf eine Mädchenschule, die von Nonnen geleitet wurde«, fuhr Rachael fort. »Schon nach kurzer Zeit verabscheute ich die endlosen Messen, die Demütigung der Beichte, bei der ich meine so trivialen Sünden offenbaren mußte. Aber ich nehme an, jene Zeit hatte auch ihre Vorteile, gab meinem Charakter den richtigen Schliff.«

Ben wandte den Blick kurz von der Straße ab und musterte die junge Frau an seiner Seite. Die sich rasch verändernden Schattenmuster der Bäume machten es ihm unmöglich, ihren Gesichtsausdruck zu deuten.

Rachael seufzte. »Wie dem auch sei: Wenn die Regierung weiß, daß sie mich nicht dazu zwingen kann, gegen mein Gewissen zu handeln... Warum läßt sie dann unter irgendeinem Vorwand nach uns fahnden?«

»Du sollst umgebracht werden.«

»Was?«

»Das Pentagon will dich aus dem Weg räumen, um anschließend mit Erics Partnern zu verhandeln, mit Knowls, Seitz und den anderen, die bereits bewiesen haben, wie korrupt sie sind.«

Rachael war schockiert, und ihre Reaktion stellte keine Überraschung für sie dar. Sie glaubte nicht, übermäßig naiv zu sein, aber sie wies einen ausgeprägten Gegenwartsfokus auf und verschwendete kaum einen Gedanken an die komplexe Welt um sie herum, die sich ständig veränderte, wurde nur darauf aufmerksam, wenn der dauernde Wandel mit ihrem Bestreben kollidierte, bestimmte Augenblicke voll auszukosten. Aus Zweckmäßigkeitsgründen akzeptierte sie eine Vielzahl von Mythen, um ihr Leben dadurch übersichtlicher zu gestalten. Ein besonders wichtige Myhtos bestand in der Überzeugung, der Regierung liege nichts mehr am Herzen als die Wahrnehmung ihrer Interessen, ganz gleich, um was es sich dabei handelte: Kriegserklärungen, Reformen des Justizwesens oder Steuererhöhungen. Rachael war politisch neutral und interessierte sich nicht dafür, wer bei Wahlen gewann. Infolge dieser Einstellung fiel es ihr leicht, an die guten Absichten derjenigen zu glauben, die so versessen darauf waren, der Öffentlichkeit zu dienen.

Einige Sekunden lang starrte sie Ben aus weit aufgerissenen Augen an.

»Mich umbringen? Nein, nein, Benny. Die Regierung der USA ist doch kein totalitär-faschistischer Staat, der im Stile Pinochets Todesschwadronen einsetzt, um mißliebige Zivilisten zu exekutieren. Das ist völlig absurd!«

»Ich meine nicht die ganze Regierung, Rachael. Senat, Präsident und Kabinettssekretäre haben bestimmt nicht über das Problem diskutiert, das du darstellst. Nein, es handelt sich nicht um eine Verschwörung, an der Dutzende oder gar Hunderte von Personen beteiligt sind. Aber irgend jemand im Pentagon, in der DSA oder im CIA kam zu dem Schluß, daß du die nationalen Interessen in erhebliche Gefahr bringst und das Wohlergehen von Millionen Bürgern bedrohst. Und wenn die Zukunft vieler Millionen Menschen dem Schicksal weniger Personen gegenübersteht, so fällt es kollektivistischen Denkern nicht schwer, eine rasche Entscheidung zu treffen. Solche Leute sind immer bereit, den einen oder anderen Mord zu rechtfertigen – sogar den Tod *Tausender* –, wenn es um das sogenannte Wohlergehen der Massen geht. Sie sehen die Sache aus dieser Perspektive. Obwohl sie immer wieder behaupten, wie wichtig das Individuum sei. Sie befehlen ihren Handlangern, einige bestimmte Personen umzubringen – und bekommen nicht einmal Gewissensbisse.«

»Meine Güte...«, erwiderte Rachael dumpf. »In was habe ich dich nur hineingezogen, Benny?«

»Du konntest mich nicht heraushalten«, stellte Shadway richtig. »Ich wollte unbedingt dabeisein. Und ich bedaure es nicht.«

Rachael schüttelte stumm und erschüttert den Kopf.

Voraus zweigte ein Weg links von der Hauptstraße ab, und auf einem Schild stand: ZUM SEE - ANLEGESTELLEN FÜR BOOTE. Ben steuerte den gemieteten Ford über den groben Kies der Nebenstraße. Nach einem knappen halben Kilometer blieben die Bäume hinter ihnen zurück, und sie erreichten eine zwanzig Meter breite und hundert Meter lange Lichtung am Ufer. Der Sonnenschein spiegelte sich hell auf dem Wasser des Sees wider.

Mehr als ein Dutzend Autos, Kleinlieferwagen und Camper parkten am gegenüberliegenden Rand der Lichtung, und hier und dort standen Anhänger mit Booten. Mehrere Personen saßen an Picknicktischen, und zwei Jungen spielten Football. Etwas weiter entfernt standen Angler am Ufer und hantierten mit ihren Ruten.

Alle erweckten einen ruhigen und entspannten Eindruck. Wenn irgend jemand von ihnen ahnte, daß sich jenseits dieses Friedens Unheil anbahnte, so ließ sich der Betreffende nichts anmerken.

Ben fuhr auf den Parkplatz, stellte den Ford jedoch dicht vor dem Waldrand ab, so weit wie möglich von den anderen Wagen entfernt. Er drehte den Zündschlüssel herum, kurbelte das Fenster herunter und schob den Sitz ganz zurück, um Platz genug zu haben. Dann griff er nach der langen Schachtel mit dem Gewehr, öffnete sie und holte die Waffe hervor.

»Paß auf die Leute auf«, wandte er sich an Rachael. »Gib mir sofort Bescheid, wenn sich jemand nähert. Ich möchte vermeiden, daß jemand das Gewehr sieht und Verdacht schöpft. Die Jagdsaison hat noch nicht begonnen.«

»Was hast du vor, Benny?«

»Wir haben doch einen Plan, nicht wahr?« Mit dem Wagenschlüssel ritzte er die Kunststoffumhüllung der Waffe auf. »Wir suchen Erics Hütte und stellen fest, ob er sich dort aufhält.«

»Aber die Fahndung nach uns... der Umstand, daß man es auf uns abgesehen hat... Das ändert doch alles, oder?«

»Nein, nicht viel.« Ben zerknüllte das Plastik, warf es auf den Rücksitz und setzte die Waffe zusammen. Das Gewehr verlieh ihm ein Gefühl der Sicherheit. »Unsere ursprüngliche Absicht bestand darin, Eric zu finden und ihn zu erledigen – bevor er sich soweit erholt, um *dich* aufs Korn zu nehmen. Vielleicht sollten wir diesen Punkt revidieren. Möglicherweise wäre es besser, ihn gefangenzunehmen...«

»Lebend?« fragte Rachael. Diese Vorstellung gefiel ihr nicht sonderlich.

»Lebt er überhaupt? Nun, ganz gleich, in welchem Zustand er sich auch befindet: Ich glaube, wir sollten ihn überwältigen, fesseln und ihn irgendwohin bringen – zum Beispiel ins Büro der *Los Angeles Times*. Und dort veranstalten wir dann eine Pressekonferenz. Wird für einige Typen ein ziemlicher Schock sein.«

»Nein, Benny, nein, nein. Das geht nicht.« Rachael schüttelte den Kopf. »Unmöglich. Wir müssen damit rechnen, daß Eric gewalttätig ist, vor nichts zurückschreckt. Ich habe dir doch von den Mäusen erzählt. Um Himmels willen: Du hast das Blut im Kofferraum gesehen, die verwüsteten Zimmer, die Messer in der Wand. Denk daran, wie wir Sarah fanden. Wir dürfen es nicht riskieren, ihm zu nahe zu kommen. Mach dir nichts vor: Von dem Gewehr läßt er sich bestimmt nicht einschüchtern. Vielleicht beachtet er es nicht einmal. Wenn du an ihn herantrittst, reißt er dir nicht etwa die Waffe aus der Hand, sondern versucht, deinen Kopf zu zerschmettern. Außerdem: Wir wissen gar nicht, ob er ebenfalls bewaffnet ist. Nein, nein. Wenn wir ihn sehen, müssen wir sofort auf ihn schießen, ohne zu zögern, ihm solche Wunden zufügen, daß sich sein Körpergewebe nicht noch einmal regenerieren kann.«

Ein Hauch von Panik zitterte in Rachaels Stimme, und sie sprach immer schneller, als sie versuchte, Ben zu überzeugen.

Selbst wenn man an die besondere Situation dachte, mit der sie jetzt konfrontiert waren, an das dämonische Wesen des Mannes, den sie verfolgten – Rachaels Furcht schien übertrieben zu sein. Shadway dachte an ihre ultrareligiöse Erziehung und fragte sich, ob sie der Grund für eine derartige Reaktion sein mochte. Vielleicht hatte sie nicht nur deshalb solche Angst vor Eric, weil er sich von einem Augenblick zum anderen in einen Berserker verwandeln konnte und ein wandelnder Toter war, ein Zombie, sondern weil er es wagte, die Macht eines Gottes zu beanspruchen, indem er den Tod besiegte.

Ben wandte den Blick vom Gewehr ab und griff nach Rachaels Händen. »Ich werde schon mit ihm fertig, Schatz. Ich habe es mit weitaus schlimmeren Dingen zu tun bekommen...«

»Sei nicht so optimistisch! Sonst machst du einen Fehler und fällst ihm zum Opfer.«

»Ich bin für den Kampf ausgebildet...«

»*Bitte!*«

»Und während der vergangenen Jahre habe ich darauf geachtet, in Form zu bleiben. Man brachte mir bei, immer bereit zu sein – und nur mir selbst und meinen besten Freunden zu vertrauen. Ich *bin* bereit, Rachael. Und bestens ausgerüstet.« Er klopfte kurz auf das Gewehr. »Es bleibt uns überhaupt keine Wahl, Rachael. Wenn wir Eric einfach umbringen, wenn wir ihn voll Blei pumpen, ihn erschießen und dafür sorgen, daß er diesmal tot *bleibt*, können wir nichts beweisen. In einem solchen Fall hätten wir nur eine Leiche. Und wer würde uns glauben, wenn wir sagen, Eric sei zuvor von den Toten wiederauferstanden?«

»Eine Laboranalyse seiner veränderten Zellstruktur«, schlug Rachael vor. »Eine genaue Untersuchung seines Genmusters. Die Ergebnisse wären Beweis genug...«

»Doch bis dahin vergingen mehrere Wochen. Zeit genug für die Regierung, den Leichnam zu beschlagnahmen, uns aus dem Weg zu räumen und die Testresultate zu manipulieren.«

Rachael setzte zu einer Erwiderung an, überlegte es sich dann aber anders, als sie zu der Einsicht gelangte, daß Ben recht hatte.

»Unsere einzige Chance, mit dem Leben davonzukommen und den vom Pentagon ausgeschickten Häschern zu entgehen, besteht darin, einen hieb- und stichfesten Beweis für die Existenz des Projekts Wildcard zu finden und die ganze Sache an die Öffentlichkeit zu bringen. Man will uns nur deshalb töten, um das Geheimnis zu wahren. Und wenn Wildcard kein Geheimnis mehr ist, wäre unser Tod völlig sinnlos. Da wir keine Unterlagen in der Hand haben, weder Akten noch Forschungsberichte, brauchen wir Eric – als lebenden Beweis für unsere Behauptungen.«

Rachael schluckte und nickte. »Na schön. Du hast recht. Aber trotzdem: Ich habe Angst.«

»Du kannst stark sein. Und darauf kommt es jetzt an.«

»Ich weiß, ich weiß. Und doch...«

Ben beugte sich vor und gab ihr einen Kuß.

Rachaels Lippen waren eiskalt.

Eric stöhnte und schlug die Augen auf.

Er merkte, daß sich sein Bewußtsein erneut in einem Koma verloren hatte, und spürte, wie sich seine Gedanken langsam wieder verdichteten. Er lag auf dem Boden des Wohnzimmers, umgeben von mindestens hundert verstreuten Schreibmaschinenblättern. Der pochende und stechende Kopfschmerz war nur noch eine Erinnerung, aber dafür empfand Eric nun ein seltsames Brennen, das seinen ganzen Schädel erfaßte, vom Nacken bis zum Kinn reichte, in fast allen Muskeln und Gelenken spürbar wurde und auch Schultern, Arme und Beine erfaßte. Es handelte sich weder um ein störendes noch ein angenehmes Gefühl, nur eine neutrale Mitteilung seiner Sinne.

Es ist, als bestünde ich aus Schokolade, die im warmen Sonnenschein langsam schmilzt, von *innen her*.

Eine Zeitlang blieb er einfach ruhig liegen und fragte sich, woher jener sonderbare Gedanke stammte. Er war verwirrt und benommen. Sein mentaler Kosmos ähnelte einem ausgedehnten Sumpf, und er verglich seine Gedanken mit Blasen aus stinkendem Gas, die an der Oberfläche des schlammigen Wassers zerplatzten. Nach einer Weile wurde das Wasser ein wenig klarer, und der Schlamm gewann eine festere Konsistenz.

Eric setzte sich auf, starrte auf die vielen Blätter in der Nähe und überlegte, was sie darstellten. Er griff nach einem davon und versuchte, die Schrift zu lesen. Zunächst zerfaserten die Konturen der Buchstaben immer wieder, reihten sich dann wie widerwillig zu Worten aneinander, die jedoch keine verständlichen Sätze formten. Einige Minuten später, als Eric den Sinn einiger Wortfolgen zu erfassen vermochte, begriff er, daß es sich um die dritte Kopie der Wildcard-Akte handelte.

Abgesehen von den Projektdaten in den Computern Geneplans existierten drei entsprechende Ausdrucke: Einer befand sich in Riverside, der zweite im Safe des Büros von Newport Beach – und die dritte Kopie hatte Eric in seiner Berghütte untergebracht. Eine Sicherheitsmaßnahme in bezug auf Seitz und Knowls, falls sie einmal versuchen sollten, mit Hilfe wohlüberlegter finanzieller Schachzüge die Kontrolle des Unternehmens an sich zu reißen. Ein derartiger Verrat war eher unwahrscheinlich, denn sie brauchten ihn, benötigten sein Genie – auch nach der Perfektionierung Wildcards. Andererseits jedoch: Eric verabscheute es, irgendwelche Risiken einzugehen.

Ganz offensichtlich hatte er vor dem letzten Koma das Badezimmer verlassen, den Keller der Hütte aufgesucht und die Aktenkopie aus dem Safe genommen. Aus welchem Grund? Um eine Erklärung für das zu finden, was derzeit mit ihm geschah? Um nach einer Möglichkeit zu suchen, den gegenwärtigen Verwandlungsprozeß aufzuhalten und rückgängig zu machen?

Das ergab doch gar keinen Sinn. Niemand hatte mit einer derart monströsen Metamorphose gerechnet. In den Unterlagen gab es nicht die geringsten Hinweise auf die Möglichkeit eines umfassenden physischen Strukturwandels.

Für eine Weile kniete er inmitten der verstreuten Blätter, konzentrierte sich besorgt auf das seltsame Brennen in seinem Leib und versuchte festzustellen, was es bedeutete. An manchen Stellen – am Rückgrat, auf dem Kopf, am Halsansatz und im Bereich der Hoden – empfand er nicht nur sonderbare Hitze, sondern auch ein gespenstisch anmutendes Prickeln.

Schließlich stand er auf, und ohne jeden Anlaß regte sich jäher Zorn in ihm. Er trat wütend aus und fegte einige Blätter davon.

Unter der Oberfläche seines Gedankensumpfes brodelte ein ihn selbst erschreckender Wahn, und trotz der Benommenheit spürte Eric, daß sich jene Raserei von den vorherigen Wutausbrüchen unterschied. Sie war noch... ursprünglicher, wies weder einen besonderen Fokus noch *menschliche* Aspekte auf, ähnelte eher dem irrationalen und instinktiven Zorn eines *Tiers*. Er hatte den Eindruck, als erwache eine rassenspezifische Erinnerung in ihm, als werde irgendein uralter genetischer Faktor aktiv, der aus prähistorischen Zeiten stammte. Er dachte an die evolutionäre Epoche, während die Menschen nur Primaten gewesen waren, primitive Affen – das Feuer der Intelligenz in ihnen nur erst ein Funken, der gerade erst zu glimmen begann. Oder eine noch ältere Ära: amphibische Wesen, die an vulkanische Ufer krochen und zum erstenmal atmeten, Geschöpfe, aus denen sich viele Millionen Jahre später vernunftbegabte Wesen entwickeln sollten. Die animalische Wut schien dem genetischen Urgedächtnis zu entspringen, war nicht mehr heiß, sondern kalt wie das Zentrum der Arktis, irgendwie... reptilienartig. Ja, so fühlte es sich an, wie eine eisige Reptilienwut. Und als Eric ihren Bedeutungsinhalt zu erfassen begann, schreckte er innerlich vor den möglichen Konsequenzen zurück und hoffte inständig, diese Empfindungen beherrschen zu können.

Der Spiegel.

Er zweifelte nicht daran, daß der Veränderungsprozeß während des letzten Komas weitere Fortschritte gemacht hatte, und er überlegte, ob er ins Bad gehen und sich im Spiegel betrachten sollte. Neuerliches Entsetzen durchflutete ihn bei der Vorstellung, das jüngste Stadium seiner Metamorphose zu beobachten, und er

sah sich außerstande, auch nur einen Schritt weit in jene Richtung zu gehen.
 Statt dessen beschloß er, einen weiteren Braille-Test durchzuführen. Das Ertasten der physiognomischen Modifikationen bereitete ihn zumindest teilweise auf den Schock seiner visuellen Konfrontation vor. Zögernd hob Eric die Arme, um sein Gesicht zu befühlen, erstarrte jedoch sofort, als er sah, daß sich auch die *Hände* veränderten.
 Es handelte sich nicht mehr um die Gliedmaßen, die er kannte. Die Finger waren rund zwei Zentimeter länger und dünner, wirkten an den Kuppen breiter und fleischiger. Und die Nägel: gelblich, dicker und härter, spitzer als gewöhnliche Fingernägel. Sie wirkten wie Klauen, und wenn sich die Metamorphose weiter fortsetzte, wuchsen sie vermutlich zu langen, gekrümmten und rasiermesserscharfen Krallen heran. Der Umwandlungsprozeß erfaßte auch die Knöchel: Sie waren größer, sahen aus wie dicke, arthritische Knoten.
 Eric rechnete unwillkürlich mit einer gewissen Steifheit seiner Hände, stellte jedoch überrascht fest, daß er sie problemlos bewegen konnte. Versuchsweise krümmte er die langen Finger, die sich durch eine erstaunliche Flexibilität auszeichneten.
 Er wußte, daß die körperliche Umwandlung noch immer mit verblüffender Geschwindigkeit fortschritt. Zwar war es unmöglich, das Wachstum der Knochen und des Fleisches direkt und unmittelbar zu beobachten, aber in nur wenigen Stunden mochte die Veränderung der Hände noch weitaus offensichtlicher sein.
 Dieser Vorgang unterschied sich grundlegend von der anscheinend ziellosen und zufallsgesteuerten Knorpelbildung auf dem Kopf und an der Stirn. Die Hände waren nicht einfach das Ergebnis einer übermäßigen Produktion von Hormonen und Proteinen. Ganz im Gegenteil: Ihre Metamorphose erfolgte zielgerichtet. Eric beobachtete sie erneut und bemerkte, daß sich zwischen Daumen und Zeigefinger, unterhalb der ersten Knöchel, eine transparente Membran zu bilden begann.
 Reptilienartig. Wie die kalte Wut, die in weiteren Tobsuchtsanfällen zu resultieren drohte – wenn es ihm nicht gelang, sie im Zaum zu halten. Reptilienartig.
 Eric ließ die Hände sinken, konnte ihren Anblick nicht länger ertragen.
 Er brachte nicht genügend Mut auf, um sein Gesicht zu betasten.

Und allein der Gedanke daran, es im Spiegel zu betrachten, erfüllte ihn mit Grauen.

Das Herz klopfte ihm bis zum Hals empor, und jedes Pochen schien Furcht und Panik durch seinen Leib zu pumpen.

Einige Sekunden lang war er völlig orientierungslos. Er wandte sich nach links, dann nach rechts, und die Blätter der Wildcard-Kopie knisterten wie welkes Laub unter seinen Sohlen. Unsicher blieb er wieder stehen und ließ den Kopf hängen, neigte die Schultern unter dem Gewicht der Verzweiflung...

...bis sowohl das seltsame Brennen in seinem Körper als auch das eigentümliche Prickeln im Bereich des Rückgrats und der Hoden einem neuen Gefühl wichen: Hunger. Sein Magen knurrte, und die Knie begannen zu zittern. Die Lippen bewegten sich, als er mehrmals schluckte, als er spürte, daß sein Körper nach Nahrung *verlangte*. Eric machte sich auf den Weg zur Küche, und die rumorende Leere in ihm ließ ihn erschauern, verdrängte alle anderen Empfindungen. Die Konturen seiner Umgebung verschwammen, und Erics Gedanken konzentrierten sich nur noch darauf zu essen. Die makabren Veränderungen seines Körpers erforderten eine Menge Energie: Altes Gewebe mußte aufgelöst, neues gebildet werden. Der Metabolismus übte die Funktion eines Brennofens aus, eines Reaktors, der neuen Brennstoff brauchte, mehr und immer mehr. Als Eric die Küche erreichte und die Schränke aufriß, als er Konserven mit Suppe und Fleisch aus den Regalen nahm, schnaufte und keuchte er, gab er unartikulierte Laute von sich. Er knurrte und fauchte wie ein wildes Tier. Seine Unfähigkeit, den eigenen Appetit unter Kontrolle zu halten, erfüllte ihn mit einer Mischung aus Kummer und Elend, und der Teil seines Ichs, der mit Abscheu darauf reagierte, wurde zu einem unbeteiligten Beobachter, während der Rest seines rational-emotionalen Selbstkomplexes nur daran dachte, zu essen, essen, essen...

Ben hielt sich an die Richtungsangaben Sarah Kiels, bog von der State Route ab und folgte dem Verlauf einer schmalen Nebenstraße. Sie führte an einem steilen Hang empor, tiefer in den Wald hinein. Die Laubbäume wichen großen Kiefern und Fichten. Fast einen Kilometer legten sie zurück und kamen dann und wann an den breiten Zufahrten verschiedener Wochenendhäuser vorbei. Die meisten verbargen sich hinter dichten Barrieren aus Büschen und Sträuchern.

Immer weniger Sonnenlicht filterte durch die Wipfel der Bäume, und Rachaels Stimmung verdüsterte sich im gleichen Rhythmus wie ihre Umgebung. Sie hielt ihre 32er griffbereit im Schoß, starrte durch die Windschutzscheibe und beobachtete den Wald.

Der Asphalt endete, aber die Nebenstraße setzte sich als Kiesweg fort. Ben fuhr jetzt langsamer, und nach einer Weile sah er vor sich ein geschlossenes Tor. Es bestand aus Stahlrohren, war himmelblau gestrichen und wies ein großes Vorhängeschloß auf. Ein schwarzrotes Schild davor warnte:

KEINE DURCHFAHRT
PRIVATES GELÄNDE

»Genau wie Sarah sagte«, brummte Ben.

Auf der anderen Seite des Tors befand sich das geheime Refugium Eric Lebens. Die Hütte war noch nicht zu sehen: Sie mochte etwa einen halben Kilometer entfernt sein, stand weiter oben am Hang.

»Es ist noch nicht zu spät umzukehren«, sagte Rachael.

»Doch, das ist es«, widersprach Ben.

Die junge Frau biß sich auf die Lippe und entsicherte ihre Waffe.

Mit einem elektrischen Dosenöffner löste Eric den Deckel von einer Konserve, die Gemüsesuppe enthielt. Er dachte kurz daran, sie in einem Topf zu erwärmen, aber der Hunger wurde schier unerträglich, und darum setzte er die Dose an die Lippen, trank ihren kalten Inhalt und warf den kleinen Behälter anschließend achtlos beiseite. Es gab keine frischen Lebensmittel in der Hütte: Die Vorräte bestanden nur aus einigen eingefrorenen Speisen und Konserven. Eric öffnete eine zweite Dose, die Rindfleisch enthielt, schlang den Inhalt kalt hinunter, so gierig, daß er sich mehrmals verschluckte und hustete.

Er genoß es, das Fleisch mit seinen Zähnen zu zerreißen. Es war eine seltsame Art von Freude, die aus den dunkelsten Winkeln seines Ichs stammte – ein primitives Empfinden, das ihn einerseits entzückte, andererseits den beobachtenden Teil seines Selbst erschreckte.

Das Fleisch war fertig zubereitet und brauchte eigentlich nur erhitzt zu werden. Es enthielt Gewürze und Konservierungsmittel, aber Eric schmeckte trotzdem die wenigen Blutreste. Sie bildeten einen verschwindend geringen Anteil des Doseninhalts, und doch nahm Eric ihr Aroma nicht etwa als vage wahr, sondern als einen geradezu überwältigenden Geruch, als eine Köstlichkeit, die seinen Appetit noch weiter stimulierte und die Speicheldrüsen zu gesteigerter Aktivität veranlaßte.

Innerhalb weniger Minuten leerte er den Behälter mit dem Rindfleisch, genehmigte sich eine Dose mit Chili und dann noch eine mit Nudelsuppe. Langsam ließ das in ihm rumorende Hungergefühl ein wenig nach. Er schraubte den Deckel eines Glases mit Erdnußbutter ab, tauchte den Finger in die weiche Masse und leckte ihn ab. Sie schmeckte nicht annähernd so gut wie das Fleisch, doch er wußte, daß sie wichtige Nährstoffe enthielt, die sein auf Hochtouren laufender Metabolismus brauchte. Er aß mehr davon, warf das Glas fort, als es leer war, blieb einige Augenblicke lang ruhig stehen und schnappte nach Luft.

Das unheimliche und schmerzlose Feuer brannte noch immer in ihm, doch der Hunger war nur noch ein konturloser Schatten.

Aus den Augenwinkeln sah er seinen Onkel Barry, der auf einem Stuhl am kleinen Küchentisch saß und grinste. Diesmal ignorierte Eric ihn nicht einfach, sondern drehte sich um und trat einige Schritte auf ihn zu. »Was willst du hier, du verdammter Mistkerl?« fuhr er die Erscheinung an. Seine Stimme klang völlig anders, rauh und belegt. »Warum grinst du so blöd, du perverses Arschloch? Verschwinde von hier!«

Onkel Barrys Gestalt löste sich auf – was Eric nicht weiter erstaunte. Schließlich handelte es sich bei ihm nur um ein Trugbild, hervorgerufen von geschädigten Hirnzellen.

Illusorische Flammen, die sich von dunklen Schemen nährten, züngelten in der Finsternis jenseits der Kellertür. Eric beobachtete die Schattenfeuer. Wieder schien ein geheimnisvoller Ruf von ihnen auszugehen, der Furcht in ihm bewirkte. Doch da es ihm gelungen war, Onkel Barry zu verjagen, schöpfte er neuen Mut und näherte sich den roten und silbrigen Flammen – entschlossen dazu, sie ebenfalls zu verscheuchen oder endlich herauszufinden, was sich in und hinter ihnen befand.

Dann erinnerte er sich an den Sessel im Wohnzimmer, das Fenster an seinem Wachtposten. Einige Dinge hatten ihn von der wichtigen Aufgabe abgelenkt, den Weg zu beobachten und nach seinen Verfolgern Ausschau zu halten: die ungewöhnlich heftigen Kopfschmerzen, die Veränderungen im Gesicht, das gräßliche Spiegelbild, die Wildcard-Akte, der wilde Hunger, Onkel Barrys Manifestation – und jetzt die eingebildeten Feuer hinter der Kellertür. Es war ihm nicht möglich, sich längere Zeit auf eine Sache zu konzentrieren, und er stöhnte leise, als er daran dachte, daß sein Hirn noch immer nicht wunschgemäß funktionierte.

Eric drehte sich um, verließ die Küche, nahm im Sessel am Wohnzimmerfenster Platz und starrte nach draußen.

Riiieeeh, riiieeeh, riiieeeh... Das montone Zirpen der Zikaden hallte fast schrill durch den dichten Wald.

Ben stand neben dem gemieteten Ford, behielt die Umgebung wachsam im Auge und lud sowohl das Gewehr als auch die Combat Magnum. Rachael leerte ihre Tasche und stopfte dann drei Munitonsschachteln hinein, jeweils eine für ihre unterschiedlichen Waffen. Mehr als genug Patronen, dachte Shadway.

Er hielt das Gewehr so in der Hand, daß er es innerhalb eines Sekundenbruchteils auf ein Ziel richten und abdrücken konnte. Die Magnum hätte ihn nur belastet, und darum gab er sie Rachael.

Sie wandten sich von dem Kiesweg ab, gingen am geschlossenen Tor vorbei und kehrten jenseits davon auf den Pfad zurück.

Die breiten Zweige der Kiefern und Fichten ragten über die Straße hinweg. In den schmalen Gräben rechts und links hatten sich trockene Nadeln angesammelt. Zweihundert Meter voraus knickte der Weg nach rechts ab, und von ihrem gegenwärtigen Standort aus konnten sie den weiteren Verlauf des Pfades nicht überblicken. Sarah Kiel hatte ihnen mitgeteilt, er führe direkt zur Hütte, die noch einmal zweihundert Meter von der scharfen Kurve entfernt war.

»Hältst du es für klug, einfach so über die Straße zu gehen? Man könnte uns schon von weitem sehen.« Rachael flüsterte, obwohl niemand in der Nähe war, der sie hätte belauschen können.

»Bis zur Kurve droht nicht die Gefahr einer vorzeitigen Entdeckung«, erwiderte Ben ebenso leise.

Die junge Frau machte ein skeptisches Gesicht.

»Vielleicht hält er sich nicht einmal in der Hütte auf«, sagte Shadway.

»Er ist dort«, stellte Rachael fest.

»Möglicherweise...«

»Bestimmt«, beharrte sie und deutete auf die undeutlichen Reifenspuren im Staub.

Ben nickte. Er hatte sie bereits bemerkt.

»Er wartet«, sagte Rachael.

»Nicht unbedingt.«
»Er wartet. Auf uns.«
»Vielleicht hat er sich noch nicht ganz erholt.«
»Nein.«
»Vielleicht kann er sich überhaupt nicht wehren.«
»Nein. Er ist bereit.«
Vermutlich hatte Rachael auch in diesem Punkt recht. Ben empfand ebenso wie die junge Frau: Er spürte nahes Unheil.

Zwar standen sie im Schatten der Bäume, aber die für gewöhnlich kaum sichtbare Narbe an Rachaels Unterkiefer zeichnete sich klarer ab als jemals zuvor. Ben gewann fast den Eindruck, als glühe sie von innen heraus, als reagiere sie auf die Nähe des Mannes, der sie verursacht hatte – so wie arthritische Gelenke mit dumpfem Schmerz auf einen bevorstehenden Wetterwechsel hinweisen.

Langsam setzte sich Ben in Bewegung, und Rachael folgte ihm.

Während sie sich der Kurve näherten, sah Shadway immer wieder nach rechts und links. Das Unbehagen in ihm verstärkte sich. Der dunkle Wald am Berghang bot Dutzende von ausgezeichneten Verstecken für jemanden, der ihnen auflauern wollte.

Die Luft war erfüllt vom Geruch der Kiefern und Fichten, vom zarten Aroma trockener Nadeln und dem muffigen Duft des vermodernden Unterholzes.

Riiieeeh, riiieeeh, riiieeeh ...

Eric erinnerte sich an den Feldstecher im Schlafzimmerschrank, holte ihn rasch und setzte sich wieder vors Wohnzimmerfenster. Nur wenige Minuten später wurde er auf eine Bewegung im Bereich der etwa zweihundert Meter entfernten scharfen Kurve aufmerksam. Er drehte das Einstellrädchen, und trotz der dunklen Schatten in jenem Bereich des Weges erkannte er ganz deutlich zwei Personen: Rachael und Shadway, der verdammte Hurensohn, mit dem sie es trieb.

Eric hatte nicht genau gewußt, mit wem er rechnen sollte – abgesehen von Seitz, Knowls und den anderen Leuten von Geneplan. Aber das Eintreffen Rachaels und Shadways verblüffte ihn. Er fragte sich, woher seine Frau von der Berghütte wußte – und ahnte gleichzeitig, daß er sich diese Frage hätte beantworten können, wenn mit seinen Hirnfunktionen alles in Ordnung gewesen wäre.

Sie duckten sich hinter einige Büsche und Sträucher, mußten sich jedoch ein wenig dahinter hervorwagen, um einen Blick auf die

Hütte werfen zu können. Und das gab Eric die Gelegenheit, sie durch seinen Feldstecher zu beobachten.

Rachaels Anblick erzürnte ihn. Sie war die einzige Frau, die ihn zurückgewiesen hatte, eine Hure, nichts weiter als eine verdammte, undankbare *Hure*. Im miasmatischen Sumpf seines verwirrten Bewußtseins kam *ihr* die Verantwortung für seinen Tod zu. Sie hatte ihn auf besonders hinterhältige Art und Weise getötet, durch einen Streit, der ihn in Wut brachte und ablenkte, der ihn dazu veranlaßte, die Straße zu betreten, ohne nach rechts und links zu sehen, der es ihm unmöglich machte, den herankommenden Müllwagen rechtzeitig zu bemerken. Vielleicht war Rachael sogar so durchtrieben gewesen, alles sorgfältig zu planen. Ja, warum nicht? Und jetzt kam sie mit ihrem Liebhaber, um ihn endgültig ins Jenseits zu schicken.

Sie wichen hinter die Kurve zurück, doch nach einigen Sekunden wurde Eric auf Bewegungen im Dickicht links neben der Straße aufmerksam. Rachael und Shadway näherten sich der Hütte nicht auf direktem Wege, sondern schlichen sich heran.

Eric ließ den Feldstecher sinken, stemmte sich in die Höhe und schwankte. Das in ihm lodernde Feuer des Zorns gewann solche Ausmaße, daß er seine Gedanken fast zu mentaler Asche verbrannt hätte. Stählerne Klammern schienen seine Brust zerquetschen zu wollen, und für einige Sekunden konnte er nicht atmen. Dann gab der Druck jäh nach, und Eric schnappte nach Luft. »O Rachael, Rachael...«, kam es von seinen Lippen – eine Stimme, die aus irgendeinem tiefen Gewölbe zu erklingen schien, einer Gruft. »Rachael, Rachael...«

Er griff nach der Axt neben dem Sessel und nahm auch das große Fleischmesser zur Hand.

Einige Sekunden lang überlegte er. Dann beschloß Eric, die Hütte durch die Hintertür zu verlassen, durchs Unterholz zu kriechen und sich Rachael und Shadway von hinten zu nähern. Er zweifelte nicht daran, seine beiden Verfolger überraschen zu können.

Als er durchs Wohnzimmer in Richtung Küche eilte, formte sich eine bestimmte Szene vor seinem inneren Auge. Er sah sich selbst, beobachtete, wie er das Messer tief in Rachaels Leib bohrte, wie er es in der Wunde herumdrehte und ihren Bauch aufschlitzte. Erwartungsvolle Vorfreude regte sich in ihm, und in seinem hastigen Bestreben, die Hintertür zu erreichen, wäre er fast über die leeren

Konservendosen in der Küche gestolpert. Ja, er würde mit dem Messer zustoßen, immer wieder. Und wenn sie mit der Klinge im Bauch zu Boden fiel, wollte er die Axt heben und auf sie einschlagen, erst mit der stumpfen Seite. Eric dachte daran, wie er ihre Knochen zerschmetterte, die Arme und Beine, wie er sein blutiges Werk anschließend mit der scharfen Seite vervollständigte.

Als er die Hintertür aufriß und nach draußen trat, erfüllte ihn wieder die reptilienartige Wut, die er bereits zuvor gespürt hatte – ein kalter und berechnender Zorn, der den genetischen Erinnerungen von Geschöpfen entstammte, die keine menschlichen Wesenszüge besaßen. Er gab der animalischen Raserei nach. Und stellte überrascht fest, wie *gut* es sich anfühlte.

22. Kapitel

Warten auf den Felsen

Jerry Peake war die ganze Nacht auf den Beinen gewesen und hätte im Stehen einschlafen können. Doch der Anblick eines gedemütigten Anson Sharp erfrischte ihn mehr als ein achtstündiger Schlaf.

Zusammen mit Sharp stand er im Flur vor Sarah Kiels Zimmer und wartete darauf, daß Felsen Kiel den Raum verließe und ihnen alle notwendigen Informationen gäbe. Peake mußte sich sehr beherrschen, um nicht schallend zu lachen, als sein Vorgesetzter mit einer rachsüchtigen Tirade begann.

»Wenn er kein nichtsahnender und völlig verblödeter Mistwühler wäre, würde ich ihn so gründlich durch die Mangel drehen, daß er noch in einem Jahr wie ein Frikadelle aussieht«, sagte Sharp. »Aber hat das irgendeinen Sinn, hm? Er ist doch nur ein verdammter Dickschädel aus Kansas, der es einfach nicht besser weiß. Es hat keinen Zweck, sich mit einer Betonwand auseinanderzusetzen. Betonwände haben keinen Verstand.«

»Genau«, bestätigte Peake.

Sharp wanderte vor Sarahs Tür auf und ab und bedachte die Schwestern, die durch den Flur gingen, mit finsteren Blicken. »Wissen Sie, Peake, die Bauern in Kansas werden seltsam, weil es bei ihnen zuviel Inzucht gibt. Dauernd heiraten Vettern und Kusinen, und dadurch ist jede Generation dümmer als die vorherige.

Und nicht nur dümmer, mein lieber Peake. Die verdammte Inzucht macht die Kerle so stur wie Maulesel.«
»Mr. Kiel scheint tatsächlich ziemlich stur zu sein«, sagte Peake.
»Er ist nichts weiter als ein verblödeter Mistwühler«, wiederholte Sharp. »Warum also sollte man seine Energie mit dem Versuch verschwenden, ihm eine Lektion zu erteilen? Er würde ohnehin nichts begreifen.«
Peake riskierte es nicht, darauf eine Antwort zu geben. Es kostete ihn fast übermenschliche Kraft, ein Lächeln zu unterdrücken.
Während der nächsten halben Stunde sagte Sharp sechs- oder siebenmal: »Außerdem verlieren wir nicht soviel Zeit, wenn wir es *ihm* überlassen, die Antworten aus dem Mädchen herauszuholen. Sarah ist ebenfalls nicht ganz dicht, eine drogenverkorkste kleine Hure, die sich wahrscheinlich längst Aids geholt hat. Vermutlich würde es Stunden dauern, um eine Aussage von ihr zu bekommen, mit der sich irgend etwas anfangen ließe. Aber als der Mistwühler ins Zimmer kam und ich hörte, wie die kleine Nutte so süß und reizend ›Daddy‹ sagte, wußte ich gleich, daß sie sofort bereit wäre, ihm all das auszuplaudern, was wir wissen wollen. Soll er unseren Job erledigen, dachte ich mir.«
Jerry Peake bewunderte die Kühnheit des stellvertretenden Direktors, die Dinge aus dieser Perspektive zu betrachten und damit die jüngsten Erlebnisse und Beobachtungen seines Untergebenen in Frage zu stellen. Aber vielleicht versuchte Sharp nur, den Gedanken zu leugnen, eine Niederlage erlitten zu haben. Er war durchaus dazu imstande, seine eigenen Lügen zu glauben.
Einmal legte Sharp Peake die Hand auf die Schulter. Es handelte sich nicht um eine kameradschaftliche Geste: Er wollte nur sicherstellen, daß ihm die Aufmerksamkeit des kleineren Mannes galt. »Hören Sie, Peake: Machen Sie sich bloß keine falschen Vorstellungen über die Art und Weise, in der ich mit der kleinen Hure umsprang. Die deftigen Ausdrücke, die ich benutzte, die Drohungen, die, äh, anderen Dinge. Das alles hat überhaupt nichts zu bedeuten. Nur eine Verhörtechnik, wissen Sie. Eine gute Methode, um rasche Antworten zu erhalten. Wenn es nicht um ein Problem der nationalen Sicherheit ginge, hätte ich davon keinen Gebrauch gemacht. Nun, manchmal werden wir durch besondere Situationen gezwungen, uns auf eine Weise zu verhalten, die wir unter normalen Umständen verabscheuen. Verstehen Sie?«
»Ja, Sir, natürlich.« Peake war überrascht, wie leicht es ihm fiel,

Naivität und Bewunderung zu spielen, und er fügte hinzu: »Es wundert mich, daß Sie sich in dieser Hinsicht Sorgen machen. Als Sie das Verhör begannen... Nun, ich begriff, welche Taktik Sie verfolgten. Respekt, Sir. Sie sind wirklich ein sehr fähiger Mann. Ich sehe diesen Fall als eine gute Gelegenheit, Sir. Ich meine: Die Chance, mit Ihnen zusammenzuarbeiten, gibt mir die Möglichkeit, eine Menge zu lernen.«

Einige Sekunden lang musterte Sharp seinen Untergebenen skeptisch. Dann kam er offenbar zu dem Schluß, die Worte seien ehrlich gemeint. Der stellvertretende Direktor entspannte sich ein wenig. »Gut. Es freut mich, daß Sie die Dinge aus diesem Blickwinkel sehen, Peake. In unserem Geschäft bleibt es nicht aus, daß man sich manchmal die Hände schmutzig macht. Dann und wann sind unsere Pflichten alles andere als angenehm, und man muß immer daran denken, daß wir zum Wohle des Staates handeln.«

»Ja, Sir. Das vergesse ich nie.«

Sharp nickte und setzte seine nervöse Wanderung fort.

Peake beobachtete ihn unauffällig. Er wußte, wie sehr es seinem Vorgesetzten gefallen hatte, Sarah Kiel Angst einzujagen und sie zu *berühren*. Sharp konnte ihm keinen Sand mehr in die Augen streuen. Er war ein Sadist, dessen sexuelle Neigungen sich auf Kinder konzentrierten – daran konnte nach den Geschehnissen im Krankenzimmer überhaupt kein Zweifel mehr bestehen. Ganz gleich, welche Lügen er seinem Untergebenen aufzutischen versuchte: Peake würde die Wahrheit niemals vergessen. Die neuen Erkenntnisse in Hinsicht auf den Charakter des stellvertretenden Direktors gaben Peake einen großen Vorteil – auch wenn er noch nicht wußte, wie er einen Nutzen daraus ziehen sollte.

Darüber hinaus hatte Peake in Erfahrung gebracht, daß Sharp im Grunde seines Wesens ein Feigling war. Trotz der schroffen Art und seines beeindruckenden körperlichen Erscheinungsbildes neigte Anson dazu, sich selbst vor einem kleineren Mann als dem Felsen zu ducken, wenn der Betreffende keinen Zweifel an seiner Entschlossenheit ließ. Sharp hegte nicht die geringsten Bedenken, Gewalt anzuwenden, wenn er glaubte, Rückendeckung von der Regierung zu erhalten – oder wenn er es mit einem schwachen und unsicheren Gegner zu tun hatte. Aber er machte sofort einen Rückzieher, wenn die geringste Gefahr bestand, selbst verletzt zu werden. Auch dieses Wisssen erachtete Peake als einen wichtigen Aktivposten.

Irgendwann, so überlegte er, ergab sich bestimmt eine Chance für ihn, von seinen neuen Einsichten Gebrauch zu machen. Gerade darauf kam es an, wenn man eine Legende werden wollte: auf die sorgfältige Verarbeitung von Erfahrungen, ihre Extrapolation.

Sharp marschierte weiterhin auf und ab und ahnte nichts von den subversiven Gedankengängen Peakes.

Der Felsen hatte verlangt, eine halbe Stunde lang mit seiner Tochter allein sein zu können. Als die dreißig Minuten verstrichen waren, blickte Sharp immer häufiger auf seine Armbanduhr.

Nach fünfunddreißig Minuten trat er mit schweren Schritten an die Tür heran, um sie aufzustoßen, zögerte dann aber und wandte sich wieder ab. »Zum Teufel auch – geben wir ihm noch fünf zusätzliche Minuten. Ist bestimmt nicht einfach, vernünftige Antworten von einer ausgelutschten Nutte zu bekommen, die ihr Gehirn längst verkokst hat.«

Peake gab ein zustimmendes Brummen von sich.

Sharp wanderte noch nervöser umher und warf immer wütendere Blicke in Richtung Tür. Als sie bereits vierzig Minuten lang warteten, versuchte Anson, seine Furcht vor einer Konfrontation mit dem Farmer zu verbergen, indem er sagte: »Ich muß einige wichtige Telefongespräche führen und benutze den öffentlichen Apparat in der Empfangshalle.«

»Ja, Sir.«

Sharp ging einige Schritte weit, blieb noch einmal stehen und sah zurück. »Wenn der verdammte Mistwühler aus dem Zimmer kommt, so wird er auf mich warten müssen, ganz gleich, wie lange es auch dauert. Und es ist mir völlig schnurz, wie sehr ihn das nervt.«

»Ja, Sir.«

»Er kann die Zeit nutzen, um sein erhitztes Temperament ein wenig abzukühlen«, fügte Sharp hinzu und marschierte stolz davon. Er hob und senkte die Schultern, sah aus wie ein sehr wichtiger Mann – offenbar davon überzeugt, seine Würde bewahrt zu haben.

Jerry Peake lehnte sich an die Wand und beobachtete die Krankenschwestern. Die hübschesten von ihnen bedachte er mit einem freundlichen Lächeln, flirtete kurz mit denen, die sich nicht ganz so geschäftig gaben.

Sharp blieb etwa zwanzig Minuten lang fort und gab dem Felsen somit eine ganze Stunde für die Unterredung mit Sarah. Als er von seinen angeblich so wichtigen Telefongesprächen zurückkehrte – die wahrscheinlich nur in seiner Einbildung existierten –, befand sich der Felsen noch immer im Krankenzimmer. Selbst ein Feigling kann in die Luft gehen, wenn man ihn zu sehr in die Enge treibt. Und genau das war bei Sharp der Fall.

»Dieser lausige und dreimal verfluchte Bauerntölpel! Der nach Jauche stinkende Mistkerl kann doch nicht einfach hierherkommen und *meine* Ermittlungen behindern!«

Er wandte sich von Peake ab und der Tür zu.

Und er war erst zwei Schritte weit gekommen, als der Felsen auf den Flur trat.

Peake hatte sich gefragt, ob Felsen Kiel bei der zweiten Begegnung einen ebenso imposanten Eindruck erwecken mochte wie bei der ersten. Überaus zufrieden stellte er fest, daß Sarahs Vater sogar noch eindrucksvoller wirkte. Das breite und wettergegerbte Gesicht. Die geradezu riesenhaften und an harte Arbeit gewöhnten Hände. Eine Aura unerschütterlicher Selbstsicherheit. Peake spürte, wie sich so etwas wie Ehrfurcht in ihm regte, während er den Mann beobachtete – so als erwache ein großer Granitblock plötzlich zum Leben.

»Es tut mir leid, daß ich Sie warten ließ, meine Herren. Aber meine Tochter und ich hatten eine Menge zu besprechen. Das verstehen Sie sicher.«

»Und *Ihnen* ist hoffentlich klar, daß es um ein sehr dringendes Problem der nationalen Sicherheit geht«, erwiderte Sharp. Seine Stimme klang nicht ganz so scharf wie zuvor in Sarahs Zimmer.

»Meine Tochter meinte, Sie wollten wissen, ob sie irgendeine Ahnung habe, wo sich ein Typ namens Leben versteckt«, sagte der Felsen gelassen.

»Genau«, preßte Sharp hervor.

»Sarah sprach in diesem Zusammenhang von einem lebenden Toten oder etwas in der Art. Ziemlich wirres Zeug. Vielleicht Nachwirkungen der Drogen. Was meinen Sie?«

»Ja, die Drogen«, brummte Sharp.

»Nun, Sarah weiß möglicherweise, wo sich dieser Leben derzeit aufhält«, fuhr der Felsen fort. »Sie meinte, er habe eine Berghütte am Lake Arrowhead. Sie beschrieb sie als eine Art geheimen Zufluchtsort.« Sarahs Vater zog einen Zettel aus der Hemdtasche. »Ich habe ihre Richtungsangaben notiert.« Er reichte das Blatt Peake – Peake und nicht etwa Anson Sharp.

Der junge DSA-Agent blickte auf die klare und saubere Handschrift des Felsens und gab den Zettel dann an seinen Vorgesetzten weiter.

»Wissen Sie«, sagte der Felsen, »bis vor etwa drei Jahren war meine Sarah ein gutes Mädchen, in jeder Hinsicht eine vorbildliche Tochter. Dann geriet sie unter den Einfluß einer kranken Person, die ihr Drogen gab und Flausen in den Kopf setzte. Damals war sie erst dreizehn, leicht zu beeindrucken und recht hilflos.«

»Mr. Kiel, wir haben keine Zeit für...«

Zwar war Felsen Kiels Blick nach wie vor auf Sharp gerichtet, aber er gab vor, dessen Einwand gar nicht zu hören. »Meine Frau und ich versuchten herauszufinden, wer unsere Tochter zu ihrem Nachteil verändert hatte. Wir vermuteten, es handele sich um einen älteren Jungen in der Schule, aber wir konnten ihn nicht identifizieren. Ein Jahr lang herrschte bei uns zu Hause die Hölle, und eines Tages dann verschwand Sarah. Sie machte sich auf den Weg nach Kalifornien, um das ›Leben richtig auszukosten‹, wie sie in der kurzen Nachricht schrieb, die sie uns hinterließ. Ja, sie meinte, sie wolle das Leben genießen, und bezeichnete uns als schlichte Leute vom Lande, die keine Ahnung von der Welt und komische Anschauungen hätten. Wie zum Beispiel Ehrlichkeit und Selbstachtung, nehme ich an.«

»Mr. Kiel...«

»Wie dem auch sei...«, fuhr der Felsen fort. »Kurze Zeit später erfuhr ich endlich, wer meine Tochter verdorben hatte. Ein Lehrer. Unfaßbar, nicht wahr? Ein *Lehrer*, der doch eigentlich eine Respektsperson sein sollte. Der neue, junge Geschichtslehrer. Ich wandte mich an die Schulaufsichtsbehörde und forderte sie auf, ein Ermittlungsverfahren einzuleiten. Die meisten anderen Lehrer stellten sich auf die Seite des Beschuldigten, denn heutzutage scheinen viele von ihnen zu glauben, wir Eltern seien nur dazu da, die Klappe zu halten und mit unseren Steuern ihre Gehälter zu bezahlen.«

»Mr. Kiel«, sagte Sharp fest. »Diese Angelegenheit interessiert uns nicht, und wir...«

»Oh, sie *wird* Sie interessieren, wenn Sie die ganze Geschichte kennen«, erwiderte der Felsen. »Das versichere ich Ihnen.«

Peake wußte, daß der Felsen nicht zum Faseln neigte und seine Schilderungen einen bestimmten Sinn hatten. Er war neugierig darauf zu erfahren, worauf Sarahs Vater hinauswollte.

»Wie ich eben schon andeutete...«, meinte Felsen Kiel. »Zwei Drittel des Lehrkörpers und die Hälfte der Stadt waren gegen mich – so als sei *ich* der Unruhestifter. Es dauerte jedoch nicht lange, bis sich herausstellte, daß der Geschichtslehrer nicht nur Drogen an seine Schüler verkaufte, sondern sich auch noch anderer und weitaus schlimmerer Verfehlungen schuldig gemacht hatte. Als die ganze Sache zu Ende ging, waren praktisch alle Leute froh, ihn loszuwerden. Am Tage nach seiner Entlassung erschien er bei mir auf der Farm, um mir eine Lektion zu erteilen. Er war ein ziemlich großer und kräftig gebauter Bursche, aber er hatte gerade Haschisch oder Marihuana geraucht oder ein noch stärkeres Gift genommen, und deshalb fiel es mir nicht sonderlich schwer, mit ihm fertig zu werden. Zu meinem Leidwesen muß ich eingestehen, daß ich ihm beide Arme brach, was eigentlich gar nicht in meiner Absicht lag.«

Lieber Himmel, dachte Peake.

»Doch damit noch nicht genug. Wie sich herausstellte, hatte der junge Geschichtslehrer einen Onkel, der Direktor der größten Bank unseres Countys war – eben der Bank, von der die Kredite für meine Farm stammten. Nun, jeder Mann, dem es nicht gelingt, persönlichen Groll aus seinen Geschäften herauszuhalten, ist ein Idiot. Der Bankdirektor *war* ein Schwachkopf, denn er versuchte, mich unter finanziellen Druck zu setzen, um seinen Neffen zu rächen. Im Kleingedruckten des Kreditvertrages glaubte er eine Möglichkeit zu finden, die vorzeitige Tilgung der Hypothekenraten zu verlangen. Ich nahm das natürlich nicht einfach so hin, setzte mich zur Wehr, ging vor Gericht und reichte eine Klage ein. Die rechtlichen Auseinandersetzungen zogen sich in die Länge, und erst vor einigen Tagen fiel die Entscheidung. Die Bank wurde dazu verurteilt, einen hohen Schadenersatz zu leisten. Die Summe genügt, um die Hälfte meiner Schulden zu begleichen.«

Damit endete der Bericht des Felsens, und Peake verstand sofort die Bedeutung der Worte.

»Und?« fragte Sharp. »Ich begreife noch immer nicht, was das alles mit mir zu tun hat.«

»Oh, ich glaube, das verstehen Sie durchaus«, hielt ihm der Felsen ruhig entgegen. Er sah Sharp so durchdringend an, daß der stellvertretende Direktor unwillkürlich zusammenzuckte.

Sharp mied den Blick des Felsens, starrte auf den Zettel, las die

Notizen, räusperte sich und hob den Kopf. »Die Ortsangaben genügen uns. Ich schätze, weitere Gespräche mit Ihrer Tochter sind nicht erforderlich.«

»Ich bin wirklich erleichtert, das zu hören«, erwiderte der Felsen. »Wir kehren morgen nach Kansas zurück, und ich würde es sehr bedauern, wenn uns dieses kleine Problem bis nach Hause folgte.«

Dann lächelte der Felsen. Aber er sah dabei nicht etwa Sharp an, sondern Peake.

Der stellvertretende Direktor drehte sich abrupt um und marschierte durch den Flur davon. Peake erwiderte das Lächeln des Felsens und folgte dann seinem Vorgesetzten.

23. Kapitel

Die Finsternis des Waldes

Riiieeeh, riiieeeh, riiieeeh ... Zuerst fand Rachael Gefallen am dauernden Zirpen der Zikaden, denn es erinnerte sie an die Schulausflüge zu den öffentlichen Parks, an Ferienpicknicks und lange Wanderungen. Doch schon nach kurzer Zeit konnte sie das monotone Schrillen kaum mehr ertragen. Das Dickicht des Waldes dämpfte die Geräusche nicht, und jedes einzelne Molekül der Luft schien im Rhythmus des seltsamen Pfeifens zu vibrieren.

Ihre Reaktion gründete sich zumindest teilweise auf Bens plötzlichen Verdacht, in den nahen Büschen und Sträuchern etwas gehört zu haben, was nicht zu der normalen akustischen Kulisse des Waldes gehörte. Rachael verfluchte die Insekten in Gedanken und forderte sie stumm auf, endlich still zu sein, damit sie besser lauschen konnte. Sie horchte, aber nirgends ließ sich das Knacken eines Zweiges oder ein Rascheln vernehmen, das nicht vom Wind verursacht wurde.

Die Combat Magnum befand sich in ihrer Tasche, und in der rechten Hand hielt sie die 32er. Schußbereit. Den Finger am Abzug.

Sie stand dicht neben Shadway, an den Stamm einer Fichte gelehnt, und durch die dünne Bluse spürte sie deutlich die harte Borke des Baums. Eine Zeitlang rührte sie sich nicht von der Stelle, beobachtete die Schatten und Schemen des Waldes. Dann setzte sich Ben wieder in Bewegung, kletterte am steilen Hang in die

Höhe und wandte sich nach rechts, um dem Verlauf eines ausgetrockneten Baches zu folgen. Rachael hielt sich dicht hinter ihm, und braunes Gras strich knisternd über ihre Waden.

Rechts und links des steinigen Pfades wuchs dunkelgrünes Dickicht, zwei Wällen gleich, die das Bett des Baches vom Rest des Waldes abschirmten. Nur hier und dort gab es kleine Lücken, durch die Ben und Rachael in Richtung der Hütte sehen konnten. Aus irgendeinem Grund rechnete die junge Frau fast jeden Augenblick damit, daß Eric heranstürmte und sich auf sie stürzte. Aber inmitten der Büsche und Sträucher gab es viele Dornen, die selbst einen wandelnden Toten wie Eric davon abhalten mochten, aus jener Richtung anzugreifen.

Sie legten knapp fünfzehn Meter zurück, bevor Ben erneut verharrte, in die Hocke ging, um ein kleineres Ziel zu bieten, und das Gewehr hob.

Diesmal hörte es Rachael ebenfalls: das leise Klacken von Kieselsteinen.

Riiieeeh, riiieeeh...

Das verhaltene Quietschen lederner Sohlen.

Sie blickte nach links und rechts, beobachtete dann den Hang, machte jedoch keine Bewegung aus.

Ein seltsames Flüstern strich durch den Wald, zielbewußter und entschlossener als die Stimme des Windes.

Sonst geschah nichts.

Zehn Sekunden verstrichen.

Zwanzig.

Während Ben die dunkle Umgebung beobachtete, wirkte er gar nicht mehr wie ein gewöhnlicher Immobilienmakler. In seinem zwar attraktiven, aber nicht besonders auffälligen Gesicht zeigte sich ein völlig anderer Ausdruck. Die Intensität der Konzentration verlieh seinen Zügen einen neuen und wesentlich ausgeprägteren Kontrast. Er schien einen besonderen Sinn für drohende Gefahren entwickelt zu haben, den Überlebensinstinkt eines geborenen Kämpfers.

Die Zikaden.

Der Wind in den Wipfeln der Kiefern und Fichten.

Das gelegentliche Zwitschern eines Vogels.

Sonst nichts.

Dreißig Sekunden.

Rachael dachte daran, daß sie als Jäger gekommen waren, doch

plötzlich befürchtete sie, sie könnten sich in Opfer verwandeln. Die Umkehrung der Rollen machte sie zornig – und weckte dumpfe Furcht in ihr. Die Notwendigkeit, völlig still zu sein, zerrte an ihren Nerven, denn sie verspürte den Wunsch, laut zu fluchen, Eric herauszufordern. Sie wollte *schreien.*
Vierzig Sekunden.
Vorsichtig krochen Ben und Rachael weiter am Hang empor. Sie machten einen weiten Bogen um die große Hütte, bis sie den Waldrand dahinter erreichten. Und die ganze Zeit über wurde Rachael das Gefühl nicht los, daß sie irgend jemand – irgend *etwas* – verfolgte. Unterwegs blieben sie sechsmal stehen, um nach verdächtigen Lauten zu horchen.
Gut zehn Meter hinter der Hütte, unmittelbar am Rand der Baumlinie, deren purpurne Schatten sie verbargen, duckten sie sich hinter einige Granitblöcke, die den gesplitterten Zähnen eines Titanen gleich aus dem Boden ragten. »Offenbar gibt es hier viele Tiere«, hauchte Ben. »Die Geräusche, die wir hörten, stammen bestimmt von ihnen.«
»Was für Tiere?« fragte Rachael leise.
»Eichhörnchen, Füchse. Und in dieser Höhe... Vielleicht sogar Wölfe. Es kann unmöglich Eric gewesen sein. Nein, das ist ausgeschlossen.« Ben schüttelte den Kopf. »Er hat nicht das Überlebenstraining, um sich so gut und so lange zu verstecken. Wenn es Eric gewesen wäre, hätte ich ihn früher oder später entdeckt.«
»Tiere«, sagte Rachael skeptisch.
»Genau. Tiere.«
Die junge Frau drehte sich um, preßte den Rücken an den harten Stein hinter ihr, sah an den borkigen Baumstämmen vorbei und beobachtete alle Schatten im Wald. Hier und dort schienen sich die Schemen zu seltsamen Gestalten zu verdichten.
Tiere. Kein zielstrebiger Verfolger. Nur die Geräusche einiger harmloser Bewohner des Waldes. Weiter nichts.
Aber warum hatte sie nach wie vor den Eindruck, als beobachte sie jemand, der sich in der Finsternis des Dickichts verbarg?
»Tiere«, wiederholte Ben. Er gab sich mit dieser Erklärung zufrieden, stemmte sich behutsam in die Höhe, sah über die zerklüfteten Steine hinweg und betrachtete die Rückwand der Hütte.
Rachael war nicht davon überzeugt, das geheime Refugium

Erics sei die einzig mögliche Gefahrenquelle. Deshalb lehnte sie Hüfte und Schulter an den Granitblock und beobachtete abwechselnd die Berghütte und den Wald hinter ihnen.

Das Gebäude erhob sich auf einem ebenen Fundament, das eine Art Sims am Hang bildete, und ein knapp fünfzehn Meter breiter Bereich diente als Hinterhof. Strahlender Sonnenschein erhellte den größten Teil davon. Raigras war ausgesät worden, aber angesichts des steinigen Untergrundes gedieh es nur an wenigen Stellen. Außerdem hatte es Eric ganz offensichtlich versäumt, einen Rasensprenger zu installieren, und das bedeutete, das Wachstum des Grases beschränkte sich auf die kurze Zeitspanne zwischen der Schneeschmelze im Frühling und dem heißen, trockenen Sommer. Inzwischen erinnerten nur noch einige lohfarbene Stellen daran, doch am Rand der breiten und aus Holz bestehenden Veranda gab es mehrere Beete mit blühenden Blumen, die allem Anschein nach regelmäßig bewässert wurden, vielleicht von einem sensorgesteuerten System, das sich automatisch einschaltete, wenn die Bodenfeuchtigkeit unter einen gewissen Wert sank.

Der Architekturstil entsprach dem einer Blockhütte, aber das Gebäude wirkte keineswegs schlicht. Tatsächlich deutete alles darauf hin, daß es Eric einen Haufen Geld gekostet hatte. Das Fundament erweckte den Eindruck, als bestünde es aus normalem Bruchstein, doch bestimmt hätte es ein wesentlich größeres Gewicht tragen können. Zwei breite Fenster waren aus Belüftungsgründen einen Spaltbreit geöffnet. Das dunkle Schieferdach entmutigte sowohl Motten, die an trockenem Holz besonderen Gefallen fanden, als auch Eichhörnchen, die dazu neigten, ihre Nußvorräte zwischen den Spalten einzelner Schindeln anzulegen. Eine kleine Parabolantenne sorgte für guten Fernsehempfang.

Die Hintertür stand weiter offen als die beiden Fenster. Rachael sah in ihr die Klappe einer vorbereiteten Falle, die dann zuschnappen mochte, wenn sie versuchten, ins Innere des Gebäudes zu gelangen.

Was sie natürlich nicht davon abhalten würde, die Hütte zu betreten. Schließlich waren sie nur deshalb gekommen, um Eric zu finden. Dennoch nahm das Unbehagen der jungen Frau zu.

Ben beobachtete das Haus eine Weile. »Wir können uns nicht weiter heranschleichen«, flüsterte er dann. »Auf dem Hinterhof

gibt es keine Deckung. Ich schlage vor, wir bringen die Lichtung mit einem Sprint hinter uns und ducken uns hinter die Verandabrüstung.«
»In Ordnung.«
Shadway zögerte. »Was hältst du davon, hier zu warten? Überlaß es mir festzustellen, ob Eric bereits auf der Lauer liegt und nur darauf wartet, uns aufs Korn zu nehmen. Wenn du keine Schüsse hörst, kannst du mir folgen.«
»Du willst mich allein lassen?«
»Selbst im schlimmsten Fall bin ich kaum mehr als ein Dutzend Meter von dir entfernt.«
»Das ist schon weit genug.«
»Und außerdem sind wir nur für eine Minute voneinander getrennt.«
»Genau sechzigmal länger, als ich es ertragen kann«, erwiderte Rachael und sah in den Wald zurück. Die Schatten und Schemen schienen ihre kurze Ablenkung genutzt zu haben, um näher heranzukriechen. »Nein, kommt nicht in Frage. Wir bleiben zusammen.«
Ben seufzte. »Mit einer solchen Antwort habe ich bereits gerechnet.«
Eine warme Brise wehte über die Lichtung, wirbelte Staub auf und neigte die Blumen hin und her.
Ben schob sich an den Rand der Felsen, hielt das Gewehr in beiden Händen und warf noch einmal einen Blick in Richtung der beiden Fenster, um ganz sicher zu sein, daß sich dort kein Beobachter verbarg.
Die Zikaden zirpten nicht mehr.
Rachael runzelte die Stirn und fragte sich, was die plötzliche Stille zu bedeuten hatte.
Bevor sie ihren Begleiter darauf aufmerksam machen konnte, stürzte Ben hinter den Granitblöcken hervor, rannte los und stürmte über den braunen Rasen.
Von einem Augenblick zum anderen war Rachael völlig sicher, daß sich ihr von hinten irgendein teuflisches Wesen näherte, um sie zu packen und in die Dunkelheit des Waldes zu zerren. Sie sprang auf, hastete fort von den Bäumen und Felsen, lief durch hellen Sonnenschein und erreichte die rückwärtige Veranda, als Ben gerade hinter der Brüstung in die Hocke ging.
Atemlos verharrte sie neben ihm und sah zum Waldrand zurück. Sie konnte es kaum fassen: Niemand verfolgte sie.

Mit einer fließenden Bewegung wandte sich Ben um, war mit einigen raschen Schritten neben der offenstehenden Tür, preßte sich daneben an die Wand und lauschte einige Sekunden lang. Als er keine verdächtigen Geräusche hörte, trat er ein, das Gewehr schußbereit erhoben.

Rachael folgte ihm, und kurz darauf befand sie sich in der Küche, die eine bessere Ausstattung aufwies, als sie erwartet hatte. Auf dem Tisch stand ein Teller mit den Resten eines aus Würstchen und Keksen bestehenden Frühstücks, und auf dem Boden lagen sowohl einige Konservendosen als auch ein leeres Glas Erdnußbutter.

Die Kellertür stand offen. Ben schloß sie leise, nachdem er einige Sekunden lang die Stufen beobachtet hatte, die in eine finstere Tiefe führten.

Rachael verlor keine Zeit, nahm einen Stuhl, klemmte die Rückenlehne unter den Knauf und schuf auf diese Weise eine wirkungsvolle Barriere. Sie konnten den Keller erst nach der Durchsuchung der Zimmer im Erdgeschoß aufsuchen, um die Gefahr auszuschließen, dort eingesperrt zu werden.

Ben nickte zufrieden.

Rachael verbarrikadierte auch eine andere Tür, die vermutlich in die Garage führte. Wenn sich Eric dort versteckte, konnte er natürlich durch das Außentor entkommen, aber bestimmt hörten sie, wenn es geöffnet wurde – und hatten dann noch genug Zeit, um nach draußen zu eilen und den lebenden Toten zu stellen.

Für eine Weile blieben sie still stehen und horchten. Rachael hörte nur das Wispern und Raunen des Windes, der über den Fliegenschirm vor dem Küchenfenster strich.

Ben duckte sich, war mit einigen langen Schritten im Wohnzimmer und sah nach rechts und links, als er die Schwelle passierte. Er bedeutete Rachael, es drohe keine Gefahr, und daraufhin verließ sie ebenfalls die Küche.

Die vordere Tür der Hütte war ebenfalls geöffnet, wenn auch nicht so weit wie die in der rückwärtigen Front, und auf dem Boden des ultramodern eingerichteten Wohnzimmers lagen mehr als hundert Blätter verstreut. Darüber hinaus bemerkte Rachael zwei kleine Ringbücher und mehrere Aktendeckel.

Neben einem großen Sessel am Fenster entdeckte sie ein mittelgroßes Messer mit gezackter und spitz zulaufender Klinge. Draußen drückte der Wind einige Äste und Zweige beiseite, und Sonnenschein glitzerte, spiegelte sich funkelnd auf der stählernen Schneide wider.

Ben bedachte das Messer mit einem besorgten Blick und wandte sich dann einer der drei Türen zu, durch die man das Wohnzimmer betreten und verlassen konnte.

Rachael wollte gerade nach einem der Blätter greifen, doch als sich Ben wieder in Bewegung setzte, folgte sie ihm hastig.

Zwei Türen waren verschlossen, doch diejenige, für die sich Ben entschied, stand einige Zentimeter weit offen. Mit dem Lauf des Gewehrs stieß er sie ganz auf, betrat das Nebenzimmer und sah sich wachsam um.

Rachael blieb dicht vor der Schwelle stehen und nahm somit eine Position ein, von der aus sie sowohl den Durchgang zur Küche als auch die beiden geschlossenen Türen und den Raum sehen konnte, in dem sich Shadway befand. Es handelte sich um ein Schlafzimmer, ebenso verwüstet wie das in der Villa und die Küche des Hauses in Palm Springs – ein klarer Beweis dafür, daß sich Eric in der Berghütte aufgehalten und einen weiteren Tobsuchtsanfall erlitten hatte.

Ben rollte vorsichtig eine Spiegeltür des großen Kleiderschranks beiseite, fand jedoch nichts von Interesse. Daraufhin drehte er sich, näherte sich dem Bad nebenan und geriet nach einigen Metern außer Sicht.

Nervös beobachtete Rachael die vordere Eingangstür, die Veranda, den Durchgang zur Küche, ließ ihren Blick immer wieder über die beiden geschlossenen Türen schweifen.

Draußen lebte der Wind auf, seufzte und stöhnte unter dem überhängenden Dach. Durch die offene Vordertür vernahm Rachael das Rascheln in den hohen Baumwipfeln.

Die Stille im Innern der Hütte wirkte immer unheimlicher und bedrückender, und die Anspannung der jungen Frau nahm weiter mehr zu.

Wo bist du, Eric? dachte sie. Verdammt – wo hast du dich versteckt?

Ben schien bereits seit einer halben Ewigkeit fort zu sein. Rachael spürte, wie Panik in ihr emporkeimte, und sie mußte sich sehr beherrschen, um nicht nach Shadway zu rufen. Schließlich kehrte er aus dem Bad zurück und schüttelte den Kopf, um ihr mitzuteilen, daß er keine Spur von Eric gefunden hatte.

Wie sich herausstellte, führten die beiden anderen Türen in zwei weitere Schlafzimmer, die jedoch nicht mit Betten ausgestattet waren. Zwischen den beiden Räumen gab es ein zweites Bad. Während Ben sich dort umsah, blieb Rachael im Wohnzimmer und beobachtete ihn. Der erste Raum hatte Eric offenbar als eine Art Büro gedient, denn er enthielt Bücherregale mit dicken Bänden, einen Schreibtisch und einen Personal Computer. Das zweite Zimmer war leer.

Als keine Aussicht mehr darauf bestand, Ben in diesem Teil der Hütte aufzustöbern, bückte sich Rachael und nahm einige der auf dem Boden liegenden Blätter zur Hand. Es handelte sich um Fotokopien, und die junge Frau überflog den Text. Als Benny zurückkam, wußte sie, was sie entdeckt hatte. Ihr Pulsschlag beschleunigte sich. »Die Wildcard-Akte«, sagte sie leise. »Offenbar bewahrte er hier eine Zweitschrift auf.«

Sie wollte weitere Blätter einsammeln, aber Ben hielt sie am Arm fest. »Zuerst müssen wir Eric finden«, flüsterte er.

Rachael nickte widerstrebend.

Shadway trat an die vordere Eingangstür heran, öffnete den quietschenden Fliegenschirm so leise wie möglich und vergewisserte sich, daß die Veranda leer war. Anschließend begaben sie sich wieder in die Küche.

Rachael schob den Stuhl beiseite, zog die Kellertür vorsichtig auf und wich rasch einige Schritt zurück. Ben hielt das Gewehr feuerbereit in beiden Händen.

Eric stürmte nicht aus der Dunkelheit hervor.

Kleine Schweißtropfen perlten auf Shadways Stirn, als er an die Schwelle herantrat, eine Hand ausstreckte und das Licht im Treppenhaus einschaltete.

Auch Rachael schwitzte. Doch wie im Falle Bens war der Grund nicht etwa die sommerliche Hitze...

Rachael folgte Shadway nicht, als er die Treppe herabstieg, um den Keller zu durchsuchen. Vielleicht verbarg sich Eric irgendwo draußen und wartete auf eine günstige Gelegenheit, in die Hütte zurückzukehren. Wenn er sie angriff, während sie sich auf der Treppe befanden, gerieten sie in eine sehr schwierige Lage. Aus diesem Grund wartete Rachael auf der Schwelle. Von dort aus konnte sie sowohl die Treppe sehen als auch die Küche, den Durchgang zum Wohnzimmer und die offene Hintertür.

Ben bewies einmal mehr sein Geschick, als er die Stufen der Treppe fast lautlos hinter sich brachte. Einige Geräusche ließen sich natürlich nicht vermeiden: das Knarren einer Diele, hier und dort ein kaum hörbares Kratzen. Unten verharrte er, blickte nach links, dann nach rechts. Einige Sekunden lang beobachtete Rachael seinen Schatten, der aufgrund des von der Seite einfallenden Lichts übergroß und monströs wirkte, aber rasch zusammenschrumpfte, als Shadway weiterging. Der dunkle Umriß tanzte über die Wände und verschmolz darauf mit der Finsternis.

Rachael drehte den Kopf und sah ins Wohnzimmer. Nichts rührte sich dort.

Auf der gegenüberliegenden Seite flatterte ein großer Schmetterling vor dem Fliegenschirm der Verandatür.

Sie starrte auf die Treppe. Kein Ben, kein Schatten.
Der Durchgang. Nichts.
Die Hintertür. Nur der Schmetterling.
Ein leises Knarren im Keller.
»Benny?« fragte die junge Frau leise.
Keine Antwort. Wahrscheinlich hatte er sie nicht gehört.
Der Durchgang, die Hintertür.
Die Treppe. Noch immer keine Spur von Ben.
»Benny«, wiederholte Rachael. Dann bemerkte sie eine schemenhafte Bewegung. Der Schatten wirkte fremdartig und seltsam, und sie hatte das Gefühl, als setze vor Schreck ihr Herzschlag aus. Unmittelbar darauf aber seufzte sie erleichtert: Ben stieg die Treppe hoch.

»Ich habe nur einen offenen Wandsafe hinter dem Boiler gefunden«, sagte er, als er die Küche erreichte. »Er ist leer. Vielleicht hat er dort die Kopie der Wildcard-Akte aufbewahrt.«

Rachael fühlte sich versucht, die Pistole beiseite zu legen, die Arme um Ben zu schlingen und ihn zu küssen – nur weil er lebend aus dem Keller zurückgekehrt war. Sie wollte ihm zeigen, wie glücklich es sie machte, ihn wiederzusehen. Aber dann dachte sie an die Garage. Vielleicht lauerte Eric dort auf sie.

Wortlos griff die junge Frau nach dem Stuhl der improvisierten Barrikade, schob ihn fort und öffnete die Tür. Ben hielt erneut sein Gewehr bereit.

Nichts rührte sich.

Shadway stand auf der Schwelle, tastete nach dem Schalter und betätigte ihn. Das Licht in der Garage war trüb und matt. Ben drückte auf eine andere Taste, und das breite Tor schwang mit einem lauten Rasseln auf. Helles Sonnenlicht flutete herein.

»Schon besser«, brummte Ben und betrat die Garage.

Rachael folgte ihm und sah den schwarzen Mercedes 560 SEL – ein neuerlicher Beweis dafür, daß sich Eric in seiner Hütte aufgehalten hatte.

An der Decke woben Spinnen seidenfeine Netze und warteten auf unvorsichtige Fliegen.

Rachael und Ben gingen vorsichtig um den Wagen herum; blickten durch die Fenster – der Zündschlüssel steckte – und sahen sogar unter dem Fahrzeug nach. Eric blieb verschwunden.

An der hinteren Wand der Garage stand eine breite Werkbank. Darüber hing ein Gestell mit Werkzeugen, und für jedes einzelne Instrument gab es einen ganz bestimmten Platz, gekennzeichnet von den entsprechenden Umrissen. Rachael stellte fest, daß eine Axt fehlte, machte sich aber keine Gedanken darüber, weil sie in erster Linie nach Versteckmöglichkeiten für Eric Ausschau hielt. Schließlich waren sie nicht hier, um eine Inventur durchzuführen.

Nach einigen Minuten stand fest, daß sich niemand in der Garage verbarg. »Ganz offensichtlich ist er hier gewesen«, sagte Ben. Er flüsterte nicht mehr, sprach in einem normalen Tonfall. »Aber ich glaube, inzwischen hat er sich wieder aus dem Staub gemacht.«

»Und der Mercedes?«

»Diese Garage bietet zwei Autos Platz. Vielleicht stand ihm hier noch ein zweites Fahrzeug zur Verfügung, ein Jeep oder ein Geländewagen mit Vierradantrieb. Vielleicht ahnte er, daß die Polizei in Erfahrung bringen könnte, was es mit dem Verschwinden seiner sterblichen Überreste aus dem Leichenschauhaus auf sich hat. Ja, möglicherweise rechnete er mit einer Fahndung nach ihm. Und deshalb setzte er sich mit dem Fahrzeug ab, das hier für ihn bereitstand.«

Rachael starrte auf den schwarzen Mercedes, der wie ein ruhendes Ungetüm aussah. Sie blickte zu den Spinnweben an der Decke hoch, beobachtete den vom Sonnenschein erhellten Kiesweg, der von der Hütte fortführte. Die Stille der Berglandschaft wirkte nun nicht mehr ganz so gespenstisch wie noch vor wenigen Minuten.

»Und wohin fuhr er?« fragte sie.

Ben zuckte mit den Schultern. »Keine Ahnung. Aber wenn ich die Hütte gründlich durchsuche, finde ich vielleicht irgendeinen Hinweis.«

»Bleibt uns denn noch Zeit genug für eine solche Suche? Ich

meine: Als wir Sarah Kiel gestern nacht im Krankenhaus zurückließen, wußte ich nicht, daß die Bundespolizei in diesem Fall ermittelt. Ich bat Sarah darum, nicht über ihre Erlebnisse zu sprechen und niemandem etwas von dieser Hütte zu erzählen. Ich dachte, schlimmstenfalls bekäme sie es mit Erics neugierig gewordenen Geschäftspartnern zu tun, und ich war ziemlich sicher, sie könne ihren Versuchen widerstehen, etwas aus ihr herauszubekommen. Aber bestimmt ist sie nicht in der Lage, den Regierungsvertretern etwas vorzumachen. Außerdem: Wenn sie glaubt, wir seien Hochverräter, mag sie es für richtig halten, alles auszuplaudern. Mit anderen Worten: Wir müssen damit rechnen, daß die Cops früher oder später hier auftauchen.«
»Ja«, bestätigte Ben, den Blick nachdenklich auf den Mercedes gerichtet.
»Dann sollten wir keine Zeit mehr damit verschwenden, uns Gedanken über Eric zu machen. Auf dem Wohnzimmerboden liegt eine Kopie der Wildcard-Akte. Wir brauchen die Blätter nur einzusammeln – dann haben wir den Beweis, den wir brauchen.«
Shadway schüttelte langsam den Kopf. »Die Unterlagen sind sicher sehr wichtig, aber ich bezweifle, ob sie uns genügen.«
Rachael schritt unruhig auf und ab, hielt ihre Pistole dabei so, daß der Lauf zur Decke zeigte: Wenn sich ein Schuß löste, wollte sie es vermeiden, daß die Kugel vom Betonboden abprallte. »Hör mal, Ben: In der Akte ist die ganze Geschichte dokumentiert, schwarz auf weiß. Wir übergeben sie einfach der Presse...«
»Bestimmt enthält sie viele technische Angaben – Testresultate, chemische Formeln usw., die kein normaler Journalist versteht. Der betreffende Reporter muß sich also an einen erstklassigen Genetiker wenden, um den Text *übersetzen* zu lassen.«
»Und?«
»Nun, vielleicht ist der Genetiker inkompetent oder vertritt eine besonders konservative Einstellung in Hinsicht auf das Möglichkeitsspektrum seines Forschungsbereichs. In beiden Fällen wird er bezweifeln, ob sich ein derartiges Verfahren tatsächlich konkret verwirklichen ließe. Und dann wendet er sich an den Journalisten und teilt ihm mit, bei den angeblich hochbrisanten Unterlagen handele es sich um nichts weiter als pseudowissenschaftlichen Firlefanz.«
»Dann suchen wir eben einen Genetiker, der...«
»Es könnte noch schlimmer kommen«, warf Shadway ein. »Viel-

leicht bittet der Reporter einen Genetiker um Hilfe, der im Auftrag des Pentagon arbeitet. Und möglicherweise haben sich bereits Bundesagenten mit vielen auf rekombinante DNS spezialisierten Wissenschaftlern in Verbindung gesetzt, um sie vor Medientypen zu warnen, die ihnen gestohlenes Geheimmaterial vorlegen und sie um eine Analyse bitten könnten.«

»Woher soll die Regierung wissen, was ich beabsichtige?« fragte Rachael.

»Wenn man Nachforschungen über dich angestellt hat – und das ist bestimmt der Fall –, gibt es inzwischen ein detailliertes Psychoprofil von dir, das Schlußfolgerungen in bezug auf deine Verhaltensmuster zuläßt.«

»Hm«, machte Rachael.

»Jeder vom Pentagon finanzierte Wissenschaftler ist also ganz versessen darauf, die Regierung zufriedenzustellen, um nicht seine Zuschüsse zu verlieren – und deshalb wären solche Leute sofort bereit, Alarm zu schlagen, sobald sie verdächtige Unterlagen in die Hände bekommen.«

Rachael wußte, daß Ben recht hatte. Verzweiflung regte sich in ihr.

Draußen im Wald zirpten die Zikaden.

»Was machen wir jetzt?« fragte die junge Frau leise.

Offenbar hatte Ben bereits darüber nachgedacht, denn er antwortete prompt: »Wir brauchen nicht nur die Akte, sondern auch Eric. Wenn es uns gelingt, ihn gefangenzunehmen, haben wir außer einem Bündel geheimnisvoller Forschungsunterlagen, die nur wenige Leute verstehen können, auch einen *lebenden* Beweis. Himmel, wenn wir der Öffentlichkeit einen wandelnden Toten vorweisen, sind Presse und Fernsehen gewiß bereit, unseren Fall zu prüfen, bevor sie damit beginnen, Expertenmeinungen im Hinblick auf die Akte einzuholen. Und dann gibt es für die Regierung keinen Grund mehr, uns aus dem Verkehr zu ziehen. Wenn Eric auf den häuslichen Mattscheiben und auf den Titelblättern von *Time* und *Newsweek* erscheint, ist der *National Enquirer* auf Jahre hinaus beschäftigt. Wahrscheinlich reißt David Lettermann dann jeden Abend irgendwelche Zombiewitze. Und das Pentagon würde sich verdammt hüten, etwas gegen uns zu unternehmen.«

Shadway atmete tief durch, und Rachael ahnte, daß er ihr einen Vorschlag zu machen gedachte, der ihr ganz und gar nicht gefiel.

Ihre Befürchtungen bestätigten sich, als Ben fortfuhr: »Nun, wie ich schon sagte: Ich muß die Hütte gründlich nach einem Hinweis darauf untersuchen, wohin sich Eric abgesetzt hat. Andererseits aber könnte hier praktisch jeden Augenblick die Polizei eintreffen. Wir dürfen es nicht riskieren, die Eric-Akte zu verlieren, und das bedeutet, du mußt dich allein auf den Weg machen, um die Unterlagen in Sicherheit zu bringen, während ich...«

»Du meinst, wir sollten uns trennen?« fragte Rachael. »O nein.«

»Es bleibt uns gar nichts anderes übrig. Wir...«

»Nein.«

Rachael schauderte bei der Vorstellung, Ben allein zu lassen.

Und ebensowenig ertrug sie den Gedanken, selbst allein zu sein. Auf geradezu schmerzhafte Art und Weise wurde ihr klar, wie fest die Bande zwischen ihnen im Verlauf der letzten vierundzwanzig Stunden geworden waren.

Sie liebte ihn. Himmel, wie sehr sie ihn liebte!

Shadway musterte sie aus seinen so sanft blickenden braunen Augen. »Du bringst die Wildcard-Akte fort von hier«, sagte er, zwar nicht direkt scharf, aber fest genug, um zu verdeutlichen, daß er keinen Widerspruch duldete. »Du fertigst Kopien an, schickst einige davon Freunden in verschiedenen Städten und versteckst die anderen an sicheren Orten. Wenn das geschehen ist, brauchen wir uns über einen möglichen Verlust des Originals keine Sorgen mehr zu machen. Während du damit beschäftigt bist, durchsuche ich die Hütte. Wenn ich irgendeinen Anhaltspunkt finde, treffen wir uns und setzen die Suche nach Eric gemeinsam fort. Wenn ich keinen Hinweis entdecke, tauchen wir irgendwo unter und entwickeln eine neue Strategie.«

Rachael wollte sich nicht von ihm trennen. Vielleicht war Eric noch irgendwo in der Nähe. Und wenn die Polizei entschied, die Berghütte zu kontrollieren... In jedem Fall mochte Ben in Gefahr geraten. Andererseits aber: Seine Argumente ließen sich nicht einfach vom Tisch wischen. Verdammt, er hatte recht.

Trotzdem erwiderte Rachael: »Wenn ich mich allein auf den Weg mache und den Wagen nehme... Wie willst du dann von hier verschwinden?«

Ben warf einen kurzen Blick auf seine Armbanduhr – um Rachael darauf aufmerksam zu machen, daß die Zeit drängte. »Den gemieteten Ford überläßt du mir«, sagte er. »Wir können ihn ohnehin nicht mehr lange benutzen; vielleicht suchen die Cops bereits nach dem Wagen. Nein, du nimmst den Mercedes. Ich

fahre mit dem Ford und suche mir unterwegs einen anderen Wagen.«
»Bestimmt steht auch der Mercedes auf der Fahndungsliste.«
»Oh, sicher. Aber die Angaben betreffen einen schwarzen 560 SEL mit diesem Nummernschild, einen Mercedes, der von einem Mann gefahren wird, auf den Erics Beschreibung paßt. Statt dessen sitzt du am Steuer, und das Kennzeichen tauschen wir einfach aus. Weiter am Hang stehen genug geparkte Fahrzeuge.«
»Ich bin mir nicht sicher, ob...«
»Ich schon.«
Rachael fröstelte. »Und wo treffen wir uns später?«
»In Las Vegas«, sagte Shadway.
Diese Antwort überraschte sie. »Warum ausgerechnet dort?«
»In Südkalifornien wird uns der Boden zu heiß. Ich bezweifle, ob wir uns hier für längere Zeit verstecken könnten. Aber in Las Vegas kenne ich einen guten Unterschlupf.«
»Was für einen?«
»Mir gehört ein Motel am Tropicana Boulevard.«
»Das ist ja 'n Ding!« entfuhr es Rachael. »Der altmodische und konservative Ben Shadway – ein Geschäftemacher in Vegas?«
»Meine Immobilienagentur hat schon mehrfach Grundstücke in Las Vegas angeboten und verkauft. Aber deshalb kann man mich noch nicht als Geschäftemacher bezeichnen. Nach den Maßstäben von Las Vegas ist das Motel eher klein. Es besteht nur aus zwanzig Zimmern, und zu dem Anwesen gehört auch ein Pool. Außerdem befindet es sich nicht im besten Zustand. Derzeit ist es geschlossen. Ich habe es vor zwei Wochen gekauft, und in einem Monat wollen wir es abreißen und ein neues Gebäude errichten, mit sechzig Zimmern und einem Restaurant. Wie dem auch sei: Es gibt noch immer elektrischen Strom im Haus. Das Apartment des Direktors ist zwar ziemlich schäbig, aber voll eingerichtet, ausgestattet mit Telefon und einem funktionierenden Bad. Wenn es notwendig sein sollte, können wir uns dort verstecken und Pläne schmieden. Oder wir warten einfach darauf, daß Eric irgendwo erscheint und so von sich reden macht, daß selbst die Bundesbehörden nichts mehr vertuschen können.«
»Ich soll also nach Vegas fahren?« fragte Rachael.
»Ja, das wäre am besten. Es kommt ganz darauf an, wie entschlossen das Pentagon ist, uns unschädlich zu machen. Nun, wenn ich daran denke, was auf dem Spiel steht, müssen wir mit

dem Schlimmsten rechnen. Vermutlich werden bereits alle wichtigen Flughäfen überwacht. Nimm die Staatsstraße, die am Silverwood Lake vorbeiführt, dann die Interstate Fünfzehn. Wenn du nicht aufgehalten wirst, müßtest du heute abend in Las Vegas eintreffen. Ich folge dir in einigen Stunden.«

»Und wenn hier die Cops auftauchen?«

»Wenn ich mir keine Sorgen mehr um dich zu machen brauche, fällt es mir bestimmt nicht schwer, ihnen zu entwischen.«

»Hältst du sie etwa für unfähig?« fragte Rachael spitz.

»Nein. Ich glaube nur, *fähiger* zu sein als sie.«

»Weil du für so etwas ausgebildet wurdest. Doch das alles liegt schon mehr als anderthalb Jahrzehnte zurück.«

Ben lächelte dünn. »Ich habe fast das Gefühl, der Krieg sei erst gestern zu Ende gegangen.«

Und außerdem war er nach wie vor in Form. Das konnte Rachael nicht bestreiten.

»Rachael?« Ben sah erneut auf die Uhr.

Sie begriff, daß sie nur dann eine gute Chance hatten, mit dem Leben davonzukommen und sich eine gemeinsame Zukunft zu sichern, wenn sie sich Bens Wünschen fügte.

»Na schön«, sagte sie. »In Ordnung. Wir trennen uns. Aber ich mache mir Sorgen, Benny. Ich glaube, ich habe einfach nicht genug Mumm für eine solche Sache. Es tut mir leid: Ich habe Angst, regelrecht Angst.«

Shadway trat auf sie zu und gab ihr einen Kuß. »Deshalb brauchst du dir keine Vorwürfe zu machen. Nur Irre und Verrückte fürchten sich nicht.«

24. Kapitel

Besondere Furcht vor der Hölle

Dr. Easton Solberg war um ein Uhr mittags mit Julio Verdad und Reese Hagerstrom verabredet, aber er verspätete sich um fünfzehn Minuten. Sie warteten vor dem verschlossenen Büro, und nach einer Viertelstunde sahen sie ihn kommen. Mit einigen unter den Arm geklemmten Büchern und Ordnern hastete er durch den breiten Korridor, wirkte dabei nicht so sehr wie ein sechzigjähriger, gemütlicher Professor, sondern wie ein zwanzig Jahre junger Student, der befürchtete, den Beginn einer wichtigen Vorlesung verpaßt zu haben.

Solberg trug einen zerknitterten, braunen Anzug, der ihm mindestens eine Nummer zu groß war, ein blaues Hemd und eine mit grünen und orangefarbenen Streifen versehene Krawatte, die auf Julio den Eindruck machte, als stamme sie aus einem Scherzartikelladen.

Selbst mit speziellem Wohlwollen konnte man Solberg nicht als einen attraktiven Mann bezeichnen. Er war klein und untersetzt, und in seinem runden Gesicht fiel eine winzige und flache Nase auf. Hinter den fleckigen Gläsern der Brille blinzelten wäßrige, graue und kurzsichtige Augen. Der überaus breite Mund verlieh seinen Zügen etwas Groteskes.

Er begrüßte die beiden Polizisten im Flur vor dem Büro, entschuldigte sich wortreich für seine Verspätung und bestand darauf, Julio und Reese die Hand zu schütteln. Was dazu führte, daß immer wieder Bücher unter seinen Armen hervorrutschten und zu Boden fielen. Verdad und Hagerstrom bückten sich mehrmals und hoben sie auf.

In Solbergs Arbeitszimmer herrschte das reinste Chaos. Dicke Leinenbände und wissenschaftliche Zeitschriften lagen in den Regalen und auf dem Teppich, formten hohe Stapel in den Ecken und auf Möbelstücken. Auf dem breiten Schreibtisch bildeten Aktendeckel, Karteikarten und gelbe Tabletts ein unentwirrbares Durcheinander. Der Professor nahm einige Papierbündel von den beiden Stühlen und forderte Julio und Reese auf, sich zu setzen.

»Was für eine prächtige Aussicht, nicht wahr?« entfuhr es ihm glücklich. Er blieb abrupt am Fenster stehen und starrte nach draußen – so als sehe er jetzt zum erstenmal, was sich jenseits der Bürowände befand.

Zum Campus der Universität von Kalifornien gehörten weite Rasenflächen mit Bäumen und langen Blumenbeeten. Unter dem im ersten Stock gelegenen Büro Dr. Solbergs erstreckte sich ein breiter Pfad, der an rot, purpurn und rosafarbenem blühendem Springkraut vorbeiführte und unter den Zweigen von Jakaranda- und Eukalyptusbäumen verschwand.

»Meine Herren, wir können uns glücklich schätzen, hier zu sein, in diesem herrlichen Land, in einer Region ewigen Sonnenscheins, die Teil einer reichen und freien Nation ist.« Solberg trat dicht an das Fenster heran und breitete die Arme aus, so als wolle er sich ganz Südkalifornien an die Brust drücken. »Und die Bäume, insbesondere die Bäume. Es gibt einige wundervolle Exemplare auf dem Campus. Ach, ich liebe Bäume. Sie sind mein Hobby: Ich untersuche und kultiviere sie, und sie stellen für mich eine willkommene Abwechslung in bezug auf menschliche Biologie und Genetik dar. Bäume sind so majestätisch, so *erhaben*. Und Bäume geben uns viel: Früchte, Schönheit, Schatten, Holz, Sauerstoff – ohne irgendeine Gegenleistung zu verlangen. Wenn ich mich dazu durchringen könnte, an die Reinkarnation zu glauben, würde ich mir wünschen, als Baum wiedergeboren zu werden.« Er sah Julio und Reese an. »Was meinen Sie? Hielten Sie es nicht ebenfalls für großartig, als Baum zurückzukehren, das herrliche Leben einer Eiche oder Riesenfichte zu führen und zu spüren, wie Ihnen dicke Äste wachsen, fest genug, um Kindern Halt zu bieten?« Solberg zwinkerte, überrascht von seinem eigenen Monolog. »Aber natürlich sind Sie nicht hierher gekommen, um über Bäume und Reinkarnation zu sprechen, oder? Bitte entschuldigen Sie... Es ist die *Aussicht*, verstehen Sie? Weckt immer wieder Begeisterung in mir.«

Trotz des breiten und fleischigen Gesichts, des fast heruntergekommen wirkenden Erscheinungsbildes, der offensichtlichen Unordentlichkeit und seiner Neigung, sich zu verspäten, wies Easton Solberg drei zweifellos positive Eigenschaften auf: Er war außerordentlich intelligent, liebte das Leben an sich und vertrat eine betont optimistische Einstellung. In einer Welt, in der die Hälfte der Intellektuellen immer wieder den Teufel an die Wand malte und fast sehnsüchtig auf den Jüngsten Tag wartete, empfand Julio die Art und Weise Solbergs als erfrischend. Er fand den Professor auf Anhieb sympathisch.

Solberg schob sich hinter seinen Schreibtisch und nahm in einem großen Sessel Platz. Julio beugte sich ein wenig vor, um ihn über die großen Aktenhaufen hinweg zu mustern. »Sie meinten, in Eric Lebens Wesen habe es auch einen dunklen Aspekt gegeben, über den Sie am Telefon nicht sprechen wollten...«

»In der Tat«, bestätigte der Professor. »Ich erachte diese Angelegenheit als streng vertraulich, und ich erwarte Diskretion von Ihnen.«

»Selbstverständlich«, erwiderte Julio. »Aber wie ich Ihnen schon sagte: Wir führen sehr wichtige Ermittlungen, bei denen es um mindestens zwei Morde und möglicherweise sogar um Hochverrat geht.«

»Soll das heißen, es steckt mehr hinter Erics Tod?«

»Nein«, sagte Julio. »Es war ein Unfall, weiter nichts. Die Morde betreffen andere Personen. Sie verstehen sicher, daß ich Ihnen keine Einzelheiten nennen darf. Nur soviel: Bevor dieser Fall abgeschlossen ist, sterben vielleicht noch weitere Menschen. Aus diesem Grund hoffen Detektiv Hagerstrom und ich, daß Sie uns helfen und offen Auskunft geben.«

»Natürlich, natürlich«, entgegnete Easton Solberg. »Ich weiß nicht genau, ob Erics emotionale Probleme in irgendeinem Zusammenhang mit Ihren Untersuchungen stehen, aber ich fürchte, das könnte durchaus der Fall sein. Wie ich bereits erwähnte: Es gab eine dunkle Seite seines Ichs.«

Doch bevor Solberg mit der Beschreibung dieser geheimnisvollen ›dunklen Seite‹ begann, nahm er sich eine Viertelstunde Zeit, um den toten Genetiker in höchsten Tönen zu loben. Offenbar sah er sich außerstande dazu, schlecht über ihn zu reden, ohne zuvor alle seine Vorzüge genannt zu haben. Eric sei ein Genie gewesen, meinte der Professor. Ein überaus fähiger Wissenschaftler, der hart zu arbeiten verstand und seinen Kollegen großzügige Unterstützung gewährte. Darüber hinaus betonte Solberg Erics subtilen Sinn für Humor, beschrieb ihn als einen Kunstliebhaber, als einen Mann mit gutem Geschmack. Und er habe Hunde gemocht, fügte der Professor hinzu.

Schließlich sagte Solberg: »Aber Eric hatte auch einige ernste Probleme. Eine Zeitlang war er mein Student – obwohl ich schon bald zu dem Schluß gelangte, daß der Schüler Anstalten machte, den Lehrer zu überrunden. Auch später, als Kollegen, blieben wir in Verbindung. Nicht unbedingt als Freunde – Eric schreckte davor zurück, Beziehungen zu anderen Menschen so sehr zu vertiefen, daß man von wahrer Freundschaft sprechen kann. Doch immerhin standen wir uns so nahe, daß ich im Verlauf der Jahre von seiner ... Besessenheit in Hinsicht auf junge Mädchen erfuhr.«

»Wie jung?« fragte Reese.

Solberg zögerte. »Ich komme mir fast so vor, als ... als verriete ich ihn.«

»Wahrscheinlich sind uns in diesem Zusammenhang bereits die meisten Dinge bekannt«, warf Julio ein. »Sie bestätigen nur das, was wir schon wissen.«

»Im Ernst? Nun... Eins der Mädchen hatte gerade erst seinen vierzehnten Geburtstag hinter sich. Eric war damals einunddreißig.«

»Mit anderen Worten: Geneplan existierte noch nicht.«

Solberg nickte. »Zu jener Zeit führte Eric einen Forschungsauftrag für die Universität von Los Angeles durch. Er war noch nicht reich, aber wir wußten, daß ihm eine steile Karriere bevorstand.«

»Ein Professor, der respektiert werden will, brüstet sich bestimmt nicht damit, es mit vierzehnjährigen Mädchen zu treiben«, sagte Julio. »Wie erfuhren Sie davon?«

»Es geschah an einem Wochenende«, fuhr Dr. Solberg fort. »Sein Rechtsanwalt war nicht in der Stadt, und Eric brauchte jemanden, der die Kaution für ihn hinterlegte. Er vertraute nur mir, befürchtete, seine anderen Bekannten hätten nicht über die abscheulichen Hintergründe der Verhaftung geschwiegen.«

Während Dr. Solberg sprach, sank er immer tiefer in seinen Sessel, als versuche er, sich hinter den Dokumentenstapeln auf dem Schreibtisch zu verbergen. An jenem Samstag vor elf Jahren setzte sich Eric von einem Polizeipräsidium in Hollywood aus mit dem Professor in Verbindung, und als Solberg dort eintraf, sah er einen völlig anderen Dr. Leben: einen nervösen und unsicheren Mann, beschämt und hilflos. In der vorherigen Nacht war Eric von einer Streife der Sitte verhaftet worden, in einem Stundenhotel, das den Straßenmädchen von Hollywood als billige Absteige diente. Man erwischte ihn mit einer Vierzehnjährigen und warf ihm Vergewaltigung vor.

Zuerst erklärte Eric, das Mädchen habe wesentlich älter ausgesehen, keineswegs wie eine Minderjährige. Dann aber packte er aus, entwaffnet von der Freundlichkeit und der Besorgnis Solbergs. Er erzählte ihm von seiner besonderen Besessenheit im Hinblick auf junge Mädchen. Dem Professor lag nicht sonderlich viel an der Rolle eines Beichtvaters, hörte Eric aber aus reinem Mitgefühl zu.

»Es handelte sich nicht nur um eine sexuelle Orientierung auf minderjährige Mädchen«, wandte sich Solberg an Julio und Reese. »Es war eine wirkliche Besessenheit, ein Drang, ein *Bedürfnis*, dem er sich nicht widersetzen konnte.«

Selbst als Einunddreißigjähriger fürchtete Eric nichts mehr, als zu altern und zu sterben. In beruflicher Hinsicht war er bereits voll und ganz auf die Langlebigkeitsforschung fixiert. Doch er strebte nicht nur mit Hilfe der Wissenschaft eine Lösung dieses Problems an. In seinem privaten Leben verursachte es zutiefst emotionale und irrationale Reaktionen. Er hatte das Gefühl, irgendwie die vitalen Energien der jungen Mädchen aufzunehmen, mit denen er ins Bett ging. Er wußte natürlich, wie lächerlich diese Vorstellung war, fast abergläubisch, doch trotzdem setzte er den einmal eingeschlagenen Weg fort. Es handelte sich bei ihm nicht um einen Kindesverführer im klassischen Sinne. Er drängte sich keinen Kindern auf, wählte nur diejenigen, die eine gewisse Bereitschaft zeigten – für gewöhnlich Mädchen, die von zu Hause ausgerissen waren und als Prostituierte über die Runden zu kommen versuchten.

»Und manchmal«, fügte Eaton Solberg hinzu, »behandelte er sie... ziemlich grob. Er schlug sie nicht etwa zusammen, nein, das nicht, gab ihnen nur die eine oder andere Ohrfeige. Als er sich mir anvertraute, gewann ich den Eindruck, daß er zum erstenmal danach trachtete, eine Erklärung für diese besondere Verhaltensweise zu finden. Die Mädchen waren so jung, daß sie noch nicht die spezielle Arroganz der Jugend von sich abgestreift hatten – eine Arroganz, die sich auf die feste Überzeugung gründet, ewig zu leben. Eric spürte das, und indem er ihnen weh tat, lehrte er sie Furcht vor dem Tod. Er ›stahl ihnen ihre Unschuld‹, wie er sich selbst ausdrückte, ›die Kraft ihrer jugendlichen Unschuld‹. Und er gab sich der Illusion hin, dadurch jünger zu werden, die geraubte Unschuld irgendwie absorbieren zu können.«

»Ein Psychovampir«, sagte Julio voller Unbehagen.

»Ja, genau«, pflichtete ihm Solberg bei. »Ein Psychovampir, der glaubte, mit der Jugend jener Mädchen ewig jung zu bleiben. Gleichzeitig aber war ihm klar, daß er sich selbst etwas vormachte. Er *wußte*, daß er weiterhin älter wurde, trotz der Mädchen, daß er krank war, konnte sich aber nicht von seiner Besessenheit befreien.«

»Was wurde aus der Vergewaltigungsklage?« fragte Reese.

»Soweit ich weiß, hat man ihn nie verurteilt. Es gibt keine Vorstrafen.«

»Man überantwortete das Mädchen dem Jugendamt und wies es in eine normale Erziehungsanstalt ein«, sagte Solberg. »Es floh und tauchte in der Stadt unter. Wie sich später herausstellte, hatte es einen falschen Namen genannt, und es gab keine Möglichkeit, es ausfindig zu machen. Ohne das Mädchen konnte die Anklage gegen Eric nicht aufrechterhalten werden, und deshalb wurde das Verfahren eingestellt.«

»Haben Sie ihn aufgefordert, sich an einen Psychiater zu wenden?« fragte Julio.
»Ja. Aber er beherzigte diesen Rat nicht. Eric war ein ungewöhnlich intelligenter Mann, daran gewöhnt, sich selbst zu beobachten und zu analysieren. Er glaubte zu wissen, welche Ursache seine besondere sexuell-psychische Fixierung hatte.«
Julio beugte sich vor. »Und worin bestand sie – seiner Meinung nach?«
Solberg räusperte sich, setzte zu einer Erwiderung an und schüttelte dann stumm den Kopf. Einige Sekunden lang schien er zu überlegen, wo er beginnen sollte. Ganz offensichtlich war ihm das Gespräch alles andere als angenehm.
»Eric erzählte mir, als Kind sei er von einem Onkel sexuell mißbraucht worden«, sagte der Professor schließlich und blickte dabei in Richtung Fenster. »Der Mann hieß Hampstead. Die ganze Sache begann, als Eric erst vier Jahre alt war, und sie setzte sich fort, bis er neun wurde. Er hatte furchtbare Angst vor seinem Onkel, konnte andererseits jedoch nicht den Mut aufbringen, sich jemandem anzuvertrauen. Er schämte sich, weil seine Familie so religiös war. Das ist ein sehr wichtiger Punkt, wie sich gleich herausstellen wird. Ja, die Familie Leben zeichnete sich durch hingebungsvolle Frömmigkeit aus. In dieser Hinsicht duldete sie keine Kompromisse. Sie lehnte sowohl Musik als auch Tanz ab, ließ nur Platz für eine graue Religion, die jede Freude verbot. Natürlich kam sich Eric aufgrund der Dinge, die sein Onkel mit ihm anstellte, wie ein Sünder vor, und deshalb wagte er es nicht, sich an seine Eltern zu wenden.«
»Das übliche Muster«, stellte Julio fest. »Es existiert auch in Familien, die nicht religiös sind. Das Kind gibt sich die Schuld für die Verbrechen des Erwachsenen.«
»Barry Hampstead, der Onkel, entsetzte den jungen Eric«, fuhr Solberg fort. »Die Angst des Knaben nahm immer mehr zu, Woche um Woche, Monat um Monat. Und als er neun war, erstach er Hampstead.«
»Als Neunjähriger?« brachte Reese erstaunt hervor. »Gütiger Himmel.«
»Hampstead lag auf dem Sofa und schlief«, sagte der Professor. »Eric brachte ihn mit einem Fleischermesser um.«
Julio überlegte, welche Folgen dieses Trauma für einen neunjährigen Jungen haben mochte, dessen emotionale Struktur durch fortgesetzte Mißhandlungen bereits nachhaltig gestört war. In sei-

ner Vorstellung sah er den Knaben mit einem großen Messer in der Hand, beobachtete, wie der junge Eric immer wieder zustach, wie sich sein Gesicht in eine Fratze des Grauens verwandelte.

Julio schauderte.

»Anschließend wurde dem Rest der Familie natürlich klar, was über all die Jahre hinweg geschehen war«, sagte Solberg. »Aber Erics Eltern sahen in ihrem Sohn trotzdem nur einen Sünder, der Unzucht getrieben und jemanden ermordet hatte. Sie begannen einen psychologischen Vernichtungsfeldzug, um die Seele des Knaben davor zu bewahren, in der Hölle zu schmoren. Tag und Nacht mußte er Predigten über sich ergehen lassen. Sie straften ihn, zwangen ihn dazu, laut aus der Bibel vorzulesen – bis der Junge so heiser war, daß er kaum mehr sprechen konnte. Selbst als er das dunkle und lieblose Heim verließ, das College besuchte und mit seinem Studium begann, selbst nach den ersten Erfolgen, die ihn zu einem geachteten Wissenschaftler machten, glaubte er immer noch an die Hölle und die ihm bevorstehende Verdammnis.«

Plötzlich begriff Julio, worauf Solberg hinauswollte, und es lief ihm eiskalt über den Rücken. Er sah kurz seinen Partner an: Reeses Züge spiegelten seine Empfindungen wider, brachten unverkennbares Grauen zum Ausdruck.

Der Professor blickte noch immer auf den Campus der Universität, als er fortfuhr: »Sie wissen bereits, mit welchem Engagement Eric seine Langlebigkeitsforschung betrieb und von Unsterblichkeit träumte – die er mit Hilfe der Gentechnik zu erringen hoffte. Aber vielleicht verstehen Sie jetzt auch, warum er so besessen davon war, dieses unrealistische – besser gesagt: irrationale – Ziel zu erreichen. Trotz der umfassenden Ausbildung und seiner enormen Intelligenz wandte er sich in dieser Hinsicht von den geraden Pfaden der Logik ab. Tief in seinem Innern glaubte er, nach seinem Tod drohe ihm die Hölle, nicht nur wegen der Dinge, die sein Onkel mit ihm anstellte, sondern auch deshalb, weil er Barry Hampstead umgebracht hatte. Einmal sagte er mir, er fürchte sich davor, seinem Onkel in der Hölle wiederzubegegnen und für alle Ewigkeit der Wollust Hampsteads ausgeliefert zu sein.«

»Mein Gott«, brummte Julio leise und erschüttert.

Solberg drehte den Kopf und sah die beiden Polizisten an. »Für Eric war die Unsterblichkeit auf Erden also nicht nur ein Ziel, das er aus Freude am Leben anstrebte, sondern infolge einer besonderen

Furcht vor der Hölle. Und diese Motivationen mußten dazu führen, daß er zu einem Besessenen wurde.«

Julio nickte langsam.

»Besessen von jungen Mädchen, davon, eine Möglichkeit zu finden, das menschliche Leben zu verlängern und dem Tod ein Schnippchen zu schlagen«, fügte Solberg hinzu. »Im Verlaufe der Jahre verschlimmerte sich sein Zustand. Nach dem Wochenende vor elf Jahren brach er den Kontakt zu mir ab – vermutlich bedauerte er es, mich in seine Geheimnisse eingeweiht zu haben. Wahrscheinlich erzählte er nicht einmal seiner Frau von Barry Hampstead. Nun, wie dem auch sei: Trotz der wachsenden Distanz zwischen uns hörte ich oft genug von Eric, um zu dem Schluß zu gelangen, daß sich seine Angst vor Tod und Verdammnis immer mehr verstärkte. Nach seinem vierzigsten Geburtstag schien er kaum mehr an irgend etwas anderes denken zu können. Ich bedaure es sehr, daß er gestern starb. Eric war ein sehr fähiger Mann, dazu in der Lage, der Menschheit bedeutende Dienste zu erweisen. Doch vielleicht ist sein Tod sogar ein Segen, denn...«

»Ja?« fragte Julio.

Solberg begann plötzlich zu schwitzen. »Nun, manchmal fragte ich mich, wozu sich Eric hätte hinreißen lassen können, wenn ihm ein Durchbruch bei seinen Forschungen gelungen wäre. Wenn er die Möglichkeit gefunden hätte, mit einer genetischen Manipulation die eigene Lebensspanne drastisch zu verlängern, wäre er vielleicht töricht genug gewesen, mit einem unerprobten Verfahren an sich selbst zu experimentieren, sich selbst zu einem Versuchskaninchen zu machen.«

Sieh mal einer an, dachte Julio. Was würden Sie wohl sagen, wenn ich Ihnen mitteilte, daß Erics sterbliche Überreste gestern abend aus dem Leichenschauhaus verschwunden sind?

25. Kapitel

Allein

Rachael und Ben versuchten nicht, die einzelnen Blätter der Wildcard-Akte in die richtige Reihenfolge zu bringen, sammelten sie einfach ein und stopften sie in einen Müllsack, den Shadway aus der Küche holte. Er band ihn mit einem plastikummantelten Eisendraht zu und legte ihn in den Mercedes, unmittelbar hinter den Fahrersitz.

Anschließend fuhren sie über den Kiesweg zum Tor, hinter dem der gemietete Ford stand. Ihre Hoffnung wurde nicht enttäuscht: Der unter dem Lenkrad des schwarzen 560 SEL baumelnde Schlüsselbund enthielt auch einen Schlüssel, mit dem sich das Tor öffnen ließ.

Ben holte den Ford, und Rachael fuhr den Mercedes einige Meter weiter.

Nervös wartete die junge Frau in dem schwarzen Wagen, die 32er in der einen Hand. Immer wieder ließ sie ihren Blick über den nahen Waldrand schweifen.

Ben ging zu Fuß weiter und geriet nach wenigen Minuten außer Sicht. Er näherte sich der Stelle, wo die drei Fahrzeuge parkten, die sie zuvor auf dem Weg zur Hütte gesehen hatten. Als er zurückkehrte, trug er zwei Nummernschilder, die er rasch gegen die Kennzeichen des Mercedes austauschte.

Dann stieg er ein und nahm auf dem Beifahrersitz Platz. »Wenn du in Vegas bist, ruf von einer öffentlichen Telefonzelle aus einen gewissen Whitney Gavis an. Die Nummer müßte im Verzeichnis stehen.«

»Whitney Gavis?«

»Ein alter Freund von mir. Er arbeitet für mich, kümmert sich um das Motel, von dem ich dir bereits erzählte, das Golden Sand Inn. Er war es, der mich auf das Anwesen aufmerksam machte. Er hat Schlüssel und kann dir Zutritt verschaffen. Sag ihm einfach, daß du im Apartment des Direktors unterkommen möchtest und ich dir bald folge. Übrigens: Du brauchst ihm gegenüber kein Blatt vor den Mund zu nehmen. Wenn wir ihn schon in die Sache verwickeln, sollte er wenigstens wissen, worum es dabei geht und welche Gefahren drohen.«

»Was ist, wenn er bereits von der Fahndung nach uns gehört hat?«

»Das spielt für Whitney keine Rolle. Er hält uns bestimmt nicht für Mörder oder russische Agenten. Whit ist nicht auf den Kopf gefallen und hat einen Riecher für Unsinn. Du kannst ihm vertrauen.«

»Wenn du meinst...«

»Hinter dem Motelbüro gibt es eine Garage, die zwei Autos Platz

bietet. Stell den Wagen unmittelbar nach deiner Ankunft darin ab. Aus den Augen, aus dem Sinn.«
»Dein Vorschlag gefällt mir noch immer nicht besonders.«
»Ich würde es ebenfalls vorziehen, wir hätten eine andere Wahl«, erwiderte Shadway. »Aber das ist nicht der Fall. Und das weißt du auch.« Er strich ihr mit den Fingerkuppen über die Wange und gab ihr einen Kuß.
»Nach der Durchsuchung der Hütte machst du dich sofort auf den Weg?« fragte Rachael kurze Zeit später. »Ganz gleich, ob du einen Hinweis auf das neue Ziel Erics gefunden hast oder nicht?«
»Ja. Ich verschwinde, bevor die Cops hier auftauchen.«
»Und wenn du einen Anhaltspunkt entdeckst... Versprichst du mir, ihm nicht allein zu folgen?«
»Habe ich das nicht gesagt?«
»Ich möchte es noch einmal hören.«
»Zuerst komme ich zu dir nach Las Vegas«, erwiderte Ben. »Allein hefte ich mich nicht an Erics Fersen. Wir stellen ihn gemeinsam.«
Rachael blickte ihm tief in die Augen und wußte nicht genau, ob er sie anlog oder die Wahrheit sagte. Aber selbst wenn er ihr etwas vormachte: Sie konnte nichts unternehmen, denn die Zeit wurde knapp. Sie durften nicht länger zögern.
»Ich liebe dich«, sagte Shadway.
»Ich liebe dich auch, Benny. Und ich werde es dir nie verzeihen, wenn du dich umbringen läßt.«
Er lächelte. »Du bist eine einzigartige Frau, Rachael. Du wärst dazu in der Lage, in einem Felsen Leidenschaft zu wecken. Ich bin nicht geneigt, aus dem Leben zu scheiden, bevor ich einige Jahrzehnte mit dir verbracht habe. Mach dir darüber keine Sorgen. Und jetzt... Verriegle die Türen, wenn ich draußen bin.«
Er hauchte ihr einen zweiten Kuß auf die Lippen, stieg aus dem Mercedes, ließ die Beifahrertür ins Schloß fallen und beobachtete, wie Rachael die Zentralverriegelung betätigte.
Die junge Frau fuhr los, lenkte den Wagen über den Kiesweg und sah immer wieder in den Rückspiegel. Nach wenigen Sekunden konnte sie Ben nicht mehr sehen: Er blieb hinter der Kurve zurück.

Ben steuerte den gemieteten Ford in Richtung der Hütte und stellte ihn vor dem Gebäude ab. Einige große, weiße Wolken zogen über den Himmel, und ihre faserigen Schatten krochen über das Blockhaus. Mit dem Gewehr in der einen und der Combat Magnum in der anderen Hand – Rachael hatte nur ihre 32er mitgenommen – ging Ben die Stufen zur Veranda hoch und fragte sich, ob Eric ihn beobachtete.

Shadway erinnerte sich daran, Rachael gegenüber behauptet zu haben, Eric sei geflohen, um sich an einem anderen Ort zu verstecken. Vielleicht stimmte das sogar. Einige Dinge sprachen dafür. Doch es bestand nach wie vor die, wenn auch vage, Möglichkeit, daß sich der lebende Tote irgendwo in der Nähe verbarg, im dunklen Wald.

Riiieeeh, riiieeeh...

Ben klemmte sich die Magnum hinter den Gürtel, hob das Gewehr und betrat die Hütte durch den vorderen Eingang. Erneut sah er sich nacheinander alle Zimmer an.

Er hatte Rachael nicht angelogen: Es war tatsächlich wichtig, die Hütte noch einmal gründlich zu durchsuchen, doch dazu brauchte er keine Stunde. Wenn er innerhalb der nächsten fünfzehn Minuten nichts fand, wollte er das Haus verlassen und am Rande der Rasenfläche nach Fußspuren Ausschau halten. Und wenn er damit Erfolg hatte, beabsichtigte er, Eric in den Wald zu folgen.

Ben bedauerte es ein wenig, Rachael im Hinblick auf diesen Teil seines Plans die Unwahrheit gesagt zu haben, aber sonst wäre sie nicht nach Las Vegas gefahren. Wenn er durch den Wald schlich, hätte die junge Frau nur eine Behinderung für ihn dargestellt. Im Dickicht bewegte sie sich nicht annähernd so sicher und geschickt wie er, und er wollte unbedingt vermeiden, sie in Gefahr zu bringen.

Die Geräusche im Wald... Ben hatte versucht, Rachael Mut zu machen, indem er sie darauf hinwies, die Laute stammten von Tieren. Nun, vielleicht. Aber nach dem Aufenthalt in der leeren und verlassenen Hütte argwöhnte Shadway, daß Rachaels Befürchtungen nicht ganz so grundlos gewesen waren. Es gab durchaus die Möglichkeit, daß Eric sie die ganze Zeit über beschattet hatte...

Während Rachael den Mercedes erst über den Kiespfad steuerte und dann den asphaltierten Weg bis zur Staatsstraße, die um den ganzen See herumführte, war sie mehr oder weniger davon überzeugt, daß Eric jederzeit aus dem Gebüsch hervorspringen konnte. Von Wahnsinnigen hieß es, sie besäßen übermenschliche Kräfte. Vielleicht hätte es der lebende Tote sogar geschafft, ein Wagenfenster zu zertrümmern.

Doch Eric zeigte sich nicht.

Auf der Staatstraße in unmittelbarer Nähe des Sees galt Rachaels Sorge nicht mehr Eric, sondern in erster Linie der Polizei und den Bundesagenten. Jedes Fahrzeug, das sie von weitem kommen sah, hielt sie zuerst für einen Streifenwagen.

Las Vegas schien zehntausend Kilometer weit entfernt zu sein. Rachael hatte das Gefühl, Ben im Stich gelassen zu haben.

Als Peake und Sharp den Flughafen von Palm Springs erreichten, mußten sie die Feststellung machen, daß ihr Helikopter, Modell Bell Jet Ranger, einen Maschinenschaden aufwies. Nach der demütigenden Begegnung mit dem Felsen war der stellvertretende Direktor der DSA so wutgeladen, daß er den Piloten des Hubschraubers am liebsten grün und blau geschlagen hätte – so als fliege der arme Kerl nicht nur die Maschine, sondern sei auch für Entwurf, Konstruktion und Wartung verantwortlich.

Hinter Sharps Rücken zwinkerte Peake dem Piloten zu.

Es stand kein anderer Helikopter zur Verfügung, und deshalb traf Sharp widerstrebend die Entscheidung, mit einem Wagen von Palm Springs zum Lake Arrowhead zu fahren. Die dunkelgrüne Regierungslimousine traf mit blitzendem Blinklicht ein. Die Lampe befand sich normalerweise im Kofferraum, konnte aber innerhalb weniger Sekunden auf dem Dach befestigt werden. Außerdem gehörte auch eine Sirene zur Ausstattung. Sharp schaltete sie ein, um die anderen Wagen zu veranlassen, ihnen Platz zu machen. Peake raste über den Highway 111 nach Norden und setzte die Fahrt dann über die I-10 nach Redland fort. In einer Stunde legten sie rund hundertfünfzig Kilometer zurück, und aus dem gleichmäßigen Brummen des Motors wurde ein rauh klingendes Grollen.

Anson Sharp schien keine Gedanken an eine mögliche Panne zu verschwenden, beklagte statt dessen das Fehlen einer Klimaanlage und verfluchte den warmen Wind, der durch die geöffneten Seitenfenster wehte.

Als sie auf der State Route 330 die San Bernardino Mountains erreichten, mußten sie angesichts der vielen Kurven die Geschwindigkeit verringern. Sharp schwieg und grübelte. Schon seit einer ganzen Weile hatte er keinen Ton mehr von sich gegeben. Sein Zorn war verraucht, und er schmiedete nun neue Pläne.

Die unsteten Muster aus hellem Sonnenschein und Waldschatten tanzten über die Windschutzscheibe und erfüllten das Wageninnere mit gespenstischem Leben, als Sharp schließlich sagte: »Peake, vielleicht wundert es Sie, daß nur wir beide hierhergekommen sind. Vielleicht fragen Sie sich, warum ich nicht die Polizei verständigt oder Verstärkung angefordert habe.«

»Ja, Sir«, erwiderte Peake. »Darüber habe ich schon nachgedacht.«

Sharp musterte ihn eine Zeitlang. »Sind Sie ehrgeizig, Jerry?«

Sei jetzt bloß auf der Hut, Jerry! fuhr es Peake durch den Sinn. Der Umstand, daß Sharp ihn mit seinem Vornamen ansprach, war bestimmt kein gutes Zeichen.

»Nun, Sir«, antwortete er, »ich möchte meine Arbeit ordentlich erledigen und ein guter Einsatzagent sein.«

»Hoffen Sie auf Beförderungen, auf mehr Befugnisse, eine Chance, selbst Ermittlungen zu leiten?«

Peake argwöhnte, daß Sharp eine Bedrohung in jungen Beamten sehen mochte, die zu ehrgeizig waren, und deshalb ließ er seinen Traum unerwähnt, zu einer DSA-Legende zu werden. Statt dessen sagte er: »Nun, ich habe mir immer gewünscht, es irgendwann einmal zum stellvertretenden Chef des kalifornischen Büros zu bringen und einen gewissen Einfluß auf die Operationen zu bekommen. Zuerst aber muß ich noch eine Menge lernen.«

»Das ist alles?« fragte Sharp. »Ich halte Sie für einen klugen und fähigen Mann, und ich hätte eigentlich erwartet, daß Sie höhere Ziele anstreben.«

»Ich danke Ihnen, Sir, aber es gibt bei uns viele kluge und fähige Männer, die älter sind als ich. Und wenn ich es *trotz* dieser Konkurrenz zum stellvertretenden Sektionsleiter bringen könnte, wäre ich sehr froh.«

Sharp schwieg eine Zeitlang, aber Peake wußte, daß das Gespräch noch nicht beendet war. Er nahm den Fuß vom Gas, als er vorne eine scharfe Rechtskurve sah, trat kurze Zeit später erneut auf die Bremse: ein Waschbär trippelte über den Asphalt. Schließlich sagte Sharp: »Jerry, ich beobachte Sie schon seit einer ganzen Weile, und ich bin sehr mit Ihnen zufrieden. Sie haben das Zeug, es in der Defense Security Agency zu etwas zu bringen. Wenn Sie nach Washington möchten: Bestimmt ist im Hauptquartier der eine oder andere Posten frei.«

Plötzlich hatte Jerry Peake Angst. Sharps Schmeicheleien waren übertrieben, sein Wohlwollen bestimmt nur gespielt. Er wollte etwas von dem jungen Agenten, und Peake sollte seinerseits etwas von ihm kaufen, zu einem Preis, der vielleicht viel zu hoch für ihn war. Doch wenn er den Handel ablehnte, machte er sich den stellvertretenden Direktor für den Rest seines Lebens zu einem erbitterten Feind.

»Das, was ich Ihnen jetzt sage«, fuhr Sharp fort, »ist streng vertraulich, und ich bitte Sie ausdrücklich, es für sich zu behalten: Im Laufe der nächsten beiden Jahre wird der Direktor in den Ruhestand treten und mich als seinen Nachfolger vorschlagen.«

Peake zweifelte nicht daran, daß Sharp es ernst meinte. Gleichzeitig aber fragte er sich voller Unbehagen, ob Jarrod McClain, Direktor der DSA, schon etwas von seiner bevorstehenden Pensionierung ahnte.

»Wenn das geschieht«, fügte Sharp hinzu, »entlasse ich einige der Männer, die Jarrod in hohen Positionen um sich herum versammelt hat. Ich respektiere den Direktor, aber er gehört zur alten Schule, und die von ihm beförderten Leute sind eher Bürokraten als kompetente Einsatzagenten. Ich brauche jüngere und entschlossenere Männer – wie Sie.«

»Sir, ich weiß gar nicht, was ich sagen soll«, erwiderte Peake.

»Doch meine Leute müssen über jeden Zweifel erhaben sein und meine Perspektive für die DSA teilen. Ich verlange von ihnen, daß sie bereit sind, jedes Risiko einzugehen, Opfer darzubringen und sich voll und ganz für die Defense Security Agency einzusetzen – und natürlich für die Interessen des Staates. Bestimmt werden sie dann und wann mit Situationen konfrontiert, die es erforderlich machen, zum Wohle unseres Landes und der DSA Gesetze zu brechen. Wenn man es mit Terroristen und sowjetischen Spionen zu tun bekommt, kann man sich nicht immer strikt an die allgemeinen Spielregeln halten. Wir wollen *gewinnen*, Jerry. Genau zu diesem Zweck hat die Regierung unsere Organisation geschaffen. Sie sind noch jung, aber Sie haben sicher genügend Erfahrungen gesammelt, um zu verstehen, was ich meine.«

»Ich glaube schon«, sagte Jerry. Ihm wurde immer unbehaglicher zumute.

Sie kamen an einem Hinweisschild vorbei: LAKE ARROWHEAD – 16 KM.

»Nun gut, Jerry. Ich will ganz offen zu Ihnen sein und hoffe, daß ich mich nicht in Ihnen täusche, daß Sie tatsächlich so zuverlässig sind, wie ich glaube. Ich habe deshalb keine Verstärkung angefordert, weil von Washington die Anweisung kam, Mrs. Leben und Benjamin Shadway aus dem Weg zu räumen. Und wir sollten sie auf möglichst diskrete Art und Weise unschädlich machen, ohne Zeugen.«

»Unschädlich machen?«

»Sie müssen sterben, Jerry. Wenn wir sie in der Hütte finden, zusammen mit Eric Leben, versuchen wir, den Genetiker gefangenzunehmen, so daß man ihn unter Laborbedingungen untersuchen kann. Doch Shadway und die Frau müssen eliminiert werden. Diese Aufgabe könnten wir nur mit großen Schwierigkeiten bewältigen, wenn die Polizei da ist. Es bliebe uns nichts anderes übrig, als sie so lange zu schonen, bis wir mit Shadway und Mrs. Leben allein sind. Wenn uns andere DSA-Agenten begleiteten, hätten wir zwar weitaus bessere Aussichten, den Job zu erledigen, aber es bestünde die Gefahr, daß etwas zu den Medien durchsickert. Wir können von Glück sagen, die Chance zu haben, diesen Auftrag allein durchzuführen. Das versetzt uns in die Lage, alles hinter uns zu bringen, bevor Polizisten und Reporter eintreffen.«

Peake war entsetzt. Die Defense Security Agency hatte nicht das Recht, Zivilisten umzubringen. Er versuchte, ruhig zu bleiben, als er erwiderte: »Warum sollen Shadway und Mrs. Leben sterben?«

»Das ist streng geheim, Jerry. Tut mir leid.«

»Der Haftbefehl, der ihnen Spionage und die Ermordung von zwei Polizeibeamten in Palm Springs vorwirft... Das ist doch nur ein Vorwand, nicht wahr? Um die lokalen Cops zu veranlassen, uns bei der Suche zu helfen.«

»Ja«, bestätigte Sharp. »Aber bei diesem Fall gibt es viele Dinge, die Sie nicht kennen, Jerry. Mir liegen Informationen vor, die ich leider nicht mit Ihnen teilen kann – obgleich ich Sie bitte, mich bei einer Sache zu unterstützen, die Ihnen in höchstem Maße illegal und vielleicht sogar unmoralisch erscheinen mag. Als stellvertretender Direktor der DSA versichere ich Ihnen, daß Shadway und Mrs. Leben *wirklich* eine enorme Gefahr für unser Land darstellen. Sie dürfen keine Gelegenheit erhalten, sich an die Medien zu wenden oder mit den lokalen Behörden zu sprechen.«

Was für ein ausgemachter Unfug, dachte Peake, schwieg jedoch und fuhr weiter. Die blaugrünen Zweige von Fichten und Kiefern reichten über die Straße hinweg.

»Ich habe die Entscheidung, Shadway und Mrs. Leben aus dem Verkehr zu ziehen, nicht allein getroffen. Die Anordnung kommt aus Washington, Jerry. Und nicht etwa von Jarrod McClain, sondern von oben, von *ganz* oben.«

Quatsch, dachte Peake. Soll ich dir etwa abnehmen, der Präsident habe die kaltblütige Ermordung zweier Zivilisten angeordnet, die ohne eigenes Verschulden zu einem Sicherheitsrisiko geworden sind?

Dann begriff er, daß er vor seinen Erkenntnissen im Krankenhaus von Palm Springs naiv genug gewesen wäre, Sharp jedes Wort zu glauben. Anson konnte natürlich nichts davon wissen, aber der neue Jerry Peake, erwachsen geworden aufgrund der Art und Weise, in der Sharp Sarah Kiel behandelt und auf den Felsen reagiert hatte, war nicht mehr so einfältig wie der alte.

»Von *ganz oben*, Jerry.«

Peake befürchtete, daß Anson Sharp sehr persönliche Gründe dafür hatte, Shadways und Rachael Lebens Tod zu wünschen, daß Washington überhaupt nichts von seinen Plänen wußte. Er konnte nicht genau bestimmen, warum er in diesem Punkt so sicher war. Eine Ahnung. Legenden – und Leute, die dazu werden wollten – mußten sich auf ihre Ahnungen verlassen.

»Sie sind bewaffnet, Jerry – und gefährlich. Zwar haben sie nicht die Verbrechen begangen, die wir beim Antrag auf Ausstellung eines Haftbefehls anführten, aber sie machten sich anderer Verfehlungen schuldig. Ich bedaure es sehr, Ihnen keine genaueren Angaben machen zu können. Die Sache ist streng geheim, wie ich schon sagte. Nun, eins steht fest: Wir erschießen nicht gerade zwei aufrechte und anständige Bürger.«

Es verblüffte Peake, wie gut sein innerer Blödsinndetektor inzwischen funktionierte. Gestern noch hatte er voller Ehrfurcht zu seinem Vorgesetzten aufgeschaut und wäre nicht imstande gewesen, den fauligen Geruch der Lüge wahrzunehmen. Jetzt empfand er den Gestank als überwältigend.

»Und wenn sie sich ergeben, Sir?« fragte er. »Machen wir sie trotzdem... unschädlich?«

»Ja.«

»Wir sind also gleichzeitig Gericht, Geschworene und Henker?«

Ein Hauch von Ungeduld vibrierte in Sharps Stimme, als er erwiderte: »Verdammt noch mal, Jerry, glauben Sie etwa, ich hätte *Spaß* daran? Ich habe im Krieg getötet, in Vietnam, für mein Land, aber es gefiel mir nicht sonderlich, obwohl es sich um einen leicht zu identifizierenden Feind handelte. Kommunisten sind immer die Bösen, nicht wahr? Erst recht dann, wenn sie nichts von einer Amerikanisierung halten. Noch unangenehmer ist es mir, Shadway und Mrs. Leben umzupusten, die auf den ersten Blick betrachtet weitaus weniger den Tod verdienen als die Vietkong. Andererseits aber gewährte man mir Einblick in streng geheimes Material, aus dem ganz eindeutig hervorgeht, daß die beiden genannten Personen eine gewaltige Gefahr für unser Land darstellen. Außerdem habe ich von *höchster Stelle* den Befehl erhalten, sie zu eliminieren. Und ich weiß, wozu ich verpflichtet bin. Ich mag die Vorstellung nicht, sie umzubringen. Um ganz ehrlich zu sein: Der Gedanke daran macht mich krank. Niemand findet sich gern mit der Tatsache ab, daß man manchmal eine unmoralische Entscheidung treffen muß, daß das moralische Spektrum der Welt nicht nur aus Schwarz und Weiß, sondern auch aus vielen Grautönen besteht. Nein, die Sache gefällt mir nicht, aber mir bleibt keine Wahl.«

Was für eine blöde Faselei, dachte Peake. Du freust dich bereits darauf, Shadway und Rachael Leben ins Jenseits zu schicken, kannst es gar nicht abwarten, sie voll Blei zu pumpen.

»Was halten Sie davon, Jerry? Kann ich auf Sie zählen?«

Im Wohnzimmer der Hütte fand Ben etwas, das Rachael und er zuvor übersehen hatten: einen Feldstecher neben dem Sessel am Fenster. Als Shadway ihn vor die Augen hob, konnte er weiter unten am Hang ganz deutlich die Kurve sehen, hinter der er mit Rachael stehengeblieben war, um das Blockhaus zu beobachten. Vor seinem inneren Auge formte sich ein bestimmtes Bild: Eric, der im Sessel saß und den Kiesweg im Auge behielt...

In weniger als fünfzehn Minuten durchsuchte Ben den Rest des Wohnzimmers und die drei Schlafräume. Als er im letzten Zimmer aus dem Fenster sah, bemerkte er einige abgeknickte Zweige im Dickicht, das sich an die Rasenfläche anschloß – ein ganzes Stück von der Stelle entfernt, an der Rachael und Ben den Wald verlassen hatten. Eine deutliche Spur... Shadway erinnerte sich erneut an die seltsamen Geräusche unterwegs, und die Vermutung, daß sie von Eric stammten, verdichtete sich immer mehr.

Wahrscheinlich verbarg er sich noch immer irgendwo dort draußen und lag auf der Lauer.
Shadway holte tief Luft. Es wurde Zeit, ihm nachzustellen.
Er verließ den Schlafraum, durchquerte das Wohnzimmer und betrat die Küche. Als er Anstalten machte, die Hintertür zu öffnen, sah er aus den Augenwinkeln eine Axt: Sie lehnte an der Seite des Kühlschranks.
Eine *Axt?*
Ben wandte sich von der Tür ab, runzelte verwirrt die Stirn und betrachtete die scharfe Schneide. Er entsann sich nicht daran, eine Axt bemerkt zu haben, als er die Hütte zusammen mit Rachael betreten hatte.
Plötzlich fröstelte er.
Nach der ersten Durchsuchung des Hauses hatten sie sich in die Garage begeben, um dort darüber zu sprechen, was es als nächstes zu unternehmen galt. Anschließend kehrten sie ins Haus zurück und schritten durch die Küche ins Wohnzimmer, um dort alle Blätter der Wildcard-Akte einzusammeln. Kurze Zeit später suchten sie erneut die Garage auf, stiegen in den Mercedes und fuhren zum Tor. Weder bei der ersten noch bei der zweiten Gelegenheit kamen sie an *dieser* Seite des Kühlschranks vorbei. War er so unaufmerksam gewesen, die Axt zu übersehen?
Ein kaltes Etwas schien sich an Bens Rücken zu pressen und langsam zu seinem Nacken emporzukriechen.
Es gab nur zwei mögliche Erklärungen für die Axt. Erstens: Vielleicht hielt sich Eric in der Küche auf, während Rachael und Ben sich in der Garage befanden und ihre nächsten Schritte berieten. Vielleicht hatte er das Beil hoch erhoben in der Hand gehalten, um sie bei der Rückkehr ins Haus anzugreifen und zu überraschen. Das bedeutete: Sie waren nur um Haaresbreite dem Tod entkommen. Eric hörte ihr Gespräch, entschied sich gegen einen Überfall, entwickelte statt dessen einen anderen Plan und legte die Axt beiseite.
Oder...
Oder Eric betrat die Hütte erst später, nachdem er beobachtet hatte, wie sie mit dem Mercedes fortfuhren. Er stellte die Axt ab, weil er glaubte, es drohe ihm nun keine Gefahr mehr – und kurz darauf, als Ben mit dem Ford zurückkehrte, floh er überstürzt.
Welche dieser beiden Möglichkeiten traf zu? Von der Antwort auf diese Frage hing eine Menge ab.
Wenn sich Eric schon früher in der Hütte aufgehalten hatte, als

Rachael und Ben in der Garage weilten – warum war es dann nicht zu einem Angriff gekommen?

Im Blockhaus herrschte völlige Stille. Ben lauschte und versuchte festzustellen, ob sich in der Lautlosigkeit eine andere Präsenz verbarg.

Nicht das geringste Geräusch. Nur das profunde Schweigen der Einsamkeit.

Eric befand sich nicht in der Hütte.

Ben blickte durch den Fliegenschirm und beobachtete den Wald jenseits der braunen Rasenfläche. Zwischen den Bäumen, Büschen und Sträuchern rührte sich nichts, und Shadway gewann den Eindruck, daß sich der lebende Tote auch dort nicht versteckte.

»Eric?« fragte er laut, ohne mit einer Antwort zu rechnen. »Wohin, zum Teufel, bist du verschwunden, Eric?«

Ben ließ das Gewehr sinken, war völlig sicher, daß keine unmittelbare Konfrontation mit Eric drohte.

Die Stille dauerte an.

Eine Stille, die bedrückend wirkte, sich wie ein schweres Gewicht auf Ben senkte.

Shadway kniff die Augen zusammen, spürte plötzlich, daß er vor einer wichtigen Erkenntnis stand. Er hatte einen Fehler gemacht, einen schweren, fatalen Fehler, der nicht mehr korrigiert werden konnte. Aber was für einen? Er starrte auf die Axt neben dem Kühlschrank, verzweifelt bemüht, zu verstehen...

Dann hielt er unwillkürlich den Atem an.

»Mein Gott«, flüsterte er. »Rachael.«

LAKE ARROWHEAD – 5 KM.

Peake schloß zu einem Camper auf und wagte es angesichts der vielen Kurven nicht, das wesentlich langsamere Fahrzeug zu überholen. Sharp machte sich offenbar keine Sorgen darüber, Zeit zu verlieren: Er war ganz darauf konzentriert, Peakes Einverständnis für die geplante Ermordung Shadways und Mrs. Lebens zu bekommen.

»Wenn Sie irgendwelche Bedenken haben, so überlassen Sie die Sache mir, Jerry. Natürlich erwarte ich von Ihnen, daß Sie mir im Notfall helfen – das gehört schließlich zu Ihrem Job. Aber wenn es uns ohne Schwierigkeiten gelingt, Shadway und die Frau zu entwaffnen, kümmere ich mich um den Rest.«

Trotzdem mache ich mich der Komplizenschaft bei einem Mord schuldig, dachte Peake.

Aber laut sagte er:»Nun, Sir, ich möchte Sie nicht im Stich lassen.«

»Es freut mich, das zu hören, Jerry. Ich wäre sehr enttäuscht, wenn Sie kneifen würden. Ich meine: Ich entschied mich deshalb für Sie als Assistenten, weil ich Sie für einen verantwortungsbewußten Mann halte, dem es nicht an Mut mangelt. Und in diesem Zusammenhang möchte ich noch einmal betonen, wie dankbar unser Land und die DSA für Ihre bedingungslose Unterstützung sein werden.«

Du hast ja nicht mehr alle Tassen im Schrank, fuhr es Peake zornig durch den Sinn. Du bist ja völlig ausgerastet.

»Sir«, sagte er, »ich möchte mich keineswegs auf eine Weise verhalten, die den Interessen unseres Landes zuwiderliefe – oder zu irgendeinem nachteiligen Eintrag in meine Personalakte führen könnte.«

Sharp lächelte, interpretierte diese Antwort als Kapitulation auf der ganzen Linie.

Ben schritt langsam durch die Küche und starrte zu Boden. Hier und dort glänzten Brühereste auf den Fliesen, die aus den verstreuten Konservendosen mit Suppe und Fleisch stammten. Während ihres Aufenthalts in der Küche hatten Rachael und er sorgfältig darauf geachtet, die entsprechenden Stellen zu meiden, und Shadway war sicher, daß ihm bei der ersten Durchsuchung des Hauses Fußspuren aufgefallen wären.

Jetzt konnte man sie ebensowenig übersehen wie ein helles Fanal in finsterer Nacht: ein Abdruck in einer breiigen Nudelmasse, ein weiterer, nicht ganz so groß, inmitten eines breiten Flecks aus Erdnußbutter. Hervorgerufen von den großen Stiefeln eines Mannes.

Zwei weitere Fußspuren zeigten sich in unmittelbarer Nähe des Kühlschranks. In seinem inneren Fokus sah Ben einen Eric, der die Axt beiseite legte – und sich versteckte. Die Schlußfolgerung erfüllte ihn mit kaltem Grausen. Als er zusammen mit Rachael aus der Garage in die Küche zurückkehrte, um im Wohnzimmer die Blätter der Wildcard-Akte einzusammeln, hockte Eric neben dem Kühlschrank.

Mit klopfendem Herzen wandte sich Ben um und eilte auf die Verbindungstür zu, die in die Garage führte.

LAKE ARROWHEAD

Sie waren da.

Der langsame Camper bog von der Hauptstraße ab, hielt auf dem Parkplatz vor einem Sportartikelgeschäft und gab Peake den Weg frei. Der junge DSA-Agent trat, ohne zu zögern, aufs Gas.

Sharp warf einen kurzen Blick auf den Zettel, den der Felsen ihm gegeben hatte. Er überflog die Richtungsangaben und sagte: »Genau richtig. Folgen Sie dem Verlauf der State Route weiter nach Norden. Nach ungefähr sechs Kilometern müßte rechts ein Weg abzweigen. Dicht daneben sind zehn Briefkästen angebracht, und einer davon ist mit einem rotweißen Eisenhahn geschmückt.«

Während Peake weiterfuhr, sah er aus den Augenwinkeln, wie sich Sharp einen schwarzen Aktenkoffer auf den Schoß schob und ihn öffnete. Er enthielt zwei Pistolen vom Kaliber achtunddreißig. Eine legte er auf die Konsole zwischen ihnen.

»Was soll das?« fragte Peake.

»Das ist die Knarre, die Sie bei dieser Operation verwenden.«

»Ich habe meine Dienstwaffe dabei.«

»Die Jagdsaison hat noch nicht begonnen, und deshalb können wir nicht einfach so herumballern, Jerry. Wir müssen vermeiden, daß Nachbarn neugierig werden und herumschnüffeln – oder irgendein Hilfssheriff, der zufällig in der Gegend ist, auf uns aufmerksam wird.« Sharp nahm einen Schalldämpfer zur Hand und schraubte ihn an den Lauf seiner eigenen Pistole. »Bei Revolvern bliebe uns keine andere Wahl, als auf solche Dinger zu verzichten. Und wir wollen doch nicht gestört werden, bis alles vorbei ist...«

Himmel, auf was lasse ich mich hier ein? dachte Peake betroffen, als er die Limousine durch scharfe Rechts- und Linkskurven steuerte und nach einem rot-weißen Eisenhahn Ausschau hielt.

Rachael fuhr über eine andere Straße, die State Route 138, und ließ den Lake Arrowhead hinter sich zurück. Sie näherte sich dem Silverwood Lake, einem Bereich, in dem die Berglandschaft der San Bernardino Mountains noch beeindruckender wirkte.

Von Silverwood aus führte die 138 fort von den Bergen, bis sie im Westen auf die Interstate 15 traf. Dort wollte Rachael tanken und den Weg anschließend nach Norden und Osten fortsetzen, in Richtung Las Vegas. Mehr als dreihundert Kilometer weit ging es durch die Wüste – eine lange Reise.

Ich wünschte, du wärst bei mir, Benny, dachte sie.

Sie kam an einem Baum vorbei, den bei irgendeinem Gewitter ein Blitz getroffen hatte. Schwarze Zweige und Äste streckten sich stumm und anklagend dem Himmel entgegen.

Weit oben verdichteten sich die Wolken, und einige von ihnen waren nicht mehr weiß.

In der leeren Garage fand Ben weitere Fußspuren. Er ging in die Hocke und schnupperte, war sicher, daß er sich den vagen Rindfleischgeruch nicht nur einbildete.

Er stand wieder auf, wanderte wachsam umher und suchte nach anderen Hinweisen. Schon nach wenigen Sekunden entdeckte er einen kleinen, braunen Tropfen, und als er ihn berührte und den Zeigefinger unter die Nase hielt, roch er Erdnußbutter. Erics verschmierte Stiefel... Der lebende Tote hatte sich hier aufgehalten, während Ben und Rachael im Wohnzimmer weilten und die Blätter der Wildcard-Akte in einen Müllsack stopften.

Als sie anschließend zurückkehrten, war Shadway sehr in Eile gewesen, darauf bedacht, die Hütte so schnell wie möglich zu verlassen – bevor Eric auftauchte oder die Polizei eintraf. Aus diesem Grund übersah er die Fußabdrücke. Es gab auch gar keinen Anlaß für ihn, dort nach Spuren Ausschau zu halten, wo sie erst vor wenigen Minuten gesucht hatten. Wie konnte ein Mann mit verheerenden Hirnverletzungen zu einer derartigen Schläue fähig sein? Ben dachte an die Mäuse im Laboratorium, an die verwirrten, geistig und emotional destabilen Versuchstiere... Nein, es gab keinen Grund, sich irgendeinen Vorwurf zu machen. Unter den gegebenen Umständen war die Entscheidung richtig gewesen, Rachael mit dem Mercedes fortzuschicken. Er hatte nicht wissen können, daß sich außer ihr noch jemand im Wagen befand...

Shadway stellte sich vor, wie Eric in der Küche wartete, bewaffnet mit einer Axt, wie er ihr Gespräch in der Garage belauschte und zu dem Schluß gelangte, endlich eine Chance zu bekommen, mit Rachael abzurechnen. Ben nickte langsam. Der... Zombie hatte sich neben dem Kühlschrank versteckt, bis sie das Wohnzimmer erreichten, schlich rasch in die Garage, nahm den Schlüsselbund an sich, öffnete den Kofferraum, schob den Zündschlüssel wieder ins Schloß, stieg ins Gepäckfach des Wagens und ließ die Klappe zufallen.

Wenn unterwegs ein Reifen platzte und Rachael den Kofferraum öffnete...

Oder wenn Eric irgendwo in der Wüste beschloß, die hintere Trennwand zu lösen und in den Fond zu klettern...

Panik rumorte in Shadway und ließ ihn am ganzen Leib erbeben. Mit einem jähen Ruck drehte er sich um, verließ die Garage und stürmte zum gemieteten Ford vor der Hütte.

Jerry Peakes Blick fiel auf einen rot-weißen Eisenhahn, der auf einem Gerüst mit insgesamt zehn Briefkästen befestigt war. Daraufhin nahm er den Fuß vom Gas, bog von der Hauptstraße ab und setzte die Fahrt über einen steil am Hang emporführenden Weg fort.

Sharp hatte unterdessen beide 38er mit Schalldämpfern versehen und nahm zwei volle Ersatzmagazine aus dem Aktenkoffer. Das eine steckte er selbst ein, und das zweite legte er neben die Pistole auf der Mittelkonsole. »Ich bin wirklich froh, daß ich bei dieser Sache auf Sie zählen kann, Jerry.«

Peake fühlte sich innerlich hin und her gerissen. Nichts lag ihm ferner, als einen kaltblütigen Mord zu begehen. Doch andererseits... Wenn er Sharp aufzuhalten versuchte, war seine Karriere in der DSA beendet, bevor sie noch richtig begonnen hatte.

»Gleich müßte der Asphaltweg in Kies übergehen«, sagte Sharp und sah erneut auf den Zettel, der von Sarah Kiels Vater stammte.

Trotz seiner jüngsten Erkenntnisse und des Vorteils, den er von ihnen erwartete, wußte Peake nicht, wie er sich jetzt verhalten sollte. Er sah keinen Ausweg, der es ihm erlaubte, sowohl die Selbstachtung zu wahren, als auch seine berufliche Laufbahn zu schützen. Als er den Wagen am Hang emporsteuerte, tiefer hinein in den dunklen Wald, verwandelte sich das Unbehagen in ihm in Furcht. Zum erstenmal seit Stunden fühlte er sich hilflos.

»Kies«, stellte Anson Sharp fest und deutete nach vorn. »Jetzt ist es nicht mehr weit.« Er beugte sich vor und starrte durch die Windschutzscheibe.

Nach einer Weile fügte der hochgewachsene Mann hinzu: »Und dort... das Tor. Himmel, es steht offen! Parken Sie davor.«

Jerry Peake hielt an und schaltete den Motor aus.

Es schloß sich nicht die Stille an, mit der er gerechnet hatte. Als das Brummen erstarb, vernahm er ein donnerndes Röhren von weiter oben.

»Ein anderer Wagen nähert sich«, knurrte Sharp, griff nach seiner Pistole und stieß die Beifahrertür auf. Etwa zweihundert Meter weiter vorn kam ein blauer Ford in Sicht und raste ihnen mit hoher Geschwindigkeit entgegen.

Während der Mann im fleckigen Overal den Tank des Mercedes mit unverbleitem Super füllte, schob Rachael einige Meter entfernt Münzen in den Eingabeschlitz eines Getränkeautomaten und wählte eine Coke.
»Nach Vegas unterwegs?« fragte der Tankwart.
»Ja.«
»Dachte ich mir schon. Ich tippe fast immer richtig, wenn's um die Reiseziele meiner Kunden geht. Sie haben ein gewisses Vegas-Flair. Hören Sie: Sie sollten es dort einmal mit dem Roulette versuchen. Vierundzwanzig. Diese Zahl fällt mir ein, wenn ich Sie ansehe. Okay?«
»Na schön. Vierundzwanzig.«
Er hielt die Coke, während Rachael ihre Handtasche öffnete und Geld hervorholte. »Wenn Sie gewinnen, erwarte ich natürlich die Hälfte. Aber wenn sie verlieren... Tja, dann haben Sie schlicht und einfach Pech gehabt.«
Er beugte sich zum Seitenfenster hinab, als die junge Frau eingestiegen war und losfahren wollte. »Seien Sie vorsichtig in der Wüste. Es kann dort ziemlich unangenehm werden.«
»Ich weiß«, sagte sie.
Rachael lenkte den Mercedes auf die I-15 und fuhr nach Nordosten weiter, in Richtung Barstow. Sie fühlte sich schrecklich einsam und allein.

26. Kapitel

Ein Mann auf Abwegen

Ben zwang den Ford durch die Kurve und beschleunigte. Nur einen Sekundenbruchteil später sah er die dunkelgrüne Limousine unmittelbar hinter dem Tor. Er trat auf die Bremse, und der Wagen kam auf dem Kiesweg ins Schleudern. Das Lenkrad ruckte hin und her, und fast hätte er die Kontrolle über das Fahrzeug verloren. Etwa fünfzig Meter vor dem Tor kam der Ford inmitten einer wallenden Staubwolke zum Stehen.

Zwei Männer in dunklen Anzügen stiegen aus der Limousine. Der eine blieb neben ihm stehen, und der andere – größer und kräftiger gebaut – rannte am Hang in die Höhe und kam schnell näher.

Die gelblichen Staubwolken wirkten wie eine massive Barriere, filterten das Sonnenlicht und bewirkten ein unbeständiges Muster aus Helligkeit und grauen Schatten. Trotz der dreißig Meter, die ihn noch von dem Mann trennten, sah Ben ganz deutlich die Waffe in seiner Hand, den dicken Schalldämpfer vor dem Lauf.

Weder Polizeibeamte noch Bundesagenten benutzten Schalldämpfer. Und Erics Geschäftspartner hatten mitten in Palm Springs mit einer Maschinenpistole gefeuert – ein Beweis dafür, daß sie keinen sonderlichen Wert auf Diskretion legten.

Dann erkannte Ben das grinsende Gesicht des Hochgewachsenen, und er war gleichzeitig erstaunt, verwirrt und besorgt. Anson Sharp. Zum letztenmal hatte er ihn vor sechzehn Jahren gesehen, in Vietnam, doch an seiner Identität bestand nicht der geringste Zweifel. Frühling und Sommer 1972... Ben wäre nicht sonderlich überrascht gewesen, von Sharp hinterrücks erschossen zu werden – der verdammte Mistkerl war zu allem fähig. Aber Ben hatte sich ihm gegenüber keine Blöße gegeben.

Und jetzt tauchte Sharp ganz plötzlich wieder auf, kaum verändert – als habe ihn ein Zeitsprung sechzehn Jahre in die Zukunft gebracht, in Bens Gegenwart.

Was, zum Teufel, führte ihn ausgerechnet hierher, mehr als anderthalb Jahrzehnte später? Gab es irgendeinen Zusammenhang zwischen Sharp und dem ganzen Wildcard-Durcheinander?

Knapp zwanzig Meter entfernt blieb Anson stehen, hob die Pistole und drückte ab. Der Schuß war nicht zu hören, und Shadway vernahm nur ein leises Klacken, als die Kugel dicht neben seinem Kopf die Windschutzscheibe durchschlug.

Shadway legte den Rückwärtsgang ein, drehte sich halb um und trat aufs Gas. Ein zweites Geschoß traf den Wagen, und Ben glaubte zu spüren, wie es nur wenige Zentimeter an seiner Stirn vorbeiraste. Dann hatte er die Kurve hinter sich gebracht und geriet aus Sharps Blickfeld.

Er fuhr bis zur Hütte zurück, hielt davor an, zerrte den Schaltknüppel in die Leerstellung und zog die Handbremse. Unmittelbar im Anschluß daran stieg er aus, legte sowohl das Gewehr als auch die Combat Magnum auf den Boden, beugte sich noch einmal in den Wagen, griff nach der Handbremse und blickte über den Hang.

Zweihundert Meter weiter unten rollten der große Chevy durch die Kurve und wurde schneller. Der Fahrer trat auf die Bremse, als er den blauen Ford vor der Hütte sah, hielt jedoch nicht an. Ben wagte es, noch einige Sekunden länger zu warten, bevor er die Handbremse löste und zurücktrat.

Der Mietwagen gehorchte den Gesetzen der Schwerkraft, setzte sich sofort in Bewegung und rollte den Weg hinab. Der Kiespfad war so schmal, daß die grüne Limousine nicht ganz zur Seite ausweichen konnte.

Der Fahrer des Chevrolets hielt an und kehrte in die Richtung zurück, aus der er kam, aber das starke Gefälle steigerte die Geschwindigkeit des Ford immer mehr. Nur wenige Sekunden später krachte es laut, als die beiden Fahrzeuge zusammenstießen. Zu Bens Bedauern war die Kollision nicht annähernd so heftig, wie er gehofft hatte. Der rechte Kotflügel des Ford traf auf das Gegenstück des Chevys, und dann rutschte der blaue Wagen nach links. Zuerst erweckte er den Anschein, als wolle er sich um hundertachtzig Grad drehen, aber nach wenigen Sekunden blieben die Hinterräder im Straßengraben stecken.

Der Kiesweg war blockiert.

Der beschädigte Chevrolet rollte etwa dreißig Meter weit zurück und entging dabei nur knapp dem Graben auf der anderen Seite – bis der Fahrer schließlich bremste und die Limousine anhielt. Beide Türen öffneten sich. Anson Sharp stieg links aus, sein Begleiter rechts, und keiner von ihnen schien verletzt zu sein. Eine weitere Enttäuschung für Shadway.

Ben griff nach dem Gewehr und der Magnum, wandte sich ab und eilte um die Hütte herum. Er lief über den braunen Rasen und erreichte kurz darauf die aus dem Boden ragenden Granitblöcke. Dort verharrte er einige Augenblicke lang, beobachtete den nahen Wald und hielt nach irgend etwas Ausschau, was sich als Deckung eignete. Nach kurzem Zögern stürmte er weiter, hastete an einigen Fichten, Kiefern und Sträuchern vorbei und folgte dem Verlauf des ausgetrockneten Baches. Hinter ihm, in der Ferne, rief Sharp seinen Namen.

Jerry Peake war noch immer in der Spinnwebe seines moralischen Dilemmas gefangen, blieb einige Meter hinter Sharp zurück und ließ seinen Vorgesetzten nicht aus den Augen.

Der stellvertretende Direktor hatte in der Sekunde den Kopf verloren, als er Shadway im blauen Ford sah. Er rannte sofort los und schoß, obwohl es kaum eine Chance gab, den Fahrer zu treffen. Darüber hinaus sah Peake, daß die Frau nicht im Wagen saß: Wenn sie Shadway umbrachten, ohne ihm zuvor einige Fragen zu stellen, fanden sie vielleicht nie heraus, wo Mrs. Leben steckte. Mit anderen Worten: Anson Sharp machte einen schwerwiegenden Fehler, und Jerry Peake war entsetzt.

Der hochgewachsene Mann marschierte am Rande des Hinterhofs entlang und fauchte wie ein wütender Stier, so aufgeregt und zornig, daß er offenbar keinen Gedanken an die Gefahr verschwendete, in die er sich begab. Hier und dort schob er sich einige Meter weit ins Dickicht und versuchte, die Dunkelheit des Waldes mit seinen Blicken zu durchdringen.

Auf drei Seiten neigte sich das Terrain nach unten, und die Büsche, Sträucher und Bäume boten zahllose Versteckmöglichkeiten. Peake begriff, daß sie vorerst keine Chance mehr hatten, Shadway zu finden. Er hielt es für angebracht, Verstärkung anzufordern, um zu verhindern, daß der Gesuchte entkam. Er konnte nur mit einer großangelegten Suche aufgestöbert werden.

Aber Sharp war nach wie vor entschlossen, Shadway zu töten. Bestimmt achtete er nicht auf die Stimme der Vernunft.

Anson starrte in den Wald und rief: »Regierung der Vereinigten Staaten, Shadway. Defense Security Agency. Hören Sie mich? DSA. Wir möchten mit Ihnen sprechen, Shadway.«

Sharp wanderte am Waldrand entlang und drang erneut einige Schritte weit ins Dickicht vor. »Shadway! Ich bin's, Shadway. Anson Sharp. Erinnern Sie sich an mich, Shadway?«

Jerry Peake blieb ruckartig stehen und zwinkerte verblüfft. Um Himmels willen. Sharp und Shadway *kannten* sich. Und das Gebaren des stellvertretenden Direktors machte deutlich, daß sie erbitterte Gegner waren. Es handelte sich um eine persönliche Auseinandersetzung zwischen ihnen – was Peakes letzte Zweifel darüber ausräumte, ob jemand *ganz oben* den Befehl gegeben hatte, Shadway und Mrs. Leben zu eliminieren. Für diese Entscheidung war allein Sharp verantwortlich. Doch diese Erkenntnis änderte nichts an Peakes Situation. Er mußte sich nach wie vor darüber klarwerden, ob er seinem Vorgesetzten helfen oder ihn an dem geplanten Doppelmord hindern sollte. Ganz gleich, welche Möglichkeiten er auch wählte. Kompromisse in Hinsicht auf seine Selbstachtung und die erhoffte Karriere bei der DSA ließen sich nicht vermeiden.

Sharp marschierte tiefer in den Wald hinein und kletterte am Hang hinab, duckte sich unter den Zweigen von Pinien hinweg. Er sah zurück, verlangte mit lauter Stimme von Peake, sich ihm anzuschließen, machte einige weitere Schritte und wiederholte seine Aufforderung.

Widerstrebend setzte sich der junge DSA-Agent in Bewegung. Das hohe Gras war teilweise so trocken und spröde, daß sich die Stacheln gleich durch seine Socken bohrten. Kletten hafteten an seinen Hosenbeinen fest. Als er sich an einen Baumstamm lehnte, ertastete er klebriges Harz. Er stolperte über Ranken, und Dornen zerrissen den Stoff des Anzugs. Die mit Leder besohlten Schuhe rutschten über moosbewachsene Steine, fanden nirgends festen Halt. Einmal kletterte er über einen modrigen Baumstumpf, und auf der anderen Seite trat er in einen Ameisenhaufen. Zwar wich er rasch zur Seite und streifte die Insekten vom Fuß ab, doch einige von ihnen krochen am Bein empor und bissen ihn in die Wade.

»Für eine Verfolgungsjagd durch den Wald sind wir nicht richtig gekleidet«, sagte Peake, als er zu Sharp aufschloß.

»Seien Sie still«, erwiderte Sharp und strich einen niedrigen Zweig mit Dutzenden von langen Dornen beiseite.

Peake rutschte erneut aus und konnte nur mit Mühe das Gleichgewicht wahren. »Hier brechen wir uns noch das Genick.«

»*Still!*« flüsterte Sharp wütend, sah über die Schulter und bedachte Peake mit einem zornigen Blick. Sein Gesicht glich einer Fratze: die blitzenden Augen weit aufgerissen, die Zähne regelrecht *gefletscht*, die Wangenmuskeln angespannt. Peake sah seine Vermutung bestätigt, daß Sharp beim Anblick Shadways übergeschnappt war. Haß brodelte in ihm, und er dachte nur noch daran, Ben den Garaus zu machen.

Sie schoben sich durch eine schmale Lücke im Dickicht, erreichten eine kleine Rinne, in der während der Schneeschmelze ein Bach fließen mochte – und sahen Shadway. Der Flüchtling war etwa fünfzehn Meter entfernt und kletterte hangabwärts, bewegte sich geduckt und mit auffallendem Geschick. In der einen Hand hielt er ein Gewehr.

Peake ging sofort in die Hocke, um ein möglichst kleines Ziel zu bieten.

Sharp hingegen blieb hochaufgerichtet stehen, als hielte er sich für ebenso unverwundbar wie Superman, rief Shadways Namen und schoß mehrmals. Die Verwendung eines Schalldämpfers beeinträchtigte die Zielgenauigkeit seiner Waffe, und angesichts der Entfernung hätte Sharp den Mann vor ihm nur durch Zufall treffen können. Die erste Kugel zerfetzte die Borke eines Baums am Rande der Bachrinne, zwei Meter links von Shadway, und die zweite prallte als Querschläger von einem Felsen ab. Unmittelbar darauf verschwand Shadway dort, wo sich das Bett des ausgetrockneten Baches nach rechts neigte, aber Sharp feuerte seine Pistole noch drei weitere Male ab, obgleich er sein Ziel gar nicht mehr sah.

Selbst der beste Schalldämpfer nutzt sich ziemlich rasch ab, und das dumpfe Knallen der Schüsse wurde jedesmal ein wenig lauter. Die fünfte und letzte Entladung hallte Hunderte von Metern weit durch den Wald.

Als das Echo verklang, lauschte Sharp einige Sekunden, drehte sich dann abrupt um und kehrte in die Richtung zurück, aus der sie gekommen waren. »Jetzt schnappen wir uns den Mistkerl, Jerry.«

Peake gesellte sich an die Seite seines Vorgesetzten. »Hier im Wald können wir ihn nicht weiter verfolgen. Er ist besser ausgerüstet als wir.«

»Wir verlassen den verdammten Wald«, sagte Sharp. »Ich wollte nur dafür sorgen, daß er in Bewegung bleibt und sich nicht irgendwo versteckt. Ich bin sicher, er ist jetzt in Richtung der Straße am See unterwegs, um dort zu versuchen, irgendeinen Wagen zu klauen. Mit ein wenig Glück erwischen wir den verfluchten Hurensohn dabei.«

Peake mußte die Feststellung machen, daß Sharp trotz seines Hasses nicht den Verstand eingebüßt hatte. Er war wütend, ja, aber nicht völlig irrational. Nach wie vor stellte er eine große Gefahr dar.

Ben lief um sein Leben und machte sich gleichzeitig große Sorgen um Rachael. Mit dem schwarzen Mercedes fuhr sie nach Nevada und wußte nicht, daß Eric im Kofferraum lag. Irgendwie mußte es Shadway gelingen, sie einzuholen, doch mit jeder verstreichenden Minute wurde ihr Vorsprung größer – und verringerte sich seine Hoffnung, zu ihr aufschließen zu können.

Rachael, allein in der Wüste, während die Dunkelheit des Abends heranzog... ein sonderbares Geräusch im Kofferraum... der lebende Tote, der die Trennwand eintrat, die hintere Sitzbank aus der Verankerung riß und in den Fond kletterte...

Diese Vorstellung erschreckte Ben so sehr, daß er es nicht wagte, genauer darüber nachzudenken.

Er verließ die Bachrinne und eilte über einen Wildpfad, der etwa vierzig Meter weit nach unten führte und sich dann zwischen zwei Fichten in eine andere Richtung fortsetzte. An jener Stelle wandte sich Ben von dem schmalen Weg ab, und die Büsche und Sträucher wuchsen so dicht an dicht, daß er wesentlich langsamer vorankam. Mehr als einmal wünschte er sich, seine Turnschuhe gegen feste Wanderstiefel eintauschen zu können.

Anson Sharp.

Es war kaum zu fassen.

Während des zweiten Jahrs im Vietnam führte Ben als Lieutenant eine eigene Aufklärungseinheit an, die zum Kommando des Captains Olin Ashborn gehörte. Zusammen mit seinen Kameraden unternahm er einige erfolgreiche Vorstöße in feindliches Territorium. Sein Sergeant George Mendoza fiel im Verlauf einer Mission, bei der es um die Befreiung einiger amerikanischer Gefangener ging, und als Ersatz für ihn stieß Anson Sharp zu der Gruppe.

Sharp war Ben auf Anhieb unsympathisch. Es handelte sich um eine instinktive Reaktion, denn zunächst schien mit ihm im großen und ganzen alles in Ordnung zu sein. Anson konnte es zwar nicht mit Mendoza aufnehmen, aber er stellte sich trotzdem als recht kompetenter Mann heraus. Im Gegensatz zu den meisten anderen Soldaten nahm er keine Drogen und hielt auch nichts von Alkohol. Vielleicht genoß er seine Macht zu sehr und sprang mit den Männern unter sich zu hart um. Wenn er von Frauen sprach, machte er deutlich, daß er nicht allzuviel von ihnen hielt – eigentlich kaum mehr als das übliche Gerede von manchen Männern. Zuerst hatte Ben das nicht zum Anlaß genommen, sich Sorgen zu machen. Hinzu kam noch etwas anderes. Sharp gehörte immer zu den ersten, die von einem Angriff auf den Feind abrieten, und wenn es zu einem Kampf kam, war er bei den geringsten Schwierigkeiten bereit, sofort zum Rückzug zu blasen. Während der ersten Tage und Wochen genügte das jedoch nicht, um ihn zu einem Feigling zu stempeln. Dennoch wurde Ben wachsam und argwöhnisch – und fühlte sich deshalb schuldig, weil er keinen konkreten Grund sah, Sharp zu mißtrauen.

Sharps Mangel an Überzeugung weckte besonderes Unbehagen in Ben. Anson schien in Hinsicht auf die Dinge, die seine Altersgenossen bewegten, keine eigene Meinung zu haben, vertrat immer einen völlig neutralen – und gleichgültigen – Standpunkt. Er war weder für noch gegen den Krieg. Es kümmerte ihn nicht, wer gewann, und er machte keinen Unterschied zwischen dem korrupten Süden und dem totalitären Norden. Er hatte sich in der Marine verpflichtet, um nicht zum Heer eingezogen zu werden, verspürte nicht den Ledernacken-Stolz seiner Kameraden. Er strebte eine militärische Karriere an, aber seine Motive bestanden nicht etwa aus Pflichtbewußtsein oder Vaterlandsliebe. Es kam ihm einzig und allein darauf an, möglichst schnell befördert zu werden, eine einflußreiche Position einzunehmen und sich in etwa zwanzig Jahren vorzeitig in den Ruhestand zurückzuziehen – mit einer guten Pension. Er konnte stundenlang über Pensionen und Rentenzuschläge sprechen.

Er interessierte sich nicht für Musik, Kunst, Bücher, Sport, Jagen und Fischen – nur für sich selbst. Im Zentrum seiner Welt stand nur Anson Sharp. Er war nicht in dem Sinne ein Hypochonder, achtete jedoch mit spezieller Aufmerksamkeit auf seinen Gesundheitszustand und schilderte ausschweifend Verdauungsprobleme und imaginäre Schwierigkeiten beim morgendlichen Stuhlgang. Jemand anderer hätte einfach gesagt: »Ich habe rasende Kopfschmerzen.« Doch wenn Anson Sharp ein solches Leiden zu beklagen hatte, beschrieb er mit mindestens zweihundert Worten detailliert Ausmaß und Art des Schmerzes. Er verbrachte viel Zeit damit, sich das Haar zu kämmen, schaffte es sogar unter Gefechtsbedingungen, immer tadellos rasiert zu sein. Er betrachtete sich gern im Spiegel und legte großen Wert auf Bequemlichkeit.

Es fiel schwer, einen Mann zu mögen, der nur sich selbst mochte. Anson Sharp war weder gut noch schlecht gewesen, als er sich auf den Weg nach Vietnam machte – nur einfach langweilig und egozentrisch –, doch der Krieg formte den weichen Ton seiner Persönlichkeit und verwandelte ihn nach und nach in ein Ungeheuer. Es dauerte nicht lange, bis Ben von Gerüchten hörte, die besagten, Anson nehme an umfangreichen Schwarzmarktgeschäften teil, und bei einem kurz darauf eingeleiteten Ermittlungsverfahren fanden sich Beweise für eine erstaunliche kriminelle Karriere. Sharp unterschlug Nachschubmaterial für einzelne Truppenteile und verschacherte es an Hehler, die zur Unterwelt Saigons gehörten. Weitere Untersuchungen ergaben, daß Sharp zwar weder Drogen konsumierte noch direkt verkaufte, aber den Rauschgifthandel zwischen der vietnamesischen Mafia und den US-Soldaten zumindest erleichterte. Doch damit nicht genug: Wie Ben feststellte, hatte Sharp mit einem Teil der Einnahmen aus seinen illegalen Geschäften eine Absteige im verrufensten Viertel Saigons gekauft und beschäftigte dort einen üblen vietnamesischen Schläger, der ihm als eine Mischung aus Hausdiener und Kerkermeister diente und ein elfjähriges Mädchen namens Mai Van Trang bewachte. Es führte das Leben einer Sklavin, und Sharp vergewaltigte es bei jeder sich ihm bietenden Gelegenheit.

Das unvermeidliche Kriegsgerichtsverfahren endete nicht so, wie Ben hoffte. Er wollte dafür sorgen, daß Sharp für mindestens zwanzig Jahre in irgendein Militärgefängnis gesteckt wurde. Aber bevor die Verhandlung begann, starben Zeugen wie die Fliegen oder schienen sich einfach in Luft aufzulösen. Zwei Unteroffiziere – Dealer, die sich bereit erklärten, gegen Sharp auszusagen, um Strafmilderung zu bekommen – wurden tot aufgefunden: Irgend jemand hatte ihnen die Kehle aufgeschlitzt. Einen Lieutenant erwischte es im Schlaf – die Explosion einer Handgranate zerfetzte ihn. Sowohl der vietnamesische Schlägertyp als auch Mai Van Trang verschwanden spurlos. Als man die Verhandlung anberaumte, beteuerte Sharp seine Unschuld – und es gab niemanden mehr, der ihm irgend etwas zur Last legen konnte. Sein Wort stand gegen das Bens und derjenigen Offiziere, die gegen den Angeklagten ermittelt hatten. Es existierten nicht genug Beweise, um eine Verurteilung zu rechtfertigen, doch die Indizien genügten, um seine militärische Karriere zu beenden. Man degradierte Sharp zum einfachen Soldaten und entließ ihn unehrenhaft.

Er war noch einmal mit einem blauen Auge davongekommen, aber selbst das empfand Sharp als einen schweren Schlag. Angesichts seiner tiefen und alles andere ausschließenden Eigenliebe konnte er es einfach nicht ertragen, bestraft zu werden. Bei allen seinen Überlegungen spielte das persönliche Wohlergehen eine zentrale – vielleicht sogar die einzige – Rolle, und er schien es als ganz selbstverständlich zu erachten, daß ihn das Schicksal zu einem Auserwählten machte, ihm das Glück immer hold blieb. Bevor er aus Vietnam abreiste, ließ er alle seine Beziehungen spielen, um Ben noch einen kurzen Besuch abzustatten. Ganz deutlich erinnerte sich Shadway an seine Worte: »Hören Sie, Sie verdammtes Arschloch: Wenn sie in die Staaten zurückkehren, so denken Sie daran, daß ich dort auf Sie warte. Ich werde erfahren, wann Sie eintreffen, und dann halte ich eine nette Überraschung für Sie bereit.«

Ben nahm die Drohung nicht ernst. Vor dem Kriegsgerichtsverfahren wurde Sharps Furcht auf dem Schlachtfeld immer deutlicher, und manchmal hätte er sich fast dazu hinreißen lassen, Befehlen direkt zuwiderzuhandeln, um seine kostbare Haut zu retten. Er war ein Feigling, und deshalb glaubte Ben nicht, daß er den Mumm aufbrachte, sich wirklich an ihm zu rächen. Außerdem machte sich Shadway gar keine Sorgen darüber, was nach seiner Heimkehr geschehen mochte: Er hatte sich längst dazu entschlossen, den Krieg bis zum Ende durchzustehen. Das bedeutete, daß er mit großer Wahrscheinlichkeit in einem Sarg nach Hause gebracht wurde – als Toter, der sich nicht darum scherte, ob jemand Vergeltung an ihm üben wollte oder nicht.

Als er jetzt durch den düsteren Wald kroch und sich der Straße näherte, überlegte er, wie es Anson Sharp trotz Degradierung und unehrenhafter Entlassung gelungen sein mochte, in die DSA aufgenommen zu werden. Für gewöhnlich ging es mit einem Mann auf Abwegen weiterhin bergab, sobald er einmal ins Rutschen gekommen war.

Wie hat er es nur fertiggebracht, eine neue Karriere als Geheimdienstler zu beginnen? fragte sich Shadway.

Ben erwog verschiedene Möglichkeiten, als er über einen Zaun kletterte und vorsichtig an einem zweistöckigen Gebäude aus Stein vorbei eilte. Er nutzte die Deckung der Bäume und Büsche aus: Wenn jemand aus dem Fenster blickte und einen Mann sah, der sowohl mit einem Gewehr als auch einem großkalibrigen Revolver bewaffnet war, würde der Betreffende sicher Verdacht schöpfen und sofort die Polizei verständigen.

Angenommen, Sharp hatte nicht gelogen, als er sich als Einsatzagent der Defense Security Agency ausgab – dann blieb die Frage, welchen Rang er einnahm. Daß ausgerechnet Sharp in einem Fall ermittelte, der seinen alten Gegner Shadway betraf, konnte wohl kaum ein Zufall sein. Vermutlich hatte Sharp die Untersuchung selbst in die Hand genommen – nach dem Studium der Leben-Akte und der Feststellung, daß Ben und Rachael miteinander liiert waren. Vielleicht sah er eine Chance, mit Ben abzurechnen. Andererseits: Ein einfacher Agent hatte gewiß nicht die Möglichkeit, zwischen verschiedenen Fällen zu wählen. Das bedeutete, Sharp hatte genügend Befugnisse, um selbst zu bestimmen, mit was er sich befaßte. Schlimmer noch: Er bekleidete einen so hohen Posten, daß er ohne jede Vorwarnung das Feuer auf Ben eröffnen konnte und offenbar keine beruflichen Nachteile zu befürchten brauchte, wenn er einen Mord beging.

In der Nähe des dritten Hauses am Berghang wäre Ben fast von vier Jungen überrascht worden, die im Dickicht herumschlichen und Dschungelkrieg spielten. Erst in der letzten Sekunde bemerkte er sie, als einer von ihnen seine Spielzeug-MP losrattern ließ. Von einem Augenblick zum anderen fühlte sich Shadway in die grüne Hölle Vietnams zurückversetzt und reagierte aus einem Reflex heraus. Er ließ sich zu Boden fallen, rollte hinter einige Hornsträucher und blieb still und mit klopfendem Herzen liegen. Es dauerte fast anderthalb Minuten, bis er sich wieder beruhigte.

Keiner der Jungen hatte ihn gesehen, und als sich Ben in Bewegung setzte, kroch er auf dem Bauch von einer Deckung zur anderen.

Fünf Minuten später – fast vierzig Minuten nach dem Verlassen der Hütte – erreichte er den Waldrand und duckte sich in den Graben am Rande der Straße, die um den See herumführte.

Vierzig Minuten, dachte er. Mein Gott...

Wie weit war Rachael in vierzig Minuten gekommen?

Einige Sekunden lang verbarg sich Ben im hohen Gras am Straßenrand und schöpfte Atem. Dann stand er langsam auf und sah in beide Richtungen. Niemand in Sicht. Leer erstreckte sich das Asphaltband nach rechts und links. Er vertraute darauf, einen sich nähernden Wagen rechtzeitig genug zu hören, um sich erneut zu verstecken, als er aus dem Graben kletterte, sich nach Norden wandte und die Suche nach einem Fahrzeug begann, das er stehlen konnte.

27. Kapitel

Wieder unterwegs

Um 14.55 Uhr fuhr Rachael durch den El Cajon Paß, sechzehn Kilometer südlich von Victorville und noch fast siebzig Kilometer von Barstow entfernt.

Die letzten Siedlungen vor der Wüste, dachte die junge Frau. Selbst hier – abgesehen von einigen abgelegenen Häusern zwischen Victorville und Hesperia – bestand die Landschaft zum größten Teil aus weißem Sand, zerklüfteten Felsen und Kakteen. Auf der mehr als zweihundertfünfzig Kilometer langen Strecke zwischen Barstow und Las Vegas gab es nur zwei kleine Orte: die Geisterstadt Calico (mit einigen Restaurants, Tankstellen und dem einen oder anderen Motel) und Baker, das Tor zum Death Valley National Monument, einige wenige Gebäude in der heißen Leere.

Rachael entsann sich auch an Halloran Springs, Cal Neva und Stateline, aber man konnte sie eigentlich nicht als richtige Ortschaften bezeichnen, denn dort lebten nicht mehr als jeweils höchstens fünfzig Menschen.

Wenn Rachael nicht so sehr um Ben besorgt gewesen wäre, hätte sie vielleicht den weiten Blick über die endlos erscheinende Mohavewüste genossen. Doch immer wieder kehrten ihre Gedanken zu ihm zurück. Sie wünschte sich, ihn nicht allein gelassen zu haben, obgleich sie wußte, daß seine Argumente stichhaltig waren.

Einige Sekunden lang überlegte sie, ob sie kehrtmachen und zur Hütte zurückfahren sollte, schüttelte dann aber den Kopf. Wahrscheinlich hatte Ben das Blockhaus längst verlassen, wenn sie dort eintraf. Möglicherweise lief sie dort der Polizei direkt in die Arme.

Acht Kilometer südlich von Victorville bemerkte Rachael ein seltsames Pochen, das seinen Ursprung unterhalb des Wagens zu haben schien. Vier- oder fünfmal klackte es, und dann herrschte wieder Stille. Sie fluchte leise beim Gedanken an eine Panne, nahm den Fuß vom Gas, wartete, bis die Geschwindigkeit auf etwa achtzig Stundenkilometer gefallen war, beschleunigte dann wieder und horchte.

Das Summen der Reifen auf dem Asphalt.

Das gleichmäßige Schnurren des leistungsstarken Motors.

Das sanfte Flüstern und Raunen der Klimaanlage.

Kein Klopfen.

Während der nächsten Viertelstunde blieb Rachael wachsam und unruhig, fürchtete immer noch, der Motor könne ganz plötzlich aussetzen. Sie stellte sich vor, wie ein Reifen platzte, wie sie ins Schleudern geriet, sich der Wagen mehrmals überschlug und auf dem Dach liegen blieb – so sehr beschädigt, daß sie nicht mehr weiterfahren konnte, in der Wüste festsaß, mutterseelenallein. Aber nichts dergleichen geschah. Nach einer Weile entspannte sich Rachael und dachte wieder an Ben.

Zwar war der grüne Chevrolet bei der Kollision mit dem Ford beschädigt worden – Kotflügel und Kühlergrill eingebeult, ein Scheinwerfer gesplittert –, doch er funktionierte nach wie vor.

Peake fuhr über den Kiespfad zurück, steuerte die große Limousine dann über den asphaltierten Weg bis zur Hauptstraße. Sharp saß auf dem Beifahrersitz neben ihm und beobachtete den Wald, die Pistole mit dem Schalldämpfer schußbereit im Schoß.

Der junge DSA-Agent setzte die Fahrt am See entlang fort, bis er eine Stelle fand, an der sechs Wagen parkten. Vermutlich gehörten sie Anglern, die an einem nur schwer zugänglichen Uferbereich auf reiche Fischbeute hofften. Sharp glaubte, daß Shadway weiter südlich den Hang herunterkam und sich an die abgestellten Fahrzeuge erinnerte. Vielleicht kroch er durch den Graben, um nicht entdeckt zu werden, oder er bahnte sich einen Weg durch den Wald, parallel zur Straße. Peake hielt hinter dem letzten Auto an, einem recht alten Dodge-Kombi, fuhr ganz dicht heran – um zu verhindern, daß Shadway die grüne Limousine bemerkte, wenn er sich von Süden her näherte.

Anschließend kauerte er sich hinter dem Lenkrad zusammen, so daß er gerade noch durch die Windschutzscheibe und die Fenster der weiter vorn geparkten Fahrzeuge sehen konnte. Sie waren bereit, sofort zu handeln, wenn Shadway versuchte, einen der Wagen vor ihnen aufzubrechen. Zumindest traf das auf Sharp zu. Peake wußte noch immer nicht genau, wie er sich verhalten sollte.

Es raschelte in den Baumwipfeln, als der Wind auflebte.

Eine bunt schillernde Libelle flog vorbei.

Die Uhr im Armaturenbrett tickte leise, und Peake hatte plötzlich das Gefühl, auf einer Zeitbombe zu sitzen.

»Er wird innerhalb der nächsten fünf Minuten auftauchen«, sagte Sharp.

Hoffentlich nicht, dachte Peake.

»Und dann erledigen wir den verdammten Mistkerl«, fügte Sharp hinzu.

Damit will ich nichts zu tun haben, dachte Peake.

»Sicher rechnet er damit, daß wir auf der Straße hin und her fahren und nach ihm Ausschau halten. Er dürfte ziemlich überrascht sein festzustellen, daß wir hier auf ihn warten. Er wird direkt in die Falle tappen.«

Mein Gott, ich hoffe nicht, dachte Peake. Ich hoffe, er wendet sich nach Süden anstatt nach Norden. Vielleicht überquert er den Berg, klettert am anderen Hang hinab und kommt nicht einmal in die *Nähe* dieser Straße.

»Mir scheint, er ist recht gut bewaffnet«, sagte Peake laut. »Ich

meine, ich habe das Gewehr gesehen. Das sollten wir berücksichtigen.«
»Er wird nicht auf uns schießen«, entgegnete Sharp.
»Warum nicht?«
»Weil er ein zimperlicher Moralist ist. Ein *sensibler* Typ. Macht sich zu viele Gedanken über seine verdammte Seele. Jemand wie Shadway kann nur dann töten, wenn er in einem Krieg kämpft – in einem Krieg, den er für *richtig* hält. Oder wenn er aus Notwehr handelt.«
»Ja, aber wenn wir auf ihn schießen, bleibt ihm wohl gar nichts anderes übrig, als das Feuer zu erwidern, oder?«
»Sie verstehen ihn nicht, Peake. Dies ist kein verdammter Krieg. Wenn Shadway die Möglichkeit hat, die Beine in die Hand zu nehmen und zu fliehen, wenn er nicht in die Enge getrieben wird, entscheidet er sich zweifellos gegen den Kampf und versucht statt dessen, sich aus dem Staub zu machen. Er trifft immer die moralisch bessere Wahl – weil er sich allen anderen Leuten für moralisch überlegen hält. Draußen im Wald gibt es eine Vielzahl von Versteckmöglichkeiten für ihn. Nun, wenn wir ihn aufs Korn nehmen und treffen, ist der Fall erledigt. Aber wenn wir ihn verfehlen, wird er nicht auf uns schießen, sondern einfach weglaufen. Und damit gibt er uns eine neuerliche Chance, ihn zu verfolgen und zu stellen. Das ist ein ganz wichtiger Punkt: Man darf ihn nie in eine Ecke treiben, muß ihm immer eine Gelegenheit lassen, sich zurückzuziehen. Wenn er flieht, können wir ihn von hinten abknallen, was in jeder Hinsicht das Beste wäre. Shadway gehörte zu einer Aufklärungseinheit der Marine und war damals ein verdammt fähiger Einzelkämpfer, mit allen Wassern gewaschen. Und er scheint in Form geblieben zu sein. Er könnte Ihnen mit bloßen Händen den Kopf abreißen, wenn er wollte.«
Diese Hinweise erfüllten Peake mit dumpfem Schrecken. Er konnte nicht genau bestimmen, was ihn mehr entsetzte: der Umstand, daß Sharp aus ganz persönlichen Gründen bestrebt war, einen unschuldigen Mann umzubringen, der sich streng an seine moralischen Prinzipien hielt, ihn *von hinten* zu erschießen – oder die Tatsache, daß Shadway selbst ohne das Gewehr eine tödliche Waffe gewesen wäre, eine Art Rambo mit Gewissen. Peake hatte seit fast vierundzwanzig Stunden nicht mehr geschlafen und fühlte sich erschöpft und ausgelaugt, aber seine

Augen beobachteten wachsam den Waldrand. Er wagte es nicht einmal für einige wenige Sekunden, die Lider zu schließen.

Plötzlich beugte sich Sharp vor, so als habe er Shadway entdeckt. Aber gleich darauf entspannte er sich wieder und ließ den angehaltenen Atem entweichen.

Er ist ebenso nervös wie zornig, dachte Peake.

Der junge DSA-Agent sammelte Mut, um eine Frage zu stellen, die seinen Vorgesetzten verärgern mochte. »Sie sind ihm schon einmal begegnet, Sir?«

»Ja«, antwortete Sharp mürrisch.

»Wo?«

»An einem anderen Ort.«

»Und wann?«

»Vor langer Zeit«, sagte Sharp, und sein Tonfall machte deutlich, daß er keine weiteren Fragen beantworten wollte. »Vor langer, langer Zeit«, fügte er nachdenklich hinzu.

Heller Sonnenschein glänzte auf dem schwarzen Lack des Mercedes, und im Kofferraum wurde es immer heißer. Eric Leben hatte sich auf der einen Seite zusammengerollt und empfand auch noch eine andere Art von Wärme: Sie ging von dem besonderen und fast angenehmen Feuer aus, das in ihm brannte, von den Flammen, die seiner menschlichen Struktur eine andere Form gaben.

Die hohe Temperatur, die Dunkelheit, die Bewegungen des Wagens und das fast hypnotische Summen der Reifen machten ihn schläfrig, bewirkte einen tranceartigen Zustand. Für eine Weile vergaß er, wer und wo er war, warum er sich an diesem Ort befand. Die Gedanken trieben wie träge Schlieren durch sein benommenes Bewußtsein, zerfaserten wie Nebelschwaden, die ein sanfter Wind langsam auflöste. Manchmal flackerten die inneren Lichter bestimmter Reminiszenzen in ihm auf: Er sah Rachaels geschmeidigen Leib, spürte die weiche Haut Sarahs und anderer Frauen, fühlte den Pelz des Teddybärs, mit dem er als kleiner Junge geschlafen hatte. Fragmentarische Szenen von Filmen, einzelne Melodien von Kinderliedern. Onkel Barry, der ihn angrinste und winkte. Eine unbekannte Tote, die in einem Müllbehälter lag. Eine andere Frau, an die Wand eines Schlafzimmers genagelt, nackt, die blicklosen Augen weit aufgerissen. Die düstere Kapuzengestalt des Todes, die ihm aus den Schatten entgegentrat. Das deformierte Gesicht in einem Spiegel. Seine Arme, die aus irgendeinem Grund in seltsam monströsen Händen endeten...

Einmal hielt der Wagen an, und die Unterbrechung des sanften Schaukelns weckte Eric aus seiner Trance. Rasch orientierte er sich, und die kalte, reptilienartige Wut flutete in ihn zurück. Erwartungsvoll ballte er die Hände zu Fäusten, freute sich bereits darauf, die langen, klauenartigen Finger um Rachaels Hals zu legen und sie langsam, ganz langsam zu erdrosseln. Sie hatte ihn zu einem Narren gemacht, ihn zurückgewiesen, ihn in den Tod geschickt. Eric hätte sich fast dazu hinreißen lassen, aus dem Kofferraum zu klettern, doch dann hörte er die Stimme eines Mannes und zögerte. Die Geräusche deuteten darauf hin, daß der Mercedes an einer Tankstelle stand, und an solchen Orten herrschte für gewöhnlich ein ständiges Kommen und Gehen. Eric begriff, daß er sich keinen anderen Menschen zeigen durfte, und er beschloß, eine bessere Gelegenheit abzuwarten.

Er hatte bereits festgestellt, daß sich die Rückwand des Kofferraums ganz leicht lösen ließ, und das gab ihm die Möglichkeit, innerhalb weniger Sekunden den Fond des Wagens zu erreichen. Er zweifelte nicht daran, Rachael überraschen zu können. Sie ahnte nichts.

Während der Tankwart mit der Zapfpistole hantierte, hob Eric vorsichtig die Hand, betastete sein Gesicht und glaubte, Anzeichen für weitere Veränderungen zu fühlen.

An einer Stelle... schuppige Kühle.

Voller Abscheu und Elend preßte er die Lippen zusammen.

Er wagte es nicht, die Untersuchung fortzuführen.

Er überlegte, in was er sich verwandelte.

Und fürchtete sich gleichzeitig vor der Antwort auf diese Frage.

Er mußte Bescheid wissen.

Und konnte es nicht ertragen, Gewißheit zu haben.

Trübe Gedanken formten graue Muster der Besorgnis. Vielleicht hatte die Manipulation seiner Genstruktur ein Ungleichgewicht in bezug auf unbekannte Lebenskräfte geschaffen, die Variablen einer vitalen Gleichung verändert. Die plötzliche Differenz zwischen zuvor ausgeglichenen Werten machte sich erst nach Erics Tod bemerkbar, und daraufhin entfalteten die veränderten Zellen eine völlig neue Art von Aktivität, leiteten einen umfassenden Heilungsprozeß ein, der mit unnatürlicher Geschwindigkeit ablief. Die überwältigende Flut regenerierender Hormone und Proteine erschütterte die Basis genetischer Stabilität und zerstörte das biologische Kontrollzentrum, das die zellulare Evolution bremste. Jetzt erfolgte die Entwicklung in einem geradezu hektischen Rhythmus. Aber Erics Körper stieg nicht etwa weitere Stufen der evolutionären Leiter in die Höhe, sondern kletterte in die Tiefe, machte Anstalten, eine der vielen Gestalten anzunehmen, die als Programme im Dutzende von Millionen Jahren umfassenden Rassengedächtnis gespeichert waren. Er wußte, daß sein Intellekt zwischen dem modernen Verstand Eric Lebens und den exotisch anmutenden Bewußtseinen weitaus primitiverer Entwicklungsstadien der menschlichen Spezies hin und her wanderte. Wenn er sich bei diesen mentalen Fluktuationen genügend weit von der ihm vertrauten Erfahrungswelt entfernte, zurücksank in die dunklen Tiefen einer völlig fremdartigen Vorzeit, endete seine Identität als Eric Leben. Jähe Furcht vibrierte in ihm, als er sich vorstellte, wie seine Persönlichkeit zersplitterte und in eine affen- oder reptilienartige Gedankensphäre einging.

Es war alles nur *ihre* Schuld. Rachael hatte ihn umgebracht und mit seinem Tod die Metamorphose ausgelöst. Erics sehnlichster Wunsch bestand darin, Rache zu nehmen, ihren Körper regelrecht zu zerfetzen...

Er schauderte, als das Verlangen in ihm immer stärker wurde – eine Mischung aus animalischer Gier und menschlicher Vorfreude.

Nachdem Rachael den Tankwart bezahlt hatte, kehrte sie auf den Highway zurück, und für Eric begann eine neuerliche tranceartige Phase. Diesmal waren seine Gedanken noch sonderbarer als vorher. Vor seinem inneren Auge sah er sich selbst: Er stand inmitten einer eigentümlichen Landschaft, nicht etwa hoch aufgerichtet wie ein Mensch, sondern geduckt. Am fernen Horizont spien Vulkane Rauch und Feuer, und der Himmel war dunkelblau, viel klarer als der, den Eric kannte. Dennoch erschien er ihm ebenso vertraut wie die glänzende Vegetation. Kurz darauf eine weitere Veränderung der Erfahrenswelt: Er stand nicht mehr auf zwei Beinen, sondern kroch bäuchlings über einen weichen und warmen Untergrund, zog sich an einem modrigen Baumstamm hoch, kratzte die Borke mit Klauenzehen ab und entdeckte ein großes Madennest, in das er hungrig seine Schnauze grub...

Die primitive Aufregung löste einen Reflex in ihm aus, und mit dem einen Fuß trat Eric mehrmals an die Seitenwand des Kofferraums. Die Bewegung – das Geräusch, das er damit verursachte – befreite ihn von den düsteren Visionen und den damit einhergehenden Empfindungen. Er begriff, daß er imstande war, Rachael auf sich aufmerksam zu machen, und deshalb zog er die Beine an und blieb wieder ganz still liegen.

Der Wagen wurde langsamer, aber kurz darauf beschleunigte er wieder – Rachael hatte das Pochen falsch gedeutet –, und im mentalen Fokus Erics formten sich einmal mehr primordiale Erinnerungsbilder.

Während er gedanklich an irgendeinem fernen Ort weilte, machte der Veränderungsprozeß rasche Fortschritte. Der dunkle Kofferraum kam einem warmen Mutterschoß gleich, in dem ein entstelltes Kind heranwuchs und immer neue Gestalten annahm. Es vereinte das Neue mit dem Alten. Einerseits war seine Zeit längst verstrichen, doch andererseits begann sie gerade erst.

Ben vermutete, seine Gegner rechneten damit, daß er sich an die im westlichen Bereich der State Route geparkten Wagen erinnerte, und wahrscheinlich hatten sie dort eine Falle für ihn vorbereitet. Des weiteren mochte sie annehmen, er wende sich nach Norden, wenn er die Straße erreichte. Die Möglichkeit, geduckt durch den Straßengraben zu eilen, um sich im hohen Gras zu verbergen, lag auf der Hand. Benny lächelte dünn, als er sich für eine völlig andere Taktik entschied, um Anson Sharp zu überraschen. Bestimmt erwartete er nicht, daß Ben die Straße überquerte, in den Wald auf der westlichen Seite (am Uferbereich) vordrang, den Weg *von dort aus* nach Norden fortsetzte und sich den geparkten Wagen von hinten näherte.

Er traf die richtige Entscheidung. Als er eine Zeitlang nach Norden gegangen war – die Straße rechts und der See links von ihm – und nach Süden blickte, sah er nicht nur die am Rande der State Route abgestellten Wagen, sondern auch die beiden Männer im Chevrolet. Die grüne Limousine stand dicht hinter einem alten Dodge, und er wäre bestimmt nicht auf sie aufmerksam geworden, wenn er sich von Süden her genähert hätte.

Ben schob sich näher heran und ließ sich zu Boden sinken. Die Combat Magnum hinter seinem Gürtel übte einen unangenehmen Druck aus, und schon nach wenigen Sekunden rollte sich Shadway vorsichtig auf die Seite.

Nachdenklich beobachtete er die beiden Männer, die im grünen Chevy auf der Straße weiter oben auf ihn warteten, und er erwog die Möglichkeit, sich einfach an den geparkten Fahrzeugen vorbeizuschleichen und woanders nach einem geeigneten Wagen zu suchen. Vielleicht gelang es ihm, an einem anderen Ort ein Auto zu stehlen und Rachael zu folgen – bevor Anson Sharp und sein Begleiter zu dem Schluß gelangten, daß er sich auf und davon gemacht hatte.

Nein, dachte Ben und schüttelte den Kopf. Sharp würde sich bestimmt nicht sehr lange gedulden. Wenn Ben nicht innerhalb der nächsten Minuten erschien, nahm er vielleicht an, ihn falsch eingeschätzt zu haben. Und wenn er losfuhr und auf der Straße patrouillierte, bestand die Gefahr, daß Ben früher oder später entdeckt wurde.

Derzeit hatte Shadway das Überraschungsmoment auf seiner Seite. Er wußte, wo sich Sharp befand, wohingegen Anson nur auf Vermutungen angewiesen war. Ben entschied, diesen Vorteil auszunutzen.

Zuerst suchte er nach einem faustgroßen Stein, entdeckte einen und wog ihn versuchsweise in der Hand. Er fühlte sich genau richtig an, fest und schwer genug. Dann öffnete Ben sein Hemd, stopfte den Stein hinein und knöpfte es wieder zu.

Mit dem halbautomatischen Remington-Gewehr in der rechten Hand schob er sich weiter, brachte die Böschung hinter sich und kroch nach Süden, bis er sich dicht neben dem Heck der großen Limousine befand. Als er wachsam hochkletterte, stellte er fest, daß er die Entfernung genau richtig abgeschätzt hatte. Die hintere Stoßstange des Chevys glänzte nur wenige Zentimeter neben ihm.

Sharps Fenster war heruntergekurbelt – was Ben nicht weiter erstaunte. Regierungswagen verfügten nur in seltenen Fällen über Klimaanlagen. Er wußte, daß er jetzt nicht das geringste Geräusch verursachen durfte: Wenn Sharp aus dem Fenster sah oder in den Seitenspiegel blickte, würde er sofort bemerken, daß Ben hinter der Limousine hockte.

Ein anderes Geräusch, dachte Shadway, laut genug, um ihn für einige Sekunden abzulenken. Er wünschte sich einen stärkeren Wind, eine Bö, die in den Baumwipfeln ächzte und seufzte, in den Büschen und Sträuchern raschelte.

Besser noch der Motor eines anderen Wagens, der von Norden kam. Ben wartete gespannt, und kurz darauf näherte sich ein grauer Pontiac Firebird. Laute Musik erklang. Jugendliche, die einen Ausflug machen, dachte Ben, die Fenster geöffnet, den Kassettenrecorder voll aufgedreht. Bruce Springsteen sang begeistert von hübschen Mädchen, schnellen Autos und Gießereiarbeitern. Perfekt.

Als der Firebird den parkenden Chevrolet passierte, als das Brummen des Motors und Springsteens Stimme besonders laut waren, als Ben sicher sein konnte, daß Sharp nicht auf den linken Straßenrand achtete, sprang Shadway mit einem jähen Satz von der Böschung fort und duckte sich hinter die grüne Limousine, so tief, daß ihn der DSA-Agent am Steuer nicht im Rückspiegel sehen konnte.

Der Firebird entfernte sich rasch, und die Springsteen-Melodien verklangen in der Ferne. Ben schob sich zur einen Seite, holte tief Luft, richtete sich abrupt auf und feuerte das Gewehr ab. Dutzende von Schrotkörnern bohrten sich in den linken Hinterreifen des Chevrolets. Der Schuß knallte so laut, daß Ben unwillkürlich zusammenzuckte, obgleich er darauf vorbereitet gewesen war, und die beiden Männer im Wagen schrien erschrocken auf. Einer von ihnen rief: »Unten bleiben!« Das Auto neigte sich ein wenig nach links, als die Luft aus dem aufgeplatzten Reifen entwich. Bens Zeigefinger krümmte sich erneut um den Abzug, und es knallte noch einmal. Der zweite Schuß diente nur dazu, den beiden DSA-Agenten Angst einzujagen. Er zielte so dicht über das Dach der Limousine hinweg, daß einige der winzigen Kugeln übers Stahldach kratzten.

Ben verlor keine Zeit, legte das Gewehr zum drittenmal an und zerschoß den Vorderreifen auf der Fahrerseite. Dann blickte er durchs Rückfenster, vergewisserte sich, daß Sharp und sein Begleiter noch immer hinter dem Armaturenbrett Schutz suchten, und feuerte auf die Scheibe – überzeugt davon, weder Sharp noch den anderen Mann zu verletzen. Es kam ihm nur darauf an, sie so sehr zu erschrecken, daß sie noch eine halbe Minute im Wagen blieben.

Das Echo des letzten Schusses war noch nicht ganz verhallt, als Ben loslief, sich zu Boden warf und unter den Dodge kroch. Sharp sollte glauben, er sei in den Wald rechts oder links von der Straße geflohen, um sein Gewehr dort zu laden und sie erneut aufs Korn zu nehmen, wenn sie sich zeigten. Bestimmt rechneten sie nicht damit, daß er unter dem Wagen vor ihnen lag.

Während er wartete, versuchte Shadway, möglichst ruhig und leise zu atmen und sich nicht von der Stelle zu rühren.

Nach einiger Zeit hörte er leise Stimmen, dann das Klacken einer sich öffnenden Tür.

»Verdammt, Peake, kommen Sie!« sagte Sharp.
Schritte.
Ben drehte den Kopf nach rechts, und sein Blick fiel auf Sharps Schuhe. Auf der linken Seite war nichts zu sehen.
»*Bewegen* Sie sich, Peake!« befahl Sharp mit einem heiseren Flüstern.
Eine zweite Tür öffnete sich, und erneut schloß sich das Geräusch von Schritten an. Diesmal klangen sie zögernd und unsicher.
Die beiden Männer blieben neben dem Dodge stehen und schwiegen, sahen sich nur still um und lauschten.
»Vielleicht hockt er weiter vorn zwischen zwei Wagen und wartet nur darauf, uns zu durchlöchern«, hauchte Peake.
»Nein, er ist in den Wald zurückgekehrt«, erwiderte Sharp ebenso leise. Er schnaufte verächtlich. »Bestimmt beobachtet er uns und lacht sich ins Fäustchen.«
Der glatte, faustgroße Stein unter Bens Hemd schien sich in seinen Bauch pressen zu wollen. Trotzdem blieb Shadway still liegen, um sich nicht zu verraten.
Schließlich gingen Sharp und Peake weiter, und nach wenigen Sekunden gerieten ihre Schuhe außer Sicht. Vermutlich blickten sie in die geparkten Wagen und sahen in den Zwischenräumen nach.
Aber es war sehr unwahrscheinlich, daß sie sich niederknieten und *unter* den abgestellten Fahrzeugen nach ihm suchten. Sharp mußte die Vorstellung, Shadway könne ein solches Versteck gewählt haben, für völlig absurd halten, denn es gab ihm nicht die Möglichkeit, rasch die Flucht zu ergreifen. Wenn sich Bens Risiko auszahlte, wurde er seine Verfolger los und bekam die Gelegenheit, eins der Fahrzeuge zu stehlen und nach Las Vegas zu fahren. Andererseits: Wenn Sharp ihn für dumm – oder schlau – genug hielt, sich unter dem Dodge zu verkriechen, war Shadway bereits so gut wie tot.
Ben hoffte inständig, daß der Besitzer des Kombis nicht ausgerechnet jetzt zurückkehrte, um fortzufahren.
Sharp und Peake erreichten den vordersten Wagen, und als sie den Gesuchten auch dort nicht fanden, kehrten sie langsam zurück. Sie sprachen jetzt ein wenig lauter.
»Sie haben gesagt, er würde keinesfalls auf uns schießen«, beklagte sich Peake.
»Das hat er auch nicht.«

»Und was ist das dort?« Offenbar zeigte Peake auf das zerstörte Fenster der grünen Limousine.

»Er hat auf den Chevy geschossen.«

»Was macht das für einen Unterschied? Wir saßen im Wagen.« Erneut blieben sie neben dem Dodge stehen.

Ben blickte nach rechts und links, starrte auf die Schuhe der beiden DSA-Agenten und hoffte, daß er jetzt nicht niesen oder husten mußte.

»Er hat auf die Reifen gezielt, sehen Sie?« sagte Sharp. »Und das wäre sinnlos gewesen, wenn er es auf uns abgesehen hätte.«

»Und die Scheibe?«

»Himmel, ja, er hat auch auf die Scheibe geschossen. Aber wir duckten uns hinters Armaturenbrett, und er wußte, daß er uns nicht treffen würde. Shadway ist ein eingebildeter Moralist, der glaubt, der habe die weiße Weste für sich gepachtet. Er ballert nur auf uns, wenn wir ihm keine andere Wahl lassen – und erst dann, wenn wir das Feuer auf ihn eröffnet haben. Er wäre auf keinen Fall bereit, als erster abzudrücken. Hören Sie, Peake: Wenn es seine Absicht gewesen wäre, uns ins Jenseits zu schicken, hätte er den Lauf seiner Flinte einfach durch eins der Seitenfenster gehalten und uns beide umgelegt. Denken Sie mal darüber nach.«

Einige Sekunden lang schwiegen die beiden Männer.

Peake schien den Rat Sharps zu beherzigen.

Ben fragte sich, was Anson jetzt durch den Kopf ging.

»Er hat sich in den verdammten Wald zurückgezogen«, sagte Sharp kurz darauf und wandte sich vom Dodge ab. Shadway sah seine Hacken. »In Richtung See. Und ich wette, er kann uns sehen. Er überläßt uns den nächsten Schachzug.«

»Wir müssen uns einen anderen Wagen besorgen«, meinte Peake.

»Zuerst gehen Sie da runter ins Dickicht und versuchen, ihn aufzuscheuchen.«

»Ich?«

»Ja, Sie«, bestätigte Sharp.

»Sir, für eine solche Sache bin ich nicht richtig gekleidet. Meine Schuhe...«

»Der Hang dort ist nicht ganz so steil wie in der Nähe der Hütte«, sagte Sharp. »Sie kommen schon zurecht.«

Peake zögerte. »Und was machen Sie, während ich Gefahr laufe, mir den Hals zu brechen?« brachte er schließlich hervor.

»Von hier aus«, erwiderte Sharp, »kann ich fast bis zum See blikken. Wenn Sie in Shadways Nähe kommen, gelingt es ihm vielleicht, sich unbemerkt von Ihnen davonzuschleichen und dabei die Deckung von Felsen und Büschen auszunutzen. Aber ich sehe ihn dann von hier oben, da bin ich ganz sicher. Und wenn ich weiß, wo er sich versteckt, schnappe ich mir den verdammten Hurensohn.«

Ben vernahm ein seltsames Geräusch: Es hörte sich fast so an, als werde der Deckel von einem Glas Mayonnaise geschraubt. Einige Sekunden lang suchte er nach einer Erklärung, und dann begriff er, daß Sharp den Schalldämpfer von seiner Pistole gelöst hatte.

Kurz darauf bestätigte Anson seine Vermutung. »Das Gewehr gibt ihm einen kleinen Vorteil...«, begann er.

»Einen ziemlich großen, würde ich sagen«, warf Peake ein.

»Aber wir sind zu zweit, und ohne die Schalldämpfer haben unsere Knarren eine größere Reichweite. Los, Peake. Gehen Sie runter und räuchern Sie Shadway für mich aus.«

Peake schien kurz davor zu sein, gegen seinen Vorgesetzten zu rebellieren, fügte sich dann aber.

Ben wartete.

Einige Wagen fuhren vorbei.

Shadway blieb mucksmäuschenstill liegen und beobachtete Sharps Schuhe. Nach einer Weile wich Anson einen Schritt weit vom Dodge zurück und trat an den Rand der Böschung.

Als sich erneut ein Auto näherte und das Brummen des Motors immer lauter wurde, kroch Ben auf der Fahrerseite unter dem Kombi hervor. Der Dodge befand sich nun zwischen ihm und Sharp.

Er hielt das Gewehr in der einen Hand; mit der anderen knöpfte er sein Hemd auf und holte den Stein hervor.

Auf der anderen Seite des Kombis bewegte sich Sharp.

Shadway erstarrte und horchte.

Offenbar ging Anson am Rande der Böschung entlang, um Peake nicht aus den Augen zu verlieren.

Ben wußte, wie wichtig jetzt schnelles Handeln war. Wenn erneut ein Wagen kam, bot er dem Fahrer einen ziemlich spektakulären Anblick: ein Mann in verschmutzter Kleidung, in der einen Hand einen Stein, in der anderen ein Gewehr, einen großkalibrigen Revolver hinter den Gürtel geschoben. Eine Betätigung der Hupe genügte, um Sharp aufmerksam zu machen.

Shadway richtete sich langsam auf, starrte über den Dodge auf

Sharps Kopf. Wenn sich Anson jetzt umdrehte, mußte einer von ihnen sterben.

Ben wartete, bis er ganz sicher war, daß Sharps Aufmerksamkeit einzig und allein dem nordwestlichen Teil des Waldes galt. Dann holte er aus und schleuderte den Stein über den Wagen hinweg.

Unmittelbar im Anschluß daran ließ er sich wieder zurücksinken und hörte wenige Sekunden später, wie sein Wurfgeschoß einige Dutzend Meter entfernt einen Busch traf.

»Peake!« rief Sharp. »Hinter Ihnen! Verdammt, hinter Ihnen! Dort drüben. Etwas bewegt sich zwischen den Sträuchern.«

Ben vernahm das laute Krachen von Zweigen, ein deutliches Knistern und Rascheln im Unterholz. Anson Sharp, der seinen Beobachtungsposten aufgab und die Böschung hinunterkletterte? Zu schön, um wahr zu sein, dachte er und stemmte sich vorsichtig in die Höhe.

Sharp war tatsächlich verschwunden.

Ben zögerte nicht, nutzte die gute Gelegenheit, eilte an der Reihe geparkter Wagen entlang und überprüfte die Türen. Eine vier Jahre alte Chevette war nicht abgeschlossen – eine häßliche, gelbe Kiste mit giftgrünen Sitzen.

Shadway stieg ein, zog die Magnum hinter dem Gürtel hervor und legte sie griffbereit auf den Beifahrersitz. Mit dem Kolben des Gewehrs schlug er mehrmals aufs Zündschloß ein, bis es schließlich auseinanderbrach.

Er fragte sich, ob das Knacken und Pochen auch unten am Hang zu hören war, dort, wo sich Sharp und Peake befanden.

Hastig zog er einige Kabel unter dem Armaturenbrett hervor, fand die Zünddrähte, hielt die blanken Enden aneinander und trat versuchsweise aufs Gas.

Der Anlasser wimmerte kurz, und der Motor gab ein asthmatisches Keuchen von sich.

Bestimmt hörte Anson Sharp das Brummen und Wimmern, kam sofort zum richtigen Schluß, machte in diesem Augenblick kehrt und stürmte in die Richtung zurück, aus der er gekommen war.

Ben löste die Handbremse, legte den ersten Gang ein und fuhr los. Es blieb ihm nicht genug Zeit zu wenden, und deshalb lenkte er den gestohlenen Wagen nach Süden.

Hinter ihm knallte eine Pistole.

Shadway zuckte zusammen, zog den Kopf ein und sah in den Rückspiegel. Sharp sprang gerade durch die Lücke zwischen dem

Dodge und der grünen Limousine, blieb breitbeinig auf der Straße stehen und legte erneut an.

»Zu spät, du Blödmann«, brummte Ben und trat das Gaspedal bis zum Anschlag durch.

Der Wagen schnaufte wie ein altersschwacher Greis.

Eine Kugel prallte an der hinteren Stoßstange ab, und das schrille *Piiiuuuh* klang wie das schmerzerfüllte Klagen der Chevette. Sie ruckelte einige Male, und dann entschlossen sich die Zündkerzen endlich dazu, ihren Dienst zu erfüllen. Eine bläuliche Qualmwolke drang aus dem Auspuff, und das Fahrzeug beschleunigte.

Im Rückspiegel war zu sehen, wie sich Anson Sharps Gestalt hinter dem Rauch zu verflüchtigen schien – ein Dämon, der nun in den Hades zurückkehrte. Vielleicht feuerte er noch immer, doch der Motor der Chevette heulte so laut, daß Ben die Schüsse nicht hören konnte.

Die Straße führte über eine Hügelkuppe hinweg, neigte sich nach unten und wandte sich in einer scharfen Kurve nach rechts. Ben erinnerte sich an den Polizisten beim Sportartikelgeschäft und nahm ein wenig Gas weg. Vielleicht hielt sich der Beamte noch irgendwo in der Nähe auf. Bisher hatte Ben eine Menge Glück gehabt, und er wollte sein Schicksal nicht herausfordern, indem er die Geschwindigkeitsbegrenzung überschritt. Er war völlig verdreckt, trug ein Gewehr und eine Magnum bei sich: Wenn er in eine Verkehrskontrolle geriet, durfte er kaum damit rechnen, daß man ihn einfach weiterwinkte.

Wieder unterwegs, dachte er zufrieden. Der erste Punkt seiner Prioritätenliste: Er mußte weiterfahren, bis er Rachael auf der I-15 oder in Las Vegas einholte.

Beim Gedanken an die Gefahr, die der jungen Frau drohte, krampfte sich in Bens Magengrube etwas zusammen.

Weiße Wolken verdichteten sich am blauen Sommerhimmel, und manche von ihnen wiesen bleigraue Ränder auf.

Rechts und links von der Straße verdunkelte sich der Wald.

28. Kapitel

Wüstenhitze

Rachael erreichte Barskow um 15.40 Uhr am Dienstagnachmittag. Sie dachte daran, die I-15 zu verlassen, um irgendwo ein Sandwich zu essen, denn der Hunger ließ ein flaues Gefühl in ihr entstehen. Außerdem blieben der Frühstückskaffee und die Coke an der Tankstelle nicht ohne Wirkung auf sie: Der Druck in ihrer Blase verstärkte sich immer mehr, war jedoch noch nicht so unangenehm, daß sie unbedingt eine Toilette aufsuchen mußte.

Auf der Straße zwischen Barstow und Las Vegas drohte ihr kaum Gefahr, denn dort fanden nur sehr selten Geschwindigkeitskontrollen statt. Tatsächlich war das Risiko, dort in eine Radarfalle zu geraten und angehalten zu werden, so gering, daß die Durchschnittsgeschwindigkeit hundertzwanzig bis hundertdreißig Stundenkilometer betrug. Sie beschleunigte bis auf hundertzehn, und da sie andere Wagen überholten, war Rachael einigermaßen sicher, nicht von einem Streifenwagen gestoppt zu werden.

Sie erinnerte sich an eine Raststätte, die noch ungefähr fünfzig Kilometer entfernt sein mochte, nahm sich vor, dort die Toilette zu benutzen. Solange hielt sie es bestimmt noch aus. Was das Essen anging: Sie verhungerte wohl kaum, wenn sie die nächste Mahlzeit bis zum Eintreffen in Las Vegas aufschob.

Seit dem El Cajon Paß bemerkte sie, daß sich der Himmel immer mehr bewölkte, und auch über der Mohavewüste ballte sich das seidenartige Weiß zu einem düsteren Grau zusammen. In der weiten Region zwischen Barstow und Las Vegas kam es nur zu wenigen Niederschlägen, aber während des Sommers geschah es dann und wann, daß sich Gewitter bildeten, und der bei solchen Gelegenheiten herabströmende Regen erinnerte an die biblische Sintflut. Der ausgetrocknete Boden konnte solche Wassermassen natürlich nicht aufnehmen. Zum größten Teil führte die Interstate an den breiten Flußrinnen vorbei, aber hier und dort warnten Schilder vor Überflutungen. Rachael machte sich keine besonderen Sorgen darüber, in ein Unwetter zu geraten, fürchtete nur, dadurch Zeit zu verlieren. Sie wollte Las Vegas um viertel nach sechs oder spätestens um halb sieben erreichen.

Sie konnte sich erst sicher fühlen, wenn sie sich in Bennys Motel befände, wenn er ebenfalls eingetroffen wäre, sie die Vorhänge zugezogen hätten und die Welt draußen vorübergehend vergessen könnten.

Am Dienstag herrschte nur wenig Verkehr, und die meisten Fahrzeuge, die Rachael sah, waren Lastwagen und Transporter. Von Donnerstag bis Montag pendelten Zehntausende von Personen zwischen Las Vegas und anderen Städten hin und her. Am Freitag und Sonntag nahm der Verkehr auf der Interstate häufig solche Ausmaße an, daß die Blechschlangen auf der Straße einen eigentümlichen und fast absurden Kontrast zur leeren Öde der Wüste bildeten. Jetzt aber hatte Rachael bei manchen Streckenabschnitten das Gefühl, völlig allein zu sein.

Um 16.10 Uhr sah sie vor sich die Raststätte, an die sie sich zuvor erinnert hatte. Sie nahm den Fuß vom Gas, bog vom Highway ab, steuerte den schwarzen Mercedes auf einen großen Parkplatz und hielt vor einem niedrigen Betongebäude an, in dem es Waschräume für Männer und Frauen gab. Weiter rechts sah sie drei Picknicktische, die unter einem Metalldach standen.

Rachael stieg aus, nahm nur die Zündschlüssel und ihre Tasche mit und ließ sowohl die 32er als auch die Munitionsschachteln unter dem Fahrersitz zurück.

Einige Sekunden lang blickte sie zu den schiefergrauen Wolken empor, die inzwischen neunzig Prozent des Himmels bedeckten. Es war noch immer mehr als dreißig Grad heiß, aber Rachael hatte das Gefühl, daß die Temperatur ein wenig gesunken war.

Auf der Interstate rollten zwei gewaltige, neunachsige Lastzüge nach Osten, und das Dröhnen der Dieselmotoren zerriß das Tuch des Schweigens, das auf der Wüste ruhte. Als das Brummen in der Ferne verklang, legte sich eine noch festere Decke der Stille auf die Landschaft.

Als Rachael auf die Tür der Damentoilette zuschritt, kam sie an einem Schild vorbei, das Reisende vor Klapperschlangen warnte. Vielleicht liebten sie es, auf den Rastplatz zu kriechen und sich auf dem warmen Beton der Gehwege auszustrecken.

Eric erwachte langsam aus einem sehr intensiven und lebhaften Traum – oder einer uralten genetischen Erinnerungsvision –, in dem er kein Mensch gewesen war. Er kroch durch einen unterirdischen Bau, den nicht er selbst gegraben hatte, sondern ein anderes Geschöpf, schob sich nach unten und folgte einer modrig riechenden Spur, in der Überzeugung, irgendwo leckere Eier zu finden. Zwei bernsteinfarben glühende Augen in der Finsternis stellten das erste Anzeichen dafür dar, daß ihn keine problemlose Mahlzeit erwartete. Ein warmblütiges und pelziges Tier, ausgestattet mit spitzen Zähnen und Krallen, eilte ihm entgegen, um sein Nest zu verteidigen, und ganz plötzlich wurde Eric in einen wilden Kampf verwickelt, der gleichzeitig erschreckend und aufregend war. Kalte, reptilienartige Wut erfüllte ihn, ließ ihn den Hunger vergessen, der ihn dazu getrieben hatte, nach Eiern zu suchen. Er spürte, wie ihn sein Widersacher kratzte und biß, und er wich nicht zurück, wehrte sich nach Kräften. Eric zischte, und das Geschöpf vor ihm quiekte und spuckte. Er fügte mehr Wunden zu, als er selbst davontrug, bis er nichts anderes mehr roch als den stimulierenden Duft von Blut, Kot und Urin...

Als Eric in die menschliche Gegenwart zurückkehrte, stellte er fest, daß sich der Wagen nicht mehr bewegte. Er hatte keine Ahnung, wie lange er schon stand – vielleicht erst seit wenigen Minuten, möglicherweise aber auch schon seit Stunden. Er kämpfte gegen die hypnotische Aura der Traumwelt an, aus der sich sein Bewußtsein gerade erst befreit hatte, unterdrückte die Versuchung, in den einfachen und schlichten Kosmos primitiver Bedürfnisse und Vergnügen zurückzukehren, biß sich auf die Unterlippe, um mit der Arznei des Schmerzes seine Gedanken zu klären – und registrierte ohne sonderliche Überraschung, daß seine Zähne spitzer zu sein schienen. Er horchte eine Zeitlang, hörte jedoch weder Stimmen noch andere Geräusche von draußen. War Rachael bereits in Las Vegas eingetroffen? fragte er sich. Parkte der Wagen nun in der Garage des Motels, von dem Shadway erzählt hatte?

Die kalte, unmenschliche Wut seines Traums rumorte noch immer in ihm, galt nun nicht mehr einem kleinen Säugetier mit bernsteinfarbenen Augen, sondern Rachael. Erics Haß auf sie war überwältigend, und er gierte geradezu danach, die Hände nach ihrem Hals auszustrecken, ihr die Kehle zu zerfetzen, den Bauch aufzureißen und die Gedärme herauszuzerren...

In der Finsternis des Kofferraums tastete Eric nach dem Schraubenzieher. Zwar herrschte noch immer völlige Dunkelheit, doch er schien nicht mehr ganz so blind zu sein wie zuvor. Er konnte seine Umgebung nicht direkt *sehen*, sondern *spürte* sie eher, mit einer seltsamen Fähigkeit, die seinen normalen Sinnen eine neue Dimension

gab. Es fiel ihm ganz leicht, sich zu orientieren, wußte, daß der Schraubenzieher an der Seitenwand lag, dicht vor seinen Knien. Und als er die Hand ausstreckte, um seine Wahrnehmung zu überprüfen, berührte er den Kunststoffgriff des Werkzeugs.
Er öffnete den Kofferraumdeckel.
Licht fiel herein. Einige Sekunden lang brannten Erics Augen, und dann gewöhnten sie sich an die plötzliche Helligkeit.
Vorsichtig stemmte er sich in die Höhe.
Es überraschte ihn, die Wüste zu sehen.
Eric stieg aus.

Rachael wusch sich die Hände in der Spüle – es gab zwar heißes Wasser, aber keine Seife – und trocknete sich im warmen Luftstrom des Gebläses, das Papierhandtücher ersetzte.
Anschließend verließ sie die Toilette, und als sich die schwere Tür hinter ihr schloß, sah sie, daß keine Klapperschlangen auf dem Gehweg gekrochen waren.
Rachael kam drei Schritte weiter, bevor sie bemerkte, daß der Kofferraum des schwarzen Mercedes offenstand.
Ruckartig blieb sie stehen und runzelte die Stirn. Selbst wenn das Gepäckfach nicht abgeschlossen gewesen war: Die Klappe konnte unmöglich einfach so aufspringen.
Plötzlich wußte sie Bescheid: *Eric.*
Nur einen Sekundenbruchteil später sah sie ihn an der Ecke des Gebäudes, etwa fünfzehn Meter von ihr entfernt. Er starrte sie groß an, so als überrasche ihn die Begegnung ebenso sehr wie die junge Frau.
Es war Eric – und doch schien er jemand anderer zu sein.
Ungläubig und entsetzt beobachtete Rachael die monströse Gestalt; zunächst nicht dazu fähig, die Natur seiner bizarren Metamorphose zu begreifen. Trotzdem spürte sie instinktiv, daß die Veränderungen seiner genetischen Struktur zu einer gespenstischen Verwandlung geführt hatten. Erics Körper wirkte deformiert, doch angesichts der Kleidung ließ sich nur schwer feststellen, was mit ihm geschehen war. Die Kniegelenke und Hüften erweckten einen massiveren Eindruck. Außerdem hatte er jetzt einen Buckel: Das rotkarierte Hemd spannte sich über einem breiten Auswuchs auf dem Rücken. Die Arme waren sieben oder acht Zentimeter länger, und die breiten und muskulösen Hände ähnelten Pranken. Gelbbraune Flecken zeigten sich darauf, und die

knorpeligen Finger endeten in Krallen. An einigen Stellen ersetzten glänzende Schuppen die Haut.

Das gräßliche Gesicht weckte besonderen Abscheu in Rachael. Nur noch einige wenige Merkmale erinnerten an die vormals so attraktiven Züge Erics. Knochen hatten sich neu geformt, an einigen Stellen breiter und flacher, schmaler und abgerundeter an anderen. Die Augen lagen tief in den Höhlen, und das vorspringende Kinn ragte aus prognathischen Unterkiefern. Auf der klobigen Stirn sah Rachael einen gezackten Hornwulst, der sich, weniger ausgeprägt, über den ganzen Kopf erstreckte.

»Rachael«, sagte Eric.

Seine Stimme war dunkel und heiser, vibrierte leicht. Sie glaubte, einen kummervollen und melancholischen Klang darin zu vernehmen.

Die junge Frau bemerkte zwei konische Vorsprünge auf der dikken Stirn Erics. Offenbar hatten sie sich noch nicht voll entwickelt, doch sie erinnerten schon jetzt an Hörner. Angesichts der Schuppen, die sowohl auf den Händen als auch an einigen Stellen im Gesicht glitzerten, und der faltigen, schlaffen Haut, die unter dem Kinn einen Kehllappen bildete, ergab das sogar einen gewissen Sinn: Einige Eidechsenarten wiesen Hörner auf, und vielleicht gab es in ferner Vorzeit irgendwelche amphibischen Vorfahren der Spezies Mensch mit solchen Auswüchsen (was Rachael jedoch für unwahrscheinlich hielt). Einige Faktoren des verformten Gesichts deuteten auf einen menschlichen Ursprung hin, und andere wirkten affenartig. Rachael begann zu verstehen: Erics Tod hatte ein Dutzende von Millionen Jahren altes Generbe aktiviert. Die nach wie vor in der DNS-Struktur gespeicherten Entwicklungsprogramme längst ausgestorbener Lebensformen nahmen Einfluß auf das Zellwachstum und versuchten, dem weichen Ton des Gewebes eine neue – beziehungsweise alte, uralte – Form zu geben.

»Rachael«, wiederholte Eric und rührte sich noch immer nicht von der Stelle. »Ich möchte... ich möchte...« Allem Anschein nach fand er nicht die richtigen Worte, um den Satz zu beenden. Oder vielleicht wußte er gar nicht, was er wollte.

Rachael hatte das Gefühl, als klebten ihre Füße am Boden fest. Sie bewegte sich ebenfalls nicht, war vor Entsetzen wie erstarrt – und versuchte gleichzeitig, sich bewußt zu machen, was mit Eric geschah. Die vielen Rassenerinnerungen in seinen Genen zerrten ihn in verschiedene Richtungen, und während er auf eine submenschliche Evolutionsebene zurückfiel, bemühte sich sein moderner Intellekt, die Kontrolle über den Körper zu wahren. Andererseits: Wenn diese Annahmen den Tatsachen entsprachen, sollte eigentlich jede Veränderung ein funktionelles Ziel anstreben und in direkter Verbindung mit der einen oder anderen prähumanen Gestalt stehen. Doch das schien nicht der Fall zu sein. Die pulsierenden Arterien in Erics Gesicht, die knochigen Höcker, hornigen Auswüchse und Schuppenfladen bildeten ein chaotisches Durcheinander und ließen sich in keinen Zusammenhang mit irgendeinem bekannten Geschöpf in der Evolutionshierarchie bringen. Das traf auch auf den Buckel zu. Rachael vermutete, daß die sichtbaren Veränderungen nicht nur auf programmatische Stimulationen aus dem Genpol des biologischen Erbes zurückgingen, sondern auch den Auswirkungen *mutierter* Gene zugeschrieben werden mußten, die einen ziellosen Strukturwandel bewirkten. Möglicherweise wurde Eric zu einem völlig fremdartigen Wesen, das überhaupt nichts Menschliches mehr an sich hatte.

»Rachael...«

Seine Zähne liefen spitz zu.

»Rachael...«

Die graublauen Pupillen seiner Augen waren nicht mehr rund, sondern verformten sich zu vertikalen Ovalen, so wie bei Schlangen. Ganz zweifellos nicht mehr die Augen eines Menschen – obgleich sich noch kein Ende der Metamorphose absehen ließ.

»Rachael...«

Die Nase – wesentlich flacher und breiter als vorher.

»Rachael... bitte... bitte...« Auf mitleiderweckende Art und Weise streckte er ihr eine monströse Hand entgegen, und in seiner rauhen Stimme vibrierten Kummer und Verzweiflung – und ein sehnsüchtiges Verlangen, das nicht nur Rachael überraschte, sondern auch Eric selbst. »Bitte... bitte... ich möchte...«

»Eric«, sagte sie, und die eigene Stimme kam ihr ebenso fremd vor wie die Erics. Grauen und Trauer hielten sich in ihr die Waage. »Was willst du?«

»Ich... ich möchte... möchte... mich nicht...«

»Ja?«

»... fürchten...«

Rachael wußte nicht, was sie sagen sollte.

Eric trat einen Schritt auf sie zu.

Die junge Frau wich sofort zurück.

Der Mann – das *Etwas* – taumelte weiter, und Rachael stellte fest, daß er Probleme mit seinen Füßen hatte. Sie schienen sich ebenfalls verändert zu haben, entsprachen vielleicht nicht mehr der Form der Stiefel.

Rachael wahrte die Distanz zu ihm.

»Ich will... dich...«, preßte Eric hervor, keuchte und schnaufte so sehr, als sei es eine Qual, diese Worte zu formulieren.

»Eric«, erwiderte Rachael leise und voller Mitgefühl.

»... dich... dich...«

Drei rasche Schritte, wie kleine Sprünge. Und Rachael konnte es nicht ertragen, ihn näher herankommen zu lassen.

Mit düsterer Grabesstimme sagte Eric: »Weis mich... nicht ab... Rachael... bitte... nicht...«

»Ich kann dir nicht helfen, Eric.«

»Weis mich nicht zurück.«

»Es gibt niemanden mehr, der dir helfen könnte, Eric.«

»Weis mich nicht... *erneut* zurück.«

Rachael besaß keine Waffe, hielt nur die Wagenschlüssel in der einen und die Tasche in der anderen Hand, bedauerte es nun sehr, die Pistole im Mercedes gelassen zu haben. Einmal mehr setzte sie sich in Bewegung und wich fort von Eric.

Er gab ein wütendes Knurren von sich, bei dem es Rachael trotz der Junihitze kalt über den Rücken lief – und stürmte direkt auf sie zu.

Sie warf ihre Handtasche nach ihm, wirbelte um die eigene Achse und hastete in die Wüste hinter dem Rastplatz. Der weiche Sand gab unter ihren Schuhen nach, und mehrmals lief sie Gefahr, sich einen Fuß zu verstauchen. Nur mit Mühe wahrte sie das Gleichgewicht, hastete weiter, spürte, wie die trockenen Zweige von Büschen an ihren Beinen entlangstrichen. Rachael zog den Kopf ein, winkelte die Arme an und rannte, rannte so schnell wie möglich. Der Tod war ihr dicht auf den Fersen.

Als Eric Rachael auf dem Gehweg vor dem Waschraum sah, überraschte ihn seine eigene Reaktion. Beim Anblick ihres hübschen Gesichts, des tizianroten Haares und ihres prächtigen Körpers, neben dem er einst gelegen hatte, entstand Kummer in ihm. Plötzlich bedauerte er es zutiefst, sie nicht besser behandelt zu haben, und das Gefühl des Verlustes war schier unerträglich. Das Feuer des kalten Zorns in ihm erlosch, und menschliche Empfindungen erschütterten das mentale Fundament seiner Wut. Tränen brannten in seinen Augen. Das Sprechen fiel ihm schwer, nicht nur aufgrund des veränderten Kehlkopfes, sondern vor allen Dingen wegen der Verzweiflung, die alle Winkel seines Ichs ausfüllte.

Aber sie wies ihn erneut zurück und bestätigte damit seinen schlimmsten Verdacht, der sich auf einem Nährboden aus innerer Qual und Selbstmitleid bildete. Wie eine Flutwelle aus schwarzem Wasser und brodelndem Eis kehrte der kalte Zorn einer uralten genetischen Erinnerung in ihn zurück. Der Wunsch, Rachael sanft zu berühren, über ihr Haar zu streichen und sie in die Arme zu schließen – er verschwand abrupt und machte dem wesentlich intensiveren Verlangen Platz, die junge Frau umzubringen. Er wollte ihren Leib zerreißen, seine Schnauze in ihr warmes Fleisch pressen. Primitive Gier erfüllte ihn, als er auf Rachael zustürzte.

Sie ergriff die Flucht, und er folgte ihr.

Sofort erwachten weitere Rassenerinnerungen in Eric, Reminiszenzen, die nicht nur sein Bewußtsein durchzogen, sondern auch im Blut schwammen. Er entsann sich, schon oft Beute gejagt zu haben, und diese Erkenntnis gab ihm einen wichtigen Vorteil. Er zweifelte nicht daran, daß er Rachael irgendwann erwischen würde, früher oder später.

Die junge Frau – das arrogante *Tier* – lief ziemlich schnell, aber das war bei solchen Opfern immer der Fall. Der Überlebensinstinkt mobilisierte alle Kraftreserven und machte sie flink, zumindest für eine Weile. Hinzu kam die Furcht, wie Eric wußte: Sie verhinderte, daß der Gejagte ebenso schlau und listig sein konnte wie der Jäger.

Eric hätte sich am liebsten die Stiefel von den Füßen gezogen, denn sie behinderten ihn jetzt. Doch sein Adrenalinspiegel war so hoch, daß er die Schmerzen in den aneinandergepreßten Zehen und gequetschten Knöcheln betäubte.

Die Beute floh nach Süden, obgleich sich dort nichts befand, was ihr irgendeine Art von Schutz bieten mochte. Zwischen ihnen und den fernen Bergen erstreckte sich eine öde Landschaft, Heimat von Geschöpfen, die krochen und glitten, die bissen und stachen – und manchmal ihre eigenen Jungen verschlangen, um zu überleben.

Schon nach knapp hundert Metern geriet Rachael außer Atem, und ihre Beine waren so schwer wie Blei.

Die Wüstenhitze – sie schien irgendwie Substanz zu gewinnen, eine zähe Konsistenz, und daher hatte Rachael das Gefühl, als liefe sie durch hohes Wasser. Das Glühen ging nicht etwa von der Sonne aus – inzwischen bedeckten die grauen Wolken fast den ganzen Himmel –, sondern vom Boden, und es war, als eile sie über einen Feuerrost.

Einmal blickte sie kurz zurück.

Eric war etwa zwanzig Meter hinter ihr.

Rachael sah wieder geradeaus und rannte noch schneller. Ihre Beine pumpten wie die Kolben eines Motors, als sie die Mauer der Hitze durchbrach – nur um unmittelbar darauf festzustellen, daß es weiter vorn andere gab, eine endlose Folge von Barrieren, die ihr Widerstand boten. Sie zog sich die trockene Luft in die Lungen, bis ihr Hals zu brennen begann und jeder Atemzug schmerzte. Einige Dutzend Meter voraus bemerkte sie eine natürliche Hecke aus kleinen Mesquitsträuchern; sie erstreckte sich zwanzig oder dreißig Meter weit nach rechts und links. Rachael wagte es nicht, zur Seite auszuweichen, fürchtete, daß Eric dadurch die Gelegenheit bekam, zu ihr aufzuschließen. Die Büsche ragten ihr nur bis zu den Knien und schienen nicht besonders dicht und breit zu sein, und deshalb stürmte Rachael einfach weiter. Gleich darauf aber stellte sich heraus, daß das Dickicht Hunderte von Dornen aufwies, die über ihre Jeans schabten, und es blieb ihr nichts anderes übrig, als den Weg wesentlich langsamer fortzusetzen. Eine Ewigkeit schien zu vergehen, bis sie die Hecke hinter sich brachte. Grauen regte sich in ihr: Vielleicht brauchte Eric jetzt nur noch die Klauenhand auszustrecken, um sie am Nacken zu packen. Rachaels Herz klopfte immer heftiger, so wild und ungestüm, daß sie das Gefühl hatte, das rasende Pochen müsse ihr die Brust zerreißen. Sie schob sich am letzten Mesquitstrauch vorbei, taumelte einige Schritte und wurde dann wieder schneller. Salziger Schweiß tropfte ihr von Stirn und Schläfen, verschleierte ihr den Blick. Wenn sie mit dieser Geschwindigkeit weiterlief, drohte ihr eine andere Gefahr: Ihr Körper verlor zu rasch Flüssigkeit. Am Rande ihres Gesichtsfeldes nahm sie bereits farbige Schlieren wahr, und in der Magengrube breitete sich das flaue Gefühl beginnender Übelkeit aus. Benommenheit wallte, einem mentalen Nebel gleich, ihren Gedanken entgegen, eine Gräue, die sich von einer Sekunde zur anderen in die Schwärze einer Ohnmacht verwandeln konnte. Dennoch lief Rachael weiter, rannte über den trockenen und heißen Sand, floh vor einem Ungeheuer, das hinter ihr fauchte und zischte.

Erneut drehte sie den Kopf.

Eric war näher herangekommen, nur noch fünfzehn Meter von ihr entfernt.

Rachael konzentrierte sich auf ihre letzten Kraftreserven. Sie wußte, daß es um ihr Leben ging, und dieser Gedanke spornte sie an.

Kurz darauf schloß sich hartes Gestein an den weichen Sandboden an, und auf dem felsigen Untergrund kam Rachael besser voran. Inzwischen quoll ihr der Schweiß in wahren Strömen aus den Poren, und die Gefahr einer Austrocknung ihres Körpers wurde immer bedrohlicher. Positives Denken, fuhr es ihr durch den Sinn. Darauf kam es jetzt an. Während der nächsten fünfzig Meter versuchte sie, optimistisch zu bleiben und sich einzureden, es gelinge ihr, die Entfernung zu Eric zu vergrößern.

Als sie sich zum drittenmal umsah, gab sie unwillkürlich einen entsetzten Schrei von sich.

Eric war bis auf zehn Meter heran.

Genau in diesem Augenblick stolperte Rachael und stürzte.

Erst im letzten Moment sah sie, daß erneut weicher Sand auf das geborstene Gestein folgte: Ganz plötzlich verlor sie den Halt. Sie versuchte, das Gleichgewicht zu wahren und weiterzulaufen, aber sie war bereits aus dem Rhythmus gekommen, kippte nach links und fiel.

Sie blieb am Rande eines ausgetrockneten Flußbetts liegen, das etwa fünfzehn Meter breit und fast zehn Meter tief sein mochte – ein Graben, der sich dann in einen reißenden Strom verwandelte, wenn es über der Mohavewüste zu einem Wolkenbruch kam. Rachael begriff die Chance, die sich ihr bot, zögerte nicht und stieß sich ab.

Sie rollte den Hang zum Graben hinab, prallte unten mit solcher Wucht an einige Felsen, daß ihr für einige Sekunden die Luft wegblieb. Schmerzerfüllt verzog sie das Gesicht, als sie sich wieder in die Höhe stemmte und nach oben starrte.

Eric stand am Rande des tiefen Flußbetts, mehr als neun Meter über ihr, aber in der Vertikale schien diese Distanz weitaus größer zu sein als in der Horizontalen. Rachael hatte das Gefühl, als befinde sie sich auf einer Straße und als sehe Eric vom Dach eines dreistöckigen Gebäudes auf sie herab. Er zögerte, und dadurch gewann Rachael ein wenig Zeit. Wenn er ihr sofort über den Hang gefolgt wäre, hätte er sie jetzt vermutlich erreicht.

Die junge Frau wandte sich nach rechts, folgte dem Verlauf des

Grabens und hinkte ein wenig, als sich Dutzende von spitzen Nadeln in ihren verstauchten linken Fuß zu bohren schienen. Sie wußte nicht, wohin das ausgetrocknete Flußbett führte. Aber sie blieb in Bewegung, sah sich immer wieder um und hielt nach einem Versteck Ausschau, nach irgendeiner Möglichkeit, Eric – dem Ungeheuer – zu entkommen, ihr Leben zu retten.

Sie brauchte ein Wunder.

29. Kapitel

Verschiedene Wege

Das Riverside County Sheriff's Department stellte Sharp und Peake einen Wagen zur Verfügung, und ein Beamter fuhr die beiden DSA-Agenten nach Palm Springs zurück, wo sie um 16.30 Uhr am Dienstagnachmittag eintrafen. Sie mieteten zwei Zimmer in einem Motel am Palm Canyon Drive.

Sharp rief Nelson Gosser an, den Beamten, der nach wie vor Eric Lebens Haus in Palm Springs bewachte. Gosser brachte Bademäntel für Peake und Sharp, gab ihre Sachen in eine Wäscherei und kehrte anschließend mit einigen gebratenen Hähnchen und Pommes frites zurück.

Während Sharp und Peake am Lake Arrowhead gewesen waren, hatte man Rachael Lebens roten Mercedes gefunden, hinter einem leerstehenden Haus einige Blocks westlich des Palm Canyon Drive. Der blaue Ford, mit dem Shadway zum See gefahren war, stammte von einem Autoverleih am Flughafen. Natürlich bot keins der Fahrzeuge irgendeinen neuen Anhaltspunkt.

Sharp rief den Flughafen an und sprach mit dem Piloten des Bell Jet Ranger. Die Reparatur des Hubschraubers war nahezu beendet, und die Maschine brauchte praktisch nur noch aufgetankt zu werden. Innerhalb der nächsten Stunde stand sie dem stellvertretenden DSA-Direktor zur Verfügung.

Anson Sharp erledigte noch einige andere Telefonate und nahm die Berichte mehrerer Einsatzagenten entgegen, die in den Geneplan-Laboratorien von Riverside und an verschiedenen Orten im Orange County ermittelten. Mehr als sechzig Leute arbeiteten an diesem Fall. Sharp setzte sich natürlich nicht mit allen in Verbindung, aber eine kurze Unterredung mit sechs von ihnen genügte ihm, ein Bild von der gegenwärtigen Lage zu gewinnen.

Sie traten auf der Stelle.

Es gab viele Fragen – und keine Antworten. Wo befand sich Eric Leben? Wo hielt sich Ben Shadway auf? Warum hatte sich Shadway und Rachael Leben getrennt? Wo war die Frau jetzt? Bestand die Möglichkeit, daß Shadway und Mrs. Leben irgendwelche Unterlagen in die Hand bekamen, die das Geheimnis des Projekts Wildcard bedrohten?

Trotz all der dringenden Probleme und der Tatsache, daß die Operation am Lake Arrowhead zu einer demütigenden Niederlage geführt hatte, offenbarte Anson Sharp einen enormen Appetit. Er aß zwei gebratene Hähnchen und nahm sich anschließend die Kartoffeln vor. Angesichts des Umstandes, daß er seine berufliche Zukunft in Gefahr brachte, indem er bei diesem Fall persönliche Erwägungen – seinen Wunsch, an Ben Shadway Rache zu nehmen – über die Ziele der Defense Security Agency stellte, erschien es eher unwahrscheinlich, daß er sich einfach hinlegen und den unschuldigen und sorgenfreien Schlaf eines Kindes genießen konnte. Doch als er sich auf dem Bett ausstreckte, brauchte er keine Ruhelosigkeit zu befürchten. Er war schon immer in der Lage gewesen, auf der Stelle einzuschlafen, ganz gleich, mit welcher Situation er es zu tun hatte.

Immerhin handelte es sich bei ihm um einen Mann, dessen einziges Interesse ihm selbst galt. Außerdem glaubte er fest daran, allen anderen Leuten überlegen zu sein, und deshalb verlor er nicht gleich den Mut, wenn er auf unerwartete Schwierigkeiten stieß. Er hielt Pech und Enttäuschungen für vorübergehende Erscheinungen, für unbedeutende Anomalien auf einem ansonsten geraden und hindernisfreien Weg zu Erfolg und Anerkennung.

Bevor er zu Bett ging, gab er Nelson Gosser den Auftrag, Peake einige Anweisungen zu übermitteln. Dann telefonierte er mit dem Motelportier, bat darum, nicht gestört zu werden, zog die Vorhänge zu und machte es sich auf der weichen Matratze bequem.

Als er an die dunkle Decke starrte, dachte er an Shadway und lachte leise.

Der arme Ben fragte sich bestimmt, wie es ihm möglich gewesen war, in der DSA Karriere zu machen – obgleich man ihn vor ein Kriegsgericht gestellt und unehrenhaft aus der Marine entlassen hatte. Genau darin bestand das eigentliche Problem Bens: Er ging von der falschen Annahme aus, es gebe verschiedene Verhaltensformen, moralische und unmoralische. Er gab sich der Illusion hin, gute Taten könnten irgendwann mit Belohnung rechnen – und Verfehlungen hätten Strafe zur Folge, Unglück und Kummer.

Anson Sharp hingegen wußte, daß es keine abstrakte Gerechtigkeit gab. Strafe drohte nur dann, wenn man anderen Menschen die *Möglichkeit* gab, Vergeltung zu üben. Altruismus und Fair play wurden keineswegs automatisch belohnt. Seiner Ansicht nach handelte es sich bei Moral und Verderbtheit um bedeutungslose Begriffe. Im alltäglichen Leben ging es nicht darum, zwischen Gut und Böse zu wählen, sondern zwischen den Dingen, die individuelle Vor- oder Nachteile versprachen. Nur ein Narr konnte Entscheidungen treffen, die nicht in erster Linie dem eigenen Wohl galten.

Diese außerordentlich nützliche Philosophie hatte Anson Sharp in die Lage versetzt, alle Schandflecke seiner Vergangenheit auszuradieren, ohne Gewissensbisse zu bekommen. In diesem Zusammenhang erwiesen sich seine Kenntnisse im Hinblick auf Computer und ihr Leistungsvermögen als recht hilfreich.

In Vietnam war Sharp imstande gewesen, große Nachschublieferungen spurlos verschwinden zu lassen, weil einer seiner Komplizen – Corporal Eugene Dalmet – als Computeroperator im Divisions-Hauptquartier arbeitete. Die elektronische Datenverarbeitungsanlage gab Sharp und Dalmet die Möglichkeit festzustellen, wann und wo die nächste Lieferung erfolgte – und auf der Grundlage dieser Informationen war es nicht weiter schwer, einen geeigneten Zeitpunkt für den Diebstahl zu bestimmen. Später gelang es Dalmet häufig, die entsprechenden Daten im Rechnerspeicher zu löschen und auf diese Weise alle Spuren zu verwischen.

Nach der unehrenhaften Entlassung kehrte Anson Sharp in die Vereinigten Staaten zurück, fest entschlossen, sein Wissen um die wunderbaren Fähigkeiten von Computern nutzbringend anzuwenden.

Sechs Monate lang befaßte er sich intensiv mit der Computerprogrammierung, arbeitete Tag und Nacht und vergaß alles andere – bis er nicht nur zu einem erstklassigen Operator wurde, sondern auch zu einem ausgezeichneten und überaus fähigen Hacker.

Er kam bei Oxelbine Placement unter, einer Arbeitsvermittlung, die groß genug war, um einen Computerspezialisten zu benötigen, deren Geschäfte jedoch noch nicht solche Ausmaße gewonnen hatten, daß sie eine Rufschädigung befürchten mußte, weil sie einen unehrenhaft entlassenen Ex-Mariner einstellte. Bei Oxelbine ging es nur darum, daß Sharp kein ziviles Vorstrafenregister aufwies und seinen Job verstand.

Oxelbine unterhielt eine direkte Verbindung zum Hauptcomputer der TRW – der bedeutendsten Ermittlungsagentur auf dem Sektor der Kreditwürdigkeit –, und es gelang Sharp schon nach kurzer Zeit, die Personaldateien anzuzapfen. Er benutzte ein selbstentwickeltes Programm, das dazu diente, bestehende Daten zu verändern und neue hinzuzufügen, und das versetzte ihn in die Lage, sein eigenes elektronisches Dossier zu manipulieren. Er löschte den Hinweis auf die unehrenhafte Entlassung, fügte einige Auszeichnungen hinzu und beförderte sich vom Sergeant zum Lieutenant. Anschließend hinterließ er im TRW-Computer die Anweisung, alle existierenden Hardcopies zu vernichten und auf der Grundlage der ›überarbeiteten‹ Sharp-Datei neue anzufertigen.

Ohne das Stigma der Kriegsgerichtsverhandlung bereitete es ihm keine Probleme, eine Anstellung bei General Dynamics zu finden, einer Firma, die gute Beziehungen zum Verteidigungsministerium unterhielt. Von dort aus zapfte er die zentralen Speicher des Marine Corps Office of Personel (MCOP) an und veränderte auch seine dortige Akte. Zur damaligen Zeit machte sich kaum jemand Sorgen über Hacker und die Gefahr eines unbefugten Eindringens in Datenbereiche mit hohem Sicherheitsstatus, und die auf diesem Sektor herrschende Naivität gab Sharp die Möglichkeit, auch sein FBI-Dossier zu verbessern.

Einige Monate später bewarb er sich bei der Defense Security Agency, um festzustellen, ob er mit seinen Bemühungen den erwünschten Erfolg erzielt hatte. Das war tatsächlich der Fall. Eine routinemäßige FBI-Überprüfung ergab keine Bedenken, und daraufhin nahm man ihn in die DSA auf. Ehrgeiz und eiserne Entschlossenheit stellten die Werkzeuge dar, mit denen Anson Sharp kurz darauf eine steile Karriere begann, unbehindert von irgendwelchen Verfehlungen in der Vergangenheit. Er verzichtete nicht darauf, den DSA-Computer zu benutzen und seine Personaldatei um Belobigungen zu erweitern: Sie stammten angeblich von Senioroffizieren, die bei gefährlichen Einsätzen oder durch natürliche Ursachen ums Leben gekommen waren und die posthumen Anerkennungen somit nicht in Frage zu stellen vermochten.

Sharp wußte, daß die einzige Gefahr für seine berufliche Laufbahn von den wenigen Leuten ausging, die zusammen mit ihm in Vietnam gekämpft und am Kriesgerichtsverfahren teilgenommen hatten. Er begann sofort mit einer Suche nach den Betreffenden. Drei waren nach seiner Rückkehr in die Vereinigten Staaten gefallen, und ein weiterer Soldat starb bei einem nationalen Desaster, für das Jimmy Carter die Verantwortung trug – dem schlecht geplanten und vorbereiteten Unternehmen, das die Befreiung der amerikanischen Geiseln im Iran zum Ziel hatte. Drei Männer überlebten den Krieg in Südostasien und wechselten von der Marine zum State Department, FBI und ins Verteidigungsministerium. Nach ihrer Lokalisierung machte sich Anson Sharp daran, ihren Tod zu planen und ›Unfälle‹ zu arrangieren.

Es blieben nur vier Personen übrig, die Risikofaktoren für ihn werden konnten, und zu ihnen gehörte auch Ben Shadway. Zum Glück arbeitete niemand von ihnen für irgendwelche Regierungsbehörden, und deshalb erschien es ihm unwahrscheinlich, daß sie von seiner Tätigkeit für die Defense Security Agency erfuhren. Andererseits: Wenn er es schließlich schaffte, zum Direktor der DSA zu werden, mußte er damit rechnen, daß sein Name des öfteren Schlagzeilen machte und landesweit Aufmerksamkeit erregte. Die Konsequenzen lagen auf der Hand: Es blieb ihm keine andere Wahl, als auch Shadway und die drei anderen umzubringen. Als Sharp erfuhr, daß Shadway in den Leben-Fall verwickelt war, sah er in diesem Umstand einen Wink des Schicksals.

Anson Sharp streckte die Beine aus, zog die Bettdecke bis zum Kinn hoch und lächelte zufrieden. Er war entschlossen, alle seine Befugnisse zu nutzen, um Ben Shadway unschädlich zu machen.

Eine Zeitlang wälzte sich Jerry Peake unruhig hin und her. Schon seit vierundzwanzig Stunden hatte er nicht mehr geschlafen, und angesichts der zurückliegenden Ereignisse war er so sehr erschöpft, daß ihm eigentlich von einer Sekunde zur anderen die Augen zufallen mußten. Dennoch konnte er nicht schlafen.

Er dachte an die Nachricht, die ihm Gosser im Auftrage Sharps übermittelt hatte: Er sollte sich zwei Stunden lang ausruhen und um halb acht abends wieder bereit zu sein – was ihm nach dem Aufwachen dreißig Minuten Zeit gab, um zu duschen. Zwei Stunden! Er brauchte mindestens zehn.

Außerdem war es ihm noch immer nicht gelungen, einen Ausweg aus dem moralischen Dilemma zu finden, das ihn schon seit einer ganzen Weile plagte. Es gab zwei Alternativen für ihn: Entweder fügte er sich Sharp und wurde zu seinem Komplizen bei einem kaltblütigen Mord – oder er versuchte, seinen Vorgesetzten daran zu hindern, Shadway und Mrs. Leben zu töten. Eigentlich neigte er dazu, sich für die zweite Möglichkeit zu entscheiden. Doch die Sache hatte einen Haken: Wenn er sich Sharp in den Weg stellte, bestand die Gefahr, daß er ebenfalls erschossen wurde.

Was Jerry besonderes belastete, war die sichere Überzeugung, daß ein klügerer Mann längst einen Weg gefunden hätte, aus der derzeitigen Situation Kapital zu schlagen, sie zum eigenen Vorteil zu nutzen. Er träumte schon seit vielen Jahren davon, vom Verlierer zum Gewinner zu werden, von einem Niemand zu einer Legende, und jetzt glaubte er, die Chance dafür sei gekommen. Doch er wußte nicht so recht, wie er sie verwenden sollte.

Er drehte sich auf die rechte Seite, dann auf die linke.

Er schmiedete Pläne gegen Sharp, trat in Gedanken auf die Bühne des Ruhms – nachdem es ihm gelungen war, Shadway und Mrs. Leben zu retten und seinen Vorgesetzten zu entlarven. Aber die Gerüste der Verschwörungen gaben unter dem schweren Gewicht aus Zweifel, Skepsis und Wankelmütigkeit nach. Er wünschte sich nichts sehnlicher, wie Sherlock Holmes oder James Bond handeln zu können, doch er kam sich wie der Kater Sylvester vor, der immer wieder vergeblich versuchte, den Vogel Tweetie zu fangen und zu verspeisen.

Als Jerry Peake endlich einschlief, quälten ihn alptraumhafte Visionen. Er fiel von Leitern und Dächern, und Dornen zerrissen seinen Pelz, während er durchs Dickicht stürmte und versuchte, einen kleinen Kanarienvogel mit dem Gesicht Anson Sharps zu fangen.

Am Silverwood Lake hielt Ben an und besorgte sich einen anderen Wagen. Es wäre Selbstmord gewesen, die Chevette zu behalten, denn Sharp kannte das Nummernschild und konnte eine Fahndungsmeldung mit genauer Beschreibung herausgeben. Er entdeckte einen schwarzen Merkur, zog die Zündkabel unter dem Armaturenbrett hervor und schloß sie kurz.

Niemand hinderte ihn daran, die Fahrt nach Barstow fortzusetzen, wo er um viertel vor fünf eintraf. Er wußte inzwischen, daß es nicht mehr möglich war, Rachael auf der Straße einzuholen. Die Konfrontation mit Sharp hatte ihn zuviel Zeit gekostet. Als erste dicke Tropfen aus den schiefergrauen Wolken fielen, erwartete Ben eine weitere unangenehme Erkenntnis. Der Mercedes, den Rachael fuhr, zeichnete sich durch eine wesentlich bessere Straßenlage als der Merkur aus, und das bedeutete in bezug auf das bevorstehende Unwetter, daß er langsamer vorankam. Ben rang sich zu einer raschen Entscheidung durch, bog von der Interstate ab und benutzte eine öffentliche Telefonzelle in Barstow, um Whitney Gavis in Las Vegas anzurufen.

Er wollte Whitney von Eric Leben erzählen, der sich im Kofferraum von Rachaels Wagen versteckte. Mit ein wenig Glück würde Rachael nach Vegas durchfahren und Eric unterwegs keine Möglichkeit geben, sie anzugreifen. Wenn Gavis Bescheid wußte, konnte er sich mit einer Schrotflinte vorbereiten und unmittelbar nach Rachaels Ankunft auf das Heck des schwarzen Mercedes schießen.

Dann war das Problem namens Eric Leben endgültig gelöst.

Ben tippte die Nummer ein, und wenige Sekunden später klingelte im mehr als zweihundertfünfzig Kilometer entfernten Las Vegas Whits Telefon.

Einige Tropfen klatschten an die Fensterscheiben der Telefonzelle, Vorboten des nahen Gewitters.

Whitney Gavis nahm nicht ab.

Geh endlich ran, dachte Ben und preßte die Lippen zusammen.

Aber ganz offensichtlich war Whit nicht zu Hause, und Wunschdenken allein genügte nicht, um ihn an den Apparat zu bringen. Als es zum zwanzigsten Mal klingelte, legte Shadway auf.

Einige Sekunden lang blieb er stehen und überlegte verzweifelt, was er jetzt unternehmen sollte.

In der Ferne zuckten Blitze, doch selbst die Skalpelle aus grellem Licht konnten den bleifarbenen Leib des Unwetters nicht aufschlitzen. Die Regenflut ließ nach wie vor auf sich warten.

Abrupt drehte sich Shadway um und kehrte zum Merkur zurück. Es blieb ihm keine andere Wahl, als nach Las Vegas weiterzufahren und die Hoffnung nicht aufzugeben. Er nahm sich vor, im rund hundert Kilometer entfernten Baker zu halten und von dort aus erneut zu versuchen, sich mit Whit in Verbindung zu setzen.

Vielleicht hatte er dann mehr Glück.

Er *mußte* mit Gavis sprechen, ihn warnen.

Erneut flackerten Blitze am dunklen Himmel.
Donner grollte zwischen den finsteren Wolken und der wartenden Erde.
Die Luft roch nach Ozon.
Ben stieg in den gestohlenen Wagen, schloß die Tür und ließ den Motor an. Als er den Gang einlegte, öffneten sich schlagartig die Schleusen des Wolkenmeers, und viele Millionen Tonnen Wasser stürzten auf die trockene Wüste.

30. Kapitel

Klapperschlangen

Rachael folgte dem Verlauf des ausgetrockneten Flußbetts und hatte das Gefühl, schon mehrere Kilometer zurückgelegt zu haben – obgleich sie vermutlich nur einige hundert Meter weit gekommen war. Diese Illusion wurde wahrscheinlich von dem heißen Schmerz hervorgerufen, der in ihrem verstauchten Knöchel pulsierte und nur ganz langsam nachließ.
Es kam ihr vor, als irre sie durch ein Labyrinth, das gar keinen Ausgang aufwies. Auf der rechten Seite des breiten Grabens zweigten schmalere Rinnen ab, und Rachael überlegte, ob sie den Weg durch eine davon fortsetzen sollte, fürchtete sich jedoch davor, in eine Sackgasse zu geraten und schon nach kurzer Zeit umkehren zu müssen.
Weiter links, etwa zehn Meter über ihr, eilte Eric am Rande des Grabens entlang, folgte ihr wie ein Schatten, den sie nicht von sich abzustreifen vermochte, eine Silhouette in einer sich immer mehr verdüsternden Welt. Rachael ließ ihn nicht aus den Augen. Wenn er Anstalten machte, zu ihr herabzurutschen, blieb ihr nichts anderes übrig, als auf der gegenüberliegenden Seite in die Höhe zu klettern. Sie machte sich nichts vor: Wenn er sich auf einer Höhe mit ihr befand, konnte sie ihm nicht entkommen; der verletzte Fuß behinderte sie zu sehr. Ihre einzige Chance bestand darin, irgendwie *über* ihn zu gelangen und Steine auf ihn herabzuschleudern.
Vom Westen her, aus der Richtung Barstow, vernahm sie das Grollen des Donners – erst ein knisterndes Knacken, dann ein dröhnendes Knallen, wie von einer gewaltigen Explosion. Der

Himmel über jenem Teil der Wüste war grau und rußschwarz, so als hätten die Wolken zuvor Feuer gefangen, als bestünden sie jetzt nur noch aus Asche. Das ausgebrannte Firmament schien sich nicht mehr ganz so hoch über dem kargen Land zu erstrecken, erweckte den Eindruck, als habe es sich herabgesenkt. Ein warmer Wind flüsterte und raunte stöhnend, ächzte über den Sand hinweg, über scharfkantige Granitblöcke und geborstene Felsen. Einige Böen strichen auch durch den Graben und wehten Rachael Staub entgegen. Der Sturm tobte bereits im Westen, und es war nur eine Frage der Zeit, bis er auch diese Region der Mohavewüste erreichte.

Humpelnd brachte Rachael eine Biegung hinter sich – und verharrte plötzlich, als sie einige Steppenhexen sah, die am Hang des Grabens herabrollten. Der Wind erfaßte sie, trieb sie direkt auf die junge Frau zu. Ein dumpfes Kratzen und Schaben wurde laut, als die seltsam anmutenden Büsche über den Boden strichen: Es klang wie ein leises Zischen und Fauchen, so als handele es sich um lebende Wesen. Rachael versuchte, den dornigen Kugeln auszuweichen, stolperte und fiel der Länge nach in den staubigen Schwemmsand, der den Boden des ausgetrockneten Flußbetts bedeckte.

Noch während sie fiel, hörte sie hinter sich andere Geräusche. Zuerst nahm sie an, sie stammten von weiteren Steppenläufern, die durch den Graben rollten, doch als sie das laute Klacken von Steinen vernahm, wußte sie, daß sie sich irrte. Rachael drehte den Kopf und beobachtete, wie Eric am Hang herunterglitt. Offenbar hatte er die ganze Zeit über darauf gehofft, daß sie den Halt verlor oder es mit einem Hindernis zu tun bekam, und jetzt, da sich seine Erwartungen erfüllten, zögerte er nicht und nutzte den Vorteil ihres Pechs.

Rachael stemmte sich wieder in die Höhe, hastete zur anderen Seite des Grabens, um dort hochzuklettern, blieb jedoch stehen, als sie bemerkte, daß sie die Wagenschlüssel fallen gelassen hatte. Vielleicht fand sie zum Mercedes zurück. Tatsächlich hielt sie es für wesentlich wahrscheinlicher, daß sie sich in der Wüste verirrte oder schließlich Eric zum Opfer fiel, aber wenn ein Wunder geschah, wenn es ihr doch gelang zurückzukehren, brauchte sie die Schlüssel.

Nur noch wenige Meter trennten Eric vom Boden des Grabens, und er rutschte und taumelte weiter, inmitten einer dichten Wolke aus aufgewirbeltem Staub.

Mit wachsender Verzweiflung sah sich Rachael nach den Wagenschlüsseln um, konnte sie zunächst nirgends entdecken. Dann sah sie aus den Augenwinkeln ein metallisches Aufblitzen einige Schritte hinter ihr.

Eric hatte den Hang fast ganz hinter sich gebracht und gab einen seltsamen Laut von sich: einen dünnen, schrillen Schrei, eine Mischung aus heiserem Flüstern und gellendem Kreischen.

Donner grollte, noch näher diesmal.

Der Schweiß strömte ihr nach wie vor aus allen Poren, als Rachael nach Atem rang, und die heiße Luft brannte wie Säure in ihren Lungen. Mit zitternden Knien drehte sie sich um lief zurück, zerrte die Schlüssel aus dem Sand und schob sie sich in die eine Tasche ihrer Jeans. Dann wandte sie sich sofort wieder dem Hang zu und begann mit dem Aufstieg.

Das unheimliche Knurren und Fauchen Erics wurde lauter.

Rachael wagte es nicht, sich umzusehen.

Noch fünf Meter bis zum Rand des Grabens.

Sie kam nur langsam voran, fühlte sich in einen Alptraum versetzt, in eine Traumwelt mit substanzlosen Barrieren, die alle Bewegungen lähmten. Immer wieder gab der weiche Boden unter ihr nach, und sie benötigte die Hartnäckigkeit einer Spinne, um weiterzuklettern. Entsetzen regte sich in ihr, als sie an die Gefahr dachte, auszurutschen und zurückzurollen, Erics Klauenhänden entgegen.

Noch vier Meter bis zum Rand des ausgetrockneten Flußbetts. Das bedeutete, sie befand sich jetzt über ihrem Verfolger.

»*Rachael!*« zischte das Eric-Etwas hinter ihr, und der jungen Frau lief es kalt über den Rücken.

Nicht nach unten sehen, fuhr es ihr durch den Sinn. Um Himmels willen: Sieh bloß nicht nach unten...

Vertikale Erosionsrinnen durchzogen den Hang, manche nur wenige Zentimeter schmal, andere bis zu einem halben Meter breit. Rachael achtete darauf, sich von ihnen fernzuhalten, denn an jenen Stellen war das Gestein besonders porös und neigte dazu, unter ihren nach Halt suchenden Fingern und Füßen auseinanderzubrechen.

Zum Glück gab es auch feste und stabile Felsvorsprünge, an denen sie sich in die Höhe ziehen konnte.

»*Rachael*...«

Sie griff nach einem rund dreißig Zentimeter breiten Gesims, das über ihr aus dem Hang ragte, doch gerade in dem Augenblick, als sie die Muskeln anspannte, gab unter ihrem rechten Fuß etwas nach. Aus einem Reflex heraus drehte sie den Kopf und sah zurück. Und dort war es, gütiger Himmel: Das Eric-Ungeheuer, dicht unter ihr. Mit der einen Hand hielt es sich fest, und mit der anderen versuchte es, sie zu packen.

Mit einer übermenschlichen, geradezu animalischen Agilität kletterte Eric empor, *sauste* der jungen Frau hinterher. Seine Gliedmaßen schienen wie Saugnäpfe selbst an losem Gestein festzukleben. Erneut streckte er den Arm aus, und inzwischen war er nahe genug heran, um nicht die Schuhsohle Rachaels zu berühren, sondern die Klauenpranke um ihre Wade zu schließen.

Aber die junge Frau bewegte sich nicht unbedingt wie ein Faultier. Sie war ebenfalls ziemlich schnell, reagierte sofort, als Eric sie zu ergreifen versuchte. Der hohe Adrenalinspiegel in ihrem Blut beschleunigte ihre Reflexe: Sie beugte die Knie, winkelte die Beine an und hielt sich nur noch mit den Händen fest, baumelte hin und her und vertraute ihr ganzes Gewicht dem schmalen Sims an. Und unmittelbar darauf streckte sie die Beine wieder, trat mit aller Kraft zu, traf die mutierten Finger der ausgestreckten Hand.

Eric heulte.

Rachael trat noch einmal zu.

Doch das Ungeheuer unter ihr rutschte nicht etwa in die Tiefe zurück, sondern hielt sich weiterhin fest, stützte sich mit dem Fuß auf einem anderen Felsvorsprung ab, schob sich in die Höhe und gab einen triumphierenden Schrei von sich.

Zum drittenmal streckte Rachael die Beine. Der eine Fuß traf Erics Arm, der andere sein Gesicht.

Sie spürte, wie die Jeans aufriß, und nur einen Sekundenbruchteil zuckte sengender Schmerz durch ihren Leib:. Eine Kralle hatte sich in ihr Bein gebohrt.

Das *Etwas* unter ihr brüllte wütend, verlor den Halt und hing über dem Graben, die Klauen nach wie vor in der Jeans. Dann gab der Baumwollstoff nach, und Eric fiel.

Rachael nahm sich nicht die Zeit zu beobachten, wie ihr Verfolger auf den harten Boden prallte, und zog sich am Sims empor. Stechende Pein pulste im Rhythmus ihres rasenden Herzschlags durch die überlasteten Arme. Die junge Frau biß die Zähne zusammen und atmete schnaufend durch die Nase, tastete mit den Füßen nach irgendeiner Stelle, an der sie sich abstützen konnte. Mit einer schier übermenschlichen Anstrengung, angetrieben von grauenerfüllter Angst, gelang es ihr schließlich, sich auf das Gesims zu ziehen.

Noch immer flutete Schmerz durch ihren ausgemergelten Körper, aber Rachael legte keine Pause ein, kletterte weiter, immer weiter, achtete nicht auf das taube Gefühl, das sich wie ein schwächendes Anästhetikum in ihren Muskeln auszubreiten begann, ignorierte die vielen Kratzer und Abschürfungen – und erreichte endlich den Rand des Grabens, rollte sich durch eine Lücke zwischen dornigen Mesquitsträuchern, blieb im Wüstensand liegen.

Blitze zuckten vom Himmel herab, schienen eine grell flackernde Treppe für einen Gott zu bilden, der sich auf die Erde herabbegeben wollte. Das niedrige Gestrüpp in der Nähe warf unstete und kurzlebige Schatten.

Donner grollte und ließ den Boden vibrieren.

Rachael kroch an den Rand des ausgetrockneten Flußbetts zurück und hoffte, daß sie einen Eric sah, der reglos am Boden des Grabens lag, zum zweitemmal tot.

Sie spähte in die Tiefe.

Eric kletterte am Hang hoch, flink wie ein Wiesel, brauchte nur noch wenige Meter zurückzulegen, um den oberen Rand zu erreichen.

Der grelle Schein der Blitze erhellte sein deformiertes Gesicht, spiegelte sich in den Reptilienaugen wider, schimmerte auf den langen und spitz zulaufenden Zähnen.

Rachael sprang auf und trat nach dem losen Geröll in der Nähe. Eric hielt sich am Sims fest, preßte den Kopf darunter, um nicht von den herabfallenden Steinen getroffen zu werden. Rachael sah sich rasch um, entdeckte einige faustgroße Felsbrocken, griff danach und warf sie in die Tiefe. Als die improvisierten Geschosse Erics Klauenhände trafen, ließ er das Gesims los, fand etwas tiefer erneut Halt und duckte sich unter den Vorsprung, so daß sie ihn nicht mehr treffen konnte.

Sie dachte daran, einfach zu warten, bis er wieder zum Vorschein kam, um dann weitere Steine auf ihn herabzuschleudern. Auf diese Weise hätte sie ihn stundenlang in Schach halten können. Doch dadurch ergab sich kein Vorteil für sie, nur der Patt, was sie noch mehr erschöpfen mußte. Und wenn sie schließlich keine Steine mehr fand, um nach ihm zu werfen, würde er seine Deckung verlassen und die Jagd fortsetzen.

Ein großer Kessel mit brodelndem Himmelsfeuer kippte um, und ein dritter Blitz zuckte von den dunklen Wolken herab, traf wesentlich näher als seine beiden Vorgänger auf die Erde, nur einen knappen halben Kilometer entfernt. Es knallte so laut, als schlüge ein Titan an einen gewaltigen Gong, und das ohrenbetäubende Donnern war die Stimme des Todes, die die Sprache der Elektrizität benutzte.

Unten am Hang schob Eric eine Klauenhand zum Gesims empor, unbeeindruckt vom Gewitter, ermutigt von dem Umstand, daß Rachael ihre Attacken zumindest vorübergehend eingestellt hatte.

Sie trat weiter auf den Rand des Hanges ein, und Staub und Sand strömten einer trockenen Flut gleich in die Tiefe. Eric wich einmal mehr unter den Felsvorsprung zurück. Plötzlich löste sich ein großer Gesteinsbrocken direkt unter Rachael, und sie warf sich hastig zurück, gerade noch rechtzeitig genug, um nicht in die Tiefe gerissen zu werden.

Angesichts der enormen Geröllmasse, die nun am Hang herabstürzte, zögerte Eric vielleicht ein wenig länger, bevor er sich unter dem Gesims hervorwagte, und seine Vorsicht mochte der jungen Frau einige Minuten Zeit geben. Sie wirbelte um die eigene Achse und lief los.

Schmerznadeln durchstachen in unregelmäßigen Abständen ihre überanstrengten Muskeln. Nach wie vor durfte sie den verstauchten Knöchel nicht zu sehr belasten, und bei jedem Schritt schienen Flammen über ihre rechte Wade zu lecken, dort, wo sich ihr Erics Klauen in die Haut gebohrt hatten.

Rachael versuchte, die Pein aus sich zu verdrängen, wußte, daß sie ihr nicht nachgeben durfte. Sie lief weiter, so schnell sie konnte, wenn auch nicht so geschwind wie vorher.

Vor ihr erstreckte sich das Land nicht mehr eben bis zum Horizont. Hügel und Mulden brachten ein wenig Abwechselung in die öde Monotonie. Die junge Frau stürmte an einem Hang empor, jenseits der Kuppe wieder herunter, versuchte, Barrieren zwischen sich und Eric zu bringen, aus seinem Blickfeld zu geraten, bevor er aus dem Graben kletterte. Nach einer Weile wandte sie sich in eine Richtung, die sie für Norden hielt. Die Verfolgungsjagd mochte ihren Orientierungssinn beeinträchtigt haben, aber Rachael glaubte, daß sie ihren Weg erst nach Norden und dann nach Osten fortsetzen mußte, um zum Wagen zurückzukehren – zum Mercedes, der jetzt mindestens anderthalb Kilometer entfernt war.

Das grelle Aufblitzen am Himmel erfolgte in immer kürzeren Abständen.

Ein besonders langlebiger Blitz tauchte die Wüste in einen geisterhaften weißen Glanz, schuf für fast zehn Sekunden eine Brücke aus kochender Elektrizität zwischen den schwarzen Gewitterwolken und den Dünen und Felshügeln – ein gewaltiges Spinnennetz aus purer Energie.

Und dann begann es zu regnen. Die dicken Tropfen waren wie Geschosse, klebten Rachaels Haar an Stirn und Wangen, verwandelten die schwüle Hitze in eine angenehme Kühle. Sie leckte sich über die spröden Lippen, dankbar für die Feuchtigkeit.

Mehrmals blickte sie zurück und fürchtete sich davor, Eric zu sehen. Doch er blieb verschwunden.

Sie war ihm entkommen. Selbst wenn sie Fußspuren im Sand hinterlassen hatte: Der Regen würde sie innerhalb weniger Sekunden verwischen. Vielleicht war Eric aufgrund seiner erschreckenden Metamorphose in der Lage, ihre Witterung aufzunehmen, aber auch in dieser Hinsicht kamen die herabströmenden Fluten einem Segen gleich, denn sie wuschen alle Gerüche fort. Und selbst wenn er mit Hilfe seiner veränderten Augen weitaus besser sehen konnte als ein Mensch: Der Regen schuf einen dichten Vorhang, der die Düsternis noch dunkler machte.

Du hast es geschafft, sagte sich Rachael stumm, als sie nach Norden weiterlief. Du bist in Sicherheit.

Möglicherweise stimmte das sogar.

Aber sie glaubte nicht so recht daran.

Ben war erst einige Kilometer weit gekommen, als der Regen die Welt nicht nur ausfüllte, sondern zu ihrem Synonym wurde. Abgesehen von dem metronomischen Pochen der Scheibenwischer stammten alle Geräusche vom Wasser: das unaufhörliche Klopfen auf dem Dach des Merkur, das unablässige Hämmern der Tropfen auf der Windschutzscheibe, das Zischen und Rauschen der Reifen, deren Profil wahre Fluten verdrängen mußten, um nicht den Kontakt mit dem Asphalt der Straße zu verlieren. Jenseits der beschlagenen Fenster des Wagens verdunkelte sich das Universum, schien alles in ein schwarzes Loch zu stürzen und nur noch Platz für den allgegenwärtigen Regen zu lassen, für Millionen und Abermillionen graue Streifen. Wenn Blitze zuckten, was recht häufig geschah, schimmerten Milliarden Tropfen wie silberne Perlen, und dann konnte man fast den absurden Eindruck gewinnen, als schneie es über der Mohavewüste.

Der Regen wurde immer heftiger, und schon nach kurzer Zeit waren die Wischer nicht mehr in der Lage, Ben klare Sicht zu gewähren. Er beugte sich vor und starrte in das Unwetterchaos, beobachtete die Straße, die sich irgendwo im sintflutartigen Schäumen zu verlieren schien. Er schaltete die Scheinwerfer ein, was jedoch kaum etwas nützte. Das Licht entgegenkommender Fahrzeuge zerfaserte grell im Wasserfilm auf der Windschutzscheibe und blendete ihn.

Ben nahm den Fuß vom Gas, reduzierte die Geschwindigkeit erst auf sechzig und dann auf fünfzig Stundenkilometer. Die nächste Raststätte war noch ein ganzes Stück entfernt, und deshalb blieb Shadway schließlich nichts anderes übrig, als auf dem Seitenstreifen zu halten. Er ließ den Motor laufen und betätigte die Taste der Warnblinkanlage. Da er Whitney Gavis nicht erreicht hatte, dachte er mit besonderer Sorge an Rachael, verfluchte das Wetter, das ihn daran hinderte, die Fahrt fortzusetzen und die Entfernung zum schwarzen Mercedes zu verringern. Es blieb ihm nichts anderes übrig, als so lange zu warten, bis das Gewitter weitergezogen war, und das kostete ihn wertvolle Zeit. Andererseits: Es hatte keinen Sinn, unnötige Risiken einzugehen. Wenn er weiterfuhr und auf der regennassen Straße ins Schleudern geriet, wenn er mit einem der Achtzehnmeterzüge auf der Interstate zusammenstieß und bei dem Unfall ums Leben kam... als Toter konnte er Rachael in keinster Weise helfen.

Ben wartete zehn Minuten lang und fragte sich, ob er eine Neuauflage der biblischen Sintflut erlebte, ob es bis zum Jüngsten Tag weiterregnete. Er beobachtete, wie schmutzigbraunes Wasser über den Rand des Abflußgrabens neben der Straße wogte. Der Highway war auf einer Art Damm angelegt, und der Wüstenboden zu beiden Seiten befand sich etwa zwei Meter tiefer. Aus diesem Grund konnte das Wasser nicht auf den Asphalt fließen, sondern ergoß sich auf Sand und Felsen. Als Ben aus dem Seitenfenster blickte, sah er eine Bewegung auf der Oberfläche der gelblichen Strömung, und nur wenige Sekunden später wiederholte sie sich an anderen Stellen. Es dauerte einige Zeit, bis Shadway begriff, daß es sich um Klapperschlangen handelte, die ihre überfluteten unterirdischen Nester verließen.

Blitze. Und Donner.

Stroboskopartiges Licht fiel auf die Giftschlangen, die durch das Brodeln und Schäumen schwammen, auf der Suche nach einem trockenen Ort.

Ben schauderte bei ihrem Anblick, drehte den Kopf und starrte durch die regenüberfluteten Windschutzscheiben. Mit jeder verstreichenden Minute ließ sein Optimismus nach, und aus der Sorge um Rachael wurde nackte Angst.

Der Wolkenbruch verwischte zwar die Spuren, die Rachael zurückließ, brachte ihr jedoch nicht nur Vorteile. Sowohl der dichte Regenvorhang als auch die graue Düsternis des Unwetters führten zu einer starken Behinderung des Orientierungssinns der jungen Frau. Selbst als sie es riskierte, eine der Niederungen zu verlassen und einen Hügel zu erklettern, um sich von der Kuppe aus umzusehen, war sie keineswegs sicher, die richtige Richtung einzuschlagen. Vielleicht entfernte sie sich vom Mercedes, anstatt sich ihm zu nähern. Und die Blitze: Immer häufiger rasten sie zur Erde herab, und Rachael fürchtete, es sei nur noch eine Frage der Zeit, bis sie von einer der Entladungen getroffen und in eine verkohlte Leiche verwandelt würde.

Schlimmer noch: Das ständige Lärmen des Regens – das laute Zischen und Prasseln, das Fauchen und Pochen und Hämmern – übertönte alles andere, und angesichts dieses akustischen Infernos brauchte Eric keine vorzeitige Entdeckung zu befürchten, wenn er sich ihr näherte. Immer wieder sah sich Rachael um, beobachtete die Hänge rechts und links von ihr, die Hügelkuppen, Mulden und Niederungen, durch die sie eilte. Wenn ihr Felsbrocken den Weg versperrten, schob sie sich ganz vorsichtig und langsam an ihnen vorbei, stellte sich vor, daß Eric auf der anderen Seite lauern mochte, bereit dazu, seine gräßlichen Klauenhände nach ihr auszustrecken...

Als sie ihm schließlich begegnete, von einem Augenblick zum anderen, bemerkte er sie nicht. Rachael trat hinter einer der gefürchteten Felsformationen hervor, und Eric war nur knapp zehn Meter von ihr entfernt, kniete in einer Mulde und starrte zu Boden. Die junge Frau wich rasch hinter die Felsen zurück und duckte sich, bevor Eric sie sehen konnte. Sie widerstand der Versuchung, auf der Stelle kehrtzumachen und in die Richtung zu fliehen, aus der sie gekommen war: Das sonderbare Verhalten des lebenden Toten weckte ihr Interesse. Behutsam kroch sie an den Granitblöcken entlang, bis sie eine kleine Spalte entdeckte, die ihr die Möglichkeit gab, Eric zu beobachten.

Er kniete noch immer auf dem Boden, und der Regen prasselte auf seinen breiten Buckel herab. Er schien sich erneut... verändert zu haben, sah nicht mehr ganz so aus wie bei ihrer ersten Konfrontation auf dem Rastplatz. Es gab irgendeinen subtilen Unterschied – aber welchen? Rachael sah durch den schmalen Riß im Gestein vor ihr und zwinkerte mehrmals. Immer wieder tropfte ihr der Regen in die Augen, und die Düsternis trübte Konturen und Kontraste. Dennoch glaubte sie zu erkennen, daß Eric irgendwie affenartiger aussah.

Eine optische Täuschung, dachte sie. Seine Knochen- und Fleischstruktur kann sich innerhalb von fünfzehn Minuten nicht sichtbar modifiziert haben. Oder doch?

Kurz darauf stieg Übelkeit in Rachael empor, als sie sah, daß Eric eine sich hin und her windende Schlange gepackt hatte. Die eine Hand hielt das Schwanzende, die andere umklammerte den Bereich dicht hinter dem Kopf. Im weit aufgerissenen Rachen des Tiers glänzten lange Giftzähne. Die Schlange versuchte, sich aus dem Griff zu befreien und zuzubeißen. Mit seinen scharfen Zähnen zerfetzte Eric ihren Leib, riß blutige Fleischbrocken los und kaute hingebungsvoll.

Schockiert machte Rachael Anstalten, sich von dem Felsspalt abzuwenden. Sie würgte mehrmals, übergab sich jedoch nicht, fühlte sich von entsetzter Faszination wie gebannt, beobachtete weiterhin das schauderhafte Wesen, das einmal ihr Mann gewesen war.

Wenn ihm so viel daran lag, sie zu erwischen – warum verfolgte er sie dann nicht weiter? Hatte er sie schlicht und einfach vergessen?

Eric war ganz auf die Schlange konzentriert, grub seine spitzen Zähne in ihren zuckenden Leib, *fraß* sie. Als er einmal den Kopf hob, sah Rachael im kurzlebigen Schein eines Blitzes sein Gesicht – eine Fratze animalischer Ekstase.

Regen prasselte, Wind seufzte und ächzte, Donner grollte, weitere Blitze zuckten vom dunklen Himmel herab – und Rachael kam sich plötzlich vor, als starre sie durchs Schlüsselloch der Hölle, als beobachte sie einen Dämon, der die Seelen der Verdammten verschlang. Das Herz klopfte ihr bis zum Hals empor, schien mit dem Rhythmus der pochenden Regentropfen zu wetteifern. Eine innere

Stimme forderte sie immer wieder auf zu fliehen, solange sie noch Gelegenheit dazu hatte, doch das Grauen, das sie durch den Felsspalt sah, hypnotisierte und lähmte sie.

Sie beobachtete, wie weitere Schlangen herankrochen und sich Eric näherten. Er kniete vor dem Zugang ihres unterirdischen Baus, eines Nests, das der strömende Regen offenbar überflutet hatte. Die Klapperschlangen wanden sich hin und her, bissen zu, bohrten ihre langen Zähne in die Oberschenkel und Arme des lebenden Toten. Zwar gab Eric keinen Laut von sich, zuckte nicht einmal zusammen, aber Rachael war dennoch sicher, daß das Gift nicht ohne Wirkung auf ihn bleiben konnte.

Er warf die halb verzehrte Schlange beiseite und griff nach einer anderen, gierte nach mehr Fleisch, zerriß den Körper des Tiers. Vielleicht konnte sein veränderter Metabolismus das tödliche Gift der Klapperschlangen neutralisieren, es in harmlose chemische Komponenten zerlegen. Möglicherweise erneuerte sich das destrukturierte Gewebe sofort, ohne daß es zu irgendwelchen organischen Fehlfunktionen kam.

Weitere Blitze flackerten über den bleigrauen und pechschwarzen Himmel, und in dem ebenso unsteten wie grellen Licht schimmerten Erics spitze Zähne wie Spiegelsplitter. Seine gespenstischen Augen schienen von innen heraus zu glühen.

Nach einer halben Ewigkeit gelang es Rachael, sich aus dem unheimlichen Bann zu befreien, wandte sich von den Felsen ab und eilte fort, wählte eine andere Route, um zum Mercedes zurückzukehren.

Es dauerte nicht lange, bis die hügelige Region hinter ihr zurückblieb, und als sie den Weg über die Ebene fortsetzte, wußte sie, daß man sie in diesem Bereich schon von weitem sehen konnte. Sie stellte das höchste Objekt weit und breit dar, und einmal mehr fürchtete sie, von einem Blitz getroffen zu werden. Das Land schien sich im Rhythmus des stroboskopartigen Glühens zu heben und zu senken, als presse irgend etwas Äonen geologischer Aktivität zu einigen hektischen Sekunden zusammen.

Rachael dachte daran, in einen Graben zu klettern, um nicht Gefahr zu laufen, den Blitzen als Entladungspol zu dienen, aber als sie an den Rand herantrat, mußte sie feststellen, daß die Rinne zu zwei Dritteln mit gischtendem Wasser gefüllt war. Ganze Flotten aus Steppenläuferschiffen und Mesquitstrauchbooten tanzten auf den schäumenden Wellen.

Es blieb ihr keine andere Wahl, als die Gräben zu umgehen. Nach einer Zeitspanne, die sie nicht abschätzen konnte, sah sie weiter vorn die Konturen des Rastplatzes. Ihre Handtasche lag noch immer dort, wo sie sie fallen gelassen hatte, und der schwarze Mercedes stand auf dem Parkplatz dicht vor dem Betongebäude mit den Waschräumen.

Einige Meter vor dem Wagen blieb Rachael abrupt stehen: Sie erinnerte sich an eine geöffnete Kofferraumklappe, doch jetzt war sie geschlossen. Vor ihrem inneren Auge formten sich neue Schreckensbilder: Eric, der vor ihr zum Rastplatz zurückkehrte, erneut in den Kofferraum kletterte und die Klappe hinter sich schloß.

Rachael zitterte und blieb unschlüssig im strömenden Regen stehen, zögerte, sich dem Wagen weiter zu nähern. Dem Parkplatz mangelte es an Abflußgräben, und daher hatte er sich in einen seichten See verwandelt. Das Wasser reichte der jungen Frau bis zu den Knöcheln.

Die 32er lag unter dem Fahrersitz. Wenn sie die Pistole an sich nehmen konnte, bevor Eric Gelegenheit hatte, aus dem Gepäckfach zu klettern...

Rachael trat einen vorsichtigen Schritt auf den Mercedes zu, blieb unsicher stehen, setzte sich erneut in Bewegung.

Vielleicht verbarg sich Eric nicht im Kofferraum, sondern im Fond. Vielleicht hatte er die Klappe nur geschlossen, um sie zu täuschen. Vielleicht lag er auf der hinteren Sitzbank oder duckte sich auf dem Beifahrersitz. Vielleicht wartete er nur darauf, daß Rachael die Tür öffnete – um sie zu zerfleischen, um ihren Körper ebenso zu zerreißen wie die Klapperschlangen...

Regenwasser strömte vom Dach des Mercedes, floß über die Fenster, verwehrte der jungen Frau den Blick ins Wageninnere.

Rachael hatte Angst davor, sich dem Auto noch weiter zu nähern, wußte aber, daß sie nicht umkehren konnte.

Blitze zuckten, und ihr grelles Licht tanzte über den schwarzen Lack des Mercedes. Rachael fühlte sich plötzlich an einen Leichenwagen erinnert.

Ein langer Lastwagen fuhr mit dröhnendem Dieselmotor über den nahen Highway, und die großen Reifen wirbelten schmutziges Wasser auf.

Rachael erreichte den Mercedes und riß die Fahrertür auf. Das Innere des Wagens – leer. Sofort griff sie unter den Fahrersitz und holte die Pistole hervor. Bevor ihr Mut neuerlicher Furcht wich, trat sie an den Kofferraum heran, zögerte dort nur eine Sekunde, zog die Klappe hoch und hielt die 32er schußbereit in der rechten Hand. Eric befand sich nicht im Gepäckfach. Der Boden war naß, und an einigen Stellen hatte sich das Regenwasser zu kleinen Pfützen angesammelt. Rachael vermutete, daß der Kofferraum zu Beginn des Unwetters offengestanden hatte – bis eine jähe Windbö die Klappe zuwarf.

Rachael schloß das Gepäckfach ab, nahm hinter dem Lenkrad Platz und schob den Schlüssel ins Zündschloß. Die Pistole legte sie griffbereit auf den Beifahrersitz.

Der Motor sprang sofort an, und die Wischer klärten die Windschutzscheibe.

Die Wüste jenseits des Rastplatzes war eine Welt, die nur aus grauen, schwarzen, braunen und rostroten Schemen bestand. Die einzigen Bewegungen stammten vom Regen und den Steppenläufern, die der Wind vor sich hertrieb.

Von Eric weit und breit keine Spur.

Vielleicht hatten ihn die Klapperschlangen doch noch getötet. Kein Geschöpf konnte so viele Bisse überleben. Erics genetisch veränderter Körper mochte in der Lage sein, selbst umfassende Gewebeschäden zu reparieren, aber das Klapperschlangentoxin gehörte zu den giftigsten Substanzen überhaupt, und möglicherweise überforderte es den modifizierten Metabolismus des Eric-Ungeheuers, solche Stoffe zu neutralisieren.

Rachael verließ den Rastplatz, lenkte den Mercedes auf die Interstate zurück und fuhr nach Osten, in Richtung Las Vegas. Die Tatsache, daß sie noch am Leben war, erfüllte sie mit profunder Erleichterung. Es regnete noch immer so heftig, daß es riskant gewesen wäre, schneller als sechzig oder siebzig zu fahren. Die junge Frau hielt sich ganz rechts, ließ sich mehrfach überholen und versuchte vergeblich, sich davon zu überzeugen, das Schlimmste überstanden zu haben.

Ben legte den ersten Gang ein und fuhr wieder los.

Das Gewitter zog rasch nach Osten weiter, und das Grollen des Donners klang nun dumpfer. Das Flackern der Blitze beschränkte sich auf den östlichen Horizont. Es regnete noch immer, doch der graue Vorhang aus Nässe lichtete sich bereits ein wenig.

Shadway warf einen kurzen Blick auf die digitale Anzeige der Uhr im Armaturenbrett: 17.15 Uhr. Noch recht früh – und doch war der Sommertag weitaus dunkler, als man es um diese Zeit erwartete. Die grauschwarzen Wolken brachten eine vorzeitige Abenddämmerung, und voraus verloren sich die Konturen eines öden Landes in der düsteren Umarmung eines farblosen Zwielichts.

Mit der gegenwärtigen Geschwindigkeit erreichte er Las Vegas vermutlich nicht vor halb neun, wahrscheinlich zwei bis drei Stunden nach Rachael. Ben nahm sich vor, in Baker zu halten und erneut zu versuchen, sich mit Whitney Gavis in Verbindung zu setzen. Finstere Ahnungen regten sich in ihm. Er hatte plötzlich das Gefühl, daß er Gavis nicht mehr rechtzeitig warnen konnte...

31. Kapitel

Freßgier

Nur vage erinnerte sich Eric an die Klapperschlangen. Ihre Zähne hinterließen Wunden in seinen Händen, Armen Oberschenkeln, doch die kleinen Löcher heilten bereits, und der Regen wusch die Blutflecken von der völlig durchnäßten Kleidung. In seinem nach wie vor mutierenden Körper brannte das sonderbare, schmerzlose Feuer weiterer Veränderungen, und das Stechen des Giftes verlor sich in dem wesentlich stärkeren Prickeln der Metamorphose. Dann und wann wurden ihm die Knie weich oder spürte er Übelkeit, und manchmal verschleierte sich sein Blick, aber die Auswirkungen des Schlangentoxins verringerten sich von Minute zu Minute. Während Eric durch die gewitterdunkle Wüste taumelte, zogen undeutliche Visionen an seinem inneren Auge vorbei, zitternde Bilder, wie Rauchfahnen im Wind. Er vernahm ein eigentümliches Zischen und Fauchen, das ihm vertraut erschien – und doch blieben ihm die Schlangenkonturen fremd, so fremd wie ein Traum, der nicht seinem eigenen Bewußtsein entsprang. Einige Male entsann er sich, die Zähne durch schuppige Haut gebohrt, blutige Fleischbrocken aus sich hin und her windenden Leibern gerissen und heruntergeschlungen zu haben. Ein Teil seines Selbst reagierte mit Aufregung und Zufriedenheit auf diese Reminiszenzen. Doch ein anderer – der Ichfaktor, der sich noch immer mit Eric Leben identifizierte – fühlte Abscheu und Ekel und versuchte, die entsprechenden Erinnerungen zu verdrängen, aus Furcht, endgültig dem Wahnsinn zu erliegen, wenn er es ihnen erlaubte, eine konkrete Ausprägung in seinem inneren Fokus zu gewinnen.

Er näherte sich rasch einem unbekannten Ort, angetrieben von Instinkten. Die meiste Zeit über lief er voll aufgerichtet, mehr oder weniger wie ein Mensch, aber gelegentlich hüpfte und sprang er, die Schultern nach vorn geneigt, den Körper in einer affenartigen Haltung gebeugt. Manchmal gab er der Versuchung nach, sich auf Hände und Knie sinken zu lassen, und wenn das geschah, kroch er auf allen vieren weiter.

Hier und dort brannten Schattenfeuer auf dem Wüstenboden, doch er fühlte sich nicht mehr in dem Ausmaß zu ihnen hingezogen, wie es noch vor einigen Stunden der Fall gewesen war. Die von ihnen ausgehende Faszination hatte sich drastisch verringert, denn inzwischen argwöhnte Eric, daß es sich um Tore zur Hölle handelte. Er entsann sich daran, früher nicht nur die gespenstischen Flammen gesehen zu haben, sondern auch seinen seit vielen Jahren toten Onkel Barry. Und das mochte bedeuten, daß Onkel Barry aus einem Schattenfeuer ins Diesseits getreten war. Eric zweifelte nicht daran, daß Barry Hampstead in der Hölle weilte, und daraus schloß er, daß die Schattenfeuer Pforten der Verdammnis darstellten. Nach seinem gestrigen Tod in Santa Ana wurde Eric zum Leibeigenen des Satans, dazu verdammt, für immer die Perversitäten Barry Hampsteads über sich ergehen zu lassen – aber im letzten Augenblick gelang es ihm, aus dem Grab zu steigen und seine Seele zu retten. Jetzt öffnete der Teufel Pforten und Tore in seiner Nähe, in der Hoffnung, Eric anlocken zu können: Wenn der lebende Tote ein Schattenfeuer durchschritt, betrat er damit die nach Schwefel stinkende Zelle, die man in der Hölle für ihn reserviert hatte.

Er hastete weiter durch die Wüste, achtete nicht auf die Blitze und den hallenden Donner, die Kanonaden des Himmels, ignorierte die Flammen, die um ihn herum loderten.

Sein unbekanntes Ziel erwies sich als der Rastplatz, auf dem es zur ersten Begegnung mit Rachael gekommen war. Lichtempfindliche Sensoren hatten die Düsternis des Unwetters irrtümlicherweise als Beginn der Abenddämmerung interpretiert und Neonleuchten über den Eingängen der Waschräume eingeschaltet. Die Lampen auf dem Parkplatz projizierten bläuliches Licht auf die vielen Pfützen.

Als Eric inmitten der regnerischen Gräue das niedrige Betongebäude sah, klärten sich die Dunstwolken in seinen Gedanken, und plötzlich erinnerte er sich an all das, was Rachael ihm angetan hatte. Der Zusammenprall mit dem Müllwagen – ihre Schuld. Der Todesschock löste die krebsartige Wucherung seines Körpergewebes aus, und deshalb machte er Rachael auch für seine monströse Metamorphose verantwortlich. Er hätte sie beinahe erwischt, fast die ersehnte Möglichkeit bekommen, ihren Leib zu zerfetzen, doch ihr gelang die Flucht, als sich Erics Geist in animalischer Freßgier verwirrte und er dem dringenden Bedürfnis nachgeben mußte, sich Nahrung zu beschaffen, Treibstoff für seinen außer Kontrolle geratenen Metabolismus. Als er jetzt an Rachael dachte, fühlte er, wie einmal mehr die kalte, reptilienartige Wut in ihm entstand, und er gab ein zorniges Knurren von sich, das sich im Prasseln des Regens verlor.

Er ging um das Gebäude herum, und nach wenigen Metern spürte er eine fremde Präsenz. Erregung erfaßte ihn. Er ließ sich auf alle viere sinken und duckte sich an die Wand, wich in einen Schatten zurück, den die nahen Neonleuchten nicht erhellten.

Dann lauschte Eric, mit angehaltenem Atem, den Kopf zur Seite geneigt. Über ihm wurde ein Fenster geöffnet, hoch in der Wand des für Männer reservierten Waschraums. Bewegung jenseits der Mauer. Jemand hustete. Das Geräusch von Schritten. Die Tür öffnete sich, drei Meter von der Stelle entfernt, an der Eric hockte, und ein Mann trat auf den Gehsteig.

Der Typ mochte knapp dreißig sein, war kräftig gebaut, ziemlich muskulös, trug Stiefel, Jeans, ein Cowboyhemd und einen hohen Stetson. Sekundenlang blieb er unter dem schützenden Vordach stehen und blickte in den Rgen. Dann bemerkte er Eric, drehte sich um und riß entsetzt die Augen auf.

Eric zögerte nicht, stieß sich von der Wand ab und sprang. Der hochgewachsene und athletische Cowboy wäre normalerweise ein gefährlicher Gegner gewesen, doch die Metamorphose hatte Eric zu einem Ungeheuer gemacht, dessen Anblick den Mann ebenso überraschte wie erschreckte. Einige Sekunden lang konnte er sich nicht von der Stelle rühren, und diese Zeit genügte Eric. Er stürzte sich auf die Beute und rammte ihr alle fünf Klauen der rechten Hand tief in den Bauch. Mit der anderen Pranke griff er nach dem Hals des Opfers, riß die Luftröhre auf, zerrte den Kehlkopf und die Stimmbänder aus der klaffenden Wunde und brachte den Mann für immer zum Schweigen. Blut spritzte aus der zerfetzten Halsschlagader. Der Tod trübte bereits den Blick des Cowboys, noch bevor Eric ihm den Bauch aufschlitzte. Dampfende Eingeweide fielen auf den Gehsteig, und der Tote stürzte inmitten seiner eigenen Gedärme zu Boden.

Eric fühlte sich ungestüm, frei und mächtig, als er sich auf die warme Leiche hockte. Seltsamerweise reagierte er weder mit Furcht noch mit Abscheu darauf, erneut getötet zu haben. Er verwandelte sich in ein Tier, das wilde Freude dabei empfand, Leben zu vernichten. Und auch der zivilisierte Aspekt seines Ichs – der menschliche Teil – ließ sich von Gewalt ebenso berauschen wie von der gewaltigen Kraft und katzenhaften Eleganz seines mutierten Körpers. Er wußte, daß er sich eigentlich elend fühlen sollte, doch das war nicht der Fall. Sein ganzes Leben lang hatte er das Bedürfnis verspürt, über andere zu dominieren, Gegner zu besiegen, und dieses Verlangen kam nun in einer ursprünglichen Form zum Ausdruck: in grausamem, unbarmherzigem Mord.

Darüber hinaus sah sich Eric zum erstenmal dazu imstande, sich klar an den Tod der beiden jungen Frauen zu erinnern, deren Wagen er am Montag abend in Santa Ana gestohlen hatte. Er empfand keine Gewissensbisse, keine Schuld, nur eine Art düstere Zufriedenheit. Wenn er an ihr vergossenes Blut dachte, an den nackten, an die Wand genagelten Leib, entstand erneut Erregung in ihm, und sein Herz klopfte im Rhythmus kalten Vergnügens.

Kurz darauf – während Eric noch auf dem abkühlenden Fleischhaufen vor dem Betongebäude mit den Waschräumen hockte – verwirrte sich sein Bewußtsein, und er identifizierte sich nicht mehr mit einer Person, die einen Intellekt besaß, Vergangenheit und Zukunft. Seine Gedanken verloren sich in einer Traumphase, in der sich die einzigen Empfindungen auf den Geschmack und Geruch des Blutes beschränkten. Nach wie vor vernahm er das Rauschen und Prasseln des strömenden Regens, doch dieses Geräusch schien in seinem eigenen Innern zu erklingen, in Arterien, Venen und Knochen.

Ein Schrei weckte ihn aus der Trance. Er sah von der zerfetzten Kehle seines Opfers auf und bemerkte eine Frau an der Ecke des Gebäudes. Ihre Augen waren vor Entsetzen geweitet, und wie schützend hob sie die Arme vor die Brüste. Sie trug ebenfalls Stiefel, Jeans und ein Cowboyhemd – offenbar gehörte sie zu dem Mann, der tot auf dem Gehsteig lag.

Eric begriff, daß er vom Fleisch des Toten gefressen hatte, und diese Erkenntnis stieß ihn keineswegs ab. Sein auf Hochtouren arbeitender Metabolismus erzeugte einen enormen Appetit und brauchte eine Menge Nährstoffe, um die Metamorphose fortzusetzen. Und der Körper seiner Beute stellte ihm die notwendigen Proteine zur Verfügung.

Die Frau versuchte, einen zweiten Schrei auszustoßen, gab jedoch nur ein heiseres Röcheln von sich.

Eric stand langsam auf und leckte sich das Blut von den Lippen.

Die Frau lief in den Regen, und der Wind riß ihr den hohen Stetson vom Kopf. Das blonde Haar wehte einer Fahne gleich hinter ihrem Kopf.

Eric nahm sofort die Verfolgung auf. Es begeisterte ihn zu fühlen, wie seine Füße über den harten Beton pochten, dann über den nassen Sand. Er platschte durch die Pfützen auf dem Parkplatz und schloß schnell zu der Fliehenden auf.

Die Frau rannte auf einen dunkelroten Kleinlieferwagen zu, drehte einmal kurz den Kopf und sah, daß Eric näher herangekommen war. Offenbar kam sie zu dem Schluß, daß sie das Fahrzeug nicht rechtzeitig erreichen konnte, und daraufhin wandte sie sich der Interstate zu, vielleicht in der Hoffnung, dort Hilfe zu finden.

Die Jagd dauerte nicht sehr lange. Eric zerrte sie zu Boden, bevor sie das Ende des Parkplatzes erreichte, und sie rollten durch knöcheltiefes Wasser. Die Beute schlug nach ihm, versuchte, ihn zu kratzen. Er bohrte ihr rasiermesserscharfe Klauen in die Arme, nagelte sie an die Hüften, und ein gellender, peinerfüllter Schrei löste sich von ihren Lippen.

Schließlich blieben sie liegen, und Eric stellte erstaunt fest, daß seine Blutgier nachließ und einem anderen, ebenso intensiven Verlangen wich. Wollüstig starrte er auf die hilflose Frau hinab. Sie ahnte seine Absichten, bemühte sich verzweifelt, ihn fortzustoßen. Ihre Schmerzensschreie wurden zu einem entsetzten Wimmern. Eric löste seine Klauen aus ihren Armen, zerfetzte die Bluse und preßte die dunklen, knotigen Krallenpranken auf ihre nackten Brüste.

Auch das Wimmern verklang. Aus leeren Augen blickte sie zu ihm auf, voller Grauen, vor Schrecken wie gelähmt.

Eric schlitzte die Jeans auf, strich die Stoffetzen ungeduldig beiseite und entblößte seine Lenden. Während er noch erregt versuchte, sich in die Frau hineinzuschieben, stellte er fest, daß sich auch sein erigiertes Glied verändert hatte. Es war riesig, seltsam und abscheulich. Als die Frau den monströsen Kolben sah, begann sie zu schluchzen. Vermutlich glaubte sie, die Tore der Hölle hätten sich geöffnet, um einen Dämon zu ihr zu schicken.

Das Gewitter zog nach Osten ab, doch eine Zeitlang schien der Donner direkt über dem Rastplatz zu grollen.

Eric rammte der Frau seinen Penis zwischen die Beine.

Der Regen prasselte auf sie herab.

Um sie herum schäumte schmutziges Wasser.

Einige Minuten später brachte Eric die Beute um.

Blitze zuckten, und als sich der grelle Schein auf dem überfluteten Parkplatz widerspiegelte, wirkte das Blut der Frau wie ein dunkler Ölfilm auf dem Wasser.

Nachdem Eric sie getötet hatte, fraß er.

Als er gesättigt war, zog sich die Gier in einen dunklen Winkel seiner Bewußtseinsphäre zurück, und der andere Ichaspekt, der einen Intellekt besaß, gewann neue Stabilität. Langsam wurde er sich der Gefahr bewußt, entdeckt zu werden. Auf der Interstate herrschte nur wenig Verkehr, doch wenn einer der vorbeikommenden Wagen oder LKWs auf den Parkplatz fuhr, konnte man ihn kaum übersehen. Hastig zog er die tote Frau über den Asphalt, an dem Gebäude mit den Waschräumen vorbei und in die Mesquitsträucher dahinter. Kurz darauf versteckte er die Leiche des Mannes in den Büschen.

Anschließend stieg er in den dunkelroten Kleinlieferwagen. Die Schlüssel steckten, und beim zweiten Versuch sprang der Motor an.

Eric hatte den Hut des toten Cowboys an sich genommen, setzte ihn nun auf, zog ihn sich tief in die Stirn und hoffte, daß er die Verformungen seines Gesichts verbarg. Die Anzeige im Armaturenbrett deutete auf einen vollen Tank hin, und das bedeutete, daß er bis nach Las Vegas keinen Zwischenstopp einlegen mußte. Aber wenn der Fahrer eines schnelleren Wagens beim Überholmanöver zur Seite sah und Erics Züge bemerkte... Er nahm sich vor, ständig wachsam zu bleiben und keine Aufmerksamkeit zu erregen – der rückläufigen Evolution, die ihm die geistlose Instinktperspektive eines Tiers aufzuzwingen versuchte, Widerstand zu leisten. Er durfte sich keineswegs als das zu erkennen geben, was er war, mußte den Kopf senken, wenn ihn ein Auto überholte.

Er blickte in den Rückspiegel und sah zwei völlig unterschiedliche Augen. Das eine war hellgrün und wies eine vertikale, orange-

farbene Pupille auf, die wie eine heiße Kohle glühte. Das andere...
größer, dunkler, ein Konglomerat aus Dutzenden von Facetten.
 Überrascht drehte Eric den Kopf und wagte es nicht mehr, sein Spiegelbild zu betrachten. Zum erstenmal seit Stunden regte sich wieder so etwas wie dumpfer Schrecken in ihm. Facetten? In der ganzen menschlichen Evolutionshierarchie gab es kein Geschöpf mit solchen Augen, nicht einmal bei den ersten Amphibien, die vor Hunderten von Millionen Jahren aus dem Urmeer ans heiße Land gekrochen waren. Eric hielt das für einen Beweis, daß er sich nicht einfach *zurück*entwickelte, daß sein Körper nicht nur versuchte, das gesamte evolutionäre Erbe des Homo sapiens zum Ausdruck zu bringen. Vielmehr hatte er es mit einem regelrechten Amoklauf seiner genetischen Struktur zu tun. Die Metamorphose verwandelte ihn in eine physisch-psychische Entität, die nicht mehr die geringsten menschlichen Faktoren aufwies. Er wurde zu etwas *anderem*, nicht zu einer Mischung aus Reptilium, Affe und Cro-Magnon, sondern zu einem ganz und gar exotischen Geschöpf, einer puren Möglichkeit im Bauplan der Natur.
 Mit einer ruckartigen Bewegung stellte er den Rückspiegel neu ein, so daß er nur die Straße hinter ihm zeigte und nicht mehr sein verändertes Gesicht. Dann gab er Gas und fuhr auf den Highway.
 In Erics deformierten Händen fühlte sich das Lenkrad recht seltsam an. Und das Steuer des Wagens überforderte ihn fast – obwohl Eric in seinem ersten Leben ein sehr geübter Fahrer gewesen war. Er versuchte, sich ganz auf die Straße zu konzentrieren.
 Und er dachte an Rachael.

32. *Kapitel*

Flamingorosa

Am Dienstag nachmittag, nach dem Gespräch mit Dr. Easton Solberg, fuhren Julio Verdad und Reese Hagerstrom nach Tustin, zum Hauptbüro der Immobilienagentur Ben Shadways. Als sie dort eintrafen, bemerkte Julio sofort den Überwachungswagen. Es handelte sich um einen lindgrünen Ford, der einen halben Block entfernt am Straßenrand parkte. Von jener Stelle aus hatten die Insassen einen ausgezeichneten Blick sowohl auf das Büro als auch auf

die Zufahrt vor dem mehrstöckigen und im spanischen Stil errichteten Gebäude. Zwei Männer in blauen Anzügen warteten im Ford: Einer las Zeitung, und der andere hielt wachsam Ausschau.
»Bundesagenten«, sagte Julio, als er an dem Wagen vorbeifuhr.
»Sharps Leute?« fragte Reese. »Von der DSA?«
»Vermutlich.«
»Ziemlich auffällig, nicht wahr?«
»Wahrscheinlich rechnen sie gar nicht damit, daß Shadway hier auftaucht«, erwiderte Julio. »Aber sie dürfen keine Möglichkeit außer acht lassen.«

Julio parkte einen halben Block hinter dem Überwachungswagen. Zwischen ihnen und dem Ford standen einige andere Fahrzeuge, und das versetzte sie in die Lage, die Beobachter im Auge zu behalten, ohne selbst gesehen zu werden.

Verdad und Hagerstrom erwarteten ebenfalls nicht, daß sich Shadway in der Nähe seines Hauptbüros zeigte, aber sie hofften, einen der Makler zu identifizieren, die für ihn arbeiteten. Im Verlaufe des Nachmittags sahen sie mehrere Personen, die die Agentur betraten oder verließen, und nach einer Weile wurde Julio auf eine schlanke, hochgewachsene Frau aufmerksam, die ein rosafarbenes Kostüm trug. Flamingorosa, dachte er. Sie kam und ging zweimal, begleitete ältere Ehepaare, die mit ihren eigenen Autos eintrafen – offenbar Kunden, für die sie geeignete Häuser suchte. Ihr Wagen wies ein besonderes Kennzeichen auf – REQUEEN, sicher eine Abkürzung für Real Estate Queen (Immobilienkönigin). Es handelte sich um einen kanariengelben Cadillac Seville mit Speichenrädern, mindestens ebenso eindrucksvoll wie die Frau, die ihn fuhr.

»Die dort«, sagte Julio, als die Frau mit dem zweiten Ehepaar auf die Straße zurückkehrte.

»Ist kaum zu übersehen«, pflichtete ihm Reese bei.

Um 16.50 Uhr verließ sie einmal mehr das Büro der Immobilienagentur und eilte in Richtung ihres Wagens. Julio und Reese nahmen an, daß sie nun beabsichtigte, nach Hause zu fahren. Sie überließen die beiden DSA-Agenten ihrem nutzlosen Warten auf Benjamin Shadway und folgten dem gelben Cadillac durch die Newport Avenue nach Cowan Heights. Die Unbekannte wohnte in einem zweistöckigen Stuckhaus, das mehrere Rotholzbalkone aufwies und an einer besonders abschüssigen Straße der Heights stand.

Julio hielt vor dem Gebäude an, als der Caddy der rosafarbenen

Dame hinter dem zuschwingenden Garagentor verschwand. Dann stieg er aus und durchsuchte den Inhalt eines Briefkastens – womit er nicht nur die Dienstvorschriften verletzte, sondern auch eine Straftat beging –, in der Hoffnung, den Namen der Frau in Erfahrung zu bringen. Kurz darauf kehrte er in den Wagen zurück.
»Theodora Bertlesman. Wird Teddy genannt – das stand auf einem Brief.«

Sie warteten einige Minuten lang, traten dann auf den Hauseingang zu und klingelten. Zwar bedeckten wintergraue Wolken den größten Teil des Himmels, aber der Wind, der über die nahen Blumenbeete wehte, war warm, fast schwül. Es herrschte eine friedliche Stille, und die Geräusche der übrigen Welt wurden vom besten aller Filter ferngehalten: Geld.

»Ich glaube, ich hätte mich für eine Karriere als Immobilienmakler entscheiden sollen«, sagte Reese. »Warum wollte ich bloß Cop werden?«

»Wahrscheinlich hast du schon einmal im Polizeidienst gestanden, in einem früheren Leben«, erwiderte Julio trocken. »Vielleicht war die Arbeit eines Polizisten während eines früheren Jahrhunderts lukrativer als der Verkauf von Häusern und Grundstücken. Tja, und als du wiedergeboren wurdest, hieltest du dich an die alte Gewohnheit – ohne zu bemerken, daß sich die Zeiten geändert haben.«

»Bei der nächsten Reinkarnation gebe ich besser acht.«

Einige Sekunden später öffnete sich die Tür. Die hochgewachsene Frau im flamingofarbenen Kostüm blickte auf Julio herab, hob dann ein wenig den Kopf, um Reese anzusehen. Aus der Nähe betrachtet wirkte sie wesentlich attraktiver, nicht mehr ganz so storchenartig. Reeses Blick fiel auf eine porzellanglatte Haut, große, graue Augen, auf zarte Züge, die wie das elaborierte Werk eines begabten Bildhauers aussahen.

»Kann ich Ihnen irgendwie helfen?« fragte Teddy Bertlesman. Ihre Stimmee klang weich und sanft, und sie strahlte eine geradezu unerschütterliche Selbstsicherheit aus.

Julio zeigte ihr seinen Dienstausweis und stellte sich vor. »Dies ist mein Partner, Detektiv Hagerstrom«, fügte er hinzu und erklärte, er wolle ihr einige Fragen stellen, bei denen es um Ben Shadway ging. »Vielleicht bin ich nicht mehr ganz auf dem laufenden, aber ich glaube, Sie arbeiten als Immobilienmaklerin für seine Firma.«

»In der Tat. Und das wissen Sie ganz genau.« Ihre Stimme brachte keine Ironie zum Ausdruck, eher so etwas wie gelinde Belustigung. »Bitte kommen Sie herein.«

Sie führte die beiden Männer in ein Wohnzimmer, dessen Dekor ebenso kühn anmutete wie ihr Kostüm, das jedoch einen gewissen Stil hatte und sich zweifellos durch guten Geschmack auszeichnete. Die Einrichtung: ein Teetisch aus massivem, weißem Marmor; ein bequemes Sofa mit grünen Polstern; Sessel in pflaumenfarbenem Seidenmoiré, Armlehnen und Beine elegant geschwungen. Mehr als einen Meter große, smaragdgrüne Vasen enthielten dicke und bauschige Bündel aus Pampagras. An den Wänden des kathedralenartigen Raumes hingen moderne Kunstgegenstände, und durch das breite Fenster hatte man einen prächtigen Blick auf das Orange County. Teddy Bertlesman nahm auf einem grünen Sofa Platz, wandte dem Fenster somit den Rücken zu. Reese und Julio wählten zwei Sessel auf der anderen Seite des Marmortisches.

»Miß Bertlesman«, begann Julio, »wir müssen dringend mit Mr. Shadway sprechen, und wir hoffen, Sie können uns irgendeinen Hinweis auf seinen gegenwärtigen Aufenthaltsort geben. Vielleicht gehören auch einige Mietwohnungen zum Besitz seiner Agentur, Apartments, die derzeit leerstehen und ihm vorübergehend als Unterkunft dienen könnten...«

»Entschuldigen Sie bitte, aber ich glaube, das fällt nicht in Ihren Zuständigkeitsbereich. Sie haben mir eben Ihren Dienstausweis gezeigt, und daraus geht hervor, daß Sie aus Santa Ana stammen. Ben hat Büros in Tustin, Costa Mesa, Orange, Newport Beach, Laguna Beach und Laguna Niguel – aber nicht in Santa Ana. Und außerdem wohnt er in Orange Park Acres.«

Julio versicherte ihr, das Police Department von Santa Ana stelle in Hinsicht auf den Fall Shadway/Leben eigene Untersuchungen an, und er fügte hinzu, die Zusammenarbeit der Behörden verschiedener Distrikte sei keineswegs selten. Teddy Bertlesman blieb zwar höflich, machte jedoch keinen Hehl aus ihrer Skepsis und erwies sich als nicht sonderlich hilfsbereit. Reese bewunderte das Geschick, mit dem sie direkten Fragen auswich. Ganz offensichtlich hatte sie großen Respekt vor ihrem Chef, und sie wollte ihn in keiner Weise belasten.

Schließlich seufzte Julio und begriff, daß er auf diese Weise nicht weiterkam. Er entschied sich dazu, die Karten offen auf den Tisch zu legen. »Hören Sie, Miß Bertlesman, wir haben Sie angelogen.

Wir sind nicht als Polizeibeamte zu Ihnen gekommen, jedenfalls nicht direkt. Um ganz ehrlich zu sein. Derzeit sind wir beide krankgeschrieben. Unser Vorgesetzter wäre vermutlich ziemlich sauer, wenn er wüßte, daß wir auf eigene Faust ermitteln. Die Bundesbehörden haben den Fall übernommen und uns aufgefordert, die Finger davon zu lassen. Doch aus verschiedenen Gründen sind wir entschlossen, nicht nachzugeben. Unter anderem geht es dabei um unsere Selbstachtung.«

Teddy Bertlesman runzelte die Stirn. »Ich verstehe nicht ganz...«

Julio hob die Hand. »Warten Sie. Nehmen Sie sich bitte einige Minuten Zeit, und hören Sie mir einfach nur zu.«

Mit eindringlicher Stimme, die sich sehr von seinem normalen Tonfall unterschied, schilderte Julio ihr die grausame Ermordung von Ernestina Hernandez und Becky Klienstad, fügte hinzu, der Täter habe die eine Frau in einen Müllbehälter geworfen und die andere in einem Haus an die Wand genagelt. Er erklärte, wie sehr ihm an Gerechtigkeit lag, wies auf die Ähnlichkeit der beiden Namen Ernesto und Ernestina hin und verschwieg auch nicht, daß er sich auf besondere Weise dazu verpflichtet fühlte, diesen Fall zu lösen.

»Ich bin davon überzeugt, daß Rachael Leben und Ihr Chef unschuldig sind«, fuhr Julio fort. »Vielleicht stellen sie Schachfiguren in einem Spiel dar, das sie nicht ganz begreifen. Ich glaube, man benutzt sie nur. Vielleicht sollen sie sogar umgebracht, zu Sündenböcken gestempelt werden, um die Interessen anderer Leute zu schützen, möglicherweise sogar die der Regierung. Sie brauchen Hilfe. Und wenn Sie uns Auskunft geben, können wir ihnen helfen.«

Teddy Bertlesman war klug genug, um zu erkennen, daß Julio ihr nichts vormachte, daß er es wirklich ehrlich meinte. Sie nickte langsam und beugte sich vor. »Ich wußte sofort, daß Ben keine Gefahr für die nationale Sicherheit darstellt«, erwiderte sie. »Was für ein ausgemachter Unfug! Die Bundesagenten, die in unserem Büro herumschnüffelten, bezeichneten ihn als eine Art Hochverräter, und ich mußte mich sehr beherrschen, um nicht schallend zu lachen. Meine Güte, ich hätte ihnen am liebsten ins Gesicht gespuckt.«

»Wo könnten sich Ben Shadway und Rachael Leben verstecken?« fragte Julio. »Die Bundestypen werden sie früher oder später finden, und wenn wir zu spät kommen, geht es ihnen vielleicht an den Kragen. Haben Sie eine Ahnung, wo sie sich aufhalten?«

Theodora Bertlesman stand auf und wanderte im Zimmer auf und ab. Reese beobachtete ihre stelzenartigen Beine, die eigentlich knochig wirken sollten, jedoch einer Manifestation von Anmut und Eleganz gleichkamen. Die Frau dachte einige Sekunden lang nach und erwog mehrere Möglichkeiten. Dann erwiderte sie:»Nun, ihm gehören mehrere Anwesen, größtenteils kleinere Häuser, überall im County. Und die einzigen, die noch nicht verkauft oder vermietet sind... warten Sie... Es gibt da einen Bungalow in Orange, an der Pine Street... Aber wahrscheinlich hat sich Ben nicht dafür entschieden, denn im Augenblick finden dort Renovierungsarbeiten statt. Das Bad wird erneuert, die Küche erweitert. Nein, er verbirgt sich bestimmt nicht an einem Ort, wo er dauernd damit rechnen müßte, irgendwelchen Handwerkern über den Weg zu laufen. Tja, dann wäre da noch die eine Hälfte eines Zweifamilienhauses in Yorba Linda...«

Reese hörte ihr zu, kümmerte sich jedoch kaum darum, was sie sagte. Er überließ es Julio, sich auf ihre Worte zu konzentrieren, während er die Art und Weise beobachtete, in der sie sich bewegte, dem Tonfall ihrer samtenen Stimme lauschte. Ihre weibliche Aura beanspruchte alle seine Sinne, ließ für etwas anderes keinen Platz mehr.

Seit fünf Jahren, seit Janets Tod, hatte er nichts Vergleichbares mehr empfunden. Er fragte sich, ob Teddy Bertlesman auch auf ihn aufmerksam geworden war oder ob sie nur einen einfachen Cop in ihm sah. Er überlegte, wie er einen Annäherungsversuch machen sollte, ohne dabei wie ein Narr zu wirken. Aus irgendeinem Grund bezweifelte er, ob es zwischen einer Frau wie Teddy und einem Mann wie ihm jemals eine festere Beziehung geben konnte.

»Das Motel!« Teddy blieb ruckartig stehen, blickte einige Sekunden lang überrascht ins Leere und lächelte dann. Es war ein herrliches Lächeln, fand Reese, eine Offenbarung. »Ja, natürlich. Es gibt keinen geeigneteren Unterschlupf.«

»Shadway hat ein Motel?« fragte Julio.

»Ja, ein ziemlich heruntergekommenes Gebäude, drüben in Las Vegas«, sagte Teddy. »Es gehört ihm erst seit einigen Tagen. Gründete eine neue Gesellschaft, um es zu kaufen. Vielleicht brauchen die Bundesagenten eine Weile, bis sie darauf kommen. Immerhin befindet es sich in einem anderen Staat. Das Motel steht leer, aber

es wurde zusammen mit der Einrichtung verkauft, und zumindest in der Wohnung des Verwalters gibt es Möbel. Ich schätze, dort könnten sich Ben und Rachael eine Zeitlang verstecken, ohne auf einen gewissen Komfort zu verzichten.«
Julio sah Reese an. »Was halten Sie davon?«
Es fiel Reese schwer, den Blick von Teddy abzuwenden, und er hatte das Gefühl, aus einer Trance zu erwachen. »Klingt gut.«
Theodora Bertlesman setzte ihre unruhige Wanderung fort. Flamingofarbene Seide raschelte an ihren Knien. »Ja, das Motel. Ich bin *sicher*. Bei diesem Projekt arbeitet Shadway mit Whitney Gavis zusammen, und Gavis ist vielleicht der einzige, dem Ben voll und ganz vertraut.«
»Gavis?« fragte Julio.
»Sie waren zusammen in Vietnam«, erklärte Teddy. »Sind gute Freunde. Stehen sich fast so nah wie Brüder. Villeicht sogar noch näher. Wissen Sie, Ben ist ein echt netter Kerl, das werden alle bestätigen, die ihn kennen. Er ist freundlich, so aufrichtig und ehrlich, daß er manche Leute verblüfft. Andererseits aber...« Teddy suchte nach den richtigen Worten. »Es ist komisch... In gewisser Weise hält er alles auf Armeslänge von sich fern, öffnet sich nie ganz. In diesem Zusammenhang dürfte Whit Gavis die einzige Ausnahme sein. Nun, vielleicht hat er im Krieg etwas erlebt, was ihn für immer veränderte. Vielleicht kann er dadurch nur tiefere Beziehungen zu Personen unterhalten, die ähnliche Erfahrungen machten und sie überlebten, ohne den Verstand zu verlieren. Wie Whit.«
»Steht er auch Mrs. Leben nahe?« fragte Julio.
»Ja, ich glaube schon«, entgegnete Teddy. »Ich nehme an, er liebt sie. Und das macht sie zur glücklichsten Frau, die ich kenne.«
Reese hörte Eifersucht in Theodoras Stimme, und er hatte das Gefühl, als breche sein Herz entzwei.
Offenbar war Teddys Tonfall auch Julio nicht entgangen, denn er sagte: »Bitte entschuldigen Sie, aber ich bin Polizist und daher von Natur aus neugierig. Sie hörten sich eben so an, als hätten Sie nichts dagegen, wenn sich Ben in Sie verliebte.«
Teddy zwinkerte überrascht und lachte leise. »Ben und ich? Nein, nein. Ich bin größer als er, und wenn ich Schuhe trage, wirkt er wie ein Zwerg neben mir. Außerdem ist er ein häuslicher Typ – ein ruhiger und stiller Mann, der alte Kriminalromane

liest und Spielzeugeisenbahnen sammelt. Nein. Ben ist ein toller Kerl, aber ich bin zu extravagant für ihn.«

Der Schmerz in Reeses Brust ließ nach.

»Ich bin nur deswegen auf Rachael eifersüchtig, weil sie einen guten Mann gefunden hat und ich nicht«, fuhr Theodora fort. »Wenn man so groß ist wie ich, muß man sich damit abfinden, daß einem Männer nicht gerade in Scharen den Hof machen. Abgesehen von Baseballspielern – und solchen Typen traue ich nicht über den Weg. Tja, und eine Frau, die bereits ihren zweiunddreißigsten Geburtstag hinter sich hat, kann sich den Neid nicht ganz verkneifen, wenn sie sieht, daß andere mehr Glück hatten.«

Reese schöpfte neue Hoffnung.

Julio stellte Teddy noch einige weitere Fragen in bezug auf das Motel in Las Vegas und ließ sich die genaue Adresse nennen. Dann standen Reese und er auf, und Theodora Bertlesman führte sie zur Tür. Bei jedem einzelnen Schritt überlegte Reese, wie er die atemberaubende Frau ansprechen sollte. Als Julio die Tür öffnete, sah Reese zu Teddy zurück und sagte: »Äh, entschuldigen Sie bitte, Miß Bertlesman, aber ich bin ein Cop, und es ist mein Job, Fragen zu stellen, wissen Sie, und ich dachte mir, ich meine, äh... Haben Sie vielleicht einen... nun, einen guten Bekannten?« Als Reese sein eigenes Stammeln hörte, wäre er am liebsten im Boden versunken oder von einem Augenblick zum anderen unsichtbar geworden.

Teddy musterte ihn und lächelte. »Hat das irgend etwas mit Ihren Ermittlungen zu tun?«

»Nun... ich dachte nur... ich meine... tja, ich möchte nur vermeiden, daß jemand von unserem Gespräch erfährt. Wissen Sie, ich dachte dabei nicht nur an mögliche Schwierigkeiten mit unserem Vorgesetzten... Äh, wenn Sie sonst jemandem vom Motel in Las Vegas erzählen, würden Sie Mr. Shadway und Mrs. Rachael vielleicht in Gefahr bringen, und...«

Er fühlte sich versucht, die Dienstwaffe zu ziehen und sich zu erschießen.

»Ich habe keinen besonderen Bekannten, niemanden, dem ich irgendwelche Geheimnisse anvertraue«, erwiderte Teddy.

Reese räusperte sich. »Nun, äh, das freut mich. In Ordnung.« Er wollte sich gerade zur Tür umwenden, als Julio ihn mit einem sonderbaren Blick bedachte. Und Teddy meinte: »Sie sind ziemlich groß, nicht wahr?«

Reese sah sie an. »Bitte?«

»Sie sind recht groß und kräftig gebaut. Wirklich schade, daß es nicht mehr Männer wie Sie gibt. Eine Frau wie ich würde neben Ihnen fast zierlich wirken.«

Was meint sie damit? überlegte er. War es nur eine beiläufige Bemerkung, oder steckte mehr dahinter?

»Ich würde mich so gern einmal zierlich fühlen«, fügte Teddy hinzu.

Reese versuchte, eine Antwort zu geben, doch in seiner Kehle schien sich ein dicker Kloß gebildet zu haben.

Er kam sich dumm, unbeholfen und schwerfällig vor – so schüchtern wie ein Sechzehnjähriger. Plötzlich *konnte* er wieder sprechen, aber anstatt einigermaßen vernünftige Worte zu formulieren, entfuhr ihm pubertärer Schwachsinn: »Miß-Bertlesman-würden-Sie-einmal-mit-mir-ausgehen?«

Sie lächelte. »Ja.«

»Im Ernst?«

»Ja.«

»Samstag abend? Um sieben?«

»Gern.«

Reese starrte sie verblüfft an. »Wirklich?«

Sie lachte. »Ja.«

Kurz darauf, im Wagen, sagte Reese: »Himmel, es ist nicht zu fassen.«

»Ich wußte gar nicht, daß du so gut mit Frauen umzugehen verstehst«, spottete Julio gutmütig.

Reese errötete. »Mein Gott, das Leben ist schon komisch, nicht wahr? Man kann nie wissen, welche Überraschungen es bereithält.«

»Immer mit der Ruhe«, sagte Julio, startete den Motor und fuhr los. »Es ist nur eine Verabredung.«

»Ja. Sicher. Aber... Nun, ich habe das Gefühl, es könnte durchaus mehr daraus werden.«

»Ein Frauenkenner *und* romantischer Narr«, kommentierte Julio und lenkte den Wagen in Richtung Newport Avenue.

Reese dachte eine Zeitlang nach. »Weißt du, welchen Fehler Eric machte? Er war so besessen davon, ewig zu leben, daß er ganz vergaß, das Leben zu genießen. Er strebte die Unsterblichkeit an, hielt den Blick dauernd in die Zukunft gerichtet – und übersah dadurch die Freuden der Gegenwart.«

Julio verzog das Gesicht. »Wenn die Bekanntschaft Teddy Bertlesmans dich zu einem Philosophen machte, sollte ich mir besser einen neuen Partner suchen.«

Reese schwieg einige Minuten lang, schwelgte in Erinnerungen an gebräunte Beine und flamingofarbene Seide. Als er in die Realität zurückkehrte, stellte er fest, daß Julio ein neues Ziel ansteuerte.

»Wohin fahren wir?«
»Zum John Wayne Flughafen.«
»Vegas?«
»Einverstanden?« fragte Julio.
»Klar. Es bleibt uns wohl kaum etwas anderes übrig.«
»Wir müssen die Tickets aus der eigenen Tasche bezahlen.«
»Ich weiß.«
»Ich wäre nicht sauer, wenn du hierbleiben möchtest.«
»Ich komme mit«, sagte Reese.
»Ich werde auch allein damit fertig.«
»Ich bin dabei.«
»Es könnte gefährlich werden, und du mußt an Esther denken«, fügte Julio hinzu.

Meine kleine Esther, dachte Reese. Und jetzt vielleicht auch Theodora ›Teddy‹ Bertlesman. Plötzlich schauderte er. Die Vorstellung des Todes gewann eine ganz neue Bedeutung für ihn.

Trotzdem erwiderte er: »Ich komme mit. Hast du nicht gehört, was ich vorhin sagte? Um Himmels willen, Julio: Ich bin dabei.«

33. Kapitel

Viva Las Vegas

Ben Shadway folgte dem Gewitter, und um 18.20 Uhr erreichte er Baker, Kalifornien – das Tor zum Death Valley. Der Wind war wesentlich stärker als im Bereich von Barstow, trieb den Regen stellenweise fast waagerecht vor sich her, schleuderte die Tropfen Tausenden von Geschossen gleich an die Windschutzscheibe. Die Schilder von Tankstellen, Restaurants und Motels neigten sich hin und her, versuchten, sich aus den Verankerungen zu lösen und fortzufliegen.

Ben hielt an, betrat einen kleinen Laden, benutzte das dortige Telefon und wählte erneut Whitney Gavis' Nummer, bekam aber keine Verbindung nach Las Vegas. Dreimal hörte er die aufgezeichnete Nachricht, die Leitungen seien vorübergehend unterbrochen. Der böige Wind zischte und stöhnte an den Schaufensterscheiben vorbei, und der Regen trommelte ein wütendes Stakkato aufs Dach – Erklärung genug für die Schwierigkeit der Telefongesellschaft.

Seit Ben die Axt neben dem Kühlschrank im Blockhaus gefunden hatte, machte er sich große Sorgen, doch inzwischen war nackte Angst daraus geworden. Panik quoll in ihm empor, als das Gefühl in ihm entstand, daß seit einigen Stunden *alles* schiefging. Die Begegnung mit Sharp, der plötzliche Wetterumschwung, der Umstand, daß er Whit Gavis nicht erreichen konnte... Das Universum erschien Shadway nicht mehr wie ein gewaltiger, zufallsgesteuerter Motor. Statt dessen verglich er es nun mit einer Maschine, die einen ganz bestimmten, unheilvollen Zweck erfüllte. Und die Götter, die sie bedienten, hatten sich gegen ihn verschworen, um dafür zu sorgen, daß er Rachael nie wiedersah.

Ben kaufte einige Snacks und kehrte anschließend sofort zum Wagen zurück. Der gestohlene Merkur stand nur wenige Schritte vom Eingang des Ladens entfernt, doch Shadway war erneut völlig durchnäßt, als er am Steuer Platz nahm. Er öffnete eine Pepsi, nahm einen Schluck, klemmte sich die Dose zwischen die Oberschenkel, startete den Motor und fuhr auf die Interstate zurück.

Ganz gleich, wie stark es auch regnen mochte: Er mußte die Fahrt mit möglichst hoher Geschwindigkeit nach Las Vegas fortsetzen, mit mindestens hundert oder besser noch hundertzwanzig Stundenkilometern – auch wenn dadurch die Gefahr bestand, daß er auf der nassen Straße ins Schleudern geriet. Die Tatsache, daß er Whit Gavis nicht warnen konnte, ließ ihm keine andere Wahl.

Auf der Zufahrt zum Highway setzte der Motor kurz aus und brummte dann wieder gleichmäßig. Während der nächsten Minute lauschte Ben aufmerksam und beobachtete die Anzeigen im Armaturenbrett, rechnete damit, daß irgendeine Kontrollampe zu flackern begann. Doch nichts dergleichen geschah. Nach einer Weile entspannte sich Shadway wieder, trat aufs Gas und beschleunigte auf hundertzehn.

Um 19.10 Uhr am Dienstag abend fühlte sich Anson Sharp frisch und ausgeruht. Von seinem Motelzimmer in Palm Springs aus rief er einige Einsatzagenten an, die an verschiedenen Orten in Südkalifornien tätig waren.

Von Dirk Cringer im Orange County erfuhr Sharp, daß Julio Verdad und Reese Hagerstrom keineswegs den Leben-Fall ruhen ließen, wie man es von ihnen verlangt hatte. Sie standen im Ruf, besonders hartnäckig zu sein und nie lockerzulassen, und aus diesem Grund war Anson Sharp so umsichtig gewesen, ihre Privatwagen am Abend zuvor mit verborgenen Sendern auszustatten und einigen Leuten den Auftrag zu geben, sie zu überwachen. Diese Vorsichtsmaßnahme zahlte sich nun aus. Sharp hörte von ihrem Treffen mit Dr. Easton Solberg, einem Wissenschaftler und ehemals guten Bekannten Eric Lebens, und Cringer berichtete ihm auch, daß Julio und Reese vor dem Hauptbüro der Immobilienagentur Shadways Stellung bezogen hatten.

»Sie bemerkten unser Team und parkten einen halben Block dahinter«, sagte Dirk Cringer. »Von dort aus konnten sie sowohl unsere Leute als auch den Eingang des Büros im Auge behalten.«

»Hielten sich wahrscheinlich für besonders schlau«, erwiderte Sharp. »Und ahnten nichts davon, daß sie die ganze Zeit über kontrolliert wurden.«

»Später folgten sie einer Angestellten nach Hause, einer gewissen Theodora Bertlesman.«

»Wir haben ihr Fragen über Shadway gestellt, nicht wahr?«

»Ja. Nicht nur ihr, sondern auch allen anderen Personen im Büro. Und die Bertlesman erwies sich dabei als ebenso verschlossen wie ihre Kollegen.«

»Wie lange hielten sich Verdad und Hagerstrom bei ihr auf?«

»Sie verließen ihre Wohnung erst nach gut zwanzig Minuten.«

»Nun, offenbar war sie ihnen gegenüber weitaus redseliger. Irgendeine Ahnung, was sie den beiden Cops mitgeteilt haben könnte?«

»Nein«, sagte Cringer. »Ihre Wohnung befindet sich am Hang eines Hügels in den Heights, und deshalb nützte uns das Richtmikrofon nur wenig. Als wir den richtigen Einstellwinkel fanden, machten sich Verdad und Hagerstrom wieder auf den Weg. Sie fuhren direkt zum Flughafen.«

»*Was?*« entfuhr es Sharp überrascht. »LAX?«

»Nein. Sie wählten den John Wayne Airport hier im Orange County. Dort befinden sie sich jetzt und warten auf ihren Flug.«

»Was für einen Flug? Wohin?«

»Vegas. Sie kauften Tickets für den ersten Flug nach Las Vegas. Die Maschine geht um acht.«

»Warum ausgerechnet Vegas?« brummte Sharp, mehr zu sich selbst.
»Vielleicht haben sie sich endlich dazu durchgerungen, die Finger von der Sache zu lassen. Möglicherweise machen sie einen kleinen Urlaub.«
»Himmel, man fährt nicht in die Ferien, ohne vorher den Koffer zu packen. Sie meinten eben, die beiden Cops seien von der Bertlesman aus direkt zum Flughafen gefahren. Sie haben vorher keinen Abstecher nach Hause gemacht?«
»Nein«, bestätigte Cringer.
»Na schön«, sagte Sharp und fühlte, wie sich Aufregung in ihm bildete. »Dann versuchen sie wahrscheinlich, Shadway und Mrs. Leben vor uns zu erreichen. Und ganz offensichtlich haben sie Grund zu der Annahme, daß sich die beiden Gesuchten in Las Vegas aufhalten.« Anson sah plötzlich eine Chance, Shadway doch noch zu schnappen. Und diesmal würde er nicht entwischen. »Wenn für den Acht-Uhr-Flug noch Plätze frei sind, möchte ich, daß Sie und Ihre Leute ebenfalls an Bord gehen.«
»Ja, Sir.«
»Meine Männer sind hier in Palm Springs, und wir machen uns ebenfalls auf den Weg nach Las Vegas, so schnell wie möglich. Ich hoffe nur, wir treffen rechtzeitig genug am dortigen Flughafen ein, um Verdad und Hagerstrom zu beschatten.«
Sharp unterbrach die Verbindung und wählte sofort Jerry Peakes Nummer. Draußen grollte Donner im Norden, und Regentropfen hämmerten an die Fensterscheibe.
»Es ist fast halb acht«, sagte Sharp, als Peake abgenommen hatte. »In fünfzehn Minuten brechen wir auf.«
»Was ist denn los?«
»Wir folgen Shadway nach Las Vegas, und diesmal ist das Glück auf unserer Seite.«

Gut sechzig Kilometer östlich von Baker versagte der Motor des gestohlenen Merkur. Erst setzte er einige Male aus wie zuvor auf der Highway-Zufahrt, keuchte und ächzte mehrmals – und gab seinen Geist endgültig auf. Ben hielt auf dem Seitenstreifen und versuchte, den Motor wieder zu starten. Vergeblich. Der Anlasser wimmerte einige Male, aber sonst geschah nichts. Ben fluchte lautlos, lehnte sich dann zurück und lauschte dem unentwegten Pochen des Regens.

Shadway war nicht der Typ Mann, der einfach verzweifelte. Innerhalb weniger Sekunden entwickelte er einen Plan und setzte ihn sofort in die Tat um.

Er schob sich die Combat Magnum am verlängerten Rücken hinter den Gürtel und zog das Hemd aus der Jeans, um die Waffe darunter zu verbergen. Die Schrotflinte wäre zu auffällig gewesen, und deshalb mußte er auf sie verzichten, was er sehr bedauerte.

Ben schaltete die Warnblinkanlage des Merkur ein, stieg aus und trat in den strömenden Regen. Glücklicherweise zuckten die Blitze jetzt nur noch im Osten. Shadway stand im farblosen Zwielicht neben dem Wagen, schirmte sich die Augen mit einer Hand ab und blickte nach Westen. Schon nach kurzer Zeit sah er heller werdendes Scheinwerferlicht.

Auf der I-15 herrschte nur wenig Verkehr. Einige unverzagte Spieler pilgerten nach ihrem Mekka und hätten sich wahrscheinlich nicht einmal von der Sintflut aufhalten lassen. Aber bei den meisten Fahrzeugen, die auf dem Highway unterwegs waren, handelte es sich um große Lastzüge. Ben winkte, doch zwei Autos und drei Lkws fuhren vorbei, ohne auch nur die Geschwindigkeit zu verringern. Ihre breiten Reifen wirbelten Wasser auf, und Shadway versuchte gar nicht erst, der sprühenden Gischt auszuweichen.

Etwa zwei Minuten später näherte sich ein weiterer Laster. An dem massigen Gefährt leuchteten und schimmerten so viele Lichter, als habe man ihn gerade für Weihnachten geschmückt. Zu Bens großer Erleichterung trat der Fahrer auf die Bremse und hielt einige Dutzend Meter hinter dem Merkur an.

Shadway lief sofort los, blieb neben dem Ungetüm stehen, blickte zum Seitenfenster hoch und sah das zerfurchte und faltige Gesicht eines schnauzbärtigen Mannes. »Ich hab' eine Panne!« rief Ben, um das Prasseln des Regens und das Fauchen und Zischen der Böen zu übertönen.

»Den nächsten Mechaniker finden Sie in Baker«, antwortete der Fahrer. »Am besten, Sie laufen auf die gegenüberliegende Seite der Interstate und versuchen, einen Wagen anzuhalten, der aus der anderen Richtung kommt.«

»Ich habe keine Zeit, mich an einen Mechaniker zu wenden und den Wagen reparieren zu lassen!« rief Shadway. »Muß so schnell wie möglich nach Vegas.« Während der kurzen Wartezeit hatte er

sich eine Lüge einfallen lassen. »Meine Frau ist dort ins Krankenhaus eingeliefert worden, und es geht ihr ziemlich schlecht. Vielleicht stirbt sie sogar.«
»Gütiger Himmel«, sagte der Fahrer. »Steigen Sie ein.«
Ben zögerte nicht, der Aufforderung nachzukommen, nahm auf dem Beifahrersitz Platz und hoffte inständig, daß der hilfreiche Fahrer des Lasters einen Bleifuß hatte und ihn trotz des Regens in Rekordzeit nach Las Vegas brachte.

Während Rachael durch die regenüberflutete Mohavewüste fuhr und die Düsternis des Unwetters allmählich in die Dunkelheit des Abends überging, fühlte sie sich einsamer als jemals zuvor. Sie starrte in den strömenden Regen hinaus, der noch immer Sturzbächen gleich über die Windschutzscheibe floß, beobachtete die Wischer, die sich vergeblich bemühten, ihr eine klare Sicht zu ermöglichen, ließ ihren Blick über den nassen Asphalt der Straße schweifen, auf dem sich die Scheinwerferlichter anderer Fahrzeuge widerspiegelten. Kaleidoskopartige Erinnerungen durchzogen ihren Gedankenkosmos wie Streiflichter aus einer anderen Welt. Eigentlich war sie ihr ganzes Leben lang allein gewesen, und aus diesem Grund stellte sie ein leichtes Opfer für Eric dar, der ihre Jugend ebenso dringend brauchte wie ein Vampir Blut. Er war zwölf Jahre älter als sie, und aufgrund seiner Erfahrungen fiel es ihm nicht schwer, eine wesentlich jüngere Frau von seinen angeblichen Qualitäten zu überzeugen. Eric gab ihr zum erstenmal in ihrem Leben das Gefühl, etwas Besonderes zu sein und begehrt zu werden. Vielleicht sah sie auch so etwas wie einen Ersatzvater in ihm.

Natürlich stellte sich schon nach kurzer Zeit heraus, daß er die Erwartungen nicht erfüllte, die sie in ihn setzte. Rachael stellte fest, daß Eric sie nicht als Frau liebte, sondern als das, was sie symbolisierte – Vitalität, Jugend, Spannkraft. Die Ehe wurde zur Farce.

Dann lernte sie Benny kennen. Und er gab ihr eine Medizin, die das Gefühl der Einsamkeit aus ihr vertrieb.

Doch jetzt war Ben fort, und Rachael konnte nicht einmal sicher sein, ihn jemals wiederzusehen.

Sie versuchte sich mit dem Gedanken zu trösten, daß Eric wenigstens keine Gefahr mehr darstellte, weder für sie noch für Ben. Bestimmt war er dem Klapperschlangengift zum Opfer gefallen. Selbst wenn es seinem genetisch veränderten Körper gelang, die massiven Dosen des Toxin zu neutralisieren, selbst wenn Eric ein zweites Mal aus dem Reich des Todes zurückkehrte – ganz offensichtlich degenerierte er, nicht nur körperlich, sondern auch geistig. (Rachael erinnerte sich deutlich daran, wie er auf dem regennassen Boden hockte und eine lebende Schlange verspeiste – ein Ungeheuer, ebenso erschreckend und elementar wie die am Himmel aufflackernden Blitze.) Wenn er die Bisse der Klapperschlange überlebte, blieb er vermutlich in der Wüste, weitaus weniger ein Mensch als vielmehr ein *Etwas*, ein buckliges *Tier*, das auf allen vieren durch den Sand kroch und nach Beutetieren suchte – eine Bedrohung für alle Geschöpfe, die im heißen Ödland lebten, nicht aber für Rachael. Und auch wenn er sich einen Rest menschlichen Bewußtseins bewahrte und nach wie vor danach strebte, sich an seiner ehemaligen Frau zu rächen: Es mußte sehr schwierig, wenn nicht gar völlig unmöglich für ihn sein, die Wüste zu verlassen und in die Zivilisation zurückzukehren, ohne sofort Aufsehen zu erregen.

Trotzdem hatte Rachael noch immer Angst vor ihm.

Sie entsann sich daran, zu ihm aufgeblickt zu haben, als sie durch den Graben floh und Eric ihr am Rande des ausgetrockneten Flußbetts folgte, dachte an die Jagd über den Hang auf der anderen Seite, an die fratzenhafte Grimasse im entstellten Gesicht Erics. Und dann beobachtete sie ihn wieder vor dem Klapperschlangennest. All die unterschiedlichen Gedächtnisbilder wiesen etwas Gemeinsames auf, einen mythischen Aspekt, der auf sie den Eindruck einer zusätzlichen Naturgewalt erweckte – eine unbesiegte Macht, die nicht einmal der Tod bezwingen konnte.

Sie schauderte, als sie eine jähe Kälte spürte, die bis in ihr Knochenmark zu reichen schien.

Kurz darauf sah sie von einer Anhöhe aus, daß sich ihre Reise dem Ende entgegenneigte: In dem breiten Tal vor ihr schimmerte Las Vegas wie eine wunderbare Vision im Regen. Millionen Lichter glänzten und funkelten und machten die Stadt zu einem riesigen Juwel.

Kaum zwanzig Minuten später blieb die Mohavewüste hinter Rachael zurück, und sie erreichte den Las Vegas Boulevard South. Das Neonlicht zahlloser Leuchtreklamen spiegelte sich in allen Farben des Spektrums auf dem nassen Asphalt wider. Die junge Frau hielt vor dem Bally's Grand und schluchzte fast vor Erleichterung, als sie die in Samtuniformen gekleideten Hoteldiener sah, deren

Aufgabe darin bestand, die Wagen der Kunden zu parken. Einige Männer und Frauen standen unter dem Vordach am Eingang des großen Gebäudes, und obgleich Rachael niemanden von ihnen kannte, fühlte sie sich nicht mehr so allein wie auf der langen Interstate.

Zuerst zögerte sie, ihren Mercedes einem der Bediensteten zu überlassen, erinnerte sich an die Wildcard-Akte im Müllsack hinter dem Fahrersitz. Dann aber dachte sie daran, wie unwahrscheinlich es war, daß jemand einen solchen Beutel stahl, stieg aus und nahm eine Quittung für den Wagen entgegen.

Die Schmerzen in ihrem verstauchten Knöchel hatten inzwischen fast schon nachgelassen. Die von den Klauen des Eric-Ungeheuers stammenden Kratzer brannten nach wie vor, doch Rachael achtete nicht weiter darauf und hinkte nur ein wenig, als sie das Hotel betrat.

Einige Sekunden lang verwirrte sie der Kontrast zwischen der regnerischen Nacht hinter ihr und dem bunten Gleißen des Kasinos. Vor ihr erstreckte sich eine Welt, die aus glitzernden Kronleuchtern bestand, aus Samt, Brokat, Plüschteppichen, Marmor und poliertem Messing, und das Fauchen und Ächzen des böigen Windes wich aufgeregten Stimmen, die das Wohlwollen der Göttin Fortuna beschworen. Einarmige Banditen ratterten und klickten, und die harten Klänge einer Poprock-Band hallten durch den weiten Empfangssaal.

Nach einer Weile wurde sich Rachael auf unangenehme Weise bewußt, daß ihr Erscheinungsbild Aufmerksamkeit erregte. Die vielen Personen, die an den Spielgeräten und -tischen ihr Glück versuchten, kleideten sich natürlich nicht alle auf betont elegante Art und Weise. Rachael sah nicht nur Abendkleider und teure Maßanzüge, sondern auch Jeans und Sporthemden. Doch außer ihr trug niemand eine schmutzige und zerrissene Bluse, eine Hose, die den Eindruck erweckte, als habe sie darin an einem Rodeo teilgenommen.

Rachael blieb nicht stehen, als sie die Blicke einiger Anwesenden auf sich spürte, ging am Kasino vorbei, ging zu den öffentlichen Telefonzellen und fragte die Auskunft nach der Nummer Whitney Gavis'. Er nahm fast sofort ab, und die junge Frau brachte beinah atemlos hervor: »Es tut mir leid, Sie zu stören. Wahrscheinlich kennen Sie mich nicht. Mein Name lautet Rachael...«

»Bens Rachael?« unterbrach er sie.

»Ja«, sagte sie überrascht.
»Dann kenne ich Sie doch. Ich weiß praktisch alles über Sie.« Sein Tonfall wies eine große Ähnlichkeit mit dem Shadways auf: Die Stimme klang ruhig und sicher. »Außerdem habe ich vor einer Stunde die Nachrichten gehört, diesen *Blödsinn* über eine Bedrohung der nationalen Sicherheit. Was für ein Quatsch! Benny soll ein Hochverräter sein? Daß ich nicht lache! Ich weiß nicht, was eigentlich gespielt wird, aber ich rechnete schon damit, bald von euch zu hören. Wenn ihr Hilfe braucht...«
»Ben ist nicht bei mir, aber er hat mich zu Ihnen geschickt«, erklärte Rachael.
»Das genügt. Sagen Sie mir nur, wo Sie sind.«
»Im Grand.«
»Es ist jetzt acht Uhr. Ich bin in zehn Minuten bei Ihnen. Wandern Sie nicht umher. Die Kasinos werden ziemlich gut überwacht, und wenn Sie einen Spaziergang machen, erscheinen Sie irgendwann auf einem Monitor. Und vielleicht hat einer der Typen vom Sicherheitsdienst Ihr Bild in den Abendnachrichten gesehen. Verstanden?«
»Kann ich den Waschraum aufsuchen? Ich bin ziemlich erledigt und möchte mich ein wenig erfrischen.«
»Klar. Halten Sie sich nur vom Kasino fern. Und kehren Sie in zehn Minuten zu den Telefonzellen zurück, denn dort hole ich Sie ab. In jenem Bereich gibt es keine Kontrollkameras. Halten Sie durch, Mädchen.«
»Einen Augenblick!«
»Ja?« fragte Gavis.
»Wie sehen Sie aus? Wie erkenne ich Sie?«
»Seien Sie unbesorgt, Rachael«, erwiderte Gavis. »Ich erkenne *Sie*. Ben hat mir Ihr Foto so oft gezeigt, daß sich mir alle Einzelheiten Ihres hübschen Gesichts fest ins Gedächtnis eingeprägt haben. Bis gleich.«
Er unterbrach die Verbindung, und Rachael legte auf.

Jerry Peake war sich gar nicht mehr so sicher, ob er zu einer Legende werden wollte. Er wußte nicht einmal mehr, ob ihm etwas daran lag, DSA-Agent zu sein. In zu kurzer Zeit hatte sich zuviel ereignet, und Peake sah sich außerstande, geistig mit den Geschehnissen Schritt zu halten. Er fragte sich, ob es ihm jemals wieder gelingen mochte, sein seelisches Gleichgewicht wiederzufinden.

Ein neuerlicher Anruf Anson Sharps hatte ihn aus einem tiefen Schlaf gerissen, und nicht einmal die kalte Dusche konnte alle Reste der Benommenheit von ihm abspülen. Nur wenige Minuten später rasten sie mit blitzenden Blinklichtern und heulender Sirene zum Flughafen von Palm Springs – eine Fahrt, die er wie einen Alpdruck empfand. Um 20.10 Uhr traf eine zweimotorige Turboprop vom Marine Corps Training Center ein, kaum eine halbe Stunde nach der Anforderung Sharps. Unmittelbar nachdem sie an Bord gegangen waren, startete die Maschine wieder. Peake saß in einem Sessel am Fenster, starrte in den Regen und die Finsternis, und seine Hände schlossen sich so fest um die Armlehnen, daß die Knöchel weiß hervortraten.

»Mit ein wenig Glück«, wandte sich Sharp an ihn und Nelson Gosser, »erreichen wir den McCarran International Airport in Las Vegas zehn oder fünfzehn Minuten vor Verdad und Hagerstrom. Und wenn die beiden sturen Bullen das Gebäude verlassen, hängen wir uns an ihre verdammten Fersen.«

Der für 20.00 Uhr vorgesehene Start der Linienmaschine, die vom John Wayne Flughafen im Orange County nach Las Vegas fliegen sollte, hatte sich bereits um zehn Minuten verzögert, doch der Pilot versicherte den Passagieren, sie brauchten sich nicht mehr lange zu gedulden. Unterdessen boten die Stewardessen den Reisenden Getränke an.

»Ich hasse es zu fliegen«, brummte Reese und sah aus dem Fenster.

»Wird nicht allzu lange dauern, bis wir in Vegas sind«, erwiderte Julio und bedachte seinen Partner mit einem aufmunternden Lächeln.

»Wenn man sich für eine berufliche Laufbahn bei der Polizei entscheidet, erwartet man, in einem Streifenwagen durch die Gegend zu fahren.«

»Fünfundvierzig Minuten, höchstens fünfzig«, sagte Julio.

»Ich bin *dabei*«, wiederholte Reese rasch, bevor Verdad seinen Mißmut in Hinsicht aufs Fliegen falsch interpretieren konnte. »Bei diesem Fall lasse ich ebensowenig locker wie du. Aber ich wünschte mir, Las Vegas ließe sich mit einem Schiff erreichen.«

Um 20.12 Uhr rollte das Flugzeug über die Startbahn und hob ab.

Eric fuhr den roten Kleinlieferwagen des Pärchens, das er umgebracht hatte, und ständig bemühte er sich, einen genügend großen Rest menschlichen Bewußtseins zu wahren, um das Fahrzeug zu steuern. Manchmal suchten ihn bizarre Gedanken und Empfindungen heim: das sehnsüchtige Verlangen, den Wagen zu verlassen und durch die dunkle Wüste zu laufen, Wind und Regen auf der nackten Haut zu spüren; das fast unwiderstehliche Bedürfnis, sich an einem dunklen und feuchten Ort zu verkriechen; eine heiße und ungestüme sexuelle Begierde, die sich mit keinen Empfindungen des Homo sapiens oder einer seiner Vorfahren vergleichen ließ, sondern einem animalischen Fieber gleichkam. Darüber hinaus flammten Erinnerungsbilder in ihm auf, die sich nicht auf eigene Erfahrungen gründeten, sondern aus dem Genpool des Rassengedächtnisses stammten: Mit seinen Krallen riß er einen halb vermoderten Baumstamm auf und suchte nach Larven und hin und her kriechenden Insekten; in einem dunklen und stickigen Bau paarte er sich mit einem nach Moschus duftenden Geschöpf...
Wenn es Eric zuließ, daß diese Gedanken, Gefühle und Erinnerungen die Oberhand über seinen menschlichen Identitätskomplex gewannen, mußte er damit rechnen, ins subhumane Stadium zurückzusinken, das ihn auf dem Rastplatz zweimal zu einem mordenden Monstrum gemacht hatte. Und in einem solchen Zustand konnte er den roten Wagen nicht mehr lenken; dann ließ sich ein Unfall kaum vermeiden. Aus diesem Grund versuchte er, die verlockenden Reminiszenzen und Sehnsüchte zu unterdrücken und seine Aufmerksamkeit einzig und allein auf den Highway vor ihm zu konzentrieren. Das gelang ihm zum größten Teil – obgleich gelegentlich die Konturen vor seinen Augen verschwammen, woraufhin sich sein Atemrhythmus jäh beschleunigte und erneut der innere Sirenengesang erklang, der ihn in eine primordiale Bewußtseinsphase zu locken trachtete.

Eine ganze Zeit lang verspürte er keine Anzeichen für weitere körperliche Veränderungen. Hin und wieder aber merkte er, daß die Metamorphose weiter fortschritt. Dann und wann regte sich etwas tief in ihm, ein Komplex, der vorher geruht hatte und nun zu seltsamer Aktivität erwachte – eine Kugel aus miteinander verwobenen Würmern, die sich seit einer halben Ewigkeit nicht rührten und von einem Augenblick zum anderen hektisch zu zucken begannen. Eric entsann sich seiner unmenschlichen Augen – das eine grün, mit einer vertikal verlaufenden, orangefarbenen Pupille, das andere eine Ansammlung aus Dutzenden von Facetten –, und er wagte es nicht, sich im Rückspiegel zu beobachten, fürchtete eine endgültige Zersplitterung seiner bereits sehr fragwürdigen geistigen Stabilität. Allerdings sah er seine Hände am Steuer und bemerkte, wie sie sich weiter modifizierten. Seine langen Finger wurden kürzer und dicker, und die Klauen schienen ein wenig zu schrumpfen. Die Zwischenhäute zwischen Daumen und Zeigefinger lösten sich fast vollständig auf. Dann kehrte sich der Prozeß um, und die Hände vergrößerten sich wieder. Die Knöchel wuchsen, und die Krallen wurden noch länger und spitzer. Derzeit waren Erics Hände so gräßlich entstellt – die Haut dunkel und fleckig, jeder Finger mit einem zusätzlichen Gelenk ausgestattet, auf den Nägeln kleine Buckel –, daß er es vermied, sie zu betrachten, den Blick statt dessen auf die Straße gerichtet hielt.

Seine Unfähigkeit, sich dem eigenen Erscheinungsbild zu stellen, resultierte nicht nur aus der Furcht vor weiteren Veränderungen. Einerseits hatte er Angst, ja, aber andererseits reagierte er auch mit einer Art perversem Vergnügen auf seine Metamorphose. Einige Vorteile ließen sich nicht leugnen: Er war enorm stark und ungeheuer schnell – sein Körper kam einer tödlichen Waffe gleich. Abgesehen von seinem deformen Äußeren stellte er die Verwirklichung des Machotraums von absoluter Macht und unbesiegbarer Wut dar, dem sich jeder Junge hingab und von dem sich manche Männer auch als Erwachsene nicht ganz trennen konnten. Eric wußte, daß er sich diesen angenehmen Empfindungen nicht zu sehr hingeben durfte, wenn er einen neuerlichen Beginn der animalischen Phase vermeiden wollte.

Das sonderbare und nicht unbedingt schmerzhafte Feuer in seinem Körper, die Flammen, die in Muskeln, Blut und Knochen loderten – sie waren längst zu ständigen Begleitern geworden. Vor einer Weile hatte er sich als eine Person gesehen, deren Leib *schmolz* und dabei neue Gestalten annahm, doch jetzt gewann er den Eindruck zu *brennen*. Er gab dem Brodeln in ihm einen Namen, nannte es Veränderungsfeuer.

Glücklicherweise kam es nicht mehr zu den schwächenden Peinkrämpfen, an denen er während einer früheren Phase der Metamorphose gelitten hatte. Ab und zu spürte er dumpfen Schmerz, manchmal auch ein kurzes Stechen irgendwo in seinem physischen Kosmos – aber diese Gefühle waren nur von kurzer Dauer und nicht annähernd so belastend wie die anfänglichen Agonien. Während der letzten zehn Stunden hatte sein Körper ganz offensichtlich eine neue Eigenschaft gewonnen: die Amorphie.

Allerdings erfolgten nach wie vor jähe Anfälle der Freßgier. In einem rasenden Rhythmus zerstörte sein Körper alte Zellen und schuf neues Gewebe, und dieser Vorgang verbrauchte eine Menge Energie. Außerdem stellte Eric fest, daß er weitaus häufiger urinieren mußte als vorher. Und jedesmal dann, wenn er auf dem Seitenstreifen anhielt und seine Blase am Straßenrand entleerte, stank der Urin noch mehr nach Ammoniak und anderen Chemikalien.

Als er weiterfuhr, kurz darauf eine Anhöhe erreichte und den glänzenden Lichterteppich von Las Vegas vor sich liegen sah, verspürte er erneut plötzlichen Hunger, empfand dieses Gefühl wie einen überraschenden Schlag in die Magengrube. Eric begann zu schwitzen und bebte am ganzen Leib.

Einmal mehr lenkte er den roten Kleinlieferwagen auf den Seitenstreifen und hielt an.

Er wimmerte, als seine Gier zunahm, und nur wenige Sekunden später gab er ein kehliges Knurren von sich. Ganz deutlich fühlte er, wie animalische Bedürfnisse die Struktur menschlicher Selbstbeherrschung erschütterten.

Er fürchtete sich vor den Konsequenzen, davor, das Fahrzeug zu verlassen und in der Wüste zu jagen. Vielleicht verirrte er sich in der weiten Öde, nur wenige Kilometer von Las Vegas entfernt. Schlimmer noch: Wenn sich sein Intellekt endgültig verflüchtigte und reinem Instinkt wich, ließ er sich möglicherweise dazu hinreißen, auf die Straße zu treten, einen Wagen anzuhalten, den Fahrer hinterm Lenkrad hervorzuzerren und ihn in Stücke zu reißen. Das *mußte* Aufmerksamkeit erregen – was bedeutete, daß er in einem solchen Fall nicht damit rechnen konnte, die Reise ungehindert zu dem Motel fortzusetzen, in dem sich Rachael versteckte.

Allein der Gedanke an Rachael gab den Konturen seiner Umgebung einen rötlichen Schimmer, und bei der Vorstellung, endlich Rache an ihr zu nehmen, stieß Eric unwillkürlich einen zornigen Schrei aus, der von den regennassen Scheiben des Wagens widerhallte. Die wilde Entschlossenheit, an Rachael Vergeltung zu üben – nur diesem mächtigen Wunsch hatte er es zu verdanken, daß es ihm während der langen Fahrt durch die Mohavewüste gelungen war, sich der psychischen Regression zu widersetzen.

Verzweifelt versuchte Eric, das primordiale Bewußtsein zu unterdrücken, das bohrende Hungergefühl, die Leere in seinem

Innern, die nun unbedingt gefüllt werden wollte. Gierig wandte er sich der Kühltasche hinter dem Fahrersitz des roten Kleinlieferwagens zu, riß sie auf und stellte zufrieden fest, daß sie alle notwendigen Dinge für ein Picknick enthielt: ein halbes Dutzend Sandwiches, zwei Äpfel und einen Sechserpack Bier.

Mit seinen Klauenpranken packte Eric die belegten Brote, stopfte sie sich in den Mund und schlang sie fast in einem Stück hinunter. Mehrmals verschluckte er sich und hustete, zwang sich dazu, gründlicher zu kauen.

Anschließend trank er das Bier – und wußte, daß er sich in dieser Hinsicht keine Sorgen zu machen brauchte: Der Alkohol würde seine Sinne nicht benebeln, denn der wesentlich leistungsstärker gewordene Motor seines Metabolismus verbrannte die in ihm gespeicherte Energie, bevor es zu irgendwelchen unerwünschten Nebenwirkungen kommen konnte.

Einige Minuten später ließ sich Eric auf dem Fahrersitz zurücksinken und keuchte. Aus trüben Augen starrte er auf die beschlagenen Scheiben, genoß das Gefühl der Ruhe: Das Tier in ihm war zumindest vorübergehend gesättigt. Vage Erinnerungen an die Ermordung zweier Menschen und die Vergewaltigung einer Frau zogen wie faserige Rauchfahnen durch das unfokussierte Zentrum seiner inneren Aufmerksamkeit.

Draußen in der dunklen Wüste glommen Schattenfeuer.

Tore zur Hölle? Flammen, die ihn aufforderten, in die Verdammnis zurückzukehren, in der sein eigentliches Schicksal auf ihn wartete und der er selbst nach dem Tod entkommen war?

Oder nichts weiter als Halluzinationen? Vielleicht versuchte das gequälte Unterbewußtsein angesichts der Angst vor den in seinem Körper stattfindenden Veränderungen, das Veränderungsfeuer nach außen zu projizieren, die Hitze der Metamorphose aus Fleisch und Blut zu verbannen und ihr eine konkrete Entsprechung zu geben.

Die vernünftigste und intelligenteste Überlegung seit Stunden, begriff Eric. Plötzlich schöpfte er neuen Mut und hoffte, wieder seinen kognitiven Kräften vertrauen zu können, die ihm den Ruf eines Genies auf seinem Fachgebiet eingebracht hatten. Doch einige Sekunden später kehrten die Erinnerungen an Blut und zerfetztes Fleisch zurück, und eine Flutwelle aus primitivem Entzücken durchwogte ihn. Ein gutturales Brummen entrang sich seiner Kehle.

Links von ihm fuhren einige Autos und Laster über den breiten Highway, nach Osten, nach Las Vegas.

Las Vegas...

Langsam entsann er sich, daß er ebenfalls nach Vegas unterwegs war. Sein Ziel – das Golden Sand Inn. Ein Rendezvous mit der Rache.

TEIL III

Schwärze

So süß wie ein Kuß kann sein die Nacht,
aber nicht wenn im Dunkeln der Tote wacht.

Das Buch gezählten Leids

34. Kapitel

Konvergenz

Rachael suchte den Waschraum auf, reinigte ihr Gesicht und versuchte, ihr zerzaustes Haar einigermaßen in Ordnung zu bringen. Kurz darauf kehrte sie in die Nähe der Telefonzellen zurück und nahm auf einer roten Lederbank Platz, von der aus sie alle Personen beobachten konnte, die sich dem Eingang der Empfangshalle näherten oder die breite Treppe heraufkamen, die zum tiefer gelegenen Kasino führte.

Sie gab sich alle Mühe, die Männer so unauffällig wie möglich zu mustern. Es kam ihr gar nicht darauf an, nach Whitney Gavis Ausschau zu halten, denn sie hatte überhaupt keine Ahnung, wie er aussah. Aber sie fürchtete, von jemandem bemerkt zu werden, der ihr Foto aus einer Zeitung oder den Fernsehnachrichten kannte. Rachael konnte sich des Eindrucks nicht erwehren, überall von potentiellen Feinden umgeben zu sein.

Sie erinnerte sich nicht daran, jemals müder und erschöpfter gewesen zu sein. Die wenigen Stunden Schlaf während der vergangenen Nacht in Palm Springs hatten sie nicht auf die hektischen Aktivitäten dieses Tages vorbereitet. Der dumpfe Schmerz in ihren Beinen erinnerte an die Flucht durch die Wüste, und die Arme fühlten sich steif an. Ein stechendes Pochen erstreckte sich vom Nacken übers ganze Rückgrat, und die Augen waren blutunterlaufen und brannten.

»Sie sehen ziemlich übel aus, Mädchen«, sagte Whitney Gavis und trat auf sie zu. Rachael zuckte verblüfft zusammen.

Sie hatte ihn beobachtet, als er durch den breiten Eingang hereinkam, ihre Aufmerksamkeit dann aber wieder auf andere Männer gerichtet, in der sicheren Überzeugung, daß es sich nicht um Gavis handelte. Er mochte etwa einsachtzig groß sein, einige Zentimeter kleiner als Ben, war kräftiger gebaut: massive Schultern, breite Brust. Er trug eine weite weiße Hose und ein hellblaues Baumwollhemd, wirkte selbst ohne die obligatorische weiße Jacke wie einer der Akteure aus der Fernsehserie *Miami Vice*. Andererseits: Auf der linken Seite seines Gesichts zeigte sich ein breites Muster aus roten und brauen Narben, und das linke Ohr sah knotig aus. Brandwunden? Er bewegte sich steifbeinig und irgendwie ungelenk, schwang die linke Hüfte in einer Art und Weise, die Anlaß zu der Vermutung gab, das entsprechende Bein sei gelähmt. Möglicherweise eine Prothese, überlegte Rachael. Der linke Arm war zwischen Ellenbogen und Handgelenk amputiert worden, und der Stumpf ragte aus dem Hemdsärmel.

Gavis lachte, als er ihre Überraschung bemerkte. »Offenbar hat Ben Sie nicht vorgewarnt: Ich biete nicht gerade den typischen Anblick eines edlen Ritters, der einer in Not geratenen Frau zu Hilfe eilt.«

Rachael zwinkerte. »Nein, nein, ich bin froh, daß Sie hier sind. Ich freue mich sehr, einen Freund zu haben, ganz gleich, wie... Ich meine, ich wußte nicht... Ich bin sicher, daß...« Sie brach ab, machte Anstalten aufzustehen, dachte dann daran, daß sich Gavis vielleicht lieber setzte – und kam sich wie eine Närrin vor.

Whitney lachte erneut und berührte sie am Arm. »Entspannen Sie sich, Mädchen. Ich bin nicht beleidigt. Nun, bisher habe ich noch nie jemanden kennengelernt, der weniger Wert auf Äußerlichkeiten legt als Ben. Er beurteilt einen danach, was man leistet – nicht nach dem Aussehen. Typisch für ihn, daß er Sie nicht auf meine... Besonderheiten hinwies. Der Ausdruck ›Körperbehinderung‹ gefällt mir nicht sonderlich. Wie dem auch sei: Sie haben allen Grund, erstaunt zu sein, Mädchen.«

»Ich schätze, Ben blieb nicht genug Zeit, um davon zu sprechen – selbst wenn er daran gedacht hätte«, antwortete Rachael und nahm nicht wieder Platz. »Ich mußte ziemlich überstürzt aufbrechen und ihn zurücklassen.«

»Ist alles in Ordnung mit ihm?« fragte Whitney.

»Das weiß ich nicht.«

»Wo befindet er sich jetzt?«

»Ich hoffe, er ist hierher unterwegs. Aber ganz sicher bin ich mir nicht.«

Plötzlich mußte sie daran denken, daß auch ihr Benny in diesem Zustand aus dem Krieg in Vietnam hätte heimkehren können: mit zernarbtem Gesicht, ohne die linke Hand, das linke Bein zerfetzt – eine entsetzliche Vorstellung. Seit Montag abend, als es Shadway gelungen war, Vince Baresco zu entwaffnen und seine Combat Magnum an sich zu nehmen, hatte sie sich ihn mehr oder weniger unbewußt als einen unbezwingbaren und im Grunde genommen unbesiegbaren Mann vorgestellt, der nie verzagte, der immer einen Ausweg fand. Sie machte sich nach wie vor Sorgen um ihn, wollte jedoch daran glauben, daß ihm gar nichts zustoßen konnte, weil er zu zäh und klug war. Doch als sie jetzt sah, was der Krieg aus Whitney Gavis gemacht hatte, begriff sie endlich, daß auch Benjamin Shadway keinen magischen Schutzpanzer trug, der ihn vor Verletzungen – und dem Tod – bewahrte. Und diese Erkenntnis erfüllte sie mit jäher Angst.

»He, geht es Ihnen nicht gut?« fragte Whitney.

»Ich... ich bin nur erschöpft«, erwiderte Rachael mit zittriger Stimme. »Und ich mache mir Sorgen.«

»Ich möchte alles wissen. Erzählen Sie mir die *ganze* Geschichte.«

»Das braucht seine Zeit.« Rachael sah sich um. »Und dies ist nicht der geeignete Ort.«

Whitney nickte. »Da haben Sie völlig recht.«

»Wir vereinbarten als Treffpunkt das Golden Sand.«

»Das Motel? Ja, gute Idee. Ein ausgezeichnetes Versteck. Bietet zwar nicht gerade Erste-Klasse-Komfort...«

»Darauf kann ich verzichten.«

Gavis hatte seinen Wagen ebenfalls von einem Hotelbediensteten parken lassen und gab dem Mann sowohl seine Quittung als auch die Rachaels.

Jenseits des hohen und breiten Vordachs strömte der Regen durch die Nacht. Das Gewitter war weitergezogen, und es flackerten keine Blitze mehr. Aber die Myriaden Tropfen des Wolkenbruchs blieben trotzdem nicht anonym: Sie erschimmerten im Widerschein der bernsteinfarbenen und gelben Lichter neben dem Eingang des Grand, was den Anschein erweckte, als lege sich eine goldene Patina auf die nahe Straße.

Whitneys Wagen, ein fast neuer Karmann Ghia, wurde zuerst gebracht, und nur wenig später rollte auch der schwarze Mercedes heran. Obgleich Rachael wußte, daß sie Aufsehen erregte, sah sie zunächst im Fond und Kofferraum des Wagens nach, bevor sie sich ans Steuer setzte und losfuhr. Tief in ihrem Innern wußte sie, daß sie sich irrational verhielt. Eric war tot – oder hatte sich inzwischen endgültig in ein Tier verwandelt, das die Wüste durchstreifte, rund hundertfünfzig Kilometer von ihr entfernt. Es schien geradezu absurd zu sein anzunehmen, er habe es irgendwie geschafft, nach Las Vegas zu gelangen und sich erneut im Gepäckfach des schwarzen Mercedes zu verstecken. Dennoch sah Rachael nach – und fühlte sich zutiefst erleichtert, als sie keine Spur von dem lebenden Toten fand. Sie folgte Whitneys Karmann Ghia auf den Flamingo Boulevard, und von dort aus ging die Fahrt nach Osten weiter, in Richtung des Paradise Boulevards. Schließlich wandten sie sich nach Süden und erreichten kurz darauf das Golden Sand Inn.

Trotz der Nacht und des strömenden Regens wagte es Eric nicht, über den Las Vegas Boulevard South zu fahren, die barock wirkende Straße, die die Einheimischen als Strip bezeichneten. Acht bis zehn Stockwerke hohe Leuchtreklamen erhellten die Dunkelheit mit einem flackernden und bunten Schein, und Tausende von farbigen Neonleuchten bildeten lange Schlangen. Der Wasserfilm auf den Scheiben des roten Kleinlieferwagens und der tief in die Stirn gezogene Stetson genügten nicht, um das alptraumhafte Gesicht Erics vor den neugierigen Blicken der Passanten zu verbergen. Aus diesem Grund bog er vom Strip ab, bevor er die ersten Hotels erreichte, wählte eine Seitenstraße und fuhr nach Osten weiter, vorbei am rückwärtigen Bereich des McCarran International Airport.

Eric erinnerte sich an die Blockhütte am Lake Arrowhead, an das Gespräch, das Shadway und Rachael in der Garage geführt hatten, an die Erwähnung eines Motels namens Golden Sand Inn. Es fiel ihm nicht weiter schwer, das Haus zu finden: ein U-förmiges Gebäude mit Swimming-pool, das offene Ende der Straße zugewandt. In der Sonne gebleichtes Holz, das dringend einen neuen Anstrich benötigte. Fleckiges und rissiges Mauerwerk. Ein schiefes Dach, das neu abgedichtet werden mußte. Einige Fenster mit gesplitterten Scheiben, hier und dort mit Brettern vernagelt. Im Garten hüfthohes Unkraut. Vor einer Wand bildeten welke Blätter und Papierfetzen einen großen Haufen. Ein großes und defektes Neonschild hing zwischen zwei sechs Meter hohen Stahlpfosten nahe der Zufahrt, schwang im Rhythmus der Sturmböen langsam hin und her.

Rechts und links des Golden Sand Inn erstreckten sich jeweils zweihundert Meter breite Flächen aus unbebautem Land, bewachsen von niedrigem Gestrüpp. Auf der anderen Straßenseite wurde gerade ein neuer Gebäudekomplex errichtet, und die Stahl- und Betongerüste sahen aus wie die fleischlosen Gerippe eines exotischen Dinosauriers. Das Motel erhob sich am Rande der Stadt, und es herrschte nur wenig Verkehr.

Hinter keinem Fenster brannte Licht, und daraus schloß Eric, daß Rachael noch nicht eingetroffen war. Wo hielt sie sich auf? Er erinnerte sich daran, ziemlich schnell gefahren zu sein, doch er hielt es für ausgeschlossen, sie auf der Interstate überholt zu haben.

Beim Gedanken an Rachael begann sein Herz schneller zu pochen, und einmal mehr regte sich die kalte, reptilienartige Wut in ihm. Nahrung kam ihm in den Sinn, und daraufhin wurde ihm der Mund wäßrig. Er bebte am ganzen Leib, versuchte aber, sich zu beherrschen, biß die spitzen Zähne zusammen und bemühte sich, wenigstens teilweise rational zu bleiben.

Eric parkte den roten Wagen am kiesigen Straßenrand, mehr als hundert Meter vom Golden Sand entfernt, ließ die beiden Vorderreifen in den seichten Sand rollen – um den Anschein zu erwecken, das Auto sei ins Schleudern geraten und der Fahrer nach Hause gegangen, um sich am nächsten Morgen um seinen Lieferwagen zu kümmern. Als das Brummen des Motors verklang, schien das Trommeln des Regens lauter zu werden. Eric wartete, bis weit und breit keine anderen Wagen zu sehen waren, bevor er die Beifahrertür öffnete und ausstieg.

Er stapfte durch den Abwassergraben, in dem schäumendes Schmutzwasser floß, hielt auf das Motel zu und sah sich immer wieder um. Nach einigen wenigen Metern wurde er schneller, lief schließlich, als er begriff, daß er sich nur hinter einigen Büschen und Sträuchern verstecken konnte, wenn sich ein anderes Fahrzeug näherte.

Als er sich dem Sturm ausgesetzt fühlte, verspürte er erneut die Versuchung, sich die Kleidung vom Leib zu reißen und nackt durch Nacht und Regen zu stürmen, fort von den Lichtern der Stadt, durch die Wüste. Doch das Verlangen nach Rache war stärker, und deshalb setzte er den Weg fort.

Das kleine Büro des Motels befand sich in der nordöstlichen Ecke des U-förmigen Gebäudes. Durch die dicken Scheiben des Fensters sah Eric nur einen Teil des unbeleuchteten Zimmers: die trüben Konturen eines Sofas, einen Sessel, einen Tisch, eine Lampe, den Empfangstresen. Das Apartment des Verwalters, das Shadway Rachael als Unterkunft angeboten hatte, ließ sich vermutlich durch das Büro erreichen. Eric streckte eine Klauenhand nach dem Knauf aus, der in seiner großen Pranke verschwand. Die Tür war abgeschlossen.

Plötzlich sah er sein undeutliches Spiegelbild im feuchten Glas:

eine gehörnte Dämonenfratze mit scharfen Zähnen und seltsamen Knochenbuckeln. Rasch wandte er den Blick davon ab und versuchte, ganz still zu bleiben, nicht zu wimmern.

Er schlich auf den Hof und beobachtete die Türen, die auf drei Seiten zu den Motelzimmern führten. Nirgends schimmerte Licht, und dennoch fiel es Eric nicht schwer, sich zu orientieren. Er konnte genügend Einzelheiten ausmachen, sah sogar den blauen Schatten des Lacks auf dem Holz. In was auch immer er sich verwandeln mochte: Das Wesen zeichnete sich durch eine weitaus bessere Nachtsicht aus als ein Mensch.

Eine zerbeulte Aluminiummarkise überdachte den Weg, der auf allen drei Seiten an den Türen vorbeiführte, formte eine schäbig wirkende Promenade. Regenwasser rann herab, tropfte auf den Rand der schmalen Betonfläche, bildete glänzende Pfützen. Es platschte leise, als Eric durch das hohe Gras eilte.

Der Swimming-pool war entleert worden, doch der Regen füllte ihn langsam wieder. An den tiefsten Stellen stand das Wasser bereits dreißig Zentimeter hoch. Und darunter loderte ein verlockendes – und vielleicht nur halluzinatorisches – Schattenfeuer, purpurn und silbern.

Irgend etwas an diesem Schattenfeuer jagte ihm einen besonderen Schrecken ein. Als Eric in das dunkle Loch des fast leeren Pools starrte, verspürte er das jähe Verlangen, um die eigene Achse zu wirbeln und zu fliehen, diesen Ort so schnell wie möglich zu verlassen.

Ruckartig wandte er sich von dem Becken ab.

Er trat unter das Aluminiumdach, und das metallische Pochen des Regens weckte klaustrophobische Empfindungen in ihm, so als sei er in einer Konservenbüchse gefangen. Er näherte sich dem Zimmer 15 und drückte den Knauf. Vergeblich. Ebenfalls verriegelt. Aber das Schloß schien alt und halb verrostet zu sein. Eric wich zurück und trat entschlossen auf die Tür ein. Schon nach einigen Sekunden erregte ihn die Aussicht auf neuerliche Zerstörungen so sehr, daß er laut und schrill zu heulen begann. Beim vierten Tritt zerbrach das Schloß, und mit einem weithin hallenden Quietschen schwang die Tür nach innen.

Mit einem Satz war Eric im Zimmer.

Er entsann sich, daß Shadway Rachael mitgeteilt hatte, es gebe noch immer elektrischen Strom im Haus, aber er verzichtete darauf, das Licht einzuschalten. Er wollte vermeiden, daß Rachael Verdacht schöpfte, wenn sie schließlich eintraf.

Leise schloß er die Tür.

Er trat ans Fenster heran, von dem aus man auf den Hof blicken konnte, zog die schmutzigen Vorhänge einige Zentimeter beiseite und starrte in die Nacht hinaus. Zufrieden stellte er fest, daß er von seinem gegenwärtigen Standort aus sowohl die U-förmige Öffnung des Motels als auch die Bürotür im Auge zu behalten vermochte. Wenn Rachael eintraf, würde er sie sofort sehen.
Und wenn sie sich in Sicherheit glaubte, würde er angreifen.
Ungeduldig verlagerte er sein Gewicht von einem Bein aufs andere.
Eric gab ein leises, hungrig klingendes Fauchen von sich.
Er gierte nach Blut.

Amos Zachariah Tate – so hieß der schnauzbärtige Fahrer des Lasters – wirkte wie die Reinkarnation eines Outlaws, der die abgelegenen Regionen der Mohavewüste auch während der Zeit des Wilden Westens unsicher gemacht, Postkutschen und Pony-Expreß-Reitern aufgelauert hatte. Sein Gebaren jedoch ähnelte eher dem eines Wanderpredigers aus der gleichen Epoche: Er sprach sanft, ruhig und sehr freundlich, doch der Tonfall verhärtete sich, wenn er sich über Seelenheil und ewige Verdammnis ausließ.

Er nahm Ben nicht nur nach Las Vegas mit, sondern gab ihm auch eine Wolldecke, mit der er sich vor der Kühle schützen konnte, die die Klimaanlage des Lastwagens auf seinen regennassen Leib blies, bot ihm sowohl Kaffee aus einer von zwei großen Thermosflaschen als auch eine dicke Stulle an und gewährte ihm darüber hinaus geistlichen Beistand. Er war aufrichtig um das körperliche Wohlergehen Shadways besorgt – ein natürlicher Guter Samariter, der mit Verlegenheit auf Dankbarkeitsbezeugungen reagierte und dem es völlig an jener Art von Selbstgerechtigkeit mangelte, bei der es sich um eine der wichtigsten Charaktereigenschaften aller modernen Boten des Herrn handelte.

Außerdem glaubte Amos Bens Lüge von einer schwerverletzten – und vielleicht sterbenden – Ehefrau im Sunrise Hospital, Las Vegas. Zwar wies er darauf hin, sich für gewöhnlich immer an die Gesetze der Vereinigten Staaten zu halten – und dazu gehörte auch die Straßenverkehrsordnung –, machte aber in diesem Fall eine Ausnahme und beschleunigte sein riesiges Gefährt auf fast hundertdreißig Stundenkilometer.

Ben hüllte sich in die warme Decke, trank Kaffee, verspeiste das dicke Brot und grübelte über Leben und Tod nach. Er war Amos Tate sehr dankbar, bedauerte es jedoch, daß er nicht noch schneller fuhr. Immer wieder dachte er an Rachael, und wenn er sich vorstellte, wie Eric den Kofferraum des Mercedes verließ und über die junge Frau herfiel, entstand Gletscherkälte in ihm.

Doch ihm waren, im symbolischen Sinne, die Hände gebunden. Es blieb ihm nichts anderes übrig, als zu warten, bis er in Las Vegas eintraf – und darauf zu hoffen, daß Rachael noch lebte, wenn er das Motel erreichte.

Die Wohnung des Verwalters im Golden Sand Inn stand schon seit einem Monat leer, und Rachael nahm einen muffigen Geruch wahr, als sie das Apartment betrat.

Das Wohnzimmer war recht groß, das Schlafzimmer klein und das Bad winzig. Die Küche bot ebenfalls nicht gerade viel Platz, verfügte jedoch über eine vollständige Ausstattung. Die Wände erweckten den Anschein, als seien sie schon seit einem Jahrzehnt nicht mehr gestrichen worden. Der Teppich war abgewetzt, und das Linoleum in der Küche wies viele Kratzer und Risse auf. Die Möbelstücke gingen allmählich aus dem Leim und hätten längst durch neue ersetzt werden müssen.

»Die Einrichtung entspricht nicht gerade dem Prospekt eines Innenarchitekten«, sagte Whitney Gavis, stützte sich mit dem linken Armstumpf am Kühlschrank ab, griff mit der rechten Hand nach dem Stecker und schob ihn in die Steckdose. Sofort begann der Motor zu summen. »Aber die Geräte funktionieren alle, und außerdem sind Sie hier sicher. An diesem Ort wird niemand nach Ihnen suchen.«

Sie nahmen am kleinen Küchentisch Platz, und Rachael erzählte Gavis, was wirklich hinter der Fahndung nach ihr und Ben steckte, ließ keine Einzelheiten aus.

Das Stöhnen des draußen wehenden Windes klang wie das Klagen eines verletzten Tiers, das sich dem Fenster näherte, sein formloses Gesicht an die Scheibe preßte und der jungen Frau aufmerksam zuhörte.

Eric stand am Fenster des Zimmers mit der Nummer 15, wartete auf Rachaels Ankunft und spürte, wie das Veränderungsfeuer immer heißer in ihm brannte. Der Schweiß strömte ihm aus allen Poren, tropfte von der Stirn, rann ihm über die Wangen. Er hatte das

Gefühl, in einem Backofen zu stehen, und bei jedem Atemzug schien die Luft seine Lungen zu versengen. Überall um ihn herum, in den Ecken des Raums, loderten Schattenfeuer, die er nicht zu beobachten wagte. Es war, als schmolzen seine Muskeln und Knochen.

Von einer Sekunde zur anderen *bewegte* sich sein Gesicht. Ein schreckliches Knacken und Knirschen hallte kurz in Erics Ohren wider, hatte seinen Ursprung irgendwo in seinem Schädel, verwandelte sich nur einen Augenblick später in gespenstisches Gluckern und Platschen. Die Metamorphose beschleunigte sich noch weiter, lief mit geradezu atemberaubender Geschwindigkeit ab. Voller Entsetzen und Grauen – aber auch erfüllt von einer aufgeregten, wilden und dämonischen Freude – fühlte Eric, daß sein Gesicht eine neue Form gewann. Er bemerkte einen knochigen Stirnhökker, der sich so weit ausdehnte, daß er in sein Blickfeld geriet, sich aber sofort wieder zurückbildete und auflöste: Der neue Knochen schmolz wie Butter. Der Strom des Wandels erreichte auch Nase, Mund und Unterkiefer, knetete die noch immer teilweise menschlich wirkenden Züge zu einer rudimentären Schnauze. Die Beine gaben unter Eric nach, und deshalb wandte er sich widerstrebend vom Fenster ab, sank mit einem Ruck auf die Knie. In seiner Brust brach irgend etwas auseinander. Die Lippen wichen zurück, zogen sich in die Länge, um sich der schnauzenartigen Restrukturierung des Gesichts anzupassen. Er zog sich am Bett hoch, rollte sich auf den Rücken, gab sich völlig dem verheerenden und doch nicht ganz unangenehmen Prozeß der umfassenden Veränderung hin. Wie aus weiter Ferne hörte er seine Stimme: Er knurrte wie ein Hund, zischte wie eine Schlange, stöhnte wie jemand, der gerade einen Orgasmus erlebte.

Eine Zeitlang betäubte Dunkelheit seine Sinne.

Als er einige Minuten später wieder zu sich kam, stellte er fest, daß er aus dem Bett gefallen war und vor dem Fenster lag, an dem er zuvor nach Rachael Ausschau gehalten hatte. Das Veränderungsfeuer brannte noch immer heiß in ihm, und er spürte nach wie vor, daß die Zellen überall in seinem Körper zu neuen Gewebeeinheiten zusammenwuchsen. Dennoch stand er auf, zog entschlossen die Vorhänge zurück und streckte die Arme nach dem Fenster aus. Im trüben Licht wirkten seine Hände riesig, und sie schienen in einen Chitinpanzer gehüllt zu sein – wie die fünffingrigen Scheren eines Krebses. Eric lehnte sich an die Scheibe und

atmete warme Luft, die einen trüben Film auf dem kühlen Glas bildete.
Im Motelbüro brannte Licht.
Offenbar war Rachael inzwischen eingetroffen.
Sofort quoll Haß in Eric empor, und der verlockende Erinnerungsgeruch von Blut stieg ihm in die Nase.
Gleichzeitig bekam er eine immense Erektion. Er wollte sich in Rachael hineinschieben und sie anschließend töten, so wie die Frau des Cowboys auf dem Rastplatz. Angesichts der geistigen und körperlichen Regressionsphase fiel es ihm schwer, sich weiterhin an die Identität Rachael zu erinnern. Es kümmerte ihn immer weniger, um wen es sich bei ihr handelte. Es kam nur darauf an, daß sie weiblich war – und Beute.
Eric wandte sich vom Fenster ab und versuchte, zur Tür zu gehen, doch erneut gaben die metamorphierenden Beine unter ihm nach. Wieder sank er zu Boden und wälzte sich hin und her, während die Hitze des in ihm lodernden Veränderungsfeuers weiter zunahm.
Die Gene und Chromosomen, einst absolut dominierende Regulatoren von Gestalt und organischen Funktionen, wurden zu Opfern des Wandels, den sie selbst eingeleitet hatten. Sie stellten keine Kontrolleure mehr dar, die verschiedene Stadien der menschlichen Evolution reaktivierten, sondern experimentierten nun mit völlig fremdartigen Strukturen, die in keinem Zusammenhang mit der physiologischen Geschichte des Homo sapiens standen. Sie mutierten, entweder durch Zufall oder als Reaktion auf unbekannte Kräfte und Entwicklungsmuster, die Eric nicht zu deuten vermochte. Und während sie mutierten, veranlaßten sie die Produktion jener Hormone und Proteine, die seine Muskeln und Knochen schmolzen.
Er verwandelte sich in ein Geschöpf, das es niemals zuvor auf der Erde gegeben hatte.

Die zweimotorige Turboprop des Marine Corps landete um 21.03 Uhr auf dem McCarran International Airport in Las Vegas. Die Linienmaschine vom Orange County, in der Julio Verdad und Reese Hagerstrom saßen, wurde in zehn Minuten erwartet.
Harold Ince, DSA-Agent der Abteilung von Nevada, holte Anson Sharp, Jerry Peake und Nelson Gosser ab.
Gosser begab sich sofort zu dem Gate, durch das die Passagiere

vom Orange County das Terminal betreten würden. Seine Aufgabe bestand darin, Verdad und Hagerstrom so unauffällig wie möglich zu beschatten, bis sie das Flughafengebäude verließen und sich das draußen wartende Überwachungsteam an ihre Fersen heften konnte.
»Es ist bereits alles geregelt, Mr. Sharp«, sagte Ince.
»Geben Sie mir einen kurzen Bericht«, forderte ihn Anson auf und marschierte mit langen Schritten durch den Korridor, der zum vorderen Bereich des Terminals führte.
Peake eilte ihm nach, und Ince – er war wesentlich kleiner als Jerrys Vorgesetzter – bemühte sich, nicht den Anschluß zu verlieren.
»Sir, der angeforderte Wagen steht draußen, hinter dem Taxistand.«
»Gut. Und wenn die beiden Cops kein Taxi nehmen?«
»Ein Autoverleih-Büro ist noch immer geöffnet. Wenn sich Verdad und Hagerstrom einen Wagen mieten, gebe ich Ihnen sofort Bescheid.«
»In Ordnung.«
Sie erreichten das Laufband und traten auf den Gummibelag. Es waren keine anderen Flüge eingetroffen, und deshalb erstreckte sich der Korridor fast leer vor ihnen. Sharp blieb nicht einfach stehen, sondern ging auch auf dem sich bewegenden Untergrund weiter, sah kurz zu Ince zurück und fragte: »In welcher Beziehung stehen Sie zur Polizei von Las Vegas?«
»Die Beamten sind hilfsbereit, Sir.«
»Das ist alles?«
»Nun, vielleicht nicht«, erwiderte Ince. »Es sind gute Jungs, Sir. Ihre Arbeit in dieser Stadt ist alles andere als leicht. Denken Sie nur an die vielen Betrüger und Schwindler. Aber sie werden irgendwie damit fertig. Und da sie wissen, wie schwer es ist, für Recht und Ordnung zu sorgen, haben sie großen Respekt vor allen Arten von Cops.«
»Auch vor uns?«
»Ja.«
»Wenn es zu einer Schießerei kommt«, sagte Sharp, »wenn jemand die Polizei anruft und die hiesigen Bullen eintreffen, bevor es uns gelungen ist, alle Spuren zu verwischen – können wir in einem solchen Fall damit rechnen, daß sie bei ihren Berichten unsere Wünsche berücksichtigen?«
Ince zwinkerte überrascht. »Nun... vielleicht.«

»Ich verstehe«, erwiderte Sharp kühl. Sie erreichten das Ende des Laufbands, und als sie die große Eingangshalle des Flughafengebäudes betraten, fügte Anson hinzu: »Ince, heutzutage sind gute Verbindungen zu den lokalen Behörden sehr wichtig. Beim nächsten Mal möchte ich kein ›vielleicht‹ hören, klar?«
»Ja, Sir. Aber...«
»Sie bleiben hier, warten dort drüben neben dem Zeitungsstand. Erwecken Sie bloß keine Aufmerksamkeit.«
Sharp wartete keine Antwort ab, drückte eine Glastür auf und trat nach draußen. Der Wind trieb den Regen unter das überhängende Dach.
Jerry Peake nutzte die Gelegenheit, um zu seinem Vorgesetzten aufzuschließen.
»Wieviel Zeit bleibt uns noch, Jerry?«
Peake warf einen kurzen Blick auf die Uhr. »Die Maschine landet in fünf Minuten.«
Zu dieser späten Stunde standen nur vier Wagen am Taxistand. Das Fahrzeug, das ihnen Ince zur Verfügung gestellt hatte, parkte etwa fünfzehn Meter dahinter – einer der üblichen lehmbraunen Fords der DSA. Er wies zwar keine besonderen Kennungen auf, doch an den Türen hätte genausogut in mindestens dreißig Zentimeter großen Blockbuchstaben GEHEIMDIENST stehen können.
Peake nahm am Lenkrad Platz, und Sharp setzte sich auf den Beifahrersitz, legte sich seinen Aktenkoffer auf den Schoß. »Wenn Verdad und Hagerstrom ein Taxi nehmen, so fahren Sie dicht genug auf, um das Nummernschild zu lesen. Sollten wir den Wagen irgendwo im Verkehr verlieren, können wir das Fahrtziel von der Taxi-Gesellschaft in Erfahrung bringen.«
Peake nickte.
Ein Teil des lehmbraunen Fords befand sich unter dem Vordach, und der andere war dem Unwetter ausgesetzt. Regen prasselte auf die rechte Seite herab, und das Wasser tropfte über Sharps Fenster.
Der stellvertretende Direktor öffnete seinen Aktenkoffer und holte zwei Pistolen hervor, deren Registrierungsnummern weder zu ihm noch zur DSA zurückverfolgt werden konnten. Einer der beiden Schalldämpfer war nagelneu, der andere bereits am Lake Arrowhead benutzt. Sharp schraubte den ersten an den Lauf seiner Waffe, und die andere überließ er Peake, der bei ihrem Anblick kurz das Gesicht verzog.
»Stimmt etwas nicht?« fragte Anson.

»Nun, Sir...«, brachte Peake unsicher hervor. »Wollen Sie Shadway noch immer umbringen?«
Sharp bedachte ihn mit einem durchdringenden Blick. »Was ich *will*, spielt keine Rolle, Jerry. Ich habe den *Befehl* erhalten, ihn unschädlich zu machen. Und die Anweisung stammt von ganz oben, wie ich bereits sagte.«
»Aber...«
»Ja?«
»Wenn Verdad und Hagerstrom uns zu Shadway und Mrs. Leben führen... Ich meine, Sie können die beiden Gesuchten doch nicht einfach über den Haufen knallen, während die Polizisten zugegen sind. Sie werden bestimmt nicht den Mund halten.«
»Ich bin ziemlich sicher, daß sich das Problem namens Verdad und Hagerstrom lösen läßt«, versicherte ihm Sharp. »Wenn ich sie unter Druck setze, kneifen sie den Schwanz ein. Die verdammten Mistkerle sollten die Finger von dieser Sache lassen, und das wissen sie auch. Wenn ich sie beim Herumschnüffeln ertappe, werden sie bald feststellen, daß sie sowohl die Karriere als auch ihre Pension riskieren. Dann machen sie einen Rückzieher. Und wenn sie weg sind, erledigen wir Shadway und die Frau.«
»Und wenn sie sich nicht einschüchtern lassen?«
»Dann müssen sie ebenfalls ins Gras beißen«, sagte Sharp und entsicherte seine Pistole.

Der Kühlschrank summte laut.
Die feuchte Luft roch noch immer abgestanden und muffig.
Rachael und Whitney saßen wie zwei Verschwörer am Tisch. Die 32er der jungen Frau lag griffbereit vor ihr – obgleich sie nicht damit rechnete, Gebrauch von der Waffe machen zu müssen, zumindest nicht in dieser Nacht.
Whit Gavis hatte sich ihre Schilderungen ruhig und aufmerksam angehört, und zu Rachaels Erstaunen schien er ganz und gar nicht überrascht zu sein. Vielleicht vertraute er ihr einfach nur deshalb, weil Benny sie liebte.
Gavis schien eine Zeitlang nachzudenken, und schließlich sagte er: »Sie sind nicht ganz sicher, daß Eric aufgrund der Schlangenbisse gestorben ist.«
»Nein«, gestand Rachael ein.

»Wenn er nach dem tödlichen Verkehrsunfall von den Toten auferstand, so wird sein veränderter Körper vielleicht auch mit dem Klapperschlangengift fertig.«

»Ja. Ich schätze, das ist durchaus möglich.«

»Und wenn er zum zweitenmal aus dem Jenseits zurückkehrt, so können Sie nicht sicher sein, daß er zu einem Wesen degeneriert, das in der Wüste bleibt und das Leben eines Tiers führt.«

»Nein«, sagte die junge Frau. »Eine Garantie dafür gibt es nicht.«

Gavis runzelte die Stirn, und die zernarbte Seite seines Gesichts kräuselte sich wie dünnes Schmirgelpapier.

Draußen erfüllten unheilvoll klingende Geräusche die Nacht. Die Wedel einer Palme kratzten übers Dach, und das Motelschild neigte sich im Wind hin und her, quietschte in rostigen Angeln. Einige Sekunden lang horchte Rachael nach anderen Dingen, hörte aber nur das Ächzen des Windes und das unentwegte Hämmern der Regentropfen. Dennoch konnte sie sich nicht richtig entspannen.

»Was mir besondere Sorgen macht...«, brummte Whitney. »Ganz offensichtlich hat Eric zugehört, als Ben Ihnen gegenüber diesen Ort erwähnte.«

»Vielleicht«, sagte Rachael voller Unbehagen.

»Mit ziemlicher Sicherheit, Mädchen.«

»Nun gut. Aber inzwischen hat er sich so verändert, daß er nicht einfach per Anhalter hierherkommen kann. Außerdem: Der evolutionäre Regressionsprozeß schien nicht nur seinen Körper zu betreffen, sondern auch den Geist. Ich meine... Whitney, wenn Sie ihn bei den Schlangen gesehen hätten, wüßten Sie, wie unwahrscheinlich es ist, daß er eine Möglichkeit findet, die Wüste zu verlassen und hierher nach Vegas zu kommen.«

»Unwahrscheinlich – aber nicht unmöglich«, stellte Gavis fest. »Nichts ist völlig ausgeschlossen, Mädchen. Als in Vietnam eine verborgene Mine unter mir hochging, erhielt meine Familie die Nachricht, ich könne unmöglich überleben. Und doch war es der Fall. Anschließend hieß es, die Verletzungen seien so gravierend, daß ich ohne irgendwelche Hilfsmittel nicht in der Lage sei, verständlich zu sprechen. Nun, Sie verstehen mich, oder? Lieber Himmel, es gab damals eine ganze Liste von angeblichen Unmöglichkeiten – und die Ärzte mußten einen Punkt nach dem anderen streichen. Obwohl ich nicht den Vorteil Ihres Mannes hatte, keine veränderte Genstruktur.«

»Wenn es sich dabei überhaupt um einen Vorteil handelt«, sagte Rachael und erinnerte sich an den gräßlichen Knochenbuckel auf Erics Stirn, die stummelartigen Hörner, die veränderten Augen, die Klauenpranken...

»Ich sollte Sie irgendwo anders unterbringen.«

»Nein«, widersprach die junge Frau rasch. »Ich habe mich hier mit Ben verabredet. Wenn er kommt und mich nicht antrifft...«

»Das ist nicht weiter schlimm. Er braucht sich nur an mich zu wenden, um Sie zu finden.«

»Nein. Wenn er eintrifft, möchte ich hier sein.«

»Aber...«

»Ich bleibe hier«, sagte Rachael entschlossen. »Wenn er Las Vegas erreicht, möchte ich... ihn sofort sehen.«

Whitney Gavis musterte sie eine Zeitlang, und sein Blick schien dabei bis in ihr Innerstes zu reichen. Schließlich entgegnete er: »Mein Gott, Sie lieben ihn wirklich, nicht wahr?«

»Ja«, bestätigte sie mit zittriger Stimme.

»Ich meine, Sie lieben ihn *wirklich*.«

»Ja«, wiederholte Rachael und versuchte, ihre Stimme möglichst ruhig klingen zu lassen. »Und ich mache mir Sorgen um ihn – große Sorgen.«

»Ihm wird schon nichts zustoßen. Ben ist ein echter Überlebenstyp.«

»Wenn irgend etwas mit ihm geschieht...«

»Bestimmt nicht«, sagte Whitney. »Nun, ich glaube, heute nacht droht Ihnen hier keine Gefahr. Selbst wenn es Ihrem Mann... Eric, meine ich... Nun, selbst wenn es ihm gelingt, nach Vegas zu kommen: Er muß sich versteckt halten, kann nicht einfach auf den Bürgersteigen spazierengehen. Und das bedeutet, er braucht einige Tage, um das Motel zu erreichen.«

»Wahrscheinlich schleicht er irgendwo durch die Wüste, hundertfünfzig Kilometer von hier entfernt.«

»Mit anderen Worten: Wir gehen eigentlich kein Risiko ein, wenn wir bis morgen warten, um eine andere Unterkunft für Sie zu finden. Also gut: Bleiben Sie heute nacht hier und warten Sie auf Ben. Und seien Sie unbesorgt: Er wird kommen. Da bin ich ganz sicher, Rachael.«

Tränen schimmerten in ihren Augen, als sie nickte.

Whitney stand auf. »Nun, wenn Sie eine Nacht in dieser Bude verbringen wollen, sollten wir es Ihnen so bequem wie möglich

machen. Vielleicht liegen noch einige Laken und Handtücher im Kleiderschrank, aber ich befürchte, sie haben längst Schimmel angesetzt. Was halten Sie davon, wenn ich einige neue hole? Und wie wäre es mit etwas zu essen?«
»Ich bin halb verhungert«, sagte Rachael.
»Ich verstehe. Nun, dann bringe ich Ihnen irgend etwas. Möchten Sie mitkommen?«
Rachael rang sich ein Lächeln ab. »Nein, besser nicht. Wenn mich jemand erkennt...«
Whitney nickte. »Sie haben recht. Nun, ich bin in spätestens einer Stunde zurück. Halten Sie es solange allein aus?«
»Ich bin hier völlig sicher«, sagte Rachael. »Bestimmt.«

In der samtenen Schwärze des Zimmers Nummer fünfzehn kroch Eric ziellos über den Boden, wandte sich erst nach links und dann nach rechts, wälzte sich von einer Seite zur anderen, zog die Beine an und streckte sie wieder...
»Rachael...«
Er hörte, wie er dieses Wort aussprach, nur dieses eine, jedesmal mit einer anderen Betonung. Zwar fiel es ihm zunehmend schwerer, Zunge und Kehlkopf zu kontrollieren, doch die Formulierung des Namens bereitete ihm keine Probleme. Manchmal wußte er, was die Silben bedeuteten, und dann wieder blieben sie ohne irgendeinen Sinn für ihn. Trotzdem führte der Klang immer zur gleichen Reaktion, stimulierte eiskalte Wut.
»Rachael...«
Hilflos schwamm er im sturmgepeitschen Meer der Metamorphose, stöhnte und knurrte, zischte, ächzte und wimmerte. Und manchmal gab er ein leises, gutturales Kichern von sich. Er keuchte und hustete, schnappte schnaufend nach Luft. Er lag auf dem Rücken, zitterte und bebte am ganzen Leib, als ihn die Flut der Veränderung durchwogte, gestikulierte mit Händen, die zweimal so groß waren wie die des Genetikers Eric Leben.
Knöpfe lösten sich von seinem rotkarierten Hemd. Ein Schultersaum riß auf, als der Umfang des Torsos immer weiter zunahm, als ihm der innere Motor des Wandels eine neue Gestalt aufzwang.
»Rachael...«
Während der vergangenen Stunden waren seine Füße mehrmals größer und kleiner geworden, und die Stiefel schienen einen fast rhythmischen Druck auf die Zehen auszuüben, der nun wieder

zunahm. Eric konnte den Schmerz nicht länger ertragen, riß die Absätze und Sohlen fort, kratzte mit scharfen Krallen über zähes Leder und zerfetzte es.

Als er die nackten Füße sah, stellte er fest, daß sie sich ebenso drastisch verändert hatten wie seine Hände. Sie waren breiter und flacher, wirkten knotig und wiesen mehrere knöcherne Buckel auf. Die Zehen – so lang wie Finger. Und sie endeten in Krallen, die denen der Hände ähnelten.

»Rachael...«

Die Veränderung schlug wie ein Hammer auf ihn ein, sauste wie ein Blitz herab, der einen Baumstamm auseinanderbrechen ließ. Das Brennen erfaßte zunächst die höchste Stelle seines Körpers und setzte sich dann im Rest des Leibes fort, erstreckte sich von den Haarspitzen bis zu den Fußsohlen.

Eric krümmte sich zusammen, pochte mit den Fersen auf den Boden.

Heiße Tränen quollen ihm aus den Augen, und zähflüssiger Speichel tropfte ihm von den Lippen.

Doch obwohl er in Schweiß gebadet war und ihn das Veränderungsfeuer zu verbrennen schien, verblieb ein Kern aus Kälte im Zentrum seines Wesens, im Fokus des Denkens und Empfindens.

Eric kroch in eine Ecke des Zimmers und rollte sich dort zusammen. Das Brustbein knackte und verbreiterte sich, gewann eine neue Form. Das Rückgrat knirschte, und er spürte, wie es ebenfalls in Bewegung geriet, um sich den anderen Veränderungen anzupassen.

Nur wenige Sekunden später krabbelte er auf allen vieren in die Mitte des Raumes zurück und stemmte sich in die Höhe. Eine Zeitlang hielt er den Kopf gesenkt und knurrte kehlig, wartete darauf, daß sich der Schwindel verflüchtigte.

Das Veränderungsfeuer kühlte sich endlich ab. Und das bedeutete: Seine Gestalt stabilisierte sich.

Schwankend stand er auf.

»Rachael...«

Eric öffnete die Augen, blickte sich im Motelzimmer um und war nicht sonderlich überrascht, als er die Feststellung machte, daß er im Dunkeln fast ebensogut sehen konnte wie zuvor bei hellem Tageslicht. Darüber hinaus hatte sich sein Blickfeld erweitert. Auch wenn er starr geradeaus sah, blieben die Konturen der Gegenstände rechts und links von ihm klar und scharf.

Er trat an die Tür heran. Teile seines mutierten Körpers schienen noch nicht voll entwickelt zu sein, und aus diesem Grund taumelte er unbeholfen, wie ein überdimensionales Schalentier, das gerade erst gelernt hatte, aufrecht wie ein Mensch zu stehen. Andererseits: Er war keineswegs behindert. Eric wußte, daß er sich schnell und lautlos bewegen konnte, und tief in sich spürte er eine enorme Kraft.

Er gab ein leises Zischen von sich, das sich im Fauchen des Windes und dem Prasseln des Regens verlor, zog die Tür auf und trat in die Nacht, die ihn mit kühler Finsternis willkommen hieß.

35. Kapitel

Ein Etwas, das die Dunkelheit liebt

Whitney verließ die Wohnung des Verwalters im Golden Sand Inn durch die Hintertür der Küche. Sie führte in eine staubige Garage, in der nun der schwarze Mercedes stand, unter dem sich einige Pfützen aus abgetropftem Regenwasser gebildet hatten. Der Karmann Ghia hingegen parkte auf der Zufahrt hinter dem Motel.

Gavis blieb kurz stehen und wandte sich noch einmal zu Rachael um, die auf der Schwelle zwischen Küche und Garage stand. »Schließen Sie hinter mir ab und bleiben Sie im Apartment. Ich komme so schnell wie möglich zurück.«

»Machen Sie sich keine Sorgen um mich«, erwiderte die junge Frau. »Ich muß die Wildcard-Akte ordnen. Und das wird mich eine Weile beschäftigen.«

»Wahrscheinlich trifft Ben hier ein, bevor ich zurück bin«, sagte Whit.

Rachael lächelte zaghaft, dankbar für seinen Versuch, sie aufzumuntern.

Aber Gavis beobachtete auch, wie sie sich auf die Unterlippe biß und kurz den Kopf senkte. Offenbar hatte sie noch immer Angst, ihren Benny nie wiederzusehen.

Whitney bedeutete ihr mit einem Wink, in die Küche zurückzutreten, und dann schloß er die Tür zwischen ihnen. Er wartete, bis er das Klacken des zuschnappenden Riegels hörte, bevor er über den fleckigen Betonboden ging, an der Kühlerhaube des schwarzen Wagens vorbei. Er machte sich nicht die Mühe, das große Tor aufzuziehen, hielt statt dessen auf den Seitenausgang zu.

Die Garage bot drei Fahrzeugen Platz und wurde von einer einzelnen Glühbirne beleuchtet, die an einem Querbalken hing. Es herrschte ein ziemliches Durcheinander aus beschädigten Möbelstücken, die der Vorbesitzer hier abgestellt hatte, und an den Wänden stapelte sich Müll.

Als Whitney Gavis die Seitentür entriegelte und sie öffnen wollte, vernahm er hinter sich ein leises Kratzen. Noch während er sich umdrehte, wurde es wieder still.

Er runzelte die Stirn und ließ den Blick durch die Garage schweifen, über den schwarzen Mercedes, den Gasbrenner in der einen Ecke, die alte Werkbank, den Heißwasserboiler. Nirgends rührte sich etwas.

Gavis lauschte.

Er hörte nur den Wind, das Trommeln der Regentropfen auf dem Dach.

Nach einigen Sekunden wandte er sich von der Tür ab, ging langsam um den Wagen herum und hielt aufmerksam Ausschau. Alles blieb still.

Vielleicht hatte einer der Müllhaufen unter seinem eigenen Gewicht nachgegeben. Es hätte ihn auch nicht sehr überrascht, in dem stinkenden Chaos irgendwo eine Ratte zu sehen.

Er blickte sich noch ein letztes Mal um, bevor er sich zur Tür umdrehte und nach draußen trat.

Eine Sekunde später, als ihm die Böen Regen entgegenwehten, begriff Gavis die Ursache des leisen Knackens. Irgend jemand hatte versucht, das breite Garagentor von außen zu öffnen. Normalerweise wurde es von einem Elektromotor betrieben, und während es auf Automatik justiert war, konnte es nicht von Hand aufgezogen werden – ein guter Schutz vor Einbrechern.

Whitney hinkte leise zur Vorderfront der Garage und der sich daran anschließenden Zufahrt, spähte wachsam um die Ecke. Noch immer goß es in Strömen, und das Hämmern und Prasseln übertönte das Geräusch seiner Schritte. Nach einigen Metern verharrte Gavis wieder und lauschte erneut, konnte zunächst jedoch nichts Verdächtiges hören. Nach einer Weile setzte er sich wieder in Bewegung – und blieb abrupt stehen, als hinter ihm ein gräßliches Zischen erklang.

Blitzartig wirbelte er herum, stieß einen Schrei aus und taumelte zurück, als er das *Etwas* sah, das in der Düsternis vor ihm aufragte. Aus einer Höhe von fast zwei Metern starrten dämonische Augen auf ihn herab, so groß wie Eier, das eine hellgrün und das andere orangefarben. Sie schimmerten wie die eines Tiers. Die eine Pupille ähnelte der einer Katze, die an Hyperthyreose litt, und die andere sah aus, als stamme sie aus dem Schädel eines Wesens, das eine Mischung aus Schlange und Insekt darstellen mochte. Facetten glänzten.

Einige Sekunden lang war Whitney wie erstarrt. Plötzlich streckte sich ihm ein dicker Arm entgegen, und die gewaltige Klauenpranke versetzte ihm einen Schlag mitten ins Gesicht, schleuderte ihn zu Boden. Gavis stürzte auf den harten Betonboden, rollte durch Schlamm und hohes Gras.

Der Arm des schauderhaften Geschöpfs – Whitney begriff plötzlich, daß er einen Eric Leben sah, der sich auf alptraumhafte Weise verändert hatte – wirkte ganz und gar nicht wie der eines Menschen. Er schien in mehrere Segmente unterteilt zu sein und wies drei oder vier zusätzliche ellenbogenartige Gelenke auf, was zu einer bemerkenswerten Flexibilität führte. Während Whitney noch versuchte, sich aus einem Kokon der Benommenheit zu befreien, während sich ihm das Ungeheuer näherte, sah er breite, nach unten geneigte Schultern, einen buckligen Rücken. Dennoch bewegte sich das Wesen mit einer erstaunlichen Eleganz. Aufgrund der zerrissenen Jeans konnte Gavis nur einen Teil der Beine sehen, aber er vermutete, daß sie ebenfalls mit zusätzlichen Gelenken ausgestattet waren.

Whit bemerkte, daß er schrie. Nur ein einziges Mal in seinem Leben hatte er *wirklich* geschrien, in Vietnam, als die Mine unter ihm explodierte, als er durch die Luft geschleudert wurde und einige Meter entfernt auf den Dschungelboden zurückfiel, als er sein linkes Bein sah, das einige Schritte entfernt lag, blutig und zerfetzt. Jetzt schrie er erneut, wieder und immer wieder.

Und gleichzeitig hörte er, wie das Monstrum ein schrilles Kreischen von sich gab, ein triumphierendes Heulen.

Erics Kopf zitterte hin und her, und Gavis sah eine entsetzliche Masse aus spitzen Reißzähnen.

Er versuchte, von dem teuflischen Etwas fortzukriechen, stieß sich sowohl mit dem rechten Arm als auch dem linken Stumpf ab. Doch der Regen hatte den Boden aufgeweicht, und der zähe Morast bot ihm wenig Halt. Es gelang ihm nur, einige Meter zurückzule-

gen, bis das Ungeheuer ihn erreichte, sich bückte und nach seinem linken Fuß griff, ihn in Richtung der offenen Garagentür zerrte.
Gavis beugte das rechte Bein und trat verzweifelt und mit ganzer Kraft zu. Das Eric-Wesen fauchte und zischte zornig, zog so heftig an der Prothese, daß sich die Halteriemen lösten. Kurzer Schmerz verschleierte Whits Blick, als sich das künstliche Glied vom Oberschenkelansatz trennte, und er machte sich klar, daß er jetzt praktisch gar keine Chance mehr hatte. Mit nur einem Bein und einem Arm war er seinem Gegner hoffnungslos unterlegen.

Rachael saß in der kleinen Küche des Apartments und öffnete gerade den Müllbeutel, der die zerknitterten Blätter der Wildcard-Akte enthielt, als sie den ersten Schrei hörte. Sie wußte sofort, daß er von Whitney stammte und es nur eine Erklärung gab: Eric.
  Sie ließ den Beutel einfach fallen, griff nach der 32er auf dem Tisch, trat an die Hintertür heran, zögerte kurz und entriegelte sie.
  In der Garage blieb sie erneut stehen. Überall um sie herum kam es zu Bewegungen. Böiger Wind wehte durch die offene Seitentür, und die Glühbirne am Querbalken schwang hin und her, ließ unstete Schatten über die Wände tanzen. Rachael starrte auf die Müllhaufen, auf die ausgemusterten Möbelstücke, die im wechselhaften Licht ein gespenstisches Eigenleben zu entwickeln schienen.
  Whitneys Schreie kamen von draußen, und deshalb nahm die junge Frau an, daß sich Eric nicht in der Garage aufhielt. Sofort lief sie wieder los, eilte an dem schwarzen Mercedes vorbei und sprang über einige Lackdosen und einen zusammengerollten Gartenschlauch hinweg.
  Ein schrilles, markerschütterndes Kreischen erklang und räumte die letzten Zweifel Rachaels aus. Jetzt war sie ganz sicher, es mit Eric zu tun zu haben.
  Sie stürzte durch die offene Tür in die Nacht und den Regen, hielt die Pistole schußbereit in der rechten Hand. Das Eric-Monstrum stand nur wenige Meter entfernt und wandte ihr den Rücken zu. Entsetzen regte sich in Rachael, als sie sah, daß das Ungeheuer ein Bein Whitneys in den Pranken hielt.
  Nur einen Sekundenbruchteil später begriff sie, daß es sich um Gavis' Prothese handelte. Voller Grauen riß sie die Augen auf, als sich Eric langsam zu ihr umdrehte.
  Sein unvorstellbar gräßlicher Anblick schnürte ihr die Kehle zu.

Die Finsternis der Nacht und der strömende Regen verbargen die meisten Einzelheiten der schauderhaft mutierten Gestalt, aber die junge Frau sah genug: einen massiven und deformierten Schädel, Kiefer, die wie eine Mischung aus Wolf und Krokodil aussahen, lange und spitze Reißzähne. Eric trug weder Hemd noch Schuhe, nur eine zerfetzte Jeans, war inzwischen um zehn bis fünfzehn Zentimeter gewachsen. Ein sich deutlich wölbendes Rückgrat führte zu zwei muskulösen und nach unten geneigten Schultern empor. Auf dem breiten Brustbein schienen sich Hörner oder Stacheln gebildet zu haben, und hier und dort fiel Rachaels Blick auf Knochenbuckel. Die langen und mehrgelenkigen Arme reichten bis fast zu den Knien. Und die Hände... die Pranken eines Dämons, der in den feurigen Gewölben der Hölle menschliche Seelen wie Nüsse knackte und verschlang.

»Rachael... Rachael... ich bin gekommen, um dich zu töten... Rachael«, brachte das Eric-Monstrum leise und kehlig hervor, sprach jedes Wort ganz langsam aus, so als müsse es sich an eine Sprache erinnern, die es schon fast vergessen hatte. Kehle, Mund, Zunge und Lippen des Wesens eigneten sich nicht mehr für die Artikulation menschlicher Laute, und ganz offensichtlich bereitete es ihm erhebliche Mühe, die einzelnen Silben zu formulieren. »Um... dich... zu... töten...«

Mit schwingenden Armen trat es auf sie zu.

Es.

Sie konnte sich dieses Ungeheuer nicht mehr als Eric vorstellen. Er war zu einem Tier geworden, zu einem Ungeheuer.

Rachael drückte ab, jagte ihm eine Kugel in die Brust.

Das *Etwas* zuckte nicht einmal zusammen, als sich ihm das Geschoß in den Leib bohrte. Es heulte wütend und näherte sich ihr weiter, empfand offenbar überhaupt keinen Schmerz.

Rachael schoß erneut, dann ein drittes und viertes Mal.

Die Aufschlagwucht der Kugeln schleuderte das alptraumhafte Geschöpf nicht zurück, ließ es nur taumeln.

»Rachael... Rachael...«

»Bringen Sie es um!« rief Whitney.

Das Magazin der 32er enthielt zehn Patronen. Die junge Frau drückte noch sechsmal hintereinander ab, war ganz sicher, daß sie das Ungeheuer nicht verfehlte.

Schließlich knurrte es schmerzerfüllt, sank auf die Knie und fiel bäuchlings in den Schlamm.

»Gott sei Dank«, brachte Rachael mit vibrierender Stimme hervor. Plötzlich fühlte sie sich so schwach, daß sie sich an die Außenwand der Garage lehnen mußte.

Das Eric-Etwas würgte, keuchte, zuckte einige Male und stemmte sich wieder in die Höhe.

»Nein«, hauchte Rachael ungläubig.

Das Monstrum hob den entstellten Kopf und starrte sie an, aus zwei unterschiedlichen und glühenden Augen. Wie in Zeitlupe schoben sich die Lider darüber, und als sie sich wieder hoben, schien sich der Glanz in den Pupillen weiter verstärkt zu haben.

Die veränderte Genstruktur bewirkte einen beschleunigten Heilungsprozeß und hatte es Eric ermöglicht, dem Tod ein Schnippchen zu schlagen – aber es war schlicht und einfach *unmöglich*, daß er sich so rasch von normalerweise tödlichen Schußwunden erholte.

»Stirb, verdammt!« stieß Rachael hervor.

Das Geschöpf schauderte, spuckte etwas in den Schlamm – und sprang mit einem Satz auf.

»Fliehen Sie!« rief Whitney. »Um Himmels willen, Rachael, *laufen* Sie um Ihr Leben!«

Sie war nicht imstande, Whitneys Tod zu verhindern, und es hatte keinen Sinn, zusammen mit ihm zu sterben.

»Rachael«, knurrte das Ungeheuer, und die heisere, rauhe Grabesstimme brachte Zorn, Haß und Gier zum Ausdruck.

Das Magazin der Pistole – leer. Im Mercedes lagen Munitionsschachteln, aber Rachael konnte den Wagen nicht rechtzeitig genug erreichen, um ihre Waffe neu zu laden. Sie ließ die 32er fallen.

»Fliehen Sie!« wiederholte Whitney.

Rachaels Puls raste, als sie losstürmte und in die Garage zurückkehrte. Stechender Schmerz durchzuckte den Knöchel, den sie sich in der Wüste verstaucht hatte, und die Klauenkratzer an der Wade brannten so sehr, als seien es ganz frische Wunden.

Hinter ihr kreischte der Dämon.

Rachael riß ein Stahlgerüst mit Werkzeugen beiseite, hoffte, das Monstrum dadurch ein wenig aufzuhalten – vorausgesetzt, es nahm sofort die Verfolgung auf, ohne zuerst Whitney umzubringen. Kneifzangen, Sägen, Schraubenzieher und Metallregale klapperten hinter ihr, und als die junge Frau die Tür erreichte, hörte sie, wie das *Tier* über das Durcheinander hinwegkletterte. Es hatte

Gavis lebend zurückgelassen, dachte offenbar nur noch daran, Rachael zu töten.

Sie sprang über die Schwelle, schlug hinter sich die Küchentür zu – doch bevor sie den Riegel vorschieben konnte, warf sich der Dämon gegen das Hindernis, und Rachael wurde jäh zurückgeschleudert. Sie schwankte und stolperte, schaffte es irgendwie, das Gleichgewicht zu wahren, schrammte aber mit der Hüfte über die Kante der Arbeitsplatte und stieß mit solcher Wucht an den Kühlschrank, daß ihr für einige Sekunden die Luft wegblieb.

Das Ungeheuer kam von der Garage herein, und im Licht der Küchenlampe wirkte es noch weitaus entsetzlicher als draußen im Regen.

Es verharrte kurz in der Tür und sah sich aus blitzenden Augen um. Der Körper war fleckig, braun, grau, grün und schwarz, und einige hellere Stellen erinnerten an menschliche Haut. Hier und dort glänzten dunkle Schuppen. Auf dem dicken, muskulösen Hals ruhte ein schiefer, birnenförmiger Kopf, das schmalere Ende im Bereich des Kinns, über dem sich eine Schnauze mit breiten Kiefern gebildet hatte. Als es das Maul öffnete und zischte, sah Rachael erneut nadelspitze, haifischartige Zähne. Die Zunge erinnerte an die einer Schlange, tastete immerzu hin und her. Ein plumpes und fleischiges Gesicht. Außer den beiden hornartigen Buckeln auf der Stirn bemerkte Rachael auch noch einige Mulden und konkave Stellen, die keinen biologischen Zweck zu erfüllen schienen, und mehrere Knorpelansammlungen, die an offene Tumore erinnerten.

Während Rachael in der Mohavewüste vor Eric geflohen war, hatte sie vermutet, daß ihn die manipulierte Genstruktur zu einer regressiven Evolution zwang, daß sein Körper zu einem Schmelztiegel für uralte Rassenerinnerungen wurde. Doch dieses Wesen stand in keinem Zusammenhang mit der physiologischen Geschichte des Menschen. Vielmehr handelte es sich um das alptraumhafte Produkt eines genetischen Chaos', ein Geschöpf, das abseits der Entwicklungsstraße stand, die von fernster Vergangenheit in Richtung des Homo sapiens und darüber hinaus führte.

»Rachael...«, fauchte das teuflische Ding.

Die junge Frau wich vom Kühlschrank zurück, näherte sich der offenen Tür zwischen Küche und Wohnzimmer.

Eric – das, was einmal Eric gewesen war – hob eine Klauenpranke, als wolle er Rachael auf diese Weise zum Stehenbleiben auffordern. Der in mehrere Einzelsegmente unterteilte Arm konnte offenbar an vier Stellen nach vorn oder hinten geknickt werden. Harte, braunschwarze Gewebeplatten schützten die einzelnen Gelenke, erinnerten Rachael an die Chitinzpanzer von Insekten. In der Mitte der langen und in spitzen Krallen endenden Hände gab es münzengroße, saugnapfartige Öffnungen, wie kleine Mäuler, die gierig nach Nahrung verlangten.

Panik flutete durch Rachael, und sie drehte sich ruckartig um und lief auf die offene Tür zu. Dicht hinter ihr klackte und pochte es – als kratzten Hufe über das abgenutzte Linoleum auf dem Küchenboden. Sie war erst vier oder fünf Schritte weitergekommen und mußte noch einige Meter zurücklegen, um die nach draußen führende Tür zu erreichen, als das Monstrum rechts neben ihr in die Höhe ragte.

Es bewegte sich so *schnell*!

Rachael schrie, warf sich zu Boden und rollte zur Seite, um den zupackenden Pranken zu entgehen. Sie prallte an einen Stuhl, sprang wieder auf und brachte den Sessel zwischen sich und den Angreifer.

Als sie zur Seite auswich, folgte ihr das Ungeheuer nicht sofort. Es blieb in der Mitte des Zimmers stehen und beobachtete sie, wußte offenbar, daß es ihr den einzigen Fluchtweg abgeschnitten hatte.

Rachael zog sich in Richtung Schlafzimmer zurück.

»Rakkel, Rakkel«, knurrte das Wesen, nicht mehr dazu fähig, ihren Namen richtig auszusprechen.

Die tumorartigen Geschwülste im Gesicht des Tiers schwollen an und verformten sich. Ganz deutlich sah die junge Frau, wie eines der kleinen Hörner schmolz, als die Körperstruktur von einer neuerlichen Veränderungsphase erfaßt wurde. Eine dünne Ader kroch durch das grünschwarze und fleckige Gesicht, wie ein Parasit, ein Wurm unter der Haut.

Rachael wich weiter zurück. Und das Monstrum kam mit einigen raschen Schritten heran.

»Rakkel...«

Amos Tate war nach wie vor davon überzeugt, daß in der Intensivstation des Sunrise Hospital eine sterbende Frau auf ihren Mann wartete, und deshalb wollte er bis zum Krankenhaus fahren. Ben fürchtete, sich zu weit vom Golden Sand Inn zu entfernen, und bestand hartnäckig darauf, an der Ecke Las Vegas Boulevard und

Tropicana abgesetzt zu werden. Da es eigentlich gar keinen Grund gab, das großzügige Angebot des schnauzbärtigen Lkw-Fahrers abzulehnen, gab Shadway einfach zu, ihn angelogen zu haben – ohne seine Motive zu erklären. Er streifte die Wolldecke ab, öffnete die Beifahrertür, sprang auf die Straße und lief nach Osten, am Tropicana Hotel vorbei – und der verwirrte Amos Zachariah Tate sah ihm verblüfft nach.

Ben mußte ungefähr noch anderthalb Kilometer zurücklegen, um das Golden Sand Inn zu erreichen, und für gewöhnlich hätte er für eine solche Strecke nicht mehr als sechs Minuten gebraucht. Doch im Regen wagte er es nicht, so schnell zu laufen, aus Angst, zu fallen und sich ein Bein oder einen Arm zu brechen. In einem solchen Zustand wäre er wohl kaum in der Lage gewesen, Rachael zu helfen – falls sie Hilfe brauchte.

Er hastete am Rande der breiten Straße entlang, spürte am verlängerten Rücken die Kühle des Revolvers, der nach wie vor hinter dem Gürtel steckte. Nur wenige Wagen kamen vorbei, und manche Fahrer traten auf die Bremse und bedachten ihn mit sonderbaren Blicken. Doch niemand hielt an. Ben versuchte erst gar nicht, ein Auto zu stoppen und darum zu bitten, mitgenommen zu werden. Er hatte das sichere Gefühl, daß er keine Zeit mehr verlieren durfte.

Julio und Reese legten ihre Dienstwaffen nicht ab, bevor sie an Bord der Linienmaschine nach Las Vegas gingen, zeigten den Kontrollbeamten am Metalldetektor ihre Ausweise und konnten passieren. Im McCarran International Airport betraten sie das noch geöffnete Büro eines Autoverleihs und legten einer hübschen Brünetten namens Ruth ihre ID-Karten vor. Sie nahm den Telefonhörer ab, rief einen Mechaniker der Spätschicht an und beauftragte ihn, den beiden Polizisten einen Wagen zu bringen.

Verdad und Hagerstrom trugen keine für Regenwetter geeignete Kleidung, und deshalb warteten sie vor der Glastür des Ausgangs, bis sie den Dodge herankommen sahen. Dann traten sie nach draußen und stiegen ein. Der Mechaniker überprüfte kurz die Mietpapiere, nickte und überließ ihnen das Fahrzeug.

Als Julio den ersten Gang einlegte und den Dodge auf die Straße lenkte, starrte Reese in den Regen und verzog das Gesicht. »Was ist mit all den Prospekten über Las Vegas?«

»Was soll schon damit sein?«

»Wo ist der Sonnenschein geblieben? Und wo sind all die hübschen Mädchen in knappen Bikinis?«
»Warum interessierst du dich für hübsche Mädchen in knappen Bikinis, wenn du Samstag mit Teddy Bertlesman verabredet bist?«
Bloß nicht darüber reden, dachte Reese abergläubisch. Laut sagte er: »Zum Teufel auch, das hier sieht überhaupt nicht wie Las Vegas aus, eher wie Seattle.«

Rachael warf die Schlafzimmertür hinter sich zu und schloß sie ab. Mit einigen hastigen Schritten war sie am einzigen Fenster des Raums, zog die halb verrotteten Jalousien hoch und stellte fest, daß ein Metallgitter die Scheibe in einzelne Flächen unterteilte. Das erschwerte ihre Flucht.

Sie sah sich nach einem Gegenstand um, der sich als Waffe verwenden ließ, doch ihr Blick fiel nur auf das Bett, zwei Nachttischschränkchen, eine Lampe und einen Stuhl.

Sie rechnete jeden Moment damit, daß die Tür aus den Angeln flog. Aber nichts dergleichen geschah.

Das Ungeheuer im Wohnzimmer gab nicht das geringste Geräusch von sich, und Rachael empfand die Stille als ein böses Omen.

Was plante Eric?

Sie trat an den Schrank heran, öffnete ihn und betrachtete die einzelnen Fächer. In der einen Ecke sah sie leere Regale, in der anderen einige Kleiderbügel.

Etwas kratzte über den Türknauf.

»Rakkel«, zischte das Monstrum höhnisch.

Offenbar hatte sich Eric trotz der Mutation einen Rest von Eigenbewußtsein bewahrt, denn es war der Eric-Aspekt des *Tiers*, der Rachael Angst einjagen, ihr Zeit genug geben wollte, damit sie sich das ausmalen konnte, was er mit ihr anzustellen gedachte.

Ich werde hier sterben, dachte die junge Frau. Hier in diesem Zimmer. Einen langsamen und grauenhaften Tod.

Verzweifelt machte sie Anstalten, sich von dem leeren Schrank abzuwenden, verharrte jedoch, als sie eine Klappe im oberen Teil bemerkte, eine Luke, die zum Dachboden führen mochte.

Der Dämon klopfte mit einer Klauenpranke an die Tür. »Rakkel...«

Sie schob sich in den Schrank hinein und zog versuchsweise an den Regalen, um ihre Festigkeit zu prüfen. Zu ihrer Erleichterung stellte sie fest, daß sie mit den Wänden verschraubt waren und sie so daran hochklettern konnte, als stellten sie die Sprossen einer Leiter dar. Auf der vierten improvisierten Stufe blieb sie stehen, und noch dreißig Zentimeter trennten ihren Kopf von der Decke. Mit der einen Hand hielt sie sich an einer Stange fest, und mit der anderen drückte sie die Klappe auf.

»Rakkel, Rakkel...«, heulte das Wesen, strich mit den Krallen über das Holz der Tür, warf sich dagegen – nur ganz leicht, als ginge es ihm zunächst nur darum, die junge Frau zu verspotten.

Im Innern des Schrankes kletterte Rachael eine weitere Regalstufe in die Höhe, stieß sich dann ab, hielt sich an der Stange fest, zog sich daran empor und schob sich durch die Luke. Im trüben Licht sah sie einige Balken, jeweils etwa vierzig Zentimeter voneinander entfernt, und zwischen ihnen erstreckten sich isolierende Fiberglasflächen. Die Decke war sehr niedrig, befand sich nur einen guten Meter über ihr. Hier und dort ragten Nägel daraus hervor. Überrascht stellte sie fest, daß der Dachboden keine Unterteilung aufwies und sich nicht nur auf den Bereich über dem Büro und der Wohnung des Verwalters beschränkte, auch über die anderen Räume dieses Gebäudeflügels hinwegreichte.

Unten knallte etwas so laut, daß der Balken erzitterte, auf dem Rachael hockte. Kurz darauf wiederholte sich das Bersten: Holz splitterte, und die Metallscharniere eines Schlosses gaben nach.

Rasch schloß sie die Luke, und von einem Augenblick zum anderen herrschte völlige Dunkelheit. So leise wie möglich kroch Rachael auf Händen und Knien über den Träger, bis die Entfernung zur Klappe knapp drei Meter betrug. Dann blieb sie hocken und wartete in der Finsternis.

Sie lauschte nervös. Angesichts der geschlossenen Luke konnte sie kaum hören, ob sich unten im Schlafzimmer etwas rührte, denn der strömende Regen, der nach wie vor auf das Moteldach nur wenige Zentimeter über ihr pochte, übertönte alle anderen Geräusche.

Rachael hoffte inständig, daß Eric aufgrund eines Intelligenzquotienten, der eher dem eines Tiers entsprach als dem eines Menschen, nicht herausfinden konnte, auf welche Weise sie aus dem Schlafzimmer geflohen war.

Mit nur einem Arm und einem Bein schob sich Whitney Gavis über den regennassen Boden und kehrte in Richtung der Garage zurück,

folgte dem Ungeheuer, das ihm die Prothese abgerissen hatte. Als er die offene Tür erreichte, begriff er, daß er sich etwas vormachte: Als Krüppel war er überhaupt nicht imstande, Rachael zu helfen.
 Zorn quoll in ihm hervor, und sofort versuchte er, die Wut zu unterdrücken. »Finde dich damit ab, ein Krüppel zu sein, Whit«, sagte er laut. »Und fang bloß nicht damit an, dich selbst zu bemitleiden.« Er wandte sich von der Garage ab, kroch durch Matsch und Schlamm und näherte sich dem gepflasterten Pfad, entschlossen dazu, den Weg bis zur Tropicana fortzusetzen und mitten auf der Straße liegenzubleiben. Selbst der sturste Autofahrer würde es wohl kaum wagen, ihn einfach zu überfahren.
 Er hatte erst knapp acht Meter zurückgelegt, als sein Gesicht dort zu brennen begann, wo ihn zuvor die Klauenpranke des Ungeheuers getroffen hatte. Gavis rollte sich auf den Rücken, hob die rechte Hand und betastete seinen Kopf. Einige tiefe Kratzer und Schnitte durchteilten die Narben auf der linken Wange.
 Whitney drehte sich wieder auf den Bauch und kroch zur Straße weiter.
 »Spielt keine Rolle«, brummte er. »Mit jener Gesichtshälfte kannst du ohnehin keinen Schönheitswettbewerb gewinnen.«
 Er wagte es nicht, an das Blut zu denken, das warm von der Schläfe herabtropfte.

Rachael hockte auf dem finsteren Dachboden und fragte sich, ob es ihr wirklich gelungen war, das Eric-Etwas zu täuschen. Sie wußte, daß die evolutionäre Regression sowohl den Körper als auch den Geist erfaßte, und vielleicht mangelte es dem Ungeheuer wirklich an intellektueller Kapazität, um herauszufinden, wohin sie verschwunden war. Das Herz pochte ihr noch immer bis zum Hals empor, und sie zitterte nach wie vor. Aber langsam schöpfte sie neue Hoffnung.
 Dann schwang die Bodenklappe mit einem Ruck auf, und Licht erhellte die Dunkelheit. Die gräßlichen Hände des Monstrums tasteten durch die Öffnung, und kurz darauf sah Rachael auch den Kopf. Der Dämon zog sich in die Höhe, richtete den Blick seiner glühenden Augen auf die junge Frau.
 Panik riß das innere Juwel der Hoffnung in Myriaden Fetzen. Rachael kroch hastig über die Balken, achtete dabei auf die Nägel, die nur wenige Zentimeter über ihr aus der Decke ragten. Sie vermied es, sich auf die Fiberglasflächen zwischen den einzelnen Trä-

gern zu stützen, denn sie wußte, daß die Isolationsschichten unter ihrem Gewicht auseinanderbrechen würden. Ein falscher Schritt genügte, um sie in die Tiefe stürzen zu lassen, und in einem solchen Fall kam sie bestimmt nicht ohne einen Arm- oder Beinbruch davon. Bei der Vorstellung, hilflos irgendwo liegenzubleiben und zu beobachten, wie sich das Ungeheuer näherte, um ihr den Garaus zu machen, fühlte sie sich von namenlosem Schrecken heimgesucht.

»Rakkel...«, zischte das Alptraumgeschöpf hinter ihr und schloß die Luke wieder.

Dunkelheit wogte heran und verschlang alles Licht – eine Finsternis, die Rachael blind machte, nicht jedoch Eric. Jetzt waren alle Vorteile auf seiner Seite.

Als Ben endlich das Golden Sand Inn vor sich sah, das Licht, das hinter einigen Fenstern brannte, wurde er kurz langsamer und nahm die Magnum zur Hand.

Er wünschte sich, die Remington-Flinte bei sich zu haben, das Gewehr, das er im liegengebliebenen Merkur zurückgelassen hatte.

Einige Sekunden später, dicht vor der Zufahrt des Motels, sah er einen Mann, der in Richtung Tropicana kroch. Unmittelbar darauf erkannte er ihn als Whitney Gavis, der seine Prothese verloren hatte und verletzt zu sein schien.

Eric hatte sich in etwas verwandelt, das die Dunkelheit liebte. Er wußte nicht, was er war, und er konnte sich auch nicht klar an seine frühere Existenz erinnern, hatte keine Ahnung, welches Ziel die Metamorphose anstrebte. In bezug auf einen Punkt aber erfüllte ihn eine Sicherheit, die jeden Zweifel ausschloß: Er stellte ein Geschöpf der Finsternis dar, ein Wesen, das die Schwärze nicht nur liebte, sondern darin zu einem Halbgott wurde, dessen Macht niemand in Frage stellte.

Weiter vorn kletterte die Beute vorsichtig durch eine Welt ohne Licht. Sie konnte sich nicht mehr orientieren, bewegte sich viel zu langsam, um ihm zu entkommen. Eric sah sie so deutlich vor sich, als werde sie von einem Scheinwerfer angestrahlt.

Andererseits jedoch verwirrte ihn die gegenwärtige Umgebung ein wenig. Er entsann sich eines langen Tunnels, und der Geruch deutete auf Wände hin, die aus Holz bestanden. Dennoch fühlte er

sich so, als befinde er sich tief im Boden, in irgendeinem unterirdischen Bau.
 Um ihn herum loderten Schattenfeuer auf, flackerten einige Sekunden lang und erloschen dann wieder. Er wußte, daß er sich einmal vor ihnen gefürchtet hatte, versuchte aber vergeblich, sich an den Grund für seine Angst zu erinnern. Die Phantomflammen stellten ganz offensichtlich keine Gefahr für ihn dar, waren harmlos, solange er ihnen keine Beachtung schenkte.
 Von der weiblichen Beute ging ein durchdringender Geruch aus, der alle seine Sinne stimulierte. Die wollüstige Begierde machte ihn unvorsichtig, und er mußte sich bemühen, um der Versuchung zu widerstehen, vorzustürmen und sich auf das Opfer zu stürzen. Eric ahnte, daß er sich auf trügerischem Untergrund befand, doch das Kreischen der Stimme in seinem Innern, die ihm sexuelle Befriedigung in Aussicht stellte, übertönte das Mahnen.
 Irgendwie begriff er, wie gefährlich es gewesen wäre, sich von den dicken Balken abzuwenden und die dünnen Schichten neben ihnen zu betreten. Deshalb hielt er sich auf den Trägern. Obgleich er wesentlich größer und schwerer war als die Beute, kam er weitaus schneller voran, erwies sich als agiler.
 Jedesmal dann, wenn sie den Kopf drehte, kniff Eric die Augen zu, so daß sie ihn nicht aufgrund der glühenden Pupillen erkennen konnte. Wenn sie innehielt und horchte, hörte sie natürlich das Kratzen und Schaben, das er auf den Balken verursachte, doch der Umstand, daß ihr keine visuelle Positionsbestimmung des Verfolgers möglich war, schürte offenbar das Entsetzen in ihr.
 Eric empfand den Geruch des Grauens als ebenso stark wie den ihrer Weiblichkeit. Das eine regte seine Blutgier an, das andere bewirkte sexuelles Verlangen. Er sehnte sich danach, ihr Blut auf seinen Lippen zu spüren, die Schnauze in ihren aufgeschlitzten Leib zu pressen und seine spitzen Zähne in das besonders leckere Fleisch einer warmen Leber zu bohren.
 Die Entfernung zu ihr betrug noch sechs Meter.
 Vier.
 Drei.

Ben half Whitney auf und lehnte ihn an eine gut einen Meter hohe Trennmauer, hinter der sich einst Blumenbeete erstreckt hatten und jetzt nur noch Unkraut wuchs. Über ihnen quietschte und knarrte das Motelschild im Wind.

»Mach dir um mich keine Sorgen«, sagte Whit und rückte von Ben fort.
»Dein Gesicht...«
»Hilf *ihr*, hilf Rachael.«
»Du blutest.«
»Ich lebe, verdammt. Das Vieh hat es auf Rachael abgesehen.« In Whitneys Stimme vernahm Ben den auf unangenehme Weise vertrauten Klang des Schreckens, den er seit Vietnam nicht mehr gehört hatte. »Es hat mich einfach ignoriert und ist ihr gefolgt.«
»Es?«
»Bist du bewaffnet? Gut. Mit einer Magnum? Noch besser.«
»Es«, wiederholte Ben.
Plötzlich heulte der Wind lauter, und der Regen strömte so heftig herab, als sei ein Damm gebrochen. Whit hob die Stimme, um sich verständlich zu machen. »Leben. Es ist Eric Leben, aber er hat sich verändert. Genetisches Chaos – so nannte es Rachael. Regressive Evolution. Umfassende Mutationen. Beeil dich, Ben. Die Wohnung des Verwalters!«
Whits Worte erschienen Shadway zusammenhanglos, doch er spürte, daß Rachael in noch größerer Gefahr schwebte, als er bisher befürchtet hatte. Er ließ seinen alten Freund an der Trennmauer zurück und näherte sich mit raschen Schritten dem Eingang des Motelbüros.

Der Regen prasselte noch lauter auf das Dach herab, und das Hämmern machte Rachael fast taub, als sie so schnell wie möglich durch die lichtlose Schwärze kroch. Sie hatte Angst, zu langsam zu sein, um dem Ungeheuer zu entkommen, aber schon nach kurzer Zeit erreichte sie das Ende des Dachbodens und stieß an die Wand, die diesen Motelflügel begrenzte.
Die junge Frau gab ein leises Wimmern von sich, als sie begriff, in eine Sackgasse geraten zu sein. Sie wandte sich nach rechts, hoffte inständig, daß sich der Dachboden dort fortsetzte. Nach einigen Metern fühlte sie vor sich einen Betonblock, der die beiden Teile des U-förmigen Gebäudes separierte, vielleicht eine Brandmauer. Mit beiden Händen tastete sie über das Hindernis, strich mit den Fingerkuppen über rauhen Stein und porösen Mörtel, rechnete jeden Augenblick damit, von großen Klauenpranken gepackt zu werden.
Hinter ihr stieß das Eric-Etwas ein wortloses, triumphierendes

Kreischen aus, ein gieriges Heulen, das das Prasseln des Regens übertönte und nur wenige Zentimeter von Rachaels Ohren entfernt zu erklingen schien.

Sie schnappte erschrocken nach Luft und drehte den Kopf. Sie hatte geglaubt, mindestens eine halbe Minute Zeit zu haben, um sich etwas einfallen zu lassen, doch jetzt mußte sie sich der entsetzlichen Erkenntnis stellen, daß sie in der Falle saß. Zum erstenmal seit dem Beginn ihrer Flucht über den Dachboden sah sie die blitzenden Augen des Monstrums. Die in einem grünlichen Ton glühende Pupille veränderte sich weiter und wies bereits größere Ähnlichkeiten mit dem orangefarbenen Schlangenauge auf. Der Dämon war so nahe, daß sie den Haß in seinem Blick sehen konnte. Es... *es* schob sich nur knapp zwei Meter hinter ihr über den Balken.

Der Atem des Wesens stank.

Rachael wußte, daß es sie ganz deutlich vor sich sah.

Es streckte die Arme nach ihr aus.

Sie spürte, wie die Krallen der großen Hände nach ihrem Bauch zielten.

Die junge Frau preßte sich an den Betonblock.

Denk nach. *Denk nach.*

Wenn sie nicht sofort etwas unternahm, war sie erledigt, eine leichte Beute für das Ungeheuer dicht hinter ihr. Deshalb blieb Rachael nichts anderes übrig, als sich der Gefahr zu stellen, die sie bisher gemieden hatte. Sie zögerte nicht, ließ sich einfach zur Seite rollen, herunter von dem stabilen Träger, auf eine der Isolationsflächen. Das Fiberglas gab sofort unter ihr nach, und Rachael fiel, fiel durch die Decke eines Motelzimmers, klammerte sich an die Hoffnung, nicht auf den Rand eines Schranks oder auf eine Stuhllehne zu prallen. Wenn sie sich etwas brach, gab es keine Aussichten mehr, die Flucht fortzusetzen...

Sie landete mitten in einem alten Bett, dessen Matratze längst Schimmel angesetzt hatte. Sporen wirbelten wie Staub davon, und ein intensiver Modergeruch stieg der jungen Frau in die Nase, weckte Übelkeit in ihr. Gleichzeitig füllte sich ihr innerer Kosmos mit Erleichterung darüber, unverletzt und am Leben zu sein.

Über ihr kletterte das Eric-Ungeheuer durch das Loch in der Decke. Es hielt sich am Balken fest und schob sich mit schlangenartiger Eleganz durch die Öffnung.

Rachael sprang vom Bett herunter, taumelte durch das dunkle Motelzimmer und suchte nach einer Tür.

In der Wohnung des Verwalters fand Ben die gesplitterte Schlafzimmertür, doch im sich daran anschließenden Raum hielt sich ebensowenig jemand auf wie im Wohnzimmer und der Küche. Shadway sah auch in der Garage nach, aber Rachael und Eric blieben verschwunden.

Er erinnerte sich an den alarmierten Tonfall Whitneys, kehrte durch das Apartment ins Büro zurück und betrat den Hof. Aus den Augenwinkeln bemerkte er Bewegung am Ende des ersten Flügels.

Rachael. Trotz des Regens und der dunklen Nacht erkannte er sie auf den ersten Blick.

Sie lief aus einem der Motelzimmer, und Ben rief ihren Namen. Die junge Frau sah auf, wandte sich zur Seite und eilte auf ihn zu.

»Lauf, Benny!« rief sie. »Um Himmels willen – *lauf*!«

Shadway blieb an Ort und Stelle stehen, war nicht dazu bereit, den hilflosen Whit an der Trennmauer zurückzulassen. Und mit seinem alten Freund in den Armen konnte er nicht schnell genug fliehen.

Dann sah er das *Etwas*, das hinter Rachael aus dem Zimmer stürzte, und plötzlich wünschte er sich nichts sehnlicher, als die Beine in die Hand zu nehmen.

Genetisches Chaos, entsann er sich Whits Worte. Bis zu diesem Zeitpunkt waren diese Silben ohne Bedeutung für ihn geblieben. Als Bens Blick jetzt auf das fiel, was die Metamorphose aus Eric gemacht hatte, verstand er genug. Leben stellte eine Mischung aus Dr. Frankenstein und dem von ihm selbst geschaffenen Ungeheuer dar, war nicht nur der Wissenschaftler, der ein Experiment durchführte, sondern auch das Versuchstier.

Rachael erreichte Ben und griff nach seinem Arm. »Komm, wir müssen fort von hier.«

»Ich kann Whit nicht zurücklassen«, erwiderte Shadway. »Tritt aus der Schußlinie.«

»Nein! Das hat keinen Sinn. Himmel, ich habe dem Wesen zehn Kugeln in den Leib gejagt, und es stand einfach wieder auf.«

»Es gibt weitaus bessere Schußwaffen als deine kleine Pistole«, beharrte Ben.

Das alptraumhafte Geschöpf raste ihnen entgegen, sauste mit langen Schritten heran, *flog* fast über den Gehsteig, der an den

Motelzimmern vorbeiführte und über dem sich die zerbeulte Aluminiummarkise spannte. Es bewegte sich nicht annähernd so ungelenk und schwerfällig, wie Ben erwartet hatte. Selbst im düsteren Halbdunkel schienen Teile des gräßlich deformierten Körpers wie polierter Obsidian zu glänzen, und an anderen Stellen schimmerten silbrige Schuppen.

Es blieb Ben gerade noch Zeit genug, die Combat Magnum mit beiden Händen zu heben und abzudrücken. Ein dröhnendes Knallen hallte durch die Nacht, und eine Feuerzunge leckte aus dem Lauf des Revolvers.

Knapp fünf Meter entfernt bohrte sich das großkalibrige Geschoß in den Leib des Ungeheuers, und die Aufschlagwucht der Kugel ließ es taumeln. Doch es sank nicht zu Boden. Himmel, es blieb nicht einmal stehen, wurde nur etwas langsamer.

Ben drückte erneut ab, dann zum drittenmal.

Das Monstrum brüllte – ein Laut, den Shadway noch nie zuvor gehört hatte und bei dem es ihm kalt über den Rücken lief – und verharrte schließlich. Unsicher wankte es und hielt sich an einem der Pfosten fest, die das Vordach stützten.

Wieder schoß Ben, und diesmal traf er den Dämon am Hals.

Die Kugel schleuderte das Wesen von dem Pfosten fort.

Das fünfte Geschoß warf es zu Boden. Es preßte sich eine schaufelgroße Hand an die Kehle, und der andere Arm krümmte sich auf eine geradezu absurde Art und Weise und kam in die Höhe, bis die betreffende Klauenpranke eine Stelle am Nacken berühren konnte.

»Schieß!« drängte Rachael. »*Schieß!*«

Der Revolver entlud sich zum sechsten und letzten Mal, und das Monstrum fiel rücklings auf den Betonboden, neigte sich zur Seite und blieb reglos liegen.

Das Knallen der Combat Magnum war nur ein wenig leiser als das ohrenbetäubende Röhren einer Kanone, und in der folgenden Stille schien das Trommeln der Regentropfen kaum lauter zu sein als ein Flüstern.

»Hast du noch mehr Patronen?« fragte Rachael. Aus weit aufgerissenen Augen starrte sie auf das Ungeheuer.

»Mach dir keine Sorgen mehr«, erwiderte Ben erschüttert. »Es ist tot. Tot.«

»Wenn du noch Munition bei dir hast, dann *lade* die Waffe!« drängte sie.

Shadway war schockiert, als er feststellte, daß Rachael keines-

wegs an einem hysterischen Anfall litt. Sie fürchtete sich, ja, aber die panische Angst beeinträchtigte nicht ihre Selbstbeherrschung. Sie wußte, wovon sie sprach.
»Beeil dich«, brachte sie hervor.
Shadways Hände zitterten, als er die Trommel des Revolvers zur Seite klappte und eine Patrone in die erste Geschoßkammer schob.
»*Benny*«, sagte Rachael warnend.
Er hob den Kopf und sah, wie sich das Wesen bewegte. Es schob die breiten Hände unter seinen Leib und versuchte, sich in die Höhe zu stemmen.
»Ach du meine Güte«, entfuhr es Shadway. Hastig fügte er eine zweite Patrone hinzu und stieß die Trommel zurück.
Er glaubte, seinen Augen nicht trauen zu können. Das Monstrum war bereits wieder auf den Knien und griff nach dem neuen Stützpfosten.
Ben zielte sorgfältig und betätigte den Abzug. Die Combat Magnum donnerte erneut.
Das *Etwas* erbebte, als es von der Kugel getroffen wurde, hielt sich jedoch an dem Pfahl fest und gab ein gespenstisches Kreischen von sich. Der Blick zweier glühender Augen richtete sich auf Shadway, und in den Pupillen brannte das unlöschbare Feuer des Hasses.
Bens Hände bebten jetzt so sehr, daß er fürchtete, das Geschöpf mit dem letzten Schuß zu verfehlen. Seit dem ersten Kampfeinsatz in Vietnam war er nicht mehr so bestürzt gewesen.
Es zog sich langsam am Pfosten hoch.
Shadways Zuversicht verwandelte sich in fassungslose Betroffenheit, als er sich eingestehen mußte, daß sich selbst mit einer so verheerenden Waffe wie der Magnum nichts gegen einen derartigen Gegner ausrichten ließ. Die letzte Patrone explodierte und jagte dem Wesen ein normalerweise tödliches Geschoß entgegen.
Ben versuchte vergeblich, sich davon zu überzeugen, bei den Bewegungen des Ungeheuers handle es sich nur um Todeskrämpfe. Er wußte, daß es mit einer gewöhnlichen Waffe nicht umgebracht werden konnte.
Rachael zog an seinem Arm, forderte ihn einmal mehr dazu auf, die Flucht zu ergreifen, bevor das Eric-Etwas ganz auf den Beinen war, doch nach wie vor existierte das Problem namens Whitney Gavis. Vielleicht gab es für Ben und Rachael eine Möglichkeit, sich in Sicherheit zu bringen, aber wenn Shadway seinen alten Freund

nicht einfach im Stich lassen wollte, mußte er bleiben und den Kampf fortsetzen – bis entweder er oder Eric tot wäre.

Er hatte das Gefühl, in den Krieg zurückzukehren, und als er sich an Vietnam erinnerte, fiel ihm eine besonders schreckliche Waffe ein: Napalm. Napalm bestand aus verdicktem, gallertartigem Benzin und tötete praktisch alles, was damit in Berührung kam. Es brannte sich durchs Fleisch bis zu den Knochen, durch die Knochen bis zum Mark. Bens einschlägige Kenntnisse versetzten ihn in die Lage, selbst Napalm herzustellen, doch dazu brauchte er Zeit – und das Metamorphose-Ungeheuer war bestimmt nicht bereit, einfach abzuwarten. Aber vielleicht gab es eine andere Möglichkeit: gewöhnliches Benzin, in der flüssigen Form.

Das Heulen des Mutanten verklang, und als er aufstand, wandte sich Ben an Rachael: »Der Mercedes – wo steht er?«

»In der Garage.«

Shadway sah zur Straße zurück und stellte fest, daß Whit so klug gewesen war, von der Mauer fortzukriechen und sich dahinter zu verbergen. Solange Eric glaubte, daß sich Ben und Rachael noch immer auf dem Motelgelände befanden, würde er sich nicht der Tropicana nähern und unterwegs den hilflosen Mann finden. Zumindest während der nächsten Minuten drohte Gavis keine Gefahr.

Ben ließ den nutzlos gewordenen Revolver fallen und ergriff Rachaels Hand. »Komm.«

Sie liefen am Büro vorbei zur Garage weiter hinten. Der böige Wind warf immer wieder die offenstehende Tür an die Wand, und das Pochen hallte wie ein Unheilsgong durch die Nacht.

36. Kapitel

Die vielen Formen des Feuers

Whitney Gavis lehnte an der anderen Seite der Trennmauer, blickte in Richtung Tropicana und spürte, wie die Regenfluten über ihn hinwegströmten. Er fühlte sich so, als bestünde er aus Schlamm, den der Regen fortspülte. Mit jeder verstreichenden Sekunde wurde er schwächer, zu schwach, um eine Hand zu heben und sich das Blut von Schläfe und Wange zu wischen, zu schwach, um laut zu rufen und den Fahrer eines vorbeikommenden Wagens auf sich aufmerksam zu machen. Er war zu weit von der Straße entfernt, um vom Scheinwerferlicht erfaßt zu werden.

Whitney hörte die Entladungen der Combat Magnum, und in der kurz darauf folgenden Stille vernahm er einen hastigen Wortwechsel zwischen Ben und Rachael, dann das Geräusch eiliger Schritte. Shadway würde ihn auf keinen Fall im Stich lassen – in diesem Punkt war Gavis ganz sicher –, und deshalb nahm er an, daß er eine andere Möglichkeit nutzen wollte, Eric endgültig den Garaus zu machen. Allerdings gab es in diesem Zusammenhang ein Problem: Vielleicht hielt Whit nicht lange genug durch, um herauszufinden, von welcher neuen Taktik Ben und Rachael Gebrauch machen wollten.

Er sah einen weiteren Wagen, der über die Tropicana fuhr und sich näherte, und erneut versuchte Gavis, laut zu rufen. Doch kein Laut löste sich von seinen Lippen. Er bemühte sich, den rechten Arm zu heben und zu winken, aber er schien an seiner Hüfte festgenagelt zu sein.

Dann bemerkte er, daß der Wagen weitaus langsamer war als die anderen, beobachtete, wie er den Straßenrand ansteuerte.

Die Konturen seiner Umgebung verschwammen.

Benommen schüttelte Whitney den Kopf, und als sich das Bild vor seinen Augen klärte, sah er, daß sich das Auto noch weiter genähert hatte und genau auf das Motel zuhielt. Er hatte nicht einmal mehr Kraft genug, so etwas wie Aufregung zu empfinden, und die Dunkelheit der Nacht schien sich noch weiter zu verfinstern.

Ben und Rachael betraten die Garage und schlossen sofort die Tür. Die junge Frau trug nicht die Hausschlüssel bei sich, und deshalb konnten sie die Küchentür nicht abschließen und nur hoffen, daß Eric nicht von der Wohnung aus versuchte, in die Garage zu gelangen.

»Verriegelte Türen halten das Wesen nicht auf«, sagte Rachael. »Wenn es weiß, daß wir hier sind, verschafft es sich Zugang.«

An einem Wandhaken entdeckte Ben einen zusammengerollten Gummischlauch, der sich bestens für das eignete, was er plante. Rasch nahm er ihn zur Hand, stopfte das eine Ende in den Tank des Mercedes, saugte am anderen und hielt es zu, bevor Benzin in seinen Mund geraten konnte.

Unterdessen suchte Rachael in dem Durcheinander nach einem

Behälter, der keine Löcher aufwies. Einige Sekunden später hielt sie einen galvanisierten Eimer unter den Siphon.

»Ich hätte nie gedacht, daß Benzindampf so herrlich riechen kann«, sagte Ben, als er beobachtete, wie sich der Eimer langsam füllte.

»Vielleicht halten wir das Ungeheuer nicht einmal damit auf«, erwiderte Rachael besorgt.

»Es kann die Flammen nicht einfach ausschlagen, und das Feuer wird zu weitaus größeren Gewebeschäden führen als...«

»Hast du Streichhölzer?« unterbrach ihn Rachael.

Ben zwinkerte. »Nein.«

»Ich auch nicht.«

»Verdammt.«

Die junge Frau sah sich um. »Gibt es hier irgendwo welche?«

Bevor Shadway darauf Antwort zu geben vermochte, kratzte etwas am Knauf der Seitentür. Offenbar hatte sie das Eric-Etwas beobachtet, als sie um die Ecke des Motels gingen. Oder es war ihrer Fährte gefolgt.

»Die Küche«, sagte Ben drängend. »Der frühere Eigentümer dieses Gebäudes ließ alles zurück, vielleicht auch Streichhölzer in irgendeiner Schublade.«

Rachael lief sofort los und verließ die Garage.

Das Monstrum warf sich gegen die Seitentür, die aus massivem Holz bestand und sich nicht so leicht aufbrechen ließ wie die des Schlafzimmers. Die Angeln knarrten und rasselten, und beim dritten Aufprall hörte Ben ein dumpfes Splittern und Bersten. Es blieb ihnen nicht mehr viel Zeit.

Noch eine halbe Minute, dachte Shadway, und sein Blick wanderte zwischen der Tür und dem Eimer hin und her. Mit quälender Langsamkeit floß das Benzin in den Behälter. Bitte, Gott, gib uns nur noch eine halbe Minute.

Erneut warf sich der Eric-Dämon gegen das Hindernis.

Whit Gavis kannte die beiden Männer nicht. Sie hatten den Wagen am Straßenrand geparkt und sich ihm im Laufschritt genähert. Der größere von ihnen prüfte seinen Puls, und sein Begleiter – es schien sich um einen Mexikaner zu handeln – schaltete eine Taschenlampe ein und leuchtete ihm ins Gesicht. Ihre dunklen Anzüge saugten das Regenwasser wie Schwämme auf.

Vielleicht gehörten sie zu den Bundesagenten, die Jagd auf Ben und Rachael machten, aber Gavis scherte sich nicht darum. Niemand konnte eine größere Gefahr darstellen als das Monstrum im Motel. Wenn Menschen mit einem solchen Gegner konfrontiert wurden, mußten sie ihre unterschiedlichen Motive vergessen und eine geschlossene Front bilden. Selbst DSA-Beamte waren bei diesem Kampf willkommene Verbündete. Es blieb ihnen nichts anderes übrig, als die Absicht aufzugeben, das Wildcard-Projekt geheimzuhalten. Sie würden einsehen, daß dieser Weg der Langlebigkeitsforschung ins sichere Verderben führte. Es hatte keinen Sinn mehr zu versuchen, Ben und Rachael unschädlich zu machen. Ja, es kam nur noch darauf an, den mutierten Eric zu töten. Und deshalb erzählte Whit den beiden Männern alles, was er wußte, wies sie auf die enorme Gefahr hin, die von dem Ungeheuer ausging...

»Was sagt er?« fragte der Hüne.

»Ich kann ihn kaum verstehen«, erwiderte der kleine und gut gekleidete Mann, der wie ein Mexikaner aussah. Er holte Whitneys Brieftasche hervor.

Vorsichtig betastete der Hüne das linke Bein Gavis'. »Er muß es schon vor einer ganzen Weile verloren haben. Zusammen mit dem linken Arm, nehme ich an.«

Whitney begriff, daß seine Stimme nicht lauter war als ein Flüstern und sich ihr leiser Hauch im Prasseln und Hämmern der Regentropfen verlor. Er versuchte es noch einmal.

»Delirium«, sagte der Hüne.

Nein, verdammt, dachte Whit. Ich bin nur schwach, das ist alles. Doch kein Laut entrang sich seiner Kehle.

»Er heißt Gavis«, stellte der kleinere Mann fest und blickte auf Whits Führerschein, den er aus der Brieftasche genommen hatte. »Shadways Freund. Der Mann, von dem uns Teddy Bertlesman erzählte.«

»Es geht ihm ziemlich schlecht, Julio.«

»Bring ihn in den Wagen und fahr ihn zum Krankenhaus.«

»Ich?« fragte der Hüne. »Und was ist mit dir?«

»Ich bleibe hier.«

»Ohne Rückendeckung?« Besorgnis zeigte sich im regennassen Gesicht des großen Mannes.

»Mach dir keine Sorgen, Reese«, erwiderte Julio. »Ich habe es nur mit Shadway und Mrs. Leben zu tun, und sie stellen keine Gefahr für mich dar.«

401

»Quatsch«, brummte Reese. »Hier treibt sich auch noch jemand anders herum, Julio. Weder Shadway noch Mrs. Leben sind für Gavis' gegenwärtigen Zustand verantwortlich.«

»*Leben!*« brachte Whitney schließlich laut genug hervor, um das Rauschen des Regens zu übertönen.

Die beiden Männer musterten ihn verwirrt.

»Leben«, wiederholte er krächzend.

»Eric Leben?« fragte Julio.

»Ja«, raunte Whitney. »Genetisches... Chaos... Chaos... Mutation... Waffen... Waffen...«

»Was ist mit Waffen?« Reese beugte sich zu ihm herab.

»Richten... nichts... gegen... ihn... aus«, antwortete Gavis erschöpft.

»Trag ihn zum Wagen, Reese«, sagte Julio. »Wenn er nicht innerhalb von fünfzehn Minuten ins Krankenhaus gebracht wird, ist er erledigt.«

»Was soll das heißen, mit Waffen könne man nichts gegen Eric Leben ausrichten?« fragte der Hüne.

»Delirium«, wiederholte der kleinere Mann. »Er weiß überhaupt nicht mehr, was er redet. Und jetzt... *Bewegung!*«

Reese runzelte die Stirn und hob Whitney so mühelos hoch wie ein kleines Kind.

Julio eilte los, platschte durch einige Pfützen und zog die hintere Tür des Wagens auf.

Reese ließ Gavis behutsam auf den Rücksitz sinken und wandte sich dann an seinen Begleiter. »Die Sache gefällt mir nicht.«

»Fahr zum Krankenhaus«, sagte Julio.

»Ich habe geschworen, dich niemals im Stich zu lassen, immer zur Stelle zu sein, wenn du meine Hilfe brauchst.«

»Derzeit brauche ich deine Hilfe dazu, diesen Mann ins Hospital zu bringen«, erwiderte Julio scharf. Er ließ die Tür ins Schloß fallen.

Einige Sekunden später nahm Reese am Steuer Platz. »Ich komme so schnell wie möglich zurück«, sagte er zu Julio.

»Chaos... Chaos... Chaos... Chaos...«, flüsterte Whitney im Fond des Wagens. Nur dieses eine Wort konnte er formulieren – obgleich er versuchte, andere hinzuzufügen und den beiden Männern den Ernst der Lage zu erklären.

Dann rollte der Wagen los.

Peake hielt an der einen Seite des Tropicana Boulevard an und schaltete die Scheinwerfer aus, als er sah, daß Verdad und Hagerstrom etwa einen halben Kilometer weiter vorn am Straßenrand geparkt hatten.

Sharp beugte sich vor und starrte durch die beschlagene Windschutzscheibe, vorbei an den rhythmisch hin- und herstreichenden Wischern. Nach einer Weile brummte er: »Sieht so aus, als... als hätten sie jemanden gefunden, der vor dem Haus liegt. Um was für ein Gebäude handelt es sich eigentlich?«

»Scheint leerzustehen, ein Motel vielleicht«, erwiderte Peake. »Kann von hier das Schild nicht genau lesen. Golden...«

»Was machen die Kerle da?« überlegte Sharp laut.

Was mache *ich* hier? fragte sich Peake stumm.

»Möglicherweise verstecken sich Shadway und Mrs. Leben in der Bruchbude«, sagte Anson.

Um Himmels willen, ich hoffe nicht, dachte Peake. Ich hoffe, wir finden sie nie. Ich hoffe, sie liegen irgendwo auf Tahiti am Strand.

»Wen auch immer die beiden Bullen gefunden haben«, knurrte Sharp. »Sie bringen ihn in den Wagen.«

Peake wollte inzwischen nicht mehr zu einer Legende werden. Es kam ihm nur noch darauf an, diese Nacht lebend zu überstehen.

Die Seitentür der Garage erbebte einmal mehr, und die Pfosten erzitterten. Eine Angel löste sich aus der Verankerung, und nur wenige Sekunden später brach das Schloß aus den Scharnieren. Von einem Augenblick zum anderen flog die Tür auf, und Eric Leben, das Tier, stürmte herein – wie ein Geschöpf, das aus einem Alptraum stammte und irgendwie in die reale Welt gelangt war.

Ben griff nach dem Eimer, der inzwischen einige Liter Benzin enthielt, und wich zur Küchentür zurück, versuchte, sich möglichst schnell zu bewegen, ohne etwas von der kostbaren Flüssigkeit im Behälter zu verschütten.

Das Monstrum sah ihn und stieß einen so haßerfüllten und zornigen Schrei aus, daß Ben den Eindruck gewann, das Heulen vibriere in seinen Knochen. Es trat einen ausgedienten Staubsauger beiseite, kletterte über einige umgestürzte Regale und Dosen mit Lack hinweg und offenbarte dabei eine spinnenartige Agilität.

Als Ben die Küche erreichte, hörte er das Ungeheuer dicht hinter sich. Er wagte es nicht, zurückzublicken.

Die Hälfte der Schränke und Schubladen war geöffnet, und

Rachael zog gerade eine weitere auf. »Endlich!« platzte es aus ihr heraus, als sie nach einer Schachtel mit Streichhölzern griff.

»Lauf!« rief Ben. »Lauf nach draußen!«

Sie mußten unbedingt die Entfernung zum Unheilwesen vergrößern, Zeit gewinnen.

Ben folgte Rachael aus der Küche ins Wohnzimmer. Das Benzin im Eimer schwappte über den Rand, und einige Tropfen fielen auf den Teppich und Shadways Schuhe.

Hinter ihnen raste der Mutant durch die Küche, stieß einige Schrankklappen zu, schleuderte sowohl den kleinen Tisch als auch die Stühle beiseite, die ihm im Weg standen. Vielleicht bekommt er einen neuerlichen Tobsuchtsanfall, hoffte Ben. Vielleicht hält er sich eine Zeitlang damit auf, die Einrichtung zu zertrümmern.

Ben hatte das Gefühl, als bewege er sich wie in Zeitlupe, als schiebe er sich durch eine Luft, die so dick wie Sirup war. Das Wohnzimmer schien die Ausmaße eines Fußballfeldes zu gewinnen. Als sie das Ende des Raums erreichten, fürchtete er plötzlich, die Tür zum Motelbüro könne verschlossen sein. Aber Rachael riß sie auf, und zusammen mit der jungen Frau hastete Shadway am Empfangstresen vorbei, dann durch die Glastür nach draußen – wo er fast auf Detektiv Verdad geprallt wäre, den er zum letztenmal am Montag abend gesehen hatte, im Leichenschauhaus von Santa Ana.

»Was, zum Teufel...«, begann Verdad, als der Dämon hinter ihnen durchs Büro stürmte.

Ben sah, daß der im Regen stehende Polizist einen Revolver in der Hand hielt. »Treten Sie zurück und schießen Sie auf das Ding, wenn es durch die Tür kommt«, sagte er. »Sie können es nicht töten, aber vielleicht wird es dadurch ein wenig langsamer.«

Das Wesen gierte nach weiblicher Beute, nach warmem Blut, war erfüllt von kaltem Zorn und dem Feuer heißen Verlangens. Es ließ sich nicht aufhalten, weder durch Kugeln noch geschlossene Türen, wollte erst dann innehalten, wenn er die Frau packte, um sein Glied in sie hineinzustoßen, wenn er sowohl sie als auch ihren männlichen Begleiter umgebracht hatte. Seine Erregung nahm noch weiter zu, als es sich vorstellte, ihr Fleisch zu zerreißen und die Schnauze in ihre zerfetzten und blutigen Kehlen zu bohren, die pulsierenden Muskeln der Herzen zu verschlingen, Nieren und Leber zu schmecken. Erneut bildete sich eine Leere in ihm, die gefüllt werden wollte. Das lodernde Veränderungsfeuer verlangte nach neuer Nahrung, und der Hunger führte zu ersten Magenkrämpfen, verwandelte sich innerhalb weniger Sekunden in eine Freßgier, der sich alle anderen Bedürfnisse unterzuordnen hatten. Das Geschöpf brauchte *Fleisch*, und es sprang durch die Glastür nach draußen, in den Nachtwind und strömenden Regen, bemerkte einen zweiten Mann, einen kleineren, sah Feuer an einem Objekt, das er in der Hand hielt, verspürte einen kurzen, stechenden Schmerz in der Brust. Wieder eine kleine Flamme, und der Schmerz wiederholte sich an einer anderen Körperstelle, stimulierte die Wut, als sich das Wesen dem Angreifer zuwandte und die Klauenpranken nach ihm ausstreckte...

Ohne zu zögern schoß Julio Verdad auf das Ungeheuer, und Shadway und Mrs. Leben wagten sich unter dem Vordach hervor und liefen auf den Hof. Der Mutant blieb kurz stehen, offenbar überrascht, eine dritte Person zu sehen, setzte sich aber gleich wieder in Bewegung. Die ersten beiden Schüsse schienen ihm überhaupt nichts auszumachen, und Julio mußte sich der verblüffenden Erkenntnis beugen, daß er das Wesen mit seinem Revolver nicht zu Boden schicken konnte.

Es sprang ihm entgegen, zischte und fauchte, schwang einen mit mehreren Gelenken ausgestatteten Arm, so als wolle es Julio den Kopf von den Schultern schlagen.

Verdad duckte sich unter dem Hieb hinweg und feuerte noch einmal, zielte dabei auf die Brust des Monstrums, aus der Dutzende von Stacheln und Dornen ragten. Wenn es ihn an sich preßte, würden ihn die spitzen Auswüchse aufspießen, und bei dieser Vorstellung krümmte er mehrmals schnell hintereinander den Zeigefinger.

Drei weitere Geschosse trieben das Wesen zurück, bis es schließlich an die Wand neben der Bürotür stieß. Dort verharrte es einige Sekunden lang und ruderte mit den Armen.

Julio feuerte die sechste – und letzte – Kugel ab und verfehlte das Ziel nicht. Aber trotzdem blieb das Ungeheuer auf den Beinen. Es mochte verletzt und vielleicht sogar benommen sein, aber es sank nicht auf den Beton. Verdad führte ständig einige Ersatzpatronen für die Dienstwaffe bei sich und griff in die Tasche.

Das *Etwas* taumelte vor und erholte sich mit atemberaubender Geschwindigkeit von den sechs Schußwunden. Es gab einen so wilden Schrei von sich, daß Julio auf der Stelle herumwirbelte und über den Hof rannte, in Richtung Shadway und Mrs. Leben, die auf der anderen Seite des Swimming-pools standen.

Peake hatte gehofft, daß Sharp ihm den Auftrag gebe, Hagerstrom zu verfolgen, der mit seinem Wagen einen Unbekannten fortbrachte. Wenn es anschließend im leerstehenden Motel zu einer Schießerei käme, wäre das allein Ansons Sache.

Aber sein Vorgesetzter sagte: »Lassen Sie Hagerstrom ruhig fahren. Ich glaube, er bringt den Typ zu einem Arzt. Außerdem ist Verdad der Kopf des Teams. Wenn er drüben bei der Bude bleibt, so bedeutet das, daß wir dort Shadway und die Frau finden können.«

Als sich Lieutenant Verdad von der Straße abwandte und in Richtung des beleuchteten Büros ging, forderte Sharp seinen Untergebenen auf, loszufahren und vor dem Hotel anzuhalten. Widerwillig befolgte der jüngere DSA-Agent die Anweisung, und als er neben dem rostigen Schild mit der Aufschrift GOLDEN SAND INN auf die Bremse trat, hörten sie die ersten Schüsse.

Mein Gott, dachte Peake voller Unbehagen.

Lieutenant Verdad stand neben Ben und lud hastig seinen Revolver.

Rachael befand sich auf der anderen Seite und schützte die Schachtel mit den Streichhölzern vor dem Regen. Eins hielt sie in den gewölbten Händen bereit.

Der Eric-Dämon kam mit weit ausholenden Schritten heran, mit einer agilen Eleganz, die in einem auffallenden Kontrast zu seiner Größe und dem abscheulichen Erscheinungsbild stand. Er zeichnete sich als dunkle Kontur vor dem bernsteinfarbenen Licht ab, das aus dem Bürofenster fiel, stieß ein schrilles Heulen aus und wurde noch schneller. Ganz offensichtlich machte er sich nicht die geringsten Sorgen.

Rachael fürchtete, die Unerschrockenheit des Ungeheuers könne durchaus gerechtfertigt sein. Vielleicht blieb das Feuer ebenso wirkungslos wie zuvor die Kugeln.

Es stürmte an der Seite des Beckens entlang, hatte bereits die Hälfte der insgesamt zwölf Meter zurückgelegt. Wenn es die Ecke erreichte, schrumpfte die Distanz zwischen ihnen auf knapp fünf Meter zusammen.

Der Lieutenant war noch immer damit beschäftigt, seinen Revolver zu laden. Nach einigen Augenblicken klappte er die Trommel zurück und verzichtete darauf, auch die beiden letzten Geschoßkammern mit Patronen zu füllen.

Das Monstrum lief um die Ecke des Pools.

Ben ergriff den Eimer mit beiden Händen, schloß die eine um den Rand und preßte die andere unter den Boden. Mehrmals schwang er den Behälter hin und her – und goß das Benzin auf den Mutanten, als er über die Betonfläche heranstürmte.

Peake folgte Sharp, der am Motelbüro vorbei auf den Hof lief, sah gerade noch, wie Shadway den Inhalt eines Eimers auf ein Geschöpf schüttete, das wie eine Manifestation des Grauens wirkte.

Sharp blieb erschrocken stehen, und Peake hatte das Gefühl, sich plötzlich nicht mehr von der Stelle rühren zu können.

Das Wesen kreischte zornig und taumelte von Shadway fort. Mit den Klauenpranken wischte es sich über ein Gesicht, in dem orangefarbene Augen wie zwei heiße Kohlen glühten, klopfte sich auf die Brust und versuchte offenbar, die Flüssigkeit zu entfernen.

»Leben«, sagte Sharp. »Gütiger Himmel – das muß Eric Leben sein.«

Jerry Peake verstand sofort – obwohl er nicht verstehen *wollte*. Er wußte, daß es sich um ein sehr gefährliches Geheimnis handelte. Und er ahnte, daß es nicht nur sein körperliches Wohlergehen bedrohte, sondern auch seine geistige Stabilität.

Das Benzin schien den Dämon geblendet zu haben, aber Rachael war sicher, daß er sich von diesem Angriff ebenso schnell erholen würde wie von den anderen. Als Ben den leeren Eimer fallen ließ und aus dem Weg trat, versuchte sie, das Streichholz zu entzünden.

Das Eric-Ding schrie nun nicht mehr, keuchte angesichts der ätzenden Benzindämpfe, krümmte sich zusammen und schnappte nach Luft.

Rachael trat einige Schritte auf das Ungeheuer zu, bevor Wind und Regen die kleine Flamme löschten, die am Streichholz flackerte.

Die junge Frau wimmerte leise, öffnete die Schachtel und entnahm ihr ein zweites Hölzchen. Diesmal kam sie nur einen Schritt weit, bevor die Flamme erlosch.

Das Monstrum schien bereits wesentlich leichter atmen zu können, richtete sich wieder auf und sah die Frau aus gleißenden Augen an.
Der Regen, dachte Rachael verzweifelt. Der Regen wäscht das Benzin von seinem Körper.
Als sie mit zitternden Fingern das dritte Streichholz zog, sagte Ben: »Hier.« Er drehte den Eimer um und stellte ihn direkt vor sie zu Boden.
Das schauderhafte Wesen atmete tief durch, streifte die letzten Reste der Benommenheit von sich ab und brüllte.
Rachael entzündete den Kopf des Streichholzes an der Reibefläche und schluchzte erleichtert, als es zu brennen begann. Sofort warf sie es in den Eimer, und die Benzinreste entzündeten sich.
Lieutenant Verdad kam mit einigen raschen Schritten herbei und trat den Behälter in Richtung des Ungeheuers.
Die Flammen leckten nach den Jeansfetzen an den Beinen des Eric-Dings, setzten erst sie in Brand und dann den ganzen Körper.
Das Feuer hielt den Dämon nicht zurück.
Er schrie schmerzerfüllt, als er zu brennen begann, aber trotzdem blieb er in Bewegung und näherte sich Rachael. Im roten und flakkernden Schein des Feuers sah sie seine Klauen, die sich ihr entgegenstreckten, beobachtete, wie sich die *Mäuler* in den Handflächen öffneten und schlossen, spürte, wie das Monstrum sie berührte. Die Hölle hätte nicht schlimmer sein können, als seine Pranken zu fühlen: Die junge Frau wäre fast vor Entsetzen gestorben. Das Etwas packte sie an einem Arm, schloß die andere Hand um ihren Nacken, und sie merkte, wie die kleinen Rachen unter den Klauenansätzen nagten und bissen. Die Hitze der lodernden Flammen wogte ihr entgegen, und ihr grauenerfüllter Blick fiel auf die Stacheln und Dornen, die aus der Brust des Ungetüms ragten. Es hob sie an, und sie wußte, daß nun ihre letzte Stunde geschlagen hatte, die letzte Sekunde. Aus den Augenwinkeln sah sie Verdad, der seinen Revolver hob und zweimal kurz hintereinander abdrückte, hörte das Knallen der Schüsse, sah, wie der Kopf des Eric-Wesens zurückzuckte, als er getroffen wurde. Doch bevor der Polizist seine Waffe erneut zum Einsatz bringen konnte, war Benny heran. Er sprang, flog so hoch durch die Luft wie die Kung Fu-Kämpfer in einem schlechten Eastern, streckte die Beine und trat das Ungeheuer an die Schulter. Rachael spürte, wie sich eine Klauenpranke von ihr löste, und sofort wand sie sich hin und her, um sich ganz

aus dem Griff zu befreien. Ihre Füße berührten den Dämon an der Brust – und plötzlich war sie frei. Das alptraumhafte Geschöpf fiel in den Pool, und Rachael vernahm ein dumpfes Pochen, als es auf den harten Grund prallte. Sie trat zurück, genoß die Erleichterung, die sie durchströmte. Und stellte fest, daß ihre Schuhe brannten.

Ben warf sich nach links, rollte sich auf dem Boden ab, war mit einem Satz wieder auf den Beinen und beobachtete, wie der Eric-Mutant in den leeren Swimming-pool stürzte. Unmittelbar darauf sah er die Flammen, die über Rachaels Schuhe leckten, und er warf sich auf sie, erstickte das Feuer mit seinem Körper.

Einige Sekunden lang klammerte sie sich an ihm fest, und Shadway schloß die Arme um sie, drückte sie fest an sich.

»Ist alles in Ordnung mit dir?«

»So einigermaßen«, erwiderte sie unsicher.

Ben umarmte sie erneut und untersuchte sie dann rasch. Sowohl am Arm als auch am Nacken zeigten sich blutige Stellen, hervorgerufen von den Handmäulern des Mutanten, doch die Verletzungen schienen nicht besonders schwer zu sein.

Das Ungeheuer im Pool kreischte so, wie es noch nie zuvor geheult hatte, und Ben hoffte, daß es sich um Todesschreie handelte.

Er half der jungen Frau in die Höhe, schlang den Arm um ihre Taille und führte sie dorthin zurück, wo Lieutenant Verdad stand.

Der Dämon taumelte durch das Becken, brannte lichterloh, als bestehe sein Körper aus purem Kerzenwachs, versuchte vielleicht, die tiefen Stellen des Pools zu erreichen, wo sich mehr Regenwasser angesammelt hatte. Doch der strömende Regen blieb ohne jede Wirkung auf die Flammen, und daher vermutete Ben, daß auch die Lachen nichts dagegen ausrichten konnten. Das Feuer gleißte unerklärlich hell, so als nähre es sich nicht nur vom Benzin, als werde es auch noch von anderen Substanzen *im* genveränderten Körper geschürt. Nach einigen wankenden Schritten sank das Geschöpf auf die Knie, gestikulierte vage und kratzte mit den Krallen über den Betonboden. Es kroch weiter, erst auf allen vieren, dann auf dem Bauch, zog sich dorthin, wo es auf Rettung hoffte.

Ein Schattenfeuer brannte im Wasser, unter der kühlen Oberfläche, und Eric schob sich darauf zu, nicht nur um die Flammen zu ersticken, die über seinen Körper sengten, sondern auch das Veränderungsfeuer, das in seinem Innern loderte. Der schier unerträgliche Schmerz befreite die Reste seines menschlichen Bewußtseins aus dem mentalen Kerker des Vergessens, aus dem tranceartigen Zustand, in den sich die Eric-Identität zurückzog, wenn der animalische Teil seines Selbst dominant wurde. Für einige Sekunden konnte er sich wieder daran erinnern, wer er war, in was er sich verwandelt hatte und was mit ihm geschah. Doch er wußte auch, daß diese Restabilisierung nicht lange andauerte, daß er irgendwann in die Gräue gleichgültiger Ignoranz zurücksinken würde. Die Metamorphose löste Intellekt und Persönlichkeit immer mehr auf, und seine einzige Hoffnung bestand in endgültigem Tod.

Tod.

Über Jahre hinweg hatte sein einziges Ziel darin bestanden, den Tod zu bezwingen, aber jetzt sehnte er sich danach.

Während ihn die Flammen bei lebendigem Leib verbrannten, schleppte er sich weiter, dem Schattenfeuer im Wasser entgegen.

Er schrie nicht mehr, verließ die Welt des Schmerzes und der Pein, wandelte durch ein anderes Universum, in dem es nichts weiter gab als nur Einsamkeit und Ruhe.

Eric wußte, daß ihn das brennende Benzin nicht umbringen konnte. Jedenfalls nicht allein. Das Veränderungsfeuer in ihm war weitaus schlimmer als die Flammen, die von außen über seinen Körper leckten. Es brodelte immer heißer und heller, in jeder einzelnen Zelle, erzeugte eine Freßgier, die wesentlich intensiver war als alle vorherigen Hungerphasen. Er brauchte dringend Nahrung, Treibstoff für die Metamorphose, Kohlenhydrate, Proteine, Vitamine und Mineralstoffe, um den außer Kontrolle geratenen Metabolismus in Gang zu halten. Aber weil er derzeit keine Möglichkeit hatte, zu jagen, zu töten und zu fressen, weil er kein Fleisch verschlingen und in Energie verwandeln konnte, zehrte sein Körper von der eigenen Substanz. Das Veränderungsfeuer erlosch nicht etwa, sondern verbrannte einige Gewebestrukturen, um andere neu zu gestalten. Mit jeder verstreichenden Sekunde verringerte sich sein Körpergewicht – nicht etwa, weil die externen Flammen Haut und Muskeln auflösten, sondern weil ihn die interne Glut aushöhlte. Er spürte, wie sich sein Kopf verformte, wie die Arme schrumpften und ihm zwei andere Gliedmaßen aus dem unteren Teil des Brustkastens wuchsen. Jede Veränderung ging mit einem Verlust einher, doch die Feuer der Mutation wüteten weiterhin in ihm.

Schließlich war es ihm nicht mehr möglich, noch näher an das Schattenfeuer heranzugelangen, das im Wasser brannte. Eric blieb liegen, keuchte und zuckte.

Zu seiner Überraschung beobachtete er, wie das Schattenfeuer aus dem Wasser herausgleißte und sich ihm entgegenstreckte. Es umhüllte ihn, bis beide Welten in Flammen standen, die äußere ebenso wie die innere.

In der Todesagonie begriff Eric schließlich, daß die mysteriösen Schattenfeuer weder Tore zur Hölle noch bedeutungslose Halluzinationen darstellten, hervorgerufen von fehlerhaft arbeitenden Synapsen in seinem Hirn. Vielmehr handelte es sich um Projektionen des Unterbewußtseins, um Warnungen vor dem gräßlichen Schicksal, auf das er zusteuerte, seit er im Leichenschauhaus von den Toten auferstanden war. Das geschädigte Hirngewebe hatte seine intellektuelle Kapazität von Anfang an beschränkt und entsprechende Erkenntnisse zumindest auf einer bewußten Ebene unmöglich gemacht. Doch das Unterbewußtsein kannte die Wahrheit und versuchte, ihm mit Hilfe der phantomhaften Schattenfeuer einen Hinweis darauf zu geben: *Feuer* ist dein Schicksal, das unbezähmbare innere Feuer eines hyperaktiven Metabolismus, der dich früher oder später verbrennen wird.

Erics Hals entwickelte sich zurück, bis der Kopf fast übergangslos auf den Schultern saß.

Er fühlte, wie sich das Rückgrat zu einem Schwanz verlängerte. Ein massiver Brauenbuckel reichte weit über die Augen.

Und er merkte, daß er mehr als nur zwei Beine hatte.

Dann spürte er nur noch die Hitze des Veränderungsfeuers, dessen Flammen in alle Winkel seines Körpers leckten, auf der Suche nach den letzten Zellen, die es verbrennen konnte. Erics Bewußtsein sank in die vielen Arten des Feuers.

Fassungslos beobachtete Ben, wie das Eric-Etwas innerhalb einer Minute verbrannte. Die Flammen züngelten immer höher empor, und der abscheuliche Körper schrumpfte, bis auf dem Betonboden des Pools nur ein schmieriger Fleck übrigblieb. Shadway starrte ins Becken, konnte kein Wort hervorbringen. Lieutenant Verdad und Rachael schienen ebenso verblüfft zu sein, denn auch sie gaben keinen Laut von sich.

Schließlich war es Anson Sharp, der das Schweigen brach. Langsam näherte er sich dem Rande des Swimming-pools. Er hielt eine

Waffe in der Hand und erweckte den Eindruck, als wolle er auch Gebrauch von ihr machen. »Was, zum Teufel, ist mit ihm geschehen?«

Ben sah den DSA-Agenten erst jetzt, wandte sich seinem alten Feind zu und erwiderte: »Ihnen droht ein ähnliches Schicksal, Sharp. Eric Leben verwandelte sich in ein Ungeheuer, und Sie sind auf dem besten Wege, seinem Beispiel zu folgen – wenn auch auf eine andere Art und Weise.«

»Wovon reden Sie da?« fragte Sharp.

Shadway zog Rachael sanft an sich und versuchte, sich zu entspannen. »Eric hielt nichts von der Welt, wie sie sich ihm darbot, und deshalb versuchte er, sie seinen eigenen perversen Bedürfnissen anzupassen. Doch anstatt ein Paradies für sich zu schaffen, fand er sich in der Hölle wieder. Im Laufe der Zeit wird es Ihnen kaum anders ergehen.«

»Was für ein Unsinn«, entgegnete Sharp. »Verschonen Sie mich mit Ihrem philosophischen Mist. Sie sind erledigt, Shadway, endgültig erledigt.« Er sah Julio Verdad an und fügte hinzu: »Lieutenant, lassen Sie bitte Ihren Revolver fallen...«

»Was?« entfuhr es Verdad. »Was soll das bedeuten?...«

Sharp schoß auf ihn, und das Geschoß schleuderte den Detektiv in den Schlamm.

Jerry Peake – ein passionierter Leser von Kriminalromanen, der davon träumte, legendäre Heldentaten zu vollbringen – neigte dazu, in melodramatischen Begriffen zu denken. Während er beobachtete, wie der mutierte Körper Eric Lebens im Becken verbrannte und dabei immer mehr zusammenschrumpfte, regten sich Grauen und Entsetzen in ihm. Gleichzeitig aber rasten seine Gedanken: Die Überlegungen und Schlußfolgerungen folgten mit einer Geschwindigkeit aufeinander, die ihn selbst erstaunte. Zuerst erstellte er eine mentale Liste der Ähnlichkeiten zwischen Eric und Anson Sharp. Beide Männer liebten Macht, konnten nicht auf sie verzichten. Sie waren kaltblütig und zu allem fähig. Und sie hatten eine perverse Vorliebe für junge Mädchen... Dann hörte Jerry, wie Ben Shadway von Menschen sprach, die sich ihre eigene Hölle auf Erden schufen, und er dachte auch darüber nach. Kurz darauf starrte er auf die schwelenden Reste des mutierten Wissenschaftlers im Pool, und er gewann den Eindruck, sich an einem Scheideweg zwischen seinem eigenen irdischen Paradies und der Hölle zu befinden: Er konnte sich an Sharps Seite stellen, zu einem Mordkomplizen werden und versuchen, den Rest seines Lebens mit der Bürde dieser Schuld zu verbringen, die Verdammnis sowohl im Diesseits als auch im Jenseits zu akzeptieren. *Oder* er rang sich dazu durch, Sharp Widerstand zu leisten, wodurch er seine Selbstachtung und ein reines Gewissen wahrte – ganz gleich, was aus seiner Karriere bei der DSA wurde. Die Entscheidung lag bei ihm. Was wollte er sein: wie das Etwas im Pool oder ein *Mensch?*

Sharp forderte Lieutenant Verdad auf, die Waffen beiseite zu legen, und als Julio den Befehl in Frage stellte, schoß Anson auf ihn, ohne auch nur eine Sekunde lang zu zögern.

Jerry Peake zog seine eigene Waffe und feuerte auf Sharp. Die Kugel traf den stellvertretenden Direktor in der Schulter.

Sharp schien den drohenden Verrat des jüngeren DSA-Agenten zu spüren, denn er drehte sich genau in dem Augenblick um, als Jerry schoß. Anson drückte ebenfalls ab, und das Geschoß bohrte sich Peake ins Bein. Aus einem Reflex heraus drückte er den Abzug durch, noch während er zu Boden ging. Und als er auf den harten Beton fiel, sah er voll grimmiger Genugtuung, wie Anson Sharps Kopf auseinanderplatzte.

Rachael beugte sich zu Lieutenant Verdad herab, öffnete ihm Jacke und Hemd und untersuchte die Schulterwunde.

»Nicht weiter schlimm«, ächzte der Detektiv. »Es tut verdammt weh, aber ich komme mit dem Leben davon.«

In der Ferne heulten einige Sirenen und kamen rasch näher.

»Reese«, sagte Verdad knapp. »Er brachte Gavis ins Krankenhaus, und im Anschluß daran hat er bestimmt die hiesige Polizei verständigt.«

»Die Wunde blutet nicht besonders stark«, stellte Rachael fest, erleichtert darüber, Verdads Einschätzung in Hinsicht auf seinen Zustand bestätigen zu können.

»Hatten Sie etwas anderes erwartet?« erwiderte Verdad. »Himmel, ich habe nicht die geringste Absicht, jetzt ins Gras zu beißen. Ich möchte lange genug in dieser Welt weilen, um zu erleben, wie mein Partner die rosarote Lady heiratet.« Er lachte, als er Rachaels Verwirrung bemerkte. »Machen Sie sich keine Sorgen, Mrs. Leben: Ich bin nicht übergeschnappt.«

Peake lag flach auf dem Betonboden, und sein Kopf ruhte auf dem ›Kissen‹, der etwas erhöhten Mauerkappe am Rande des Swimming-pools.

Ben riß einen breiten Streifen von seinem Hemd ab und verwendete ihn als Aderpresse für das verletzte Bein Jerrys, zog den Verband mit dem langen Schalldämpfer von Anson Sharps Waffe stramm.

»Eigentlich ist das Ding gar nicht nötig«, wandte er sich an Peake, als das Heulen der Sirenen noch lauter wurde und das Prasseln und Trommeln des Regens übertönte. »Aber wir sollten trotzdem auf Nummer Sicher gehen. Die Wunde ist ziemlich blutig, doch eine Arterie scheint nicht verletzt zu sein. Vermutlich haben Sie ziemliche Schmerzen, nicht wahr?«

»Komische Sache«, entgegnete Peake. »Ich spüre fast gar nichts.«

»Der Schock«, sagte Ben besorgt.

»Nein«, widersprach Peake und schüttelte den Kopf. »Nein, das glaube ich nicht. Ich fühle keine Symptome eines beginnenden Schocks – und ich kenne sie genau. Ich schätze, es gibt eine andere Erklärung.«

»Und welche?«

»Die Entscheidung, die ich eben traf, die Tatsache, daß ich meinen eigenen Chef erschoß, als er den Verstand verlor – Himmel, ich will verdammt sein, wenn mich das in der DSA nicht zu einer Legende macht. Das begriff ich erst nach seinem Tod. Nun, vielleicht sind lebende Legenden nicht so schmerzanfällig wie normale Menschen.« Er lächelte schief.

Ben runzelte nur die Stirn. »Ganz ruhig«, sagte er. »Versuchen Sie, sich zu entspannen...«

Jerry Peake lachte. »Ich leide nicht an einem Delirium, Mr. Shadway. Nein. Verstehen Sie denn nicht? Ich bin nicht nur eine Legende, sondern kann noch immer über mich selbst lachen. Und das bedeutet: Vielleicht habe ich wirklich das notwendige Zeug. Ich meine, möglicherweise werde ich tatsächlich zu einer Berühmtheit – ohne daß mir ein solcher Ruf zu Kopf steigt. Und das ist doch eine wirklich prächtige Selbsterkenntnis, oder?«

»Ja«, bestätigte Shadway.

Die Nacht war erfüllt vom Heulen der Sirenen, dann dem Quietschen von Bremsen und schließlich dem Geräusch eiliger Schritte, die sich von der Zufahrt her näherten.

Schon bald mußten sie damit rechnen, daß man ihnen Hunderte von Fragen stellte: die Polizeibeamten von Las Vegas, Palm Springs, Lake Arrowhead, Santa Ana, Placentia und anderen Orten. Und wenn die Verhöre schließlich zu Ende gingen, folgte der Spießrutenlauf durch die Medien. (»Wie *fühlen* Sie sich, Mrs. Leben? Was empfinden Sie angesichts des mörderischen Amoklaufs Ihres Mannes? Was spürten Sie, als er sie packte und fast umgebracht hätte? Was *fühlten* Sie dabei?«) Die Reporter und Journalisten – vermutlich noch hartnäckiger und erbarmungsloser als die Polizei.

Jerry Peake und Julio Verdad wurden zum Krankenwagen getragen, und die uniformierten Beamten von Las Vegas bewachten die sterblichen Überreste Anson Sharps, um sicherzustellen, daß sie niemand anrührte, bis der Leichenbeschauer eintraf. Detektiv Hagerstrom berichtete, Whitney Gavis habe das Hospital gerade noch rechtzeitig genug erreicht und komme durch, nahm dann im Rettungswagen Platz, um seinem Partner Julio Gesellschaft zu leisten. Ben und Rachael traten unter das Aluminiumvordach und genossen die Ruhe. Zunächst schwiegen sie, schmiegten sich nur aneinander. Dann schienen sie zu begreifen, daß sie nicht lange allein bleiben würden, noch einige anstrengende Stunden über sich ergehen lassen mußten. Und daraufhin sprachen sie beide gleichzeitig.

»Du zuerst«, sagte Ben, hielt die junge Frau auf Armeslänge von sich und sah ihr in die Augen.

»Nein, du. Was wolltest du sagen?«

»Ich überlegte gerade...«

»Ja?«

»Nun, ich fragte mich, ob du dich erinnerst.«

»Ah«, machte Rachael und wußte instinktiv, was Ben meinte.

»Als wir an der Straße nach Palm Springs haltmachten«, sagte er.

»Ja, ich erinnere mich.«

»Der Antrag.«

»Ja.«

»Der *Heirats*antrag.«

»Ja.«

»Es war mein erster.«

»Das freut mich.«

»Es hätte romantischer sein können, nicht wahr?«

»Nun, ich fand es recht nett«, antwortete Rachael. »Gilt das Angebot noch?«
»Ja. Und interessiert es dich nach wie vor?«
»Und ob«, sagte die junge Frau.
Ben zog sie an sich. Sie schlang die Arme um ihn, und obgleich sie sich geborgen fühlte, schauderte sie plötzlich.
»Es geht alles in Ordnung«, sagte Ben. »Jetzt droht keine Gefahr mehr.«
»Nein, jetzt nicht mehr«, seufzte Rachael und lehnte den Kopf an seine Brust. »Wir kehren in das Orange County zurück, in eine Welt des ewigen Sommers. Wir heiraten, und ich sammle Spielzeugeisenbahnen mit dir. Ja, wir hören uns Swing-Musik aus den dreißiger Jahren an und erfreuen uns an alten Videofilmen. Zusammen schaffen wir eine bessere Welt für uns, nicht wahr?«
»Ja, wir schaffen uns eine bessere Welt«, stimmte Ben ihr leise zu. »Aber nicht auf diese Weise. Nicht indem wir uns vor der Realität verkriechen. Wenn wir uns gegenseitig helfen, brauchen wir uns nicht zu verstecken. Zusammen haben wir genug Kraft, um uns der Wirklichkeit zu stellen, meinst du nicht?«
»Ich bin sogar *sicher*«, sagte Rachael.
Der Regen ließ nach, wurde zu einem feinen Nieseln. Das Unwetter zog nach Osten weiter, und die zornige Stimme des Windes verklang.

Tür ins Dunkel

TEIL I

Das
graue Zimmer

Mittwoch
2.50 Uhr bis 8.00 Uhr

1

Laura kleidete sich hastig an und öffnete die Haustür gerade in dem Moment, als ein Streifenwagen der Polizei von Los Angeles an der Bordsteinkante vor ihrem Haus hielt. Sie ging hinaus, warf die Tür hinter sich zu und lief den Gartenweg entlang.

Alle Schleusen des nächtlichen Himmels hatten sich über der Großstadt geöffnet. Der kalte Regen peitschte Laura ins Gesicht. Sie hatte keinen Schirm mitgenommen, denn sie wußte nicht mehr, in welchem Schrank sie ihn verstaut hatte, und sie wollte keine Zeit mit der Suche danach verschwenden.

Es donnerte heftig, aber sie nahm dieses bedrohliche Grollen kaum wahr. Ihr rasendes Herzklopfen schien jedes andere Geräusch zu übertönen.

Ein uniformierter Streifenpolizist stieg aus dem Wagen, sah sie kommen, stieg wieder ein und öffnete die Beifahrertür.

Laura nahm neben ihm Platz und schloß rasch die Tür. Mit kalter, zittriger Hand schob sie eine nasse Haarsträhne hinter ihr Ohr.

In dem Streifenwagen roch es stark nach einem Desinfektionsmittel; sein Tannenduft vermochte den Gestank von Erbrochenem jedoch nicht ganz zu überdecken.

»Mrs. McCaffrey?« fragte der junge Polizist.

»Ja.«

»Mein Name ist Carl Quade. Ich soll Sie zu Lieutenant Haldane bringen.«

»Und zu meinem Mann«, fügte sie nervös hinzu.

»Davon weiß ich nichts.«

»Mir wurde gesagt, Dylan, mein Mann, sei gefunden worden.«

»Lieutenant Haldane wird Sie über alles informieren können.«

Laura hatte plötzlich das unangenehme Gefühl, sich gleich übergeben zu müssen. Sie würgte und schüttelte angewidert den Kopf.

»Tut mir leid, daß es hier im Wagen so stinkt. Ich habe vorhin einen Mann wegen Trunkenheit am Steuer verhaftet, und dieser Kerl hatte schweinische Manieren.«

Es waren aber nicht die Gerüche, die ihren Magen revoltieren ließen. Ihr war übel, weil man ihr vor wenigen Minuten telefonisch mitgeteilt hatte, ihr Mann sei gefunden worden; aber Melanie war

mit keinem Wort erwähnt worden. Und wenn Melanie nicht bei Dylan war – wo mochte sie dann sein? Vermißt? Tot? Nein! O Gott, nein! Laura preßte eine Hand auf den Mund, biß die Zähne zusammen, hielt den Atem an, versuchte, der Übelkeit Herr zu werden. Es gelang ihr mit äußerster Willenskraft, und sie erkundigte sich: »Wohin... wohin fahren wir?«
»Zu einem Haus in Studio City. Es ist nicht weit von hier.«
»Wurde Dylen dort gefunden?«
»Wenn Ihnen gesagt wurde, er sei gefunden worden, müßte er sich dort befinden.«
»Wie hat man ihn ausfindig gemacht? Ich wußte nicht einmal, daß die Polizei nach ihm suchte. Mir hatte man erklärt, die Polizei könne in dieser Angelegenheit nichts tun... sie sei dafür nicht zuständig. Ich glaubte, es bestünde keinerlei Chance, ihn jemals wiederzusehen... und Melanie.«
»Sie werden sich darüber mit Lieutenant Haldane unterhalten müssen.«
»Dylan muß einen Bankraub verübt oder irgendein anderes Verbrechen begangen haben«, sagte sie mit unverkennbarer Bitterkeit. »Daß er einer Mutter ihr Kind geraubt hatte, war für die Polizei nämlich nicht interessant genug.«
»Schnallen Sie sich bitte an.«
Sie legte nervös den Gurt an, während Quade losfuhr und auf der leeren nassen Straße wendete.
»Was ist mit meiner Melanie?« fragte sie.
»Wie bitte?«
»Meine Tochter. Geht es ihr gut?«
»Tut mir leid, ich weiß darüber nichts.«
»War sie nicht bei meinem Mann?«
»Ich glaube nicht.«
»Ich habe sie seit... seit fast sechs Jahren nicht gesehen.«
»Ein Streit um die Vormundschaft?«
»Nein, er hat sie entführt.«
»Tatsächlich?«
»Nun ja, nach dem Buchstaben des Gesetzes wurde es als Streit um die Vormundschaft bezeichnet, aber in meinen Augen war es schlicht und einfach eine Entführung.«
Wie jedesmal, wenn sie an Dylan dachte, stiegen Zorn und Groll in ihr hoch, aber sie versuchte, diese Gefühle zu überwinden, bemühte sich, ihn nicht zu hassen, denn sie hatte plötzlich die ver-

rückte Idee, daß Gott sie beobachte und beurteile, und daß Er entscheiden könne, sie sei nicht würdig, mit ihrer kleinen Tochter wiedervereint zu werden, wenn sie haßerfüllten Herzens war. Total verrückt! Aber sie wurde diesen Gedanken einfach nicht los. Die Angst raubte ihr den Verstand. Und sie raubte ihr jedwede Kraft, so daß sie sich einen Augenblick lang sogar zu schwach fühlte, um tief durchzuatmen.

Dylan... Laura fragte sich, wie es wohl sein würde, ihn nach so langer Zeit wiederzusehen. Was würde er ihr zu sagen haben – oder sie ihm?

Sie zitterte jetzt am ganzen Leibe.

»Alles in Ordnung?« erkundigte sich Quade.

»Ja«, schwindelte sie.

Mit eingeschaltetem Blaulicht, aber ohne Sirene, raste der Streifenwagen durch den Westteil der Stadt. Aus den tiefen Pfützen spritzten unter den Reifen hohe Wasserfontänen empor, so als würden duftige, phosphoreszierende weiße Vorhänge zurückgezogen, um den Weg freizumachen.

»Sie wäre jetzt neun Jahre alt«, brach Laura das Schweigen. »Meine Tochter, meine ich. Ich kann sie Ihnen nicht besonders gut beschreiben. Als ich sie zuletzt sah, war sie erst drei.«

»Tut mir leid, ich habe kein kleines Mädchen gesehen.«

»Blond. Grüne Augen.«

Der Polizist sagte nichts.

»Melanie *muß* bei Dylan sein«, beteuerte Laura verzweifelt, hin- und hergerissen zwischen jubelnder Freude über die Aussicht, Melanie endlich wiederzusehen, und panischer Angst, das Mädchen könnte tot sein. In ihren Alpträumen hatte Laura Melanie so oft tot aufgefunden, daß sie darin ein böses Omen sah. »Sie *muß* bei Dylan sein. Sie ist all diese Jahre bei ihm gewesen, sechs lange Jahre, weshalb sollte sie dann nicht auch jetzt bei ihm sein?«

»Wir werden in wenigen Minuten am Ziel sein«, sagte Quade. »Lieutenant Haldane kann all Ihre Fragen beantworten.«

»Man hätte mich doch nicht nachts um halb drei geweckt und mitten in einem Gewitter aus dem Haus geholt, wenn nicht auch Melanie gefunden worden wäre. Das hätten sie doch bestimmt nicht getan.«

Quade konzentrierte sich aufs Fahren, und sein Schweigen war schlimmer als jede Antwort.

Laura wischte ihre schweißnassen Hände an ihren Jeans ab. Sie

schwitzte auch heftig unter den Achseln. Und ihr Magen drohte erneut zu rebellieren.
»Ist sie verletzt?« fragte sie. »Ist es das? Wollen Sie mir deshalb nichts über sie erzählen?«
Quade warf ihr einen mitleidigen Blick zu. »Wirklich, Mrs. McCaffrey, ich habe in dem Haus kein kleines Mädchen gesehen. Ich verheimliche Ihnen nichts.«
Laura ließ sich gegen die Rückenlehne fallen. Sie war den Tränen nahe, aber sie war fest entschlossen, nicht zu weinen. Tränen würden dem Eingeständnis gleichkommen, daß sie jede Hoffnung verloren hatte, Melanie lebend wiederzusehen, und wenn sie die Hoffnung aufgab – wieder so ein verrückter Gedanke! –, könnte sie für den Tod des Kindes verantwortlich sein, denn möglicherweise – noch verrückter! – wurde Melanie nur durch fortwährenden leidenschaftlichen Glauben am Leben erhalten, wie Tinkerbell in *Peter Pan*. Sie war sich bewußt, daß sie Symptome stiller Hysterie entwickelte. Die Idee, daß Melanies Leben von ihrem Glauben und ihrer Selbstbeherrschung abhängen könnte, war völlig absurd; sie war sich darüber im klaren, konnte sich aber dennoch nicht von dieser Vorstellung lösen, unterdrückte deshalb mühsam ihre Tränen und versuchte, sich zum Optimismus zu zwingen.

Die Scheibenwischer surrten monoton, der Regen trommelte aufs Wagendach, und Studio City schien so weit entfernt zu sein wie Hongkong.

Sie bogen vom Ventura Boulevard nach Studio City ab, einem Viertel, das sich in architektonischer Hinsicht durch das geschmacklose Nebeneinander verschiedenster Häusertypen auszeichnete: Kolonialstil, spanischer Stil, Cape Cod-Stil... Seinen Namen verdankte das Viertel den alten Republic Studios, wo einst – bevor das Fernsehen aufkam – viele Western mit niedrigen Budgets gedreht worden waren. Seit es mit der Wohnqualität von Hollywood langsam aber sicher bergab ging, zogen immer mehr Drehbuchautoren, Maler, Künstler und Kunsthandwerker nach Studio City, sehr zum Mißvergnügen der Alteingesessenen, die mit der Lebensweise ihrer neuen Nachbarn oft überhaupt nicht einverstanden waren.

In einer ruhigen Sackgasse, die von Lorbeer- und Korallenbäumen gesäumt war, hielt Quade vor einem bescheidenen Haus im Ranch-Stil an, wo schon mehrere andere Fahrzeuge geparkt waren, darunter zwei dunkelgrüne Ford-Limousinen, zwei Streifenwagen

und ein grauer Kastenwagen mit dem Stadtwappen auf der Tür. Doch Lauras Aufmerksamkeit galt ausschließlich einem weiteren Kastenwagen – einem Leichenwagen.
O Gott, nein! Bitte! *Nein!*
Laura schloß ihre Augen und versuchte sich einzureden, dies alles sei nur ein Traum. Der nächtliche Anruf der Polizei, Quade, dieses Haus – alles war bestimmt nur einer ihrer Alpträume, aus dem sie gleich erwachen würde.
Doch als sie ihre Augen wieder öffnete, stand der Leichenwagen noch immer da.
An allen Fenstern des Hauses waren die Vorhänge zugezogen, aber die ganze Front war in das grelle Licht tragbarer Scheinwerfer getaucht, und die Schatten sturmgepeitschter Büsche huschten über die Wände.
Ein Polizist in Uniform und Regenmantel war am Bordstein postiert. Ein zweiter stand unter dem Dachvorsprung vor der Haustür. Sie sollten offenbar neugierige Nachbarn und andere Schaulustige fernhalten, eine Aufgabe, die ihnen durch das Unwetter und die späte Nachtstunde leichtgemacht wurde.
Quade stieg aus, aber Laura war nicht imstande, sich zu bewegen.
Er steckte den Kopf wieder in den Wagen und sagte: »Hier ist es.«
Laura nickte, blieb aber regungslos sitzen. Sie wollte nicht ins Haus gehen. Sie wußte, was sie dort erwartete. Melanie. Tot.
Quade ging um den Wagen herum, öffnete die Beifahrertür und streckte Laura seine Hand entgegen.
Der Wind fegte dicke Regentropfen ins Auto.
Quade runzelte die Stirn. »Mrs. McCaffrey? Weinen Sie?«
Sie konnte ihre Augen nicht von dem Leichenwagen wenden.
»Sie haben mich angelogen«, murmelte sie.
»Wie bitte? Nein, keineswegs, überhaupt nicht.«
Sie brachte es nicht über sich, ihm ins Gesicht zu sehen.
Er stieß ein schnaubendes Geräusch aus. »Nun ja, es handelt sich um Mord. Wir haben es mit mehreren Leichen zu tun.«
Laura wollte schreien.
Quade fuhr hastig fort: »Aber Ihre kleine Tochter ist nicht im Haus. Sie befindet sich nicht unter den Opfern. Ganz ehrlich.«
Laura blickte ihm in die Augen. Er schien die Wahrheit zu sagen.
Sie stieg aus.
Er stützte sie am Arm, und sie gingen auf die Haustür zu.

Der prasselnde Regen erinnerte Laura an die Trommeln bei einem Leichenzug.

2

Der Polizist, der vor der Tür stand, ging ins Haus, um Lieutenant Haldane zu holen. Laura und Quade warteten draußen, unter dem Vordach, das ein wenig Schutz vor Wind und Regen bot.

Die frische, klare Nachtluft duftete nach Rosen. Entlang der ganzen Hausfront rankten sich Rosenbüsche an Spalieren empor, und in Kalifornien blühten die meisten Arten sogar im Winter. Die tropfnassen Blumen ließen matt die Köpfe hängen.

Haldane kam nach kurzer Zeit heraus. Er war groß, breitschultrig und ein wenig grobschlächtig, hatte kurzgeschnittene, sandfarbene Haare und ein breites, sympathisches irisches Gesicht. Seine blauen Augen wirkten so ausdruckslos, als wären sie aus Glas, und Laura fragte sich unwillkürlich, ob sie immer so aussehen mochten, oder ob dieser seltsam starre Blick von den beklemmenden Bildern herrührte, die sich ihm im Haus geboten hatten.

Lieber Gott!

Er trug ein Sportsakko aus Tweed, ein weißes Hemd mit Krawatte, deren Knoten er etwas gelockert hatte, eine graue Hose und schwarze Slipper. Von den Augen einmal abgesehen, wirkte er gutmütig und vertrauenerweckend, und das kurze Lächeln, das er Laura schenkte, strahlte echte Wärme aus.

»Doktor McCaffrey?« sagte er. »Ich bin Dan Haldane.«
»Meine Tochter...«
»Wir haben Melanie noch nicht gefunden.«
»Sie ist nicht...«
»Was«
»Tot?«
»Nein, nein. Um Himmels willen, nein. Wenn das der Fall wäre, hätte ich Sie nicht herbringen lassen, das versichere ich Ihnen.«

Sie verspürte keine Erleichterung, weil sie nicht sicher war, ob sie ihm glauben sollte. Er wirkte nervös, angespannt. Etwas Schreckliches war in diesem Haus geschehen. Das war ihr klar. Und wozu hatte man sie zu solch nachtschlafender Zeit hergeholt, wenn Melanie nicht gefunden worden war? Was war hier los?

Haldane entließ Carl Quade, der durch den Regen zum Streifenwagen zurückrannte.

»Dylan? Mein Mann?« fragte Laura.

Haldane wich ihrem Blick aus. »Ja, wir glauben, ihn hier gefunden zu haben.«

»Ist er... tot?«

»Nun... ja, wir glauben, daß er tot ist. Das heißt, wir haben eine Leiche, die seinen Personalausweis bei sich trug, aber wir konnten ihn noch nicht mit Sicherheit identifizieren. Dazu werden wir Fingerabdrücke oder einen zahnärztlichen Befund benötigen.«

Die Nachricht von Dylans Tod übte auf Laura eine überraschend geringe Wirkung aus. Sie hatte verständlicherweise nicht das Gefühl, einen Verlust erlitten zu haben; schließlich hatte sie ihren Mann die letzten sechs Jahre hindurch gehaßt. Aber sie war auch nicht glücklich über seinen Tod; sie verspürte keine Befriedigung, keine Genugtuung, sie sagte sich nicht, daß er endlich bekommen hatte, was er verdiente. Sie hatte ihn einmal geliebt, dann gehaßt. Und jetzt, als Toter, war er ihr gleichgültig. Sie verspürte absolut nichts, und das war vielleicht das Traurigste von allem.

Der Wind wechselte die Richtung, und kalter Regen wurde unter das Vordach gefegt. Haldane zog Laura in die hinterste Ecke, wo es noch trocken war.

Warum führt er mich nicht ins Haus? fragte sie sich. Was will er mich nicht sehen lassen? Was ist dort passiert?

»Wie ist er gestorben?« erkundigte sie sich.

»Er wurde ermordet.«

»Von wem?«

»Das wissen wir nicht.«

»Erschossen?«

»Nein. Er wurde... zu Tode geprügelt.«

»Mein Gott!« Sie mußte sich an die Mauer lehnen, weil sie plötzlich weiche Knie hatte.

»Doktor McCaffrey?« Haldane griff besorgt nach ihrem Arm, um sie, wenn nötig, zu stützen.

»Danke, es geht schon wieder«, sagte sie. »Aber ich rechnete immer fest damit, daß Dylan und Melanie zusammen wären. Dylan hat sie mir geraubt.«

»Ich weiß«, murmelte Haldane.

»Vor sechs Jahren. Er plünderte unsere Bankkonten, kündigte

seinen Job und rannte davon, weil ich eine Scheidung wollte und er nicht bereit war, die Vormundschaft für Melanie mit mir zu teilen.«

»Als wir seinen Namen in den Computer eingaben, lieferte er uns Ihren Namen und die ganze Akte«, erklärte Haldane. »Ich hatte keine Zeit, um mich in alle Einzelheiten zu vertiefen, aber im großen und ganzen weiß ich über den Fall inzwischen Bescheid.«

»Wenn er sein ganzes Leben ruinierte, wenn er alles wegwarf, nur um Melanie behalten zu können, muß sie doch bei ihm gewesen sein«, sagte Laura verzweifelt.

»Das war sie auch. Sie lebte hier mit ihm...«

»Sie *lebte* hier? *Hier?* Nur zehn oder fünfzehn Minuten von mir entfernt?«

»So ist es.«

»Aber ich hatte Privatdetektive beauftragt – mehrere, und keiner konnte eine Spur finden...«

»Manchmal ist der Trick, ganz in der Nähe zu bleiben – dort wo kein Mensch einen vermutet –, sehr erfolgreich.«

»O Gott, ich dachte, daß sie vielleicht sogar das Land verlassen hätten und nach Mexiko oder sonstwohin gegangen wären – und dabei waren sie die ganze Zeit über hier!«

Der Wind legte sich, und der Regen fiel jetzt vertikal, aber noch stärker als bisher. Der Rasen verwandelte sich zusehends in einen See.

»Jedenfalls befinden sich im Haus Mädchenkleider und Kinderbücher. Und im Küchenschrank steht eine Packung Schoko-Cornflakes. Ich kann mir nicht vorstellen, daß einer der Erwachsenen das Zeug gegessen hat.«

»Einer der Erwachsenen? Lebten hier außer Dylan und Melanie noch andere Leute?«

»Wir sind uns nicht ganz sicher. Wir haben... weitere Leichen gefunden. Wir glauben, daß noch eines der Mordopfer hier lebte, denn in den Schränken hängt Herrenkleidung in zwei verschiedenen Größen – der Ihres Mannes und der eines zweiten Toten.«

»Wie viele Tote sind es außer Dylan?«

»Zwei.«

»Zu Tode geprügelt?«

Er nickte.

»Und Sie wissen nicht, wo Melanie ist?«

»Noch nicht.«

»Dann hat... dann hat der Mörder sie vielleicht mitgenommen...«
»Möglicherweise«, mußte Dan Haldane zugeben.
Melanie konnte sich in diesem Augenblick also in der Gewalt eines Killers befinden! Eines brutalen Mörders, der gewiß auch vor einer Vergewaltigung nicht zurückschrecken würde.
Nein! Melanie war schließlich erst neun Jahre alt. Sie war noch ein kleines Mädchen.
Doch Laura wußte nur allzugut, daß es Monster gab, die es gerade auf Kinder abgesehen hatten, die speziell auf kleine Mädchen Appetit hatten.
»Wir müssen sie finden«, stammelte sie mit einer dünnen, heiseren Stimme, die sie kaum als ihre eigene wiedererkannte.
»Wir tun unser möglichstes«, versicherte Haldane.
Seine blauen Augen drückten jetzt tiefes Mitgefühl aus, doch seine Anteilnahme war für Laura kein Trost.
»Ich möchte Sie bitten, mit mir ins Haus zu kommen«, sagte Haldane. »Aber ich muß Sie warnen: Es ist kein schöner Anblick.«
»Ich bin Ärztin, Lieutenant.«
»Ich dachte, Sie seien Psychologin?«
»Das stimmt, aber ich habe auch ein abgeschlossenes Medizinstudium.«
»Oh, das wußte ich nicht.«
»Ich nehme an, Sie wollen, daß ich Dylans Leiche identifiziere?«
»Nein. Das wäre auch gar nicht möglich. Ich möchte Ihnen etwas zeigen, weil ich hoffe, daß Sie es mir vielleicht erklären können.«
»Was denn?«
»Etwas Merkwürdiges. Etwas verdammt Merkwürdiges.«

3

Sämtliche Lampen im Haus waren eingeschaltet.
Im ersten Augenblick wurde Laura von dem grellen Licht geblendet. Sie blinzelte, dann sah sie sich um. Das Wohnzimmer war ordentlich, aber geschmacklos eingerichtet. Das moderne geometrische Muster des Sofabezugs paßte nicht zu den schweren, geblümten Vorhängen. Das Grün des Teppichs biß sich mit dem Grün der Tapeten. Nur die zwei- bis dreihundert Bücher in den

Regalen erweckten den Eindruck, als seien sie tatsächlich benutzt worden. Alles übrige erinnerte an eine Bühnendekoration, die von einem Theaterensemble mit niedrigem Budget wahllos zusammengewürfelt worden war.

Ein billiger schwarzer Blechbehälter neben dem kalten Kamin war umgestürzt; schmiedeeiserne Werkzeuge waren herausgefallen und lagen auf den weißen Ziegeln der Feuerstelle.

Zwei Männer der Spurensicherung waren damit beschäftigt, nach Fingerabdrücken auf den Möbeln zu suchen.

»Bitte rühren Sie nichts an«, ermahnte Haldane Laura.

»Wenn Sie mich nicht benötigen, um Dylan zu identifizieren...«

»Wie schon gesagt, das würde uns nicht weiterhelfen.«

»Warum?«

»Es gibt nichts zu identifizieren.«

»Sie meinen... die Leiche ist so übel zugerichtet?«

»Von seinem Gesicht ist praktisch nichts mehr übrig.«

»Mein Gott!«

Sie standen noch immer im Wohnzimmer. Es schien Haldane zu widerstreben, mit ihr weiterzugehen, so wie es ihm kurz zuvor widerstrebt hatte, sie das Haus überhaupt betreten zu lassen.

»Hatte er irgendwelche besonderen Kennzeichen?«

»Ein großes Muttermal.«

»Wo?«

»Mitten auf der Brust.«

Haldane schüttelte den Kopf. »Das dürfte uns auch nichts nützen.«

»Weshalb nicht?«

Er warf ihr einen flüchtigen Blick zu, dann starrte er zu Boden.

»Ich bin Ärztin«, brachte sie ihm in Erinnerung.

»Seine Brust wurde zerschmettert.«

»Durch Schläge?«

»Ja. Jede Rippe ist mehrfach gebrochen. Das Brustbein wurde völlig zertrümmert.«

»Zertrümmert?«

»Ja. Das ist die einzige treffende Bezeichnung. Nicht nur gebrochen oder zersplittert. Zertrümmert. So als wäre es aus Glas gewesen.«

»Das ist unmöglich.«

»Ich habe es mit eigenen Augen gesehen. Ich wünschte, dieser Anblick wäre mir erspart geblieben.«

»Aber das Brustbein ist äußerst stabil; es ist – ähnlich wie der Schädel – einer der widerstandsfähigsten Knochen im menschlichen Körper.«

»Deshalb muß es sich bei dem Mörder um einen sehr großen und verdammt kräftigen Kerl handeln.«

Laura schüttelte den Kopf. »Nein. Das Brustbein kann bei einem Autounfall zertrümmert werden, etwa bei einem plötzlichen Zusammenstoß mit 80 oder 90 Stundenkilometern, wobei ja enorme Kräfte aufeinanderprallen... Aber die Körperkraft eines Menschen reicht dazu einfach nicht aus.«

»Wir nehmen an, daß er mit einem Bleirohr oder so was Ähnlichem drauflosschlug.«

»Nicht einmal damit läßt sich ein Brustbein völlig zertrümmern. Ausgeschlossen.«

Melanie, meine kleine Melanie, mein Gott, was ist dir nur widerfahren, wohin hat man dich verschleppt, und werde ich dich jemals wiedersehen?

Es schauderte sie: »Hören Sie, wenn Sie mich nicht benötigen, um Dylan zu identifizieren, weiß ich beim besten Willen nicht, wie ich Ihnen helfen kann.«

»Wie gesagt, ich möchte Ihnen etwas zeigen.«

»Etwas Merkwürdiges.«

»Ja, das kann man wohl sagen.«

Trotzdem machte er keine Anstalten weiterzugehen, und er hatte sich absichtlich so hingestellt, daß sein Körper ihr die Sicht auf die angrenzenden Räume nahm. Offenbar war er hin- und hergerissen zwischen dem Bedürfnis, von ihr irgendwelche Informationen zu erhalten, und einem Widerwillen, ihr den Schauplatz blutiger Morde zuzumuten.

»Ich verstehe nicht«, sagte sie. »Etwas Merkwürdiges? Was denn?«

Anstatt ihre Frage zu beantworten, stellte er eine Gegenfrage. »Sie und Ihr Mann waren Fachkollegen, nicht wahr?«

»Nicht direkt.«

»Er war doch ebenfalls Psychologe, oder?«

»Verhaltenspsychologe«, erwiderte sie. »Sein besonderes Interesse galt der Verhaltensmodifikation.«

»Und was sind Sie?«

»Ich habe mich auf Kinderpsychologie spezialisiert.«

»Sind das sehr verschiedene Gebiete?«

»Ja.«

Er runzelte die Stirn. »Nun ja, wenn Sie sein Labor sehen, werden Sie mir vielleicht trotzdem sagen können, womit Ihr Mann sich hier beschäftigt hat.«

»Ein Labor? Er hat hier auch *gearbeitet*?«

»Er hat hier hauptsächlich gearbeitet.«

»Was hat er denn gemacht?«

»Irgendwelche Experimente durchgeführt. Welchem Zweck sie dienten, wissen wir nicht.«

»Zeigen Sie mir dieses Labor.«

»Wir werden am Tatort vorbeikommen, und der bietet einen... schrecklichen Anblick.«

»Wie oft muß ich Ihnen denn noch sagen, daß ich Ärztin bin?«

»Ja, und ich bin Polizeibeamter, und ein Bulle sieht mehr Blut als ein Arzt. Trotzdem wurde mir fast übel.«

»Lieutenant, Sie haben mich herbringen lassen, und jetzt werden Sie mich nicht wieder los, bevor ich weiß, was mein Mann und meine kleine Tochter in diesem Haus gemacht haben.«

Er nickte. »Folgen Sie mir bitte.«

Sie gelangten durch die Küche in einen schmalen Gang, wo ein schlanker, gutaussehender Lateinamerikaner in dunklem Anzug zwei Männer in weißen Kitteln überwachte, die eine Leiche in einem großen, undurchsichtigen Plastiksack verstaut hatten. Einer der beiden schloß soeben den Reißverschluß. Laura konnte durch den milchigen Kunststoff hindurch die Umrisse einer menschlichen Gestalt erkennen, keine Einzelheiten – abgesehen von einigen Blutflecken am Sack.

Dylan?

»Es ist nicht Ihr Mann«, sagte Haldane, so als hätte er ihre Gedanken gelesen. »Bei dieser Leiche haben wir keinen Ausweis gefunden und sind deshalb ausschließlich auf Fingerabdruckvergleiche angewiesen.«

Die Wände waren blutbespritzt, und auf dem Boden waren große Blutlachen; eine solche Menge Blut mutete geradezu unwirklich an – wie eine Szene aus einem Film von Brian De Palma.

Man hatte einen schmalen Plastikläufer durch den Flur gelegt, damit die Polizeibeamten und die Techniker nicht durch das Blut waten mußten.

Haldane warf Laura einen besorgten Blick zu, und sie bemühte sich, ihre Angst zu verbergen.

War Melanie hier gewesen, als die Morde stattgefunden hatten?

Wenn ja, und wenn der Täter sie mitgenommen hatte, dann war auch sie zum Tode verurteilt, denn eine lebende Zeugin wäre viel zu gefährlich. Und sogar, wenn sie nichts gesehen hatte, würde der Mörder sie umbringen, wenn er... wenn er mit ihr fertig war. Er würde sie töten, weil ihm das Genuß bereiten würde. Denn zweifellos handelte es sich um einen Psychopathen. Kein normaler Mensch würde ein derart verheerendes Blutbad anrichten.

Die beiden Männer in den weißen Kitteln gingen hinaus, um eine Bahre für den Abtransport der Leiche zu holen.

Der schlanke Lateinamerikaner hatte Ähnlichkeit mit Wayne Newton, nur trug er keinen Schnurrbart. Er wandte sich Haldane zu. Seine Stimme war erstaunlich tief. »Wir sind hier mit allem fertig; Sie wissen ja, Fotos und die ganze übrige Prozedur. Die Leiche kann jetzt in die Autopsie gebracht werden.«

»Ist Ihnen bei der vorläufigen Untersuchung etwas Besonderes aufgefallen?« wollte Haldane wissen.

Laura vermutete, daß der Lateinamerikaner ein Gerichtsmediziner war, aber für jemanden, der an Schauplätze eines gewaltsamen Todes eigentlich gewöhnt sein müßte, wirkte er sehr mitgenommen.

»Es sieht ganz so aus, als sei so gut wie jeder Knochen in seinem Leibe zumindest einmal gebrochen. Hunderte von Prellungen, eine neben der anderen... Die ganze Leiche ist sozusagen ein einziger großer blauer Fleck. Ich bin sicher, daß die Autopsie beschädigte Organe feststellen wird, verletzte Nieren usw.« Er warf einen unbehaglichen Blick zu Laura hinüber, so als wüßte er nicht so recht, ob er weiterberichten sollte. Sie bemühte sich, ihrem Gesicht einen Ausdruck unbewegten beruflichen Interesses zu geben und ihren Schrecken zu verbergen. Offenbar gelang es ihr, denn er fuhr fort: »Zerschmetterter Schädel. Ausgeschlagene Zähne. Ein Auge war aus der Höhle herausgerissen.«

Laura sah einen Feuerhaken auf dem Boden liegen. »Ist das die Mordwaffe?« fragte sie.

»Das glauben wir nicht«, erwiderte Haldane.

Der Arzt fügte hinzu: »Das Opfer hatte diesen Feuerhaken in der Hand. Der Mann hielt ihn so krampfhaft umklammert, daß ich ihn seinen Fingern nur mit Mühe entreißen konnte. Offenbar hatte er versucht, sich damit zu verteidigen.«

Alle drei blickten unwillkürlich schweigend auf den undurchsichtigen Plastiksack hinab.

Die beiden Weißkittel rollten die Bahre in den Gang; eines der Räder klapperte nervtötend.

Haldane führte Laura um die Leiche herum, in den Raum am Ende des Ganges.

Sie fror trotz ihres warmen Pullis und des gefütterten Regenmantels. Ihre Hände waren eiskalt und so weiß, daß sie wie abgestorben aussahen. Sie wußte, daß die Heizung eingeschaltet war, denn sie spürte im Vorbeigehen die warme Luft aus der Ventilation; folglich mußte sie sich eingestehen, daß sie vor Entsetzen fror.

Der Raum war offenbar als Arbeitszimmer genutzt worden, doch er bot einen Anblick von Verwüstung und Chaos. Schubladen waren aus Stahlschränken herausgerissen, zerkratzt und verbeult worden; die Griffe waren abgerissen, der Inhalt war auf dem Fußboden verstreut. Ein schwerer Nußbaum-Schreibtisch mit Chromteilen war umgekippt; zwei seiner Metallbeine waren verbogen, das Holz an mehreren Stellen zersplittert und geborsten, so als wäre es von Axthieben getroffen worden. Eine Schreibmaschine war mit solcher Wucht gegen die Wand geschleudert worden, daß einige Tastenknöpfe abgesprungen waren. Überall lagen Papiere herum – graphische Darstellungen, maschinegeschriebene Seiten, Blätter, auf denen Ziffern und Notizen in einer kleinen, korrekten Handschrift standen; viele davon waren zerrissen oder zerknüllt. Und überall war Blut, auf dem Fußboden, auf den Möbeln, an den Wänden, sogar an der Decke. Ein süßlicher kupferartiger Geruch hing im Zimmer.

»Mein Gott!« murmelte Laura.

»Was ich Ihnen zeigen möchte, befindet sich im nächsten Raum«, sagte Haldane und führte sie zu einer Tür am anderen Ende des verwüsteten Arbeitszimmers.

Ihr Blick fiel auf zwei große, undurchsichtige Plastiksäcke auf dem Fußboden.

Haldane drehte sich nach ihr um und wiederholte: »Im nächsten Raum.«

Ohne es zu wollen, war Laura stehengeblieben und starrte auf die beiden verpackten Leichen hinab.

»Ist einer davon... Dylan?« fragte sie.

Haldane trat an ihre Seite und deutete auf einen der Säcke. »Bei diesem Mann haben wir einen Ausweis gefunden, der auf den Namen Dylan McCaffrey ausgestellt war«, sagte er. »Aber Sie sollten sich diesen Anblick wirklich ersparen.«

»Sie haben recht«, stimmte sie bereitwillig zu. »Und wer war der andere?«
»Seinem Führerschein und anderen Papieren in der Brieftasche nach zu schließen, war sein Name Wilhelm Hoffritz.«
Sie war überrascht.
Haldane mußte ihr Erstaunen bemerkt haben, denn er fragte: »Kennen Sie ihn?«
»Er war an der Universität ein Kollege meines Mannes.«
»An der UCLA?«
»Ja. Dylan und Hoffritz führten mehrere Forschungsprojekte zusammen durch. Sie hatten viele gemeinsame Interessen – besser gesagt, Obsessionen.«
»Höre ich aus Ihrem Tonfall Mißbilligung heraus?«
Sie schwieg.
»Sie mochten Hoffritz nicht?«
»Ich verabscheute ihn.«
»Warum?«
»Er war ein eingebildeter, herablassender, aufgeblasener Wicht, der sich für eine äußerst wichtige Persönlichkeit hielt.«
»Was noch?«
»Genügt das nicht?«
»Sie sind nicht der Typ Frau, der das Wort ›verabscheuen‹ so leicht in den Mund nimmt.«
Erst jetzt fiel ihr auf, welchen Scharfsinn und welche Intelligenz seine Augen verrieten. Sie schloß ihre Augen, denn sein durchdringender Blick verursachte ihr Unbehagen; aber sie wollte auch nicht anderswohin schauen, weil alles mit Blut beschmiert war.
»Hoffritz glaubte an zentralistische Gesellschaftsplanung«, erklärte sie. »Er wollte Psychologie, Drogen und unterbewußte Beeinflussung einsetzen, um die Massen zu lenken und zu führen.«
Nach kurzem Schweigen fragte Haldane: »Also eine Art kollektiver Gehirnwäsche zur Ausübung von sozialer Kontrolle?«
»So ist es«, sagte sie mit gesenktem Kopf und noch immer geschlossenen Augen. »Er war ein Elitarist. Nein, das ist zu milde ausgedrückt. Er war ein Totalitarist. Er hätte einen ausgezeichneten Nazi oder Kommunisten abgegeben. Ihm ging es einzig und allein um Macht. Er wollte Kontrolle ausüben.«
»Werden an der UCLA Forschungsprojekte dieser Art durchgeführt?«

Sie öffnete die Augen und sah, daß er nicht scherzte.
»Selbstverständlich. Es ist eine große Universität, eine freie Universität. Es gibt keine Beschränkungen der wissenschaftlichen Freiheit – sofern der Forscher sein Projekt irgendwie finanzieren kann.«
»Aber die Konsequenzen aus Forschungsvorhaben dieser Art...«
Mit einem bitteren Lächeln entgegnete sie: »Empirische Resultate. Neue Erkenntnisse. Erweiterung des Wissens. *Darum* geht es einem Forscher, Lieutenant. Um die Konsequenzen kümmert er sich nicht.«
»Sie sagten vorhin, Ihr Mann habe Hoffritzs Obsessionen geteilt. Heißt das, daß auch er sich mit den Anwendungsmöglichkeiten geistiger Kontrolle beschäftigte?«
»Ja. Aber er war kein Faschist wie Willy Hoffritz. Ihm ging es in erster Linie darum, das Verhalten Krimineller zu ändern, als Methode der Verbrechensbekämpfung. Zumindest *glaube* ich, daß es dieser Anwendungsbereich war, der ihn am meisten interessierte. Er redete ständig davon. Allerdings – wenn ich genauer darüber nachdenke – je intensiver Dylan sich mit irgendeinem Projekt beschäftigte, bis hin zur regelrechten Obsession, desto weniger sprach er darüber, so als hielte er jedes Wort für vergeudete Energie, die ihm dann beim Nachdenken und Arbeiten fehlen könnte.«
»Erhielt er finanzielle Zuschüsse von der Regierung?«
»Dylan? Ja. Sowohl er als auch Hoffritz.«
»Vom Pentagon?«
»Möglicherweise. Aber ich kann mir kaum vorstellen, daß ihn Fragen der Landesverteidigung beschäftigten. Warum? Was hat das mit diesem Fall zu tun?«
Anstatt zu antworten, sagte Haldane: »Sie haben mir vorhin erzählt, daß Ihr Mann seine Stellung an der Universität aufgab, als er mit Ihrer Tochter verschwand.«
»Ja.« – »Aber jetzt stellt sich heraus, daß er nach wie vor mit Hoffritz zusammenarbeitete.«
»Hoffritz ist nicht mehr an der UCLA, schon seit drei oder vier Jahren nicht mehr, vielleicht auch noch länger.«
»Weshalb?«
»Das weiß ich nicht. Mir sind nur Gerüchte zu Ohren gekommen, man hätte ihm nahegelegt zu kündigen.«
»Aus welchen Gründen?«

»Er soll irgendwelche Verstöße gegen das Berufsethos begangen haben.«
»Welcher Art?«
»Das weiß offenbar niemand.«
»Haben Sie an der UCLA zu tun?«
»Nein. Ich bin nicht in der Forschung tätig. Ich arbeite an der Kinderklinik St. Mark's und betreibe nebenher eine kleine Privatpraxis. Vielleicht könnte Ihnen jemand von der Fakultät Auskunft geben, was Hoffritz angestellt hatte.«
Sie stellte fest, daß es ihr nichts mehr ausmachte, das viele Blut zu sehen. Sie nahm kaum noch Notiz davon. Wahrscheinlich lähmten Schreckensbilder dieser Art das Empfindungsvermögen. Eine einzige Leiche und ein einziger Tropfen Blut hätte sie tiefer erschüttert als dieses stinkende Schlachthaus. Sie begriff, weshalb Polizisten sich so rasch an Szenen blutiger Gewalt gewöhnen konnten: Entweder man härtete sich dagegen ab oder man verlor den Verstand, und letzteres war natürlich keine akzeptable Alternative.
»Ich glaube, daß Ihr Mann und Hoffritz wieder zusammengearbeitet haben«, sagte Haldane. »Hier. In diesem Haus.«
»Womit haben sie sich beschäftigt?«
»Das weiß ich eben nicht. Deshalb habe ich Sie herbringen lassen. Deshalb möchte ich, daß Sie sich das Labor im Nebenraum ansehen. Vielleicht können Sie mir sagen, was dort gemacht wurde.«
»Schauen wir es uns einmal an.«
Er zögerte. »Da wäre aber noch etwas...«
»Was?«
»Nun, ich glaube, daß die beiden Herren Experimente mit Ihrer Tochter anstellten.«
Laura starrte ihn fassungslos an.
»Ich glaube, daß sie Ihre Tochter als eine Art Versuchskaninchen mißbrauchten.«
»Auf welche Weise?« flüsterte sie.
»Das werden *Sie* mir erklären müssen«, erwiderte Haldane. »Ich bin kein Wissenschaftler. Ich weiß nur das wenige, das ich jeden Monat in *Omni* lese. Aber bevor wir hineingehen, sollten Sie wissen, daß... ich meine... nun ja, ich habe den Eindruck, als seien diese Experimente teilweise schmerzhaft gewesen.«

Melanie, was wollten sie von dir, was haben sie dir angetan, und wohin hat man dich jetzt gebracht?

Sie holte tief Luft.
Sie wischte ihre schweißnassen Hände an ihrem Regenmantel ab.
Sie folgte Haldane in das Labor.

4

Dan Haldane war erstaunt darüber, wie tapfer diese Frau ihre Fassung bewahrte. Okay, sie war Ärztin, wie sie betonte, aber Ärzte waren nicht daran gewöhnt, durch Blut zu waten; in einer Situation wie dieser waren Ärzte ebensowenig wie andere Bürger gegen Übelkeit und Ohnmacht gefeit. Es war nicht so sehr Laura McCaffreys medizinische Ausbildung, die sie durchhalten ließ; vielmehr war es eine außergewöhnliche innere Stärke, eine Zähigkeit und Selbstbeherrschung, die Dan sehr imponierten. Ihre Tochter wurde vermißt und war möglicherweise verletzt oder sogar tot, aber sie hatte sich eisern unter Kontrolle; sie würde keine Schwäche zeigen, geschweige denn zusammenbrechen, denn sie wollte um jeden Preis wissen, was mit ihrer Tochter geschehen war. Er fand diese Frau ausgesprochen sympathisch.

Sie war auch sehr hübsch, obwohl sie kein Make-up aufgelegt hatte und obwohl ihre kastanienbraunen Haare feucht und etwas kraus vom Regen waren. Sie war 36 Jahre alt, sah aber jünger aus. Ihre grünen Augen zeugten von wacher Intelligenz, und sie waren wunderschön.

Und sie hatten einen gequälten Ausdruck.

Dan wußte, daß das, was sie in dem behelfsmäßigen Labor erwartete, sie noch mehr verstören würde, und es widerstrebte ihm zutiefst, ihr das zuzumuten; aber es war der Hauptgrund gewesen, sie mitten in der Nacht aus dem Schlaf zu reißen und in dieses Haus bringen zu lassen. Obwohl sie ihren Mann seit sechs Jahren nicht gesehen hatte, kannte sie ihn vermutlich besser als jeder andere Mensch, und da sie zudem noch Psychologin war, bestand eine gewisse Wahrscheinlichkeit, daß sie erkennen würde, worum es bei Dylan McCaffreys Forschungen und Experimenten eigentlich gegangen war. Und Dan hatte das Gefühl, daß er diese Mordfälle nicht lösen und Melanie nicht finden konnte, wenn er nicht wußte, was Dylan McCaffrey hier getrieben hatte.

Laura betrat das Labor dicht hinter Haldane. Er beobachtete sie aufmerksam. Ihr Gesicht drückte Erstaunen, Verwirrung und Unbehagen aus.

Die ehemalige Garage, in der zwei Wagen Platz hatten, war in ein großes Zimmer verwandelt worden – ein fensterloses, grausam düsteres Zimmer. Graue Decke. Graue Wände. Grauer Teppich. Leuchtstoffröhren an der Decke, verkleidet mit hellgrauem Plastik. Sogar die Griffe des grauen Schiebetürenschrankes waren grau gestrichen, ebenso die Heizkörper. Es gab keinen einzigen Farbtupfer in diesem Raum, der nicht nur kalt und völlig unpersönlich war, sondern geradezu den Eindruck eines riesigen Sarges erweckte.

Der auffälligste Einrichtungsgegenstand war ein Metalltank, der an eine altmodische eiserne Lunge erinnerte, aber wesentlich größer war. Auch dieser Tank war grau gestrichen. Rohre führten von ihm in den Fußboden hinein, und ein Stromkabel verband ihn mit einer Abzweigdose an der Decke. Über drei transportable Holzstufen gelangte man zur Einstiegsluke des Tanks, die geöffnet war.

Laura stieg die Stufen hinauf und spähte ins Innere.

Haldane wußte, was sie vorfinden würde: Schwärze, nur ganz schwach erhellt durch das wenige Licht, das durch die Luke einfiel; leises Plätschern von Wasser, hervorgerufen durch die Vibrationen der Stufen, die gegen das Metall stießen; einen feuchten, leicht salzigen Geruch.

»Wissen Sie, was das ist?« fragte er.

Sie stieg die drei Stufen hinab. »Eine Vorrichtung zur sensorischen Deprivation.«

»Was hat er damit gemacht?«

»Sie möchten etwas über die wissenschaftlichen Anwendungsbereiche wissen?«

Haldane nickte.

»Nun«, erklärte Laura, »man füllt den Tank mit Wasser – etwa 60 bis 80 Zentimeter hoch... Genauer gesagt, man verwendet eine zehnprozentige Magnesiumsulfatlösung, um das spezifische Gewicht des Wassers zu erhöhen und dadurch einen maximalen Auftrieb zu erhalten. Man erwärmt das Wasser auf knapp 36 °C – das ist jene Temperatur, bei der ein schwimmender Körper am wenigsten der Schwerkraft unterworfen ist. Je nach Art des Experimentes wird das Wasser manchmal aber auch auf 36,6 °C erwärmt, das heißt auf normale Körpertemperatur...«

»Werden diese Experimente an Tieren oder an Menschen durchgeführt?«

Seine Frage schien sie zu überraschen, und er kam sich sehr ungebildet vor. Aber als sie ohne jede Herablassung oder Ungeduld Auskunft gab, verloren sich seine Minderwertigkeitskomplexe sogleich wieder.

»An Menschen«, sagte sie. »Die betreffende Person zieht sich aus, steigt in den Tank, schließt hinter sich die Luke und schwimmt in totaler Dunkelheit, in totaler Stille.«

»Wozu?«

»Um von jedem sensorischen Reiz frei zu sein. Man sieht nichts. Man hört nichts. Auch Geruchs- und Geschmackssinn werden nur minimal stimuliert. Man spürt sein Eigengewicht nicht, man verliert das Gefühl für Zeit und Raum.«

»Aber wozu sollte jemand das durchmachen wollen?«

»Nun, ursprünglich, als die ersten Tanks erfunden wurden, wollte man auf diese Weise herausfinden, was passieren würde, wenn man jemanden fast aller äußeren Stimuli beraubt.«

»Ja? Was *ist* passiert?«

»Keineswegs das, was man eigentlich erwartet hatte. Keine Klaustrophobie. Keine Wahnvorstellungen. Ein kurzer Moment der Angst, ja, aber danach eine nicht unangenehme Aufhebung von Zeit und Raum. Das Gefühl, eingesperrt zu sein, verschwand nach ein bis zwei Minuten. Manche Versuchspersonen berichteten später, sie hätten geglaubt, unendlich viel Raum zur Verfügung zu haben. Wenn das Gehirn nicht von äußeren Stimuli beansprucht wird, entdeckt es eine ganz neue Welt innerer Stimuli.«

»Halluzinationen?«

Sie hatte für den Augenblick ihre Ängste vergessen. Ihr leidenschaftliches Interesse für ihr Fachgebiet war unverkennbar, und Dan stellte fest, daß sie eine natürliche Begabung für einen Lehrberuf gehabt hätte. Es machte ihr sichtlich Freude, Erklärungen abzugeben, Wissen zu vermitteln.

»Ja, manchmal kommt es zu Halluzinationen«, sagte sie. »Aber es sind keine beängstigenden oder bedrohlichen Halluzinationen, wie sie unter Drogeneinfluß häufig vorkommen. Oft sind es intensive und äußerst lebhafte sexuelle Fantasien. Und ausnahmslos jede Versuchsperson berichtet über ein geschärftes Denkvermögen. Einige haben ohne Papier und Bleistift schwierige Algebraaufgaben gelöst, die unter normalen Umständen ihre Fähigkeiten bei weitem überschritten hätten. Manche Psychotherapeuten setzen diese Deprivationskammern sogar bei Patienten ein, damit diese sich besser auf die Erforschung ihres Innern konzentrieren können.«

»Ich glaube, Ihrem Ton entnehmen zu können, daß Sie diese Vorgehensweise nicht billigen«, warf Haldane ein.

»Nun ja«, meinte Laura, »von ausgesprochener Mißbilligung zu sprechen, wäre übertrieben. Aber wenn man es mit einem psychisch gestörten Individuum zu tun hat, das sich ohnehin schon nur zur Hälfte unter Kontrolle hat, glaube ich, daß die Desorientierung in einer Deprivationskammer mit hoher Wahrscheinlichkeit zu negativen Auswirkungen führen kann. Viele Patienten, die unter einem gestörten Verhältnis zur realen Umwelt leiden, benötigen sogar möglichst viele äußere Stimuli.« Sie zuckte die Achseln. »Aber vielleicht bin ich übervorsichtig oder einfach altmodisch. Immerhin werden diese Dinger für den Gebrauch in Privathäusern verkauft, und in den letzten Jahren wurden bestimmt mehrere tausend davon abgesetzt; unter den Käufern gab es mit Sicherheit etliche labile Personen, aber mir ist nicht zu Ohren gekommen, daß jemand dadurch total durchgedreht hätte.«

»So ein Ding muß doch ganz schön teuer sein.«

»Selbstverständlich. Es handelt sich um eine Art neues Spielzeug für die Reichen.«

»Wozu sollte sich jemand so etwas für sein Heim kaufen?«

»Nun, alle Testpersonen berichten, daß sie sich nach einem Aufenthalt im Tank unglaublich entspannt und belebt fühlten. Die Hirnwellen entsprechen nach einer Stunde Schwimmen jenen eines Zen-Mönches in tiefer Meditation. Man könnte sagen, es handelt sich um Meditation für Faule. Man benötigt dazu kein Studium, muß keine religiösen Prinzipien erlernen und befolgen. In kürzester Zeit ist man so fit wie nach einer Woche Urlaub.«

»Aber Ihr Mann benutzte dieses Ding nicht zur Entspannung.«

»Das kann ich mir auch nicht vorstellen«, stimmte sie zu.

»Welchen Zweck verfolgte *er* dann mit diesem Apparat?«

»Ich habe keine Ahnung.« In ihrem Gesicht, in ihren Augen stand nun wieder Angst geschrieben.

»Ich glaube, daß dieser Raum ihm nicht nur als Labor diente«, sagte Haldane. »Ich nehme an, daß es zugleich das Zimmer Ihrer

Tochter war, daß sie hier buchstäblich gefangengehalten wurde. Und ich denke, daß sie jede Nacht in diesem Tank schlief und manchmal auch mehrere Tage hintereinander darin verbrachte.«
»Tage? Nein. Das ist ausgeschlossen.«
»Warum?«
»Die möglichen psychischen Schäden, die Risiken...«
»Vielleicht hat sich Ihr Mann über solche Bedenken hinweggesetzt?«
»Aber sie war seine Tochter. Er liebte Melanie. Das muß man ihm lassen. Er liebte sie aufrichtig.«
»Wir haben ein Notizbuch gefunden, in dem Ihr Mann minutiös den Tagesablauf Ihrer Tochter während der letzten fünfeinhalb Jahre beschreibt.«
Ihre Augen verengten sich zu Schlitzen. »Ich will es sehen.«
»Gleich. Ich konnte es noch nicht gründlich studieren, aber ich habe es durchgeblättert, und ich glaube nicht, daß Ihre Tochter in den letzten fünfeinhalb Jahren dieses Haus jemals verlassen hat. Sie besuchte keine Schule. Sie war bei keinem Arzt. Weder im Kino noch im Zoo noch sonstwo. Und obwohl Sie es für ausgeschlossen halten, glaube ich dem Notizbuch entnehmen zu können, daß das Mädchen manchmal drei oder vier Tage in dem Tank verbrachte, ohne ihn zu verlassen.«
»Aber sie mußte doch etwas essen...«
»Ich glaube nicht, daß sie während dieser Zeit irgendwelche Nahrung zu sich nahm.«
»Wasser...«
»Vielleicht trank sie ein wenig von dem Wasser, in dem sie schwamm.«
»Sie hätte doch ihre Notdurft verrichten müssen.«
»Manchmal wurde sie offenbar für zehn oder fünfzehn Minuten herausgelassen, um auf die Toilette gehen zu können. In anderen Fällen führte Ihr Mann aber ein Katheter in ihre Harnblase ein, so daß sie in einen Behälter urinieren konnte, ohne das Wasser, in dem sie schwamm, zu verschmutzen.«
Die Frau war sichtlich erschüttert.
Dan wollte die Sache möglichst rasch hinter sich bringen, um ihretwillen, aber auch, weil dieser Ort ihn selbst krank machte. Er führte sie deshalb zu einem weiteren Einrichtungsgegenstand.
»Das ist eine Biofeedback-Maschine«, erklärte sie ihm. »Mit einem eingebauten EEG – einem Elektroenzephalographen – wer-

den Gehirnströme aufgezeichnet. Das Biofeedback-Training ist eine Methode, die eine willentliche Änderung physischer Vorgänge wie etwa der Pulsfrequenz, der Hauttemperatur oder der Gehirnwellen bewirken soll.«
»Über Biofeedback weiß ich einigermaßen Bescheid.« Dan deutete auf ein anderes Gerät. »Und dies hier?«
Es war ein Stuhl mit Ledergurten und Drähten, die in Elektroden endeten. Sie starrte den Apparat an, und Haldane spürte ihren wachsenden Widerwillen – und ihr Entsetzen.
Schließlich murmelte sie: »Eine Vorrichtung zur Aversionstherapie.«
»Für mich sieht dieses Ding wie ein elektrischer Stuhl aus.«
»Das ist es auch. Freilich sind die Stromstöße nicht tödlich. Der Strom kommt nicht aus der Steckdose, sondern aus Batterien. Und hiermit« – sie berührte einen Hebel an der Seite des Stuhls – »wird die Stromstärke reguliert. Vom leichten Prickeln bis hin zum schmerzhaften Elektroschock ist alles möglich.«
»Gehört das in der psychologischen Forschung zur Standardausrüstung?«
»Um Gottes willen, nein!«
»Haben Sie so etwas schon einmal in einem Labor gesehen?«
»Einmal. Nein... zweimal.«
»Wo?«
»Bei einem skrupellosen Tierpsychologen, den ich einmal kannte. Er machte Elektroschockversuche mit Affen.«
»Er folterte sie?«
»Ich bin sicher, daß *er* das anders sah.«
»Aber nicht alle Tierpsychologen arbeiten mit solchen Methoden?«
»Ich sagte bereits, daß es sich um einen skrupellosen Menschen handelte. Hören Sie, ich hoffe, Sie gehören nicht zu jenen Typen, die jeden Wissenschaftler für einen Dummkopf oder für ein Monster halten.«
»Bestimmt nicht. Als Junge habe ich im Fernsehen keine Folge von *Mr. Wizard* versäumt.«
Sie brachte ein schwaches Lächeln zustande. »Entschuldigung, ich wollte Sie nicht anschnauzen.«
»Eine durchaus verständliche Reaktion. Sie sagten vorhin, Sie hätten einen solchen Apparat zweimal gesehen. Wo haben Sie ihn zum zweiten Mal gesehen?«

Ihr schwaches Lächeln verschwand schlagartig. »Auf einem Foto.«
»Oh?«
»In einem Buch über... wissenschaftliche Experimente in Nazideutschland.«
»Ich verstehe.«
»Sie führten ihre Versuche an *Menschen* durch.«
Er zögerte. Aber es mußte gesagt werden. »Das tat auch Ihr Mann.«
Laura starrte ihn an. Ihr Gesicht war aschfahl.
»Ich glaube«, fuhr Dan fort, »daß er Ihre Tochter auf diesem Stuhl festschnallte...«
»Nein!«
»...und daß er und Hoffritz und Gott weiß, wer sonst noch alles...«
»Nein!«
»...sie folterten«, schloß Dan.
»Nein!«
»Es steht in dem Notizbuch.«
»Aber...«
»Ich glaube, daß sie ihr mit Hilfe dieser Aversionstherapie, wie Sie das soeben nannten, beibringen wollten, ihre Gehirnwellen willentlich zu kontrollieren.«
Der Gedanke, daß Melanie auf diesem Stuhl gefoltert worden war, versetzte Laura einen solchen Schock, daß sie noch mehr erbleichte. Sie wurde leichenblaß, ihre Augen schienen tiefer in die Höhlen zu sinken und wirkten wie erloschen.
»Aber... aber das ergibt keinen Sinn«, stammelte sie. »Aversionstherapie ist die ungeeignetste Methode, um Biofeedbacktechniken zu lernen.«
Er verspürte plötzlich das Bedürfnis, sie in die Arme zu nehmen, sie an sich zu drücken, ihr übers Haar zu streichen, sie zu trösten. Sie zu küssen. Sympathisch war sie ihm von Anfang an gewesen, doch bis jetzt hatte sie ihn sexuell nicht erregt. Das sah ihm wieder einmal ähnlich! Er fiel immer auf hilflose Geschöpfe herein, auf schwache oder kaputte weibliche Wesen, die in Schwierigkeiten waren. Und jedesmal endete die Sache damit, daß er sich sehnlichst wünschte, sich nie mit ihnen eingelassen zu haben. Laura McCaffrey hatte auf ihn zunächst keine sexuelle Anziehungskraft ausgeübt, weil sie selbstbewußt und selbstbeherrscht aufgetreten war.

Aber nun, da sie ihre Verstörung und Angst nicht länger verbergen konnte, fühlte er sich zu ihr hingezogen. Nick Hammond, einer seiner Kollegen bei der Mordkommission, hatte Dan vorgeworfen, er hätte einen Gluckhennen-Komplex, und Dan mußte zugeben, daß daran etwas Wahres war.

Was ist nur mit mir los? fragte er sich. Warum komme ich nicht von der Rolle des fahrenden Ritters los, der jedem jungen Mädchen in Not beistehen will? Ich kenne diese Frau doch kaum, und ich möchte, daß sie mir vertraut, sich an meiner Schulter ausweint. So nach dem Motto: Verlassen Sie sich ausschließlich auf den großen Dan Haldane! Big Dan wird diese Bösewichte zur Strecke bringen und Ihre Welt wieder heil machen. Big Dan schafft das, auch wenn er tief im Innern noch immer ein törichter romantischer Jüngling ist.

Nein. Diesmal nicht. Er hatte eine Aufgabe zu erledigen, und das würde er auch tun, aber ganz sachlich, ohne irgendwelche Gefühle zu investieren. Dieser Frau würde an einer persönlichen Beziehung mit ihm sowieso nicht das geringste liegen. Sie hatte eine höhere Bildung als er. Sie hatte Stil. Sie war ein Typ für Brandy, während er selbst mit Bier vorliebnahm. Und, um Gottes willen, dies war gewiß nicht der richtige Zeitpunkt für eine Romanze. Sie war viel zu verwundbar; sie machte sich wahnsinnige Sorgen um ihre Tochter; ihr Mann war brutal ermordet worden, und das konnte sie nicht ungerührt lassen, auch wenn sie ihn seit langem nicht mehr geliebt hatte. Welcher Mann würde in einem solchen Augenblick romantische Träume hegen? Er schämte sich seiner selbst. Und doch...

Seufzend sagte er: »Nun, wenn Sie das Notizbuch Ihres Mannes gelesen haben, werden Sie mir vielleicht beweisen können, daß er das Mädchen nie in diesen Stuhl gesetzt hat. Aber ich glaube es nicht.«

Wie sie so dastand, machte sie einen verlorenen Eindruck.

Er ging zum Schrank und öffnete die Türen. Der Schrank enthielt Jeans, T-Shirts, Pullover und Schuhe in Größen, die einem neunjährigen Mädchen passen mußten. Alle Sachen waren grau.

»Warum?« fragte Dan. »Was hoffte er auf diese Weise beweisen zu können? Zu welchen Erkenntnissen sollte ihm das Mädchen verhelfen?«

Die Frau schüttelte stumm den Kopf; zum Sprechen fehlte ihr die Kraft.

»Und ich frage mich auch noch etwas anderes«, fuhr Dan fort.

»Diese sechs Jahre müssen mehr Geld gekostet haben, als er von Ihrem gemeinsamen Konto abgehoben hatte. Wesentlich mehr! Trotzdem hat er nirgends gearbeitet. Er ist nie aus dem Haus gegangen. Vielleicht gab Hoffritz ihm Geld. Aber es muß noch andere Geldgeber gegeben haben. Wer waren diese Leute? Wer hat diese Arbeit finanziert?«
»Ich habe keine Ahnung«, murmelte Laura.
»Und warum?« überlegte er laut.
»Und wohin hat man Melanie gebracht?« fragte Laura. »Und was mag ihr jetzt angetan werden?«

5

Die Küche war nicht direkt schmutzig, aber auch alles andere als sauber. In der Spüle stapelte sich schmutziges Geschirr. Der Tisch am einzigen Fenster war mit Krumen übersät.

Laura setzte sich an den Tisch und fegte die Krumen mit der Hand beiseite. Sie wollte so schnell wie möglich Dylans Aufzeichnungen über seine Experimente mit Melanie lesen.

Aber Haldane wollte ihr das Buch – es hatte die Größe eines Hauptbuches und einen braunen Kunstledereinband – noch nicht geben. Er hielt es in der Hand und lief nervös im Zimmer auf und ab.

Der Regen trommelte ans Fenster und lief an der Scheibe hinab, und wenn ein Blitz die Nacht erhellte, wurde dieses Tropfenmuster an die Wände projiziert, was dem Raum das unwirkliche Aussehen einer Fata Morgana verlieh.

»Ich möchte einiges über Ihren Mann erfahren«, sagte Haldane.
»Beispielsweise?«
»Weshalb Sie sich von ihm scheiden lassen wollten.«
»Ist das von Bedeutung?«
»Möglicherweise.«
»Wie denn?«
»Nun, falls es in seinem Leben eine andere Frau gab, könnte sie uns eventuell Auskunft drüber geben, was er hier gemacht hat. Vielleicht könnte sie uns sogar sagen, wer ihn ermordet hat.«
»Es gab keine andere Frau.«
»Weshalb wollten Sie sich dann von ihm trennen?«

»Ich... ich liebte ihn einfach nicht mehr.«
»Warum?«
»Er war nicht der Mann, den ich geheiratet hatte.«
»Inwiefern hatte er sich verändert?«
Sie seufzte. »Er hatte sich nicht verändert. Er war *nie* der Mann, den ich geheiratet hatte. Ich hatte mir ein völlig falsches Bild von ihm gemacht. Mit der Zeit erkannte ich, *wie* falsch ich ihn von Anfang an eingeschätzt hatte.«

Haldane hörte endlich auf, hin und her zu laufen, lehnte sich an eine Arbeitsplatte und kreuzte die Arme über der Brust, ohne Dylans Notizbuch aus der Hand zu legen. »Worin bestand diese Fehleinschätzung?«

»Damit Sie das verstehen können, muß ich Ihnen zunächst einiges über mich erzählen. Ich war auf der High School und im College nicht sonderlich beliebt oder begehrt. Ich hatte nie viele Verabredungen.«

»Es fällt mir schwer, das zu glauben.«

Sie errötete wider Willen.

»Es stimmt aber. Ich war krankhaft schüchtern. Ich ging Jungen aus dem Wege. Ich ging allen Menschen aus dem Wege. Ich hatte auch nie gute Freundinnen.«

»Hat Ihnen niemand das richtige Mundwasser und das richtige Schuppenshampoo empfohlen?«

Sie lächelte über seinen Versuch, sie aufzuheitern, aber es bereitete ihr stets ein gewisses Unbehagen, über sich selbst zu sprechen. »Ich wollte nicht, daß jemand mich näher kennenlernte, weil ich mir einbildete, man würde mich dann ablehnen, und ich konnte es einfach nicht ertragen, abgewiesen zu werden.«

»Warum hätte man Sie denn ablehnen sollen?«

»Oh... weil ich nicht so schlagfertig oder so klug oder so hübsch war wie die anderen.«

»Nun, ob Sie schlagfertig sind, kann ich natürlich nicht beurteilen. Intelligent sind Sie jedenfalls; schließlich haben Sie promoviert. Und ich weiß beim besten Willen nicht, wie Sie jemals in den Spiegel schauen konnten, ohne zu merken, wie hübsch Sie sind.«

Sein offener warmer Blick hatte nichts Freches oder Zweideutiges an sich, und auch sein Ton war ganz nüchtern. Doch trotz seiner zur Schau getragenen professionellen Sachlichkeit spürte Laura, daß er sich zu ihr hingezogen fühlte, und sein Interesse verursachte ihr Unbehagen.

Sie schaute verlegen beiseite und starrte die silbrigen Regenspuren am dunklen Fenster an, während sie sagte: »Ich hatte damals schreckliche Minderwertigkeitskomplexe.«
»Weshalb?«
»Meine Eltern waren schuld daran. Besonders meine Mutter.«
»Wie waren sie denn?«
»Sie haben mit diesem Fall nichts zu tun«, erwiderte sie. »Außerdem sind sie nicht mehr am Leben.«
»Das tut mir leid.«
»Mir nicht.«
»Oh... ich verstehe.«
»Was nun Dylan betrifft...«
»Sie wollten mir erzählen, warum Sie ihn von Anfang an falsch einschätzten.«
»Wissen Sie, ich hatte solche Schutzbarrieren um mich herum errichtet, mich so sehr in mein Schneckenhaus zurückgezogen, daß niemand an mich herankam. Vor allem keine Jungen – keine Männer. Ich verstand es, sie rasch abzuwimmeln. Bis ich Dylan begegnete. Er gab nicht auf. Er bat mich unverdrossen, mit ihm auszugehen. Meine Absagen schienen ihn nicht zu stören – er kam immer wieder. Meine Schüchternheit schreckte ihn ebensowenig ab wie meine unhöflich kühle, abweisende Art. Er umwarb mich. Nie zuvor hatte mir jemand den Hof gemacht, jedenfalls nicht so wie Dylan. Er ließ sich durch nichts entmutigen. Er war geradezu besessen von der Idee, mich zu erobern. Er versuchte mit allen möglichen sentimentalen und altmodischen Mitteln, meine Gunst zu gewinnen. Ich durchschaute seine romantische Masche, aber ich war trotzdem beeindruckt. Er schickte mir Blumensträuße und Pralinen, und einmal schenkte er mir sogar einen riesigen Teddybär.«
»Er schenkte einer sechsundzwanzigjährigen Frau, die an ihrer Dissertation arbeitete, einen Teddybär?« wunderte sich Haldane.
»Verrückt, nicht wahr? Aber ich freute mich riesig. Er sandte mir auch selbstverfaßte Gedichte und unterschrieb sie mit ›Ein heimlicher Verehrer‹. Das mag sich alles abgedroschen und kitschig anhören, aber für eine sechsundzwanzigjährige Frau, die noch nicht einmal im Küssen viel Erfahrung hatte und sich darauf eingestellt hatte, eine alte Jungfer zu werden, war es schweres Geschütz. Er war der erste Mensch, der mir jemals das Gefühl gab, liebens- und begehrenswert zu sein. Er riß meine Schutzbarrieren nieder. Es war einfach überwältigend.«

Während sie davon sprach, wurden die Erinnerungen an jene schöne Zeit in ihr wieder überraschend lebendig. Der Gedanke, was hätte sein können, stimmte sie wehmütig. Wie jung, unschuldig und unerfahren sie damals doch gewesen war!

»Später, als wir verheiratet waren«, fuhr sie fort, »stellte ich fest, daß Dylans Beharrlichkeit und Leidenschaft nicht nur mir allein gegolten hatten. Oh, nicht daß es andere Frauen gegeben hätte. Es gab keine. Aber er betrieb *alles*, was ihn interessierte, mit dem gleichen glühenden Eifer, den er bei seinem Werben um mich an den Tag gelegt hatte. Ob es sich nun um seine Forschungen auf dem Gebiet der Verhaltensänderung handelte, ob um Okkultismus, der ihn wahnsinnig faszinierte, oder um seine Vorliebe für schnelle Wagen– widmete all diesen Dingen genausoviel Energie wie seinerzeit meiner Eroberung.«

Beim Sprechen fiel ihr wieder ein, wie beunruhigt sie über Dylan gewesen war – und über die Wirkung, die seine anstrengende Persönlichkeit auf Melanie haben könnte. Wenn sie sich damals zur Scheidung entschlossen hatte, so nicht zuletzt deshalb, weil sie befürchtet hatte, er könne Melanie durch sein eigenes zwanghaft-obsessives Verhalten anstecken.

»Er legte beispielsweise hinter unserem Haus einen kunstvollen japanischen Garten an und brachte monatelang jede freie Minute damit zu, ihn zu verschönern. Er hatte sich fanatisch in den Kopf gesetzt, dieser Garten müsse perfekt werden. Jede Pflanze, jeder Stein mußte seinen Idealvorstellungen genau entsprechen. Jeder Bonsai-Baum mußte so vollkommen proportioniert, so fantasievoll und harmonisch gewachsen sein wie in den Büchern über asiatische Gartenarchitektur. Und von mir erwartete er die gleiche Begeisterung für dieses Projekt – wie für jedes Projekt, das ihn fesselte. Aber ich konnte keinen derartigen Enthusiasmus aufbringen. Und ich *wollte* es auch nicht. Er war in allen Dingen ein solcher Perfektionist, daß es keinen Spaß machte, etwas gemeinsam mit ihm zu unternehmen. Alles artete in schwere Arbeit aus. Es war ein zwanghaftes Verhalten, eine Art Besessenheit, und trotz all seines Enthusiasmus machten seine diversen Beschäftigungen ihm keine *Freude*, weil ihm ganz einfach die Zeit fehlte, sich zu entspannen und sich zu freuen.«

»Das hört sich so an, als sei es ganz schön anstrengend gewesen, mit ihm verheiratet zu sein«, kommentierte Haldane.

»Das kann man wohl sagen! Nach kurzer Zeit wirkte seine permanente Begeisterung nicht mehr ansteckend, weil kein geistig gesunder Mensch ständig in einem fiebrigen Erregungszustand leben kann. Dylan wirkte auf mich nicht mehr belebend, sondern nur noch... ermüdend. Es machte mich verrückt, nie einen Moment der Entspannung, der Ruhe zu haben. Damals hatte ich meine Promotion bereits abgeschlossen und unterzog mich einer Psychoanalyse – das ist eine unerläßliche Voraussetzung für jeden, der als Psychiater praktizieren möchte. Mir wurde klar, daß Dylan ein schwer gestörter Mann war, daß er seinen Enthusiasmus nicht einfach übertrieb, sondern – wie ich schon sagte – zwanghaft obsessive Züge hatte. Ich versuchte ihn zu einer Psychoanalyse zu überreden, aber für *diese* Idee konnte er sich nicht im geringsten begeistern. Schließlich sagte ich ihm, daß ich mich scheiden lassen wolle. Ich kam aber nicht einmal dazu, die Klage einzureichen. Gleich am nächsten Tag plünderte er nämlich unsere gemeinsamen Konten und verschwand mit Melanie. Ich hätte es vorhersehen müssen.«

»Warum?«

»Weil er in bezug auf Melanie genauso besessen war wie in allen anderen Dingen. Sie war in seinen Augen das schönste, intelligenteste, hinreißendste Kind, das je gelebt hatte, und er legte immer größten Wert darauf, daß sie perfekt gekleidet war und sich perfekt benahm. Sie war erst drei Jahre alt, aber er brachte ihr das Lesen bei und versuchte ihr auch Französisch beizubringen. Einer Dreijährigen! Er sagte, in ganz jungem Alter lerne man am leichtesten. Das stimmt tatsächlich. Aber es ging ihm eigentlich gar nicht um Melanie. O nein! Es war ein egoistisches Verhalten – er wollte ein vollkommenes Kind haben. Ihm war der Gedanke schlichtweg unerträglich, sein kleines Mädchen könne vielleicht nicht das hübscheste, klügste und aufgeweckteste Kind der Welt sein.«

Sie verstummte, und für kurze Zeit war es im Zimmer sehr still.

Der Regen klopfte ans Fenster, trommelte aufs Dach, floß gurgelnd durch die Abflußrinnen.

Schließlich sagte Haldane leise: »Ein solcher Mann wäre imstande...«

Sie fiel ihm ins Wort. »Ja, er wäre imstande, mit seiner eigenen Tochter zu experimentieren, sie sogar irgendwelchen Torturen auszusetzen, wenn er glauben würde, sie auf diese Weise fördern zu können. Oder aber, wenn er von der Idee besessen wäre, irgendwelche Experimente durchführen zu müssen, für die man ein Kind benötigt.«

»O mein Gott«, murmelte Haldane in einer Mischung aus Abscheu, Entsetzen und Mitleid.
Laura begann zu weinen.
Der Detektiv trat an den Tisch und setzte sich neben sie.
Sie wischte ihre Augen mit einem Kleenex-Tuch ab.
Er legte ihr eine Hand auf die Schulter. »Alles wird wieder gut werden.«
Sie nickte, putzte sich die Nase.
»Wir werden sie finden«, versicherte er.
»Ich befürchte, nein.«
»Doch.«
»Ich befürchte, daß sie tot ist.«
»Das ist sie nicht.«
»Ich habe Angst.«
»Das dürfen Sie nicht.«
»Ich kann nichts dagegen tun.«
»Ich weiß.«

Sie vertiefte sich eine halbe Stunde in Dylans Eintragungen, aus denen sie erfuhr, wie Melanie ihre Zeit verbracht hatte. Dan Haldane ging währenddessen irgendwo im Haus anderen Pflichten nach. Als er in die Küche zurückkehrte, war Laura vor Entsetzen wie gelähmt.
»Es stimmt tatsächlich«, sagte sie. »Sie haben hier mindestens fünfeinhalb Jahre gelebt, wie aus dem Tagebuch hervorgeht. Und soweit ich sehen kann, hat Melanie das Haus kein einziges Mal verlassen.«
»Sie hat jede Nacht in der Deprivationskammer geschlafen?«
»Ja. Anfangs acht Stunden. Dann achteinhalb. Später neun. Am Ende des ersten Jahres verbrachte sie nachts zehn Stunden und zwei weitere Stunden am Nachmittag im Tank.«
Sie schloß das Buch. Dylans korrekte Schrift versetzte sie plötzlich in heißen Zorn.
»Und sonst?« fragte Haldane.
»Morgens mußte sie als erstes eine Stunde meditieren.«
»Meditieren? Ein so kleines Mädchen? Sie konnte doch bestimmt nicht einmal begreifen, was dieses Wort bedeutete.«
»Meditieren heißt im Grunde genommen nichts anderes, als die Außenwelt zu vergessen, den Geist nach innen zu richten, Frieden durch innere Einsamkeit zu suchen. Ich glaube nicht, daß er Mela-

nie Zen oder andere Meditationsarten mit philosophischem oder religiösem Hintergrund lehrte. Vermutlich brachte er ihr einfach bei, ruhig dazusitzen und an nichts zu denken.«
»Selbsthypnose.«
»So kann man es nennen.«
»Aber wozu?«
»Ich weiß es nicht.«
Sie stand nervös auf. Sie hatte das dringende Bedürfnis, sich zu bewegen, um ihre Spannung abzureagieren. Aber die Küche war viel zu klein; sie durchquerte sie mit nur fünf Schritten. Und in den anderen Räumen konnte sie unmöglich herumlaufen – dort waren Blutlachen, dort arbeiteten die Männer der Spurensicherung. Sie lehnte sich an einen Küchenschrank, preßte ihre Hände mit aller Kraft gegen die Kante, so als könne sie auf diese Weise ihre nervöse Energie ableiten.
»Nach der Meditation«, berichtete sie, »verbrachte Melanie jeden Tag mehrere Stunden damit, Biofeedback-Techniken zu lernen.«
»Wobei sie in dem elektrischen Stuhl saß?«
»Höchstwahrscheinlich. Aber...«
»Aber?«
»Aber ich glaube, daß der Stuhl auch noch anderen Zwecken diente, daß er auch dazu benutzt wurde, um sie gegen Schmerz unempfindlich zu machen.«
»Sagen Sie das noch einmal!«
»Ich glaube, daß Dylan ihr mit Hilfe von Elektroschocks beibringen wollte, Schmerzen zu ertragen, sie zu ignorieren, so wie es die östlichen Mystiker vermögen, die Yogi beispielsweise.«
»Wozu?«
»Vielleicht, damit sie die immer länger werdenden Aufenthalte im Deprivationstank verkraften konnte.«
»Ich hatte damit also recht?«
»Ja. Er dehnte diese Aufenthalte im Tank allmählich aus, bis sie im dritten Jahr manchmal drei Tage hintereinander im Dunkeln schwamm. Im vierten Jahr waren es dann schon vier oder fünf Tage. Und kürzlich... letzte Woche... verbrachte sie sieben Tage im Tank.«
»Katheterisiert?«
»Ja. Und künstlich ernährt mit Hilfe einer Tropfinjektion. Ihr wurde Glukose zugeführt, damit sie nicht austrocknete und nicht zuviel Gewicht verlor.«

»Mein Gott!«
Laura war erneut den Tränen nahe. Ihr war übel. Ihre Augen brannten, ihr Gesicht glühte.
Sie ging zur Spüle und wusch sich das Gesicht mit kaltem Wasser.
Es half nicht viel.
Haldane räusperte sich. »Sie sagten, er hätte Melanie an Schmerzen gewöhnen wollen, damit sie die langen Aufenthalte im Tank verkraften konnte.«
»Möglicherweise. Ich bin nicht sicher.«
»Aber was ist daran so schmerzhaft?« Sie sagten doch vorhin, man spüre überhaupt nichts.«
»Ein relativ kurzer Aufenthalt, wie er ja normalerweise üblich ist, hat nichts Schmerzhaftes an sich. Aber wenn man mehrere Tage im Tank verbringen muß, wird die Haut faltig werden und schließlich aufreißen. Es werden Wunden entstehen.«
»Ich verstehe.«
»Und außerdem ist da noch der Katheter. Sie waren vermutlich noch nie so schwer krank, daß Sie wegen Inkontinenz einen Katheter benötigten.«
»Nein, Gott sei Dank!«
»Nun, nach einigen Tagen entzündet sich die Harnblase, und das ist schmerzhaft.«
»Das kann ich mir vorstellen.«
Sie hätte jetzt liebend gern einen harten Drink gekippt. Normalerweise machte sie sich nicht viel aus Alkohol. Gelegentlich trank sie ein Glas Wein, in seltenen Fällen einen Martini. Doch jetzt hätte sie sich am liebsten betrunken.
»Aber was bezweckte er mit all dem?« fragte Haldane. »Was versuchte er zu beweisen? Wozu tat er seiner Tochter das alles an?«
Laura zuckte mit den Achseln.
»Sie müssen doch irgendeine Idee haben«, beharrte er.
»Nein, ich habe nicht die geringste Ahnung, was er damit bezweckte. In dem Tagebuch steht darüber kein Wort. Auch die Experimente werden nicht beschrieben. Er hat nur notiert, wie sie ihre Zeit verbrachte.«
»Sie haben vorhin in seinem Arbeitszimmer die überall verstreuten Papiere gesehen. Sie enthalten mit Sicherheit detailliertere Angaben als das Notizbuch.«
»Mag sein.«

»Ich habe einen flüchtigen Blick auf einige davon geworfen, wurde aber nicht schlau daraus. Zuviel psychologische Fachausdrücke. Für mich das reinste Chinesisch. Wenn ich das ganze Zeug fotokopieren lasse und Ihnen die Kopien in einigen Tagen schicke – würden Sie sie durchsehen und versuchen, sie zu ordnen?«
»Ich... ich weiß nicht. Es war schon schlimm genug, das Tagebuch zu lesen.«
»Wollen Sie nicht wissen, was er Melanie angetan hat? Falls wir sie finden, werden Sie es wissen *müssen*, wenn Sie mit dem psychischen Trauma, unter dem das Kind bestimmt leidet, fertigwerden wollen.«
Er hatte recht. Um Melanie richtig behandeln zu können, würde sie den Alptraum ihrer Tochter genau kennen, ihn sozusagen zu ihrem eigenen Alptraum machen müssen.
»Außerdem«, fuhr Haldane fort, »enthalten diese Papiere möglicherweise Anhaltspunkte darüber, wer seine Mitarbeiter waren und wer ihn ermordet haben könnte. Wenn wir das wüßten, wüßten wir vielleicht auch, wo Melanie sich jetzt befindet. Wenn Sie die Papiere Ihres Mannes durchsehen, stoßen Sie vielleicht auf eine Information, die uns hilft, Ihr kleines Mädchen zu finden.«
»Okay«, sagte sie müde. »Schicken Sie mir das Zeug.«
»Ich weiß, daß es für Sie nicht leicht sein wird.«
»Das ist noch sehr milde ausgedrückt.«
»Ich will wissen, wer unter dem Deckmantel der Forschung die Folterung eines kleinen Mädchens finanziert hat«, sagte er in einem Ton, der für einen unparteiischen Gesetzesvertreter viel zu grimmig und rachsüchtig klang. »Ich will es um jeden Preis herausfinden...«
»Lieutenant?« Ein uniformierter Polizist betrat die Küche.
»Was ist, Phil?«
»Sie suchen doch nach einem kleinen Mädchen, stimmt's?«
»Ja.«
»Nun, es wurde ein Mädchen gefunden.«
Laura stockte der Atem. Die entscheidende Frage lag ihr auf der Zunge, doch sie brachte keinen Ton hervor. Ihre Kehle war wie zugeschnürt.
»Wie alt?« erkundigte sich Haldane.
Das war nicht die Frage, die Laura bewegte.
»Etwa acht oder neun.«
»Haben Sie eine Beschreibung von ihr?« fragte Haldane.

Auch das war nicht die richtige Frage.

»Kastanienbraune Haare. Grüne Augen«, antwortete der Polizist.

Beide Männer starrten auf Lauras kastanienbraune Haare und grüne Augen.

Sie versuchte zu sprechen. Es gelang ihr nicht.

»Ist sie am Leben?« fragte Haldane.

Das war die Frage.

»Ja«, antwortete der Polizist. »Ein Streifenwagen hat sie sieben Blocks von hier entfernt aufgegriffen.«

Laura atmete tief durch. »Sie lebt?« fragte sie ungläubig.

Der Polizist nickte. »Ja, wie schon gesagt – sie lebt.«

»Wann wurde sie gefunden?«

»Vor etwa anderthalb Stunden.«

Haldanes Gesicht lief vor Zorn rot an. »Verdammt, warum erfahre ich erst jetzt davon?«

»Es war eine ganz normale Streife, die das Mädchen aufgriff«, erwiderte Phil. »Die Männer wußten nicht, daß es einen Zusammenhang zwischen der Kleinen und diesem Mordfall gibt. Das haben sie erst vor wenigen Minuten erfahren.«

»Wo ist sie jetzt?« fragte Laura.

»Im Valley Medical.«

»Im Krankenhaus? Mein Gott! Was ist mit ihr? Ist sie verletzt? Schwer verletzt?«

»Sie ist nicht verletzt«, antwortete der Polizist. »Wenn ich richtig verstanden habe, wurde sie aufgegriffen, weil sie... äh... nackt auf der Straße umherirrte und wie betäubt war.«

»Nackt!« murmelte Laura kraftlos. Die Angst, daß Melanie einem Sexualverbrecher in die Hände gefallen war, überfiel sie wieder mit der Wucht eines Hammerschlags. Sie lehnte sich an den Schrank und umklammerte mit beiden Händen die Arbeitsplatte, um nicht zusammenzubrechen. Während sie sich mühsam aufrecht hielt und kaum Luft bekam, flüsterte sie noch einmal: »Nackt?«

»Und völlig verwirrt, außerstande zu sprechen«, berichtete Phil. »Die Männer dachten, sie stehe unter schwerem Schock oder sei betäubt worden, deshalb schafften sie sie auf schnellstem Wege ins Valley Medical.«

Haldane nahm Laura beim Arm. »Kommen Sie. Wir fahren hin.«

»Aber...«

»Was ist?«

Sie fuhr sich mit der Zunge über die trockenen Lippen. »Und wenn es nun nicht Melanie ist? Ich möchte mir keine vergeblichen Hoffnungen machen und...«

»Es *ist* Melanie«, versicherte er. »Hier ist ein neunjähriges Mädchen verschwunden, und sieben Blocks entfernt wurde ein neunjähriges Mädchen gefunden. Das kann kein Zufall sein.«

»Aber wenn nun...«

»Mrs. McCaffrey, wovor haben Sie Angst?«

»Was, wenn dies nun nicht das Ende des Alptraums ist?«

Er starrte sie verständnislos an.

»Was, wenn dies erst der Anfang ist?« fuhr sie fort.

»Sie meinen, nach sechs Jahren dieser... dieser Torturen...?«

»Sie kann kein normales Kind mehr sein«, murmelte Laura mit schwankender Stimme.

»Das dürfen Sie nicht sagen. Es wird sich erst herausstellen, wenn Sie sie gesehen und mit ihr gesprochen haben.«

Sie schüttelte heftig den Kopf. »Nein. Sie kann nicht normal sein. Nicht nach all dem, was ihr Vater ihr angetan hat. Nicht nach jahrelanger Zwangsisolation. Sie muß ein sehr krankes kleines Mädchen sein, zutiefst verhaltensgestört. Die Wahrscheinlichkeit, daß sie normal sein könnte, ist praktisch gleich Null.«

Haldane spürte, daß es keinen Sinn hatte, sie mit leeren Phrasen beruhigen zu wollen, daß sie sich darüber nur ärgern würde.

»Nein«, sagte er deshalb sanft, »nein, sie wird kein ausgeglichenes, gesundes kleines Mädchen sein. Sie wird krank und verängstigt sein; vielleicht hat sie sich in ihre eigene Welt zurückgezogen, vielleicht hat sie keinerlei Kontakt mehr zur Umwelt, und vielleicht lassen sich diese Schäden nie mehr beheben. Aber Sie dürfen eines nicht vergessen.«

Laura blickte ihm in die Augen. »Was?«

»Melanie braucht Sie.«

Laura nickte.

Sie verließen das Haus, in dem ein Blutbad angerichtet worden war.

Regen peitschte durch die Nacht, und heftige Donnerschläge ließen die Luft erzittern.

Haldane ließ Laura auf dem Beifahrersitz einer Limousine Platz nehmen und befestigte das Blaulicht am Wagendach. Mit heulender Sirene rasten sie zum Valley Medical.

6

Der Arzt, der in dieser Nacht Bereitschaftsdienst hatte, hieß Richard Pantangello. Er war jung, hatte dichtes braunes Haar und einen sorgfältig gestutzten, rötlich schimmernden Bart. Er holte Laura und Lieutenant Haldane am Empfang ab und führte sie zum Zimmer des Mädchens.

Die Korridore waren menschenleer; nur einige Krankenschwestern huschten wie Gespenster umher. Morgens um 4.10 Uhr war es in der Klinik geradezu unheimlich still.

Dr. Pantangello berichtete unterwegs mit leiser Stimme, fast flüsternd: »Sie hat keine Knochenbrüche, keine Verstauchungen, keine Schürfwunden. Nur einen blauen Fleck am rechten Arm, direkt über der Vene; ich würde sagen, daß er von einer ungeschickt eingeführten, intravenösen Injektionsnadel herrührt.«

»Sie soll wie betäubt gewesen sein?« fragte Haldane.

»Nun, das ist nicht ganz der richtige Ausdruck«, erwiderte Pantangello. »Sie war nicht verwirrt. Eher in einer Art Trance. Keine Anzeichen für eine Kopfverletzung, obwohl sie seit ihrer Einlieferung kein einziges Wort gesprochen hat.«

Laura versuchte, sich dem ruhigen Tonfall des Arztes anzupassen, doch aus ihrer Stimme war die Angst deutlich herauszuhören. »Was ist mit... Vergewaltigung?«

»Es gibt keinerlei physische Anzeichen, daß sie mißbraucht wurde.«

Sie bogen um eine Ecke. Pantangello blieb vor Zimmer 256 stehen. Die Tür war geschlossen.

»Hier liegt sie«, sagte er, während er seine Hände in die Taschen seines weißen Kittels schob.

Laura gab sich mit seiner vorsichtig formulierten Antwort nicht zufrieden. »Sie sagten, es gebe keine physischen Anzeichen für eine Vergewaltigung, aber Sie schließen diese Möglichkeit dennoch nicht völlig aus?«

»Nun, es gibt keine Spermaspuren in der Vagina«, erklärte Pantangello. »Keine Verletzungen an den Schamlippen oder an den Wänden der Vagina.«

»Was bei einem Kind dieses Alters unweigerlich der Fall wäre«, fügte Haldane hinzu.

»Ja. Und ihr Hymen ist unversehrt«, fuhr der Arzt fort.

»Dann ist sie bestimmt nicht vergewaltigt worden«, erklärte Haldane.
Laura war keineswegs beruhigt, denn sie sah Sorge und Mitleid in den freundlichen Augen des Arztes.
Mit leiser, bedrückter Stimme sagte er: »Sie wurde nicht zum normalen Geschlechtsverkehr gezwungen. Das können wir ausschließen. Aber... nun ja, ich kann nicht mit Sicherheit sagen...« Er räusperte sich.
Laura spürte, daß diese Unterhaltung für den jungen Arzt kaum weniger qualvoll war als für sie selbst, und sie hätte ihm weitere Ausführungen gern erspart, aber sie mußte *alles* wissen, und es war seine Aufgabe, es ihr zu erzählen.
Er räusperte sich noch einmal und beendete seinen Satz: »Ich kann nicht mit Sicherheit sagen, daß keine orale Kopulation stattgefunden hat.«
Ein tierischer Klagelaut entrang sich Lauras Brust.
Haldane griff nach ihrem Arm, und sie lehnte sich einen Moment lang an ihn an. »Ruhig«, sagte er. »Sie dürfen sich nicht unnötig aufregen. Wir wissen ja noch nicht einmal, ob es sich tatsächlich um Melanie handelt.«
»Es ist Melanie«, widersprach sie heftig. »Ich bin sicher, daß es Melanie ist.«
Sie wollte ihre Tochter sehen, sie konnte es kaum erwarten, sie zu sehen. Doch gleichzeitig hatte sie Angst, die Tür zu öffnen und das Zimmer zu betreten. Hinter dieser Schwelle lag ihre Zukunft, und sie befürchtete, daß es eine Zukunft sein könnte, die nichts anderes als emotionalen Schmerz und Verzweiflung bereithielt.
Eine Krankenschwester eilte vorbei, verlegen jeden Blickkontakt meidend, wodurch Lauras Eindruck einer Tragödie sich nur noch verstärkte.
»Es tut mir sehr leid«, sagte Pantangello. Er nahm seine Hände aus den Taschen, schien sie trösten zu wollen, hatte aber offenbar Angst, sie zu berühren. Statt dessen begann er geistesabwesend mit dem Stethoskop zu spielen, das um seinen Hals hing. »Hören Sie, vielleicht hilft es Ihnen ein klein wenig... nun ja, ich persönlich glaube, daß sie nicht mißbraucht wurde. Ich kann es nicht beweisen. Ich *fühle* es einfach. Außerdem kommt es sehr selten vor, daß ein Kind mißbraucht wird, ohne daß es irgendwelche Verletzungen – Quetschungen, Schnittwunden etc. – erleidet. Die Tatsache, daß Ihre Tochter völlig unverletzt ist, deutet darauf hin, daß kein Sitt-

lichkeitsverbrechen begangen wurde. Wirklich, darauf würde ich jede Wette eingehen.« Er lächelte ihr zu. Dieses Lächeln fiel allerdings sehr kläglich aus. »Ich würde ein Jahr meines Lebens darauf wetten.«

Laura kämpfte mit Tränen, während sie fragte: »Aber warum irrte sie nackt auf der Straße umher, wenn sie nicht vergewaltigt wurde?«

Die Antwort fiel ihr ein, noch bevor sie ihren Satz beendet hatte, und gleichzeitig kam auch Dan Haldane auf des Rätsels Lösung.

Er rief: »Sie muß in der Deprivationskammer gewesen sein, als der Mörder das Haus betrat. Deshalb war sie nackt.«

»Deprivationskammer?« fragte Pantangello mit gerunzelter Stirn.

Ohne ihn zu beachten, sagte Laura aufgeregt zu Haldane: »Vielleicht wurde sie deshalb nicht wie alle anderen ermordet. Vielleicht wußte der Mörder nicht, daß sie im Tank war.«

»Durchaus möglich«, stimmte Haldane zu.

Laura schöpfte neue Hoffnung. »Sie muß aus dem Tank herausgestiegen sein, nachdem der Mörder das Haus verlassen hatte. Wenn sie die Leichen gesehen hat... und das viele Blut... das muß ein derart traumatisches Erlebnis gewesen sein, daß es ihren Betäubungszustand erklären würde.«

Pantangello warf Haldane einen neugierigen Blick zu. »Das muß ein merkwürdiger Fall sein«, meinte er.

»Sehr merkwürdig«, bestätigte der Detektiv.

Laura hatte plötzlich keine Angst mehr vor der geschlossenen Tür zu Melanies Zimmer. Sie machte einen Schritt vorwärts und wollte sie aufstoßen.

Dr. Pantangello hielt sie zurück, indem er ihr eine Hand auf die Schulter legte. »Warten Sie. Da ist noch etwas.«

Der junge Arzt suchte nach den richtigen Worten, um ihr eine schlimme Nachricht möglichst schonend beizubringen. Daß es sich um etwas Beunruhigendes handelte, konnte Laura ihm am Gesicht ablesen, denn er war noch viel zu unerfahren, um eine ausdruckslose Miene professioneller Souveränität zur Schau tragen zu können.

»Der Zustand Ihrer Tochter...«, stammelte er. »Ich habe ihn vorhin als ›Trance‹ bezeichnet, aber das stimmt nicht ganz. Er ist fast katatonisch. Er hat große Ähnlichkeit mit dem Verhalten autistischer Kinder, wenn sie eine ihrer besonders passiven Phasen haben.«

Lauras Mund war so trocken, als hätte sie die vergangene halbe Stunde damit verbracht, Sand zu essen. Und sie nahm auch einen metallischen Geschmack auf der Zunge wahr. Sie wußte, was das war: Angst. »Sprechen Sie es ruhig aus, Dr. Pantangello. Sie brauchen nichts zu beschönigen. Ich bin selbst Ärztin. Genauer gesagt, Kinderpsychologin. Was auch immer Sie mir zu sagen haben – ich werde es verkraften.«

Seine Worte überstürzten sich jetzt, so als wolle er es möglichst rasch hinter sich bringen, ihr schmerzhafte Mitteilungen machen zu müssen. »Nun, ich bin kein Spezialist, was Autismus betrifft. Das ist eher Ihr Ressort, und vielleicht sollte ich lieber meinen Mund halten. Aber ich finde, Sie sollten vorbereitet sein auf das, was Sie erwartet. Das Schweigen Ihrer Tochter, ihre Abkapselung, ihre In-sich-Gekehrtheit – nun, ich glaube nicht, daß das alles leicht und schnell zu beseitigen sein wird. Ich vermute, daß sie etwas Traumatisches erlebt hat, etwas verdammt Traumatisches, und sie hat sich tief in ihr Inneres zurückgezogen, um diese Erinnerungen verdrängen zu können. Sie zu heilen, wird... nun ja... es wird viel Geduld erfordern.«

»Und vielleicht wird es niemals gelingen?« fragte Laura.

Pantangello schüttelte den Kopf, zupfte an seinem Bart, befingerte das Stethoskop. »Nein, nein. Das habe ich nicht gesagt.«

»Aber gedacht!« sagte Laura.

Sie stieß die Tür auf und betrat das Zimmer, dicht gefolgt von dem Arzt und dem Detektiv.

Regen klopfte an die Scheibe des einzigen Fensters.

Weit entfernt, irgendwo über dem Ozean, zuckten Blitze durch die Nacht.

Es war ein Zweibettzimmer, doch das Bett am Fenster war leer, und jene Hälfte des Raumes war dunkel. Über dem anderen Bett brannte eine Lampe; das Kind unter der Decke trug ein Krankenhausnachthemd. Das Kopfende des Bettes war etwas hochgestellt, so daß Laura das Gesicht auf dem Kissen deutlich sehen konnte.

Es war Melanie. Daran zweifelte Laura keinen Augenblick. Während der sechsjährigen Trennung hatte ihre kleine Tochter sich natürlich stark verändert, aber sie hatte unverkennbar Dylans Stirn und Backenknochen, während sie ihre Haarfarbe, die Nase und das Kinn von Laura geerbt hatte, ebenso wie die grünen Augen, die allerdings tief in den Höhlen lagen wie bei Dylan. Wichtiger als alle äußerlichen Ähnlichkeiten war jedoch Lauras innere Gewißheit, ihre Tochter vor sich zu haben. Sie hätte Mühe gehabt, jemandem zu erklären, woher sie das wußte; sie *spürte* einfach, daß dieses Mädchen ihr eigen Fleisch und Blut war.

Melanie sah aus wie eines jener Kinder, die auf Plakaten von Hilfsorganisationen gegen den Hunger in der dritten Welt abgebildet sind. Ihr Gesicht war hager und bleich, die Haut ungesund körnig. Ihre Lippen, eher grau als rosa, waren rissig und aufgesprungen. Und sie hatte dunkle Ringe unter den Augen, so als hätte sie Tränen mit einem tintenbeschmierten Daumen abgewischt.

Die Augen selbst waren aber das Schlimmste. Sie starrten ins Leere empor; sie waren weit geöffnet, doch sie nahmen nichts wahr – nichts von *dieser* Welt. In diesen Augen stand weder Furcht noch Schmerz geschrieben. Nur Trostlosigkeit.

»Liebling?« rief Laura.

Das Mädchen bewegte sich nicht. Nicht einmal die Lippen zuckten.

»Melanie?«

Keine Reaktion.

Laura ging zögernd auf das Bett zu.

Das Kind lag regungslos da, so als wäre es blind und taub.

Laura schob das Sicherheitsgitter hinunter, beugte sich über das Mädchen, sagte wieder seinen Namen. Keine Reaktion. Mit zitternder Hand berührte sie Melanies Gesicht, das sich leicht fiebrig anfühlte, und dieser Hautkontakt löste eine wahre Sturmflut von Gefühlen in ihr aus, die den Damm mühsam bewahrter Selbstbeherrschung zum Einsturz brachte. Sie riß das Mädchen in ihre Arme, hielt es fest, streichelte es. »Melanie, Baby, meine Melanie, jetzt wird alles wieder gut, glaub mir, es wird alles wieder gut, du bist jetzt in Sicherheit, du bist bei mir in Sicherheit, Gott sei Dank, du bist in Sicherheit, Gott sei Dank!«

Sie brach in Tränen aus und weinte so hemmungslos, wie sie es seit ihrer Kindheit nie mehr getan hatte.

Wenn nur Melanie ebenfalls geweint hätte!

Aber das Mädchen war jenseits von Tränen. Es erwiderte auch Lauras Umarmung nicht; es hing schlaff in den Armen seiner Mutter, ein nachgiebiger Körper, eine leere Hülle, unfähig, die Liebe seiner Mutter wahrzunehmen, außerstande, Lauras Hilfe und Schutz anzunehmen. Das Kind hatte sich viel zu tief in sich selbst zurückgezogen, sich eine eigene Welt geschaffen, in der es nun einsam und verloren umherirrte.

Zehn Minuten später trocknete sich Laura auf dem Korridor mit einigen Kleenex-Tüchern die Tränen und putzte sich die Nase. Dan Haldane lief auf und ab. Seine Schuhe quietschten auf den glänzenden Fliesen. Seiner grimmigen Miene nach zu schließen, versuchte er, seinen Zorn über das, was Melanie angetan worden war, abzureagieren.

Offenbar gibt es doch noch Polizisten, die nicht völlig abgebrüht und kaltschnäuzig sind, dachte Laura. Dieser hier scheint wirklich betroffen zu sein.

»Ich möchte Melanie wenigstens bis morgen nachmittag hier behalten«, sagte Dr. Pantangello. »Zur Beobachtung.«

»Selbstverständlich«, stimmte Laura zu.

»Nach der Entlassung aus der Klinik wird sie psychiatrische Betreuung benötigen.«

Laura nickte.

»Sie beabsichtigen doch nicht, sie selbst zu behandeln?«

Laura schob die nassen Papiertücher in eine Manteltasche und sagte: »Sie würden es für empfehlenswerter halten, daß ein unbeteiligter Therapeut mit ihr arbeitet, nicht wahr?«

»Ja.«

»Nun, Dr. Pantangello, ich verstehe Ihren Standpunkt, und in den meisten Fällen würde ich Ihnen durchaus zustimmen. Aber nicht in diesem speziellen Fall.«

»Es kommt normalerweise nichts Gutes dabei heraus, wenn ein Therapeut eines seiner eigenen Kinder behandelt. Die Eltern neigen nämlich entweder dazu – verzeihen Sie, aber es ist bedauerlicherweise eine Tatsache –, ihren Kindern mehr abzuverlangen als fremden Patienten, oder aber sie sind selbst mitverantwortlich für deren Probleme.«

»Ja. Sie haben völlig recht. Aber dieser Fall ist eine Ausnahme. Mich trifft keine Schuld am Zustand meiner kleinen Tochter. Ich war in keiner Weise beteiligt an den Qualen, die ihr zugefügt wurden. Ich bin für sie gewissermaßen eine Fremde, so wie jeder andere Therapeut es wäre, aber ich kann ihr viel mehr Zeit, Aufmerksamkeit und Hinwendung schenken. Bei jedem anderen Arzt wäre sie eine Patientin unter vielen. Bei mir wird sie aber die *einzige* Patientin sein. Ich werde mich im St. Mark's beurlauben lassen, und meine Privatpatienten werde ich für einige Wochen oder auch Monate an Kollegen überweisen. Ich werde keine schnellen Fortschritte von ihr erwarten, weil mir unbegrenzte Zeit zur Verfügung stehen wird. Melanie wird von mir alles bekommen, was ich als Ärztin und Therapeutin zu bieten habe, und zugleich all die Mutterliebe, die sie so lange entbehren mußte.«

Pantangello sah offenbar ein, daß weitere Warnungen oder gute Ratschläge nichts bewirken würden. Er verabschiedete sich mit den Worten: »Nun... ich wünsche Ihnen viel Erfolg.«

»Danke.«

Laura blieb mit Haldane im stillen, nach Desinfektionsmitteln riechenden Korridor stehen. »Es ist eine schwierige Aufgabe«, sagte der Detektiv.

»Ich werde sie bewältigen«, erwiderte Laura.

»Dessen bin ich mir sicher.«

»Melanie wird wieder gesund werden.«

»Ich hoffe es sehr.«

Im Schwesternzimmer am Ende des Korridors klingelte gedämpft ein Telefon.

»Ich habe einen uniformierten Polizisten angefordert«, sagte Haldane. »Für den Fall, daß Melanie die Morde mitangesehen hat, hielt ich es für angebracht, eine Wache zu postieren. Zumindest bis zum Nachmittag.«

»Danke.«

»Sie wollen doch nicht etwa hierbleiben, oder?«

»Doch.«

»Nicht lange, hoffe ich.«

»Einige Stunden.«

»Sie brauchen etwas Ruhe, Dr. McCaffrey.«

»Melanie braucht mich jetzt mehr. Und ich könnte ohnehin nicht schlafen.«

»Aber müssen Sie nicht einiges vorbereiten, wenn Sie sie am Nachmittag nach Hause mitnehmen wollen?«

Laura blinzelte. »Oh, daran habe ich überhaupt noch nicht gedacht. Ich muß ja ein Zimmer für sie herrichten. Und ihr etwas zum Anziehen kaufen.«

»Gehen Sie lieber nach Hause«, riet er ihr freundlich.

»Das tu' ich... bald«, stimmte sie zu. »Aber nicht zum Schlafen – ich kann jetzt nicht schlafen; nur um alles für Melanie vorzubereiten.«

Er sagte zögernd: »Ich bringe es nur sehr ungern zur Sprache, aber ich hätte gern Blutproben von Ihnen und Melanie.«

»Wozu?« fragte sie erstaunt.

»Nun ja... anhand von Blutproben von Ihnen, Ihrem Mann und dem Mädchen können wir feststellen, ob es sich tatsächlich um Ihre Tochter handelt.«

»Das ist nicht notwendig.«

»Es ist die einfachste Methode...«

»Ich sage Ihnen doch, es ist nicht notwendig!« fiel sie ihm zornig ins Wort. »Es *ist* Melanie. Es ist meine kleine Tochter. Ich *weiß* es.«

»Ich weiß«, beruhigte er sie teilnahmsvoll. »Ich verstehe Sie, und ich bin sicher, daß es sich um Ihre Tochter handelt. Aber nachdem Sie sie sechs Jahre nicht gesehen haben, sechs Jahre, in denen sie sich sehr verändert hat, und nachdem sie selbst nicht spricht, werden wir Beweise für ihre Identität benötigen; andernfalls wird das Jugendgericht sie unter staatliche Vormundschaft stellen. Und das wollen Sie doch bestimmt nicht?«

»Um Gottes willen, nein.«

»Dr. Pantangello sagte mir, sie hätten bereits eine Blutprobe des Mädchens. Es dauert nur eine Minute, das auch bei Ihnen zu erledigen.«

»Okay. Aber... wo?«

»Neben dem Schwesternzimmer ist ein Untersuchungsraum.«

Laura betrachtete ängstlich die geschlossene Tür von Melanies Zimmer. »Könnten wir warten, bis der Polizist hier ist, der Wache halten soll?«

»Selbstverständlich.« Er lehnte sich an die Wand.

Laura starrte weiterhin die Tür an.

Das Schweigen wurde allmählich unerträglich.

Um es zu durchbrechen, sagte Laura schließlich: »Ich hatte recht, nicht wahr?«

»In welcher Hinsicht?«

»Ich sagte vorhin, vielleicht würde es nicht das Ende des Alptraums sein, wenn wir Melanie fänden, sondern erst der Anfang.«

»Ja«, stimmte er zu. »Sie hatten recht. Aber immerhin *ist* es ein Anfang.«

Sie begriff, was er meinte. Sie hätten auch Melanies Leiche finden können, zu Tode geprügelt wie die drei Männer. Dies hier war besser. Beängstigend, verwirrend, deprimierend – aber entschieden besser.

7

Dan Haldane saß an dem Schreibtisch, der ihm für die Dauer seiner Vertretung bei der East Valley Division zur Verfügung gestellt worden war. Die alte Holzplatte wies zahlreiche Brandlöcher von Zigaretten auf, war verkratzt und mit dunklen Ringen von tropfenden Kaffeebechern verunziert. Doch das störte Dan nicht. Er liebte seine Arbeit, und er konnte, wenn nötig, sogar in einem Zelt arbeiten.

Kurz vor Tagesanbruch ging es in der East Valley Division so ruhig zu wie in jeder anderen Polizeidienststelle. Die meisten potentiellen Opfer waren noch nicht aufgewacht, und sogar die Verbrecher mußten irgendwann schlafen. Einige wenige Männer versahen den Bereitschaftsdienst; nicht mehr lange, und sie würden von den Beamten der Frühschicht abgelöst werden. Noch herrschte aber jene etwas gespenstische Atmosphäre, die allen Büroräumen bei Nacht eigen ist. Nur das Klappern einer einsamen Schreibmaschine aus einem Zimmer am anderen Ende des Flures war zu hören; und gelegentlich schlug der Besen des Hausmeisters gegen die Beine der leeren Schreibtische. Irgendwo klingelte ein Telefon; sogar in der Stunde vor Tagesanbruch hatte jemand Probleme.

Dan öffnete den Reißverschluß seiner abgeschabten Aktentasche und breitete den Inhalt auf dem Schreibtisch aus: Polaroidfotos von den drei Leichen, eine willkürliche Auswahl der Papiere, die auf dem Fußboden in McCaffreys Arbeitszimmer verstreut gewesen waren, Aussagen der Nachbarn, vorläufige, von Hand geschriebene Berichte des Gerichtsmediziners und der Leute von der Spurensicherung – und Listen.

Dan glaubte an Listen. Er hatte Listen vom Inhalt aller Schränke und Schubladen im Mordhaus, eine Liste mit den Titeln der Bücher auf den Wohnzimmerregalen, eine Liste von Telefonnummern, die auf einem Schreibblock neben dem Telefon in McCaffreys Arbeitszimmer notiert gewesen waren. Er hatte auch eine Namensliste – jeder Name, den er auf irgendeinem Zettel am Tatort gefunden hatte, war aufgeführt. Bis zur Aufklärung des Falles würde er diese Listen mit sich herumtragen, sie in jeder freien Minute hervorholen und studieren – beim Mittagessen, auf der Toilette, im Bett, bevor er die Nachttischlampe ausschaltete; indem er auf diese Weise sein

Unterbewußtsein immer wieder anstachelte, hoffte er, zu wichtigen Einsichten zu gelangen oder auf bedeutsame Zusammenhänge zu stoßen.

Stanley Holbein, ein alter Freund und Kollege von der Abteilung Raubmord, hatte einmal bei einer Weihnachtsfeier des Dezernats zum besten gegeben, er hätte einige von Dans höchst privaten Listen gesehen, darunter jene, auf denen jede Mahlzeit und jede Darmtätigkeit seit seinem neunten Lebensjahr aufgeführt gewesen war. Dan hatte amüsiert, aber doch mit rotem Kopf zugehört, die Hände in den Hosentaschen; und schließlich hatte er so getan, als wolle er Stanley an die Gurgel springen. Doch als er zu diesem Zweck die Hände aus den Taschen genommen hatte, war versehentlich ein gutes halbes Dutzend Listen zu Boden geflattert, was verständlicherweise nicht endenwollende Lachsalven ausgelöst hatte.

Am Schreibtisch sitzend, überflog er jetzt seine neueste Kollektion von Listen, in der vagen Hoffnung, daß ihm etwas sofort ins Auge springen würde. Als das nicht der Fall war, begann er die Listen langsam und gründlich durchzulesen.

Keiner der Buchtitel sagte ihm etwas. Es war eine eigenartige Mischung aus Psychologie, Medizin, Naturwissenschaften und Okkultismus. Weshalb sollte sich ein Wissenschaftler für Hellseherei, psychische Kräfte und andere paranormale Phänomene interessieren?

Er studierte die Namensliste. Keiner der Namen kam ihm irgendwie bekannt vor.

Obwohl sich ihm jedesmal fast der Magen umdrehte, betrachtete er immer wieder die Fotos von den Leichen. In seiner vierzehnjährigen Laufbahn bei der Polizei von Los Angeles und in den vorangegangenen drei Jahren Vietnam hatte er nicht wenige tote Männer zu Gesicht bekommen. Aber etwas Derartiges noch nie! Selbst Männer, die auf Landminen getreten waren, hatten nicht so ausgesehen wie die drei Leichen in dem Haus in Studio City.

Die Mörder – es mußte sich um mehrere Personen handeln – hatten unglaubliche Kräfte besessen oder in unmenschlicher Wut gehandelt oder beides zusammen. Die Opfer waren von unzähligen Schlägen getroffen worden, nachdem sie bereits tot gewesen waren. Sie waren buchstäblich zu Brei geschlagen worden. Wer konnte mit solch grenzenloser Grausamkeit und Brutalität töten? Welch wahnsinniger Haß mußte dazu angetrieben haben?

Bevor er sich auf diese Fragen konzentrieren konnte, wurde er von Schritten gestört, die sich dem Büro näherten.

Ross Mondale blieb vor Dans Schreibtisch stehen. Der Abteilungsleiter war ein untersetzter Mann, 1,73 m groß, mit kräftigem Oberkörper. Alles an ihm war braun, wie immer: braune Haare; dichte braune Augenbrauen; schmale, wachsame braune Augen; ein schokoladebrauner Anzug, beiges Hemd, dunkelbraune Krawatte, braune Schuhe. Er trug einen schweren Ring mit einem leuchtenden Rubin, und das war der einzige Farbtupfer an ihm.

Der Hausmeister war gegangen. Sie waren in dem großen Raum allein.

»Du bist noch hier?« fragte Mondale.

»Nein. Das ist nur eine gutgemachte Pappfigur. Ich selbst bin auf dem Klo und schieße mir gerade Heroin.«

Mondale lächelte nicht. Ohne auch nur eine Miene zu verziehen, sagte er: »Ich dachte, du wärest schon wieder im Central.«

»Mir gefällt es bei euch im East Valley eben besonders gut. Der Smog hat hier draußen eine besonders würzige Duftnote.«

»Diese Sparmaßnahmen sind eine verdammte Sauerei! Wenn hier früher ein Mann krank war oder Urlaub hatte, gab es genügend andere, die ihn vertreten konnten. Jetzt müssen wir Ersatz von anderen Dienststellen anfordern und ebenso unsere eigenen Leute ausleihen, wenn anderswo Not am Mann ist. Es ist eine einzige Katastrophe!«

Dan wußte, daß Mondale sich weit weniger über diese Praxis geärgert hätte, wenn nicht ausgerechnet er, Haldane, hier die Vertretung machte. Mondale konnte ihn nicht leiden. Diese Abneigung beruhte allerdings auf Gegenseitigkeit.

Sie hatten zusammen die Polizeiakademie besucht und später zusammen Streife fahren müssen. Dan hatte sich vergeblich bemüht, einem anderen Kollegen zugeteilt zu werden. Erst die Konfrontation mit einem Geisteskranken, die Dan eine Kugel in der Brust und einen Krankenhausaufenthalt einbrachte, hatte bewirkt, daß er einen wesentlich sympathischeren Partner bekam. Dan war für den Streifendienst bestens geeignet gewesen: Er liebt es, auf den Straßen zu sein, Action zu erleben. Mondale hingegen war ein Bürohengst, ein geborener Public-Relations-Mann, ein Meister der Verstellung und Arschkriecher. Er hatte ein unheimliches Gespür für die Machtströmungen innerhalb der Hierarchie, schmeichelte jenen Vorgesetzten, die möglichst viel für ihn tun konnten, und ließ ehemalige Verbündete hemmungslos fallen, wenn sie sich auf dem absteigenden Ast befanden. Außerdem verfügte er über die Gabe, Politiker und Reportern nach dem Mund zu reden. Diesen vielfältigen Talenten hatte er es zu verdanken, daß er häufiger befördert wurde als Dan. Es wurde sogar gemunkelt, daß er einer der aussichtsreichsten Bewerber für den Posten des Polizeichefs war.

Doch obwohl er sonst danach strebte, sich bei jedermann beliebt zu machen, fand er für Dan nie lobende Worte, und er versuchte auch nie, ihm zu schmeicheln. »Du hast einen Essensfleck auf dem Hemd, Haldane.«

Dan schaute an sich hinab und entdeckte tatsächlich einen runden, rostfarbenen Fleck. »Der stammt von einem Chili Dog.«

»Du weißt doch, Haldane, daß jeder von uns die ganze Abteilung repräsentiert und *verpflichtet* ist, der Öffentlichkeit ein positives Bild zu vermitteln.«

»Du hast völlig recht. Ich werde nie wieder einen Chili Dog essen. Nur noch Croissants und Kaviar.«

»Spielst du bei jedem Vorgesetzten den Witzbold?«

»Keineswegs. Nur bei dir.«

»Ich schätze das nicht besonders.«

»Das dachte ich mir.«

»Hör zu, ich werde mich von dir nicht ewig verscheißern lassen, nur weil wir zufällig zusammen auf der Akademie waren!«

Nostalgie war nicht der Grund, weshalb Mondale Dans unverschämte Bemerkungen hinnahm, und beide Männer machten sich darüber keine Illusionen. Dan wußte etwas über Mondale, was dessen Karriere schlagartig vernichten konnte. Es ging um einen Vorfall während ihres zweiten Jahres im Streifendienst, einen so gravierenden Vorfall, daß jeder Erpresser sich freudestrahlend die Hände gerieben hätte. Dan würde sein Wissen allerdings nie gegen Mondale verwenden; so sehr er den Mann auch verabscheute, brachte er es doch nicht fertig, jemanden zu erpressen.

Wären die Rollen jedoch vertauscht gewesen, so hätte Mondale gewiß keinerlei Skrupel in bezug auf Erpressung oder rachsüchtige Enthüllungen gehabt. Dans anhaltendes Schweigen verwirrte ihn deshalb, verursachte ihm Unbehagen und ließ es ihm geboten erscheinen, bei jeder Begegnung eine gewisse Vorsicht walten zu lassen.

»Kommen wir zur Sache«, sagte Dan. »Wie lange *wirst* du dich von mir noch verscheißern lassen?«

»Gott sei Dank brauche ich es mir nicht mehr lange gefallen zu lassen. Nach dieser Schicht wirst du ins Central zurückkehren«, sagte Mondale, und diese Aussicht entlockte ihm sogar ein Lächeln.

Dan lehnte sich in dem quietschenden Bürostuhl zurück und verschränkte die Hände im Nacken. »Ich muß dich leider enttäuschen. Ich bleibe noch eine ganze Weile hier. Ich habe heute nacht einen Mordfall übernommen, und den werde ich aufklären, bevor ich dich von meiner Anwesenheit befreie.«

Mondales Lächeln schmolz dahin wie Eis auf einer heißen Herdplatte. »Sprichst du von dem dreifachen Mord in Studio City?«

»Ah, jetzt verstehe ich, weshalb du so früh im Büro bist. Du hast davon gehört. Zwei relativ bekannte Psychologen kommen unter mysteriösen Umständen ums Leben, und du glaubst, daß es einen großen Medienrummel geben wird. Wie kommst du nur so schnell an solche Informationen, Ross? Stellst du dein Radio auf Polizeifunk ein, wenn du ins Bett gehst?«

Mondale ignorierte die Frage und setzte sich auf eine Ecke des Schreibtisches. »Irgendwelche Anhaltspunkte?«

»Keine. Aber ich habe Fotos von den Opfern.«

Er registrierte befriedigt, daß Mondales Gesicht jede Farbe verlor, während er die ersten Fotos betrachtete, und daß er darauf verzichtete, die ganze Serie durchzusehen.

»Sieht ganz nach einem Einbruch aus, bei dem die Täter überrascht wurden«, meinte Mondale.

»Nein, nein, nein! Alle drei Opfer trugen Geld bei sich, und weiteres Bargeld lag im Haus herum. Und es wurde auch nichts anderes gestohlen.«

»Das konnte ich ja nicht wissen«, verteidigte sich Mondale.

»Immerhin müßtest du wissen, daß Einbrecher nur töten, wenn sie sich in die Enge getrieben fühlen, und daß sie dann schnelle und saubere Arbeit leisten. So wütet doch kein Einbrecher!«

»Nun, es gibt immer Ausnahmen«, erklärte Mondale im Brustton der Überzeugung. »Hin und wieder rauben sogar Großmütter Banken aus.«

Dan lachte.

»So etwas kommt vor«, beharrte Mondale.

»Das ist einfach großartig, Ross.«

»Nun, es *kommt* vor.«
»*Meine* Großmutter tut so was nicht.«
»Von *deiner* Großmutter war auch keine Rede.«
»Willst du damit sagen, daß *deine* Großmutter Banken ausraubt, Ross?«
»Irgendeine gottverdammte Großmutter tut es, darauf kannst du wetten.«
»Kennst du einen Buchmacher, der Wetten annimmt, ob irgendeine Großmutter eine Bank ausrauben wird? Ich würde hundert Dollar riskieren?«
Mondale stand auf und richtete seinen Krawattenknoten. »Ich will nicht, daß du noch weiter hier arbeitest, du Mistkerl!«
»Denk doch mal an den alten Song der Rolling Stones, Ross: ›You can't always get what you want‹ – ›Du kannst nicht immer bekommen, was du willst.‹«
»Ich kann sehr wohl deinen Arsch ins Central zurückbefördern.«
»Nur zusammen mit allem anderen, was so an mir dran ist, und dieser ganze nicht unbeträchtliche Rest von mir beabsichtigt, noch eine Weile hierzubleiben.«
Vor Wut schoß Mondale das Blut zu Kopfe, seine Augen drohten aus den Höhlen zu treten, und seine Lippen waren nur noch ein dünner Strich. Er war sichtlich nahe daran zu explodieren.
Bevor er jedoch etwas Unbesonnenes tun konnte, lenkte Dan, der vorerst sein Ziel erreicht hatte, ein. »Hör zu, du kannst mir nicht einfach einen Fall wegnehmen, der mir von Anfang an gehört hat. Du kennst die Spielregeln. Aber ich habe keine Lust, mich mit dir herumzustreiten. Das würde mich nur von dem Fall ablenken. Wie wär's also mit einem Waffenstillstand? Ich werde dir nicht in die Quere kommen, und du kommst mir nicht in die Quere.«
Mondale schwieg. Sein Atem ging schwer, und offenbar traute er sich noch nicht zu, seine Stimme unter Kontrolle zu haben.
»Wir haben füreinander nicht viel übrig, aber wir können trotzdem zusammenarbeiten«, fuhr Dan versöhnlich fort.
»Warum willst du diesen Fall unbedingt behalten?«
»Er scheint interessant zu sein – deshalb. Die meisten Morde sind langweilig: ein Mann bringt den Geliebten seiner Ehefrau um; irgendein Psychopath wird zum Frauenmörder, weil alle Frauen ihn an seine Mutter erinnern; ein Drogenhändler legt einen anderen um. Das hatte ich alles schon hundertmal, und es hängt einem im Laufe der Zeit zum Halse heraus. Dieser Fall ist aber anders,

glaube ich. Deshalb will ich ihn mir nicht wegnehmen lassen. Jeder von uns braucht etwas Abwechslung im Leben, Ross. Deshalb ist es auch ein Fehler von dir, immer nur braune Anzüge zu tragen.«

Mondale ignorierte den Seitenhieb. »Glaubst du, daß wir es diesmal mit einem wichtigen Fall zu tun haben?«

»Drei Morde... kommt dir das nicht wichtig vor?«

»Ich meine etwas wirklich *Großes*«, erklärte Mondale ungeduldig. »Wie die Manson-Familie oder der Würger von Hillside, so was in dieser Art.«

»Könnte sein. Hängt davon ab, wie sich die Sache entwickelt. Aber ich glaube schon, daß es genau die Art von Story ist, die zum Zeitungsknüller wird.«

Mondale schaute trübe vor sich hin.

»Auf einem muß ich allerdings bestehen.« Dan beugte sich auf dem Stuhl vor, faltete die Hände auf dem Schreibtisch und setzte eine ernste Miene auf. »Wenn ich diesen Fall bearbeite, will ich meine Zeit nicht damit vergeuden, mit Reportern zu sprechen und Interviews zu geben. Du mußt sie mir vom Hals halten. Unbedingt. Ich kann so was ohnehin nicht gut.«

Mondales Gesicht hellte sich schlagartig auf. Seine Augen strahlten. »Äh... selbstverständlich. Die Presse kann wirklich eine Landplage sein. Überlaß sie ruhig mir.«

»Großartig«, sagte Dan.

»Und du erstattest dafür ausschließlich mir Bericht, keinem anderen.«

»Klar.«

»Jeden Tag, und über jede Minute.«

»Selbstverständlich, wenn du das möchtest.«

Mondale starrte ihn ungläubig an, wollte ihn aber nicht herausfordern. Jeder Mensch träumt nun einmal gern. Sogar Ross Mondale bildete darin keine Ausnahme.

»Sag mal, hast du nicht wahnsinnig viel zu tun«, fragte Dan scheinheilig, »bei all diesen Personaleinsparungen?«

Mondale bewegte sich in Richtung auf sein eigenes Büro, blieb aber nach einigen Schritten stehen und drehte sich noch einmal um. »Äh, Dan... wir haben es bei zwei der Toten mit einigermaßen prominenten Psychologen zu tun, und Prominente kennen meistens andere Prominente; du wirst dich deshalb vermutlich in völlig anderen Kreisen bewegen als sonst, wenn sich beispielsweise irgendwelche Drogenhändler gegenseitig umbringen. Und falls

das tatsächlich ein heißer Fall mit großem Presserummel werden sollte, werden du und ich wahrscheinlich mit dem obersten Chef, mit Mitgliedern der Kommission und vielleicht sogar mit dem Bürgermeister zusammenkommen.«
»Und?«
»Tritt bitte niemandem auf die Zehen.«
»Keine Sorge, Ross, ich werde mit keinem dieser Herren tanzen.«
Mondale schüttelte den Kopf. »O Gott!«
Dan blickte ihm nach. Als er allein war, vertiefte er sich wieder in seine Listen.

8

Der schwarze Nachthimmel hellte sich allmählich auf, nahm einen grauschwarzen Farbton an. Die Morgendämmerung war nicht mehr fern; in zehn oder fünfzehn Minuten würde sie am hügeligen Horizont aufziehen.

Der öffentliche Parkplatz des Valley Medical war fast leer; große Teile lagen im Dunkeln, durchsetzt von kleinen Inseln gelblichen Lichts von den Natriumdampflampen.

Ned Rink saß hinter dem Lenkrad seines Volvo. Ihm mißfiel es außerordentlich, daß die Nacht fast vorüber war. Er war ein Nachtmensch, viel eher eine Eule denn eine Lerche. Er wurde erst im Laufe des Nachmittags so richtig lebendig und denkfähig, und am leistungsfähigsten war er ab Mitternacht. Zum Teil war das eine angeborene Eigenschaft, eine Erbanlage – seine Mutter war ebenfalls eine richtige Nachteule gewesen. Seine innere Uhr stimmte einfach nicht mit dem Zeitgefühl der meisten anderen Menschen überein. Aber es kam noch etwas anderes hinzu: Er fühlte sich in der Dunkelheit wohler. Er war ein häßlicher Mann, und das wußte er. Im hellen Tageslicht hatte er das Gefühl, von allen Leuten höhnische Blicke zu ernten; er glaubte, daß seine Häßlichkeit in der Nacht weniger auffiel, daß sie durch die Dunkelheit irgendwie gemildert wurde. Seine viel zu niedrige und fliehende Stirn erweckte den Eindruck, er wäre beschränkt, obwohl er in Wirklichkeit alles andere als dumm war. Seine Augen war klein und lagen zu dicht neben der riesigen Nase. Sein ganzes Gesicht wirkte grob.

Er war ziemlich klein, nur 1,63 m, mit breiten Schultern, langen Armen und einem enormen Brustkorb. Als Junge war er von anderen Kindern grausam gehänselt und ›Affe‹ genannt worden. Ihr Spott hatte ihn so geärgert und gekränkt, daß er mit dreizehn Jahren ein Magengeschwür bekam. Solche dummen Bemerkungen ließ sich Ned Rink nun schon seit langem nicht mehr gefallen; wenn ihm jetzt jemand dumm kam, brachte er den Kerl einfach um. Das war eine großartige Methode, um Frustrationen abzureagieren.

Er griff nach dem schwarzen Diplomatenkoffer auf dem Beifahrersitz. Darin befanden sich ein weißer Arztkittel, ein weißes Klinikhandtuch, ein Stethoskop und eine halbautomatische 45er Walther mit Schalldämpfer, geladen mit teflonbeschichteten Patronen, die sogar kugelsichere Westen durchschlagen konnte. Er brauchte den Koffer nicht zu öffnen, um sich zu vergewissern, daß alles vorhanden war; er hatte ihn vor weniger als einer Stunde eigenhändig gepackt.

Er hatte die Absicht, die Klinik zu betreten, sich direkt in die Toilette in der Empfangshalle zu begeben, seinen Regenmantel auszuziehen, in den weißen Arztkittel zu schlüpfen, die Pistole im Handtuch zu verstecken und geradewegs zu Zimmer 256 zu eilen, wohin das Mädchen gebracht worden war. Man hatte ihn gewarnt, daß ein Polizist dort Wache stehen würde. Das war für Rink kein großes Hindernis. Er würde sich als Arzt ausgeben, den Bullen unter irgendeinem Vorwand ins Zimmer des Mädchens locken und zuerst ihn und sodann das Mädchen erschießen. Danach würde er beiden den Gnadenschuß ins Ohr geben, um ganz sicherzugehen, daß sie tot waren. Nach getaner Arbeit würde er auf schnellstem Wege seinen Regenmantel und den Diplomatenkoffer aus der Toilette holen und verschwinden. Es war ein klarer, unkomplizierter Plan, bei dem so gut wie nichts schiefgehen konnte.

Ned Rink ließ seine Blicke aufmerksam über den Parkplatz schweifen, um sich zu vergewissern, daß er nicht beobachtet wurde.

Obwohl der Sturm vorüber war und es vor einer halben Stunde aufgehört hatte zu regnen, verwischte leichter Nebel alle Konturen. Überall standen Pfützen, in denen das gelbe Licht der Natriumdampflampen reflektiert wurde.

Die Nacht war vollkommen still.

Rink registrierte, daß kein Mensch in der Nähe war.

Im Osten bekam der grauschwarze Himmel einen rötlich-blauen

Schimmer. Der erste schwache Vorbote des nahen, strahlenden Tages. In einer Stunde würde die ruhige Nachtroutine im Krankenhaus einer hektischen Betriebsamkeit Platz machen. Es wurde allmählich Zeit, den Auftrag zu erledigen.

Er freute sich darauf. Er hatte noch nie ein Kind getötet. Es dürfte eine interessante Erfahrung werden.

9

Das Mädchen war allein im Zimmer. Es fuhr plötzlich aus dem Schlaf, setzte sich im Bett auf, versuchte zu schreien. Sein Mund war weit aufgerissen, die Nackenmuskeln angespannt, und die Adern am Hals und an den Schläfen schwollen an und pochten vor Anstrengung, doch es kam kein Laut aus seiner Kehle.

Die Kleine saß eine halbe Minute so da, ihre Hände um das schweißgetränkte Laken gekrampft, mit schreckensweit geöffneten Augen. Sie reagierte nicht auf irgendwelche Geräusche oder Vorgänge im Zimmer. Das Grauen lag jenseits dieser Wände.

Dann klärte sich ihr Blick langsam, und sie war nicht mehr blind für ihre Umgebung. Sie nahm zum erstenmal das Krankenzimmer wahr, und erst jetzt erfaßte sie, daß sie allein war. Ihr betroffenes Gesicht verriet deutlich, daß sie sich verzweifelt nach Gesellschaft sehnte, nach menschlichem Kontakt, nach Trost, nach Wärme und Halt. »Hallo?« flüsterte sie. »Je-mand? Jemand? Jemand? *Mami?*«

Wenn jemand bei ihr gewesen wäre, hätte ihre Aufmerksamkeit sich vielleicht auf diesen Menschen konzentriert und sie von dem Grauen abgelenkt, das jenseits dieses Raumes lag. Allein konnte sie die alptraumhafte Vision, die sie hartnäckig verfolgte, jedoch nicht abschütteln, und nach diesem kurzen Moment der Klarheit wurden ihre Augen glasig, und sie wurde zurückversetzt in Geschehnisse, die sich an einem anderen Ort oder in einer anderen Dimension abspielten.

Schließlich kletterte sie, verzweifelt wimmernd, über das Sicherheitsgitter und verließ das Bett. Sie machte einige taumelnde Schritte, dann warf sie sich auf die Knie. In panischer Angst kroch sie keuchend in die dunklere Hälfte des Raumes, vorbei an dem zweiten Bett. Sie machte sich in der hintersten Ecke möglichst klein, den Rücken an die Wand gepreßt, die Knie hochgezogen, die

Arme um die dünnen Beine geschlungen. Einem verängstigten Igel gleich, spähte sie ins Zimmer hinein.

Nach einer Minute begann sie in ihrer Ecke zu wimmern wie ein gepeinigtes Tier. Sie hob ihre Hände und bedeckte damit ihr Gesicht, so als wolle sie sich von irgendeinem grauenvollen Anblick befreien. Ihr Atem ging immer schneller und flacher, ihre Panik nahm immer mehr zu, sie ließ ihre Hände sinken, ballte sie zu Fäusten und begann sich an die eigene Brust zu schlagen, hart und immer härter, schmerzhaft hart – *wenn* sie Schmerz hätte empfinden können, was sie jedoch nicht konnte.

»Die Tür«, wimmerte sie, und ihre Stimme verriet grenzenloses Entsetzen. »Die Tür... die Tür...«

Es war nicht die Tür zum Korridor oder die Tür zum Bad, die ihr solche Angst einflößte. Sie nahm ihre umittelbare Umgebung überhaupt nicht wahr. Sie wurde gemartert von alptraumhaften Erinnerungen oder schrecklichen Fantasien; sie sah Dinge, die kein anderer sehen konnte.

Sie hob wieder beide Hände, stemmte sie gegen die imaginäre Tür, versuchte verzweifelt, sie geschlossen zu halten. Sie spannte die schwachen Muskeln ihrer mageren Ärmchen an, und dann bogen sich ihre Ellbogen durch, so als wäre die imaginäre Tür viel zu schwer für sie, so als drücke jemand von der anderen Seite dagegen. Ein großer und unvorstellbar starker Jemand.

Plötzlich schnappte sie nach Luft und stürzte aus der Ecke hervor, kroch schlitternd über den blanken Fußboden, unter das unbenutzte Bett, bis zur Wand am Kopfende. Dort rollte sie sich zusammen wie ein Embryo, in dem hoffnungslosen Bemühen, jener schrecklichen Erinnerung oder Vision zu entrinnen.

»Die Tür«, murmelte sie. »Die Tür... die Tür zum Dezember.« Die Arme auf der Brust gekreuzt, grub sie ihre Fingerspitzen tief in die knochigen Schultern und begann leise zu weinen.

»Helft mir, helft mir«, wimmerte sie, aber ihr Flüstern drang nicht auf den Gang hinaus, wo es vielleicht eine Schwester gehört hätte.

Wenn jemand ihren leisen Hilferuf vernommen hätte, hätte sich Melanie höchstwahrscheinlich in dumpfem Entsetzen an diese Person geklammert, unfähig, den Mantel des Autismus abzuwerfen, der sie vor einer Welt beschützte, die sich als unerträglich grausam erwiesen hatte. Nichtsdestotrotz wäre jeder Kontakt mit einem anderen menschlichen Wesen zu diesem kritischen Zeitpunkt –

ihrer ersten Nacht in Freiheit, befreit von der Allmacht ihres Vaters – ein erster kleiner Schritt zur Heilung gewesen. Aber niemand hatte damit gerechnet, daß sie so bald sprechen und nach Kontakt suchen würde. Für ein Kind, das sich wie Melanie in schwer katatonischem Zustand befunden hatte, war es höchst ungewöhnlich, so plötzlich und verzweifelt Hilfe und Schutz zu suchen. Deshalb hatte man sie allein gelassen, in der guten Absicht, ihr absolute Ruhe zu gönnen. Und deshalb blieb ihr Flehen nach tröstenden Armen und einer beruhigenden Stimme unerhört.

Ein Schauder durchlief sie. »Helft mir.« Das zweite Wort ging in ein leises Stöhnen finsterer Verzweiflung über. Ihre Qual war so abgrundtief, daß es unvorstellbar schien, einem neunjährigen Kind derartiges zugemutet zu haben – und genauso unvorstellbar schien es, daß ein neunjähriges Kind solche Qualen ertragen konnte.

Doch nach kurzer Zeit ging ihr Atem langsamer, gleichmäßiger und normalisierte sich schließlich. Sie hörte auf zu weinen.

Sie lag vollkommen still und regungslos da, wie im Tiefschlaf. Aber ihre weit aufgerissenen Augen starrten noch immer entsetzt in die Dunkelheit unter dem Bett.

10

Als Laura noch vor der Morgendämmerung nach Hause kam, machte sie sich als erstes eine Kanne Kaffee. Einen dampfenden Becher nahm sie mit ins Gästezimmer, um hin und wieder einen Schluck zu trinken, während sie Staub wischte und das Bett bezog.

Ihre vier Jahre alte gefleckte Katze, Pepper, lief ihr dabei ständig zwischen den Füßen herum, rieb sich an ihren Beinen und bestand darauf, gestreichelt und hinter den Ohren gekrault zu werden. Die Katze schien zu spüren, daß sie ihre privilegierte Stellung im Haushalt bald verlieren würde.

Vier Jahre lang war Pepper für sie eine Art Kind-Ersatz gewesen. In gewisser Weise hatte auch das Haus diese Funktion ausgeübt; weil sie ihre kleine Tochter nicht mehr hegen und pflegen konnte, hatte sie viel Zeit und Energie darauf verwandt, ihr Heim zu verschönern.

Als Dylan sich vor sechs Jahren mit dem ganzen Geld abgesetzt hatte, war es Laura sehr schwergefallen, das Haus zu halten. Sie hatte genau rechnen und eisern sparen müssen. Es war kein Luxusbau, aber ein geräumiges Haus im spanischen Stil mit vier Schlafzimmern in Sherman Oaks, auf der ›richtigen‹ Seite des Ventura Boulevard, in einer Straße, wo sich einige Hausbesitzer einen Swimmingpool und ziemlich viele eine Sauna leisten konnten, wo die Kinder häufig Privatschulen besuchten und die Hunde keine Mischlinge waren, sondern reinrassige deutsche Schäferhunde, Spaniels, Airedales, Dalmatiner und Pudel. Lauras Haus stand auf einem großen Grundstück, blickgeschützt durch Korallenbäume, rote und purpurfarbene Hibiskusbüsche und rote Azaleen; am Zaun rankte sich Bougainvillea empor, und entlang des mit Platten ausgelegten Weges zum Vordereingang war Rührmichnichtan angepflanzt.

Laura war stolz auf ihr Heim. Vor drei Jahren, als sie endlich aufgehört hatte, Dylan und Melanie von Privatdetektiven suchen zu lassen, hatte sie damit begonnen, das Haus zu verschönern: Fußleisten und Türrahmen aus dunkel gebeizter Eiche; getäfelte Decken; neue dunkelblaue Fliesen im Bad; muschelförmige Waschbecken und vergoldete Armaturen. Hinter dem Haus hatte sie Dylans japanischen Garten beseitigt, weil er sie allzu sehr an ihren Mann erinnerte, und statt dessen zwanzig verschiedene Rosenarten gepflanzt. Das Haus hatte sozusagen den Platz der ihr geraubten Tochter eingenommen; ihre Bemühungen, es in besten Zustand zu bringen, glichen fast jener einer Mutter, die um die Gesundheit ihres Kindes besorgt ist.

Von nun an würde sie ihre Mutterinstinkte nicht mehr sublimieren müssen. Ihr kleines Mädchen kehrte nach Hause zurück!

Pepper miaute.

Laura nahm das Tier auf den Arm und erklärte ihm: »Für eine kleine Miezekatze wie dich wird immer noch mehr als genug Liebe abfallen. Mach dir darüber keine Sorgen, du alter Mäusejäger.«

Das Telefon klingelte.

Sie setzte die Katze ab, ging über den Flur in ihr Schlafzimmer und nahm den Hörer ab. »Hallo?«

Niemand meldete sich. Der Anrufer legte gleich wieder auf.

Laura starrte den Apparat mit einem unguten Gefühl an. Natürlich war es möglich, daß jemand sich nur verwählt hatte. Aber es war doch etwas unheimlich, ausgerechnet in dieser ungewöhnlichen Nacht, da Dylan ermordet und Melanie gefunden worden war, einen geheimnisvollen Anruf zu erhalten.

Sie kontrollierte, ob die Haustüren verschlossen waren. Diese Maßnahme erschien ihr zwar unzureichend, aber sie wußte nicht, was sie sonst unternehmen könnte. Obwohl sie sich noch immer unbehaglich fühlte, ging sie schließlich in den leeren Raum, der einst das Kinderzimmer gewesen war, und versuchte, nicht mehr an den Anruf zu denken.

Vor zwei Jahren hatte sie Melanies Kindermöbel verschenkt, weil sie nicht länger die Augen vor der Tatsache verschließen konnte, daß ihre vermißte Tochter für diese Sachen inzwischen auf jeden Fall zu groß wäre. Sie hatte sich einzureden versucht, daß sie das Zimmer nicht neu einrichtete, um Melanie nach ihrer Rückkehr nach Hause ein Mitspracherecht bei der Gestaltung einräumen zu können; aber in Wirklichkeit hatte sie das Zimmer leerstehen lassen, weil sie – obwohl sie es sich nie eingestehen wollte – tief im Innern das Gefühl gehabt hatte, daß Melanie niemals in dieses Haus zurückkehren würde, daß das Kind für immer aus ihrem Leben entschwunden war.

Trotzdem hatte sie einiges Spielzeug ihrer Tochter aufbewahrt. Sie holte den Karton aus dem Schrank und stöberte darin. Dreijährige und Neunjährige haben nicht viel gemeinsam, aber Laura fand zwei Sachen, die Melanie auch jetzt noch gefallen müßten: eine große, leicht angeschmutzte Stoffpuppe und einen etwas kleineren Teddybär mit flauschigen Ohren.

Sie trug Bär und Puppe ins Gästezimmer und setzte sie auf die Kopfkissen, damit Melanie sie sehen konnte, sobald sie das Zimmer betrat.

Pepper sprang aufs Bett und schlich sich neugierig und etwas ängstlich an die unbekannten Dinge heran. Sie beschnupperte die Puppe, stupste den Bär mit ihrer Nase an, entschied offenbar, daß sie ungefährlich waren, und rollte sich neben ihnen zusammen.

Die ersten Lichtstrahlen fielen ins Zimmer, abwechselnd grau und goldfarben. Sie verrieten Laura, ohne daß sie aus dem Fenster schauen mußte, daß der Regen aufgehört hatte und die Sonne versuchte, zwischen den Wolken durchzubrechen.

Obwohl sie nur drei Stunden geschlafen hatte, und obwohl ihre Tochter die Klinik erst in sechs oder acht Stunden verlassen würde, hatte Laura keine Lust, sich noch einmal ins Bett zu legen. Sie war hellwach und hatte das Gefühl, Bäume ausreißen zu können. Sie preßte in der Küche zwei große Orangen aus, um frischen Saft trinken zu können, stellte Wasser auf, nahm Haferflocken und Rosinen aus dem Schrank und legte zwei Scheiben Weißbrot in den Toaster. Dann holte sie die in Plastikfolie gehüllte Morgenzeitung von der Veranda. Als sie sich zum Frühstück an den Küchentisch setzte, summte sie eine Melodie vor sich hin – Elton Johns ›Daniel‹.

Ihre Tochter kam nach Hause zurück!

Die Schlagzeilen der Titelseite – die Unruhen im Mittleren Osten, die Kämpfe in Mittelamerika, die Machenschaften von Politikern, die Raubüberfälle, Einbrüche und Morde – deprimierten sie an diesem Morgen nicht. Von den Morden an Dylan, Hoffritz und dem unbekannten Dritten stand noch nichts in der Zeitung. Falls die *Times* schon einen Bericht über *diese* Morde gebracht hätte, wäre Lauras fröhliche Stimmung bestimmt beeinträchtigt worden. So aber dachte sie nur daran, daß Melanie nachmittags aus der Klinik entlassen werden würde.

Ihre Tochter kam nach Hause!

Nachdem sie ihr Frühstück beendet hatte, legte sie die Zeitung beiseite und blickte aus dem Fenster auf den nassen Rosengarten hinaus, wo die Blüten in der Morgensonne geradezu unnatürlich kräftige Farben hatten.

In Gedanken versunken, verlor sie jedes Zeitgefühl. Sie hätte nicht sagen können, ob sie zwei Minuten so dagesessen war oder zehn, als sie durch ein lautes Plumpsen und Klirren irgendwo im Haus abrupt aus ihren Träumereien gerissen wurde. Sie fuhr zusammen, und ihr Herz hämmerte in der Brust. Die grausigen Bilder der Nacht – blutbespritzte Wände und Leichen in undurchsichtigen Plastiksäcken – wurden plötzlich wieder lebendig.

Die Schreckensstarre wich von ihr, als Pepper aus dem Eßzimmer in die Küche gerast kam und in eine Ecke flüchtete. Mit gesträubten Haaren und flach angelegten Ohren spähte sie in die Richtung, aus der sie gekommen war. Gleich darauf schaute sie aber zu Laura hinüber, besann sich auf ihre Würde und tat so, als wäre nichts gewesen. Sie rollte sich auf dem Boden zu einem Pelzknäuel zusammen, gähnte und blickte Laura schläfrig an, so als wollte sie sagen: »Wer, ich? Ich soll mich töricht aufgeführt haben, auch nur eine Sekunde lang? Niemals! Ich und Angst haben? Lächerlich!«

»Was hast du angestellt, Mieze?« fragte Laura. »Hast du etwas umgeworfen und dich erschreckt?«

Die Katze gähnte wieder.

»Ich hoffe in deinem Interesse, daß es nichts Zerbrechliches war«, fuhr Laura fort. »Andernfalls komme ich vielleicht endlich zu den Ohrenschützern aus Katzenfell, die ich mir schon lange wünsche.«

Sie ging durch das Haus, um festzustellen, welchen Schaden Pepper angerichtet hatte. Im Gästezimmer lagen Puppe und Bär auf dem Boden. Zum Glück hatte die Katze sie aber nicht mit den Krallen malträtiert. Der Wecker war vom Nachttisch geflogen. Laura hob ihn auf. Er tickte noch, und auch das Glas war nicht zerbrochen. Sie stellte ihn auf seinen Platz und setzte die Puppe und den Bär wieder aufs Bett.

Eigenartig! Pepper war aus dem Alter eines wild herumtollenden Kätzchens schon seit Jahren heraus. Sie war eine etwas mollige, zufriedene und äußerst würdevolle Katze. Sie mußte wirklich verstört sein, weil sie irgendwie spürte, daß sie bald nicht mehr die erste Geige bei Laura spielen würde.

Als Laura in die Küche zurückkam, lag Pepper noch immer in der Ecke.

Laura öffnete eine Dose Katzenfutter und füllte Peppers Freßnapf. »Dein Glück, daß nichts kaputt ist«, sagte sie. »Es würde dir bestimmt nicht gefallen, wenn man Ohrenschützer aus dir machen würde.«

Pepper stellte lauschend die Ohren auf und nahm eine kauernde Haltung ein.

Laura klopfte mit der leeren Dose an den Napf. »Essenszeit, du wilder Tiger!«

Pepper bewegte sich nicht.

»Na, dann ißt du's eben später«, sagte Laura, während sie die leere Dose in den Abfalleimer warf.

Pepper sprang mit einem Satz aus der Ecke hervor, rannte durch die Küche und verschwand im Wohnzimmer.

»Verrücktes Vieh!« murmelte Laura und betrachtete mit gerunzelter Stirn das unberührte Futter im gelben Napf. Normalerweise machte sich Pepper gierig darüber her, während Laura noch die Reste aus der Dose kratzte.

Eigenartig!
Sehr eigenartig!

TEIL II

Feinde ohne Gesichter

Mittwoch
13.00 Uhr bis 19.45 Uhr

11

Als Laura um 13 Uhr in ihrem blauen Camaro das Valley Medical erreichte, versperrte ein uniformierter Polizist den Eingang zum öffentlichen Parkplatz. Er dirigierte sie auf den Parkplatz für das Klinikpersonal, der Besuchern zugänglich gemacht worden war, ›bis das ganze Durcheinander beseitigt ist‹. Etwa 25 Meter hinter ihm standen mehrere Streifenwagen und andere Dienstfahrzeuge, einige davon mit eingeschaltetem Blaulicht. Während Laura zum Personalparkplatz fuhr, erspähte sie hinter dem Zaun Lieutenant Haldane; er war größer und breiter als die anderen Männer, die am Ort des Unfalls oder Verbrechens, oder was auch immer es sein mochte, herumstanden. Plötzlich kam ihr der furchtbare Gedanke, daß diese Sache etwas mit Melanie und den Morden in jenem Haus in Studio City zu tun haben könnte.

Sie parkte hastig ihren Wagen und rannte zu dem Zaun zurück, der den öffentlichen Parkplatz umgab. Sie war inzwischen fast überzeugt davon, daß Melanie verletzt oder vermißt oder tot war. Der Polizist am Eingang wollte ihr keinen Zutritt gewähren, deshalb rief sie nach Haldane, und er eilte sofort auf sie zu. Sie bemerkte, daß er leicht hinkte; vermutlich wäre es ihr nicht aufgefallen, wäre ihr Wahrnehmungsvermögen nicht durch die Angst geschärft gewesen. Er nahm sie beim Arm und führte sie am Zaun entlang zu einer ruhigen Stelle, wo sie sich ungestört unterhalten konnten.

Sie fragte ihn sofort: »Melanie... Was ist Melanie zugestoßen?«

»Nichts.«

»Sagen Sie mir die Wahrheit!«

»Das *ist* die Wahrheit. Sie ist in ihrem Zimmer, unverletzt, so wie Sie sie verlassen haben.«

Sie blieben stehen, und Laura lehnte sich an den Zaun und blickte an Haldane vorbei, hinüber zu den Blaulichtern. Zwischen den Polizeiautos entdeckte sie auch einen Leichenwagen.

Nein! Es war einfach nicht fair. Melanie nach all den Jahren wiederzufinden und sie sofort wieder zu verlieren – es war einfach unfaßbar.

Mit pochenden Schläfen und einem Kloß im Halse stammelte sie: »Wer ist tot?«

»Ich versuche seit anderthalb Stunden...«
»Ich möchte wissen...«
»...Sie telefonisch zu erreichen.«
»...wer ist tot!« schrie sie.
»Glauben Sie mir, es ist nicht Melanie. Okay?« Für einen Mann seiner Größe und Statur war seine Stimme ungewöhnlich sanft, freundlich und beruhigend. »Melanie ist nichts passiert. Wirklich nicht.«
Sie blickte ihm in die Augen. Er sagte offenbar die Wahrheit. Melanie war nichts passiert. Aber Laura konnte das noch immer nicht ganz glauben.
»Ich kam erst heute morgen um sieben nach Hause«, berichtete Haldane. »Um elf wurde ich von einem Anruf aus dem Schlaf gerissen. Ich sollte ins Valley Medical kommen, weil möglicherweise ein Zusammenhang zwischen diesem neuen Mord und Melanie besteht. Schließlich...«
»Schließlich – was?«
»Nun ja, sie liegt hier als Patientin. Deshalb habe ich versucht, Sie zu erreichen...«
»Ich war beim Einkaufen – Melanie braucht dringend etwas zum Anziehen«, sagte Laura. »Aber was ist eigentlich passiert? Wer ist ermordet worden? Wollen Sie es mir nicht endlich sagen?«
»Ein Mann. Er starb am Steuer seines Volvo.«
»Wer ist der Mann?«
»Sein Personalausweis ist auf den Namen Ned Rink ausgestellt.«
Lauras rasendes Herzklopfen ließ etwas nach.
»Sagt Ihnen dieser Name etwas?« fragte Haldane. »Ned Rink?«
»Nein.«
»Ich dachte, daß er vielleicht ein Kollege oder Freund Ihres Mannes war. Wie Hoffritz.«
»Nicht daß ich wüßte. Ich habe den Namen jedenfalls noch nie gehört. Weshalb glauben Sie, daß er Dylan gekannt haben könnte? Aufgrund der Todesart? Wurde er wie die anderen zu Tode geprügelt?«
»Nein. Aber es ist seltsam.«
»Erzählen Sie!«
Er zögerte, und sie las an seinen blauen Augen ab, daß es sich wieder um einen besonders brutalen Mord handeln mußte.
»Erzählen Sie!« beharrte sie.
»Sein Hals war gebrochen, so als hätte jemand mit einem Bleirohr

zugeschlagen, und zwar mehrmals und mit ungeheurer Kraft. Die Luftröhre ist förmlich pulverisiert, der Adamsapfel und die Stimmbänder sind zerquetscht, die Nackenwirbel zertrümmert.«

»Okay«, sagte Laura mit trockenem Mund. »Ich kann es mir jetzt in etwa vorstellen.«

»Tut mir leid, daß ich mich so drastisch ausgedrückt habe. Nun, diese Leiche ist bei weitem nicht so schlimm zugerichtet wie die drei Opfer in Studio City, aber ungewöhnlich ist es trotzdem. Sie verstehen, weshalb wir da einen Zusammenhang vermuten? In beiden Fällen wurde mit ungewöhnlicher Brutalität gemordet.«

Laura stieß sich vom Zaun ab. »Ich möchte Melanie sehen.« Sie *mußte* Melanie sehen, mußte das Mädchen berühren und in die Arme schließen, mußte sich vergewissern, daß ihrer Tochter nichts geschehen war.

Sie eilte auf den Haupteingang der Klinik zu.

Haldane ging neben ihr her; trotz des leichten Hinkens schien er keine Beschwerden zu haben.

»Hatten Sie einen Unfall?« erkundigte sich Laura.

»Äh?«

»Ihr Bein.«

»Ach so. Nein, das ist nur eine kleine Erinnerung an meine Collegezeit. Damals habe ich mir beim Football das Knie verletzt, und bei feuchtem Wetter macht es mir manchmal ein wenig zu schaffen. Hören Sie, über diesen Kerl im Volvo, diesen Rink, gibt es noch einiges zu sagen.«

»Was?«

»Nun, er hatte einen Diplomatenkoffer bei sich. Der Koffer enthielt einen weißen Arztkittel, ein Stethoskop und eine Pistole mit Schalldämpfer.«

»Hat er auf seinen Mörder geschossen? Suchen Sie nach jemandem, der eine Schußwunde hat?«

»Nein. Die Pistole wurde nicht abgefeuert. Verstehen Sie worauf ich hinaus will? Der weiße Kittel? Das Stethoskop?«

»Er war kein Arzt, oder?«

»Nein. Wir glauben, daß er sich in der Klinik als Arzt ausgeben wollte.«

»Weshalb sollte er das tun?«

»Nun, der Gerichtsmediziner ist nach der ersten Untersuchung der Ansicht, daß Rink heute morgen zwischen vier und sechs ermordet wurde. Gefunden wurde er allerdings erst um Viertel vor zehn. Nun, falls er jemanden im Krankenhaus besuchen wollte, sagen wir mal um fünf Uhr morgens, so hätte er sich als Arzt verkleiden müssen, denn die Besuchszeit beginnt erst um 13 Uhr. Wenn er in Zivilkleidung einer Krankenschwester oder einem Wächter begegnet wäre, hätte man ihn sofort hinausgeworfen. In einem weißen Kittel und mit einem Stethoskop um den Hals hätte er sein Ziel hingegen vermutlich erreicht.«

Laura blieb vor dem Haupteingang stehen und wandte sich Haldane zu. »Sie sagen ›besuchen‹, aber Sie meinen etwas ganz anderes.«

»Stimmt.«

»Sie glauben also, daß er ins Krankenhaus eindringen wollte, um jemanden zu erschießen?«

»Ein Mann trägt keine Pistole mit Schalldämpfer mit sich herum, wenn er nicht die Absicht hat, von ihr Gebrauch zu machen. Der Besitz von Schalldämpfern wird vom Gesetz streng bestraft. Wenn man mit so einem Ding erwischt wird, sitzt man ganz schön in der Sch... äh... in der Klemme. Außerdem habe ich mir sagen lassen, daß Rink im Strafregister stand. Ich hatte noch keine Zeit, mich mit seiner Akte zu beschäftigen, aber er stand offenbar in Verdacht, seit einigen Jahren Mordaufträge auszuführen.«

»Ein gedungener Killer?«

»Darauf könnte ich fast wetten.«

»Aber das heißt noch lange nicht, daß er es auf Melanie abgesehen hatte. In dieser Klinik liegen doch so viele Patienten...«

»Wir haben die Patientenliste überprüft, um festzustellen, ob jemand mit einer kriminellen Vergangenheit dabei ist oder jemand, der in einem bevorstehenden Prozeß als wichtiger Zeuge auftreten soll. Oder Drogenhändler oder Mitglieder irgendeiner organisierten Verbrecherorganisation. Wir haben bisher nichts Derartiges gefunden. Niemanden, auf den Rink es abgesehen haben könnte... außer Melanie.«

»Wollen Sie damit sagen, daß dieser Rink in Studio City die drei Männer umgebracht hat und dann hierher gekommen ist, um Melanie zu töten, weil sie Augenzeugin jener Morde war?«

»Könnte sein.«

»Aber wer hat denn Rink ermordet?«

Er seufzte. »Das ist genau der wunde Punkt.«

»Sein Mörder wollte offenbar nicht, daß er Melanie umbrachte.«

Haldane zuckte mit den Schultern.

»Wenn dem so ist, bin ich sehr froh«, fuhr Laura fort.
»Worüber sind Sie froh?«
»Nun, wenn jemand Rink umbrachte, um zu verhindern, daß er Melanie erschoß, so bedeutet das doch, daß sie nicht nur Feinde hat. Sie muß auch Freunde haben.«
Mit unverhohlenem Mitleid widersprach Haldane: »Nein. Das braucht es keineswegs zu bedeuten. Die Leute, die Rink umbrachten, haben es vermutlich genauso auf Melanie abgesehen – nur daß sie Melanie lebend in ihre Gewalt bekommen wollen.«
»Wozu?«
»Weil sie zuviel über die Experimente in jenem Haus weiß.«
»Dann müßte es ihnen doch am liebsten sein, wenn sie tot wäre.«
»Es sei denn, sie brauchen Melanie, um jene Experimente fortsetzen zu können.«
Noch bevor er seinen Satz beendet hatte, wußte Laura, daß er recht hatte, und diese neue Furcht raubte ihr den Mut. Warum nur hatte Dylan mit einem diskreditierten Fanatiker wie Hoffritz zusammengearbeitet? Wer hatte sie finanziert? Keine legale Stiftung, keine Universität und kein Forschungsinstitut hätten Hoffritz unterstützt, nachdem er an der UCLA gefeuert worden war. Und eine seriöse Institution hätte auch Dylan nicht unterstützt, einen Mann, der sein eigenes Kind entführt und sich vor den Anwälten seiner Frau versteckt hatte, einen Mann, der seine eigene Tochter wie ein Meerschweinchen zu Experimenten mißbrauchte, die sie an den Rand des Autismus gebracht hatten. Wer auch immer Dylan unterstützt haben mochte, weil er sich für dessen Forschungsprojekte interessierte, mußte wahnsinnig sein, genauso verrückt wie Dylan und Hoffritz.

Laura wollte einen Schlußstrich unter die schreckliche Vergangenheit ziehen können. Sie wollte Melanie aus der Klinik holen und nach Hause bringen. Sie wollte mit ihr ein glückliches Leben führen, denn wenn jemand auf der Welt Frieden und Glück verdient hatte, so war das ihr kleines Mädchen. Aber ›sie‹ wollten das offenbar nicht zulassen. ›Sie‹ würden versuchen, Melanie wieder zu entführen. ›Sie‹ brauchten das Kind für irgendwelche dunklen Zwecke, die nur ›sie‹ kannten. Und wer waren ›sie‹ überhaupt? Sie hatten keine Gesichter, keine Namen. Unbekannte Gegner. Wie sollte sie einen Feind bekämpfen, den sie nicht kannte?

»Sie sind gut informiert«, sagte sie. »Und sie vergeuden keine Zeit.«

Haldane blinzelte. »Wie meinen Sie das?«
»Melanie war erst seit wenigen Stunden im Krankenhaus, als dieser Rink hier aufkreuzte und ihr nach dem Leben trachtete. Er hatte nicht lange gebraucht, um herauszufinden, wo sie sich aufhielt.«
»Das stimmt.«
»Er muß Informanten gehabt haben.«
»Informanten? Sie glauben, bei der Polizei?«
»Möglicherweise. Und die anderen brauchten auch nicht lange, um herauszufinden, daß Rink hinter Melanie her war«, sagte Laura. »*Alle* machen ihre Züge sehr schnell.«

Sie stand vor der Kliniktür und betrachtete den Verkehr auf der Straße, betrachtete die Läden und Büros auf der anderen Seite der Avenue, in der vagen Hoffnung, irgendeine verdächtige Person zu erspähen, jemanden, den Haldane verfolgen und ergreifen könnte; aber sie sah nichts Auffälliges. Daß alles scheinbar seinen gewohnten Gang ging, alle Leute ihren normalen Beschäftigungen nachgingen, brachte sie in Zorn. Irgendwo lauerte vielleicht der unbekannte Feind, und sie konnte ihn nicht identifizieren.

Unvernünftigerweise ärgerte sie sich im Augenblick sogar über die Sonne und über die warme Luft. Haldane hatte ihr soeben eröffnet, daß jemand dort draußen ihre Tochter tot sehen wollte, daß jemand anderer Melanie lebend in seine Gewalt bringen will, um sie wieder in eine Deprivationskammer zu sperren oder sie auf dem elektrischen Stuhl zu quälen, weiß der Himmel, zu welchen Zwecken. Zu diesen düsteren Aussichten paßte kein sonniger Tag. Der Sturm hätte nicht nachlassen dürfen. Der Himmel müßte wolkenverhangen sein, es müßte in Strömen regnen, ein heftiger kalter Wind müßte wehen. Es kam Laura einfach unpassend vor, daß andere Leute die Sonne genossen, sich pfeifend und lachend ihres Lebens freuten, während sie selbst immer tiefer in einem gräßlichen Alptraum versank.

Sie sah Haldane an. Die leichte Brise bewegt seine sandfarbenen Haare, und die Sonne ließ seine angenehmen Gesichtszüge schärfer hervortreten und machte ihn attraktiver, als er in Wirklichkeit war. Aber auch ohne das schmeichelnde Spiel von Licht und Schatten war er ein gutaussehender, sympathischer Mann. Sie gestand sich ein, daß sie sich – hätte sie seine Bekanntschaft unter anderen Umständen gemacht – vielleicht sogar für ihn interessiert hätte, denn der Kontrast zwischen seinem kraftstrotzenden Äußeren und seinem freundlichen Wesen übte auf sie eine gewisse Anziehungskraft aus. Die unbekannten ›Sie‹ waren auch dafür verantwortlich, daß zwischen Haldane und ihr keine persönliche Beziehung entstehen würde.

»Warum lag Ihnen soviel daran, mich telefonisch zu erreichen?« fragte sie. »Sie wollten mich doch bestimmt nicht nur über Rink informieren. Immerhin wußten Sie ja, daß ich hierherkommen würde. Sie brauchten mich also nur hier abzufangen, um mir die schlechten Nachrichten mitzuteilen.«

Er warf einen Blick zum Parkplatz hinüber, wo der Leichenwagen gerade den Tatort verließ. Als er sich wieder Laura zuwandte, hatte sein Gesicht einen grimmigen Ausdruck, und in seinen Augen stand tiefe Sorge geschrieben. »Ich wollte Ihnen raten, einen privaten Sicherheitsdienst anzurufen und zu vereinbaren, daß Sie rund um die Uhr bewacht werden, sobald Sie mit Melanie die Klinik verlassen.«

»Sie meinen einen Leibwächter?«

»Mehr oder weniger, ja.«

»Aber würde Melanie nicht Polizeischutz erhalten, wenn ihr Leben wirklich in Gefahr ist?«

Er schüttelte den Kopf. »Nicht in diesem Fall. Es gab ja keine direkten Morddrohungen. Keine Telefonanrufe. Keine Briefe.«

»Rink...«

»Wir wissen nicht mit Sicherheit, daß er Melanie umbringen wollte. Wir vermuten es nur.«

»Trotzdem...«

»Wenn Bundesstaat und Stadt nicht ständig in Finanzkrisen steckten, wenn das Budget der Polizei nicht gekürzt worden wäre, wenn wir nicht unter chronischem Personalmangel leiden würden, könnten wir unter Umständen Ihr Haus beobachten lassen. Aber in der gegenwärtigen Situation werde ich eine solche Maßnahme nicht durchsetzen können. Und wenn ich die Observation über den Kopf meines Chefs hinweg anordne, kann ich demnächst meinen Koffer packen. Wir kommen ohnehin nicht gerade glänzend miteinander aus. Aber professionelle Leibwächter werden Sie genausogut beschützen wie Polizeibeamte. Können Sie es sich leisten, welche zu engagieren, nur für einige Tage?«

»Ich nehme es an. Ich weiß zwar nicht, was so etwas kostet, aber ich bin nicht gerade arm, und wenn Sie glauben, es sei nur für einige Tage...«

»Ich habe das Gefühl, daß dieser geheimnisvolle Fall schnell aufgeklärt werden wird. Diese ganzen Morde, die vielen Risiken, die jemand eingegangen ist – das alles deutet darauf hin, daß sie unter schwerem Druck stehen, daß es irgendein Zeitlimit gibt. Ich habe nicht die leiseste Ahnung, was sie mit den Experimenten an Ihrer Tochter bezweckten und warum sie sie um jeden Preis wieder in ihre Hände bekommen wollen, aber ich glaube, daß die Situation sich mit einer Lawine vergleichen läßt, die mit wahnsinniger Geschwindigkeit einen Berg hinabrollt und dabei immer größer wird. Zur Stunde hat sie schon gewaltige Ausmaße, und sie ist nicht mehr weit vom Fuß des Berges entfernt. Und wenn sie schließlich unten aufprallt, wird sie in hundert Stücke zerbersten.«

Als gute Kinderpsychologin war Laura eine selbstsichere Frau; es fiel ihr nie schwer zu entscheiden, wie ein neuer Patient behandelt werden mußte. Natürlich machte sie sich Gedanken über die geeignetste Therapiemethode, aber sobald ihre Vorgehensweise für sie feststand, wandte sie diese an, ohne zu zögern. Sie war eine Therapeutin; sie reparierte psychische Schäden, und sie war in ihrem Beruf sehr erfolgreich; dieser Erfolg hatte ihr Selbstvertrauen und Autorität verliehen. Jetzt aber fühlte sie sich schwach, hilflos und verletzlich. Es war ein Gefühl, das sie seit einigen Jahren nicht mehr gehabt hatte – seit sie gelernt hatte, sich mit Melanies Verschwinden abzufinden.

»Ich... ich weiß nicht einmal, wie man einen Leibwächter findet«, stammelte sie.

Er zückte seine Brieftasche und zog eine Karte heraus. »Wir dürfen an und für sich keine Empfehlungen geben. Aber ich weiß, daß diese Leute gute Arbeit leisten, und sie haben vernünftige Preise.«

Sie griff nach der Karte und las:

CALIFORNIA PALADIN
Privatdetektei
Personenschutz

Darunter stand eine Telefonnummer.

Laura schob die Karte in ihre Handtasche. »Danke.«

»Rufen Sie dort an, bevor Sie das Krankenhaus verlassen.«

»Das werde ich tun.«

»Lassen Sie einen Mann hierherkommen. Er kann Ihnen dann zu Ihrem Haus folgen.«

Sie fror plötzlich. »Okay.« Sie machte einen Schritt auf die Tür zu.

»Warten Sie.« Er gab ihr seine eigene Visitenkarte. »Auf der Vorderseite steht meine Telefonnummer im Central, aber dort werden Sie mich nicht erreichen können, weil ich zur Zeit eine Vertretung im East Valley mache. Ich habe Ihnen diese Nummer auf die Rückseite geschrieben. Rufen Sie mich bitte an, falls Ihnen irgend etwas einfällt, was von Bedeutung für diesen Fall sein könnte – etwas über Dylans Vergangenheit oder seine früheren Forschungsprojekte.«

Sie drehte die Karte um. »Hier stehen aber zwei Nummern.«
»Die untere ist meine Privatnummer für den Fall, daß ich nicht im Dienst bin. Ich möchte, daß Sie mich jederzeit erreichen können.«
»Geben Sie immer auch Ihre Privatnummer?«
»Nein.«
»Warum tun Sie es dann diesmal?«
»Was ich am allermeisten hasse...«
»Ja? Was ist das?«
»Ein Verbrechen wie dieses hier. Kindermißhandlung irgendwelcher Art. So etwas macht mich ganz krank und bringt mein Blut in Wallung.«
»Ich weiß, was Sie meinen.«
»Ja, das kann ich mir vorstellen.«

12

Dr. Rafael Ybarra, Chefarzt für Kinderheilkunde am Valley Medical, unterhielt sich mit Laura in einem kleinen Aufenthaltsraum für das Klinikpersonal. Zwei Getränke- und Snackautomaten standen an einer Wand. Hinter Laura summte leise ein Kühlschrank. Sie saß Ybarra an einem langen Tisch gegenüber, auf dem Zeitschriften mit Eselsohren herumlagen und zwei Aschenbecher von Zigarettenkippen überquollen.

Der Kinderarzt war schlank und dunkel, mit adlerartigen Gesichtszügen. Er legte sichtlich wert auf ein gepflegtes Äußeres und wirkte auf Laura ziemlich affektiert. Kein Härchen stand ihm vom perfekt frisierten Kopf ab. Sein Hemdkragen war blütenweiß und gestärkt, die Krawatte untadelig geknotet, der Arztkittel maßgeschneidert. Er setzte beim Gehen die Füße so vorsichtig auf, als hätte er Angst, seine Schuhe zu beschmutzen, und er saß sehr aufrecht und steif auf dem Stuhl. Mit gerümpfter Nase betrachtete er die Krumen und die Zigarettenasche auf dem Tisch und zog es vor, die Hände auf seinen Schoß zu legen.

Er war Laura auf Anhieb unsympathisch.

Ybarra dozierte in autoritärem Ton: »In physischer Hinsicht befindet sich Ihre Tochter in einer erstaunlich guten Kondition, wenn man die Umstände in Betracht zieht. Sie hat leichtes Untergewicht. Die Blutergüsse an ihrem rechten Arm sind auf wiederholtes ungeschicktes Einführen einer Injektionsnadel zurückzuführen. Ihre Urethra ist etwas entzündet, möglicherweise infolge von Katheterismus; ich habe ihr entsprechende Medikamente verschrieben. Andere physische Schäden sind offenbar nicht vorhanden.«

Laura nickte. »Ich weiß, ich bin hier, um sie nach Hause mitzunehmen.«

»Nein, nein. Davon würde ich abraten«, entgegnete Ybarra. »Sie zu Hause zu betreuen wäre außerordentlich schwierig.«

»Leidet sie an Inkontinenz?«

»Nein. Sie benutzt die Toilette.«

»Kann sie selbständig essen?«

»Wie man's nimmt. Anfangs muß man sie füttern, doch dann ißt sie allein weiter. Man muß sie ständig im Auge behalten, denn nach einigen Bissen vergißt sie offenbar, was sie tut, verliert das Interesse. Man muß sie auffordern weiterzuessen. Auch zum Ankleiden benötigt sie Hilfe.«

»Mit solchen Dingen werde ich ohne weiteres fertig.«

»Ich bin trotzdem dagegen, sie zu entlassen«, beharrte Ybarra.

»Aber Dr. Pantangello sagte letzte Nacht...«

Ybarra rümpfte die Nase. »Dr. Pantangello hat seine Ausbildung erst vergangenen Herbst abgeschlossen und arbeitet erst seit einem Monat an dieser Klinik. *Ich* bin der Chef der Kinderabteilung, und ich vertrete die Ansicht, daß ihre Tochter hierbleiben sollte.«

»Wie lange?«

»Ihr Verhalten ist symptomatisch für schwere Inhibierungskatatonie, was in Fällen langer Einsperrung und Mißhandlung nicht ungewöhnlich ist. Sie sollte für die Dauer einer vollständigen psychiatrischen Beurteilung in der Klinik bleiben. Eine Woche... zehn Tage.«

»Nein.«
»Es ist das Beste für das Kind«, sagte er, aber seine Stimme war so kalt, daß es schwerfiel zu glauben, er könne jemals auch nur einen Gedanken darauf verschwenden, was für jemanden das Beste wäre – ausgenommen für Rafael Ybarra selbst.
Laura fragte sich, wie Kinder zu einem solchen Arzt Vertrauen haben sollten.
»Ich bin Psychologin«, sagte sie. »Ich kann ihren Zustand selbst beurteilen und sie zu Hause dementsprechend behandeln.«
»Sie wollen die Therapeutin Ihrer eigenen Tochter sein? Das halte ich für keine gute Idee.«
»Da bin ich anderer Meinung.« Laura verspürte nicht die geringste Lust, diesem Mann die Gründe für ihre Einstellung zu erklären.
»Hier in der Klinik haben wir die besten Möglichkeiten, nach abgeschlossener Beurteilung die geeignetste Therapie durchzuführen. Ihnen würde zu Hause einfach das notwendige Rüstzeug fehlen.«
Laura runzelte die Stirn. »Rüstzeug? Welches Rüstzeug? Welche Behandlungsmethoden haben Sie im Auge?«
»Das würde selbstverständlich Dr. Gehagen von der Psychiatrie entscheiden. Aber falls Melanie in diesem katatonischen Zustand verbleibt oder sich ihr Zustand noch verschlimmern sollte, würde ich persönlich für Barbiturate und Elektroschocktherapie plädieren...«
»Schlagen Sie sich das aus dem Kopf!« sagte Laura scharf, stieß ihren Stuhl zurück und erhob sich abrupt.
Ybarra zwinkerte mit den Augen, erstaunt über ihren feindseligen Ton.
»Drogen und Elektroschocks!« rief Laura. »Damit hat ihr gottverdammter Vater sie in den vergangenen sechs Jahren unter anderem gequält.«
»Nun, selbstverständlich würden wir nicht dieselben Drogen und dieselbe Art von Elektroschocks anwenden, und wir hätten ja völlig andere Intentionen...«
»Gewiß, aber woher sollte Melanie Ihre Intentionen kennen? Ich weiß, daß Barbiturate und Elektroschocktherapie in manchen Fällen zu wünschenswerten Resultaten führen, aber sie sind nicht die richtige Behandlungsmethode für meine Tochter. Melanie muß in erster Linie ihr Selbstwertgefühl zurückerlangen und lernen, jemandem zu vertrauen. Sie braucht eine Atmosphäre, die frei von

Angst und Schmerzen ist. Sie braucht Stabilität. Aber mehr als alles andere braucht sie jetzt *Liebe.*«

Ybarra zuckte mit den Schultern. »Nun, da Sie die Gesundheit Ihrer Tochter nicht gefährden, wenn Sie sie heute nach Hause mitnehmen, kann ich Sie nicht daran hindern.«

»So ist es«, sagte Laura.

Die Leute von der Spurensicherung waren damit beschäftigt, den Parkplatz in der Umgebung des Volvo zu untersuchen, als Kerry Burns, ein Streifenpolizist, auf Dan Haldane zukam und ihn ansprach. »Ein Anruf vom East Valley. Ich soll Ihnen von Captain Mondale bestellen, daß er Sie sofort zu sehen wünscht.«

»Hat er Sehnsucht nach mir?«

»Das hat er nicht gesagt.«

»Ich wette, daß er Sehnsucht nach mir hat.«

»Ist zwischen Ihnen und Mondale etwas?«

»Das muß ich entschieden verneinen. Ich weiß nicht, ob Ross schwul ist, aber ich bin es jedenfalls nicht.«

»Sie wissen genau, was ich meine. Sie können einander nicht leiden, stimmt's?«

»Merkt man das?«

»Merkt man es, daß Hunde keine Katzen mögen?«

»Drücken wir es mal vorsichtig aus: Wenn ich in Gefahr wäre zu verbrennen, und Ross Mondale hätte den einzigen Eimer Wasser weit und breit, würde ich es vorziehen, das Feuer mit meinem eigenen Speichel zu löschen.«

»Das läßt an Klarheit nichts zu wünschen übrig. Fahren Sie rüber ins East Valley?«

»Er hat mich doch hinbeordert, oder?«

»Aber werden Sie es auch tun? Ich soll zurückrufen und ihm bestätigen, daß Sie kommen.«

»Klar.«

»Er will Sie unverzüglich sprechen.«

»Klar.«

»Ich rufe ihn an und sage, Sie seien schon unterwegs.«

»Tun Sie das.«

Kerry eilte zu seinem Streifenwagen, und Dan stieg in seine Limousine. Er lenkte den Wagen vom Parkplatz auf die Straße und fuhr zur Innenstadt, obwohl Ross Mondale in genau entgegengesetzter Richtung auf ihn wartete.

Vor ihrer Unterredung mit Dr. Ybarra hatte Laura die ihr von Haldane empfohlene Detektei angerufen. Bis sie dann Melanie geholfen hatte, Jeans, eine blaukarierte Bluse und Turnschuhe anzuziehen, und die notwendigen Entlassungsformulare unterschrieben hatte, war der Detektiv von *California Paladin* auch schon eingetroffen.

Sein Name war Earl Benton, und er sah aus wie ein junger Farmer, den man in die Kleidung eines Bankiers gesteckt hatte. Sein dunkelblondes Haar war von den Schläfen glatt nach hinten gekämmt und von einem erstklassigen Friseur modisch kurz geschnitten; aber zu seinem breiten offenen Gesicht hätten längere, vom Wind zerzauste Haare besser gepaßt. Sein Stiernacken drohte den Kragen seines Yves St. Laurent-Hemdes zu sprengen, und er schien sich in dem dreiteiligen grauen Anzug nicht recht wohl zu fühlen. Seine riesigen Pranken mit den dicken Fingern würden nie elegant aussehen, aber die Nägel waren sorgfältig maniküfirt.

Laura sah auf den ersten Blick, daß Earl einer von jenen Zehntausenden war, die nach Los Angeles kamen, um hier ihr Glück zu versuchen; er hatte es offensichtlich schon ziemlich weit gebracht und würde auf der Leiter des Erfolges vermutlich noch weiter emporsteigen, sobald er einige rauhe Kanten verloren und sich in seiner Designerkleidung natürlich zu bewegen gelernt hatte. Laura fand ihn sympathisch. Ihr gefiel sein breites Lächeln und seine ungezwungene Art, während sein scharfer Blick verriet, daß er wachsam und intelligent war.

Sie traf ihn auf dem Korridor vor Melanies Zimmer, und nachdem sie ihm die Situation genauer erklärt hatte, fragte sie: »Ich nehme an, daß Sie bewaffnet sind?«

»O ja, Madam«, antwortete er.

»Gut.«

»Ich bleibe bis Mitternacht bei Ihnen«, sagte Earl. »Danach löst mich ein Kollege ab.«

»Ausgezeichnet.«

Laura holte Melanie aus dem Zimmer, und Earl beugte sich zu dem Kind hinab. »Was für ein hübsches kleines Mädchen du bist!«

Melanie sagte nichts.

»Weißt du«, fuhr er fort, »du erinnerst mit ganz stark an meine Schwester Emma.«

Melanie starrte durch ihn hindurch.

Earl nahm die schlaffe Hand der Kleinen zwischen seine Pranken und redete unverdrossen weiter, so als trüge Melanie ihrerseits etwas zur Konversation bei. »Emma ist neun Jahre jünger als ich und geht seit kurzem auf die High-School. Sie hat zwei Kälber aufgezogen, die prämiert wurden. Sie hat überhaupt schon viele Preise gewonnen. Weißt du etwas über Kälber? Magst du Tiere? Kälber sind klug, und sie haben freundliche Gesichter. Ich wette, daß du gut mit ihnen umgehen könntest, genau wie Emma.«

Als Laura sah, welche Mühe sich Earl mit Melanie gab, fand sie ihn noch sympathischer als zuvor.

»Weißt du, Melanie«, sagte er, »du brauchst keine Angst mehr zu haben. Okay? Ich bin jetzt dein Freund, und solange der gute alte Earl dein Freund ist, wird niemand dir auch nur ein Haar krümmen.«

Das Mädchen schien von ihm überhaupt keine Notiz zu nehmen.

Er ließ ihre Hand los, und ihr Arm fiel wie bei einer Marionette hinab.

Earl stand auf und rollte mit den Schultern, um sein Sakko zurechtzurücken. Er sah Laura fragend an. »Sie sagen, daß ihr Vater für ihren Zustand verantwortlich ist?«

»Er ist einer der Verantwortlichen, ja.«

»Und er ist... tot?«

»Ja.«

»Aber einige andere sind noch am Leben?«

»Ja.«

»Ich würde gern einen von ihnen treffen. Mit ihm ein paar Takte reden. Unter vier Augen. Nur er und ich. Das täte ich für mein Leben gern«, sagte Earl. Die Härte in seiner Stimme und das Glitzern seiner Augen verrieten seinen Zorn und ließen ihn plötzlich gefährlich erscheinen.

Auch das war Laura sehr sympathisch.

»Nun, Madam... Dr. McCaffrey – das ist doch die korrekte Anrede, nicht wahr? –, wenn wir die Klinik verlassen, gehe ich voraus. Ich weiß, daß das nach der Etikette falsch ist, aber von nun an werde ich meistens einige Schritte vor Ihnen hergehen, um festzustellen, ob die Luft rein ist.«

»Ich bin sicher, daß niemand am hellichten Tag auf uns schießen oder uns sonstwie angreifen wird«, sagte Laura.

»Vielleicht nicht. Trotzdem werde ich vorausgehen.«

»Okay.«

»Wenn ich Ihnen etwas befehle, so tun Sie es bitte, ohne Fragen zu stellen.«

Sie nickte.

»Durchaus möglich, daß ich meine Anweisungen nicht laut brülle, sondern Ihnen in ganz ruhigem Ton sage, Sie sollen sich auf den Boden werfen oder wegrennen, so schnell Sie können. Vielleicht sage ich es ganz beiläufig, so als würde ich nur eine Bemerkung über das schöne Wetter machen. Sie müssen also gut aufpassen.«

»Ich verstehe.«

»Gut. Ich bin sicher, daß alles gutgehen wird. Nun, sind die beiden Damen bereit, nach Hause zu fahren?«

Sie gingen auf den Aufzug zu, der sie ins Erdgeschoß und zum Ausgang bringen würde.

In den vergangenen sechs Jahren hatte sich Laura tausendmal den Tag ausgemalt, an dem sie Melanie nach Hause bringen würde. Sie hatte immer geglaubt, es würde der glücklichste Tag ihres Lebens sein. Nicht einmal im Traum wäre ihr eingefallen, daß ein Leibwächter mit von der Partei sein würde.

13

Im Archiv des Central ließ sich Dan Haldane zwei Akten geben und ging damit zu einem der kleinen Schreibtische an der Wand.

Der Name auf der ersten Akte lautete Ernest Andrew Cooper. Er war anhand von Fingerabdrücken als das dritte Mordopfer in jenem Haus in Studio City identifiziert worden.

Cooper war 37 Jahre alt und 1,80 m groß gewesen und hatte 160 Pfund gewogen. Die Akte enthielt auch Fotos von ihm, aber sie waren für Dan völlig nutzlos, denn das Gesicht des Ermordeten war buchstäblich zu blutigem Breit geschlagen worden. Dan konnte sich nur auf die Fingerabdrücke verlassen.

Cooper hatte in Hancock Park gelebt, einem Millionärsviertel. Er war Aufsichtsratsvorsitzender und Hauptaktionär von Cooper Softech gewesen, einer erfolgreichen Firma für Computer-Software. Er war zweimal innerhalb der Stadtgrenzen von Los Angeles festgenommen worden, beide Male wegen Trunkenheit am Steuer. In beiden Fällen hatte er keinen Führerschein bei sich gehabt. Er hatte gegen beide Festnahmen protestiert, war vor Gericht gegangen und beide Male zu Geldstrafen verurteilt worden. Bei beiden Festnahmen hatten die Polizeibeamten zu Protokoll gegeben, daß Cooper darauf beharrte, es sei unmoralisch und ein Verstoß gegen die Verfassungsrechte, von einem Bürger zu verlangen, irgendwelche Ausweise bei sich zu haben, auch den Führerschein. Der Polizist im zweiten Fall hatte ausgeführt: »Mr. Cooper erklärte dem Beamten, er (Mr. Cooper) sei Mitglied einer Organisation mit Namen ›Freedom Now‹ – ›Freiheit jetzt‹ –, die alle Regierungen in die Knie zwingen werde. Besagte Organisation werde seine Festnahme als Präzedenzfall verwenden, um gegen bestimmte Gesetze zu protestieren. Dem Beamten warf er vor, ein Handlanger totalitärer Kräfte zu sein. Dann übergab er sich und verlor das Bewußtsein.«

Dan mußte über den zweiten Satz lächeln, während er den Aktenordner schloß. Er war sehr gespannt auf die Zweite Akte, die ihm über Edward Philip Rinks Vorstrafenregister Aufschluß geben würde. Aber zunächst trug er die beiden Akten zu einem der drei Computer, schaltete das Gerät ein, tippte seine Codenummer und forderte Auskünfte über *Freedom Now* an.

Nach kurzer Zeit erschienen die gewünschten Informationen auf dem Bildschirm.

Freedom Now
Ein politisches Aktionskomitee, bei der bundesstaatlichen Wahlkommission registriert und bei der Steuerbehörde angemeldet.

Bitte beachten: *Freedom Now* ist eine legale Organisation von Privatpersonen, die ihre Verfassungsrechte ausüben. Diese Organisation wird nicht polizeilich überwacht. Polizeiliche Ermittlungen sind untersagt, solange die Organisation nur jene Ziele verfolgt, die bei der Gründung angegeben und von der Wahlkommission genehmigt wurden. Sämtliche Angaben in dieser Akte stammen aus allgemein zugänglichen Quellen. Diese Akte wurde ausschließlich zu dem Zweck angelegt, legale politische Vereinigungen als solche kenntlich zu machen und von subversiven Gruppen zu unterscheiden. Die Tatsache, daß diese Akte angelegt wurde, bedeutet keineswegs ein besonderes Interesse der Polizei an *Freedom Now*.

Die Polizei von Los Angeles war ins Kreuzfeuer der Kritik geraten, weil sie politische Vereinigungen, die gefährlicher subversiver Aktivitäten verdächtigt wurden, heimlich hatte überwachen lassen. Jetzt durfte die Polizei nur noch Ermittlungen gegen terroristische Organisationen durchführen; streng verboten war es ihr hingegen, ordnungsgemäß registrierte politische Gruppen zu observieren, es sei denn, sie verfügte über konkrete Hinweise, daß die betreffende Organisation Verbindungen zu terroristischen Gruppen oder Personen unterhielt.

Dan Haldane kannte diesen Aktenvermerk schon auswendig und richtete sein Augenmerk deshalb sofort auf die nun folgenden Angaben.

Freedom Now – gegenwärtige Repräsentanten:
Präsident – Ernest Andrew Cooper, Hancock Park
Schatzmeister – Wilhelm Stephan Hoffritz, Westwood
Sekretärin – Mary Katherine O'Hara, Burbank

Freedom Now wurde im Jahre 1979 gegründet, um Kandidaten zu unterstützen, die sich tatkräftig dafür einsetzen, auf die Abschaffung jeglicher Regierungsgewalt und die Auflösung aller politischen Parteien hinzuarbeiten.

Cooper und Hoffritz, Präsident und Schatzmeister, waren tot. Und Freedom Now war in demselben Jahr gegründet worden, in dem Dylan McCaffrey mit seiner Tochter verschwunden war. Das mochte ein Zufall sein oder auch nicht.

Interessant war es auf jeden Fall.

Dan benötigte zwanzig Minuten, um die Computerakte durchzulesen und sich Notizen zu machen. Dann schaltete er das Gerät aus und widmete sich dem Aktenordner mit der Aufschrift EDWARD PHILIP RINK.

Die Akte war sehr umfangreich und sehr interessant. Rink, der am Vormittag tot in seinem Volvo aufgefunden worden war, war 39 Jahre alt gewesen. Er hatte mit 21 Jahren die Polizeiakademie von Los Angeles abgeschlossen und vier Jahre als Polizist gearbeitet, während er gleichzeitig Abendkurse in Strafrecht besuchte. In dieser Zeit waren zweimal polizeiinterne Ermittlungen wegen Brutalität gegen ihn durchgeführt worden, die jedoch wegen mangels an Beweisen eingestellt werden mußten. Er hatte sich beim FBI beworben, war eingestellt worden und fünf Jahre dort tätig gewesen. Vor neun Jahren hatte man ihn aus unbekannten Gründen entlassen; manches sprach allerdings dafür, daß er seine Kompetenzen überschritten und mehr als einmal beim Verhör eines Verdächtigen zuviel Eifer an den Tag gelegt hatte.

Dan kannte solche Typen. Manche Männer gingen zur Polizei, weil sie eine gesellschaftlich nützliche Funktion ausüben wollten, andere, weil die Helden ihrer Kindheit Polizisten gewesen waren, wieder andere, weil ihre Väter Polizisten waren oder weil es sich um einen sicheren Arbeitsplatz mit guter Pension handelte – es gab hunderterlei Gründe. Für Männer wie Rink stellte Macht die große Attraktion dar; sie genossen es, Befehle zu erteilen, Autorität zu besitzen; es bereitete ihnen einfach große Befriedigung, andere Leute herumzukommandieren.

Vor acht Jahren, nach seiner Entlassung beim FBI, war Rink wegen tätlichen Angriffs mit Tötungsabsicht verhaftet worden. Die Anklage hatte dann lediglich auf tätlichen Angriff gelautet, um eine Verurteilung sicherzustellen, und Rink hatte tatsächlich eine zehnmonatige Freiheitsstrafe verbüßt. Vor sechs Jahren war er wieder festgenommen worden, diesmal wegen Mordverdachts, aber wegen mangels an Beweisen hatte das Verfahren eingestellt werden müssen. Danach war Rink vorsichtiger geworden. Lokale und staatliche Behörden hatten ihn in Verdacht gehabt, ein gedungener Mörder zu sein, für die Unterwelt und jeden anderen, der ihn bezahlen konnte, schmutzige Arbeit zu verrichten, und man hatte ihn in den vergangenen fünf Jahren mit neun Mordfällen in Verbindung gebracht – was vermutlich nur die Spitze des Eisbergs war –, aber die Polizei hatte kein ausreichendes Beweismaterial gehabt, um ihn vor Gericht stellen zu können.

Haldane schloß die Akte, holte seine derzeitigen Listen aus der Tasche und überflog sie. Seine Mühe wurde schon nach wenigen Minuten belohnt: Name und Telefonnummer der Sekretärin von *Freedom Now* – Mary O'Hara – hatte im Notizbuch neben dem Telefon in McCaffreys Arbeitszimmer gestanden.

Er schob seine Listen wieder in die Tasche und dachte nach. Zwei Psychologen, Doktoren und ehemalige Universitätsangehörige – tot. Ein millionenschwerer Geschäftsmann und politischer Aktivist – tot. Ein ehemaliger Polizist und FBI-Agent, vermutlich ein professioneller Killer – tot. Ein unheimliches graues Zimmer, in dem ein kleines Mädchen unter anderem mit Elektroschocks gefoltert wor-

den war. Von ihrem eigenen Vater! Dieser Fall würde für die Presse wirklich ein gefundenes Fressen sein.
Dan gab die beiden Akten zurück und fuhr mit dem Lift in die Abteilung für Spurensicherung hinauf.

14

Sobald sie im Haus waren, ging Earl Benton durch alle Räume und vergewisserte sich, daß Türen und Fenster verschlossen waren. Er zog alle Vorhänge zu, ließ die Jalousien herunter und riet Laura und Melanie, sich von den Fenstern fernzuhalten. Laura brauchte nicht nach dem Grund zu fragen.

Earl nahm einige der Zeitschriften, die in Lauras Arbeitszimmer lagen, mit ins Wohnzimmer und stellte dort einen Stuhl in die Nähe der Fenster, die zur Straße hinausgingen. Er setzte sich mit seinem Lesestoff und erklärte:»Es sieht vielleicht so aus, als wolle ich hier nur herumfaulenzen, aber machen Sie sich keine Sorgen; diese Zeitschriften werden mich keineswegs daran hindern, scharf aufzupassen.«

»Ich mache mir keine Sorgen.«

»Dieser Job besteht zum größten Teil aus Herumsitzen und Warten. Man würde wahnsinnig werden, wenn man nichts zu lesen hätte.«

»Ich verstehe vollkommen«, beruhigte sie ihn.

Pepper, die gefleckte Katze, interessierte sich für Earl mehr als für Melanie; sie umkreiste ihn eine Weile mißtrauisch, betrachtete ihn aufmerksam, beschnupperte seine Füße und sprang schließlich auf seinen Schoß.

»Nette Katze«, sagte er und kraulte Pepper hinter den Ohren, worauf sie sich zufrieden schnurrend auf seinen Knien zusammenrollte.

»So schnell schließt sie normalerweise nicht Freundschaft mit Fremden«, sagte Laura.

Earl grinste.»Mit Tieren konnte ich schon immer gut umgehen.«

Es war natürlich töricht, aber Peppers Zutraulichkeit war für Laura eine Bestätigung, daß sie sich in Earl Benton nicht getäuscht hatte. Sie vertraute ihm jetzt völlig.

Was bedeutet das? fragte sie sich. Habe ich ihm nicht schon vorher vertraut? Habe ich unbewußt an ihm gezweifelt? Sie hatte ihn engagiert, damit er sie und Melanie beschütze, und das würde er auch tun. Es bestand nicht der geringste Grund zu dem Verdacht, er könnte in Verbindung mit jenen Leuten stehen, die Melanies Tod wünschten – oder mit jenen anderen, denen offenbar viel daran gelegen war, sie zu entführen und in ein neues graues Zimmer zu sperren. Und doch mußte Laura sich eingestehen, daß sie diesen Verdacht gehegt hatte, einen ganz leichten Verdacht tief im Innern, auf der Ebene des Unterbewußtseins.

Sie mußte sich davor hüten, Symptome von Verfolgungswahn zu entwickeln. Sie wußte nicht, wer ihre Feinde waren: Sie verbargen ihre Gesichter. Deshalb neigte sie jetzt dazu, jeden Menschen zu verdächtigen, Verschwörungstheorien aufzustellen, die schließlich die ganze Welt einschließen könnten, nur sie selbst und Melanie ausgenommen.

Sie machte Kaffee für Earl und sich und für Melanie heiße Schokolade, die sie ins Arbeitszimmer trug, wo das Mädchen auf sie wartete. Sie hatte sich im St. Mark's für unbestimmte Zeit beurlauben lassen, und ein Kollege würde ihre Privatpatienten betreuen, zumindest eine Woche lang. Sie wollte noch an diesem Nachmittag mit Melanies Therapie beginnen, aber nicht im Wohnzimmer, wo sie beide durch Earls Gegenwart abgelenkt werden könnten.

Das Arbeitszimmer war klein, aber gemütlich. Zwei Wände wurden vom Boden bis zur Decke von Bücherregalen eingenommen, die sowohl mit medizinischer und psychologischer Fachliteratur als auch mit Belletristik gefüllt waren. Die übrigen Wände waren mit beiger Grastapete ausgestattet. Zwei Drucke von Delacroix dienten als Blickfang. Ein dunkler Fichtenholz-Schreibtisch mit einem gepolsterten Stuhl, ein Schaukelstuhl, ein smaragdgrünes Sofa mit vielen Kissen und zwei Beistelltische bildeten die Einrichtung. Die beiden Messinglampen auf den Tischchen spendeten weiches, bernsteinfarbenes Licht. Earl hatte die smaragdgrünen Vorhänge an den zwei Fenstern geschlossen.

Melanie saß auf dem Sofa und starrte ihre Hände an, die mit den Innenflächen nach oben auf ihrem Schoß lagen.

»Melanie.«

Das Mädchen blickte nicht auf.

»Liebling, ich habe dir heiße Schokolade gebracht.«

Als Melanie noch immer keine Reaktion zeigte, setzte Laura sich neben sie auf das Sofa. Den Becher Kakao in der einen Hand, legte sie die andere unter Melanies Kinn und hob ihren Kopf an. Die Augen des Mädchens waren beängstigend leer und ausdruckslos. Es gelang Laura nicht, einen Blickkontakt mit ihr herzustellen. »Ich möchte, daß du das trinkst, Melanie«, sagte sie. »Es ist gut. Es wird dir schmecken. Ich weiß, daß es dir schmecken wird.« Sie hielt den Becher an die Lippen des Mädchens.

Sie mußte Melanie noch ein Weilchen gut zureden, bevor das Kind von dem Getränk nippte. Einige Tropfen rannen ihr das Kinn hinab; Laura wischte sie mit einer Papierserviette ab und ermutigte ihre Tochter, den nächsten Schluck zu trinken. Schließlich nahm Melanie ihre zarten Händchen vom Schoß und umfaßte den Becher, so daß Laura ihn loslassen konnte. Jetzt schlürfte Melanie die heiße Schokolade schnell, gierig. Als der Becher leer war, leckte sie sich die Lippen. In Ihren Augen war für ganz kurze Zeit ein Funke Leben zu erkennen, und eine Sekunde lang – aber nicht länger – traf sich ihr Blick mit dem ihrer Mutter. Sie starrte nicht wie bisher durch Laura hindurch, sondern blickte sie richtig an, und diese flüchtige Kontaktaufnahme wirkte auf Laura geradezu elektrisierend. Unglücklicherweise zog sich Melanie hastig wieder in ihre geheime innere Welt zurück, und ihre Augen wurden wieder leer und glasig; doch Laura wußte jetzt immerhin, daß das Kind aus dem Exil zurückkehren konnte, in das es sich geflüchtet hatte, und daß deshalb eine Chance – wenn auch vielleicht nur eine geringe – bestand, es nicht nur für eine Sekunde, sondern für immer in die reale Welt zurückzuführen.

Sie nahm Melanie den leeren Becher ab, stellte ihn auf eines der Tischchen, setzte sich seitlich auf das Sofa und schaute ihrer Tochter ins Gesicht. Sie griff nach Melanies Händen und sagte: »Liebling, es ist so lange her, und du warst noch so klein, als wir uns zuletzt sahen. Vielleicht bist du dir nicht sicher, wer ich bin. Ich bin deine Mutter, Melanie.«

Das Mädchen reagierte nicht.

Laura redete sanft und beruhigend weiter, weil sie sicher war, daß Melanie sie verstehen konnte, zumindest auf der Ebene des Unterbewußtseins. »Ich habe dich auf die Welt gebracht, weil ich mir dich so sehr wünschte. Du warst ein so süßes Baby, so hübsch, so unkompliziert. Du hast früher laufen und sprechen gelernt, als ich erwartet hatte, und ich war so stolz auf dich. Wahnsinnig stolz. Und dann wurdest du mir geraubt, und während du fort warst, wünschte ich mir nichts so sehnlich, wie dich zurückzubekommen. Und jetzt, Kleines, gibt es nichts Wichtigeres, als dich gesund zu machen, dich aus diesem Loch hervorzuholen, in dem du dich verkriechst. Ich werde alles tun, was ich vermag, um dich gesund zu machen. Ich *helfe* dir, wieder gesund zu werden.«

Das Mädchen sagte nichts.

Seine grünen Augen starrten ins Leere.

Laura zog die Kleine auf ihren Schoß, legte ihre Arme um sie, hielt sie fest umschlungen. Sie mußte Zuneigung und Wärme spüren, wenn die Therapie eine Erfolgschance haben sollte.

Nach einigen Minuten begann Laura, ein Wiegenlied zu summen, dann ganz leise vor sich hin zu singen. Sie streichelte die Stirn ihrer Tochter, kämmte ihr mit den Fingern die Haare aus dem Gesicht.

Melanies Augen verloren ihren starren, glasigen Ausdruck nicht, aber sie hob eine Hand und schob ihren Daumen in den Mund. Wie ein Kleinkind. Wie sie es als Dreijährige getan hatte.

Tränen traten Laura in die Augen, und ihre Stimme zitterte, aber sie sang leise weiter und strich ihrer Tochter weiter über die Haare. Und dann fiel ihr ein, welche Mühe sie sich vor sechs Jahren gegeben hatte, Melanie das Daumenlutschen abzugewöhnen, und es kam ihr selbst komisch vor, daß sie jetzt so erfreut und gerührt darüber war. Plötzlich war sie halb am Weinen und halb am Lachen, und sie wußte, daß sie lächerlich aussehen mußte, aber sie fühlte sich großartig.

Sie fühlte sich so gut, und sie war so ermutigt durch Melanies Daumenlutschen und den kurzen Blickkontakt, daß sie beschloß, nicht, wie ursprünglich geplant, erst am nächsten Tag, sondern unverzüglich zu versuchen, das Kind zu hypnotisieren. Es hatte sich so tief in das Schneckenhaus der eigenen Psyche zurückgezogen, daß es in seinem quasi katatonischen Zustand nicht ansprechbar war. Unter Hypnose würde Melanie beeinflußbarer sein, und vielleicht würde es gelingen, sie wenigstens teilweise in die reale Welt zurückzuführen.

Jemand in Melanies Zustand zu hypnotisieren, war entweder viel einfacher als bei einer psychisch gesunden Person – oder unmöglich. Laura sang leise weiter und massierte mit den Fingerspitzen sanft Melanies Schläfen. Als die Lider des Kindes zu flattern begannen, hörte sie auf zu singen und flüsterte: »Entspanne dich, Baby. Schlaf jetzt, Baby, schlaf. Ich möchte, daß du schläfst, dich entspannst... du sinkst in tiefen, natürlichen Schlaf... du sinkst ganz sanft, wie eine Feder in stiller warmer Luft... du sinkst und sinkst... tiefer und tiefer... du schläfst ein... aber du wirst meine Stimme hören... du wirst meiner Stimme lauschen... du sinkst ganz langsam in den Schlaf... aber meine Stimme wird dir folgen... du wirst mir zuhören und alle Fragen beantworten, die ich dir stelle... Schlaf ein, Baby, aber hör mir zu und gehorche mir.« Ihre Fingerspitzen bewegten sich immer langsamer, immer sanfter, bis die Augen des Mädchens schließlich zufielen und die gleichmäßigen Atemzüge verrieten, daß es fest schlief.

Pepper schlich über die Schwelle und betrachtete neugierig das Geschehen, durchquerte auf leisen Pfoten das Zimmer, sprang auf den Schaukelstuhl und rollte sich zusammen.

Laura hatte ihre Tochter noch immer auf dem Schoß. »Du schläfst jetzt ganz tief. Aber du hörst mich, und du wirst mir antworten, wenn ich dir Fragen stelle.«

Der Mund des Mädchens war schlaff, die Lippen leicht geöffnet.

»Kannst du mich hören, Melanie?«

Das Mädchen sagte nichts.

»Melanie, kannst du mich hören?«

Das Mädchen seufzte leise.

»Uh...«

Es war der erste Laut, den es von sich gab, seit Laura es im Krankenhaus wiedergesehen hatte.

»Wie heißt du?«

Das Kind runzelte die Stirn. »Muh...«

Die Katze hob den Kopf.

»Melanie? Ist das dein Name? Melanie?«

»Muh... muh...«

Pepper stellte die Ohren auf.

Laura beschloß, eine andere Frage zu stellen. »Weißt du, wer ich bin, Melanie?«

Das Kind fuhr sich im Schlaf mit der Zunge über die Lippen. »Muh... es... uh... es...« Melanie zuckte und hob eine Hand, so als wolle sie etwas abwehren.

»Ganz ruhig«, murmelte Laura. »Entspann dich. Sei ganz ruhig, entspann dich und schlaf. Du bist in Sicherheit. Du bist bei mir in Sicherheit.«

Das Mädchen ließ die Hand sinken. Es seufzte.

Laura wartete, bis die Falten von Melanies Stirn verschwunden waren, dann wiederholte sie ihre Frage: »Weißt du, wer ich bin?«
Melanie stieß einen unartikulierten murmelnd-wimmernden Laut aus.
»Weiß du, wer ich bin, Melanie?«
Das Gesicht des Kindes legte sich wieder in Falten. »Umm... uh... uh-uh... es... es...«
»Wovor fürchtest du dich, Melanie?«
»Es... es... dort...«, stammelte das Mädchen, und die Angst war seiner Stimme genauso anzumerken wie dem verzerrten, bleichen Gesicht.
»Was siehst du?« forschte Laura weiter. »Wovor fürchtest du dich, Liebling? Was siehst du?«
»Die... dort... die...«
Pepper setzte sich auf und beobachtete das Mädchen aufmerksam.
Es schien, als wäre die Luft unnatürlich schwer.
Die Schatten in den Zimmerecken schienen dunkler und größer zu sein als einen Augenblick zuvor, obwohl das natürlich unmöglich war.
»Es... dort... nein, nein, nein, nein...«
Laura legte eine Hand beruhigend auf die Stirn ihrer Tochter und wartete gespannt auf jedes Wort. Ihr war etwas unheimlich zumute, und ein heftiger Schauder lief ihr über den Rücken.
»Wo bist du, Melanie?«
»Nein...«
»Bist du in dem grauen Zimmer?«
Das Mädchen knirschte mit den Zähnen, drückte die Augen krampfhaft zu, ballte die Hände zu Fäusten, so als kämpfe es gegen etwas sehr Starkes an.
Laura hatte Melanie behutsam in jenes graue Zimmer zurückversetzen wollen, aber es sah ganz so aus, als wäre das Mädchen von allein dorthin zurückgekehrt. Laura konnte sich diesen Vorgang nicht erklären; sie hatte noch nie etwas von einer *spontanen* Versetzung in die Vergangenheit der hypnotisierten Person gehört. Der Patient mußte immer ermutigt und angeleitet werden, um an den Schauplatz des traumatischen Geschehens zurückzukehren.
»Wo bist du, Melanie?«
»N-n-n-nein... nein... die... *nein!*«
»Ruhig, ganz ruhig. Wovor hast du Angst?«

»Bitte... nein...«
»Ganz ruhig, Liebling. Was siehst du? Den Tank? Niemand wird dich zwingen, wieder in den Tank zu steigen.«
Aber es war nicht der Tank, vor dem sich das Mädchen fürchtete. Lauras Worte vermochten es nicht zu beruhigen. »Nein... nein!«
»Ist es der elektrische Stuhl? Du wirst nie mehr darin sitzen müssen.«
Etwas anderes ängstigte das Kind. Es zitterte und bewegte sich unruhig, so als wolle es sich aus Lauras Armen befreien und wegrennen.
»Liebling, du bist bei mir in Sicherheit«, sagte Laura und drückte sie noch fester an sich. »Niemand wird dir weh tun.«
»Sie öffnet sich... sie öffnet sich... nein... sie... sie... *geht auf*...«
»Ganz ruhig, Liebling«, murmelte Laura, doch sie war selbst alles andere als ruhig. Sie hatte das Gefühl, daß etwas von ungeheurer Bedeutung geschehen würde.

15

Lieutenant Felix Porteau von der Abteilung für wissenschaftliche Untersuchungsmethoden wurde hinter seinem Rücken Poirot genannt, nach Agatha Christies eingebildetem belgischen Detektiv. Dan wußte aber, daß Porteau sich selbst lieber als Sherlock Holmes sah, trotz seiner kurzen Beine, des dicken Bauches, der hängenden Schultern, des eiförmigen kahlen Schädels und des Weihnachtsmanngesichts. Um dem gewünschten Image zu entsprechen, rauchte Porteau aromatischen Shag-Tabak in einer gebogenen Pfeife.
Diese Pfeife war nicht angezündet, als Dan Porteaus Büro betrat, aber Porteau griff sofort danach und deutete mit ihr auf einen Stuhl. »Setz dich, Daniel, setz dich. Ich dachte mir schon, daß du hier auftauchen würdest. Du willst vermutlich wissen, was ich in der Affäre Studio City alles entdeckt habe.«
»Erstaunlich scharfsinnig, Felix.«
Porteau warf sich in seinem Stuhl zurück. »Ein einzigartiger Fall. Natürlich wird es einige Tage dauern, bevor die endgültigen Ergebnisse aus meinem Labor vorliegen.« Felix redete immer von *seinem*

Labor, so als experimentiere er in einem kleinen Raum seiner Privatwohnung in der Londoner Baker Street. »Aber wenn du willst, könnte ich dir sagen, was bei den vorläufigen Untersuchungen herausgekommen ist.«
»Das wäre äußerst liebenswürdig von dir.«
Porteau biß auf das Mundstück seiner Pfeife und grinste Dan augenzwinkernd an. »Du verarschst mich, Daniel.«
»Niemals!«
»Doch. Du verarschst alle Leute.«
»Du stellst mich ja als Klugscheißer hin.«
»Das bist du auch.«
»Vielen Dank für das Kompliment.«
»Aber du bist ein netter, witziger, intelligenter und charmanter Klugscheißer – und das macht sehr viel aus.«
»Jetzt stellst du mich als einen Cary Grant hin.«
»Siehst du dich nicht selbst so?«
Dan dachte einen Augenblick darüber nach. »Na ja, vielleicht halb Cary Grant und halb Alex Karras.«
»Wer ist Alex Karras?«
»Ein ehemaliger Footballstar. Jetzt ist er Schauspieler.«
»Den kenne ich nicht. Aber wenn ich ihn kennen würde, fände ich das Bild, das du von dir entwirfst, vermutlich sehr amüsant.«
»Das glaube ich auch. So, und jetzt zu diesem Fall in Studio City. Gibt es irgendwelche Fingerabdrücke, die uns weiterhelfen werden?«
Porteau öffnete eine Schreibtischschublade, holte einen Tabakbeutel hervor und begann seine Pfeife zu stopfen. »Jede Menge Fingerabdrücke der drei Opfer. Im ganzen Haus. Und Abdrücke des kleinen Mädchens – aber nur in der umgebauten Garage.«
»Dem Labor.«
»Dem grauen Zimmer, wie einer meiner Männer es nannte.«
»Sie war also immer in diesem einen Raum eingesperrt?«
»Offensichtlich. Das heißt, einige partielle Abdrücke von ihr fanden wir noch im angrenzenden kleinen Bad. Es scheint ihres gewesen zu sein. Aber im ganzen übrigen Haus gibt es keinen einzigen Abdruck von ihr.«
»Und sonst? Keine Abdrücke, die von den Mördern stammen könnten?«
»Selbstverständlich haben wir andere Abdrücke gefunden, hauptsächlich partielle. Unser neues High-Speed-Lasergerät ver-

gleicht sie mit den Fingerabdrücken aktenkundiger Verbrecher, aber bisher hatten wir noch kein Glück. Und ich mache mir auch keine großen Hoffnungen.« Er suchte in seinen Taschen nach Streichhölzern. Dann fragte er: »Wie oft hinterläßt ein Mörder deiner Erfahrung nach am Tatort deutliche, leicht identifizierbare Fingerabdrücke?«

»Ich habe es in vierzehn Jahren erst zweimal erlebt«, mußte Dan zugeben. »Also Fehlanzeige bei den Fingerabdrücken. Sonst etwas?«

Porteau zündete seine Pfeife an, stieß süßlichen Rauch aus und löschte das Streichholz. »Es wurde keine Waffe gefunden...«

»Eines der Opfer hatte einen Feuerhaken.«

Porteau nickte. »Mr. Cooper. Aber wir haben nur sein eigenes Blut darauf gefunden, und es waren nur einige Tropfen, wie überall an den Wänden und auf dem Boden rings um die Leiche.«

»Cooper hat seinen Angreifer mit dem Feuerhaken also nicht getroffen, und er wurde selbst nicht mit dem Ding geschlagen.«

»So ist es.«

»Und was hat das Staubsaugen ergeben – außer Dreck, meine ich?«

»Die Funde werden analysiert. Ehrlich gesagt, bin ich nicht optimistisch.«

Porteau *war* normalerweise optimistisch, wie sein Vorbild Sherlock Holmes; um so entmutigender war sein derzeitiger Pessimismus.

»Und was habt ihr unter den Fingernägeln der Opfer gefunden?«

»Nichts Interessantes. Keine Hautfetzen, keine Haare, kein Blut, außer ihrem eigenen; sie hatten offenbar keine Gelegenheit, ihre Angreifer auch nur zu kratzen.«

»Aber die Mörder müssen sich ganz in ihrer Nähe befunden haben. Verdammt, Felix, sie haben diese Leute *totgeprügelt*.«

»Ja. Trotzdem scheint keiner der Mörder verletzt worden zu sein. Wir haben überall in jenen Räumen Blutproben gesammelt, aber das ganze Blut stammt ausschließlich von den Opfern.«

Sie saßen einen Augenblick schweigend da.

Porteau paffte Rauchwolken in die Luft. Sein Gesicht hatte einen nachdenklichen Ausdruck, und wenn er Geige gespielt hätte wie Holmes, so hätte er jetzt das Instrument bestimmt zur Hand genommen. Schließlich sagte Dan: »Du hast die Fotos von den Leichen gesehen?«

»Ja. Schrecklich. Unglaublich. Eine derartige Raserei...«
»Hast du nicht auch das Gefühl, daß das ein sehr merkwürdiger Fall ist?«
»Daniel, ich finde jeden Mord merkwürdig«, erwiderte Porteau.
»Aber dieser Fall ist merkwürdiger als andere.«
»Merkwürdiger als andere«, stimmte Porteau zu und lächelte, so als freue er sich über die Herausforderung.

Dan ließ ihn in seiner aromatischen Rauchwolke zurück und fuhr mit dem Lift ins Untergeschoß hinab, wo die Pathologie untergebracht war.

16

Das Mädchen rief: »*Nein!*«
»Melanie, Liebling, beruhige dich. Niemand wird dir etwas zuleide tun.«
Die Kleine schüttelte heftig den Kopf, ihr Atem ging schnell und flach, und ein Angstschrei blieb in ihrer Kehle stecken. Nur ein dünnes hohes *iiiiiiiii* war zu hören. Sie zappelte und versuchte, vom Schoß ihrer Mutter herunterzukommen.
Laura hielt sie fest. »Hör auf zu strampeln, Melanie. Sei ruhig. Entspann dich.«
Plötzlich schlug Melanie mit beiden Händen nach einem nicht existierenden Angreifer, traf aber ihre Mutter. Es waren zwei kräftige, schmerzhafte Schläge, vor Lauras Brust und in ihr Gesicht.
Laura ließ ihre Tochter unwillkürlich los. Der Schlag ins Gesicht hatte ihr Tränen in die Augen getrieben.
Melanie ließ sich auf den Boden fallen und kroch davon.
»Melanie, bleib hier!«
Obwohl das Mädchen unter Hypnose eigentlich Lauras Befehle hätte befolgen müssen, ignorierte es seine Mutter und kroch am Schaukelstuhl vorbei, mitleiderregende animalische Laute panischer Angst ausstoßend.
Die Katze stand jetzt mit gewölbtem Rücken auf dem Schaukelstuhl. Sie hatte die Ohren angelegt und fauchte. Dann sprang sie mit einem Satz über das Mädchen hinweg und raste aus dem Arbeitszimmer.
»Melanie, hör mir zu!«

Das Mädchen verschwand hinter dem Schreibtisch.
Laura folgte ihrer Tochter. Ihre linke Wange brannte noch immer von dem Schlag. Melanie verkroch sich unter dem Schreibtisch. Laura ging in die Hocke und sah das Mädchen mit hochgezogenen Knien dasitzen, die Arme um die Beine geschlungen, zusammengekauert, das Kinn auf den Knien. Die schreckensweit aufgerissenen Augen nahmen weder Laura noch das Zimmer wahr.
»Liebling?«
Mühsam nach Luft ringend, so als wäre sie weit gerannt, stammelte Melanie: »Laß sie nicht... aufgehen. Halt sie... geschlossen... fest geschlossen!«
Earl Benton tauchte auf der Türschwelle auf. »Ist alles in Ordnung?«
Laura sah ihn über die Schreibtischkante hinweg an. »Ja... Nur... meine Tochter... aber sie wird sich beruhigen.«
»Sind Sie sicher? Brauchen Sie meine Hilfe?«
»Nein, nein. Ich muß mit ihr allein sein. Es geht schon.«
Earl kehrte zögernd ins Wohnzimmer zurück.
Laura blickte wieder unter die Schreibtischplatte. Melanie keuchte noch immer, und sie zitterte jetzt am ganzen Leib. Tränen liefen ihr über die Wangen.
»Komm heraus, Liebling.«
Das Mädchen bewegte sich nicht.
»Melanie, du wirst mir zuhören, und du wirst tun, was ich dir sage. Komm sofort heraus.«
Das Mädchen versuchte, sich noch tiefer zu verkriechen.
Laura hatte noch nie erlebt, daß ein hypnotisierter Patient sich so total ihrer Kontrolle entzog. Sie starrte Melanie fassungslos an und beschloß, sie unter dem Schreibtisch sitzen zu lassen, wo sie sich ein klein wenig sicherer zu fühlen schien.
»Liebling, wovor versteckst du dich?«
Keine Antwort.
»Melanie, du mußt es mir sagen! Was hast du gesehen? Was sollte geschlossen bleiben?«
»Laß sie nicht aufgehen!« wimmerte das Kind; zum erstenmal schien es direkt auf eine Frage Lauras zu reagieren, obwohl es immer noch irgend etwas schreckliches vor Augen hatte, das sich zu einer anderen Zeit und an einem anderen Ort ereignet haben mußte.
»*Was* soll ich nicht aufgehen lassen? Sag es mir, Melanie.«

»Halt sie geschlossen!« schrie das Mädchen, kniff die Augen zu und biß sich so fest auf die Lippe, daß ein Blutstropfen hervortrat. Laura legte eine Hand auf den Arm ihrer Tochter. »Liebling, wovon redest du? Ich werde dir helfen, es geschlossen zu halten, wenn du mir nur sagst, was es ist.«
»Die T-T-Tür...«
»Welche Tür?«
»Die *Tür!*«
»Die Tür zum Tank?«
»Sie öffnet sich, sie öffnet sich!«
»Nein«, sagte Laura scharf. »Hör mir zu. Du mußt mir zuhören und glauben, was ich dir sage. Die Tür wird nicht aufgehen. Sie wird sich nicht öffnen. Sie ist geschlossen. Fest geschlossen. Schau sie an. Siehst du? Sie ist nicht einmal einen Spalt breit geöffnet.«
»Nicht einmal einen Spalt breit«, wiederholte Melanie, und nun konnte kein Zweifel mehr daran bestehen, daß irgendein Teil von ihr Laura hörte und verstand, obwohl sie weiterhin durch Laura hindurch starrte und in ihrer selbsterschaffenen Welt blieb.
»Nicht einmal einen Spalt breit«, versicherte Laura, zutiefst erleichtert, endlich ein wenig Einfluß auszuüben.
Das Mädchen beruhigte sich etwas. Es zitterte noch immer, und sein Gesicht war noch immer angstverzerrt, aber es zerbiß sich zumindest nicht mehr die Lippe. Ein dünner Blutfaden zog sich das Kinn hinab.
»So, Liebling«, fuhr Laura fort, »die Tür ist geschlossen, und sie wird fest geschlossen bleiben, und niemand auf der anderen Seite wird sie öffnen können, denn ich habe ein neues Schloß angebracht, ein schweres Schloß. Verstehst du?«
»Ja«, murmelte das Mädchen zweifelnd.
»Schau die Tür an, Melanie. Sie hat ein großes, glänzendes, neues Schloß. Siehst du das neue Schloß?«
»Ja«, sagte Melanie etwas zuversichtlicher.
»Ein großes Messingschloß. Ein sehr großes.«
»Ja.«
»Es ist so groß und stark, daß niemand es aufbrechen kann.«
»Niemand«, stimmte das Mädchen zu.
»Gut. Sehr gut. Obwohl die Tür nicht mehr aufgehen kann, wüßte ich doch sehr gern, was auf der anderen Seite der Tür ist.«
Das Mädchen schwieg.
»Liebling, sag mir, was auf der anderen Seite der Tür ist!«

Melanies kleine weiße Hand zuckte durch die Luft, so als versuche sie, ein Bild von etwas zu zeichnen.

»Was ist auf der anderen Seite der Tür?« wiederholte Laura geduldig.

Die Hände bewegten sich weiter durch die Luft. Das Kind gab leise Laute von sich.

»Sag es mir, Liebling.«

»Die Tür...«

»Wohin führt die Tür?«

»Die Tür...«

»Was für ein Raum ist auf der anderen Seite?«

»Die Tür... zum...«

»Wohin?«

»Die Tür... zum... Dezember«, brachte Melanie mühsam hervor. Ihre Angst wurde begleitet von anderen Gefühlen – Jammer, Verzweiflung, Einsamkeit, Frustration. All diese Emotionen brachen sich jetzt Bahn in den unartikulierten Lauten, die sie von sich gab, und in ihrem wilden Schluchzen.

Dann: »Mami? Mami?«

»Ich bin hier, Baby, ich bin bei dir«, sagte Laura, erschüttert über die Tatsache, daß ihre Tochter nach ihr rief.

»Mami?«

»Ich bin hier, Liebling. Komm zu mir. Komm aus deinem Versteck hervor.«

Das Mädchen kam nicht unter dem Schreibtisch hervor. Weinend rief es wieder: »Mami?« Es schien zu glauben, allein zu sein, weit entfernt von Lauras schützender Umarmung, obwohl in Wirklichkeit nur wenige Zentimeter sie voneinander trennten. »O Mami! *Mami!*«

Während Laura in das Versteck unter dem Schreibtisch spähte und ihr kleines Mädchen weinen und wimmern sah, während sie die Kleine berührte und streichelte, war sie erfüllt von ähnlich heftigen Gefühlen wie Melanie, erfüllt von Schmerz, Mitleid und Zorn. Aber gleichzeitig war sie auch ungeheuer neugierig.

Die Tür zum Dezember?

»*Mama?*«

»Hier bin ich. Hier!«

Sie waren so nahe beieinander, und doch waren sie getrennt durch einen breiten geheimnisvollen Abgrund.

17

Luther Williams war ein junger schwarzer Pathologe, der für die Polizei von Los Angeles arbeitete. Er kleidete sich wie Sammy Davis, Jr. – teure Anzüge und zuviel Schmuck –, war aber so kultiviert und witzig wie Thomas Sowell, der schwarze Soziologe. Luther bewunderte Sowell und andere Soziologen und Wirtschaftswissenschaftler der aufsteigenden konservativen Bewegung innerhalb der Kommunität intellektueller Schwarzer und konnte ganze Passagen aus ihren Büchern auswendig zitieren. Er liebte es, Dan Haldane lange Vorträge über pragmatische Politik zu halten und sich über die Vorzüge der freien Marktwirtschaft als einem Mittel gegen die Armut auszulassen. Er war aber ein hervorragender Pathologe mit feinem Gespür für die anormalen Einzelheiten, die für die Gerichtsmedizin so bedeutsam sind. Deshalb ließ Dan die ihm lästigen politischen Ausführungen meistens über sich ergehen, um anschließend alles Wissenswerte über sezierte Leichen zu erfahren.

Luther saß über ein Mikroskop gebeugt und untersuchte eine Gewebeprobe, als Dan das grüngekachelte Labor betrat. Der Pathologe blickte grinsend auf. »Hallo, Danny! Hast du die Karten benutzt, die ich dir gegeben habe?«

Dan wußte im ersten Moment nicht, wovon die Rede war, doch dann fiel es ihm ein. Luther hatte zwei Karten für eine Debatte zwischen William F. Buckley und Robert Scheer gekauft, und dann war ihm etwas Wichtiges dazwischengekommen, und er hatte Dan die Karten aufgedrängt, als sie sich in der vergangenen Woche zufällig über den Weg gelaufen waren. »Diese Diskussion wird deinen geistigen Horizont erweitern«, hatte er versichert.

Etwas schuldbewußt erklärte Dan jetzt: »Ich habe dir gleich gesagt, daß ich es wahrscheinlich nicht schaffen würde hinzugehen und daß du die Karten jemand anderem geben solltest.«

»Du warst nicht da?« fragte Luther enttäuscht.

»Keine Zeit.«

»Danny, Danny, du mußt dir für solche Sachen einfach Zeit nehmen. In diesem Land tobt ein Kampf, der für unser aller Leben entscheidend sein wird, ein Kampf zwischen freiheitsliebenden Menschen und deren Gegnern, ein *Krieg* zwischen freiheitsliebenden Libertariern und freiheitshassenden Faschisten und Linksradikalen.«

Dan hatte sich seit zwölf Jahren an keinen Wahlen mehr beteiligt. Ihm war es ziemlich egal, welche Partei oder ideologische Richtung an der Macht war. Seine politische Indifferenz beruhte nicht auf der Überzeugung, daß sowohl die Demokraten als auch die Republikaner, sowohl die Liberalen als auch die Konservativen korrupt seien; vermutlich waren sie es, aber das war ihm ziemlich gleichgültig. Er glaubte einfach, daß die Gesellschaft sich irgendwie durchwursteln würde, ganz gleich, unter welcher Regierung, und er hatte keine Zeit, um sich langweilige politische Diskussionen anzuhören.

Was ihn am meisten interessierte, waren Morde. Morde und Mörder. Manche Menschen waren zu unvorstellbaren Brutalitäten imstande, und diese Menschen faszinierten ihn. Nicht jene Mörder, die offenkundig verrückt waren. Auch nicht jene, die in blinder Rage töteten, nachdem sie provoziert worden waren. Aber die anderen. Es gab Männer, die ihre Ehefrauen kaltblütig umbrachten, einfach weil sie ihrer überdrüssig waren. Es gab Mütter, die ihre Kinder umbrachten, weil sie keine Verantwortung mehr tragen wollten, und die keinerlei Schuldgefühle hatten. Verdammt, es gab sogar Menschen, die bereit waren, aus völlig trivialen Motiven heraus zu morden, etwa weil jemand ihnen die Vorfahrt im Straßenverkehr genommen hatte; es waren Menschen, die sich über alle Moralgesetze hinwegsetzten, und die Beschäftigung mit dieser Art von Mördern und ihren geistigen und psychischen Verirrungen und Abartigkeiten wurde Dan nie langweilig. Er wollte sie verstehen. Waren sie einfach geisteskrank – oder brach bei ihnen ein Atavismus durch? Waren nur bestimmte Menschen zu kaltblütigem Mord fähig? Und wenn ja, wenn es sich tatsächlich um reißende Wölfe in einer Schafherde handelte, so wollte er wissen, was sie von den Schafen unterschied. Was fehlte ihnen? Warum waren Einfühlungsvermögen und Mitleid für diese Menschen Fremdwörter?

Er konnte sich selbst nicht erklären, woher diese intellektuelle Faszination stammte. Er war seiner eigenen Einschätzung nach kein Typ, der zum Grübeln und Philosophieren neigte. Aber vielleicht kam man zwangsläufig ins Philosophieren, wenn man tagtäglich mit Blut, Tod und Gewalt zu tun hatte. Vielleicht verbrachten auch die meisten anderen Kriminalbeamten viel Zeit damit, über die dunkle Seite des menschlichen Charakters nachzudenken;

vielleicht war er nicht der einzige. Er wußte es einfach nicht, denn über solche Themen wurde im Kollegenkreis nicht gesprochen. In seinem speziellen Fall hing das Bedürfnis, Mörder zu verstehen, möglicherweise aber auch damit zusammen, daß sowohl sein Bruder als auch seine Schwester ermordet worden waren.

Luther Williams blieb vor seinem Mikroskop sitzen und sagte lächelnd: »Hör zu, Danny, nächste Woche findet eine wirklich umwerfende politische Debatte zwischen Milton Friedman und Galbraith...«

Dan fiel ihm ungeduldig ins Wort. »Tut mir leid, Luther, aber ich habe heute keine Zeit zum Plaudern. Ich brauche ein paar Informationen, und zwar möglichst schnell.«

»Warum hast du es denn so eilig?«

»Äh... ich muß dringend pinkeln.«

Luther warf ihm einen ungläubigen Blick zu. »Hör mal, Danny, ich weiß, daß Politik dich langweilt, aber...«

»Nein, darum geht es nicht«, sagte Dan mit treuherziger Miene. »Ich muß wirklich ganz dringend aufs Klo.«

Luther seufzte. »Eines Tages wird hierzulande ein totalitäres Regime an die Macht kommen und Gesetze erlassen, denen zufolge du ohne schriftliche Genehmigung nicht pinkeln *darfst*. Und wenn dann deine Blase fast am Platzen ist, wirst du zu mir kommen und sagen: ›Luther, mein Gott, warum hast du mich nicht vor diesen Leuten gewarnt?‹«

»Nein, nein. Ich verspreche dir, mich irgendwo zu verkriechen und meine Blase in aller Stille platzen zu lassen. Ich verspreche, daß ich dich nicht belästigen werde.«

»Ja, weil du lieber deine Blase platzen lassen würdest, als dir von mir anhören zu müssen, daß du an deiner mißlichen Lage selbst schuld bist.«

Dan setzte sich auf einen Hocker, Luther genau gegenüber. »Okay. Bitte enthalten Sie mir Ihre verblüffenden wissenschaftlichen Erkenntnisse nicht länger vor, Dr. Williams. Ihr habt letzte Nacht drei neue Kunden reinbekommen: McCaffrey, Hoffritz und Cooper.«

»Die Autopsie steht für heute abend auf dem Programm.«

»Du hast sie dir noch nicht vorgenommen?«

»Wir sind im Rückstand, Danny. Die Kerle werden schneller umgebracht, als wir sie aufschneiden können.«

»Hört sich nach einem Verstoß gegen die Prinzipien der freien Marktwirtschaft an«, kommentierte Dan.
»Häh?«
»Ihr habt wesentlich mehr Angebot als Nachfrage.«
»Verarsch mich nicht! Willst du dich selbst im Kühlraum davon überzeugen, daß die Leichen auf den Tischen übereinandergestapelt sind? Verdammt, bald werden wir sie zwischen Eisblöcken in Schränken verstauen müssen.«
»Hast du wenigstens mal einen Blick auf die drei geworfen, die mich interessieren?«
»Na klar.«
»Kannst du mir irgend etwas über sie berichten?«
»Sie sind tot.«
»Sobald wir ein totalitäres Regime haben, werden als erste alle witzigen schwarzen Pathologen liquidiert werden.«
»Ha, genau das versuche ich dir ja ständig klarzumachen!« rief Luther.
»Hast du dir die Verletzungen der drei Mordopfer angesehen?«
Luthers Gesicht verdüsterte sich. »So etwas habe ich noch nie im Leben gesehen. Jede dieser Leichen ist mit Quetschungen und Prellungen förmlich übersät – es müssen Hunderte sein –, und keine zwei davon haben die gleiche Struktur. Desgleichen Dutzende von Frakturen; aber auch diese Knochenbrüche ergeben kein einheitliches Bild. Die Autopsie wird uns genauen Aufschluß geben, aber nach der vorläufigen Untersuchung sieht es so aus, als seien manche Knochen zersplittert, andere glatt durchtrennt, und wieder andere sind... *zermalmt*. Nun kann aber kein stumpfer Gegenstand, der als Keule benutzt wird, Knochen *pulverisieren*. Ein heftiger Schlag führt zu gesplitterten oder gebrochenen Knochen, aber er zermalmt sie nicht. Dazu ist eine ungeheure Kraft vonnöten – etwa, wenn ein Auto einen Fußgänger rammt und gegen eine Ziegelmauer preßt. Man kann Knochen nur durch enormen Druck zermalmen.«
»Welches Mordinstrument schwebt dir demnach vor?«
»Du hast mich nicht verstanden. Sieh mal, üblicherweise läßt sich anhand der Verletzungen immer bestimmen, womit jemand erschlagen wurde, ob es sich um einen glatten, rauhen, scharfen oder stumpfen Gegenstand handelte. Man kann genau sagen: ›Aha, dieser Mann wurde mit einem Hammer getötet, der eine runde Schlagfläche mit schräger Kante hat.‹ Oder mit einem Brech-

eisen, dem stumpfen Ende einer Axt, mit einer Bücherstütze oder einer Salami. Jedenfalls läßt sich das Mordwerkzeug eindeutig feststellen, sobald man die Verletzungen untersucht hat. *Diesmal aber nicht.* Jede Verletzung scheint von einem anderen Gegenstand zu stammen.«

Dan zupfte an seinem linken Ohrläppchen. »Ich glaube, wir können die Möglichkeit ausschließen, daß der Mörder das Haus mit einem Koffer voll stumpfer Werkzeuge betrat, nur weil er Abwechslung liebt. Ich kann mir nicht vorstellen, daß die Opfer stillstanden, während er den Hammer gegen eine Schaufel und diese gegen einen Schraubenschlüssel eintauschte.«

»Ich stimme dir zu«, sagte Luther. »Aber da ist auch noch etwas anderes... Ich habe keine einzige Wunde gefunden, die wirklich so aussah, als stamme sie von einem Hammer, einem Schraubenschlüssel oder auch einem Brecheisen. Nicht nur, daß jede Verletzung sich von allen anderen unterscheidet, sondern jede einzelne ist von ganz eigenartiger Form, die keiner mit bekannten Mordwaffen entspricht.«

»Hast du dafür irgendeine Erklärung?«

»Nun, wenn dies hier ein alter Fu Manchu-Roman wäre, würde ich sagen, daß wir es mit einem Bösewicht zu tun haben, der eine teuflische neue Waffe erfunden hat, eine Art Luftkompressor, der wesentlich mehr Unheil anrichten kann als Arnold Schwarzenegger mit einem Schmiedehammer.«

»Eine fantasievolle Theorie. Aber nicht sehr wahrscheinlich.«

»Hast du jemals Sax Rohmer gelesen, diese alten Fu Manchu-Bücher? In denen wimmelt es nur so von exotischen Waffen und ausgefallenen Mordarten.«

»Wir befinden uns aber im wirklichen Leben.«

»So sagt man allgemein.«

»Das wirkliche Leben ist kein Fu Manchu-Roman.«

Luther zuckte mit den Achseln. »Ich bin mir da nicht so sicher. Denk mal an die Nachrichtensendungen der letzten Zeit.«

»Ich benötige bessere Erklärungen, Luther. Verdammt, ich bin in diesem Fall wirklich auf jede Hilfe angewiesen.«

Sie blickten einander in die Augen.

Dann sagte Luther ohne jede Spur von Humor: »Aber die Leichen sehen *wirklich* so aus, als wären die Leute mit einem Lufthammer zu Tode geprügelt worden!«

18

Es gelang Laura schließlich, ihre Tochter unter dem Schreibtisch hervorzulocken. Danach weckte sie Melanie aus der Hypnose, und das Kind glitt aus der Trance in den katatonischen Zustand zurück, in dem es sich befand, seit es von der Polizei aufgegriffen worden war.

Laura hatte insgeheim gehofft, daß die Beendigung der hypnotischen Trance ihre Tochter auch aus der Katatonie herausreißen würde. Einen Moment lang fixierte sich Melanies Blick auch tatsächlich auf Laura; sie schaute ihr direkt in die Augen und legte eine Hand an Lauras Wange, so als wolle sie sich davon überzeugen, daß ihre Mutter kein Fantasiegebilde war. Laura rief eindringlich: »Bleib bei mir, Baby. Zieh dich nicht wieder zurück. Bleib bei mir.«

Aber das Mädchen zog sich dennoch in seine eigene Welt zurück, und Laura schwankte zwischen Glück über den flüchtigen Kontakt und Schmerz über die kurze Dauer dieses Kontakts.

Die erste Therapiestunde hatte Melanie stark mitgenommen. Ihr Gesicht war schlaff vor Erschöpfung, die Augen blutunterlaufen. Laura brachte sie zu Bett, und sie schlief ein, kaum daß ihr Kopf das Kissen berührt hatte.

Als Laura ins Wohnzimmer kam, stellte sie fest, daß Earl Benton seinen Stuhl verlassen und sein Sakko ausgezogen hatte. Er hatte auch seine Pistole aus dem Schulterhalfter genommen und hielt sie jetzt in der rechten Hand, so als glaubte er, sie vielleicht bald benutzen zu müssen. Er stand an einem Flügelfenster und blickte mit besorgter Miene ins Freie: »Earl?« rief sie ihn unsicher an.

Er warf ihr einen kurzen Blick zu. »Wo ist Melanie?«

»Sie schläft.«

Er wandte seine Aufmerksamkeit wieder der Straße zu. »Gehen Sie lieber zu ihr.«

Sie hatte plötzlich Mühe zu atmen. Sie schluckte. »Was ist los?«

»Vielleicht nichts. Vor einer halben Stunde ist ein Kastenwagen der Telefongesellschaft vorgefahren und hat auf der anderen Straßenseite geparkt. Es ist niemand ausgestiegen.«

Sie trat neben ihn ans Fenster.

Ein graublauer Wagen mit weißer und blauer Beschriftung stand gegenüber dem Haus, halb in der Sonne, halb im Schatten einer

Jakaranda. Er sah aus wie alle Wagen der Telefongesellschaft, die man jeden Tag sah: Er hatte nichts Besonderes an sich, nichts Bedrohliches.
»Was kommt Ihnen daran verdächtig vor?« fragte sie.
»Wie gesagt, soweit ich sehen konnte, ist niemand ausgestiegen.«
»Vielleicht hält der Techniker ein Schläfchen auf Kosten der Gesellschaft.«
»Das ist unwahrscheinlich. Die Telefongesellschaft ist viel zu gut durchorganisiert, als daß die Leute während der Arbeitszeit pennen könnten. Außerdem... die Sache stinkt einfach. Ich habe ein Gespür dafür. Ich sehe so etwas nicht zum erstenmal, und mein Gefühl sagt mir, daß wir observiert werden.«
»Observiert? Von wem?«
»Schwer zu sagen. Aber der Telefonwagen... nun ja, staatliche Agenten arbeiten oft mit dieser Masche.«
»Staatliche Agenten?«
»Ja.«
Sie wandte ihren Blick von dem Wagen ab und starrte Earl an, der ihr Erstaunen offenbar nicht teilte. »Sie meinen – das FBI?«
»Vielleicht. Oder das Finanzministerium. Vielleicht auch eine Sicherheitsabteilung des Verteidigungsministeriums. Es gibt alle möglichen Arten von bundesstaatlichen Agenten.«
»Aber warum sollten sie uns observieren? Wir sind doch die Opfer – jedenfalls die potentiellen Opfer – und keine Kriminellen.«
»Ich habe nicht behauptet, daß es solche Agenten sind. Ich habe nur gesagt, daß sie oft mit dieser Masche arbeiten.«
Während Laura ihn anstarrte, wie er so dastand und kein Auge von dem Wagen ließ, fiel ihr auf, daß er sich verändert hatte. Nichts erinnerte mehr an den Provinzler. Er sah älter als seine 26 Jahre aus, und er trat härter, entschlossener und professioneller auf als vorhin im Krankenhaus.
Verwirrt murmelte Laura: »Nun, wenn es irgendwelche Leute von der Regierung sind, haben wir ja nichts zu befürchten.«
»Nein?«
»Sie sind es doch nicht, die Melanie umbringen wollen.«
»Nein?«
»Selbstverständlich nicht«, erwiderte sie bestürzt. »Es war doch nicht die Regierung, die meinen Mann und die beiden anderen ermordet hat.«

»Woher wissen Sie das?« fragte er, die Augen unverwandt auf den Wagen der Telefongesellschaft gerichtet.
»Um Himmels willen...«
»Ihr Mann und eines der beiden anderen Opfer – sie haben früher an der Uni von Los Angeles gearbeitet.«
»Na und?«
»Sie erhielten damals Zuschüsse für Forschungsprojekte.«
»Natürlich, aber...«
»Und es handelte sich zum Teil – vielleicht sogar zum größten Teil – um staatliche Zuschüsse, oder?«
Sie schwieg, weil er die Antwort offenbar ohnehin schon wußte.
»Zuschüsse vom Verteidigungsministerium«, betonte Earl.
Laura nickte stumm.
»Das Verteidigungsministerium ist interessiert an der Verhaltensmodifikation. Geistige Kontrolle. Die beste Methode, mit einem Feind fertig zu werden, ist, sein Gehirn zu manipulieren und ihn sich zum Freund zu machen, ohne daß er weiß, was passiert ist. Ein wirklicher Durchbruch auf diesem Gebiet könnte Kriegen, wie wir sie kennen, ein Ende bereiten.«
»Woher wissen Sie das alles über Dylans Arbeit? Ich habe es Ihnen nicht erzählt.«
Anstatt ihre Frage zu beantworten, fuhr er fort: »Vielleicht arbeiteten Hoffritz und Ihr Mann noch immer für die Regierung.«
»Hoffritz war diskreditiert...«
»Wenn seine Forschungsprojekte wichtig waren und zu interessanten Resultaten führten, würde es für diese Leute nicht die geringste Rolle spielen, daß er sich in akademischen Kreisen diskreditiert hatte. Sie würden ihn trotzdem benutzen.« Er warf ihr wieder einen kurzen Blick zu, und der Zynismus in seinen Augen verriet deutlich, daß er sich keinerlei Illusionen über die Welt hingab.
Von dem jungen Fahrer war nichts mehr übriggeblieben, und sie fragte sich, ob der naive Mann vom Lande, der in der Großstadt gesellschaftlichen Schliff bekommen möchte, nur eine einstudierte Rolle gewesen war, die er sehr überzeugend gespielt hatte. Sie war plötzlich überzeugt davon, daß Earl Benton auch in seiner Jugend nicht gutgläubig und naiv gewesen war.
Und sie war sich nicht mehr sicher, ob sie ihm vertrauen konnte.
Die Situation war schlagartig so kompliziert geworden, daß sie

sich etwas benommen fühlte. »Eine Konspiration der Regierung? Aber weshalb hätten sie dann Dylan und Hoffritz umbringen sollen, wenn Dylan für sie arbeitete?«

»Vielleicht *haben* sie sie nicht umgebracht«, erwiderte Earl, ohne zu zögern. »Im Grunde genommen ist es sogar sehr unwahrscheinlich, daß sie es getan haben. Aber vielleicht war Ihr Mann nicht weit entfernt von einem entscheidenden Durchbruch, der auch militärisch hätte angewandt werden können. Und vielleicht wurde er deshalb von der Gegenseite liquidiert.«

»Von der Gegenseite?«

Er beobachtete wieder die Straße. »Ausländische Agenten.«

»*Russen?*«

»Sie sind real. Die Sowjets sind real, nicht irgendwelche mythischen Gestalten, wie manche Leute zu glauben scheinen.«

»Das ist doch absurd«, protestierte sie.

»Warum?«

»Geheimagenten, Spionage, internationale Verwicklungen... Gewöhnliche Bürger werden nur in Filmen mit solchen Geschichten konfrontiert.«

»Genau das ist der entscheidende Punkt. Ihr Mann *war* kein gewöhnlicher Bürger. Und Hoffritz auch nicht.«

Sie konnte ihren Blick nicht von dem Mann wenden, der sich vor ihren Augen so total verändert hatte. Sie wiederholte die Frage, die er vorhin nicht beantwortet hatte: »All diese Spekulationen... Sie könnten sie nicht anstellen, wenn Sie nicht über das Arbeitsgebiet meines Mannes und über seine Persönlichkeit sehr genau Bescheid wüßten. Woher haben Sie diese Informationen?«

»Dan Haldane hat mir einiges erzählt.«

»Der Detektiv? Wann?«

»Als er mich anrief, kurz vor Mittag.«

»Aber ich habe Ihr Büro erst nach 13 Uhr beauftragt.«

»Dan sagte, er würde Ihnen unsere Karte geben und dafür sorgen, daß Sie uns anrufen. Er wollte, daß wir von Anfang an auf alle Eventualitäten dieses Falles gefaßt sein sollten.«

»Aber er hat mir gegenüber mit keinem Wort erwähnt, daß FBI-Agenten und *Russen* in diese Sache verwickelt sein könnten.«

»Er *weiß* nicht, ob sie es sind, Dr. McCaffrey. Er hält es nur für möglich, daß hinter diesen Morden mehr steckt, als man zunächst glauben könnte. Und er hat mit Ihnen nicht darüber gesprochen, weil er Sie nicht unnötig beunruhigen wollte.«

»Du lieber Himmel!«
Laura fühlte sich in einem kunstvoll gesponnenen Netz von Konspirationen gefangen, und es kostete sie große Mühe, erneut auftauchende leichte Symptome von Verfolgungswahn zu unterdrücken.
»Gehen Sie lieber zu Melanie«, sagte Earl.
Draußen fuhr eine Chevrolet-Limousine langsam die Straße entlang, hielt neben dem Wagen der Telefongesellschaft an und parkte gleich darauf vor ihm ein. Zwei Männer stiegen aus.
»Das sind unsere Leute«, erklärte Earl.
»Von *California Paladin?*«
»Ja. Ich habe vorhin im Büro angerufen und gebeten, man solle einige Männer herschicken, damit sie überprüfen, ob das Haus tatsächlich observiert wird. Ich wollte nicht selbst zu dem Wagen rübergehen und Sie und Melanie allein lassen.«
Die beiden Männer gingen auf den Kastenwagen zu.
»Gehen Sie lieber zu Melanie«, wiederholte Earl.
»Sie schläft.«
»Dann treten Sie wenigstens vom Fenster zurück.«
»Warum?«
»Weil ich dafür bezahlt werde, Risiken einzugehen, und Sie nicht. Und ich habe Sie gleich zu Beginn gewarnt, daß Sie tun müssen, was ich Ihnen sage.«
Sie ging einige Schritte zurück, aber nur so weit, daß sie noch sehen konnte, was draußen vorging.
Einer der beiden Paladin-Detektive stand neben der Fahrertür des Kastenwagens. Der zweite Mann war zu den hinteren Türen gegangen.
»Wenn es FBI-Agenten sind, werden sie doch bestimmt keine Schießerei riskieren«, meinte Laura. »Nicht einmal, wenn Sie Melanie in die Hände bekommen wollen.«
»Stimmt«, sagte Earl. »Wir wären zwar gezwungen, ihnen Melanie auszuliefern. Aber wir wüßten in diesem Fall, wer sie entführt hat, und wir könnten gerichtliche Schritte unternehmen, um sie zurückzubekommen. Aber, wie schon gesagt, es brauchen nicht unbedingt FBI-Leute zu sein.«
»Und wenn es... ausländische Agenten sind?« fragte sie. Sie brachte es einfach nicht über sich, von Russen zu sprechen.
»Dann könnte es unangenehm werden.«
Seine große, kräftige Hand umspannte den Revolver.

Laura blickte aus dem Fenster, auf dem der Regen der vergangenen Nacht Flecken und Streifen hinterlassen hatte.
Die Spätnachmittagssonne ließ die Straße in messing- und kupferfarbenen Tönen leuchten.
Laura zuckte unwillkürlich zusammen, als eine der hinteren Türen des Kastenwagens plötzlich geöffnet wurde.

19

Dan verließ die Pathologie, blieb aber schon nach wenigen Schritten stehen, weil ihm plötzlich ein Gedanke gekommen war. Er machte kehrt, öffnete die Tür und steckte seinen Oberkörper ins Labor, wo Luther wieder vom Mikroskop aufblickte.
»Ich dachte, du müßtest pinkeln«, sagte er. »Du warst aber nur zehn Sekunden weg.«
»Ich hab's gleich hier auf dem Korridor erledigt«, erwiderte Dan.
»Typisch Morddezernat!«
»Hör mal, Luther, du bist doch ein Libertarier?«
»Ja, aber es gibt alle möglichen Libertarier: konservative, anarchistische, orthodoxe. Es gibt Libertarier, die glauben...«
»Luther, schau mich an, und du wirst die personifizierte Langeweile vor dir sehen.«
»Warum fragst du dann überhaupt?«
»Ich wollte nur wissen, ob du jemals etwas von einer Libertariergruppe namens *Freedom Now* gehört hast?«
»Nicht daß ich mich erinnern könnte.«
»Es ist ein Komitee für politische Aktionen.«
»Das sagt mir nichts.«
»Du bist in Libertarierkreisen sehr aktiv. Da hättest du doch bestimmt von dieser *Freedom Now* gehört, wenn die Typen wirklich aktiv wären, oder?«
»Vermutlich.«
»Ernest Andrew Cooper.«
»Eine der drei Leichen aus Studio City«, sagte Luther.
»Ja, aber hast du diesen Namen je zuvor gehört?«
»Nein.«
»Bist du sicher?«
»Ja.«

»Er soll eine große Nummer in Libertarierkreisen sein.«
»Wo?«
»Hier in Los Angeles.«
»Nun, das ist er nicht. Ich habe noch nie etwas von ihm gehört.«
»Bist du da ganz sicher?«
»Natürlich bin ich ganz sicher. Warum führst du dich mir gegenüber plötzlich wie ein verdammter Bulle auf?«
»Ich *bin* ein verdammter Bulle.«
»Ein Bulle bist du, das steht fest«, sagte Luther grinsend. »Das sagt jeder, der mit dir zusammenarbeitet. Manche drücken es anders aus, aber was sie meinen, ist ›Bulle‹.«
»Bulle, Bulle, Bulle... Bist du auf dieses Wort fixiert? Was stimmt nicht mit dir, Luther? Du hörst dich an wie ein einsamer alter Schwuler!«

Der Pathologe lachte. Er hatte ein herzhaftes Lachen und ein warmes Lächeln, dem niemand widerstehen konnte. Dan fragte sich oft, warum ein so gutmütiger, vitaler, optimistischer und energischer Mann wie Luther Williams beschlossen hatte, sein Arbeitsleben mit Leichen zu verbringen.

Dr. Irmatrude Gelkenshettle, Leiterin der psychologischen Fakultät an der Universität von Los Angeles, hatte ein Eckbüro mit vielen Fenstern und einem Blick auf den Campus. Um 16.45 Uhr neigte sich der kurze Wintertag schon seinem Ende zu und verbreitete ein trübes orangefarbenes Licht, ähnlich einem verlöschenden Feuer.

Die Schatten wurden von Minute zu Minute länger, und es war so kühl geworden, daß die Studenten ihre Schritte beschleunigten.

Dan setzte sich auf einen modernen dänischen Stuhl, während Dr. Gelkenshettle in ihrem Schreibtischsessel Platz nahm.

Sie war eine kleine, stämmige Frau in den Fünfzigern. Ihr stahlgraues Haar war kurz geschnitten, und obwohl sie nie schön gewesen war, hatte sie ein sympathisches, freundliches Gesicht. Sie trug eine blaue Hose und eine weiße Bluse, die mehr Ähnlichkeit mit einem Herrenhemd hatte; die Ärmel waren aufgerollt, und sie trug sogar eine Herrenuhr, eine schlichte, aber zuverlässige Timex mit elastischem Band. Trotz ihres Äußeren war sie keine Lesbierin; darauf hätte Dan wetten können. Sie strahlte Kompetenz und Intelligenz aus. Obwohl er sie erst vor wenigen Minuten kennengelernt hatte, glaubte er, sie gut zu kennen, denn sie erinnerte ihn stark an seine Tante Kay – die Schwester seiner Adoptivmutter, eine Berufsoffizierin beim weiblichen Armeekorps. Irmatrude Gelkenshettle suchte ihre Kleidung offensichtlich nach den Gesichtspunkten der Bequemlichkeit, Haltbarkeit und Qualität aus. Sie regte sich bestimmt nicht über Leute auf, die Wert darauf legten, mit der Mode zu gehen; nur kam es ihr selbst einfach nie in den Sinn, modische Aspekte in Betracht zu ziehen, wenn sie sich etwas Neues kaufte. Genau wie Tante Kay. Er wußte sogar, warum sie eine Herrenuhr trug. Auch Tante Kay trug eine Herrenuhr, weil das Zifferblatt größer war und man die Uhrzeit leichter ablesen konnte.

Zuerst war Dan etwas überrascht gewesen. Sie hatte nicht seiner Vorstellung von der Leiterin einer Universitätsfakultät entsprochen. Doch dann hatte er entdeckt, daß auf dem Bücherregal hinter ihrem Schreibtisch etwa 25 Bände ihren Namen als Autorin trugen.

»Dr. Gelkenshettle...«, begann er.

Sie hob die Hand und fiel ihm ins Wort. »Der Name ist unmöglich. Die einzigen Menschen, die mich Dr. Gelkenshettle nennen, sind Studenten, Kollegen, die ich nicht ausstehen kann, mein Automechaniker – weil man diese Burschen auf Distanz halten muß, wenn man verhindern will, daß sie einen übers Ohr hauen – und Fremde. Wir kennen uns zwar auch noch nicht, aber wir verfügen beide über eine gewisse Menschenkenntnis und können deshalb, glaube ich, auf Formalitäten verzichten. Nennen Sie mich Marge.«

»Ist das Ihr zweiter Vorname?«

»Leider nein. Aber Irmatrude ist genauso schrecklich wie Gelkenshettle, und mein zweiter Vorname ist Heidi – und sehe ich Ihrer Meinung nach wie eine Heidi aus?«

Er lächelte. »Eigentlich nicht.«

»Sie haben völlig recht. Meine Eltern waren herzensgute Menschen, und sie liebten mich, aber in puncto Namen hatten sie einen seltsamen Geschmack.«

»Ich heiße Dan.«

»Viel besser. Einfach. Vernünftig. ›Dan‹ kann jeder aussprechen. Nun, Sie wollten sich mit mir über Dylan McCaffrey und Willy Hoffritz unterhalten. Es fällt mir schwer zu glauben, daß sie tot sind.«

»Es würde Ihnen leichterfallen, wenn Sie die Leichen gesehen hätten. Sprechen wir zuerst über Dylan. Was hielten Sie von ihm?«

»Ich stand der Fakultät noch nicht vor, als McCaffrey hier war. Diesen Job habe ich erst vor etwas mehr als vier Jahren übernommen.«

»Aber Sie hielten Vorlesungen und betrieben Ihre eigenen Forschungen. Sie gehörten derselben Fakultät an wie er.«
»Ja. Ich kannte ihn nicht sehr gut, aber gut genug, um zu wissen, daß ich ihn nicht besser kennenlernen sollte.«
»Soweit ich gehört habe, soll er sich seiner Arbeit mit großem Eifer gewidmet haben. Seine Frau – und sie ist selbst Psychologin – bezeichnete ihn sogar als obsessiv.«
»Er war total plemplem«, sagte Marge.

Die beiden neuen Privatdetektive von Paladin kamen direkt auf Lauras Haustür zu. Earl ließ seine Kollegen ein.
Einer der Männer war groß, der andere klein. Der Große war mager und hatte einen ungesunden grauen Teint. Der Kleine hatte etwas Übergewicht und ein sommersprossiges Gesicht. Sie wollten sich weder setzen noch Kaffee trinken. Earl redete den Kleinen mit ›Flash‹ an, und Laura wußte nicht, ob das sein Familienname oder ein Spitzname war.
Flash besorgte das Reden, während sein Kollege mit ausdruckslosem Gesicht danebenstand. »Sie sind stinksauer, daß wir sie enttarnt haben«, berichtete Flash.
»Wenn sie das verhindern wollen, dürfen sie eben nicht so plump vorgehen«, erwiderte Earl.
»Genau das habe ich ihnen auch gesagt.«
»Wer sind die Burschen?«
»Sie haben uns FBI-Ausweise gezeigt.«
»Habt ihr euch die Namen notiert?«
»Namen und Ausweisnummern.«
»Sahen die Ausweise echt aus?«
»Ja.«
»Und die Männer selbst? Könnten es vom Typ her FBI-Leute sein?«
»O ja«, sagte Flash. »Elegant gekleidet. Cool und höflich, sogar wenn sie wütend sind, aber mit arrogantem Unterton – na, du kennst das ja.«
»Das kann man wohl sagen«, stellte Earl nachdrücklich fest.
»Wir machen jetzt, daß wir ins Büro zurückkommen, um zu überprüfen, ob Typen mit diesen Namen beim FBI beschäftigt sind.«
»Die Namen werden stimmen, selbst wenn die Kerle nichts mit dem FBI zu tun haben«, meinte Earl. »Ihr müßt euch Fotos von den

echten Agenten mit diesen Namen besorgen und schauen, ob sie mit den Typen da draußen identisch sind.«
»Genau das haben wir vor.«
»Gebt mir so schnell wie möglich Bescheid«, sagte Earl, und seine beiden Kollegen wandten sich zum Gehen.
»Warten Sie bitte«, rief Laura.
Alle drei Männer blickten sie an.
»Was haben sie Ihnen gesagt? Aus welchem Grund observieren sie mein Haus?«
»Das FBI gibt nur Erklärungen ab, wenn es will«, teilte Earl Laura mit.
»Und diese Kerle wollten nicht«, fügte Flash hinzu.
Der Große nickte zustimmend.
»Wenn sie hier wären, um Melanie und mich zu beschützen, würden sie es uns doch sagen, oder? Folglich sind sie hier, um Melanie zu entführen.«
»Nicht unbedingt«, widersprach Flash.
Earl schob seinen Revolver in das Schulterhalfter zurück. »Wissen Sie, Laura, möglicherweise ist die Situation für das FBI genauso unklar und verwirrend wie für uns. Nehmen wir beispielsweise einmal an, daß Ihr Mann an einem wichtigen Pentagon-Projekt arbeitete, als er mit Melanie verschwand, und daß das FBI ihn seitdem gesucht hat. Jetzt wird er plötzlich tot aufgefunden, unter seltsamen Begleitumständen. Vielleicht war es nicht unsere Regierung, die ihn in den letzten sechs Jahren finanziert hat, und das FBI wüßte vielleicht gern, von *wem* er sein Geld bekam.«
Laura hatte das Gefühl, als schwankte der Boden unter ihren Füßen, als wäre die reale Welt, auf die sie stets vertraut hatte, nur eine Illusion. Es kam ihr inzwischen fast so vor, als entspräche die wahre Realität den alptraumhaften Wahnvorstellungen eines Paranoikers, der sich von unsichtbaren Feinden und unvorstellbaren, komplexen Verschwörungen umgeben glaubt.
»Wenn ich richtig verstanden habe«, sagte sie, »glauben Sie also, daß die Leute in dem Wagen dort draußen mein Haus observieren, weil sie glauben, daß irgendwelche *anderen* Leute Melanie entführen wollen, und weil sie die dabei auf frischer Tat ertappen wollen. Aber ich verstehe immer noch nicht, warum sie dann nicht zu mir gekommen sind und mich informiert haben, daß sie das Haus im Auge behalten werden.«
»Sie trauen Ihnen nicht«, sagte Flash.

»Sie waren bestimmt nicht zuletzt deshalb so wütend, weil wir Sie über die Observation informiert haben«, erklärte Earl.
»Aber warum?« fragte Laura verwirrt.
Earl war sichtlich unbehaglich zumute. »Weil sie nicht sicher sind, ob Sie vielleicht die ganze Zeit über mit Ihrem Mann unter einer Decke steckten.«
»Er hat mir Melanie *geraubt.*«
Earl räusperte sich. »Aus der Sicht des FBI wäre es durchaus möglich, daß Ihr Mann die Kleine mit Ihrem Einverständnis mitnahm, daß Sie auch über die Experimente Bescheid wußten und nur verhindern wollten, daß irgendwelche Familienangehörige oder Freunde etwas davon bemerkten und sich eventuelle einmischten.«
»Das ist doch glatter Wahnsinn!« rief Laura entsetzt. »Sie sehen doch, was man Melanie angetan hat. Wie hätte ich mich daran beteiligen können? Ich liebe sie. Sie ist meine Tochter, mein kleines Mädchen. Dylan war psychisch gestört, vielleicht sogar verrückt, und deshalb sah er offenbar nicht, was er ihr zufügte – oder es war ihm egal. Aber ich bin doch nicht besessen von irgendwelchen Ideen! Ich bin nicht wie Dylan.«
»Das weiß ich«, sagte Earl beruhigend.
Sie las an seinen Augen ab, daß er ihr glaubte und mit ihr fühlte, doch als sie ihren Blick den beiden anderen Männern zuwandte, stand in deren Gesichtern leichter Zweifel und ein gewisses Mißtrauen geschrieben.
Sie arbeiteten für sie, aber sie waren nicht überzeugt davon, daß sie ihnen die Wahrheit gesagt hatte.
Wahnsinn!
Glatter Wahnsinn!
Sie war gefangen in einem Strudel, der sie in eine alptraumhafte Welt des Mißtrauens, der Täuschung und Gewalt hinabzog, in eine fremdartige Landschaft, wo nichts so war, wie es zu sein schien. Absurderweise mußte sie an Dorothy und Toto denken, die von einem Tornado in Kansas mitgerissen wurden und im Land Oz landeten. Aber sie selbst wirbelte nicht auf Oz zu, sondern auf die Hölle.

Dan sagte erstaunt: »Total plemplem? Ich wußte nicht, daß Psychologen solche Ausdrücke verwenden.«
Marge lächelte. »O natürlich nicht im Hörsaal und in Veröffentli-

chungen, und noch weniger vor Gericht, wenn wir um ein Gutachten gebeten werden. Aber hier in meinem Büro, unter vier Augen sage ich Ihnen, Dan, daß der Mann verrückt war. Natürlich hätte niemand ihn für unzurechnungsfähig erklären können. Das bei weitem nicht. Aber er war nicht nur exentrisch. Sein eigentliches Forschungsgebiet war die Entwicklung verhaltensmodifzierender Techniken, die bei Kriminellen Anwendung finden sollten. Aber er schweifte ständig von seinem Thema ab und stürzte sich auf irgendwelche neuen Forschungsprojekte – er war *besessen* davon, wie Sie ganz richtig sagten –, aber nur für sechs Monate oder so, und dann verlor er jegliches Interesse daran.«
»Um was für Interessensgebiete handelte es sich denn?«
Sie lehnte sich in ihrem Sessel zurück und verschränkte die Arme auf der Brust. »Nun, eine Zeitlang war er fest entschlossen, eine Drogentherapie gegen die Nikotinabhängigkeit zu entwickeln. Hört sich das für Sie etwa vernünftig an? Rauchern zu helfen, von Zigaretten wegzukommen – und dafür drogensüchtig zu werden? Verdammt! Und sechs oder acht Monate lang war er überzeugt davon, daß unterbewußte Beeinflussung und Programmierung uns in die Lage versetzen könnten, unsere Vorurteile gegen den Glauben an das Übernatürliche zu überwinden und uns psychischen Erfahrungen zu öffnen, so daß wir Geister genauso mühelos sehen würden wie Wesen aus Fleisch und Blut.«
»Geister? Sprechen Sie von Gespenstern?«
»Ja. Oder vielmehr, er tat es.«
»Ich hätte nicht gedacht, daß Psychologen an Gespenster glauben.«
»Vor Ihnen sitzt eine Psychologin, die *nicht* daran glaubt. McCaffrey tat es aber.«
»Ich erinnere mich an die Bücher, die wir in seinem Haus gefunden haben. Viele handelten über okkulte Themen.«
»Ein Großteil seiner Interessen lag auf diesem Gebiet«, sagte Marge. »Okkulte Phänomene dieser oder jener Art.«
»Wer finanzierte denn solche Forschungsprojekte?«
»Ich müßte in den Akten nachsehen. Aber ich nehme an, daß er diesen okkulten Blödsinn auf eigene Kosten betrieb, ohne Zuschüsse, oder aber, daß er Zuschüsse für andere Projekte mißbräuchlich dafür verwendete.«
»Und wer finanzierte sein eigentliches Forschungsprogramm?«

»Teilweise stammte das Geld aus Stiftungen Alter Herren, teilweise waren es Regierungszuschüsse.«
»Hauptsächlich Regierungszuschüsse?«
»Höchstwahrscheinlich.«
Dan runzelte die Stirn. »Welches Interesse konnten staatliche Stellen daran haben, McCaffrey zu unterstützen, wenn er verrückt war?«
»Oh, er war zwar verrückt, und sein Interesse für alles Okkulte war nervtötend, aber ich muß zugeben, daß er äußerst begabt war. Sogar brillant. Bei seinem Verstand hätte er es sehr weit bringen können, wenn er weniger labil gewesen wäre. Er hätte sich als Psychologe einen großen Namen machen und vielleicht sogar in der breiten Öffentlichkeit berühmt werden können.«
»Erhielt er Gelder vom Pentagon?«
»Ja.«
»Woran arbeitete er für das Pentagon?«
»Das kann ich Ihnen nicht sagen. Erstens weiß ich es nicht. Aber selbst wenn ich in den Unterlagen nachsehen würde, dürfte ich es Ihnen nicht verraten.«
»Ich verstehe. Was können Sie mir über Wilhelm Hoffritz sagen?«
»Er war ein ausgesprochenes Dreckschwein.«
Dan lachte. »Doktor... Marge... Sie nehmen wirklich kein Blatt vor den Mund!«
»Ich sage nur die Wahrheit. Hoffritz war ein elitärer Hund. Er wollte unbedingt Leiter dieser Fakultät werden, hatte aber nie eine Chance. Alle wußten, wie er sich aufführen würde, wenn er eine Machtposition hätte. Er hätte uns ganz von oben herab behandelt, wie den letzten Deck. Er hätte die ganze Fakultät ruiniert.«
»Arbeitete er auch für das Verteidigungsministerium?«
»Fast ausschließlich. Aber auch darüber darf ich Ihnen nichts Näheres sagen.«
»Ihm soll nahegelegt worden sein, die Universität zu verlassen.«
»Das war ein Freudentag für die UCLA.«
»Warum wollte man ihn hier loswerden?«
»Nun, es ging um ein junges Mädchen, eine Studentin...«
»Aha!«
»Viel schlimmer, als Sie glauben«, sagte Marge. »Es ging nicht nur um ein moralisches Vergehen. Er war nicht der erste Professor, der mit einer Studentin schlief. Er ging mit ihr ins Bett, gewiß, aber

er brachte sie auch ins Krankenhaus. Ihre Beziehung war... pervers. Eines Nachts geriet die Sache außer Kontrolle.«
»Sprechen Sie von Fesseln und solchen Späßen?« fragte Dan.
»Ja. Hoffritz war ein Sadist.«
»Und das Mädchen machte mit? Eine Masochistin?«
»Ja. Aber sie bekam mehr, als sie gewollt hatte. Eines Nachts brach Hoffritz ihr die Nase, drei Finger und den linken Arm. Ich habe sie im Krankenhaus besucht. Sie hatte außerdem zwei blaue Augen, eine gesprungene Lippe und jede Menge Prellungen.«

Laura und Earl standen am Fenster und blickten Flash und dem Großen nach, die in der hereinbrechenden Dämmerung den Gartenweg zur Straße hinabgingen.
Von dem Kastenwagen waren nur noch die Umrisse zu erkennen.
»Die FBI-Agenten werden wohl nicht Leine ziehen?« fragte Laura.
»Nein.«
»Obwohl ich jetzt weiß, wer sie sind.«
»Nun ja, sie sind nicht überzeugt davon, daß Sie mit Ihrem Mann unter einer Decke steckten. Ich nehme an, daß sie es sogar für relativ unwahrscheinlich halten. Sie vermuten offenbar, daß jemand – wer auch immer Dylans Forschungsprojekt finanziert hat – versuchen wird, Melanie zu entführen, und sie wollen zur Stelle sein, wenn das geschieht.«
»Aber Sie brauche ich trotzdem weiterhin«, sagte Laura. »Für den Fall, daß das FBI selbst meine Tochter entführt.«
»Ja. Falls es dazu kommt, werden Sie einen Zeugen brauchen, um gerichtlich gegen das FBI vorgehen zu können.«
Sie ließ sich müde auf das Sofa fallen, mit gebeugten Schultern und gesenktem Kopf. »Ich habe das Gefühl, den Verstand zu verlieren.«
»Alles wird gutgehen, wenn...«
Melanies lauter Schrei ließ ihn mitten im Satz verstummen.

Dan war betroffen über Marges Beschreibung der verletzten Studentin. »Aber Hoffritz war nicht vorbestraft.«
»Das Mädchen erhob keine Anklage.«
»Er schlug sie brutal zusammen, und sie ließ ihn ungestraft davonkommen? *Warum?*«

Marge stand auf, ging zum Fenster und starrte auf den Campus hinab.

Das organgefarbene Licht des Sonnenuntergangs hatte den Grau- und Blautönen der Dämmerung Platz gemacht. Vom Meer her waren einige Wolken aufgezogen.

Schließlich sagte die Psychologin: »Nachdem wir Hoffritz suspendiert hatten und uns für seine früheren Beziehungen mit Studentinnen zu interessieren begannen, stellten wir fest, daß dieses Mädchen nicht die erste gewesen war. Es gab mindestens vier Studentinnen – das heißt, vier haben es zugegeben –, die im Laufe der Jahre mit Hoffritz sexuelle Beziehungen hatten und den Part der Masochistin übernahmen, obwohl keine von ihnen dabei ernsthaft verletzt wurde. Es blieb noch im Rahmen eines gefährlichen Spiels. Diese vier Studentinnen waren bereit, über die Sache zu sprechen, und dabei erhielten wir sehr interessante, abstoßende... und erschreckende Informationen.«

Er drängte sie nicht, in ihrem Bericht fortzufahren. Vermutlich war es für sie schmerzhaft und demütigend, zugeben zu müssen, daß ein Kollege – sogar einer, der ihr unsympathisch war – zu solchen Exzessen fähig war, daß die akademische Gemeinschaft auch nicht besser war als die übrige Menschheit. Aber sie war eine Realistin, die unangenehmen Wahrheiten ins Auge sehen konnte – eine Seltenheit sowohl unter Akademikern als auch in allen anderen Gesellschaftsschichten –, und sie würde ihm alles erzählen. Sie brauchte nur etwas Zeit.

Immer noch in die Abenddämmerung hinausblickend, fuhr sie fort: »Keine dieser vier Studentinnen war eine Anhängerin dieser Promiskuität. Es waren nette Mädchen aus gutem Hause, die an der Universität wirklich *studieren* und nicht etwa nur der elterlichen Autorität entfliehen und sich sexuell austoben wollten. Zwei von ihnen waren sogar noch Jungfrauen, als sie sich mit Hoffritz einließen. Und keine einzige hatte vor Hoffritz jemals sadomasochistische Praktiken ausgeübt – *nach* Hoffritz übrigens auch nicht. Sie fühlten sich zutiefst abgestoßen, wenn sie daran zurückdachten, was er ihnen angetan hatte.«

Sie verstummte erneut.

Dan ahnte, daß sie von ihm jetzt eine Frage erwartete, und er stellt sie: »Nun, wenn es ihnen keinen Spaß bereitete, warum machten sie dann mit?«

»Die Antwort darauf ist ziemlich kompliziert.«

»Das macht nichts. Ich bin selbst ziemlich kompliziert.«
Sie wandte sich vom Fenster ab und lächelte, aber nur kurz. Was sie ihm zu sagen hatte, war alles andere als erheiternd. »Wir fanden heraus, daß jedes der vier Mädchen sich freiwillig auf Experimente zur Verhaltensmodifizierung eingelassen hatte, durchgeführt von Hoffritz. Es handelte sich dabei unter anderem um posthypnotische Suggestion und gewisse Drogen, die die Persönlichkeit schwächen.«

»Warum haben sie sich zu solchen Experimenten bereit erklärt?«

»Um bei einem Professor gut angeschrieben zu sein, um gute Noten zu erhalten. Vielleicht auch, weil sie sich wirklich für das Thema interessierten. Sogar heutzutage gibt es noch Studenten, die sich für ihre Studienfächer interessieren. Außerdem hatte Hoffritz einen gewissen Charme, der auf manche Menschen mehr wirkte als auf andere.«

»Auf Sie jedenfalls bestimmt nicht!«

»Wenn er sich charmant gab, fand ich ihn noch widerlicher als sonst. Jedenfalls – er unterrichtete diese Mädchen, und er wickelte sie mit seinem Charme ein. Und Sie dürfen nicht vergessen, daß er viel publiziert hatte und auf seinem Gebiet ein anerkannter Fachmann war.«

»Und nachdem er einige dieser Experimente mit ihnen durchgeführt hatte, fanden sich die Mädchen in eine sexuelle Beziehung mit ihm verstrickt. Sie glauben also, daß er Hypnose, Drogen und unterbewußte Programmierung benutzte, um sie... um sie zu *verwandeln*.«

»Um ihre psychologischen Verhaltensmuster auf Promiskuität und Masochismus zu programmieren. Ja. Das ist es, was ich glaube.«

Melanies schriller Schrei hallte durch das Haus.

Laura eilte hinter Earl her, den Flur entlang. Der Leibwächter stürzte mit gezückter Pistole vor ihr ins Gästezimmer und schaltete das Licht ein.

Melanie war allein. Nur sie konnte die Bedrohung sehen, die ihren Schrei verursacht hatte. In den weißen Söckchen und dem weißen Baumwollslip, die sie zum Schlafen anbehalten hatte, kauerte sie in einer Ecke, wehrte mit den Händen einen unsichtbaren Feind ab und schrie gellend. Das Kind sah so zart aus, so verletzlich... Laura wurde von überwältigendem Zorn auf Dylan überwältigt, von einem wilden, verzehrenden Zorn, in dem sie ihren Mann aus tiefster Seele verfluchte.

Earl schob seinen Revolver in das Halfter. Er ging auf Melanie zu und wollte sie in den Arm nehmen, aber sie schlug nach seinen Händen und kroch rasch von ihm weg, an der Wand entlang.

»Melanie, Liebling, beruhige dich! Alles ist in Ordnung«, sagte Laura.

Die Kleine beachtete ihre Mutter nicht. Sie erreichte die nächste Ecke, setzte sich mit angezogenen Beinen auf den Boden, ballte ihre Hände zu Fäusten und hielt sie abwehrend hoch. Sie schrie nicht mehr, dafür stieß sie in regelmäßigen Abständen einen seltsamen Laut panischer Angst aus: »Uh... uh... uh... uh...«

Earl ging vor ihr in die Hocke. »Alles ist okay, Kleine.«

»Uh... uh... uh... uh...«

»Alles ist jetzt okay. Wirklich. Glaub es mir. Ich werde auf dich aufpassen.«

»Die T-T-Tür«, stammelte Melanie. »Die *Tür!* Nicht aufgehen lassen!«

»Sie ist geschlossen«, versicherte Laura, während sie sich neben ihrer Tochter hinkniete. »Die Tür ist geschlossen und abgesperrt, Liebling.«

»Haltet sie *geschlossen!*«

»Erinnerst du dich denn nicht mehr? An der Tür befindet sich ein großes, schweres neues Schloß«, sagte Laura. »Hast du das vergessen?«

Earl sah Laura völlig verwirrt an.

»Die Tür ist verschlossen«, fuhr Laura fort. »Fest verschlossen. Abgesperrt. Niemand kann sie öffnen, Liebling. Niemand.«

Dicke Tränen traten in Melanies Augen, rollten ihr über die eingefallenen Wangen.

»Ich werde auf dich aufpassen«, versicherte Earl wieder. »Baby, du bist hier in Sicherheit. Niemand wird dir etwas zuleide tun.«

Melanie seufzte, und die Angst wich aus ihrem Gesicht.

»Du bist in Sicherheit. Völlig in Sicherheit.«

Melanie führte eine Hand an ihren Kopf und begann geistesabwesend eine Haarsträhne zu drehen, so wie auch ganz normale Mädchen es tun, wenn ihre Gedanken mit Jungen, Pferden, Pyjama-Partys oder anderen interessanten Dingen beschäftigt sind. Nach dem bizarren Benehmen, das sie bisher an den Tag gelegt hatte, nach den Extremen von Hysterie und Katatonie, war es rührend und zugleich ermutigend, sie mit ihrem Haar spielen zu sehen, weil das etwas so Normales war – eine Kleinigkeit, gewiß, kein Durchbruch, kein Riß in ihrem autistischen Panzer, aber doch ein *normales* Verhalten.

Laura packte die Gelegenheit beim Schopf. »Würde es dir gefallen, mit mir zum Friseur zu gehen, Baby? Hmmmm? Du warst noch nie beim Friseur. Wir werden zusammen hingehen und dir eine ganz schöne Frisur machen lassen. Was hältst du davon?«

Melanies Augen blieben glasig, aber sie runzelte die Stirn und schien über den Vorschlag nachzudenken.

»Weiß Gott, etwas muß mit deinem Haar passieren«, fuhr Laura fort, eifrig bemüht, diesen unerwarteten Kontakt mit ihrer Tochter aufrechtzuerhalten, zu vertiefen. »Wir werden es schneiden und schön frisieren lassen. Vielleicht lockig. Was würdest du von Locken halten, Liebling? Du würdest mit einem Lockenkopf ganz toll aussehen.«

Das Gesicht des Mädchens wurde weicher, und einen Moment lang spielte die Andeutung eines Lächelns um seinen Mund.

»Und nach dem Friseur könnten wir einkaufen gehen. Wie wäre das, Liebling? Viele neue Kleider. Und Pullis. Sogar eine glitzernde Michael Jackson-Jacke. Die würde dir gefallen, darauf könnte ich jede Wette eingehen. Oh, du weißt ja vermutlich gar nicht, wer Michael Jackson ist, stimmt's? Wenn du den erst mal hörst und siehst! Alle Mädchen sind ganz verrückt nach ihm, und du wirst bestimmt auch Poster von ihm in deinem Zimmer aufhängen wollen wie jedes andere Mädchen zwischen acht und achtzehn.«

Melanies unvollendetes Lächeln verschwand. Ihr leerer Gesichtsausdruck macht einer Miene tiefen Ekels Platz, so als hätte sie in ihrer privaten Welt etwas gesehen, das ihr Angst und Widerwillen einflößte.

Dann tat sie plötzlich etwas Bestürzendes: Sie schlug sich selbst mit ihren kleinen Fäusten, schlug so hart auf ihre Knie und Schenkel ein, daß es klatschte, dann schlug sie sich an die Brust...

»Melanie!«

...trommelte mit beiden Fäusten auf ihre Oberarme und Schultern, mit unerwarteter Kraft, in dem unverkennbaren Versuch, sich selbst zu verletzen.

»Hör auf, Melanie!« rief Laura, entsetzt über diesen Ausbruch selbstzerstörerischer Raserei.

Melanie schlug sich ins Gesicht.

»Ich halte sie fest!« schrie Earl.

Das Mädchen biß ihn, befreite eine Hand aus seinem Griff und kratzte sich die Brust blutig.

»Mein Gott!« stöhnte Earl, als das Mädchen mit dem Fuß nach ihm trat und sich wieder losriß.

Dan sah Marge stirnrunzelnd an. »Er hat sie auf Promiskuität und Masochismus programmiert? Ist so etwas denn möglich?«

Sie nickte. »Wenn der Psychologe sich profunde Kenntnisse über moderne Techniken der Gehirnwäsche angeeignet hat, wenn er skrupellos ist und wenn er entweder ein williges Subjekt hat oder aber eines, das er über längere Zeit hinweg fest unter Kontrolle hat – dann ist es möglich. Aber normalerweise erfordert es viel Zeit, Geduld und Beharrlichkeit. Das Erstaunliche und Erschreckende an diesem Fall ist, daß Hoffritz die Mädchen in wenigen Wochen programmierte, obwohl er nur drei- oder viermal pro Woche eine oder zwei Stunden mit ihnen arbeitete. Offenbar hatte er eigene, erschreckend effektive Methoden der psychologischen Konditionierung entwickelt. Aber bei den ersten vier Mädchen hielt die Wirkung nicht lange an, nur einige Wochen oder Monate. Irgendwann gewann bei jedem dieser Mädchen die eigentliche Persönlichkeit wieder die Oberhand. Zu Beginn dieses Prozesses traten bei ihnen Schuldgefühle über ihre sexuelle Akrobatik mit Hoffritz auf, aber sie empfanden noch perversen Genuß bei den Demütigungen und Schmerzen ihrer masochistischen Rolle. Allmählich wurde aber auch diese Programmierung schwächer, und sie kamen so weit, den sadomasochistischen Aspekt ihrer Beziehung zu verabscheuen. Jede dieser vier Studentinnen sagte, sie sei wie aus einem Traum erwacht, als sie schließlich zu wünschen begann, von Hoffritz befreit zu werden. Alle vier brachten schließlich die Willenskraft auf, die Beziehung abzubrechen.«

»Gütiger Gott«, murmelte Dan.

»Ich *glaube*, daß es einen gütigen Gott gibt, aber manchmal frage ich mich, warum Er Menschen wie Hoffritz auf der Erde herumlaufen läßt.

»Warum hat keine dieser vier Studentinnen ihn bei der Polizei angezeigt – oder zumindest bei der Universitätsleitung?«

»Sie schämten sich. Sie schämten sich wahnsinnig. Und bis wir sie fanden und befragten, hatten sie nie auch nur den Verdacht gehegt, daß ihre masochistischen Verirrungen Hoffritz' Werk waren. Sie glaubten, diese Neigungen hätten schon immer in ihnen geschlummert.«

»Das wundert mich sehr. Sie wußten doch, daß sie sich an Experimenten zur Verhaltensmodifikation beteiligten, und als sie dann merkten, daß sie sich plötzlich völlig anders verhielten als jemals zuvor...«

Marge unterbrach ihn mit einer Handbewegung. »Hoffritz implantierte vermutlich posthypnotische Direktiven, die das betreffende Mädchen daran hinderten, auch nur die Möglichkeit zu erwägen, daß er für ihr verändertes Verhalten verantwortlich war.«

Dan fand die Vorstellung, daß das Gehirn so leicht zu manipulieren war, äußerst beunruhigend und erschreckend.

Melanie schob sich an Earl vorbei, sprang auf und machte zwei unbeholfene Schritte in die Mitte des Zimmers, wo sie taumelnd stehenblieb – und sich wieder zu mißhandeln begann. Sie hämmerte mit den Fäusten wild auf sich ein, so als glaubte sie, Strafe verdient zu haben, oder so, als versuchte sie, irgendeinen finsteren Geist aus ihrem Körper zu vertreiben.

Laura eilte hinzu, schlang ihre Arme um das Mädchen, drückte es fest an sich, hielt seine Arme fest.

Melanie gab trotzdem noch nicht auf. Sie schlug mit den Füßen um sich und kreischte.

Earl Benton trat dicht hinter sie, so daß sie zwischen ihm und ihrer Mutter eingezwängt war und sich nicht mehr bewegen konnte. Sie schrie und weinte und versuchte sich zu befreien. Laura redete besänftigend auf sie ein, und schließlich hörte Melanie auf zu kämpfen und sackte zwischen den beiden Erwachsenen in sich zusammen.

»Ist es vorbei?« fragte Earl.

»Ich glaube, ja«, erwiderte Laura.

»Armes kleines Ding.«

Melanie sah erschöpft aus.

Earl trat einen Schritt zurück.

Melanie ließ sich gefügig von Laura zum Bett führen und setzte sich auf die Kante.

Sie weinte noch immer.

»Baby? Ist alles in Ordnung?« fragte Laura zärtlich.

Mit glasigen Augen erklärte das Mädchen: »Sie ist aufgegangen.

Sie ist wieder aufgegangen, ganz weit aufgegangen.« Sie zitterte wie Espenlaub.

»Die fünfte Studentin«, sagte Dan. »Die Hoffritz so verprügelt hatte, daß sie ins Krankenhaus mußte – wie hieß sie?«

Die stämmige Psychologin kehrte zum Schreibtisch zurück und ließ sich in ihren Sessel fallen, so als hätten diese unangenehmen Erinnerungen sie mehr erschöpft als ein harter Arbeitstag. »Ich bin mir nicht sicher, ob ich Ihnen den Namen verraten soll.«

»Ich glaube, Sie müssen es tun.«

»Eingriff in die Privatsphäre und all das.«

»Polizeiliche Ermittlungen und all das.«

»Ärztliche Schweigepflicht und all das.«

»Oh? War diese Studentin Ihre Patientin?«

»Ich habe sie mehrmals im Krankenhaus besucht.«

»Das reicht nicht, Marge. Ich habe meinen Vater jeden Tag besucht, als er wegen einer Bypass-Operation im Krankenhaus lag, aber ich glaube nicht, daß ich deshalb das Recht hätte, mich als sein Arzt zu bezeichnen.«

Marge seufzte. »Es ist nur... das arme Mädchen hat so viel gelitten, und nun – nach vier Jahren – alles wieder aufzuwärmen...«

»Ich werde sie nicht in Gegenwart eines eventuellen Ehemanns oder eines neuen Freundes ausquetschen, wenn Sie das befürchten«, versicherte Dan. »Ich mag wie ein grober, ungehobelter, brutaler Kerl aussehen, aber ich kann durchaus diskrekt und einfühlsam sein.«

»Sie sehen weder groß noch brutal aus.«

»Danke für das Kompliment.«

»Aber Sie sehen *gefährlich* aus.«

»Ich pflege dieses Image. Es ist in meinem Job sehr nützlich.«

Nach kurzem Zögern zuckte sie mit den Achseln und gab ihm die gewünschte Auskunft. »Ihr Name war Regine Savannah.«

»Sie scherzen!«

»Würde Irmatrude Gelkenshettle über den Namen eines anderen Menschen scherzen?«

»Entschuldigung.« Er schrieb ›Regine Savannah‹ in sein kleines Notizbuch. »Wissen Sie, wo sie wohnt?«

»Damals teilte sie sich mit drei anderen Mädchen eine Wohnung in Westwood. Aber dort wird sie inzwischen bestimmt ausgezogen sein.«

»Was hat sie gemacht, nachdem sie aus der Klinik entlassen wurde? Hat sie die Universität verlassen?«

»Nein. Sie hat ihr Studium abgeschlossen und ihr Diplom gemacht, obwohl es manch einem lieber gewesen wäre, wenn sie an eine andere Universität übergewechselt wäre. Es gab Leute, denen es peinlich war, sie hier zu haben.«

Dan war überrascht. »Peinlich? Eigentlich hätten sich doch alle freuen müssen, daß sie sich – physisch oder psychisch – erholt hatte und wieder ein normales Leben führen konnte.«

»Nur daß sie Hoffritz weiterhin traf.«

»Was?«

»Erstaunlich, nicht wahr?«

»Sie meinen, daß sie ihn weiterhin traf, *nachdem* er sie krankenhausreif geschlagen hatte?«

»So ist es. Es kommt aber noch schlimmer: Regine schrieb mir einen Brief, in dem sie Hoffritz verteidigt.«

»Allmächtiger Gott!«

»Sie schrieb auch Briefe an den Universitätspräsidenten und an andere Fakultätsmitglieder. Sie unternahm alles in ihrer Macht Stehende, um zu verhindern, daß Hoffritz seine Stellung verlor.«

Ein kalter Schauder lief Dan über den Rücken. Er war eigentlich nicht melodramatisch veranlagt, aber über Hoffritz auch nur zu sprechen, verursachte ihm tiefstes Unbehagen. Wenn der Mann es fertiggebracht hatte, solche Macht über Regine auszuüben – zu welch erschreckenden Ergebnissen mochten er und Dylan McCaffrey dann erst gelangt sein, nachdem sie ihre Talente vereint hatten? Zu welchem Zweck hatten sie Melanie gequält?

Dan konnte nicht länger stillsitzen. Er stand auf. Aber es war ein kleines Büro, das wenig Platz zum Herumlaufen bot. Er blieb deshalb neben seinem Stuhl stehen, die Hände in den Hosentaschen, und sagte: »Eigentlich sollte man doch annehmen, daß Regine sich nach den Prügeln, die sie von ihm bezogen hatte, um jeden Preis von ihm befreien wollte.«

Marge schüttelte den Kopf. »Nachdem wir Hoffritz ausgebootet hatten, brachte Regine ihn als ihren Begleiter zu allen Fakultätsveranstaltungen mit. Und er war ihr einziger Gast bei der Examensfeier.«

»O Gott!«

»Sie rieben es uns beide genußvoll unter die Nase.«

»Das Mädchen hätte psychiatrische Hilfe benötigt.«

Die Psychologin blickte jetzt sehr niedergeschlagen drein. Sie nahm ihre Brille ab, so als wäre sie plötzlich zentnerschwer geworden, und rieb sich die Augen. Dan konnte nachvollziehen, wie der Frau zumute war. Sie liebte ihren Beruf, sie leistete darin ausgezeichnete Arbeit, und sie war ein Mensch mit Idealen und Skrupeln. Vermutlich glaubte sie, daß ein Mann wie Hoffritz nicht nur den ganzen Berufsstand, sondern auch sie persönlich in Mißkredit brachte.

»Wir bemühten uns, Regine die notwendige Hilfe zukommen zu lassen«, sagte sie. »Aber sie wollte davon nichts wissen.«

Draußen waren Natriumdampflampen eingeschaltet worden, die erfolglos versuchten, die Nacht zu verdrängen.

»Wenn Regine nicht mit Hoffritz brach, so gibt es dafür doch wohl nur die Erklärung, daß es ihr gefiel, verprügelt zu werden.«

»Offenbar.«

»Er hatte sie darauf programmiert, Prügel zu genießen.«

»Anscheinend.«

»Er hatte aus seinen Erfahrungen mit den ersten vier Mädchen gelernt.«

»Ja.«

»Über jene Mädchen hatte er die Kontrolle nach relativ kurzer Zeit wieder verloren, aber er hatte daraus gelernt, und bei Regine verstand er es dann, sie dauerhaft und total zu beherrschen.« Dan brauchte Bewegung, um sich wenigstens ein wenig abzureagieren. Er lief fünf Schritte bis zu den Bücherregalen und fünf Schritte zurück zu seinem Stuhl, auf dessen Lehne er sich sodann stützte. »Ich werde den Ausdruck ›Verhaltensmodifikation‹ nie wieder hören können, ohne ein komisches Gefühl in der Magengrube zu bekommen.«

Marge glaubte, ihr Studienfach verteidigen zu müssen. »Es ist ein seriöses Forschungsgebiet, ein durchaus ehrbarer Zweig der Psychologie. Mit Hilfe der Verhaltensmodifikation wird es uns vielleicht gelingen, Kindern das Lernen zu erleichtern und ihr Gedächtnis zu verbessern. Sie kann uns auch helfen, die Kriminalitätsrate zu senken, Kranke zu heilen, vielleicht sogar eine friedlichere Welt zu schaffen.«

Die Psychologin war eine tatkräftige Person, die sich normalerweise zutraute, mit jeder Situation fertig zu werden. Aber es überstieg offenbar ihr Fassungsvermögen, daß es menschliche Monster wie Hoffritz gab. Das Gefühl der eigenen Machtlosigkeit gegen solche Kreaturen zehrte sichtlich an ihren Kräften; sie sah jetzt fast aus wie eine Großmutter, die einen Schaukelstuhl und eine Tasse Tee und Honig brauchte. Diese Verwundbarkeit machte sie Dan nur noch sympathischer.

Ihre Stimme klang müde, als sie fortfuhr: »Verhaltensmodifikation und Gehirnwäsche sind einfach nicht ein und dasselbe. Keineswegs. Gehirnwäsche ist sozusagen der unerwünschte Bastard der Verhaltensmodifikation, ein pervertierter Bastard, genauso wie Hoffritz kein normaler Mann und kein normaler Wissenschaftler war, sondern eine Perversion von beidem.«

»Hat Regine noch immer Kontakt mit ihm?«

»Das weiß ich nicht. Ich habe sie vor mehr als zwei Jahren zuletzt gesehen, und damals traten sie als Paar auf.«

»Wenn sie ihn nach jenem Krankenhausaufenthalt nicht fallenließ, konnte vermutlich nichts, was er ihr später angetan haben mag, sie dazu bewegen, ihn zu verlassen. Ich nehme an, daß die Beziehung bis in die Gegenart hinein fortbestand.«

»Es sei denn, er ist ihrer überdrüssig geworden«, meinte Marge.

»Nach allem, was ich über ihn gehört habe, wäre er nie einer Person überdrüssig geworden, die er terrorisieren konnte.«

Marge nickte grimmig.

Dan warf einen Blick auf seine Uhr. Er hatte es jetzt eilig wegzukommen. Er wollte sich bewegen, etwas tun. Aber einige Fragen mußte er noch stellen. »Sie sagten, Dylan McCaffey sei geradezu genial gewesen. Würden Sie das auch von Hoffritz sagen?«

»Ja. Aber seine Genialität war von beklemmend dämonischer Art.«

»Trifft das nicht auch auf McCaffrey zu?«

»Er war nicht einmal halb so schlimm wie Hoffritz.«

»Wenn die beiden Herren sich nun zusammentaten, wenn sie großzügig finanziert wurden, vielleicht sogar ohne jedes Limit, und wenn ihnen ein menschliches Versuchskaninchen zur Verfügung stand, das ihnen völlig ausgeliefert war – dann wären sie ein gefährliches Paar gewesen, stimmt's?«

»O ja«, erwiderte sie und fügte nach kurzem Schweigen hinzu: »Ein satanisches Paar.«

Obwohl ein solcher Ausdruck – satanisch – eigentlich nicht zu Marge paßte, war Dan überzeugt davon, daß sie ihn mit Bedacht gewählt hatte.

»Satanisch«, wiederholte sie, so als wolle sie Dan den letzten Zweifel daran nehmen, daß es ihr das zutreffendste Wort zu sein schien.

Im Bad betupfte Laura die kleine Wunde an Earl Bentons Hand, wo Melanie ihn gebissen hatte, mit Jod und klebte ein Pflaster darauf.
»Es ist nicht der Rede wert«, versicherte er ihr. »Machen Sie sich darüber keine Gedanken.«
Melanie saß auf dem Rand der Badewanne und starrte die grüngekachelte Wand an. Niemand hätte geglaubt, daß dies dasselbe Mädchen war, das sich vor wenigen Minuten wie ein Berserker aufgeführt hatte.
»Wenn man von einem Menschen gebissen wird, ist die Infektionsgefahr viel größer als etwa bei einem Hundebiß«, sagte Laura.
»Sie haben die Wunde ja desinfiziert, und sie blutet kaum. Sie ist auch nicht tief. Und sie tut überhaupt nicht weh«, beruhigte er sie, aber sie wußte, daß er schwindelte, daß die Wunde ganz schön brennen mußte.
»Sind Sie wenigstens vor nicht allzu langer Zeit gegen Tetanus geimpft worden?« fragte sie.
»Ja. Letzten Monat wurde ich bei einer Verfolgungsjagd mit einem Messer verletzt. Nicht weiter schlimm – die Wunde konnte mit sieben Stichen genäht werden. Aber bei dieser Gelegenheit bekam ich eine Tetanusspritze verpaßt.«
»Mir tut diese Sache wahnsinnig leid.«
»Das sagten Sie schon.«
»Ich kann es nicht oft genug wiederholen.«
»Ich weiß ja, daß das Mädchen nichts dafür kann. Außerdem gehört so etwas zum Berufsrisiko.«
Laura kauerte vor Melanie nieder und betrachtete die blauen Flecken auf ihrer linken Wange, die Kratzer auf ihrem Hals und ihrer Brust – Verletzungen, die sie sich in ihrer Raserei selbst zugefügt hatte.
Mit trockenem Mund sagte Laura besorgt zu Earl: »Wie sollen wir sie nur beschützen? Es sind nicht nur irgendwelche unbekannten Feinde, die ihr etwas antun wollen, nicht nur FBI-Agenten oder Russen. Sie will sich auch selbst etwas antun. Wie können wir sie nur vor sich selbst beschützen?«
»Wir dürfen sie nicht aus den Augen lassen. Einer von uns muß immer in ihrer Nähe sein.«

Laura legte eine Hand unter das Kinn ihrer Tochter, hob ihren Kopf an, bis ihre Blicke sich trafen. »Das ist zuviel, Baby. Mami kann versuchen, mit den bösen Menschen dort draußen fertig zu werden, die dich in ihre Gewalt bringen wollen. Und Mami kann versuchen, dich wieder gesund zu machen, dir aus deinem Schneckenhaus herauszuhelfen. Aber jetzt... Das ist einfach zuviel. Warum willst du dir denn selbst weh tun, Baby? *Warum?*«

Melanie bewegte die Lippen, so als bemühe sie sich verzweifelt zu antworten, würde aber von jemandem daran gehindert. Ihr Mund zuckte, aber sie brachte keinen Laut hervor. Sie erschauderte, schüttelte den Kopf, stöhnte leise.

Es brach Laura fast das Herz zu sehen, wie ihre Tochter erfolglos die Fesseln ihres Autismus zu sprengen versuchte.

20

Ned Rink, der ehemalige Polizist und FBI-Agent, der auf dem Klinikparkplatz tot in seinem Wagen aufgefunden worden war, besaß ein kleines Haus im Ranch-Stil am Rand von Van Nuys. Dan fuhr nach seinem Gespräch mit Marge Gelkenshettle direkt dorthin. Es war ein niedriges Haus mit flachem Dach, in einem besonders flachen Teil des San Fernando Valley gelegen, an einer Straße mit anderen niedrigen Häusern. Nur die für Südkalifornien typische üppige Vegetation im Garten lockerte die strenge Geometrie des Hauses auf, das Ende der 50er Jahre erbaut worden war.

Das Haus war dunkel. Die Straßenlaterne war schmutzig und spendete ein nur schwaches Licht. Zwischen den Büschen, Palmen und Orangenbäumchen war stellenweise die hellgelbe Fassade zu sehen.

An einer Seite der schmalen Straße waren Autos geparkt, und obwohl die Limousine im Halbdunkel zwischen zwei Straßenlaternen stand, unter einem riesigen überhängenden Lorbeerbaum, identifizierte Dans geübtes Auge sie sofort als Polizeifahrzeug. Der Mann auf dem Fahrersitz, der Rinks Haus observierte, war kaum zu sehen.

Dan fuhr einmal um den Block, bevor er in einigem Abstand hinter der Polizeilimousine parkte. Er stieg aus und ging zu dem

Ford. Das Fenster auf der Fahrerseite war halb geöffnet. Dan spähte hinein.

Der Polizeibeamte trug Zivilkleidung; er gehörte zur Dienststelle East Valley. Dan kannte den Mann. Er hieß George Padrakis und sah wie Perry Como aus.

Padrakis kurbelte die Fensterscheibe herunter. »Willst du mich etwa ablösen?« Er hörte sich auch wie Perry Como an; seine Stimme war weich, voll, schläfrig. Nach einem Blick auf seine Uhr erklärte er: »Ich habe noch einige Stunden vor mir. Also leider keine Ablösung.«

»Ich bin nur hier, um einen Blick ins Haus zu werfen«, sagte Dan.

»Ist das dein Fall?«

»So ist es.«

»Wexlersh und Manuello haben das Haus schon durchsucht.«

Wexlersh und Manuello waren Ross Mondales Lakaien im East Valley, zwei Karrieristen, die bereit waren, für ihn alles zu tun, selbst das Gesetz zu beugen, wenn es sein mußte. Sie waren Speichellecker, und Dan konnte sie nicht ausstehen.

»Arbeiten Sie auch an diesem Fall?« fragte er.

»Du glaubst doch wohl nicht, daß du ihn für dich allein gepachtet hast, oder? Dafür ist die Sache viel zu aufsehenerregend. Vier Tote, darunter ein Millionär aus Hancock Park. Da haut das Ein-Mann-Verfahren nicht hin.«

Dan bückte sich, damit Padrakis sich während ihrer Unterhaltung nicht den Hals verrenken mußte.

»Und wozu läßt man dich hier draußen Wache schieben?« erkundigte er sich.

»Keine Ahnung. Vielleicht befinden sich im Haus irgendwelche Anhaltspunkte, wer Rinks Auftraggeber waren, und diese Burschen wissen das und werden herkommen, um das Beweismaterial an sich zu bringen.«

»Und du sollst sie dann schnappen?«

»Lächerlich, nicht wahr?«

»Wer hatte denn diese glorreiche Idee?«

»Was glaubst du?«

»Mondale«, erwiderte Dan.

»Volltreffer!«

Die kühle Brise nahm an Stärke zu und ließ die Blätter des Lorbeerbaumes rauschen.

»Du mußt ja rund um die Uhr gearbeitet haben, wenn du vergangene Nacht in dem Haus in Studio City warst«, sagte Padrakis.
»Nicht ganz, aber fast.«
»Was machst du dann hier? Du solltest zu Hause die Füße hochlegen und ein Bier schlürfen. Das würde *ich* jedenfalls tun.«
»Ich bin eben ein sehr engagierter Bulle«, erwiderte Dan. »Sag mal, hast du einen Schlüssel für das Haus, George?«
»Du bist arbeitswütig!«
»Willst du mich erst analysieren oder kannst du mir gleich verraten, ob du einen Schlüssel hast?«
»Ich habe einen. Aber ich weiß nicht, ob ich ihn dir gegeben darf.«
»Dies ist *mein* Fall.«
»Aber das Haus wurde doch bereits durchsucht.«
»Nicht von mir. Komm, George, stell dich nicht so an.«
Padrakis wühlte widerwillig in seiner Manteltasche nach Rinks Haustürschlüssel. »Mondale will dich unbedingt sprechen«, sagte er.
Dan nickte. »Und du weißt auch, warum? Weil ich so fantastisch Konversation treiben kann.«
»Padrakis hatte den Schlüssel gefunden, händigte ihn Dan aber noch nicht aus. »Er hat den ganzen Tag versucht, dich aufzuspüren.«
»Und er schimpft sich Detektiv?«
»Dan streckte seine Hand nach dem Schlüssel aus.
»Er sucht dich den ganzen Tag, und dann kommst du hierher, anstatt ihm wie versprochen Bericht zu erstatten. Und ich gebe dir den Schlüssel... Er wird nicht gerade begeistert sein.«
Dan seufzte. »Glaubst du, er wird begeisterter sein, wenn du den Schlüssel nicht herausrückst und ich ein Fenster einschlagen muß, um ins Haus zu gelangen?«
»So etwas würdest du doch nicht machen.«
»Zeig mir, welches Fenster ich nehmen soll.«
Padrakis gab ihm endlich den Schlüssel, und Dan ging leicht hinkend auf das Haus zu. Seine alte Knieverletzung machte ihm zu schaffen und verriet ihm, daß mit weiterem Regen zu rechnen war. Er schloß die Haustür auf und trat über die Schwelle.
Er stand in einem winzigen Vorraum. Das Wohnzimmer, rechts von ihm, war dunkel, nur durch die Fenster fiel von der Straße her etwas Licht ein. Links von ihm führte ein schmaler Gang in den hin-

teren Teil des Hauses, wo in einem der Zimmer eine Lampe brannte. Von der Straße aus war das nicht zu sehen gewesen. Wexlersh und Manuello mußten vergessen haben, das Licht auszuschalten. So etwas sah ihnen ähnlich; sie arbeiteten schlampig.

Dan machte Licht im Vorraum und im Wohnzimmer. Er glaubte, seinen Augen nicht zu trauen. Dies war ein bescheidenes Haus in einer einfachen Wohngegend, aber es war eingerichtet wie ein Refugium der Rockefellers. Mitten im Wohnzimmer lag ein prachtvoller, dicker chinesischer Teppich mit einem Muster von Drachen und Kirschblüten, etwa dreieinhalb Meter lang und ebenso breit. Polsterstühle und Sofa waren französische Antiquitäten aus der Mitte des 19. Jahrhunderts, mit teuren cremefarbenen Bezügen und handgeschnitzten Beinen und Lehnen. Zwei Bronzelampen hatten Schirme aus zarten Kristalltropfen. Besonders ausgefallen war der große Tisch aus Bronze und Zinn mit geschwungenen Seitenflächen und Beinen; die Platte bestand aus einer handgetrieben orientalischen Szenerie. Die kunstvoll gerahmten Landschaftsgemälde an den Wänden mußten Werke eines Meisters sein. Eine Ecketagere enthielt eine Sammlung von Kristallgegenständen – Figuren, Schalen, Vasen –, ein Stück schöner als das andere.

Die Einrichtung dieses einen Zimmers mußte mehr gekostet haben als das ganze bescheidene Haus. Kein Zweifel, Ned Rink hatte als professioneller Killer ausgezeichnet verdient. Und er hatte sein Geld sehr schlau angelegt. Wenn er sich ein großes Haus in einer vornehmen Gegend gekauft hätte, wäre das Finanzamt möglicherweise auf ihn aufmerksam geworden und hätte unangenehme Fragen gestellt; so aber hatte er nach außen hin den Anschein erweckt, als lebe er in bescheidenen Verhältnissen, während er in Wirklichkeit ein fürstliches Dasein führte.

Dan versuchte, sich Rink in diesem Raum vorzustellen. Der Mann war ausgesprochen häßlich gewesen; sein Wunsch, sich mit schönen Dingen zu umgeben, war verständlich, aber er mußte in dieser prächtigen Umgebung ausgesehen haben wie eine Küchenschabe auf einem Geburtstagskuchen. Dan stellte fest, daß es im Wohnzimmer keine Spiegel gab, und auch im Vorraum war keiner gewesen. Vermutlich würde man im ganzen Haus nur einen im Bad finden.

Fasziniert begab sich Dan in den hinteren Teil des Hauses. Er wollte wissen, ob alle Räume so prunkvoll eingerichtet waren. Als er über die Schwelle des Zimmers trat, in dem eine Lampe brannte, kam ihm die Idee, daß vielleicht Wexlersh und Manuello doch nicht vergessen hatten, das Licht auszuschalten, sondern daß jemand sich unbefugt im Haus aufhielt, obwohl Padrakis den Vordereingang beobachtete. Gleichzeitig sah er aus dem Augenwinkel, daß sich etwas bewegte, aber es war schon zu spät. Während er sich umdrehte, traf ihn der Kolben einer Pistole mit voller Wucht an der Stirn. Er fiel zu Boden.

Die Deckenlampe ging aus.

Er hatte das Gefühl, als wäre sein Schädel halb eingeschlagen, aber er verlor nicht das Bewußtsein.

Ein leises Geräusch veranlaßte ihn, mühsam den Kopf zu heben. Sein Angreifer wollte sich an ihm vorbei zur Tür schleichen. Dan konnte nur eine undeutliche Silhouette erkennen, da sein Blick stark getrübt war. Diese verschwommene Gestalt schien auch noch auf und ab zu hüpfen und sich gleichzeitig wie ein Karussellpferd im Kreis zu bewegen. Dan begriff, daß er einer Ohnmacht nahe war. Trotzdem warf er sich nach vorne und griff nach dem fliehenden Phantom. Der Schmerz in seinem Kopf schoß in Schultern und Rücken, aber er packte den Mann am Hosenbein und riß mit aller Kraft daran.

Der Unbekannte stolperte, stieß gegen den Türrahmen und rief: »Scheiße!«

Dan hielt ihn fest.

Fluchend kickte der Mann ihn in die Schulter.

Dan umklammerte das Bein des Einbrechers jetzt mit beiden Händen und versuchte ihn zu Boden zu reißen, aber der Kerl hielt sich am Türrahmen fest und versuchte, Dan abzuschütteln, der sich vorkam wie ein Hund, der einen Briefträger angreift.

Der Kerl trat wieder nach ihm und traf ihn diesmal am rechten Arm. Dans rechte Hand wurde taub und glitt vom Bein des Eindringlings ab.

Er sah alles noch verschwommener als zuvor, und das Licht im Gang schien immer trüber zu werden. Er biß die Zähne zusammen und kämpfte unter Aufbietung aller Willenskraft gegen die nahende Bewußtlosigkeit an.

Der Unbekannte bückte sich und schlug erneut mit dem Pistolenkolben zu, auf Dans Schulter und Rücken.

Mit brennenden Augen riß Dan die linke Hand hoch und wollte den Kerl an der Gurgel packen. Statt dessen erwischte er ein Ohr und riß daran.

547

Der Bursche heulte vor Schmerz auf.

Dans Hand rutschte von dem blutigen Ohr ab, aber er konnte seine Finger in den Hemdkragen des Mannes krallen und ließ auch nicht los, als dieser auf seinen Arm einschlug.

Das Taubheitsgefühl war aus seinem rechten Arm gewichen, und er stieß sich mit der rechten Hand vom Boden ab, bekam einen Fuß auf den Boden, stemmte sich hoch und drängte seinen Angreifer auf den Gang hinaus, wo sie ineinandergekeilt einige taumelnde Schritte machten, bevor sie zu Boden krachten.

Dan lag über dem anderen, aber er konnte noch immer nicht erkennen, wie sein Gegner aussah, weil ihm nach wie vor alles vor den Augen verschwamm.

Es gelang ihm, seine Pistole aus dem Halfter zu ziehen, aber der Kerl schlug sie ihm aus der Hand.

Miteinander ringend, rollten sie auf die Wand zu; Dan versuchte vergeblich, sein Knie in den Unterleib seines Gegners zu rammen; statt dessen wurde er selbst von einem Fußtritt an seinem verletzten Knie getroffen. Der Schmerz raubte ihm den Atem und drehte ihm fast den Magen um. Dieses Knie war sein wunder Punkt, kaum weniger empfindlich als die Hoden. Um ein Haar hätte er seinen Gegner losgelassen.

Aber eben nur um ein Haar.

Der Kerl kletterte über ihn hinweg und kroch auf die Küche zu, aber Dan hielt ihn am Jackett fest und wurde von ihm halb mitgezogen, halb kroch er selbst. Es hätte eine komische Situation sein können, wenn nicht beide verletzt gewesen wären und wie Rennpferde geschnaubt hätten – und wenn es nicht tödlicher Ernst gewesen wäre.

Dan warf sich mit letzter Kraft vorwärts und wollte den Unbekannten am Boden festnageln. Doch dieser hatte ebenfalls beschlossen, daß Angriff die beste Verteidigung war; fluchend und mit den Armen wie mit Dreschflegeln um sich schlagend, stürzte er sich auf Dan, und wieder wälzten sich beide auf dem Gang, bis der Einbrecher die Oberhand gewann.

Etwas Hartes und Kaltes stieß gegen Dans Zähne. Er wußte, was es war. Die Mündung einer Pistole.

»Schluß jetzt mit dem Unsinn!« zischte der Kerl.

Dan brachte mühsam zwischen den Zähnen hervor: »Wenn du mich hättest kaltmachen wollen, hättest du's schon längst getan.«

»Jede Glückssträhne hat mal ein Ende«, knurrte der Unbekannte, der sich so wütend anhörte, als wäre er durchaus imstande, auf den Abzug zu drücken.

Dan blinzelte verzweifelt, und sein verschwommener Blick klärte sich so weit, daß er die Pistole dicht vor seinem Gesicht erkennen konnte. Und er sah, daß das linke Ohr seines Gegners eigenartig herabhing und blutete.

Gleichzeitig wurde ihm klar, daß seine eigenen Wimpern blutverklebt waren und daß ihm eine Mischung aus Blut und Schweiß von der Stirn in die Augen rann und sein Sehvermögen beeinträchtigte.

Er hörte auf zu kämpfen.

»Laß mich los... du... Bulldogge... du Bastard!« keuchte sein Angreifer, auf ihm kniend.

»Okay«, murmelte Dan und ließ ihn los.

»Bist du wahnsinnig, Mann?«

»Okay.«

»Du hast mir das Ohr halb abgerissen, du Dreckschwein.«

»Okay.«

»Weiß du nicht, wann du klein beigeben mußt, du blödes Arschloch?«

»Jetzt?«

»Ja, jetzt!«

»Okay.«

Der Unbekannte entfernte seine Pistole von Dans Zähnen, hielt sie aber weiter auf seinen Kopf gerichtet, während er sich taumelnd erhob.

Jetzt konnte Dan ihn im Lampenlicht besser erkennen, aber das nützte ihm nicht viel, denn er hatte den Kerl noch nie im Leben gesehen.

Der Bursche ging rückwärts auf die Küche zu, die Pistole in der rechten Hand. Mit der linken hielt er sein blutendes Ohr fest.

Dan lag wehrlos auf dem Rücken, mit etwas angehobenem Kopf. Blut rann ihm in die Augen, und er hatte einen Blutgeschmack auf der Zunge. Am liebsten hätte er sich wider alle Vernunft auf seinen Gegner gestürzt, aber er beherrschte sich, wenn auch nur mühsam.

Der Unbekannte erreichte die Küche, ging rückwärts durch die offene Hintertür aus dem Haus, zögerte einen Moment, drehte sich um und rannte davon.

Dan kroch zu seiner Pistole, hob sie auf und kam mühsam auf die Beine. Der Schmerz in seinem verletzten Knie war jetzt so heftig, daß er aufschrie; trotzdem hinkte er in die Küche, doch als er die

Hintertür erreichte und in die kühle Abendluft hinaustrat, war sein Angreifer verschwunden.

Er wusch sich in Rinks Bad das Gesicht. Seine Stirn war blutig und geschwollen.
 Er konnte inzwischen wieder klar sehen. Obwohl sein Kopf sich anfühlte, als wäre er als Schmiedehammer verwendet worden, war Dan sich ganz sicher, daß er keine Gehirnerschütterung davongetragen hatte.
 Im Arzneimittelschränkchen über dem Waschbecken fand er Gaze und stellte daraus eine Kompresse her. Er fand auch ein Desinfektionsspray und besprühte damit seine Stirn, bevor er die Kompresse mit der rechten Hand fest andrückte. Er hoffte, daß die Blutung aufgehört haben würde, wenn er das Haus verließ.
 Er kehrte in den Raum zurück, in dem er überfallen worden war, und schaltete das Licht ein. Es war ein Arbeitszimmer, genauso teuer eingerichtet wie das Wohnzimmer, wenn auch weniger elegant. In der Mitte einer Bücherwand stand ein großer Fernseher und ein Videogerät. Die Regale waren zur Hälfte mit Büchern, zur anderen Hälfte mit Videokassetten gefüllt.
 Dan warf zuerst einen Blick auf die Kassetten und entdeckte einige vertraute Filmtitel sie *Silver Streak*, *Tootsie* und *The Goodbye Girl*, außerdem zahlreiche Filme mit Charlie Chaplin und zwei Streifen der Mary-Brothers. Es waren ausschließlich Komödien; offenbar mußte ein professioneller Killer etwas zu lachen haben, wenn er nach einem harten Arbeitstag nach Hause kam. Den weitaus größeren Teil der beachtlichen Videosammlung bildeten aber Kassetten, die nur illegal vertrieben wurden: Pornofilme mit Titeln wie *Debbie Does Dallas* und *Deep Throat*. Dan schätzte die Zahl dieser Pornovideos auf etwa dreihundert.
 Die Bücher interessierten ihn mehr, denn auf sie hatte es der Einbrecher zweifellos abgesehen gehabt. Auf dem Boden vor den Regalen stand ein Karton, und mehrere Bände waren schon darin verstaut worden. Dan ließ seinen Blick über die Regale schweifen und stellte fest, daß es sich ausschließlich um Sachbücher über alle möglichen Zweige des Okkultismus handelte. Anschließend inspizierte er den Inhalt des Kartons, während er mit der anderen Hand noch immer die Kompresse an seine Stirn drückte. Die sieben Bücher im Karton waren von ein und demselben Verfasser, einem Albert Uhlander.

Uhlander?

Dan griff in eine Innentasche seines Jacketts und zog das kleine Adreßbuch heraus, das er vergangene Nacht aus Dylan McCaffreys verwüstetem Arbeitszimmer mitgenommen hatte. Er schaute unter ›U‹ nach und fand nur eine Eintragung: Uhlander. McCaffrey, der sich für okkulte Phänomene interessierte, hatte Uhlander gekannt. Rink, der sich ebenfalls für den Okkultismus interessierte, hatte Uhlander zumindest gelesen; vielleicht hatte auch er ihn persönlich gekannt. Dan war auf ein Bindeglied zwischen McCaffrey und Rink gestoßen. Aber waren sie Verbündete oder Feinde gewesen?

Und was hatte der Okkultismus mit all dem zu tun?

Ihm schwirrte der Kopf, und das nicht nur von dem Schlag auf die Stirn.

Jedenfalls mußte Uhlander ein Schlüssel zum Verständnis der ganzen Sachlage sein, denn der Eindringling hatte offenbar nur diese Bücher aus dem Haus entfernen und auf diese Weise verhindern wollen, daß Uhlander in diese geheimnisvolle Mordaffäre verwickelt wurde.

Dan verließ das Arbeitszimmer. Der dröhnende Schmerz in seinem Kopf strahlte in die Schultern, die Arme, den Nacken und den Rücken aus. Er hinkte im Raum umher und durchsuchte ihn ziemlich gründlich, wenn auch nur mit einer Hand. Er fand nichts Interessantes mehr. Rink war ein Killer gewesen, und solche Leute pflegten Polizeiermittlungen nicht dadurch zu erleichtern, daß sie handliche kleine Adreßbücher hatten und Aufzeichnungen über ihre Tätigkeit machten.

Schließlich nahm er im Bad die Kompresse ab und stellte fest, daß die Blutung tatsächlich aufgehört hatte.

Er sah grauenhaft aus. Aber das paßte ganz gut, denn er fühlte sich auch grauenhaft.

21

Als Dan, den kleinen Bücherkarton unter den Arm geklemmt, auf die Straße hinaustrat, saß George Padrakis noch immer hinter dem Lenkrad der Limousine, im Dunkeln, bei halbgeöffnetem Fenster, das er wieder herunterkurbelte, als er Dan sah. »Ich habe gerade telefoniert. Mondale will... He, was ist mit deiner Stirn passiert?«

Dan erzählte ihm von dem Einbrecher. Padrakis stieg aus dem Wagen. Er sah nicht nur wie Perry Como aus, er bewegte sich auch wie Perry Como: gemächlich und mit unbewußter Grazie. Sogar seine Pistole zog er ohne Hast aus dem Halfter.

»Der Kerl ist weg«, erklärte Dan, als Padrakis einen Schritt auf Rinks Haus zu machte. »Schon lange.«

»Aber wie ist er reingekommen?«

»Von hinten.«

»Hier auf der Straße war es ganz ruhig, und ich hatte das Fenster auf«, protestierte Padrakis. »Ich hätte das Splittern von Glas oder sonstwas gehört.«

»Ich habe kein zerbrochenes Fenster gefunden«, erwiderte Dan. »Ich nehme an, daß er einen Schlüssel hatte.«

»Verdammt, ich bin jedenfalls nicht schuld daran«, sagte Padrakis, während er seine Pistole wegsteckte. »Ich kann nicht an zwei Orten gleichzeitig sein. Ein zweiter Mann hätte die Rückseite des Hauses beobachten müssen. Könntest du diesen Einbrecher gut beschreiben?«

»Leider nicht.« Dan gab Padrakis den Hausschlüssel zurück. »Aber er hat ein ziemlich ramponiertes Ohr.«

»Hä?«

»Ich habe ihm ein Ohr halb abgerissen.«

»Warum hast du das getan?«

»Weil er versuchte, mir den Schädel einzuschlagen«, antwortete Dan ungeduldig. »Außerdem habe ich etwas von einem Stierkämpfer an mir: ich sammle Trophäen, und einen Schwanz hatte der Kerl nicht.«

Padrakis warf ihm einen verblüfften Blick zu.

Ein riesiges Wohnmobil bog mit dröhnendem Motor um die Ecke und rumpelte den Block hinab, wie ein Dinosaurier.

Padrakis betrachtete mit gerunzelter Stirn den Karton unter Dans Arm. Er mußte brüllen, um den Motor des Wohnmobils zu übertönen. »Was hast du da drin?«

»Bücher. Bedrucktes Papier, zur Übermittlung von Informationen oder zu Unterhaltungszwecken. Zur Sache – was hat Mondale auf dem Herzen?«

»Nimmst du diese Bücher mit?«

»So ist es.«

»Ich weiß nicht, ob das erlaubt ist.«
»Mach dir darüber keine Sorgen. Sag mir lieber endlich, was Mondale von mir will.«
Padrakis starrte unglücklich auf den Karton. Er wartete, bis der Motorenlärm nachließ und nur noch die stinkenden Abgase an das Wohnmobil erinnerten. Dann gab er Dan Auskunft. »Ich habe Mondale angerufen, um ihm zu sagen, daß du hier bist. Er war auf dem Sprung zum *Sign of the Pentagram* auf dem Ventura Boulevard, und er will, daß du ihn dort triffst.«
»Und was, zum Teufel, ist dieses *Sign of the Pentagram?*«
»Ich glaube, eine Buchhandlung oder so was Ähnliches«, antwortete Padrakis, ohne seinen Blick von dem Bücherkarton zu wenden. »Da ist jemand umgelegt worden.«
»Wer?«
»Ich glaube, der Inhaber. Ein gewisser Scaldone. Mondale sagt, der Bursche sei so zugerichtet wie die Leichen in Studio City.«
»Da geht mein Abendessen dahin«, seufzte Dan und ging auf sein Auto zu.
Padrakis folgte ihm. »He, was diese Bücher angeht...«
»Liest du, George?«
»... sie sind das Eigentum des Verstorbenen...«
»Ein Genuß ohnegleichen, es sich mit einem guten Buch gemütlich zu machen.«
»... und dieses Haus war nicht Tatort eines Verbrechens, wo wir befugt sind, Beweismaterial sicherzustellen...«
Dan schloß den Kofferraum seines Wagens auf und stellte den Karton hinein. »›Der Mann, der keine guten Bücher liest, hat keinen Vorteil gegenüber jenem Mann, der sie nicht lesen *kann*.‹ Das hat Mark Twain gesagt, George.«
»... bevor wir nicht irgendwelche Angehörige ausfindig gemacht haben, die ihre Zustimmung geben, kannst du doch nicht einfach...«
Dan ließ den Kofferraumdeckel geräuschvoll zufallen. »›Bücher sind ein größerer Schatz als die gesamte Piratenbeute auf der Schatzinsel.‹ Walt Disney. Auch er hatte recht, George. Du solltest wirklich mehr lesen.«
»Aber...«
»›Bücher sind nicht einfach Bündel von leblosem Papier, sondern lebendiger Geist.‹ Das ist von Gilbert Highet.« Er klopfte Padrakis auf die Schulter. »Erweitere deinen schmalen Horizont,

George. Bring Farbe in dein eintöniges Leben als Detektiv. Lies, George, lies.«

Dan stieg in seinen Wagen, schloß die Tür und ließ den Motor an. Padrakis betrachtete ihn mit gerunzelter Stirn.

Dan winkte ihm zu, während er losfuhr.

Nach einigen Blocks hielt er am Straßenrand und holte Dylan McCaffreys Adreßbuch hervor. Unter dem Buchstaben ›S‹ fand er einen Joseph Scaldone, gefolgt von dem Wort ›Pentagramm‹, einer Telefonnummer und einer Adresse am Ventura Boulevard.

Mit allergrößter Wahrscheinlichkeit bestand ein Zusammenhang zwischen den Morden von Studio City, Rinks Tod und der Ermordung Scaldones. Es hatte immer mehr den Anschein, als versuche jemand, eine geheimnisvolle Konspiration zu verschleiern, indem er alle Beteiligten liquidierte. Früher oder später würde auch Melanie McCaffrey entweder liquidiert oder aber entführt werden. Und wenn jene gesichtslosen Feinde das Mädchen wieder in ihre Gewalt brachten, würde es für immer verschwunden bleiben. Ein zweites Mal würde das Kind bestimmt nicht das Glück haben zu entkommen.

Um 19.05 Uhr war Laura in der Küche damit beschäftigt, das Abendessen zuzubereiten. In einem großen Topf auf dem Herd war das Wasser fast am Kochen, und in einem kleineren Topf wurden Fleischbällchen in Spaghettisauce erhitzt. Es roch verführerisch nach verschiedenen Zutaten: Zwiebeln, Knoblauch, Tomaten, Basilikum und Käse. Laura spülte einige schwarze Oliven ab und legte sie in eine große Salatschüssel.

Melanie saß stumm und regungslos am Tisch, die Hände auf dem Schoß gefaltet, mit gesenktem Kopf. Ihre Augen waren geschlossen. Entweder sie schlief, oder sie hatte sich nur besonders tief in ihre geheime Innenwelt zurückgezogen. Schwer zu entscheiden, was der Fall war.

Dies war die erste Mahlzeit seit sechs Jahren, die Laura für ihre Tochter zubereitete, und nicht einmal Melanies deprimierender Zustand konnte diesen Augenblick verdüstern. Laura fühlte sich ganz als Mutter und Hausfrau, zum erstenmal seit langer Zeit. Sie hatte schon vergessen gehabt, daß die Mutterrolle genauso wichtig und befriedigend sein konnte wie ihre beruflichen Erfolge.

Earl hatte den Tisch gedeckt und saß jetzt in Hemdsärmeln – aber mit Schulterhalfter – Melanie gegenüber. Er war in die Zeitung vertieft, und wenn er auf einen interessanten Artikel stieß, las er ihn Laura laut vor.

Pepper lag gemütlich zusammengerollt in der Ecke neben dem Kühlschrank, eingelullt vom Summen und Vibrieren des Motors. Sie wußte, daß Arbeitsplatten und Tische in der Küche für sie tabu waren, und sie verhielt sich im allgemeinen ruhig und unauffällig, um nicht ganz aus dem Raum verbannt zu werden. Plötzlich stieß sie jedoch einen Schrei aus und sprang auf. Mit gesträubtem Fell und weit aufgerissenen Augen machte sie einen Buckel und fauchte wütend.

Earl legte die Zeitung hin. »Was ist denn los, Mieze?«

Laura, die gerade den Salat anrichtete, drehte sich nach der Katze um. Peppers Ohren waren flach angelegt, die Lefzen zurückgezogen, die Zähne gebleckt. »Was hast du, Pepper?«

Die Katze starrte Laura einen Moment lang an, und ihre wilden Augen hatten nichts mehr von einem zahmen Haustier an sich.

»Pepper...«

Die Katze sprang mit einem Satz aus der Ecke hervor, stieß einen Schrei aus, sauste auf die Küchenschränke zu, schreckte plötzlich zurück, als hätte sie dort etwas Furchterregendes gesehen, rannte statt dessen auf die Spüle zu, fauchte laut und wechselte wieder die Richtung. Ihre Krallen schabten über die Fliesen. Sie drehte sich rasend im Kreis, jagte ihren eigenen Schwanz und machte einen gewaltigen Luftsprung. Sie peitschte mit ihren Krallen die Luft, führte auf den Hinterpfoten stehend eine Art Veitstanz auf, kam wieder auf alle vier Pfoten herunter, raste unter den Tisch, als renne sie um ihr Leben, zwischen den Stühlen hindurch, über die Schwelle, und verschwand im Eßzimmer.

Es war eine unglaubliche Vorstellung gewesen. Laura hatte so etwas noch nie erlebt.

Melanie zeigte keinerlei Reaktion auf das Geschehen. Sie saß noch immer mit geschlossenen Augen da, die Hände auf dem Schoß, den Kopf gesenkt.

Earl war von seinem Stuhl aufgestanden.

Irgendwo im Haus stieß Pepper einen letzten Angstschrei aus. Dann wurde es ganz still.

Das *Sign of the Pentagram* war ein kleiner Laden in einem geschäftigen Viertel, das die südkalifornischen Hoffnungen und Träume perfekt widerspiegelte. Ein kleines Geschäft oder Restaurant neben dem anderen, geführt von Leuten aller Altersklassen und Rassen. Hier gab es Dinge für jeden Geschmack, für jedes Interessengebiet, Alltägliches und Exotisches: ein koreanisches Restaurant mit etwa 15 Tischen; eine feministische Buchhandlung; einen Lieferanten für handgearbeitete Messer; einen Laden für Homosexuelle; eine Trokkenreinigung, einen Party-Service und einen Hersteller von Bilderrahmen; Delikatessengeschäfte; eine Buchhandlung, in der nur Fantasy und Science-fiction verkauft wurde; das Kreditbüro der Gebrüder Ching; ein winziges Lokal mit ›amerikanisierter nigerianischer Küche‹ und ein anderes, das sich auf ›französisch-chinesische Küche‹ spezialisiert hatte; einen Militaria-Händler, der alles außer Waffen anbot. Manche dieser Geschäftsleute wurden reich, andere schafften das nie, aber alle hatten Träume, und Dan hatte das Gefühl, daß der Ventura Boulevard in diesen frühen Abendstunden nicht nur von Straßenlaternen beleuchtet wurde, sondern auch von strahlenden Hoffnungen.

Er parkte einen knappen Block vom *Sign of the Pentagram* entfernt und schlenderte an den Fahrzeugen der verschiedenen Fernseh- und Rundfunkanstalten vorbei, an Streifenwagen und einem Leichenwagen. Eine Menschenmenge drängte sich auf dem Gehweg: neugierige Bewohner dieses Viertels; junge Leute, die Wert darauf legten, wie Penner auszusehen, aber vermutlich bei ihren Eltern in teuren Villen lebten; und sensationslüsterne Medienvertreter, deren Augen Dan immer an hungrige Schakale erinnerten. Er bahnte sich mit dem Ellbogen einen Weg durch die Menge, bemühte sich, nicht von den Fernsehkameras erfaßt zu werden, und erreichte schließlich den Laden, dessen Fassade mit amateurhaft gemalten okkulten und astrologischen Symbolen übersät war. Ein uniformierter Polizist stand direkt unter einem Pentagramm und bewacht den Eingang. Dan zeigte seinen Dienstausweis und betrat den Laden.

Das Ausmaß der Verwüstung überraschte ihn nicht. Der Berserker, der sich vergangene Nacht in jenem Haus in Studio City ausgetobt hatte, hatte erneut zugeschlagen. Die elektronische Kasse sah aus, als hätte jemand sie mit einem Schmiedehammer zertrümmert; ein Funke Leben war ihr dennoch geblieben – eine rote Ziffer, eine Sechs, die in dem zersplitterten Anzeigefenster blinkte, so als versuche die Kasse, den Polizisten etwas über ihren Mörder zu erzählen, wie ein sterbender Mensch, der seine letzten Worte stammelt. Einige Bücherregale waren zerborsten, alle Bücher lagen auf dem Boden verstreut, mit zerknüllten Schutzumschlägen, eingerissenen Einbänden, zerfetzten Seiten. Aber in dem Laden wurde nicht nur mit Büchern gehandelt; der Boden war auch übersät mit Kerzen aller Größen, Formen und Farben, mit einigen ausgestopften Eulen, mit Tarokkarten, Ouija-Alphabettafeln, Totems, exotischen Pulvern und Ölen. Es roch nach Rosenessenz, Weihrauch und Tod.

Die Männer von der Spurensicherung waren eifrig bei der Arbeit, ebenso mehrere Polizisten, darunter Wexlersh und Manuello, die Dan sofort bemerkt hatten und auf ihn zukamen, vorsichtig über die Bücherhaufen und anderen Gegenstände hinwegsteigend. Beide hatten ein kaltes Lächeln aufgesetzt, das Dan an Haie erinnerte.

Wexlersh war klein, hatte hellgraue Augen und ein wachsbleiches Gesicht, das in Kalifornien aus dem Rahmen fiel. »Was ist mit Ihrem Kopf passiert?« fragte er.

»Ich bin gegen einen niedrigen Ast gerannt«, antwortete Dan.

»Sieht eher so aus, als hätten Sie einen armen unschuldigen Verdächtigen verprügelt, und dieser arme unschuldige Mann wäre so töricht gewesen, Widerstand zu leisten.«

»Ist das in der East Valley Division die übliche Methode, mit Verdächtigen umzugehen?«

»Oder vielleicht war es auch eine Nutte, die Sie trotz Ihres Dienstausweises nicht kostenlos bedienen wollte«, fuhr Wexlersh mit breitem Grinsen fort.

»Sie sollten nicht versuchen, witzig zu sein«, erwiderte Dan. »Sie haben nämlich genausoviel Witz wie eine Scheißhausbrille.«

Wexlersh lächelte weiterhin, aber in seinen grauen Augen lag etwas Bösartiges. »Haldane, was glauben Sie, mit welcher Art von Wahnsinnigem wir es hier zu tun haben?«

Manuello, der trotz seines Namens nicht wie ein Spanier aussah, sondern groß und blond war und ein breites Gesicht mit einem Kinngrübchen hatte, unterstützte seinen Kollegen: »Ja, Haldane, teilen Sie die Weisheit Ihrer Erfahrung mit uns.«

Wexlersh fügte hinzu: »Ja, Sie sind der Lieutenant. Wir sind nur unbedeutende kleine Fische.«

»Wir können es kaum erwarten, in Ihre Erkenntnisse über dieses verruchte Verbrechen eingeweiht zu werden«, fuhr Manuello fort. »Spannen Sie uns nicht länger auf die Folter.«

Obwohl Dan ein ranghöherer Beamter war, konnten sie sich solche Frechheiten erlauben, weil Dan nur vertretungsweise im East Valley arbeitete, hauptsächlich aber, weil sie Ross Mondales Lieblinge waren und genau wußten, daß er sie decken würde.

»Wissen Sie«, konterte Dan, »ich glaube, daß Sie beide die falsche Laufbahn eingeschlagen haben. Sie wären bestimmt viel glücklicher, wenn Sie Gesetze brechen könnten, anstatt sich für ihre Einhaltung einsetzen zu müssen.«

»Sehr witzig!« meinte Wexlersh. »Aber jetzt einmal ganz im Ernst, Lieutenant – Sie müssen doch irgendwelche Theorien haben. Was kann das für ein Verrückter sein, der herumläuft und Leute zu Brei schägt?«

»Wir sollten uns aber auch fragen, was für ein Verrückter dieses *Opfer* war«, meinte Manuello.

»Joseph Scaldone?« sagte Dan. »Ihm hat dieser Laden gehört, nicht wahr? Was meinen Sie damit, daß er verrückt war?«

»Nun, er war gewiß kein durchschnittlicher Geschäftsmann«, antwortete Wexlersh.

»Ich glaube kaum, daß man ihn in der Handelskammer hätte haben wollen«, fügte Manuello an.

»Ein totaler Irrer!« kommentierte Wexlersh.

»Wovon quasseln Sie eigentlich?« erkundigte sich Dan.

Mit einem absolut humorlosen Grinsen antwortete Manuello: »Glauben Sie nicht, daß nur ein Irrer in seinem Laden solches Zeug verkaufen würde?« Er zog aus seiner Manteltasche einen kleinen Glasbehälter hervor, ähnlich einem Olivenglas. Auf den ersten Blick sah es so aus, als enthielte das Gefäß tatsächlich Oliven, doch dann stellte Dan fest, daß es Augäpfel waren. Nicht von Menschen; dafür waren sie viel zu klein. Und sie sahen seltsam aus. Manche hatten eine gelbe Iris, andere eine grüne oder orange, aber trotz der verschiedenen Farben hatten sie alle die gleiche Form: Die Iris war nicht rund wie beim Menschen und bei den meisten Tieren, sondern länglich, elliptisch. Irgendwie sahen diese Augäpfel unheimlich aus.

»Schlangenaugen«, erklärte Manuello, auf das Etikett deutend.

»Und wie wäre es damit?« fragte Wexlersh und holte einen Glasbehälter aus der Tasche. Dieses Glas war mit einem grauen Pulver gefüllt. Auf dem Etikett stand. FLEDERMAUSGUANO.

»Fledermausscheiße«, verdeutlichte Wexlersh.

»Pulverisierte Fledermausscheiße«, sagte Manuello, »Schlangenaugen, Salamanderzungen, Halsketten aus Knoblauch, Phiolen mit Stierblut, magische Anhänger und jede Menge anderer Kram dieser Art. Was für Leute kommen wohl hierher und kaufen diesen Scheißdreck, Lieutenant?«

»Hexen«, antwortete Wexlersh, bevor Dan etwas sagen konnte.
»Leute, die *glauben*, sie wären Hexen«, korrigierte Manuello.
»Zauberer«, sagte Wexlersh.
»Leute, die *glauben*, sie wären Zauberer.«
»Umheimliche Typen«, sagte Wexlersh.
»Total Verrückte«, meinte Manuello.
»Wo ist das Mordopfer?« fragte Dan.
Wexlersh deutete mit dem Daumen in den hinteren Teil des Ladens. »Dort drüben. Er wartet auf eine Rolle in der Fortsetzung von *The Texas Chainsaw Massacre*.«
»Hoffentlich habt ihr Burschen aus dem Central einen unempfindlichen Magen«, rief Manuello Dan nach, der sich nach hinten begab.
»Kotzen Sie hier nur nicht alles voll!« fuhr Wexlersh fort.
»Ja, kein Richter wird vollgekotztes Beweismaterial zulassen.« Das war wieder Manuello.
Dan ignorierte sie. Falls er kotzen müßte, würde er Wexlersh und Manuello vollkotzen, das stand für ihn fest.
Er stieg über einen Haufen Bücher hinweg, die mit Jasminöl durchtränkt waren, und ging auf den Gerichtsmediziner zu, der sich über eine unförmige rote Masse beugte, die offenbar Scaldones sterbliche Überreste darstellte.

Earl Brenton hatte die Idee gehabt, daß die Katze vielleicht irgendwelche Geräusche wahrgenommen hatte, die für das menschliche Ohr zu leise waren, daß sie vielleicht einen Einbrecher gehört hatte und darüber erschrocken war. Er ging deshalb von Raum zu Raum, überprüfte Fenster und Türen, schaute in Schränke und hinter große Möbelstücke. Aber alles war in Ordnung. Niemand hatte sich Zutritt zum Haus verschafft.
Earl fand Pepper im Wohnzimmer, nicht mehr verängstigt, aber äußerst wachsam. Die Katze lag auf dem Fernseher. Sie ließ sich streicheln und begann sogar zu schnurren.
»Was ist vorhin nur in dich gefahren, Mieze?« fragte Earl.
Nachdem er sie eine Weile gestreichelt hatte, streckte sie sich genüßlich, deutete mit einer Pfote auf die Knöpfe des Fernsehers und warf ihm einen Blick zu, der ihn aufzufordern schien, den Heizkörper-mit-Bildern-und-Stimmen einzuschalten, damit sie es schön warm hatte.
Ohne ihr diesen Wunsch zu erfüllen, kehrte Earl in die Küche

zurück. Melanie saß noch immer völlig in sich versunken am Tisch. Ihre Mutter stand mit einem Messer in der Hand da; sie hatte sich nicht weiter mit dem Abendessen beschäftigt, während er das Haus durchsucht hatte. Sie hatte mit dem Messer in der Hand gewartet – für den Fall, daß jemand anderer die Küche betreten würde.

Als sie Earl sah, legte sie erleichtert das Messer weg. »Nun?«

»Nichts.«

Die Kühlschranktür öffnete sich plötzlich von allein. Die Dosen, Flaschen und sonstigen Gegenstände auf den Glasfächern begannen zu klirren und zu scheppern.

Mehrere Schranktüren flogen auf, wie von Geisterhand berührt.

Laura hielt den Atem an.

Earl griff instinktiv nach der Pistole in seinem Schulterhalfter, aber es gab nichts, worauf er hätte schießen können, und er kam sich ziemlich töricht vor, war aber zugleich sehr verwirrt.

Geschirr klapperte auf den Regalen.

Ein Wandkalender, der neben der Hintertür hing, fiel raschelnd zu Boden.

Nach zehn oder fünfzehn Sekunden, die Laura und Earl jedoch wie eine Ewigkeit vorkamen, hörte das Geschirr auf zu klappern, die Schranktüren schwangen nicht mehr hin und her, und der Inhalt des Kühlschranks stand wie zuvor ruhig da.

»Ein Erdbeben«, sagte Earl.

»Glauben Sie?« fragte Laura zweifelnd.

Er wußte, was sie meinte. Es war wie ein leichtes Erdbeben gewesen und doch... *anders*. Der Luftdruck hatte sich verändert, und es war so kühl gewesen, daß es nicht nur auf die offene Kühlschranktür zurückzuführen sein konnte. Und nachdem der Spuk vorüber war, erwärmte sich die Luft sofort wieder, obwohl der Kühlschrank noch immer offenstand.

Aber was konnte es gewesen sein, wenn nicht ein Erdbeben? Ein Flugkörper, der die Schallmauer durchbrochen hatte? Aber das erklärte nicht die Kälte. Ein Geist? Er glaubte nicht an Geister. Wie, zum Teufel, war er überhaupt auf diese verrückte Idee gekommen? Vergangenen Abend hatte er sich im Fernsehen Spielbergs *Poltergeist* angeschaut; vielleicht lag es daran. Trotzdem überraschte es ihn, daß der Horrorfilm ihn offenbar so beeindruckt hatte, daß er ein übernatürliches Phänomen auch nur in Erwägung zog, obwohl eine vernünftige Erklärung doch nahelag.

»Nur ein Erdbeben«, versicherte er Laura, obwohl er selbst alles andere als überzeugt davon war.

Die Polizei ging davon aus, daß es sich bei dem Toten um Joseph Scaldone, den Ladeninhaber, handelte, weil alle Papiere in seiner Brieftasche auf diesen Namen lauteten, aber eine endgültige Identifizierung würde nur durch Fingerabdrücke oder den Vergleich zahnärztlicher Befunde möglich sein. Niemand, der Scaldone gekannt hatte, würde ihn wiedererkennen können, denn der arme Kerl hatte kein Gesicht mehr. Auch irgendwelche besonderen Kennzeichen wie Narben oder Muttermale würden nicht weiterhelfen, denn der ganze Körper war nur noch eine einzige blutige Masse. Gebrochene Rippen ragten zwischen den Hemdfetzen hervor, und ein spitzer Beinknochen hatte sowohl die Haut als auch die Hose durchbohrt. Scaldone sah aus wie ein zerquetschter Käfer.

Dan wandte sich von der Leiche ab und stieß fast mit einem Mann zusammen, dessen biologische Uhr mangelhaft synchronisiert zu sein schien. Er hatte das glatte, faltenlose Gesicht eines Dreißigjährigen, das graumelierte Haar eines Fünfzigjährigen und die gebeugten Schultern eines Rentners. Er trug einen dunkelblauen Maßanzug, ein weißes Hemd, eine dunkelblaue Krawatte und ein goldenes Krawattenkettchen anstelle einer Nadel oder eines Clips. »Sind Sie Haldane?« fragte er.

»Ja.«

»Michael Seames, FBI.«

Sie gaben sich die Hand. Seames' Hand war kalt und etwas feucht.

Sie gingen in eine Ecke, wo der Boden einigermaßen sauber geblieben war.

»Mischt ihr jetzt in diesem Fall mit?« erkundigte sich Dan.

»Wir wollen euch nicht verdrängen«, beruhigte Seames ihn. »Wir wollen nur mit von der Partie sein. Als Beobachter... zum jetzigen Zeitpunkt. Ich habe schon mit allen anderen gesprochen, die an diesem Fall arbeiten, und wollte nun auch Ihnen dasselbe sagen wie Ihren Kollegen. Halten Sie mich auf dem laufenden. Ich möchte über jede Entwicklung informiert werden, so unwichtig sie Ihnen auch erscheinen mag.«

»Aber welche Legitimation hat das FBI für diese Einmischung?«

»Legitimation? Einmischung? Auf wessen Seite stehen Sie, Lieutenant?«

»Ich meine, welche föderativen Statuten wurden gebrochen?«
»Sagen wir einmal, es geht um Interessen der nationalen Sicherheit.«
Trotz des jugendlichen Gesichts waren Seames' Augen alt und wachsam wie die eines Raubtieres, das es seit dem Mesozoikum gibt und das deshalb alle Tricks kennt.
»Hoffritz arbeitete früher für das Pentagon«, sagte Dan. »Er führte Forschungsprojekte durch, die vom Pentagon finanziert wurden.«
»Das stimmt.«
»Arbeitete er noch immer für das Verteidigungsministerium, als er ermordet wurde?«
»Nein.«
Die Stimme des Agenten war völlig ausdruckslos, und Dan wußte nicht so recht, ob der Mann log oder die Wahrheit sagte.
»Und McCaffrey?« fragte Dan. »Hatten *seine* Forschungsprojekte etwas mit der Landesverteidigung zu tun?«
»Für das Pentagon arbeitete er jedenfalls nicht.«
»Für das Ausland? Für die Russen?«
»Wir wissen es nicht«, erwiderte Seames. »Genau deshalb interessieren wir uns für diesen Fall. Mc Caffrey hatte Geld vom Pentagon bekommen, bevor er mit seiner Tochter verschwand. Wir haben uns damals auf Wunsch des Verteidigungsministeriums um die Sache gekümmert und sind zu dem Schluß gekommen, daß er sich nicht mit irgendwelchen neuen, spektakulären Forschungsergebnissen abgesetzt hatte. Es schien sich um eine rein persönliche Angelegenheit zu handeln – um das Vormundschaftsrecht für seine Tochter. Aber offenbar war McCaffrey doch in irgendeine wichtige Sache verwickelt – vielleicht sogar in eine gefährliche. Diesen Eindruck gewinnt man jedenfalls, wenn man sich in jenem grauen Raum in dem Haus in Studio City umsieht. Und was Willy Hoffritz betrifft... Achtzehn Monate nach Dylan McCaffreys Verschwinden schloß er ein Pentagon-Projekt ab und lehnte es ab, weitere Forschungsaufträge dieser Art zu übernehmen. Er sagte, sie belasteten inzwischen sein Gewissen. Die Militärs versuchten damals, ihn zum Weitermachen zu bewegen, aber schließlich fanden sie sich mit seiner Weigerung ab.«
»Ich habe einiges über Hoffritz gehört«, sagte Dan, »und ich glaube nicht, daß er überhaupt so etwas wie ein Gewissen hatte.«
Seames' scharfe Falkenaugen musterten Dan aufmerksam. »Sie

dürften recht haben«, gab er zu. »Das Verteidigungsministerium nahm seine plötzliche Wendung zum Pazifismus damals jedoch für bare Münze und ersuchte uns nicht um Nachforschungen. Heute habe ich mich aber etwas näher mit Hoffritz befaßt, und ich bin überzeugt davon, daß er die Arbeit für das Pentagon nur deshalb aufgab, weil er den routinemäßigen Sicherheitsermittlungen entgehen wollte. Er brauchte Anonymität für irgendein persönliches Forschungsprojekt.«

»Beispielsweise die Folterung eines kleinen Mädchens«, warf Dan ein.

»Ja. Ich war vor einigen Stunden in Studio City und habe mich in dem Haus umgesehen. Widerlich!«

Seine Augen straften seine Worte Lügen; seine Stimme klang mißbilligend, aber die Augen verrieten, daß Seames das graue Zimmer eher interessant als abstoßend fand.

»Was glauben Sie, warum man Melanie McCaffrey all diese Dinge angetan hat?« fragte Dan.

»Ich weiß es nicht«, erwiderte Seames, aber seine unschuldige Miene wirkte aufgesetzt.

»Welchen Effekt wollten diese Männer erreichen?«

»Keine Ahnung.«

»Sie führten in dem Haus jedenfalls nicht nur Forschungen über Verhaltensmodifikation durch.«

Seames zuckte die Achseln.

»Es ging um Gehirnwäsche«, fuhr Dan fort, »um totale Gehirnkontrolle... und um andere, noch schlimmere Dinge.«

Seames machte einen gelangweilten Eindruck; er wandte seinen Blick von Dan ab und beobachtete die Männer von der Spurensicherung bei ihrer Arbeit in dem blutbesudelten Chaos.

»Aber *warum? Wozu?*« fragte Dan.

»Ich weiß es nicht«, wiederholte Seames ungeduldig. »Ich...«

»Sie versuchen verzweifelt herauszufinden, wer dieses höllische Projekt finanziert hat«, fiel Dan ihm ins Wort.

»›Verzweifelt‹ ist nicht ganz der richtige Ausdruck. Ich würde eher sagen: in begreiflicher Besorgnis.«

»Dann müssen Sie irgendeine Vorstellung davon haben, was jene Leute bezweckten. Sie wissen etwas, und *das* versetzt Sie in Sorge und Unruhe.«

»Um Himmels willen, Haldane«, rief Seames verärgert, aber sogar sein Ärger wirkte aufgesetzt, kalkuliert, eine List, um Dan

irrezuführen. »Sie haben die Leichen doch mit eigenen Augen gesehen! Bekannte Wissenschaftler, die früher vom Pentagon finanziert wurden, werden auf unerklärliche Weise ermordet... verdammt, natürlich sind wir an der Sache interessiert.«
»Unerklärlich?« sagte Dan. »Keineswegs. Sie wurden zu Tode geprügelt.«
»Sie wissen genausogut wie ich, Haldane, daß die Sache viel komplizierter ist. Sie haben doch bestimmt mit den Gerichtsmedizinern gesprochen und erfahren, daß es unmöglich ist, die Mordwaffe zu bestimmten. Und Sie wissen auch, daß die Opfer keine Möglichkeiten hatten, mit den Mördern zu kämpfen. Keines der Opfer hatte Blut oder Hautfetzen oder Haare unter den Fingernägeln. Und Sie wissen auch, daß kein Mensch stark genug ist, um einem anderen die Knochen zu *zermalmen*. Das erfordert enorme Kräfte, mechanische Kräfte... übermenschliche Kräfte! Sie wurden nicht einfach zu Tode geprügelt, sondern *zerquetscht wie Insekten*! Und was ist mit den Türen in diesem Fall hier?«
Dan runzelte die Stirn. »Welche Türen?«
»Die Vorder- und Hintertür in diesem Laden.«
»Was ist damit?«
»Wissen Sie das nicht?«
»Ich bin gerade erst eingetroffen und hatte noch keine Zeit, mich zu informieren.«
Seames zupfte nervös an seiner Krawatte, und der Anblick eines nervösen FBI-Agenten verblüffte Dan; er hatte so etwas noch nie erlebt. Und diesmal schien Seames nicht zu bluffen.
»Die Türen waren verschlossen, als die Polizei hier eintraf«, berichtete er. »Scaldone hatte den Laden gerade geschlossen, als er ermordet wurde. Die Hintertür war vermutlich die ganze Zeit über verschlossen gewesen, aber die Vordertür hatte er gerade erst abgeschlossen. Er hätte den Laden wahrscheinlich durch den Hinterausgang verlassen – sein Wagen steht auf dem Hof. Er wollte nur noch Kasse machen, aber er wurde mit der Abrechnung nicht mehr fertig. Er wurde erschlagen, während beide Türen verschlossen waren. Die Polizei mußte das Schloß an der Vordertür aufbrechen.«
»Und?«
»Nur das Opfer befand sich im Laden, als die Polizei eintraf«, erklärte Seames. »Beide Türen waren verschlossen, aber der Mörder war nicht hier.«

»Was ist daran so erstaunlich? Der Mörder muß eben einen Schlüssel gehabt haben.«

»Und hat sich die Zeit genommen abzuschließen, bevor er sich aus dem Staub machte?«

»Durchaus möglich.«

Seames schüttelte den Kopf. »Nicht, wenn Sie wüßten, *wie* die Türen verschlossen waren. Jede war mit zwei Sicherheitsschlössern versehen und zusätzlich mit einem Riegel, der nur von *innen* vorgeschoben werden konnte.«

»An beiden Türen?« fragte Dan.

»Ja. Und der Laden hat nur zwei Fenster – das große Schaufenster, das völlig unbeschädigt ist, und ein zweites im Hinterzimmer.«

»Ist es groß genug, daß ein Mann hindurchklettern könnte?«

»Ja«, sagte Seames. »Aber es ist von innen vergittert.«

»Vergittert?«

»So ist es.«

»Dann muß es noch einen anderen Ausgang geben.«

»Finden Sie ihn«, sagte Seames in einem Ton, der besagte: Sie werden keinen finden.

Dan ließ seinen Blick über die Verwüstung schweifen, fuhr sich mit der Hand über das Gesicht, so als könne er auf diese Weise seine Müdigkeit abstreifen, und zuckte vor Schmerz zusammen, als seine Fingerspitzen die Stirnwunde berührten.

»Sie wollen also sagen, daß Scaldone in einem verschlossenen Raum zu Tode geprügelt wurde«, faßte er Seames' Ausführung zusammen.

»Ja, er wurde in einem verschlossenen Raum ermordet. Was das ›geprügelt‹ betrifft, bin ich mir nicht ganz sicher.«

»Und der Mörder konnte den Laden nicht verlassen haben, bevor die Polizei eintraf?«

»So ist es.«

»Trotzdem ist er nicht hier.«

»Richtig.« Seames' Gesicht paßte jetzt besser zu den graumelierten Haaren und den gebeugten Schultern. Er schien in den letzten zehn Minuten um zehn Jahre gealtert zu sein. »Verstehen Sie jetzt, warum ich so beunruhigt und aufgeregt bin, Lieutenant Haldane? Ich bin es, weil zwei erstklassige Forscher, die früher für das Verteidigungsministerium arbeiteten, von unbekannten Personen oder Kräften ermordet wurden, mit einer Waffe, für die verriegelte

Türen und stabile Wände kein Hindernis sind und gegen die absolut keine Verteidigung möglich ist.«

Etwas war anders gewesen als bei einem Erdbeben, doch Laura konnte den Unterschied nicht genau definieren. Zum einen hatten die Fenster nicht vibriert, und bei einem Beben, das stark genug war, um die Schranktüren auffliegen zu lassen, hätten die Fenster laut klirren müssen. Man hatte auch keine Erschütterung des Bodens gespürt; wenn sie allerdings weit genug vom Epizentrum entfernt waren, könnten die Erdbewegungen kaum wahrnehmbar sein. Die Luft war eigenartig gewesen, bedrückend, nicht nur dumpf oder schwül, sondern... nun ja, lastend. Laura hatte schon mehrere Erdbeben erlebt, und sie erinnerte sich nicht daran, daß die Luft damals auch so gewesen wäre. Aber da war auch noch etwas anderes, das gegen die Erdbebentheorie sprach, etwas Wichtiges, aber nicht Greifbares.

Earl vertiefte sich wieder in die Zeitung, und Melanie saß noch immer mit gesenktem Kopf und geschlossenen Augen am Tisch. Laura stellte den fertigen Salat in den Kühlschrank. Jetzt mußten nur noch die Spaghetti gekocht werden.

Laura wollte sie gerade aus der Packung nehmen und in den dampfenden Wassertopf hineingeben, als Earl von der Zeitung aufblickte und rief: »He, das erklärt das Verhalten der Katze!«

Laura verstand nicht. »Was?«

»Man sagt doch, daß Tiere ein bevorstehendes Erdbeben spüren. Sie werden nervös und führen sich seltsam auf. Vielleicht war Pepper deshalb so hysterisch und hat Gespenster in der Küche gejagt.«

Bevor Laura darüber nachdenken konnte, schaltete sich das Radio ein, so als hätte eine unsichtbare Hand den Knopf berührt. In den vergangenen sechs Jahren des Alleinseins hatte Laura das leere, stille Haus manchmal kaum ertragen und deshalb in mehreren Zimmern Radios aufgestellt. Das Gerät in der Küche stand neben dem Brotkasten, ganz in Lauras Nähe. Es war ein Radiowecker mit zwei Wellenbereichen, und Laura hatte es zuletzt auf den Sender KRLA eingestellt. Als es sich jetzt von allein einschaltete, sang Bonnie Tyler den Song *Total Eclipse of the Heart*.

Earl hatte die Zeitung fallen lassen und war wieder aufgesprungen.

Laura starrte das Radio ungläubig an.

Der Lautstärkeknopf drehte sich nach rechts. Sie sah, wie er sich bewegte.
Bonnie Tylers kehlige Stimme wurde immer lauter.
Melanie nahm nichts davon wahr, tief versunken in ihrer eigenen dunklen Welt. Bonnie Tylers Stimme und die Begleitmusik hallten jetzt von den Küchenwänden wider und ließen die Fenster klirren.
Laura merkte, daß es im Zimmer wieder kalt wurde. Sie machte einen zögernden Schritt auf das Radio zu.
In einem anderen Teil des Hauses stieß Pepper wieder einen Schrei aus.

Als Dan sich gerade von Michael Seames abwenden wollte, fragte der FBI-Agent: »Übrigens, was haben Sie mit Ihrer Stirn gemacht?«
»Hüte anprobiert«, antwortete Dan.
»Was?«
»Ich hatte einen aufgesetzt, der mir zu klein war, und ich bekam ihn kaum wieder runter. Die Haut blieb daran hängen.«
Bevor Seames etwas erwidern konnte, tauchte Ross Mondale in der Tür hinter der Verkaufstheke auf, entdeckte Dan und rief: »Haldane, kommen Sie her!«
»Was ist los, Chef?«
»Ich möchte mit Ihnen reden.«
»Worüber, Chef?«
»Allein«, erklärte Mondale nachdrücklich.
»Zu Befehl, Chef.«
Er ließ den verwirrten Seames stehen und bahnte sich einen Weg durch das Chaos auf dem Fußboden, vorbei an der Leiche, um die Theke herum. Mondale gab ihm mit einer ungeduldigen Geste zu verstehen, er solle ins Nebenzimmer weitergehen, und folgte ihm dorthin.
Der hintere Raum war so breit wie der Laden, aber nur drei Meter lang. Die Wände bestanden aus Betonblöcken. Er hatte sowohl als Büro als auch als Lager gedient. Auf der linken Seite waren Kisten mit Waren gestapelt; auf der rechten Seite stand ein Schreibtisch, ein IBM-Personal-Computer, einige Aktenschränke, ein kleiner Kühlschrank und ein Küchentisch mit einer Kaffeemaschine. Hier war nichts verwüstet worden. Alles sah sauber und ordentlich aus.
Mondale war offensichtlich damit beschäftigt gewesen, den Inhalt der Schreibtischschubladen durchzusehen. Zahlreiche Ge-

genstände lagen auf der Schreibunterlage, darunter auch ein hübsches kleines Adreßbuch.

Während Mondale die Tür schloß, ließ sich Dan auf den Schreibtischstuhl fallen.

»Was glaubst du eigentlich, was du machst?« fragte Mondale.

»Ich gönne meinen Füßen ein wenig Erholung. Es war ein langer Tag.«

»Du weißt genau, daß ich etwas anderes meine.«

Mondale trug wie immer einen braunen Anzug, ein hellbeiges Hemd, eine braune Krawatte, braune Socken und Schuhe. Ein mörderisches Licht flackerte in seinen braunen Augen. »Ich wollte dich um halb drei in meinem Büro sehen.«

»Woher sollte ich das wissen?«

»Verdammt, ich weiß genau, daß man es dir ausgerichtet hat.«

Dan blickte ihn stumm an.

Der Captain stand einige Schritte vom Schreibtisch entfernt, mit steifem Nacken, verkrampften Schultern und seitlich herabhängenden Armen. Seine Hände zuckten, so als falle es ihm schwer, sie nicht zu Fäusten zu ballen und Haldane zu verprügeln. »Was hast du den ganzen Tag getrieben?« fragte er mühsam beherrscht.

»Über den Sinn des Lebens meditiert.«

»Du warst in Rinks Haus. Ich hatte dich nicht dorthin geschickt.«

»Ich bin kein Grünschnabel, sondern ein erfahrener Lieutenant, und ich pflege bei Ermittlungen meinem eigenen Instinkt zu folgen.«

»Aber nicht in *diesem* Fall. Dies ist eine ganz große Sache, und du bist nur Teil eines Teams. Du tust, was ich dir sage, du gehst, wohin ich dir sage. Du scheißt nicht mal, bevor ich es dir erlaube.«

»Vorsicht, Ross! Du hörst dich machtbesessen an.«

»Was ist mit deinem Kopf passiert?«

»*Was?*«

»Ich habe versucht, mit dem Kopf ein Brett zu zerschlagen.«

»Ich bin nicht zu Späßen aufgelegt.«

»Okay, ich sage dir, wie es wirklich war: George Padrakis hat mir ausgerichtet, daß du mich hier sehen wolltest, und bei der Erwähnung deines Namens bin ich auf die Knie gefallen und habe mich so hastig verbeugt, daß ich meine Stirn auf dem Gehweg aufgeschürft habe.«

Ross konnte einen Moment lang nicht sprechen. Sein Gesicht war hochrot. Er atmete schwer.

Dan betrachtete die Gegenstände, die Mondale aus den Schubladen geholt hatte: das Adreßbuch, ein Scheckbuch, einen Notizkalender und ein dickes Bündel Warenrechnungen. Er nahm das Adreßbuch zur Hand.

»Leg das sofort hin und hör mir gut zu!« kommandierte Mondale, der endlich seine Stimme wiedergefunden hatte.

Dan bedachte ihn mit einem süßen unschuldsvollen Blick. »Aber es könnte einen wichtigen Hinweis enthalten, Captain. Ich führe die Ermittlungen in diesem Fall durch, und ich kann es nicht verantworten, einen möglichen Anhaltspunkt zu vernachlässigen.«

Mondale kam wütend auf den Schreibtisch zu. Seine Hände hatten sich nun doch zu Fäusten geballt.

Ah, dachte Dan, endlich kommt es zum Entscheidungskampf, auf den wir beide seit Jahren gewartet haben!

Laura stand vor dem Radio und starrte es an. Sie hatte Angst, es zu berühren, und sie fröstelte in der kalten Luft. Die Kälte schien von dem Gerät auszustrahlen und sich durch das hellgrüne Licht der Skala fortzupflanzen. Das war ein verrückter Gedanke.

Es war ein Radio, keine Air-Condition. Kein... nur ein Radio. Ein ganz normales Radio.

Ein ganz normales Radio, das sich von selbst eingeschaltet hatte!

Bonnie Tylers Lied war verklungen. Jetzt wurde ein Oldie gespielt: Procol Harum, *A Whiter Shade of Pale*, mit größtmöglicher Lautstärke, die das Gerät heftig vibrieren und die Fensterscheiben klirren ließ. Lauras Ohren schmerzten von dem Lärm.

Earl war hinter sie getreten.

Auch wenn Pepper irgendwo im Haus weiterschrie, ging die Stimme der Katze in der unerträglich lauten Musik unter.

Zögernd legte Laura ihre Finger auf den Lautstärkeregler. Er war eiskalt. Sie erschauderte und hätte ihre Hand am liebsten zurückgerissen, nicht nur, weil das Plastik so kalt war, sondern auch, weil es eine besondere Art von Kälte war, eine unheimliche Kälte, die nicht nur den Körper frieren ließ, sondern ebenso auch den Geist und die Seele. Trotzdem ließ sie den Kopf nicht los und versuchte, die Lautstärke zu reduzieren, aber der Regler ließ sich nicht bewegen. Und da es sich zugleich auch um den Ein- und Ausschaltknopf handelte, konnte sie die ohrenbetäubende Musik nicht abstellen. Sie spannte ihre Muskeln an, aber der Knopf drehte sich keinen Millimeter von der Stelle.

Laura zitterte heftig.
Sie ließ den Regler los.
Obwohl *A Whiter Shade of Pale* ein melodisches Lied war, klang es bei dieser Lautstärke grell und sogar bedrohlich. Jeder Trommelschlag schien der schwere Schritt einer furchterregenden Kreatur zu sein, und die Hörner klangen wie feindselige Schreie dieses Ungeheuers.
Laura packte die Radioschnur und riß daran. Der Stecker fiel aus der Wandsteckdose auf den Boden.
Die Musik erstarb augenblicklich.
Laura hatte halb befürchtet, daß das Radio auch ohne Strom weiterspielen würde.

Als Dan das Adreßbuch – ein Büchlein im Taschenformat – nicht weglegte, griff Mondale über den Schreibtisch hinweg, packte mit seiner rechten Hand Dans rechte Hand und drückte fest zu, um Dan zum Loslassen zu zwingen. Mondale war nicht sehr groß, aber er hatte breite Schultern und muskulöse Arme mit dicken Gelenken und großen Händen. Er war ziemlich stark.
Dan war jedoch stärker. Er ließ das Büchlein nicht fallen. Den Blick unverwandt auf Mondales Gesicht gerichtet, legte er seine linke Hand auf Mondales rechte und versuchte, dessen Finger aufzubiegen.
Es war eine lächerliche Situation. Sie führten sich wie zwei alberne Teenager auf, die den starken Mann spielen wollen.
Dan packte einen von Mondales Fingern und bog ihn zurück.
Mondale biß die Zähne zusammen und preßte Dans Hand noch fester.
Dan bog den Finger seines Gegners immer weiter zurück.
Schweiß trat auf Mondales Stirn.
Mein Hund ist netter als dein Hund, und meine Mutter ist hübscher als deine Mutter, dachte Dan. Du lieber Himmel, wie alt sind wir eigentlich? Vierzehn? Zwölf?
Aber er blickte dem Captain weiterhin fest in die Augen und ließ sich nichts von dem Schmerz in seiner rechten Hand anmerken, und er bog Mondales verdammten Finger noch weiter zurück, und plötzlich schrie Mondale leise auf und ließ Dans Hand los.
Dan hielt das Adreßbuch noch immer fest.
Er hielt auch Mondales Finger noch einige Sekunden fest, damit kein Zweifel daran aufkommen konnte, wer unterlegen war. Es

war ein kindischer Wettstreit gewesen, aber Ross Mondale hatte ihn sehr ernst genommen. Und wenn der Captain glaubte, Dan mit physischer Gewalt eine Lektion erteilen zu können, konnte er vielleicht – aber auch nur vielleicht – auf dieselbe Art und Weise belehrt werden.

Sie standen einen Augenblick lang wie gelähmt in der stillen Küche und starrten das Radio an. Schließlich brach Earl das Schweigen: »Wie konnte es...«
»Keine Ahnung«, sagte Laura.
»Ist das jemals zuvor...«
»Nie.«
Das Radio war kein harmloser Gegenstand mehr; es hatte etwas Bedrohliches an sich.
»Schließen Sie es wieder an«, forderte Earl Laura auf.
Sie hegte die völlig irrationale Befürchtung, daß dem Radio, wenn sie es wieder zum Leben brachten, krabbenartige Plastikbeine wachsen würden, daß es über die Arbeitsplatte kriechen würde. Das war eine uncharakteristisch bizarre Idee, und sie war bestürzt über dieses plötzliche Auftauchen abergläubischer Ängste, denn sie hatte sich immer für eine nüchterne Wissenschaftlerin gehalten, für eine sachlich und logisch denkende Frau. Trotzdem wurde sie das Gefühl nicht los, daß eine böse Macht von dem Radio Besitz ergriffen hatte und nur darauf lauerte, daß der Stecker wieder mit der Steckdose verbunden wurde.
Unsinn!
Trotzdem sagte sie störrisch: »Warum soll ich es wieder anschließen?«
»Ich möchte sehen, was passiert. Wir können diese Sache nicht einfach auf sich beruhen lassen. Dazu ist sie viel zu merkwürdig. Wir müssen herausfinden, was los ist.«
Laura wußte, daß er recht hatte. Sie griff zögernd nach der Schnur und erwartete halb, daß sie in ihrer Hand zappeln und sich schleimig kalt wie ein Aal anfühlen würde. Aber es war nur ein Stromkabel, leblos, in keiner Weise auffallend.
Sie berührte den Lautstärkeregler, und er ließ sich jetzt mühelos bewegen. Sie drehte ihn ganz nach links, in die AUS-Position.
Ihr war sehr unbehaglich zumute, als sie den Stecker in die Steckdose schob.
Nichts.

Fünf Sekunden. Zehn. Fünfzehn.
Earl sagte: »Nun, was auch immer es gewesen...«
Das Radio schaltete sich ein.
Die Skala wurde hell.
Die Luft wurde wieder kalt.
Laura wich zurück, in der absurden Angst, daß das Radio sie anspringen könnten. Sie blieb am Tisch neben Melanie stehen und legte ihr eine Hand auf die Schulter, um sie zu beruhigen. Doch Melanie nahm diese seltsamen Vorgänge überhaupt nicht wahr, genausowenig wie ihre ganze Umgebung.
Der Lautstärkeregler bewegte sich, und Laura hörte den neuesten Hit von Bruce Springsteen. Diesmal wurde die Lautstärke nicht voll aufgedreht; die Musik war zwar laut, aber nicht unerträglich.
Ein anderer Knopf begann sich zu drehen, wie von Geisterhand bewegt. Es war der Knopf für die Senderwahl. Der rote Zeiger glitt rasch über die leuchtende grüne Skala, von links nach rechts und wieder zurück. Man hörte nur Liedfetzen und einzelne Wörter – ein sinnloses Kauderwelsch.
Earl trat näher an das Gerät heran.
»Vorsicht!« rief Laura, obwohl es ihr selbst lächerlich vorkam, ihn vor einem *Radio* zu warnen. Es war ein unbelebter Gegenstand, kein lebendiges Wesen. Sie besaß es seit drei oder vier Jahren. Es hatte ihr Gesellschaft geleistet, sie mit Musik unterhalten. Es war nur ein Radio.

Als Mondale seine Hand zurückzog, verzichtete er darauf, sich die schmerzenden Finger zu reiben. Sein verletzter Stolz erlaubte das nicht. Er schob seine Hand ganz beiläufig in die Tasche, so als suche er nach Kleingeld oder Schlüsseln, und ließ sie dort.
Mit dem Zeigefinger der anderen Hand deutete er anklagend auf Dan. »Ich warne dich, Haldane! Ich lasse mir diesen Fall nicht von dir vermasseln. Dazu ist er viel zu wichtig. Man wird uns von allen Seiten einheizen, bis wir das Gefühl haben, in einem Hochofen zu arbeiten. Die Presse geht mir nicht von der Pelle, ich habe das FBI auf dem Hals, und der Polizeichef hat auch schon angerufen. Alle erwarten Resultate. Ich habe nicht die Absicht, eine Niederlage zu riskieren. Meine ganze Karriere hängt vielleicht von diesem einen Fall ab. Ich habe die *Kontrolle*, Haldane, und ich werde nicht zulassen, daß ein verrückter Einzelgänger mir eine Schlinge um den Hals

legt. Dieser Fall erfordert Teamwork, und ich bin der Kapitän, der Trainer und der Quarterback in einer Person, und jeder, der nicht zur Zusammenarbeit bereit ist, wird sofort vom Feld verwiesen. Hast du mich verstanden?«

Es würde also doch nicht zum großen Entscheidungskampf kommen. Ross wollte nur eine Show abziehen. Er kam sich immer wichtig und stark vor, wenn er einen Untergebenen zur Schnecke machen konnte.

Dan seufzte enttäuscht, lehnte sich in dem Schreibtischstuhl zurück und verschränkte die Hände im Nacken. »Hochöfen und Football... Ross, deine Metaphern sind ein wenig durcheinandergeraten. Du mußt dich damit abfinden, alter Junge, daß du nie ein mitreißender Redner sein wirst... und auch kein General, dem alle aufs Wort gehorchen.«

Mondales Augen schleuderten Blitze. »Ich stelle auf Verlangen von Polizeichef Kelsey hin eine Spezialtruppe für diesen Fall zusammen, wie es vor einigen Jahren bei dem Würger von Hillside gemacht wurde. Alle Anweisungen kommen direkt von mir, und du bekommst von mir den Auftrag, vom Schreibtisch aus gewisse Aktionen zu koordinieren.«

»Ich bin kein Schreibtischmann.«

»Jetzt bist du es.«

»Ich dachte, ich würde morgen als erstes dieses *Freedom Now* unter die Lupe nehmen und...«

»Das werden Wexlersh und Manuello machen«, fiel Mondale ihm ins Wort. »Sie werden auch mit der Leitung der psychologischen Fakultät sprechen. Und *du* wirst am Schreibtisch sitzen und tun, was ich dir sage.«

Dan verschwieg, daß er bereits mit Irmatrude Gelkenshettle gesprochen hatte. Er würde Mondale überhaupt keine Informationen geben, wenn der Kerl sich so aufführte. Statt dessen sagte er: »Wexlersh ist doch kein Detektiv. Verdammt, er muß seinen Schwanz gelb anmalen, damit er ihn findet, wenn er pinkeln muß. Und Manuello trinkt.«

»Blödsinn!« rief Mondale scharf.

»O doch, er trinkt sehr oft im Dienst.«

»Er ist ein ausgezeichneter Detektiv«, beharrte Mondale.

»Wenn du ›ausgezeichnet‹ sagst, meinst du ›gehorsam‹. Du magst ihn, weil er ein Speichellecker ist. Du verstehst es großartig, Propaganda für dich zu machen, aber du bist ein lausiger Polizeibeamter und ein noch lausigerer Menschenführer. Zu deinem eigenen Besten werde ich den Schreibtischposten ignorieren und die Ermittlungen auf meine Art und Weise weiterführen.«

»Jetzt reicht's! Jetzt reicht es mir endgültig! Du wirst deine Finger von diesem Fall lassen. Ich rufe deinen Boß an, jawohl, ich rufe Templeton an und sorge dafür, daß du auf der Stelle ins Central zurückbeordert wirst, wo du hingehörst!«

Der Captain machte auf dem Absatz kehrt und marschierte auf die Tür zu.

Dan sagte ruhig: »Wenn du das tust, zwingst du mich, Templeton und alle anderen über die Sache mit Cindy Lakey aufzuklären.«

Mondale blieb mit der Hand auf dem Türknopf stehen. Er atmete schwer, aber er drehte sich nicht nach Dan um.

»Ich werde ihnen sagen müssen«, fuhr Dan fort, »daß die kleine Cindy Lakey, jenes arme achtjährige Mädchen, heute noch am Leben wäre, daß sie inzwischen verheiratet sein und selbst ein kleines Mädchen haben könnte, wenn du nicht gewesen wärst.«

Laura blieb an Melanies Seite, ihre Hand auf der Schulter des Mädchens, um im Notfall so schnell wie möglich mit ihrer Tochter wegrennen zu können.

Earl Benton beugte sich über das Radio und starrte wie hypnotisiert auf den Knopf, der sich wie durch Zauberei drehte, und auf den roten Zeiger, der auf der Skala hin und her schoß.

Plötzlich blieb der Zeiger stehen, gerade lang genug, daß ein Wort deutlich zu verstehen war –

»...etwas...«

– und sauste dann wieder über die Skala, hielt auf einer anderen Frequenz kurz an, für ein einziges Wort –

»...kommt...«

– raste weiter über die grüne Skala, blieb stehen, riß ein Wort aus einem Lied heraus –

»...etwas...«

– glitt zu einem anderen Sender, mitten in eine Reklame hinein –

»...kommt...«

– und bewegte sich weiter.

Laura begriff plötzlich, daß das kurze Verweilen auf einer Frequenz einen ganz bestimmten Sinn hatte.

Es ist eine Botschaft, dachte sie.

Etwas kommt.

Aber eine Botschaft von wem? Von wo?
Earl blickte sie an, und sie konnte seinem fassungslosen Gesicht ansehen, daß er sich die gleichen Fragen stellte wie sie. Sie wollte weglaufen, flüchten. Aber sie blieb wie angewurzelt stehen. Sie konnte sich nicht von der Stelle rühren.
Der rote Zeiger blieb wieder stehen. Diesmal erkannte Laura das Lied, aus dem ein einziges Wort herausgerissen wurde. Es war ein Song der Beatles, und das Wort lautete wieder:
»...etwas...«
Weiter auf der Skala, und dann ein neuer Halt für den Bruchteil einer Sekunde:
»...kommt...«
Die Luft war kalt, aber Laura fröstelte nicht nur deshalb.
Etwas kommt.
Es war nicht nur eine Botschaft. Es war eine Warnung.

Mondale hatte sich von der Tür abgewandt, die Scaldones Büro mit dem Laden verband. Er starrte Dan an, und seine Wut und Empörung hatte einem noch elementareren Gefühl Platz gemacht: In seinem verzerrten Gesicht und in seinen Augen stand jetzt blanker Haß geschrieben.

Zum erstenmal seit mehr als dreizehn Jahren hatte Dan soeben Cindy Lakey erwähnt. Dies war das schmutzige Geheimnis, das er und Mondale teilten, der Kernpunkt ihrer Beziehung. Nachdem Dan die Sache jetzt endlich zur Sprache gebracht hatte, erregte ihn die Vorstellung, daß Mondale endlich gezwungen sein würde, sich Rechenschaft über sein damaliges Handeln zu geben.

Mit leiser, gepreßter Stimme sagte der Captain: »Verdammt, ich habe Cindy Lakey nicht umgebracht!«

»Aber du hast es geschehen lassen, obwohl du es hättest verhindern können.«

»Ich bin nicht Gott«, widersprach Mondale erbittert.

»Du bist ein Polizist. Du trägst eine Verantwortung.«

»Du selbstzufriedener Dreckskerl!«

»Du hast einen Eid abgelegt, Menschen zu schützen.«

»Na und? Die verdammten Menschen vergießen keine einzige Träne um einen toten Bullen.« Mondale sprach noch immer mit leiser Stimme, damit von dieser peinlichen Unterredung nichts in den angrenzen Laden drang.

»Es ist außerdem deine Pflicht, einem Kollegen beizustehen, ihn nicht in der Scheiße sitzenzulassen.«

»Du redest daher wie ein unausgegorener Pfadfinder«, entgegnete Mondale höhnisch. »*Esprit de corps*. Einer für alle, und alle für einen. Blödsinn! Wenn es hart auf hart geht, ist jedem die eigene Haut am nächsten, das weißt du genausogut wie ich!«

Dan bedauerte bereits, Cindy Lakey erwähnt zu haben. Seine Erregung machte tiefer Müdigkeit Platz. Er hatte Mondale zwingen wollen, sich nach all diesen Jahren Rechenschaft abzulegen, aber es war viel zu spät. Es war immer zu spät gewesen. Mondale war nie ein Mann gewesen, der Schwächen oder Fehler eingestehen konnte. Er kaschierte sie geschickt – oder er schob anderen die Schuld zu. Er hatte eine fleckenlos saubere Weste, und sie würde vermutlich immer fleckenlos bleiben, nicht nur in den Augen der meisten anderen Menschen, sondern auch in seinen eigenen. Er konnte seine Fehler und Schwächen nicht einmal vor sich selbst eingestehen. Er kannte keine Selbstvorwürfe, keine Schuldgefühle. Auch jetzt war ihm deutlich anzusehen, daß er sich nicht im geringsten verantwortlich fühlte für das, was Cindy Lakey zugestoßen war, daß keine Gewissensbisse an ihm nagten. Er wurde von einer einzigen Emotion beherrscht – unbändigem Haß auf Dan.

»Wenn jemand für den Tod jenes Mädchens verantwortlich war, so war das seine eigene Mutter«, sagte Mondale.

Dan hatte keine Lust, dieses Gespräch fortzusetzen. Er fühlte sich hundert Jahre alt.

»Mach der Mutter des Mädchens Vorwürfe, nicht mir!« fuhr Mondale fort.

Dan schwieg.

»Schließlich war es die Mutter, die sich mit Felix Dunbar eingelassen hat.«

Dan starrte den Captain wie ein fremdartiges Wesen von einem anderen Stern an. »Willst du behaupten, Fran Lakey hätte wissen müssen, wie labil Dunbar war?«

»Ja, verflucht noch mal!«

»Alle, die ihn kannten, hielten ihn für einen netten Kerl.«

»Ein netter Kerl, der mit einer Pistole Amok läuft!«

»Er besaß ein eigenes Geschäft. Er war gut gekleidet. Er war nicht vorbestraft. Er war ein regelmäßiger Kirchgänger. Ein solider Bürger.«

»Solide Bürger jagen anderen keine Kugeln in den Kopf. Fran

Lakey hatte sich mit einem Versager eingelassen, mit einem Wirrkopf. Ich habe später gehört, daß sie mit vielen Männern Verabredungen hatte, und daß die meisten davon Versager waren. Sie brachte das Leben ihrer Tochter in Gefahr, nicht ich.«
Dan betrachtete ihn jetzt wie irgendein besonders abstoßendes Insekt, das über den festlich gedeckten Tisch kriecht. »Fran Lakey war keine Hellseherin. Woher hätte sie wissen sollen, daß ihr Freund durchdrehen würde, nachdem sie mit ihm gebrochen hatte? Woher hätte sie wissen sollen, daß er mit einer Pistole anrücken würde, nur weil sie nicht mit ihm ins Kino gehen wollte? Wenn sie in die Zukunft hätte sehen können, wäre sie so berühmt gewesen wie Jeanne Dixon.« Er beugte sich über den Schreibtisch und fuhr mit noch leiserer Stimme fort: »Wenn sie in die Zukunft hätte sehen können, hätte sie auch gewußt, daß es ihr nichts nützen würde, an jenem Abend die Polizei zu Hilfe zu rufen. Sie hätte gewußt, daß du einer ihrer Freunde und Retter sein würdest, und sie hätte gewußt, daß du die Hosen gestrichen voll haben würdest, und...«
»Ich hatte keine Angst«, protestierte Mondale. Er machte einen Schritt auf den Schreibtisch zu, aber es war keine sehr wirkungsvolle Drohgebärde.

»*Etwas kommt...*«
Earl beobachtete fasziniert das Radio.
Laura starrte auf die Tür, die zum Garten hinter dem Haus führte. Sie war verschlossen. Die Fenster ebenfalls. Die Vorhänge waren zugezogen.
Wenn tatsächlich etwas kommen würde – woher würde es dann kommen? Und was würde es sein, um Gottes willen, was würde es nur sein?
Das Radio sagte: »...aufpassen...«
Laura ließ ihren Blick zur offenen Tür zum Eßzimmer schweifen. Vielleicht war dieses etwas schon im Haus, vielleicht würde es aus dem Wohnzimmer kommen, durch das Eßzimmer...
Der Zeiger blieb wieder stehen, und die Stimme eines Sprechers drang aus dem Lautsprecher. Der Mann wollte mit seinem Plaudern zweifellos nur die Pause zwischen zwei Platten überbrücken, aber seine Worte gewannen für Laura eine ominöse Bedeutung: »Seid auf der Hut, meine lieben Rock'n' Roll-Fans, seid auf der Hut, denn es ist eine merkwürdige Welt, eine kalte Welt, mit Wesen, die

nachts auf Beutesuche gehen und töten, und beschützen kann euch nur euer Vetter Frankie, das bin ich! Wenn ihr jetzt den Sender wechseln solltet, müßt ihr auf der Hut sein und nach den Kobolden Ausschau halten, die unter dem Bett leben und sich nur vor der Stimme von Onkel Frankie fürchten. Paßt auf, seid auf der Hut!«

Earl legte eine Hand auf das Radio, und Laura hätte sich nicht gewundert, wenn das Plastikgehäuse plötzlich ein Maul bekommen und ihm die Finger abgebissen hätte.

»Kalt«, sagte er, während der Frequenzknopf einen anderen Sender ansteuerte.

Laura schüttelte Melanie. »Liebling, komm, steh auf!«

Das Mädchen rührte sich nicht.

Ein deutliches Wort kam aus dem Radio, herausgerissen aus einer Nachrichtensendung:

»... Mord...«

Dan wünschte, er wäre in *Saul's Delicatessen* und würde dort ein riesiges Reuben-Sandwich essen und dunkles Bier trinken. Und wenn das nicht möglich war, hätte er es vorgezogen, zu Hause das schmutzige Geschirr abzuwaschen, das er in der Küche stehengelassen hatte. Er wäre überall lieber gewesen als hier. Er hätte alles andere lieber getan als dies hier. Diese Auseinandersetzung war zwecklos und deprimierend.

Aber jetzt war es zu spät aufzuhören. Sie mußten den ganzen Mordfall Lakey noch einmal aufrollen, mußten daran herumkratzen wie an Schorf, um festzustellen, ob die Wunde verheilt war. Und natürlich war das eine Vergeudung von Zeit und Kraft, denn sie wußten beide, daß diese Wunde nicht verheilt war und niemals heilen würde.

Dan sagte also: »Nachdem Dunbar mich auf dem Rasen vor dem Haus der Lakeys niedergeschossen hatte...«

»Vermutlich willst du behaupten, daß auch das *meine* Schuld war«, fiel Mondale ihm ins Wort.

»Nein«, erwiderte Dan. »Ich hätte nicht versuchen sollen, mit ihm zu argumentieren. Ich glaubte nicht, daß er schießen würde, aber ich irrte mich. Doch nachdem er auf mich geschossen hatte, Rosse, war er einen Augenblick wie gelähmt, erschrocken über seine eigene Tat, und er war verwundbar...«

»Blödsinn! Er war so verwundbar wie ein Panzer. Er war ein Verrückter, ein Irrer, und er hatte eine riesige Pistole...«

»Eine 32er«, korrigierte Dan. »Es gibt größere Pistolen. Jeder Polizist muß es häufig mit größeren Pistolen aufnehmen. Und er *war* einen Moment lang wie betäubt. Du hättest jede Menge Zeit gehabt, ihn zu erledigen.«
»Weißt du, was ich an dir schon immer gehaßt habe, Haldane?«
Dan ignorierte ihn und fuhr fort: »Aber du hast Fersengeld gegeben.«
»Ich habe von jeher deine kolossale Selbstgerechtigkeit gehaßt.«
»Wenn Dunbar gewollt hätte, hätte er mir eine zweite Kugel in den Leib jagen können. Niemand hätte ihn daran gehindert, nachdem du dich hinters Haus geflüchtet hattest.«
»Als ob *du* noch nie im Leben einen Fehler gemacht hättest!«
Beide sprachen jetzt fast im Flüsterton.
»Aber statt dessen ließ Dunbar mich liegen...«
»Als ob *du* niemals Schiß hättest!«
»...und er schoß das Haustürschloß auf...«
»Wenn du den Helden spielen willst, hindert dich keiner daran. Du und Audie Murphy. Du und Jesus Christus!«
»...und er rannte ins Haus und schlug Fran Lakey mit der Pistole nieder...«
»Ich hasse deinen Edelmut!«
»...und dann erschoß er vor ihren Augen...«
»Du machst mich ganz krank!«
»...den einzigen Menschen auf der Welt, den sie wirklich liebte.«

Dan war unerbittlich, weil jetzt endlich alles gesagt werden mußte. Er wünschte, er hätte nie damit angefangen, hätte diese Geschichte nicht ausgegraben, aber nun, da er es getan hatte, mußte er es auch zu Ende bringen. Weil er einen Alptraum loswerden mußte. Wenn er jetzt in der Mitte stehenblieb, würde der ungesagte Teil ihm wie ein unausgekotzter Brocken im Halse steckenbleiben, und er würde daran ersticken. Die Wahrheit, die ungeschminkte Wahrheit war nämlich, daß der Tod des Lakey-Mädchens nach all diesen Jahren noch immer schwer auf seiner Seele lastete, daß er noch immer unter Schuldgefühlen litt. Und wenn er jetzt endlich mit Ross über diese Geschichte sprach, würde er vielleicht einen Schlüssel finden, die schweren Ketten seiner Schuldgefühle lösen und abwerfen zu können.

Das Radio war wieder zu voller Lautstärke aufgedreht, und jedes Wort explodierte wie eine Kanonenkugel.
»...Blut...«
»...kommt...«
»...wegrennen...«
Laura wollte, daß Melanie sich erhob, daß sie fluchtbereit war, falls das Etwas auftauchen würde. Noch eindringlicher als beim erstenmal sagte sie deshalb: »Liebling, steh auf, komm, steh auf!«
Aus dem Radio dröhnte es:
»...verstecken...«
»...es...«
»...kommt...«
Die Lautstärke steigerte sich weiter.
»...es...«
Donnernd, ohrenbetäubend:
»...frei...«
Earl legte seine Hand auf den Lautstärkeregler.
»...es...«
Earl riß seine Hand zurück, als hätte er einen elektrischen Schlag bekommen; er blickte Laura an, und sie sah Entsetzen in seinem Gesicht. Er wischte seine Hand am Hemd ab, rieb sie am Hemd, und Laura begriff, daß es kein elektrischer Schlag gewesen war, sondern daß er etwas Unheimliches gespürt hatte, als er den Regler berührte, etwas Abstoßendes, Widerwärtiges.
Das Radio brüllte:
»...Tod...«

Mondales Haß war ein riesiger dunkler Sumpf, in den er sich zurückziehen konnte, als die unangenehme Wahrheit über Cindy Lakeys Tod ihm bedrohlich nahekam und ihn einzuholen drohte. Er flüchtete sich immer tiefer in diesen verzehrenden Haß und versteckte sich dort zwischen den Nattern und Ottern, zwischen dem Unrat seiner Seele.

Er starrte Dan weiterhin über den Schreibtisch hinweg drohend an, aber es bestand keine Gefahr, daß sein Haß ihn zu Tätlichkeiten hinreißen würde. Er würde nicht zuschlagen. Er wollte seinen Haß nicht abreagieren. Ganz im Gegenteil, er nährte diesen Haß, weil er ihm half, sich vor der Verantwortung zu drücken. Sein Haß war ein Schleier zwischen ihm und der Wahrheit, und je dichter dieser Schleier war, desto besser für ihn.

Dan wußte genau, daß Mondales Gehirn mit solchen Tricks arbeitete. Dan kannte ihn gut; vielleicht *zu* gut.

Aber obwohl Ross vor der Wahrheit zu fliehen versuchte, war an den Tatsachen nun einmal nicht zu rütteln: Felix Dunbar hatte auf Dan geschossen und ihn verletzt – und Mondale hatte solche Angst gehabt, daß er das Feuer nicht erwidert hatte. Tatsache war ferner, daß Dunbar ins Haus eingedrungen war, Fran Lakey mit der Pistole niedergeschlagen und die achtjährige Cindy mit drei Schüssen in den Kopf getötet hatte, während Ross Mondale Gott weiß wo gewesen war und Gott weiß was gemacht hatte. Tatsache war auch, daß Dan trotz seiner stark blutenden Wunde seine Pistole gezückt hatte, zum Haus der Lakeys gekrochen war und Felix Dunbar getötet hatte, bevor dieser auch noch Fran Lakey erschießen konnte. Und während dieser ganzen Zeit hatte Ross Mondale im Gebüsch gekotzt oder seine Blase geleert oder flach auf dem Rasen hinter dem Haus gelegen und versucht, mit der Landschaft zu verschmelzen. Er hatte sich erst wieder blicken lassen, als alles vorüber war, und er war schweißnaß und aschfahl gewesen.

An Scaldones Schreibtisch sitzend, sagte Dan.»Wenn du mir bei diesem Fall nicht völlig freie Hand läßt, werde ich die ganze Wahrheit über Cindy Lakeys Tod jedem erzählen, der sie hören will, und das wird dann das Ende deiner glänzenden Karriere sein.«

Mit einer Blasiertheit, die ihresgleichen sucht, erklärte Mondale: »Wenn du die Geschichte jemandem hättest erzählen wollen, hättest du das schon vor Jahren getan.«

»Das muß ein tröstlicher Gedanke sein«, sagte Dan, »nur ist er leider falsch. Ich habe dich damals gedeckt, weil du mein Kollege warst, und weil ich dachte, jeder hätte das Recht, einmal totale Scheiße zu bauen. Aber ich habe meine damalige Entscheidung seit Jahren bitter bereut. Und wenn du mir einen guten Vorwand lieferst, würde ich mit Freude auspacken.«

»Diese Geschichte liegt sehr lange zurück«, meinte Mondale.

»Und du glaubst, daß niemand sich für Pflichtvergessenheit und Feigheit im Dienst interessiert, nur weil sich die Sache vor dreizehn Jahren ereignet hat?«

»Kein Mensch wird dir glauben. Alle werden denken, du seist nur neidisch auf mich – der Fuchs und die Trauben, weißt du? Ich bin vorangekommen, habe Freundschaften geschlossen. Aber du... du bist von jeher ein Einzelgänger gewesen. Ein Klugscheißer. Ich kenne genügend Leute, die sich vor mich stellen werden.

Niemand wird dir glauben, wenn du mich mit Dreck bewirfst. Du hast gegen mich überhaupt keine Chance.«
»Ted Gearvy wird mir glauben«, sagte Dan so leise, daß es kaum zu hören war.
Diese fünf leise gesprochenen Worte trafen Mondale jedoch wie ein wuchtiger Hammerschlag. Er sah zum erstenmal wirklich besorgt aus.
Gearvy, zehn Jahre älter als Dan und Ross, war ein erfahrener Polizist. Während Mondales Probejahr hatte er den Neuling in den Streifendienst eingewiesen. Er hatte Mondale einige Fehler machen sehen. Es waren keine gravierenden Vorkommnisse gewesen, aber immerhin hatte Mondale einen beunruhigenden Mangel an Urteilsvermögen und Verantwortungsgefühl an den Tag gelegt. Gearvy hatte ihn auch der Feigheit verdächtigt, ihn aber dennoch gedeckt. Gearvy war ein großer, kräftiger Mann, bärbeißig aber gutmütig, ein Dreiviertel-Ire, der viel Nachsicht mit Neulingen übte. Er hatte Mondale keine besonders guten Beurteilungen gegeben, denn bei aller Gutmütigkeit war er doch nicht verantwortungslos; aber er hatte dem jungen Polizisten auch keine wirklich schlechten Noten gegeben, weil er dafür denn doch zu gutherzig war.
Einige Monate nach der Katastrophe im Haus der Lakeys, als Dan seine Arbeit wieder aufgenommen hatte, war es zwischen ihm und Gearvy zu einer offenen Aussprache gekommen. Der Ire hatte seinem jungen Kollegen zunächst vorsichtig auf den Zahn gefühlt und angedeutet, es sei ein schwerer Fehler von Dan gewesen, Ross zu decken. Schließlich hatten beide ihre Karten auf den Tisch gelegt, und ihnen war klargeworden, daß Mondales Fehlverhalten keine seltene Ausnahme war. Aber sie hatten geglaubt, es sei zu spät, die Wahrheit zu enthüllen. Sie hätten große Schwierigkeiten bekommen, weil sie Mondales Versagen nicht sofort gemeldet hatten. Und sie waren nicht bereit gewesen, ihre eigenen Karrieren aufs Spiel zu setzen.
Außerdem hatte Mondale zu jener Zeit eine Stellung in der Community Relations Division ergattert. Gearvy und Dan glaubten, er würde dort gute Arbeit leisten und nie wieder einen Posten einnehmen, bei dem er das Leben anderer gefährden konnte. Beiden wäre nicht einmal im Traum eingefallen, daß Mondale eines Tages Aussichten haben könnte, Polizeichef zu werden. Wenn sie das geahnt hätten, hätten sie sich vielleicht doch zum Handeln ent-

schlossen. Inzwischen bedauerten beide nichts so sehr wie ihr damaliges Schweigen.

Plötzlich erfahren zu müssen, daß Gearvy und Dan ihre Erkenntnisse ausgetauscht hatten, war für Mondale ein schwerer Schock.

Das Radio schrille:
»ES!«
»KOMMT!«
»VERSTECKEN!«
»FREI!«
»ES!«
»KOMMT!«
Jedes Wort traf Laura wie ein Peitschenhieb. Sie wurde von panischer Angst erfaßt.

Das Licht der Küchenlampen wurde zusehends schwächer, während gleichzeitig das grüne Licht der Radioskala immer greller wurde, unnatürlich grell, so als dürstete das Gerät plötzlich nach Elektrizität und raffte allen Strom zusammen. Smaragdgrüne Lichtstrahlen von unglaublicher Intensität verfärbten Earls Gesicht und verliehen der Küche das unwirkliche Aussehen einer Unterwasser-Szenerie.
»...REISST...«
»...SICH...«
»...LOS...«
Die Luft war eiskalt.
»...TRENNT...«
»...SICH...«
»...LOS...«
Dieser Teil der Botschaft war Laura unverständlich.

Das Radio vibrierte immer stärker. Bald würde es auf der Arbeitsplatte auf und ab hüpfen.
»...SPALTET...«
»...SICH...«

»Wenn ich die Sache publik mache«, sagte Dan, »wird Ted Gearvy wahrscheinlich meinem Beispiel folgen. Und vielleicht gibt es auch noch andere Personen, die dich von deiner schlechtesten Seite erlebt haben. Vielleicht werden sie sich uns anschließen und ebenfalls auspacken.«

Mondales Gesichtsausdruck nach zu schließen, mußte es tatsächlich weitere Personen geben, die seiner Karriere ein jähes Ende bereiten konnten. Er hörte sich gar nicht mehr blasiert an, als er sagte: »Ein Polizist haut einen Kollegen nie in die Pfanne, verdammt noch mal!«

»Unsinn! Wenn einer von uns ein Mörder ist, schützen wir ihn nicht.«

»Ich bin aber kein Mörder.«

»Und wir schützen auch keinen Dieb.«

»Ich habe nie in meinem Leben etwas gestohlen.«

»Und wenn einer von uns ein Feigling ist, der Polizeichef werden will, müssen wir, glaube ich, ebenfalls aufhören, ihn zu decken, bevor er diesen Posten erhält und dann das Leben anderer aufs Spiel setzt, wie es manche Feiglinge tun, wenn sie genügend Macht haben und selbst keine Risiken mehr eingehen müssen.«

»Du bist der größte Mistkerl, den ich je gesehen habe. Du triefst ja nur so von Selbstzufriedenheit!«

»Aus deinem Mund fasse ich das als Kompliment auf.«

»Du kennst doch die Spielregeln. Wir müssen zusammenhalten. Alle für einen!«

»Allmächtiger Himmel, Ross, vor wenigen Minuten hast du mir doch erklärt, daß jedem die eigene Haut am nächsten ist.« Mondale konnte den Widerspruch zwischen seinem Verhalten im Fall Lakey und dem soeben postulierten Ehrenkodex nicht erklären. Deshalb wiederholte er nur eigensinnig: »Verdammt, es heißt: Alle für einen. Wir Polizisten halten zusammen.«

Dan nickte. »Ja, aber wenn ich von ›wir‹ spreche, schließe ich dich nicht ein. Wir beide können unmöglich zu derselben Spezies gehören.«

»Du wirst deine eigene Karriere zerstören«, warnte Mondale.

»Vielleicht.«

»Mit hundertprozentiger Sicherheit. Man wird ein Disziplinarverfahren einleiten und von dir wissen wollen, warum du über diese sogenannte Pflichtverletzung so lange geschwiegen hast.«

»Falsche Loyalität gegenüber einem Kollegen.«

»Das wird man nicht als Entschuldigung gelten lassen. Man wird dich zur Schnecke machen.«

»Du bist es, der ein *aktives* Dienstvergehen begangen hat. Mein Schweigen war eine Art Unterlassungssünde. Man wird mich deswegen nicht entlassen.«

»Vielleicht nicht. Aber du wirst nie mehr befördert werden.«

Dan zuckte mit den Achseln. »Macht nichts. Mir liegt nicht viel daran, noch weiterzukommen. Ich bin nicht so von Ehrgeiz besessen wie du, Ross.«

»Aber wenn du einen Kollegen in die Pfanne haust, werden alle dich schneiden.«

»O nein, da irrst du dich gewaltig!«

»Doch. Es ist höchst unmoralisch, einen anderen Polizisten ans Messer zu liefern.«

»Du könntest recht haben – wenn es sich bei dem Polizisten nicht ausgerechnet um dich handelte.«

Mondale warf sich in die Brust. »Ich habe *Freunde*.«

»Du bist bei den hohen Tieren angesehen, weil du ihnen nach dem Mund redest und sehr geschickt im Umgang mit ihnen bist. Aber die gewöhnlichen Polizisten im Einsatz halten dich für ein dummes Arschloch.«

»Unsinn! Ich habe überall Freunde. Du würdest total isoliert werden. Man würde dich meiden wie einen Aussätzigen.«

»Selbst wenn dem so wäre – was nicht zutrifft –, was sollte mir das ausmachen? Ich bin ohnehin ein Einzelgänger, das hast du selbst gesagt. Was sollte es mir da ausmachen, wenn ich gemieden werde?«

Zum erstenmal verriet Mondales Gesicht mehr Beunruhigung als Haß.

»Siehst du?« Dan lächelte. »Du hast keine Wahl. Du mußt mich in diesem Fall arbeiten lassen, ohne dich einzumischen. Wenn du mir Knüppel zwischen die Beine wirfst, werde ich dich vernichten, so wahr mir Gott helfe, auch wenn ich selbst dadurch Probleme bekomme!«

Die Deckenbeleuchtung wurde noch schwächer.

Das unheimliche grüne Licht aus dem Radio war jetzt so grell, daß es Laura in den Augen weh tat.

»AUFHALTEN... HILFE... WEGRENNEN... VERSTEKKEN... HILFE...«

Das Plexiglas vor der Radioskala zerbarst in der Mitte.

Das Gerät vibrierte so heftig, daß es über die Arbeitsplatte rutschte, und Laura mußte an ihre alptraumhafte Idee von vorhin denken: krabbenartige Beine, die aus dem Plastikgehäuse herauswuchsen...

Die Kühlschranktür öffnete sich wieder von allein.

Alle Schranktüren flogen weit auf. Eine davon schlug gegen Earls Beine, und er wäre fast gestürzt.

Das Radio hatte aufgehört, Botschaften zu übermitteln. Es begnügte sich jetzt damit, schrille elektronische Töne in ohrenbetäubender Lautstärke auszustoßen, so als versuche es, sie auf diese Weise völlig zu zermürben.

Ross Mondale setzte sich auf eine Kiste und vergrub sein Gesicht in den Händen, so als weinte er.

Das überraschte Dan. Er hatte geglaubt, Mondale sei unfähig, auch nur eine Träne zu vergießen.

Der Captain schluchzte nicht. Er gab überhaupt keinen Laut von sich. Als er nach etwa einer halben Minute wieder aufblickte, waren seine Augen völlig trocken. Er hatte nicht geweint – nur nachgedacht. Verzweifelt überlegt.

Sein Gesichtsausdruck hatte sich verändert, so als hätte er hastig eine neue Maske aufgesetzt. Besorgnis, Furcht und Zorn waren total verschwunden, und der Haß war gut getarnt; nur ein Rest davon flackerte noch in seinen Augen, wie eine hauchdünne Eisschicht auf einer Pfütze gegen Ende des Winters. Die freundliche, demütige Miene, die er jetzt zur Schau trug, glückte ihm allerdings nicht perfekt und wirkte sehr wenig überzeugend.

»Okay, Dan, okay«, sagte er. »Wir waren früher einmal Freunde, und vielleicht können wir wieder Freunde werden.«

Wir waren niemals wirklich Freunde, dachte Dan, aber er sagte nichts. Er war neugierig, wie weit Mondale mit seiner Konzilianz gehen würde.

»Zumindest können wir einen Anfang machen«, fuhr Mondale fort, »indem wir versuchen zusammenzuarbeiten, und ich weiß genau, daß du ein verdammt guter Detektiv bist. Du gehst methodisch vor, aber du hast auch viel Intuition, du bist der geborene Spürhund, und es wäre töricht von mir, deine Talente nicht einzusetzen. Du kannst in diesem Fall vorgehen, wie du es für gut hältst. Geh, wohin du willst, sprich, mit wem und wann du willst. Versuch nur, mich von Zeit zu Zeit zu informieren. Das wüßte ich sehr zu schätzen. Wenn wir beide ein wenig Entgegenkommen zeigen, werden wir bestimmt feststellen, daß wir nicht nur gut zusammenarbeiten, sondern sogar wieder Freunde werden können.«

Mondales unverhohlener Zorn und Haß waren Dan viel lieber gewesen als diese geheuchelte Freundlichkeit. Der Haß des Captains war das einzig Echte an ihm. Seine honigsüße Stimme und sein plötzliches Werben um Freundschaft verursachten Dan eine Gänsehaut.

»Aber dürfte ich dich vielleicht etwas fragen?« Mondale beugte sich auf seiner Kiste vor und setzte eine aufrichtig interessierte Miene auf.

»Was?«

»Warum ausgerechnet dieser Fall? Warum engagierst du dich so leidenschaftlich in dieser Affäre?«

»Ich will nur meine Arbeit machen.«

»Nein, es steckt mehr dahinter. Ist es die Frau?«

»Nein.«

»Sie ist sehr attraktiv.«

»Die Frau hat nichts damit zu tun«, erwiderte Dan, obwohl Laura McCaffreys Attraktivität in Wirklichkeit durchaus eine – wenn auch untergeordnete – Rolle für sein besonderes Engagement spielte.

»Ist es das Kind?«

»Vielleicht.«

»Du hast dich schon immer in ganz besonderem Maße für jene Fälle eingesetzt, bei denen es um Kindesmißhandlung ging oder das Leben eines Kindes bedroht war.«

»Nicht immer.«

»Doch, immer«, beharrte Mondale. »Aus welchem Grund? Wegen des tragischen Schicksals deines Bruders und deiner Schwester?«

Das Radio vibrierte immer stärker, polterte gegen die Arbeitsplatte – und hob sich plötzlich in die Luft, schwebte wie ein Ballon.

Laura beobachtete ungläubig dieses Phänomen. Sie fror innerlich, aber ihre panische Angst hatte sich seltsamerweise gelegt.

Die elektronischen Heultöne wurden immer höher und schriller.

Laura blickte auf Melanie hinab und sah, daß ihre Tochter endlich aus ihrer Erstarrung erwachte. Ihre Augen waren noch immer geschlossen – sie kniff sie jetzt fest zu –, aber sie hatte den Mund geöffnet und hielt sich mit ihren kleinen Händen die Ohren zu.

Aus dem wie durch Zauberei in der Luft schwebenden Radio trat Rauch aus. Es explodierte.

Laura schloß die Augen und duckte sich; sie spürte, wie zerbrochene Plastikteile auf ihren Kopf, ihre Arme und Beine herabregneten.

Einige große Stücke des Gerätes, das noch immer ans Stromnetz angeschlossen war, fielen scheppernd auf die Fliesen. Der Stecker wurde aus der Steckdose gerissen, die Anschlußschnur glitt über die Arbeitsplatte und fiel mit dem Rest des zerstörten Radios ebenfalls auf den Boden.

Als die Explosion erfolgte, hatte Melanie endlich eine heftige Reaktion gezeigt. Sie war von ihrem Stuhl aufgesprungen und auf allen vieren in die Ecke neben der Hintertür gekrochen. Dort kauerte sie jetzt schluchzend.

In der plötzlichen Stille klang das Weinen des Kindes besonders eindringlich, und es zerriß Laura fast das Herz, ließ sie fast verzweifeln.

Als Dan keine Antwort gab, wiederholte Mondale seine Frage in einem Ton unschuldiger Neugier, aber mit einem lauernden, bösartigen Unterton. »Setzt du dich bei Fällen, in die Kinder verwickelt sind, deshalb besonders ein, weil du an das Schicksal deiner eigenen Geschwister erinnert wirst?«

»Vielleicht«, gab Dan zu. Er wünschte, er hätte Mondale nie etwas über seine Geschwister erzählt. Aber wenn zwei junge Polizisten zusammen in einem Streifenwagen sitzen, schütten sie sich – speziell in den langen Nachtstunden – meistens gegenseitig ihr Herz aus. Dan hatte zuviel von sich erzählt, bevor ihm so richtig klargeworden war, daß er Ross Mondale nicht leiden konnte. »Vielleicht ist das mit ein Grund, weshalb ich diesen Fall nicht aufgeben möchte. Aber es hängt auch mit Cindy Lakey zusammen. Verstehst du das nicht, Ross? Auch in diesem Fall sind Mutter und Tochter in Gefahr, werden von einem Irren bedroht, vielleicht sogar von etwas noch Schlimmerem als einem Irren. Wie damals Mutter und Tochter Lakey. Dieser Fall ist für mich so eine Art Wiedergutmachungsversuch, weil es mir damals nicht gelungen ist, Cindy Lakeys Tod zu verhindern. Ich hoffe, meine Schuldgefühle endlich wenigstens zum Teil zu überwinden, wenn ich den McCaffreys helfe.«

Mondale starrte ihn erstaunt an. »*Du* hast Schuldgefühle, weil das Lakey-Mädchen ermordet wurde?«

Dan nickte. »Ich hätte Dunbar erschießen sollen, als er seine Waffe auf mich richtete. Ich hätte nicht zögern dürfen, hätte ihn nicht erst auffordern sollen, die Pistole fallen zu lassen. Wenn ich ihn gleich erledigt hätte, wäre er nie ins Haus eingedrungen.«

»Aber, verdammt, du weißt doch, wie es damals war«, sagte Mondale verblüfft. »Sogar noch schlimmer als heute. Polizisten standen im Kreuzfeuer der Kritik, wurden der Brutalität beschuldigt und vor Gericht gestellt, egal ob die Anklage zu Recht erhoben wurde oder nicht. Jeder unausgegorene politische Aktivist hatte die Polizei auf dem Kieker. Sogar wenn ein Polizist erwiesenermaßen in Notwehr geschossen hatte, gab es ein Riesengeschrei. Alle hatten Rechte, *außer* den Polizisten. Die sollten ruhig dastehen und sich abknallen lassen. Die Reporter, die Politiker – alle stellten uns als blutrünstige Faschisten hin. Scheiße, du weißt das doch auch!«

»Ich weiß es«, sagte Dan, »und deshalb habe ich Dunbar auch nicht gleich erschossen, wie ich es hätte tun sollen. Ich sah, daß der Bursche unberechenbar und gefährlich war. Ich wußte intuitiv, daß er jemanden umbringen würde, aber ich dachte an das feindliche Klima, dem wir ausgesetzt waren, an all die Beschuldigungen, wir Bullen seien schießwütig, und ich wußte, wenn ich ihn erschoß, würde man mich zur Verantwortung ziehen, und ich befürchtete, meinen Job zu verlieren. Ich hatte Angst, meine Karriere zu vernichten. Deshalb wartete ich, bis er direkt auf mich zielte. Aber ich hatte eine Sekunde zu lange gezögert, und *er* schoß auf mich, und weil ich an meine Karriere gedacht hatte, mußte die kleine Cindy sterben.«

Mondale schüttelte heftig den Kopf. »Aber das war doch nicht deine Schuld. Mach die verdammten Sozialreformer dafür verantwortlich, die gegen uns Stellung beziehen, ohne eine Ahnung davon zu haben, wie der Alltag eines Polizisten aussieht. *Sie* sind schuld. Nicht du. Und nicht ich.«

Dans Augen funkelten wütend. »Wag es ja nicht, dich mit mir ins selbe Boot zu setzen. Du bist *weggerannt*, Ross! Ich habe Mist gebaut, weil ich an meine Pension dachte, in einer Situation, die schnelles Handeln erforderte. Deshalb muß ich mit meiner Schuld leben. Aber wag es ja nicht zu unterstellen, daß wir beide das gleiche Maß an Schuld haben! Das ist totaler Blödsinn, und das weißt du genau.«

Mondale bemühte sich, betroffen dreinzuschauen, aber es fiel ihm zunehmend schwer, seinen Haß zu verbergen.

»Oder vielleicht weißt du es *nicht*«, fuhr Dan fort. »Und das ist noch viel schlimmer. Vielleicht fehlt dir wirklich jedes moralische Empfinden.«

Mondale stand wortlos auf und ging auf die Tür zu.

»Hast du wirklich ein reines Gewissen, Ross? Ich glaube es fast.« Mondale drehte sich nach ihm um. »Du kannst in diesem Fall frei schalten und walten, aber bleib mir vom Leib!«
»Dir hat Cindy Lakeys Tod keine einzige schlaflose Nacht bereitet, nicht wahr, Ross?«
»Ich habe gesagt: Bleib mir vom Leib!«
»Mit Freuden.«
»Ich habe keine Lust, mir deinen Scheißdreck anzuhören.«
»Du bist einmalig, Ross.«
Mondale öffnete die Tür.
»Von welchem Planeten bist du eigentlich, Ross?«
»Mondale verließ den Raum.
»Ich wette, daß es auf seinem Heimatplaneten nur eine einzige Farbe gibt«, murmelte Dan vor sich hin. »Braun! In seiner Welt muß alles braun sein. Deshalb ist er immer von Kopf bis Fuß braun gekleidet. Das erinnerte ihn an sein Zuhause.«
Es war ein schwacher Witz. Vielleicht brachte er deshalb nicht einmal ein schwaches Lächeln zustande. Vielleicht.

In der Küche war Stille eingetreten.
Die Luft wurde wieder warm.
»Es ist vorbei«, sagte Earl.
Die Erstarrung wich von Laura. Ein Stück des explodierten Radios knirschte unter ihrem Fuß, als sie die Küche durchquerte und neben Melanie niederkniete.
Sie redete beruhigend auf ihre Tochter ein, streichelte und umarmte sie, wischte ihr die Tränen vom Gesicht.
Earl nahm einzelne Teile des zerstörten Gerätes in die Hand und murmelte leise vor sich hin, verwirrt und fasziniert.
Laura setzte sich neben Melanie auf den Boden, nahm sie auf den Schoß, wiegte sie zärtlich in ihren Armen und war überglücklich, daß das Kind noch hier war, daß sie es trösten konnte. Sie hätte viel darum gegeben, die Ereignisse der letzten Minuten einfach vom Tisch wischen zu können. Aber sie war eine viel zu gute Psychologin, um sich zu gestatten, diese bizarren Geschehnisse zu verdrängen oder mit Hilfe psychologischer Fachausdrücke erklären zu wollen. Sie hatte keine Halluzination gehabt. Dieses Phänomen ließ sich nicht als Sinnestäuschung, als Einbildung bagatellisieren. Ihre Wahrnehmungen waren genau und verläßlich gewesen, obwohl sie Zeugin von etwas Unmöglichem gewesen war. Auch Earl hatte

es gesehen. Es war verrückt, unmöglich – aber real! Das Radio war... *besessen* gewesen.
Einige Bruchstücke rauchten noch. Es roch nach verschmortem Plastik.
Melanie stöhnte leise. Zuckte zusammen.
»Ruhig, Liebling, ganz ruhig.«
Das Mädchen schaute seine Mutter an, und Laura war wie elektrisiert über den Blickkontakt. Melanie blickte nicht mehr durch sie hindurch. Sie war aus ihrer dunklen Welt aufgetaucht, und Laura betete, daß es diesmal für immer sein möge, obwohl das unwahrscheinlich war.
»Ich... will...«, sagte das Mädchen.
»Was, Liebling? Was willst du?«
Melanie suchte Lauras Blick. »Ich... brauche...«
»Alles, Melanie! Alles, was du willst, Sag es mir. Sag Mami, was du brauchst.«
»Es wird sie alle töten«, sagte Melanie mit angsterfüllter Stimme.
Earl schaute von den rauchenden Trümmern des Radios auf und beobachtete sie intensiv.
»Was?« fragte Laura. »*Was* wird sie töten, Liebling?«
»Und dann... wird es... mich... töten«, murmelte das Mädchen.
»Nein«, widersprach Laura hastig. »Niemand wird dich töten. Ich werde dich beschützen. Ich werde...«
»Es... wird... kommen... von innen...«
»Woher von innen?«
»... von innen...«
»Was ist es denn, Liebling? Wovor hast du Angst? Was ist es?«
»...es wird kommen... und mich... auffressen...«
»Nein!«
»...mich ganz und gar... auffressen«, flüsterte das Mädchen schaudernd.
»Nein, Melanie. Hab keine Angst. Du brauchst keine...« Sie verstummte, weil sie sah, daß die Augen des Kindes wieder glasig wurden.
Melanie seufzte. Ihr Atem veränderte sich. Sie war in jene unzugängliche Welt zurückgekehrt, in der sie sich eingekapselt hatte, seit sie nackt auf der Straße aufgefunden worden war.
»Können Sie sich einen Reim auf all das machen?« fragte Earl.
»Nein.«

»Ich selbst bin nämlich völlig ratlos.«
»Ich auch.«
Vorhin, beim Kochen, hatte sie fast schon optimistisch in die Zukunft geblickt, und die Situation war ihr fast normal vorgekommen. Aber jetzt war alles noch viel schlimmer geworden, und ihre Nerven waren wieder zum Zerreißen gespannt.

Es gab Leute in dieser Stadt, die Melanie kidnappen wollten, um mit ihr weiterzuexperimentieren. Laura wußte nicht, zu welchen Zwecken, und sie wußte nicht, weshalb sie es ausgerechnet auf Melanie abgesehen hatten, aber sie war überzeugt davon, daß es diese Leute gab. Sogar das FBI schien das ja zu glauben.

Es gab andere Leute, die Melanie tot sehen wollten. Die Entdeckung von Ned Rinks Leiche bewies, daß Melanies Leben in Gefahr war.

Aber nun sah es ganz danach aus, als seien jene gesichtslosen Feinde nicht die einzigen, die Melanie in ihre Gewalt bringen wollten. Es gab offenbar noch einen weiteren Feind. Das war der Inhalt der Warnung, die sie durch das Radio empfangen hatten.

Aber wer oder was hatte ihnen diese Warnung geschickt? Und *wie?* Und *warum?*

Und noch wichtiger: Wer war dieser neue Feind?

Das Radio hatte von ›Es‹ gesprochen, und Laura hatte den Eindruck gewonnen, als sei dieser Feind furchterregender und gefährlicher als alle anderen Gegner zusammen. ›Es‹ war frei, hatte das Radio gesagt. ›Es‹ kam. Sie sollten wegrennen, hatte das Radio gesagt. Sie sollten sich verstecken. Vor diesem ›Es‹.

»Mami? Mami?«

»*Mamiiiiiiii!*«

»Hier bin ich. Ich bin bei dir.«

»Ich... ich habe... ich habe... Angst«, murmelte Melanie, aber sie sprach nicht zu Laura oder Earl. Sie schien Lauras beruhigende Worte nicht gehört zu haben; sie sprach nur mit sich selbst, mit einer Stimme, die ihre grenzenlose Einsamkeit und Verlassenheit verriet. »Ich habe Angst... solche Angst. *Solche Angst.*«

TEIL III

Die Gejagten

Mittwoch, 20.00 Uhr
bis Donnerstag, 6.00 Uhr

22

Dan Haldane blieb nach Mondales Verschwinden an Scaldones Schreibtisch sitzen und las aufmerksam die Beschriftungen auf den Disketten neben dem IBM-Computer. Die meisten waren für ihn uninteressant, aber die KUNDENKARTEI war sicher sehr aufschlußreich.

Er schaltete den Computer ein, machte sich rasch mit der Funktionsweise vertraut und schob die Diskette ein. Gleich darauf erschien das Adressenverzeichnis auf dem Monitor, alphabetisch geordnet.

Er rief den Buchstaben ›M‹ ab und suchte nach Dylan McCaffreys Namen und Adresse. Er fand sie.

Er schaute unter ›H‹ nach und fand Willy Hoffritz.

Unter ›C‹ fand er Ernest Andrew Cooper, den Millionär, das dritte Mordopfer von Studio City.

Unter ›R‹ stand Ned Rink.

Alle vier Opfer hatten sich für Okkultismus interessiert und waren Kunden von Joseph Scaldone gewesen, der ebenfalls ermordet worden war.

Dan schaute unter ›U‹ nach. Auf dem Bildschirm tauchten Adresse und Telefonnummer von Albert Uhlander auf, dem Verfasser jener Bücher über okkulte Phänomene, die jemand aus Rinks Haus hatte stehlen wollen.

Wer sonst noch?

Dan überlegte kurz und suchte sodann unter ›S‹ nach Regine Savannah, jener Studentin, die Hoffritz krankenhausreif geschlagen hatte. Sie gehörte nicht zu Scaldones Kunden.

Unter ›G‹ vergewisserte er sich für alle Fälle, daß Irmatrude Gelkenshettle nicht gespeichert war. Er schämte sich deswegen fast ein wenig, aber ein Detektiv des Morddezernats mußte nun einmal übermißtrauisch sein.

Genauso vergeblich suchte er unter ›O‹ nach Mary Katherine O'Hara, der Sekretärin von *Freedom Now.* Offenbar hatte sie, im Gegensatz zum Präsidenten und Schatzmeister dieser Organisation, kein Interesse an okkulter Literatur und magischem Zubehör.

Dan fielen keine weiteren Namen ein, die er überprüfen könnte, aber er war überzeugt davon, daß das komplette Adressenverzeichnis ihm interessante Hinweise geben würde. Er schaltete den Drucker ein und forderte einen Ausdruck der Kundenliste an. In weniger als einer Minute hielt er das erste Blatt in der Hand, mit zwanzig Namen und Adressen, ausgedruckt in zwei Kolonnen. Keiner der Namen sagte ihm etwas.

Er griff nach dem zweiten Blatt, und am Ende der zweiten Kolonne stieß er auf einen bekannten Namen, mit dem er in diesem Zusammenhang nie gerechnet hätte. Palmer Boothe. Besitzer des *Los Angeles Journal*, Erbe eines riesigen Vermögens, das er als einer der gerissensten Geschäftsleute im ganzen Lande noch um ein Vielfaches vermehrt hatte. Er hatte seine Finger so ziemlich in allen gewinnträchtigen Branchen: Presse, Immobilien, Bankwesen, Filmproduktionen, Transportunternehmen, High-Technology-Firmen, Landwirtschaft, Pferdezucht und Gott weiß was sonst noch alles. Er war hoch angesehen, ein Philanthrop, dem verschiedene Hilfsorganisationen zu großem Dank verpflichtet waren, ein Mann, der für seinen nüchternen Pragmatismus bekannt war. Aber wie ließ sich nüchterner Pragmatismus mit einem Glauben an das Okkulte in Einklang bringen? Wie war es nur möglich, daß ein erfolgreicher Geschäftsmann, der mit allen Wassern gewaschen war und die Methoden und Gesetze des Kapitalismus zu schätzen wußte, zum Kundenkreis eines so obskuren Ladens wie des *Sign of the Pentagram* gehörte?

Eigenartig.

Es war natürlich mehr als unwahrscheinlich, daß Palmer Boothe etwas mit Männern wie McCaffrey, Rink und Hoffritz zu tun hatte. Daß sein Name in Scaldones Kundenkartei stand, besagte überhaupt nichts. Nicht jeder, der im *Sign of the Pentagram* einkaufte, war in diesen mysteriösen Fall verwickelt.

Trotzdem nahm Dan Scaldones privates Adreßbuch zur Hand und schaute unter ›B‹ nach, um festzustellen, ob Boothe mehr als nur ein Kunde gewesen war. Boothes Name war nicht aufgeführt.

Dan griff in seine Tasche und holte McCaffreys Adreßbuch hervor. Auch hier fand er Palmer Boothe nicht aufgeführt.

Ein totes Gleis.

Er hatte nichts anderes erwartet.

Wer allerdings in McCaffreys Buch stand, war Albert Uhlander. Adresse und Telefonnummer stimmten mit den Angaben in Scaldones Kundenkartei überein.

Auch in Scaldones Adreßbuch war Uhlander eingetragen. Der Schriftsteller dürfte demnach mehr als nur ein gelegentlicher Kunde gewesen sein.

Eine seltsame kleine Gruppe! Was hatten sie bei ihren Zusammenkünften gemacht? Verschiedene Sorten von Fledermausscheiße verglichen? Schmackhafte Gerichte mit Schlangenaugen als Zutaten erfunden? Größenwahnsinnige Pläne geschmiedet, wie sie mit Hilfe allgemeiner Gehirnwäsche die Welt regieren könnten? Kleine Mädchen gefoltert?

Der Drucker spuckte das fünfzehnte und letzte Blatt der Kundenliste aus, noch bevor Dan die fünfte Seite hatte überfliegen können. Er legte sie sorgfältig aufeinander, faltete sie und schob sie in seine Tasche.

Das Verzeichnis enthielt fast 300 Namen, und er wollte es später gründlich studieren, zu Hause, bei einem Bier, wenn er sich besser konzentrieren konnte.

Er fand eine leere Schachtel und legte verschiedene Dinge hinein, unter anderem auch die Adreßbücher von McCaffrey und Scaldone. Mit der Schachtel unter dem Arm durchquerte er den Laden, wo die gräßlich verstümmelte Leiche gerade in einem Plastiksack verstaut wurde.

Die Schar von Neugierigen war merklich kleiner geworden, vielleicht wegen des heftigen kalten Windes. Einige Reporter harrten noch frierend aus. Die schwere feuchte Luft deutete darauf hin, daß es in der Nacht wieder regnen würde.

Nolan Swayze, ein junger Polizist, der wegen seiner Ähnlichkeit mit Erik Estrada viele Hänseleien ertragen mußte, war vor dem *Sign of the Pentagram* postiert. Dan übergab ihm die Schachtel. »Bringen Sie das Zeug ins East Valley. Das Schreibbüro soll den Inhalt der beiden Adreßbücher abtippen, und morgen früh soll jeder Beamte der Spezialtruppe eine Kopie davon haben.«

»Wird erledigt.«

»Dann ist da eine Diskette von einem IBM-Computer. Ich möchte, daß alle einen Ausdruck davon bekommen. Ferner wäre da ein Notizkalender.«

»Kopien für alle?«

Swayze nickte. »Ich will eines Tages Polizeichef werden.«

»Freut mich für Sie.«

»Meine Mutter wird sehr stolz auf mich sein.«

»Hier hätten wir noch einen Stapel Rechnungen...«

»Sie möchten, daß die Informationen möglichst platzsparend abgetippt werden.«
»Richtig.«
»Und jeder soll eine Kopie erhalten.«
»Vielleicht könnten Sie sogar Bürgermeister werden.«
»Und dieses Ding hier...«
»Es ist ein Scheckbuch«, erklärte Dan.
»Die Informationen auf den Belegen sollten abgetippt werden. Kopien an alle. Vielleicht könnte ich es sogar bis zum Gouverneur bringen.«
»Nein, der Job würde Ihnen nicht gefallen.«
»Warum nicht?«
»Sie müßten in Sacramento leben.«
»Verdammt, Sie haben recht! Ich ziehe die Zivilisation vor.«

Bevor sie zu Abend essen konnten, mußten die überall herumliegenden Trümmer des Radios zusammengefegt werden. Auch im Wasser für die Spaghetti schwammen Teile des zerstörten Gerätes. Laura schüttete es weg, säuberte den Topf und stellte frisches Wasser auf.

Als sie sich endlich zu Tisch setzten, hatte Laura keinen Hunger mehr. Der Gedanke an das Radio raubte ihr den Appetit.

Es roch köstlich nach Knoblauch, Tomatensauce und Parmesankäse, doch daneben stank es immer noch ein wenig nach verbranntem Plastik und heißem Metall. Und obwohl Laura wußte, daß es absurd war, wurde sie doch das beängstigende Gefühl nicht los, daß dieser Gestank von jenem dämonischen Wesen herrührte, das in das Radio gefahren war.

Earl Benton aß mehr als sie, aber nicht viel. Er redete auch nicht viel, blickte nur selten von seinem Teller auf, und auch das nur, um jene Stelle anzustarren, wo der Apparat gestanden hatte. Seine Augen hatten einen sehr nachdenklichen und verwirrten Ausdruck, und er wirkte nicht mehr so ruhig und gelassen wie am Nachmittag.

Melanie hatte wieder ihren völlig abwesenden Blick, aber sie aß mehr als die beiden Erwachsenen. Manchmal kaute sie langsam, manchmal schluckte sie mit wolfsartiger Gier vier oder fünf Bissen hintereinander, manchmal schien sie völlig zu vergessen, daß ein Teller vor ihr stand, und mußte aufgefordert werden weiterzuessen.

Während Laura ihr gut zuredete und mit einer Papierserviette Tomatensauce vom Kinn abwischte, mußte sie an ihre eigene freudlose Kindheit denken. Ihre Mutter Beatrice war eine religiöse Eiferin gewesen, die Singen und Tanzen verbot und an Lektüre nur die Bibel und religiöse Traktate erlaubte. Sie hatte sich nach Kräften bemüht, aus Laura ein scheues Mädchen zu machen, das sich vor der Welt fürchtete und völlig zurückzog, und sie wäre wahrscheinlich hocherfreut gewesen, wenn Laura sich verhalten hätte wie Melanie jetzt. Beatrice hätte schizophrene Katatonie als Absage an die böse Welt und die Fleischeslust interpretiert, als eine innige Gemeinschaft mit Gott. Beatrice hätte Laura überhaupt nicht helfen *wollen*, den Weg in die reale Welt zurück zu finden.

Aber ich kann dir helfen, Liebling, dachte Laura, ich kann und will dir helfen, in die Realität zurückzukehren, wenn du dir nur von mir helfen läßt!

Melanie senkte den Kopf und schloß ihre Augen.

Laura rollte Spaghetti auf die Gabel und hielt sie an die Lippen des Mädchens, aber Melanie war aus ihrer Apathie in noch tiefere Schichten hinabgeglitten, vielleicht sogar eingeschlafen.

»Komm, Liebling, iß noch einen Happen. Du mußt unbedingt ein bißchen zunehmen.«

Etwas klickte laut.

Earl Benton blickte von seinem Teller auf. »Was war das?«

Bevor Laura antworten konnte, flog die Hintertür auf, mit solcher Wucht, daß die Sicherheitskette aus ihrer Verankerung im Türpfosten gerissen wurde.

Der Schlüssel hatte sich von allein im Schloß gedreht. Das war das klickende Geräusch gewesen.

Earl sprang so hastig auf, daß er seinen Stuhl umwarf.

Von der dunklen Terrasse hinter dem Haus kam etwas durch die Tür.

Nachdem Dan noch kurz mit dem Ladeninhaber neben dem *Sign of the Pentagram* gesprochen hatte, ohne von dem Mann etwas Interessantes zu erfahren, hielt er an einem McDonald's. Er kaufte zwei Cheeseburger, eine große Portion Pommes frites und ein Bier und aß im Wagen, während er mit Hilfe des Computers Regine Savannah ausfindig zu machen versuchte. In den letzten zwei Jahren waren alle Streifenwagen und ein Großteil der Dienstlimousinen in Los Angeles mit Computern ausgestattet worden; sie waren über

Funk mit der unterirdischen bombensicheren Datenbank der Polizei verbunden, die ihrerseits Zugang zu verschiedenen staatlichen und privaten Datenbanken hatte.

Dan biß von seinem Cheeseburger ab, gab seinen Personalcode in den Computer ein und forderte bei der Datenbank der Telefongesellschaft Regine Savannahs Nummer an.

Nach wenigen Sekunden tauchten auf dem kleinen Monitor neben dem Armaturenbrett grüne Buchstaben auf:

KEINE EINTRAGUNG:
SAVANNAH, REGINE

KEINE EINTRAGUNG:
SAVANNAH, R.

Er fragte nach Telefonrechnungen für eine Geheimnummer, ausgestellt auf den Namen R. oder Regine Savannah, aber auch das ergab nichts.

Dan aß einige Pommes frites.

Er gab eine neue Anfrage ein, diesmal bei der Datenbank für Führerscheine. Auch dort war keine Regine Savannah gespeichert.

Er verzehrte den letzten Rest seines ersten Cheeseburgers und beobachtete den Verkehr auf der windigen Straße, während er überlegte, womit er den Computer als nächstes beauftragen könnte.

Er entschied sich für die Anfrage, ob ein Führerschein auf jemanden ausgestellt war, der mit Vornamen Regine hieß und Savannah als Teil eines Doppelnamens führte. Vielleicht hatte sie geheiratet und ihren Mädchennamen nicht abgelegt.

Nach knapp drei Minuten tauchte die Antwort auf dem Monitor auf:

REGINE SAVANNAH HOFFRITZ.

Dan starrte ungläubig auf den Bildschirm. *Hoffritz?* Davon hatte Marge Gelkenshettle ihm nichts erzählt. Hatte das Mädchen tatsächlich den Mann geheiratet, dem es einen Krankenhausaufenthalt verdankte?

Nein. Soviel er wußte, war Hoffritz ledig gewesen. Dan hatte sich noch nicht in Hoffritz' Haus umgesehen, aber er hatte die verfügbaren Informationen über den Mann überflogen, und darin war keine Frau oder Familie erwähnt worden. Hoffritz' nächste Angehörige war eine Schwester, die in Detroit oder Chicago lebte und nach L. A. kommen würde, um die Beerdigungsformalitäten zu erledigen.

Marge Gelkenshettle hätte ihm bestimmt nicht verheimlicht, daß Regine und Hoffritz geheiratet hatten. Aber vielleicht wußte sie nichts davon.

Laut den Unterlagen der Registrierstelle für Führerscheine war Regine Savannah Hoffritz 1,67 m groß, wog 125 Pfund, hatte schwarze Haare und braune Augen. Sie war am 3. Juli 1961 geboren und wohnte in Hollywood. Dan notierte sich die Adresse.

Wilhelm Hoffritz hatte in Westwood gewohnt. Weshalb hätten sie zwei Haushalte führen sollen, wenn sie verheiratet gewesen waren?

Scheidung. Ja, das war eine Möglichkeit.

Doch selbst wenn die Ehe mit einer Scheidung geendet hatte, war die Tatsache der Heirat bizarr genug. Was für ein Leben konnte Regine an der Seite dieses Sadisten geführt haben, der sie einer Gehirnwäsche unterzogen und in seine Gewalt gebracht hatte? Wenn Hoffritz Regine mißhandelt hatte, als sie noch seine Studentin war, und er durch Ausleben seiner perversen Lüste seine Karriere aufs Spiel setzte – um wieviel schlimmer mochte er sie dann behandelt haben, als sie seine Ehefrau war?

Der Gedanke verursachte Dan eine Gänsehaut.

Earl Benton hielt seine Pistole in der Hand, aber was da aus der Dunkelheit in die Küche kam, konnte er nicht mit gezielten Schüssen zur Strecke bringen. Die Tür flog krachend gegen die Wand, und ein kalter Wirbelwind drang ein, ein Wind, der wie ein lebendiges Wesen heulte und knurrte, schnaubte und tobte. Und das Fell dieses Wind-Tieres bestand aus Blumen, denn gelbe, rote und weiße Rosen, langstielige Rührmichnichtan und andere Blüten aus dem Garten flogen durch die Luft, teilweise abgebrochen, teilweise mit den Wurzeln herausgerissen. Das Wind-Tier schüttelte sich, und aus seinem Blumenfell flogen – losen Haaren gleich – einzelne Blütenblätter, Stengel und Klumpen feuchter Erde. Der Kalender wurde von der Wand gerissen und schwebte auf Papierflügeln durch die halbe Küche, bevor er zu Boden fiel. Die Vorhänge an den Fenstern flogen in die Höhe und zerrten an den Stangen, so als wollten sie sich dem dämonischen Tanz unbelebter Gegenstände anschließen. Erde rieselte auf Earl herab, und eine Rose prallte gegen sein Gesicht; ihr Dorn ritzte seinen Hals, und er hob unwillkürlich einen Arm, um sich zu schützen. Er sah, daß Laura ihre Tochter beschirmte, und er kam sich hilflos und albern vor.

Die Tür wurde abrupt zugeschmettert. Doch die Blumen wirbelten weiter im Raum umher, angetrieben von einem Wind, der unabhängig von dem starken Wind im Freien zu existieren vermochte. Obwohl das an und für sich unmöglich war. Verrückt. Undenkbar. Aber trotzdem real. Der Blumenwirbel heulte und zischte, schleuderte Blütenblätter, Stengel und Erde von sich. Und dann war der Spuk schlagartig vorüber. Kein Lüftchen regte sich mehr. Die Blumen fielen mit leisem Rascheln und Knistern auf die Küchenfliesen. Dann trat Stille ein.

Dan ließ sich Regine Hoffritz' Adresse von der Datenbank der Telefongesellschaft bestätigen. Dann warf er einen Blick auf seine Uhr. Es war 21.32 Uhr. Er hatte etwa zehn Minuten am Computer gearbeitet. In den schlechten alten Zeiten, als die Polizeifahrzeuge noch nicht ans Computernetz angeschlossen gewesen waren, hätte er zwei Stunden damit vergeudet, die Informationen über Regine zu bekommen. Er schaltete das Gerät aus, und im Wagen machte sich Dunkelheit breit.

Während er seinen zweiten Cheeseburger aß und von seinem Bier nippte, dachte er über die sich rasch verändernde Welt nach. Eine neue Welt, eine wie Science-fiction anmutende Gesellschaft entstand mit frappierender Geschwindigkeit um ihn herum. Es war sowohl erhebend als auch beängstigend, in dieser Zeit zu leben. Die Menschheit hatte die Fähigkeit erworben, nach den Sternen zu greifen, von der Erde abzuheben und sich im Universum auszubreiten – aber sie hatte zugleich auch die Fähigkeit erworben, die gesamte Menschheit zu vernichten, noch bevor die unvermeidliche Emigration beginnen konnte. Neue Technologien – wie der Computer – befreiten Männer und Frauen von Plackereien verschiedenster Art, ersparten ihnen viel Zeit. Und doch... Die ersparte Zeit brachte ihnen keine zusätzlichen Mußestunden, keine zusätzlichen Gelegenheiten zum Nachdenken und Zu-sich-selbst-Kommen. Mit jeder neuen Technologiewelle nahm das Lebenstempo zu; es gab immer mehr zu tun, immer mehr Entscheidungen zu treffen, immer mehr neue Erfahrungen zu machen, und die Menschen stürzten sich gierig auf diese neuen Möglichkeiten und füllten damit ihre freien Stunden. Jedes Jahr schien schneller zu verfliegen als das vorangegangene, so als würde Gott mit einem Knopfdruck den Lauf der Zeit immer mehr beschleunigen. Aber sogar die alte Vorstellung von Gott wirkte überholt und hoffnungslos fantastisch in einem Zeitalter, da das Universum seine Geheimnisse immer mehr preisgeben mußte. Wissenschaft, Technologie und Fortschritt waren jetzt die einzigen Götter, stellten sozusagen die neue Dreifaltigkeit dar; und obwohl sie nicht bewußt streng und strafend waren wie so oft die alten Götter, so waren sie doch viel zu kalt und gleichgültig, um die Kranken, Einsamen und Verlorenen trösten zu können.

Wie konnte ein Laden wie *Sign of the Pentagram* in einer Welt von Computern, Wunderdrogen und Raumschiffen florieren? Wer mochte im Okkultismus nach Antworten suchen, wenn Physiker, Biochemiker und Genetiker tagtäglich mehr Antworten lieferten als die Ouija-Bretter, Seancen und Spiritisten aller Zeiten?

Warum gaben sich Wissenschaftler wie Dylan McCaffrey und Willy Hoffritz mit einem Lieferanten von Fledermausscheiße, Schlangenaugen und ähnlichem Unfug ab?

Nun, es konnte nicht den geringsten Zweifel daran geben, daß sie nicht *alles* für Unsinn gehalten hatten. Irgendwelche Aspekte des Okkulten, irgendelche paranormalen Phänomene mußten McCaffrey und Hoffritz brennend interessiert haben, und sie mußten geglaubt haben, daß diese Phänomene relevant für ihr eigenes Forschungsgebiet waren. Sie hatten Wissenschaft und Magie kombinieren wollen. Aber wie? Und wozu?

Während Dan den letzten Schluck Bier trank, fielen ihm einige Verszeilen ein:

> *Wir werden in Finsternis stürzen,*
> *in die Hände des Bösen fallen,*
> *wenn die Wissenschaft und der Teufel*
> *Arm in Arm spazierengehen.*

Er konnte sich nicht daran erinnern, wo er sie gehört hatte. Vielleicht stammten sie aus einem alten Rock'n' Roll-Schlager oder aus einem Protestsong gegen Atomkrieg und Vernichtung, aber genau wußte er es nicht.

Die Wissenschaft und der Teufel, Arm in Arm.

Es war ein naives Bild, sogar ein dummes Bild. Vermutlich hatte der Song die Ideen der Gegner jeglichen Fortschritts propagiert, die zu einem Leben in Zelten zurückkehren wollten. Dan hatte für diese Einstellung keine Sympathie. Er wußte, daß Zelte zugig und feucht waren. Aber aus irgendeinem Grund übte das Bild – die Wissenschaft und der Teufel, Arm in Arm – an diesem Abend auf ihn eine starke Wirkung aus und ließ ihn schaudern.

Er hatte plötzlich keine Lust mehr, Regine Savannah Hoffritz aufzusuchen. Er hatte einen sehr langen, anstrengenden Tag hinter sich. Es war an der Zeit, nach Hause zu fahren. Seine Stirn schmerzte, und er hatte Prellungen am ganzen Körper. Seine Augen brannten und tränten. Er bräuchte jetzt noch ein Bier – und zehn Stunden Schlaf.

Aber es gab noch sehr viel zu tun.

Laura sah sich ungläubig und ängstlich in ihrer Küche um.

Der Küchentisch und die halbvollen Teller waren übersät mit Blumen, Blättern und Erde. Rosen lagen auf dem Boden und auf den Schränken. Geknickte rote und purpurfarbene Rührmichnicht-an hingen im Spülbecken. Eine weiße Rose schmückte den Griff der Kühlschranktür, und Hunderte einzelner Blütenblätter klebten an den Vorhängen, Wänden und Schranktüren.

»Nichts wie weg hier!« sagte Earl, der seine Pistole noch immer in der Hand hielt.

»Aber dieses ganze Chaos...«, begann Laura.

»Später«, fiel er ihr ins Wort, während er die völlig apathische Melanie von ihrem Stuhl hochzog.

Verwirrt wandte Laura ein: »Aber ich muß doch aufräumen...«

»Kommen Sie mit!« rief Earl ungeduldig. Er war sehr bleich. »Ins Wohnzimmer.«

Laura zögerte noch immer.

»Beeilen Sie sich«, drängte Earl, »bevor etwas *Schlimmeres* durch diese Tür eindringt!«

23

Regine Savannah Hoffritz wohnte in einer der preiswerteren Straßen in den Hügeln Hollywoods. Ihr Haus war ein Musterexemplar jener verrückten Architektur, die in Kalifornien im Grunde genommen selten war, aber von chauvinistischen New Yorkern stets als Beweis für die Geschmacklosigkeit der Bewohner der Südküste angeführt wurde. Ziegel und sichtbare Balken legten die Vermutung nahe, daß es ein Haus im englischen Tudorstil darstellen sollte, aber es hatte viktorianische Traufen, Fensterläden im amerikanischen Kolonialstil und völlig stillose Kutscherlaternen aus Messing auf beiden Seiten der Haustür und der Garage.

Ein schwarzer Porsche parkte in der Einfahrt.

Dan kingelte, holte seinen Dienstausweis heraus, stand fröstelnd im kalten Wind, klingelte ein zweites Mal.

Schließlich wurde die Tür bei vorgelegter Sicherheitskette einen Spalt weit geöffnet. Er sah die Hälfte eines schönen Gesichts: dichte schwarze Haare, eine Haut wie Porzellan, ein großes braunes Auge, die Hälfte einer perfekt geformten Nase und eines Mundes mit vollen Lippen.

»Ja?« fragte sie. Ihre Stimme war leise, eine Art Hauchen. Sie wirkte unecht, einstudiert.

»Regine Hoffritz?«

»Ja.«

»Lieutenant Haldane, Polizei. Ich würde gern mit Ihnen sprechen. Über Ihren Mann.«

Sie warf einen Blick auf seinen Dienstausweis und fragte: »Meinen Mann?«

In ihrer Stimme schwang Demut und Schwäche mit; sie schien auf einen Befehl zu warten, dem sie widerspruchslos gehorchen würde.

Dan glaubte nicht, daß ihr Ton etwas damit zu tun hatte, daß er Polizeibeamter war. Er vermutete, daß sie sich jedem Menschen gegenüber so benahm, seit Hoffritz sie in der Mangel gehabt hatte.

»Ja, über Ihren Ehemann«, sagte er. »Über Willy Hoffritz.«

»Oh... Einen Augenblick bitte.«

Sie schloß die Tür, und sie blieb länger als eine halbe Minute geschlossen. Dan wollte gerade wieder klingeln, als er hörte, daß die Sicherheitskette entfernt wurde.

Sie ließ ihn ins Haus. In der Diele standen drei Gepäckstücke. Sie führte ihn ins Wohnzimmer, und er setzte sich in einen Sessel, während sie auf dem rostbraunen Sofa Platz nahm.

Sie war eine bezaubernde, verführerische Frau, und doch stimmte irgend etwas nicht. Ihre feminine Ausstrahlung wirkte etwas gekünstelt und übertrieben. Sie war so perfekt frisiert und geschminkt, als sollte sie für einen Kosmetik-Werbefilm vor die Kamera treten. Sie trug ein bodenlanges, geschlitztes cremefarbenes Seidenkleid mit einem breiten Gürtel, der ihre üppigen Brüste, den flachen Bauch und die herrlich ausladenden Hüften betonte. Das Kleid war am Ausschnitt, an den Manschetten und am Saum überreichlich mit Rüschen verziert. Um ihren zarten Hals trug sie eines jener geflochtenen goldenen Hundehalsbänder, wie sie vor zehn Jahren modern gewesen waren; inzwischen sah man sie nur noch selten. Bei sadomasochistischen Paaren waren sie allerdings sehr gefragt, weil sie als Symbol sexueller Unterwürfigkeit galten. Und obwohl Dan die junge Frau soeben erst kennengelernt hatte, stand für ihn fest, daß auch sie dieses Halsband aus masochistischer Unterwürfigkeit trug, denn ihre Gefügigkeit war an vielem erkennbar: an ihren anmutigen und zugleich gehemmten Bewegungen, so als rechne sie jederzeit mit einer Ohrfeige oder einem kräftigen Hieb, so als warte sie förmlich darauf; und ebenso an ihrem gesenkten Kopf und am Vermeiden jeglichen Blickkontaktes.

Sie saß schweigend da und wartete auf seine Fragen.

Auch Dan schwieg zunächst und lauschte angestrengt auf irgendwelche Geräusche im Haus. Weil sie die Tür mit kurzer Verzögerung geöffnet hatte, vermutete er, daß sie nicht allein war. Sie hatte sich hastig mit jemandem beraten und die Erlaubnis erhalten, ihn einzulassen. Aber es war völlig still im Haus.

Auf dem Kaffeetisch stand ein halbes Dutzend Fotos von Willy Hoffritz. Es war jenes unauffällige Gesicht mit den weit auseinanderliegenden Augen, den dicken Backen und der schweineartigen Nase, das er von dem Foto in Hoffritz' Führerschein kannte.

Er sagte schließlich: »Sie wissen bestimmt, daß Ihr Mann tot ist.«

»Sie meinen Willy? Ja.«

»Ich möchte Ihnen einige Fragen stellen.«

»Ich bin sicher, daß ich Ihnen nicht helfen kann«, erwiderte sie sanft.

»Wann haben Sie Willy zuletzt gesehen?«

»Vor über einem Jahr.«

»Waren Sie geschieden?«

»Nun...«

»Lebten Sie getrennt?«

»Ja, aber nicht... nicht in dem Sinn, wie Sie es meinen.«

Er wünschte, sie würde ihn ansehen. »In welchem Sinn meinen *Sie* es denn?«
Sie rutschte nervös auf dem Sofa hin und her. »Wir waren nie legal verheiratet.«
»Nein? Aber Sie tragen seinen Namen.«
Sie nickte, den Blick noch immer auf ihre im Schoß gefalteten Hände gerichtet. »Er wollte, daß ich meinen Namen ändere.«
»Sie ließen Ihren Namen beim Standesamt in Hoffritz ändern? Wann, warum?«
»Vor zwei Jahren. Weil... weil... Sie werden es nicht verstehen.«
»Das kommt auf einen Versuch an.«
Sie antwortete nicht sofort, und Dan sah sich während der Gesprächspause im Zimmer um. Auf dem Sims des weißen Ziegelkamins standen weitere acht Fotos von Willy Hoffritz.
Obwohl es im Haus warm war, fröstelte Dan beim Anblick dieser sorgfältig arrangierten Bilder in teuren Silberrahmen.
Regine brach das Schweigen. »Ich wollte Willy zeigen, daß ich ihm gehöre, mit Leib und Seele.«
»Und er hatte nichts dagegen, daß Sie seinen Namen annahmen? Hat er denn nicht befürchtet, daß Sie ihm gegenüber Unterhaltsansprüche geltend machen könnten?«
»Nein, nein. So etwas hätte ich Willy niemals angetan. Er wußte, daß ich so etwas niemals tun würde. O nein! Ausgeschlossen.«
»Warum hat er Sie nicht geheiratet, wenn er wollte, daß Sie seinen Namen trugen?«
»Er wollte nicht verheiratet sein«, sagte sie leise, mit unverkennbarer Enttäuschung und Trauer.
Ihr Gesicht hatte sich verdüstert.
Dan fragte bestürzt weiter: »Er wollte Sie nicht heiraten, aber Sie sollten seinen Namen tragen, zum Zeichen, daß Sie... daß Sie ihm gehörten?«
»Ja.«
»War es ein symbolischer Akt, ähnlich dem Gebrandmarktwerden?«
»O ja«, flüsterte sie heiser und lächelte genußvoll in der Erinnerung an diesen seltsamen Unterwerfungsakt. »Ja...«
»Er scheint ja ein richtiges Schätzchen gewesen zu sein«, sagte Dan, aber sie verstand seine Ironie nicht, und er begriff, daß er sie stärker provozieren mußte, um ihre hündische Unterwürfigkeit zu

durchbrechen. »Der Kerl war ja ein völlig größenwahnsinniger Egoist.«
Sie hob ruckartig den Kopf und blickte Dan endlich ins Gesicht. »O nein«, protestierte sie stirnrunzelnd, aber weder zornig noch ungeduldig, nur bestrebt, den toten Mann gegen jede Verunglimpfung zu verteidigen. »O nein. Nicht Willy! Keiner war so wie er. Er war wunderbar. Ich hätte für Willy alles getan. Es gab nichts, was ich für ihn nicht getan hätte. Er war einmalig. Wenn Sie ihn gekannt hätten, würden Sie kein Wort gegen ihn sagen. Nicht gegen Willy!«
»Es gibt Leute, die ihn *kannten* und trotzdem keine hohe Meinung von ihm hatten. Das wissen Sie doch bestimmt.«
Sie blickte wieder auf ihre Hände hinab. »All diese Leute sind nur neidisch und eifersüchtig, und sie verbreiten gemeine Lügen«, entgegnete sie, aber mit jener leisen, weichen, sanften Stimme, so als hätte man ihr streng verboten, ihre feminine Ausstrahlung durch schrille Töne oder sonstige Anzeichen von Zorn zu beeinträchtigen.
»Er wurde aus der Universität geworfen.«
Regine schwieg.
»Wegen dem, was er Ihnen angetan hat.«
Sie schwieg noch immer, mied seinen Blick, rückte wieder nervös auf dem Sofa hin und her. Ihr Kleid verschob sich ein wenig, und der Schlitz im Rock enthüllte eine schlanke, perfekt geformte Wade. Ein blauer Fleck von der Größe einer Dollarmünze verunzierte die helle Haut. Am Knöchel waren zwei kleinere Prellungen zu erkennen.
»Sie sollen mir von Willy erzählen«, sagte Dan.
»Das werde ich nicht.«
»Was hat er zusammen mit Dylan McCaffrey in Studio City getrieben?«
»Ich werde nie ein Wort gegen Willy sagen. Es ist mir egal, was Sie mit mir machen. Sie können mich ins Gefängnis werfen, wenn Sie wollen. Das ist mir egal, völlig egal.« Ihre leise Stimme ließ jetzt zum erstenmal eine heftige Gemütsbewegung erkennen. »Es wurde schon viel zuviel Schlechtes über Willy gesagt, von Leuten, die es nicht wert waren, ihm auch nur die Füße zu küssen.«
»Schauen Sie mich an, Regine«, forderte Dan sie auf.
Sie hob eine Hand zum Mund und begann an einem Fingerknöchel zu kauen.
»Regine? Schauen Sie mich an, Regine!«

Sie hob den Kopf, blickte ihm aber nicht in die Augen, sondern starrte an ihm vorbei.

»Regine, er hat Sie krankenhausreif geschlagen.«

»Ich habe ihn geliebt«, murmelte sie, noch immer an ihrem Knöchel kauend.

»Er hat Sie einer Gehirnwäsche unterzogen, Regine. Irgendwie ist es ihm gelungen, Ihre Persönlichkeit zu verändern, Ihren Willen zu brechen – das ist ganz gewiß *nicht* das Werk eines wunderbaren Menschen.«

Tränen traten ihr in die Augen, rollten über ihre Wangen. Ihr Gesicht war schmerzverzerrt. »Ich habe ihn so sehr geliebt.« Ihr Ärmel war hochgeglitten, als sie die Hand zum Mund führte. Dan sah einen kleinen blauen Fleck an ihrem Unterarm und – was noch schlimmer war – Hautabschürfungen an ihrem Handgelenk.

Sie hatte ihm erzählt, daß sie Willy Hoffritz seit einem Jahr nicht mehr gesehen hatte, aber jemand mußte sie vor ganz kurzer Zeit mit einem Strick gefesselt haben.

Dan betrachtete die gerahmten Fotos auf dem Tisch, das dünne Lächeln auf dem Gesicht des toten Psychologen, und er verspürte plötzlich ein so starkes Bedürfnis nach frischer Luft, daß er am liebsten zur Tür gestürzt wäre.

Er beherrschte sich nur mühsam. »Wie konnten Sie einen Mann lieben, der Ihnen Schmerzen zufügte, der Sie verletzte?«

»Er machte mich frei... Er zeigte mir mein wahres Ich.«

»Und worin besteht Ihr wahres Ich?«

»Ich sollte sein, was ich jetzt bin.«

»Und was ist das?«

»Ich soll sein, was auch immer von mir verlangt wird.«

Sie weinte nicht mehr.

Ein Lächeln spielte um ihre Lippen, während sie wiederholte: »Was auch immer von mir verlangt wird.« Und sie erschauderte dabei, so als verursache ihr allein schon der Gedanke an Sklaverei und Demütigung physische Lustgefühle.

Dan konnte seine Empörung und seinen Zorn kaum mehr zurückhalten. »Wollen Sie damit sagen, daß Sie dazu geboren sind, nur um das zu sein, was Willy Hoffritz wollte, nur um alles zu tun, was er von Ihnen verlangte?«

»Was auch immer von mir verlangt wird«, bestätigte sie, und jetzt blickte sie ihm in die Augen.

Er wünschte, sie hätte weiterhin an ihm vorbeigestarrt, denn in ihren Augen glaubte er eine innere Qual, Selbstverachtung und Verzweiflung zu erkennen, die ihm fast das Herz zerrissen. Vor ihm saß eine zerstörte Seele, ein völlig gebrochener Geist. In diesem reifen, sinnlichen Frauenkörper und unter der Oberfläche der unterwürfigen Kind-Frau schlummerte eine andere Regine, eine bessere Regine, gefangen, lebendig begraben; sie existierte trotz Hoffritz' Gehirnwäsche, aber sie war einfach unfähig, diesem Gefangensein zu entkommen oder auch nur eine schwache Hoffnung auf Flucht zu hegen. In dem kurzen Moment eines echten Kontaktes sah Dan, daß die Frau, die Regine einmal gewesen war, bevor Hoffritz sie in seine Gewalt gebracht hatte, jetzt einer vertrockneten Strohpuppe glich; jahrelange Mißhandlungen hatten ihr jede Kraft geraubt, und sie sehnte sich nur noch nach dem Streichholz, das sie gnädig in Staub und Asche verwandeln würde.

Zutiefst erschüttert, konnte er seinen Blick nicht abwenden.

Sie war es, die ihre Augen senkte.

Er war erleichtert. Und er hatte einen üblen Geschmack im Mund.

Er fuhr sich mit der Zunge über die trockenen Lippen. »Wissen Sie, was für Forschungsprojekte Willy betrieb, nachdem man ihn zum Verlassen der Universität gezwungen hatte?«

»Nein.«

»An welchem Projekt arbeiteten er und Dylan McCaffrey?«

»Ich weiß es nicht.«

»Haben Sie jemals das graue Zimmer in Studio City gesehen?«

»Nein.«

»Kennen Sie einen Mann namens Ernest Andrew Cooper?«

»Nein.«

»Joseph Scaldone? Ned Rink?«

»Nein.«

»Was haben Diese Männer mit Melanie McCaffrey gemacht? Was wollten sie von dem Kind?«

»Ich weiß es nicht.«

»Wer hat ihr Projekt finanziert?«

»Ich weiß es nicht.«

Dan war sicher, daß sie nicht die Wahrheit sagte. Zusammen mit ihrer Selbstsicherheit, ihrer Unabhängigkeit und Selbstachtung hatte sie auch die Fähigkeit eingebüßt, überzeugend zu lügen.

Nachdem Dan jetzt mit eigenen Augen gesehen hatte, was dieser Frau angetan worden war, fand er Hoffritz als Mensch nur noch verabscheuungswürdiger und fürchtete mehr denn je die wissenschaftlichen Fähigkeiten dieses grausamen, gewissenlosen Genies. Ihm war jetzt noch bewußter als zuvor, daß es galt, diesen Fall *schnell* zu lösen. Wenn es Hoffritz gelungen war, Regine völlig zu verwandeln, was mochte er dann erst bei seiner gemeinsamen Arbeit mit Dylan McCaffrey erreicht haben, für die er wesentlich mehr Zeit und Geldmittel gehabt hatte? Dan spürte, daß Hoffritz irgendeine schreckliche Maschinerie in Gang gesetzt hatte, die bald noch viele weitere Menschen zermalmen würde, wenn es nicht gelang, sie ausfindig zu machen und zu stoppen.

Regine belog ihn, und das durfte er nicht zulassen. Er mußte so rasch wie möglich Antworten auf seine Fragen bekommen, bevor es zu spät sein würde, Melanie McCaffrey zu helfen.

24

Sie verließen die mit Blumen und Erde bestreute Küche, aber Laura fühlte sich dadurch nicht sicherer. Seit sie heute nachmittag mit Melanie nach Hause gekommen war, hatte eine Krise die andere abgelöst: Zuerst Melanies Tobsuchtsanfall, ihr Versuch, sich selbst zu verletzen. Dann das Radio, das zum Leben erwacht war. Und zuletzt der Wirbelwind, der durch die Hintertür eingedrungen war. Wenn jemand ihr gesagt hätte, in ihrem Haus spuke es, hätte sie ihm nicht widersprochen.

Auch Earl schien sich im Wohnzimmer nicht sicherer zu fühlen als in der Küche, denn er legte einen Finger auf den Mund, als Laura etwas sagen sollte, führte sie und Melanie ins Arbeitszimmer, fand in der Schreibtischschublade einen Bleistift und ein Blatt Papier und brachte hastig eine kurze Mitteilung zu Papier.

Bestürzt über seine Geheimnistuerei, trat Laura neben ihn und las, was er geschrieben hatte: *Wir verlassen das Haus.*

Sie hatte nichts dagegen, denn sie mußte dauernd an die Warnung denken, die sie durch das Radio erhalten hatten: ›Es‹ würde bald kommen. Der Wirbelwind schien eine weitere Warnung gewesen zu sein. ›Es‹ war vielleicht nicht mehr fern. ›Es‹ wollte Melanie. Und ›Es‹ wußte, daß sie hier waren.

Earl schrieb weiter: *Packen Sie einen Koffer für sich und einen für Melanie.*

Er glaubte offenbar, daß jemand Abhörvorrichtungen im Haus installiert haben könnte.

Und er glaubte offenbar auch, daß es ihm nicht gelingen würde, Laura und Melanie heil wegzubringen, wenn jemand hörte, was sie vorhatten.

Laura mußte ihm recht geben. Wer auch immer Dylan und Hoffritz finanziert hatte, würde wissen wollen, wo Melanie sich aufhielt, um sie entweder umbringen oder entführen zu können. Und auch das FBI war interessiert daran zu wissen, wo Melanie war, um die Leute auf frischer Tat ertappen zu können, die es auf Melanie abgesehen hatten. Es sei denn, daß es das FBI selbst war, das es auf Melanie abgesehen hatte.

Laura hatte wieder jenes beklemmende Gefühl, in einem Alptraum gefangen zu sein.

Die Bedrohung schien überall zu lauern. Und was am schlimmsten war: Sie wurden nicht nur von Menschen bedroht, sondern auch von einem völlig unbekannten *Etwas*.

Sich verstecken. Das war das einzige, was sie im Augenblick tun konnten. Sie brauchten einen Ort, wohin niemand ihnen folgen konnte, wo niemand sie finden würde.

Laura griff nach dem Bleistift und schrieb: *Wohin werden wir gehen?*

»Später«, flüsterte Earl. »Jetzt müssen wir uns beeilen.«

›Es‹ konnte jederzeit kommen!

Earl half Laura im Schlafzimmer, die beiden Koffer für sie und Melanie zu packen.

›Es‹ konnte jederzeit kommen! Und die Tatsache, daß sie keine Ahnung hatte, was ›Es‹ war – daß sie sich sogar etwas töricht vorkam, an die Existenz dieses ›Es‹ zu glauben –, vermochte ihre Furcht nicht zu mindern.

Als die Sachen gepackt waren und sie ihre Mäntel angezogen hatten, rief Laura mehrmals nach Pepper, aber die Katze kam nicht, und Laura konnte sie nirgends im Haus finden. Sie mußte sich irgendwo im Haus versteckt haben.

»Lassen Sie sie hier«, flüsterte Earl. »Jemand kann morgen vorbeifahren und sie füttern.«

Sie gingen durch die Waschküche in die Garage. Die Lampen im Haus ließen sie brennen, um keine Aufmerksamkeit zu erregen. Earl legte das Gepäck in den Kofferraum von Lauras blauem Camaro.

Sie brauchte ihn nicht zu fragen, warum sie ihren Wagen nahmen und nicht den seinen. Sein Auto stand vorne am Straßenrand, und wenn die FBI-Agenten Laura und Melanie darauf zugehen sehen würden, könnten sie allerhand Fragen stellen und sie vielleicht sogar daran hindern wegzufahren.

Es war natürlich durchaus möglich, daß diese heimliche Flucht ein Fehler war, denn vielleicht wollte das FBI ihnen nur helfen. Vielleicht aber auch nicht. Es schien jedenfalls am vernünftigsten zu sein, nur Earl Benton zu vertrauen.

Er schob Melanie auf den Rücksitz und schnallte sie an.

Laura nahm auf dem Beifahrersitz Platz und drehte sich nach ihrer Tochter um. In der geschlossenen Garage, mit dem Standlicht als einziger Beleuchtung, wirkte das hagere Gesicht mit den scharf hervortretenden Knochen weicher und voller. Zum erstenmal bemerkte Laura, wie hübsch ihr kleines Mädchen sein würde, sobald es ein wenig zunahm. Einige Pfunde mehr und seelischer Friede – das würde Melanie wundersam verwandeln, und mit der Zeit würde sich beides einstellen. Laura konnte plötzlich den Schmetterling in der Raupe erkennen. Wie ein Malerpinsel, so würde die Zeit neue Erfahrungen und Emotionen über Melanies Qualen legen, und wenn die Farbschicht von Tagen und Wochen und Jahren erst einmal dick genug war, um die schrecklichen Erlebnisse mit ihrem Vater zu überdecken, würde sie nicht mehr dieses eigenartige eckige Geschöpf mit der leichenblassen Haut und den toten Augen sein, sondern ein bezauberndes Mädchen. Diese Erkenntnis gab Laura neue Hoffnung.

Noch wichtiger war jedoch, daß das schmeichelnde Spiel von Licht und Schatten ihr offenbarte, wie ähnlich ihre Tochter ihr sah, und das übte auf sie eine starke Wirkung aus. Sich in Melanie wiederzuerkennen, machte ihr ganz deutlich, daß die Leiden des Kindes auch die ihrigen waren, daß die Zukunft des Kindes auch die ihrige war, und daß es für sie selbst kein Glück geben konnte, bis auch Melanie glücklich sein würde. Und diese Erkenntnis stärkte Lauras Entschlossenheit, die Wahrheit herauszufinden und ihre Feinde zu besiegen – selbst wenn die ganze verdammte Welt sich gegen sie verschworen haben sollte!

Earl setzte sich ans Steuer und sagte zu Laura: »In den nächsten Minuten wird es ziemlich wild hergehen.«

»Es *ist* schon wild hergegangen«, erwiderte sie, während sie den Sicherheitsgurt anlegte.

»Ich habe einen Spezialkurs mitgemacht, in dem einem beigebracht wird, Terroristen abzuhängen. Ganz so rücksichtslos, wie es den Anschein hat, werde ich also nicht fahren.«

»Rücksichtsloses Fahren stört mich nicht«, sagte Laura. »Nicht nachdem ich vorhin dieses Wind-Ding in meine Küche stürzen sah. Außerdem dachte ich schon immer, daß es Spaß machen müßte, wie James Bond zu fahren.«

Er lächelte ihr zu. »Sie haben Mumm in den Knochen!«

Während er den Motor anließ, nahm sie die Fernbedienung für die Garagentür zur Hand.

»Jetzt!« sagte er.

Laura drückte auf den Knopf, und die Tür begann sich zu öffnen. Lange bevor sie ganz nach oben geglitten war, brauste Earl im Rückwärtsgang aus der Garage und die Auffahrt hinab. Er drosselte ein wenig das Tempo, als sie die Straße erreichten, und warf das Steuer hart nach rechts.

Die FBI-Agenten in ihrem Kastenwagen hatten noch nicht reagiert.

Earl schaltete in den Vorwärtsgang und trat aufs Gaspedal. Reifen quietschten, dann schoß der Camaro über die dunkle, abschüssige Straße.

Nach zwei Blocks warf Earl einen Blick in den Rückspiegel. »Sie kommen!«

Laura drehte sich nach hinten und sah, daß der Kastenwagen gerade losfuhr.

Earl riß das Steuer nach rechts, und das Auto schlitterte um die Ecke, in eine Querstraße. An der nächsten Kreuzung bog er nach links ab, dann wieder nach rechts. Der Camaro kurvte wild durch das ruhige Viertel, verließ Sherman Oaks, durchquerte den angrenzenden Stadtteil Benedict Canyon und raste in der Dunkelheit hügelabwärts auf die fernen Lichter von Beverly Hills zu.

»Wir haben sie abgehängt!« verkündete Earl glücklich.

Laura war zwar auch erleichtert, blieb aber besorgt. Sie war nicht überzeugt davon, daß sie ihren anderen Feind – das mysteriöse ›Es‹ – genauso leicht abschütteln konnten wie die FBI-Agenten.

25

Dan überlegte, wie er Regine zwingen könnte, ihm mitzuteilen, was sie wußte.

Sie nagte jetzt nicht mehr an ihrem Knöchel. Statt dessen hatte sie einen Daumen in den Mund geschoben und lutschte daran. Es war eine äußerst provozierende Pose – Unschuld, die darauf wartet, geraubt zu werden –, und für Dan stand fest, daß Hoffritz ihr diese Pose beigebracht, sie darauf *programmiert* hatte. Aber Dan sah auch, daß das Daumenlutschen sie beruhigte; diese kindliche Angewohnheit linderte ein wenig ihre Seelenqual.

Sie saß jetzt auch nicht mehr damenhaft korrekt da, sondern hatte sich in eine Ecke des Sofas gekuschelt.

Dan wußte, wie er sie zum Sprechen bringen konnte, aber diese Methode widerstrebte ihm zutiefst.

Sie nahm ihren Daumen für eine Sekunde aus dem Mund und sagte: »Ich kann Ihnen wirklich nicht helfen. Würden Sie jetzt bitte gehen? Bitte!«

Er antwortete nicht. Er stand auf, trat dicht vor sie hin und blickte auf sie hinab.

Sie hielt ihren Kopf gesenkt.

In strengem, fast barschem Ton befahl er: »Sehen Sie mich an!«

Sie gehorchte. Mit einer zitternden Stimme, die verriet, daß sie nicht damit rechnete, ihre Bitte erfüllt zu sehen, wiederholte sie: »Würden Sie jetzt gehen? Bitte! Würden Sie jetzt gehen?«

»Sie werden meine Fragen beantworten, Regine!« herrsche er sie an. »Sie werden mich nicht belügen. Falls Sie mir nicht antworten oder lügen...«

»Werden Sie mich schlagen?«

Er hatte keine Frau vor sich, sondern eine kranke, mitleiderregende, schwache Kreatur, die aber keine Angst hatte. Die Aussicht, geschlagen zu werden, schreckte sie nicht. Ganz im Gegenteil – sie hungerte förmlich danach, geschlagen zu werden, durch Schmerzen sexuell erregt zu werden.

Dan unterdrückte seinen Widerwillen und erklärte ihr mit kalter Stimme: »Ich werde Sie nicht schlagen. Ich werde Ihnen kein Haar krümmen. Aber sie werde mir erzählen, was ich wissen will, weil Sie ja immer tun, was von Ihnen verlangt wird. Sie sind immer genau das, was man von Ihnen erwartet. Und ich erwarte, daß Sie koopera-

tiv sind, Regine. Ich will, daß Sie meine Fragen beantworten, und Sie werden es tun, denn das ist das einzige, wozu Sie gut sind.«
Sie blickte erwartungsvoll zu ihm auf.
»Kennen Sie Ernest Andrew Cooper?«
»Nein.«
»Sie lügen!«
»Tu ich das?«
Seine Stimme wurde noch eisiger, und er bedrohte sie mit geballter Faust, obwohl er nicht die Absicht hatte zuzuschlagen. »Kennen Sie Cooper?«
Sie gab keine Antwort; ihre ganze Aufmerksamkeit galt seiner erhobenen Faust.
Er hatte eine Inspiration. In gespieltem Zorn schrie er: »Antworte mir, du verdammtes Miststück!«
Sie zuckte zusammen, aber nicht vor Schreck, sondern weil sie lustvoll erschauderte. Das Schimpfwort hatte die beabsichtigte Wirkung nicht verfehlt.
»Sie sagen mir ihre Familiennamen nicht. Ich kannte einen Ernie Sowieso, aber ich weiß nicht, ob es Cooper war.«
Dan beschrieb den toten Millionär.
»Ja«, sagte sie. »Das war er.«
»Haben sie ihn durch Willy kennengelernt?«
»Ja.«
»Und Joseph Scaldone?«
»Willy stellte mir einen Joe vor, aber den Familiennamen weiß ich nicht.«
Dan beschrieb Joseph Scaldone.
Sie nickte. »Das war er.«
»Und Ned Rink?«
»Ich glaube nicht, daß ich einen Ned kenne.«
»Ein kleiner, häßlicher Mann.«
Er vervollständigte seine Beschreibung, und sie schüttelte den Kopf. »Nein, den habe ich nie gesehen.«
»Kennen Sie das graue Zimmer?«
»Ja. Aber es ist Jahre her, daß ich es gesehen habe. Das war damals, als sie es strichen und einrichteten.«
»Was machten sie dort mit Melanie McCaffrey?«
»Ich weiß es nicht.«
»Verdammt, lügen Sie mich nicht an! Sie tun immer, was von Ihnen verlangt wird, also antworten Sie mir gefälligst!«

»Ich weiß es wirklich nicht«, sagte sie kläglich. »Willy hat es mir nie erzählt. Es war geheim. Ein wichtiges Geheimnis. Er sagte, es würde die Welt verändern. Das ist alles, was ich weiß. Er weihte mich in solche Dinge nicht ein. Sein Leben mit mir war streng von seiner Arbeit mit den anderen Männern abgegrenzt.«

Dan stand noch immer dicht vor ihr, und obwohl seine drohende Gebärde rein theatralisch war, mißfiel ihm die Rolle eines Tyrannen. »Was hatte der Okkultismus mit ihren Experimenten zu tun?«

»Ich habe keine Ahnung.«

»Glaubte Willy an übernatürliche Kräfte?«

»Nein.«

»Warum sagen Sie das?«

»Weil... weil Dylan McCaffrey völlig unkritisch daran glaubte – an *alles* glaubte, an Geister, Seancen und, soviel ich weiß, sogar an Kobolde –, und weil Willy sich deshalb über ihn lustig machte. Er hielt Dylan für viel zu gutgläubig.«

»Warum arbeitete er dann mit ihm?«

»Willy hielt Dylan für ein Genie.«

»Trotz seines Aberglaubens?«

»Ja.«

»Wer finanzierte ihr Projekt, Regine?«

»Ich weiß es nicht.«

»Reden Sie! Wer hat ihre Rechnungen bezahlt? *Wer?*«

»Ich schwöre Ihnen, ich weiß es nicht.«

Er setzte sich neben sie auf die Couch, nahm sie beim Kinn und hielt ihr Gesicht fest. Sie reagierte sofort auf diese neue drohende Gebärde. Das war es, was sie wollte: eingeschüchtert werden, kommandiert werden und gehorchen.

»Wer?« wiederholte er.

»Ich weiß es nicht. Ich würde es Ihnen sagen, wenn ich es wüßte. Das schwöre ich Ihnen.«

Diesmal glaubte er ihr. Aber er ließ ihr Gesicht nicht los. »Ich weiß, daß Melanie McCaffrey in jenem grauen Zimmer physisch und psychisch gefoltert wurde. Aber ich will wissen... verdammt, ich *muß* wissen, ob sie auch sexuell mißbraucht wurde?«

»Wie sollte ich das wissen?«

»Sie hätten es gewußt«, erklärte er mit Nachdruck. »Sie hätten es gespürt, auch wenn Hoffritz Ihnen nicht viel über die Vorgänge in Studio City erzählte. Er wollte Ihnen nicht verraten, welchem Zweck die Experimente an dem Mädchen dienten, aber er hätte sich vor Ihnen bestimmt damit gebrüstet, daß er die Kleine völlig unter seiner Kontrolle hatte. Ich bin ihm zwar nie begegnet, aber ich weiß inzwischen genug über ihn, um mir dessen sicher zu sein.«

»Ich glaube nicht, daß Sexualität im Spiel war.«

Er drückte etwas fester zu, und sie zuckte zusammen, aber es war nicht zu übersehen, daß sie Lust empfand. Er lockerte seinen Griff rasch wieder. »Sind Sie sicher?«

»Ziemlich sicher. Ich glaube, Sie haben recht. Willy hätte mir das erzählt.«

»Hat er irgendwelche Andeutungen dieser Art gemacht?«

»Nein.«

Dan war so erleichtert, daß er sogar lächelte. Dieser Demütigung war das Kind zumindest nicht ausgesetzt worden. Aber dann fiel ihm wieder ein, was Melanie alles hatte erdulden müssen, und sein Lächeln erstarb.

Er ließ Regines Gesicht los, blieb aber neben ihr auf dem Sofa sitzen. Die roten Druckstellen, die seine Finger auf ihrer Haut hinterlassen hatten, verblaßten rasch. »Sie sagten vorhin, Sie hätten Willy seit über einem Jahr nicht gesehen. Warum?«

Sie senkte den Kopf und ließ ihre Schultern hängen.

»Warum?«

»Willy... war meiner überdrüssig geworden.«

»Mein Gott!«

»Er wollte mich nicht mehr«, sagte sie in einem Tonfall, als verkündete sie einen tragischen Todesfall durch Krebs. Daß Willy sie nicht mehr gewollt hatte, war für sie die allerschlimmste Katastrophe, die sie sich überhaupt vorstellen konnte.

»Er hat die Beziehung eiskalt abgebrochen?«

»Nun, ich habe ihn nie wieder gesehen, nachdem er mich... weggeschickt hatte. Aber wir telefonierten manchmal, das mußte sein.«

»Warum? Worüber unterhielten Sie sich am Telefon?«

»Über die anderen, die er zu mir schickte.«

»Welche anderen?«

»Seine Freunde. Die anderen... Männer.«

»Er schickte Männer zu Ihnen?«

»Ja.«

»Männer, die Sie sexuell befriedigen sollten?«

»Ja. Ich hatte alles zu tun, was sie wollten.«

Hoffritz' Bild nahm in Dans Vorstellung immer monströsere Züge an. Der Mann war eine Giftschlange gewesen. Nicht genug damit, daß er Regine auf seine perversen Lüste programmiert hatte, war er auf den teuflischen Gedanken verfallen, sie – als er sie nicht mehr begehrte – weiterhin zu beherrschen und durch andere Männer mißhandeln zu lassen. Hoffritz mußte wahnsinnig gewesen sein, ein völlig skrupelloser, machthungriger Besessener.

Regine schaute auf und fragte eifrig: »Soll ich Ihnen erzählen, was diese Männer von mir verlangten?«

Er starrte sie an, sprachlos vor Ekel.

»Es macht mir nichts aus«, versicherte sie. »Es macht mir nichts aus, jene Dinge zu tun, und es macht mir nichts aus, Ihnen davon zu erzählen.«

»Nein«, brachte Dan heiser hervor.

»Es würde Ihnen bestimmt Spaß machen.«

»Nein.«

Sie kicherte leise. »Sie könnten dadurch auf neue Ideen kommen.«

»Halten Sie den Mund!« rief er, nahe daran, ihr eine Ohrfeige zu geben.

Sie zog den Kopf ein, wie ein gescholtener Hund.

»Wer waren die Männer, die Hoffritz zu Ihnen schickte?«

»Ich kenne nur ihre Vornamen. Einer hieß Ernie, und sie sagten mir, sein Name sei Cooper. Dann war da Joe.«

»Joseph Scaldone. Wer sonst noch?«

»Howard, Shelby... Eddie... Wie gesagt, ihre Nachnamen weiß ich nicht.«

»Wie oft kamen sie?«

»Die meisten... ein- oder zweimal pro Woche.«

»Kommen sie noch immer?«

»Aber ja. Nur einer kam einmal und nie wieder.«

»Wie hieß er?«

»Albert.«

»Albert Uhlander?«

»Das weiß ich nicht.«

»Wie sah er aus?«

»Groß, mager, mit einem knochigen Gesicht... scharfen Gesichtszügen... wie ein Falke.«

Dan nahm sich vor, nachher einen Blick auf die Fotos von

Uhlander zu werfen, mit denen die Schutzumschläge seiner Bücher versehen waren.

»Albert, Howard, Shelby, Eddie... Sonst noch jemand?«

»Na ja, wie gesagt, Ernie und Joe. Aber die sind jetzt tot, ja?«

»Mausetot.«

»Es gibt noch einen anderen Mann... Er kommt sehr oft, aber ich weiß nicht einmal seinen Vornamen.«

»Wie sieht er aus?«

»Etwa 1,85 m groß, distinguiert. Schönes silbergraues Haar. Sehr gut gekleidet. Wissen Sie, er sieht nicht besonders gut aus, aber er ist sehr elegant und tritt sehr vornehm auf. Er ist... kultiviert.«

»Wie nennen Sie ihn denn, wenn Sie nicht einmal seinen Vornamen wissen?«

Sie grinste. »Oh, er hat mir gleich am Anfang klargemacht, wie ich ihn anreden soll.« Sie zwinkerte Dan schelmisch zu. »Daddy.«

»Was?«

»Ich nenne ihn Daddy. Immer. Ich tu so, als *sei* er mein Vater, wissen Sie, und er tut so, als sei ich seine Tochter, und ich sitze auf seinem Schoß, und ich...«

»Das genügt!« fiel er ihr hastig ins Wort.

Er hätte am liebsten die Fotos vom Tisch gefegt, die Rahmen samt den Gläsern zertrümmert und die Fotos vom Kaminsims ins Feuer geworfen. Aber er wußte, daß er ihr nicht helfen konnte, indem er die Fotos von Hoffritz vernichtete. Der Mann war zwar tot, aber er würde in dieser Frau jahrelang weiterleben, wie ein bösartiger Troll in einer verborgenen Höhle.

Dan berührte wieder ihr Gesicht, aber diesmal kurz und zärtlich. »Regine, was machen Sie so den ganzen Tag? Womit verbringen Sie ihr Leben?«

Sie zuckte mit den Achseln.

»Gehen Sie ins Kino oder zum Tanzen, essen Sie mit Freunden irgendwo zu Abend – oder sitzen Sie nur hier herum und warten darauf, daß einer jener Männer herkommt?«

»Meistens bleibe ich hier«, antwortete sie. »Mir gefällt es hier. Willy wollte, daß ich zu Hause bleibe.«

»Und womit verdienen Sie Ihren Lebensunterhalt?«

»Ich tue, was man mir sagt.«

»Aber um Gottes willen, Sie haben doch Psychologie studiert!«

Sie schwieg.

»Warum haben Sie denn Ihr Studium abgeschlossen und

Examen gemacht, wenn Sie nicht vorhatten, in diesem Beruf zu arbeiten?«

»Willy wollte, daß ich mein Examen ablegte. Es war komisch, wissen Sie. Diese Schweine von der UCLA haben Willy rausgeworfen, aber mich konnten sie nicht einfach rauswerfen. Ich erinnerte sie an Willy. Das gefiel ihm. Er hatte ein diebisches Vergnügen daran.«

»Sie könnten wichtige Arbeit leisten, interessante Arbeit.«

»Ich tue, wozu ich geboren bin.«

»Sie tun das, was Hoffritz Ihnen einredet! Das ist ein enormer Unterschied.«

»Willy wußte, wozu ich geboren bin. Willy wußte alles.« Wieder traten Tränen in ihre Augen.

»Die Männer kommen also hierher und benutzen Sie, verletzen Sie.« Er griff nach ihrem Arm, schob den Ärmel hoch und deutete auf den blauen Fleck und auf die Abschürfungen. »Sie fügen Ihnen Schmerz zu, nicht wahr?«

»Ja, auf die eine oder andere Weise, manche mehr, manche weniger.«

»Warum lassen Sie sich das gefallen?«

»Es gefällt mir.«

Dan hatte das Gefühl, in dieser Atmosphäre zu ersticken. Die Luft war unerträglich schwül und schwer, verunreinigt mit unsichtbarem Schmutz, der sich nicht auf der Haut ablagerte, sondern die Seele vergiftete. Er wollte diese Luft nicht einatmen, sich nicht infizieren lassen.

»Wer bezahlt Ihre Miete?«

»Miete brauche ich nicht zu bezahlen.«

»Wem gehört dieses Haus?«

»Einer Gesellschaft.«

»Welcher?«

»John Wilkes Enterprises.«

»Wer ist John Wilkes?«

»Das weiß ich nicht.«

»War nie ein Mann namens John hier?«

»Nein.«

»Woher wissen Sie etwas über diese John Wilkes Enterprises?«

»Ich bekomme jeden Monat einen Scheck von der Gesellschaft. Einen sehr ansehnlichen Scheck.«

Er stand auf.

Regine war sichtlich enttäuscht.
Er deutete auf die Koffer neben der Haustür. »Wollen Sie verreisen?«
»Für ein paar Tage.«
»Wohin?«
»Las Vegas.«
»Ist das eine Flucht, Regine?«
»Wovor sollte ich flüchten?«
»Leute werden ermordet – wegen der Ereignisse in jenem grauen Zimmer.«
»Aber ich *weiß* nicht, was in dem grauen Zimmer vorging, und es ist mir auch egal«, erwiderte sie. »Deshalb besteht für mich auch keinerlei Gefahr.«
Dan begriff, daß sie ihr eigenes graues Zimmer hatte und daß sie es mit sich herumtrug, wohin sie auch gehen mochte. In diesem grauen Zimmer war die eigentliche Regine eingekerkert.
»Sie brauchen Hilfe«, sagte er mitleidig.
»Mir geht es ausgezeichnet.«
»Sie brauchen Rat.«
»Ich bin frei. Willy hat mich gelehrt, frei zu sein.«
»Frei wovon?«
»Verantwortung. Angst. Hoffnung. Frei von allem.«
»Willy hat Sie nicht befreit. Er hat Sie *versklavt*.«
»Sie können das nicht verstehen.«
»Er war ein Sadist.«
»Das ist nichts Negatives.«
»Er hat Sie einer Gehirnwäsche unterzogen. Wir reden hier nicht über irgendeinen mittelmäßigen Psychologieprofessor, Regine. Dieser Wahnsinnige war eine Kapazität. Er arbeitete für das Pentagon, forschte auf dem Gebiet der Verhaltensmodifikation, entwickelte neue Methoden der Gehirnwäsche. Drogen, unterbewußte Beeinflussung und ähnliches mehr. Er übte eine Art schwarzer Magie aus, Regine. Um Gottes willen, er hat Sie in eine Masochistin verwandelt!«
»Auf diese Weise hat er mich befreit«, erklärte sie ruhig. »Wissen Sie, wenn man sich nicht mehr vor Schmerzen fürchtet, wenn man lernt, Schmerzen zu *lieben*, dann hat man vor überhaupt *nichts* mehr Angst. Und deshalb bin ich frei.«
Er hätte sie am liebsten geschüttelt, aber er wußte, daß das nichts nützen würde. Er hätte sie gern einem verständnisvollen Richter

vorgeführt und sie zur psychiatrischen Behandlung in eine Klinik einweisen lassen. Aber er war nicht mit ihr verwandt, und deshalb würde kein Richter auf ihn hören. Es stand einfach nicht in seiner Macht, ihr irgendwie zu helfen.

»Soll ich Ihnen etwas Interessantes verraten?« sagte sie. »Ich glaube, daß Willy gar nicht wirklich tot ist.«

»O doch, er *ist* tot! Ich habe seine Leiche gesehen. Wir konnten ihn mit Hilfe von Fingerabdrücken und Zahnarztbefunden mit hundertprozentiger Sicherheit identifizieren.«

»Mag sein«, sagte sie. »Aber trotzdem – nun, ich habe das Gefühl, daß er noch am Leben ist. Ich spüre seine Gegenwart... Ich *fühle* ihn. Ich kann das nicht erklären, aber es ist der Grund, weshalb ich nicht verzweifelt bin. Ich bin nicht überzeugt davon, daß er tot ist. Irgendwie ist er noch um mich.«

Ihre Existenz hing so stark von Willy Hoffritz ab, von der Aussicht, hin und wieder wenigstens seine Stimme am Telefon zu hören, daß sie nie imstande sein würde, seinen Tod zu akzeptieren. Dan vermutete, daß er sie mit der verstümmelten Leiche konfrontieren könnte, daß er sie zwingen könnte, ihre Hände auf das kalte Fleisch zu legen und sich die gräßlichen Wunden anzusehen – und sie wäre dennoch nicht überzeugt, daß er tot war. Hoffritz hatte ihre Psyche zerstört und die einzelnen Bruchstücke nach eigenem Belieben wieder zusammengefügt, mit sich selbst als einziger Bindekraft. Wenn sie akzeptierte, daß er tot war, gäbe es nichts mehr, was sie zusammenhielt, und sie könnte zerfallen und in Wahnsinn versinken. Ihre einzige Hoffnung – zumindest mußte es ihr so vorkommen – bestand darin zu glauben, daß Willy noch lebte.

»Er ist irgendwo dort draußen«, sagte sie. »Ich *fühle* es.«

Mit einem zutiefst deprimierten Gefühl völliger Hilflosigkeit wandte sich Dan von ihr ab und ging auf die Tür zu.

Sie sprang rasch vom Sofa auf und rief: »Warten Sie!«

Er drehte sich um.

»Sie könnten... mich haben«, schlug sie vor.

»Nein, Regine.«

»Sie könnten mir antun, was immer Sie wollen.«

»Nein.«

»Ich werde Ihr Haustier sein.«

Er setzte seinen Weg zur Tür fort.

»Ihr kleines zahmes Haustier.«

Er wäre am liebsten gerannt.

Sie holte ihn ein, als er die Tür öffnete. Ihr Parfüm war berauschend. Sie legte eine Hand auf seine Schulter.»Ich mag Sie.«
»Wo lebt Ihre Familie, Regine?«
»Ich bin scharf auf Sie.«
»Ihre Eltern – wo leben sie?«
Sie legte ihre schmalen warmen Finger an seine Lippen, zeichnete seinen Mund nach. Er schob ihre Hand weg.
»Ich mag Sie wirklich, ich mag Sie sehr.«
»Vielleicht könnte Ihre Familie Ihnen helfen.«
»Ich mag Sie.«
»Regine...«
»Schlagen Sie mich, tun Sie mir weh...«
Er schob sie beiseite wie eine Leprakranke: energisch, angewidert, nicht frei von der Furcht, angesteckt zu werden.
»Als ich damals im Krankenhaus lag«, erzählte sie, »besuchte Willy mich jeden Tag. Er verschaffte mir ein Einzelzimmer und schloß immer die Tür, wenn er kam, damit wir allein waren. Und dann küßte er meine blauen Flecken. Jeden Tag kam er und küßte jeden blauen Flecken. Sie können sich nicht vorstellen, wie herrlich seine Lippen sich anfühlten, Lieutenant. Sobald sie mich berührten, hatte ich keine Schmerzen mehr, und ich erlebte eine grenzenlose Lust und hatte einen Orgasmus nach dem anderen...«
Dan trat rasch über die Schwelle und schlug hinter sich die Tür zu.

26

Kalte Windstöße fegten Abfälle über die nächtlichen Straßen. Regen lag in der Luft. Earl brachte Laura und Melanie in eine Wohnung im Parterre eines dreistöckigen Hauses in Westwood, südlich des Wilshire Boulevards. Die Wohnung bestand aus Wohnzimmer, Eßdiele, Küche, Bad und Schlafzimmer, aber sie wirkte größer, als sie in Wirklichkeit war, denn die großen Fenster gingen auf einen Park hinaus, der mit grünen und blauen Lämpchen hell beleuchtet war.
Earl erklärte Laura, daß die Wohnung der Detektei *California Paladin* gehörte und als »sicheres Haus« Verwendung fand. Die Agentur wurde gelegentlich beauftragt, Kinder und Jugendliche aus den

Händen fanatischer religiöser Sekten zu befreien, und dann wurden sie in dieser Wohnung einige Tage lang deprogrammiert, bevor sie zu ihren Eltern zurückkehrten. Auch Frauen, die von ihren Ehemännern bedroht wurden, fanden hier vorübergehend Zuflucht; mehrmals hatte diese Wohnung als Treffpunkt bei geheimen Verhandlungen konkurrierender Firmen gedient, weil man hier keine Angst vor elektronischen Abhöranlagen zu haben brauchte. Ein Baptisten-Geistlicher hatte sich hier eine Zeitlang versteckt, als eine Jugendbande ihm nach dem Leben trachtete, weil er vor Gericht gegen ein Mitglied ausgesagt hatte. Und eine berühmte Filmschauspielerin hatte sich an diesen Ort zurückgezogen, um sich von einer heimlichen Krebsoperation zu erholen. Jetzt hatten Laura und Melanie in diesen bescheidenen Räumen Aufnahme gefunden, zumindest für eine Nacht. Earl hoffte, daß dieses Versteck nicht nur vor gefährlichen Jugendbanden, neugierigen Reportern und tobenden Ehemännern Schutz bot, sondern auch vor jener mysteriösen Macht, die Melanie bedrohte.

Er drehte die Heizung auf und ging in die Küche, um Kaffee zu machen.

Laura versuchte, ihre Tochter für heiße Schokolade zu interessieren, aber es gelang ihr nicht. Melanie ging wie eine Schlafwandlerin zum größten Sessel im Wohnzimmer, setzte sich, zog die Beine hoch und starrte auf ihre Hände hinab, die sie faltete, rieb, massierte, zu Fäusten ballte und wieder öffnete. Sie beobachtete ihre Hände so intensiv, als wären sie nicht ein Teil von ihr selbst, sondern zwei kleine emsige Tierchen, die auf ihrem Schoß spielten.

Laura hatte auf dem Weg vom Parkplatz in die Wohnung gefroren; sie genoß deshalb den heißen Kaffee – auch wenn er gegen jenes Frösteln nichts half, das nicht von Wind und Kälte herrührte, sondern von der unerwarteten Begegnung mit etwas Unbekanntem.

Während Earl seine Agentur anrief, um zu melden, daß sie das Haus in Sherman Oaks verlassen hatten, stand Laura am Fenster, den dampfenden Becher mit beiden Händen umfassend, und starrte auf die Oasen grünen und blauen Lichts in der Dunkelheit hinaus. Die ersten Regentropfen klopften gegen die Scheibe. Irgendwo dort draußen in der Nacht lauerte etwas auf Melanie, etwas, das mit logischem Verstand nicht zu erklären war, ein unverwundbares Wesen, das seine Opfer so zurichtete als wären sie unter eine Dampfwalze geraten. Lauras Universitätsausbildung würde es ihr vielleicht ermöglichen, Melanie von ihrem autistischen Verhalten zu heilen; aber nichts, was man an einer Universität lernte, würde Laura helfen können, ›Es‹ zu besiegen. Was war ›Es‹ überhaupt? Ein Dämon, ein Geist, eine psychische Kraft? Das alles gab es doch nicht. Und doch... was mochten Dylan und Hoffritz mit ihren Experimenten bezweckt haben?

Dylan hatte an das Übernatürliche geglaubt. Von Zeit zu Zeit hatte er sich für irgendeinen Aspekt des Okkultismus begeistert, war davon geradezu besessen gewesen. Während solcher Phasen hatte er Laura lebhaft an ihre Mutter erinnert, denn sein felsenfester Glaube an die Realität des Okkulten und sein unablässiges Reden über diese Phänomene entsprach Beatrice' religiösem Fanatismus und abergläubischem Irrsinn. Nicht zuletzt deshalb hatte Laura sich zur Scheidung entschlossen – sie ertrug es nicht, an ihre von Ängsten geprägte Kindheit erinnert zu werden. Jetzt versuchte sie, sich ins Gedächtnis zu rufen, wovon Dylan besonders fasziniert gewesen war, aber ihr fiel nichts ein, denn sie hatte sich immer geweigert, ihm zuzuhören, wenn er von derartigen Dingen sprach, die für sie bestenfalls Auswüchse einer blühenden Fantasie und schlimmstenfalls Symptome von Geisteskrankheit waren.

Als Gegenreaktion auf die Irrationalität und Leichtgläubigkeit ihrer Mutter hatte Laura ihr Leben auf Logik und Vernunft aufgebaut; sie glaubte nur an Dinge, die sie sehen, hören, riechen, schmecken und tasten konnte. Sie glaubte nicht, daß ein zerbrochener Spiegel sieben Jahre Unglück bedeutete, sie warf kein Salz über ihre Schulter, und sie ging immer unter einer Leiter hindurch und nicht drum herum, weil sie sich beweisen wollte, daß sie nichts von ihrer Mutter an sich hatte. Sie glaubte nicht an Teufel, Dämonen, Besessenheit und Exorzismus. Tief im Herzen fühlte sie, daß es einen Gott gab, aber sie ging in keine Kirche, identifizierte sich mit keiner Religion. Sie las keine Gespenstergeschichten, hatte kein Interesse an Filmen über Vampire oder Werwölfe. Sie glaubte nicht an psychische Kräfte, Vorahnungen und Hellseherei.

Sie war völlig unvorbereitet auf die Ereignisse der vergangenen 24 Stunden.

Sie erkannte plötzlich, daß Logik und Vernunft zwar das ideale Fundament bildeten, um sein Leben aufzubauen, daß der Mörtel aber mit einer Empfindsamkeit für Wunder, mit Respekt vor dem Unbekannten oder zumindest mit Unvoreingenommenheit angereichert sein sollte. Andernfalls konnte der Mörtel allzu leicht rissig werden und abbröckeln. Die übertriebene Hinwendung ihrer Mutter zu Religion und Aberglaube war eindeutig krankhaft gewesen; aber vielleicht hatte sie selbst einen Fehler begangen, als sie ins andere Extrem des philosophischen Spektrums geflüchtet war. Das Universum schien doch um einiges komplizierter zu sein, als sie bisher geglaubt hatte.

Etwas war dort draußen.

Etwas, das sie nicht begreifen konnte.

Und dieses Etwas wollte Melanie haben.

Doch sogar während sie am Fenster stand, in die regnerische Nacht starrte und zum erstenmal eine gewisse Ehrfurcht vor den Mysterien dieser Welt empfand, suchte ihr Verstand nach rationalen Erklärungen, nach Bösewichten aus Fleisch und Blut. Sie hörte Earl mit einem seiner Kollegen telefonieren, und plötzlich wurde ihr klar, daß außer *California Paladin* jetzt niemand wußte, wo sie und Melanie waren. Einen schrecklichen Augenblick lang hatte sie das Gefühl, eine große Dummheit begangen zu haben, indem sie auf die wachsamen Augen des FBI, auf den Kontakt zu Freunden und Nachbarn und zur Polizei verzichtete. Melanie wurde schließlich nicht nur von dem unsichtbaren ›Es‹ bedroht, vor dem sie gewarnt worden waren, sondern auch von Menschen, Menschen wie jenem professionellen Killer; und wenn diese Leute nun Kontakte zu der Detektei unterhielten? Was, wenn nun Earl der Henker war.

Hör auf!

Sie holte mehrmals tief Luft.

Sie durfte nicht hysterisch werden. Um Melanies willen mußte sie die Kontrolle über sich behalten.

27

Dan ging nicht sofort zu seinem Wagen, sondern blieb lauschend vor Regines Haustür stehen. Sein Verdacht, daß sie nicht allein gewesen war, erwies sich als berechtigt, als er eine Männerstimme hörte.

Der Mann war wütend. Er brüllte; sie nannte ihn Eddie und antwortete ihm mit sanfter, einschmeichelnder Stimme. Das unverkennbare Klatschen eines heftigen Schlages war zu hören, gefolgt von Regines Aufschrei, der eine sonderbare Mischung aus Schmerz, Furcht, aber auch Genuß und Erregung bildete. Der Wind heulte so laut, und die Bäume ächzten und stöhnten, so daß Dan nicht jedes Wort verstehen konnte, das im Haus gesprochen wurde. Aber er schnappte doch genug auf, um zu wissen, daß Eddie wütend war, weil Regine zuviel ausgeplaudert hatte. Sie versuchte ihm zu erklären, daß sie gar keine andere Wahl gehabt hatte, als die Fragen des Polizisten zu beantworten. Er hatte Antworten *gefordert*, und sie war gewöhnt daran, Befehlen zu gehorchen, sie konnte gar nicht anders als gehorchen. »Verstehst du das denn nicht, Eddie?« Ihre Erklärung vermochte seinen Zorn nicht zu besänftigen. Er schlug sie wieder.

Dan ging am Haus entlang, zum ersten Fenster. Er wollte einen Blick auf diesen Eddie werfen. Durch einen Spalt zwischen den Vorhängen sah er einen Teil des Wohnzimmers und einen etwa fünfundvierzigjährigen Mann mit rotem Haar und Schnurrbart und einem teigigen Gesicht. Der Kerl trug eine schwarze Hose, ein weißes Hemd, eine graue Strickweste und eine graue Fliege. Er hatte etwas von einem verwöhnten, verzogenen Kind an sich, und er plusterte sich auf wie ein Zwerghahn, so als glaubte er, daß Autorität von einer vorgewölbten Brust abhänge. Trotz seines Gehabes sah er schwach und weichlich aus, wie ein Lehrer, der seine Schüler nicht zu bändigen versteht. Niemand würde annehmen, daß er eine Frau schlug, und bei einer anderen Frau als Regine hätte er sich bestimmt nicht getraut zuzuschlagen, weil jede andere Frau vermutlich zurückgeschlagen hätte.

Mehr als alles andere ärgerte Eddie, daß Regine Dan von John Wilkes Enterprises erzählt hatte. Regine kniete mit gesenktem Kopf vor ihm, wie eine Vasallin, die sich vor ihrem Feudalherrn demütigt, und er hielt ihr seine Strafpredigt, untermalt von nervösem Gestikulieren und kräftigen Ohrfeigen.

John Wilkes Enterprises. Dan wußte, daß er einen weiteren Schlüssel zu diesem komplizierten Fall erhalten hatte.

Er ging zu seinem Auto, öffnete den Kofferraum und nahm eines der sieben Bücher von Albert Uhlander aus dem Karton. Regine hatte gesagt, daß ein Mann namens Albert sie nur ein einziges Mal besucht habe, ein Mann mit falkenartigen Gesichtszügen. Im gespenstischen Licht einer Straßenlaterne betrachtete Dan das Foto des Autors auf dem Schutzumschlag. Uhlanders Gesicht war lang und schmal, mit einer hohen Stirn und hervortretenden Backenknochen. Seine Augen waren kalt und durchdringend, was ihm zusammen mit der gebogenen Nase tatsächlich das Aussehen eines Falken oder eines anderen Raubvogels verlieh.

Es war also tatsächlich Uhlander gewesen, der Regine einmal besucht hatte, aber nicht, um wie die anderen Männer perverse sexuelle Bedürfnisse auszuleben, sondern vielleicht aus Neugier, um sich mit eigenen Augen davon zu überzeugen, daß es diese Frau wirklich gab und daß Hoffritz sie total versklavt hatte. Vielleicht hatte Uhlander einen Beweis für Hoffritz' Genialität haben wollen, bevor er sich an dem Projekt beteiligte, das in der Folterung eines kleinen Mädchens bestand. Wie dem auch sein mochte – Dan wollte jedenfalls mit Uhlander sprechen, genauso wie mit Mary O'Hara, mit Coopers Frau, mit Scaldones Frau – falls er verheiratet gewesen war –, mit den Geschäftsführern und/oder Besitzern von John Wilkes Enterprises, mit dem silberhaarigen distinguierten Perversen, der Regine regelmäßig besuchte und sich von ihr ›Daddy‹ nennen ließ, und mit den anderen Männern, die Regine mißbrauchten – Eddie, Shelby und Howard.

Er legte das Buch in den Karton zurück, schloß den Kofferraum und stieg in seinen Wagen, als die ersten dicken Regentropfen aufs Pflaster trommelten. Er hatte Scaldones Kundenliste in seiner Tasche und war ganz sicher, daß er darauf die Familiennamen von Eddie, Shelby und Howard finden würde; aber das Licht war hier schwach, er war müde, seine Augen brannten, und er wollte sich unbedingt noch mit Laura McCaffrey unterhalten; deshalb ließ er die Liste in seiner Tasche und fuhr los.

Es war 22.44 Uhr, als er Lauras Haus in Sherman Oaks erreichte, und es regnete stark. Obwohl in mehreren Zimmern Licht brannte, reagierte niemand auf sein mehrmaliges Klingeln, auch nicht auf sein Pochen und Hämmern gegen die Tür.

Wo war Earl Benton? Er sollte doch bis Mitternacht hier sein und dann von einem anderen Paladin-Agenten abgelöst werden.

Dan dachte an die zerquetschten Leichen in Studio City, an den toten Killer Ned Rink und an den Ladeninhaber Scaldone. Er machte sich immer größere Sorgen, während er über den nassen Rasen lief, sich zwischen zwei blühenden Hibiskussträuchern durchzwängte und durch ein Fenster spähte. Er sah nichts Außergewöhnliches, keine Leichen, keine Verwüstung, kein Blut, auch nicht, als er einen Blick durch das nächste Fenster warf. Mit rasendem Herzklopfen eilte er auf die Rückseite des Hauses.

Die Küchentür war nicht ganz geschlossen. Als er sie aufstieß und über die Schwelle trat, sah er, daß der Türrahmen zersplittert und die Sicherheitskette aus ihrer Befestigung gerissen worden war. Und dann fiel sein Blick auf das Chaos im Raum: abgerissene Blumen, welke Blätter, Klumpen feuchter Erde.
Kein Blut.
Auf dem Tisch standen drei halbvolle Teller mit Spaghetti, mit Blütenblättern und Erde bestreut.
Ein umgeworfener Stuhl.
Rührmichnichtan im Spülbecken.
Aber kein Blut. Gott sei Dank! Kein Blut. Bis jetzt.
Er zog seinen Revolver.
Kalter Schweiß trat ihm auf die Stirn, während er vorsichtig von Zimmer zu Zimmer ging, und sein Herz krampfte sich bei der Vorstellung zusammen, daß die bis zur Unkenntlichkeit verstümmelten Leichen irgendwo im Haus lagen. Doch er fand nur eine verängstigte Katze, die vor ihm wegrannte. In der Garage stellte er fest, daß Laura McCaffreys blauer Camaro verschwunden war, aber er wußte nicht, was das zu bedeuten hatte.
Als er nirgendwo Leichen entdeckte, war er so erleichtert, als hätte man ihn plötzlich von einer zentnerschweren Last befreit. Seine grenzenlose Erleichterung und sein jähes Glücksgefühl ließen ihn erkennen, daß seine Gefühle für diese Frau und ihr Kind sich qualitativ und quantitativ nicht mit seinen Gefühlen für all die anderen Opfer vergleichen ließen, mit denen er in vierzehn Jahren konfrontiert worden war. Sein ungewöhnlich starkes Engagement war auch nicht damit zu erklären, daß dieser Fall vage Parallelen zum Fall Lakey aufwies. Er fühlte sich zu Laura McCaffrey nicht nur deshalb hingezogen, weil er sein Versagen im damaligen Fall wiedergutmachen wollte, indem er Lauras und Melanies Leben rettete. Das spielte zwar eine gewisse Rolle, war aber nicht allein ausschlaggebend. Die mächtige Anziehungskraft, die diese Frau auf ihn ausübte, beruhte nicht allein auf ihrer Schönheit, auch nicht auf ihrer Intelligenz, obwohl auch das für ihn wichtig war, weil er nie die Vorliebe vieler Männer für dumme Blondinen geteilt hatte; ihn faszinierte auch ihre unglaubliche Kraft und Entschlossenheit.
Doch selbst wenn Laura und Melanie diese schlimme Lage überlebten, dachte Dan, so bestand doch sehr wenig Hoffnung auf eine Beziehung zwischen Laura und ihm. Um Himmels willen, sie hatte in Psychologie promoviert. Sie war gebildeter als er. Sie verdiente

mehr Geld als er. Vergiß es, Haldane, sagte er sich. Schlag es dir aus dem Kopf. Diese Frau ist für dich einige Nummern zu groß.

Als er in die Küche zurückkehrte, um sich dort das Durcheinander näher anzusehen, mußte er feststellen, daß er nicht mehr allein im Haus war. Michael Seames, der FBI-Agent, den er vor einigen Stunden im *Sign of the Pentagram* kennengelernt hatte, stand am Tisch und betrachtete die überall herumliegenden Blumen. Er hatte die Hände in seine Manteltaschen geschoben, und sein unnatürlich junges Gesicht hatte einen verwirrten und besorgten Ausdruck.

»Wo sind sie abgeblieben?« fragte Dan.

»Ich hatte gehofft, daß *Sie* mir das sagen könnten«, erwiderte Seames.

»Laura McCaffrey hatte auf meine Anregung hin eine Bewachung rund um die Uhr vereinbart...«

»Mit *California Paladin*.«

»So ist es. Aber soviel ich weiß, wollten die Paladin-Leute ihr nicht empfehlen, sich irgendwo zu verstecken. Sie sollten mit ihr hierbleiben.«

»Einer *war* hier. Ein gewisser Earl Benton.«

»Ja, den kenne ich.«

»Vor etwa einer Stunde hat er sich mit Laura McCaffrey und dem Mädchen aus dem Staub gemacht, als wäre ihnen der Teufel auf den Fersen. Wir haben auf der anderen Straßenseite einen Überwachungswagen stehen.«

»Oh?«

»Unsere Männer nahmen Bentons Verfolgung auf, aber er war zu schnell.« Seames runzelte die Stirn. »Es hatte fast den Anschein, als wollte er nicht nur jemand anderen, sondern auch *uns* abschütteln. Haben Sie irgendeine Idee, warum er das getan hat?«

»Vielleicht traut er dem FBI nicht.«

»Wir sind hier, um das Kind zu beschützen.«

»Sind Sie ganz sicher, daß unsere Regierung das Mädchen nicht gern in ihrer Gewalt hätte, um herauszufinden, was McCaffrey und Hoffritz in jenem grauen Zimmer mit ihr anstellten?«

»Durchaus möglich«, gab Seames zu. »Die Entscheidung darüber ist noch nicht gefallen. Aber dies hier ist Amerika, wie Sie wissen. Wir würden die Kleine doch nicht entführen. Wir würden für irgendwelche Tests die Erlaubnis ihrer Mutter einholen.«

Dan seufzte, weil er nicht wußte, ob er dem Mann glauben sollte, aber er sagte: »Ja, vermutlich würden sie korrekt vorgehen.«

»Sie haben nicht zufällig Benton geraten, mit der Frau und dem Kind abzuhauen?«

»Warum sollte ich so etwas tun? Ich bin ein pflichtbewußter Staatsdiener, genau wie Sie.«

»Arbeiten Sie demnach bei jedem Ihrer Fälle pausenlos, den ganzen Tag und die halbe Nacht hindurch?«

»Nicht bei jedem Fall.«

»Meistens?«

Dan konnte guten Gewissens antworten. »Ja, in den meisten Fällen arbeite ich viele Stunden hintereinander. Die Untersuchung kommt ins Rollen, eines führt zum anderen, und es ist einfach nicht möglich, jeden Tag genau um 17 Uhr Feierabend zu machen. Den meisten Detektiven geht es ähnlich.«

»Ich habe gehört, daß Sie härter als die meisten anderen arbeiten.«

Dan zuckte mit den Schultern.

»Man sagt, Sie seien wie eine Bulldogge, die sich in etwas verbeißt und nicht wieder losläßt. Man sagt auch, daß Sie Ihre Arbeit lieben.«

»Es stimmt, daß ich ziemlich hart arbeite, aber in einem Mordfall wird die Spur eben oft sehr schnell kalt. Wenn man nach drei oder vier Tagen noch keinen Hinweis auf den Täter hat, gelingt es nur noch sehr selten, ihn überhaupt dingfest zu machen.«

»Aber in diesen speziellen Fall investieren Sie noch mehr Kraft als üblich. Habe ich nicht recht, Lieutenant?«

»Vielleicht.«

»Sie wissen genau, daß es so ist.«

»Nun, vermutlich strotze ich gerade von Energie und Tatendrang.«

»Das ist keine befriedigende Erklärung«, sagte Seames. »Nein, sie haben an diesem Fall ein *besonderes* Interesse.«

»So?«

»Stimmt das etwa nicht?«

»Nicht daß ich wüßte«, versicherte Dan, obwohl er plötzlich Laura McCaffreys liebliches Gesicht vor Augen hatte.

Seames blickte ihn mißtrauisch an. »Hören Sie, Haldane, wenn jemand McCaffrey und Hoffritz finanzierte, weil ihr Projekt militärische Anwendungsmöglichkeiten bot, dann sind diese Leute –

nennen wir sie einmal Finanziers – möglicherweise bereit, sehr viel Geld hinzublättern, um das Mädchen wieder in ihre Gewalt zu bringen. Aber dieses Geld wäre schmutzig, verdammt schmutzig. Jeder, der es annähe, würde sich daran die Hände schmutzig machen. Verstehen Sie, was ich meine?«

Anfangs hatte Dan befürchtet, daß Seames etwas von seinen romantischen Gefühlen für Laura McCaffrey ahnte. Doch nun wurde ihm klar, daß der Agent aus gewichtigeren Gründen beunruhigt war.

Um Himmels willen, dachte Dan, der Kerl fragt sich, ob ich mich vielleicht an die Russen oder sonst wen verkauft habe!

»Verdammt, Seames, Sie sind auf einem total falschen Gleis!«

»Diese Leute würden eine ganze Menge Geld ausspucken, um das Mädchen zurückzubekommen, und ein Polizist wird in diesem Land zwar ganz anständig bezahlt, aber reich wird er nie – es sei denn, er hat noch ein paar Nebeneinkünfte.«

»Ich verwahre mich energisch gegen diese Unterstellung.«

»Und ich bedaure sehr, daß Sie diese Unterstellung nicht klar und deutlich für falsch erklären.«

»Bitte sehr: Nein, ich habe mich nicht an irgend jemand verkauft. Nein, non njet! Ist das deutlich genug?«

Ohne darauf eine Antwort zu geben, sagte Seames: »Nachdem unsere Leute von Benton abgehängt wurden, kamen sie hierher zurück. Sie wollten abwarten, ob die Frau und das Mädchen zurückkehren würden oder ob sonst jemand auftauchen würde. Dann fiel ihnen ein, daß sie sich im Haus umsehen sollten. Die Küchentür war nicht abgeschlossen – und dann fanden wir dieses Durcheinander hier vor.«

»Und wie erklären Sie sich dieses Durcheinander?«

»Die Blumen sind aus dem Garten hinter dem Haus«, sagte Seames.

»Aber wie sind sie hier hereingekommen? Und warum?«

»Das wissen wir nicht.«

»Und warum ist die Sicherheitskette kaputt?«

»Sieht so aus, als sei jemand gewaltsam eingedrungen.«

»Tatsächlich? Verdammt, ihr FBI-Burschen seid wirklich superschlau!«

Dan ging zum Telefon und gab bereitwillig Auskunft auf Seames' Frage, was er vorhabe. »Ich rufe *Paladin* an. Wenn Earl glaubte, daß Laura und Melanie hier in Gefahr seien, so würde das erklären, warum er es so eilig hatte wegzukommen. Aber in diesem Fall würde Earl später in seinem Büro anrufen und melden, wo er sich befindet.«

Der Mann, der in der Detektei Nachtdienst hatte, Lonnie Beamer, kannte Dan gut genug, um seine Stimme zu erkennen. »Ja, Lieutenant, Earl hat Mutter und Tochter ins ›sichere Haus‹ gebracht.«

Lonnie schien zu glauben, daß Dan die Adresse dieses Hauses kannte, was aber nicht zutraf. Earl hatte einige Male davon gesprochen, wenn er von seinen Fällen erzählte, aber wenn er jemals gesagt hatte, wo dieses Haus sich befand, so hatte Dan es vergessen. Und er konnte Lonnie nicht nach der Adresse fragen, ohne daß Seames hellwach wurde. Er würde später noch einmal bei *Paladin* anrufen müssen, sobald es ihm gelang, den FBI-Agenten loszuwerden.

»Aber sie werden vermutlich nicht mehr lange dort sein«, berichtete Lonnie am Telefon.

»Warum nicht?«

»Hast du noch nichts davon gehört? Mrs. Mc Caffrey und die Kleine werden unseren Schutz nicht mehr benötigen, weil eure Leute die Bewachung übernehmen.«

»Ist das dein Ernst?«

»Ja«, sagte Lonnie. »Polizeischutz rund um die Uhr. Earl wartet drüben im ›sicheren Haus‹ darauf, daß zwei eurer Leute dort aufkreuzen und die McCaffreys abholen.«

»Wer?«

»Äh... wart mal... Captain Mondale hat den Polizeischutz angeordnet, und Earl wurde angewiesen, unsere Klienten den Detektiven Wexlersh und Manuello zu übergeben.«

Etwas stimmte nicht. Etwas war faul an dieser Sache. Die Polizei hatte einfach zu wenige Leute, um jemanden rund um die Uhr zu bewachen. Und Ross Mondale hätte neimals persönlich in der Detektei angerufen; solche Bagatellen überließ er immer seinen Assistenten. Und selbst wenn wie durch ein Wunder Polizeischutz gewährt würde, hätte man dafür Uniformierte abgestellt, nicht zwei dringend benötigte Kriminalbeamte, an denen noch weit größerer Mangel herrschte. Und warum ausgerechnet Wexlersh und Manuello?

»Du kannst also gleich in Sherman Oaks bleiben«, meinte Lonnie, »denn ich nehme an, daß eure Leute die McCaffreys dorthin zurückbringen werden.«

Dan wollte Näheres wissen, aber er konnte nicht frei sprechen, solange Seames ihm im Nacken saß. Deshalb sagte er: »Na ja, danke, Lonnie. Aber ich finde es unverzeihlich, daß ihr nicht wißt, wo euer Mitarbeiter ist und was mit euren Klienten geschieht.«

»Häh? Ich habe dir doch gerade erklärt...«

»Ich habe *Paladin* bisher immer für die beste Privatdektetei gehalten, aber wenn ihr eure Agenten und Klienten einfach aus den Augen verliert, besonders Klienten, deren Leben in Gefahr sein könnte...«

»Was ist los mit dir, Haldane?«

»Okay, sie sind vermutlich in Sicherheit«, setzte Dan sein Täuschungsmanöver fort. »Ich weiß, daß Earl ein guter Mann ist, und ich bin sicher, daß er gut auf sie aufpaßt, aber ihr solltet trotzdem lieber mehr Kontakt halten. Andernfalls passiert einem Klienten früher oder später doch etwas, und dann geht die Lizenz der ganzen Agentur flöten.«

Lonnie wollte etwas sagen, aber Dan legte den Hörer auf.

Er wollte so schnell wie möglich hier wegkommen, um Lonnie von einem anderen Telefon aus anzurufen und nach weiteren Einzelheiten zu fragen. Aber er durfte sich nicht anmerken lassen, daß er es eilig hatte, denn er wollte nicht, daß Seames ihn begleitete; der Kerl würde wie eine Klette an ihm kleben, wenn er auch nur vermutete, daß Dan Melanies Aufenthaltsort kannte.

Der FBI-Agent ließ ihn nicht aus den Augen.

»Die Leute von *Paladin* wissen von nichts.«

»Hat er Ihnen das gesagt?«

»Ja.«

»Was hat er Ihnen sonst noch gesagt?«

Dan hätte Seames und dem FBI gern Vertrauen geschenkt. Schließlich war er aus freien Stücken zur Polizei gegangen, und er hatte absolut nichts gegen Autorität und Ordnung einzuwenden. Normalerweise hätte er Seames automatisch vertraut, ohne auch nur nachzudenken.

Aber diesmal nicht. Dies war ein verdammt merkwürdiger Fall, so merkwürdig, daß die üblichen Regeln darauf nicht anwendbar waren.

»Er hat nur dummes Zeug gequasselt«, beantwortete er Seames' Frage. »Warum?«

»Sie waren plötzlich sehr beunruhigt.«

»Ich? Keine Spur.«

»Ihnen ist der Schweiß ausgebrochen.«

Dan spürte, daß ihm tatsächlich kalter Schweiß von der Stirn rann. Zum Glück fiel ihm sofort eine Ausrede ein. »Es ist diese Stirnverletzung. Zeitweilig vergesse ich sie total, und dann tut sie plötzlich, von einer Sekunde auf die andere, wieder so weh, daß ich laut schreien könnte.«

»Hüte?« fragte Seames.

»Was?«

»Im *Sign of the Pentagram* haben Sie mir erzählt, Sie hätten einen zu kleinen Hut anprobiert.«

»Tatsächlich? Na ja, das war nur ein dummes Späßchen.«

»Und was ist in Wirklichkeit passiert?«

»Nun, sehen Sie, normalerweise denke ich nicht sehr viel und sehr angestrengt nach. Ich bin es einfach nicht gewöhnt. Wissen Sie, ich bin einer von diesen riesigen Bullen, die immer nur Scheiße im Hirn haben. Aber heute mußte ich so viel nachdenken, daß mein Kopf rauchte und die Haut versengte.«

»Ich bin überzeugt davon, daß Sie ständig angestrengt nachdenken, Haldane. Jede Minute.«

»Sie sehen mich in einem viel zu schmeichelhaften Licht.«

»Und Sie sollten auch einmal über folgendes nachdenken: Sie sind nur ein Kriminalbeamter, während ich beim FBI bin, und obwohl ich mich nicht in Ihre regionalen Befugnisse einmischen darf, habe ich Mittel und Wege, Ihnen so übel mitzuspielen, daß Sie es tief bereuen werden, mir Knüppel zwischen die Beine geworfen zu haben.«

»So etwas würde ich nie tun, Sir. Das schwöre ich.«

Seames starrte ihn schweigend an.

»Na ja, ich glaube, ich mache mich langsam auf den Weg«, sagte Dan.

»Wohin?«

»Nach Hause«, log Dan. »Ich habe einen sehr langen Tag hinter mir. Sie haben recht, ich arbeite zuviel. Und mein Kopf tut höllisch weh. Ich brauche ein paar Aspirin und eine Eiskompresse.«

»Plötzlich machen Sie sich also keine Sorgen mehr um die McCaffreys?«

»O doch, ich *mache* mir Sorgen, aber im Augenblick kann ich nichts unternehmen. Ich meine, dieses Durcheinander hier ist zwar schon ein bißchen suspekt, aber es braucht nichts Schlimmes zu bedeuten, habe ich recht? Ich nehme an, daß die McCaffreys irgendwo in Sicherheit sind. Earl Benton ist ein ausgezeichneter

Mann. Außerdem muß ein Bulle vom Morddezernat sich eine ganz schön dicke Haut zulegen. Er darf nicht mit den Opfern mitfühlen, wissen Sie. Andernfalls würde er in der Klapsmühle landen. Stimmt's?«
Seames blickte ihn noch eindringlicher an.
Dan gähnte. »Höchste Zeit für ein Bier, und dann nichts wie in die Falle.« Er ging auf die Tür zu.
Er fühlte sich hoffnungslos durchsichtig. Zur Verstellung fehlte ihm jedes Talent.
Er stand schon auf der Schwelle, als er hinter sich Seames' Stimme hörte: »Wenn die McCaffreys in Gefahr sind, Lieutenant, und wenn Sie ihnen wirklich helfen wollen, wäre es klug, mit mir zusammenzuarbeiten.«
»Nun, wie gesagt, ich glaube nicht, daß sie im Augenblick in Gefahr sind«, erwiderte Dan, obwohl ihm der kalte Schweiß noch immer auf der Stirn stand und obwohl er rasendes Herzklopfen hatte.
»Warum sind Sie nur so stur? Warum wollen Sie nicht mit uns zusammenarbeiten?«
Dan blickte ihm in die Augen. »Erinnern Sie sich noch, daß Sie mich vorhin quasi beschuldigt haben, ein doppeltes Spiel zu spielen?«
»Es gehört zu meinem Job, mißtrauisch zu sein«, verteidigte sich Seames.
»Zu meinem ebenfalls.«
»Wollen Sie damit sagen... daß Sie *mich* verdächtigen, nicht im Interesse des Mädchens zu handeln?«
»Mr. Seames, es tut mir leid, aber obwohl Sie ein geradezu cherubinisches Gesicht haben, bedeutet das noch lange nicht, daß Sie auch das Herz eines Engels haben.«
Er verließ das Haus, ging zu seinem Wagen und fuhr davon. Die FBI-Leute versuchten nicht, ihn zu verfolgen, vermutlich weil sie einsahen, daß sie sich diese vergebliche Mühe sparen konnten.

Dan hielt bei der ersten Telefonzelle an. Er zitterte heftig, einer Panik nahe, was für ihn sehr ungewöhnlich war. Normalerweise blieb er selbst in den schwierigsten Situationen ruhig und cool. Aber diesmal nicht. Vielleicht lag das daran, daß er Cindy Lakey nicht vergessen konnte, vielleicht auch daran, daß er in den letzten 24 Stunden besonders viel an seinen Bruder und seine Schwester denken mußte; vielleicht war aber auch Laura McCaffreys Anziehungskraft auf ihn noch weitaus größer, als er es sich selbst eingestehen wollte; vielleicht konnte er den Gedanken nicht ertragen, sie zu verlieren. Aus welchen Gründen auch immer, seine Selbstbeherrschung drohte ihn jedenfalls im Stich zu lassen.

Wexlersh und Manuello...

Warum hatte er plötzlich solche Angst vor diesen beiden Männern? Er hatte sie nie leiden können. Sie waren durch und durch korrupt, und gerade deshalb hatte Mondale ihre Versetzung ins East Valley bewerkstelligt. Er wollte, daß seine Leute nur das taten, was ihnen gesagt wurde, daß sie auch fragwürdige Befehle widerspruchslos ausführten, solange er sie protegierte. Dan wußte, daß sie Mondales Lakaien waren, Opportunisten, die mit Begriffen wie Pflichtgefühl und Verantwortungsbewußtsein nichts anfangen konnten, aber immerhin *waren* sie Polizeibeamte, wenn auch lausige; sie waren keine Killer wie Ned Rink. Sie konnten für Laura und Melanie doch keine Gefahr darstellen.

Und doch...

Etwas war faul an dieser Sache. Dan konnte keine konkreten Gründe für seine Ängste anführen, aber im Laufe der Jahre hatte er gelernt, sich auf seine Vorahnungen zu verlassen.

Während er hastig in seiner Tasche nach Münzen kramte, sie einwarf und die Nummer der Detektei wählte, beschlug sein Atem die Glaswände der Telefonzelle, an deren Außenflächen Regen herabrann. Und plötzlich überkam Dan das unheimliche Gefühl, daß die Tür der Zelle für immer hinter ihm zugefallen war, daß er hier nie mehr herauskommen würde, daß er nie wieder ein menschliches Wesen sehen, hören oder berühren, sondern ewig in diesem Glaskasten hocken würde, außerstande, Laura und Melanie zu warnen und ihnen zu helfen, außerstande, Earl zu benachrichtigen, sogar außerstande, sich selbst zu retten. Manchmal hatte er Alpträume, in denen er völlig hilflos und wie gelähmt zusehen mußte, wie irgendein Monster vor seinen Augen Menschen quälte und tötete, die er liebte; aber es passierte ihm zum erstenmal, daß er einen solchen Alptraum in wachem Zustand erlebte.

Er hörte das Freizeichen in der Leitung, aber seine Panik war inzwischen so groß, daß er sich nicht gewundert hätte, wenn keine Verbindung zustande gekommen wäre. Doch nach dem dritten Freizeichen hörte er Lonnie Beamers Stimme: »*California Paladin.*«

Vor Erleichterung atmete er laut auf.

»Lonnie, hier ist wieder Dan Haldane.«
»Bist du wieder bei Verstand?«
»Ich mußte dummes Zeug reden, weil ein neugieriger Kerl hinter mir stand und die Ohren spitze.«
»Ich dachte mir schon so was, nachdem du aufgelegt hattest.«
»Hör zu, ich möchte, daß du sofort Earl anrufst und ihm sagst, daß an dieser Polizeischutz-Geschichte etwas faul ist.«
»Was soll das heißen?«
»Sag ihm, die Burschen, die ins ›sichere Haus‹ kommen, würden sich vielleicht nur als Polizisten ausgeben. Er soll sie nicht einlassen.«
»Du redest dummes Zeug. Natürlich sind es echte Polizisten.«
»Lonnie, etwas Übles ist im Gange. Ich weiß nicht genau, was...«
»Aber *ich* weiß, daß ich mit Ross Mondale gesprochen habe. Ich meine, ich habe seine Stimme erkannt, aber ich habe trotzdem unter seiner Büronummer zurückgerufen, bevor ich ihm sagte, wohin Earl die McCaffreys gebracht hat.«
»Okay«, sagte Dan ungeduldig, »auch wenn es tatsächlich Wexlersh und Manuello sind, die dort aufkreuzen – sag Earl, daß die Sache stinkt. Richte ihm von mir aus, daß er ganz tief in der Scheiße sitzen wird, wenn er die Typen reinläßt.«
»Verdammt, ich kann ihm doch nicht sagen, er solle sich auf eine Schießerei mit zwei Bullen einlassen!«
»Er braucht sich auf keine Schießerei einzulassen. Er soll ihnen einfach nicht die Tür öffnen. Sag ihm, ich sei unterwegs, und er müsse durchhalten, bis ich dort bin. Und jetzt brauche ich die Adresse dieses Hauses.«
»Es ist eigentlich eine Wohnung.« Lonnie nannte eine Adresse in Westwood. »He, glaubst du wirklich, daß sie in Gefahr sind?«
»*Ruf schleunigst Earl an!*«
Er hängte den Hörer ein, stieß die beschlagene Glastür der Telefonzelle auf und rannte zu seinem Wagen.

28

»Festgenommen?« Earl blickte stirnrunzelnd von Wexlersh zu Manuello.

Laura war genauso verblüfft und bestürzt wie er. Auf Anweisung der beiden Detektive hatte sie mit Melanie auf dem Sofa Platz genommen. Sie fühlte sich sehr verunsichert und unbehaglich, was ihr selbst unerklärlich war, da die Polizeibeamten ja schließlich sie und Melanie beschützen sollten. Sie hatte ihre Dienstausweise gesehen, und für Earl waren sie offenbar keine Fremden, obwohl er sie nicht gut zu kennen schien. Es konnte sich demnach nicht um Verbrecher handeln, die sich nur als Polizisten getarnt hatten. Trotzdem stiegen Zweifel und Ängste in ihr auf, und sie spürte, daß etwas absolut nicht in Ordnung war.

Die beiden Detektive machten auf sie alles andere als einen vertrauenerweckenden Eindruck. Manuello hatte verschlagene Augen und trug ein hämisches Grinsen zur Schau. Er gebärdete sich wie ein Macho, der nur darauf wartet, daß seine Autorität in Frage gestellt wird, um zuschlagen zu können. Und Wexlershs wachsbleiche Haut und ausdruckslose grauen Augen verursachten ihr eine Gänsehaut.

»Was soll das?« fragte sie. »Mr. Benton arbeitet für mich. Ich habe ihn als Leibwächter engagiert.« Ein absurder Gedanke schoß ihr durch den Kopf. »Mein Gott, Sie glauben doch nicht etwa, daß er uns gegen unseren Willen hier festgehalten hat?«

Ohne sie einer Antwort zu würdigen, wandte sich Manuello an Earl: »Sind Sie bewaffnet?«

»Selbstverständlich, aber ich habe einen Waffenschein.«

»Her damit!«

»Sie wollen den Waffenschein sehen?«

»Her mit der *Pistole*!«

Wexlersh zog seinen eigenen Revolver und warnte: »Seien Sie vorsichtig, wenn Sie die Knarre übergeben.«

Erstaunt über dieses Mißtrauen, sagte Earl: »Um Himmels willen, halten Sie mich etwa für gefährlich?«

»Seien Sie äußerst vorsichtig!« wiederholte Wexlersh eisig.

»Weshalb sollte ich auf einen Polizeibeamten schießen?« fragte Earl, während der Manuello seine Pistole aushändigte.

Manuello schob die Waffe in seinen Hosenbund.

Das Telefon klingelte.
Laura wollte aufstehen, doch Manuello winkte ab. »Lassen Sie es läuten!«
»Aber...«
»Lassen Sie es läuten!« wiederholte er scharf.
Das Telefon klingelte wieder.
Laura stellte fest, daß Earls Miene sich zusehends verdüsterte.
Alle warteten nervös auf das nächste Klingeln.
Das Telefon klingelte.

Dan hatte das abnehmbare Blaulicht am Dach der Limousine befestigt und eingeschaltet. Mit heulender Sirene brauste er los. Die anderen Fahrzeuge machten ihm bereitwillig Platz. In Anbetracht der nassen Fahrbahnen fuhr er viel zu schnell und gefährdete damit nicht nur sich selbst, sondern auch andere – eine Rücksichtslosigkeit, die ihm normalerweise völlig fremd war.

Wenn jemand Ross Mondale korrumpiert hatte – und diese Möglichkeit war alles andere als undenkbar –, so konnte der Captain sich mit hundertprozentiger Sicherheit auf die Mitarbeit seiner Lakaien Wexlersh und Manuello verlassen. Sie brauchten sich nur zum ›sicheren Haus‹ zu begeben und sich mit Hilfe ihrer Dienstausweise Zutritt zur Wohnung zu verschaffen, um Melanie entführen zu können. Sie würden allerdings Earl und Laura liquidieren müssen, damit ihr Verbrechen nicht herauskam, doch je länger Dan darüber nachdachte, desto überzeugter war er, daß Wexlersh und Manuello skrupellos morden würden, wenn sie davon profitierten. Ein großes Risiko gingen sie nicht ein, denn sie konnten ja behaupten, daß Laura und Earl bei ihrem Eintreffen bereits tot waren und daß das Kind verschwunden war.

An einer Unterführung war die Straße überflutet. Ein Auto stand quer, bis zu den Türen im Wasser. Ein Wagen der Straßenwacht war soeben eingetroffen. Drei Arbeiter in orangefarbenen Jacken installierten eine Pumpe, sperrten die Straße und forderten die Verkehrsteilnehmer auf zu wenden und eine Umleitung zu benutzen. Trotz des Blaulichts steckte Dan eine kostbare Minute oder noch länger zwischen einem PKW und einem LKW fest. Er fluchte laut vor sich hin. Der Regen trommelte monoton auf seine Limousine, und dieses Geräusch war nervtötend wie das Ticken einer Uhr, weil es ihm zu Bewußtsein brachte, daß eine wertvolle Sekunde nach der anderen sinnlos verrann.

Das Telefon klingelte zehnmal, und mit jedem Klingeln nahm die gespannte Atmosphäre im Zimmer zu.

Earl fand das Vorgehen der Polizeibeamten äußerst seltsam. Er kannte Wexlersh und Manuello nur flüchtig; ihm war aber einiges über sie zu Ohren gekommen, so daß er wußte, daß ihnen nicht selten Fehler unterliefen. Auch in diesem Fall konnte es sich nur um irgendein Mißverständnis handeln. Lonnie Beamer hatte gesagt, sie kämen her, um Laura und Melanie Polizeischutz angedeihen zu lassen, aber von einem Haftbefehl für ihn war keine Rede gewesen. Sie konnten auch gar keinen Haftbefehl haben, denn er hatte ja nichts Illegales getan. Es würde ihnen durchaus ähnlich sehen, sich nicht ausreichend informiert zu haben und deshalb irrtümlich zu glauben, sie hätten die Aufgabe, ihn festzunehmen. Aber warum gingen sie nicht ans Telefon? Der Anruf konnte doch für sie bestimmt sein; das war sogar sehr wahrscheinlich. Eigenartig!

Das Telefon hörte endlich auf zu klingeln, und in der plötzlichen Stille war nur das Rauschen des Regens zu hören.

Dann sagte Wexlersh zu seinem Kollegen: »Leg ihm die Handschellen an.«

»Verdammt, was hat das alles zu bedeuten? Sie haben mir noch nicht einmal erklärt, weshalb Sie mich eigentlich verhaften wollen.«

Während Manuello flexible Kunststoffhandschellen aus einer seiner Sakkotaschen zog, erwiderte Wexlersh: »Wir werden Ihnen die Anklage auf dem Revier vorlesen.«

Beide wirkten nervös und schienen es eilig zu haben. Aber warum nur? fragte sich Earl.

Dan bog vom Wilshire Boulevard auf den Westwood Boulevard ab und raste Richtung Süden. Hohe Wasserfontänen spritzten unter den Reifen hervor. Das nasse Pflaster, in dem sich Neonlichter und Straßenlaternen spiegelten, schien in ständiger Bewegung zu sein. Dans müde Augen brannten immer stärker. Er hatte rasende Kopfschmerzen, doch er litt noch viel mehr unter den quälenden Gedanken zu Versagen, Tod und Verzweiflung.

Manuello ging mit den Handschellen in der Hand auf Earl zu. »Drehen Sie sich um und legen Sie die Hände auf den Rücken!«

Earl zögerte. Sein Blick schweifte von Laura und Melanie zu Wexlersh, der einen Smith & Wesson-Polizeirevolver auf ihn gerichtet hielt, und er hatte plötzlich das ungute Gefühl, einen großen Fehler begangen zu haben, als er seine eigene Waffe aus der Hand gegeben hatte. Noch weniger behagte ihm die Vorstellung, mit Handschellen gefesselt zu werden.

»Wollen Sie sich etwa der Festnahme widersetzen?« fragte Manuello.

»Sie sind sich doch darüber im klaren, Benton«, fuhr Wexlersh fort, »daß Sie Ihre Lizenz los sind, falls Sie Widerstand leisten.«

Earl drehte sich widerwillig um und legte die Hände auf den Rücken. »Wollen Sie mich nicht wenigstens auf meine Rechte hinweisen?«

»Dazu haben wir auf der Fahrt zum Revier noch jede Menge Zeit«, erklärte Manuello, während er Earl die Handschellen anlegte.

Wexlersh wandte sich an Laura und Melanie. »Ziehen Sie Ihre Mäntel an.«

»Und was ist mit meinem Mantel?« erkundigte sich Earl. »Sie hätten mich ihn anziehen lassen sollen, bevor Sie mich fesselten.«

»Sie werden auch ohne Mantel auskommen«, erwiderte Wexlersh.

»Es regnet aber.«

»Sie werden schon nicht schmelzen!« grinste Manuello.

Das Telefon begann wieder zu klingeln.

Auch diesmal nahmen die Beamten den Hörer nicht ab.

Die Sirene versagte plötzlich. Dan drückte immer wieder auf den Schalter, aber die Sirene blieb stumm. Nun standen ihm nur noch das Blaulicht und die Hupe zur Verfügung, um rasch vorwärtszukommen.

Es würde wieder zu spät sein. Wie bei Cindy Lakey. Er würde wieder viel zu spät kommen.

Während er hupend ein gefährliches Überholmanöver nach dem anderen riskierte, wuchs in ihm die Überzeugung, daß alle drei tot waren, daß er einen Freund verloren hatte, daß das unschuldige Kind, das er hatte beschützen wollen, ebenso ums Leben gekommen war wie die Frau, in die er sich – gib es endlich zu! – wahnsinnig verliebt hatte. Sie waren alle tot...

Laura griff zuerst nach Melanies Mantel. Es war eine langwierige Prozedur, ihn ihr anzuziehen, denn sie stand steif wie eine Puppe da.
»Was ist los mit ihr?« fragte Manuello ungeduldig. »Schwachsinnig, was?«
Bestürzt und zornig entgegnete Laura: »Ich kann nicht glauben, daß Sie so etwas über die Lippen gebracht haben.«
»Nun, so führt sich doch kein normaler Mensch auf«, erklärte Manuello ungerührt.
»Sie führen sich auch nicht gerade wie ein normaler Mensch auf«, erwiderte Laura sarkastisch. »Melanie ist ein sehr krankes kleines Mädchen. Aber welche Entschuldigung können *Sie* vorbringen?«
Earl hatte den Befehl erhalten, auf dem Sofa Platz zu nehmen. Mit seinen gefesselten Händen konnte er nur ziemlich unbequem auf der Kante sitzen.
Laura knöpfte Melanies Mantel zu und wollte nach ihrem eigenen greifen, als Wexlersh sagte: »Sparen Sie sich die Mühe und setzen Sie sich neben Benton aufs Sofa.«
»Aber...«
»*Setzen Sie sich!*« Wexlersh deutete mit seinem Revolver auf das Sofa.
Seine eisgrauen Augen waren unergründlich.
Vielleicht wollte Laura aber auch nur nicht wahrhaben, was deutlich in ihnen zu lesen war.
Ihr Blick schweifte zu Manuello. Er grinste.
Laura sah Earl fragend an. Seine Miene verriet jetzt tiefe Beunruhigung.
»*Setzen Sie sich!*« wiederholte Wexlersh, diesmal nicht in barschem Befehlston, sondern ganz leise; doch dieses Zischen wirkte bedrohlicher als lautes Gebrüll.
Lauras Magen drohte zu revoltieren, während sie den Befehl ausführte.
Wexlersh trat auf Melanie zu, nahm sie bei der Hand und führte sie weg, bis sie zwischen ihm und Manuello stand.
»Nein!« rief Laura kläglich, aber die beiden Detektive schenkten ihr keinerlei Beachtung.
Manuello tauschte einen Blick mit seinem Kollegen. »Jetzt?« fragte er.
»Jetzt!« bestätigte Wexlersh.

Manuello zog eine Pistole unter seinem Mantel hervor. Es war nicht die Waffe, die er Earl abgenommen hatte, und es war auch keine Dienstwaffe, kein Revolver, wie Wexlersh ihn in der Hand hielt. Dann holte Manuello aus seiner Manteltasche einen glänzenden Metallzylinder und begann ihn auf die Pistole zu schrauben. Laura begriff, daß es ein Schalldämpfer war, und ihr schrecklicher Verdacht verdichtete sich immer mehr.

»Was, zum Teufel, machen Sie da?« rief Earl.

Weder Wexlersh noch Manuello würdigten ihn einer Antwort.

»Mein Gott!« murmelte Earl entsetzt, als es ihm endlich wie Schuppen von den Augen fiel.

»Machen Sie ja keinen Lärm!« warnte Wexlersh.

Earl sprang auf und versuchte verzweifelt, sich aus den Handschellen zu befreien.

Wexlersh schlug mit dem Revolver zu, auf Earls Schulter und in sein Gesicht.

Earl stürzte rückwärts aufs Sofa.

Manuello hatte den Schalldämpfer schief aufgeschraubt und mußte ihn deshalb wieder abmontieren.

Wexlersh warf seinem Kollegen einen strafenden Blick zu. »Beeil dich!« knurrte er ungeduldig.

»Ich tu' mein Bestes«, beteuerte Manuello, während er ungeschickt mit dem Schalldämpfer hantierte.

»Ihr wollt uns umbringen«, konstatierte Earl, dessen Lippen stark bluteten.

Er hatte das ausgesprochen, was auch Laura inzwischen völlig klargeworden war. In ihrem Unterbewußtsein hatte sie die Gefahr bereits erkannt, als die Polizisten das Zimmer betreten hatten, und ihre düsteren Vorahnungen hatten sich verstärkt, als Manuello Earl die Handschellen angelegt und Wexlersh Melanie weggeführt hatte. Sie hatte die Wahrheit nur nicht akzeptieren wollen.

Manuello hatte den Schalldämpfer wieder schief aufgeschraubt. »Das verdammte Ding ist totale Scheiße!«

»Stell dich doch nicht so dämlich an!« schimpfte Wexlersh.

Laura begriff, daß sie nicht ihre eigenen Revolver benutzen wollten, weil man ihnen dann die Morde nachweisen konnte. Und den Schalldämpfer benötigten sie, um zu verhindern, daß Leute in den Nachbarwohnungen die Schüsse hörten, aus ihren Fenstern schauten und sahen, wie die beiden Detektive mit Melanie das Haus verließen.

Melanie... Sie stand mit gesenktem Kopf neben Manuello. Ihre Augen waren geschlossen, und sie gab leise Jammerlaute von sich. Wußte sie, was in diesem Raum vorging, war ihr bewußt, daß ihre Mutter ermordet werden sollte – oder wimmerte sie über etwas anderes, das sich in ihrer geheimen Innenwelt abspielte?

Völlig fassungslos und in größtem Zorn rief Earl: »Ihr seid Polizisten, um Himmels willen, und ihr wollt uns umbringen!«

»Halt die Fresse!« fuhr Wexlersh ihn an.

Laura hatte einen schweren Glasaschenbecher ins Auge gefaßt. Wenn sie dieses Ding Wexlersh an den Kopf schleudern könnte, würde er vielleicht das Bewußtsein verlieren, zumindest aber seinen Revolver fallen lassen, und vielleicht könnte sie dann die Waffe blitzschnell ergreifen. Sie überlegte verzweifelt, wie sie Wexlersh ablenken könnte, damit er ihren Griff nach dem Aschenbecher nicht sah, als Earl offenbar entschied, daß sie durch Widerstand ihre Lage nicht verschlimmern konnten, und für die nötige Ablenkung sorgte.

Er blickte Wexlersh an und sagte: »Ganz egal, was wir machen, ganz egal, wie laut wir schreien – ihr werdet weder eure Knarren noch die meine benutzten.« Laut um Hilfe brüllend, stemmte er sich vom Sofa und rammte seinen Kopf in Wexlershs Magen.

Wexlersh taumelte zwei Schritte zurück, aber er stürzte nicht, sondern ließ seinen Revoler auf Earls Schädel niedersausen. Der Leibwächter fiel zu Boden.

Laura hatte den Aschenbecher gepackt, während Wexlersh zuschlug, doch Manuello ertappte sie dabei und rief »He!«, wodurch Wexlersh gewarnt wurde. Er konnte sich noch rechtzeitig ducken, und der Aschenbecher krachte gegen die Wand und zerschellte auf dem Boden.

Wexlersh richtete seinen Revolver direkt auf Laura, und die Mündung kam ihr fast so groß wie ein Kanonenrohr vor. »Hör zu, du Miststück, wenn du noch einen Mucks machst, wird die Sache für euch alle nur noch viel unangenehmer.«

Earl hatte sich auf den Rücken gerollt und aufgesetzt. Mit blutendem Kopf äußerte er sarkastisch: »Ja? Tatsächlich? Unsere Lage könnte also noch unangenehmer werden? Wie denn? Verdammt, ihr wollt uns doch sowieso umlegen!«

Wexlersh lächelte, was bei seinen blutleeren Lippen und seinem bleichen Gesicht unheimlich wirkte. »Wir könnten euch die Schnauzen zukleben und euch ein Weilchen foltern.«

Laura wandte schaudernd ihren Blick von den kalten grauen Augen ab.

Im Zimmer schien es kälter geworden zu sein.

»Das Luder ist ein appetitlicher Happen«, bemerkte Manuello.

»Ja, wir könnten sie vergewaltigen«, fuhr Wexlersh fort.

»Die Kleine ebenfalls«, ergänzte Manuello.

»Jawohl«, stimmte Wexlersh zu, noch immer lächelnd. »Du hast recht. Wir könnten uns mit der Kleinen amüsieren.«

»Obwohl sie schwachsinnig ist«, sagte Manuello und fluchte im nächsten Moment über den Schalldämpfer.

»Wenn ihr euch also nicht ganz ruhig verhaltet«, warnte Wexlersh, »werden wir euch das Maul stopfen und vor euren Augen die Kleine vernaschen – und euch *anschließend* umbringen. Kapiert?«

Laura ließ sich auf das Sofa fallen. Sie würgte und mußte sich allein schon bei der Vorstellung, was diese Kerle ihrer Tochter antun könnten, fast übergeben.

Auch Earl gab angesichts dieser schrecklichen Drohung jeden Gedanken an Widerstand auf.

»Gut«, sagte Wexlersh, während er sich den schmerzenden Magen massierte. »So ist es schon viel besser.«

Melanie wimmerte jetzt lauter, unterbrochen von keuchenden Atemzügen und einzelnen, gestammelten Wörtern: »...offen... Tür... offen... nein...«

»Ruhe, Kleine!« rief Wexlersh und schlug ihr leicht auf den Mund.

Melanie wimmerte weiter, jetzt allerdings wieder ganz leise vor sich hin.

Laura wäre am liebsten aufgesprungen und zu ihrer Tochter geeilt, um das Mädchen in die Arme zu nehmen und zu trösten, aber um Melanies und um ihrer selbst willen mußte sie auf dem Sofa sitzen bleiben.

Im Zimmer wurde es immer kälter.

Laura erinnerte sich daran, daß es in ihrer Küche ebenfalls kalt geworden war, kurz bevor das Radio zum Leben erwachte, und später wieder, bevor das Wind-Tier die Tür aufgerissen hatte und eingedrungen war.

»Verdammt, gibt es in diesem Loch denn keine Heizung!« schimpfte Wexlersh.

»*Ich hab's!*« rief Manuello. Es war ihm endlich gelungen, den Schalldämpfer korrekt zu montieren.

Kälter...

Wexlersh steckte seinen Revolver in das Halfter, packte Melanie beim Arm und ging rückwärts auf die Wohnungstür zu, das Mädchen mit sich ziehend.

Kälter...

Lauras Nerven waren zum Zerreißen gespannt. Sie wußte, daß gleich etwas geschehen würde. Etwas Merkwürdiges, Unheimliches.

Manuello trat dicht an Earl heran, der ihn verächtlich musterte.

Die Temperatur sank schlagartig noch weiter ab, und hinter Wexlersh und Melanie flog die Wohnungstür krachend auf –

Aber es war kein übernatürliches Wesen, das ins Zimmer stürzte, sondern Dan Haldane. Er erfaßte die Situation mit erstaunlicher Geschwindigkeit und rammte seinen Revolver in Wexlershs Rücken, noch bevor dieser sich umdrehen konnte.

Manuello wirbelte auf dem Absatz herum, aber Haldane brüllte: »Laß die Waffe fallen! Laß sofort die Knarre fallen, du Scheißkerl, oder du hast eine Kugel im Kopf!«

Manuello zögerte. Daß das Leben seines Komplizen auf dem Spiel stand, bekümmerte ihn vermutlich weniger als die Tatsache, daß die erste für Dan bestimmte Kugel unweigerlich nicht diesen, sondern Wexlersh treffen würde, und daß er selbst keine Chance zu einem weiteren Schuß haben würde, bevor Dan ihn tötete. Er warf einen flüchtigen Blick auf Melanie, so als überlegte er, ob er sie packen und mit ihr flüchten könnte, doch als Dan ihn noch einmal anherrschte: »Weg mit der Knarre«, gab er das Spiel als verloren auf und befolgte den Befehl.

»Er hat noch Earls Pistole«, warnte Laura Dan.

»Und seinen Dienstrevolver«, fügte Earl hinzu.

Den Revolver noch immer in Wexlershs Rücken gepreßt und ihn außerdem am Mantel festhaltend, kommandierte Dan: »Okay, Manuello, her mit den beiden anderen Knarren, aber schön langsam und vorsichtig. Keine Sperenzchen!«

Manuello ließ zuerst die eine Waffe fallen, dann auch die zweite. Auf Dans Befehl hin stellte er sich an die Wand.

Laura hob die drei Schußwaffen auf, während Dan Wexlersh den Dienstrevolver abnahm.

»Warum, zum Teufel, ist es hier drin so kalt?« fragte Dan.

Aber noch bevor er seinen Satz beendet hatte, wurde die Luft schlagartig wieder warm.

Um ein Haar wäre etwas passiert, dachte Laura. Etwas in der Art wie vorhin in meiner Küche.

Aber sie glaubte nicht, daß sie diesmal lediglich eine Warnung erhalten hätten. Diesmal wäre es schlimmer gewesen. Sie hatte das unheimliche Gefühl, daß ›Es‹ um ein Haar aufgetaucht wäre.

Dan blickte sie forschend an, so als wüßte er, daß sie seine Frage beantworten konnte.

Aber sie schwieg, denn sie wußte nicht, wie sie sich ihm verständlich machen sollte. Sie wußte nur eines: Wenn ›Es‹ gekommen wäre, hätte es hier ein weitaus schlimmeres Gemetzel gegeben als jenes, das die beiden korrupten Polizeibeamten geplant hatten. Würden sie jetzt alle den übel zugerichteten, völlig zerquetschten Leichen in jenem Haus in Studio City gleichen, wenn ›Es‹ gekommen wäre?

29

Beim ärztlichen Notdienst der Universitätsklinik wurde Earl sofort zur Behandlung seiner Kopfwunde und seiner aufgeplatzten Lippen vorgelassen.

Laura und Melanie warteten in einem Vorzimmer, während Dan zum nächsten öffentlichen Fernsprecher eilte und Captain Mondales Nummer in der East Valley Division wählte.

Mondale meldete sich.

»So spät noch bei der Arbeit, Ross?« erkundigte sich Dan.

»Haldane?«

»Ich wußte bisher noch gar nicht, daß du so fleißig bist.«

»Was willst du, Haldane?«

»Weltfrieden wäre ganz hübsch.«

»Ich bin nicht in der Stimmung für dumme...«

»Aber ich wäre schon zufrieden, wenn dieser Fall gelöst wäre.«

»Hör zu, Haldane, ich habe sehr viel Arbeit, und ich...«

»Du wirst gleich noch wesentlich mehr Arbeit haben. Du wirst nämlich ganz schön dein Gehirn strapazieren müssen, um dir Alibis auszudenken.«

»Wovon redest du?«

»Von Wexlersh und Manuello.«

Mondale schwieg.

»Warum hast du sie nach Westwood geschickt, Ross?«
»Ich habe beschlossen, den McCaffreys Polizeischutz zu gewähren.«
»Trotz des akuten Personalmangels?«
»Nun, in Anbetracht des Mordes an Scaldone und der besonderen Brutalität all dieser Verbrechen schien es mir geraten...«
»Halt's Maul, du verdammter Dreckskerl!«
»Was?«
»Ich weiß, daß sie Earl und Laura umbringen...«
»Wovon redest du?«
»...und Melanie entführen...«
»Bist du betrunken, Haldane?«
»...und dann berichten sollten, Earl und Laura seien bereits tot gewesen, als sie dort eintrafen.«
»Erwartest du, daß ich aus deinem wirren Gerede schlau werde?«
»Deine Verwirrung klingt *fast* echt.«
»Das sind sehr schwerwiegende Beschuldigungen, Hadane.«
»Ich wußte schon immer, daß du aalglatt bist, Ross.«
»Wir sprechen hier über Kollegen, über Polizeibeamte. Sie...«
»An wen hast du dich verkauft, Ross?«
»Haldane, ich rate dir...«
»Und was hast du dafür erhalten? Das ist die große Frage. Laß mich ein bißchen raten, okay? Nur für Geld hättest du dich nicht korrumpieren lassen. Für Geld würdest du eine Karriere nicht aufs Spiel setzen, es sei denn, es würde sich um einige Millionen handeln, aber soviel würde niemand für einen Auftrag dieser Art ausspucken. 25000 dürften das Maximum sein. Das könnte in etwa hinkommen. Nun, ich glaube ohne weiteres, daß Wexlersh und Manuello für diese Summe einen Mord begehen würden, aber ohne deinen Segen hätten sie so was nie gewagt. Sie mußten sicher sein, daß du sie decken würdest. Ich glaube deshalb, daß *sie* die Mäuse bekommen haben, und daß *dir* etwas anderes geboten wurde. Nun, was könnte das wohl sein, Ross? Du würdest dich für eine Machtposition verkaufen, habe ich recht? Etwa für eine Garantie, daß du der nächste Polizeichef wirst und vielleicht sogar als Kandidat für das Amt des Bürgermeisters nominiert wirst. Wer auch immer dich bestochen haben mag muß also großen politischen Einfluß haben. Heiß, Ross? Wolltest du Laura und Melanie um solcher Versprechen willen ans Messer liefern?«

Mondale schwieg.

»Hast du das getan, Ross?«

»Du hörst dich schlimmer als betrunken an, Dan. Das ist doch alles hirnverbrannter Unsinn. Bist du high, oder was ist mit dir los?«

»Hast du das getan, Ross?«

»Wo bist du, Dan?«

Dan ignorierte die Frage. »Manuello und Wexlersh befinden sich zur Zeit in besagter Wohnung in Westwood, gefesselt und geknebelt, der eine auf der Kommode, der andere in der Badewanne. Wenn sie reingepaßt hätten, hätte ich beide ins Klo geschmissen und die Spülung betätigt.«

»Du *bist* high, bei Gott!«

»Gib das Spiel auf, Ross! Ein paar Männer von *Paladin* spielen Babysitter bei deinen kleinen Lieblingen, und ich habe schon mit einem Reporter von der *Times* und einem weiteren von *Journal* telefoniert. Außerdem habe ich das Revier von Westwood verständigt und erklärt, es gehe um versuchten Mord. Die Polizei ist schon unterwegs. Es wird also einen ganz schönen Rummel geben.«

»Wird Mrs. McCaffrey eine Aussage machen und Wexlersh und Manuello des Mordversuchs beschuldigen?«

»Machst du dir allmählich Sorgen, Ross?«

»Es handelt sich um zwei meiner Untergebenen«, erklärte Mondale würdevoll. »Ich trage für sie die Verantwortung. Wenn sie tatsächlich getan haben, was du ihnen vorwirfst, will ich absolut sicher sein können, daß sie vor Gericht gestellt und verurteilt werden. Ich will keine faulen Äpfel in meiner Abteilung. Ich halte nichts davon, meine Männer aus falscher Solidarität zu decken.«

»Was ist los, Ross? Glaubst du, daß ich unser Gespräch aufzeichne? Glaubst du, daß jemand mithört? Beides ist nicht der Fall, du brauchst dich also nicht zu verstellen.«

»Ich verstehe deine Einstellung nicht, Dan. Ich weiß nicht, warum du mich verdächtigst, in diese Geschichte verwickelt zu sein.« Er war im Moment ein sehr schlechter Schauspieler. Seine Unaufrichtigkeit war aus jedem Wort herauszuhören. »Und du hast meine Frage noch nicht beantwortet: Wird Mrs. McCaffrey eine Aussage machen und Wexlersh und Manuello des Mordversuchs beschuldigen oder nicht?«

»Nicht heute nacht. Ich habe Laura und Melanie aus der Wohnung weggebracht, und ich werde sie nicht mehr aus den Augen lassen und sie versteckt halten. Ich weiß, daß diese Nachricht dich sehr enttäuschen muß. Ein Scharfschütze hätte leichtes Spiel, wenn du wüßtest, wo sie sich aufhalten. Aber ich werde keiner Menschenseele verraten, wo sie sind. Und sie werden mit keinem Bullen zusammenkommen, weder um eine Aussage zu machen, noch um Wexlersh und Manuello bei einer Gegenüberstellung zu identifizieren. Ich traue jetzt *niemandem* mehr.«

»Du redest nicht wie ein verantwortungsbewußter Polizeibeamter, Dan. Um Himmels willen, du kannst doch nicht persönlich die Verantwortung für die Sicherheit der McCaffreys übernehmen.«

»Genau das habe ich aber vor.«

»Wenn sie in Gefahr sind, mußt du dafür sorgen, daß sie Polizeischutz bekommen. Das war ja auch meine Absicht, als ich Wexlersh und Manuello losschickte. Du kannst nicht auf eigene Faust handeln. Um Gottes willen, es sind schließlich nicht deine Familienangehörigen. Du hast nicht das Recht, allein auf sie aufpassen zu wollen.«

»Doch, wenn es ihr Wunsch ist, habe ich dieses Recht. Es stimmt, sie sind nicht mit mir verwandt, aber nichtsdestotrotz... für mich steht eine Menge auf dem Spiel.«

»Was soll das heißen?«

»Du hast abends im *Sign of the Pentagram* selbst gesagt, daß dies für mich kein gewöhnlicher Fall sei. Du hattest recht. Ich fühle mich zu Laura hingezogen, und das kleine Mädchen tut mir wahnsinnig leid. Meine Gefühle für die McCaffreys sind ungleich stärker als für alle anderen Opfer, mit denen ich bisher zu tun hatte.«

»Das allein ist schon Grund genug, um dich von diesem Fall zu suspendieren. Du bist kein objektiver Gesetzesvertreter mehr.«

»Du kannst mich mal...«

»Das erklärt auch, warum du so feindselig und hysterisch bist und warum du all diese absurden Verschwörungstheorien aufstellst.«

»Sie sind nicht absurd, das weißt du genau.«

»Jetzt ist mir alles völlig klar. Du hast total den Kopf verloren.«

»Ich warne dich, Ross, laß die Finger von den McCaffreys! Nur deshalb habe ich mir die Mühe gemacht, dich anzurufen. Nur um dich zu warnen – Finger weg!« Als Mondale schwieg, fügte Dan hinzu: »Diese Frau und dieses Kind bedeuten mir sehr viel.«

Mondale atmete leise ins Telefon, gab aber kein Versprechen ab.
»Ich schwöre, daß ich jeden vernichten werde, der auch nur den Versuch unternimmt, ihnen etwas zuleide zu tun«, fuhr Dan fort.
Schweigen.
»Vielleicht gelingt es dir, Wexlersh und Manuello zu bestechen, damit sie dich nicht belasten. Vielleicht erreichst du sogar irgendwie, daß die Anklage fallengelassen und die ganze Angelegenheit vertuscht wird. Aber wenn du die McCaffreys nicht in Ruhe läßt, werde ich Mittel und Wege finden, um dich zu vernichten, Ross. Das schwöre ich dir.«
Mondale hatte endlich seine Sprache wiedergefunden, aber er äußerte sich nicht zu Dans Warnung, sondern erklärte: »Nun, wenn du Mrs. McCaffrey nicht aussagen lassen willst, können Wexlersh und Manuello nicht festgenommen werden.«
»O doch! Earl Benton wird eine Aussage machen. Er wurde mit einer Pistole niedergeschlagen. Von Wexlersh! Earl befindet sich in einem Krankenhaus...«
»In welchem?«
»Hör doch endlich mit diesen Kindereien auf, Ross!«
Mondales Frustration war inzwischen so groß, daß er seine waren Gefühle nicht mehr verbergen konnte. Der Damm brach noch nicht, aber er zeigte einen ersten bedenklichen Riß. »Du Dreckskerl! Ich habe dich satt, dich und deine ewigen Drohungen! Ich habe es endlich satt, dich ständig wie ein Damoklesschwert über meinem Haupt schweben zu haben!«
»So ist's recht, Ross. Spuck es aus. Rede dir nur alles von der Seele.«
Mondale verstummte wieder.
»Jedenfalls«, fuhr Dan fort, »wird Earl, sobald man ihn verarztet hat, in jene Wohnung zurückkehren, die Polizei über alles informieren und eine Aussage machen. Du kannst dich darauf verlassen, daß Wexlersh und Manuello wegen tätlichen Angriffs und versuchten Mordes in Untersuchungshaft kommen.«
Mondale hatte sich jetzt wieder fest unter Kontrolle.
»Falls die Ärzte Earl über Nacht zur Beobachtung hierbehalten wollen, wird die Polizei ins Krankenhaus kommen, um seine Aussage zu Protokoll zu nehmen. Wexlersh und Manuello werden nicht mit heiler Haut davonkommen... es sei denn, du setzt alle Hebel in Bewegung, und wahrscheinlich wird dir gar nichts anderes übrigbleiben, wenn du verhindern willst, daß sie auspacken.«

Keine Antwort. Nur Laute Atemzüge.

»Falls es dir gelingen sollte, die Sache irgendwie zu vertuschen, wirst du den Polizeichef vielleicht überzeugen können, daß du, Wexlersh und Manuello nicht die Absicht hattet, das Mädchen zu entführen und die Mutter zu erschießen. Aber die Presse wird trotzdem wittern, daß etwas an der Sache oberfaul war, und *sie* wird dir nie wieder hundertprozentig über den Weg trauen. Die Reporter werden dich ständig im Auge behalten, sie werden überall herumschnüffeln und beim geringsten Anlaß über dich herfallen.«

Schweigen.

»Hörst du mir aufmerksam zu Ross?«

Schweigen.

»Mit sehr viel Glück wirst du vielleicht Captain bleiben, aber die Kandidatur zum Polizeichef kannst du vergessen. Das ist jetzt aus und vorbei. Damit wir uns richtig verstehen, Ross – dies ist eine Warnung! Nur deshalb habe ich dich angerufen. Hör mir gut zu. Wenn du die McCaffreys ab sofort nicht total in Ruhe läßt, wirst du mit Stumpf und Stiel vernichtet werden. Dafür werde ich persönlich sorgen. Du bist schon jetzt halb ruiniert, aber wenn du die McCaffreys weiterhin verfolgst, wirst du nicht einmal mehr Captain bleiben. Ich werde dich zur Strecke bringen. Wer auch immer dich bestochen haben mag, wie mächtig und einflußreich diese Person auch sein mag – sie wird dir nicht helfen können, wenn du versuchst, den McCaffreys auch nur ein Haar zu krümmen. Niemand wird dich in diesem Fall vor *mir* retten können. Hast du mich verstanden?«

Schweigen. Aber ein haßerfülltes Schweigen.

»Ich habe noch immer das FBI am Hals«, fuhr Dan fort, »und ich habe die Burschen am Hals, die Dylan McCaffrey und Willy Hoffritz finanzierten. Es gibt etliche Leute, die es auf das kleine Mädchen abgesehen haben, aber ich will verdammt sein, wenn ich zulasse, daß auch du weiter mitmischst, Ross. Du wirst noch heute nacht die Leitung der Spezialtruppe an irgendeinen Kollegen abgeben und dich von diesem Fall total zurückziehen, von mir aus unter dem Vorwand, daß Wexlersh und Manuello sich etwas haben zuschulden kommen lassen. Hast du mich verstanden, Ross? Ich schlage dir das nicht vor, Ross. Ich *befehle* es dir.«

»Du Scheißkerl!«

»Wenn du dich nicht bald mit meinen Bedingungen einverstan-

den erklärst, lege ich auf, und falls du dann doch noch zur Vernunft kommen solltest, nützt es dir nichts mehr.«
Schweigen.
»Also dann – gute Nacht, Ross!«
»Warte!«
»Tut mir leid, ich hab's eilig.«
»Okay, okay. Ich bin mit deinen Bedingungen einverstanden.«
»Drück dich bitte etwas exakter aus.«
»Ich werde diesen Fall abgeben.«
»Ein sehr weiser Entschluß.«
»Ich werde mich sogar für eine Woche krankschreiben lassen.«
»Ach, fühlst du dich nicht wohl?«
»Ich werde mich aus dieser Geschichte völlig aushalten, aber dafür erwarte ich etwas von dir.«
»Was?«
»Ich will nicht, daß Benton oder du oder die McCaffreys belastende Aussagen gegen Wexlersh und Manuello machen.«
»Blödsinn! Wir können auf dich nur Druck ausüben, wenn wir diese Kriecher wegen versuchten Mordes einbuchten lassen.«
»Okay, dann soll Benton eben gegen sie aussagen. Aber in einigen Tagen, wenn du glaubst, daß für die McCaffreys keine Gefahr mehr besteht, soll Benton seine Aussage widerrufen.«
»Er würde sich damit zum Narren machen.«
»Nein, nein. Er kann ja sagen, jemand anderer hätte ihm einen heftigen Schlag auf den Schädel gegeben, und er hätte irrtümlich Wexlersh und Manuello beschuldigt. Nach einigen Tagen habe er sich dann aber daran erinnert, wie es in Wirklichkeit gewesen sei, nämlich daß jemand anderer versucht habe, ihn umzubringen, und daß Wexlersh und Manuello ihn *gerettet* hätten.«
»In deiner Situation kannst du eigentlich überhaupt keine Bedingungen stellen, Ross.«
»Verdammt, wenn du mir keinen Ausweg läßt, wenn ich keinen Funken Hoffnung sehe, habe ich auch keinen Grund, mich an deine Spielregeln zu halten.«
»Vielleicht. Aber wenn wir schon einen Handel abschließen, dann will ich von dir auch noch etwas anderes. Nämlich den Namen des Mannes, der dich gekauft hat.«
»Nein.«
»Wer will das Mädchen in seine Gewalt bringen, Ross? Sag es mir, und unser Handel ist perfekt.«

»Unmöglich. Wenn ich es dir sagen würde, wäre ich *wirklich* erledigt. Bestenfalls noch als Hundefutter zu verwenden. Lieber gehe ich dann gleich kämpfend unter. Ich habe keine Lust, jemanden zu verpfeifen und dann womöglich wie ein Insekt zerquetscht zu werden, so wie jene Leichen in Studio City – oder noch schlimmer. Ich gebe dir die McCaffreys, und in einigen Tagen gibst du mir dafür Wexlersh und Manuello. Das ist ein fairer Handel.«

»Sag mir wenigstens, ob die Person, die dich bestochen hat, auch die Arbeit im grauen Zimmer finanzierte.«

»Ich nehme es an.«

»Handelt er im Auftrag der Regierung?«

»Vielleicht.«

»Nicht so vage, wenn ich bitten darf!«

»Ich weiß es wirklich nicht. Er könnte für die Regierung arbeiten, aber er könnte dieses Projekt auch aus eigener Tasche finanziert haben.«

»Er ist also reich?«

»Ich verrate dir seinen Namen nicht, und ich verrate dir auch nicht so viele Einzelheiten, daß du *erraten* könntest, um wen es sich handelt. Damit würde ich mein eigenes Todesurteil unterschreiben.«

Dan überlegte kurz, dann fragte er: »Hat er dir gesagt, was sie in jenem grauen Zimmer zu beweisen versuchten?«

»Nein.«

»Dieser Kerl, der dich bestochen und dieses verrückte Projekt finanziert hat – ist er auch der Mörder, Ross?«

Schweigen.

»Hat er diese ganzen Morde begangen? Komm, sag es mir. Du brauchst keine Angst zu haben. Ich bestehe nicht auf seinem Namen, aber ich muß wissen, ob er Scaldone und die anderen auf dem Gewissen hat.«

»Nein, nein. Ganz im Gegenteil. Er hat Angst, das nächste Opfer zu sein.«

»Und vor *wem* hat er Angst?«

»Ich glaube nicht, daß es ein *Wer* ist.«

»Was?«

»Es hört sich verrückt an... aber wenn man diese Leute reden hört, könnte man glauben, Dracula höchstpersönlich wäre hinter ihnen her. Ich meine, nach dem, was ich so gehört habe, kommt es mir so vor, als fürchteten sie sich nicht vor einer *Person*, sondern vor einem *Wesen.* Irgendein *Wesen* bringt alle um, die etwas mit dem grauen Zimmer zu tun hatten. Ich weiß, das hört sich lächerlich an, aber es ist nun einmal so. Und jetzt sag mir endlich, ob unsere Abmachung gilt. Ich lege diesen Fall nieder und gebe dir die McCaffreys, und du gibst mir Manuello und Wexlersh. Einverstanden?«

Dan tat so, als überlege er. »Einverstanden«, sagte er schließlich.

»Die Abmachung gilt also definitiv?«

»Ja.«

Mondale lachte; es war ein nervöses, aber zugleich auch ein drekkiges Lachen. »Dir ist doch klar, was das bedeutet, Haldane?«

»Was bedeutet es denn?«

»Wenn du auf einen solchen Handel eingehst, wenn du Männer laufen läßt, die deiner Meinung nach zwei Morde planten – nun, dann hast du genausoviel Dreck am Stecken wie jeder andere.«

»Soviel wie du noch lange nicht. Ich könnte einen Monat lang in einer Jauchegrube schwimmen und Scheiße fressen und hätte im Vergleich zu dir dann immer noch eine saubere Weste.«

Er hängte den Hörer ein. Er hatte zumindest eine Gefahrenquelle eliminiert. Melanie hatte noch genügend andere Feinde, aber Mondale würde mit Sicherheit niemanden mehr auf sie ansetzen.

Und was das Schönste bei dieser Sache war – er selbst hatte sich dabei nicht die Hände schmutzig gemacht, denn er hatte nicht die Absicht, seinen Teil der Abmachung einzuhalten. Er würde Earl nicht bitten, die Aussage gegen Wexlersh und Manuello zu widerrufen. Ganz im Gegenteil – sobald dieser Fall aufgeklärt war, sobald Laura und Melanie gefahrlos in der Öffentlichkeit auftreten konnten, würde er dafür sorgen, daß auch sie gegen die beiden Detektive aussagten, und er selbst würde ebenfalls eine Aussage zu Protokoll geben. Manuello und Wexlersh waren erledigt – und ebenso Ross Mondale.

30

Um 0.25 Uhr konnte Earl Benton die Klinik verlassen.

Auch nachdem sein Gesicht nun nicht mehr blutverschmiert war, bot er einen erschreckenden Anblick.

Die Kopfverletzung war mit sieben Stichen genäht und verbunden worden. Seine Lippen waren purpurfarben und geschwollen, der ganze Mund verzerrt. Ein Auge war blau geschlagen.

Sein Aussehen machte auf Melanie einen tiefen Eindruck. Ihre Augen wurden plötzlich klar. Sie tauchte aus ihrer Trance auf wie ein Fisch, der an die Oberfläche eines Sees schwimmt, um eine seltsame Gestalt am Ufer besser in Augenschein nehmen zu können. »Ahhhh!« stöhnte sie niedergeschlagen. Sie schien Earl etwas sagen zu wollen, und er beugte sich zu ihr hinab. Sie berührte sein geschundenes Gesicht mit einer Hand, und ihr Blick schweifte langsam von dem geschwollenen Kinn und den aufgeplatzten Lippen zu dem blauen Auge und weiter zu seinem Kopfverband. Sie nagte bekümmert an ihrer Unterlippe. Ihre Augen füllten sich mit Tränen. Sie versuchte zu sprechen, brachte aber keinen Laut hervor.

»Was ist, Melanie?« fragte Earl.

Laura kauerte sich neben ihre Tochter, legte einen Arm um sie. »Was versuchst du ihm zu sagen. Liebling? Denk immer nur an ein Wort, ganz langsam. Ein Wort nach dem anderen. Du kannst es aussprechen. Du *kannst* es, Baby.«

Dan Haldane, der Arzt, der Earl behandelt hatte, und eine junge Krankenschwester verfolgten die Szene aufmerksam, erwartungsvoll.

Melanies von Tränen getrübter Blick glitt noch immer über Earls Gesicht, von einer Verletzung zur anderen, und schließlich murmelte sie: »Für m-m-mich.«

»Ja«, sagte Laura. »Das stimmt, Liebling. Earl hat für dich gekämpft. Er hat sein Leben für dich riskiert.«

»Für mich«, wiederholte das Mädchen andächtig, so als sei es für sie eine ganz neue, unfaßbare Vorstellung, geliebt und beschützt zu werden.

Freudig erregt über diesen Riß in Melanies autistischem Panzer, hoffte Laura, ihn erweitern oder vielleicht sogar den Panzer völlig zertrümmern zu können. »Wir alle kämpfen für dich, Baby. Wir wollen dir helfen. Wir *werden* dir helfen, wenn du uns nur helfen läßt.«

»Für mich«, sagte Melanie noch einmal, doch dann verstummte sie wieder. Ihre Tränen trockneten, sie nahm ihre Hand von Earls Gesicht, und ihre Augen wurden glasig. Sie ließ müde den Kopf sinken.

Laura war etwas enttäuscht, aber zugleich schöpfte sie neue

Hoffnung. Die Kleine *wollte* aus ihrer dunklen unzugänglichen Innenwelt zurückkehren, und nachdem sie diesen Wunsch hatte, würde es ihr früher oder später vermutlich auch gelingen, ihr Refugium zu verlassen.

Der Notarzt schlug vor, Earl sollte über Nacht zur Beobachtung in der Klinik bleiben, aber der Privatdetektiv wollte lieber ins ›sichere Haus‹ zurückfahren und seine Aussage zu Protokoll geben, damit Wexlersh und Manuello ins Kittchen wandern konnten.

Sie waren alle zusammen in Dans Limousine zur Klinik gefahren, aber Dan wollte Laura und Melanie jetzt von allen Polizeibeamten fernhalten und konnte Earl deshalb nicht zum ›sicheren Haus‹ bringen. Sie riefen für ihn lieber ein Taxi.

»Ihr braucht nicht zu warten, bis das Taxi kommt«, sagte Earl. »Macht lieber, daß ihr von hier wegkommt.«

»Wir warten«, entschied Dan. »Wir müssen ohnehin noch kurz einiges besprechen.«

Sie standen in der Halle vor der Ausgangstür, damit sie sehen konnten, wenn das Taxi vorfuhr. Ohne sich absprechen zu müssen, hatten sie Melanie schützend in ihre Mitte genommen. Draußen regnete es noch immer in Strömen. In der Halle war nur die Hälfte der Lampen eingeschaltet, die ein unfreundlich kaltes Licht spendeten. Ein leichter Geruch nach Desinfektionsmitteln mit Tannenduft hing in der Luft. Außer der kleinen vierköpfigen Gruppe war kein Mensch zu sehen.

»Soll *Paladin* jemanden schicken, der mich ablöst?« fragte Earl.

»Nein«, erwiderte Dan.

»Das dachte ich mir schon.«

»Ihr seid eine verdammt gute Detektei«, sagte Dan, »und ich hatte nie Grund, an eurer Integrität zu zweifeln. Ich habe auch *jetzt* keinen Grund dazu...«

»Aber in diesem speziellen Fall traust du den Leuten von *Paladin* genausowenig wie der Polizei«, vervollständigte Earl seinen Satz.

»Außer Ihnen«, sagte Laura. »Wir wissen, daß wir Ihnen vertrauen können, Earl. Ohne Sie wären Melanie und ich jetzt vermutlich tot.«

»Machen Sie aus mir nur keinen Helden«, entgegnete Earl. »Ich war ein dummer Esel. Ich habe Manuello die Tür geöffnet.«

»Aber Sie konnten doch nicht wissen...«

»Aber ich *habe* die Tür geöffnet«, beharrte Earl.

Laura verstand, warum Dan Haldane und Earl Benton Freunde waren. Sie hatten vieles gemeinsam: die Liebe zu ihrer Arbeit, ein ausgeprägtes Pflichtgefühl und die Neigung, allzu selbstkritisch zu sein. Das waren seltene Eigenschaften in einer Welt, in der Zynismus, Selbstsucht und Selbstbeweihräucherung immer mehr überhandzunehmen schienen.

Dan sagte, an Earl gewandt: »Ich werde in irgendeinem Motel ein Zimmer nehmen und mit Laura und Melanie dort übernachten. Ich wollte sie ursprünglich zu mir nach Hause bringen, aber jemand könnte damit rechnen, daß ich das tue.«

»Und morgen?« fragte Earl.

»Ich will mit mehreren Leuten sprechen...«

»Kann ich dir dabei behilflich sein?«

»Falls dir danach zumute ist, wenn du morgen früh aus dem Bett steigst.«

»Keine Sorge, das schaffe ich schon.«

»Da wäre zunächst einmal eine Frau namens Mary Katherine O'Hara. Sie ist Sekretärin einer Organisation mit dem schönen Namen *Freedom Now*.« Er gab Earl die Adresse und sagte ihm, welche Informationen er benötigte. »Außerdem brauche ich Auskünfte über eine Gesellschaft – John Wilkes Enterprises. Wer sind die Hauptaktionäre, Geschäftsführer etc.?«

»Ist es eine kalifornische Aktiengesellschaft?«

»Aller Wahrscheinlichkeit nach«, sagte Dan. »Ich muß auch wissen, wann und von wem diese Gesellschaft gegründet wurde und welcher Branche sie angehört.«

»Wie bist du denn auf diese John Wilkes Enterprises gekommen?« wollte Earl wissen – eine Frage, die auch Laura brennend interessierte.

»Das ist eine lange Geschichte«, antwortete Dan. »Ich werde sie dir morgen erzählen. Wie wär's, wenn wir uns um ein Uhr irgendwo zum Mittagessen treffen? Dann können wir Informationen austauschen und feststellen, ob uns das irgendwie weiterbringt.«

»Okay, bis dahin müßte ich rausgefunden haben, was du wissen willst«, sagte Earl. Er schlug eine Imbißstube in Van Nuys vor, weil dort seines Wissens nach keine Leute von *Paladin* verkehrten.

»Dort verkehren auch keine Bullen«, meinte Dan. »Scheint sich also gut zu eignen.«

»Da kommt Ihr Taxi«, sagte Laura, als Scheinwerfer über die

Glastüren glitten und die Regentropfen auf den Scheiben zum Funkeln brachten.

Earl schaute zu Melanie hinab. »Na, Prinzessin, schenkst du mir zum Abschied ein Lächeln?«

Die Kleine blickte zu ihm empor, aber Laura sah, daß ihre Augen jenen gespenstisch leeren Ausdruck hatten.

»Ich warne dich«, sagte Earl, »du wirst keine Ruhe vor mir haben, bis du mir endlich einmal ein Lächeln schenkst.«

Melanie starrte ihn schweigend an.

»Halten Sie die Ohren steif«, fuhr Earl an Laura gewandt fort. »Wir werden diese Sache schon hinkriegen.«

Laura nickte. »Und vielen Dank für...«

»Für nichts«, fiel er ihr ins Wort. »Ich habe den beiden die Tür geöffnet. Das muß ich erst wiedergutmachen, bevor Sie sich bei mir bedanken.« Er wollte die Autotür öffnen, drehte sich dann aber doch noch einmal um. »Übrigens, Dan, was ist eigentlich mit dir passiert?«

»Was meinst du?«

»Deine Stirn.«

»Oh!« Dan warf Laura einen flüchtigen Blick zu, und sie konnte seinem Gesicht ansehen, daß er sich die Verletzung zugezogen hatte, während er an diesem Fall arbeitete, daß er aber nicht darüber sprechen wollte, um sie nicht zu beunruhigen. »Das war eine kleine alte Dame«, schwindelte er. »Sie hat mit ihrem Stock zugeschlagen.«

»Warum das denn?« fragte Earl.

»Ich habe ihr über die Straße geholfen.«

»Und zum Dank hat sie dich verprügelt?«

»Ja. Sie *wollte* die Straße nämlich gar nicht überqueren.«

Earl grinste und rannte durch den Regen zu seinem Taxi.

Laura und Dan nahmen Melanie in ihre Mitte und rannten ihrerseits zu Dans Dienstwagen.

Die Luft war eisig.

Der Regen war kalt.

Irgendwo dort draußen in der Dunkelheit wartete ›Es‹.

In dem Motelzimmer gab es zwei breite Betten mit grünvioletten Tagesdecken, deren Farben sich mit den grellen orange-blauen Vorhängen und mit der schreienden gelb-braunen Tapete bissen. Gräßliche Farbkombinationen dieser Art waren typisch für mindestens ein Viertel der Hotels und Motels in jedem amerikanischen Bundesstaat von Alaska bis Florida, so als würde ein einziger, völlig unqualifizierter Innenarchitekt hektisch im ganzen Land umherreisen und die Räume mit Tapeten und Stoffen dekorieren, die kein normaler Mensch kaufte.

Die Matratzen waren zu weich, die Möbel verkratzt, aber zumindest war das Zimmer sauber. Es gab sogar eine Kaffeemaschine und Probepackungen verschiedener Kaffeeröstereien, und Dan machte Kaffee, während Laura ihre Tochter zu Bett brachte.

Obwohl Melanie einen Großteil des Tages in einer Art Dämmerzustand verbracht und scheinbar wenig Energie verbraucht hatte, schlief sie ein, kaum daß ihre Mutter sie zugedeckt hatte.

Am einzigen Fenster stand ein kleiner Tisch mit zwei Stühlen, und dorthin brachte Dan den Kaffee. Er und Laura saßen im Halbdunkel; eine kleine Lampe neben der Tür spendete schwaches Licht; sie hatten die Vorhänge nur zur Hälfte zugezogen und konnten deshalb einen Teil des Parkplatzes überblicken, wo das bläuliche Licht der Quecksilberdampflampen gespenstische Muster auf die Autos zauberte und sich in den Pfützen spiegelte.

Dan hörte mit wachsendem Unbehagen zu, während Laura ihm die Ereignisse dieses Tages schilderte. Als sie von dem schwebenden Radio und dem mit Blumen gefüllten Wirbelwind berichtete, war ihr anzumerken, daß sie diese übernatürlichen Phänomene kaum glauben konnte, obwohl sie sich vor ihren eigenen Augen abgespielt hatten.

»Wie erklären Sie sich das alles?« fragte Dan, nachdem sie geendet hatte.

»Ich hatte gehofft, daß *Sie* eine Erklärung dafür hätten.«

Er erzählte ihr von Joseph Scaldone, der in einem Raum ermordet worden war, dessen Türen und Fenster von innen fest verschlossen waren. »Wenn man dieses Ding der Unmöglichkeit zu den Vorfällen in Ihrem Haus hinzufügt, bleibt uns vermutlich gar nichts anderes übrig, als das Wirken irgendeiner Kraft oder Macht anzuerkennen, die jenseits menschlicher Erfahrung liegt. Aber was, zum Teufel, könnte das sein?«

»Nun, ich habe den ganzen Abend darüber nachgedacht«, sagte Laura, »und ich vermute, daß jenes Wesen – oder was auch immer es sein mag, das in mein Radio gefahren ist und kurz darauf die Blumen in die Küche gewirbelt hat – nicht identisch sein kann mit dem Wesen, das Menschen auf so bestialische Weise ermordet. So furchterregend die Vorgänge in meiner Küche auch waren, so muß ich doch im nachhinein sagen, daß sie im Grunde nichts Bedrohliches an sich hatten. Und wir wurden ja sogar gewarnt, daß das mörderische Wesen, das Dylan und die anderen auf dem Gewissen hat, schließlich auch Melanie töten würde.«

»Wir haben es also sowohl mit guten als auch mit bösen Geistern zu tun«, konstatierte Dan.

»So könnte man es vielleicht nennen – nur glaube ich nicht an Geister.«

»Ich im Prinzip auch nicht. Aber Ihr Mann und Hoffritz müssen bei jenen Experimenten im grauen Zimmer offenbar irgendwelche okkulten Kräfte entfesselt haben – Kräfte oder Wesen mörderischer Natur und andere, die zumindest so gütig sind, uns vor ersteren zu warnen. Und im Augenblick fällt mir keine bessere Bezeichnung ein als ›Geister‹.«

Sie tranken schweigend ihren Kaffee aus.

Ein heftiger Wind war aufgekommen und fegte den Regen über den Parkplatz. Im hinteren Teil des Zimmers murmelte Melanie im Schlaf und strampelte unter der Decke, doch beruhigte sie sich nach kurzer Zeit wieder.

Schließlich sagte Laura: »Geister! Das ist doch total verrückt!«

»Glatter Wahnsinn!«

»Absoluter Schwachsinn!«

Dan schaltete die Lampe über dem Tisch ein und zog den Ausdruck der Kundenkartei von Scaldones obskurem Laden aus der Tasche. Er entfaltete die Blätter und schob sie Laura hin. »Sagen Ihnen irgendwelche Namen auf dieser Liste etwas? Ich meine jetzt, abgesehen von Ihrem Mann, Hoffritz und Cooper.«

Sie studierte die Liste zehn Minuten lang und fand vier weitere ihr bekannte Namen.

»Der hier«, sagte sie. »Edwin Koliknikov. Er ist Psychologieprofessor an der USC und erhält oft Forschungsstipendien vom Pentagon. Er hat Dylan geholfen, Beziehungen zum Verteidigungsministerium zu knüpfen. Er ist Verhaltensforscher, und sein besonderes Interesse gilt der Kinderpsychologie.«

Dan war überzeugt davon, daß das der ›Eddie‹ war, den er in Regines Haus gesehen hatte und der mit ihr nach Las Vegas geflüchtet war.

»Howard Renseveer«, fuhr Laura fort. »Er vertritt eine Stiftung, die sehr viel Geld zur Verfügung hat. Ich weiß nicht genau, um welche Art von Stiftung es sich handelt, aber ich weiß, daß er einige Projekte von Hoffritz finanzierte und auch mehrmals mit Dylan über Zuschüsse gesprochen hat. Ich kannte ihn nur flüchtig, aber er machte auf mich einen sehr unsympathischen Eindruck – ein distanzierter, arroganter Kerl.«

Dan war sicher, Regines ›Howard‹ gefunden zu haben.

»Und der hier.« Laura deutete auf einen weiteren Namen. »Sheldon Tolbeck. Seine Freunde nennen ihn Shelby. Er ist eine Kapazität als Psychologe und Neurologe. Ihm verdankt die Wissenschaft wichtige Erkenntnisse auf dem Gebiet von Verhaltensstörungen wie Autismus und Katatonie.«

»Ich habe Grund zu der Annahme, daß diese drei Männer an den Experimenten im grauen Zimmer beteiligt waren.«

Sie runzelte die Stirn. »Von Koliknikov und Renseveer könnte ich das ohne weiteres glauben, nicht aber von Sheldon Tolbeck. Er hat einen makellosen Ruf.«

Ihr Finger glitt weiter über die Liste. »Hier ist noch einer. Albert Uhlander. Ein Schriftsteller mit seltsamen...«

»Ich weiß. Dort drüben liegen sieben seiner Bücher.«

»Er und Dan führten eine ausgedehnte Korrespondenz.«

»Worüber?«

»Über verschiedene Aspekte des Okkultismus. Genaueres weiß ich aber leider nicht.«

Laura hatte alle Mitglieder der Verschwörung identifiziert, mit Ausnahme jenes großen, weißhaarigen, distinguierten Herrn, den Regine ›Daddy‹ nennen mußte. Dan hatte das Gefühl, daß ›Daddy‹ mehr als nur ein Sadist und mehr als nur eines der Mitglieder von Dylan McCaffreys Forschungsteam war; er hielt ›Daddy‹ für die Schlüsselfigur der Konspiration.

»Ich glaube«, sagte er, »daß all diese Männer sterben werden – Koliknikov, Renseveer, Tolbeck und Uhlander. Etwas bringt ganz methodisch all jene um, die etwas mit dem Projekt vom grauen Zimmer zu tun hatten. In Ermangelung eines besseren Wortes haben wir dieses Etwas vorhin als ›Geist‹ bezeichnet; diesen Geist haben die Forscher selbst entfesselt – und dann haben sie völlig die Kontrolle über ihn verloren. Wenn ich recht habe, bleibt diesen vier Männern nicht mehr viel Zeit.«

»Dann müßten wir sie warnen...«

»Warnen? Diese Männer sind für Melanies Zustand verantwortlich!«

»Trotzdem... so gern ich sie auch alle bestraft sähe...«
»Ich glaube, sie wissen ohnehin schon, daß etwas hinter ihnen her ist«, sagte Dan. »Eddie Koliknikov hat am Abend die Stadt verlassen, und die anderen werden vermutlich ebenfalls die Flucht ergreifen oder haben es bereits getan.«

Nach kurzem Schweigen murmelte Laura: »Und dieser Geist oder was auch immer... sobald er all die Männer umgebracht hat... wird er auch Melanie töten wollen.«

»Falls wir der Warnung Glauben schenken können, die Ihnen durchs Radio übermittelt wurde.«

»Wir *müssen* ihr Glauben schenken«, sagte Laura grimmig.

Melanie begann wieder, vor sich hin zu murmeln, laut zu stöhnen und im Bett um sich zu schlagen.

Laura stand auf und wollte zu ihr gehen, blieb aber schon nach einem Schritt stehen und blickte sich ängstlich nach allen Seiten um.

»Was ist los?« fragte Dan.

»Die Luft«, antwortete sie.

Noch während sie sprach, spürte er es ebenfalls.

Die Luft wurde kälter.

31

Die Spätmaschine aus Los Angeles landete in Las Vegas kurz vor Mitternacht. Regine und Eddie fuhren mit einem Taxi ins Desert Inn, wo sie ein Zimmer reserviert hatten. Gegen ein Uhr nachts hatten sie ausgepackt.

Regine war schon zweimal zuvor mit Eddie in Vegas gewesen. Sie trugen sich immer unter ihrem Namen ein, weil sie ja seinen Familiennamen nicht erfahren sollte.

Regine wußte aus Erfahrung, daß Vegas auf Eddie wie ein Aufputschmittel wirkte. Vielleicht lag es an den Lichtern und an der hektischen Betriebsamkeit, vielleicht auch an dem Klirren von Münzen, an dem Knistern von Banknoten. Aus welchen Gründen auch immer, sein sexueller Appetit war in Vegas jedenfalls weitaus größer als in Los Angeles. Jeden Abend, wenn sie essen gingen und anschließend eine Show besuchten, trug sie ein tief ausgeschnittenes Kleid, das er ausgesucht hatte, und er sonnte sich in ihrem

Glanze; aber die übrige Zeit mußte sie im Hotelzimmer verbringen, damit sie verfügbar war, wenn er beim Spielen eine Pause einlegte. Zwei- oder dreimal am Tag kam er aufs Zimmer, ein bißchen überdreht, mit wild funkelnden Augen, und dann reagierte er an ihr seine überschüssige Energie ab. Manchmal blieb er an die Zimmertür gelehnt stehen, und sie mußte vor ihm niederknien und ihn oral befriedigen; dann stieß er sie weg, schloß den Reißverschluß seiner Hose und verschwand wortlos. Manchmal wollte er sich unter der Dusche oder auf dem Fußboden mit ihr vergnügen, oder aber er wollte im Bett ausgefallene Positionen ausprobieren, die ihn normalerweise nicht interessierten. Und sein Sadismus war in Vegas jedesmal noch viel ausgeprägter als in Los Angeles.

Deshalb rechnete Regine damit, daß er sich sofort auf sie stürzen würde, nachdem sie sich im Hotelzimmer eingerichtet hatten. Aber er hatte in dieser Nacht kein Interesse an ihr. Seit er vor Stunden ihr Haus in Hollywood betreten hatte, war er äußerst nervös gewesen. Nach dem Start des Flugzeugs hatte er sich ein wenig entspannt, aber nur vorübergehend. Und jetzt saß ihm die Angst mehr denn je im Nacken.

Sie wußte, daß er vor jemandem auf der Flucht war – auf der Flucht vor dem Mörder der anderen Männer. Aber das Ausmaß seiner Angst setzte sie in Erstaunen. Sie hatte ihn immer nur ganz cool und überlegen erlebt. Sie hätte nicht gedacht, daß er zu starken Emotionen wie Freude oder Angst überhaupt fähig war. Wenn Eddie sich fürchtete, mußte er mit etwas wirklich Grauenhaftem rechnen.

Für sie spielte das keine Rolle. *Sie* fürchtete sich nicht. Selbst wenn jemand erfuhr, daß Eddie sich in Vegas aufhielt, selbst wenn dieser Jemand ihn hierher verfolgte, selbst wenn auch sie in Gefahr schwebte, weil sie bei ihm war – sie hatte keine Angst. Sie war von aller Angst befreit worden. Willy hatte sie davon befreit.

Aber Eddie war nicht befreit worden, und er hatte solche Angst, daß er sich weder mit ihr vergnügen noch schlafen wollte. Er wollte ins Hotelcasino gehen und sich durch Spielen ablenken, aber – und das war das Ungewöhnliche – er wollte, daß sie ihn begleitete. Er wollte nicht unter Fremden allein sein, nicht einmal an einem Ort, wo es von Menschen nur so wimmelte. Sie sollte ihm als moralische und emotionale Stütze dienen – und das war etwas, das weder er noch einer seiner Freunde jemals von ihr gewollt hatten, und es war etwas, das sie niemandem geben konnte – nicht seit Willy sie verwandelt hatte. Eddie hatte dominierend zu sein, er sollte sie demütigen, und mißhandeln. Seine plötzliche Schwäche und Hilfsbedürftigkeit stießen sie regelrecht ab.

Trotzdem begleitete sie ihn um 1.15 Uhr in der Nacht ins Casino. Er wünschte ihre Gesellschaft, und sie tat immer, was von ihr verlangt wurde.

Das Casino war gut besucht, aber noch nicht überfüllt, denn die Mitternachtsshow würde erst in einer halben Stunde zu Ende sein. Hunderte von Menschen drängten sich an den blinkenden, lärmenden Spielautomaten und an den halbelliptischen Blackjack-Tischen, umlagerten die Würfeltische: Personen in Anzügen und Abendkleidern; Personen in Jeans und Turnschuhen; Typen, die sich wie Cowboys zurechtgemacht hatten; Großmütter und junge Mädchen; japanische Geschäftsleute und eine Gruppe von Sekretärinnen aus San Diego; Reiche und weniger Reiche; Gewinner und Verlierer, wobei letztere in der Überzahl waren; eine 300 Pfund schwere Dame in grellgelbem Kaftan mit passendem Turban, die beim Blackjack mit Tausend-Dollar-Scheinen um sich warf, ohne auch nur eine Ahnung von diesem Kartenspiel zu haben; ein betrunkener Ölmillionär aus Houston; uniformierte Sicherheitsbeamte von ungewöhnlich kräftiger Statur, die sich durch untadelige Höflichkeit auszeichneten; Casino-Angestellte an den Würfeltischen in schwarzen Hosen und weißen Hemden, mit sorgfältig gebundenen schwarzen Krawatten und Casino-Angestellte in dunklen Anzügen an den Bakkarat-Tischen, alle mit hellwachen, mißtrauischen Augen. Es war das reinste Paradies für jeden, der es liebte, Menschen zu beobachten.

Eddie schweifte rastlos in dem riesigen Saal umher, ohne sich an irgendeinem Spiel zu beteiligen. Regine blieb dicht an seiner Seite. Die verrückte Atmosphäre steckte auch sie an. Ihr Puls ging schneller, ihr Adrenalinspiegel stieg, ihre Haut prickelte – sie hatte das Gefühl, daß etwas Ungewöhnliches passieren würde. Sie wußte nicht, was das sein könnte, aber sie spürte, daß etwas passieren würde. Vielleicht würde sie eine Menge Geld gewinnen. Vielleicht meinten die Leute dieses erregende Gefühl, wenn sie sagten, sie seien glücklich. Sie hatte sich noch nie glücklich gefühlt. Sie war noch nie glücklich gewesen. Vielleicht würde sie es auch in dieser Nacht nicht sein, aber es würde sich etwas ereignen. Etwas Ungewöhnliches. Und es würde sich schon sehr bald ereignen.

Die Luft im Motelzimmer wurde kälter.

Obwohl Melanie zu schlafen schien, strampelte sie wild unter der Decke, keuchte, wimmerte und murmelte: »Die... Tür... die Tür...«

Das Mädchen schien zu spüren, daß etwas nahte.

»...haltet sie *geschlossen*!«

Die Temperatur fiel und fiel.

Leise, aber eindringlich: »*Nicht... nicht... nicht herauslassen*!«

Das Mädchen zitterte wie Espenlaub, stöhnte, schlug um sich, aber ohne aufzuwachen.

Laura fühlte sich deprimierend hilflos, während sie ihren Blick durch das kleine Zimmer schweifen ließ. Sie fragte sich, welche Gegenstände plötzlich zum Leben erwachen würden, so wie das Radio in ihrer Küche. Oder würde etwas durch die Tür eindringen?

Dan Haldane hatte seinen Revolver gezogen.

Laura drehte sich langsam im Kreis und wartete darauf, daß das Fenster zerschellen oder die Tür zerbersten würde, daß die Stühle und der Tisch zu tanzen beginnen würden.

Dan ging auf die Tür zu. Offenbar glaubte er, daß von dort Gefahr drohte.

Dann wurde es schlagartig wieder warm. Melanie hörte auf zu wimmern, zu keuchen und zu sprechen. Sie schlug auch nicht mehr um sich, sondern lag regungslos im Bett. Ihre Atemzüge waren ungewöhnlich langsam und tief.

»Was war los?« fragte Dan.

»Keine Ahnung.«

Im Zimmer war es jetzt wieder so warm wie zuvor.

»Ist es vorüber?« wollte Dan wissen.

Laura antwortete wieder: »Keine Ahnung.«

Melanie war leichenblaß.

Weil sie ein schulterfreies Kleid trug, bemerkte Regine die plötzliche Kühle früher als Eddie. Sie standen mitten im Gedränge an einem Würfeltisch, und Eddie überlegte, ob er sich am Spiel beteiligen sollte. Im Casino war es so warm, daß Regine wünschte, sie hätte etwas bei sich, womit sie sich Luft zufächeln könnte. Und dann wurde es plötzlich, von einer Sekunde auf die andere, so kalt, daß sie fröstelte und eine Gänsehaut bekam. Im ersten Moment dachte sie, daß die Air-Condition falsch eingestellt worden war, doch dann wurde ihr klar, daß das nicht die Ursache eines so jähen Temperatursturzes sein konnte.

Auch andere Frauen hatten die plötzliche Kälte bemerkt, und dann fiel sie auch Eddie auf. Es war unverkennbar ein schwerer Schock für ihn. Er wandte sich vom Würfeltisch ab, verschränkte die Arme vor der Brust und zitterte am ganzen Leib. Sein Gesicht drückte Entsetzen aus. Er blickte sich gehetzt nach allen Seiten um und bahnte sich mit den Ellbogen rücksichtslos einen Weg durch die Menge. Steif und ungelenk wie eine Marionette bewegte er sich auf den breiten Mittelgang zu.

»Eddie?« rief Regine ihm nach.

Er drehte sich nicht nach ihr um.

»Eddie!«

Es war jetzt bitter kalt, zumindest in der Nähe der Würfeltische, und die Leute debattierten über diesen unerklärlichen Temperatursturz.

Regine schob sich ihrerseits durch die Menge. Eddie hatte den Mittelgang erreicht und war an einer freien Stelle stehengeblieben. Er drehte sich langsam im Kreis, mit erhobenen Armen, so als wolle er einen möglichen Angreifer abwehren. Aber weit und breit war kein Angreifer zu sehen, und Regine fragte sich, ob er vielleicht den Verstand verloren hatte. Sie sah, daß Eddies sonderbares Benehmen auch einem Sicherheitsbeamten aufgefallen war, der jetzt herbeieilte.

»Eddie!« rief Regine wieder, aber selbst wenn er sie hörte, hatte er keine Gelegenheit mehr zu antworten, denn er wurde in diesem Moment von einem so heftigen Schlag getroffen, daß er seitwärts taumelte, gegen Leute prallte und auf die Knie stürzte.

Aber wer hatte ihm diesen Schlag versetzt? Zwar hatte ihn eine Menschenmenge umflutet, aber er hatte eine kleine Insel freien Raums um sich gehabt. Mindestens zwei oder zweieinhalb Meter Abstand zu jeder anderen Person hatte er gehabt. Und dennoch ließ sich nicht leugnen, daß ein Schlag ihn mit voller Wucht getroffen hatte; seine Haare waren zerzaust, und sein Gesicht war blutüberströmt.

O Gott, so viel Blut!

Er begann zu schreien.

Im Casino hatte ohrenbetäubender Lärm geherrscht, doch als Eddie zu schreien begann, trat tiefe Stille ein. Seine gellenden Schreie waren markerschütternd, und sie wurden auch noch von unsichtbaren Verstärkern – oder von irgendwelchen besonders gearteten Schallwellen in der eisigen, rauchgeschwängerten Luft – aufgegriffen, hallten mit doppelter und dreifacher Lautstärke durch den Saal.

Die Menschen wichen vor Eddie zurück, und auch Regine blieb unwillkürlich in einiger Entfernung stehen. Eddies rechtes Ohr hing halb abgerissen herab, ganze Haarbüschel waren ausgerissen, und die rechte Gesichtshälfte war eine einzige blutige Masse. Doch er war bei Bewußtsein. Er spuckte Blut und einige Zähne aus, versuchte aufzustehen und wurde von einem neuerlichen Schlag getroffen, mit solcher Wucht, daß ihm sogar die Luft zum Schreien wegblieb. Dann wurde er hochgezerrt und in eine Gruppe von Zuschauern an einem Würfeltisch geschleudert. Die Menge stob auseinander, und ihre Schreie beendeten die unnatürliche Stille. Sogar der Sicherheitsbeamte war fassungslos und verängstigt stehengeblieben.

Eddie lag nur wenige Sekunden regungslos am Boden, dann sprang er wieder auf die Beine, wenngleich nicht aus eigener Kraft. Er wurde in die Höhe *gerissen*, so als wäre er eine Marionette in den Händen eines mysteriösen Puppenspielers. Er vollführte einige Bocksprünge, schlug mit den Armen wie mit Flügeln, drehte sich wild im Kreis, stolperte seitwärts, wirbelte umher, zuckte krampfhaft, so als würde er unaufhörlich von Blitzschlägen getroffen.

Regine trat aus dem Weg, als Eddie an ihr vorbeitorkelte. Seine Bewegungen waren so unkontrolliert, als hätten sich die Schnüre der Marionette verheddert. Sein rechtes Auge war blau und total verquollen, das linke rollte in der Höhle und hielt verzweifelt Ausschau nach dem rasenden Angreifer. Er prallte gegen die Hocker an einem Blackjack-Tisch, warf einen davon um und veranlaßte den Kartengeber, der das Geschehen mit offenem Mund verfolgt hatte, zu einem hastigen Rückzug.

Während der Geschäftsführer ins Telefon brüllte, man solle schleunigst weitere Sicherheitsbeamte herschicken, klammerte sich Eddie an den Blackjack-Tisch, so wie ein Ertrinkender auf sturmgepeitschter See sich an ein Floß klammert; er versuchte verzweifelt, der unsichtbaren Macht Widerstand zu leisten, die an ihm zerrte. Doch diese Macht war ungleich stärker als er, und sie riß ihn wieder in die Höhe. Er hing über dem Tisch in der Luft, zappelnd und um sich schlagend, und dieser unheimliche Anblick ließ die Menge wie aus einem Munde entsetzt aufschreien.

Plötzlich wurde Eddie auf den Tisch hinabgeschleudert. Karten, Chips und halbvolle Gläser fielen zu Boden. Eddie wurde hochgehoben und wieder auf den Tisch geschmettert, so brutal, daß der Tisch zersplitterte.

Eddies Wirbelsäule war gebrochen, aber sein Angreifer ließ noch immer nicht von ihm ab. Er wurde wieder auf die Beine gestellt und durch den ganzen Gang zwischen Würfel- und Kartentischen geschleppt, auf die unzähligen grellen Spielautomaten zu. Seine Kleidung war zerfetzt und blutdurchtränkt, und während er unfreiwillig durch das Casino torkelte, flogen Blutstropfen nach allen Richtungen. Er hatte das Bewußtsein verloren und war vielleicht sogar schon tot, nur noch ein schlaffes Bündel zertrümmerter Knochen und rohen Fleisches.

Die morbide Neugier der Menge machte endgültig dem Entsetzen Platz. Die Leute rannten auseinander, drängten und schoben sich in Richtung Hauptausgang, zu den eleganten Cafés oder den Treppen zum Zwischengeschoß – überallhin, nur möglichst weit weg von der blutigen zappelnden Masse, die in diesem Disneyland für Erwachsene eine besonders unwillkommene Mahnung an den Tod und an die Mysterien des Universums darstellte.

Wie gebannt, in einer Mischung aus Grauen, Erregung und Faszination, folgte Regine Eddie auf seinem makabren Weg zu den Spielautomaten. Sie hielt sich allerdings etwa fünf Meter hinter ihm, dicht gefolgt von Sicherheitsbeamten.

»Bleiben Sie stehen«, rief einer dieser Männer ihr zu. »Bleiben Sie, wo Sie sind!«

Sie drehte sich nach ihnen um. Es waren drei riesige Burschen in Uniformen, mit schußbereiten Pistolen. Alle drei hatten leichenblasse, völlig fassungslose Gesichter.

»Gehen Sie aus dem Weg!« befahl einer, und ein zweiter richtete seine Pistole auf sie.

Regine begriff, daß sie vielleicht glaubten, sie wäre irgendwie verantwortlich für die unmöglichen Dinge, die sich vor aller Augen abspielten. Vielleicht glaubten sie, sie verfüge über psychische Kräfte und tobe einen Mordrausch aus.

Sie blieb stehen, folgte Eddie aber mit ihren Blicken. Er war jetzt höchstens drei Meter von den Spielautomaten entfernt.

Unmittelbar vor ihm erwachten zwanzig Einarmige Banditen wie durch Zauberei zum Leben. Kirschen, Glocken, Zitronen und andere Symbole wirbelten in den Automaten mit solcher Geschwindigkeit, daß sie zu glitzernden Farbbändern verschwammen. Dann blieben alle zwanzig Zylinder gleichzeitig stehen, und jeder zeigte das Symbol der Zitrone.

Eddie senkte den Kopf – vielmehr drückte jene unsichtbare Macht seinen Kopf nach unten – und rammte einen der Spielautomaten mit solcher Wucht, daß sein Schädel zertrümmert wurde. Er brach auf dem Boden zusammen, wurde hochgerissen, ein Stück zurückgezerrt und ein zweites Mal gegen den Automaten geschleudert. Er stürzte zu Boden. Wurde hochgerissen. Zurückgeschleppt. Nach vorne geschleudert. Diesmal zerbarst die Plexiglasscheibe beim Aufprall seines Schädels.

Der tote Mann fiel zu Boden.

Er blieb regungslos liegen.

Die Luft war noch immer eisig.

Regine rieb sich die Arme.

Sie hatte das Gefühl, von einem Etwas beobachtet zu werden.

Dann wurde die Luft plötzlich warm, und Regine spürte, daß jenes Etwas sich entfernt hatte.

Sie betrachtete Eddie. Niemand hätte diese zerquetschte Leiche identifizieren können. Regine verspürte ein klein wenig Mitleid, aber in erster Linie kreisten ihre Gedanken um die Frage, wie sein Tod gewesen sein mochte, was er empfunden haben mochte, während er diese brutalen Minuten unvorstellbar intensiver Schmerzen durchlebte, qualvoller Schmerzen – süßer, erlösender Schmerzen.

Melanie hatte sich beruhigt, und nach einigen Minuten glaubte Laura, das Schlimmste sei überstanden. Auch Dan Haldane schob seinen Revolver in das Halfter. Doch gerade als sie sich wieder an den kleinen Tisch setzen wollten, fing Melanie von neuem an zu stöhnen und um sich zu schlagen, und es wurde kalt im Zimmer. Mit rasendem Herzklopfen trat Laura ans Bett ihrer Tochter, gefolgt von Dan.

Melanies Gesicht war grotesk verzerrt – nicht vor Schmerz, sondern – so sah es zumindest aus – vor Entsetzen. Sie hatte nichts mehr von einem Kind an sich. Sie sah mit einem Male alt aus – nein, alt war nicht der richtige Ausdruck – *weise*, im Besitz eines furchtbaren Wissens, eines Wissens um dunkle Mächte, das jedem Menschen besser verborgen bleiben sollte.

›Es‹ war entweder ganz in der Nähe oder bereits präsent. Laura fühlte sich von einer bösen Macht umgeben, sie spürte es instinktiv, ohne eine Erklärung dafür zu haben. Die feinen Härchen auf ihren Armen und in ihrem Nacken sträubten sich, und es war nicht nur die Kälte, die sie erschaudern ließ.

›Es.‹

Laura sah sich verzweifelt im Zimmer um. Sie konnte kein dämonisches Wesen sehen, keinen der Hölle entsprungenen Schemen.

Zeig dich, verdammt noch mal, dachte sie. Wer auch immer du sein magst, was auch immer du sein magst, gib dich zu erkennen, damit wir etwas Greifbares vor uns haben, etwas, mit dem wir kämpfen können, auf das wir schießen können.

Aber es blieb ihren Sinnen verborgen; das einzig Erfaßbare an diesem ›Es‹ war die Kälte, die es immer ausstrahlte.

Die Lufttemperatur sank mit unglaublicher Geschwindigkeit, tiefer als je zuvor, bis ihr Atem sichtbare Wolken bildete und eine dünne Eisschicht das Fenster und den Spiegel überzog. Doch schon nach 30 oder 40 Sekunden erwärmte sich die Luft wieder, das Kind hörte auf zu stöhnen, und der unsichtbare Feind zog sich zurück, ohne Melanie etwas zuleide getan zu haben.

Melanie schlug die Augen auf, aber sie sah offenbar noch immer etwas aus ihrem Traum vor sich. »Es wird sie töten.«

Dan Haldane beugte sich über sie, legte ihr eine Hand auf die zarte Schulter. »Was ist es, Melanie?«

»Es. Es wird sie alle töten«, wiederholte das Mädchen, aber es schien nicht mit Dan, sondern mit sich selbst zu sprechen.

»Was ist dieses verdammte *Es*?« fragte Dan.

»Es wird sie alle töten«, murmelte das Mädchen schaudernd.

»Beruhige dich, Liebling«, sagte Laura.

»Und dann«, fuhr Melanie fort, »dann wird es auch mich töten.«

»Nein!« rief Laura. »Wir werden dich beschützen, Mellie. Das schwöre ich dir.«

»Es wird kommen... von... innen... und mich auffressen... mich mit Haut und Haaren auffressen...«

»Nein«, versicherte Laura. »Nein!«

»Von innen?« fragte Dan. »Aus welchem Innern?«

»Es wird mich auffressen«, wiederholte das Mädchen trostlos.

»Woher kommt es?« wollte Dan wissen.

Das Kind stieß ein langgezogenes Wimmern aus, das sich fast wie ein resignierter Seufzer anhörte.

»War etwas soeben hier im Zimmer, Melanie?« fragte Dan. »Das Wesen, vor dem du solche Angst hast – war es hier im Zimmer?«

»Es will mich haben«, sagte das Mädchen.

»Wenn es dich haben will – warum hat es dir dann nichts getan, als es hier war?«

Melanie hörte ihn nicht. Sie flüsterte: »Die Tür...«

»Welche Tür?«

»Die Tür zum Dezember.«

»Was bedeutet das, Melanie?«

Die Tür...«

Sie schloß ihre Augen, und im nächsten Augenblick verrieten ihre ruhigen Atemzüge, daß sie eingeschlafen war.

Laura blickte Dan über das Bett hinweg an. »Es will zuerst die anderen, jene Männer, die an den Experimenten im grauen Zimmer beteiligt waren.«

Dan nickte. »Eddie Koliknikov, Howard Renseveer, Sheldon Tolbeck, Albert Uhlander und vielleicht noch andere, von denen wir nichts wissen.«

»Ja. Und sobald sie alle tot sind, wird *Es* Melanie töten. Das hat sie schon einmal gesagt, in der Küche, nachdem... Nachdem etwas in das Radio gefahren war.«

»Aber woher weiß sie das?«

Laura zuckte mit den Achseln.

Beide betrachteten das schlafende Kind.

Schließlich sagte Dan: »Wir müssen sie irgendwie aus dieser Trance reißen, damit sie uns sagen kann, was wir wissen müssen.«

»Ich habe es am Nachmittag mit Hypnose versucht, aber mit wenig Erfolg.«

»Könnten Sie es noch einmal versuchen?«

Laura nickte. »Am Morgen, wenn sie sich ein wenig erholt hat.«

»Wir sollten keine Zeit verlieren.«

»Sie braucht Ruhe.«

»Okay«, gab er widerwillig nach.

Laura wußte genau, was er dachte: Hoffen wir nur, daß es nicht zu spät sein wird, wenn wir bis zum Morgen warten!

32

Laura schlief mit Melanie im zweiten Bett, während Dan auf dem ersten lag, weil es in Türnähe stand und weil von der Tür her die größte Gefahr zu erwarten war. Er hatte Hemd, Hose, Schuhe und Socken anbehalten, um eventuell sofort eingreifen zu können. Sie hatten eine Lampe brennen lassen, denn nach den Ereignissen des vergangenen Tages hatten sie zwar nicht direkt Angst vor der Dunkelheit, aber ganz geheuer war sie ihnen auch nicht.

Dan lauschte auf Lauras und Melanies regelmäßige, tiefe Atemzüge. Er selbst fand keinen Schlaf. Er dachte an Joseph Scaldones grausam verstümmelte Leiche, an die drei Toten von Studio City und an Regine Savannah Hoffritz, die zwar körperlich und geistig lebte, deren Seele aber zerstört worden war. Und wie immer, wenn er zu lange über Mord und über die Fähigkeit des Menschen zum Mord nachdachte, kreisten seine Gedanken schließlich um seinen toten Bruder und um seine tote Schwester.

Er hatte sie nicht gekannt. Sie waren schon tot gewesen, als er ihre Namen erfahren und die Suche nach ihnen aufgenommen hatte.

Weder Dan noch Haldane waren die Namen, die er bei seiner Geburt bekommen hatte. Pete und Elsie Haldane hatten ihn adoptiert, als er einen knappen Monat alt gewesen war.

Seine leiblichen Eltern waren Loretta und Frank Detwiler gewesen, zwei junge Menschen, die infolge der hohen Arbeitslosigkeit in Oklahoma nach Kalifornien umgesiedelt waren, um hier ihr Glück zu machen, was ihnen jedoch nicht gelungen war. Während Lorettas dritter, sehr beschwerlicher Schwangerschaft war Frank bei einem Autounfall ums Leben gekommen, und Loretta war zwei Tage nach Dans Geburt gestorben. Sie hatte ihm den Namen James gegeben. Es gab keine Verwandten, die sich um die drei Detwiler-Kinder hätten kümmern können, und so wurden sie voneinander getrennt und zur Adoption freigegeben.

Peter und Elsie Haldane hatten nie verheimlicht, daß sie nicht Dans leibliche Eltern waren. Er liebte sie und war stolz, ihren Namen zu tragen, denn sie waren gute Menschen, denen er alles verdankte. Trotzdem hatte er sich oft Gedanken über seine leiblichen Eltern gemacht und Näheres über sie erfahren wollen.

Aufgrund der damaligen Adoptionsgesetze wußten auch Pete

und Elsie nur, daß die Eltern ihres Adoptivsohns tot waren. Die Tatsache, daß sie ihn nicht freiwillig hergegeben hatten, intensivierte nur noch Dans Wunsch zu wissen, was für Menschen sie gewesen waren.

Als er aufs College kam, nahm er den Kampf gegen die Bürokratie auf, um Einblick in die Adoptionsunterlagen zu bekommen. Das kostete ihn Zeit, Mühe und Geld, aber schließlich erfuhr er seinen wirklichen Namen und die Namen seiner leiblichen Eltern – und er erfuhr, daß er zwei Geschwister hatte. Sein Bruder Delmar war vier Jahre alt gewesen, als Loretta Detwiler starb, seine Schwester Carrie sechs.

Mit Hilfe der Unterlagen der Adoptionsbehörde, die wegen eines Brandes leider nicht vollständig waren, begann Dan die mühsame Suche nach seinen Blutsverwandten. Pete und Elsie Haldane hatten ihm stets ein absolutes Zugehörigkeitsgefühl vermittelt. Ihre Familienangehörigen waren auch die seinigen, ihre Geschwister waren für ihn richtige Onkel und Tanten, ihre Eltern waren seine Großeltern, und er hatte immer das Gefühl gehabt, in dieser Familiengemeinschaft geborgen zu sein. Dennoch hatte er gewußt, daß er keine innere Ruhe finden würde, bis er seine Geschwister in die Arme schließen konnte.

Seitdem hatte er tausendmal gewünscht, er hätte sich nie auf die Suche nach ihnen begeben.

Zuerst gelang es ihm, Delmar ausfindig zu machen. Besser gesagt, er fand Delmars Grab. Auf der Grabplatte stand freilich weder Delmar noch Detwiler, sondern Rudy Kessman. Das war der Name, den seine Adoptiveltern ihm gegeben hatten.

Mit vier Jahren war Delmar nach dem Tod seiner Mutter leicht zu vermitteln gewesen und hatte sehr schnell bei einem jungen Paar – Perry und Janette Kessman – in Fullerton, Kalifornien, ein neues Zuhause gefunden. Die Adoptionsbehörde hatte bei ihren Nachforschungen allerdings übersehen, daß Mr. Kessman eine Vorliebe für gefährliche und zum Teil ungesetzliche Beschäftigungen hatte. Er fuhr Viehwagen, was legal war. Er war ein Motorradfan, was zwar nicht ungefährlich, aber natürlich nicht verboten war. Er war auf dem Papier ein Katholik, aber er schloß sich häufig irgendwelchen neuen Sekten an, besuchte mehrere Monate lang die Gottesdienste einer pantheistischen Gemeinschaft und begeisterte sich lange Zeit für eine Gruppe, die an UFOs glaubte; aber wer konnte einem Mann einen Vorwurf daraus machen, daß er Gott suchte, auch wenn er Ihn an den falschen Orten suchte? Kessman rauchte Marihuana, was zwar illegal war, damals aber nicht allzu streng geahndet wurde. Nach einer gewissen Zeit griff er auch zu verschiedenen anderen Drogen.

Und eines Nachts litt er entweder im Drogenrausch unter Verfolgungswahn oder aber er brachte irgendeinem neuen Gott ein Blutopfer dar. Jedenfalls tötete er seine Frau und seinen Adoptivsohn und beging anschließend Selbstmord.

Rudy-Delmar Kessman-Detwiler war sieben Jahre alt, als er ermordet wurde.

Auf seinem Bett in dem schwach beleuchteten Motelzimmer liegend, brauchte Dan nicht einmal die Augen zu schließen, um den Friedhof vor sich zu sehen, auf dem er das Grab seines älteren Bruders zuletzt gefunden hatte. Auf diesem Friedhof gab es nur Grabplatten, um das liebliche hügelige Landschaftsbild nicht zu verschandeln. Alle Platten sahen gleich aus: rechteckige Granitblöcke mit einer Kupferplatte in der Mitte, auf der Name, Geburts- und Sterbedatum des Verstorbenen standen, manchmal auch noch ein Bibelzitat oder irgendein anderer Spruch. Auf Delmars Grabplatte standen nur die kalten, nichtssagenden Angaben. Dan erinnerte sich genau an jenen milden Oktobertag auf dem Friedhof, an die leichte Brise und an die Schatten der Birken und Lorbeerbäume auf dem saftig grünen Gras. Aber noch intensiver war die Erinnerung an seine damaligen Gefühle, als er sich niedergekniet und eine Hand auf die Kupferplatte gelegt hatte, die seines Bruders letzte Ruhestätte markierte: an jenes Bewußtsein eines unersetzlichen Verlustes, das ihm die Kehle zugeschnürt hatte.

Obwohl seit damals viele Jahre vergangen waren, obwohl er sich damit abgefunden zu haben glaubte, seinen Bruder nie mehr kennenlernen zu können, bekam Dan auch jetzt wieder einen trokkenen Mund und hatte einen Kloß im Hals. Er hätte vielleicht lautlos geweint, wie er es in anderen Nächten getan hatte, wenn diese Erinnerungen über ihn hereingebrochen waren. Aber Melanie murmelte im Schlaf und stieß einen leisen Angstschrei aus, und das brachte ihn augenblicklich auf die Beine. Das Mädchen zuckte unter der Decke, aber diesmal nur schwach, so als fehle ihm die Kraft, sich heftig zu wehren, und auch sein Stöhnen war so leise, daß seine Mutter nicht erwachte. Dan fragte sich, welches Monster Melanie in diesem Alptraum wohl verfolgen mochte.

Dann wurde es im Zimmer plötzlich kalt, und er begriff, daß das

Monster vielleicht kein bloßer Alptraum des Kindes, sondern düstere Realität war.
Er griff hastig nach seiner Pistole, die auf dem Nachttisch lag.
Die Luft war eisig.
Und sie wurde zunehmend kälter.

Die beiden Männer saßen in der Nähe eines großen Fensters an einem Tisch, spielten Karten, tranken Scotch und Milch und taten so, als wäre dies ein ganz normaler gemütlicher Abend.
Der Nachtwind rüttelte an den Dachrinnen der Hütte.
Draußen war es bitter kalt und stürmisch, wie es im Februar im Gebirge nicht anders zu erwarten war, aber es schneite nicht. Ein großer Mond zog über den sternfunkelnden Himmel und warf sein mildes Licht auf die verschneiten Tannen und Kiefern und auf die weiße Bergwiese.
Es war eine völlig andere Welt als das hektische Gewühl und die grellen Neonlichter der Großstadt.
Sheldon Tolbeck war mit Howard Renseveer aus Los Angeles geflüchtet, in der verzweifelten Hoffnung, daß eine große Entfernung auch größtmögliche Sicherheit bieten würde. Sie hatten ihr Ziel keiner Menschenseele verraten, weil sie hofften, daß der mörderische Geist ihnen nicht an einen Ort folgen konnte, der ihm unbekannt war.
Sie waren gestern nachmittag nach Norden und dann nach Nordosten gefahren, in die Sierra, zu einer Skihütte in der Nähe von Mammoth, wo sie vor einigen Stunden eingetroffen waren. Die Skihütte gehörte Howards Bruder, aber Howard war noch nie hier gewesen, und niemand würde ihn hier vermuten.
Der Geist wird uns trotzdem finden, dachte Tolbeck. Er wird uns irgendwie aufstöbern.
Er äußerte diesen Gedanken nicht laut, um Howard Renseveer nicht zu verärgern. Howard, der mit vierzig noch immer etwas Jungenhaftes an sich hatte, war ein Optimist, der immer geglaubt hatte, er würde ewig leben. Howard joggte, Howard achtete darauf, nicht zuviel Fett und Zucker zu essen. Howard meditierte jeden Tag eine halbe Stunde lang. Howard erwartete vom Leben immer nur das Beste, und das Leben erfüllte meistens diese Erwartungen. Howard gab sich auch jetzt optimistisch, was ihre Überlebenschancen betraf. Howard war überzeugt davon – zumindest behauptete er das –, daß das unheimliche Wesen keine so weiten

Strecken zurücklegen und ihnen außerdem nicht folgen könne, wenn sie ihre Spuren sorgfältig verwischten. Aber es entging Tolbeck nicht, daß Howard jedesmal nervös zum Fenster hinausblickte, wenn der Wind besonders laut um die Hütte pfiff, und daß er zusammenzuckte, wenn die brennenden Holzscheite im Kamin knackten. Außerdem strafte allein schon die Tatsache, daß sie zu dieser nachtschlafenden Stunde noch nicht zu Bett gegangen waren, Howards angeblichen Optimismus Lügen.

Tolbeck goß sich noch etwas Scotch und Milch ein, und Howard Renseveer mischte die Karten, als es im Raum plötzlich kalt wurde. Beide warfen einen flüchtigen Blick zum Kamin hinüber, aber die Flammen loderten nach wie vor. Türen und Fenster waren geschlossen. Einen Augenblick später wurde ihnen erschreckend klar, daß es kein Luftzug war, denn die Temperatur sank weiter.

Es war gekommen! Es war auf wundersame Weise in die Hütte eingedrungen. Die dämonische und todbringende psychische Kraft hatte sie mit untrüglichem Spürsinn gefunden.

Tolbeck erhob sich.

Howard Renseveer sprang so ungeschickt auf, daß er zuerst sein Glas und dann seinen Stuhl umwarf. Die Karten fielen ihm aus der Hand.

Trotz des lodernden Kaminfeuers war es in der Hütte jetzt so eisig wie in einer Tiefkühltruhe.

Zwischen den beiden jagdgrünen Sofas lag ein großer runder Teppich, der sich plötzlich in die Luft hob und in zwei Meter Höhe hängenblieb – ein wahrhaftig fliegender Teppich! Er schwebte in der Luft, und dann begann er sich zu drehen, schneller und immer schneller, wie eine riesige Schallplatte auf einem unsichtbaren Plattenteller.

Obwohl Tolbeck wußte, daß jeder Gedanke an Flucht töricht und sinnlos war, ging er rückwärts auf die Hintertür der Hütte zu.

Renseveer stand wie angewurzelt neben dem Tisch und starrte auf den fliegenden Teppich.

Plötzlich erschlaffte der Teppich und fiel zu Boden. Eines der Sofas wurde mit solcher Kraft durch den Raum geschoben, daß es ein Tischchen und eine Lampe umwarf, zwei seiner eigenen Beine abknickte und einen Zeitschriftenständer total verbog.

Tolbeck hatte sich aus dem Wohnbereich in die Küchenzeile verzogen und die Hintertür fast erreicht. Er schöpfte Hoffnung, entrinnen zu können. Er wagte nicht, dem unsichtbaren, aber ohne jeden Zweifel gegenwärtigen Wesen den Rücken zuzuwenden und tastete deshalb mit nach hinten ausgestrecktem Arm nach dem Türknopf.

Die Karten, die Renseveer fallen gelassen hatte, wurden plötzlich lebendig, so wie jene Besen, die dem Zauberlehrling soviel Sorgen bereiteten. Sie flogen vom Boden hoch und wirbelten um Howard herum, und während sie diesen verblüffenden Tanz vollführten, rieben sie sich aneinander. Das Geräusch erinnerte Tolbeck an kleine Messer, die gewetzt wurden. Und kaum daß ihm dieses unbehagliche Bild in den Sinn gekommen war, sah er auch schon, daß Howard Renseveer, der sich des Kartenwirbelsturms zu erwehren versuchte, an beiden Händen blutete und auch im Gesicht und am Kopf unzählige Schnittwunden hatte. Karten waren einfach nicht stabil und nicht scharf genug, um solche Verletzungen zu verursachen... und dennoch taten sie es, peitschten Howard, der vor Schmerz schrie.

Tolbecks tastende Hand fand den Türknopf, aber er ließ sich nicht drehen. Die Tür war verriegelt. Tolbeck hätte sich in Sekundenschnelle umdrehen, die Tür aufschließen und aus der Hütte stürzen können, aber er starrte wie hypnotisiert auf das Spektakel im Wohnraum. Seine Todesangst trieb ihn zur Flucht, doch zugleich lähmte sie sein Reaktionsvermögen und seine Beine.

Die Karten fielen leblos zu Boden, wie zuvor der Teppich. Es sah so aus, als träge Renseveer blutrote Handschuhe.

Das Kamingitter stürzte um; ein brennendes Holzscheit schoß quer durchs Zimmer und traf Renseveer, der vor Entsetzen wie gelähmt war und nicht einmal auszuweichen versuchte. Das Geschoß war schon zur Hälfte von den Flammen verzehrt. Als es sich in Renseveers Magengrube bohrte, zerfiel ein Teil zu schwarzer Asche, die auf seine Schuhe rieselte. Der andere Teil des Scheits war jedoch hart und etwas gezackt und bildete einen grausamen Speer, der tief in Renseveers Leib eindrang und dabei nicht nur Blutgefäße durchtrennte und innere Organe verletzte, sondern ihn auch noch verbrannte.

Dieser grauenvolle Anblick löste endlich die Erstarrung, die Tolbeck befallen und ihn wertvolle Sekunden gekostet hatte. Er schob den Riegel zurück, riß die Tür auf, stürzte in die stürmische Nacht hinaus und rannte um sein Leben.

Die Lufttemperatur im Motelzimmer war so rasch angestiegen, wie sie zuvor gefallen war. Es war wieder warm.

Dan Haldane fragte sich, was geschehen war – oder *fast* geschehen war. Was hatten diese jähen Temperaturveränderungen zu bedeuten? War ein okkultes Wesen einige Sekunden lang gegenwärtig gewesen? Wozu war es hergekommen, wenn nicht, um Melanie anzugreifen? Und warum war es plötzlich wieder verschwunden?

Melanie schien zu spüren, daß die Gefahr vorüber war, denn sie lag jetzt wieder ganz ruhig unter der Decke.

Dan stand neben ihrem Bett und blickte auf sie hinab, und zum erstenmal fiel ihm auf, daß die Kleine später genauso schön wie ihre Mutter werden würde. Seine Augen schweiften zu Laura, die neben ihrer Tochter fest schlief. Ihr entspanntes liebreizendes Gesicht erinnerte ihn an Madonnenbildnisse, die er in Museen bewundert hatte. Ihre dichten, seidigen kastanienbraunen Haare auf dem Kissen sahen im matten Schein der Lampe aus, als wären sie aus dem rotgoldenen Licht eines Sonnenuntergangs im Herbst gesponnen, und Dan konnte nur mit Mühe der Versuchung widerstehen, sie durch seine Finger gleiten zu lassen.

Er ging zu seinem eigenen Bett, legte sich auf den Rücken und starrte an die Decke.

Er dachte an Cindy Lakey, die von dem rasend eifersüchtigen Freund ihrer Mutter umgebracht worden war.

Er dachte an seinen Bruder Delmar, der von seinem drogensüchtigen Adoptivvater ermordet worden war.

Natürlich dachte er auch an seine Schwester. Es waren immer diese drei Namen, die ihn in schlaflosen Nächten verfolgten: Cindy Lakey, Delmar, Carrie. Als Dan seine Schwester nach mühseliger Suche endlich gefunden hatte, lag auch sie schon auf einem Friedhof.

Carrie, die beim Tod ihrer Mutter immerhin schon sechs Jahre alt gewesen war, hatte die plötzliche totale Auflösung ihrer Familie nicht verkraftet und mit Verhaltensstörungen darauf reagiert. Das hatte eine Adoption verhindert. Sie wanderte aus dem Waisenhaus in verschiedene Pflegefamilien, wurde ins Waisenhaus zurückgeschickt, kam in neue Pflegefamilien und gewann dadurch immer stärker das Gefühl, nirgends hinzugehören, überall unerwünscht zu sein. Sie begann von ihren Pflegeeltern wegzulaufen, und es fiel den Behörden immer schwerer, sie zu finden und zurückzubringen. Mit siebzehn tauchte sie endgültig unter. Alle Fotos, die es von ihr gab, bewiesen, daß sie ein hübsches Mädchen war, aber sie hatte sich in der Schule wenig Mühe gegeben und besaß keine Berufsausbildung. Wie so viele andere hübsche Mädchen aus kaputten Familien wählte sie die Prostitution, um ihren Lebensunterhalt zu verdienen – besser gesagt, sie fiel der Prostitution zum Opfer, denn sie hatte ja kaum eine andere Wahl gehabt.

Sie war 28 Jahre alt und ein gefragtes Callgirl, als ihr kurzes unglückliches Leben ein jähes Ende fand. Einer ihrer Kunden wollte sie zu irgendwelchen Perversitäten zwingen, und als sie nicht willfährig war, brachte er sie um. Sie starb fünf Wochen vor dem Zeitpunkt, als Dan sie endlich ausfindig gemacht hatte, und sie lag bereits einen Monat in der Erde, als Dan sie besuchen wollte. Für ein Treffen mit seinem Bruder war er zwölf Jahre zu spät gekommen, und das war traurig genug gewesen, aber doch lange nicht so schmerzhaft und tragisch wie die Tatsache, daß er seine Schwester kennengelernt hätte, wenn er nur wenige Wochen früher gekommen wäre.

Er sagte sich immer wieder, daß sie ein wildfremder Mensch für ihn gewesen wäre, daß sie wenig oder gar nichts Gemeinsames gehabt hätten. Vielleicht hätte sie sich nicht einmal gefreut, ihn zu sehen, vielleicht hätte sie sich geschämt, daß er ein Polizist war und sie nur ein Callgirl. Und er hätte es vielleicht tief bedauert, diese Frau kennengelernt zu haben, die seine leibliche Schwester war. Möglicherweise hätte es sich als schwierig und unerfreulich erwiesen, mit ihr näheren Kontakt zu haben. Aber er war erst zweiundzwanzig gewesen, ein Neuling bei der Polizei, als er das Grab seiner Schwester fand; mit zweiundzwanzig hatte er viel emotionaler reagiert als jetzt. Er hatte um sie geweint. Verdammt, selbst jetzt noch, nach 15 Jahren Polizeidienst – und in diesen 15 Jahren hatte er eine Menge erschossener, erstochener, erwürgter und erschlagener Menschen gesehen und sich zwangsläufig ein dickeres Fell zugelegt –, weinte er manchmal um sie und um seinen verlorenen Bruder, wenn ihn in schlaflosen Nächten der Gedanke quälte, was hätte sein können und unwiderbringlich dahin war.

Er fühlte sich mitschuldig an Carries Tod. Er hätte sich intensiver bemühen müssen, ihr auf die Spur zu kommen. Wenn er sie früher gefunden hätte, hätte er sie vielleicht noch retten können. Sein Verstand sagte ihm, daß diese Selbstvorwürfe unsinnig waren, daß er Carrie bestimmt nicht hätte überreden können, ihr Leben als Callgirl aufzugeben. Er hätte jene verhängnisvolle Verabredung nicht verhindern können. Seine Schuldgefühle waren nur ein weiteres Beispiel für seinen Atlas-Komplex, für seine Neigung, die Last der ganzen Welt auf seine Schultern zu nehmen. Er konnte sich selbst recht gut analysieren, und er konnte sogar über sich lachen – doch das vermochte nichts daran zu ändern, daß er sich für alles und für jeden verantwortlich fühlte.

Deshalb schweiften seine Gedanken, wenn er keinen Schlaf finden konnte, so oft zu Delmar, Carrie und Cindy Lakey. Er lag im Dunkeln wach und grübelte über die Fähigkeit des Menschen zum Mord, über die Tatsache, daß er oft nicht in der Lage war, die Lebenden zu retten; und früher oder später quälte ihn unweigerlich auch noch die Idee, seine Mutter auf dem Gewissen zu haben, da sie ja an den Folgen seiner komplizierten Geburt gestorben war. Verrückt! Aber es raubte ihm nun einmal fast den Verstand, daß es Tod und Mord auf der Welt gab, und er vermutete, daß er sich nie damit abfinden würde, weil er auf dem Glauben beharrte, daß der Mensch im Prinzip gut sei – oder zumindest den Keim zum Guten in sich trage. Delmar, Carrie, Cindy Lakey... Von ihnen führte ihn der Weg immer weiter, an den Rand eines Abgrunds aus Schuldgefühlen und Verzweiflung, und manchmal – nicht oft, aber hin und wieder – stand er in solchen schlaflosen Nächten auf, schaltete alle Lampen ein und betrank sich bis zur Bewußtlosigkeit.

Delmar, Carrie, Cindy Lakey...

Wenn es ihm nicht gelang, die McCaffreys zu retten, würden ihre Namen die Liste verlängern, und er würde sich mit zwei weiteren quälenden Erinnerungen herumschlagen müssen. Delmar, Carrie, Cindy Lakey, Melanie und Laura.

Er würde sich das nie verzeihen, sich nie damit abfinden können. Er wußte, daß er nur ein einzelner Polizist war, ein Mensch wie jeder andere, weder Atlas noch ein Ritter in glänzender Rüstung. Aber tief im Innern wollte ein Teil von ihm *doch* dieser Ritter sein, und dieser Teil seines Wesens – der Träumer, der edle Narr – machte für ihn das Leben lebenswert. Er konnte sich nicht vorstellen, wie er weiterleben sollte, wenn dieser Teil von ihm zu existieren aufhörte. Und deshalb mußte er Laura und Melanie beschützen, so als gehörten sie zu ihm. Er hatte sie ins Herz geschlossen, und wenn er zuließ, daß sie starben, wäre auch er selbst tot – zumindest emotional und psychisch tot.

Delmar, Carrie, Cindy Lakey... Seine Gedanken drehten sich im

Kreise, und schließlich lullten ihn Lauras und Melanies gleichmäßige Atemzüge in den Schlaf, wie das leise Rauschen von Meereswellen.

Sheldon Tolbeck rannte in die Nacht hinein. Auf der weißen Bergwiese versank er stellenweise bis zu den Knien im Schnee. Er wirbelte Schneewolken auf, die zusammen mit seinen Atemwolken wie Gespenster zerstoben.

Aus der Hütte drangen Renseveers Schreie. Die klare, eiskalte Luft trug den Schall in die Ferne, und die Gebirgswelt sorgte für Echos, und auch diese Echos hallten wider, so daß die Schreie sich ins Unendliche vervielfältigten. Man hätte glauben können, die Pforten der Hölle hätten sich aufgetan. Diese gräßlichen Schreie versetzten Tolbeck in noch größere Panik, und er rannte, als wäre der Teufel ihm dicht auf den Fersen.

Er trug Stiefel, aber keinen Mantel, und anfangs war der eisige Wind sehr schmerzhaft und stach wie tausend Nadeln. Doch diese Nadeln hatten nach kürzester Zeit eine ähnliche Wirkung wie Betäubungsspritzen. Er hatte sich erst 50 oder 60 Meter von der Hütte entfernt, als sein Gesicht und seine Hände schon fast ohne Empfindung waren, und wenig später hatte die Kälte auch sein Flanellhemd und seine Jeans durchdrungen, und das Taubheitsgefühl hatte seinen ganzen Körper erfaßt. Er wußte, daß dieser gnädige Zustand nur wenige Minuten anhalten würde, daß er nur auf einem Schock beruhte. Bald würde der Schmerz zurückkehren, und die Kälte würde wie eine Krabbe durch seine Knochen kriechen und mit ihren eisigen Scheren Stücke seines Marks ausreißen.

Er rannte ziellos dahin, getrieben von maßlosem Entsetzen, und fand sich in einem Wald wieder. Riesige Nadelbäume verschiedenster Art ragten um ihn herum empor; sie standen so dicht, daß das bleiche, kalte Mondlicht nur an wenigen Stellen den Boden zu erreichen vermochte. Diese vereinzelten Mondstrahlen wirkten wie schwache Suchscheinwerfer und erzeugten eine unwirkliche, gespenstische Atmosphäre, die von der Finsternis ringsum noch verstärkt wurde.

Tolbeck hastete durch den Wald, die Hände tastend nach vorne ausgestreckt. Er rannte gegen Bäume, stolperte über Wurzeln und Steine. Er glitt an einer abschüssigen vereisten Stelle aus, fiel auf sein Gesicht, kam wieder auf die Beine, eilte weiter. Seine Augen gewöhnten sich nur langsam an die Dunkelheit, und er sah kaum, wohin er trat, doch er legte ein scharfes Tempo vor, denn Renseveers Schreie waren vor einigen Minuten verstummt, und das bedeutete, daß der Geist seine Aufmerksamkeit nunmehr ihm, Tolbeck, zuwenden konnte. Er stolperte, stürzte, schürfte sich die Knie auf, erhob sich, rannte weiter. Er zwängte sich durch eisverkrustetes Unterholz, wurde zerkratzt und von Zweigen gepeitscht. Er riß sich an einem tiefhängenden Ast die Stirn auf, und das Blut, das ihm über das Gesicht lief, fühlte sich auf seiner halb erfrorenen Haut wie glühende Lava an. Er rannte weiter.

Er kletterte einen steilen Abhang empor, klammerte sich an Büschen und Felsvorsprüngen fest. Seine Hände waren so kalt und steif, daß er die Hautabschürfungen nicht spürte, die er sich bei dieser Kletterpartie zuzog. Oben angelangt, ließ er sich völlig erschöpft zu Boden fallen, trotz aller Panik außerstande, auch nur einen einzigen Schritt weiterzugehen.

Hier oben, wo die Bäume weniger dicht standen, fegte wieder ein eisiger Wind, und der Schnee glitzerte im Mondlicht. Tolbeck versuchte mit wenig Erfolg, Atem zu schöpfen, dann verkroch er sich unter einem schützenden Granitvorsprung und starrte auf den Hohlweg hinab, den er erklommen hatte.

Nur der Wind brauste in den Ästen der Nadelbäume und heulte in den Felsspalten. Sonst herrschte völlige Stille.

Das bedeutete allerdings nicht, daß der Geist ihn nicht verfolgte. Vielleicht war er schon dort unten, schlich sich aus dem Wald heran – aber er würde sich völlig lautlos nähern.

Nur die Äste bogen sich im Wind, und gelegentlich wurde Schnee aufgewirbelt. Sonst bewegte sich nichts.

Obwohl er in die Dunkelheit hinabspähte, wußte Tolbeck, daß es sinnlos und töricht war, nach seinem Feind Ausschau zu halten, denn er würde ihn nicht sehen können. Der Geist hatte keine Substanz, nur Kraft. Er hatte keine Form, nur Energie. Er hatte keinen Körper, nur Bewußtsein und Willen... und einen wahnsinnigen Durst nach Rache und Blut.

Tolbeck war sich im klaren darüber, daß er dieses Wesen mit seinen Sinnen nicht wahrnehmen konnte. Er würde seiner Präsenz erst gewahr werden, wenn es ihn angriff.

Und wenn es ihn fand, war er unweigerlich verloren, denn dieser Macht gegenüber war er völlig hilflos.

Doch obwohl er das alles wußte, konnte er nicht akzeptieren, daß seine Lage völlig hoffnungslos war. In der Felsnische kauernd, hielt er weiterhin Ausschau nach dem Geist, lauschte angestrengt, ob außer dem Wind irgendein Geräusch zu hören war – und versuchte sich einzureden, daß er hier unauffindbar war, daß ihm nicht das gleiche gräßliche Ende beschieden sein würde wie den anderen.

Seine Körperwärme sank, seit er sich nicht mehr bewegte, und schon nach wenigen Minuten drang ihm die Kälte bis ins Mark. Er zitterte wie Espenlaub, seine Zähne klapperten, und er konnte seine steifen Finger kaum noch bewegen. Seine Haut war nicht nur eiskalt, sondern auch trocken. Seine Lippen waren rissig und bluteten. Ihm war so elend zumute, daß er die Tränen nicht zurückhalten konnten. Sie liefen ihm über das Gesicht und blieben in seinem Schnurrbart und in seinen Bartstoppeln hängen, wo sie zu Eisperlen gefroren. Er wünschte von ganzem Herzen, er wäre Dylan McCaffrey und Willy Hoffritz niemals begegnet, hätte niemals jenes graue Zimmer und das kleine Mädchen gesehen, dem beigebracht worden war, die Tür zum Dezember zu finden. Wer hätte sich aber auch vorstellen können, daß die Experimente so total außer Kontrolle geraten würden, daß sie diesen mörderischen Geist entfesseln würden? Etwas bewegte sich unten im Wald.

Tolbeck schnappte nach Luft.

Etwas knackte, schnippte, rasselte.

Ein Hirsch, dachte er. Hier in den Bergen gibt es viele Hirsche.

Aber es war kein Hirsch.

Er drückte sich gegen den Felsen, in der vagen Hoffnung, sich doch noch verstecken zu können. Aber er wußte, daß er sich selbst zu täuschen versuchte.

Etwas näherte sich von unten.

Ein kleiner harter Gegenstand traf Tolbecks Brustkorb, prallte ab und fiel auf den gefrorenen Boden.

Er konnte im Mondlicht erkennen, daß es ein Kniesel war.

Der bösartige Geist hatte von unten einen Kiesel nach ihm geworfen!

Stille.

Das mächtige Wesen spielte mit ihm.

Wieder rasselte etwas, und er wurde zweimal getroffen, nicht direkt schmerzhaft, aber doch spürbarer als beim erstenmal.

Das Steinchen schlug vor ihm auf dem Boden auf. Es war ein weißer Kiesel von der Größe einer Murmel.

Das Rasseln und Klappern wurde von Kieseln erzeugt, die den felsigen Hohlweg hinaufrollten und -hüpften.

Der Geist zielte sehr genau.

Tolbeck wollte wegrennen, aber ihm fehlte dazu die Kraft.

Er schaute wild nach rechts und links. Selbst wenn er die Kraft zum Wegrennen aufbrächte – wohin sollte er fliehen?

Er blickte kalt und abweisend. Er hatte noch nie einen derart majestätischen Himmel gesehen.

Er ertappte sich beim Beten. Das Vaterunser. Seit zwanzig Jahren hatte er nicht mehr gebetet.

Das Klappern und Klirren wurde lauter. Dutzende, Hunderte von Kieseln rollten, hüpften und sprangen bergaufwärts; es hörte sich wie ein verheerender Hagelsturm auf einem Betonparkplatz an. Eine Flut von Steinen kam aus der Dunkelheit über den Felsrand geflogen. Die Geschosse blinkten im Mondlicht, prallten von Tolbecks Schädel ab, schürften ihm Gesicht, Hände, Arme und Brust auf.

Er wurde jetzt nicht mehr mit einzelnen Kieseln beworfen, nein, es war so, als wären die Gesetze der Schwerkraft aufgehoben worden, denn ein regelrechter Strom von Steinen ergoß sich über den Felsen. Tolbeck zog die Beine an, legte den Kopf auf die Knie und schützte ihn mit den Armen. Er drückte sich noch tiefer in die Granitnische hinein, aber die Kiesel fanden ihn dennoch.

Gelegentlich wurde er auch von größeren Steinen getroffen, und dann schrie er jedesmal auf, denn diese Geschosse waren schmerzhafter als Fausthiebe.

Er blutete aus unzähligen Schürfwunden. Ein großer Stein brach ihm das linke Handgelenk.

Die unmelodische Musik auf dem Steilabhang hatte sich verändert; das hagelartige Prasseln der Kiesel wurde jetzt untermalt von Poltern und Dröhnen, und Tolbeck wußte, daß es die großen Steine waren, die diesen Lärm erzeugten. Er wurde gesteinigt von etwas, das er nicht sehen konnte, und er betete nicht mehr, sondern schrie nur noch. Doch auch seine Schreie vermochten das schreckliche Dröhnen der bergaufwärts rollenden Felsbrocken nicht zu übertönen.

Der ganze Abhang schien sich von der Erdkruste loszureißen und nach oben zu streben, so als hätte Gott die Vernichtung des Planeten beschlossen und Sein Werk ausgerechnet an dieser Stelle begonnen. Tolbeck spürte, daß der Granit unter dem Aufprall der Felsbrocken erbebte.

Er schrie aus voller Lunge, doch seine Schreie gingen in dem donnernden Getöse heranrollender Steine unter, die um ihn herum herabregneten. Sie schlugen mit solcher Wucht auf, daß kleinere Stücke absplitterten und ihm neue Verletzungen zufügten. Aber wider Erwarten wurde er nicht zu Tode gesteinigt, wurde nicht zermalmt von den großen Felsbrocken, die sich ringsum türmten.

Dann trat schlagartig Stille ein.

Die Steine waren zur Ruhe gekommen.

Tolbeck wartete in atemlosem Schrecken.

Allmählich nahm er die Kälte wieder wahr. Und den Wind.

Er tastete um sich und mußte feststellen, daß die Felsbrocken ihn von allen Seiten einschlossen und eine Art Steingruft bildeten. Sie waren viel zu schwer, als daß er sie hätte wegwälzen können. Gewiß, diese Steingruft hatte viele Spalten und Löcher, durch die sogar Mondlicht einfiel. Auch der Wind pfiff und heulte durch die Ritzen und Spalten, aber keines der Löcher war so groß, daß Tolbeck sich durchzwängen konnte.

Obwohl er genügend Luft zum Atmen hatte, war er doch lebendig begraben.

Einen Augenblick lang geriet er in Panik, doch dann dachte er an das grauenvolle Ende seiner Freunde, und verglichen damit würde ihm ein gnädiger Tod beschieden sein. Die schneidende Kälte würde er bald nicht mehr spüren. In wenigen Minuten würde sich das Taubheitsgefühl wieder einstellen, und diesmal würde es anhalten. Er würde müde werden, einschlafen und nie mehr aufwachen. Das war gar nicht so schlimm. Bei weitem nicht so schlimm wie das, was mit Ernie Cooper und den anderen geschehen war.

Er entspannte sich und fand sich damit ab, daß er sterben würde. Nun, da er wußte, daß sein Tod nicht allzu schmerzhaft sein würde, konnte er seine Angst bewältigen.

Nur der Wind durchbrach die Stille der Winternacht.

Tolbeck saß in sich zusammengesunken in seiner Gruft und schloß müde die Augen.

Etwas packte ihn an der Nase und drehte sie mit solcher Kraft, daß ihm Tränen aus den Augen schossen.

Er zwinkerte und schlug nach dem unsichtbaren Angreifer, traf aber nur auf Luft.

Etwas riß an seinem Ohr.

»Nein!« rief er flehend.

Etwas stieß ihn ins rechte Auge, und der rasende Schmerz verriet ihm, daß er geblendet worden war.
Der Geist war in die behelfsmäßige Gruft aus kalten Steinen eingedrungen.
Tolbeck würde doch keinen leichten Tod haben.

Laura erwachte in der Nacht und wußte im ersten Moment nicht, wo sie war. Eine Lampe spendete schwaches, bernsteinfarbenes Licht. Sie sah ein zweites Bett. Dan Haldane schlief darauf.
Das Motel! Sie versteckten sich in einem Motelzimmer!
Schlaftrunken und nur mit Mühe die Augen offenhaltend, drehte sie sich auf die andere Seite und betrachtete Melanie. Sie begriff plötzlich, wovon sie aufgewacht war. Die Temperatur fiel, und Melanie zuckte unter der Decke und wimmerte leise vor sich hin.
Etwas hielt sich im Zimmer auf, etwas Nicht-Menschliches, Fremdartiges. Es war unsichtbar, aber es war präsent. In ihrem halbwachen Zustand fühlte sie die Gegenwart dieses Wesens intensiver als bei seinen früheren Besuchen. Schlaftrunken, wie sie war, wurde sie noch weitgehend von ihrem Unterbewußtsein geleitet, das für derartig fantastische Phänomene wesentlich empfänglicher war als das normale Bewußtsein, das etwas von einem skeptischen, ungläubigen Thomas an sich hatte. Obwohl sie noch immer nicht wußte, was ›Es‹ war, fühlte sie doch deutlich, daß es hier im Zimmer war und Melanie umschwebte.
Laura war plötzlich überzeugt davon, daß ihre Tochter im nächsten Moment vor ihren Augen zu Tode geprügelt werden würde.
Sie wollte in alptraumhafter Panik aus dem Bett springen, aber kaum daß sie die Decke abgeworfen hatte, wurde die Luft wieder warm, und ihre Tochter beruhigte sich. Laura zögerte, beobachtete das Kind, schaute sich im Zimmer um, aber die Gefahr – falls sie bestanden hatte – schien vorüber zu sein.
Wohin war jene fremdartige, böse Macht entschwunden?
Wozu war dieser Geist hierhergekommen und hatte sich in Sekundenschnelle wieder entfernt?
Laura schlüpfte wieder unter die Decke und betrachtete Melanie. Das Mädchen war erschreckend bleich und wirkte unglaublich zerbrechlich.
Ich werde sie verlieren, dachte Laura.
Nein!

›Es‹ wird sie früher oder später holen kommen, ›Es‹ wird sie töten wie all die anderen, und ich werde sie nicht retten können, weil ich nicht einmal weiß, woher ›Es‹ kommt, warum ›Es‹ sie töten will, was ›Es‹ überhaupt ist.

Verzweiflung drohte sie zu überwältigen. Doch es lag nicht in ihrer Natur, sich so leicht zu ergeben, und allmählich überzeugte sie sich selbst davon, daß Vernunft die Welt regierte, daß man selbst die mysteriösesten Vorgänge erklären konnte, wenn man mit Verstand und Logik an das Problem heranging.

Am Morgen würde sie Melanie wieder hypnotisieren, und diesmal würde sie das Kind härter anpacken. Zwar bestand eine gewisse Gefahr, daß Melanie völlig zusammenbrechen würde, wenn man sie zwang, sich vorzeitig traumatischen Erinnerungen zu stellen, aber dieses Risiko mußte sie auf sich nehmen, wenn sie das Leben ihrer Tochter retten wollte.

Was war die Tür zum Dezember? Was lag auf der anderen Seite dieser Tür? Und welches monströse Wesen war durch diese Tür gekommen?

Sie stellte sich diese Frage immer und immer wieder, in einem endlosen Kreislauf, dessen Eintönigkeit sie schließlich einlullte wie ein Wiegenlied.

In der Morgendämmerung hatte sie einen Traum. Sie stand vor einer riesigen Eisentür, und über der Tür hing eine Uhr, die fast Mitternacht anzeigte. Nur noch wenige Sekunden, dann würden alle drei Zeiger auf Zwölf stehen – *tick* –, die Tür würde sich öffnen – *tick* –, und etwas Blutrünstiges würde sich auf sie stürzen – *tick* –, aber sie wußte nicht, womit sie die Tür verbarrikadieren sollte, und sie konnte auch nicht fliehen, konnte nur dastehen und warten – *tick* –, und dann hörte sie, daß scharfe Krallen an der Tür kratzten, und sie hörte auch ein lautes Geifern. *Tick.* Unaufhaltsam verrann die Zeit.

TEIL IV

Es

Donnerstag
8.30 Uhr bis 17.00 Uhr

33

Laura saß an dem kleinen Tisch direkt beim Fenster. Melanie saß ihr gegenüber. Laura hatte sie hypnotisiert und in eine andere Zeit zurückversetzt, so daß sie sich jetzt quasi wieder in dem Haus in Studio City befand.

Es hatte aufgehört zu regnen, aber es war ein düsterer, wolkenverhangener Tag. Der Nachtnebel hatte sich noch nicht aufgelöst; er wogte grau über den Parkplatz, und von dem Verkehr auf der Straße war kaum etwas zu sehen.

Laura warf Dan Haldane, der auf der Bettkante saß, einen fragenden Blick zu.

Er nickte ermunternd.

Sie stellte Melanie die erste Frage: »Wo bist du, Liebling?«

Das Mädchen erschauderte. »Im Kerker«, sagte es leise.

»Nennst du so das graue Zimmer?«

»Kerker.«

»Schau dich in dem Raum um.«

Mit geschlossenen Augen drehte Melanie den Kopf langsam nach links, dann nach rechts, so als betrachte sie tatsächlich jenes Zimmer, in dem sie sich jetzt aufzuhalten glaubte.

»Was siehst du?« fragte Laura.

»Den Stuhl.«

»Den Stuhl mit den Stromleitungen?«

»Ja.

»Zwingen sie dich, auf diesem Stuhl Platz zu nehmen?«

Das Mädchen zitterte heftig.

»Ruhig! Entspann dich. Niemand kann dir jetzt weh tun, Melanie.«

Das Mädchen beruhigte sich.

Die Hypnosesitzung verlief bisher wesentlich erfolgreicher als am Vortag. Melanie ging auf die Fragen ein, und Laura konnte zum erstenmal ganz sicher sein, daß ihre Tochter ihr zuhörte und sie verstand. Diese positive Entwicklung ließ Lauras Herz höher schlagen.

»Zwingen sie dich, auf diesem Stuhl Platz zu nehmen?« wiederholte sie.

Melanie ballte ihre kleinen Hände zu Fäusten, biß sich in die Lippe.
»Melanie?«
»Ich hasse sie.«
»Zwingen sie dich, auf diesem Stuhl Platz zu nehmen?«
»*Ich hasse sie.*«
»Zwingen sie dich, auf diesem Stuhl Platz zu nehmen?«
Tränen liefen unter den geschlossenen Lidern hervor, obwohl das Kind sich bemühte, sie zurückzuhalten. »J-ja. Sie zwingen mich... tut weh... tut so furchtbar weh!«
»Und sie schließen dich dabei an das Biofeedback-Gerät an, das daneben steht?«
»Ja.«
»Warum?«
»Ich soll lernen«, flüsterte das Mädchen.
»Was sollst du lernen?«
Melanie schluchzte: »Es tut weh! Es *brennt!*«
»Du sitzt jetzt nicht auf diesem Stuhl, Liebling. Du stehst nur daneben. Du wirst jetzt nicht mit Elektroschocks gequält. Es brennt nicht. Niemand tut dir jetzt weh. Hörst du mich?«
Die Qual wich aus dem Gesicht des Kindes.
Es fiel Laura sehr schwer, die Befragung fortzusetzen, aber sie mußte ihre Tochter diesem schmerzhaften Prozeß unterziehen, denn nur auf diese Weise konnte sie die Wahrheit erfahren.
»Wenn sie dich zwingen, auf diesem Stuhl Platz zu nehmen, wenn sie dir... weh tun – was versuchen sie, dir auf diese Weise beizubringen, Melanie? Was sollst du lernen?«
»Kontrolle.«
»Kontrolle worüber?«
»Über meine Gedanken.«
»Woran sollst du denken?«
»Leere.«
»Was bedeutet das?«
»Das Nichts.«
»Sie wollen, daß du an nichts denkst? Ist es das?«
»Und sie wollen, daß ich nichts fühle.«
Laura schaute Dan Haldane an. Er saß mit gerunzelter Stirn da und schien genauso perplex zu sein wie sie selbst.
»Was siehst du sonst noch in dem grauen Zimmer?« fragte sie Melanie.

»Den Tank.«
»Zwingen sie dich, in den Tank zu steigen?«
»*Nackt!*« Aus diesem einen Wort war alles herauszuhören: Scham und Angst, aber auch äußerste Hilflosigkeit und Verletzlichkeit. Zutiefst erschüttert, hätte Laura die Sitzung am liebsten abgebrochen und ihre Tochter zärtlich in die Arme geschlossen, gestreichelt und getröstet. Aber wenn sie irgendeine Aussicht haben wollten, Melanie zu retten, mußten sie wissen, was das Kind durchgemacht hatte und zu welchem Zweck, und dies war die beste Methode, es rasch zu erfahren.

»Liebling, ich möchte, daß du die grauen Stufen hinaufgehst und in den Tank steigst.«

Das Mädchen wimmerte und schüttelte heftig den Kopf, aber seine Augen blieben geschlossen, und es verharrte in der Trance, in die Laura es versetzt hatte.

»Geh die Stufen hinauf, Melanie.«
»Nein.«
»Du mußt tun, was ich dir sage.«
»Nein.«
»Geh die Stufen hinauf.«
»Bitte...«

Melanie war erschreckend bleich. Schweißperlen traten ihr auf die Stirn. Die Ringe um ihre Augen schienen größer und noch dunkler zu werden, und es zerriß Laura fast das Herz, ihre Tochter zwingen zu müssen, alle Qualen noch einmal zu durchleben.

Aber es war notwendig.

»Geh die Stufen hinauf, Melanie!«

Das Gesicht des Mädchens verzerrte sich in tiefer Pein.

Laura hörte, daß Dan Haldane nervös auf der Bettkante hin und her rutschte, aber sie schaute nicht zu ihm hinüber. Sie konnte ihren Blick jetzt nicht von Melanie wenden.

»Öffne die Einstiegsluke des Tanks, Melanie.«
»Ich... habe... Angst.«
»Du brauchst keine Angst zu haben. Du wirst diesmal nicht allein sein. Ich werde bei dir sein. Ich werde nicht zulassen, daß etwas Schlimmes passiert.«

»Ich habe Angst«, wiederholte Melanie, und Laura glaubte aus diesen drei Worten eine Anklage herauszuhören: du konntest mich früher nicht beschützen, Mutter, weshalb sollte ich also glauben, daß du es jetzt kannst?

»Öffne die Luke, Melanie.«
»Er ist dort drin«, sagte das Mädchen mit zitternder Stimme.
»Wer oder was ist dort drin?«
»Der Weg hinaus.«
»Aus was hinaus.«
»Aus was hinaus?«
»Aus allem.«
»Ich verstehe nicht.«
»Der Weg... hinaus... aus *mir*.«
»Was bedeutet das?«
»Der Weg hinaus aus mir«, wiederholte das Kind verstört.

Laura entschied, daß sie noch viel zu wenig wußte, um den Sinn dieser Aussage verstehen zu können. Wenn sie in dieser Richtung weiterfragte, würden die Antworten des Kindes ihr nur zunehmend surrealistisch vorkommen. Sie mußte Melanie zuerst dazu bringen, in den Tank zu steigen, wenn sie erfahren wollte, was dort drin vorging. »Die Luke ist vor dir, Liebling. Siehst du sie?«

Das Mädchen schwieg.
»Siehst du sie?«
Widerwillig: »Ja.«
»Öffne die Luke, Melanie. Du darfst nicht zögern. Öffne sie jetzt!«

Unter Protestlauten, die Angst und Jammer und Ekel verrieten, hob Melanie ihre Hände und griff nach einer Tür, die für sie in ihrem Trancezustand ganz real war, die aber weder Laura noch Dan sehen konnten. Sie zog daran, und dann begann sie am ganzen Leib zu zittern. »Ich... ich habe... sie... geöffnet.«

»Ist dies die Tür, Melanie?«
»Es ist die Luke. Der Tank.«
»Aber ist dies auch die Tür zum Dezember?«
»Nein.«
»Was *ist* die Tür zum Dezember?«
»Der Weg hinaus.«
»Aus was hinaus?«
»Aus... aus... aus dem Tank.«

Wieder mußte Laura sich eingestehen, daß sie mit ihrem Latein am Ende war. »Vergiß das für den Augenblick. Ich will, daß du jetzt in den Tank steigst.«

Melanie begann zu weinen.
»Steig hinein!«

»Ich... ich habe Angst.«
»Du brauchst keine Angst zu haben.«
»Ich könnte...«
»Was?«
»Wenn ich hineinsteige... könnte ich...«
»Was könntest du?«
»Etwas tun«, sagte das Mädchen düster.
»Was könntest du tun?«
»Etwas...«
»Sag es mir.«
»Etwas... Schreckliches«, flüsterte Melanie so leise, daß es kaum zu hören war.

Laura glaubte, sie falsch verstanden zu haben. »Du meinst, daß dir etwas Schreckliches widerfahren wird?«

Noch leiser: »Nein... Ja.«
»Ja oder nein?«
Nur noch gehaucht: »Nein... ja...«
»Liebling?«
Schweigen.

Im Gesicht des Kindes stand jetzt nicht nur Angst geschrieben, sondern etwas wie Verzweiflung.

»Hab keine Angst«, sagte Laura. »Ganz ruhig. Entspann dich. Ich bin bei dir. Du mußt in den Tank steigen. Du mußt es tun, aber dir wird nichts passieren.«

Melanies Muskeln entspannten sich, sie sank auf ihrem Stuhl zusammen, aber ihr Gesicht behielt den Ausdruck von Verzweiflung und Hoffnungslosigkeit bei, ja dieser Ausdruck verstärkte sich sogar noch. Ihre Augen waren so tief eingesunken, daß es aussah, als würden sie jeden Moment total im Schädel verschwinden und leere Höhlen zurücklassen. Sie war bleich wie Elfenbein, und ihre Lippen waren fast so blutleer wie ihre Haut. Sie wirkte erschütternd zerbrechlich, so als bestünde sie nicht aus Fleisch und Blut und Knochen, sondern aus einem hauchdünnen Gewebe, das zu Staub zerfallen würde, wenn jemand zu laut redete oder eine unvorsichtige Bewegung machte.

»Vielleicht sollten wir es für heute genug sein lassen«, schlug Dan Haldane vor.

»Nein«, entgegnete Laura. »Wir müssen weitermachen. Wir müssen wissen, was in jenem grauen Zimmer vor sich ging. Ich kann Melanie durch ihre Erinnerungen leiten, wie schlimm sie auch sein mögen. Ich habe große Erfahrung in dieser Behandlungsmethode.«

Doch insgeheim war sie zutiefst beunruhigt und aufgewühlt. Melanie sah aus, als wäre sie schon tot. Wie sie so zusammengesackt dasaß, mit geschlossenen Augen, schien jedes Leben aus ihr gewichen zu sein; ihr wächsernes Gesicht erinnerte an eine Leiche, deren Züge von einem qualvollen Todeskampf gezeichnet waren.

Konnten ihre Erinnerungen so schrecklich sein, daß sie tödlich wirkten?

Nein. Laura war Psychologin, und sie hatte noch nie gehört, daß diese Therapiemethode für den Patienten gefährlich sein könnte.

Und dennoch... In jenes graue Zimmer zurückversetzt zu sein, über den elektrischen Stuhl sprechen zu müssen, in den Deprivationstank steigen zu müssen – das schien über die Kräfte des Mädchens weit hinauszugehen. Diese Erinnerungen mußten so grauenvoll sein, daß sie ihr wie Vampire das Blut aussaugten.

»Melanie?«
»Mmmmmmm?«
»Wo bist du jetzt?«
»Ich schwimme.«
»Im Tank?«
»Ich schwimme.«
»Was nimmst du wahr?«
»Wasser. Aber...«
»Aber was?«
»Aber auch das vergeht...«
»Was nimmst du sonst noch wahr?«
»Nichts.«
»Was siehst du?«
»Dunkelheit.«
»Was hörst du?«
»Mein Herz schlägt... pocht... aber... das vergeht...«
»Was sollst du in dem Tank lernen?«
Das Mädchen schwieg.
»Melanie?«
Nichts.
Laura rief eindringlich: »Melanie, bleib bei mir! Zieh dich nicht von mir zurück! Bleib bei mir!«

Das Mädchen bewegte sich und atmete durch, und Laura hatte das Gefühl, ihre Tochter im letzten Moment von dem fernen lichtlosen Ufer des Stromes zurückgerissen zu haben, der von dieser Welt ins Reich der Schatten führt.

»Mmmmmm.«

»Bist du bei mir?«

»Ja«, hauchte das Mädchen kaum vernehmbar.

»Du bist im Tank«, sagte Laura. »Alles ist wie immer... nur bin ich diesmal zusammen mit dir in dem Tank. Du kannst jederzeit meine Hand ergreifen und dich daran klammern. Verstehst du? Du schwimmst also... du fühlst nichts, du siehst nichts, du hörst nichts... aber *wozu* bist du in diesem Tank?«

»Ich soll lernen... loszulassen.«

»Was loszulassen?«

»Alles. Mich.«

»Du sollst lernen, dich loszulassen? Was bedeutet das?«

»Entweichen.«

»Wohin?«

»Fort... fort... fort...«

Laura seufzte frustriert und versuchte es mit einer neuen Taktik. »Woran denkst du?«

Melanies Stimme bekam einen noch entsetzteren Klang. »Die Tür...«

»Die Tür zum Dezember?«

»Ja.«

»Was *ist* die Tür zum Dezember?«

»Laß nicht zu, daß sie aufgeht! Halt sie *geschlossen*!« rief das Mädchen.

»Sie ist fest geschlossen, Liebling.«

»Nein, nein, nein! Sie wird sich öffnen. Ich hasse das! Oh, bitte, bitte helft mir, Mami, hilf mir, Vati, hilf mir, tut es nicht, bitte, bitte helft mir, ich hasse es, wenn sie sich öffnet, ich *hasse* es!«

Melanie schrie jetzt; ihre Halsmuskeln waren angespannt, ihre Schläfenadern schwollen an und pochten, aber trotz dieses plötzlichen Erregungszustands kam keine Farbe in ihr Gesicht; es wurde im Gegenteil noch eine Spur bleicher.

Das Kind hatte panische Angst vor dem, was sich hinter jener Tür verbarg, und diese Angst übertrug sich auf Laura. Sie spürte ein kaltes Prickeln im Nacken, und ein Schauder lief ihr den Rücken hinab.

Dan verfolgte mit großer Bewunderung, wie Laura das geängstigte Kind beruhigte.

Seine eigenen Nerven waren von dem Geschehen stark angegriffen. Er wischte seine schweißnassen Hände an der Hose ab.

Laura setzte die Befragung ihrer Tochter fort. »Erzähl mir von der Tür zum Dezember, Melanie. Was ist das? Erklär es mir.«

Das Kind antwortete leise: »Es ist wie... Das Fenster zum Gestern.«

»Ich verstehe nicht. Erklär es mir.«

»Es ist wie... die Treppe... die nur seitwärts führt... weder hinauf noch hinab...«

Laura tauschte einen Blick mit Dan, der ratlos mit den Schultern zuckte.

»Erzähl mir mehr davon«, forderte Laura ihre Tochter auf.

Melanies Stimme hob und senkte sich in einem gespenstischen Rhythmus, während sie berichtete: »Es ist wie... wie die Katze... die hungrige Katze, die sich selbst aufaß. Sie ist fast am Verhungern. Sie hat kein Futter. Deshalb beginnt sie, an ihrer eigenen Schwanzspitze zu kauen. Sie beginnt, ihren Schwanz zu essen... sie ißt immer mehr davon... bis der ganze Schwanz verschwunden ist. Dann... dann ißt sie ihre eigenen Hinterbeine und dann ihren Rumpf. Sie ißt und ißt... sie verschlingt sich... bis sie auch das letzte Stückchen von sich selbst aufgegessen hat... bis sie sogar ihre eigenen Zähne aufgegessen hat... und dann... dann verschwindet sie einfach. Hast du gesehen, wie sie verschwunden ist? Wie konnte sie einfach verschwinden? Wie konnten die Zähne sich selbst aufessen? Müßte nicht wenigstens ein Zahn übrigbleiben? Aber es bleibt nichts übrig. Kein einziger Zahn.«

Dan konnte Laura ansehen, daß sie genauso perplex war wie er, als sie verwundert sagte: »Sie wollen, daß du über diese Katze nachdenkst, während du im Tank schwimmst?«

»Ja, an manchen Tagen. An anderen Tagen soll ich an das Fenster zum Gestern denken, an nichts anderes als an das Fenster zum Gestern, stundenlang... stundenlang... ich soll mich völlig auf dieses Fenster konzentrieren... es sehen... daran *glauben*... Aber am besten gelingt es bei der Tür...«

»Der Tür zum Dezember?«

»Ja.«

»Erzähl mir davon, Liebling.«

»Es ist Sommer... Juli... heiß und schwül. Mir ist so heiß... ich gäbe alles für ein bißchen... kühle Luft. Ich öffne die Haustür... und auf der anderen Seite der Tür ist es ein kalter Wintertag. Es schneit. Ich schaue aus den Fenstern auf beiden Seiten neben der Tür... und durch die Fenster kann ich sehen, daß es Juli ist... und ich *weiß*, daß es Juli ist... warm... heiß... überall ist es Juli... nur nicht hinter dieser Tür... auf der anderen Seite dieser Tür... dieser Tür zum Dezember. Und dann...«

»Was dann?«

»Ich mache den Schritt... hinaus...«

»Du trittst über die Schwelle dieser Tür zum Dezember?«

Melanie riß plötzlich die Augen weit auf, sprang vom Stuhl hoch und begann zu Dans fassungslosem Erstaunen, sich selbst heftig zu schlagen. Ihre kleinen Fäuste hämmerten wild auf ihre zarte Brust ein. Sie trommelte auf ihre Rippen, auf ihre Hüften und schrie: »Nein, nein, nein, *nein*!«

»Halten Sie sie fest!« rief Laura.

Dan war schon vom Bett aufgesprungen. Er packte Melanie bei den Händen, aber sie riß sich mit bestürzender Mühelosigkeit los. Wie konnte dieses zerbrechliche Geschöpf über solche Kraft verfügen?

»Ich hasse es!« kreischte Melanie und schlug sich ins Gesicht.

Dan griff wieder nach ihr.

Sie sprang beiseite.

»Ich hasse es!«

Sie versuchte, sich ganze Haarbüschel auszureißen.

»Melanie, Liebling, hör auf!«

Dan packte sie bei den Handgelenken und hielt sie fest. Sie bestand nur aus Haut und Knochen, und er hatte Angst, ihr weh zu tun. Aber wenn er sie losließ, würde sie sich selbst verletzen.

»Ich hasse es!« schrie sie gellend. Speicheltropfen flogen aus ihrem Mund.

Laura kam behutsam näher.

Melanie ließ ihre Haare los und versuchte, Dan zu kratzen und sich aus seinem Griff zu befreien.

Er hielt sie fest, und es gelang ihm, ihre Arme an ihren Körper zu drücken, aber sie zappelte heftig und trat nach seinen Schienbeinen. »Ich hasse es, ich hasse es, ich *hasse* es!«

Laura umschloß das Gesicht des Mädchens mit beiden Händen, zwang es, ihr in die Augen zu blicken. »Liebling, was ist los? Was haßt du so sehr?«

»Ich hasse es!«
»Was haßt du so?«
»Über die Schwelle zu treten.«
»Du haßt es, über die Schwelle dieser Tür zum Dezember zu treten?«
»Und ich hasse *sie*.«
»Wer sind diese sie?«
»Ich hasse sie, ich hasse sie! Sie zwingen mich... an diese Tür zu denken, und sie zwingen mich, an diese Tür zu *glauben*, und dann zwingen sie mich... *über die Schwelle zu treten*, und ich hasse sie!«
»Haßt du deinen Vater?«
»Ja!«
»Weil er dich zwingt, die Tür zum Dezember zu öffnen und über die Schwelle zu treten?«
»Ich hasse es!« kreischte das Mädchen zornig und verzweifelt.
»Was passiert, wenn du über diese Türschwelle zum Dezember trittst?«

Melanie begann zu würgen. Sie hatte noch nicht gefrühstückt und konnte deshalb nichts erbrechen, aber sie wurde von so starken Krämpfen geschüttelt, daß Dan sie kaum festhalten konnte.

Laura hielt das Gesicht ihrer Tochter weiter mit beiden Händen umfangen, aber jetzt streichelte sie es mit den Fingerspitzen, versuchte die Falten zu glätten, während sie sanft und zärtlich auf das Kind einredete.

Schließlich erschlafften Melanies angespannte Muskeln, und Dan ließ sie los, während Laura sie fest in die Arme nahm.

Das Mädchen sträubte sich nicht gegen die Umarmung. Mit einer verzweifelten Stimme, die Dan zu Herzen ging, murmelte es: »Ich hasse sie... ich hasse sie alle... Daddy... und die anderen...«
»Ich weiß«, sagte Laura beruhigend.
»Sie tun mir weh... sie tun mir so schrecklich weh... ich hasse sie...«
»Ich weiß.«
»Aber... aber am meisten...«
Laura setzte sich auf den Boden und zog das Mädchen auf ihren Schoß. »Ja, Liebling? Was haßt du am meisten?«
»Mich.«
»Nein, nein.«
»Doch«, beharrte Melanie. »Mich. Ich hasse mich... ich hasse *mich*!«

»Warum, Liebling?«
»Wegen... wegen dem, was ich mache«, schluchzte die Kleine.
»Was machst du denn?«
»Ich trete... über die... Türschwelle...«
»Und was passiert dann?«
»Ich... gehe... durch... die Tür...«
»Und was machst du auf der anderen Seite der Tür, was siehst du dort, was findest du dort?«
Das Mädchen schwieg.
»Baby?«
Keine Reaktion.
»Sag es mir, Melanie.«
Nichts.
Dan beugte sich hinab und betrachtete das Kind mit großer Aufmerksamkeit. Er erschrak, denn Melanies starrer, glasiger Blick hatte sich noch erheblich verschlimmert, ihre Augen hatten kaum noch etwas von menschlichen Augen an sich. Dan fühlte sich an zwei ovale Fenster erinnert, durch die man auf eine unvorstellbare Leere hinausblickt, eine kalte, trostlose Leere, so als flöge man durch das gewaltige Universum.

Laura hielt ihre Tochter umschlungen und weinte lautlos vor sich hin. Sie wiegte das Kind in ihren Armen, und ihre Lippen zitterten, und Tränen rollten über ihre Wangen. Ihr stilles Leid griff Dan ans Herz, und er hätte sie am liebsten in die Arme genommen und liebevoll getröstet, so wie sie es bei Melanie machte, aber er durfte sich nur erlauben, ihr sanft eine Hand auf die Schulter zu legen.

Etwas später, als Lauras Tränen getrocknet waren, sagte Dan: »Melanie sagt, daß sie sich haßt, wegen etwas, das sie getan hat. Was meint sie damit? Was hat sie getan.«

»Nichts«, erwiderte Laura.

»Sie ist da offenbar anderer Ansicht.«

»Es ist ein charakteristisches Syndrom bei fast allen Fällen von Kindesmißhandlung und Kindesmißbrauch«, erklärte Laura.

Obwohl sie sich um einen ruhigen, sachlichen Tonfall bemühte, konnte Dan ihre nervliche Anspannung und Angst heraushören. Es gelang ihr nur unter Aufbietung aller Willenskraft, den emotionalen Aufruhr zu bewältigen, in den Melanies verheerender Zustand sie versetzt hatte.

»In solchen Fällen ist so viel *Scham* im Spiel«, fuhr sie fort. »Sie können sich das nicht vorstellen. Das Schamgefühl dieser Kinder ist überwältigend, nicht nur bei sexuellem Mißbrauch, sondern bei *jeder* Art von Mißbrauch und Mißhandlung. Häufig schämt sich ein solches Kind nicht nur, sondern es entwickelt regelrechte Schuldgefühle, so als trüge es selbst die Verantwortung für die Mißhandlung. Solche Kinder sind aufgrund ihrer schlimmen Erfahrungen total verwirrt und verstört. Sie wissen nicht, *was* sie fühlen sollen, sie wissen nur, daß das, was ihnen angetan wurde, nicht richtig war, und aufgrund einer vertrackten Logik geben sie sich die Schuld an den Geschehnissen, *sich selbst*, anstatt den Erwachsenen, von denen sie mißhandelt und mißbraucht wurden. Das ist nicht einmal so unverständlich, wie es auf den ersten Blick zu sein scheint. Sie sind schließlich an die Vorstellung gewöhnt, daß Erwachsene viel klüger sind als Kinder, daß Erwachsene immer recht haben. Mein Gott, Sie wären überrascht, wie oft diese Kinder nicht mehr erkennen können, daß sie *Opfer* sind und nicht den geringsten Grund haben, sich zu schämen. Sie haben jedes Selbstwertgefühl verloren. Sie hassen sich selbst, weil sie sich für Dinge verantwortlich fühlen, die sie nicht getan haben und nicht verhindern konnten. Und wenn dieser Selbsthaß sehr stark ist, ziehen sie sich in sich selbst zurück... tiefer und immer tiefer... und es ist für den Therapeuten wahnsinnig schwer, sie zurückzuholen.«

Melanie zeigte kein Wahrnehmungsvermögen mehr. Sie hing schlaff, fast leblos in den Armen ihrer Mutter.

»Sie glauben also«, faßte Dan zusammen, »wenn Melanie sagt, daß sie sich haßt, weil sie schreckliche Dinge getan hat, so sind das falsche Schuldgefühle für all das, was man ihr *angetan* hat?«

»Ohne jeden Zweifel«, erklärte Laura mit großem Nachdruck. »Ich sehe jetzt, daß ihre Schuldgefühle und ihr Selbsthaß noch viel schlimmer sind als in den meisten Fällen. Das ist nicht verwunderlich. Sie wurde fast sechs Jahre lang mißhandelt – *gefoltert*. Und was sie durchmachen mußte, war noch viel schlimmer als die üblichen Kindesmißhandlungen, denn sie wurde nicht nur physisch gequält, sondern auch einem intensiven Psychoterror ausgesetzt.«

Dan verstand alles, was Laura sagte, und er war überzeugt davon, daß ihre Worte sehr viel Wahres enthielten. Aber ihm war, während Melanie ihren Haß herausgeschrien hatte, eine schreckliche Möglichkeit in den Sinn gekommen, und diese Idee wurde er nun einfach nicht mehr los. Ein gräßlicher Verdacht hatte sich in ihm festgesetzt. Dieser Verdacht ergab noch keinen rechten Sinn. Seine Vermutung kam ihm selbst absurd vor. Und dennoch...

Er glaubte zu wissen, was ›Es‹ war.
Und es war nichts von all dem, was er sich vorgestellt hatte. Es war etwas viel Schlimmeres als alle alptraumhaften Wesen, die er bisher in Erwägung gezogen hatte.
Er starrte Melanie in einer Mischung aus Mitleid, Ehrfurcht und kalter Angst an.

Auch nachdem Laura ihre Tochter aus der Hypnose geweckt hatte, trat in Melanies Zustand keine Veränderung ein. Sie hatte sich jetzt vollständig von der Welt zurückgezogen, und sie würden ihr keine weiteren Informationen mehr entlocken können.

Laura war offensichtlich krank vor Sorge, und Dan hatte dafür vollstes Verständnis.

Sie legten das Kind auf eines der ungemachten Betten, und es lag völlig apathisch und regungslos da; nur ein einziges Mal bewegte es sich: Es führte die linke Hand zum Mund und begann am Daumen zu lutschen.

Laura rief im St. Mark's an, um sich zu vergewissern, daß keine Notfälle eingeliefert worden waren, die ihre Anwesenheit unbedingt erforderlich gemacht hätten, und sie fragte auch kurz bei ihrer Sekretärin nach, ob ihre Privatpatienten von anderen Therapeuten behandelt wurden. Dann sagte sie zu Dan: »Ich werde in einer halben oder höchstens in 45 Minuten fertig sein«, und zog sich ins Bad zurück.

Dan setzte sich an den kleinen Tisch und nahm die Bücher von Albert Uhlander zur Hand, die er aus Rinks Haus mitgenommen hatte. Alle sieben Bände beschäftigten sich mit Okkultismus: *Das moderne Gespenst; Poltergeister: Zwölf rätselhafte Fälle; Voodoo heute; Die Leben der Seele; Die Nostradamus-Pipeline; OOBE oder Astrale Projektion; Seltsame Kräfte in uns.* Eines der Bücher war bei *Random House* erschienen, eines bei *Harper & Row*, und zu seinem großen Erstaunen stellte Dan fest, daß die übrigen fünf von *John Wilkes Press* veröffentlicht worden waren. Dan zweifelte keinen Augenblick daran, daß dieser ihm unbekannte Verlag der Gesellschaft John Wilkes Enterprises gehörte, von der Regine Savannah Hoffritz jeden Monat einen – wie sie gesagt hatte – ansehnlichen Scheck erhielt.

Die schreiende Aufmachung der Schutzumschläge verstärkte in ihm zunächst den Eindruck, daß es sich um totalen Schund handelte, geschrieben für jenen Leserkreis, der auch jede Ausgabe von *Fate* verschlang und alle darin abgedruckten Geschichten für bare

Münze hielt, für jene Leute, die in UFO-Clubs eintraten und glaubten, daß Gott entweder ein Astronaut oder aber ein 60 cm großes blaues Männlein mit Augen von der Größe einer Untertasse wäre. Doch dann rief Dan sich ins Gedächtnis, daß etwas Nicht-Menschliches all jene Personen verfolgt, die etwas mit den Experimenten im grauen Zimmer zu tun gehabt hatten, und daß dieses Etwas für die regelmäßigen Leser von *Fate* leichter faßbar sein könnte als für ihn, der für Leute, die an okkulte Phänomene glaubten, immer nur spöttische Herablassung oder sogar Verachtung übriggehabt hatte. Und seit er Melanie unter Hypnose hatte reden hören, hatte er eine Theorie entwickelt, die mindestens genauso fantastisch war wie die Geschichten in *Fate*. Man lernte eben nie aus.

Er notierte sich die Adresse des Verlegers, die bei den Copyright-Angaben stand, um sie mit der Adresse der Zentrale von John Wilkes Enterprises vergleichen zu können, die Earl Benton herausfinden sollte.

Als nächstes überflog er die Widmungen und Danksagungen in den sieben Büchern, in der vergeblichen Hoffnung, auf irgendwelche bekannte Namen zu stoßen.

Schließlich wählte er als Lektüre jenen Band, der am ehesten seinen schrecklichen Verdacht erhärten konnte. Bis Laura geduscht und Melanie gewaschen hatte und mit ihrer Tochter aufbruchbereit war, hatte Dan 30 Seiten gelesen, die seine schlimmsten Befürchtungen zu bestätigen schienen.

Er glaubte, des Rätsels Lösung gefunden zu haben. Die mysteriösen Ereignisse der vergangenen zwei Tage fanden allmählich eine Erklärung: das graue Zimmer, die gräßlich verstümmelten Leichen, die Tatsache, daß die drei Männer in jenem Haus in Studio City sich nicht verteidigt hatten, Melanies wundersames Entkommen bei diesem Blutbad, Scaldones Ermordung in einem verschlossenen Raum – all die poltergeistartigen Phänomene.

Es war total verrückt.

Und doch...

Es ergab einen Sinn.

Es war eine höchst beängstigende Theorie.

Er hätte gern mit Laura darüber gesprochen, ihre Meinung als Psychologin eingeholt, aber was er ihr zu unterbreiten hatte, würde für sie so schockierend, so schrecklich sein, daß er beschloß, seine Theorie noch einmal gründlich zu durchdenken, bevor er sich darüber ausließ; er wollte ganz sicher sein, daß seine Argumentation in sich schlüssig war. Wenn sein Verdacht stimmte, würde Laura ungeheure physische, geistige und psychische Kräfte benötigen, um damit fertig werden zu können.

Sie verließen das Motel und gingen zum Wagen. Laura nahm mit Melanie auf den Rücksitzen Platz, denn sie wollte das Kind weiter im Arm halten, streicheln und trösten.

Dan hatte ursprünglich vorgehabt, sich in seiner Wohnung rasch umzuziehen, denn seiner zerknitterten Kleidung war nur allzu deutlich anzusehen, daß er darin geschlafen hatte. Aber nun, da er glaubte, der Lösung dieses Falles sehr nahegekommen zu sein, war es ihm egal, ob er ungepflegt aussah. Er konnte es kaum abwarten, mit Howard Renseveer, Sheldon Tolbeck und den anderen Konspiratoren zu sprechen. Er wollte sie mit seinen Ideen konfrontieren und beobachten, wie sie darauf reagierten.

Bevor er den Motor anließ, drehte er sich um und betrachtete Melanie.

Sie hing schlaff in den Armen ihrer Mutter.

Ihre Augen waren geöffnet, aber völlig ausdruckslos.

Habe ich recht, Kleine? dachte er. Ist ›Es‹ das, was ich glaube?

Er hätte sich nicht gewundert, wenn sie seine unausgesprochene Frage gehört und ihren Blick auf ihn fixiert hätte, aber sie tat es nicht.

Ich hoffe, daß meine Vermutungen sich als falsch erweisen, dachte er. Denn wenn es tatsächlich *das* sein sollte, was all die Männer umbringt, und wenn *das* dich holen kommt, sobald alle Schuldigen tot sind, dann kannst du dich nirgends verstecken, nicht wahr, Kleine? Vor diesem ›Es‹ kannst du dich nirgendwo auf der ganzen Welt verstecken.

Er fröstelte.

Er ließ den Motor an und fuhr los.

Der Nebel hatte sich noch immer nicht aufgelöst, und es begann wieder zu regnen. Jeder Tropfen, der auf die Windschutzscheibe fiel, verstärkte Dans Beklemmung.

34

Dan und Laura hatten an diesem Vormittag kein Glück. Es regnete in Strömen, was zu starken Verkehrsbehinderungen führte, so daß sie nur im Schneckentempo vorankamen. Was den Ermittlungen aber noch mehr im Wege stand als das schlechte Wetter, war die Tatsache, daß die Ratten, die ihnen wichtige Informationen hätten geben können, das sinkende Schiff bereits verlassen hatten: Tolbeck und Renseveer waren weder zu Hause noch an ihren Arbeitsplätzen, und Dan vergeudete viel Zeit bei dem Versuch, sie irgendwie ausfindig zu machen, bevor er endlich resigniert einsah, daß sie aus der Stadt geflüchtet waren und niemand ihre derzeitigen Aufenthaltsorte kannte.

Um eins trafen Dan, Laura und Melanie wie verabredet Earl Benton in der Imbißstube in Van Nuys. Zum Glück hatte die Kopfverletzung den Privatdetektiv nicht wesentlich bei der Arbeit behindert, und er hatte einen produktiveren Vormittag verbracht als Dan und Laura. Sie setzten sich in eine Nische im hinteren Teil des Restaurants, möglichst weit entfernt von der Musicbox. Es roch appetitanregend nach Pommes frites, Hamburgern, Bohnensuppe, Speck und Kaffee. Die Bedienung war freundlich und tüchtig, und nachdem sie die Bestellung aufgenommen hatte, berichtete Earl, was er an diesem Morgen in Erfahrung gebracht hatte.

Als erstes hatte er Mary Katherine O'Hara angerufen, die Sekretärin von *Freedom Now*, und mit ihr einen Termin für 10 Uhr vereinbart. Sie lebte in einem hübschen kleinen Bungalow in Burbank, halb versteckt hinter prächtigen Bougainvillae-Sträuchern. Das Haus, ein typisches Beispiel für die Architektur der 30er Jahre, war in so gutem Zustand, daß Earl sich nicht gewundert hätte, wenn in der Einfahrt ein Packard gestanden hätte.

»Mrs. O'Hara ist in den Sechzigern«, erzählte Earl, »und sie hat sich fast genausogut gehalten wie ihr Haus. Sie ist noch immer attraktiv, und in ihrer Jugend muß sie einfach umwerfend ausgesehen haben. Sie war Immobilienmaklerin und lebt jetzt im Ruhestand. Sie ist nicht direkt reich, aber ich würde sagen, daß sie ihr gutes Auskommen hat. Das Haus ist jedenfalls sehr schön eingerichtet, unter anderem mit einigen exquisiten Antiquitäten im Art Deco Stil.«

»Sträubte sie sich, über *Freedom Now* zu sprechen?« fragte Dan.

»Ganz im Gegenteil. Sie *wollte* darüber sprechen. Weißt du, eure Polizeiakte über diese Organisation ist nicht auf dem aktuellen Stand. Mary O'Hara hat ihr Ehrenamt als Sekretärin schon vor mehreren Monaten empört niedergelegt.«

»Oh?«

»Sie ist überzeugte Libertarierin, Mitglied in einem Dutzend verschiedener Organisationen, und als Ernest Cooper ihr das Amt der Sekretärin in dem von ihm gegründeten politischen Aktionskomitee antrug, stellte sie sich bereitwillig zur Verfügung. Cooper ging vermutlich von der Annahme aus, daß sie leicht zu manipulieren sein würde. Aber Mary O'Hara zu manipulieren, dürfte nicht minder schwierig sein, als mit einem lebendigen Stachelschwein Football zu spielen, ohne dabei verletzt zu werden.«

Laura lachte, und Dan, der sie bisher nur ernst oder niedergeschlagen erlebt hatte, empfand dieses Lachen wie ein kostbares Geschenk.

»Die Frau scheint zäh zu sein«, sagte Laura.

»Und sehr gewitzt«, fügte Earl hinzu. »Sie erinnerte mich an Sie.«

»An mich? Ich und zäh?«

»Sie sind viel zäher, als Sie glauben«, sagte Dan mit der gleichen Bewunderung wie Earl.

Draußen donnerte es heftig, und ein scharfer Wind fegte den Regen gegen das große Fenster neben der Nische.

»Mrs. O'Hara übte ihr Ehrenamt fast ein Jahr lang aus«, fuhr Earl in seinem Bericht fort, »aber schließlich erklärte sie ihren Austritt, wie zahlreiche andere überzeugte Libertarier, weil sie festgestellt hatte, daß die Organisation nicht die Ziele verfolgte, die auf dem Papier standen. Es ging sehr viel Geld ein, aber mit diesen Mitteln wurden nicht etwa Kandidaten und Programme der Libertarier unterstützt, sondern ein Großteil der Spenden floß in ein Forschungsprojekt von Dylan McCaffrey, das angeblich den Zielen der Libertarier diente.«

»Das graue Zimmer«, warf Dan ein.

Earl nickte.

»Aber was hätte dieses Projekt den Libertariern nützen können?« fragte Laura.

»Höchstwahrscheinlich überhaupt nichts«, erwiderte Earl. »Aber die Libertarier waren ein bequemer Deckmantel. Sie dien-

ten sozusagen als Aushängeschild. Zu diesem Schluß kam jedenfalls Mrs. O'Hara.«
»Ein Deckmantel wofür?«
»Das wußte sie nicht.«
Die Bedienung brachte drei Tassen Kaffee und ein Pepsi. »Ihr Essen wird in wenigen Minuten fertig sein«, sagte sie. Ihr Blick schweifte von Earls geschwollenen Lippen, seinem blauen Auge und dem Kopfverband zu Dans aufgeschlagener Stirn. »Sie waren wohl in einen Unfall verwickelt?« erkundigte sie sich.
»Wir sind eine Treppe raufgefallen«, erklärte Dan.
»*Raufgefallen?*«
»Vier Stufen«, fügte Earl an.
»Ah, Sie wollen mich veräppeln!«
Die beiden Männer grinsten ihr zu.
Sie erwiderte das Lächeln und entfernte sich, um an einem anderen Tisch eine Bestellung aufzunehmen.
Während Laura den Trinkhalm auspackte und Melanie zu überreden versuchte, einen Schluck Pepsi zu trinken, sagte Dan: »Mrs. O'Hara scheint nach deiner Erzählung eine Frau zu sein, die eine Organisation nicht einfach frustriert verlassen würde. Ich könnte mir vorstellen, daß sie an die Wahlkommission geschrieben und auf einen Ausschluß dieses angeblichen Aktionskomitees gedrängt hat.«
»Das hat sie auch getan«, erwiderte Earl. »Sie hat sogar zweimal hingeschrieben.«
»Und?«
»Sie hat keine Antwort erhalten.«
Dan rutschte unbehaglich auf der Bank hin und her. »Du willst damit sagen, daß die Hintermänner von *Freedom Now* Druck auf die Wahlkommission ausüben können?«
»Drücken wir es einmal vornehm aus: Sie haben offenbar einen gewissen Einfluß.«
»Dann *ist* es ein geheimes Regierungsprojekt«, sagte Dan. »Und es war demnach klug von uns, dem FBI nicht zu trauen.«
»Nicht unbedingt.«
»Aber nur die Regierung wäre imstande, eine Untersuchung durch die Wahlkommission zu verhindern, und selbst ihr würde es nicht leichtfallen.«
»Nur Geduld«, meinte Earl, während er nach seiner Kaffeetasse griff.

»Du weißt etwas«, stellte Dan fest.

»Ich weiß immer etwas«, grinste Earl und trank einen Schluck Kaffee.

Dan sah, daß Melanie inzwischen etwas Pepsi getrunken hatte; Laura war damit beschäftigt, ihr mit einer Papierserviette das Kinn abzuwischen.

»Laßt mich zunächst einmal erklären«, fuhr Earl fort, »wie *Freedom Now* zu Geld kommt. Mrs. O'Hara war zwar nur Sekretärin, aber als sie witterte, daß die Sache oberfaul war, nahm sie hinter dem Rücken von Cooper und Hoffritz Einblick in die Unterlagen des Schatzmeisters. 99% der Einnahmen des Aktionskomitees stammten aus Spenden von drei anderen Aktionskomitees: *Honesty in Politics, Citizens for Enlightened Government* und *Twenty-second Century Group*. Mary O'Hara nahm diese Organisationen etwas genauer unter die Lupe und stellte fest, daß Cooper und Hoffritz in allen drei Gruppen wichtige Rollen spielten, und daß diese drei Aktionskomitees nicht etwa durch Beiträge normaler Bürger finanziert wurden, sondern von zwei Wohltätigkeitsorganisationen.«

»Wohltätigkeitsorganisationen? Dürfen die sich denn politisch betätigen?«

Earl nickte. »Ja, wenn sie geschickt vorgehen und sich bescheinigen lassen, daß sie Programme unterstützen, die dem Wohl der Allgemeinheit dienen und eine bessere Regierung anstreben.«

»Und woher bekommen diese Wohltätigkeitsorganisationen ihr Geld?«

»Eine interessante Frage! Mrs. O'Hara hat nicht weitergeforscht, aber ich habe gleich von ihr aus bei *Paladin* angerufen, und einige unserer Leute haben Erkundigungen eingezogen. Die beiden Organisationen werden von einer größeren Wohltätigkeitsorganisation finanziert.«

»Mein Gott, das ist ja das reinste Schachtelspiel!« rief Laura.

»Laß mich diese Sache einmal rekapitulieren«, sagte Dan. »Diese größere Wohltätigkeitsorganisation finanziert also zwei kleinere, und diese finanzieren wiederum drei politische Aktionskomitees, die ihrerseits *Freedom Now* finanzierten, das die Gelder ausschließlich für Dylan McCaffreys Projekt in Studio City verwendete.«

»So ist es«, bestätigte Earl. »Dieses ausgeklügelte System sollte die Verbindung zwischen den eigentlichen Geldgebern und Dylan McCaffrey verschleiern, für den Fall, daß etwas schiefgelaufen wäre und jemand herausgefunden hätte, daß er grausame Experimente an seiner eigenen Tochter durchführte.«

Die freundliche junge Bedienung servierte ihr Essen, und während dieser Zeit machten sie nur einige belanglose Bemerkungen über das Wetter.

Sobald sie wieder unter sich waren, fragte Dan: »Und wie heißt nun die Wohltätigkeitsorganisation, die hinter diesem ganzen Verwirrspiel steckt?«

»Halt dich gut fest! Es ist die *Boothe Foundation*.«

»Mein Gott! Dieselbe Stiftung, die Waisenhäuser und Kinder- und Seniorenhilfsprogramme unterstützt?«

»So ist es«, sagte Earl.

Dan kramte in einer Manteltasche und zog den Ausdruck von Scaldones Kundenkartei hervor. Er zeigte ihnen auf der zweiten Seite den Namen Palmer Boothe.

»Ich bin gestern abend in Scaldones obskurem Laden auf seinen Namen gestoßen, und ich wunderte mich, daß ein hartgesottener Geschäftsmann wie Boothe sich für Okkultismus interessiert. Aber ich hielt es für eine harmlose Schwäche; irgendeinen Spleen hat schließlich jeder Mensch. Verdammt, in Anbetracht von Boothes hervorragendem Ruf wäre mir nie in den Sinn gekommen, daß er in diese Geschichte verstrickt sein könnte.«

»Der Teufel hat seine Advokaten an den unwahrscheinlichsten Stellen«, meinte Earl.

Während die Musicbox ein Lied von Bruce Springsteen spielte, blickte Dan nachdenklich in den grauen Regen hinaus. Nach einer Weile meinte er: »Vor zwei Tagen glaubte ich nicht einmal an den Teufel.«

»Aber jetzt?«

»Aber jetzt«, bestätigte Dan.

Laura begann, Melanies Cheeseburger in mundgerechte Happen zu zerschneiden.

Das Mädchen starrte auf die wechselnden Regenmuster an der Fensterscheibe – aber vielleicht sah es etwas ganz anderes.

»Denken wir jetzt noch einmal an die beiden Briefe«, griff Earl den Gesprächsfetzen wieder auf, »die Mary O'Hara der Wahlkommission schrieb. Es ist leicht zu verstehen, weshalb das für *Freedom Now* keine negative Folgen hatte. Palmer Boothe spendet *beiden* politischen Parteien hohe Summen – der jeweiligen Regierung immer etwas mehr als der Opposition. Aber beklagen können sich beide nicht. Und als vor einigen Jahren politische Aktionskomitees in Mode kamen, muß Boothe sofort begriffen haben, wie nützlich sie für gewisse Unternehmungen sein konnten, und deshalb schleuste er einige seiner Mittelsmänner in die Aufsichtskommission.«

»Hören sie«, sagte Laura, die den Cheeseburger inzwischen zerteilt hatte, »ich weiß zwar nicht viel über die Wahlkommission, aber mir ist unverständlich, wie er seine Mittelsmänner dort einschleusen konnte.«

»Nun, für eine einflußreiche Persönlichkeit wie Boothe dürfte das nicht allzu schwierig gewesen sein. Selbstverständlich wäre es ihm nicht möglich gewesen, die ganze Kommission zu korrumpieren, weil die beiden großen Parteien sie ständig scharf im Auge haben. Aber wenn man bescheidene Ziele hat – etwa wenn es darum geht, die Kommission davon abzuhalten, einige Aktionskomitees unter die Lupe zu nehmen –, so wird niemand davon Notiz nehmen. Wenn hochangesehene Staatsbürger, die für eine der größten Wohltätigkeitsorganisationen des ganzen Landes tätig sind, ihre Dienste der Wahlkommission zur Verfügung stellen, werden alle hocherfreut sein.«

Dan seufzte. »Es war also nicht die Regierung, die McCaffreys Projekt finanzierte, sondern Palmer Boothe. Das bedeutet, daß wir das FBI zu Unrecht verdächtigt haben. Melanie entführen zu wollen.«

»Dessen bin ich mir gar nicht so sicher«, entgegnete Earl. »Gewiß, die Regierung hat McCaffrey und Hoffritz nicht finanziert. Aber nachdem das FBI jetzt das graue Zimmer gesehen hat und Einblick in MaCaffreys Aufzeichnungen nehmen konnte, interessiert sich das Pentagon möglicherweise brennend für dieses Projekt, und ich könnte mir gut vorstellen, daß sie liebend gern mit Melanie arbeiten würden – ungehindert!«

»Nur über meine Leiche!« erklärte Laura.

»Wir sind also nach wie vor auf uns allein gestellt«, konstatierte Dan.

Earl nickte. »Außerdem ist es Boothe ja offenbar gelungen, Ross Mondale zu bestechen und die Polizei auf uns zu hetzen...«

»Nicht *die* Polizei«, widersprach Dan. »Nur ein paar verkommene Individuen.«

»Und wer sagt uns, daß Boothe nicht auch beim FBI Freunde hat? Und während wir Melanie von der Regierung wahrscheinlich auf gerichtlichem Wege zurückbekommen könnten, würden wir sie nie wiederfinden, wenn Boothe sie in seine Gewalt brächte.«

In den nächsten Minuten widmeten sie sich schweigend ihrem Mittagessen. Laura versuchte mit wenig Erfolg, Melanie zu füttern.

Ein Lied von Sheena Easton verklang, und als nächstes sang wieder Bruce Springsteen. In seinem Text war davon die Rede, daß alles stirbt, aber einige Dinge wiederkehren.

In ihrer gegenwärtigen Situation kam Springsteens Lyrik der kleinen Gruppe entschieden makaber und beunruhigend vor.

Dan blickte in den strömenden Regen hinaus und überlegte, inwiefern die Informationen über Boothe ihnen helfen konnten.

Sie wußten jetzt, daß sie es mit einem mächtigen Feind zu tun hatten, daß er aber doch nicht so allmächtig war, wie sie befürchtet hatten. Das war ermutigend. Es war besser, es mit einem größenwahnsinnigen Multimillionär zu tun zu haben – mit *einem* Feind, wie einflußreich er auch sein mochte –, als gegen eine verschworene, zu allem entschlossene Institution kämpfen zu müssen. Ihr Feind war ein Riese, aber ein Riese, der mit der richtigen Schleuder und dem idealen Stein vielleicht besiegt werden konnte.

Und jetzt kannte Dan auch die Identität von ›Daddy‹, jenem distinguierten weißhaarigen Sadisten, der Regine Savannah Hoffritz regelmäßig besuchte.

»Was ist mit John Wilkes Enterprises?« fragte er Earl, aber plötzlich fiel es ihm wie Schuppen von den Augen, und er konnte seine Frage selbst beantworten. »Es gibt überhaupt keinen John Wilkes, stimmt's? John Wilkes Boothe – der Mann, der Lincoln ermordete, obwohl er sich, soviel ich weiß, ohne ›e‹ schrieb: B-O-O-T-H. Diese Gesellschaft gehört Palmer Boothe, und er hat sie John Wilkes Enterprises genannt – sollte wohl ein kleiner Scherz sein, wie?«

Earl nickte. »Ich glaube auch, daß es eine Art Insider-Scherz sein sollte, aber definitiv beantworten könnte diese Frage natürlich nur Boothe selbst. *Paladin* hat heute morgen Erkundigungen über die John Wilkes Enterprises eingezogen. Boothe ist der einzige Aktionär. Er betreibt unter diesem Namen einige kleinere Unternehmen, die mit seinen sonstigen Aktivitäten nicht unter einen Hut zu bringen sind. Manche werfen nicht einmal einen Profit ab.«

»Wie die John Wilkes Press«, warf Dan ein.

Earl hob die Augenbrauen. »Ja, der Verlag gehört zu den unrentablen Tochtergesellschaften. Er publiziert nur Bücher über Okkultismus, und in manchen Jahren arbeitet er mit kleinen Verlusten, in anderen deckt er seine Ausgaben. Außerdem gehört John Wilkes Enterprises ein kleines Theater in Westwood, drei Läden, in denen hausgemachte Schokolade verkauft wird, und verschiedenes mehr.«

»Nicht zu vergessen das Haus, in dem Boothes Geliebte lebt«, fügte Laura an.

»Ich glaube kaum, daß er sie als seine Geliebte betrachtet«, meinte Dan angewidert. »Sie ist für ihn eine Art Haustier... ein possierliches kleines Haustier, das einige wirklich gute Dressurnummern beherrscht.«

Sie beendeten ihr Mittagessen.

Der Regen trommelte gegen die Fensterscheiben.

Melanie saß stumm da und starrte ins Leere.

»Und was jetzt?« fragte Laura.

»Jetzt werde ich Palmer Boothe einen Besuch abstatten«, sagte Dan. »Falls er nicht wie die anderen Ratten die Flucht ergriffen hat.«

35

Bevor sie die Imbißstube verließen, wurde beschlossen, daß Earl mit Laura und Melanie ins Kino gehen sollte. Sie brauchten ein Versteck für die nächsten Stunden, bis Dan entweder persönlich mit Palmer Boothe gesprochen oder zumindest mit ihm telefoniert haben würde, und es wäre zu deprimierend gewesen, sich wieder in irgendeinem Motelzimmer zu verkriechen. Weder das FBI noch die Polizei noch irgendwelche von Boothe gedungenen Männer würden auf die Idee kommen, die Kinos nach ihnen abzusuchen, und es war mehr als unwahrscheinlich, daß jemand sie im dunklen Saal zufällig entdecken würde. Außerdem glaubte Laura, daß ein geeigneter Film von therapeutischem Wert für Melanie sein könnte: Die riesige Leinwand, die grellen Farben und der laute Ton vermochten manchmal die Aufmerksamkeit eines autistischen Kindes zu wecken, wenn alle anderen Mittel versagten.

Vor dem Restaurant standen Zeitungsautomaten, und Dan rannte durch den Regen, um ein *Journal* zu besorgen, das ein Kino-Programm enthielt. Alle empfanden es als Ironie, daß sie ausgerechnet Boothes Zeitung benutzten, um einen Ort zu finden, wo sie sich vor ihm verstecken konnten. Sie entschieden sich für den neuesten Film von Steven Spielberg, der in einem Kino in Westwood lief. Es war ein Filmpalast mit mehreren Sälen, und sie konnten sich anschließend einen zweiten Film anschauen, der für Melanie ebenfalls geeignet war. Auf diese Weise würden sie bis zum frühen Abend gut aufgehoben sein. Dan sollte sie im Kino abholen, nachdem er Boothe entweder gefunden oder aber die Suche nach ihm aufgegeben haben würde.

Laura und Melanie nahmen auf dem Rücksitz von Earls Wagen Platz; Dan stieg für einen Augenblick ebenfalls ein und wandte sich an Laura. »Sie müssen etwas für mich tun. Ich möchte, daß Sie Melanie im Kino noch mehr als bisher im Auge behalten. Sorgen Sie dafür, daß sie nicht einschläft. Wenn sie ihre Augen schließt, müssen Sie sie zwicken oder schütteln oder auf irgendeine andere Weise wachhalten.«

Laura runzelte die Stirn. »Warum?«

Ohne ihre Frage zu beantworten, fuhr er fort: »Und auch wenn sie in einen noch tiefren katatonischen Zustand zu fallen droht, müssen Sie Ihr Möglichstes tun, um das zu verhindern. Reden Sie mit ihr, berühren Sie sie, fesseln Sie irgendwie ihre Aufmerksamkeit. Das arme Ding ist freilich schon jetzt so abwesend, daß es nicht leicht sein wird, Unterschiede festzustellen, speziell in einem dunklen Kino, aber ich bitte Sie, Ihr Möglichstes zu tun.«

»Du weißt etwas«, sagte Earl. »Stimmt's?«

»Vielleicht«, gab Dan zu.

»Du weißt, was in dem grauen Zimmer vor sich ging.«

»Ich *weiß* es nicht. Ich habe nur... vage Vermutungen.«

»Was vermuten Sie?« Laura beugte sich begierig zum Beifahrersitz vor. Ihr lag unendlich viel daran, Licht in das Dunkel von Melanies Qualen zu bringen, und sie zog die Möglichkeit nicht einmal in Betracht, daß die Wahrheit noch viel grausamer sein könnte als dieses Dunkel, in dem sie umhertappte. »Was sind das für Vermutungen? Warum ist es so wichtig, daß sie wach bleibt?«

»Es würde zuviel Zeit in Anspruch nehmen, wenn ich Ihnen das jetzt erklären wollte«, log Dan. Solange er sich nicht hundertprozentig sicher war, die Wahrheit entdeckt zu haben, wollte er sie nicht beunruhigen – wobei ›beunruhigen‹ ein sehr milder Ausdruck war. Es wäre ein gewaltiger Schock für sie zu erfahren, welchen Verdacht er hegte. »Ich muß jetzt los und herausfinden, ob Boothe sich noch in der Stadt aufhält. Versuchen Sie einfach, Melanie wachzuhalten.«

»Wenn sie schläft oder sich in einem tiefen katatonischen Zustand befindet, ist sie verwundbarer, habe ich recht?« sagte Laura. »Ja, irgendwie ist sie dann verwundbarer. Vielleicht... vielleicht hat ›Es‹ ein Gespür dafür, wann sie schläft. Ich meine... als sie vergangene Nacht in dem Motelzimmer schlief, wurde es kalt und *etwas* kam. Und gestern abend in meiner Küche, als das Radio... wie besessen war... und als der Blumenwirbel eindrang... da hatte Melanie die Augen geschlossen... Sie schlief nicht, aber sie war noch abwesender als die meiste übrige Zeit. Erinnern Sie sich daran, Earl? Sie saß mit geschlossenen Augen da und schien den schrecklichen Lärm, den das Radio machte, überhaupt nicht wahrzunehmen. ›Es‹ weiß irgendwie, wann sie am verletztlichsten ist, und deshalb wird ›Es‹ einen solchen Augenblick ausnutzen, um sie zu holen. Ist es das? Soll ich sie deshalb um jeden Preis wachhalten?«

»Ja«, schwindelte Dan. »Das ist in etwa die Lage. Und jetzt muß ich mich wirklich sputen, Laura.« Er hätte zum Abschied ihr Gesicht streicheln und ihre Mundwinkel küssen mögen, aber da er kein Recht hatte, seine Gefühle so offen zu zeigen, wandte er sich an Earl: »Paß gut auf die beiden auf.«

»Ich verspreche dir, sie wie meinen Augapfel zu hüten.«

Dan stieg aus, schlug hinter sich die Tür zu und rannte durch den Regen zu seiner Dienstlimousine, die er auf der anderen Seite der Imbißstube geparkt hatte. Als er losfuhr, sah er, daß Earl sich bereits auf der Straße befand.

Er fragte sich, ob er die drei jemals wiedersehen würde.

Delmar, Carrie, Cindy Lakey...

Die verhaßten Erinnerungen an sein Versagen drängten sich schon wieder auf.

Delmar, Carrie, Cindy Lakey... Laura... Melanie...

Nein!

Diesmal würde er nicht versagen.

Vielleicht war er der einzige Polizeibeamte in dieser Stadt, der einzige Mensch in dieser Stadt und im Umkreis von tausend Kilometern, der imstande war, zum Kern dieses bizarren Falles vorzustoßen und ihn eventuell erfolgreich abzuschließen. Was ihn dazu befähigte, war seine Vertrautheit mit Morden und Mördern. Er wußte darüber mehr als die meisten anderen Menschen, weil er soviel darüber nachgedacht hatte – und weil Morde nicht nur in seinem Beruf eine so wichtige Rolle spielten, sondern auch in seinem Privatleben. Er war schon vor langer Zeit zu der Erkenntnis gekommen, daß jeder Mensch zu einem Mord fähig war; nur deshalb war es ihm möglich, seinen schrecklichen Verdacht, den Earl und Laura vermutlich entsetzt von sich gewiesen hätten, als eine durchaus vorstellbare Möglichkeit in Betracht zu ziehen und sich darauf einzustellen.

Delmar, Carrie, Cindy Lakey.

Damit endete die Serie seiner Fehlschläge.

Doch obwohl er sich nach Kräften bemühte, optimistisch zu bleiben, entsprach dieser düstere graue Regentag im Grunde seiner seelischen Verfassung.

Der Film von Spielberg war einige Wochen vor Weihnachten angelaufen, aber auch drei Monate später sorgte er an einem normalen Werktagnachmittag für einen halbvollen Saal. Fünf Minuten vor Beginn der Vorstellung wurde im Publikum viel geredet und gelacht.

Laura, Melanie und Earl nahmen die drei äußeren Sitze in einer der mittleren Reihen ein. Die beiden Erwachsenen hatten Melanie in ihre Mitte genommen, und das Kind starrte ausdruckslos auf die riesige leere Leinwand, die Hände schlaff auf dem Schoß, stumm und regungslos – aber es schien zumindest wach zu sein.

Obwohl es im Dunkeln schwieriger sein würde, das Mädchen zu beobachten, wünschte Laura, daß der Film beginnen sollte, denn sie hatte im Licht das unangenehme Gefühl, schutzlos den Blicken all dieser Fremden ausgeliefert zu sein. Sie wußte, daß ihre Sorge, hier von den falschen Leuten erspäht und bedroht zu werden, töricht war. Das FBI, korrupte Polizeibeamte, Palmer Boothe und seine Helfershelfer würden bestimmt nicht auf die Idee kommen, ausgerechnet in einem Kino nach Melanie zu suchen. Wenn sie überhaupt noch irgendwo in Sicherheit sein konnten, dann in diesem Kino.

Aber sie glaubte inzwischen nicht mehr, daß es einen Ort auf der Welt gab, wo sie in völliger Sicherheit wären.

Dan hatte sich entschieden, sein Glück bei Palmer Boothe mit der Überraschungstaktik zu versuchen. Er fuhr deshalb von der Imbißstube auf direktem Wege zum Gebäude des *Journal* auf dem Wilshire Boulevard, einige Blocks östlich von dem Punkt, wo Beverly Hills in das polypenhaft auswuchernde Los Angeles überging. Er hatte keine Ahnung, ob Boothe sich überhaupt noch in der Stadt aufhielt, geschweige denn in seinem Büro, aber es war der geeignetste Ausgangspunkt für die Suche.

Er parkte seinen Wagen in der unterirdischen Garage und fuhr mit dem Lift in die 18. Etage, wo alle Geschäftsführer des riesigen Medienkonzerns – 20 Zeitungen, zwei Zeitschriften, drei Rundfunksender und zwei TV-Sender – ihre Büros hatten. Als er aus dem Aufzug trat, stand er in einer kostbar möblierten Empfangshalle mit dicken Teppichen und zwei Ölgemälden von Rothko an den Wänden.

Wider Willen beeindruckt von der Tatsache, daß diese beiden schlicht gerahmten Gemälde auf dem Kunstmarkt einen Wert von vier oder fünf Millionen Dollar hätten, fand sich Dan nur mit Mühe in seine geplante Rolle des ›einschüchternden Kriminalbeamten vom Morddezernat‹. Doch er riß sich zusammen, zeigte dem uniformierten Sicherheitsposten selbstsicher seinen Dienstausweis und durfte passieren. Er erklärte der höflich distanzierten Empfangsdame sein Begehr, und auf einen Knopfdruck hin erschien ein höflicher junger Mann, der ein Sekretär oder auch ein Leibwächter sein konnte, und führte Dan einen langen, breiten Korridor entlang. Hier herrschte eine solche Stille, daß man sich nicht mitten in einer Großstadt glaubt, sondern irgendwo im fernen Weltraum.

Im erlesen eingerichteten Vorzimmer zum Allerheiligsten des Gottes Palmer Boothe stellte der junge Mann Dan Boothes Privatsekretärin vor und zog sich sodann unauffällig zurück. Mrs. Hudspeth war eine elegante grauhaarige Dame in einem pflaumenfarbenen Strickkostüm und einer pastellfarbenen Bluse, mit pflaumenfarbener Schleife am Kragen. Obwohl sie groß und mager war und offensichtlich einen gesteigerten Wert auf ihre äußere Erscheinung legte, erinnerte sie Dan ein wenig an Irmatrude Gelkenshettle, weil auch Mrs. Hudspeth einen sehr tüchtigen und sachlichen Eindruck machte.

»Oh, Lieutenant«, sagte sie, »es tut mir sehr leid, aber Mr. Boothe ist nicht im Hause. Sie haben ihn um wenige Minuten verpaßt. Er mußte zu einer Konferenz. Er ist heute sehr beschäftigt, aber das ist beim ihm nichts Außergewöhnliches.«

Es verwirrte Dan, daß Boothe seiner Arbeit nachging wie immer. Wenn Dans Theorie stimmte, wenn er ›Es‹ richtig identifiziert hatte, müßte Palmer Boothe in Todesängsten auf der Flucht sein oder sich im Verlies irgendeiner Festung verbarrikadieren, irgendwo in Jugoslawien oder in den Schweizer Alpen oder in einem anderen, schwer erreichbaren Winkel der Erde. Wenn Boothe wie gewöhnlich an Konferenzen teilnahm und geschäftliche Entscheidungen traf, so hatte er offenbar keine Angst, und wenn er keine Angst hatte, mußte Dans Theorie über das graue Zimmer falsch sein.

»Ich muß Mr. Boothe unbedingt sprechen«, sagte er. »In einer sehr dringenden Angelegenheit. Man könnte durchaus sagen, daß es dabei um Leben und Tod geht.«

»Nun, ihm liegt selbstverständlich genausoviel wie Ihnen an einer Unterredung«, erklärte die Sekretärin. »Das müssen Sie ja auch seiner Nachricht entnommen haben.«

Dan blinzelte. »Welcher Nachricht?«

»Aber... sind Sie denn nicht deshalb hier? Haben Sie seine Nachricht nicht erhalten?«

»Hat er in der East Valley Division angerufen?«

»Ja, er hat gleich heute morgen dort angerufen, um ein Treffen mit Ihnen zu vereinbaren. Aber Sie waren noch nicht im Dienst. Wir haben versucht, Sie zu Hause zu erreichen, aber dort hat sich niemand gemeldet.«

»Ich war heute noch gar nicht im East Valley«, sagte Dan. »Ich habe keine Nachricht erhalten. Ich bin hierhergekommen, weil ich Mr. Boothe so schnell wie möglich sprechen muß.«

»Oh, wie gesagt, auch ihm liegt sehr viel daran, Sie zu sprechen. Ich habe eine Kopie seines genauen Zeitplans für den heutigen Tag, und er bat mich, Ihnen diesen Zeitplan zu zeigen, falls Sie herkommen sollten, damit Sie ihn treffen können, wann es Ihnen paßt.«

Aha, das hörte sich schon besser an! Boothe war demnach verzweifelt, so verzweifelt, daß er hoffte, Dan entweder bestechen oder aber überreden zu können, als Vermittler zwischen Boothe und jenem Teufel zu agieren, der die Männer aus dem grauen Zimmer liquidierte. Boothe versteckte sich nur deshalb nicht irgendwo im Ausland, weil er genau wußte, daß eine Flucht sinnlos wäre. Und er ging wie immer seinen Geschäften nach, weil die Alternative – die Wände anzustarren und auf ›Es‹ zu warten – noch viel unerträglicher wäre.

Mrs. Hudspeth ging zu ihrem riesigen Schreibtisch, öffnete eine Ledermappe und nahm das oberste Blatt zur Hand – den Zeitplan ihres Chefs. Sie studierte ihn kurz und sagte dann: »Ich befürchte, daß Sie ihn frühestens um 16 Uhr sprechen können. Bis dahin ist er ständig unterwegs.«

»Bis dahin sind es ja noch eineinviertel Stunden. Sind sie ganz sicher, daß ich ihn nicht früher erreichen kann?«

»Sehen Sie selbst«, sagte die Sekretärin und reichte ihm das Blatt.

Sie hatte recht. Er würde Boothe bestimmt verfehlen, wenn er ihm kreuz und quer durch die Stadt folgte. Aber um 16 Uhr würde er laut Zeitplan zu Hause sein.

»Wo wohnt er?«

Mrs. Hudspeth nannte ihm die Adresse in Bel Air, und er notierte sie sich.

Als er wieder aufblickte, sah er, daß sie ihn nicht aus den Augen ließ. Ihre Neugier war unverkennbar. Sie hatte selbstverständlich bemerkt, daß etwas Ungewöhnliches im Gange war, aber Boothe hatte sie ausnahmsweise nicht ins Vertrauen gezogen, und nun mußte sie sich sehr beherrschen, um nicht Dan um Auskünfte zu bitten. Und offenbar machte sie sich auch große Sorgen; bisher war es ihr gelungen, ihre Beunruhigung vor ihm zu verbergen, aber nun trieb sie an die Oberfläche, wie die aufgetriebene Leiche eines Ertrunkenen. Wenn sie so beunruhigt war, so nur deshalb, weil sie die Beunruhigung ihres Chefs gespürt hatte, und wenn ein hartgesottener Geschäftsmann wie Boothe seine Gefühle von seiner Privatsekretärin nicht mehr verbergen konnte, mußte er wirklich in Panik sein.

Der junge Sekretär – oder Leibwächter – gab Dan das Geleit zum Lift, wo der bewaffnete Sicherheitsposten noch immer Wache hielt. Die schöne, aber kühle Empfangsdame arbeitete an einem Computer, und das leise Klicken der Tastatur in der bedrückenden Stille erinnerte Dan an klirrende Eiswürfel in einem Glas.

Zu Lauras großer Erleichterung hatte der Film vor zehn Minuten begonnen, und sie waren jetzt genauso anonym wie alle anderen Kinobesucher, deren Silhouetten sich nur schattenhaft von den hohen Rückenlehnen abhoben.

Melanie starrte nach wie vor völlig ausdruckslos auf die Leinwand. Lichtreflexe der bunten Filmbilder huschten über ihr bleiches Gesicht und zauberten hin und wieder etwas Farbe darauf.

Wenigstens ist sie wach, dachte Laura. Und dann überlegte sie, was Dan Haldane wohl wissen mochte. Jedenfalls mehr, als er ihr gesagt hatte. Daran bestand kein Zweifel.

Earl Benton griff in seine Sakkotasche, und Laura wußte, daß er sich vergewisserte, ob sein Revolver in dem Schulterhalfter steckte und er ihn mühelos ziehen konnte. Er hatte das seit Beginn des Films schon zweimal überprüft, und sie war sicher, daß er es in fünf Minuten wieder tun würde. Es war eine nervöse Geste, und da er an und für sich kein nervöser Typ war, ging daraus deutlich hervor, wie beunruhigt er war.

Natürlich würde der Revolver ihnen überhaupt nichts nützen, ganz gleich, wie schnell Earl ihn ziehen konnte, falls ›Es‹ hierher ins Kino kam, um Melanie zu holen.

Da er ohnehin eineinviertel Stunden totschlagen mußte, bevor er in Bel Air mit Palmer Boothe sprechen konnte, beschloß Dan Haldane, zum Polizeirevier von Westwood zu fahren, wohin Waxlersh und Manuello in der vergangenen Nacht gebracht worden waren. Die beiden Detektive saßen aufgrund von Earls eidesstattlicher Erklärung in Untersuchungshaft, und Dan wollte seine eigene Aussage zu Protokoll geben und ihre Zellentür damit von außen noch fester verbarrikadieren. Er hatte Ross Mondale in dem Glauben gelassen, daß er Wexlersh und Manuello nicht des versuchten Mordes beschuldigen und Earl veranlassen würde, seine Aussage in einigen Tagen zu widerrufen; aber er hatte nie die Absicht gehabt, sich an diese Abmachung zu halten. Selbst wenn es ihm nicht gelingen sollte, diesen Fall erfolgreich zu lösen und Melanie und Laura zu retten, so würde er doch zumindest dafür sorgen, daß Waxlersh und Manuello hinter Gitter kamen und Ross Mondale für alle Zeiten erledigt war.

Der für den Fall zuständige Polizeibeamte auf dem Westwood-Revier, Herman Dorft, freute sich, Dan zu sehen. Ihm lag viel an Dans Aussage; noch lieber wäre ihm allerdings eine Aussage von Laura McCaffrey gewesen, und er war sehr enttäuscht, als er von Dan erfuhr, daß Mrs. McCaffrey vorläufig keine Aussage machen würde. Dorft führte Dan in einen kleinen Raum mit einem Schreibtisch, auf dem eine Schreibmaschine stand, und erbot sich, entweder einen Kasettenrecorder oder einen Stenographen zu holen.

»Ich bin mit dieser Prozedur so vertraut«, erwiderte Dan, »daß ich das Protokoll gleich selbst aufsetzen kann. Ich tippe es schnell auf dieser Maschine, wenn Sie mir nur Papier geben.«

Zwanzig Minuten später hatte er das Protokoll fertig und wollte sich gerade auf die Suche nach einem Polizeinotar machen, um in dessen Anwesenheit seine Unterschrift zu leisten, als die Tür sich öffnete und Michael Seames, der FBI-Agent, das Zimmer betrat und mit einer kraftvollen jungen Stimme, die zwar zu seinem Gesicht, nicht aber zu den graumelierten Haaren und den gebeugten Schultern paßte, energisch erklärte: »Ich habe Sie gesucht.«

»Ein schöner Tag für Enten, stimmt's?« sagte Dan, während er sich vom Schreibtisch erhob.

»Wo sind Mrs. McCaffrey und Melanie?«

»Kaum zu glauben, daß alle sich noch vor wenigen Jahren solche Sorgen wegen der Dürre machten. Jetzt werden die Winter immer regnerischer.«

»Zwei Polizeibeamte sind unter der Anklage des versuchten Mordes festgenommen worden, und es läßt sich nicht ausschließen, daß die nationale Sicherheit gefährdet ist. Das FBI hat inzwischen allen Grund, diesen Fall zu übernehmen, Haldane.«

»Was mich betrifft, so baue ich mir jedenfalls schon jetzt vorsorglich eine Arche«, fuhr Dan ungerührt fort, während er mit seinem getippten Protokoll in der Hand zur Tür ging.

Seames versperrte ihm den Weg. »Und wir *haben* diesen Fall übernommen. Wir fungieren jetzt nicht mehr nur als Beobachter. Wir machen von unserem Recht Gebrauch, diese Morduntersuchung zu führen.«

»Wie schön für Sie!«

»Sie sind selbstverständlich verpflichtet, mit uns zusammenzuarbeiten.«

»Das macht bestimmt Spaß«, sagte Dan, während er insgeheim wünschte, das Seames ihm aus dem Wege gehen würde.

»Wo sind Mrs. McCaffrey und Melanie?«

»Vermutlich im Kino.«

»Verdammt, Haldane...«

»Nun, bei diesem hundsmiserablen Wetter sind sie bestimmt nicht am Strand, und ich kann mir auch nicht vorstellen, daß sie ein Picknick im Griffith Park machen. Warum sollten sie also nicht ins Kino gehen?«

»Sie behindern...«

»Nein, im Gegenteil, *Sie* behindern *mich*«, sagte Dan. »Sie stehen mir nämlich im Weg.« Er schob Seames mit der Schulter beiseite und verließ den Raum.

Der FBI-Agent folgte ihm in die geschäftige Einsatzzentrale, wo Dan einen Notar erspähte. »Haldane, Sie können die McCaffreys nicht auf eigene Faust beschützen. Wenn Sie so weitermachen, werden die beiden entführt oder ermordet werden, und das wird Ihre Schuld sein.«

Während Dan vor dem Notar das Protokoll unterschrieb, erwiderte er: »Vielleicht. *Vielleicht* werden sie ermordet werden. Aber wenn ich sie Ihnen ausliefere, werden sie *mit Sicherheit* umgebracht werden.«

Seames schnappte nach Luft. »Wollen Sie unterstellen, daß ich... daß das FBI... daß die *Regierung* dieses kleine Mädchen ermorden würde? Vielleicht weil es ein sowjetisches Forschungsprojekt ist? Oder weil es für eines *unserer* Forschungsprojekte mißbraucht wurde und jetzt zuviel weiß? Glauben Sie, daß wir Melanie liquidieren wollen, bevor zuviel an die Öffentlichkeit dringt?«

»Ich halte es nicht für ausgeschlossen.«

Vor Wut schäumend, blieb Seames Dan dicht auf den Fersen, als dieser das unterschriebene Protokoll Herman Dorft aushändigte, der hinter einem Schreibtisch saß, Kaffee trank und in einem Verbrecheralbum blätterte.

»Haben Sie den Verstand verloren, Haldane?« tobte Seames. »Wir arbeiten für die Regierung – für die Regierung der *Vereinigten Staaten*. Wir befinden uns hier nicht in der Sowjetunion, wo Menschen im Auftrag der Regierung nachts abgeholt werden und einfach verschwinden. Wir befinden uns auch nicht im Iran oder in Nicaragua oder El Salvador. Wir sind keine Killer. Wir beschützen die Öffentlichkeit. Wir ermorden niemanden.«

»Okay, die Regierung als solche, die *Institution* Regierung bringt in diesem Land keine Menschen um – höchstens durch Steuern und Bürokratie. Aber die Regierung besteht aus Individuen, und das FBI besteht aus Individuen, und Sie wollen doch wohl nicht behaupten, daß keines dieser Individuen bereit wäre, die McCaffreys zu ermorden – für Geld oder aus politischen Gründen oder aus falschem Idealismus oder aus tausend anderen Motiven heraus. Erzählen Sie mir nicht, daß jeder FBI-Agent so heilig ist, daß ihm noch nie der Gedanke an einen Mord durch den Kopf gegangen ist.«

Dorft starrte ihn bestürzt an. Seames schüttelte heftig den Kopf. »FBI-Agenten sind...«

»Gut geschulte, tüchtige Leute, die meistens verdammt gute

Arbeit leisten«, fiel Dan ihm ins Wort. »Aber sogar die besten Menschen sind zum Morden fähig, Mr. Seames. Sogar jene, die absolut integer zu sein scheinen – sogar die sanftesten und unschuldigsten Menschen. Glauben Sie es mir. Ich weiß alles über Mord, über die Mörder unter uns, über die Mörder *in* uns. Ich weiß mehr darüber, als mir lieb ist. Mütter ermorden ihre eigenen Kinder. Männer betrinken sich und bringen ihre Ehefrauen um, und manchmal sind sie nicht einmal betrunken, sondern haben nur eine Magenverstimmung, und manchmal nicht einmal das. Ganz durchschnittliche Sekretärinnen ermorden ihre Freunde. Letzten Sommer, am heißesten Tag im Juli, brachte hier in L. A. ein ganz normaler Handlungsreisender seinen Nachbarn um, nach einem Streit über einen geliehenen Rasenmäher. Wir sind eine komplizierte Spezies, Seames. Wir meinen es gut, und wir wollen einander Gutes tun, und wir *versuchen* es, weiß Gott, wir versuchen es, aber wir haben auch eine dunkle Seite in uns, und wir müssen ständig gegen dieses Dunkel, gegen diese Verderbtheit ankämpfen, damit sie nicht plötzlich durchbricht und uns überwältigt. Und wir kämpfen auch, aber manchmal unterliegen wir. Wir morden aus Eifersucht, aus Habgier, Neid, Stolz... Rache. Politische Idealisten richten wahre Blutbäder an und machen den Menschen das Leben zur Hölle, denselben Menschen, denen sie angeblich ein besseres Leben bescheren wollen. Religiöse Fanatiker bringen einander im Namen Gottes um. Hausfrauen, Geistliche, Geschäftsleute, Minister, Klempner, Pazifisten, Dichter, Ärzte, Rechtsanwälte, Großmütter und Teenager – alle sind fähig, einen Mord zu begehen, in einer bestimmten Verfassung, in einer bestimmten Situation, aus irgendeinem Motiv heraus. Und am meisten muß man jenen mißtrauen, die von sich behaupten, sie wären friedliebend und gewaltlos. Denn entweder lügen sie und warten nur darauf, einen zu übervorteilen – oder aber sie sind gefährlich naiv und kennen sich selbst nicht. Und nun hören Sie gut zu: zwei Menschen, an denen mir sehr viel liegt – die beiden Menschen, an denen mir am meisten auf der Welt liegt –, sind in Lebensgefahr, und ich werde sie niemandem anvertrauen. *Niemandem*! Tut mir leid, aber das können Sie total vergessen. Und jeder, der versucht, sich mir in den Weg zu stellen, jeder, der versucht, mich daran zu hindern, die McCaffreys zu beschützen, bekommt es mit mir zu tun! Und jeden, der versucht, ihnen etwas zuleide zu tun, ihnen auch nur ein Haar zu krümmen, werde ich vernichten, das schwöre ich! Ich mache mir nämlich keinerlei Illusionen über *meine* Fähigkeit zu morden!«

Am ganzen Leibe zitternd, drehte er sich auf dem Absatz um und stürmte auf die Seitentür zu, die zum Parkplatz führte. Er war sich bewußt, daß im Raum totale Stille eingetreten war und daß alle ihn anstarrten, und er begriff, daß er nicht nur zornig und leidenschaftlich gesprochen, sondern regelrecht gebrüllt hatte. Er fühlte sich fiebrig. Schweiß stand ihm auf der Stirn. Alle machten ihm den Weg frei.

Er hatte die Hand schon auf der Türklinke, bis Seames diesen Ausbruch verdaut hatte und ihm nacheilte. »Warten Sie, Haldane, um Himmels willen, so *geht* es nicht! Wir können nicht zulassen, daß Sie hier den edlen Ritter spielen. Überlegen Sie doch, Mann! Acht Tote in zwei Tagen! Dieser Fall ist einfach zu wichtig und...«

Dan drehte sich nach ihm um und unterbrach ihn scharf. »*Acht* Tote? Haben Sie von acht Toten gesprochen?« Dylan McCaffrey, Willy Hoffritz, Cooper, Rink und Scaldone – das waren fünf Tote. Nicht acht. Nur fünf. Was ist seit gestern abend geschehen? Wer wurde nach Joseph Scaldone umgebracht?«

»Wissen Sie das nicht?«

»*Wer?*«

»Edwin Koliknikov.«

»Aber er hatte sich doch nach Las Vegas abgesetzt.«

Seames war wütend. »Sie wußten also, daß Koliknikov mit Hoffritz zusammenarbeitete, daß er sich an diesen Experimenten im grauen Zimmer beteiligt hat?«

»Ja.«

»*Wir* wußten bis zu seinem Tod nichts davon. Verdammt, Haldane, Sie halten Informationen zurück – Sie als Polizeibeamter!«

»Was ist Koliknikov zugestoßen?«

Seames berichtete ihm von der spektakulären öffentlichen Hinrichtung im Casino. »Es war so etwas wie ein Poltergeist«, erklärte er. »Etwas Unsichtbares. Eine unbekannte, unvorstellbare *Macht*, die Koliknikov vor Hunderten von Zeugen zu Tode geprügelt hat! Jetzt besteht nicht mehr der geringste Zweifel, daß Hoffritz und McCaffrey an etwas arbeiteten, das für die Landesverteidigung von größter Bedeutung sein könnte, und wir sind fest entschlossen herauszufinden, worum es ging.«

»Sie haben doch McCaffreys Aufzeichnungen aus dem Haus in Studio City...«

»Wir *hatten* sie«, erwiderte Seames erbittert. »Aber jenes Etwas, das Koliknikov erschlug, setzte auch alle Papiere Dylan McCaffreys in Brand.«

Erstaunt fragte Dan: »Was? Wann ist das passiert?«

»Vergangene Nacht. Ein Brand ohne jede äußere Ursache. Verfluchte Scheiße?« Seames mußte nicht weit von blinder Rage entfernt sein, denn ein FBI-Agent verwendet in der Öffentlichkeit niemals solche Ausdrücke; das schadet dem Image, und das FBI legt größten Wert aufs Image.

»Sie sprachen von *acht* Toten«, brachte Dan ihm in Erinnerung. »Wer sind die zwei anderen?«

»Howard Renseveer wurde heute morgen in seiner Skihütte in der Nähe von Mammoth tot aufgefunden. Ich nehme an, daß Ihnen auch der Name Renseveer etwas sagt.«

»Nein«, log Dan, weil er befürchtete, daß Seames ihn andernfalls vor Wut unter Arrest stellen würde. »Harold Renseveer?«

»*Howard*«, korrigierte Seames, aber sein sarkastischer Ton verriet, daß er Dans Täuschungsmanöver durchschaute. »Ein weiterer Mitarbeiter von Hoffritz und McCaffrey. Er wollte sich offenbar dort oben im Gebirge verstecken. Leute in einer anderen Skihütte, ein Stück bergabwärts, hörten in der Nacht Schreie und verständigten den Sheriff. Dessen Männer fanden das übliche Chaos vor. Und Renseveer hatte einen Begleiter bei sich gehabt. Sheldon Tolbeck.«

»Tolbeck? Wer ist das?« stellte Dan sich weiter dumm.

»Auch ein Psychologe, der in dieses mysteriöse Forschungsprojekt verwickelt war. Es gibt Hinweise, daß Tolbeck sich in der Hütte aufhielt, als dieses Etwas... diese Macht oder was auch immer... auftauchte und über Renseveer herfiel. Tolbeck rannte in die Wälder. Er ist noch nicht gefunden worden. Vielleicht wird er nie gefunden werden, und falls doch... nun, das Beste, was ihm passieren konnte, war vermutlich der Tod durch Erfrieren.«

Das war schlimm. Schrecklich. Verdammt schlimm!

Dan hatte gewußt, daß ihm zuwenig Zeit zur Verfügung stand, aber er hatte nicht geahnt, daß sie ihm mit derart rasender Geschwindigkeit davonlief. Er hatte geglaubt, daß ›Es‹ noch mindestens fünf der Konspiratoren aus dem grauen Zimmer zu liquidieren hatte, bevor Melanie an die Reihe käme. Er hatte angenommen, daß diese Exekutionen weitere ein oder zwei Tage in Anspruch nehmen würden, und daß er lange vor dem Tod des letzten dieser Männer seinen Verdacht bestätigt sehen und irgendein

Mittel ersonnen haben würde, um Melanie retten zu können. Er hatte geglaubt, vielleicht sogar einige dieser gewissenlosen Männer retten zu können, obwohl sie das nicht verdienten. Aber nun waren seine Chancen, überhaupt jemanden retten zu können, gleich Null. Soviel er wußte, waren nur noch zwei der Konspiratoren am Leben: Albert Uhlander und Palmer Boothe. Sobald auch sie tot waren, würde ›Es‹ sich in wilder Rage auf Melanie stürzen. ›Es‹ würde sie zerfetzen, ihren Schädel zertrümmern und nicht ruhen, bis auch der letzte Lebensfunke aus ihrem Gehirn geschwunden war. Nur Uhlander und Boothe standen noch zwischen dem Mädchen und dem Tod, und vielleicht wand sich in diesem Augenblick einer der beiden – oder auch beide – schon im gnadenlosen Griff ihres unsichtbaren, aber um so mächtigeren Feindes.

Dan riß die Tür auf und stürzte auf den Parkplatz hinaus, wo kalter Wind, wolkenbruchartiger Regen und wogender Nebel die Klischeevorstellung vom ewig sonnigen Südkalifornien Lügen straften. Er trat in mehrere Pfützen und holte sich nasse Füße.

Er hörte, daß Seames hinter ihm herschrie, aber er blieb nicht stehen. Als er fröstelnd im Wagen saß, warf er einen Blick zurück und sah den FBI-Agenten in der offenen Tür des Polizeireviers stehen. Sein Gesicht schien in den letzten Minuten rapide gealtert zu sein und paßte jetzt besser zu den graumelierten Haaren.

Während er in die Straße einbog, wunderte sich Dan, daß Seames ihn so einfach hatte gehen lassen. Schließlich stand für das FBI sehr viel auf dem Spiel: Acht Menschen waren tot, und möglicherweise war sogar die nationale Sicherheit gefährdet. Seames hätte Dan ohne weiteres festnehmen können, ja es wäre geradezu seine *Pflicht* gewesen, Dan festzunehmen.

Dan war natürlich erleichtert, daß es nicht so weit gekommen war, denn jetzt kam es mehr denn je darauf an, daß er sich so schnell wie möglich mit Boothe unterhielt. Wenn Melanies Leben bisher an einer Schnur gehangen hatte, so hing es jetzt an einem Faden, und die Zeit sägte wie eine scharfe Rasierklinge an diesem dünnen Faden.

Delmar, Carrie, Cindy Lakey...
Nein!
Diesmal nicht!
Er würde diese Frau und dieses Kind retten. Er würde diesmal nicht versagen.

Er fuhr durch Westwood in Richtung Westwood Boulevard, auf

dem er den Sunset Boulevard und danach Bel Air erreichen würde. Er würde etwas vor 16 Uhr bei Boothe sein, aber vielleicht würde auch der Verleger früher nach Hause kommen.

Erst nach drei Blocks dämmerte es ihm, daß Seames höchstwahrscheinlich eine Wanze an seinen Wagen montiert hatte, während er das Protokoll angefertigt hatte. Deshalb hatte der FBI-Agent ihn auch nicht aufzuhalten versucht. Er hatte erkannt, daß sie Dan nur zu folgen brauchten, um an Laura und Melanie McCaffrey heranzukommen.

Als eine Ampel auf Rot schaltete, bremste Dan und schaute wiederholt in den Rückspiegel. Es herrschte ein lebhafter Verkehr, und es würde äußerst schwierig und zeitraubend sein, seine Verfolger ausfindig zu machen. Er hatte aber keine Zeit zu verlieren. Außerdem brauchten seine Verfolger nicht einmal in Sichtweite zu sein, denn sie konnten seinen Weg auf einem Monitor verfolgen.

Er mußte sie abhängen.

Er war im Augenblick zwar nicht unterwegs zu den McCaffreys, aber er wollte auch nicht beschattet werden, wenn er zu Boothes Domizil fuhr. Die Anwesenheit von FBI-Agenten würde Boothe gewiß nicht ermutigen auszupacken. Und außerdem wollte Dan nicht, daß jemand hörte, was Boothe zu sagen hatte. Denn falls Melanie wie durch ein Wunder überleben sollte, würden Boothes Aussagen gegen sie verwendet werden, und dann hätte sie überhaupt keine Chance mehr, jemals ein normales Leben führen zu können.

Im Moment bestand für sie zumindest noch ein schwacher Hoffnungsfunke, und es war Dans Aufgabe, diesen Funken Hoffnung zu erhalten und zu versuchen, ihn zur Flamme zu entfachen.

Die Ampel schaltete auf Grün.

Dan zögerte. Er wußte nicht so recht, welche Richtung er einschlagen sollte, was er tun sollte, um seine Verfolger abzuschütteln.

Delmar, Carrie, Cindy Lakey...

Er warf einen Blick auf seine Armbanduhr.

Er hatte rasendes Herzklopfen.

Das leise Ticken seiner Uhr, sein Herzklopfen und das Trommeln des Regens auf dem Wagendach verschmolzen zu einem einzigen bedrohlichen Geräusch, und er hatte das Gefühl, als wäre die ganze Welt eine Zeitbombe, die jeden Moment explodieren konnte.

36

Melanies Augen folgten dem Geschehen auf der Leinwand. Sie saß völlig regungslos da und gab keinen Laut von sich, aber ihre Pupillen bewegten sich, und das war ein gutes Zeichen. In den vergangenen zwei Tagen hatte sie nur einige wenige Male – und auch dann nur kurze Zeit – ihren Blick auf etwas in *dieser* Welt gerichtet. Jetzt aber waren ihre Augen schon fast seit einer Stunde in Bewegung. Ob sie nun dem Inhalt des Films folgen konnte oder nur von den Bildern fasziniert war, spielte keine Rolle. Wichtig war nur, daß die Musik, die Farben und Spielbergs Kunst – seine eindrucksvollen Szenen, die archetypischen Charaktere und die kühne Kameraführung – etwas Erstaunliches bewirkt hatten, nämlich das Kind allmählich aus seinem selbstgeschaffenen psychischen Exil hervorzulocken.

Laura wußte, daß das keine wundersame spontane Heilung bedeutete, kein endgültiges Ablegen des Autismus, aber es war immerhin ein bescheidener Anfang.

Außerdem machte Melanies Interesse an dem Film es Laura leichter, sie zu überwachen und wachzuhalten. Im Augenblick deutete jedenfalls nichts darauf hin, daß sie einschlafen oder in einen tiefen katatonischen Zustand versinken würde.

Dan fuhr kreuz und quer durch Westwood. An jedem Halteschild und an jeder roten Ampel sprang er aus dem Wagen und suchte hektisch einen kleinen Teil der Limousine nach der Wanze ab, die irgendwo angebracht sein mußte. Er hätte natürlich auch am Straßenrand anhalten und das Auto ganz methodisch von vorne bis hinten absuchen können, doch dann würden die FBI-Agenten ihn eventuell einholen und sehen, womit er beschäftigt war. Und dann würden sie ihn mit hundertprozentiger Sicherheit verhaften und zu Michael Seames zurückbringen. Deshalb tastete er den Wagen in Etappen nach dem elektronischen Sender ab, der mit Hilfe eines Magneten haftete und etwa die Größe einer Zigarettenschachtel hatte. An einer Ampel suchte er unter dem linken Kotflügel, in der Radkappe und um den Reifen herum nach dem Ding, an der nächsten Ampel nahm er sich das linke Hinterrad vor, und bei den nächsten beiden kurzen Stops rannte er auf die rechte Wagenseite und schaute vorne und hinten nach. Er wußte, daß andere Verkehrsteilnehmer ihn anstarrten und bestimmt für verrückt hielten, aber da er im Zickzack durch die Gegend fuhr, war kein Auto länger als zwei Ampeln hinter ihm, so daß niemand Zeit hatte, sein Verhalten regelrecht verdächtig und nicht nur exzentrisch zu finden.

An einer Kreuzung in einer Wohngegend südlich des Sunset Boulevards sprang er wieder aus seiner Dienstlimousine. Kein anderes Fahrzeug war zu sehen. Seine Haare klebten am Kopf, und der Regen rann ihm unter den Mantelkragen – aber endlich fand er die Wanze unter der vorderen Stoßstange. Er riß den Sender los, warf ihn in die Sträucher vor einem großen hellgelben Haus im spanischen Stil, sprang in seine Limousine zurück und brauste davon. In den nächsten Minuten schaute er oft in den Rückspiegel, weil er befürchtete, daß die FBI-Agenten sein Tun beobachtet haben und ihn jetzt offen verfolgen könnten. Doch das war nicht der Fall.

Seine Hosenbeine und Schuhe waren durchnäßt, und er klapperte vor Kälte mit den Zähnen.

Er schaltete die Heizung ein, aber sie funktionierte nicht richtig. Bei den Dienstwagen der Polizei handelte es sich um billige Modelle, an denen meistens etwas kaputt war. Die Ventilation spie ihm lauwarme, feuchte, leicht stinkende Luft ins Gesicht, so als hätte das Auto Mundgeruch. Dan fror auf dem ganzen Weg ins hochgelegene Bel Air, wo er in einem Netzwerk von Privatwegen nicht ohne Mühe die Zufahrt zu Boothes Domizil fand.

Hinter den riesigen Kiefern und Eichen, die den Privatweg säumten, sah er eine Ziegelmauer von der Farbe alten Blutes, zwei bis zweieinhalb Meter hoch, mit schwarzem Schiefer gedeckt und mit Eisenspitzen versehen. Die Mauer war so lang, daß sie eher eine Klinik, eine Schule oder ein Kloster hätte umgeben können, als ein Privatgrundstück. Aber schließlich stand Dans Wagen doch vor einem prächtigen Eisentor.

Die kreuzförmig angeordneten Gitterstäbe waren fünf Zentimeter dick. An den Seiten und oben war das Tor mit kunstvoll geschmiedeten Verzierungen und Lilien verziert. Es war nicht nur eine sehr eindrucksvolle und elegante Konstruktion, sondern sie machte auch einen so stabilen Eindruck, als könnten ihr selbst Bomben nichts anhaben.

Dan dachte im ersten Moment, daß er sich wieder in den Regen hinaus begeben und nach einer Klingel suchen mußte, doch dann entdeckte er ein in der Mauer fast verborgenes Wachhäuschen. Ein Wächter in Galoschen und einem grauen Regenmantel mit Kapuze trat aus der Tür, die unter dem Tarnanstrich im Ziegelmuster der

Mauer kaum auszumachen war. Der Mann hatte die Limousine durch ein kleines rundes Fenster vorfahren sehen, fragte nach Dans Begehren, warf einen Blick auf den Dienstausweis und informierte Dan, daß er erwartet werde. »Ich werde Ihnen das Tor öffnen, Lieutenant. Fahren Sie einfach geradeaus und parken Sie vor dem Haus.«

Dan kurbelte sein Fenster hoch, während der Wächter wieder in sein Häuschen zurückkehrte. Gleich darauf schwang das riesige Tor anmutig auf. Dan hatte das eigenartige Gefühl, als würde er in eine andere Welt versetzt, als hütete das Tor ein magisches Portal, von dem man in das Land Oz oder in noch fremdartigere, herrlichere Königreiche springen konnte.

Das Grundstück mußte zu den größten in Bel Air gehören; Dan schätzte es auf mindestens 350 bis 400 Ar. Die Auffahrt führte einen leichten Hügel empor, machte eine Biegung nach links, führte durch gepflegte, parkähnliche Anlagen und endete in einem Kreis. Dahinter ragte das Haus empor, ein Haus, das sich auch als Wohnsitz für Gott geeignet hätte – wenn Er über das nötige Geld verfügte. Es glich aufs Haar jenen fürstlichen Bauten, wie Dan sie aus Filmen kannte, die in England spielten, etwa *Rebecca* oder *Brideshead Revisited*: ein dreistöckiger Ziegelbau mit Ecksteinen und Fensterstürzen aus Granit, mit schwarzem Schieferdach und einer Freitreppe, die zu einer Säulenhalle führte. Die schweren Eichentüren mußten mindestens einem großen Baum oder zwei kleineren das Leben gekostet haben.

Dan parkte neben einem Marmorbrunnen in der Mitte des kreisförmigen Teils der Auffahrt. Der Springbrunnen war nicht in Betrieb, aber er hätte sich trotzdem hervorragend als Hintergrund für eine Liebesszene mit Cary Grant und Audrey Hepburn geeignet. Dan stieg die Treppe hinauf, und ein Türflügel öffnete sich, noch bevor er nach einer Klingel Ausschau halten konnte. Er begriff, daß der Torwächter angerufen und ihn angekündigt haben mußte.

Die Eingangshalle war so groß, daß Dan sich vorstellen konnte, hier mit Frau und zwei Kindern gemütlich zu wohnen, ohne sich beengt zu fühlen.

Ein Diener mit britischem Akzent, nicht so förmlich gekleidet wie der Butler in Filmen, sondern in einem grauen Anzug mit weißem Hemd und schwarzer Krawatte, nahm Dan den nassen Mantel ab und war höflich genug, keinen abschätzigen Blick auf Dans feuchte und zerknitterte Kleidung zu werfen.

»Mr. Boothe erwartet Sie in der Bibliothek«, sagte er.
Dans Uhr zeigte 15.55 Uhr an. Die Suche nach der Wanze hatte dafür gesorgt, daß er nicht zu früh gekommen war. Ihn packte wieder die Angst, daß eine Zeitbombe tickte, daß jede Sekunde zählte.
Der Butler führte ihn durch mehrere große stille Räume, einer exquisiter eingerichtet als der andere, mit herrlichen Holzdecken, die so aussahen, als seien sie von alten europäischen Herrensitzen importiert worden, und mit handgeschnitzten Türpfosten. Antike persische und chinesische Teppiche lagen auf dem Boden, und an den Wänden hingen Gemälde aller Meister des Impressionismus – und es waren weder Kopien noch Drucke.
Es war ein ehrfurchtgebietender Wohnsitz, der von geradezu märchenhaftem Reichtum zeugte, doch auf Dan wirkte er eher beklemmend. Während er dem Butler durch die paradiesischen Räumlichkeiten folgte, überkam ihn immer stärker das Gefühl, als schlummerten hinter den Mauern und unter den Fußböden irgendwelche mächtigen dunklen Mächte mit bösen Absichten. Trotz des erlesenen Geschmacks und der unerschöpflichen Mittel, die in diesen Bau investiert worden waren, trotz seiner gewaltigen Ausmaße – oder vielleicht teilweise gerade *wegen* dieser übertriebenen Ausmaße – hatte er etwas von der düsteren Atmosphäre einer mittelalterlichen Festung an sich.
Außerdem drängte sich Dan in immer stärkerem Maße die Frage auf, wie Palmer Boothe, der in diesen palastartigen Räumen residierte und offenbar einen exquisiten Geschmack hatte, gleichzeitig fähig sein konnte, ein kleines Mädchen den Qualen im grauen Zimmer auszusetzen. Dazu bedurfte es einer geradezu gespaltenen Persönlichkeit. Dr. Jekyll und Mr. Hyde. Der hochangesehene Verleger, der nachts mit einem als Spazierstock getarnten Knüppel durch die Straßen schleicht.
Der Butler öffnete die schwere, getäfelte Tür zur Bibliothek, meldete Dan und zog sich geräuschlos zurück.
Der Raum war gut sechs Meter hoch. Die reich getäfelte Eichendecke wölbte sich kuppelartig über den drei Meter hohen Eichenregalen mit unzähligen Büchern, an die man zum Teil nur mit Hilfe einer Rolleiter herankam. Drei ganze Wände waren mit Büchern gefüllt, an der vierten gaben riesige Fenster den Blick auf prächtige Gärten frei, da die schweren grünen Vorhänge nur zur Hälfte zugezogen waren. Chinesische Teppiche lagen auf dem glänzenden Eichenboden, und es gab mehrere Sitzgruppen aus dick gepolster-

ten Lehnstühlen und kleinen Tischen. Auf einem Schreibtisch, der fast die Ausmaße eines Bettes hatte, stand eine Tiffany-Lampe von so erlesener Form und Farbkomposition, daß sie nicht aus Glas, sondern aus kostbaren Edelsteinen zu bestehen schien.

Palmer Boothe kam hinter diesem Schreibtisch hervor, um seinen Besucher zu begrüßen.

Boothe war über 1,80 m groß, hatte breite Schultern und schmale Hüften. Er mußte Mitte oder Ende Fünfzig sein, wirkte aber jünger. Sein Gesicht war zu hager und langgezogen, als daß man ihn als attraktiv hätte bezeichnen können, aber die schmalen Lippen und die dünne gerade Nase verliehen ihm etwas Asketisches und unleugbar Distinguiertes.

Er streckte Dan seine Hand entgegen: »Lieutenant Haldane, ich freue mich sehr, daß Sie kommen konnten.«

Bevor Dan überhaupt wußte, wie ihm geschah, schüttelte er Boothes Hand, obwohl er sich vorher nicht hätte vorstellen können, dieses bösartige menschliche Chamäleon zu berühren. Er fühlte sich plötzlich in die Rolle eines Vasallen gedrängt, der unerklärlicherweise am Hofe des Königs empfangen wird. Es war Dan rätselhaft, wie Boothe diese Wirkung erzielt hatte. Vermutlich lag es nicht zuletzt an diesem imponierenden Auftreten, daß der Verleger ein Multimillionär war, während Dan im Supermarkt einkaufte. Er mußte sich eingestehen, daß es ihm gründlich mißlungen war, den hartgesottenen Bullen zu spielen, vor dem jeder zittert.

Er nahm aus dem Augenwinkel eine Bewegung in einer halbdunklen Ecke war und wandte den Kopf in diese Richtung. Ein großer, magerer Mann mit falkenartigem Gesicht erhob sich aus einem Lehnsessel, ein Glas Whiskey in der Hand. Sogar über eine Entfernung von sechs Metern hinweg verrieten seine ungewöhnlich durchdringenden Augen alles Wesentliche über seine Persönlichkeit: Intelligenz, ausgeprägte Neugier, Aggressivität – und eine Spur von Wahnsinn.

Boothe wollte die Vorstellung übernehmen, doch Dan schnitt ihm das Wort ab. »Ich weiß schon – Albert Uhlander, der Schriftsteller.«

Uhlander wußte offenbar, daß er nicht über Boothes hypnotische Ausstrahlung verfügte, denn er lächelte nicht und machte auch nicht den Versuch, Dan die Hand zu geben. Ihm schien genauso klar zu sein wie Dan, daß sie feindlichen Lagern angehörten und unvereinbare Ideologien vertraten.

»Darf ich Ihnen einen Drink anbieten?« fragte Boothe mit falscher Herzlichkeit. »Scotch, Bourbon oder vielleicht ein Glas trockenen Sherry?«

»Um Himmels willen«, rief Dan erbittert, »wir haben keine Zeit, um hier herumzusitzen und Drinks zu uns zu nehmen! Sie wissen beide, daß Ihre Zeitbombe tickt, und wenn ich versuchen will, Ihr Leben zu retten, so nur aus dem einzigen Grund, Sie beide für lange Zeit hinter schwedische Gardinen zu bringen.«

Nach der Klarstellung fühlte er sich wesentlich wohler.

»Wie Sie wünschen«, sagte Boothe kalt und nahm auf dem dunkelgrünen Ledersessel mit Messingknäufen hinter seinem Schreibtisch Platz. Das vielfarbige Licht der Tiffany-Lampe fiel auf sein Gesicht und zerteilte es in gelbe, blaue und grüne Partien.

Uhlander ging zur Fensterfront und stellte sich mit dem Rücken zur Wand. An diesem grauen Regentag fiel nicht viel Licht in die Bibliothek, zumal die Abenddämmerung nicht mehr fern war; trotzdem hob sich Uhlanders Gestalt nur als dunkle Silhouette von dem helleren Hintergrund ab. Sein Gesichtsausdruck war nicht zu erkennen.

Dan trat an den Schreibtisch, in den Lichtkreis der Tiffany-Lampe, und blickte auf Boothe hinab, der nach einem Glas Whiskey gegriffen hatte. »Wie konnte ein Mann in Ihrer Position und mit Ihrem Ruf sich mit jemandem wie Willy Hoffritz einlassen?«

»Er war brillant. Ein Genie auf seinem Gebiet. Ich habe mich von jeher gern mit den klügsten Köpfen zusammengetan«, erwiderte Boothe. »Zum einen sind solche Menschen hochinteressante Persönlichkeiten, zum anderen sind ihre Ideen oft von großem Nutzen für meine Geschäfte.«

»Und nebenbei versorgte Hoffritz Sie auch noch mit einer völlig passiven und unterwürfigen jungen Frau, die jede Demütigung ertrug, die Sie ihr zufügten. Habe ich nicht recht, *Daddy*?«

Für einen fast unmerklichen Augenblick schien es, als verlöre Boothe seine Selbstbeherrschung. Seine Augen verengten sich haßerfüllt zu Schlitzen, und seine Kinnmuskeln traten hervor, weil er die Zähne zusammenbeißen mußte, um nicht zu explodieren. Doch schon nach wenigen Sekunden hatte er sich wieder unter Kontrolle. Sein Gesicht nahm einen unbewegten Ausdruck an, und er nippte an seinem Whiskey.

»Alle Männer haben Schwächen, Lieutenant. In dieser Hinsicht bin ich ein Mann wie jeder andere.«

Sein Tonfall strafte seine Worte Lügen. Er sah in seinem Sadismus keine Schwäche, und es war eine reine Phrase, daß er sich mit anderen Menschen auf eine Stufe stellte. Sein ganzes Verhalten verriet augenfällig, daß er nichts Verwerfliches, ja nicht einmal etwas moralisch Anrüchiges in seinem Umgang mit Regine sah.

Dan wechselte das Thema. »Hoffritz mag ein Genie gewesen sein, aber er trieb Mißbrauch mit seinem Wissen und seiner Begabung. Er betrieb keine legitimen Forschungen auf dem Gebiet der Verhaltensmodifikation, sondern entwickelte neue Techniken der Gehirnwäsche. Von Leuten, die ihn gut kannten, wurde mir gesagt, er sei ein Totalitarist, ein Faschist und Elitarist der schlimmsten Sorte gewesen. Wie verträgt sich *das* mit Ihrer eigenen, vielgerühmten Liberalität?«

Boothe bedachte Dan mit einem Blick, der eine Mischung aus Mitleid, Verachtung und Belustigung war, und er redete mit ihm wie mit einem naiven Kind: »Lieutenant, jeder, der glaubt, daß sich die gesellschaftlichen Probleme durch Politik lösen lassen, ist im Grunde ein Elitarist. Ob jemand politisch nun ganz rechts steht, ob er konservativ, gemäßigt, liberal oder extrem links eingestellt ist, spielt überhaupt keine Rolle; sobald man sich *irgendein* politisches Etikett aufklebt, ist man ein Elitarist, weil man glaubt, daß alle Probleme gelöst werden könnten, wenn nur die *richtige* Gruppe an der Macht wäre. Deshalb störte mich Hoffritz' Elitarismus nicht im geringsten. Zufällig glaube ich persönlich, daß die Masse gelenkt und beherrscht werden muß...«

»Durch Gehirnwäsche?«

»Ja, zu ihrem eigenen Besten. Die Weltbevölkerung nimmt immer mehr zu, und die Technologie führt zu einer immer größeren Verbreitung von Informationen und Ideen. Gleichzeitig brechen die alten Institutionen wie Familie und Kirche allmählich zusammen, und die Unzufriedenen schlagen neue und zum Teil sehr gefährliche Wege ein, um ihre Verstörung zum Ausdruck zu bringen. Wir müssen also Mittel und Wege finden, um die Unzufriedenheit zu eliminieren, um das Denken und Handeln zu kontrollieren, wenn wir eine stabile Gesellschaft, eine sichere Welt schaffen wollen.«

»Jetzt glaube ich zu verstehen, warum Sie angebliche politische Aktionskomitees von Libertariern als Tarnung für die Finanzierung von Hoffritz und McCaffrey verwendeten.«

Boothe hob die Brauen. »Sie wissen darüber Bescheid?«

»Ich weiß noch wesentlich mehr.«
Boothe seufzte. »Libertarier sind so hoffnungslose Träumer. Sie wollen die Regierungsgewalt auf ein Minimum reduzieren und Politik buchstäblich eliminieren. Ich fand es ganz amüsant, unter dem Deckmantel eines Kreuzzugs der Libertarier für genau entgegengesetzte Ziele zu arbeiten.«

Albert Uhlander stand immer noch mit dem Rücken zum Fenster, eine fast regungslose Silhouette, die sich nur bewegte, um das Whiskeyglas an unsichtbare Lippen zu führen.

»Sie finanzierten also Hoffritz, McCaffrey, Koliknikov, Tolbeck und Gott weiß wie viele andere sogenannte Genies«, sagte Dan. »Und während sie so eifrig nach einer Möglichkeit suchten, die Masse unter Kontrolle zu bekommen, *verloren* Sie jede Kontrolle. Eines dieser Experimente ist Ihren Kumpanen völlig aus der Hand geglitten, und jeder, der daran beteiligt war, wird gnadenlos vernichtet. Bald wird auch Ihnen dieses Schicksal widerfahren.«

»Ich bin sicher, daß diese ironische Wendung der Ereignisse Sie außerordentlich befriedigt«, erwiderte Boothe. »Aber Sie wissen bestimmt nicht so viel, wie Sie zu wissen *glauben,* und wenn Sie erst einmal die ganze Geschichte gehört habe, wenn Ihnen klar wird, was sich eigentlich abspielt, nehme ich an, daß Ihnen genauso daran gelegen sein wird, das Morden zu beenden, dem Schrecken ein Ende zu setzen. Sie haben einen Eid geleistet, Leben zu schützen und zu bewahren, und meine Erkundigungen haben ergeben, daß Sie diesen Eid sehr ernst nehmen. Auch wenn es mein und Alberts Leben ist, die Sie schützen sollen, und auch wenn Sie uns verabscheuen, werden Sie uns doch helfen, wenn Sie erst die ganze Geschichte kennen.«

Dan schüttelte den Kopf. »Sie haben für das Ehrgefühl und die Integrität von Durchschnittsmenschen wie mir nur Verachtung übrig, und trotzdem appellieren Sie an diese Gefühle, um Ihr Leben zu retten.«

»Ihre Hilfe könnte auch durch andere Beweggründe motiviert werden«, sagte Uhlander vom Fenster aus.

»Beweggründe welcher Art?« fragte Dan.

Boothe musterte ihn aufmerksam. Die Muster der bunten Glaslampe spiegelten sich in seinen eisigen Augen. Nach kurzem Zögern sagte er. »Ja, vermutlich kann es nichts schaden, zunächst auf diesen Punkt einzugehen. Albert, würdest du es bitte herbringen?«

Uhlander ging zu dem Stuhl, auf dem er bei Dans Eintritt gesessen hatte, stellte sein Whiskeyglas auf einen Tisch ab und griff nach einem Koffer, der Dan bisher nicht aufgefallen war. Er brachte diesen Koffer zum Schreibtisch, legte ihn auf die Platte und öffnete ihn. Er war gefüllt mit sorgfältig gebündelten Fünfzig- und Hundertdollarscheinen.

»Eine halbe Million Bargeld«, sagte Boothe sanft. »Aber das ist nur *ein* Teil meines Angebots. Ich biete Ihnen außerdem den Posten eines Sicherheitschefs beim *Journal* an. Das Gehalt ist mehr als doppelt so hoch wie Ihr jetziges.«

Dans Blick schweifte von dem Geldkoffer zu Boothe. »Sie geben sich ganz cool, aber dieses Angebot zeigt das Ausmaß Ihrer Verzweiflung. Sie sind in Panik! Sie behaupten, mich einigermaßen zu kennen. In diesem Fall müßte Ihnen doch eigentlich klar sein, daß ein derartiges Angebot auf mich die genau entgegengesetzte Wirkung als die von Ihnen gewünschte hat.«

»Ja«, erwiderte Boothe »*wenn* wir von Ihnen für dieses Geld etwas Verwerfliches erwarten würden. Aber ich hoffe, Ihnen zeigen zu können, daß es das *Richtige* ist, wozu wir Sie überreden wollen, daß es das *einzige* ist, was ein verantwortungsbewußter, integerer Mensch unter diesen Umständen tun kann. Ich bin überzeugt davon, daß Sie das Richtige tun werden, sobald Sie die Wahrheit kennen – und mehr wollen wir nicht von Ihnen. Sie werden feststellen, daß dieses Geld keine Bestechungssumme ist, um Sie zu einer unrechten Handlung zu verführen, sondern eine Art Bonus für eine *gute* Tat.« Er lächelte.

»Sie wollen das Mädchen«, sagte Dan.

»Nein«, korrigierte Uhlander mit funkelnden Augen, und in dem Spiel von Schatten und farbigem Licht sah sein Gesicht raubvogelartiger denn je aus. »Wir wollen das Mädchen *tot* sehen.«

»Und zwar möglichst schnell«, fügte Boothe hinzu.

»Haben Sie Ross Mondale auch soviel Geld geboten?« erkundigte sich Dan. »Und Wexlersh und Manuello?«

»Gott bewahre!« entgegnete Boothe. »Aber Sie sind jetzt der einzige Mensch, der weiß, wo Melanie McCaffrey sich aufhält.«

»Sie sind unsere ganze Hoffnung«, ergänzte Uhlander.

Beide blickten Dan über den Schreibtisch hinweg erwartungsvoll an.

»Sie sind offenbar noch verkommener, als ich dachte. Glauben

Sie wirklich, daß man es als eine *richtige* und *gute* Tag bezeichnen könnte, ein unschuldiges Kind zu töten?«

»Das entscheidende Wort ist ›unschuldig‹«, sagte Boothe. »Wenn Sie erst einmal wissen, was in jenem grauen Zimmer geschehen ist, wenn Sie begreifen, was all diese Menschen ermordet...«

Dan fiel ihm ins Wort. »Ich glaube, das weiß ich bereits. Es ist Melanie, nicht wahr?«

Die beiden Männer starrten ihn überrascht an.

»Ich habe einen Teil ihres Buches über Astralprojektion gelesen«, fuhr Dan, an Uhlander gewandt, fort. »Zusammen mit verschiedenen anderen Faktoren half es mir, der Wahrheit auf die Spur zu kommen.«

Er hatte bis zuletzt gehofft, daß er sich irrte, daß sein Verdacht sich als absurd herausstellen würde. Doch jetzt mußte er sich der schrecklichen Wahrheit stellen, und kalte Verzweiflung brach über ihn herein.

»Sie hat bisher schon sechs Männer auf dem Gewissen«, rief Uhlander. »Und sie wird auch den Rest von uns umbringen, wenn ihr nicht schleunigst Einhalt geboten wird.«

»Nicht sechs«, korrigierte Dan. »Acht.«

Der Spielberg-Film war zu Ende. Earl kaufte Karten für den nächsten Film, und sie nahmen in einem anderen Zuschauerraum Platz, Melanie wieder in der Mitte zwischen den beiden Erwachsenen.

Laura hatte ihre Tochter während des ersten Films aufmerksam beobachtet, aber die Kleine hatte das Geschehen auf der Leinwand bis zum Schluß aufmerksam verfolgt, und einmal war sogar ein flüchtiges Lächeln über ihr Gesicht gehuscht. Sie hatte keinen Laut von sich gegeben und war nur ganz selten ein wenig auf ihrem Sitz hin und her gerückt, aber es war immerhin schon ein Fortschritt, daß sie ein gewisses Interesse an dem Film gezeigt hatte. Laura war hoffnungsvoller, als sie es in den vergangenen zwei Tagen je gewesen war, obwohl der Weg bis zu einer vollständigen Heilung sehr dornenreich sein würde.

Außerdem mußten sie sich ja auch noch gegen ›Es‹ behaupten.

Laura schaute auf ihre Uhr. Die Vorstellung mußte in zwei Minuten beginnen.

Earl ließ seine Blicke über die anderen Besucher schweifen, die bei weitem nicht so zahlreich waren wie im ersten Kino. Er war nicht mehr so angespannt und nervös wie vor dem Spielberg-Film.

Nur ein einziges Mal vergewisserte er sich, daß sein Revolver an Ort und Stelle war.

Die Lampen wurden abgeblendet, und die große Leinwand wurde hell.

Melanie saß zusammengesunkener auf ihrem Sitz als zuvor, und sie sah ziemlich müde aus. Aber ihre Augen waren weit geöffnet, und sie schien die Vorankündigungen zu verfolgen.

Laura seufzte.

Sie hatte fast den ganzen Nachmittag ohne Zwischenfälle hinter sich gebracht. Vielleicht würde doch alles gutgehen, vielleicht würde nichts Schlimmes geschehen.

»Acht?« rief Uhlander. »Sagten Sie *acht*?«

»Sechs«, meinte Boothe. »Bisher hat sie erst sechs Männer ermordet.«

»Wissen Sie über Koliknikov in Vegas Bescheid?« fragte Dan.

»Ja«, erwiderte Boothe. »Er war ja das sechste Opfer.«

»Aber Sie wissen offenbar nicht, daß auch Renseveer und Tolbeck tot sind.«

»Wann ist das passiert?« fragte Uhlander. »Mein Gott, wann hat sie die beiden umgebracht?«

»Vergangene Nacht, in einer Skihütte bei Mammoth.«

Uhlander und Boothe tauschten einen angsterfüllten Blick.

»Sie... sie entledigt sich der Leute in einer bestimmten Reihenfolge, je nachdem, wieviel Zeit sie in jenem grauen Zimmer verbracht und wieviel Unbehagen sie ihr verursacht haben. Palmer und ich hielten uns viel seltener dort auf als die anderen.«

Dan konnte nur mit Mühe eine sarkastische Bemerkung über Uhlanders beschönigende Wortwahl – ›Unbehagen‹ statt dem zutreffenderen Ausdruck ›Schmerz‹ – unterdrücken.

Ihm war jetzt klar, warum sie bei seinem Eintreffen einen verhältnismäßig ruhigen Eindruck gemacht hatten. Sie wußten, daß sie als letzte der zehn Konspiratoren an die Reihe kommen würden, und sie glaubten, noch etwas Zeit zu haben. Solange sie Howard Renseveer und Sheldon Tolbeck am Leben wähnten, hatten sie zwar Angst gehabt, waren aber nicht in Panik gewesen.

Hinter den riesigen Fenstern schwand das trübe, graue Tageslicht jetzt dahin.

Schatten huschten gespenstisch über die Bücherwände.

Je dunkler es draußen wurde, desto heller wirkte das bunte Licht der Tiffany-Lampe. Der riesige Raum schien auf die Größe eines Zigeunerwagens oder Zeltes zusammenzuschrumpfen.

»Aber... wenn Howard und Shelby tot sind«, murmelte Boothe, »dann sind wir die nächsten und... sie... sie kann jederzeit kommen!«

»So ist es«, bestätigte Dan. »Deshalb haben wir auch keine Zeit für Drinks oder Bestechungsversuche. Ich möchte *genau* wissen, was in jenem grauen Zimmer vor sich ging – und warum.«

»Aber es würde zu viel Zeit in Anspruch nehmen, Ihnen alles zu erzählen. Sie müssen ihr Einhalt gebieten! Offenbar wissen Sie ja bereits, daß wir das Mädchen zu *OOBE* anleiteten – das ist die Abkürzung von *Out-of-body-experiences*, Erfahrungen außerhalb des Körpers – und daß es...«

»Ich weiß einiges, und ich vermute manches, aber das meiste verstehe ich noch immer nicht«, unterbrach Dan ihn. »Und ich möchte alles wissen, jede Einzelheit, bevor ich einen Entschluß fasse.«

»Ich brauche noch einen Drink«, stellte Boothe mit leicht zittriger Stimme fest. Er erhob sich und ging zur Bar.

Uhlander ließ sich auf Boothes Stuhl fallen und blickte zu Dan empor. »Ich werde Ihnen alles erzählen.«

Dan zog sich einen Stuhl heran.

Boothe war so nervös, daß ihm an der Bar einige Eiswürfel aus der Hand glitten, und als er Bourbon eingoß, klirrte die Flasche gegen den Glasrand, weil seine Hand heftig zitterte.

Laura beugte sich immer wieder vor und blickte in Melanies Gesicht.

Das Mädchen war auf dem Sitz noch tiefer gerutscht.

Der Film, der vor zehn Minuten begonnen hatte, war bei weitem nicht so faszinierend wie der von Spielberg. Bis jetzt waren Melanies Augen geöffnet und schienen der Handlung zu folgen, doch Laura fragte sich: Wie lange noch?

Während Boothe nervös auf und ab lief und seinen Bourbon trank, erklärte Uhlander das Projekt, das im grauen Zimmer durchgeführt worden war.

Obwohl Dylan McCaffrey in Psychologie promoviert hatte, war er sein Leben lang fasziniert von den verschiedensten Aspekten des Okkultismus gewesen. Er hatte Uhlanders erste Bücher gelesen und eine ausgedehnte Korrespondenz mit ihm geführt, die sich schließlich hauptsächlich um OOBE drehte, um das Phänomen der außerkörperlichen Erfahrung oder Astral-Projektion. Dieses Phänomen basierte auf der Theorie, daß jeder Mensch zwei Körper hat – einen physischen aus Fleisch und Blut und einen ätherischen Astralleib, manchmal auch als Psychogeist bezeichnet. Mit anderen Worten, jede Person hat eine Art Doppelgänger, und der Astralleib kann außerhalb des physischen Körpers existieren. Dadurch ist es möglich, zur selben Zeit an zwei verschiedenen Orten zu sein. Im allgemeinen lebt der Astralleib im physischen Körper und beseelt ihn. Aber unter ganz bestimmten Umständen – und immer bei Eintritt des Todes – verläßt der Astralleib den physischen Körper.

»Manche Medien behaupten«, berichtete Uhlander, »daß sie willentlich außerkörperliche Erfahrungen herbeiführen können, aber sie lügen höchstwahrscheinlich. Es gibt jedoch viele faszinierende Geschichten von zuverlässigen Personen, die berichten, sie hätten geträumt, sie würden im Schlaf ihren Körper verlassen. Manche erzählen, sie seien unsichtbar an Orte versetzt worden, wo ein geliebter Mensch im Sterben lag oder in Todesgefahr schwebte. Vor zehn Jahren machte beispielsweise eine Frau in Oregon im Schlaf folgende Erfahrung: Sie verließ ihren Körper, schwebte über die Dächer aufs flache Land hinaus und gelangte zu einer wenig befahrenen Nebenstraße, wo der Wagen ihres Bruders sich überschlagen hatte. Er war im Auto eingeklemmt und drohte dort zu verbluten. Ihr Astralleib konnte ihm nicht helfen, denn er besitzt meistens keine Kraft, nur Gefühl und die Fähigkeit zu beobachten. Aber sie kehrte rasch in ihren physischen Körper zurück, erwachte, rief die Polizei an und gab den Unfallort an. Auf diese Weise rettete sie ihrem Bruder das Leben.«

»Normalerweise«, warf Boothe ein, »ist der Astralleib sogar unsichtbar. Er ist ausschließlich geistiger Art.«

»Obwohl auch Fälle von Sichtbarkeit, ja sogar von physischer Solidität bekannt sind«, fuhr Uhlander fort. »Als der Dichter Lord Byron im Jahre 1810 in Patras mit ungewöhnlich hohem Fieber bewußtlos darniederlag, sahen ihn mehrere seiner Freunde in London. Sie sagten, er sei auf der Straße an ihnen vorbeigegangen, ohne sie anzusprechen, und er habe sogar bei einer Unterschriftensammlung seinen Namen geschrieben. Als Byron davon erfuhr, fand er das zwar seltsam, begriff aber nicht, daß ihm eine außerkörperliche Erfahrung von seltener Intensität zuteil geworden war. Nun, jedenfalls versucht jeder ernsthafte Okkultist irgendwann einmal, willentlich eine OOBE herbeizuführen.«

»Normalerweise erfolglos«, fügte Boothe an, während er sich an der Bar einen neuen Drink eingoß.

»Betrinken Sie sich nicht«, warnte ihn Dan. »Das könnte Sie nur zu dem irrigen Glauben verleiten, in Sicherheit zu sein.«

»Ich war noch niemals in meinem Leben betrunken«, erklärte Boothe eisig. »Ich renne vor Problemen nicht davon. Ich löse sie.« Er begann wieder auf und ab zu gehen, aber er stürzte den Bourbon nicht mehr so hastig hinunter wie zuvor.

Uhlander fuhr fort: »Dylan glaubte nicht nur fest an Astral-Projektion, sondern er glaubte auch zu wissen, warum es so schwierig ist, eine OOBE herbeizuführen.

Dylan war überzeugt gewesen, daß der Mensch mit der Fähigkeit geboren wird, seinen Körper zu verlassen, wann immer er das will – *jeder* Mensch. Aber er war genauso überzeugt davon, daß die Gesellschaft mit ihren Listen von ›Du darfst‹ und ›Du darfst nicht‹, mit ihren einengenden Definitionen, was möglich und was unmöglich ist, Kinder schon so früh einer gründlichen Gehirnwäsche unterzieht, daß ihr Potential zur astralen Projektion genauso verkümmert wie andere psychische Kräfte. Dylan glaubte, daß ein Kind dieses Potential entdecken und entwickeln könnte, wenn es in kultureller Isolation aufgezogen würde, wenn es nur Dinge lernte, die das Wissen um das psychische Universum schärfen – und wenn es von frühester Kindheit an zu langen Aufenthalten in einer Kammer für sensorische Deprivation gezwungen würde, um den Geist nach innen auf seine verborgenen Talente zu richten.«

»Die Isolation«, unterbrach Boothe die Ausführungen seines Freundes, »diente dazu, das Konzentrationsvermögen der Kleinen zu steigern, alle Ablenkungen des Alltagslebens fernzuhalten, damit ihr Geist sich intensiver mit psychischen Vorgängen beschäftigen kann.«

»Als Mrs. McCaffrey beschloß, sich von Dylan scheiden zu lassen«, ergriff Uhlander wieder das Wort, »sah er eine Möglichkeit, Melanie gemäß seinen Theorien aufzuziehen, und deshalb entführte er sie.«

»Und Sie unterstützten ihn dabei«, wandte sich Dan an Boothe. »Beihilfe zur Kindesentführung und Kindesmißhandlung.«

Der weißhaarige Verleger trat an Dans Stuhl heran und starrte mit unverhohlener Geringschätzung auf ihn herab. Er hatte nicht die geringsten Gewissensbisse wegen der Qualen, denen er ein kleines Mädchen ausgesetzt hatte. »Es war notwendig«, erklärte er. »Eine solche Gelegenheit durfte nicht verpaßt werden. Überlegen Sie doch einmal! Wenn man einen Beweis für astrale Projektion erbringen konnte, wenn man das Kind lehren konnte, seinen physischen Körper willentlich zu verlassen, dann ließ sich vielleicht ein System entwickeln, mit dem man auch Erwachsene lehren konnte, außerkörperliche Erfahrungen herbeizuführen – *auserwählte* Erwachsene. Stellen Sie sich nur einmal vor, was es bedeuten würde, wenn eine kleine Gruppe, eine intellektuelle Elite, die Fähigkeit besäße, unbemerkt jeden noch so scharf bewachten Raum auf der ganzen Welt zu betreten, jedes noch so geheime Gespräch zu belauschen. Keine Regierung, kein Geschäftskonkurrent, kein Mensch auf der ganzen Welt könnte seine Pläne und Intentionen vor uns geheimhalten. Ohne daß jemand wüßte, was wir tun, könnten wir endlich der ganzen Welt *eine* Regierung geben, ohne daß es eine nennenswerte Opposition gäbe, denn wie sollte eine Opposition wirkungsvoll arbeiten können, wenn wir jederzeit unbemerkt ihre Strategiebesprechungen belauschen könnten, wenn wir über all ihre Absichten und geheimen Organisationen genau Bescheid wüßten?«

Boothe atmete schwer, was zum Teil vielleicht auf den Whiskey zurückzuführen war, hauptsächlich aber auf die dunklen Träume von Macht, die ihn in einen größenwahnsinnigen Menschen versetzten. Die Tiffany-Lampe warf bernsteinfarbenes Licht auf seine Wangen, zauberte blaue Tupfen auf sein Kinn, färbte seine Lippen gelb und Nase und Stirn grün. Er erinnerte Dan an einen bizarren, wahnsinnigen Clown, in dessen Augen rote Höllenflammen flackerten – eine verdammte Seele.

»Die Welt würde uns gehören!« sagte Boothe.

Er lächelte, und auch Uhlander lächelte. Beide schienen vorübergehend vergessen zu haben, welch katastrophale Auswirkungen ihr Plan gehabt hatte und in welchen Schwierigkeiten sie sich jetzt befanden.

»Sie sind beide verrückt«, sagte Dan leise.

»Weitsichtig«, widersprach Uhlander.

»Sie sind wahnsinnig!« rief Dan.

»Wir sind Visionäre!« verkündete Boothe. Er wandte sich von Dan ab und begann wieder hin und her zu laufen.

Uhlanders Lächeln schwand, als ihm einfiel, weshalb sie hier waren, und er setzte den von Dan geforderten Bericht fort.

Dylan McCaffrey hatte 24 Stunden am Tag in jenem Haus in Studio City verbracht, sieben Tage pro Woche, Monat für Monat, Jahr für Jahr. Er war immer in Melanies Nähe geblieben, hatte selbst ein ähnliches Gefangenendasein geführt wie seine Tochter und nur eine Hand voll Sympathisanten gesehen, die seine ungewöhnlichen Interessen teilten und die alle auf die eine oder andere Weise von Boothe unterstützt wurden. McCaffrey war von dem Projekt immer besessener geworden, hatte Melanie einem immer strengeren Regiment unterworfen, immer weniger Nachsicht mit ihren Schwächen, Ängsten und Fehlschlägen gezeigt. Melanies Welt hatte sich auf das graue Zimmer beschränkt, das in seiner trostlosen Eintönigkeit ein Minimum an Ablenkung bieten sollte, und dieses graue Zimmer war auch der Mittelpunkt der Welt ihres Vaters gewesen. Jene wenigen Privilegierten, die in das Experiment eingeweiht waren, glaubten, an einer guten Sache zur Verwandlung der menschlichen Rasse mitzuwirken, und sie wahrten das Geheimnis des grauen Zimmers, als müßten sie etwas Großartiges und Heiliges beschützen.

»Und dann«, erzählte Uhlander, »vor zwei Nächten, gelang Melanie endlich der Durchbruch. Während ihres längsten Aufenthalts in dem Deprivationstank, am zehnten Tag, gelang ihr das, was Dylan immer für möglich gehalten hatte.«

Aus dem rötlich-grauen Zwielicht am Fenster kam Boothes Stimme: »Das Mädchen erkannte sein volles psychisches Potential. Es trennte seinen Astralleib von seinem physischen Körper und stieg aus dem Tank.«

»Doch dann geschah etwas, womit niemand von uns gerechnet hatte«, fuhr Uhlander fort. »Melanie brachte in wilder Rage ihren Vater, Willy Hoffritz und Ernie Cooper um, der zufällig gerade anwesend war.«

»Aber wie?« fragte Dan. »Sie sagten doch vorhin, der Astralleib verfüge normalerweise zwar über Beobachtungsgabe, könne aber keine physischen Handlungen ausführen. Aber selbst wenn das in diesem Fall anders wäre... verdammt, sie ist nur ein zartes kleines Mädchen, und diese Männer wurden buchstäblich zu Brei geschlagen.«

Boothe setzte seine rastlose Wanderung durchs Zimmer fort und war im Schatten einer Bücherwand verschwunden. Dan hörte nur seine Stimme, ohne ihn zu sehen. »Astrale Projektion war nicht die einzige übersinnliche Fähigkeit, die sie in jener Nacht auszuüben lernte. Sie hat offenbar auch gelernt, ihren Astralleib über große Entfernung hinweg an andere Orte zu versetzen...«

»Nach Las Vegas oder ins Gebirge bei Mammoth«, warf Uhlander ein.

»... und Gegenstände zu bewegen, ohne sie zu berühren. Telekinese«, sagte Boothe. Er verstummte, und sein Whiskeyglas schlug gegen seine Zähne. Das Schluckgeräusch war unnatürlich laut. Schließlich fuhr er fort: »Ihre Kraft ist psychischer Art – die Kraft des *Geistes*, und die ist grenzenlos. Sie ist jetzt stärker als zehn Männer, als hundert, als *tausend*. Sie konnte ihren Vater, Hoffritz und Cooper mit Leichtigkeit umbringen... und sie hat all die anderen ermordet, und jetzt hat sie es auf uns abgesehen! Und sie spürt offenbar, wo wir sind, ganz gleich, wo wir uns verstecken.«

Melanie seufzte.

Laura beugte sich zu ihr hinüber und betrachtete sie im schwachen Licht, das von der Leinwand reflektiert wurde.

Die Lider des Mädchens wurden schwer.

Beunruhigt legte Laura ihrer Tochter eine Hand auf die Schulter und schüttelte sie, zuerst sanft, dann stärker.

Melanie blinzelte.

»Schau dir den Film an, Liebling. Schau dir den Film an!«

Die Augen des Kindes wurden wieder klar und folgten dem Geschehen auf der Leinwand.

Boothe trat aus dem Schatten der Bücherwand hervor.

Uhlander beugte sich im Schreibtischsessel vor.

Beide warteten darauf, daß Dan sich äußerte, daß er sich bereit erklärte, das Mädchen zu töten und dem Gemetzel auf diese Weise ein Ende zu bereiten.

Aber Dan schwieg. Zum einen wollte er sie ein Weilchen schwitzen lassen, zum anderen war er aber innerlich so aufgewühlt, daß er seiner Stimme nicht traute.

Er wußte, daß jeder Mensch zum Töten genauso fähig war wie zur Liebe. Auch die Sanften und Schwachen, die Edelmütigen und Unschuldigen konnten morden, nur war diese Veranlagung bei ihnen tiefer verborgen als bei anderen. Es überraschte Dan nicht, daß auch Melanie McCaffrey imstande war zu töten, aber es verstörte und deprimierte ihn zutiefst.

Melanies Mordgelüste waren sogar verständlicher als die der meisten Täter, die er im Laufe der Jahre ins Gefängnis geschickt hatte. Sie war gefangengehalten, physisch und psychisch gefoltert, nicht wie ein Mensch, sondern wie ein Laboraffe behandelt worden; sie hatte Liebe, Verständnis und Schutz entbehren müssen, und es war nicht verwunderlich, daß sie in all diesen Jahren einen übermenschlichen Zorn und Haß entwickelt hatte, der sich nur durch grausame, blutige Rache entladen konnte. Vielleicht waren Zorn und Haß – und die Notwendigkeit, diese Gefühle abzureagieren – für ihren psychischen Durchbruch genauso wichtig gewesen wie all die Übungen, zu denen ihr Vater sie gezwungen hatte.

Und jetzt rächte sich dieses zarte neunjährige Mädchen an seinen Peinigern, und es war gefährlicher als Jack the Ripper oder die Mitglieder der Manson-Familie. Aber Melanie war nicht total verroht. Ein Teil von ihr war offensichtlich angewidert und entsetzt über das, was sie getan hatte. Ihr graute vor ihrer eigenen Blutrünstigkeit, und deshalb hatte sie sich in den katatonischen Zustand geflüchtet, hatte sich in jenen dunklen Ort zurückgezogen, wo sie die schreckliche Wahrheit vor der Welt verbergen konnte – und sogar vor sich selbst. Ihr Gewissen war noch intakt, und deshalb bestand eine Hoffnung, sie heilen zu können.

Es war Melanie gewesen, die das Radio in Lauras Küche zum Leben erweckt hatte. Sie konnte die zentnerschwere Last ihrer Schuldgefühle und ihres Selbsthasses nicht abwerfen, die sie in jene quasi-autistische Unterwelt verbannten, sie konnte nicht beichten, was sie getan hatte und noch tun könnte, aber sie konnte Warnungen durchs Radio schicken. Warnungen und Hilferufe. Mit jenen Botschaften durch das Radio hatte sie zu sagen versucht: »Helft mir, haltet mich vom Töten ab!«

Und was hatte jener mit Blumen gefüllte Wirbelwind zu bedeuten gehabt? Laura und Earl hatten ihn verständlicherweise als bedrohlich empfunden, aber nur, weil sie nicht begreifen konnten, daß Melanie auf diese ungewöhnliche Weise ihrer Liebe zu Laura Ausdruck verleihen wollte.

Melanie liebte ihre Mutter, und diese Liebe könnte ihre Rettung sein.

Ungeduldig über Dans beharrliches Schweigen, sagte Boothe: »Als ihr der Durchbruch gelang, als sie endlich alle Schranken des

Fleisches überwand und sich ihrer unglaublichen Kräfte bewußt wurde, hätte sie uns dankbar sein müssen. Sie hätte ihrem Vater und uns allen dankbar sein müssen, weil wir ihr geholfen hatten, mehr als nur ein Kind zu sein, mehr als nur ein Durchschnittsmensch.«

»Statt dessen«, jammerte Uhlander in kindischem Selbstmitleid, »wandte sich dieses undankbare bösartige Geschöpf gegen uns!«

»Deshalb beauftragten Sie Ned Rink, sie zu erschießen.«

»Wir hatten keine andere Wahl«, erklärte Boothe. »Sie war unermeßlich wertvoll, und wir hätten sie liebend gern beobachtet und befragt. Aber wir wußten, daß sie es auf uns abgesehen hatte, und deshalb konnten wir es nicht riskieren, sie am Leben zu lassen.«

»Wir *wollten* sie nicht töten«, beteuerte Uhlander. »Schließlich hatten *wir* sie erschaffen, wir hatten sie zu dem gemacht, was sie war. Es war reine Notwehr, reiner Selbstschutz. Sie hatte sich zu einem Monster entwickelt.«

Dan starrte von Uhlander zu Boothe und hatte das Gefühl, in einem Zoo durch die Gitterstäbe eines Käfigs zu blicken. Und es mußte ein völlig fremdartiger Zoo auf irgendeinem fernen Planeten sein, denn es schien unmöglich, daß *diese* Welt so bizarre, blutlose und grausame Wesen hervorgebracht hatte. »Nicht Melanie ist das Monster«, sagte er. »*Sie* sind die Monster.«

Er sprang vom Stuhl auf, viel zu zornig und nervös, um ruhig dasitzen zu können, und blieb mit geballten Fäusten vor dem riesigen Schreibtisch stehen. »Was glaubten Sie denn, was sie tun würde, wenn ihr der von Ihnen herbeigesehnte Durchbruch gelang? Glaubten Sie tatsächlich, daß sie sagen würde: ›Oh, ich bin euch ja so unendlich dankbar! Was kann ich jetzt für euch tun, welche Wünsche kann ich euch erfüllen?‹ Glaubten Sie, sie würde wie ein Flaschengeist jenen zu Diensten stehen wollen, die sie aus der Flasche befreit hatten?« Er bemerkte, daß er brüllte, aber es gelang ihm nicht, die Stimme zu dämpfen. »Um Himmels willen, Sie haben sie sechs Jahre gefangengehalten, sie gefoltert! Glauben Sie, daß Gefangene ihren Wärtern und Folterknechten *dankbar* sind?«

»Wir haben sie nicht gefoltert«, protestierte Boothe. »Wir haben sie... erzogen, angeleitet, mit wissenschaftlichen Methoden ihre Entwicklung gefördert.«

»Wir haben ihr *den Weg* gezeigt!« fügte Uhlander hinzu.

Melanie murmelte etwas.
Laura konnte sie wegen der Musik und der quietschenden Reifen im Film kaum hören. Sie beugte sich dicht zu ihr hinüber und fragte:»Was ist, Liebling?«
»Die Tür...«, sagte Melanie leise.
Laura sah, daß die Augen des Kindes wieder zuzufallen drohten.
»*Die Tür*...«

Die Dunkelheit hatte sich über Bel Air gesenkt.
Boothe füllte an der Bar sein Glas mit Bourbon.
Auch Uhlander hatte sich erhoben. Er stand hinter dem Schreibtisch und betrachtete das Farbenkaleidoskop der Tiffany-Lampe.
»Was hat es mit der *Tür zum Dezember* auf sich?« fragte Dan. »Ich habe in Ihrem Buch darüber gelesen. Sie sagen, es sei ein paradoxes Bild, das als Schlüssel zur Psyche diene, aber ich konnte das Kapitel nicht zu Ende lesen, und mir war nicht ganz klar, welchen Sinn diese Bilder hatten.«
Uhlander starrte weiter ins farbige Lampenlicht, während er erklärte:»Melanie mußte lernen, *alles* für möglich zu halten, um sich so fantastischen Vorstellungen wie der Astral-Projektion zu öffnen. Deshalb sollte sie sich in dem Deprivationstank auf eigens zu diesem Zweck ersonnene Bilder konzentrieren. Es handelte sich um mögliche Situationen... um Paradoxe. Wie jene Tür zum Dezember, über die Sie gelesen haben. Es war meine Theorie – es *ist* meine Theorie –, daß diese Übungen sehr nützlich für Menschen sind, die ihr psychisches Potential entwickeln wollen; man kann auf diese Weise den Geist darauf trainieren, sich mit dem Unvorstellbaren zu beschäftigen, das Undenkbare für möglich zu halten, man kann sein Weltbild erweitern und Dinge akzeptieren, die man früher als völlig absurd verworfen hätte.«
»Albert ist brillant«, verkündete Boothe von der Bar her. »Er ist ein Genie. Er hat in jahrelanger Arbeit eine Synthese aus Wissenschaft und Okkultismus entwickelt. Er hat Berührungspunkte und Übergänge zwischen beiden Disziplinen entdeckt. Er hat uns so vieles zu geben, er kann uns so vieles lehren. Deshalb darf er nicht sterben. Deshalb dürfen Sie nicht zulassen, daß diese kleine Hexe uns umbringt, Lieutenant. Wir beide haben der Welt so unglaublich viel zu geben.«
Uhlander führte seine Ideen weiter aus:»Indem man Unmöglichkeiten visualisiert und hart daran arbeitet, bis diese absurden Bilder

einem möglich und real und vertraut erscheinen, kann man seine psychischen Kräfte freisetzen, die normalerweise durch gesellschaftliche Zwänge und zivilisationsbedingten Unglauben tief in uns vergraben sind. Meiner Meinung nach ließe sich diese Visualisierung am leichtesten während tiefer Meditation oder unter Hypnose erreichen, aber diese Theorie wurde nie bewiesen, weil die Wissenschaftler davor zurückschrecken, Menschen dem langwierigen und mitunter schmerzhaften Prozeß zu unterziehen, der zur Umformung der Psyche erforderlich ist.«

»Jammerschade, daß Sie sich nicht in Deutschland aufhielten, als die Nazis an der Macht waren«, sagte Dan sarkastisch. »Ich bin sicher, daß sie für ein solch interessantes Experiment Hunderte von Menschen bereitgestellt hätten. Und ihnen wäre es scheißegal gewesen, was Sie diesen Menschen antun müssen, um ihre Psyche zu verändern.«

Uhlander tat so, als hätte er diese Beleidigung nicht gehört. »Und dann bot sich diese einmalige Chance mit Melanie. Wir konnten sie über Jahre hinweg durch Drogen in einen Zustand äußerster Konzentration versetzen; hinzu kamen die immer ausgedehnteren Aufenthalte im Deprivationstank... nun, es waren ideale Bedingungen, und der Durchbruch gelang tatsächlich.«

Die Tür zum Dezember sei nicht das einzige Paradoxon gewesen, auf das Melanie sich konzentrieren mußte, erklärte der Okkultist. Manchmal habe sie an eine Treppe denken sollen, die nur seitwärts führte.

»Stellen Sie sich einmal vor«, sagte Uhlander, »daß Sie auf einer riesigen, endlosen viktorianischen Treppe mit kunstvoll geschnitztem Geländer stehen. Plötzlich fällt Ihnen auf, daß Sie weder hinauf- noch hinabsteigen. Statt dessen befinden Sie sich auf einer Treppe, die nur seitwärts führt, die weder Anfang noch Ende hat.«

Auch die Katze, die sich selbst auffrißt – jene Geschichte, die Melanie unter Hypnose erzählt hatte –, war ein solches paradoxes Denkmodell, ebenso das Fenster zum Gestern.

»Sie stehen in Ihrem Schlafzimmer an einem Fenster und schauen auf den Rasen hinaus. Sie sehen den Rasen nicht so, wie er heute ist, sondern so, wie er gestern war, als Sie dort ein Sonnenbad nahmen. Sie sehen sich dort draußen auf einem Strandlaken liegen. Durch die anderen Fenster im Zimmer können Sie diese Szene nicht sehen. Es ist ein ganz besonderes Fenster, ein Fenster zum Gestern. Und wenn Sie durch dieses Fenster hinaussteigen würden, wären Sie ins Gestern zurückversetzt, würden neben sich selbst stehen und sich beim Sonnenbaden zusehen.«

Boothe näherte sich von der Bar her und blieb knapp außerhalb des Lichtkreises der Tiffany-Lampe stehen. »Sobald der Mensch imstande ist, an das Paradoxe zu *glauben*«, führte er aus, »muß er es auch wirklich *betreten*. Wenn beispielsweise die Treppe ins Nirgendwo bei Melanie am besten geklappt hätte, wäre ihr irgendwann befohlen worden, die letzte Stufe dieser Treppe zu *verlassen*, obwohl die Treppe kein Ende hat. Und indem sie diesen Schritt von der Treppe gemacht hätte, hätte sie ihren Körper verlassen und ihre erste außerkörperliche Erfahrung gemacht.

Oder wenn sie sich das Fenster zum Gestern am besten hätte vorstellen können, wäre sie ins Gestern getreten, selbst ein Bestandteil des Unmöglichen geworden, und die damit verbundene Dislokation hätte eine astrale Projektion bewirkt. Das war jedenfalls unsere Theorie.«

»Total verrückt«, sagte Dan.

»O nein«, widersprach Uhlander vehement und blickte endlich von der Lampe auf. »Die Sache funktionierte. Es war die Tür zum Dezember, die Melanie am besten visualisieren konnte, und sobald sie über die Schwelle dieser Tür trat, wurde sie sich ihrer psychischen Fähigkeiten bewußt und lernte mit diesen Kräften umzugehen.«

Melanie fürchtete sich also nicht, wie Dan und Laura geglaubt hatten, vor etwas Übernatürlichem, das durch diese Tür eindringen würde, sondern hatte Angst davor, die Tür zu öffnen, weil sie dann über die Schwelle treten und wieder morden würde. Sie war hin und her gerissen zwischen zwei entgegengesetzten mächtigen Verlangen: dem Wunsch, all ihre Peiniger zu töten, und dem verzweifelten Bedürfnis, mit dem Morden aufzuhören.

O Gott!

Boothe trat an den Schreibtisch heran und legte eine Hand auf die sorgfältig gebündelten Banknoten im Koffer. Er warf Dan einen scharfen Blick zu. »Nun?«

Anstatt ihm zu antworten, wandte sich Dan an Uhlander: »Wenn sie diese psychischen Kräfte anwendet – tritt dann eine Luftveränderung ein, die jeder wahrnehmen kann?«

Uhlanders Falkenaugen starrten Dan durchdringend an. »Was für eine Art Veränderung?«

»Eine plötzliche unerklärliche Kälte.«
»Durchaus möglich«, erwiderte Uhlander. »Es könnte sich um ein Anzeichen für rasche Akkumulation okkulter Energie handeln. Solch ein Phänomen wird beispielsweise dem Poltergeist zugeschrieben. Waren Sie persönlich anwesend, als so etwas geschah?«
»Ja. Ich glaube, es passiert jedesmal, wenn sie ihren Körper verläßt – oder in ihn zurückkehrt«, sagte Dan.

Plötzlich wurde die Luft im Kino kalt.
Laura hatte sich erst vor zwei oder drei Sekunden vergewissert, daß Melanies Augen weit geöffnet waren. Sie mußte sie soeben erst geschlossen haben – und schon nahte ›Es‹. Es mußte irgendwo auf der Lauer gelegen und nur auf diesen Moment gewartet haben.
Laura packte Melanie bei den Schultern und schüttelte sie, aber die Augen des Kindes öffneten sich nicht.
»Melanie? Melanie, wach auf!«
Die Luft wurde noch kälter.
»Melanie!«
Kälter.
Einer Panik nahe, kniff Laura ihre Tochter in die Wangen. »Wach auf, wach auf!«
Zwei Reihen hinter ihr rief jemand: »He, Ruhe dort drüben!«
Kälter.

Die Hand immer noch auf den Geldscheinen, sagte Boothe: »Sie müssen sie töten. Sie sind der einzige, der weiß, wo sie sich aufhält. Es ist das einzig Richtige, sie zu töten!«
»Sie ist doch nur ein Kind«, entgegnete Dan.
»Sie hat schon acht Menschen bestialisch umgebracht!«
»Menschen?« Dan lachte erbittert. »Könnten Menschen ihr angetan haben, was Sie ihr antaten? Hätten Menschen sie mit Elektroschocks gefoltert? Wo haben sie die Elektroden befestigt? An ihrem Nacken? An ihren Armen? Oder an ihren Genitalien? O ja, ich wette, an ihren Genitalien, um die maximale Wirkung zu erzielen. Folterknechte wollen immer die maximale Wirkung erzielen. Männer? Menschen? Acht Menschen, sagen Sie? Ich glaube, daß es eine Grenze für Skrupellosigkeit und Grausamkeit gibt, unterhalb derer man nicht mehr das Recht hat, sich als Mensch zu bezeichnen.«
Boothe weigerte sich, Dans Worte zur Kenntnis zu nehmen.

»Acht Männer! Das Mädchen ist ein Monster, ein psychopathisches Monster!«

»Melanie ist zutiefst gestört. Sie kann für ihre Taten nicht verantwortlich gemacht werden«, widersprach Dan, und er hätte es nie für möglich gehalten, daß er sich so an der wachsenden Angst und Verzweiflung von Menschen weiden könnte, wie er es jetzt beim Anblick dieser beiden Ungeheuer tat, die ihre letzte Überlebenschance dahinschwinden sahen.

»Sie sind ein Gesetzeshüter«, rief Boothe wütend. »Es ist Ihre Pflicht, Gewalt zu verhindern.«

»Ist es denn keine Gewalttat, ein neunjähriges Kind zu erschießen?«

»Aber wenn Sie sie nicht töten, wird sie *uns* töten!« schrie Boothe. »Zwei Tote statt einer. Wenn Sie sie erschießen, retten Sie ein Menschenleben.«

»Ich soll Menschenleben gegeneinander aufrechnen? Eine interessante Idee«, sagte Dan. »Wissen Sie, Mr. Boothe, ich könnte wetten, daß der Teufel Sie in der Hölle zum Buchhalter für die Seelen macht.«

Das Gesicht des weißhaarigen distinguierten Verlegers verzerrte sich zu einer grotesken Maske aus Haß und ohnmächtiger Wut, und er schleuderte sein Whiskeyglas nach Dan.

Dan duckte sich, das Glas fiel ein ganzes Stück hinter ihm auf den Boden und zerbrach beim Aufprall.

»Sie gottverdammtes, saublödes Arschloch!« keuchte Boothe.

»Aber, aber«, sagte Dan. »Nur gut, daß Ihre Freunde aus dem Rotary Club Sie nicht gehört haben. Sie wären schockiert.«

Boothe wandte sich abrupt ab und starrte in die Dunkelheit, wo die Bücher geduldig auf ihren Regalen standen. Er zitterte vor Wut, gab aber keinen Ton mehr von sich.

Dan hatte alles erfahren, was er wissen mußte. Nun hielt ihn hier nichts mehr.

Laura konnte Melanie nicht aufwecken. Andere Kinobesucher regten sich über sie auf, riefen »Pssst!« und »Ruhe!« Laura ignorierte sie, aber so sehr sie sich auch bemühte, es gelang ihr nicht, Melanie auch nur ein Murmeln oder ein Blinzeln zu entlocken.

Earl war aufgestanden und hatte seine Hand auf die Waffe unter seinem Mantel gelegt. Laura blickte gehetzt nach allen Seiten und wartete auf die erste Demonstration einer okkulten Kraft.

Aber plötzlich wurde die Luft wieder warm, ohne daß etwas geschehen war.

Was auch immer vor wenigen Sekunden im Kino gewesen sein mochte, hatte sich wieder zurückgezogen.

Uhlander starrte jetzt wieder auf den bunten Lampenschirm, doch er schien ihn überhaupt nicht wahrzunehmen. Er hatte jetzt einen ähnlich glasigen Blick wie Melanie. Während er ins warme Licht starrte, sah er wahrscheinlich seine Zukunft vor sich, die nur aus Dunkelheit bestand. Mit dünner, zittriger Stimme flehte er: »Hören Sie, Lieutenant, bitte... Sie brauchen nicht einverstanden zu sein mit dem, was wir gemacht haben... Sie brauchen uns nicht zu verstehen... Sie können uns verabscheuen... Aber haben Sie doch Mitleid mit uns!«

»Mitleid? Aus Mitleid mit Ihnen soll ich hingehen und ein neunjähriges Mädchen erschießen?«

Am ganzen Leibe zitternd, wandte sich Boothe wieder Dan zu. »Sie würden damit nicht nur *unsere* Leben retten. Um Gottes willen, begreifen Sie denn nicht? Sie läuft Amok. Sie ist jetzt auf den Geschmack von Blut gekommen, und es ist ziemlich unwahrscheinlich, daß sie aufhören wird zu morden, wenn sie uns alle zur Strecke gebracht hat. Sie ist wahnsinnig. Sie haben selbst gesagt, wir hätten sie in den Wahnsinn getrieben. Sie haben gesagt, sie sei für ihre Taten nicht verantwortlich. Okay, sie ist nicht zurechnungsfähig, aber sie läuft Amok, und sie wird wahrscheinlich von Stunde zu Stunde mächtiger, lernt immer besser mit ihren psychischen Kräften umzugehen, und wenn jemand ihr nicht bald Einhalt gebietet, wird später vielleicht niemand mehr dazu imstande sein. Es geht nicht nur um Albert und mich. Unzählige andere Menschen könnten sterben.«

»Nein, kein einziger«, sagte Dan.

»Was?«

»Sie wird Uhlander und Sie umbringen, die beiden letzten Konspiratoren aus dem grauen Zimmer, und dann... dann wird sie sich selbst töten.«

Erst nachdem er es in Worte gefaßt hatte, kam es ihm selbst voll zu Bewußtsein, und er verspürte einen stechenden Schmerz in der Brust bei dem Gedanken, daß Melanie sich aus Verzweiflung über ihre Taten das Leben nehmen würde.

»Sich selbst töten?« rief Boothe verwundert.

»Wie kommen Sie denn auf diese Idee?« fragte Uhlander.

Dan berichtete ihnen in wenigen Sätzen von Melanies Äußerungen unter Hypnose. »Als sie sagte, ›Es‹ werde sie holen, sobald alle anderen tot wären, hatten wir keine Ahnung, was dieses ›Es‹ sein könnte. Ein Geist, ein Dämon – es schien uns unmöglich, daß so etwas existierte, aber wir sahen, daß etwas Unerklärliches vor sich ging. Jetzt weiß ich, daß es kein Geist und kein Dämon war, und ich weiß, daß sie die Absicht hat, sich selbst zu töten, ihre psychischen Kräfte gegen sich selbst einzusetzen. Es sind also keine weiteren Opfer zu befürchten. Nur Ihr beider Leben steht auf dem Spiel, und das des Mädchens. Ich sehe nur die Möglichkeit, eventuell Melanies Leben retten zu können.«

Boothe, dessen Moralität etwa mit der Hitlers oder Stalins zu vergleichen war, der einen professionellen Killer gedungen und Folterungen finanziert hatte, der bedenkenlos mit eigener Hand morden würde, wenn er auf diese Weise seine Haut retten könnte – diese durch und durch böse Kreatur war empört darüber, daß Dan, ein Hüter des Gesetzes, ihn und seinen Freund nicht nur sterben lassen wollte, sondern die Vorstellung auch noch genoß, daß sie bald von der Erde getilgt sein würden. »Aber... aber... wenn sie uns tötet, und Sie hätten das verhindern können... dann sind Sie an unserem Tod mitschuldig!«

Dan blickte ihn lange an und nickte. »Ja. Aber das schockiert mich nicht. Ich wußte immer, daß ich unter bestimmten Umständen zu einem kaltblütigen Mord fähig wäre.«

Er wandte sich ab und ging auf die Tür zu.

Uhlander rief ihm nach: »Was glauben Sie, wieviel Zeit uns bleibt?«

Dan drehte sich noch einmal um. »Nachdem ich heute morgen einen Teil Ihres Buches gelesen hatte, begriff ich manches; deshalb warnte ich Laura, sie solle versuchen, Melanie wachzuhalten. Ich wollte nicht, daß Sie umgebracht würden, bevor ich mit Ihnen gesprochen habe. Aber ich habe nicht die Absicht, Melanie heute abend am Schlafengehen zu hindern. Und wenn sie zu Bett geht und einschläft...«

Es war sehr still im Raum.

Nur das leise Rauschen des Regens war zu hören.

»Uns bleiben also noch einige Stunden«, sagte Boothe schließlich, und er erinnerte kaum noch an den Mann, der Dan vor kurzem begrüßt hatte. Jetzt war er weitaus weniger beeindruckend. »Nur einige Stunden...«

Aber ihnen blieb nicht einmal soviel Zeit, denn kaum daß Boothes Stimme in Schrecken und Selbstmitleid verklungen war, fiel von einer Sekunde zur anderen die Temperatur in der Bibliothek um zwanzig Grad.

Laura hatte Melanie nicht wachhalten können.

»Nein!« rief Uhlander.

Von einem der obersten Regale regneten Bücher auf Boothe und Uhlander herab. Die beiden Männer schrien auf und hielten schützend die Arme über ihre Köpfe.

Ein schwerer Stuhl hob vom Boden ab, flog etwa drei Meter in die Höhe, drehte sich rasend im Kreis, sauste quer durch die Bibliothek und landete in einem der riesigen Fenster. Dem Klirren von Glas folgte ein lautes Krachen, als der Stuhl vom Fensterrahmen abprallte und auf den Boden fiel.

Melanie war hier. Ihre ätherische Hälfte. Ihr Astralleib, ihr Psychogeist.

Dan überlegte, ob er versuchen solle, mit ihr zu argumentieren, bevor sie wieder mordete, aber er wußte, daß er keine Chance hatte, zu ihr durchzudringen. Er konnte Boothe und Uhlander nicht retten, und eigentlich hatte er auch gar nicht den Wunsch, sie zu retten. Das einzige Leben, das er jetzt vielleicht noch retten konnte, war Melanies, denn er hatte eine Idee, wie er sie davon abhalten könnte, sich mit Hilfe ihrer psychischen Kräfte selbst zu vernichten. Es war ein ungewisser Plan, der wenig Chancen auf Erfolg hatte. Aber um es überhaupt versuchen zu können, mußte er bei Melanie sein, bei ihrem physischen Körper, wenn ihr Astralleib dorthin zurückkehrte. Und das bedeutete, daß er im Kino sein mußte, bevor sie hier ihr Werk vollbracht hatte. Er durfte keine Zeit mit dem sinnlosen Versuch vergeuden, sie von den Morden an Boothe und Uhlander abzuhalten.

Unsichtbare Hände räumten die Bücher von einem weiteren Regal ab; sie flogen durchs ganze Zimmer.

Boothe schrie.

Die Bar explodierte, so als hätte eine Bombe dort eingeschlagen, und die Luft roch plötzlich nach Whiskey.

Uhlander begann, um Gnade zu winseln.

Dan sah, daß die Tiffany-Lampe sich an ihrer Schnur in die Luft hob, wie ein Ballon. Ihm kam voll zu Bewußtsein, wie wenig Zeit ihm blieb, und er stürzte zur Tür. Als er sie aufriß, ging das Licht aus, und die Bibliothek versank in Dunkelheit.

Er zog die Tür hinter sich zu und rannte durch das Haus, in Richtung Ausgang. In einem Raum mit pfirsichfarbenen Wänden und herrlicher weißer Stuckdecke traf er mit dem Butler zusammen, der in umgekehrter Richtung hastete, aufgeschreckt durch die gräßlichen Schreie aus der Bibliothek. »Rufen Sie die Polizei!« rief Dan. Er war überzeugt davon, daß Melanie niemandem etwas zuleide tun würde außer den Konspiratoren vom grauen Zimmer. Trotzdem sagte er, als der Butler verwirrt stehenblieb: »Gehen Sie nicht in die Bibliothek. Rufen Sie die Polizei an. Um Gottes willen, betreten Sie die Bibliothek nicht!«

Das dunkle Kino war für Laura plötzlich kein sicherer Zufluchtsort mehr. Sie litt jetzt unter Klaustrophobie. Die langen Sitzreihen schienen sie einzuzwängen. Die Dunkelheit war bedrohlich. Warum nur hatte sie sich an einem dunklen Ort versteckt? ›Es‹ liebte wahrscheinlich die Dunkelheit, fühlte sich darin zu Hause. Was würde geschehen, wenn die Luft wieder kalt wurde und der böse Geist zurückkehrte?

Und er *würde* zurückkehren.

Dessen war sie sich ganz sicher.

›Es‹ würde bald zurückkehren.

Das riesige Eisentor begann sich langsam zu öffnen, als Dan die lange Auffahrt zur Hälfte hinter sich hatte.

Normalerweise rief der Butler wahrscheinlich im Wachhäuschen an, und der Wächter öffnete das Tor schon, wenn der Besucher oben losfuhr. Aber jetzt war der Butler damit beschäftigt, die Polizei anzurufen, und außerdem mußten die gellenden Schreie und der Kampflärm aus der Bibliothek ihn in Angst und Schrecken versetzen. Deshalb hatte der Wächter erst auf den Schalter gedrückt, als er die Scheinwerfer aufleuchten sah.

Dan hatte hastig das Blaulicht am Wagen befestigt und brauste in wahnsinnigem Tempo den Hügel hinab. Er hoffte nur, daß das Tor offen sein würde, bis er dort ankam, denn andernfalls würde es einen schrecklichen Unfall geben. Das Eisengitter war so stabil, daß es sogar einem Panzer standhalten würde. Wenn er mit voller Wucht dagegenprallte, würde er wahrscheinlich enthauptet oder von einer Stange aufgespießt werden.

Er hätte den Hügel natürlich in vernünftigem Tempo hinabfahren können, aber jetzt zählte jede Sekunde. Selbst wenn der Astralleib des Mädchens noch einige Minuten mit Boothe und Uhlander beschäftigt war, würde er vor Dan in jenem Kino in Westwood sein, denn der Geist war mit Sicherheit nicht so langsam wie ein Auto, sondern bewegte sich im Bruchteil einer Sekunde von einem Ort zum anderen. Außerdem befürchtete Dan, daß der Butler seine Fassung wiedergewinnen und dann auf die Idee kommen könnte, daß Dan für die Schreie in der Bibliothek irgendwie verantwortlich war. Und wenn er einen solchen Verdacht schöpfte, würde er vielleicht den Wächter verständigen, das Tor würde sich wieder schließen, und Dan würde kostbare Zeit mit Erklärungen vergeuden müssen.

Etwa zehn Meter vom Tor entfernt nahm er endlich den Fuß vom Gaspedal und trat auf die Bremse. Der Wagen kam ins Schleudern, doch Dan konnte ihn auf der Straße halten. Er hörte ein lautes Scharren und verspürte einen leichten Stoß, als die hintere Stoßstange an einem Torflügel entlangschrammte. Dann lag die Straße vor ihm, und er bog scharf ein, ohne abzubremsen.

Mit eingeschaltetem Blaulicht raste er von der Anhöhe, auf der Bel Air lag, bergabwärts in Richtung Westwood, schnitt rücksichtslos die Kurven und setzte auf den unübersichtlichen, gewundenen Straßen nicht nur sein eigenes Leben aufs Spiel, sondern auch das anderer Verkehrsteilnehmer.

Delmar, Carrie, Cindy Lakey...
Nicht noch einmal!

Melanie hatte Morde begangen, gewiß, aber sie verdiente für ihre Tat nicht den Tod. Sie hatte sie in unzurechnungsfähigem Zustand begangen. Außerdem mußte man ihr mildernde Umstände zugestehen; nur wenige Menschen könnten sich mit soviel Recht darauf berufen. Sie hatte in Notwehr gehandelt. Wenn sie ihre Peiniger nicht bis auf den letzten Mann liquidiert hätte, wäre sie ihnen früher oder später wieder in die Hände gefallen, und sie hätten weitere Experimente mit ihr durchführen wollen. Wenn sie nicht alle zehn Konspiratoren umgebracht hätte, wäre sie irgendwann wieder physisch und psychisch gefoltert worden.

Das mußte er Melanie klarmachen.
Er glaubte zu wissen, wie er das vielleicht schaffen könnte.
Bitte, Gott, laß es gelingen.

Bis Westwood war es nicht weit. Wenn er dieses selbstmörderische Tempo beibehielt, müßte er in weniger als fünf Minuten im Kino sein.

Delmar, Carrie, Cindy Lakey... Melanie...
Nein!

Die Lufttemperatur fiel schlagartig.
Melanie wimmerte.
Laura sprang von ihrem Sitz auf. Sie wußte nicht, was sie tun sollte, aber sie konnte einfach nicht stillsitzen, während ›Es‹ sich näherte.

Die Luft wurde immer kälter – noch kälter als am Vortag in der Küche und später im Motelzimmer.

Lauras Hintermann bat sie, sich zu setzen; auch andere Leute drehten sich nach ihr um. Doch gleich darauf wandte sich die allgemeine Aufmerksamkeit der Tatsache zu, daß es im Kino plötzlich eiskalt war.

Auch Earl war aufgestanden, und diesmal hatte er den Revolver aus dem Halfter gezogen.

Melanie stieß einen jämmerlichen dünnen Schrei aus, aber ihre Augen blieben geschlossen.

Laura schüttelte sie wieder. »Baby, wach auf! Wach auf!«

Im Saal wurde es jetzt unruhig, nicht so sehr als Reaktion auf Lauras und Earls ungewöhnliches Verhalten, als vielmehr wegen der Kälte. Die Leute klapperten schon mit den Zähnen und hatten blaue Lippen.

Dann trat schlagartig Totenstille ein, als die riesige Leinwand von oben bis unten entzweiriß; eine schwarze gezackte Linie zerteilte die Bilder, und die Figuren auf der Leinwand krümmten sich und bekamen verzerrte Gesichter, während die silbrige Fläche, auf der sie existierten, Falten warf und zusammensackte.

Melanie warf sich auf ihrem Sitz hin und her und schlug nach der leeren Luft, traf aber Laura, die noch immer verzweifelt versuchte, das Kind aufzuwecken.

Die schweren Vorhänge zu beiden Seiten der Leinwand wurden aus den Schienen an der Decke gerissen. Sie flatterten wie Flügel in der Luft, so als wäre der Teufel aus der Hölle emporgestiegen und entfaltete seine fledermausartigen Schwingen. Dann schwebten sie zu Boden und blieben als leblose Stoffberge liegen.

Das war zuviel für die Kinobesucher. Verwirrt und verängstigt sprangen sie von ihren Sitzen auf.

Nachdem sie mehrere harte Schläge auf die Arme und ins Gesicht abbekommen hatte, war es Laura gelungen, Melanie bei den Handgelenken zu packen und sie festzuhalten. Sie warf über die Schulter hinweg einen Blick nach vorne.

Der Filmvorführer hatte seinen Apparat noch nicht ausgeschaltet, so daß die ruinierte Leinwand etwas Licht reflektierte; außerdem spendeten die Lampen an den Notausgängen schwaches bernsteinfarbenes Licht. Diese Beleuchtung reichte gerade aus, damit alle sehen konnten, was nun geschah. Leere Sitze in der ersten Reihe rissen sich vom Fußboden los, an dem sie befestigt waren; sie flogen durch die Luft auf die Leinwand zu, wo sie wie Kanonenkugeln einschlugen und neue Schäden anrichteten.

Menschen begannen zu schreien, und manche rannten auf die Ausgänge im hinteren Teil des Saales zu. Jemand kreischte: »Ein Erdbeben!«

Selbstverständlich erklärte ein Erdbeben keinen der unheimlichen Vorgänge, und wahrscheinlich glaubte auch niemand daran, doch dieses in Südkalifornien so gefürchtete Wort verstärkte die Panik noch.

Die Sitze der zweiten Reihe lösten sich mit furchtbarem Lärm vom Boden.

Laura hatte den Eindruck, als wäre ein gigantisches unsichtbares Tier vorne ins Kino eingedrungen und käme auf sie zu, wobei es alles zerstörte, was ihm im Weg war.

»Nichts wie weg hier!« brüllte Earl, obwohl er genausogut wie Laura wußte, daß sie vor diesem Wesen, was auch immer es war, nicht wegrennen konnten.

Melanie hatte aufgehört zu kämpfen. Sie hing schlaff in ihrem Sitz, zusammengesackt, wie tot.

Der Vorführer schaltete seinen Apparat aus und die Saallampen ein. Außer Laura, Melanie und Earl waren alle Besucher in den hinteren Teil des Kinos gestürzt, und etwa die Hälfte von ihnen hatte sich schon ins Foyer geflüchtet.

Lauras Herz klopfte zum Zerspringen, als sie Melanie auf die Arme nahm und mit ihr an leeren Sitzen vorbei zum Gang stolperte.

Jetzt flogen schon die Sitze der vierten Reihe krachend in die Luft und wurden mit ungeheurer Wucht in die zerstörte Leinwand geschleudert.

Aber den schlimmsten Lärm, eine regelrechte Kanonade, vollführten die Türen der Notausgänge in der Nähe der Leinwand. Sie schwangen auf und schlugen zu, immer und immer wieder, mit solcher Kraft, daß die pneumatischen Zylinder, die ein leises Schließen gewährleisten sollten, völlig nutzlos waren.

Laura sah in ihnen keine Türen, sondern weit aufgerissene Mäuler, hungrige Mäuler, und sie war sicher, wenn sie so töricht wäre, durch diese Notausgänge ins Freie flüchten zu wollen, würde sie sich nicht auf dem Parkplatz wiederfinden, sondern im Schlund eines unvorstellbar schrecklichen, stinkenden Tieres. Ihr war bewußt, daß das ein aberwitziger Gedanke war, der nur allzu deutlich machte, wie nahe sie einer totalen Panik war.

Sie wußte auch, daß sie sich nur deshalb noch halbwegs unter Kontrolle hatte, weil sie ähnliche Poltergeist-Phänomene schon in ihrer Küche erlebt hatte, wenn auch in weit schwächerer Form. Was *war* es nur? Was war ›Es‹? Und warum wollte es Melanie haben?

Dan wußte es. Zumindest wußte er manches.

Aber es spielte keine Rolle, was er wußte, denn er konnte ihnen jetzt nicht helfen. Mit größter Wahrscheinlichkeit würde sie ihn niemals wiedersehen.

Der Gedanke, Haldane nie wiederzusehen, war niederschmetternd, was sie selbst überraschte, speziell in der gegenwärtigen Situation. Als sie den Gang erreichte, drohte sie unter Melanies Gewicht und unter der Last ihres Entsetzens in die Knie zu sinken. Earl schob seinen Revolver hastig in das Halfter und nahm ihr das Mädchen ab.

Nur noch wenige Menschen drängten sich an den Türen zum Foyer. Einige drehten sich immer wieder um und starrten mit weit aufgerissenen Augen auf das unvorstellbare Chaos.

Laura und Earl hatten erst wenige Schritte auf dem teppichbelegten Gang gemacht, als die Sitze hinter ihnen aufhörten, in die Luft zu fliegen. Statt dessen rissen sich jetzt Sitze aus den Reihen *vor* ihnen vom Boden los, vollführten einen kurzen, ungeschickten Tanz und krachten auf den Gang nieder, blockierten den Weg.

Melanie würde den Saal nicht verlassen dürfen.

Earl blieb mit dem Mädchen auf den Armen unschlüssig stehen.

Dann versetzte ihm etwas einen heftigen Stoß, und er taumelte rückwärts, während etwas ihm Melanie entriß. Das Mädchen wurde durch den Gang geschleudert und prallte seitlich gegen eine Sitzreihe.

Laura stürzte schreiend zu ihrer Tochter, drehte sie um und legte einen Finger auf ihren Hals. Sie spürte einen Puls.

»Laura!«

Sie blickte auf, als sie ihren Namen hörte, und sah mit ungeheurer Erleichterung, daß Dan Haldane auf sie zugerannt kam. Er sprang über die zerborstenen Sitze, mit denen der unsichtbare Feind den Gang versperrt hatte, und er rief ihr zu: »So ist es richtig! Halten Sie sie in Ihren Armen, beschützen Sie sie!« Er erreichte Laura und kniete neben ihr nieder. »Stellen Sie sich zwischen Melanie und ›Es‹, denn ich glaube nicht, daß ›Es‹ Ihnen etwas zuleide tun wird.«

»Warum nicht?«

»Das erkläre ich Ihnen später«, sagte er und erkundigte sich bei Earl, der gerade wieder auf die Beine kam. »Ist alles in Ordnung?«

»Ja«, antwortete Earl. »Ich habe nur ein paar leichte Prellungen abbekommen.«

Dan stand auf.

Laura kniete auf dem Boden, zwischen verstreutem Popcorn, zerdrückten Pappbechern und anderen Abfällen. Sie hielt Melanie fest umschlungen, versuchte, das Kind einzuhüllen. Ihr fiel auf, daß im Kino Stille eingetreten war, daß das unsichtbare Monster keine Verwüstung mehr anrichtete. Aber die Luft war kalt, so kalt, daß ihr fast das Blut in den Adern gefror.

›Es‹ war nach wie vor zugegen.

Dan drehte sich langsam im Kreis und wartete darauf, daß irgend etwas geschehen würde. Als die Stille anhielt, sagte er: »Du kannst dich nicht töten, es sei denn, du tötest auch deine Mutter. Sie wird es nicht zulassen, es sei denn, daß du zuerst sie umbringst.«

Laura blickte zu ihm hoch. »Mit wem sprechen Sie?« Und dann schrie sie auf und drückte Melanie noch fester an sich. »Etwas zerrt an mir! Dan, etwas versucht mich von ihr wegzureißen!«

»Kämpfen Sie dagegen an!«

Sie hielt Melanie fest, und einen Augenblick lang zuckte und wand sie sich auf dem Boden wie eine Epileptikerin. Dann endete der Angriff genauso abrupt, wie er begonnen hatte.

»Ist es vorbei?« fragte Dan.

Sie warf ihm einen völlig fassungslosen Blick zu. »Ja.«

Dan sprach in die Luft hinein, denn er fühlte, daß der Astralleib irgendwo im Kino auf der Lauer lag. »Du wirst sie nicht dazu bringen können, dich loszulassen, damit du dich selbst zerschmettern kannst. Sie *liebt* dich. Und wenn es sein muß, wird sie sterben, um dich zu beschützen.«

Auf der anderen Seite des Saals flogen drei Sitze in die Luft, wo sie etwa eine halbe Minute lang umherwirbelten und gegeneinander hämmerten, bevor sie zu Boden krachten.

»Ganz egal, was du glaubst«, rief Dan dem Psychogeist zu, »du verdienst nicht zu sterben. Was du getan hast, war schrecklich, aber dir blieb kaum eine andere Wahl.«

Schweigen.

Stille.

»Deine Mutter liebt dich. Sie will, daß du lebst. Deshalb hält sie dich mit aller Kraft fest.«

Ein jämmerlicher Laut von Laura verriet, daß sie endlich die ganze grauenvolle Wahrheit begriffen hatte.

Die Vorhänge machten einen halbherzigen Versuch, sich wie zuvor zu bedrohlichen Schwingen zu entfalten, sackten aber nach wenigen Sekunden wieder in sich zusammen.

Earl war neben Dan getreten. Während er sich im Kino umsah, fragte er: »Es war also das Mädchen selbst?«

Dan nickte.

Vor Entsetzen, Kummer und Angst schluchzend, wiegte Laura ihre Tochter in den Armen.

Die Luft war noch immer eisig.

Etwas berührte Dan mit unsichtbaren Eishänden und stieß ihn zurück, aber nicht allzu heftig.

»Du kannst dich nicht umbringen, weil wir nicht *zulassen* werden, daß du dich tötest«, erklärte Dan dem Astralleib. »Wir lieben dich, Melanie. Du hattest nie eine Chance, und wir wollen dir eine Chance geben.«

Stille.

Earl wollte etwas sagen, doch plötzlich brauste der Psychogeist ein Stück vor ihnen an einer Sitzreihe entlang und riß die Rückenlehnen ab; die Vorhänge flatterten in die Luft empor, und die Ausgangstüren begannen wieder aufzufliegen und zuzuknallen. Deckenplatten regneten herab, und ein durchdringendes Geheul ertönte – eine Astralstimme, die aus der Luft kam und zu solcher Lautstärke anschwoll, daß Earl und Dan sich die Ohren zuhielten.

Dan warf einen Blick auf Laura. Ihr Gesicht war von dem Lärm schmerzverzerrt, aber sie ließ Melanie nicht los, hielt sie krampfhaft an sich gedrückt.

Das Geheul wurde immer unerträglicher, und einen Augenblick lang dachte Dan, daß er Melanie falsch eingeschätzt hatte, daß sie die Decke zum Einsturz bringen und sie alle töten würde, um sich selbst umbringen zu können. Doch die Kakophonie endete schlagartig, die Vorhänge fielen in sich zusammen, die Türen hörten auf zu schlagen. Eine letzte Deckenplatte segelte herab, prallte auf dem Gang auf und blieb dort liegen.

Wieder Stille.

Wieder Schweigen.

Sie warteten fast eine Minute – und dann erwärmte sich die Luft.

Im hinteren Teil des Kinos fragte ein Mann – vielleicht der Besitzer: »Was, zum Teufel, war denn hier los?«

Ein Platzanweiser, der alles von Anfang an miterlebt hatte, versuchte erfolglos, das Geschehen zu erklären.

Dan nahm in einiger Höhe eine Bewegung wahr. Er blickte hoch und sah, daß der Filmvorführer verängstigt durch eine Tür lugte.

Laura ließ Melanie endlich los, während Dan und Earl neben ihr niederkauerten.

Melanies Augen waren weit geöffnet, aber sie sah keinen von ihnen an. Ihr Blick war verschwommen. Aber ihre Augen waren nicht mehr so eigenartig wie bisher. Sie nahm noch nichts in dieser Welt wahr, aber sie hatte auch aufgehört, dorthin zu starren, wo sie Zuflucht gesucht hatte. Sie stand auf der Grenzlinie zwischen jener Fantasiewelt und der realen Welt, zwischen jener finsteren Innenwelt und der Welt des Lichts, in der sie würde leben müssen.

»Wenn der selbstmörderische Drang vorüber ist – und ich glaube, das ist der Fall –, dann haben wir das Schlimmste hinter uns«, sagte Dan. »Ich glaube, daß sie mit der Zeit in die Realität zurückkehren wird. Aber es wird unendliche Geduld und viel Liebe erfordern.«

»Ich habe beides«, sagte die Frau.

»Wir werden helfen«, versprach Earl.

»Ja«, bestätigte Dan. »Wir werden helfen.«

Vor Melanie lagen Jahre der Therapie, und es war nicht auszuschließen, daß sie autistisch bleiben würde. Aber Dan hatte den Eindruck, daß sie die Tür zum Dezember für immer geschlossen hatte, daß sie diese Tür nie wieder öffnen würde. Und wenn sie geschlossen blieb, wenn Melanie es fertigbrachte zu vergessen, wie man diese Tür öffnet, dann würde sie vielleicht mit der Zeit auch den Schmerz und die Gewalt und den Tod vergessen können, die auf der anderen Seite der Tür auf der Lauer lagen.

Das Vergessen war der Anfang der Heilung.

Er begriff, daß er diese Lektion auch selbst gebrauchen konnte. Eine Lektion im Vergessen. Er mußte sein eigenes schmerzliches Versagen vergessen. Delmar, Carrie, Cindy Lakey. Er hatte das kindliche Gefühl, wenn er endlich jene düsteren Erinnerungen hinter sich lassen, wenn er seine eigene Tür schließen könnte, dann würde auch Melanie imstande sein, die Tür zum Dezember zu schließen; wenn er es fertigbrachte, sich vom Tod abzuwenden, würde das irgendwie zu Melanies Heilung beitragen.

Er gelobte Gott: Herr, ich verspreche Dir, die Vergangenheit endlich zu begraben, nicht mehr soviel über Blut, Tod und Mord zu grübeln, intensiver zu leben, die Freuden des Lebens zu würdigen, das Du mir geschenkt hast, dankbarer für alles zu sein, was Du mir gibst, und ich bitte Dich dafür nur um eines: Bitte, laß Melanie den Weg zurück ins Leben finden, laß sie wieder ganz gesund werden. Bitte! Abgemacht?

Laura, die ihre Tochter wieder in ihren Armen wiegte, blickte ihn forschend an. »Was ist los? Sie sehen so... so angespannt aus. Worüber denken Sie nach?«

Die Haare hingen ihr wirr ins Gesicht, das schmutzig und blutbefleckt war. Trotzdem war sie schön.

Er sagte: »Das Vergessen ist der Anfang der Heilung.«

»War es das, worüber Sie soeben nachdachten?«

»Ja.«

»War das alles?«

»Es genügt«, sagte er. »Es genügt voll und ganz.«

Dean R. Koontz,
ein Meister des Schreckens

Innerhalb von 20 Jahren schrieb Koontz 51 Bücher. Schaffenskrisen kennt er nicht. »Es ist beinahe, als ob ich mit Ideen bombardiert würde. Ich kann mich 15 Minuten lang hinsetzen und ein Dutzend Einfälle haben. Viele Schriftsteller stehen mit diesem Die-Muse-hat-mich-verlassen-Gefühl vom Schreibtisch auf. Mich verläßt die Muse nie. Ich muß sie rausschmeißen.«
Der 1945 in Pennsylvania geborene Horror-Spezialist begann schon als Kind, Geschichten zu schreiben. Lesen und Schreiben bedeuten für ihn die Flucht aus der Realität: Seine Familie lebte in Armut, der Vater, ein Alkoholiker ohne festen Job, schlug seinen Sohn.
Noch während seiner Studentenzeit begann Koontz, seine Werke — damals Science-fiction-Romane — zu verkaufen. Er verdiente sehr wenig damit und war deshalb gezwungen, große Mengen zu produzieren. 1966 schloß er sein Studium ab. Bis 1969 arbeitete Koontz als Englischlehrer. Danach schlug er sich als freier Schriftsteller durch — zunächst mit finanzieller Unterstützung seiner Frau, die er 1966 geheiratet hatte. Seine Romane erschienen zum Teil unter verschiedenen Pseudonymen.
Der Erfolg kam 1972 mit dem Thriller »Chase«, den endgültigen Durchbruch schaffte Koontz 1980 mit »Whispers« (»Flüstern in der Nacht«).
Inzwischen wird der Autor längst in einem Atemzug mit Stephen King und anderen Horror-Größen genannt. Seine Bücher sind in 18 Sprachen erhältlich. Weltweit wurden weit über 70 Millionen Exemplare verkauft. Kritiker loben neben

der atemberaubenden Spannung immer wieder auch die ausgezeichnete literarische Qualität seiner Werke. Dean R. Koontz lebt heute zusammen mit seiner Frau in Orange, Kalifornien. Sein Haus enthält eine zirka 25 000 Bände umfassende Bibliothek, die ihm das Recherchieren erleichtert. Der produktive »Meister des Schreckens« ist ein Workaholic: Er arbeitet täglich 10 bis 15 Stunden.

Dean R. Koontz
Verzeichnis lieferbarer Titel

(Stand Dezember 1992)

Die Augen der Dunkelheit (01/7707)
Brandzeichen (01/8063)
Chase
Codewort: Pentagon
Flüstern in der Nacht
Ein Freund fürs Sterben
Das Haus der Angst (01/6913)
In der Kälte der Nacht (01/8251)
Die Kälte des Feuers (41/32)
Die Maske (01/6951)
Mitternacht (41/21 oder 01/8444)
Nach dem letzten Rennen
Nacht der Zaubertiere
Nackte Angst
Ort des Grauens
Schattenfeuer (01/7810)
Schlüssel der Dunkelheit (41/40)
Schutzengel (01/8340)
Schwarzer Mond (01/7903)
Todesdämmerung (01/8041)

Tür ins Dunkel (01/7992)
Unheil über der Stadt (01/6667)
Unter Beschattung
Wenn die Dunkelheit kommt (01/6833)
Zwielicht (41/29)

Zwei oder drei Romane in einem Band:
Das Haus der Angst / Wenn die Dunkelheit kommt (01/8519)
Mike Tucker und der Maya-Fries / ... alias Mike Tucker / Mike Tucker auf Tauchstation
Die Maske / Die Augen der Dunkelheit / Die Hellseherin (23/76)

Die Bandnummern der Heyne-Taschenbücher sind jeweils in Klammern angegeben.

Stephen King

»Stephen King kultiviert den Schrecken ... ein pures, blankes, ein atemloses Entsetzen.« SÜDDEUTSCHE ZEITUNG

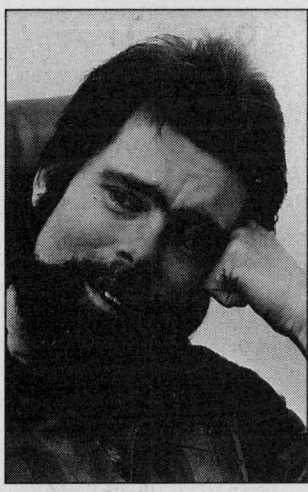

Richard Bachmann
(Pseudonym von Stephen King)
Sprengstoff
01/6762
Todesmarsch
01/6848
Amok
01/7695

Brennen muß Salem
01/6478
Im Morgengrauen
01/6553
Der Gesang der Toten
01/6705
Die Augen des Drachens
01/6824
Der Fornit
01/6888
Dead Zone – das Attentat
01/6953
Friedhof der Kuscheltiere
01/7627
Das Monstrum. Tommyknockers
01/7995
Stark – »The Dark Half«
01/8269
Christine
01/8325
Frühling, Sommer, Herbst und Tod
Vier Kurzromane
01/8403
**In einer kleinen Stadt
»Needful Things«**
01/8653

**Wilhelm Heyne Verlag
München**

Clive Barker

»Ich habe die Zukunft des Horrors gesehen, sie heißt Clive Barker.« Stephen King

»Er gehört zu jenen literarischen Ausnahme-Talenten, die anspruchsvoll schreiben und packend unterhalten.«
FRANKFURTER ALLGEMEINE ZEITUNG

Außerdem lieferbar:

Das Tor zur Hölle
»Hellraiser«
01/8362

Cabal
01/8464

Jenseits des Bösen
01/8794

Gyre
Heyne Jumbo 41/35

Heyne Jumbo 41/49

Wilhelm Heyne Verlag
München